斯文在兹

《学衡》典存

上卷

华东师范大学出版社
上海

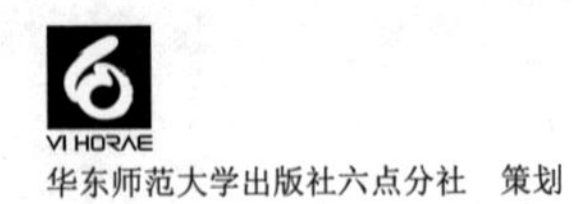
VI HORAE

华东师范大学出版社六点分社　策划

上卷目录

第一编 人文与传统

第二编　文学与文论

“绅士”对抗“猛士”：那一代人的文化自信与人文救赎

——从《新青年》到《学衡》

张宝明

一、“斯文在兹”：“不识时务”的“学衡”

回眸20世纪20年代初《学衡》的问世，总会有生不逢时的历史感受，仿佛能够看到“学衡”派同仁“明知山有虎，偏向虎山行”的无畏步伐：一群学富五车的海归们并未沉浸于象牙塔中的崇高，他们按捺不住士人阶层特有的那份“忍不住”①关怀，怀揣着对历史文化的“温情与敬意”②，立意为民族做出悲壮的文化担当。那一年正是民国十一年(1922年)。

《学衡》出现在一个特殊的历史节点上，作为重要的历史标志，1920年“新青年”派志士掀动着新文化运动的巨浪，终于将白话文从厢房挪进堂屋——北洋政府一纸公文将白话文送进初等教育的课堂，“新青年”派很自然地将此视为其所发动的文学革命、思想革命完胜的标志，而且此时在新思想界中“新青年”派的文化重建方案已完全处于压倒性地位。此情此景，“学衡”派以大雅之态卓尔不群，高调宣称要重新开拓中华文化复兴的一条新路，将自我置于冒天下之大不韪的风口浪尖，直面一边倒的时流，这在当时是需要非凡的气魄与勇气的。如果没有舍我其谁的自信、任性与决心，就难以担负起呵护与守望千年

---

① 胡适在《我的歧路》中说明自己关心国家政治的心情，此处借用这一说法。1922年6月16日作，载《努力周报》1922年6月18日第7期。

② 钱穆：《国史大纲》上册，商务印书馆1994年版，第1页。

文化经典的责任。毕竟，这种与时流的抗衡，已经不是当年“古文大家”对待尚处于摇篮襁褓之中的白话婴儿一般。对此，胡适运筹帷幄、木已成舟的心态颇能说明问题：“《学衡》的议论，大概是反对文学革命的尾声了。我可以大胆说，文学革命已过了议论的时期，反对党已破产了。”[①]越是这样，我们越是能感受到《学衡》一族的悲壮与苍凉。在这样的色彩中，我们才能充分领略到士人特有的尊严与气节：正是这种“士可杀不可辱”的悲情，让《新青年》与《学衡》的配色是那样的鲜艳、夺目、抢眼。在这一强烈的对照下，作为读者的我每每想到彼此相对而出的伟岸（文化）“青山”，心中油然生爱，且不免一声叹息：“桃花”何必笑“春风”？

近百年后我们在冷静的历史审视中，已经能够清楚地看到，在“学衡”派的精神深处，埋藏着传统士大夫“为天地立心，为生民立命，为往圣继绝学，为万世开太平”[②]的崇高理想，以及对于民族文化财富的“温情与敬意”，在“温情”中呵护，在“敬意”中执着。在 20 世纪 20 年代所出现的这一幕场景，让笔者想起两千年前的一个经典画面，那是孔子带领贤徒高足在论道、布道、施道途中的一次有惊无险的插曲。遥想公元前 496 年孔子由卫适陈，困于匡，弟子惊惧，此时却听到孔子从容自信的宣讲：“文王既没，文不在兹乎？天之将丧斯文也，后死者不得与于斯文也；天之未丧斯文也，匡人其如予何？”[③]如果译成白话便是：“文王死了以后，周代的礼乐文化不都体现在我身上吗？上天如果想要消灭这种文化，那我就不可能掌握这种文化了；上天如果不消灭这种文化，那么，匡人又能把我怎么样呢？”孔子自命继周公之道，文化血脉一身所系，并怀抱舍我其谁的道义精神，当仁不让地承担起传扬文化血脉的历史重任，这种自信甚至有些任性的文化态度和担当精神，一言以蔽之曰：“斯文在兹”。

“追昔”可以找到“源头”，“抚今”也不难发现一以贯之的“去脉”，即使在时隔数十年后的六十年代，《学衡》核心人物吴宓在激进革命氛围的包围下仍然坚信《学衡》的理想与价值，固执地宣称：“《学衡》社的是非功过，澄清之日不在现今，而在四五十年后。”[④]吴宓先生所言非虚，当五十年后宣扬文化自信的今

---

① 胡适：《五十年来中国之文学》，朱正编选：《胡适文集》第 2 卷，花城出版社 2013 年版，第 86 页。
② 张载语，见黄宗羲：《宋元学案》第 1 册，陈金生、梁运华点校，中华书局 1986 年版，第 664 页。
③ 《论语·子罕第九》。
④ 华麓农：《吴雨僧先生遗事》，黄世坦编：《回忆吴宓先生》，陕西人民出版社 1990 年版，第 58 页。

天，我们重读《学衡》，便会深深理解他们对悠长中华文脉的“自信力”，并猛然发现，他们正是鲁迅先生所说的那些“硬干”、“请命”、“舍身求法”的“中国的脊梁”①。遥想诸公当年，带着满满的文化自信，开始了崎岖而又坎坷的人文救赎之路。

二、“大其心量”：开放视域下的人文盛宴

如果说“新青年”派烹调了一道“民主”、“科学”大餐，那么“学衡”派奉献的则是一桌“示正道，明大伦”的人文盛宴。在两个“战队”以白话与文言之争为切入点的楚河汉界后，还有着不为人知的深水区作业在等待后来者打捞。应该看到，在《学衡》和《新青年》之间并不存在要不要“科学”与“民主”的分歧，因为历经欧风美雨洗礼的海归们，本就共执“德先生”、“赛先生”的“同途”，只是在如何“民主”、何以“科学”的道路选择上步入“殊归”。在近代人看来，无论是“科学”还是“人文”，真理在本质上根植于自由和理性。而恰恰是在这一点上，无论是“科学”的膜拜者“新青年”派，还是“人文”的拥趸者“学衡”派，他们都对远道而来的“先生”敬重有加。关于这一点，我们从与《学衡》一脉相承的《思想与时代》主撰张其昀的言论中不难窥见：“本刊显然悬有一个目标，简言之，就是‘科学时代的人文主义’。”②

遵循自由和理性的旨归，并同样立足于关怀未来中国的现代性走向，两个文化群体着力于评文学、说文化、论学风、谈教育，以此作为支点展开针锋相对的论战，而正是在这些唇枪舌战的文字中，我们无比清晰地看到了一个世纪的纠结和张力。《学衡》以“论究学术，阐求真理，昌明国粹，融化新知”③为宗旨，以白璧德的新人文主义为思想立场，提倡元典文化精神，坚守文言应有的地位。他们坚信，面对中国现代性命题，唯有激活中国人的信念世界、接续儒家本源之价值观念，才可以在守成的人文关怀中建构中华民族的现代性。那一代人“斯文在兹”的责任担当充分彰显于对《新青年》的反思和批评中：“中国文化既已根本动摇，则决定前途之命运，惟在吾人自身，视吾人所以处置之者何

① 鲁迅：《中国人失掉自信力了吗》，《且介亭杂文》，上海三闲书屋 1937 年版，第 140 页。
② 张其昀：《复刊辞》，《思想与时代》1947 年 1 月第 41 期。
③ 《学衡杂志简章》，《学衡》1922 年 1 月第 1 期。

如，而卜其休咎。苟吾人态度正确，处置得宜，则吸收新化而益臻发达。否则态度有误，处置未妥，斯文化之末路遂至。"[①]这里的"文"并非天道化作自然之文，而是社会人文，"文"可以回溯到"吾从周"的孔子，不但包括修辞立诚的文统，也包括修身、齐家、治国、平天下的道统。"学衡"派以道统与学统传承者自居，将继承学统、弘扬道统、书写文统作为自己义不容辞的使命，舍我其谁，担当力挽"斯文"倾倒狂澜的先锋。他们在新文化运动风起云涌、以摧枯拉朽之势颠覆儒家文化的紧要时刻，按捺不住自己的关怀，大力呼喊出自己的信念，一定要"明其源流，著其旨要，以见吾国文化，有可与日月争光之价值"。[②] 从1922年1月创刊到1933年7月终刊，79期的《学衡》杂志流布着吴宓、梅光迪、胡先骕、刘伯明、柳诒徵、刘永济、王国维、汤用彤、郭斌和、陈寅恪等同仁的华彩篇章，透过他们独特的人文视角，我们不难感受到这些先驱的世界眼光和家国情怀。

（一）评文学

针对《新青年》为文言文所发"讣文"，"学衡"派尤不以为然。他们将火力点首先对准"文"、"白"的"死"、"活"问题，批判《新青年》是文学武断、白话专制，以及"新式学术专制"[③]，完全是有"术"无"学"的沽名、钓名之学，感到将为中国文化和社会的发展埋下可怕的隐患。《学衡》同仁认为文言文历史悠长，通达高雅，是成熟的交流工具与文学正宗，《学衡》主将吴宓强调说明："本杂志行文则力求明畅雅洁……苟能运用得宜，则吾国文字，自可适时达意，固无须更张其一定之文法"，而不需要俚俗的白话文"摧残其优美之形质"。[④] 吴宓继而强调"文字之体制不可变，亦不能强变也"，这是因为"文字之体制，乃由多年之习惯，全国人之行用，逐渐积累发达而成"，而且，"字形有定而全国如一，语音常变而各方不同"[⑤]。鉴于"新青年"派为"文"、"白"之争锁定的"死"/"活"的二元对立的新文学规则建立在"一时代有一时代之文学"的直线进化观念基础上，胡先骕提出鲜明质疑："文学进化论"是"误解科学误用科学之害"[⑥]。在

---

① 李思纯：《论文化》，《学衡》1923年10月第22期。
② 《学衡杂志简章》，《学衡》1922年1月第1期。
③ 梅光迪：《评今人提倡学术之方法》，《学衡》1922年2月第2期。
④ 《学衡杂志简章》，《学衡》1922年1月第1期。
⑤ 吴宓：《论新文化运动》，《学衡》1922年4月第4期。
⑥ 胡先骕：《文学之标准》，《学衡》1924年7月第31期。

"学衡"同仁看来，属于人文学科的文学，不能用科学的进化规律来说明。文学的发展依靠对前代文学经典的传承与创造性转化："文章成于摹仿(Imitation)，古今之大作者，其幼时率皆力效前人，节节规抚，初仅形似，继则神似，其后逐渐变化，始能自出心裁，未有不由摹仿而出者也"①，同时摹仿并非僵死不变的，而是在不断地丰富、发展和完善，因为"从事文学原不可以一家一书自足，其必取法百家，包罗万卷"②，为证明这一理论认知，"学衡"同仁专门开辟诗词专栏展示自己的文学创造。

(二) 说文化

在"文"、"白"的"死"、"活"问题之外，一个更为关键的命题就是如何对待中西文化。"学衡"派针对"新青年"派非此即彼、不破不立的矫枉过正的病灶，开出"中正之眼光"、"无偏无党，不激不随"③的药剂。他们认为，自由和理性乃是各民族文化发展必须遵循的基本原则，要求本土情怀和开放胸怀、民族性和世界性、历时性和共时性兼备，惟其如此，文化的选择与进步才会步入良性轨道。这种理路与褊狭的东方文化论者和过于乐观的全盘西化论者均划开了界限。基于这种认知，《学衡》在创刊号上就将"吾国文化有可与日月争光之价值"④的标签贴上。于是，为维护民族文化的尊严，带着华夏文化"终必复振"⑤的雄心，走上了一条"以发扬光大中国文化为己任"⑥的不归路："只有找出中华民族文化传统中普遍有效和亘古长存的东西，才能重建我们民族的自尊。"⑦难能可贵的是，祭祖的同时也不忘"数典"，吴宓明确指出："今欲造成中国之新文化，自当兼取中西文明之精华，而镕铸之，贯通之。"⑧缪凤林后来的陈词更是代表"学衡"派同仁的共识："道并行而不相悖，东西文化之创造，皆根于人类最深之意欲，皆于人类有伟大之贡献，断无提倡一种文化必先摧毁一种文化之理。"⑨在 1923 年 1 月《学衡》创刊一周年之际，杂志社特地刊印一则长

---

① 吴宓：《论新文化运动》，《学衡》1922 年 4 月第 4 期。
② 吴芳吉：《再论吾人眼中之新旧文学观》，《学衡》1923 年 9 月第 21 期。
③ 《学衡杂志简章》，《学衡》1922 年 1 月第 1 期。
④ 《学衡杂志简章》，《学衡》1922 年 1 月第 1 期。
⑤ 陈寅恪：《邓广铭宋史职官志考证序》，《金明馆丛稿二编》，里仁书局 1981 年版，第 245 页。
⑥ 吴学昭：《吴宓与陈寅恪》，清华大学出版社 1992 年版，第 128 页。
⑦ 吴宓：《中国之旧与新》，《中国留美学生月报》1921 年 1 月第 16 卷第 3 期。
⑧ 吴宓：《论新文化运动》，《学衡》1922 年 4 月第 4 期。
⑨ 缪凤林：《刘先生论西方文化》，《国风》半月刊 1932 年 11 月 24 日第 1 卷第 9 期。

达四页、内容详细的英文声明，阐明《学衡》的创刊原因，并重申同仁意图融会东西文明的宗旨，文中指出，《学衡》在当时所有文学杂志中立场特别、目的明确，即专注于阐扬并复兴中国固有哲学、文艺等，同时也着力引介西方的文明精粹，而其基础正是对于东西文明的系统关照和理解①。这里，文化自信是自强、自立底蕴下的尊严，既不是自卑也不是自大，于是也就留下了"今古事无殊，东西迹岂两"②的千古绝句。

（三）论学风

用何种"学风"教化？这是作为少数精英分子的文化领袖、教育界知识分子责无旁贷、必须回答的问题："学术关乎士风，士风关乎国运，始乎甚微，而终乎不可御者也"，"学衡"派做出自己的选择："能为天下示正道、明大伦，安老怀少，使斯民得享安居乐业之福者，则是士之任也"③，这既是"学衡"派同仁追求的止于至善的人文关怀，也是他们针对"新青年"派着意打磨的文字。"学衡"派从一开始就认定"新青年"派霸居文坛领袖之名，实乃沽名钓誉的伪士，因此，自感孰不可忍，反复予以痛斥："吾国所谓学者，徒以剽袭贩卖为能，略涉外国时行书报，于其一学之名著及各派之实在价值，皆未之深究"，甚或"道听途说"，唯一的标准只是"问其趋时与否"，而非"是非真伪"④。胡先骕便曾指出"新青年"派毫无客观、精准的批评标准和责任意识，"率尔下笔，信口雌黄"⑤。因此，他们认为批判"新青年"派并重建学术规范、接续道统文统乃是当务之急："今日学者第一要务在继续前人之精神"，即"圣哲所言大经大法"，不能"视若无睹，甚至颠倒其说，谬悠其词"⑥。

（四）谈教育

对于"学衡"派而言，无论是评文学还是说文化，也无论是论学风还是讲人文，他们始终坚守着一个万变不离其宗的中心——"立人"，这是文艺复兴和启蒙运动以来现代性始终不变的主题。《学衡》同仁信守导师白璧德的教诲，认

---

① 《A STATEMENT BY THE CRITICAL REVIEW》，《学衡》1923年1月第13期。
② 吴宓：《壬申岁暮述怀》，《学衡》1933年5月第78期。
③ 邢琮：《罪言录》，《学衡》1925年7月第43期。
④ 梅光迪：《论今日吾国学术界之需要》，《学衡》1922年4月第4期。
⑤ 胡先骕：《论批评家之责任》，《学衡》1922年3月第3期。
⑥ 柳诒徵：《论大学生之责任》，《学衡》1922年6月第6期。

为人是社会运转的中心和主体，因此，一定要防止人走向物化一极、失去“为人之道”，导致人类走入人心迷失的乱世①。《学衡》同仁正是在此意义上坚决维护“彬彬有礼”的人文传统，包括对古典文学的维护、对元典文化的呵护、对人伦道统的说教，尽皆如此。其实，早在新文化运动前梅光迪便曾向胡适倾诉过其文化立场：

> 吾国之文化乃“人学主义的”(humanistic)，故重养成个人。吾国文化之目的，在养成君子(即西方之 Gentleman and scholar or humanist 也)。养成君子之法，在克去人性中固有之私欲，而以教育学力发达其德慧智术。君子者，难为者也。故无论何时，社会中只有少数君子，其多数乃流俗(The profane vulgar)而已。弟窃谓吾国今后文化之目的尚须在养成君子。君子愈多则社会愈良。故吾国之文化尚须为孔教之文化可断言也。足下以为然否？②

归根结底，“学衡”派认为，中国文化精髓将潜修学术、砥砺德行视作唯一宗旨，目的是要“养成君子”，其要义在于，“非可但求增加需要驱役物质以充满之，而在如何而能减少我之欲望使精神安宁快乐”③。在他们看来，文化的发展需要涵化、拣择、“精审”、“持平”的心态，对待几千年来积淀而成的“人事之学”，不能简单遵照“物质之律”“循直线以进”④。凡此种种，成为他们反对“新青年”派的观念资源。

三、“人文主义”：“学衡”的绅士派头

2014 年 9 月 9 日教师节前夕，国家主席习近平来到北京师范大学与师生座谈，他态度鲜明地反对课本“去中国化”：“我很不希望把古代经典的诗词和散文从课本中去掉，加入一堆什么西方的东西，我觉得‘去中国化’是很悲哀

---

① 吴宓：《白璧德中西人文教育谈·按语》，《学衡》1922 年 3 月第 3 期。

② 《梅光迪信四十五通》，耿云志编：《胡适遗稿及秘藏书信》第 33 册，黄山书社 1994 年版，第 466 页。

③ 吴宓述：《沃姆中国教育谈》，《学衡》1923 年 10 月第 22 期。

④ 吴宓：《论新文化运动》，《学衡》1922 年 4 月第 4 期。

的。应该把这些经典嵌在学生的脑子里,成为中华民族的文化基因。"①习主席的讲话切中时弊,曾几何时,作为传统文化标志性遗存的古典诗词散文遭受一些人的漠视甚至批判,在大中小学教材中的比重逐渐降低,此情此景令人联想起《学衡》同仁百年前的感慨:"中国文化既已根本动摇,则决定前途之命运,惟在吾人自身,视吾人所以处置之者何如,而卜其休咎。苟吾人态度正确,处置得宜,则吸收新化而益臻发达。否则态度有误,处置未妥,斯文化之末路遂至。后此纵中国尚有文化,而其文化已全部为外来文化,旧有质素不可再见……虽曰文明犹在,未堕泥犁,然何常为自身之物乎!"②

二十世纪是中华民族向西方学习、求进步的一百年,也是传统文化日渐失落的一百年。纵观百年中国文化变迁,新文化运动是推动二十世纪思想文化前进的动力,而在这一进程中的《学衡》面对外在社会的不理解,兼有杂志内部分歧与人事纠葛,其所追求担当的理想事业并未发扬光大,反而招致抱残守缺的恶名,在历史记述中一度以反动的面貌出现。身处"新青年"派所开启的新文化的强势潮流,《学衡》同仁或许能够理解孔子当年的担当与委屈。其实,他们本就以孔子为表率,在他们身上,既有孔子"文不在兹乎"的文化担当觉悟,也有孔子"君子亦有穷乎"的悲壮情怀。中国人文传统在二十世纪的失落,并不是因为《学衡》未能抓住为他们提供的机会,更多是因为中国内忧外患,而接续人文传统需要稳定的社会秩序。这不是《学衡》的失败,而是时代的悲哀,他们自己也深感时运不济的无奈,1946 年 10 月,吴宓接受《中华人报》记者采访,叹息说:"予半生精力,瘁于《学衡》杂志,知我罪我,请视此书。"③时至今日,民族文化的复兴成为时代的主题,中国又重新回到倡导人文传统的道路上,而培育和弘扬现代社会的核心价值观必须立足于中华民族优秀的传统文化已经成为共识,并且国人愈来愈清楚地认识到:抛弃传统、丢掉根本,就等于割断了自家的精神命脉。《学衡》的文化思考的价值也因此逐渐得到越来越多的认知与首肯。

回眸"学衡"派仁人和"新青年"派志士的文化对峙,双方都追寻"智识贞操,学问良知"④,并自诩已找到民族何去何从的文化路径。从而,双方的对峙

① 习近平:《不赞成课本去掉古代经典诗词》,《新京报》2014 年 9 月 10 日,A06 版。
② 李思纯:《论文化》,《学衡》1923 年 10 月第 22 期。
③ 锐锋:《吴宓教授谈文学与人生》,李继凯等选编:《追忆吴宓》,社会科学文献出版社 2001 年版,第 469 页。
④ 梅光迪:《论今日吾国学术界之需要》,《学衡》1922 年 4 月第 4 期。

尽显于各持一端的文化自信的张力中。在“学衡”派看来，自己的文化诉求应运而生，纯粹正宗，非我莫属；在“新青年”派那里，我们的文化选择应时而生，毋庸置疑。

首先，“学衡”派坚守新人文主义，他们的精神导师白璧德对人类文明现状充满忧患意识，认识到文艺复兴尤其启蒙运动以来科学主义和感情主义之流弊，在论著中反复辩难，批驳以同情为核心的感情主义与以泛爱、博爱为核心的人道主义。“学衡”派全盘接受这一观念，反对“新青年”派所宗奉的杜威之实验主义、以培根为代表的人道主义、以卢梭为代表的浪漫主义，当然还有进化观念，并从思想谱系上作出深层的剖析。在《学衡》同仁看来，浪漫主义的无限膨胀和人道主义的过分扩张殊途同归，在看似相反的诉求中走向同一个终点，即人道主义的泛爱、浪漫主义的放纵将人类文明积淀下来的精粹，诸如规训、约制、自律、秩序、克制等打得落花流水，人类社会因此会陷入一地鸡毛的尴尬境地。他们也祖承师说，不承认存在能够涵盖一切的进化规律，认定“物质科学”与“人事之学”的演化路径绝不相同：“物质科学，以积累而成，故其发达也，循直线以进，愈久愈详，愈晚出愈精妙。然人事之学，如历史、政治、文章、美术等，则或系于社会之实境，或由于个人之天才，其发达也，无一定之轨辙，故后来者不必居上，晚出者不必胜前。”①针对胡适之文学的历史进化观念，“学衡”派打出了一张文学及文化演进的涵化大牌：

> 文学之历代流变，非文学之递嬗进化，乃文学之推衍发展，非文学之器物的替代革新，乃文学之领土的随时扩大。非文学为适应其时代环境而新陈代谢，变化上进，乃文学之因缘其历史环境，而推陈出新，积厚外伸也。文学为情感与艺术之产物，其本质无历史进化之要求，而只有时代发展之可能……其“变”者，乃推陈出新之自由发展的创造作用，而非新陈代谢之天演进化的革命作用也。②

因此，他们指出不能轻率地判定“何者为新？何者为旧?”。所谓“新”，一定是

---

① 吴宓：《论新文化运动》，《学衡》1922 年 4 月第 4 期。
② 易峻：《评文学革命与文学专制》，《学衡》1933 年 7 月第 79 期。

从旧传统的源流中喷涌而来的:“层层改变递嬗而为新,未有无因而至者。故若不知旧物,则决不能言新。”①由此可见,“学衡”派知识群体在本质意义上并不是要保护“旧”,也不是要否定“新”:“夫建设新文化之必要,孰不知之。”②他们之所以反对“新青年”派,一方面在于对“新”与“旧”关系的不同认知,另一方面在于他们认为“新青年”派引介到中国的是“一偏”的文化理念,如吴宓就曾特别声明:“吾之所以不慊于新文化运动者,非以其新也,实以其所主张之道理,所输入之材料,多属一偏。”③

其次,“学衡”派之所以与“新青年”派对峙,一个根本原因还在于认定后者思想和学养不够纯粹,褊狭的功利性过强。“学衡”派提倡开放的态度,而非单方向的路径。吴宓开出了再造文化的处方:

> 今欲造成中国之新文化,自当兼取中西文明之精华,而镕铸之,贯通之。吾国古今之学术德教,文艺典章,皆当研究之、保存之、昌明之、发挥而光大之。而西洋古今之学术德教,文艺典章,亦当研究之、吸取之、译述之、了解而受用之。若谓材料广博,时力人才有限,则当分别本末轻重、小大精粗,择其尤者而先为之。中国之文化,以孔教为中枢,以佛教为辅翼,西洋之文化,以希腊罗马之文章哲理与耶教融合孕育而成,今欲造成新文化,则当先通知旧有之文化。盖以文化乃源远流长,逐渐酝酿,孳乳煦育而成。非无因而遽至者,亦非摇旗呐喊,揠苗助长而可致者也。今既须通知旧有之文化矣,则当于以上所言之四者:孔教、佛教、希腊罗马之文章哲学及耶教之真义,首当着重研究,方为正道。④

很明显,在“学衡”派那里,中国文化建设的预设是先找“来龙”再寻“去脉”,因为如果没有传统之“来龙”,也就失去了文化发展的方向;他们认为“新青年”派的错误是在过于急功近利、揠苗助长的激进态度,在他们眼中的“新青年”派如同一群鲁莽之徒,坚信如不掐断中国文化的来路,就无以把握“去脉”,以绘制中国文化的崭新蓝图。并且“学衡”派还明确指出,“新青年”派是在借“群众运

---

① 吴宓:《论新文化运动》,《学衡》1922年4月第4期。
② 梅光迪:《评提倡新文化者》,《学衡》1922年1月第1期。
③ 吴宓:《论新文化运动》,《学衡》1922年4月第4期。
④ 吴宓:《论新文化运动》,《学衡》1922年4月第4期。

动”挟持文学、文化：“彼等以群众运动之法，提倡学术，垄断舆论，号召徒党，无所不用其极，而尤借重于团体机关，以推广其势力”，这样可能会引发“我花开后百花杀”，“不容他人讲学”，“养成新式学术专制之势”的局面①。“学衡”派诸君尤为批判“新青年”派的文化革新活动过于武断与霸道，陈独秀表明态度的著名言论令他们极为反感，陈独秀曾宣称：“鄙意容纳异议，自由讨论，固为学术发达之原则；独至改良中国文学，当以白话为文学正宗之说，其是非甚明，必不容反对者有讨论之余地，必以吾辈所主张者为绝对之是，而不容他人之匡正也。”②基于如此迥异的文化重建观念，“学衡”派自然要凭依白璧德的新人文主义，对“新青年”派作出清算。

应该看到，在“学衡”派“无偏无党”的背后，隐含着对于“新青年”派情绪化的反感。其实，这又是他们的软肋，用情绪化的恶感去评论对方自然也难以“中正”，因此，也就招来鲁迅等人对“学衡”派的痛击。当然“新青年”派的“一偏”的确被“学衡”派诸君说中，但后者在自我的固执中也难免失于忽视时代性的偏颇，因此双方的平等对话和相互理解不论在当时还是在后世显得尤为重要。事实上，知识分子的责任意识和伦理信念决定了他们终归只是文化路径的不同。“学衡”派与“新青年”派除却对自我的文化设计各视其是外，他们还有着许多共同的文化诉求。在民族性和时代性、传统和现代的十字架上，文化先哲一直在寻找着相应的坐标。

四、“必要的张力”：对峙的意义

回眸上个世纪两个知识群体之间的文化论争，我们可以发现，从两个阵营的文化诉求来看，他们在现代性关怀上只有充分的张力，而并没有本质的差异，两者都是在文化振兴与民族复兴的大旗帜下进行着自己的蓝图设计。在面对中国遭遇几千年未遇之惨烈变局时，他们同为中国文化建设的殚精竭虑，为各自信仰的据理力争，共同凸显了“五四”一代知识分子可贵的担当精神与责任意识。以《新青年》和《学衡》为主场的思想对垒是学贯中西的文化巨擘之间充满生机和张力的对话，因而双方的对话能形成“互相辉映”的睿智

① 梅光迪：《评今人提倡学术之方法》，《学衡》1922年2月第2期。
② 《通信》，《新青年》1917年5月1日第3卷第3号。

场景。他们主要是在关于传统文化的转换发展路径以及走向现代性的路径上出现了截然不同的思考。但对于中国的现代文化发展而言,他们的对话与争辩是异常可贵的,因为他们在中国现代文化思想进程中形成了难得的张力。这一张力同是围绕一个终极关怀进行,只是由于追求变革的范式有着本质不同,因此就形成了"必要的张力",这是科学发展过程中"发散式思维"和"收敛式思维"互补的必要①。恰恰是这种张力,为文化思想史的发展提供了原初的动力。正如卡西尔所指出的那样:"这种多样性和相异性并不意味着不一致或不和谐。所有这些功能都是相辅相成的。每一种功能都开启了一个新的地平线,并且向我们展示了人性的一个新方面。不和谐者就是与它自身的相和谐;对立面并不是彼此排斥,而是互相依存:'对立造成和谐,正如弓与六弦琴。'"②

进一步而言,在他们对峙、争论、冲突的语言张力背后,其实乃是更为深层次的同气相求。因为同样是在寻绎现代性的开放观念下,无论是"学衡"派还是"新青年"派,无论是人文主义还是人道主义,也无论各司其事的"人学"与"科学",都有一个基本的意念做支撑:自由和理性。如果有什么不同的话,那就是他们审视现代性命题的视阈各有千秋:《新青年》兴奋于日新月异、撩人心扉的"赛先生";《学衡》则是执着于日积月累、积淀深厚的元典遗址以及把持并守护千年老店的"古久先生"(借用鲁迅笔下狂人的"疯话")。不言而喻,"学衡"派更多地看到"科学"在"知识就是力量"这一励志标语下的控制欲、功利性与预测化的偏执。他们担心的是,在以"优胜劣汰"之"力量"、"强权"为导向的时代,灵魂被搁置甚至被遗忘将会为社会带来的沉重代价,于是也就有了"为故乡寻找灵魂"与"为灵魂寻找故乡"的双边互动和紧张。这也正是本文所以立意的人文(灵魂)救赎之所在。

在以现代性作为价值取向的二十世纪之后的思想氛围中,该如何为《新青年》与《学衡》的关系做一个断语呢,贺昌群的一段议论非常平实中正:

> 我以为一种影响于后世几千百年的思想或学说,其本身必含有两个不可分的成分:一是属于时代的,……另一个成分是超时代的,那是总集

① [美]库恩:《必要的张力》,纪树生等译,福建人民出版社1981年版,第223页。
② [德]卡西尔:《人论》,甘阳译,上海译文出版社2004年版,第313页。

> 一种文化之大成而带有承先启后的作用，才能继续影响于后世，息息与整个历史文化相关。“五四”运动所攻击的，是儒家思想的时代的部分，……“学衡社”所欲发扬的，是那超时代的部分，那是一个民族文化的基石。①

时至二十一世纪的当下，我们终于逐渐明白了贺昌群所言：如果说“新青年”志士如同鲁迅笔下那“敢于直面惨淡的人生”的“猛士”②，那么“学衡”同仁则是宗奉“儒行”之忍辱负重、外柔内刚的“绅士”。尽管两派分别以“正义的火气”③之扩散与“火气的正义”之内敛呈现，但无论是“猛士”还是“绅士”，作为“不可以不弘毅”的“士”④，他们不约而同，更是“和而不同”地将“任重而道远”的道义扛在了肩上、走在了路上。在肩上，一边是家国情怀，一边是世界胸怀；在路上，一方吟唱的是“归家”的小调，一边高歌的是“远方”的诗。很多时候，我们既需要“猛士”也需要“绅士”。毕竟，山高、水长、路漫。

也正是在这样一个意义上，回首当年，两者“必要的张力”及其对峙的意义跃然纸上。那里有一份挡不住的思想魅力和文化气度。文化情怀和历史理性双双赋予了我们一种责任和担当：立此存照！

---

① 贺昌群：《哭梅迪生先生》，《思想与时代》1947年6月1日第46期。

② 鲁迅：《纪念刘和珍君》，《鲁迅全集》第3卷，人民文学出版社1981年版，第274页。

③ 胡适：《复苏雪林》，耿云志、欧阳哲生编：《胡适书信集》下册，北京大学出版社1996年版，第1701页。

④ 《论语·泰伯第八》。

第一编　人文与传统

论新文化运动*

吴　宓

近年国内有所谓新文化运动者焉，其持论则务为诡激，专图破坏。然粗浅谬误，与古今东西圣贤之所教导，通人哲士之所述作，历史之实迹，典章制度之精神，以及凡人之良知与常识，悉悖逆抵触而不相合。其取材则惟选西洋晚近一家之思想，一派之文章，在西洋已视为糟粕、为毒酖者，举以代表西洋文化之全体。其行文则妄事更张，自立体裁，非马非牛，不中不西，使读者不能领悟。其初为此主张者，本系极少数人，惟以政客之手段，到处鼓吹宣布，又握教育之权柄。值今日中国诸凡变动之秋，群情激扰，少年学子热心西学，而苦不得研究之地、传授之人，遂误以此一派之宗师，为惟一之泰山北斗，不暇审辨，无从抉择，尽成盲从，实大可哀矣。惟若吾国上下，果能认真研究西洋学问，则西学大成之日，此一派人之谬误偏浅，不攻而自破，不析而自明。但所虑者，今中国适当存亡绝续之交，忧患危疑之际，苟一国之人，皆醉心于大同之幻梦，不更为保国保种之际，沉溺于谣污之小说，弃德慧智术于不顾。又国粹丧失，则异世之后不能还复；文字破灭，则全国之人不能喻意。长此以往，国将不国，凡百改革建设，皆不能收效。譬犹久病之人，专信庸医，日服砒霜，不知世中更有菽粟，更有参饵。父母兄弟，苟爱此人，焉能坐视不救。呜呼！此其关系甚大，非仅一人之私好学理之空谈。故吾今欲指驳新文化运动之缺失谬误，以求改良

---

* 辑自《学衡》1922年4月第4期。

补救之方。孟子曰:“予岂好辩哉！予不得已也。”

昔赵高指鹿为马,以语二世,秦廷之人,莫敢有异辞。然马之非鹿,三尺童子,犹信其然。林肯曰:“欺全世之人于一时,可也。欺一部分之人于千古,可也。然欺全世之人于千古,则不可。”海客谈瀛洲,烟波微茫,莫知其际,然使有身履蓬莱者,则不当为所炫惑。今中国少年学生,读书未多,见闻缺乏,误以新文化运动者之所主张,为西洋文明全部之代表,亦事理之所常有。至留学美国者,其情顿殊。世界之潮流,各国之政术学艺,古今之书籍道理,岂尽如新文化运动者所言？此固显而易见。今者于留美学生,有不附和新文化运动者,即斥为漠心国事;有不信从新文化之学说者,即指为不看报纸。夫岂可哉！古人云:盖棺论定。凡品评当世之人,不流于诋毁,即失之标榜。故中国文化史上,谁当列名,应俟后来史家定案。非可以局中人自为论断,孰能以其附和一家之说与否,而遂定一人之功罪。我留美同人,所习学科,各有不同,回国后报效设施,亦自各异,未可一概而论。总之,留美学生之得失短长是一事,而新文化运动另是一事。若以留美学生不趋附新文化运动,而遂斥为不知近世思潮,不爱国,其程度不如国内之学生,此当为我留美同人所不任受者矣。

孔子曰:“必也正名乎?”苏格拉底辩论之时,先确定词语之义。新文化运动,其名甚美,然其实则当另行研究。故今有不赞成该运动之所主张者,其人非必反对新学也,非必不欢迎欧美之文化也。若遽以反对该运动之所主张者,而即斥为顽固守旧,此实率尔不察之谈。譬如不用牛黄,而用当归,此也用药也,此亦治病也。盖药中不止牛黄,而医亦得选用他药也。今诚欲大兴新学,今诚欲输入欧美之真文化,则彼新文化运动之所主张,不可不审查,不可不辨正也。

何者为新？何者为旧？此至难判定者也。原夫天理、人情、物象古今不变,东西皆同。盖其显于外者,形形色色,千百异状,瞬息之顷,毫厘之差,均未有同者。然其根本定律,则固若一。譬如天上云彩,朝暮异形,然水蒸发而成云,凝降而为雨,物理无殊。故百变之中,自有不变者存。变与不变,二者应兼识之,不可执一而昧其他。天理、人情、物象,既有不变者存,则世中事事物物,新者绝少。所谓新者,多系旧者改头换面,重出再见,常人以为新,识者不以为新也。俗语云:“少见多怪。”故凡论学应辨是非精粗,论人应辨善恶短长,论事应辨利害得失。以此类推,而不应拘泥于新旧,旧者不必是,新者未必非,然反是则尤不可。且夫新旧乃对待之称,昨以为新,今日则旧,旧有之物,增之损之，修之琢之，改之补之，乃成新器。举凡典章文物，理论学术，均就已有者，层层改变递嬗而为新，未有无因而至者。故若不知旧物，则决不能言新。凡论学、论事，当究其终始，明其沿革，就已知以求未知，就过去以测试未来。人能记忆既往而利用之，禽兽则不能，故人有历史，而禽兽无历史，禽兽不知有新，亦不知有旧也。更以学问言之，物质科学以积累而成，故其发达也，循直线以进，愈久愈详，愈晚出愈精妙。然人事之学，如历史、政治、文章、美术等，则或系于社会之实境，或由于个人之天才，其发达也，无一定之轨辙，故后来者不必居上，晚出者不必胜前。因之，若论人事之学，则尤当分别研究，不能以新夺理也。总之，学问之道，应博极群书，并览古今，夫然后始能通底彻悟，比较异同。如只见一端，何从辩证？势必以己意为之，不能言其所以然，而仅以新称，遂不免党同伐异之见。则其所谓新者，何足重哉！而况又未必新耶。语云："城中好高髻，四方高一尺。"当群俗喜新之时，虽非新者，亦趋时阿好，以新炫人而求售，故新亦有真伪之辨焉。今新文化运动，其于西洋之文明之学问，殊未深究，但取一时一家之说，以相号召，故既不免舛误迷离，而尤不足当新之名也。

今即以文学言之，文学之根本道理，以及法术规律，中西均同，细究详考，当知其然。文章成于摹仿(Imitation)，古今之大作者，其幼时率皆力效前人，节节规抚，初仅形似，继则神似，其后逐渐变化，始能自出心裁，未有不由摹仿而出者也。韩昌黎文起八代之衰，然姚姬传评其《吊田横墓文》云："此公少时作，故犹用湘累成句。"索士比亚（今译莎士比亚）早年之戏曲，无异于其时之人，晚作始出神入化。Wordsworth（威廉·华兹华斯[William Wordsworth 1770—1850年，英国浪漫主义诗人]）一变诗体，力去雕琢字句之风——Neo-Classic Diction（新古典主义）自求新词新题，然其三十岁以前之诗，则犹 Pope（亚历山大·蒲柏[Alexander Pope，1688—1744 杰出启蒙主义者，新古典主义诗人]）及 Dryden（约翰·德莱顿[John Dryden 1631—1700，英国古典主义时期重要批评家、剧作家、诗人]）等之词句也。文学之变迁，多由作者不摹此人而转摹彼人。舍本国之作者，而取异国为模范，或舍近代而返求之于古，于是异彩新出，然其不脱摹仿一也。如英国文学发达较迟，自 Chaucer（杰弗雷·乔叟[Geoffrey Chaucer，1343—1400，英国文学之父]）至 Elizabethan Age（伊丽莎白时代[此时英国戏剧是英国文艺复兴时期所有文学形式中最辉煌的一种]），作者均取法于意大利，而在 Restoration Period（复辟时期）则专效法兰西。近者比较文学兴，取各国之文章，而究其每篇、每章、每字之来源，今古及并世作者互受之影响，考据日以精详。故吾国论诗者常云："此人学杜，彼人学陶，殊不足异。"今世英文之诗，苟细究之，则知其某句出于 Virgil（维吉尔），某篇脱胎于 Spenser（埃德蒙·斯宾塞，1552—1599）。斯乃文章之通例，如欲尽去此，则不能论文。又如中国之新体白话诗，实暗效美国之 Free Verse（自由诗体），而美国此种诗体，则系学法国三四十年前之 Symbolists（符号学派）。今美国虽有作此种新体诗者，然实系少数少年，无学无名，自鸣得意。所有学者通人，固不认此为诗也。学校之中，所读者仍不外 Homer、Virgil、Milton、Tennyson 等等。报章中所登载之诗，皆有韵律，一切悉遵定规。岂若吾之盛行白话诗，而欲举前人之诗，悉焚毁废弃而不读哉？其他可类推矣。

又如浪漫派文学，其流弊甚大，已经前人驳诘无遗。而十九世纪下半叶之写实派及 Naturalism（自然主义），脱胎于浪漫派，而每下愈况，在今日已成陈迹。盖西方之哲士通人，业已早下评判。今法国如 E. Seillierre、P. Lasserre，美国如 Irving Babbitt、Paul E. More、Stuart P. Sherman、W. C. Brownell、Frank Jewett Mather. Jr. 诸先生，其学识文章，为士林所崇仰，文人所遵依者，均论究浪漫派以下之弊病，至详确而允当。昔齐人以墦祭之余，归骄妾妇，妾妇耻之。又如刘邕嗜疮痂、贺兰进明嗜狗粪，其味可谓特别，然初未强人以必从。夫西洋之文化，譬犹宝山，珠玉璀璨，恣我取拾，贵在审查之能精，与选择之得当而已。今新文化运动之流，乃专取外国吐弃之余屑，以饷我国之人。闻美国业电影者，近将其有伤风化之影片，经此邦吏员查禁不许出演者，均送至吾国演示。又商人以劣货不能行市者，远售之异国，且获重利，谓之 Dumping。呜呼！今新文化运动，其所贩入之文章、哲理、美术，殆皆类此，又何新之足云哉！文化二字，其义渺茫，难为确定。今姑不论此二字应为狭义广义，但就吾国今日通用之意言之，则所谓新文化者，似即西洋之文化之别名，简称之曰欧化。自光绪末年以还，国人动忧国粹与欧化之冲突，以为欧化盛则国粹亡。言新学者，则又谓须先灭绝国粹而后始可输入欧化。其实二说均非是。盖吾国言新学者，于西洋文明之精要，鲜有贯通而彻悟者。苟虚心多读书籍，深入幽探，则知西洋真正之文化与吾国之国粹，实多互相发明，互相裨益之处，甚可兼蓄并收，相得益彰。诚能保存国粹，而又昌明欧化，融会贯通，则学艺文章，必多奇光异彩，然此极不易致，其关系全在选择之得当与否。西洋文化中，究以何者为上材，此当以西洋古今博学名高者之定论为准，不当依据一二市侩流氓之说，偏浅卑俗之论，尽反成例，自我作古也。然按之实事，则凡夙昔尊崇孔孟之道者，必肆力于柏拉图、亚里士多德之哲理;已信服杜威之实验主义(Pragmatism—Instrum entalism)者,则必谓墨独优于诸子;其他有韵无韵之诗,益世害世之文,其取舍之相关亦类此。凡读西洋之名贤杰作者,则日见国粹之可爱。而于西洋文化,专取糟粕,采卑下一派之俗论者,则必反而痛攻中国之礼教、典章、文物矣。

此篇篇幅有限,只言大体,至于陈义述词,引证详释,容俟异日。("1920年正月号:《中国留美学生月报》[*The Chinese Student's Monthly*],所载拙作Old and New in China 一文实与此篇互有详略而义旨则同")惟所欲亟解国人之惑者,即彼新文化运动之所主张,实专取一家之邪说。于西洋之文化,未示其涯略,未取其精髓,万不足代表西洋文化全体之真相。故私心所祷祝者:今国内之学子,首宜虚心。苟能不卷入一时之潮流,不妄采门户之见,多读西文佳书,旁征博览,精研深造,如于西洋之哲理、文章等,洞明熟习,以其上者为标准,则得知西方学问之真际,而今新文化运动一派人所创导厉行者,其偏浅谬误,自能见之明审矣。

吾素不喜作互相辩驳之文,盖以作此类文字者,常不免流于以下之数弊:(一)不谈正理,但事嬉笑怒骂,将原文之作者,加以戏侮轻鄙之词,以自逞快于一时,而不知评其文,非论其人也。况论人,焉可以村妪小儿之姿态示之,即使所指者确实,则如晋文骈协、项羽重瞳,何伤乎其为人哉。(二)误解原文之意,不看其全篇全章之主旨,而但摘出其一字一句,蹈瑕寻疵,深文入罪。夫文章本皆一气呵成,前后连贯,今特摘出一语,而略其上下文,则有时所得之意义与原文适成相反。且辩论本以求理之胜而根本宗旨之明确也,今即使原文作者,其用字用典实有误,以此为彼人学问未深、一物不知之证,可也;以此为彼人成文率易、修改未详之咎,亦可也。然彼人所主张之道理,其全文的大旨,固未以此而攻破也。(三)凡作辩驳之文者,无论其人如何心平气和,高瞻远瞩,犹常不免有对症发药之意。目注鸿鹄,思援弓缴而射之。只求攻破原文之作者,而一己出言是否尽真确,立论是否尽持平,措词是否尽通妥,则不暇计矣。此等文出,纵或得达其一时之目的,摧坚破敌,然境过时迁,则成为无用之废物,更无重读之价值。即在当时以专务胜敌之故而已,所持论偏激过正,牵强失真,亦大有害于世道人心也。(四)凡作文为使读者受益,否则此文可不作。今互相辩驳之文,窃见人之读之者,如观卖艺者之角力然,以为消遣,以资笑乐。但看一时之热闹,毫无永久之爱憎取舍于其间,吾实痛之。故吾深望世之有志而能文者,皆自抒己见,各述主张,使读者并取而观之,而后自定其从违,自判其高下。孰是孰非,孰愚孰贤,孰有学孰无理,均可待读者自决之。吾但尽吾知识学问之所至,审虑精详,发为文章。文出以后,成败如何,利害如何,读者评判如何,吾今皆不当计及。如是,则可免以至可宝贵之精力时间,枉费于笔墨辩论之中,无益于人,有损于己。两方作者,有此时间精力,则可读书成学,另作佳文以饷世也。(五)辩论固为求真理,而辩论之后,真理未必能明。徒事诋諆,多滋纠纷。且夫论学之文,以理为尚,有径千古儒者之聚讼,而尚未能定案者。论事之文,以识为商,此必待后来实事之成败利钝,而始可得确评焉,一二人偶尔笔墨之争,何足重轻。且凡根本道理不相合之人,不能互相辩论,必两方有所可取以为准则,共信不疑者,然后可。一文之出,智者见之谓之智,仁者见之谓之仁。凡赞成此文者,多系先已有合于此作者之宗旨者也,凡反对此文者,多系先已有违于此作者之宗旨也。以其文词理之胜,而能转易读者之信仰者,实事上吾见之甚少焉。吾文即极佳,非之者必有人,吾文即极劣,誉之者亦必有人。绝未有一文之出,而全世之人,咸异口同声,非之誉之也。作者固不能望全世之人皆信己之所信,亦不能求读此文者其中无误会吾意之人,不能就人人而喻晓之而辩争之。今有一二人出而驳吾之说,或仅就吾一二主张而加以修改,此实偶然之事耳。或尚有痛驳吾之文千百篇,而吾未得见之,则虽欲一一答辩之而不能也。准是,而世中攻辩之文,解释之文,汗牛充栋,拥塞堆积,读者将不胜读之矣,故吾见有驳我者,惟当虚心受而细读之。苟吾误而彼人能纠正之,或更进一解者,吾当谨记之,深感其人,后此吾另有述作,必改此非而求有进焉。苟吾自复审以为无误,而彼人未明吾意,或徒事辱骂者,吾则当淡然忘之,亦不怒其人焉。窃谓世之作文者皆存此心,则可以时间精力用之正途,而读者可多得佳文佳书,而免费目力时间于无益之篇章矣。

以此五因,吾夙抱宗旨,不作辩驳之文,有攻我者,吾亦不为答复解释之举。吾自视极轻微,攻诋误会,实无损于我。盖我初无名誉可言,个人之得失利害,尤不足较。作文惟当准吾之良心,毋激亦毋讳,决不曲说诡辩,所谓修辞当立其诚是也。(下略)

(壹) 此段从略。

(贰) 吾所谓"其行文"者,乃指一国文字之体制 system of language 而言,非谓一篇文章之格调 style 也。评者以吾之"行文"为 style 误矣。文章之格调,每作者不同,即在中国古时亦然。韩之古文异乎苏之古文,李之诗异乎杜之诗。即作八股文者,其 Style 亦有别也。即一人之文,其每篇之格调,亦有不同者焉。如杜诗之《北征》异乎《丽人行》是也。至若文字之体制，乃由多年之习惯，全国人之行用，逐渐积累发达而成。文字之变迁，率由自然，其事极缓，而众不察，从未有忽由二三人定出新制，强全国之人以必从。一旦变革，自我作古，即使其制完善，国大人多，一部分人尚未领悟，而他处之人又创出新文字、新语音，故行用既久者，一废之后，则错淆涣散，分崩离析，永无统一之一日。故吾文云："文字破灭，则全国之人，不能喻意。"诚以吾国之文字，以文Written language之写于纸上者为主，以语spoken language之出于口中者为辅，字形有定而全国如一，语音常变而各方不同。今舍字形而以语音为基础，是首足倒置，譬如筑室，先堆散沙，而后竖巨石于其上也。吾于吾国文字之意见，他日当更申言之。总之，文章之格调可变且易变，然文字之体制不可变，亦不能强变也。自汉唐迄今，文字之体制不变，而各朝各大家之诗文，其格调各不同。Pope、Byron、Tennyson同用一种英文，而其诗乃大别异。故不变文字之体制，而文章之格调，本可自由变化，操纵如意，自出心裁，此在作者之自为之耳。今欲得新格调之文章，固不必先破坏文字之体制也。各国文字，互有短长。中西文字，孰优孰劣，今亦不必强定，惟视用此文字者之聪明才力如何耳。天生诗人，如生于法国，则用法文而成佳诗焉，如生于英国，则用英文而成佳诗焉，文字不能限之也。凡文字得大作者用之，其功用、其价值乃益增。如英文初仅宜于诗，而不宜于散文，论者常以Jeremy Taylor为散文之祖。至Addison及Steele之时，散文以多用之而发达，终至十八世纪之下半，而散文乃成大焉。夫中国今日输入西洋之事物理想，为吾国旧日文章之所无，故凡作文者自无不有艰难磨阻之感，然此由材料之新异，非由文字之不完。今须由作者共为苦心揣摩，徐加试验，强以旧文字表新理想，必期其明白晓畅，义蕴毕宣而后已。如是由苦中磨出之后，则新格调自成，而文字之体制，仍未变也。昔欧洲自耶教盛行之后，以其为外来之物，以拉丁古文表达之，未尽其意，粗俗可厌，逐渐改良，至Thomas Aquinas而希腊罗马之文化与耶教之教理，始得融合无间，集其大成，而欧西文字，也足表达耶教之教理而无遗憾矣。此乃缓功，不能急致，然绝非破灭文字所可致。盖如是则无异南辕而北辙，先自杀其兵卒，而后求获胜仗也。

（叁）文如其人，Le style c' est I' homme，此法人Buffon之言也。盖谓赋性仁厚之人，其所为文，必有一种慈祥恺悌之气，流露于字里行间。生来阴鸷残酷之人，即强学之，亦必不能到，他皆类此。故欲文之工美，必先修学植品，而不当专学他人之文章皮毛也。又如李太白作诗,欲强学杜工部之忧时爱国,杜欲强学李之纵酒豪放,亦必不成。今评者谓"各人赋性不同,产生体裁自异",似即此意,斯固是也。虽然,每篇文章,词句不同,意旨不同,即当另视为一文,不当仅因其格调之同,而遂一体斥之为印板文章也。

(肆) 今中国之人能读西书者甚少,故以笔墨辩论,虽作者述经据典,繁征博引,而读者实莫从审判。满纸人名、地名、书名等,堆积充盈,读者见之,如堕五里雾中。徒震惊于作者学问之博,以为彼其胸中蕴蓄乃如此之多。至于其证据之确当与否,引用之合宜与否,狼藉杂凑,牵扯附会,离题太远,与理无涉,凡此则皆读者之所不能洞见也。夫未读原书,焉可评论,今争论西洋文学,而求国人判决之,其事诚难矣。吾见近年国中报章论述西洋文学之文,多皆不免以人名、地名、书名等拉杂堆积之病。苟细究其一篇,毫不成章,毫无宗旨。但其西文名词满纸,五光十色,能令读者咋舌拜服而已。呜呼!此通人所不屑为也。举例不必其多也,惟其事之合;措词不必其长也,惟其理之精,否则何贵焉?此等妄为引用,以堆满篇幅之名词,苟一一指出而辩证之,则不胜其繁矣。(下略)

(伍) 此段从略。

(陆) 此段从略。

(柒) 昔之弊在墨守旧法,凡旧者皆尊之,凡新者皆斥之。所爱者则假以旧之美名,所恶者则诬以新之罪状。此本大误,固吾极所不取者也。今之弊在假托新名,凡旧者皆斥之,凡新者皆尊之,所恶者则诬以旧之罪状,所爱者则假以新之美名。此同一误,亦吾所不取者也。惟按吾国人今日之心理,则第一层流弊,已渐消灭,第二层流弊,方日炽盛,故今为救时之偏,则不得不申明第二层。一味趋新之流弊,以国人多但知其一,不知其二也。吾于新旧,非有所爱憎于其间,吾惟祝国人绝去新旧之浮见,而细察个中之实情,取长去短,亲善远恶,以评判之眼光,行选择之正事,而不为一偏之盲从。吾前作"Old and New in China"一文,结句引 Pope 之诗,以明吾之宗旨,曰:Regard not, then, if wit be old and new. But blame the false and value still the true. 吾原文已再三申明,吾之所以不慊于新文化运动者,非以其新也,实以其所主张之道理,所输入之材料,多属一偏,而有害于中国之人。如言政治经济则必马克斯(今译马克思),言文学则必莫泊三(今译莫泊桑)、易卜生,言美术则必 Rodin 之类是也。其流弊之所在,他日当另详言之。总之,吾之不慊于新文化运动者,以其实,非以其名也。吾前文已言"今诚欲大兴新学,今诚欲输入欧美之真文化,则彼新文化运动之所主张,不可不审查,不可不辩证也",故或斥吾为但知旧而不知有新者,实诬矣。

今新文化运动,自译其名为 New Culture Movement,是以文化为 culture 也。Matthew Arnold 所作定义曰:文化者,古今思想言论之最精美者也,Culture is the best of what has been thought and said in the world。按此,则今欲造成中国之新文化,自当兼取中西文明之精华,而熔铸之、贯通之。吾国古今之学术德教、文艺典章,皆当研究之、保存之、昌明之、发挥而光大之。而西洋古今之学术德教、文艺典章,亦当研究之、吸取之、译述之、了解而受用之。若谓材料广博,时力人才有限,则当分别本末轻重、小大精粗,择其优者而先为之。中国之文化,以孔教为中枢,以佛教为辅翼,西洋之文化,以希腊罗马之文章哲理与耶教融合孕育而成,今欲造成新文化,则当先通知旧有之文化。盖以文化乃源远流长,逐渐酝酿,孳乳煦育而成,非无因而遂至者,亦非摇旗呐喊、揠苗助长而可致者也。今既须通知旧有之文化矣,则当于以上所言之四者:孔教、佛教、希腊罗马之文章哲学及耶教之真义,首当着重研究,方为正道。若不读李杜之诗,何以言中国之文学,不知 Scholasticism,何能解欧洲之中世,他皆类此,乃事之大不幸者。今新文化运动,于中西文化所必当推为精华者,皆排斥而轻鄙之,但采一派一家之说,一时一类之文,以风靡一世,教导全国不能自解。但以新称,此外则皆加以陈旧二字,一笔抹杀,吾不敢谓主持此运动者,立意为是。然观年来国内学子思想言论之趋势,则其实事之影响,确是如此。此于造成新文化、融合东西文明之本旨,实南辕而北辙,吾故不敢默然,恶莠恐其乱苗也,恶紫恐其夺朱也。吾惟渴望真正新文化之得以发生,故于今之新文化运动,有所訾评耳。(下略)

(捌)共和肇建,十载于兹,非丧心病狂之人,孰有言复辟者。普及教育之重要,国人夙已知之,不自新文化运动始也。所当研究者,普及教育中之材料、方针而已。五四运动与女子解放,此亦时会所趋。至于李纯之自杀捐资,陈嘉庚之毁家兴学,皆个人之义举。今论者必欲以此种种均归美于新文化运动,亦可谓贪天之功,以为己力矣。而遇不称许马克斯、易卜生者,则指为赞成复辟、及反对普及教育,此则尤牵强武断之甚者也。吾所欲审究者新文化运动所主张之道理,是否正确?所输入之材料,是否精美?至若牵扯时事,利用国人一时之意气感情,以自占地步而厚植势力,是则商家广告之术、政党行事之方,而非论究学理，培植文化之本旨。窃观自昔凡欲成功于一时者，类皆广树旗帜，巧立名目。彼群众见此种种有形之物，实在之事，遂蚁从而蜂动焉。至若学理之精微，众亦不解，空漠之谈，鲜能聚众者也。今新文化运动之成功，或即由此。惟吾则亲见附从新文化运动者，其中不免有目空一切，跬步自封之人，以为新文化运动，高矣美矣，无以有加矣。如有怀疑而评骘之者，则谓其人必皆丧心病狂，有意破坏者也。于是责在卫护新文化运动者，遂亦专务为胜敌之举，不许天下人得一置喙，将欲绝除异己，而统一文化之疆域焉。此等盲从之人，其心固热诚可嘉，而其智则愚陋可怜，使其读书稍多，当必有进，吾所信也。

（玖）吾原文为英国文字当 Elizabethan Age 多取法于意大利，而 Restoration Period 则效法法兰西，此特言文章格调形式之摹仿而已。彼英人当时固未主张废英文也，如有之，则以英人之爱本国，明事理，必痛斥之矣。且即以 Elizabethan Age 而论，当时英人摹仿意大利之文章风俗也，已有流弊，非无指斥之人，如 Roger Ascham 所著 Schoolmaster 一书，即痛言当时英国学生赴意留学归来者之缺点者也。

（拾）此段从略。

（拾壹）欲谈文学，必须著译专书。今报纸零篇，连类而及，区区数行之中，而欲畅谈一国一时之文学，岂易事哉！势必流于吾前所言之堆积书名人名地名之弊矣。言者既系率易成章，妄相牵合，评者也莫穷究竟。欲确解而详析之，必须累十万言，即如 Classicism、Romanticism、Realism、Naturalism 之意义，及其短长得失，绝非匆促所可尽也。惟今有欲为国人告者，即此等字面，实各含二义：其一常用之义，系指文章之一种精神、一种格调，及立身行事之一种道理、一种标准。譬之食味中之酸甜苦辣，何时何地均有之，中西古今之诗文中，皆可得其例，故并无一定之后先次序，孰为新、孰为旧也。其二专用之义，则指时某国之文人，自为一派，特标旗帜，盛行于时者，如十八世纪 Neo-Classicism、十九世纪上半叶之 Romanticism、十九世纪下半叶之 Realism 及 Naturalism 是也。其后先次序如此，原因甚多，要当别论。然皆可谓为事实之偶然，非必甲生乙，乙生丙，丙生丁，以一定之次序，而递嬗循环者也。且所谓某派盛行之时，他派并非绝迹。治文学者，不当徒震惊耳目，专谈影响也。譬如江西诗派盛行之时，直学杜者，非无他人也。今国人谈文学者，多误以上言之诸派，必循一定之次序而发达，愈晚出者愈上。故谓今者吾国求新，必专学西洋晚近之 Realism 及 Naturalism 然后可，而不辨其精粗美恶，此实大误。诗文应以佳者是尚，故各派中之名篇，皆当读之，岂可专读一派之文，专收一时之作耶，况晚近欧西之 Realism 与 Naturalism，其流弊又若彼之大耶。

（拾贰）此段从略。

（拾叁）（上略）今吾国人之求西学，如以轻舟浮大海，渺茫无际，皆所谓一知半解，初入门耳。彼善于此，或有之，其真能大成者，吾见之甚鲜矣。吾人各当日求进益，视其最上者为标准。薛文清曰："学问当看胜于己者，则愧耻自增。"吾侪岂可有自满之心哉。特谦之一事，实在虚衷自慊，不在口头客气。友朋各宜互相切磋，同为求学者，乌可存互相凌越之见，敢自谓百事皆通，永无错误也哉？今之评者，惟事讥侮，实昧于此旨矣。论者又以为不学某科，即不应谈某事，吾殊不谓然。盖我辈在校所习分科之名，本系随缘而假定者。吾曾见学工程之人，其所读之文哲学书，比之普通之文哲学生，尚多出也。论者评人之文，又以其人之有无学位，或在外国大学毕业与否为轻重，吾亦窃以为不可。夫求实学者，不当以学位萦心。尝见师友中有生平未得学位，而学识渊深，受人尊仰者焉。吾国留学欧美之学生，有专骛学位，而国中之人亦或盲敬之。吾则视之为欺世盗名，以为此种心理，与昔之科第功名何异哉！故常谓，吾辈取人，但当究其实在之蕴蓄，而不必问其有无学位可也，且美国每年自大学卒业之人，盈千累万，而美国之大学，尤远下于欧洲之大学。欧洲之得高深学位者，且车载斗量矣，彼在美国所得之学士硕士，何足贵哉！得此区区而以为荣，亦深可羞矣。（下略）

（拾肆）此段从略。

（拾伍）邪之为言，曲也。邪说者，曲说也。凡偏激矫诬，不合论理之说，皆谓之邪说。故邪说（Sophistry）与异端（Other sects）不同。常语以二者并举，邪说异端云云，此犹通才卓识之句法，本截然二事，否则何用重叠费词哉！惟其然也，故孔子曰：攻乎异端，斯害也已，而孟子：我亦欲正人心息邪说。孔孟之说，固未尝相矛盾也。例如耶教，自宗教改革以来，分为新教旧教，其后支派愈出愈多，互相攻诋，至于血战，而耶教大衰。近今世界交通，耶教、佛教、孔教相遇，即天性笃厚，近于宗教之人，目睹各教之并立，彷徨疑虑，莫知所从违，于是信仰之心亦归消灭。各教互争而同受损失，今日宗教之衰微，亦由攻乎异端所致也。然如苏格拉底、柏拉图，则终生与希腊之 Sophists 辩争，攻而辟之。按 Sophists 本智者之义，自苏柏二氏辟之而后，英文中今遂有 Sophistry、sophisticated 等名，转为曲邪奸猾之义矣。故若其说确为邪说，则以邪说（Sophistry)目之,不为过也。

(拾陆) 吾前又于天理、人情、物象根本内律不变,枝叶外形常变,二者之区别,郑重申明,反复致意者,盖有重大之故焉。今以宗教、道德为例以说明之。夫宗教实基于生人之天性,所以扶善屏恶,博施广济,使信之者得以笃信天命,心境和乐,精神安宁,此固极善之事也。道德之本为忠恕,所以教人以理制欲,正其言,端其行,俾百事各有轨辙,社会得以维持此亦极美之事也。以上乃宗教、道德之根本之内律也,一定而不变,各教各国皆同也,当尊之爱之,而不当攻之非之者也。然风俗、制度、仪节,则宗教道德之枝叶之外形也。故各教不同,各国不同,各时不同,尽可随时制宜、酌量改革,此固无伤乎宗教道德之本体也。

然决不可以风俗、制度、仪节有当改良者,而遂于宗教、道德之本体,攻击之、屏弃之,盖如是,则世界灭而人道熄矣。窃观吾国近年少年学子之言论,多犯此病。新文化运动不惟不图救正之,且推波助澜,引导奖励之焉。例如孔子之时,一夫多妻之制尚行,然孔子并未创立此制,而以一夫一妻、匹耦敌体为教,今以恶纳妾而排击孔子,岂可乎?耶教旧约圣书所载之历史,亦固君主也,多妻也,则将以此而攻耶教,可乎?总之,孔教、耶教,其所以教人、所以救世之主旨,绝不在此多妻也、君主也,皆当时风俗、制度、仪节之末,特偶然之事耳。又如仁义忠信,慈惠贞廉,皆道德也,皆美事也,皆文明社会不可须臾离者也。寡妇守节,往事有不近人情者矣。此等弊俗,果其出之勉强,则革之可也。然遂必铲去贞洁(Chastity)之一念,谓禽兽既无贞洁,而人类何必有之,凡贞洁皆男子暴力,摧压女权云云,此亦不思之甚矣。此外之例,多不胜举。总之,彼以一事而攻击宗教、道德之全体,以一时形式之末,而铲绝万古精神之源,实属诬罔不察之极。古圣教人,莫不曰守经而达权。即如孔子答他人之问孝者,每次所言不同,然通观遍览,其义可见。后人墨守之罪,拘囿之行,非可以为古圣之咎也。而况世界之大宗教,如佛如耶,皆实破除当时之迷信,而注重理智者耶。宗教与迷信,犹医药之于疾病,今人动斥宗教为迷信,遂欲举宗教而歼除之,呜呼,误矣!迷信属于仪式者,即不能革,而听其暂存,其为害于世者尚浅。今以不慊于仪式之故,而去宗教绝道德,岂特犯投鼠忌器之嫌,抑且真有率禽兽食人之事矣。

凡人之立身行事,及其存心,约可分为三级:(一)上者为天界,Religious level。立乎此者,以宗教为本笃信天命,甘守无违,中怀和乐,以上帝为世界之主宰，人类之楷模。凡人皆当实行师法上帝，以求与之日近。为求近上帝之故，虽破除国家，谢绝人事，脱离尘世，亦所不惜者也，如耶教、佛教是也。（二）中者为人界，Humanistic level。立乎此者，以道德为本，准酌人情，尤重中庸与忠恕二义。以为凡人之天性皆有相同之处，以此自别于禽兽，道德仁义、礼乐政刑，皆本此而立者也。人之内心，理欲相争，以理制欲，则人可日趋于高明，而社会得受其福。吾国孔孟之教，西洋苏格拉底、柏拉图、亚里士多德以下之说，皆属此类。近人或称之为人本主义，又曰人文主义 Humanism 云。（三）下者为物界，Naturalistic level。立乎此者，不信有天理人情之说，只见物象以为世界乃一机械而已。孟子曰："人之所以异于禽兽者几希。"此派之人，则不信有此几希之物，以为人与禽兽实无别。物竞天择，优胜劣败，有欲而动，率性而行，无所谓仁义道德，等等，凡此皆伪托以欺人者也。若此可名为物本主义，Naturalism，吾国之庄子，即近此派。西洋自近世科学发达以后，此派盛行，故忧世之士，皆思所以救之。吾国受此潮流，亦将染其流毒，然当速筹调和补救之术也。上所言三级，就大纲区别之而已。常见之人，多介立二界之间，或其一身兼备二派三派之性行，未可武断划分，读者毋以辞害意可也。

今设例以明之，即如婚姻之事，（一）如其人自立于天界也，则自礼拜堂牧师成礼，或祭天祀祖之后，即自认为夫妇一与之齐，终身不改。非得教门中如律为之，不能离异，即吾夫吾妻，五疾六丑，凶顽痴愚，夫妇之恩爱仍不稍灭。吾惟自安天命，有乐无苦。（二）然如其人自立于人界也，则必有父母之名，媒妁之言，或他种礼节。总之，尊依社会之习俗，当时之通例，不求怪异，一切持平，而合乎人情。至于家庭及离婚之事，则按酌中道，相机为之，以毋伤于忠恕信义之道为限。（三）而如其人自立于物界也，则以为男女之合，由于色欲而已，凡人尽可效法禽兽，行野合乱伦之事，不必有室家夫妇，更不必有聘合婚嫁。彼世中闺房反目者，皆由体欲不满意故也云云。其他均可按此例推之也。

宗教、道德，皆教人向上者也。宗教之功用，欲超度第二第三两级之人，均至第一级。道德之功用，则援引第三级之人至第二级而已。故人群之进步（Progress），匪特前进，抑且上升。若于宗教道德，悉加蔑弃排斥，惟假自然之说，以第三级为立足点，是引人堕落，而下伍禽兽草木也。吾此节所论述者，本与新文化运动无关。惟窃以为凡立说教世者，于此中消息影响，不可不深加注意。统观新文化运动之所主张，及其输入材料，似不无蔑弃宗教道德，而以第三级之物界为立足点之病。今欲造成真正之新文化，而为中国及世界之前途计，则宜补偏救正，不可忽也。

历来世变最烈，新旧交替之时，宗教道德必衰微失势，而物本主义大行。吾国之孔孟，西洋之苏格拉底、柏拉图，其所处之时势，皆是也。西洋自十六世纪以来，耶教大衰，自十八世纪以还而益甚。故今日者，宗教之力，已不足恃。且宗教必不脱迷信，如耶教之三位一体，童女诞圣之类，实与科学事实不合，难以强人遵从。故今日救世之正道，莫如坚持第二级之道德，昌明人本主义，则既可维持教化，又可奖励学术，新旧咸宜，无偏无碍也。西洋既如此，吾国自当同辙。宗教之事，听其自然。既不定孔教为国教，则可永远不用国教，各教平视，悉听其自由传布。孔教之地位，亦不必强为辩定，彼不以孔为教者，可自行是，而确信孔为教者，则亦可设庙聚徒，与他教一体行事，众亦毋得而非议之。如是方可谓为信教自由。实则今日者，无论何教，苟能得势，皆人群之福。个人如能崇信一教，则比无宗教之人，内心实较安乐。但信教必以诚，不可伪托形式耳。吾国既不用宗教，则亦当坚持第二级之道德，昌明人本主义，孔孟之人本主义，原系吾国道德学术之根本，今取以与柏拉图、亚里士多德以下之学说相比较，融会贯通，撷精取粹，再加以西洋历代名儒巨子之所论述，熔铸一炉，以为吾国新社会群治之基。如是，则国粹不失，欧化亦成，所谓造成新文化，融合东西两大文明之奇功，或可企致。此非旦夕之事，亦非三五人之力，其艰难繁巨，所不待言。今新文化运动，如能补偏趋正，肆力于此途，则吾所凝目伫望，而愿馨香感谢者矣。此吾所拟为建设之大纲，邦人君子，尚乞有以教之。

（拾柒）或讥宓有“维持圣道之苦心”云云。夫维持圣道，此其名如何之美，此其事如何之大，宓万死何敢当此。夫圣道者，圣人之道也，译言 the truth that is taught by the sages，出类拔萃之人(Ideal man)，谓之圣人。故不特孔子之道为圣道，而耶稣、释迦、柏拉图、亚里士多德等之所教，皆圣道也。自其根本观之，圣道一也。苟有维持之者，则于以上诸圣之道，皆一体维持之矣，固不必存中西门户之见也。今中国之少年，常有以维持圣道及礼教仁义等极高贵、极庄重之字面，为戏谑讥侮之词者。呜呼！此诚有心人所当视为大不幸之事矣。吾对于宗教及道德之意见，已略述于前节。吾夙爱诵 Tennyson(阿尔弗雷德·丁尼生，1809—1892，英国维多利亚时代诗人)之 Locksley Hall 诗中之二语，今录此，且以饷同好之人也。其诗云：

The good，the ture，the pure，the just take the charm forever，from them，and they crumble into dust.

白璧德论欧亚两洲文化*

吴　宓　译

［按］白璧德先生所著《民治与领袖》(*Demoracy and Leadership*)一书(1924年出版)之绪论，已译登本志第32期，题曰《白璧德论民治与领袖》。全书大旨，亦已与篇首撮述，读者务请取观。其书除绪论及附录外，共分七章。全书思想缜密，前后连贯，必须依序细心诵读，方可见其体大思精之处。惟以其第五章“论欧亚两洲文化”，与吾国及东洋关系尤切，故先取而译之，然犹深望好学有志之士诵读全书也。

译者识

昔在“新古学派”盛行时代，著书立说者，每喜细究礼(Decorum)之一义。或且以东西两大陆划分界限，而曰欧洲人之有礼者(即足为欧洲人之表率者)如何如何，亚洲人之有礼者(即足为亚洲人之表率者)如何如何，以细较其异同焉。此类之说，骤观之似若谬妄，而其实不然。盖亚西亚人与欧罗巴人之性行，根本不同。其不同之处，不但可以审知，抑且可以言说而论定之也。惟所谓欧洲云云，非指欧洲之全体，乃指其一部而言。而于亚洲亦然，所谓亚洲云云，仅指亚洲文明最高、成绩最美之一部而言之耳。彼未开化或半开化之亚洲之人，昔尝侵入欧洲，横行蹂躏(异日恐复见此事)。其为祸于欧洲，固矣。然

---

*　辑自《学衡》1925年2月第38期。

其自古迄今，常为亚洲之害者，殆更烈也。古犹太人所传“角”(Gog)与“马各”(Ma-gog)之故事(见圣经《旧约・以西结书》第三十八章第二节，又第三十九章第一至六节并见《创世记》第十章第二节角盖亚洲北方蛮族之酋长马各则角之国域人民种族之名也。)即于亚洲北方蛮族之侵袭，念念不忘。要之，亚洲全土，约可划分为两半，而以中国之长城为其有形之界线。在长城之北者，阿提拉(Attila 406—453A. D. 古匈奴之王，侵入欧洲，所至披靡，欧洲畏之如魔鬼天神)、帖木儿、成吉思汗所生之亚洲也；而在长城之南者，则耶稣基督、释迦我佛、孔子所生之亚洲也。夫岂可并为一谈哉！

吾人一道耶稣基督、释迦我佛之名(孔子俟后另论)，即知亚洲之所以难能可贵，为欧洲及他洲所不及者。以亚洲为世界中大宗教发生之地也，故凡如吾今者之所为，以批评及实验之法，求得宗教二字之定义者，苟能洞明亚洲之所以为亚洲，与夫亚洲人对于人生之态度，则于此事，思过半矣。吾固知耶教(即基督教。吾译均从略)非纯粹亚洲之宗教。耶教之重要教理教规，有取之于希腊哲学者，举凡柏拉图、亚里士多德、斯多噶、新柏拉图各派，悉融汇而吸收之。亦有取之于罗马者，其中尤以罗马帝国之行政组织为最要。而其圣餐魔术，取之于当时各秘宗者，(各秘宗虽为混合而成，仍以希腊为主)尚不计焉。然则耶教中之教理，何者为耶稣所亲授乎？(即实出亚洲本土)欲知耶稣之真传，当聆耶稣所自言，谓此问题应以实验之法解决之，其言曰：“是可就其果识之。”(见圣经《新约・马太福音》第七章第十六及二十节。此语之意，谓学说理论之价值，可以其施行后所得结果之美恶测之，即万事以成效定其价值。)夫近世培根与功利派之人，亦尝以结果之义，立说以教世人。但耶稣之所谓“果”，与培根等之所谓“果”者绝异，此实显然。耶稣之所谓“果”者，乃精神修养之效果。(圣经译本作“神之结实”)其物为何？则圣保罗已确切言之矣，曰：“仁爱、喜乐、和平、忍耐、慈祥、良善、忠信、温柔、操节。”(见圣经《新约・加拉太书》第五章第二十二及二十三节。又见《以弗所书》第五章第九节。按圣经译本，亦有未妥之处。此所言和平，乃安静恬适之义。操节乃节制之义。以后不遵此译本。)凡此诸义，统而论之，在耶稣出世以前，欧洲之各种宗教、各派哲学，未有能言之者也。然而亚洲远古之宗教思想中，则固已见之。当西历耶稣纪元前三世纪之中叶，印度之阿育王(一称阿输迦托)，崇信佛法，乃命于其广大之帝国中，到处立石，上刻诸种美德之名，以提示世人。曰：“慈悲、慷慨、真诚、纯洁、温柔、和平、喜乐、神圣、克己”([原注]一九〇九年再版)，何其酷类圣保罗之所列举者耶。故夫佛教与耶教，就其教之信条观之，似属极端矛盾而不能相容。而本实验之法，察其效果，则见其道理如一，相得益彰，有如是者。

欲得宗教之真义，似须更进一步，而论究圣保罗与阿育王所举诸德之中，以何者对于真正宗教生活为最主要乎。安诺德所作宗教之定义，虽亦本于实验，是其所长，然于此主要之德，似忽略而未言及。安诺德曰："宗教者，道德而加以感情者也。"（见其所著《Literature and Dogma》）夫宗教必须经过道德之一阶段，而在其初步，尤与感情混合为一。然而宗教所最着重之点，固别有在，此则东西大宗教家所曾一再申言之者也。耶稣与其门徒诀别，告之曰："即以我之安赐尔。"（见圣经《新约·约翰福音》第14章第二十七节。其上句：……已详上段小注，即和平之义）又曰："凡劳苦负重者就我，我赐尔安。"（见圣经《新约·马太福音》第11章）释迦我佛所言宗教虔修成功之情形，与此正同。曰："所思惟静，静言静行，宁静之人，智慧修成。"（《法句经》第96偈译者按……）此所谓安，由何道以得之耶？但丁为之答曰："上帝之意使予得安。"此语深得耶教之精神。故凡人须以平常之自己（即一己之情欲），屈服于一种高尚神圣之意志之下（即有所皈依），而始得安乐。此义非仅为耶教所独擅，实各种真正宗教之所共守者也。耶稣与佛言之，穆罕默德亦言之，如出一辙。回教（Islam）一字，即屈服之义耳。

其在印度，虽亦注重意志，然谓人之平常自己所当向之屈服者，非超越人上之神圣之意志，而为此人内心中高上之部分耳。耶教及他教所言笃信宗教者必具之事，佛多删除不讲，惟独于人之内心中高上之部分（即道德之意志）与平常劣下之部分（即放纵之情欲）并立互争之义，则谨守勿失。且佛之立说，全本与此心理上明显之事实，非其他创教者之所及。故在世界各大宗教之中，本来之佛教，为最富批评精神而不杂入神话之宗教焉。

惟印度古今盛行之各教派中，亦多主张泛神论，而与佛教及其他各大宗教之二元论相背驰者，此不可不察也。今世之印度人士，以宣传印度文化于世界自鸣者，多不免倾向泛神论之病。即如泰戈尔氏，以此事负盛名，不惟西方之人重视之，即东方之人亦颇尊之。（按白璧德……之时也。）盖泰戈尔能洞见东西方文化对峙问题之重要，而其由消极一方批评西方之失，言之亦甚透彻。泰戈尔谓西方之人，专务扩张权力与机械效率，遂能称雄独霸于全球。然而称雄独霸之人，必自贻伊戚而罹于祸，此自然之理也。泰戈尔此论，不惟中国、日本之人颇有信从之者，而今日回教诸国之牧师，自德黑（印度境内）至丹及耳（非洲北境)，皆嚣嚣然与之遥为唱和焉。虽然，事实必非如是之简单也。彼英吉利人所以能并吞印度而保有之者，既非由于其机械之效率，尤非由于英人厉行博爱，欲以白种人而为黄种野蛮民族造福(此英国诗人吉百龄之说以为英之并吞印……明矣)。其原因实别有在。原因维何？半由于印度民族之分立互争，而实由于英人品德之优越。其于道德，精明沈毅。英人之所以为世界古今最善统治之民族者以此。其能夷灭印度者，亦以此也。

[按]吾国人今日之大病根，在不读西史，不研西洋文学，不细察西人之思想性行，不深究彼中强弱盛衰之故。而但浮光掠影，腾为口说，闻白璧德此言，可以警醒。顾兹所言，以及类此者，初非甚深之义。稍有常识，稍明西史者，皆能见之言之。前年之创为"非宗教同盟"者，于耶教之教理及其历史，并近世耶教衰微之情况，因多未悉。而今年之发起"反帝国主义大同盟者"，尤属不明世界大势，空口呼号，不值他人之一笑者已。夫欲杜绝帝国主义之侵略，而免瓜分共管灭亡，只有提倡国家主义，改良百度，御侮图强，而其本尤在培植道德，树立品格。使国人皆精勤奋发，聪明强毅，不为利欲所驱，不为瞽说狂潮所中。爱护先圣先贤所创立之精神教化，有与共生死之决心。如是则不惟保国，且可进而谋救世。但如今之自命爱国者之所呼号标榜者，其于国家前途之福利，皆南辕而北辙也。白璧德先生立论，常从世界古今全体着眼，本不屑计一国一时之得失，然亦足为吾国人指示途径。若更细究西史，则知吾国古圣贤所言国家盛衰之理，治乱得失之故，实已见之于西洋，得征而益信。盖末节之迹象有异，而根本之原理无殊，识者固不以为奇也。

泰戈尔又谓，由今之道，无变今之俗，则虽合欧洲各国为一联邦，所成者亦只一堆蒸汽机关之锅炉而已(意为随时可以爆发而为战守。……耳)。彼西方机械效率之恶魔世界，实由理智之分析而成。故欲治今世之病，应铲除理智，不用分析，而以仁爱代之云云(见其所著《国家主义》一书)。观于此点，则知泰戈尔与印度古来之圣贤，精神相去极远，而与吾西方卢梭一派之沉溺梦幻之人，实同流而合污焉。彼柔靡之泰戈尔、柏格森，以及其他东方西方之人，欲去现智以求其所谓"远识"者，吾人闻若辈之说，则应思释迦我佛之所教。佛固东方之人也，而乃谓最高之"识"，与最锐之理智分析，系一事而非二事也([原注]佛教之悟澈因缘，即理智分析之天。译者：即谓惟凭现智，乃可得真知灼见，否则其所谓“远识”者梦幻而已）。

综上所言，源出亚洲之佛耶两大宗教，其中枢最要之旨义，皆谓人之内心中，高上之意志对于平常劣下之意志（即放纵之情欲）有制止之机能与权力。耶稣曰：“愿从天父之命。”（见《新约·马太福音》第 24 章）（命即意志也）佛曰：“惟我最尊，谁能制我！”（译者按：在此无佛经可查，此杜撰之译文，明知不合也。）其说虽有不同（耶稣谓当遵从上帝之意志，佛谓当遵从自己之高上意志。），然皆承认此高上意志之存在。此实庄敬与谦卑之心之根源也。屈服于此高上意志，推而至乎其极，则得精神之安乐焉。

若夫孔子，骤观之，似与亚洲三大圣人中其余二人（耶稣基督释迦我佛）绝不类者。盖如前所言，孔子以人文化世，而不以宗教为务也。西方之人文大师，以亚里士多德为最重要，孔子与亚里士多德立说在在不谋而合。比而观之，若欲窥见历世积储之智慧，撷取普通人类经验之精华，则当求之于我佛与耶稣之宗教教理，及孔子与亚里士多德之人文学说舍是无由得也。论其本身价值之高，及其后世影响之巨，此四圣者，实可谓为全人类精神文化史上最伟大之人物也。自此诸圣之生以迄今日，世界中之经验，固皆导源于诸圣，其生世以前人类之经验，亦多藉诸圣为归宿，岂不伟哉！西方有圣亚规那（今译阿奎那）（St. Thomas Aquinas，1225—1274）著《神学大全》（*Summa Theologiao*），融合亚里士多德与耶稣之智慧，而集其大成。适于此时，东方有朱熹，亦融合佛教与孔教之学理，以注释经书。二贤遥相辉映，甚可相提并论，亦奇事也。

［原注］论孔子者，可取前法兰西学院教授（已故）沙畹氏（Chavannes）之说以为例。氏之言曰：“孔子生当耶稣纪元前五百年，而以为其民族道德精神之所寄托。中国远古之理想，见于诸种经书者，已极深厚，然皆仅具大纲。孔子乃确定之而明其关系。（中略）孔子周游列国，以前此 4 百年所逐渐积累而成之道德理想，教导世人。其时之人，溺于利禄逸乐，恋恋不舍，故皆不肯从孔子之教。然而其视孔子殆如神明，聆其语，非仅人世之智慧而已。盖孔子所代表者，乃远古传来之精魂；孔子所教导者，乃若辈之祖先所窥见之真理，故遂不觉心动魂慑而感彻肺腑也。”以上云云，见氏所撰《中国人之道德理想》（*Quelques Idées morales des Chinois*）一文。原系氏在巴黎大学之演讲稿，刊布于 1918 年正月至五月号之《世界学会会报》（*Bulletin de la Sociéte autour du Monde*）第 47 页起。

亚里士多德与孔子，虽皆以中庸为教，然究其人生观之全体，则截然不同，而足以显示欧洲人与亚洲人习性之殊异焉。盖亚里士多德之所从事者，非仅人文之学问而已，且究心于自然科学。传谓亚氏一为最乐之数年，乃其寓居爱琴海岛上之时，终日以考察鱼类及鳞介水族之生活为事，搜集材料，撰成生物学之书若干卷，致使达尔文读之亦深为倾倒云。夫以知识广博，而好奇心甚盛如亚里士多德者，而犹望其兼具孔子及其他东方圣人（指耶、佛）所再三申明之谦卑之义，岂非难哉！亚里士多德对于耶教以及犹太教回教之影响极巨，至于不可测度。然设使有人欲为亚里士多德建立祠庙而崇祀之者，闻者必觉其不合也（即谓亚氏有不足令人崇敬之处）。顾设有人欲为孔子建立祠庙，则闻者纵非儒教徒，亦决无讥此举为不合者。诚以亚里士多德者学问知识之泰斗（此乃但丁《神曲》中所下之评语），而孔子则道德意志之完人也。常人反躬内省，必不免愧怍歉疚，此常人最无把握之处。而孔子于此，则最有把握。孔子尝欲以礼（即内心管束之原理）制止放纵之情欲，其所谓礼，显系意志之一端也。孔子固非神秘派之轻视理智者，然由孔子观之，理智仅附属于意志而供其驱使。二者之关系，如是而已。西方有苏格拉底，其专务道德，与孔子同，故若舍亚里士多德，而取苏格拉底与孔子比较，则不复见东西人习性之不同矣。然而苏格拉底之道德观念，已有过重理智之流弊。迨夫欧西近世，脱离耶教之束缚，不复遵守东方首重意志之训（耶教乃东方传来，即以此为教）。而自文艺复兴以来，众人亦并不从苏格拉底之教。以知识为道德，且更笃信培根之说，视知识为权力，其所悉心从事者惟此，斯则尤为不幸者矣。

西方旧传之宗教式微，谦卑之德亦随之而衰减，此众所公认者也。法格（Emile Faguet，1847—1916，法国文学史家，所著 *Initiation Litteraire* 一书，已有顾钟序译本，名《欧洲文学入门》，商务印书馆出版）尝叹息谓谦卑一字不久殆将受淘汰，而归入不用之古字丛中。今日者，此字虽尚生存，然已常为人误用，奇谬百出。或用以表示科学家震惊于宇宙自然之广漠深幻之感情，或以温恭和雅为谦卑。（[原注]谦卑（ltume）书中至有论动者之谦卑云云……耶）或以温恭和雅为谦卑，又或以怯懦之人、自视欿然若不及他人者为谦卑。其他之例，不胜枚举。夫人之对于自然及他人，均不当妄自骄矜，固也。然此非即谦卑，诚以谦卑乃对于天及神之事，其间畛域显分。巴斯喀尔所曾反复申明者也，巴克（Edound Burke，1729—1797 英国大政治思想家兼雄辩家）之所谓谦卑者亦指此。故以谦卑为凡几百道德之根本。谦卑既与根本原理攸关，故为绝对的，而无调和及中立之余地。以谦卑为是则是，以谦卑为非则非，而不能依违两可也。今使有赞成吾之意者，确信巴克之言为是，则当问谦卑之德在西方何以如是之衰微耶？此其故，实显而易见，盖以古昔常以谦卑寓于耶教“人类堕落”、“上帝恩典”等教理之中。近世批评之精神大兴，此等教理为之摧残破坏。近世之人，既不信上帝之默示，又不许教会之威权。此等教理失所凭借，不能自存，而所含之谦卑之义，亦随之俱归澌灭矣。故在近世，西人之自立之气概日增，而其谦卑之德性日减，二者殆成反比例焉。由是，今世之人，如欲求合近世精神，而不肯屈服于外界有形之制裁，则有最大之难关当前，即自立与谦卑二者不可得兼。如之何能得其一而不失其二乎？此诚极难事也。由谦卑以论自立，则自立之说在西方极不圆满而常多流弊，自古希腊以迄现今皆然。古希腊之什匿克派（即犬儒派）为首倡自立之说（Autarkeia）之人，其于谦卑之德，去之远矣。斯多噶派亦主自立，故巴斯喀尔（今译帕斯卡）斥斯多噶派为妄逞瞽说，“矜傲如魔鬼”。此言未免太过，况斯多噶派中，尚有如马克斯奥里留斯（今译马可·奥勒留）等极温恭谦卑之人，然就其全体言之，决不能谓斯多噶派具柔和谦卑之德性也。

至论近世之提倡自立者，则当推卢梭为首，卢梭自立之说，具详其《爱米儿》（今译《爱弥儿》）一书中。若其人谦卑之德毫无，则凡读卢梭《忏悔录》之开卷第二页者，莫不稔知之也。（参阅本志第十八期《圣伯甫评卢梭忏悔录》篇第八页）美国之力主自立者，以爱玛生（今译爱默生）为之魁，爱玛生岂谦卑出众之人耶？［白朗尼（W·C·Brownell）君，至谓爱玛生为世界古今最缺乏之人。见其所著 *American Press Masters* 第 176 页。］

卢梭与爱玛生，皆不过取古斯多噶派之说而重复言之耳。今欲解决上言之难题，求能自立而不失谦卑，则当研究斯多噶派之个人主义。彼卢梭谓人之本能皆善，而斯多噶派则言信理智为万能，故常乐观。斯多噶派以为，人能知某事之为善，即无异已行此善事。（按知行合一之说，流弊甚大。征之斯多噶派，已可见之审矣。）理智与意志，是一物而非二物也。彼斯多噶派之为此说者，自谓继承苏格拉底之遗绪。故此问题，又与苏格拉底、柏拉图之知识即道德之说密相关联，而其归宿仍在欧洲亚洲之人对于理智与意志之关系见解主张之异也。如上所述，亚洲之诸大宗教家，其立说皆谓人须以平常之自己、自然之天性（理智亦在其中）屈服于一种高上意志之下，然后始获精神之安乐。今姑以柏拉图与释迦我佛为比较，则东西理想之不同，可以了然矣。佛亦欲将宗教及哲学合而为一，与柏拉图同。然佛视心智之重要，则远不如柏拉图之甚。佛尝开列

"不可思议"若干条,一若人生之真义无人能知之者。佛之所谓心[末那(Mano)]非即柏拉图之所谓心(Nous)也,佛以"心"为变幻之机关,而柏拉图则尊"心"至于极地。由佛观之,视吾身为常住之体,其错误尚小;视吾"心"为常住之体,则谬妄之尤者也。西方哲学中,常有以思想及存在合一之一派(即谓我思此物,即见此物,按即唯心派),古希腊之巴门奈底氏(今译巴门尼德)(Parmenides,纪元前五世纪)实导其源。而自佛观之,则此派实西方哲学之根本大缺陷也([原注]可参阅 Diels 著 *Fragmente der Vorsokratiker* 卷一第 117 页)。夫人者至虚空变幻之物,又安得谓吾心之所思等等即存在之实物乎。品达曰[品达乃希腊大诗人(Pindar,522—448B. C.)]:"何者为人,何者非人耶。人者影之梦耳。"推其意,如云"人者梦之影耳",犹嫌过沾实在,恐启人骄恣之心,故以"影之梦"喻之。人之本身与夫外界,既皆如此虚幻无常,而乃妄谓专凭理智即可超出此无常之外,此实大误,盖由不知"幻乃真之一部"(意言幻即真也。此条……之间)故耳。世人之过信理智者,往往喜造作常住不变之"绝对"以立说,而彼崇信变幻与相对者,攻斥"绝对"之误,又并所有之标准而悉铲除之焉。其实彼主张绝对及主张相对者,皆有妄用理智、颠倒事实、以自欺惘之病。诚以就实在经验所得,人生乃兼备一与多,和合而不可分离者也(既为绝对,又为相对,二者兼具,非可执一,故人生哲学必为二元,一元必误也)。

兹更续言东西理想之异同。骤观之,佛家似若与吾西方之主张流转变化者同科,以故近人常有以释迦我佛与柏格森(参观本期插画)相提并论,而称之为"变化哲学家"者。此其谬误之处,实足骇人听闻。盖佛与柏格森,不特其所生之时与地相去若是之远,其理想学说尤大相悬殊也。柏格森喜言变化,主张任情纵欲,不加裁制,其冲动之精力之说,实为帝国主义之发端。此层柏格森亦自承认不讳,前已述及矣(参阅白璧德:《论民治与领袖》)。至若释迦我佛,则力求逃出变幻无常之罗网,与柏拉图正同。不惟帝国主义无从沾染,且专以其所谓"宁静、智慧、涅槃"者为修养之鹄的,其他种种皆在所屏绝焉。佛虽讲变化哲学,而能兼具宗教之安乐与谦卑,此种造诣,西方哲学中绝乎无有,故吾西人论佛教者,至须审慎,而不可妄为比附臆度也。然而佛与西方历来哲学家不同之处,可得而言焉。佛为极端崇奉个人主义者,故于"一""多"之问题,不得不急谋解决。诚使事物之中,无一贯之原理,以为测度繁复变化之标准,则个人必失所依据,而沉溺于迷乱之印象感情。由佛探索所得此一贯之原理,不在理智,而在意志(即不能以理智取得,而可以意志取得之),与其他亚洲诸圣哲所见相同。佛虽自用理智分析之法，视理智甚为重要，然终谓理智乃隶属于意志而供其驱使耳。惟然，故凡欲凭理智解决人生问题者，皆如注盛洋海之水于一小杯，其愚不可及也。佛意若曰：“人生之秘奥，惟能实行之人乃得窥见，而各种行事之中，以内心之工夫（精神之修炼）为最难云。”世之欲了解耶稣与佛者，首当知二圣皆实行之人物，而其所实行之事，则亚洲之贤哲在其最高境界所指示者是也（即内心之工夫）。佛最不喜为空论，吾西方哲学者之最重实行者，以佛观之，恐犹嫌其过多空论。佛尝将世界古今之智慧，写入八字格言之中，备极简练，曰：“拒恶行善，正心即佛”（见《法句经》第186偈）。其教徒为之注解曰：“诵此偈言，似极平常，若实行之，乃无穷尽。”此义可以深长思之（意言为使人受用之子文观、不在以文辞空言、夸多斗靡也）。

一多之问题，苟视为知识而解决之，则困难殊甚，征之于柏拉图观念之说，可以知也。今夫同属一类之各个物体之中，必有其同一之点在，此同一之点。此为常人观察所能及知者。例如所有各个马之中，必有其所以为马者之同一之点在。此同一之点柏拉图即名之曰：马之观念（又曰天上之模型）。然使其说遂止于是，则所谓同，所谓一者，不过虚空之名词而已。而人性恶虚而趋实，得此何所裨益？故以理智强求一与多之关系，其末路必陷于柏拉图于其语录《巴门奈底篇》下篇所叙之困难纠纷焉。诸种观念之中，以善之观念为最主要，盖善之观念即上帝，亦即人心中最高尚之部分。如是，则善之观念尤不当流于虚空，顾将如何而实之耶？夫表示善之观念者，乃字中之字也由是逐步研究，不难洞见其转变之迹象，（即希腊哲学形成耶教之历史的实迹）。于是希腊之“字”，经犹太人斐罗（Philo Judeaus）等之传授，而卒成为耶教使徒约翰之“道”，见于其所撰之《约翰福音》第一章。耶教解决此“道”之问题之方，厥为主张（或明言或默认）上帝之理智实隶属于上帝之意志之下，耶教之所以不失为亚洲之宗教者，正以此也（即重意志而轻理智）。上帝凭其坚强之意志遂能沟通空泛之智慧与特殊之实物间之界限，而使之连为一体（若凭理智则不能成功），故曰：“道成人身”（《约翰福音》第一章），至此而常人喜实恶虚之心理，乃得如愿以偿。由此言之，则上帝之子（耶稣）投胎降生为人之意义，固极浅显易解（耶稣降生为人，寓理想与实际合一之意然有耶稣之降生乃上帝之意志……护也）。但就心理作用研究之，则此中之理，固皆世人日常经验所已知者也。即谓人心中所有之疑惧痛苦，非道德行为之学说所可救治，其学说虽完美亦属无效，而惟厚德笃行之人者出，始足救之。彼拉多曰：“真理何欤”（见《新约·

约翰福音》第十九章),彼拉多之为此问,适见其为欧洲之人而已(即欲以理智解决一切)。耶稣于他处答之曰:"我即途也,真理也,生命也。"(《约翰福音》第14章),耶稣此答,则亚洲人之态度也(即意志坚强而道德高尚之人,当为众所归依,足为众人所造福)。耶教注重人格,实合至理。凡百精确之观察,亦能见及此层,惟耶教以神之人格及人之人格,扩而举之,至于广漠无涯、天长地久之域,此则耶教之高绝处,而为观察经验所不能及者也(按《中庸》第20章及23章所言,正可与此比较,于以见孔教之大也)。

吾兹所论者乃极繁难之事理,力求简明,故未免于柏拉图及苏格拉底门下诸人评之过刻。吾固知柏拉图之智慧丰富,今人欲得宗教之真识而又不失其批评之精神者,惟当读柏拉图之书,藉得裨助。虽然,柏拉图与苏格拉底所主张之道德知识合一之说,实有疑义,不能为之曲解。吾非谓其说为肤浅也,焉有柏拉图、苏格拉底而肤浅者?知识尽有圆满至极之时,人若违其知识行事,如以指入火,自焚而伤,此境不能谓其无有,且人之迷惘谬误,胡行乱为者,事后回思,每觉我当时并非有意为恶,特不知其事之坏耳。此亦常人之情。故柏拉图与苏格拉底之说似甚有理,然而人类全体之经验,多与道德知识合一(能知即能行)之说相反。世人不惟明知其事为恶而竟行之,且每以作恶为称心之乐事,耶教神学家名之为"罪孽之快乐"。前此罗马之奥维德(Ovid,43B. C—17A. D,罗马诗人)于其诗中早已言之矣。总之,今所研究者,即欲自立而又能谦卑,其道何由?如从希腊哲学家之说,尊理智为无上,而同时又欲保有谦卑之德,其事必不能行也。诸种骄恣之心理中,以理智之骄恣为最足患,而妄欲知晓善恶之事,则理智骄恣之尤者也。故善恶不能知,强欲之必败,耶教"人类堕落"之神话,无非说明此种心理之真际而已。(所谓"人类堕落"之神话,见《旧约・创世记》……消失也)

试一究苏格拉底学说之结果(柏拉图及亚里士多德之影响均在其中),观其成效如何,则吾意更为明显。夫柏拉图既于宗教上用功夫,而创立学院,则其学院之成绩,自当为宗教之美德,乃由其学院出身之博学名高之士,大都归于怀疑派。在昔苏格拉底,固亦尝以怀疑之心理而确立信仰,然柏拉图学院中继起之人,则皆毫无信仰可言,可为伤叹!反而观之,释迦我佛所创立之僧伽,其中多信仰圣诚之士,其精神修养之效果,适有如上文圣保罗所言者,(即仁爱、喜乐、和平、忍耐、慈祥、良善、忠信、温柔、操节)足当圣人之名。读古籍可以稔知彼柏拉图学院与佛之僧伽,其结果相去如是之远,则其说之无流弊,可以审矣。

所以然者,彼希腊人,甫推翻古来礼教之标准,即不能把持,而下堕于理智主义之渊,无分其为斯多噶派或伊壁鸠鲁派。要之,理智主义绝不能管束人心中纵放之情欲也。斯多噶派亦尝欲行宗教之事,求得一普遍正确之原理,以为统一人群之准绳,而以理智当之,谓理智之力足以到此。顾又谓崇尚理智之生活即放乎自然之生活,其意盖以为理智不假外力之助,即足胜过人心中复杂之印象及放纵之情欲。其然岂其然乎?夫当希腊罗马思想交汇之时,如苏格拉底、柏拉图、亚里士多德等各派学说,均糅混不清,本不易分辨。然而斯多噶派既谓所知者是,则所欲行者必是,而犹自诩谨遵苏格拉底之教,不亦误乎!斯多噶派派竟失苏格拉底之心传,则能得苏格拉底真正之精神者鲜矣。

就其全体论之,斯多噶派乃一自相矛盾之学派也。该派为世间只有物质界为实有,又极力注重道德。其所谓道德,固非可得之于物质界也。转言之,即道德者,真正二元哲学之出品也,而斯多噶派乃欲以一元哲学得之,宜其不能得。纵有所得,亦仅矣。故斯多噶派虽多可取之处,在当时也颇有影响,而全局终归失败。不但该派为然也,希腊人欲以批评之精神解决道德品行之问题(即欲造出一种稳健之个人主义),盖无不归于失败者。至其所以失败之故,则缘未能了解想象力与高上意志(即道德意志)之密切关系。前已言之,既知"幻乃真之一部",又知欲得谦卑之德,必当重意志而轻理智,如亚洲先圣所指示者,则不能不断言曰:希腊哲学之病根,即在其自始至终过崇理智,固执而不变也。

希腊哲学之缺陷,耶教起而弥补之。耶教之教理务在黜斥理智,而又造作种种符号,运用人之想象,以管束其意志焉。是时,值希腊罗马衰亡之后,蛮族侵入,毁灭一切,耶教本其东方之宗教信仰,竟能再造文明,挽既绪而不堕。但耶教虽成此大功,而批评之精神受损不少,遂致专务尊重威权,谓在个人"之先、之外、之上"而莫之能抗云。夫希腊人专信理智,固属偏谬,然若过崇意志,漫无区别,则其害亦甚大。如尼采之尊崇意志,酿祸之烈,固已众所共知(尼采之超人主义,流为德意志之军国主义,遂有欧战),而即东方人之尊崇道德意志,亦隐伏祸机。例如印度之苦行者,卧于钉板之上,或举臂向空,久久不移。其用心固为锻炼意志,然而其锻炼方法之合理与否,则实未必然也。至若回教,以高上之意志寓于神之意志之中,谓经典中之文,为神所授,须字字遵守,处处实行,莫敢或违,此则其害为尤大焉。如是为之,则不啻以活泼之人性,强纳入固定之模型之中,乌乎可?盖因过崇绝对之意志,而忽略变动相对之一端,与过崇绝对之理智而忽略此端,其害正相同也。如回教徒所为,是不知"幻乃真之一部"也。且既谓此意志为绝对、为自由行事、而又超出凡人之上(即于上帝),固足使世人异常谦卑,然并其自立之德性而失之,遂笃信命运之不可逃,而颓然堕废,此东方所常见者也。

欲明本题,不惟须知东方过崇意志之弊,而尤当研究耶教尊崇意志之行事,即所谓神恩之说是也。此说发自圣保罗,而圣奥古斯丁阐而广之,故其影响于中世及近世之耶教者为至巨。论者每称圣奥古斯丁为耶教中之柏拉图,说固有理,以圣奥古斯丁喜言"瞬息流变"与"永久固定"之对立并存,与柏拉图同也。然细考二贤之性行,则知柏拉图偏重理智而圣奥古斯丁偏重意志,实迥然不侔矣。圣奥古斯丁尝自言:渠所欲知者,惟上帝与灵魂之二事,此外无有也(Deum et animam scire cupio. Nihilne Plus? Nihil omnino)。人所可见之上帝,固非理智,乃意志也。而人之灵魂,语其精要,亦意志也(nihil aliud habeo qnam voluntatem)。但因前此"人类堕落"之故,人之意志与神之意志,高下悬殊,隔离甚远,欲求超度,非赖上帝之恩典(简称曰神恩)不可。但须先赎罪,而后上帝之恩典可得。二者皆灵迹也(灵迹由上帝之意而出现,不可以常理推,不可以人力致),欲使人之意志与神之意志和谐一致,不特须待耶稣基督之接引,且须有天主教会、圣餐仪节、及各级僧侣牧师,以成此超度之功。彼柏拉图谓:能知其是者必能行其是,今圣奥古斯丁则谓:已经堕落之人类,专以作恶为正当之乐事。圣奥古斯丁自叙其幼时偷梨之举,而为之说曰:"彼时吾舌尖上所觉其异常甘美者,实非梨之滋味,乃吾之罪恶之滋味也。"又谓意志之颠倒错乱,本由于过矜理智之故。人欲与神同科,知晓善与恶,致堕落而生罪孽。故圣奥古斯丁不惟谓理智应隶属于意志,而视理智为有害之物而欲慎防之。理智既黜,其流于神秘派,殆自然之势矣。耶教能令世人谦卑而重立其意志,然而批评之精神受损矣。若就历史实迹考之,耶教之所以重盲从者,盖缘其教先传于下等社会,逐渐而及上流人士,此层他教尚不如耶教之甚也。总之,耶教在当时之主张某事某事,因其无理,故当信从([原注]按"Gedo quia absurdum"一语……之也,即 Tertullian 之 *De carne christi* 一书第五章全章之大义)。又谓愚蠢无知乃生虔诚之信心。彼时之人,既尽失其自立之性,不复效苏格拉底派之希腊人之恃其理智,然后耶教救世之功乃易见得成焉。卢梭曰:"愚蠢无知,即能为善行乎?学问与道德果不能两全乎!"卢梭之意以为不然,然而征之西洋历史，恐亦未能言其不如是也。阿克登爵士曰：“平常所谓黑暗时代者，精神上实光明普照。”其言不无稍过。巴克亦曰：“十八世纪以智识之‘启蒙时代’称，其精神则极黑暗也。”

[原注]阿克登爵士(Lord Acton)《自由发达史》《*History of Freedom*》第200页云：此后即所谓黑暗时代者是。其名虽有理，然后此人类所享受之快乐，所建树之伟绩，根柢皆植于此时也。(中略)黑暗时代，著名之圣贤不多见，然圣贤之道则遍行于人间，非他时所可比。纪元后二三世纪中，社会风俗甚为腐败，相形之下，故觉其时之神圣之人矫然特出。至于后来之五百年中，由教理纷争之终局起，至新神学之兴及 Hildebrand、Anselm、Bernard 等创始新事业止，此时代学术晦昧，号为黑暗。然圣贤之多盈千累万，特其时社会风俗良好，故埋没而不见称于世耳。

十八世纪之所谓“启蒙(一译开明)运动”者，其起源实在中世，至十三世纪而大著，一方侈言理智之解放，一方又特设宗教审判厅以遏止思想自由。此二事同时发生，其故可以深长思矣。然理智之真正解放，实发轫于文艺复兴时代。其时之人，复能自立，而失其谦卑之德，效法古希腊人之所为，视人生为知识之问题。惟其所谓知识者，非苏格拉底所倡之道德知识，而为自然界之知识耳。盖以道德知识已与彼不可理解之耶教教条合为一体，而不能分离，故古者谦卑之义与凭理智研究之新精神，常在一人之心中互争不息。今姑以巴斯喀尔为例以说明之。巴斯喀尔(今译帕斯卡，1623—1662)者，名高之科学家，而又为渊深精刻之宗教作者。其主张谓于自然界当完全施用批评实验之精神，但于超乎自然之上者，则当屏弃批评精神，而恪尊外来之权威，即上帝之默示与天主教会之规律是也。耶教教条之中，有极不合道理者，如谓初生之婴儿即当入地狱是。然其中皆含精神之真理，不能另行划分(见 *Pensées* 第434页)。人之所以可贵者固以其理智，然理智实毫无裨益于人，以理智常为想象所左右所玩弄故也。兹所云云，实耶教心理与斯多噶派冲突最激烈之处，盖斯多噶派谓智足能胜过想象，前已述及之矣。

理智既常为想象所玩弄，则斯多噶派以及他派所倡之自立之义，必不能行。而人之惟一希望，只有盼上帝之恩典而依赖其强制专断之意志而已。巴斯喀尔之所谓“心”者，即指上帝恩典骤降时之灵明彻悟而言。由此所言，则理智既与想象冲突，上帝恩典之意志亦与理智冲突。然而奉行稳健之个人主义者，须使理智想象二者同心协力，以为吾所谓道德意志之辅助。是则巴斯喀尔之说未为完备也。

然吾非谓巴斯喀尔对于奉行个人主义者遂无研究之价值也。巴斯喀尔所言,悉本于心理之体察,并非武断。以此之故,其主张谦卑、黜斥理智之学说,在今犹能成立。巴斯喀尔谓人既空悬于无穷大与无穷小之两极之间,两者均不能抵,故终无得到事物之究竟之一日,如此而可以自骄也耶?偶或自谓已确立基础,建立高塔,其巅行将上达于无穷之域。忽当此时,其基础骤然破坏,塔倾,而"地球且劈裂为无底之深壑"。哀哉!稳固之基础既终不能得,则人之所以谓知识者,果即真确之知识耶?安知其非梦中之梦。人之不能得知识,固甚可羞,而尤可羞者,则其孤立无援之理智,断不能管束其外来之印象与放纵之情欲是也。就常人确切体验所得,则斯多噶派之说(谓理智力能管束印象与情欲)实误,而巴斯喀尔之说(谓不能管束)确是也。人之所以愚昧迷惘者,由其不愿自裁抑其强烈之欲。此欲有种种,人欲自由,以行伊拉斯马斯所谓种种愚妄之事(如食财好色作恶等等)。但冥冥自然之中,自有其界限。人来与之冲撞,大感痛苦,然后乃废然知返矣。夫人皆有为恶之倾向,而作恶所得之刑罚又如是之酷虐,则人生似诚为诡幻至极者已。人生情形既如此,则虽非冉森之徒(见《学衡》第28期《坦白少年篇》),虽非耶徒,亦可见古来旧说,以栗栗危惧为安身立命之法者,比之近世新说之主张"惊人之生活",即破除庄敬谦卑诸德,而专求无穷之奇思诡行者,实有一日之长也(即旧说胜于新说)。古希腊人曾言,人之纵任其幻想者,必为骄恣过度之行事,由是遂成愚昧迷惘,而天道之惩罚随之至矣。故希腊人视人生为放纵之幻想及天道之惩罚二者间之因果,此说征之历史实迹,颇可见其无误。盖人适当大祸临头之倾,自信最深,趋赴最急,如箭驰坠落悬崖而不自觉。当欧洲大战当启之时,欧洲之人,非知识不足也,而其精神愚昧迷惘,如希腊人之所云,故大祸遂速发而不可免。希腊诸大诗人,皆洞明天道之惩罚之义,此其所以为不可及(按吾国古人深明其义,《易经》《左传》及他书所载之例,多不胜枚举,读者可自检寻也)。即尤里比底氏(今译欧里庇得斯)为其中最不主张道德者,亦于此义一再言之,如云:

金多运复享,威权慑四海。长驱下峻阪,覆亡不及待。礼洪供溲溺,骄蹇增懈怠。悬崖犹策马。戒慎忘真宰。一旦身名裂。崩坠无穷悔。

[注](见尤里比底氏著:《海拉克里之疯狂》一剧第744句起)

人之愚昧迷惘之行事,具见于史册,实迹昭然。苟就而研究,则知谦卑之德为不可缺矣。彼东西之大宗教家,力主凡人应当屈服于高上意志者,岂欺我哉！尤要者，则当以理智受高上意志之管束。盖理智之放纵[libido sciendi（知识之欲）]实为根本上之祸患。牛曼（今译纽曼）（John Henry Newmen，1801—1890）曰："理智之力，足以冲破一切，消融一切。今欲短兵相接，与之抵抗，且战胜之，夫岂易事，熟能为此哉"。牛曼此问，极为扼要，虽其解答不尽圆满，不足为病也。耶教能祛除理智之骄恣，固善，然乃视理智过卑，几于并理智而铲绝之，则非。故耶教常含神秘之意，前已述及，此则极不幸之事也。尽量广用理智，而又使理智隶属于他物，不至逾越范围而恣行所是。此事至难，西方古今之人，似无有能为此者。其理智则过度横恣，其信仰则以愚蠢无知之盲从为上，二者常互争战不息。此盖西方自希腊迄今之大病根也。此种脑（理智）与心（信仰）间之争战，于语言文字中亦可见其遗迹。例如古法文中，"心力强壮"（esprit fort）之人，即"无神派"之义。而"有福"与"痴蠢"（benet 此字出于 benedictus）同训。又"清白无辜"之人，义即不辨菽麦之人，而与彼"聪明如魔鬼"者相背而驰。至如英文"愚顽"（silly）一字，原即德文"神圣"（Selig）一字。凡此均可见耶教黜斥理智，崇奖愚盲之意云尔（按"中国妇女无才便是德之……是也。"有"聪明反被聪明误"是也）。

[原注]耶教视理智过卑，即可以牛曼自身为例。牛曼尝曰："理智何物也？乃人类堕落之成绩耳。天上无理智也，埃田乐园中无之也，小儿有之而不多也，天主教会时或纵理智。（然未尝崇奖之也）然已经改过迁善之心中，则不能有理智存也（中略）。或谓理智乃上帝所赐，焉得为恶事？"为此言者，岂不知情欲亦上帝所赐者耶（中略）。昔日夏娃为魔鬼所诱，纵情欲而听理智，遂以获罪而降谪（即堕落）焉（见牛曼所著 *Parochial and Plain Sermon* 第 5 篇第 112 页）。

卢梭曰："吾心与脑似若非一人所能具者。"（意谓吾之感情欲望与吾之理智，常相冲突而背驰也）。卢梭之为此言，实创出一种新式之神秘主义，下文当详论之。惟卢梭所谓心脑之冲突，至今日而犹未息。今世有绝非耶教徒之哲学家，亦动谓理智与直觉每相冲突，因之欲效柏格森之富有生机者，舍黜斥理智外，无他法也。哀哉（柏格森：《创化论》第 179 页）！

虽然，主张上帝之恩典者与尊崇理性者，其不能相容之势固依然在也。上帝之恩典之说，乃欧洲中世社会之基础，此说既摧毁，恐难望保存欧洲文明于不坠。要之，今世之奉行个人主义者，既知凡人不但须能自立，且尤须谦卑，则当搜求一种新理新说，以补上帝之恩典之说所留遗之缺陷，而存其功用，此乃至急之务也。欲得此新理新说，当借于亚洲之人历来之经验。今之稍具常识者，固决不谓东亚之道德远出西方之上，然西方文化之大病，厥为理智与信仰之交争，东亚则未尝见此病也。释迦我佛与孔子既能谦卑，又能自立而具批评之精神，兼斯二者，实可为今人所取法。今人虽在近世生活之中，亟应取亚洲古昔之精神文明，以为药石，否则西方专骛速度与权力，将如疯如醉矣。吾所谓亚洲之精神之安乐者，非专指某国某地而言，亦非谓惟亚洲之人可免劫运。例如中国今日受西方之压迫，行将起工业革命[汉口之情形今已类似美国之比次堡(今译匹兹堡)矣]，其结果，中国旧传之道德必将破坏，特迟速之间耳。而中国之人，精神道德，必致大乱而不可收拾。反之，吾西方尽可重行申明道德意志之真理，出以近世之方法(即以批评之精神行之)，其所造诣，为前此东方所未尝梦见者。凡此皆意中事，吾就精神原理立论，岂有畛域之见哉！解决此问题之法如下：夫今日之自命合于近世精神者，皆所谓爱自由者是也。由古昔之礼教，变革而为近世之新说，此变革之最大缺陷，乃误解自由之义。阿克登爵士生时欲著《自由发达史》一书，乃先撰就自由之定义二百条，以为发端，彼所撰之二百条中，有能合于今日之用者否？固未可知也。今之急务，厥为以批评之方法，求得自由之中“集中”精神。不能为此，而以“近世之人”自号于众，是欺人也。彼伪托“近世之人”者，每曰：爱自由者与守旧者互相冲突。其实不然，盖今日真正之冲突，乃在真爱自由者与伪爱自由者之两派。此事极关重要，故于下章详论之。

中国文化西被之商榷*

柳诒徵

中国文化之传播于欧洲，远起元明，至清代而递演递进。原书译籍，靡国蔑有，盖西人之嗜学术，愈于吾人之趋势利。纵使中国国威坠失，民族陵夷，但令过去之文化有可研寻之价值，彼亦不惮致力于其残编蠹简、遗器剩物之中，不必以强国富民为鹄的也。例如纽曼之译《诗经》，刘贾克之译《书经》，比优之译《周礼》，夏威诺之译《史记》，以及夏德、斯坦因等之演究古史、搜举简书，皆在欧洲鼎盛之时，非以浮慕吾国地大物博而始欲学其学也。顾自欧战以后，研究东方文化之声，益高于前，其因盖有三端：一则交通进步，渐合世界若一国，昔之秦越肥瘠者，今则万里户庭。我之知彼者既增，彼之知我者亦应有相当之比例也。一则欧人国家主义、经济主义、侵略主义、社会主义、个人主义，既多以经验而得其缺点，明哲之士，亟思改弦更张，如患病者之求海上奇方，偶见其所未经服御者，不问其为参苓溲勃，咸思一嘬为快也。一则吾国之人对于国际地位，渐亦知武力金钱之外，尚有文化一途。前二者既自视欿然，无所贡献，所可位为野人之芹者，仅赖有此。闻他人之需要，亦亟谋自动之输将，如拟印行《四库全书》及津贴各国中国文化讲座之类，皆其发动之机也。

虽然，中国文化为何？中国文化若何西被？中国文化以某种输出于欧美为最重要？皆今日所宜先决之问题也。苟从自然趋势观之，吾人亦可不必深

---

* 辑自《学衡》1924 年 3 月第 27 期。

虑。盖以上述一二两点，加以彼都人士从来吸集中国书籍之历史，吾纵不为之谋，彼亦将尽量以取。俟其机缘既熟，则以晳种治学之眼光，自能判断吾国文化之异于彼族者何在，即彼族所当摄取于吾国文化之要点何在。如自由贸易然，不必采关税保护制度也。虽然，西方学者，固多好学深思旁搜博览之士。然其取求于吾国之文化者，实有数难，一则文字隔阂，非如彼之谐声易识。有志研索者，往往仅通浅易之文理，不能深造而博涉，小书零册，在吾等于刍狗，彼转视为上珍；而真正之中国文化，彼或未能了解焉。一则西人之来华者，以商人教士及外交官吏为多，而所接洽之华人，亦未易判断其学术之优劣，彼所凭以传译者，或占毕腐儒，或无赖名士，或鄙俗商贾，或不学教徒，辗转传述，最易失真。彼以其言，认为华人自信之真义，则有差之毫厘谬以千里者矣。一则中国学生求学彼国者，多以吸受新学为志，而鲜以导扬国学自任。其在中土既未有充分之预备，一涉彼境，益复此事便废，值其学者之咨询，则凭臆说以答复。甚至彼之知我，转较我之自知者为多，则益不敢操布鼓而过雷门，而惟听其自得焉。是故吾国之人，苟不自勉于传播中国之文化，则彼我文化之交换，终不易相得益彰。吾闻美国某大学欲设中国学术讲座，无所得师，不得已而请一日本人承其乏。呜呼！是实吾民之大耻，抑亦吾国学者之大耻也。

吾甚怪今之国内学者及教育家，纯然着眼国内，不敢一议及学术上对外之发展。有之，则侈陈今日之新教育，谓是为吾国之进步，譬之市肆驱贩陈货于大商店之前，曾不知其所炫鬻者，本其邸店所斥卖。吾即陈述以依附末光，彼固鄙夷而不甚重视，惟有开发矿产，运售土货，始可得交易之平衡也。虽然，此事亦匪甚难，再阅三数年，国交益密，学者益多，以时势之要求，亦可有相当之应付。如大学之交换教授也，西人之来华求学也，华人之自译国籍也，皆可预计其为必有之事，即亦无甚为难。吾人所欲与薄海内外学者商榷者，即何者为中国文化之要点？今日国内学者所预期传播于欧美者为何物？使仅笼统含混名曰中国文化，殊非学者之口吻也。

今之治国学者，大别之可区为数类：讲求小学，一也；搜罗金石，二也；熟复目录，三也；专攻考据，四也；耽玩词章，五也；标举掌故，六也。六者之中，各有新旧。旧者墨守陈法，不善傅会，新者则有科学之方法，有文学之欣赏，有中外之参证，有系统之说明。其于学术，不可谓无进步，汇而观之，亦不可谓中国之文化不在于是。然吾尝反复思之，一国家一民族之进化，必有与他国家他民族所同经之阶级、同具之心理，亦必有其特殊于他民族他国家。或他民族他国家虽具有此性质，而不如其发展之大且久者，故论中国文化必须着眼于此，否则吾之所有，亦无异于人人。吾人精于训诂，彼未尝不讲声韵文字之变迁；吾人工于考据，彼未尝不讲历史制度之沿革；吾人搜罗金石，彼未尝不考陶土之牍、羊皮之书；吾人耽玩词章，彼未尝不工散行之文、有韵之语。所异者象形之字，骈偶之文。自今观之，即亦无甚关系。不识象形文字，不得谓之不文明；不为骈体之文，亦不得谓之无文学。苟仅持此以贡献于世界，至多不过备他人之一种参考，证明人类共同之心理、必经之阶级。然其所占文化之位置，亦不过世界史中三数页耳。夫欲贡献文化于世界，必须如丝茶豆麦之出口，为各国大多数人之所必需，若仅仅荒货摊古董店之钱刀珠玉，或蒙古之鼍骨、鲜卑之象牙，纵或为人所矜奇，要之无补于现世也。

中国史籍浩繁，彻底研究，殊非易易。微独异域人士，略窥一二书册，不能得其全体之真相，即号为中国之学人者，亦未必能了解吾民族演进、国家构成之命脉，嫥雅之士，骛于考据校勘，搬演古书，断断争辩汉唐宋明之事迹，或非所屑考，考之亦不赅不偏。浅陋者，则奉凰洲《纲鉴》、了凡《纲鉴》以及《纲鉴易知录》、《廿二史约编》之类为鸿宝，稍进则读《御批通鉴》，看《方舆纪要》，已为不可多得之人才，而晚近之但知学校所授一二小册之历史教科书者，更属自郐无讥。故中国人已不知中国历史，更无怪乎外人。近如孟禄之《教育史》、威尔斯之《文化史》，虽皆语及中国，要仅得之于中国浅人之言，未能得中国教育、文化之主脑。夫以历史之背景尚未明了者，遽欲标举文化之主脑，诚未免期之太过。然欲求一说明吾国国家社会真实之现象，极详备而有系统，为中西人所共晓之史书，今兹尚未之有。无已，姑先揭其主脑，再使之求之于历史。

世界各国皆尚宗教，至今尚未尽脱离。吾国初民，亦信多神，而脱离宗教甚早。建立人伦道德，以为立国中心，緜緜数千年，皆不外此，此吾国独异于他国者也。尚宗教则认人类未圆满多罪恶，不尚宗教则认人类有圆满之境，非罪恶之薮，此其大本也。其他枝叶更仆难数，要悉附丽于此，是故吾国文化，惟在人伦道德，其他皆此中心之附属物。训诂，训诂此也；考据，考据此也；金石所载，载此也；词章所言，言此也。亘古及今，书籍碑版，汗牛充栋，要其大端，不能悖是。战国时代，号为学术林立，言论自由之时，然除商鞅反对礼乐诗书善修孝悌廉辩十者之外，其他诸家虽持论不同，而大端无别。儒墨异趣，而墨家仍主君惠臣忠父慈子孝兄弟和调。老子之学，似不屑屑言伦理，然所谓“六亲不和有孝慈，国家昏乱有忠臣”者，正是嫉多数人之不孝不慈不忠，致令此少数人擅孝慈忠臣之名，非谓人应不孝不慈不忠也。商鞅之说，于后世绝无影响。惟魏武尝下令举不仁不孝而有治国用兵之术者，斯皆偶见于史，不为通则。其他政教禁令，罔或违越圣哲信条，是故西方立国以宗教，震旦立国以人伦。国土之恢，年祀之久，由果推因，孰大乎此。今虽礼教陵迟，然而流风未沫，父子夫妻之互助，无东西南朔皆然。此正西方个人主义之药石也。其于道德，最重义利之辨，粗浅言之，则吾国圣哲之主旨，在不使人类为经济之奴隶。厚生利用，养欲给求，固亦视为要图，然必揭所谓义者，以节制人类私利之心，然后可以翕群而匡国，至其精微之处，则不独昌言私利不耻攘夺者，群斥为小人，即躬行正义，举措无訧，而其隐微幽独之中，有一念涉于私图，亦不得冒纯儒之目。故吾国之学，不讲超人之境，而所悬以为人之标准者，最平易亦最艰难。所陈克治省察之功夫，累亿万言而不能尽。由其涂辙，则人格日上，而胸怀坦荡，无怨无尤，无入而不自得。西方人士，日日谋革命，日日谋改造，要之日日责人而不责己，日日谋利而不正义，人人为经济之奴隶而不能自拔于经济之上。反之，则惟宗教为依皈，不求之上帝，则求之佛国。欲脱人世而入于超人之境，而于人之本位，漠然不知其定义及真乐，苟得吾国之学说以药之，则真火宅之清凉散矣。

由此而观吾国之文学，其根本无往不同，无论李杜、元白、韩柳欧苏、辛稼轩、姜白石、关汉卿、王实甫、施耐庵、吴敬轩（梓），其作品之精神面目，虽无一人相似，然其所以为文学之中心者，君臣、父子、夫妇、兄弟、朋友之伦理也。非赞美教主也，非沉溺恋爱也，非崇拜武士也，非奔走金钱也。太白、长吉之诗，或有虚无缥缈不可理解之词，然其大归仍不外乎人伦道德。故论吾国文学极其才力感情之所至，发为长篇，累千百万言，戛戛乎独开生面者，或视西方文学家有逊色，而亘古相承，原本道德，务趋和平温厚，不务偏激流荡，使人读之狂惑丧心，则实一国之特色，且以其所重在此，而流连光景，妙悟自然，又别有一种恬适安和之境。凡其审谛物性，抚范天机，纯使自我与对象相融，而不徒恃感情之冲动，假物以抒其愤懑，故深于此种文学者，其性情亦因以和厚高尚，不致因环境之逼迫，无聊失望，而自隳其人格，以趋极端之暴行，此在感情热烈意志躁扰之人读之，或且视为太羹玄酒，索然寡味，不若言之激切偏宕者，有极强之激刺力，然果其优浸游渍于其中，由狡愤而渐趋平缓，则冲融愉乐之味，亦所以救济人生之苦恼者也。

鄙意以为，中国文化可以西被者在此，中国文化在今日之世界，具有研究之价值者亦在此。然而今之言学者，率以欧美晚近风尚为主，见其破坏激烈之论，恶吾国之不如是也，则务仿效之。举极中和之道德，极高尚之文学，一律视为土苴，深恶痛诋，若惟恐其或存者然。然苟反而自思，脱无此者，吾惟可自署生番野人，直陈其自明季以前未接皙人，毫无文化可言。否则彼土询之吾人，吾人何以置对？将举惠施、墨翟、公孙龙之名学乎？零章断句，不能敌彼逻辑之精也。将举玄奘、义净、窥基、道宣之佛学乎？乞灵异域，不能谓为支那所创也。将举顾、惠、钱、王之学乎？则顾、惠、钱、王所考证者何物也？将举关、马、郑、白之词乎？则关、马、郑、白所敷陈者何事也？语曰：物有本末，事有终始，不揣其本，而齐其末，不可也。今举国皆嗜新说，不暇究心本原之学。吾独因西人之有须于吾之文化，而粗述所见如右，其言之当否，尚冀大雅君子有以教之。

东洋文化与西洋文化*

释太虚

西洋文化，古为希腊，中为罗马，近为英法俄德美。上下几千年，纵横数万里，宁一言之可概齐？而古者苏伯亚三氏以及近世康德、白璧德诸哲，其为学与吾此篇所言之东方文化，固多相近，况曾主持西洋文化千余年之基督教，亦本为东方之文化哉。然现世界为一西洋文化弥纶之世界，故今言西洋文化，专就现代西洋文化之盛行者言之。其事维何？曰：发达科学知识，竭取宇宙所有，以争求满足人类之“动物欲”而已。动物欲者何？曰：“肉体生存”“亲族蕃殖”之私欲是也。由之以发展为行动，要不外饮食（衣食住）男女之事，及附属之奢华嬉戏而已。由衣食住生计问题，进展至帝国主义、资本主义、无治主义、共产主义等。由男女之恋爱问题，进展至婚姻自主、离合自由、男女公开、儿童公育等。要皆以极“衣食住之奢华”与“男女之嬉戏”为至乐而已。除饮食男女游戏之外，更别无何种高尚之目的。其为家、为国、为社会、为世界，较之为身，亦不过量之扩充，期达其饮食男女游戏之欲则一。而此饮食、男女、游戏之三事，乃人与诸动物生活之共欲，而绝非“人”类特具灵长之理“性”。今彼西洋文化，惟以扩张此动物生活之共欲为进化，故于制成之器用及资造之工具与能作之智力，虽日见其进步，但与人类特性之德行及内心之情理，则不惟无所进善，且日见其摧剥消陷耳。故予于今世盛行之西洋文化，一言以蔽之曰：“造作工

---

* 辑自《学衡》1924年8月第32期。

具之文化”。而于能用工具之主人，则丝毫不能有所增进于善。惟益发挥其动物欲，使人类可进于善之，几全为压伏而已！

夫“动物欲”，诚亦人类与生俱有之生物动物共同性，以人类本为“众生”之一也。然各东方文化，则最低亦须将“动物欲”节之以礼，持之以义，以涵养人类特长灵贵之情性，使保存而不梏亡，以为希贤、希圣、希天之上达基本。而对于动物欲，则闲之、防之，如人群之畜牧兽然，善调而住，随宜以用，不令腾踔飞突以为害人性；而鬼神因果祸福之事，亦引之为行善止恶之辅，以和畅人性（宋儒曰天理）而遏动物之欲（宋儒曰人欲）。此中国孔孟之儒之所由尚，亦人类伦理道德之所存也。盖尝静察禽兽，饥寒倦病，则营求衣食住乐；生活丰足，则为孩童之抚育、男女之玩嬉或交合等；再不然，则为族类之团聚、群众之游戏，或战斗等。爱之极则交合，憎之极则战斗，而不外“肉体生存”“亲族蕃殖”（严译赫胥黎《天演论》谓：人与动物皆以自营之私欲及族类之繁殖为本性）之暗示使然也。今世西洋文化之所开展扩充于人者，要惟斯特斯事而已，故与东洋文化之最低限度亦相背驰。充运动欲以残人性，则虽谓之率兽食人可也，此儒家所以首严人禽之辨欤?!

从儒教伦理等而上之，则有回教、基督教、婆罗门教（中国之道教及日本之神道教属前鬼神教）等天神教。于人界之上提出一天神为宇宙最高善之标准，引发人之善性，使专一其志，上达乎天。虽其行教之方法或和、或激，旁起之影响及副产之效果，有好有坏，其主旨在令人类由人达天，上进乎所期最高善则同。诚能践其上达乎天之志行，则就其所凭籍所经过灾害基程上，已收节动物欲、与我人为善之效矣。故回、耶、梵诸教，皆有所乎伦理道德之诫条，以为其范众进德之本，而不远乎儒术也。

更等而上之，则有疏观缘生法尔之万化，悟其皆起于心气之激荡，以是惟务因任以相与宁息，持之以慈俭让，守之以孩提初生之精神状态，以止流变而归根极，则有老庄之道及无想非非想之禅等。其至乎此者，则“动物欲”，不惟节之者已多，且几乎完全停息矣！然儒家所存养之人性，至是亦化为人而上性，非复人性矣！故是与前者之天神教，亦皆各有偏限，衡以佛之普法，上之未能至其极，下之又将失其本。就人以言反不若儒术之平正也。

然则佛之普法又如何？尝察儒家之道，虽注重存养人性，而对于动物欲则闲防之以为用。俾能听命于我性之主（若康德所谓良知之命令等）为止，初未尝欲剿绝之也。佛之普法亦然，亦如其缘生法尔之性，使之各安其分、各适其宜,则不相为害,而互成其利也。其为救弊除病之对治也,则用人乘法之儒教,以节度动物欲、闲存人性之善,可也;可用人天乘法,禁制动物欲,以上达乎天而增进人性之善,亦可也;或用天乘法,止息动物欲,引之超人入天,亦可也;或用罗汉、辟支法以断除"动物""人""天"升沉流转之苦,而超出生死,亦可也;或直用佛菩萨法,俾悉除障碍普得通达,亦可也。其为摄德成事之利用也,佛菩萨之为妙德妙用无论矣。其在相当之程度内,罗汉、辟支法,亦妙德妙用也。天乘人乘法,亦妙德用也,即发挥动物之欲,以丰足其生活,繁殖其族类,亦妙德妙用也。惟除佛之普法而外,余皆有限有偏,故相为倾夺高下,消长治乱,不能永安。世之思想较宽者,往往罗观世间诸宗教学术,而欲成一调和统合之教法,以宁一人心,而智小谋大,卤莽灭裂,杂乱附会,此无论其必不得成矣。即稍有所成,亦弥增乱原耳。凡是皆坐于不知佛之普法,久已将一切宗教学术,如其性分,称其理宜,以调和统合成为普利群生之种种妙方便门。故有天地之大而弗知窥,有规矩之巧而弗知用,徒抱头闷思以终其身也。呜呼!世之怀大志能极思者,盍回尔之慧光,一谛审谛观于佛法乎?

但今世之偏用成弊者,虽在西洋文化之惟以发挥扩充"人类之动物欲"为进化,而致汨没人理,沉沦兽性,然由此所获之副产品,则科学之知识及方法也,工作之机器及技能也,生活物产之丰富华美也,社会言行之平等自由也,交通之广而速也,发见之新而奇也,在在足令人心迷目醉,而不能自主。故今欲挽救其弊,虽可用儒教,而儒教之力量微小,犹杯水不能救车薪之火,拳石不能塞河汉之流也。虽可用天神教,则彼张牙舞爪之"西洋文化兽"乃曾冲决"天神教"(指基督教)之栏,断疆绝驰而出者也,又岂能复用是破栏朽缰以为之羁勒哉?老庄之道,似乎较能也,仍有才小谋大之憾。且之三者藉使能之,亦暂宁一时,而终无以使之循分顺理而浩然均德也。故诸智者应知,欲救治今世"动物欲"发挥已极之巨病,殆非用佛陀普法之大药不能矣。

救偏用西洋文化所成之流弊,须用东洋文化,渐已有人能言之矣。而西洋文化之病根何在?言之每鲜剀切。而于东洋文化中又惟佛之普法,真能救到彻底而永无其弊,尤未能有言之者。吾今浅略言之。盖佛之普法乃含涵一切而超胜一切者也。夫西洋文化之副产品,其科学知识方法诚精矣,其工作机器技能诚巧矣,其生活中之物产诚丰富华美矣,其社会中之言行诚平等自由矣,其交通诚广而速矣,其发见诚新而奇矣。然使一窥到佛普法中佛菩萨之智慧圆满也,工巧圆满也,生活圆满也,群众圆满也,神通自在也,知见无碍也,必将如河伯之过海，若叹为汪洋无极，而自失其骄矜之气。由是喻之以因缘生果、善恶业报之法而常理，使之从劣至胜之真进化路坦然可行，乃告之以儒教之人伦，可即为其转兽为人之妙法，而复不为儒限以上通乎佛。即语之以耶梵之天、老庄之道，亦即为其消罪殖福化形入神之妙法，而复不为天限以上通乎佛。于是乎西洋文化之偏补之弊救，而东西洋文化咸适其用，不相为害而相为益。

由上言之，则西洋文化，乃造作工具之文化也。东洋文化，乃进善人性之文化也。东西洋之文化未尝不造作工具也，而以今世之西洋文化为至极。东西洋之文化未尝不进善人性也，而以东洋之佛法文化为至极。诚能进善人性以至其究竟，则世界庄严，生民安乐。而西洋文化之长处，乃真适其用也。今偏用西洋文化之弊既极，而其势又极张，非猛速以进善人性不足以相济，非用佛法又不能猛速以进善人性，此所愿为经世之士一大声疾呼者也。

论 文 化*

李思纯

余自欧东归，来南京，今一月矣。南京夙文化旧都，而今则残毁最剧者也。抚览之余，有所感会，遂草短篇述之。

“进化为直线抑为循环”，此西方哲学上最难解决之问题也。如其为直线，则今必胜古，后必胜今，世有变野为文而绝无反文为野。如其为循环，则今或胜古而古亦或胜今，后或胜今而今亦或胜后，世有变野为文而有时变复反文为野。故此哲学问题若无确答之日，则世变亦正难言。吾人不欲认进化为循环以自堕悲观，亦不欲认进化为直线以强为慰藉，此理性所许也。吾不能据理性推度以得一正确之结论，吾可以经验为之征。其在西方，观于埃及、巴比伦、雅典、罗马；其在东方，观于长安、洛阳、金陵，吾窃有味乎盛衰起伏之理矣。

欧人有曰：“反文为野”，又曰：“摧毁文物主义”者，所以示此意也。摧毁文物主义者，始于罗马之亡，其得名盖防自 Vandal 种人，故曰：Vandalism。昔者罗马帝国文化之衰亡，有北欧森林中之蛮族曰日耳曼者，起而蹂躏之。其别支有名番达(Vandal)者，亦条顿之族，兵戈所及，遍扰高卢、日斯巴尼亚、及北非洲地，时有第四世纪与第五世纪之间。当纪元四百五十五年，遂人罗马大城掠举城中之科学之建置，艺术之设备，悉毁灭之，而罗马之文化遂尽，此“摧毁主义”亦曰“番达主义”之名所由来也。

---

* 辑自《学衡》1923 年 10 月第 22 期。

反观吾国廿四史，何番达种人之众且多，而番达主义实施之频繁也。以南京论，其盛也，由孙吴、东晋、宋、齐、梁、陈、南唐、赵宋（南渡非国都，然为重镇）、朱明之所成，而同时亦有北周、隋、唐、女真、蒙古、满洲铁骑驰突之迹。晚近之世，其实行番达主义而最彰著有效者，莫如洪秀全。今日之南京，即实验此番达主义之陈迹。彼大城环绕而荒陌相连，衢道四通而陋巷栉比，明宫则片砾不存，栖霞则千佛无首，番达主义为之也。也有绩学之人，明乎文化循环、人事倚伏之义，旷览东西历史中番达主义之充盈隐现，而知世事不能不然之势盖如此，则亦无取于效法诗人文士之行，徒俯仰兴嗟，而仿庾信之哀江南，摆伦（今译拜伦）之吊希腊矣。

文化存于人群，人群组为国家社会。夫国家社会非机械之物，而有机体也。人群为有机，故文化亦为有机。有机者，于人则生老病死，于法则成住坏空，机能变易，体量循环，无所胶执，无所附着。故吾人历览古今东西文化变易之迹，综合以得四种现象：一曰生、二曰住、三曰异、四曰灭。

一者生（Production）。文化之生，自微而渐。希腊以海洋交通，岛屿罗列，而其民物质富裕，乐生爱美。殷周以耕稼既兴，河洛灌溉，而其民乐土重农，敦崇礼乐。文化之系属于自然者如此。文化之生，非有天幸，即关人事。故埃及、希腊、中国，当三四千年前即诞生文化，而非洲尼格罗、美洲印第安，降及今日，尚无所有。文身之夷，食人之族，且未绝于二十世纪之天壤间焉。此足觇文化发生之不易，其生也全赖于机会幸运，而拥有文化之族之宜如休自珍惜也。

二者住（Conservation）。次于生者何事？曰推行于无穷而维持于不失真。井田制度发生于西周而延及于秦，选举制度发生于汉唐而延及于宋明，孔子教化发生于晚周而延及于近世，教会制度、封建制度发生于中古而延及于十六七世纪，巴力门制度发生于十五六世纪而延及于今日，工业革命、自由竞争发生于十九世纪而延及于今日，是皆所谓住也。事物皆为无常，故文化之住也不常住。日月迁流，精神面目不复其旧而“异”生焉。

三者异（Modification）。法国哲学家孔德（A. Comte，1798—1854）之论社会象，常区为二部：一曰社会静象（Statics），一曰社会动象（dynamics）。所谓动象者，活力内充而面目外异，岁月推流而精神迁徙是也。故潜变既久，忽焉突变，众蚁穴堤，一朝大决。井田虽拥虚名，而其实兼并浙行，故阡陌一旦兴焉。封建既成弩末，而其实都市已兴，故贵族一旦灭焉。凡世界巨大变迁，外观怪其突兀，试细心察其日迁月易之迹，而后憬然悟剧变之非无因，知世界之无常而后见流转之有理，是名曰“异”。

四者灭(Destruction)。由生而住，同相也；由异而灭，异相也。文化既日异其精神面目，其所趋之途，曰灭而已矣。自埃及希腊及于今日，文化之灭亡者何限，固不足哀。盖灭云者，其象有二：一则变形易质，为他种文明所吸收；一则死寂沦亡，沉埋大地，人莫之识，而永伏于番达主义之下。由前之道，尚冀有新生(renaissance)之可能；由后之道，则惟有埋没千秋，与人类同尽耳。

谓今世精神文化胜于古乎？观其周孔礼让之教，希腊中和之德，吾未见其然也。谓今世物质文化胜于古乎？观其秦汉宫室之丽，罗马风俗之靡，吾未见其然也。法国现代有哲学教授曰拉朗德者(La Land)，少习医学及生物学，有所窥见，乃为书反达尔文之说，力证人类之非进化而恒为退化。其言固不足证人类之必为退化，而人类之非必为进化，则亦显然可见。盖今人所自则矜为进化者，无非以其所思所行异于古而已。行之而利见，则益持此以傲古人，日久而弊生，则又追思古制之善。近世苦言纷歧者之造为世界语(Esperanto)，以模仿中古拉丁语统一，若自由竞争之社会主义基尔特派(Guild Socialist)之梦想中行会制度，何莫非此事之一证。故礼俗、学术、道艺、政制之为物，古者固多不如今，而今者亦未必其胜古，其真价固难确定也。

法国史家吉梭(今译基佐)(Ferancois Guizot，1787—1874)著《欧洲文明史》(Histoire de la civilization Europeenne)，其书综观欧洲文化之发育滋长，实互相倚伏，互相影响。已灭之文化，偶遗迹于将来而生新精神，将衰之文化，亦偶影响于他方而茁新事物，其转徙承袭，不能外于生住异灭之理焉。故谓文化谓不死者，谬说也。特其死有多道，非出一途，故一瞑之后，或者借尸还魂，或则永埋地狱。例如希腊文化之要素，约略举之，曰中和之德，曰节制之行，曰入世之思，曰爱美之念，曰神人合一之宗教诸要素者，当希腊文化盛时，皆美备无缺也。中经衰亡，罗马继起，中古宗教黑暗，几二千年，而有文艺复兴之新生时代。此文艺复兴云者，论者谓为希腊精神之复兴，由此以蔚为近世文明。然吾人试就希腊精神之完全质素察之，则近世文明所得，惟有入世之思、爱美之念两者。而其他若中和之德、节制之行、神人合一之教，则不具焉。故在希腊精神之中，吾人谓入世与爱美为借尸还魂，而中和、节制、神人合一之三者永埋地狱可耳。故曰文化必死者谬说也，曰文化不死者亦谬说也。

论文化之盛极必衰、衰极必亡，而持论最有力者，有德国现代哲学家斯宾格勒氏(Spingler)。斯氏有感于欧洲文化之趋于死途,常冥思默想而成一书曰《西土沉沦论》(Undergang der Abend land)。其书体大思精,证例繁富,历引希腊罗马及东方古国先代文明其发生滋长及衰败灭亡之曩例,更辅以历史学、社会学、生物学之观察,最后断定欧洲文化之现已趋于死亡。斯氏之着笔为此书在欧战前,脱稿于欧战中,而刊行于欧战后。一时风行之盛,势力之伟,其在战后之德国,盖与安斯坦氏(Einstein)所为相对论并称。斯氏本德国南方弥纯(München)城中一中年教授,名不出乡里,自为此书,不一年而誉满全国。其书所论文化之生住异灭,信为确义。就其说以考古今文化之嬗蜕兴亡,而知理有固然,非危辞耸听,谰言骏俗也。

文化之亡,大都亡于番达主义。其在欧洲,罗马倾覆,蛮族代兴,学士文人,远遁东方,而阿拉伯文化蒙其影响。及东罗马帝国衰亡,学士文人复抱遗经入意大利,而文艺复兴于以胚胎。中间蛮夷纵横,战乱不已,民不聊生,乃归心宗教以仰希天国之乐,遂使一千余年道艺学术沉滞不进。番达主义为之祸,可谓烈矣。其在中国,廿四史虽非尽为相斫之书,而其中相斫之例固不少。每一度相斫,皆为一度盛行番达主义。历考载籍,文化之销亡于兵火者盖什九焉,其尤著者,《隋书·经籍志》云:"董卓之乱,献帝西迁,图书缣帛,军人皆取为帷囊。西京大乱,扫地皆尽。"《通鉴》云:"北周师入郢,梁元帝悉取所藏图书数十万卷尽焚之。"此皆历史中彰彰可见之盛行番达主义也。夫一国家一民族之创始文化,盖为如何艰难,而其拉杂摧烧以殉番达主义,又何其易。惟此之故,人类所以纡回曲折,进寸而退尺,不能直趋以奔赴鹄的也。

文化之亡,或由外力,或由内铄。外力者,躏于蛮族,践于戎马,而斩其根株是也。内铄者,积腐生蠹,变革乘之,而形质顿易是也。文化之遭外力而不能抗逆者,可以致亡。文化之遭内铄迁革而其方向错误者,亦可以致亡。故蒙古尽弃铁骑,改宗黄教,而民族因之不振。印度弃婆罗门,奉穆罕默德,而固有之文化尽失。盖由内铄以施改革而不得其道,亦足以破灭固有之文化而无所利,其为弊害,初不逊于蛮族铁骑之凭凌扫荡。故曰:文化之灭,灭于番达主义也,然有外力之番达主义,有内铄之番达主义。

今中国之文化,"生"于唐虞三代,"住"于秦汉,"略异"于唐宋元明,而"大异"于晚清以迄今日。其生也,或以为来自西域,或以为吾土所固有,姑不必论。其住也,则两汉之间人承晚周之学,经置博士之官,《说文》则卓然文字之源,政教则依稀三代之旧,固纯然中国文化也。其略异,则印度文化之输入,而唐宋以来抽象之哲理宗教，具体之事物表现（图书建筑音乐），无不蒙其影响。继此元则通中亚，明则通欧西，而地舆、天算、历法、制造之影响尤巨。然宋儒理学，隐承佛化，而终以孔孟为依归。明人之研西学，则仅供知识之辅助，其于中国伦纪大义文学定则，无所移易，但有宏通，故曰略异而已。若其大异，则在今日。

欧人谓十八、十九两世纪之进化，瞬息千易，其变至剧，以视十一二世纪至十五六世纪之沉滞因循，蹈常习故，殆若天壤。故十八、十九世纪，以两百年之变化，乃较其前此五六百年之变化为急促而剧烈。其在中国，自晚清咸同逮及光宣，浸淫以至今日，其变化之急促而剧烈，曾不逊于欧洲十九世纪。其初为物质之变，则制器尚象，坚甲利兵也；其第二步则政治法律也；其第三步则学说伦纪道德礼教也。循序动摇，尽失恒态。笃旧者惧旧守不坚，笃新者则惧旧守之太坚，故举全国所以震撼动摇，相激相攻，纷纭扰攘之状况，而以一语括其总因曰："新旧思想之冲突"七字而已。此冲突盖中国文化估定价值之关头，亦即中国文化之生死关头。吾国人将于此决定吾国采取欧化之程准，决定吾国保持旧化之程准，决定吾国文化在世界文化中之地位，其时代上之责任，岂不重乎！

中国文化既已根本动摇，则决定前途之命运，惟在吾人身上，视吾人所以处置之者何如，而卜其休咎。苟吾人态度正确，处置得宜，则吸收新化而益臻发达。否则态度有误，处置未妥，斯文化之末路遂至。后此纵中国尚有文化，而其文化已全部为外来文化，旧有质素不可再见。正如遨游印度，但见欧风触眼，回寺遍地，而梵天教理无由再寻；旅行希腊，但见斯拉夫文明沾被，而艺术生活亦等乌有。虽曰文明犹在，未堕泥犁，然何尝为自身之物乎！

如何而可以正确吾国人估定文化价值之态度，此问题颇难答复，惟抽象论之。文化之发生变异，固由新有所得，欲以改正旧物，然所挟以改正旧物之器具及方法，则不可不斟酌审量，期于美善无弊。质言之，即此改正旧物之器具及方法，当对于旧物为补益之药，使成为新生，而不当对于旧物为毒杀之药，使见杀于番达主义也。故国人之正确态度，当对旧化不为极端保守，亦不为极端鄙弃；对于欧化不为极端迷信，亦不为极端排斥。所贵准于去取适中之义以衡量一切，则庶几其估定文化改正旧物之态度，成为新生主义之实现（Realization of renaissance），而不成为番达主义之实施（Performance of Vandalism）。吾人于此，其留意焉。

今假定国人之中有若干过激派，认中国旧文化为毫无价值而以实施番达主义为必要，则亦当先能精确估定旧文化之真正价值，然后可。故革命党昔日力言中国人民之有共和程度，而今则坐叹国民之不能去恶政治，此由未精确估定价值而下断定之言故也。新文化运动或有人昔诋孔子而今誉孔子(纵未誉，然已不复再诋)，此由未精确估定价值而下断定之言故也。今之所揭以号于国人者，试列举之：若十九世纪个人主义之道德，是否为中国道德伦纪之番达主义；白话文与无格律音节之诗，是否为旧文艺之番达主义；注音字母、拼音文字或世界语，是否为汉文汉字之番达主义？如此问题，吾固无成见以为之左右袒。吾所冀者，果旧文化经吾人"精确"估定价值，而确无可取，则拉杂摧烧以殉番达主义可也。若虽曾一度估定价值而未能"精确"估定，则于判决死刑之先，研求证据，律师勘谳，终不可少，是则今日国人之务也。

吾念人类文化进退之循环无端，思将来文化发挥光大之荣，怀番达主义之恐惧，怦怦中心，无可解答。钟山当窗，似告我以伟大文化之沉埋于地下者无量，此荒寒颓废之景，所以使人触目而惊心者深矣。

白璧德之人文主义*

吴宓 译

[按]本志自第三期译登《白璧德中西人文教育谈》之后，接到各处来函纷纷，佥以白璧德等人之学说裨益吾国今日甚大，嘱多为译述介绍，以窥究竟。本志亦亟欲为此。惟以梅光迪君于《近今西洋人文主义》篇中(其第一章绪言见本志第八期)将详述而精论之，故未另从事翻译。今此篇原载法国《星期杂志》[*I'a Revue Hebdomadaire*，第三十卷第二十九号(一九二一年七月十六日出版)]，题为 *L'Humanisme Positiviste d'Irving Babbitt*(按 positivi ste，实证之谓，精确之谓)，作者马西尔君(Louis J. - A. Mercier)以白璧德先生之学说，撮要陈述于法国人之前，使其国人皆知有白璧德，皆知有人文主义。吾人从旁遴听，益深景慕之思矣。且其叙述阐明赅括，故不嫌明日黄花，特为译出。《星期杂志》该期亦刊登白璧德像，并由马西尔君将白璧德《卢梭与浪漫主义》一书之卒章译为法文载登，题曰《人文主义与想象》(*L'Humanisme et I'Imagination*)。今从略，后此仍当续为译述。编者识

第一节

在昔十八世纪之初年，英国始出现于法人之眼界。(意谓法人始知有英

---

* 辑自《学衡》1923年7月第19期。

国，始重视英国。十八世纪中，法国政教学术思想文艺，皆受英国之影响甚大，尤以英国之立宪政体、洛克之实验派哲学、牛顿之物理学、Bolingbroke之有神论宗教、李查生之感情派小说诸端为最著。法国革新重要人物，如孟德斯鸠，如福禄特尔，如卢梭，皆曾游英国，或旅英甚久。前此则英国惟遵依模仿法国之文化耳。）至十九世纪之初年，德国始出现于法人之眼界。（语意同上。盖法兰西夙为欧洲文明之中心，德国僻处北方，南欧人皆以朴塞野蛮概之。十八世纪古学派盛行之时，德人专以遵依摹仿法国之礼俗文艺为事，如弗烈得力大王，谈话写信均用法文，而以用德文德语为耻。至十九世纪之初，浪漫主义发动，法人乃转而崇拜德国。一八一〇年，斯达尔夫人（Mme de stae）著《德意志》（De L'Allemagne）一书，力言德国之人民质朴真诚，友爱敦厚，德国之文学自然清新，不假雕琢，而富于感情想象，凡此皆在法国之上，而为法人之所宜则效云云。斯达尔夫人此书传诵一时，影响极大，为转移法人观感之原动力。自是法人多崇拜德国，直至一八七〇年普法战后法人始恍然大悟，知德人之爱和平非出天性。苟经训练，适成为最刚勇残酷，黩武好战之国民耳。）而今当二十世纪之初年，出现于法人之眼界者，则美洲之美利坚合众国也。

美国之立国，仅百年耳。而此百年中，由甫脱母国羁绊之殖民地，一变而为世界最强之国，致使世界文明之枢轴复为移动。古昔该撒之时，地中海之文明扩为欧洲之文明。今兹欧战，乃使大西洋成为文化交通之中心。自今以往，如置美国于不问，则欧洲种种问题不能解决。而彼美国，虽仍不欲弃其前此局外孤处之优势，亦审知此后欧洲种种问题之解决，与美国有切肤之关系。故今日者，诚新世局作始之会也。

虽然，法国无所损也。法国地居欧洲南北之要冲，故历经近世史上种种变迁，而常为文明融汇之处所；今世局虽一新，而法国地当全球东西之中心，故仍将常为文明融汇之处所无疑。奉其欧洲历史遗传之文明，而汲引美国，取其对于文明之贡献，以合于异日之新文明新潮流，此法国今日之责任也。前此之法国，仅为欧洲大陆北部野蛮与南部文明之通路；今后之法国，则应为新旧两世界，东西两半球之介绍人。惟兹事极艰巨，近以学者及学生之交换，业已逐渐进行。（按去年白璧德即赴法国，在巴黎大学为交换教授。）然仍须假众力，宽以时日，始可望有成也。

本志（作者指《星期杂志》）于此颇欲尽力，拟介绍美国思想家之最著者于吾法国人之前，而首以白璧德。此其选择至当，非以白璧德为今日美国最盛行之思潮之代表，如伊略脱（c. w. Eliot，生于1834年，任哈佛大学校长40年）、詹姆斯、杜威以及爱迪夫人（M. B. Eddy，1821—1910，创立“耶教科学”）一流，而以白璧德及穆尔及其日增月盛之徒众，方精勤奋励，专以遏止彼思潮，且转移其方向为职志也。

所谓美国之思想者，非仅取欧洲之思想持续奉行之也，又从而增损之，以意为之轻重取舍。夫人之所知者，惟其所能知而已。彼美国之人，百年之中，由一千万人而增殖为十亿之人口，由蕞尔之片士，而据有广漠之大陆，诚所谓天之骄子，成功率易。故其于欧洲传来之各种思想，所最易了解，而遂取而厉行之者，厥为近世无穷进步之说，以为个人愈得自由扩张，物质愈能为人驱使，则人类全体皆将享受最大之快乐矣。

白璧德之所攻辟者，即此种毫无管束，专务物质及感情之扩张之趋势也。本其所为，足促美国思想界之自觉，即恍然于夙所取之欧洲而变本加厉者，究为何种思想是也。

今征实言之，白璧德以为近世此种思想，实以英人培根及瑞士人卢梭分别代表之，故于二人着重研究。自哥白尼显明宇宙之大，人心为之震撼，既而渐能善自解慰，以为人苟尊从自然之律，则可凭科学之力，驱役自然以为吾用。此种新见解，以培根为其代表，故培根者，凡百科学的人道派之始祖也。其另一办法，则凭感情，以人自合于自然之中，而求安身立命。此说卢梭主之最力，故卢梭者，凡百感情的人道派之始祖也。

本于科学，则有实证主义与功利主义；本于想象，则有浪漫的感情主义。斯二者非近世思想之二大派别乎？人类无穷进步之说，即出于此。于是天国之福音不复闻，而人世之福音取而代之矣。

白璧德之批评，即由此着眼。旧文明以宗教为根据者，已为新说摧灭净尽，故白璧德不主张复古，而主张实证之人文主义。本于人类之经验深思穷研之所得，持此以为比较，则彼科学及感情的自然主义之缺误立见。盖其所主张，实证不足，又惑于想象，溺于感情，将旧传之规矩，尽行推翻，而不知凡个人及社会之能有组织，能得生存，其间所以管理制裁之道，决不可少。故今者既已将身外之规矩推翻，则必须求内心之规矩以补其缺也。尽行推翻，而知凡个人及社会之乱有组织。

人及社会之能有组织，能得生存，其间所以管理制裁之道，决不可少。故今者既已将身外（有形）之规矩推翻，则必须求内心（精神）之规矩以补其缺也。

彼科学的自然主义及感情的自然主义，皆未能以内心之规矩供给吾人，此近世最可悲最可痛之事也。

呜呼！培根生平纳贿贪财，以此得罪，非无故也。或谓培根为能实行其学说者，彼专务物质，营营货利，为所驱役，遂忘人生道理，欲图制物，而卒至不能自制。呜呼！卢梭所生子女五人，均送至育婴堂孤儿院，不自抚养，亦非无故也。卢梭所以出此者，图免牵累。其学说之要点，即痛恶凡百牵累、凡百拘束、凡百规矩、凡百足以阻止吾人率意任情行事者，以及各种义务责任，卢梭皆欲铲除之。呜呼！近今欧洲大战，又非无故也，徇物而不知有人，其结局必当如是。盖弄权作威，尊己抑人，恃强凌弱，乃生人最显著之本性。苟一国之人，听其趋向此途，不加绳检，而又专营物质之事业，则必至于好大喜功，穷兵黩武，如疯如狂。于是托尔斯泰所倡柔靡之感情主义，遂变为尼采所倡刚劲之感情主义。其国之人，横思妄想，皆欲为“超人”。知四海同胞之非真与黄金世界之不可恃也，恍然梦醒，然欲图无限权力之扩张，重复入梦，专务整军嗜杀。此种感情主义与人类弄权作威之天性，毫无拘束，以及操纵物质所得之力量，为所欲为。兹数者相遇，则必生大战。此势之必不可免，而千古莫能易者也。（按当欧战方酣之时，英美之人皆痛詈德人贪狠……）

爱玛生（Emerson）曰：“世间二律，显相背驰。一为人事，一为物质。用物质律，筑城制舰，奔放横决，乃灭人性。”（此诗白璧德用为其所著《文学与美国大学教育》一书之格言表明全书大旨）彼培根与卢梭之失其人性者，以其忘却人事之律（即为人之道理）也。而欧战所以终不可免者，以欧洲文明只知遵从物质之律，不及其他，积之既久，乃成此果故也。白璧德曰：“今相邻之各国各族，以及一国中各阶级之间，各存好大喜功，互相嫉忌之心，更挟杀人之利器，则无论或迟或速，战争终不可免。若辈牺牲人生万事之价值，但求积聚物质之富（货财器用）。既成，乃复自相残杀，并所积聚者而毁灭之，吁，可怜哉！”

今者亟当谋所以改变之道，盖“吾人所生之世，按之文明社会所赖以持久生存之原理，取途已误。不谓前史具在，鉴戒昭然，竟复昧昧然沉溺于自然主义之罗网，诚不知伊于胡底。此事之显而易见者也”。

以上乃白璧德《卢梭与浪漫主义》书中之言也。该书系欧战后（一九一九年）出版，然十余年前（一九〇七年），白璧德于其所著第一部书《文学与美国大学教育》中，即已明白确定其实证人文主义之要理，由是以得内心之规矩。惟因缺乏内心之规矩，故世变所极，终不能免空前之大祸（指欧战）。不幸而白璧德之言中,惩前毖后,可以悟矣。

白璧德首先郑重说明人文主义与各种人道主义之分别。盖人道主义重博爱,人文主义则重选择(人道主义兼人文主……则进于人文派矣)。泰伦斯(Terence)(罗马灰谐剧作者,约190—159)之言:"凡人事无不适于我心者。"虽经卜龙铁(Brunetiere)(法国文学批评家1849—1906)取为人文主义之表征,其实乃人道主义之说法,盖其中毫无别择之义,将以柏拉图语录与流行之小说丛报同等嗜之矣。但有博爱(通译为同情)不足也,但有选择或规矩,亦不足也,必须二者兼之,具博爱之心而能选择并循规矩,斯可矣。人性好趋极端而矜偏颇,然人之所以学为人者,正以其能战胜此种天性,于人心中每种趋向,各以其反对之趋向调剂之,遂能合礼而有度焉。

白璧德谓此种人文主义,古之圣贤多已言之。如释迦我佛云"偏则失当",柏拉图云"有能兼备一多之人,吾将敬而礼之",亚里士多德以中庸为道德。而巴斯喀尔(今译帕斯卡[B. Pascal (1623—1662),法国宗教哲学家兼物理学家,所著有《Lettres》及《Provioelals Pensées》而以后者最为精要])之论最为完备,其言曰:"人之所可贵而难能者,非在趋一极端,而在能同时兼具两极端,且全备其间之各等级也。"

印度专务趋一,竟能实行其理想。希腊则不然,其人虽阐明合度之法则,以"毋过当"为教,然其后竟废弃其所藉以模围身心、统一生活之规矩,于绝对(即一)相对(即多)二者之间,无由得执中两全之术,于是杂说并起,扰攘纷纭,精神迷惘,而相率沉沦矣。

第 二 节

由上所陈之义理,白璧德进而考察其时美国之情形。白璧德任哈佛大学教授([原注]白璧德略历生于一八六五年,学于哈佛……),故于自然主义在教育之影响,感受尤为深切。是时所谓选科制者犹盛行,([原注]其后哈佛大学已有反动于选择制,已加原改)哈佛大学校长伊略脱先生曰:"年界十六岁、曾受教育之青年,与其由全校教员为之代定课程,不如听其自选之为当也。盖青年者,极复杂之有机体,其天性各个不同,且可断言终无二青年之天性相同者,故决无能知之真切之人。"又曰:"居今日而论教育,只能谓各种学科同一重要,其在教育上之价值皆相等。"(而不能谓其间有轻重尊卑之分亦)白璧德则谓,彼十余龄之童子，性情无定，随一时之感触而转移，今弃千百年积蓄之智慧于不顾，而从若辈童子之自由嗜好，此其谬误，显而易见。盖以若所为，是将一人之个性视之过重，而将人类全体之公性视之过轻。此种理解，施之教育，当自卢梭始，前此无之也。又以若所为，是淆乱所有之价值，漫无分别，视人事之律与物质之律同等。此种理解，当自培根始，前此亦无之也。

此种谬误之理解，其祸并及于高深教育。即大学毕业生，再修业一年，而得硕士学位，又修业三年，作成专门论文，经过普遍考验，而得博士学位是也。白璧德所谓所行之制，按其实际，则彼求博士者，不行其所当务，不以熟读精思之工夫，与人类思想之精华、古今文章之杰作相接触、相亲近，理会而受用之，而乃专务搜求琐屑隐僻、无与人事之事实，纂辑以成论文，藉获虚衔，其数年之光阴全为枉废，诚为可惜。此其所造就者，并非真正之专门学者，博古而通今，援新而明旧，洞悉人类进化之前史，能为世用，而徒为虚伪之专门学者而已。秏矣哀哉！此辈盖亦为个性教育之牺牲。彼个性教育者，一方趋重科学，为琐屑干枯之考据；一方纵任感情，专务天性及情欲之自由，如前所言之选科制是也。

转言之，白璧德欲使学生先成为人文学者，而后始从事于专门也。夫为人类之将来及保障文明计，则负有传授承继文化之责者，必先能洞悉古来文化之精华，此层所关至重，今日急宜保存古文学，亦为此也。自经近世古文派与今文派偏激无谓之争，而古文学之真际全失，系统将绝，故今急宜返本溯源，直求之于古。盖以彼希腊罗马之大作者，皆能洞明规矩中节之道及人事之律。惟此等作者为能教导今世之人如何而节制个人主义及感情，而复归于适当之中庸。故诵读其书而取得其精神，为至不可缓也。

希腊人闲暇之义，亦为古来习俗之关系重要而急宜恢复者。彼培根之徒，误以闲暇为休息、为怠惰；卢梭之徒，误以闲暇为寻梦、为入魔。然古来东西圣哲，若希腊、若印度、若耶教、若佛教、若回教，莫不重静修之功夫。耶稣谓马利（主静主知）之智慧在马沙（主动主行）之上（参阅《新约・路加福音》第十章第……自明），实与亚里士多德所见不谋而合（亚氏以静思为最高之生活，见其《伦理学》卷十第七章）。其所谓闲暇者，即非工作，亦非游戏，乃谓以人之智力专用于高尚之思想，及美术诗文宗教之域。使人觉有超乎一己之上，而又确为我之心目中一切实境之根据者，使人视己之生涯，不以目前有形得丧，及过顷即灭之我为标准，而以永久之价值为归宿焉。（按：孟子："壮者以暇日我之以孝弟忠信之义云云。"故道……）白璧德于此仍归本于中庸之道，谓所当求者，非专务动作，亦非专务静止，而为静中之动。苟欲图真正人生理想之实现，不以物质之律自足，而并遵依人事之律，则此层修养之工夫为必不可少，若此者乃可谓之闲暇也。

必如此而真正之进步乃可致，而真实之创获，要必为汇萃精思之结果。夫前此之摹仿古文学者常不免为奴从，固矣。考近世（十七、八世纪）之复古派，原为个人主义初起方盛时（文艺复兴时代）之反动，非无根据，惟其后个人主义之势已杀，至十七世纪之初，仅见之于好为奇诡、专务纤巧之一种文体而已。复古派志在发明古代文艺之理想，力趋纯正，所惜以精粗及常变之界限未明，每不自行观察体验，而但崇奉后世注释亚里士多德之书者所定之规律，致于自然浑成者亦斥之为离奇怪诞。艺术之范围既经复古派强为斩削而小之，则激烈之反动为不可免矣。此种反动，发自卢梭。卢梭曰："吾虽无过人之善，然能与众不同。"（参阅本志十八期圣伯甫评《忏悔录》）卢梭此语，今人诵习已久。今人以专务新奇之故，至于尽反古人之思想议论，甚至自安于固陋，于古人之书曾不寓目。故复古派趋一极端，今人反之而又趋于极端，欲为新奇，而竟流于乖僻，今思救其弊，则仍须返于中庸。其法当效古希腊人利用前古之成绩以为创造，以个人自我之方法，表阐人类公性之精华。不当更于科学的及感情的自然主义中制胜图功。不当长堕迷途，自矜创获，专务搜寻未刊之残编，未道之只字，如疯如醉，效彼科学派之学究，疲精敝神，为琐屑之考据、诡僻之发明者，以及彼文学艺术派之学究，全为一己之感情印象所充塞禁锢而不能自拔者之所为也。而所当务者，则为熟读古人之佳书名篇，于以见人类所留遗之最高尚之思想言行，陆离彪炳，铭刻其中，更须继往开来，自为述作，比踪先哲。所作不必务为奇诡乖异，而当显示人生之要理，偶有所悟而寻常不及见者。于是古人之灵明睿智既得传于今，而今人本其新得之经验，亦可以其灵明睿智并传于后也。

第　三　节

以上所述白璧德先生之思想，皆本于其所著第一书《文学与美国文学教育》。白璧德其后所著各书，均就此意引而申之，成为系统。昔德人雷兴（Lessing 1729—1781）著《南阿空》（Laocoon）一书，以攻辟伪古学派淆乱诗与画之畛域。所以致此者，由于误解摹仿之本义。白璧德于所著《新南阿空》书中，先述雷兴之意，并为阐明之，然后攻辟浪漫派之淆乱各种艺术之畛域。而其所以致此者，则由于力主自然，及纵任想象自由不加节制之谬说。白璧德曰："欲艺术之尽美尽善，仅有精湛之材料尚不足，而必须有既整齐且有变化之形式，以表达之而范围之。其形式愈臻完美，则愈能显示一种宁静之精神，异乎呆滞，而能提高艺术作品，远离此刹那生灭之世界，而上企于庄严高华之境。所谓真正之艺术者，须言之有物，而又须简单言之也（谓不假雕琢，自然浑成）。故曰：言之无物，而又肆为奇诡繁复，此乃下流作者之所为，最堪痛恨者也。"

阅二年，而白璧德之《近世法国批评大家》一书出世，直攻十九世纪之潮流而斩其根株。盖白璧德先生之研究文学问题，不视为某国某时某种文学中之事，而凭哲学及人类思想沿革以观察之。故于此书中，乃取斯达尔夫人（M. S. Holstein 1766—1817 略见前文所著；除"德意志"外《论文学与社会制度之关系》……）、夏士布良（Chateaubriand 1768—1848）、尤柏尔（Joubert 1754—1824）、圣伯甫·薛雷尔（Scherer 1815—1889）、但因（Taine 1828—1893）、雷纳（Renan 1823—1892）、卜龙铁（Brunetiere 1849—1907）诸人（皆法国十九世纪批评大家），而一一质询之曰：彼其于近世思想问题曾如何解决乎？此白璧德著书之本旨也。

白璧德与斯达尔夫人及德法两国浪漫派卢梭之徒，则责其于伪古学派之形式主义固宜革除，然不当举法律之观念、选择之原理而同铲绝之，玉石俱焚，为害于世甚大。盖人类须常以超乎日常生活之上之完善之观念自律，苟一日无此，则将由理智之域而下堕于纵性任欲之野蛮生活。夫惟人类能自拔于此，而上进于理智裁判及直觉之生活，乃有文明之进步可言。今奈何反其道而行？毋怪乎末流竟有如托尔斯泰者，以彼俄国村农不能领略苏封克里及莎士比亚文章之美，而遂谓二子之剧本不当读也。（意谓托尔斯泰导论……）

白璧德于尤柏尔，则赞其卓识，知文学非仅为显示社会之变迁者，其中自有绝对不变者存。又知人性之中，亦有永久不变之部分，且发见一种理智判断之原理，不专为形式，而本于内观直觉，且为居理性之上而非在其下之直觉，是可贵也。

白璧德因论尤柏尔而述其将人类生活分为三界之主张，极为明晰。略谓人之存心行事可别为三级：上者立于宗教界（或天界），如巴斯喀尔是也；中者为人文界（或人界），亚里士多德《伦理学》首数卷所言者是也；下者为自然界（或物界），如卢梭是也。白璧德谓三界之中，宗教界与自然界极易混淆，世人往往以此为彼，误认自然之直觉（即本来之物欲）为宗教之直觉（即悟道之内观），不辨巴斯喀尔之所谓心与卢梭之所谓心，固截然不同也（一为坚定之道力，一为激扰之情欲）。

夏士布良者，过渡时代之作者也。按自十八世纪之末，直入十九世纪，此际人类思想之方向大为改变，昔常坚信绝对之理，今则一反故辙，而专信相对之说。夏士布良自命拥护王室及教会，而实则其所行事，皆足促众共信相对之理，故适成其为过渡时代之人物云。

白璧德全书之四分之一专论圣伯甫，盖以圣伯甫最能代表十九世纪之各种潮流，而尤能代表（一）旧传之希腊罗马古学派及耶教与（二）新兴之科学的及感情的自然主义（即物性主义）之苦战也。细究圣伯甫之思想言论，则可见旧传之规矩已无复信仰之者矣。圣伯甫一生，亦尝有归依宗教之时，然以感情之所驱而为此，故变迁而无定见，迷乱而乏真知。其时之奉行自然主义者，及身新见耶教教义之覆亡绝灭而宇宙共入于“无神”之世，莫不深抱奇愁，堕入悲观。圣伯甫亦然，虽曾立身于自然界（物界），而终不自适，至 1848 年以后，且痛攻感情派之自然主义。至于科学的自然主义，虽仍崇信之，而亦深知其过度之为害。当时文学中，嚣俄之浪漫主义与巴尔札克（Balac）之写实主义，如狂飙突起，盛行一时，趋向虽殊，实皆有悖中节合度之义，故圣伯甫并攻辟之，足见圣伯甫之为真正人文学者矣。且圣伯甫取巴尔札克及但因“主性”之说（其说谓人之性质……），固属于自然派；然谓人之“主性”必须以其相反者节制之调剂之，而防跻突横决，则又人文派之见解矣。虽然，综合一切而论断，则圣伯甫终不免为相对学派之巨子。其言曰：“呜呼！若是其矛盾也，若是其相背驰也。今世言论思想之庞杂，有如大海中之横风巨浪。吾观其忽进忽止，忽起忽落，不胜惊骇叹赏。诚如是也，又安有规律之可言耶？”盖圣伯甫一生力求广博之知识，广博之感情，为无限之扩张。其所行事，正合十九世纪之趋势，而又无一种集中之力量、统合收敛之工夫以调剂之，故终于散漫而无归宿。呜呼！此圣伯甫所以为最能代表十九世纪之人也欤。夫圣伯甫既未能解决彼繁苦之问题矣，白璧德从而质之曰：“论者书责圣伯甫未能解决此事。虽然，此岂非时势为之乎？岂非以十九世纪对于人生之观念，实为残缺不完，而所缺者又适为全局最要之关键乎？”

白璧德以次更求批评家之得此关键，洞见十九世纪之症结者及薛雷尔，谓薛雷尔具世界知识，艰苦诚挚，持论亦精严，无所畏忌。然薛雷尔虽欲得固定之标准，而卒不能脱自然主义之桎梏，至谓变迁乃惟一之实在，由此可见十九世纪自然主义势力之大为何如矣。

至于但因，则去所悬之格尤远，然足可显示自然主义极端之为害。在昔中世纪之理想主义，视人为超乎空间时间之上者，行事一本己之自由意志及上帝之恩典，不受其他拘束。自文艺复兴之始，乃有反抗此种理想主义而崇拜物质之运动起，愈演愈烈，至但因而达其极。但因之实证主义，剿袭科学之形貌，狭隘愈甚，直卑视人类与物质同等矣。

雷纳亦欲摆脱自然主义之束缚，而卒则陷溺愈深，牢固不拔。雷纳少时尝志为耶稣正教之牧师，其后，竟专务提倡科学，奉科学之理论为金科玉律，不啻信条教规，敬礼科学大家，尊严无忤，无殊教皇视科学之事业为神圣。总之，以昔日宗教之声势及其感人至深之情致，举而加诸科学，故不认世中有形而上之神，而谓其真理必由实验所得者乃可贵云。又雷纳不究人之本性，而以一己思想感情变迁之经过为准则。此种变动之历史观，原可矫十七世纪静止之历史之弊，惟其失则在不信人类全体自有其公性与同具之真理存，又误以艺术止足为某种民族或文化之代表，如镜之映物，而不能有进于此也。雷纳之论耶稣，正如但因之论莎士比亚，强指其由于某某各种影响积聚而成，然此说势必不成立也。灵明神秘之域，非寻常之理性所可探索，雷纳强欲为之，遂少成功。雷纳忽而用其诡变之理智，忽而凭其柔媚之感情，竟欲熏沐盛饰，殓以殊礼，葬以隆仪，亲送耶教之终，而使诸神长眠于地下（意谓以其文笔之妙，花言巧语，灭绝耶教，日言尊之，实则杀之也）。其法谓巧矣，然此法决不能用之于耶教，则彰彰明甚。昔人之述灵迹者，悍然武断其必有，雷纳则悍然武断其必无，殊不知吾人一生之经验细微已甚，遂敢据以断吾之所未见者为必无之事也，焉知寻常物理之上，不有更高之道理，以与之矛盾而背驰耶？又雷纳之叙圣保罗，绘影绘声，一若及身亲见之者。至于佛教在当时，虽欧洲之专门学者，亦仅一知半解，而雷纳乃纵论佛教，虚拟妄断，言之浅显透彻，娓娓动听，而实则错谬百出，莫不可究诘。甚矣！雷纳之好为武断也。呜呼！一八九〇年时（雷纳殁灾害前二年），雷纳虽仍信科学，然亦承认科学非尽能资吾人以真理者，仅能使吾人免于错误而已，盖已自知其非矣。雷纳之所曾见及者，仅凭理智以为分析耳，既知理智之不足尽恃，于是雷纳遂日堕于悲观而成为冷酷厌世之人。道德之根据，久为其所屏绝，故至是遂一无所信仰，视学问文章仅为消遣之具，聊以自娱。雷纳如此，其徒莫不然。故科学之信仰既失，相对之潮流无所依附，遂终陷于精神思想“大乱”之境。圣伯甫自言已见其端倪者是也(大乱之名,乃圣伯甫所造)。变化之极,竟不有容存在之地。斯世也,正如亚里斯多芬尼(今译阿里斯托芬)(Aristophanes,前448—前380,古希腊谐剧大家)剧中所言([原注]按指亚里斯多芬尼所作云Les……),细流一变而为狂飙。吾侪今世之人,行将覆没而同归于尽矣。

于是遂有倡复古之说者,卜龙铁即主张复古,而其行事甚可称者也。卜龙铁欲综合古今,取前古信仰中不变之道,与近世沿革进化之说,互相调剂而用之。然即卜龙铁亦未能打破十九世纪思想之难关,而有顾此失彼之病。夫旧传统,一人生之成规,既已尽行抛弃,则必须另求收敛精约新原理,以限制个人情欲之泛滥横决,非此则人群社会必至终凶,而不免于危亡。此层道理,卜龙铁见之甚明。所惜其缺乏直觉之工夫,不能自拔于相对之漩涡。然卜龙铁固曾发愤为雄,以图解决今世思想之中心问题,意在调和定变二义,使之并存,一方保存自然主义之成绩,一方拥护人性中最高之部分,超乎刹那万变之现象之上者。此其旨不可谓不善,惟未悟今日虚妄之个人主义过度之病,首当以真正完美之个人主义药治之(所谓即以其人之道还治其人之身)。卜龙铁未见及此,斯则为可憾耳。

兹所言之真正完美之个人主义,即白璧德所自拟以解决现今精神思想问题之方也。故其全书(《近世法国批评大家》一书)之结论约如下:吾侪今世之人,须融汇从古相传之义理而受用之,并须以超乎理智之上而能创造之直觉工夫,辅助其成。白璧德于欧战后出版之《卢梭与浪漫主义》一书中,即将此结论之意,引申而阐发之。是书实为杰作,以白璧德读书之多,学问之博,并观察近年世事所得之教训,故其思想精深博大,非乎自读皆全书者不能领会也。

第四节

本志(法国《星期杂志》,原作者自称)此期,曾以《卢梭与浪漫主义》一书之卒章,略加删节,译成法文登出,实则全书急宜译成法文印布也。在欧战之前,吾法国人士已有批评十九世纪思潮者,白璧德先生持论与之相合,此不容讳。然白璧德所以卓然独异者,则以其思想确由学问中得来,逐步慎思明辨,以苦心毅力,久而致此(非感悟意会而肆为论议也)。盖白璧德之学,既精且博,不惟邃于希腊拉丁古学,且深通欧洲近世各国文学,以及印度、中国、日本之文学

（[原注]白璧德之学生中，东方人甚多……）。而尤可贵者，则白璧德思想之构成，与吾国（指法国。原作者自称）政治宗教之诸种争端均毫无关系也。

值兹时势危机之顷，吾人急宜筹善后之策，不特于政治社会之事为然，而精神界为尤要。凡善后之策，欲其可行，必处处根据事实，此白璧德再三郑重申明者也。白璧德之责斥十九世纪者，绝非以其厉行实证主义也，乃以其主义尚未能完全为实证耳。而白璧德之所竭力主张者，即欲以东方西方人群经验之裨助，造成一种学说，新颖至极，以彼极狭隘之实证派之激烈思想与之相较，反觉其为千年前朽腐之陈言，如是乃为满足也。

以上所述白璧德之学说，其中最要之点，厥为个人或社会欲图生存，则超出“物质之律”之原理，为其所不同须臾离者。无论个人或社会，苟除“物质之律”而外，不另思求一种“人事之律”，以为此乃可有可无者，则必日趋衰颓，万劫不复矣。所谓“人事之律”者，即收敛精约之原理，而使人精神上循规蹈矩、中节合度是也。此原理可由宗教中得之，亦可于宗教以外得之，其来源无甚区别，但为必不可缺者。以其关系重要，故凡倡言革除此种原理者，无论其用心如何，皆属社会之罪人，盖以其违悖人生经验之实证也。

顾白璧德对于主张由宗教中得精神之规矩者，甚尊敬之。甚且谓近世文明，全本于自然主义，毫无人性之拘束，如是行之已久，而人类犹未至于绝灭者，盖亦由昔日宗教教义盛行所养成之习惯规矩尚存，幸得其余力之庇荫耳。且今欲挽救文明而不假宗教之力，究能成事与否，殊未可知也。白璧德曰：“吾虽主张以批评及实证之人文主义，治今时之病（而不藉宗教之力），然亦试为之而已，非敢谓其必是也。以今日西方局势之险恶，凡宗教之原理，无论其得恪遵成法，抑系自立批评，皆可造福人群，须知此乃近世思想中极隐微繁复之问题也。”

白璧德如此主张，期使信奉宗教者与不信奉宗教者互相容让而不相争，其间能有协商之地，且常勖二派之人和衷共济，协力同心，以卫护人事之律。盖今者外形之规矩、之拘束悉已破坏无遗，则内心精神之绳检之工夫，愈为重要矣。今人固不能学为圣贤，然当学为人，万不可舍弃人道而下堕于在理智之下之性欲之陷阱。宜立足于人文界，寻求人事之律而遵守之。宜勉为实证派之人文学者，毋再长此为自然主义之奴隶，视人与物同等（此科学的自然主义），或以人为飞扬之想象之傀儡，受其玩弄也（此感悟的自然主义）。若谓昔日者，人文主义受神道宗教之凌逼，有须卫护，则今日人文主义受物质科学之凌逼，尤亟须卫护。彼科学本有其范围，乃妄自尊大，攘夺地位，灭绝人道者，吾知其为伪科学矣，此十九世纪铸成之大错也。以崇信科学至极，牺牲一切，而又不以真正人文或宗教之规矩，补其缺陷，其结果遂致科学与道德分离。而此种不顾道德之科学，乃人间最大之恶魔，横行无忌，而为人患者也。

此其为患之深且巨。吾法国人生于二十世纪者，知之当最审矣（指欧洲大战。谓法国人受此奇创巨劫，皆科学的及感情的自然主义之赐也）。晚近一偏谬误之思想，流毒所极，致引起空前之浩劫（仍指欧战），使吾法人不得不流血伏尸，倾家破国，以偿其失，诚可哀矣！然今日者，欲筹善后补救之良策，如何而归于实证之人文主义，亦惟吾法人最能为之，孰能逾于我耶？白璧德谓今世自然主义及人道主义如是盛行，致使人文主义之旨意，无人能了解者。白璧德此语，盖由目击美国之情形而发，若夫吾法国则尚异是。彼以淆杂放纵之感情为本之人道主义，与注重选择而提取最精美者之人文主义，二者截然不同，吾法国人固亦多以之并为一谈而不克分辨者。然法国在今仍为最生发最久远之往古教化所积聚之地，举凡合度中节，赏鉴品藻诸义，以及文明之种种规矩（指宗教、道德、礼俗等），皆尚可于吾法国见之也。

十九世纪之自然主义，逼人类为“物质之律”之奴隶，丧失人性。今欲使之返本为人，则当复昌明“人事之律”，此二十世纪应尽之天职也。

此白璧德所拟救世救人之办法也，其言虽为全世界而发，而最能完全了解其义者，必当推我法人矣。呜呼！昔日之名贤巨子（指培根、卢梭以下诸人），喜倡异说，使世界盲于“人事之律”。吾愿其复生于今世，默察今日倾家破国之现状，而自悟其功罪如何也。呜呼！今之少年，生当兹天怒人怨，血战巨劫之余（谓欧战甫毕），吾愿其速谋保存人类留遗之精华，再加以一己经验之佐证，既光复旧物，并自行创造静美而真实之作，以求未来平安之福。呜呼！吾愿何极耶？

白璧德释人文主义*

徐震堮　译

[按]本志于(指《学衡》)美国白璧德先生之学说,已屡有所称述。惟念零星介绍,辗转传说,未免失真,而不见其思想之统系条贯。故令决取白璧德先生著各书,现译其全文,以飨读者,而先之以《文学与美国大学教育》(Literature and the American College)一书。该书为人文主义作辩护,书分九章,其目如下:(一)释人文主义(What is Humanism);(二)论人道主义之二派培根与卢梭(Two Types of Hamanitarians Bacon and Bouseau);(三)大学与民治精神(College and Demoratic Spirit);(四)文学与大学教育;(五)文学与博士学位(Literature and College);(六)古学之合理研究(The Rational Study of the Clasisscs);(七)古学派与今学派(Amcients and the Moderns);(八)论创新(On Being Original);(九)学院中之闲暇(Academic Leisure)。兹篇所译,即其第一章也。原书论议古今,征引繁博,若原始注释引申将必多占篇幅,故今一切从简,发挥比证,当俟另篇矣。译文先录白璧德先生所撰《文学与美国大学教育》一书自序,以下即第一章之本文也。

编者识

---

*　辑录自《学衡》1924年10月34期。

原　序

书中各篇，曾在他处发表者，可居半数，《古学之合理研究》《文学与大学教育》《论创新》诸篇，曾载《大西洋月报》，此处仅于文字上稍有更动而已。《文学与博士学位》一篇，系由曾载《民族周报》之二文合成，惟内容颇有增益。《古学派与今学派》及《学院中之闲暇》二篇，其中一部分取诸曾载于《哈佛大学毕业生丛刊》之二文。兹得重印，对于上述诸杂志深致感谢。

诸文中有时不得不语意激烈，或不为读者所喜，惟鄙意仅欲说明各种人物及趋势，初未对于某人有所讦刺或品评。盖品评个人本非易事，而于今时尤甚。在纯一之时代，乃有纯一之人格。今时之个人，其一己思想行事之矛盾，正与社会中各种趋势之互为冲突者相同。予兹所欲昭示者，非谓当代学者咸缺乏人文之特质，乃谓深具此特质之学者实不多耳。

尤有一言欲告读者，予对于古昔及当世名人诸所论列，仅限于题目范围以内，初未概其生平。如论大学教育，则不得不涉及伊略脱校长（今译艾略特）（C. W. Eliot，1834—1926，哈佛大学第 21 任校长）之事业，而如此公之影响于当代者，固不止一端，则予之不能品评悉当，亦所难免矣。

予更欲藉此机会表示对于脑登（今译诺顿）先生（C. E. Norton，1827—1908，美国艺术史教授）之铭感。近三四十年来，凡有感于人文学问之需要者，莫不直接间接得先生之扶助鼓励，而所当奉为典型者也。又书中若干篇曾得《纽约晚报》及《民族周报》文学编辑穆尔先生（P. E. More）校读底稿，多所指正，并志于此。一千九百零七年十二月欧文・白璧德识于纽汉浦省之霍尔敦纳司。

去今无几时，吾国（指美国）之联邦某审判官，谓吾美国人所需者，乃百分之十之思想，与百分之九十之行事。诚如是，则吾国人宜各欢庆，盖彼所言者吾国人已悉具之矣。然反是又令人愤及近时有作希腊哲学史者，其书中攻讦苏格拉底，谓苏格拉底称道人性之合理，不无太过。苏格拉底若曰：但能思想正确，则行事自亦随之而正确。关于此点，英美人之性质，适与苏格拉底相反背。其所信者，凡人苟勤奋作事，则思想自必无误，但求得实行之效率，理论虽模糊含混，固无妨也。

吾国人思想不求清晰缜密，此种习性，虽在全国最注意之教育事业，亦可见之。美国人深信教育能造福无穷,然问其应行何种教育,而后可造此无穷之福,则茫然不知也。雷那芝(S. J. Reynolds)之言曰:“不绝供办各种器械,扰扰于勤搜远讨,将使人去思想之真工作益远。”[雷氏为英国18世纪画家兼批评家(1723—1792)]吾人试一观近三十年中,美国之教育事业之忙碌纷扰,其间所费之时间心力,及图书馆实验室等经费之捐助,如是其宏多可惊,则不得不思及雷那芝之言矣。今人之恒言曰:“生活忙碌,实无致思之余暑。”盖组织经营此庞大繁复之教育机械,已使人无暇用思,顾窃意略杀行事之热诚,而稍益以苏格拉底之精神,其无害也甚明。惟苟欲澄清对于教育之观念,必首感正确定义之需要,亦犹苏格拉底之处理其时各种问题也。苏格拉底之方法,言其要归,不外确立界说,盖将一字中所隐含之各种不同或相反之意义,为之条分缕析,即将常人随意滥用之广泛名词,及一般人所奉为口头禅者,时时加以纠正,不容混淆是已。使苏格拉底生当今日,必将严行推问彼以自由进步民治服务等名词滥翻舌本者(若干大学校长亦不能出此例外),可想而知,而世人也必将视彼为公众之敌,一如苏格拉底之见杀于雅典人也(按:白璧德先生可称为今世之苏格拉底矣)。

由广泛之名词所发生之纷扰,人文主义 Humanism 一名词即其佳例,此名词在本论中较其他名词为尤要。为人文主义辩护,而不加以解释,将引起无穷之误解。此一名词,社会主义之梦想者用之,最新而合于时尚之哲学家亦用之。今世尊重自由,人人得逞其所好,尽量使用各种广泛之名词,此“人文主义”一名词尚带若干佳美之意义者,恐将为各种理论家所假借利用,各求其鹄,而凭空增添许多绝不相侔之观念,亦必然之势矣。若牛津大学之哲学家锡娄(F. C. S. Schiller),以人文学者自命者也,乃用人文主义之名,昌言:“当破空人云,以作惊人之事。”雷纳(E. Renan,1823—1892,法国大批评家,著作极富,有《宗教史研究》……详)谓将来之宗教,将为一种“真实之人文主义”。而一般抱乌托邦之理想,自述其未来之梦境为“人文主义”(Humanism)或“新人文主义”者,尤指不胜屈。格兰斯顿(Gladstone,1809—1898,英国大政治家),称述孔德之人文主义,海福德教授(P. Herford)称述卢梭之人文主义,而德国人并称述海达(J. G. V. Herder,法国大文学家)之人文主义,而不知彼孔德、卢梭、海达皆非人文主义者,特热心于人道主义者耳。尝有著名之某杂志,深叹哈佛大学“人道精神”之废坠,其意盖指人文之精神无疑。于此可见不特人文主义一字,当有正确之定义,即其余与之有关系而互相混淆之字,如:humane,humanistic, humani-tarian. humanitarianism 等，皆须有相当之定义。此数字者，苟能界说正确，则为大家一字立界说时，亦可得其助力。欲讨论文学在大学教育中之位置，当视一先决之问题而定，即将来尚能有真正之大学存在与否，未可知也。使大学陷于今日之危境，固由显然仇视大学之人，然彼自号为扶助大学者，其罪实较重也。情形皆如此，则吾人亦惟有效法古之阿加克司（Ajax，即希腊英雄，见《荷马史诗》）而祷祝曰：请于光天化日之下决战可也（意谓请用堂堂之鼓，正正之旗，明白决关毋以诈术暧昧欺人，而犹谓尝挞氏也）。

第　一　节

研求之第一步，当溯之拉丁文"humanus、humanitas"二字，盖本类字大抵皆孳乳于拉丁文。吾人所需材料之大部，可于巴西耶（C. Boissier）近出之佳著《humanitas 之古义》一文中见之。观于巴西耶之文，则罗马人本用此字表一种美德，然其义甚可出入。其后此字之用法渐广泛，故后来作者盖留斯（Aulus Gellius，生当西历第三世纪，卒于纪元后一八〇年，顷所著《雅典之夜》*Noctes Atticae* 共二十卷，除第八卷外均传，对文史哲皆有所论）深叹此字之乖离本义。其言曰："Humanitas 一字，被人谬用以指泛爱，即希腊人所谓博爱（Philanthropy），实则此字含有规训与纪律之义，非可以泛指群众，仅少数优秀人选者可以当之。要之，此字之含义，主于优秀选择，而非谓平凡群众也。"（《雅典之夜》十三卷）

盖留斯所叹字义之混淆，不特深可玩味，且与今日所不可不防之一种淆乱相类。苟信盖留斯之言，则当罗马之衰世敝俗，以泛爱人类（即博爱）代替一切道德，与今日正同，故遂以人文主义与博爱相混。惟今之所谓博爱主义，已有进步之观念附丽其上，而大变厥初。此进步之观念，在古代仅见其最初之萌芽而已。

盖留斯之议，实有见于普遍之博爱与个人之训迪之异点而发。有二字者：一曰人文，一曰人道。在当时需分别用之，缺一不可，在今亦然。凡人表同情于全人类，致信于将来之进步而亟欲尽力于此事者，但可谓为人道派，不当称之为人文主义者，而其所信仰者，即可谓之人道主义。若如近今之趋势，以 Humanism 人文主义为 Humanitarianism 人道主义之简称，随意互用，必将引起种种纠纷。盖人道主义几专重智识与同情之广被而不问其他。若希雷尔

(J. C. F. Schiller,1759—1805,德国大诗人,戏剧家)者,欲“纳众生于怀中,接全球以一吻”,则可谓之抱人道主义者也。而人文主义则异是,其爱人也必加以选择,若盖留斯者,固未能免于拘泥峻刻。其译 humanitas 之义,丝毫不带同情,而纳于其所谓工夫与训练之中,且引西塞罗(Cicero)之言以证之。然西塞罗则似无此一偏之见,彼知人文主义所需者不仅同情,亦非仅训练与选择,而为一种曾受练而能选择之同情。有同情而不加以选择,其弊失之烂,缺乏同情之选择,势必使人流于傲矣。

是故奉行人文主义者,与人道派适相反,视其一身德业之完善,较之改进全人类为尤急。虽亦富于同情,然必加之以训练,节之以判断。最近尝试为人文主义之界说者,有卜龙铁(F. Brunetière 1849—1907,法国大批评家,著有《法国文学之批评研究》Etudes Critique sur la littérlture France……评论之),卜氏固号为不与当世合流者,然其所作之定义,于同情与智识之外,亦不能有所见。彼取泰伦斯(Terence,前 190—前 156,罗马大谐剧家)之言:“凡人事无不适于我心者”,谓此可为人文主义之完美之定义。然此句极表示普爱人类之意,而不能为人文主义定义,以其全未及选择也。此语在原剧中盖用以为好事之解嘲故用作一般抱人道主义之“无事忙”者之口号颇合。此类人在今日已属惯见,但见其熙往攘来,怀抱改良世间一切之计划,惟独不谍改良其自身。若以泰伦斯之言施之于文学,则彼于各类书籍,上自柏拉图语录,下至日报之星期附刊,无不诵读者,正可以此言身作辩护耳。盖仅有广普之智识与同情,犹为未足,苟欲化之以人文,则必以训练与选择调和之。由此以观,拉丁文 Litterae humaniores 一名,实较英文之 humane letters 为胜,盖拉丁字义尤注重选择也。

真正奉行人文主义者,于同情与选择二者必持其平。若在近今之人,虽好古如卜龙铁者,犹不免失之偏重同情。反是,古人如希腊人与罗马人,则概舍弃同情而专重选择。盖留斯力言人文非博爱,而乃规训与纪律之义,似其时之人偏重同情,盖留斯因之乃作此语。顾其实不然,就大体论之,古代之人文主义实带贵族性,区别极严,其同情心甚为狭隘,而共轻蔑一般未尝受教之愚夫愚妇,固势所必然矣。

常人咸谓漫无甄别之普遍同情,即所谓四海之内皆兄弟之义,实自耶教之兴而始与之俱来,前此固无之也。且不但如此也,推尊仁爱与同情为至高具足之原理,而不必更以规训与纪律为之辅。此种思想行事,惟当近今人道主义盛行之世，始有之耳，前此乌得而见之。试征之于史，耶教徒之同情，常限于奉同一信条、受同一训练者，同为耶教徒则相亲爱，而遇异教之人，则深恶痛绝而谋加害。故耶教一方极重选择，甚且视上帝为严选择而乏同情者（圣经中如"盖彼招者多见选者少也"《新约·马太福音》第二十章等语可为证）。设使耶教勇毅之信徒，如圣保罗、圣奥古斯丁、巴斯喀尔等人生于今日，见今世之人道主义者，侈谈社会改良，几于视宗教与贫民住宅问题同等，则必怒斥若辈为柔弱颓丧，可断言也。

然人道主义及其尊重之同情，在本题中极为重要，故将于下文详论之。兹所欲明者，即古之人文主义者之自立崖岸，轻蔑恶俗，实与近世广博之同情绝对相反，不可不知也。此种自立崖岸、轻蔑恶俗之习，复见于文艺复兴时代之人文主义，而有数方面或且加甚。彼文艺复兴时代之人，其自视驾于庸众之上者盖有二点：一为彼之信条与训练；一为其渊博之文学。为信条与训练所藉以传者，此傲兀之人文主义之遗响，可于弥儿顿（今译弥尔顿）之诗见之，诗曰：

庸凡何足数，飘泊无定程。蟪蛄倏生灭，谁复识姓名？

嗣后此种人文之观念渐成积习，与身分及特权之尊卑相附丽，而知识优越乃因其他位优越而自负益甚，其同情日趋狭隘，遂与阿弥儿（今译埃米尔）（H. F. Amiel，1821—1881，瑞士文人）以之指英国之上流人者相符合。其言曰："上流人遇上流人，则可睹其温文尔雅，此尊彼重。遇下于彼者，则但见其倨傲、轻蔑、严冷、淡漠。至于和善一层，在上流人为不近情而亦不常有之事，仅个人之特性而已。"英国人之同情如此狭隘，诚为可悲。然使广大其同情，而因此堕弛其人文或宗教之训练，其为可悲，则更甚焉。然英国之人文主义虽有阿弥儿所言之失，典型固犹未堕也。据薄邱（P. Butcher）教授之见，则英国人之上流人与学者，与雅典严选之民治时代之具有学识修养之人，其资格理想，甚相近似也。

第 二 节

上文虽屡言古代之人文主义，然人文学者（Humanist）一字，始见于文艺复兴时代，而人文主义一名更为后起。吾侪研究交艺复兴时代之人文主义，首当注意之一事，即彼时所通认人性（Humanity）与神性（Divinity）之相背。盖论其精髓，文艺复兴时代实为前代重神性太过，人性不足之反动。中世之神学，足使人性之若干方面桎梏窘乏，又其事神之观念过强。乃至生人之才智机能，均加以致命之束缚，此则文艺复兴时代所务为救正者也。其时之人，以生人才智机能之自由运用，实具于古代希腊拉丁之文学中，故奉为楷模而研读之。惟崇拜古学旋亦成为迷信，常有丝毫不谙人文主义之信条与训练，仅因其古代文学略知门径，而遂称曰人文学者。意大利初期之人文学者，真不失人文之意义者盖鲜，其大多数，人文主义已非复一种信条与训练，而与一切训练相背驰。盖矫中古之偏颇而失其正，而趋于相反之极端。文艺复兴时代之初期，其笼罩一切者，厥为解放运动：曰官觉之解放，曰理智之解放，其在北方诸国又加以良心之解放，此为近世第一重要之博放时期 era of expansion，而个人主义之第一声也。凡在博放时期中，必专重智识及同情之开拓，而文艺复兴时代之人，正具爱玛生（今译爱默生）（Emerson，1803—1882，美国思想家、文学家、诗人）所谓智识饕餮。若辈急求脱去中古传说之羁勒，又深幸自然与人性今得一而息争，狂喜之余，遂谓礼文与选择毫无需要，如拉白雷（今译拉伯雷 F. Rabelais，1483—1552，法国学者）。盖礼文与选择二者皆非所具，虽有伟大之天才而不得谓为合于人文。自古人观之，乃未开化之野人也。若此专务开发个人才智机能，无轨范，无训练，舍节制而乐自由，遂生博放时代所特有之恶果。漫无标准，凌傲自是，放纵自恣，于以加甚，或竟足危及社会之生存。于是社会起而反抗个人，而精约之时期（era of concentration）继之。此种变革，各国均有，惟时代有先后，情形亦不同。其在意大利，约与罗马之陷落（1527 年）及特兰会议（Council of Trent，1562）同时。在法国，则继宗教战争之大乱而起，于政治则以亨利第四（1553—1601）为代表，于文学则以马拉伯（Fraacois de Malherbe，1555—1628，法国诗人，为法国 17 世纪文学之先驱，而正宗派诗之建设者）为代表。在此复杂之文艺复兴时代，其间自必有无数回澜旋涡，起伏消长，及个之例外。闰一时代犹一个人，其中常有若干重要分子，与其一般之趋势相矛盾者。然吾侪苟非德国之博士欲自矜创获或好为僻论者，则虽于回澜旋涡之中，固仍可察见其潮流之所向也。

故可谓文艺复兴时代后期之重要趋势，乃离去自由博放之人文主义，而向于深合训练选择之人主义也。此运动中，又插入一绝不相同之问题，在法国及意大利颇感需要者，即维护社会以抗个人是也。夫人本可坚守训练与选择，而同时亦并容纳个人主义，若此时期之人文主义者之限于严刻褊隘，直可谓为不合于人文也。其弊由于过重一种在上或外来之规律，与苛细烦琐之礼文，史加利咸(J. C. Sealiger,1484—1558,法国文学家),极严肃之天才,而其影响遍及于欧洲此期之文学批评者也。其立说谓艺术之要归,在选择精与责己严(然实际史氏惟责人严耳)。此慎选严别之精神日益得势,遂至摈弃一切之马拉伯去,而自由博放之拉白雷来。为文者专务精练,而文中之理想情感以及可用之字,日即匮乏。加斯提辽(B. Castiglione,1478—1529,意大利之人)其《侍从论》中谓傲岸轻蔑,为上流人必具之资格之一。此言也,苟得其正解,固含有深沉之真理。不幸高贵之崖岸与严刻之选择相合,而不与广博同情之知识相调和,遂至如福禄特尔所描写之威尼斯贵人包可兰者。此类学者,其为人所尊重,不因其同情之富,度量之广,而因其万事万物皆不入眼。包可兰者,至为傲岸轻蔑,除桓吉尔(今译维吉尔)(Virgil)、霍莱士(Horace)之诗数首以外,于古今文章概无所取。坦白少年肃然起敬曰:"包可兰天才卓越,世间事物,无一中意,真非常人也。"

文艺复兴时代后期注重训练与选择之人文主义,虽与其初期之专图博放者相反,惟其根本之目的则一致而无异,此不可不知也。前期后期之人,其目的皆在使人成为完人(Complete man)与其所奉为导师之古人,初无别异,惟后期之人与新古学派(Neo-Classicists)所拟造成完人之方法,不藉外缘博放之德性,而藉内心精约之工夫。彼等以为初期之人太易为个人之奇思幻想所中,故大多注意于选择材料,以建设普遍而合于人性之信条与训练。取希腊罗马之学术规训,以补助耶教之不足。此种调和异教与耶教之宗传之苦心,观于旧教国之耶稣会与新教国旧日大学之课程表,即可见之。夫强勉选择于神性与人性之间,而求其兼能代表二者,实为难事而未能完备。诚以耶稣与人文古学之信条与训练绝然殊异,其间且有如水火之不相容之处,则此调和一事,实不免肤浅之讥,亦自然之理也。文艺复兴时代初期之人,对神性与人性之矛盾,所见较确,故或取此,或取彼,不求调和。麦克韦里(N. Machiavelli,1469—1527,意大利政治家,著 *Principe* 一书为要,近世侵略主义之外交政策盖导源于此人)讦基督教使人萎靡。而马丁路德谓研究希腊拉丁文学,十之八九皆有害无益。喀尔文(J. Calvin,1509—1564,新教中喀尔文派之创新者)詈拉白雷,而拉白雷指喀尔文为欺诈。然究其极,欲使古代之人文学问与其表现之艺术,为基督教义之裨助,其事终属可称。而其总括之箴言"求知而言善",苟得其真意,仍司用以确定大学教育之目的也。

今之学者,亟应研究昔时人士如何选择主要之科目,以与宗教之成分融合，而成为一种训练。简言之，即需著书细述旧时大学课程制定之历史也。与此密相关连而同属急要者，厥为“君子人”(Gentleman)之发达史，宜上溯加斯提辽之著作，及16世纪中意大利人关于仪容礼文之其他论著，尤当著明“君子人”如何而与学者之观念合而为一。其流风余韵，在今英国犹有存者。其对人士，如意大利之加斯提辽、英国之西德尼(P. Sidney，1554—1586，英国诗人)等，可谓能实现此理想者，而并具文艺复兴时代灿烂之先机。史加利咸虽刻意选择，顾终不免为一饱学之腐儒。语其大纲，则学者能免除拘泥而有彬彬温雅之风，合人学者之标准与深明世事者之标准而融和之，实由于法国之影响。然世人对于“君子人”与学者之理想，亦因事流于专重外表，拘索仪文。其后每况愈下，新古学派之人，遂皆类包可兰，既高傲而又肤浅，全失昔日之深意，而成为文人雅士尊己抑人之偏见，此亦受法国之影响而然也。然吾侪必不可效彼浪漫派之首领，因亟欲脱去习俗之郛廓，乃并其中人文之理想而抛弃之。夫彼新古学派，虽即矫饰至极，然常恐自陷于一偏，又恐各种才智能力发达之不平均。凡事不为已甚，不求过度，又鉴于狂热之人不易有节制也，遂不取狂热。凡此皆能传古代人文学者之衣钵者也。新古学派又力求不染习气，不为无谓之惊奇，而浪漫派则反是，无往而不引起其惊奇，而对于其自身及己之天才，为尤甚，此固尽人知之也。新古学派之仪容举止，常思遵循人类通性，言谈者著述，均留心避免专门职业之词语。约翰生博士(S. Johnson，1709—1784)有言：“举止仪度之佳者，须不带任何专门职业之标准，而能通体温雅。”此标准在约翰生自身亦未能尽合也。要之，其要点盖在防止趋重专门。罗歇夫阁(La Rochefoucauld，1613—1680，法国著作家。所著有《笔记》，Memoirs，《箴言集》Maxims)曰：“真学者与君子，不借一事以自夸。”而美国商界之格言则曰“能兼为两事者必败”，则与此适反。易言之，彼时之人，宁甘浮浅，而惟惧人以偏颇讥之。今时之人，则宁甘偏颇，而惟惧人以浮浅讥之。此其别也。

第　三　节

兹试总结以上研究之结果，以求人文主义之定义。如上所言，征之历史，人文主义者常徘徊于同情与训练选择两极端之间，而其合于人文与否，应视其能否执两极端之中而得其当。更言其大凡，则即巴斯喀尔所云：“人类美德之真标识，乃其融洽各种相反之德性，而全备其间之各等级之能力也。”出其能力以联合各种相反之德性，而人之所以为人者见，而人之所以灵于万物亦以此矣。尝闻圣法郎(St. Francois de Sale)兼有鹰隼与驯鸽之性。盖一和善之鹰隼也。上文所引之治希腊哲学史者，亦称述苏格拉底之思想与情感能得圆满之融洽。若卢梭则曰："吾心与脑，似非同属于一身"(意谓吾之情感与理智常相冲突判若两)，以与苏格拉底相较，而圣狂之分见矣。人类偏颇之失，殆属前定。然欲其合于人文亦惟有战胜此天定之缺憾，以相反之德性相互调剂，而期于合度耳。而其目的乃安诺德(M. Arnold，1822—1888)所谓："观察人生，审之谛而见其全。"(即安氏歌颂希腊悲剧大家苏封克里之诗句)虽然悬此格，从未有能及之者，即苏封克里恐亦病未能也。人于简易之事，应付得宜矣。则尚有较难者在，而其鹄的不啻在无穷之远也。

为实用计合度之律(Law of Measure)乃人生之金科玉律，以其包括一切规律在内也。东方最杰出之圣人释迦我佛，于其第一卷经开端即言"一切极端，悉为貊道"。其有见于此，无可致疑，然论印度之全体，殊未领受释迦我佛之教(即仍趋于极端)。希腊可为最合于人文国家矣，盖希腊人不特明著合度之律(太过 Nothing too much)且审知违犯此律而悍然行理过度者，灾将及之。

即在希腊，深明合度之律者，亦仅限于极少数，时或略多，然终属少数，而无论何时何地，大多数人必不健全，以其偏颇也。试就商业危机之学说，引一浅显之例。少数审慎之人，或不肯轻于行险，而大多数人常思逾本贸易。苟不有少数审慎者之约止，则必自陷于恐慌之境。而希腊文化所受太过之弊，尤有研究之价值。盖以彼如此其合于人文之人种，当不致无寻常应付之力，而卒致竭蹶覆亡，阿哉？兹不欲详论此难题，所可言者，希腊人因理智上怀疑之发达，而失其从古相传之标准；又因其不能建立一种新标准，使生活有条贯，而个人有规矩可遵循。于是人心浮动，危险异常。简言之，即不能持平于一致(unity)与异致(diversity)(哲学上谓之绝对与相对)之间也。希腊聪明睿智之思想家，苏格拉底与柏拉图其尤著者也，皆见此问题之当前而求其解决之法。希腊人之杀苏格拉底，正可见其不知圣狂之分耳。

柏拉图曰："世之所谓一，又有所谓多，有能合此二者，吾将追踪而膜拜之。"欲"一""多"相融洽，其事极难，恐系难之尤难者，然其重要固自在。国家之不能达此鹄的而遂陷于危亡者比比也。古印度之亡，亡于但知有"一"，不知有"多"。而希腊则反是，既不能得一贯之理以约束之，乃流为轻浮柔靡。若尤温纳(Juvenal,罗马大诗人)所状之饥荒之希腊小人也。([原注]此段所引柏拉图之言,见柏拉图语录 *Phaedrus* 篇 266B。希腊人不常以合度之律与一多问题并为一谈,柏拉图其例外也。而亚里士多德论玄想之生活,以求天道之一贯,又谓道德为两极端之中道,二说各不相涉。亚氏于此正足代表希腊人也。)

今日失坠从古传来之标准,其情形与雅典贝里克里时代正同,则古之诡辩派复昌于今日,固事之不足异者也。今世若锡娄(F. C. S. Schiller)所标榜之人文主义,实有类于比塔果拉氏(今译毕达哥拉斯)(Pythagoras,前 481—前 411,希腊诡辩派之第一人)之理智印象主义。盖今之实验派,欲舍弃中心标准之训练,而以其一己之思想感情,为万事万物之权衡。詹姆士教授曰:"夫经验之前驱,何为不可挟其满足或不满足之心,而直人虚无之境,一若明月之运行于黑暗之渊乎。"(见其著《人文主义与真理》16 页)然而日月星辰,并有其前定之规道,比塔果拉氏之徒所谓不敢逾越定数者也。欲使詹姆士教授之设喻而恰当,则必使明月脱离其中枢,而周游空间,随意所之,作探奇寻异之旅行而后可。今夫执着于黑格尔形而上学(一曰玄学)之疑曰:虚无繁赜,不得其解。固毋宁从实验派之说,犹为彼善于此,此如詹姆士教授等之力阐极端反常之理想,而乃称其学说为人文主义,则诚吾侪所大惑不解者。盖世间之不合于人文者,固未有如极端之惟一主义与极端之惟多主义之甚者也。

人心欲保持中和,则于一贯 Unity 及多端 Plurality 之间必持精当之平衡。有时须与绝对相交接,而遵循洞鉴所得之高上标准。有时又当知自身仅为此大自然之无涯变动与相对存在中之一瞥而已,有时当如爱玛生"惟神与存",有时又当如圣伯甫视自身为一最不可捉摸之幻影,居于无涯之幻影中。夫人之可贵,固以其能与"一"为缘。然亦当自知,吾身为万千现象中之一现象。若忽略现象之自我而不顾,必蹈危险。总之,人之才智机能必当平衡,而过度之自然主义(即重物主义)与宗教思想(即重神主义),均足以害之也。如前节所述,中世之宗教思想过强,趋于一偏,致令人性与物性与自然(即物性)间主义之隔离日远。乃至文艺复兴时代,又趋于相反之极端。既调和人性与自然,犹以为未足,直谓二者一体,毫无分别。按之斯宾诺沙(Spinoza,1632—1677,犹太人哲学家所著以 *Ethies* 与 *Tractatus Theologico—Politieus* 为最要)之名言,人在自然之中,非如一国在于他国之内,乃部分之于全体也。彼宗教家所任其颓废之重要机能,自然主义派起而培植之。然其他机能,则亦久弃不用而使日即萎弱,以属于玄想生活者为尤甚。人类操纵物质,所得甚多。然一方则沉溺于

"多"之中,而约束威服其卑下之心性之"一"遂失矣。爱玛生之诗"世有二律"云云,为世传诵,其教人大旨,谓吾人既不能调和人律(Law for Man)与物律(Law for Thing),则当分别保持公性(Public nature)与个性(Private nature)之"重觉"(double consciousness)。爱玛生又益以奇怪之想象,谓人当轮流据此二性之鞍,"如马戏者之由一骑跃上他骑,或以两足分立于两马之上"云云。

然爱玛生所为精神上之马戏,不无太过。其著作中亦数数言一贯与多端,然非能调和之,而适使其为成矛盾而已。忽而谓凡物无不相似,忽又谓凡物无相似者,而不自知其非也。爱玛生之才性诚为飞扬而又宁静,然其论及个别之事物,则常瞀乱而毫无把握,使人失望。然爱玛生生当科学物质主义盛行之时代,宣明若干重要真理,至不可没也。爱玛生尝评其时代曰:

Thing are in the saddle[物据鞍]

And ride mankind[人为骑]

几于定论矣。当时之人,对于其自身及其精神之产物,如语言文学之类,不知其各自有一种定律,而与物齐视,治之以科学方法,以为科学方法既能战胜自然现象,必可收效于此也。近有人类学会会长某君,在年会讲演,其发端曰:"人之所当研究者人也"(按:此系约翰生博士之言)。引用人文主义之格言(全失其本意),而无见其不合者。呜呼!诚如是也,则彼芝加哥大学某教授,近居刚果河上一年,采集各式挑线戏者,行将为人奉为人文主义之模范矣。

人文学问之在今日,为物质科学所侵凌,与昔之受神学之侵凌者无殊,故须竭力为之辩护(此乃本书之宗旨)。惟吾兹当首践前言,于下章(第二章论人道主义之二派培根与卢梭)中一探自然主义与人道主义之原。盖自然主义与人道主义,在今日不惟取人文主义而代之,且使今人以人文主义为费解矣。

斯宾格勒之文化论*

[美]葛达德、吉朋斯　合撰　张荫麟　译

[按]欧战而后，西人对于本土文化纷起怀疑。其最深澈而亦最悲观者，莫如德国历史哲学家斯宾格勒(Oswald Spengler)之论，氏著一书，名《西土沈沦论》(*Der Untergang des Abendlandes*)综括世界历史之全部，而以详赡之事实证明(一)各文化之发展，大体上皆循一定之途径。(二)文化恰如一有机体有生、长、灭三期。因而推断(三)近世欧美之文明将达其不可逃之命运，距其灭亡之期只二三百年耳。此书于一九一八年七月出版，全欧震惊，初版销行至九万部。批评及攻讦者蜂起，至今犹争辩不绝，其影响当世之大，达尔文《种源论》以来所未有也。现时欧洲之思想家及言论家，约可别为赞成及反对斯宾格勒之二派。其中重要作者及所著书籍内容，后当另有论述。独怪吾国人士犹鲜知有斯宾格勒者，仅本志第二十二期——李思纯君论文化篇中曾略及之《斯氏原书》共二巨册，可谓体大思精。然其卷帙繁重，内容充实，征引详博，而文笔则甚艰晦，故甚不易读。直至一九二六年始有上卷之英文译本，名 *The Decline of the West*，系美国 Charles Francis Atkinson 所译，伦敦 George Allen & Unwin 书店发行。下卷之译本迄今犹未成书，而美国葛达德(F. H. Goddard)及吉朋斯(P. A. Gibbons)二氏乃撮取原书大意以浅显之笔演述，而阐明之题曰：斯宾格勒之文化论。Civilization or Civilizations: An Essay in the

---

* 辑自《学衡》1928 年 1 月第 61 期。

Spenglerian Philosophy of History 一九二六年出版，美国 Boni & Liveright 书店发行。全书共分八章。(一)导言、(二)政制、(三)基本理想、(四)思想、(五)艺术、(六)十九世纪、(七)将来、(八)结论。未能窥斯宾格勒原书者，读二氏此作，亦可知其大概，故今由张荫麟君译出，以饷国人。

据斯宾格勒原书自序，谓著此书费时三载。一九一四年欧战将起时即已告成，又细加增改，于一九一八年七月问世，故实作于欧战以前。书中之主旨及结论已早定，并非由于欧战之影响，特就观察事实所得，以推测未来。所持论乃不期然而与欧战后一般人士之见解与情感相合耳，又谓思想家仅能观察事实以发见真理，不能以己意自由立论。吾博览详考，所见历史之实迹如此，文化之真相如此，不得不笔而出之。人多讥吾为悲观，吾不受也。又谓吾作此书，实受葛德(今译歌德)(Geothe)与尼采之影响，葛德示吾以方法，而尼采则教吾以勇敢之怀疑，务必彻底探求真理，言人之所不敢言，而无所恇怯也云云。

斯氏所云葛德所授之方法，盖谓广求知识，博征材料，而于其中求普遍之原理及全体各部相互之关系，即综合(Synthesis)是也。然葛德之综合，实含有微妙之观察与精神价值之选择，而非拘泥于外表之迹象，制定一成不变之公式，强以材料纳入其范围，以证明我所发见之某种回环因果律也。易言之，斯氏自许其工作为包括全世界之历史哲学，又斯氏以文化之生长灭比于有机体，名为形态学，实缘受生物学之影响。而葛德则虽研究科学而能超乎科学家之上，虽论究人事之原理而不创造一种历史哲学，此葛德高于斯宾格勒之处，亦即斯氏之书之短长所由判也。

综合之研究为现代主要之思想方法，十九世纪之所谓综合，仍限于欧美之历史及文化。今则知识益增，接触日密，于是东西两方之畛域不存，研究之范围推广，治学立论者均不得不综合古今东西远近各国之材料而供其探求。近十年中，欧美出版之世界文学、艺术、宗教、哲学、政治、经济等书，或叙述史实，或阐发理论，其稍可观者，莫不以中国、日本、印度之材料，赫然列为一章或数章，用资参证比较，以求公律而明全体。斯宾格勒即代表此综合之精神及趋势而为之先导者也，斯氏学问之广博，至为可惊其书之难读，亦以其材料过于充实，例证过于繁多。然作者知识之丰富，实今世所少见。其书出版后，诸多专门学者犹指摘其错误缺略之处若干条。斯氏于一九二二年其书再版时，已一一改正。彼之学包罗万有，但取一部分较自不敌专治此学者之精确，愿其全书之价值及其立论之根据,初不因其记诵闻见有万一之失而为之减损也。

斯氏不但学问渊博,且其观察极为锐敏,一往思深而敢于立言。古今之大发明家,皆富于想象力而不惧错误失败之人,用能大刀阔斧树立规模,静待后人之增删修正。斯氏惟深信古今东西、各族各国之历史及文化皆有公共之原理,而具同一之因果律,故能归纳其迹象事实而创为宏大精微之规模及议论。夫若谓世事有定有变,未可尽纳于科学规律。而人之知识有限,故历史之实迹生涯之琐事,常有无因而至出于偶然而神秘不可解者。昧此而行,强作解事,终不免武断之嫌,由是以言,则历史哲学根本不能成立。而斯氏之书实为多事矣,然在一定之范围内,此种研究实亦有其价值。斯氏固已申明此书并非文化生灭律最后之定案、真确而不可移易者,仅彼一人研究思索之结果耳。斯氏之长处,在能超出欧美寻常人士思想感情之范围之外,在能破除当前社会之偏见及习俗之藩离,在能不以科学为万能,不以进步为常轨及定理;在能不拘囿于时间空间,而从大处着眼,静观历史,而发现其各部分真正之异同;在能了悟国家社会民族文化有盛有衰有起有灭,而不以一族一国为天之骄子,可常役使他国他族而自保其安富尊荣;在能洞见文学、艺术、宗教、哲学、政治、经济、风俗等等发达之迹象,寻出其相互之关系,而沿溯其兴灭之轨辙,按之吾人所熟知之事物,动多符合在能探索得每种文明内蕴之精神。所谓其基本理想,本此以观察解释一切,头头是道,而人类之全史乃了如指掌,视文化兴灭,不殊观奕者之全局在其胸中也。总之,斯氏之分类比较及其论断,孰敢言其无误者,然其大体之观察,实有至理,而合于实际,即使其运用材料评判史迹全属错误,而其创立一种宏大精严之新研究方法,实已予吾人以极深之刺戟及有益之榜样也。

由上所言,而攻诋斯宾格勒者之为是为非,亦可略论。今若斥斯宾格勒为狂妄、为夸大、为武断、为比附、为浪用想象而流于虚幻,为强改事实以明其学说,皆可也。然如法人马西(H. Massis)等斥之为"战败后之德意志"之感情冲动,为德国人忧郁愤怒之表现,则似有未当。盖(一)则斯氏之攻诋欧洲文明未尝以德国为例外,其所指之缺点及病象,皆欧美各国之所同;(二)则斯氏序中固已明言其书作成于欧战未起时也,然斯氏划分欧洲文明为(1)上古之希腊罗马(2)中世之基督教(3)近世之日耳曼或条顿民族之三段,谓其根本不同而以(1)Apollo(2)Magi(3)Faust 之精神(Soul)分别代表之。所谓近世欧洲或西洋之文化者,实即日耳曼族之文化,其主要精神为趋向于无限之扩张,故其基本科学为数学,其基本艺术为音乐,重知识而轻行为及修养,务抽象分析而不求综合,皆 Faust 精神之表现也。斯氏书中推重德意志之处,不一而足,自序中且赞许已之学说为德国派哲学,谓此足以自豪。宜评者斥其国家观念之过重,更有进者,无论斯氏初意如何,战败后之德国人确为忧郁愤怒,故读斯氏书而大悦之,而极端推重之。德法两国之民情及历史环境根本不同,毋怪其国中名士持论之相反也。

今世物质虽未衰敝,而精神之乱人心之苦极矣。斯氏之书,虽为综合之论究,乃止于叙述病状,甚至抉发病源,而曾未示治病之方。且谓西方文明行将绝灭,此言徒使人惶骇迷乱,莫知所措。虽自辩非悲观,而劫运难逃之说,几何不使闻之者灰心丧气也哉。据吾侪之所见,救今世之病之良药,惟赖实证之人文主义,如本志夙所提倡介绍之白璧德等人之学说是也,东方西方各族各国盖同一休戚矣。

斯宾格勒论中国文化亦颇有卓见,然终嫌所知不多。深望吾国宏识博学之士,采用斯氏之方法,以研究吾国之历史及文化,明其变迁之大势,著其特异之性质,更与其他各国文明比较,而确定其真正之地位及价值,则幸甚矣。编者识。

广乐利主义*

景昌极

世之所谓道德家者，一闻乐利主义之名，辄不禁疾首蹙额，掩耳欲走，此无他，培根所谓言语上之傀儡为之也。余谓古今中外之人，圣贤豪杰，庸愚奸狡，推究至极，无非实行乐利主义者，亦无非主张乐利主义者，作广乐利主义。

问：众人欲乐而恶苦，何哉？曰：无何也。何谓乐？所欲之谓乐。何谓苦？所恶之谓苦。有所好而后谓之乐，非乐本乐，而后人欲之；有所恶而后谓之苦，非苦本苦，而后人恶之。是知欲乐恶苦云者，犹谓欲所欲而恶所恶，是主观的非客观的。鸱甘鼠，蛆乐粪，逐臭之夫，嗜痂之癖，恶乎然。然于然法尔如是，不可致诘。

复次，苦乐之中有多少焉，有久暂焉，有结果之进退焉，有连类之同异焉。自普通人类之主观观之，饮酒食肉，少乐也，而八珍具陈，肴馐并进，则多乐也。癣疥之疾少苦也，而决疡溃臃则多苦也。终身饱暖，久乐也，而一日之浪费，则暂乐也。播糠眯目，暂苦也，而目盲则久苦也。读书愈多，学益进，身益修，其乐弥增，此结果更进之乐也；及吸烟愈多，体益弱，癖益深，其苦转甚，则结果转退之乐也，陷于疾病，驯至衰死，此结果更进之苦也。而彼夙夜辛勤，刻苦自厉，否极而泰来者，则结果转退之苦也。从以从事公共事业致富，且同时受社会赞许者，连类相同之乐也。彼以囤积居奇致富，而同时受社会唾骂者，则连

---

* 辑自《学衡》1923年1月第13期。

类相异之乐也。彼为官失势,同时亲朋离散者,连类相同之苦也。而彼辛勤力耕,转得欣赏自然界之美者,则连类相异之苦也。试更简以别之,则连类之同异,可以并入多少;结果之进退,可以并入久暂。苦乐之差。略尽于此。

人之于乐,苟辨之甚明,莫不取多而去少,取久而去暂,取进而去退,取同而去异,于苦则反之。盖苟以多者为乐,则以少者乐,则以少者为苦矣。以久者为乐,则以暂者为苦矣。进退同异,亦复如是。是知苦乐云者,是比较的非绝对的,多取一分乐,即是多去一分苦;多去一分苦,即是多取一分乐。

然而苦乐之多者不必久,其久者亦不必多,结果不必进,连类不必同。少暂退异,亦复如是。孰取孰去,此则存于各人之智计与经验。

然而同时同事之苦或乐,此人以为多者,彼人或以为少;同事同人之苦或乐,此时以为多者,彼时或以为少,久之与暂,进之与退,同之与异,亦复如是。孰取孰去,此则存于各人之天性与习惯。

今假定苦乐之较多较久较进较同者名之曰大,反是者名之曰小。吾得为之说曰:人无贤愚,其所行为,莫不本其天性与习惯之所乐,运之以智计与经验,以求其大;本其天性与习惯之所苦,运之以智计与经验,以求其小。然而亦有出于一时之冲动,激于顷刻之忿愤,取发泄之乐,去抑郁之苦,以至智计不及施,经验无所用者,斯则纯本天性习惯而行,或有明知结果为苦,而故蹈之者,斯则视抑郁之苦,重于结果之苦,视当前之苦,重于未来之苦,有以致之,要皆不足为人之行为非取乐而去苦之征也。

人与人相处,各求其所乐,则不免于争,争则两败俱伤。求乐者或转获苦果,则不得不结群互约,以求全体之多乐,而道德生焉。复次,人与人相处,其天性习惯,大抵相同,故其好恶苦乐,亦大抵相同。唯是智计有贤愚,经验有富乏,各人行为之结果,苦乐于以悬异,于是有贤哲多闻之士,乐与众人同乐,告之以自求大乐之道,而各种道德学说生焉。由前之说,人群与道德,出于计较心;由后之说,人群与道德,出于同情心。二者并行不悖,不可偏废,而其目的之在取乐去苦则一也。

问:人群始于家庭,母子之爱,禽兽有然。斯同情心已足,奚必计较。曰:家庭之群,结合之初,固惟同情,然使结合之后,苦多乐少,则其群必不能久。世之家庭不洽而分离者,盖比比也。既不能久,更不能大,则是族里邑国之大群,末由结成矣。惟其结合之后,乐多苦少,群愈大,道德愈进。较之向日小群并立,互相贼伐者,其乐亦愈甚,是以有今日之久且大也。吾谓人群与道德出于计较心者以此。

问：若是则人群与道德，出于计较心已足。奚必同情曰：使人类主观之好恶苦乐，非大抵相同，则将各乐其乐，各苦其苦。各自有其取乐去苦之道德，渺不相涉，安得有人群，更安得有公共之道德，如人与蚁，各是其是。人虽有衣服宫室之美，宾主酬酢之仪，行之而乐，不能以之献于蚁也，唯其同也。故由同而生情，亦唯其同也。故有放诸四海而皆准，施诸百世而不悖之道德学说。吾谓人群与道德出于同情心者以此。

从历史观之，则大部出于计较心之道德。初民与有且甚简单，大部出于同情心之道德学说，则进化后乃见之，且较繁复。此则人类陶冶日深，所见日远，谋合群以求多乐之道日精，有以致之，唯然。故前者所求之乐，大抵求其多；后者所求之乐，大抵求其久。目前之多乐易见，易见则易从，未来之久乐难知，难知则难守。于是后世之贤哲，舍乐而不谈，则为“利”与“义”之说，以促人之遵守道德焉。然而推究至极，其使人共求多乐之初衷，未尝稍变也。何以明之，请言利与义。

利之意义颇混，其与义相对时，为财利之利，福利之利，几与乐无别。细寻其意，似偏指改良享乐之具，以备将来享乐而言者，盖其本义仅施于工具（说文利铦也刀和然后利从刀和省）。所谓“工欲善其事，必先利其器”之利也。人类享乐之工具，其最要者无过于身心，故有害于某人之身心者，往往谓之不利于某人。其次享乐之工具，莫利于财货，故财货亦谓之“财利”或“货利”焉。

试以此义衡之，则世间事物，似有乐而不利者，酗酒荒淫之乐是也；似有利而不乐者，如“天之将降大任于斯人，必先苦其心志，劳其筋骨，空乏其身，行拂乱其所为，以增益其所不能”是也。然核实言之，则利者特乐之在未来者耳。苟终于不乐，则何有于利，即如有物于此。其天性以多能为苦，以无能为乐，则天之“苦其心志，劳其筋骨，空乏其身，行拂乱其所为，以增益其所不能”者，亦何利于彼哉。故知大乐必利，真利必乐。即乐而可利（如美术家以美术之乐收束其身心），即利而可乐（如道德家以身修心诚为乐），所谓乐利主义者，即求大乐主义是已。

义者何？自通俗观之，有似客观之至善。而与主观之乐利适相反对然者，如所谓“天之经地之义”，或“舍生而取义”，即其例也。真正之义或至善，夫岂然哉。舍生取义之事，孟子言之綦详。然孟子不云乎“所欲有甚于生者，所恶有甚于死者”。所欲之谓乐，所恶之谓苦（参看第二段），则是舍生取义云者，亦舍辱生之小乐，而取义死之大乐，或舍辱生之大苦，而取义死之小苦焉耳，恶在其非乐利主义也耶。

孟子又曰："义内也，非外也。"又曰："义理之悦吾心，犹刍豢之悦吾口也。"此谓义或至善，亦主观的而非客观的也。更按易乾卦曰："利者义之和也。"又曰："利物足以和义。"墨子则直曰："义，利也。"是则乐也，利也义也。三而一也，何取乎义之名哉？曰：是有故。

前不云乎：人群与道德出于计较心及同情心。计较心者以道德为方法俾得共求大乐者也；同情心者直接以道德为可乐之目的物，而乐与他人同乐者也。然人之计较心，每蔽于私利，于全体中相互之利害，不能为精审之度量。且人各有心，贤哲之度量虽精，不能屈庸众以从之。贤哲之士，知此之不足恃也。于是舍利而言义，义者即大部分本于人之同情心者也。

以是之故，义对利言，大抵为公利与私利之别观。《易》曰："利物足以和义。"利物即对自利而言者也。更观宋儒所言，如朱子，"或问义利之辨，曰：'只是为人为己之分'"，程子"凡有一毫自便之心皆是利"，张子"无所为而为者义也（同情心），有所为而为者利也（计较心）"。又如《穀梁传》"利尊之谓义"，《易・系辞》"理财正辞，禁民为非，曰义"，《礼记经解》"除去天地之害谓之义"，又儒行"儒有委之以财货，淹之以乐好，见利不亏其义"。凡此皆通俗所言与私利相对之义也。

同情心者，即道德上所谓博爱心、仁心或良心之所基也。所谓良心者，非他，亦道德上之习惯而已。人之性情出于天性者，半出于习惯者，亦半道德家，即利用之，以道德上之陶冶，使人类天性中之同情心，继长增高而成所谓道德上无所为而为之良心，以代其有所为而为之计较心焉。道义与利害之辨，如是而已。

然义者所以求更大之利，而非不利也。大抵人类共求大利之道有二，一者利用客观使适于主观，二者改良主观使适于客观。前者人人能之，而弥不足恃，后者唯受道德教育者能之，而弥足恃。所谓"少成若天性，习惯如自然"者，此之谓也。古今贤哲，所谓重道义之陶冶，而轻利害之计较者，职是之故。然推究至极，亦未始非乐利主义也。善哉《书・大禹谟》之言曰："德唯善政，政在养民，（中略）正德利用，厚生唯和"，正德者义也，利用者利也，厚生者乐也。唯和者互相调和之公乐，而非互相冲突之私乐也。张子亦曰："利利于民，乃可谓利。利于身，利于国（指政府）皆非利也。"由此观之，三者一也。

复次，以义言，固甚善，即直接以乐利言，亦未始不可也。《周易》最为儒家所尊，而几于卦卦皆言利，《系辞》言之尤详。如曰："君子藏器于身，待时而动，何不利之有？动而有括，是以出而有获，语成器而动者也。"如曰："备物致用，立成器以为天下利，莫大于圣人。"（参看前解利为利器之利一段）如曰："精义入神，以致用也。利用安身，以崇德也。"（此明言义利之不可分）如曰："善不积，不足以成名。恶不积，不足以灭身。小人以小善为无益而勿为也，以小恶为无伤而勿去也。故恶积而不可掩，罪大而不可解。"（此言善恶之利害）如曰："变动以利言。"如曰："变而通之以尽利。"如曰："乾元亨利贞。"如曰："坤元亨，利牝马之贞。"如曰："二人同心，其利断金。"如曰："同人于野，亨利涉大川，利君子贞（中略）唯君子为能通天下之志。"触目皆是。岂若后之君子，闻义利之混言而大骇哉（如朱子答石天民书"昨在丹邱见诚之，直说义理与利害，只是一事不可分别，此大可骇"）。

非独《周易》然也。墨子曰："义利也。"又曰："断指以存擥，利之中取大，害之中取小也，害之中取小者，非取害也，取利也。"（参看苦乐为比较的一段）又曰："杀己以存天下，是杀己以利天下。"此所谓利，与义何别。

孔子《论语》开卷便言："学而时习之，不亦悦乎？有朋自远方来，不亦乐乎？"又曰："君子乐其乐而利其利。"又曰："以美利利天下。"又曰："不仁者不可以长处乐。"又曰："在陋巷，不堪其忧，回也不改其乐。"又曰："乐天知命故不忧。"如斯等文，不可胜举，亦何尝讳言乐利。

《孟子》开卷第一章，见梁惠王便曰："王亦曰：仁义而已矣，何必曰利。"后儒义利之辨，率本于此。然试更往下读至"不夺不厌"句，则见孟子所以动梁惠王者，亦不过具陈贪利之害。又言仁义可免弑夺之害，则是仁义者，亦所以避害，避害与就利，异名而同实（参看苦乐为比较的一段），斯仁义亦不能外乎利也（王充论衡刺，孟籍亦言利，有安吉之利，有货财之利。后者宜非前者不宜非）。特通俗之谓利，概指财帛货利言。故孟子辞而辟之，非谓仁义与功利之利背驰也。其言乐者，如"君子有三乐，仰不愧于天，俯不怍于地，一乐也。父母具存，兄弟无故，二乐也。得天下英才而教育之，三乐也。""伊尹居畎亩之中，而乐尧舜之道焉。""乐人之乐，人亦乐其乐。"非不言其乐，特其所乐者，能得其大，与众人所争之小乐异其途趣耳。

荀子曰："吾所谓乐者，人得其得者也，夫得其得者，不以奢为乐，不以慊为悲。"又曰："孔子曰：'君子（中略）有终身之乐，无一日之忧；小人（中略）有终身之忧，无一日之乐。'"此言人之主观，可以操纵苦乐也。

荀子又曰："先义而后利者荣，先利而后义者辱。"又曰："义胜利者为治世，利胜义者为乱世。"欲辨义利，而以治乱荣辱为之标准。所谓治乱荣辱者，独非利与不利之辨乎。由是可知：舍真利不足以言义。《吕览·慎行篇》曰："君子计行虑义，小人计行其利，乃不利。有知不利之利者，则可与言义理矣。"不利之利独非利耶。

《淮南子·精神训》曰："不观大义者，不知生之不足贪也。不闻大道者，不知天下之不足利也。"不足贪不足利者，谓别有可贪可利者在也。

《礼记》曰："君子乐得其道，小人乐得其欲。"人之各有所乐，各求其所乐，则君子亦无以异乎小人也。老子曰："众人熙熙，如享太牢，如春登台。我独泊兮其未兆，如婴儿之未孩。儽儽兮若无所归，众人皆有余，而我独若遗。"庄子曰："古之得道者，穷亦乐，通亦乐，所乐非穷通也。"又曰："与人和者谓之人乐，与天和者谓之天乐。"又曰："知士无思虑之变则不乐，辨士无谈说之序则不乐，察士无凌谇之事则不乐，皆囿于物者也。招世之士兴朝，中民之士荣官，筋力之士矜难，勇敢之士奋患，兵革之士乐战，枯槁之士宿名，法律之士广治。（中略）钱财不积，则贪者忧。权势不尤，则夸者悲。（中略）驰其形性，潜之万物，终身不反，悲夫！"又曰："夫富者苦身疾作，多积财而不得尽用，其为形也亦外矣。夫贵者夜以继日，思虑善否，其为形也亦疏矣。（中略）而皆曰："乐者吾未之乐也，亦未之不乐也，果有乐无有哉。吾以无为诚乐矣，又俗之所大苦也，故至乐无乐。"此老庄之乐其所乐，而与众人异趣也。以其至乐，非众人所乐。因谓之曰无乐，亦犹至利非众人之所利。因谓之曰义或无利，岂真无乐无利也哉。

杨朱曰："古之人，损一毫，利天下，不与也，悉天下，奉一身，不取也。"又曰："智之所贵，存我为贵，力之所贱，侵物为贱。"人因特名之曰为我主义。杨朱又曰："人之生生奚为哉，奚乐哉。为美厚尔，为声色尔。而美厚复不可常厌足，声色不可常翫闻。乃复为形赏之所禁劝，名法之所进退。遑遑尔，竞一时之虚誉，规死后之余荣；偊偊耳，慎耳目之观听，惜身意之是非，徒失当年之至乐，不能自肆于一时。重囚累梏，何以异哉。"又曰："生则尧舜，死则腐骨。生则桀纣，死则腐骨。腐骨一也，孰知其异。且趣当生，奚遑死后。"人因特名之曰快乐主义。盖彼之所谓"我"所谓"乐"，适与众人相同，因得专擅其名。庸讵知世之刻苦自厉之士，亦无不有其大我大乐者在耶。

大抵人类之弃私为公，不外同情心与计较心，前亦既已言之矣。其以同情心言者，若孟子曰："禹思天下有溺者，若己溺之也。稷思天下有饥者，若己饥之也。"又曰："今人乍见孺子将入于井，皆有怵惕恻隐之心。非所以内交于孺子之父母也，非所以要誉于乡党朋友也，非恶其声而然也。"又若老子曰："圣人无常心，以百姓心为心。"凡此民胞物与之念，皆出于不得不然，无所为而为之。事虽为人，而意欲仍出于己。非逆己之意欲而为人也，谓其所以为我者。较诸杨朱之我为大则可，谓为非为我则不可。

其以计较心言者，则若唐牛僧儒《辨私论》曰："夫婴儿见保傅之母，则诧然而识者，非有知而亲之，利其乳而私之也。枥马见厮养之夫，则奋然而嘶，非有知而亲之，利其刍粟而私之也。夫天下之人，非复乳孩枥马之愚也，苟有公其身而利之者，孰不利而私之耶。（中略）故贤君良臣，必私天下而公其身。故天下之人，皆私而亲之。（中略）昔大禹之手足胼胝，是公其身于治水也。（中略）宣尼之作春秋，删诗书，是公其身于垂教也。故有夏之人，思大禹之功。（中略）有道之人，思宣父之教。（中略）非圣贤之无私也。"斯亦一说也，并行不悖，已如前说。

墨子之徒，"以裘褐为衣，以跂蹻为服，日夜不休，以自苦为极"，印度有苦行术，如所谓自饿外道、投渊外道、赴火外道、自坐外道、寂默外道、牛狗外道之流，皆亲行众人，所以为极苦之事（见涅盘经）。欧洲中世，亦多有教士刻苦自修、自鞭其体者，然（尺蠖之屈，所以求伸）也。其苦行者，或以利人为乐，或寅畏天志以求天国之乐，或求得道行之果（利），而非以苦为目的，则可断言者也。

佛家以生老病死、爱别离、怨憎会、求不得、五阴盛诸苦，发出世心，以自在极乐诸境。为究竟位，以"利乐有情穷未来际"，为大菩萨行，其直言利乐，在在可见。马鸣大士作起信论，开卷即曰："有何因缘而造此论。（中略）为令众生离一切苦，得究竟乐。非求世间名利恭敬故。"余文类此者多，不烦条举。

西洋伦理学者之论至善者，均分两派，一者快乐说，以快乐为至善，古代之色利奈学派（The Cyrenaics）、伊壁鸠鲁学派（The Epicurians）、德谟克利图氏（Democritus）等，近世之洛克（Locke）、巴特拉（Butler）、哈谦生（Hutcheson）、休谟（Hume）、勃莱（Paley）、边沁（Bentham）、约翰弥勒（John Mill）等隶之；二者势力说，以动作或涵养或全成或知灵为至善，古代之苏格拉底（Socrates）、柏拉图（Plato）、西尼克学派（The Cynics）、亚里士多德（Aristotle）、斯多噶学派（The Stoics）、新柏拉图学派（Neo-platonists），近世之霍布士（Hobbes）、斯宾挪莎(Spinoza)、肯培兰(Cumberland)、达尔文(Darwin)、冯德(Wundt)、康德(Kant)等隶之。(此据美人 Thilly 所著伦理学导言所分)此二派,一言以蔽之,则前者以大乐为至善,后者以大利为至善而已。彼土又有所谓神道观与自然观者,前者谓道德为上帝之旨,犹中国之"民之秉彝好是懿德"也,后者谓道德训令,犹几何原理,犹中国之"天之经地之义"也。一言以蔽之,此主张"正其谊不谋其利、明其道不计其功"之义者也。然义不离利,利不离乐,已如前说。则三者皆谓之乐利主义,岂不可也(然其所乐所利亦复千差万别,西洋伦理学史具载其说,阅者任取一种参之即得,兹不赘)。

挽近世独擅乐利主义之名者,厥为边沁一派,彼以最多数之最大乐利为归,意亦甚是。然彼所谓大,不必有久意。而世之良法美制,往往有一时人皆感其不便。久而见其利者,使易为最久时间,最多数之最大乐利,则乐利主义之倡,庶乎其无讥矣。

斯篇非轻视道德,乃所以提供道德也。今世之人,恶闻道德而喜闻乐利者,以不知德道之为大乐大利,而非不乐不利也。孔子曰:"君子喻于义,小人喻于利。"又曰:"小人不畏不义,不见利不动。"天下滔滔,皆小人也,曷不明告之以大乐大利之所在,以易其目前之小乐小利也乎。在昔神道设教之,世舍乐利而言道义,或可增其尊严。至于今日因仍不变转足令成迂腐,此则迂腐之士拘,拘于乐利之狭义者为之也,故亟广之。

作此文后数日,翻阅通鉴至周显王三十三年,载孟子见梁惠王事。次又引子思之言以足之,其辞曰:"初,孟子师子思,尝问牧民之道何先。子思曰:先利之。孟子曰:君子所以教民者,亦仁义而已矣,何必利?子思曰:仁义固所以利之也,上不仁则下不得其所,上不义则下乐为诈,此为不利大矣。故《易》曰:利者义之和也。又曰:利用安身,以崇德也。此皆利之大者也。"司马光曰:"子思、孟子之言一也,夫唯仁者为知,仁义之利不仁者不知也。故孟子对梁王,直以仁义言而不及利者,所与言之人异故也。"其言颇足与本篇"义利一也"之理,相为印证,故补志于此。

安诺德之文化论*

梅光迪

十九世纪中叶为西洋文化过渡时代，盖承法国革命之后，民治主义大昌，欧洲各国无不从事于政治社会之改革，又以科学发达，工商业兴，多数人民，乃起而握有政治经济诸权，在国中占最重要位置。此多数人民，即所谓中等阶级者是，故民治主义中之大问题，在如何使中等阶级执行其新得之权，管理一切事业而有成功，换言之，即在如何使其领袖一国文化也。夫中等阶级之特长，不过朴诚勤劳，维持寻常生活，而其特短，则在偏重实行，功利熏心，全其形骸而丧其精神。若不先事教育，使进于高明之域，而遽付以大权，则所谓民治主义所造成之新文化，仅为中等阶级之根性习惯之结晶品，有何优美完备之可言乎？当时英人对于民治主义所持之态度，约分三派：一曰大文家卡莱尔(Carlyle)，以人类多数愚顽，无自治之能，视民治主义如洪水猛兽。循此，则人类将复返于野蛮，而深信统治人类者，端赖贤豪，如克林威尔、拿破仑之流，其言曰："民治主义乃自灭之道，因其本性如此，终生零数之效果。"(见其 Char-tism 第二章)又曰："高贤在上，伧父在下，乃天之定律，随时随地皆然者也。"(见其 Latter Day Pamphlets 第一章)英伦三岛居民，在彼视之，皆蠢物耳，而彼所最轻视者，厥为美国，谓美国固为民治主义之好例，然并无伟人奇思大业，足令人崇仰者，不过人口增加极速，每二十年多一倍，至今已产生十八兆最可厌之人，

---

* 辑自《学衡》1923 年 2 月第 14 期。

此其历史上奇勋也。(同上)二曰:保守党,不欲放弃其贵族特权,故仇视民治主义。三曰:自由党,其分子皆属于中等阶级,以下议院为其势力中心。十九世纪英国之许多改革,如推广选举、自由贸易、贫民救济律,皆该党之功。故英之民治主义,该党实为之代表。政界名人,如布莱脱(John Bright)、科布登(Richard Cobden)、格兰斯顿(William Ewart Gladstone)皆为该党党员,然三派皆非也。盖贤豪不世出,如卡莱尔言,则世之理乱,归诸天命而已。保守党纯为自私,不问多数之休戚存亡,自由党以凡民为标准,而无久远之计划,宏大之志望。故安诺德一生之文化运动,乃为反抗以上三派而起。卡莱尔以愤世嫉俗之怀,雷霆万钧之力,发为文章,世人感其心之苦、声之哀,以理想家目之,未见其言之可行也。保守党实权已失,虚荣徒存,惟自由党为新进,又深合于当时潮流,其魄力之雄厚,声势之煊赫,实有牢笼一切之概。故安氏作战之目标,独在自由党,于卡莱尔保守党两派,视为无甚轻重,略一及之而已。盖安氏非反对民治主义之本体也,特为理想家,故不满于时尚之民治主义,急谋所以补救之,而期其臻于完善耳。

安氏亦认英国旧式贵族,不适用于近世,代之而起者,即为多数人民,其言曰:"吾英贵族,至今已不能统治英国人民。"(见其《论民治主义》*Democracy*)又曰:"人民至今,正欲自显其本质,以享有此世界,一如往者之贵族也。"(同上)然人民尚无正当之准备,惟醉心于民治主义而已,故曰:"今日殆人人信民治主义之发展,论之惜之,然及时准备,乃最后一事也。"(同上)夫无准备安能自治,故曰:"如今之中等阶级,决不能操政权。"(见其《伊布斯威起 Eps wich 工人大学演辞》)然自由党政客如布莱脱之流,方逞其广长之舌,喧呶国中,以要誉于中等阶级,谓若者为其美德,若者为其伟烈,而彼之所谓美德伟烈者,正安氏指为弱点之所表现,非深恶痛绝,不足以见真正民治精神,毋怪其当时之四面受敌不见信于众人也。

英之中等阶级,安氏曾加以浑名,即所谓"费列斯顿"(Philistine)者,译言流俗也。费列斯顿名词,源于古代小亚细亚一民族,其所居地为费列斯梯亚(Philistia),未受犹太文化,甘居黑暗,而不肯进于光明之域。安氏之言曰:"在昔创此浑名者之心中,费列斯顿原意必指刚愎冥顽,为选秀而有光明之民族之仇者而言也。"(见其《论海纳》*Heinrich Heine*)费列斯顿最大之弱点,即在缺乏智慧,而缺乏智慧者,莫如英人,中等阶级尤然。虽英人已早脱离中世纪而为近世进步国民,然其进步也,本诸习惯,而不本诸理智,于习惯上有不便时,则除旧布新，若出于万不得已，其苟且因循，补苴罅漏，乃成为天性。故安氏曰："英人与他国人较，为最不能容纳思想。"（同上）英人之所以见轻于外邦名流者亦以此。海纳（十九世纪德国文豪，原名见上）之言曰："若英国无煤烟与英人，吾或可讬身焉，惟二者吾不能任容其一。"（同上）海纳之所最恶于英人者，盖即"英人之狭陋也"。（同上）葛德亦有言曰："正当言之，彼英人实无智慧。"（见安氏《伊布斯威起工人大学演说辞》）艾墨孙（今译爱默生）（Emerson）论英人性质，亦见其《对于理想之怀疑》。（见其《英人性质》*English Traits*）英儒狄更生（G. Lowes Dickinson）现今思想家而极力称扬中国文化者也，尝游中国、日本、印度，著书曰《外观》（*Appearances* 一九一四年出版），论及在中国之英人，不表同情于"少年中国"之革新潮流，而归本于英人之重实行而轻理想，其言曰："此时英人之所以激怒于少年中国者，因彼等遵笼统理想而行，一国宜如何管理，如何组织，而不从其社会特殊情形入手，为片段之补救。英人之意，谓少年中国宜先筑道路，后制宪法，先除肺痨，后订法律。"又曰："不能借以收实效之智慧，英人视之为全无用。"盖英人之缺乏智慧，由于偏重实行，偏重实行者，或迷信实行之功效，以智慧为空虚而轻视之，或尽其心力于实行，无暇及于智慧，或习于实行而成自然，觉其甚易，故于智慧则畏其难而避之。三者有一于此，已足为智慧缺乏之原因，况普通人类，往往三者并有乎。

偏重实行之弊，在诱于功利，崇尚物质文明，其推察事物也，但观外表而不顾真象，囿于一隅，而不计全体，有所特好，则固陋自守，不容其他，无流转变化之妙，遂至褊僻性成，各是其是，而无公共之标准。此种生活，谓之机械生活，实由于头脑简单无智慧以为之训练也，而普通英人不察，沉迷于机械生活，反且沾沾自喜，宜安诺德之不能已于言矣。

近世英国以富强甲于天下，其中等阶级，与为其代表之政客，盖咸以此自豪，谓英人专尚实行之美果也，然自安氏视之，不过机械耳。其言曰："格兰斯顿君在巴黎演说，（他人亦尝同此论调）曾称若欲为将来社会之物质健康，立一广大根基，则现在倾向财富与工商主义之大潮流，何等紧要云云。此种辩护中之最恶者，则在其多向即尽心力于此大潮流者而发。无论如何，彼等必挟最高热望以聆之，作为彼等生活辩护，遂致助彼等深入于谬误。"（见《文化与世乱》*Culture and Anarchy*）以富强为英人莫大荣誉，为之张大其词，号于众人之前，因而得其欢心者，无如布莱脱，彼盖代表极端之中等阶级的自由主义（Middle Class Liberalism）者也。安氏每喜引其说以反讥之，有言曰："此君或大声以向人民,谓致英国富强之责,实彼等肩负之,又或大声谓之曰,且观汝等所成者何事,余周视国内,见汝等所营之大城,所建之铁道,所出之制造品,以世间最大之商船输运货物。余又见汝等已以苦功使往日之一片荒土(即英伦三岛)变为蕃殖之花圃,余知此天府为汝等所手创,汝等乃一名震全球之民族也云云。然此种颂扬论调,正亦乐伯克君或罗君,用以败坏中等阶级之人心,使之为费列斯顿者也。"(同上)

英人第二种之机械生活,则迷信自由是已。英人固自夸其国为自由之祖国者也,故个人权利思想极盛,而有"各自为己"(Every body for himself)其弊也,自信过甚,好为立异,一切事业,无统一制度,为自由而自由,不问其是否当于情理,利于公众,徒为无意识之纠纷而已,非机械生活而何。自由党政客如乐伯克等,以英人之幸福,在各人言所欲言,行所欲行。《泰晤士报》尝评他国人讥英人在外者之服饰举止,而谓英人之人生理想,即在各人任其服饰举止之自由,然安氏则谓乐伯克君所称之言、所欲言者不足取,必在所言者有可言之价值耳。《泰晤士报》所称服饰举止之自由者亦不足取,必在服饰举止之真有美观耳。然英人自由之弊,尤见于宗教。自十七世纪清教(Puritanism)大兴,其教徒专以信仰自由号召,反抗国教,党见极烈,故终身瘁其心力于驳辩团结,愤气填膺,而宗教之大义与其和平博爱之真精神尽失矣,此安氏所以引为深憾不惜反复言之也欤。

然清教之危害,犹不止此也。安氏尝论希腊精神与希伯来精神之别,谓前者重智慧,后者重品德。英人偏重实行,故希伯来精神最合英人性质,而清教者又极端希伯来精神之表现也。在彼视之,一切智识艺术皆为引人入恶之谋,故在克林威尔之"清教共和"时代以宗教施诸政治,人民一举一动莫不由政府根诸宗教信条以规定之。封闭戏院,焚毁美术品,除圣经外不准读他书,清教共和虽失败,而清教犹在,即近世之所谓"不遵国教"(Non-conformity)者也。其教徒仍以品德为人生唯一需要(The one thing needful),安氏之言曰:"清教徒之大厄,在自以为已得一准则,示以唯一需要,乃对于此准则与其所示之唯一需要,仅有粗浅了解,已觉满意,谓智识已足,此后只需行为,但在此自信自足之危险情形中,任其本身之多数劣点,得有充分之恣肆。"(见其《希腊精神与希伯来精神》*Hellenism and Hebraism*)又曰:"世无所谓唯一需要,能使人性省去其全体同臻至善之责任者,盖吾人真正之唯一需要,乃在使本性全体同臻至善。"(同上)夫人性至复,须为全体平均之发展,若只计及某一部分,则他部分固受其累，即其所计及之某一部分，亦不能得美满结果。清教徒自诩曰："吾知圣经。"安氏则应之曰："人若不兼知他书，即圣经亦不能知。"（同上）故清教徒反对异己，暴厉残刻，焉有所谓品德？安氏又言曰："日前报纸宣传，称有名史密斯者自杀，此人生前为一保险公司书记，惧致贫困与其灵魂之永丧，因而自杀。余读此数语时，觉此深可怜悯之人，以其择出两事，摈去其他。且将此两事并列，实为吾国人中最有势力有体面而最足代表之一部分之模型。所举两事，吾国中等阶级，人人有此思想，故余称之为费列斯顿，不过吾人少见有如此可悲之结果而受惊耳。然吾国人民之主要事务限于致富与拯救灵魂者，何比比皆是。吾人对于世俗事业之狭隘与机械的主张，即由吾人对于宗教事业之狭隘与机械的主张而起者，何其尽然。由此两种主张之结合，吾人之人生已受何等损乱。盖因第二主要事务（按即拯救灵魂）所与吾人之唯一需要，如此印板狭隘与机械的，乃能使鄙陋如第一主要事务者（按即致富），有存在之理由，而取得同样执拗绝对的性质也。"（同上）近世英人之弱点，既如上所述矣，然则安氏救正之法维何，彼尽一生以与其国人作战，所目为"费列斯顿"之死仇者也。英人缺乏智慧，偏重实行，以致弊端百出，就精神上言，乃残缺不完，失其常度之人也。故安氏欲以"文化"（Culture）救正之文化者，求完善（Perfection）之谓也。完善在内而不在外，故轻视物质文明如铁道工厂之类；完善在普遍之发展，故含社会化性质，不容有极端之个人主义；完善在均齐之发展，故不如清教徒之独重品德。然则如何可得文化乎？安氏则以为必由智慧。彼尝谓其一生事业在"灌输智慧于英人"，又言文化之目的，在了解自身与世界，而达到此目的之手续，则在知世间所思所言之最上品也。（见《文学与科学》*Literature and Science*）当时科学大兴，文学与科学两者所包智慧之多寡，两者在教育上、人生上之轻重比较，乃为一紧要问题。安氏谓文学所包为多，当重文学以反抗当时之主张科学者，如赫胥黎之流谓欲知自身与世界，须求之文学。盖彼之文学界说甚广，谓"凡由书籍以达到吾人之智识，皆为文学"（同上）。故若欲考知希腊罗马情形，非但读其诗文雄辩，必兼及其政法军事之制度，算数、物理、天文、生物之学说，若欲考知近世各国情形，非但通其文学，必兼及其科学发明，如哥白尼、牛顿、达尔文之著作也。就此说观之，盖凡人类最有价值之贡献，不问其为文学、为科学、为政法，皆在安氏所称智慧范围之中。然吾人于此，不可以辞害意也。盖世间之智慧无穷，欲兼收并蓄，非但力有未逮，亦且大愚大惑也。安氏所谓科学政法之类，非欲使此等学问萃于一身，成为专门名家，不过知其大要与其精神之所在而已。彼所重者，特在文学谓科学为工具的智慧，于人之所以为人之道无关，文学则使人性中各部分如智识、情感、美感、品德，皆可受其指示熏陶，而自得所以为人之道，故其称诗为人生之批评也。

安氏既重文学，则其深信世间所思所言之最上品，必于文学中求之，自不待言。故以文学批评为业，就其所知文学中最上品为之解释，介绍于其国人其文学批评之界说曰："批评者，乃无私之企图，以研求宣传所知所思之最上品也。"（见《现今批评之职务》[*The Function of Criticism at Present Time*]）由是可知安氏之文学批评，乃为达到文化之手续矣。今观其《批评集》内容，则见收罗宏富，不限时地，皆所谓最上品者。希腊文学，至矣尽矣，而安氏所取者，尤在其智识的解放，即能以批评眼光观察人生而有彻底之了解，不致迷惶失措是也。安氏以希腊史家修西底得斯（Thucydides）与英国十六世纪史家罗理（Sir Walter Raleigh）相较，则知修氏以批评眼光叙述雅典与斯巴达之大战，不为当时俗说所误，罗氏之世界史，则首言天堂地狱之位置，星辰及于人事之吉凶，皆如当时星相家言。修氏虽生于纪元前五世纪，罗氏虽生于纪元后十六世纪，而两人智慧之相差乃正与时代之先后相反。若言近世精神为批评精神，为已有智慧的解放者之精神，则修氏于近世为近，罗氏则犹中世纪之人也。安氏之取重葛德（今译歌德），则以其非仅为近世第一诗人，实以其人生批评之精深宏博，而为近世第一人物也；于海纳，则取其为近世智慧解放战争中之健将；于乔治桑（George Sand 法国十九世纪小说家，近世第一女文豪），则取其主要情怀为理想的人生；于威至威斯，则取其讨论全体人生为较多于他诗人，而安氏文学批评之方法与精神，盖多得力于近世法国批评大家，如圣伯甫雷南之流，法人为富有智慧之民族，批评者智慧之事，所谓"心思之自由运用"也。

安氏以高谈文化，鄙夷实行，有"费列斯顿之死仇"之号，而当时自由党政客与言论家，尤多冷嘲热骂，无所不用其极，名其文化论为"月光"（即美而不实之意），称其人为"羊皮手套教派之牧师"（High priest of the kid glove persuasion，犹言满身锦绣之人斯文作态摆空架子也），只能与无事之斯文妇女，闲谈诗歌美术也。布莱脱之言曰："彼哉所谓为文化者，乃在学得希腊、拉丁两死文字之皮毛耳。"（安氏《文化与世乱》序文中引此言）然安氏不为所动也，常以极和婉从容之态度，重申己说，以为答复，安氏固擅长辩论者，故反对者亦无如之何耳。

吾固谓安氏乃理想家也，其所言之民治主义，乃在智慧充足，已受文化之人起而为一国领袖主持一切公共事业，如政法、经济、教育、宗教等，提高多数程度，使同进于文化，非如普通政客之所谓民治主义，降低程度以求合于多数也。许曼教授(Prof. Stewant. Psherman 现今美国批评大家)有论安氏之言曰："在少数文化阶级中，而为多数费列斯顿所环绕，彼决不快意也。彼所企望者，在一似雅典之民主国而无其奴隶制，彼冀有一人人风貌堂堂之社会出现，此社会中之自由、平等、友爱，一如罗拔士比(今译罗伯斯庇尔)(Robespierre)(法国大革命激烈党之领袖)所想象者，然其精深美备，又如贝里克里(Pericles)所实享者。简而言之，彼愿人人有贵族化，其愿贵族化，乃至如此，以彼心中存有此种远大理想，故称自己为未来世界之自由党人。"(见其《如何研究安诺德》一书 *Matthew Arnold: How To Know Him*)

夫此种理想的民治主义，一时安能实现。而其不能实现者，盖有二因焉：一则太高，非恒人所易行；二则为自然感化的，不能借用势力威权，以强人之必从。故安氏终身不入政党，不为政治活动，不为团体运动，不发表"宣言书"或"我们的政治主张"。虽为视学员，然不设立教员机关，以垄断教育，虽为牛津大学教授，然不滥招门徒，收买青年，尤不借"最高学府利用学者声价，以达其做官目的"，理想家之主张固足重，其高尚纯洁之人格尤可贵也。此盖古今中外之真正理想家，无不如是。世有反是而行者，虽自命为文化家，吾宁谓之为费列斯顿，虽自命为文化运动，吾宁谓之为费列斯顿运动而已矣。

说　　习*

柳诒徵

祖考之所传、保傅之所教、妇妪之所谈、童孺之所乐、里党所公认、社会所常见，为千万人所便安，有十百世之经历，深伏人心，不待意识判别其是非，而自然流露，自然倾响，虽极力矫正，而犹不能摆脱其根蒂，是曰习。细别之，则此共同之习之中，又各有个人特别之习。有因家庭教育职业不同而构成者，有因小己性情气质嗜好不同而构成者。要之，个人特别之习，恒在国族共同之习之范围之内，其轶出于范围之外者，特其变例，不数数见也。

习之大原，根乎风土。风土不同，习俗自异。惟甲乙诸地，交互错综，薰染遂易，则甲以甲之所习，参加乙之所习，乙亦以乙之所习，参加甲之所习，而习亦因之变化。吾国幅员辽阔，山河界域，本极复杂，人力所造，恒有多国。《汉书·地理志》、《隋书·地理志》论各国各州之风俗，多以地理区之。求之今日，往往犹有沿习未变者。故欲论吾国全体民族共同之习，亦至难言。然宋元以来，统一既久，多方醇化，齐其不齐。如科举之出于一途，服官之必在异省，兵事之促土著之迁移，生计之使工商之辏集，皆有混合吸集之力。故虽东西南朔，距离甚远，而其心习，自有其大同者焉。居今日而言之，自蒙藏诸族外，苟非细别省籍氏族及个人之特殊心性，固可谓中国人自有中国人之习惯，与欧美日本迥然不同也。

---

* 辑自《学衡》1923年12月第24期。

海通以来，黄皙相遌，以心习之龃龉，造国际之纠纷，政教工商，随在可见矣。顾以事势所迫，吾民不得不屏弃所习，以求人之所同趋。故自侨民远贾者外，年有大多数之青年俊异之士，走集各国，求其学术，同时吸收各国人之所习，以改造吾国民。始力虽微，浸淫渐巨，吾人试瞑目一思，二三十稔前吾国各地之状况，较之今日相悬奚若。自知吾民之习，亦已潜移默化于不自知，彼谓吾民顽梗，不可改进，或殊方习俗不适于吾族者，固皆未审乎此也。

虽然，论吾民改进之速，固亦可惊，而熟察其途术，与其所得于人之得失，要仍不外乎中国人之旧习。盖两习相值，必其性质之相近者，始能融合而相成。使其距离甚远，或甚相反，则虽加以强迫，或暂时之附丽，要非出于自然，终必放弃其所浮慕，而仍趋其所习行之轨辙。甚则徒假其名，阴执其习，以羊质蒙虎皮，悬牛头卖马脯，有令人骤睹之不辨其所由者。如民主非所习也，则名总统而实皇帝焉；代议非所习也，则名议员而实捐官焉；辩护非所习也，则名律师而实讼棍焉；教育非所习也，则名学校而实科举焉。其故无他，皆出于习。

此等蔽于心习之见，不足笑也。吾见并世之人，不独冥顽蔽锢，不知旧习之非者之言论思想行为，一惟心习之所命令。即号称聪明特达之士，湛精于欧美之学说，毅然欲改造吾国而大有所为者，迹其所行所言，似已溃决先民之樊篱，跳出前人之窠臼矣。然徐而察其动机，及其潜伏于动机之先，使之于无意中已受其指挥者，仍不过中国人之心习而已。吾国者，尚文之国也，好古之国也。尚文，故种族革命、政治革命等事，虽皆强效外人之所为，终不合于大多数之心理，而惟文学革命可以耸动一时，而为多人所诵述。好古，故研究科学、提倡实业等事，虽皆强效外人之所为，亦不合于大多数之心理，而惟整理国故可以俯视一切，而为近人所艳称。讲诗书，谈礼乐，固尚文好古之旧习也；治墨辩，攻因明，亦尚文好古之旧习也；尊韩抱杜，固尚文好古之旧习也；崇拜《水浒》《红楼梦》《镜花缘》，亦尚文好古之旧习也。科举时代，有批点之古书，新学时代，有新式标点之古书，其为法不同，其为习一也。

是故吾国学者，习于读书，而不习于工作运动。其在域外，以工兼读者，十九中辍；实习工场者，成绩多逊于外人；而读书讲学以论文取高第者，相望也。游泳运动，或为学校所必修，则强从事焉，比毕业，不复肄习矣。大师宿学，日轸念于吾民之孱弱，谓非提倡体育不为功。然空言之而不能躬为之倡，为习所囿也。晳人之考求卫生，务极衣食住之美，与吾民所习不相左也，则归而高其闬闳焉，厚其茵褥焉，精其床几焉，饰其窗棂焉，美其冠领焉，革其烹调焉。而彼之冒险耐苦、探非洲蹦北极，入吾内地传教于愚民之精神，非吾所习，则亦不复仿效矣。

家族者，吾民所最习也。涉足欧美，见其薄于父母之养，了无宗族之谊，多心非之。然孝衰于妻子，自唐虞时已有此风。而晚近以来，父子别居，妇姑勃谿者，尤为恒事。自非渐渍礼教，服习家训，以孝悌睦姻为美德而力行之者，未易判其得失。彼狷薄子弟，本未受良好家庭之教，既见西人薄于父母昆弟，惟妻孥宴昵是尚，则相率而从之，无足怪也。然西人薄于家族，而厚于社会国家，不私遗产，奋身公益，或自效于戎行，或殚心于国政，衡其长短，适可相剂。而吾民之浮慕新声号称爱国者，已不多觏，甚至泰然谓国家无与乃公之事，宁非习所使乎？

妇女解放，非所习也。顾女子讲学，数见于史册，则亦不难破除今日之习，而追踪既往之习，然至置身学校，从事社会，仍不能脱其本习。模仿衣装，涂饰粉泽，一倡百和，不期然而然。高跟之履，寸断之发，自谓异于旧矣。然其心理，仍亦不外昔日利屣弓足盛鬋高髻之动机。而热心参政、尽力职业者，视此固极少数也。浸假而倡离婚，浸假而倡节孕，浸假而倡独身，疑若非吾旧习矣。然妇女之见，大抵不外于自私自利。昔持礼教，犹时有反目脱辐之占，溺女堕胎之举。今则溃厥堤防，传以学说，故昌言无所忌惮，要亦非有大变于旧习者也。

呜呼！地方自治，不过刁绅劣董、土豪地痞武断乡曲、把持公事之化身。尚武精神，不过土匪流氓、武弁营棍啸聚山林、割据地方之变相。西人嗜戏剧，吾国则以狎优之习而礼名伶；西人重宗教，吾国则以事神之习而倡邪说。以旧习传新名，随在皆是，吾亦无暇引举。第其运用旧习与参加新习之程度，有浅有深。貌视之固若非一丘之貉，苟深叩其来源，恐无以易吾此说也。夫习非不变，而甚难变。在个人则贵克治，在群众则重倡导。个人不知克治，则读书讲学之功，多侧重于外表，自谓已非旧人，而不知其旧染之污，实深根固柢而未尝略减。群众不善倡导，则始基已误，来轸愈乖，袭谬沿讹，自成一种特别风气，谓为旧制度固不可，谓为新气象则尤不可。必举此已误之途，扫荡廓清，然后可入于正轨。甚则积非成是，不可收拾。论世者惟有归之于运会，岂知其初不过少数人之习惯为之哉。

湘乡刘蓉《养晦堂文集》有《习说》一篇，近人辑教科书，有节录之者，芟薙其后半之说。其文有曰：

自王迹熄而百度废，治教之经不正，而邪慝兴，于是民志荡然，始如堤防之决，泛滥横流，而莫知所止。于斯时也，殊方不道之教，又闯然入吾国而潜煽之，其窥测象数之精，既足以耸贤智者之听，而功利夸诈之说，又足炫乱愚不肖之耳目，而蛊其志。浸淫不已，与之俱化，虽欲使反而即乎其故，而固不可得，此尤古今乱辙之较然者也。

固是咸同间人思想，然亦不可谓之无见。盖以吾国之良习参加外人之良习，则治；以吾国之不良习参加外人之不良习，则乱。无论中外之习，皆有良否，皆有可以弃取者存，然选择者两方之习之良否，殊非易易。即其善者，习焉不察，群趋而盲从焉，皆足为病。矧以此方之不善吸收他方之不善乎？欲弭此弊，惟恃教育。然今之教育人者，是否能择人之善习以辅吾之善习，恐亦惟有潜受所习之驱遣。参苓溲勃，杂然并进，造成一种非驴非马之新习已耳噫。

励　　耻*

柳诒徵

今之世界，一商业之世界也。索口岸、辟租界、争税则、议磅价，固商业也。传宗教、设学校、倡正义、讲文化，亦商业也。商业多方，其行之也有径有迂，径者易察，而迂者则恒讬为博大仁爱以售其术，施之者不足责，所可耻者受之者耳。

一国之人，不能自兴其国、自理其财、自昌其教、自振其学、自播其文化，而待他国之人为之维持其国势之平衡，补助其教育之经费，网罗其学术之书籍、器物，张皇其文化之价值、精神，涂饰世界之人之耳目，以市和平亲善之名，阳则冒学说，阴则觊国权，此何等事？

不幸而有此事，势又不可以逆诈亿不信之怀，示人以不广。则亦惟有率一国之人，详究斯事之历史因果，力求其因应之宜，对外则一致而期以至诚，对内则努力而策其孟晋，必使一般学者晓然于斯事之非吾国之荣光。惟当处之以惕厉忧危，姑阶之以治吾学，而一毫鄙陋之见、偏隘之思，不可稍涉其间。庶乎吾国民族虽暂处于守雌守黑之时，终必有昌明骏发之一日。

个人主义、地方主义、党派主义、机关主义，茅塞于胸，不计斯事之由来。但以目前经济之困难，侥幸苟得，惟恐人之不我与。竞出手段，欲以一党、一团、一校、一地，丐人之恩，仰人之援，绝不问人之所以饵我者之用心之所在。

---

* 辑自《学衡》1924 年 6 月第 30 期。

甚则自炫其学籍，谬讬于旧谊，觍颜向人，以排摈其国族，而为所排摈者，惎其捷足，从而涎之，又悍然不知所谓，攘臂而与之争，斯则吾民族堕落地狱，永永万劫不能有超然自拔之一日、之现象也。

狎犬之人，投骨于地，视犬之争，以为笑乐。群犬争骨，狺狺然不知耻也。然此犹可诿曰："此他骨也，投之以钓其争，而后来无他虑也。若夫所投之骨，即取之于此犬之身，且为犬所积痛至惨，不能忍受，而不能不任人之劙割者，一旦投之示直，特变其劙割之名，而仍欲吸其精而竭其髓，吾知犬虽无知，犹必望骨而思痛焉。今以圆颅方趾之人，视人之劙割吾骨者，匪一朝夕，忽得其人投骨之消息，则争走集焉，思独啖其骨，或分取一二残胔余汁以为快，是尚得为人哉。"

闻者笑曰："吾货也，固任何人之市取而莫之忤也。甲市于吾，吾得其利焉。乙市于吾，吾得其利焉。丙知甲乙之市为吾所翘企而忻受，则亦变其计而市于吾，吾曷为而不争售，售其身焉，售其心焉，售其祖宗焉，售其子孙焉，倾吾国以偿之，亦何所恤？哀哉！无耻之心计，固未尝不自幸，其较知耻者之为得也。

知耻奈何，必先谂下举诸义：

一、吾何为输金于人，至今犹不能不如额以予。

二、人何为慨然以吾所输转市于吾，吾乃忘所自来，若出望外。

三、吾何以不能自兴其国，至今犹纷扰破裂，时时仰人之鼻息。

四、吾何以不能自理其财，如人所悯而予之者，自赡其用。

五、吾何以不能自昌其教，而恒待人之教之。

六、吾何以不能自振其学，匪学于人，则人来吾国而诏吾学。

七、吾何以不能自播其文化，而待他人翘吾之文化以为招。

八、吾何以在在为人所市，而惟恐其不吾市。

孟子曰："耻之于人大矣。不耻不若人，何若人有？"吾愿吾民族稍有血气心知者，闻之而知所自励也。

明　　伦*

柳诒徵

何为人伦？何谓伦理？何为礼教？此今日研究中国学术、道德、思想、行为之根本问题也。醉心新文化之人，固为欧美蓝色眼镜所障，未窥此中真际，即妄肆其批评。笃旧之士，辞而辟之，亦复不得要领，徒拘牵于宋元以来之思想习惯，不求之于原理，龂龂争辩，转贻主张新文化者之口实。其实伦理礼教，至庸常而无奇，亦至精微而难解。请述其说，以释两家之纷。

人伦有五，亦曰达道。《中庸》曰天下之达道五：君臣也，父子也，夫妇也，昆弟也，朋友也。谓之达道，即通衢大道之谊，犹之古之驿路，必择四方必经之地。今之铁道，亦多循古之驿路敷设，苟其可废，即非通道。然穿窬之儿，邪僻之士，亦有喜舍通衢大道，而行于野径僻巷之间者，此属变例，非人情之恒。人情之恒，固必遵行达道也。

五伦何以为达道，何以为天下之达道？以今日世界各国礼俗习惯言之，颇有与此达道相左者，则又何说？请以最近西方学说之变迁明之。十九世纪以来，欧洲学说，以达尔文进化论为中心，谓物类必竞争而后生存，人类亦必以竞争为生存之本。欧战之祸，即基于此。伏尸百万，流血千里。明哲之士，方始觉悟，知达尔文之说未足为人生之定义，而物类之生存，实基于互助之德。故今日最新之学说，莫过于人类之互助。吾闻之，哑然失笑，谓今日欧人发明之

* 辑自《学衡》1924年2月第26期。

新理，各国圣哲早在数千年前知之。所谓五伦，所谓达道，孰非提倡人之互助，促进人之互助，维持人之互助者？为人君，止于仁；为人臣，止于敬，非互助乎？为人父，止于慈；为人子，止于孝，非互助乎？知互助之为名言，即知人伦之为达道，无所谓新旧，亦无所谓中西。

虽然，今人所致疑于伦理者，第一即为君臣。自美法刱民主制度，而吾国革命，变帝国为民主国，其法度迥异于数千年相承之制。于是一曲之士，以为无皇帝便无君臣，守旧者叹诸夏之无君，维新者谓古书之可废。其实皆由不明君臣之义，故尔为此纷争。庄生曰：君臣之义，无所逃于天地之间。使民主国家而无君臣，则明明逃出于天地之间，庄生大哲，何以敢为此极端满足之言？由此思之，其义广矣。世人习见天子与诸侯，皇帝与宰相，号为君臣，以为君臣专指此类人。其实君臣即首领与从属之谓，无论社会何种组织，皆有君臣。学校有校长，公司有经理，商店有管事，船舶有船主，寺庙有住持，皆君也。凡其相助为理，聘任为佐，共同而治者，皆臣也。瑞士无总统，然亦必有参议院长，为全国之代表。苏维埃政府无总统，然亦必有委员长，为全国之代表。故君臣其名，而首领与从属其实，君臣之名可废，首领与从属之实不可废，不可废便不可逃。故曰无所逃于天地之间。甚至土匪必有头目，优伶必有领班，无无君者也。苟欲无君，必须孑身孤立，尽废社会组织，我不用人，亦不为人所用，然后可以无君。故孟子曰：扬子为我，是无君也，盖充为我主义，必致各个独立。我不用人，亦不为人所用，此世所万不能行者也。往读《学记·君子知至学之难易》一节，谓能博喻然后能为师，能为师然后能为长，能为长然后能为君。故师也者，所以学为君也。窃怪古之为师者，岂必人人有帝制自为之意？既而悟师也、长也、君也，皆首领之谓也。欲造成为首领之人才，莫若学为师。今日欧美之国家总统曰伯里玺天德，大学校长亦曰伯里玺天德，其学记之确诂欤。

复次则父子之伦，亦为人所诟病。欲明此义，可先读《仪礼》。《仪礼·丧服传》曰："禽兽知母而不知父。野人曰：父母何算焉？都邑之士则知尊祢矣，大夫及学士则知尊祖矣。"然则父子之伦者，由禽兽野蛮人进而至于文明人而后有者也。西人未尝无父子，惟父必尽其养子义务，子则不必养其父。此一方面之助，非互助也。人苟对于生身之父，施以教养十余年二十余年之恩者，不必扶助，而对于其他漠不相关之人，转高谈互助，尽心竭力以为之谋，是无本也，是无情也。是人类之结合，徒以势利关系，而不本于理性也。人之所以异于禽兽者在此。必率人而从禽兽，吾何讥焉？近人某著《中国哲学史大纲》，谓孝为儒家所创之宗教。又曰儒家只教人做成一个儿子，不教人做一个人。不知教人知为子之道，正是教人为人。吾不知某之心理所谓人者，是何界说？岂能做儿子者便不能为人乎？人之于人，有种种方面，一面为子，一面可以为父，一面又可以为夫为妇，一面又可以为朋为友，一面又可以为昆为弟为君臣。如某之意，为儿子即不能为人，然则为夫亦不可以为人，为妇亦不可以为人矣？彼但见西人不讲家族伦理，而盛倡个人主义，以为所谓人者当如是，而后可以无所拘牵束缚。而中国之儒教反之，故诋毁不遗余力。实则西人对于物质文明，诚有高过吾国者，至其于为人之道，尚多存禽兽及野蛮人之余习，未可目为文明。观其于人之称谓，混然无别（为伯、叔、姑、姨、姊、妹之类，皆不如中国分析之多），知其析于物而昧于人矣。

复次则夫妇之伦，今亦在变化摇动之中。易之感恒，所以明夫妇之义也。感言男女相感，即今日所谓爱情，恒言夫妇恒久，则一与之齐终身不改之义，而今人所未喻者也。情感之用，易变而难久，故感必继之以恒。何以必恒？为互助也。一夫一妇，同甘共苦，白头偕老，其家庭之幸福，绝非青年男女徒以金钱颜色为恋爱者所可比也。今人惟知情欲之感，以为此乃至高无上神圣之境，但计好恶而不计利害，不知古昔圣哲，提倡人伦，正由熟观男女相悦但计好恶而不计利害之结果，以为如此非所以发达人群、维持社会之道，乃倡为夫妇之义，而以君子偕老为正宗。其有变例，则男子出妻，女子改嫁，亦所不禁。后世持之愈严，乃有饿死事小失节事大之说。三代两汉，初不如此，然在今日观之，程子之论，亦至有见。饿死事小者，一人之关系也，失节事大者，全体之关系也。人之于人，必须有生死不渝之精神，然后始见性情之可贵。使以吃饭活命，遂举至亲极密之人而背之，则人为经济所压迫，而道义荡然矣。故论女子必以能矢志抚孤、茹苦守节者为贵；论男子必以可以托六尺之孤、可以寄百里之命，临大节不可夺者高，此人道之极则也。报纸所载美国女子，有一生结婚至数十次者。夫此一人终身扰扰，惟婚姻问题是谋，安能宁心壹意，为家庭、社会、国家有所尽力？且其与男子相处，不过如居逆旅，感情朝热而暮冰，反眼若不相识。其对此数十人，有所助乎？无所助乎？故论互助之义，以中国夫妇之道为最善。仳离勃谿，固亦恒有，然以礼教关系，可以使人有恒。而感情为理性所制，遂不至终身扰攘于婚姻问题之中，而专其心力以处理家庭，服务社会，此其利益之大若何乎！欧人惟知个人，不知伦理，故独身不嫁，节孕不举子者甚多，今其效果何如？且即不问人口减少，国家衰弱之害，专以个人道德而言，为女子者，惧嫁夫生子之为累，为男子者，亦惧娶妻生子之为累。其人之思想单简，性情凉薄为何如？吾国人无此思想者，以为妇之助夫，天职也；夫之助妇，亦天职也；父母之助子女，更天职也。天职所在，不顾一身，虽苦不恤，虽劳不怨。于是此等仁厚之精神，充满于社会，流传至数千年，而国家亦日益扩大而悠久，此皆古昔圣哲立教垂训所赐，非欧美所可及也。今之少年，毫无知识，第知情欲之冲动，与西俗相近，而礼教不然，乃从而非之，而老旧者又不能说明其中得失利病之所在，惟事谩骂。呜呼！伦理礼教岂易言哉？

说　酒*

柳诒徵

吾国有一事特早于欧美数千年者，曰禁酒。酒之起源不可知。观韶乐之韶字，古文作[illegible]作[illegible]，中多从酉（古文酉即酒字），要为起于唐虞以前，《国策》称：帝女令仪狄作酒而美，进之禹，禹饮而甘之，遂疏仪狄，绝旨酒，曰后世必有以酒亡其国者。是夏禹已虑及酒之为害。至殷周之际，酒祸遂为国家一大问题。《史记·殷本纪》："纣好酒淫乐，以酒为池，悬肉为林，使男女裸相逐其间，为长夜之饮。"《春秋繁露·王道篇》："纣以糟为邱，以酒为池。"《淮南子·本经训》："晚世之时，帝有桀、纣，桀为璇室瑶台象廊玉床，纣为肉圃酒池。"他书称纣嗜酒之事不可殚述。虽孔子谓纣之不善不如是之甚，然嗜酒一端，确非诬罔。微子告父师、少师曰："我用沈酗于酒，用乱败厥德于下。"周公诰康叔以纣所以亡者以淫于酒，酒之失，妇人是用，故纣之乱自此始，谓之酒诰（见《史记》）。其言曰："天降威，我民用大乱丧德，亦罔非酒惟行；越小大卦用丧，亦罔非酒惟辜。文王诰教小子有正有事，无彝酒；越庶国，饮惟祀，德将无醉。"又曰："我西土棐徂，邦君、御事、小子，尚克用文王教，不腆于酒，故我至于今克受殷之命。"又曰："庶群自酒，腥闻在上，故天降丧于殷，罔爱于殷。"又曰："矧汝刚制于酒？厥或诰曰：群饮。汝勿佚，尽执拘以归于周，予其杀。又惟殷之迪诸臣百工，乃湎于酒，勿庸杀之，姑惟教之。有斯明享，乃不用我教辞，惟我一人弗恤，弗蠲

---

* 辑自《学衡》1925 年 9 月第 45 期。

乃事，时同于杀。”今世所传周金文，以毛公鼎、盂鼎为最近于书。毛公鼎曰：“善效乃友正，毋敢湎于酒。”盂鼎曰：“揸酒无敢酗，有柴烝祀无敢醻。粤殷正百辟，率肆于酒，故丧师。”此可知殷以酒亡其国，其社会风俗败坏，为圣哲所疾首痛心。故周初特悬为厉禁，不惮诰诫至再至三，犹今之严禁鸦片烟也。

虽然，酒为人情所甚嗜，不可禁。禁之务绝，则必有私酿私饮之事，而禁令且等于具文，故一方严禁群饮，一方又制为群饮之礼，即今所传乡饮酒礼是也。豳风跻彼公堂，称彼兕觥，周人之俗，本有群众聚于一地之公共集会之所若学校者，以暇日宴饮之习，因之制为节文，使习为宾主介僎揖让、盥洗、受送、祭哜、尝啐、酬酢之礼。名为饮酒，实则节之使不得纵饮。故《乐记》曰：“豢豕为酒，非以为祸也，而狱讼益繁，则酒之流生祸也，是故先王因为酒礼。壹献之礼，宾主百拜，终日饮酒而不得醉焉，此先王之所以备酒祸也。”其于官制，则酒正、酒人皆隶于天官冢宰。酒有政令，有式法，王之燕饮有计，酒之赐颁有法，凡有秩酒者，以书契授之。酒正之出，日入其成，月入其要，小宰听之，岁终则会，皆所以裁制天子、后妃、贵族、达官之湛湎也。乡人饮酒，谓之公酒，其式法亦受之酒正。其饮酒也，则卿大夫、州长、党正咸莅，必以礼相属而正其齿位。其无事而饮酒者，则秋官之萍氏几而禁之。观其立法如此，即知殷周之际，实以酒祸为国家一大问题。其制为典礼，使民饮酒而阴防其害，亦即民可使由之不可使知之之微意，非综合当时事实求其制礼之故，无由悉其作用也。

西周之末，礼教已隳。宾之初筵之诗，形容醉人之状，有载号载呶屡舞僛僛之语。然至春秋时，礼教之风，犹未尽泯。陈完对桓公曰：“臣卜其昼，未卜其夜。”君子嘉其仁义，至于伯有为窟室而夜饮酒击钟，则公认为乱亡之源。子皮之族饮酒无度，亦不能保其家室。其曰：“有酒如渑有酒如淮者，徒为豪语，非事实也。”战国时，礼益陵夷，乃有饮食若流乐酒无厌之现象。顾《史记》称：荀卿最为老师，齐尚修列大夫之缺，而荀卿三为祭酒。则周之酒礼，在战国时，未尝无遗风坠绪可寻也。淳于髡为滑稽之雄，自称能饮一斗亦醉，一石亦醉，然语齐威王曰：“酒极则乱，乐极则悲”，以谏其长夜之饮。亦由习闻古先圣哲之说，始以滑稽为诤谏也。降及汉代，三人以上无故饮酒，则罚金四两。非有特诏，赐民大酺，不得会聚饮食，是亦周代群饮勿佚之遗矣。魏晋以后，文人达士，遭时不偶，佯为放逸，讬于酒以自晦者，虽不绝于史，而群众嗜酒废弛正事致为地方风俗之忧者，则罕有之。吾阅吴稚晖《朏庵客座赘语》，述欧陆男妇嗜酒滋事之状，因思吾国人之饮酒，何以独异于晳种？推本穷原，乃知此由数千年服习礼教之故，斯实中国文化高于西方者之一端，不可以其细而忽之也。

古之为害者酒，今之为害者烟。枯人骨髓，溺人志气，丧人家产，夺人生命者，不可数计。远则国之大耻，所由割土租地。近则各地战役，悉为分争烟利，不惜举吾民数百千万之生命财产，供一二人之菹醢，而彼军阀要人、偏裨宿将，亦以此相戕相斫，其祸之烈于酒不啻万亿也。乃至学界师长，以妻帑吸烟之故，腾秽报章，恬不知耻，何国人之无心肝，一至于此？或乃以酒为例，曰美近禁酒甚严，而私饮者如故，是殆不可禁。呜呼！此知法而不知德之说也！《论语》曰："道之以德，齐之以礼，有耻且格。道之以政，齐之以刑，民免而无耻。"中外政术之得失尽于此矣，但恃政刑而无德礼，其弊尚如此，矧政刑俱无，一任人之纵欲败度，徒为苟偷掩饰之术，以诬民而贼己，宜其视欧美犹天人也。

解 蔽*

柳诒徵

孙卿子曰："凡人之患，蔽于一曲，而闇于大理。"又曰："欲为蔽，恶为蔽，始为蔽，终为蔽，远为蔽，近为蔽，博为蔽，浅为蔽，古为蔽，今为蔽。凡万物异则莫不相为蔽，此心术之公患也。"今人之蔽多矣，而学者为尤甚，其最足以证明孙卿子所谓欲恶始终远近博浅古今之蔽之说者，莫若治国学及废读经之争。治国学者，蔽于博蔽于古；废读经者，蔽于浅蔽于今。要其为蔽，皆欲恶之念汩之也。请陈吾说，以解二家之蔽。

晚清以来，学校教育，新旧杂糅，莫衷一是。民国肇造，革新之势，一日千里。学校制度及所教科目，时有变易，而其大异于前清者，则在废去读经一科。所以杜旧学之膏肓，起迂儒之废疾，意至盛也。然十稔以来，自精研科学吸受新说卓然有以厌于人心者外，其末学肤受之流，掇拾牙慧簧鼓一世，乃如潢污行潦，立见涸竭。青年学子，富于求学之欲者，不得不厌弃其说，转而求之于国学之途径，重以欧战以后，世界思潮，亦多歧牾。其始自信世界文明惟欧美为独绝者，渐亦转移其视听，欲从东方古国求其所以维持社会展摅理性之精神。吾国学术之奴，震于东方文化之自有价值，昔之恨不尽举其书拉杂摧烧者，近亦奋然掇拾煨烬，从国故中讨生活，以迎合此国内国外之新思想。故已废之旧学，近且变为方兴之新学。其中线索，至可味也。

---

* 辑自《学衡》1926年1月第49期。

阅者疑吾言乎？试观近数年来，中等学校之学生，求教于国学大师，欲知治国学之方法。而国学大师胪举线装书，以诏后进，裒然各成巨册，数见于最新之杂志中，即可证吾言之不谬。所惜者，国学大师蔽于博，蔽于古，恒以己之所学，冀学者一效其所为，而所胪举之书目，穷高极深，乃为旧日师儒穷老尽气露钞雪纂所不能毕其业者。致令中等学校之学子，望洋而叹，惟有略识书名，聊供谈助而已。是故主张废读经者，其所订之课程，务极浅陋，使学者钻仰多年，仍枵然一无所有；标榜治国学者，其所列之书目，务极广博，使学者目迷五色，仍枵然一无所有。均蔽也。吾今欲为世人正告者，所谓国学，谈何容易。无论经书之外，兼及子史，总专各集，释老诸书。又广之以金石古物，戏剧小说，欲制造学者之胸中，成一最新万宝全书者，只以炫博矜奇，无当于教人之法。姑缩小其范围，以世所目为帝王时代传统学术所注重之经书而论，在昔日科举陋儒，不知世界学术之时，亦非人人尽读。矧以今之学校，日授固定之课，几何三角物理化学外国语言皆极费脑力之学。以其余力，参阅国学之书，转能读昔日科举腐儒所不能尽读之书，卓然与戴段钱王诸大家相颉颃，此非今人之才力聪明。由新教育制度发生以来，突然十百倍于从前，则无论何人，皆知其为必不可能也。然而讲国学者虽未计及此者，何也？蔽于博也。

不独蔽于博，实则蔽于近。何谓蔽于近？以其未尝详考吾国古代讲学傅经之历史，徒以近世汉学家为标准也。吾尝笑近世陋儒，墨守前清之制，以三跪九叩首为中国自古相沿最重大之典礼。不知自明以前，曾无此事。而今之讲国学者，乃亦类是。夫孔子教人，最重博学。然三千弟子，身通六艺者，才七十有二人，其余之不能兼通者，盖九千九百有奇也。伯鱼过庭，仅闻诗礼，春秋笔削，游夏莫赞，已事章章，无待赘述。炎汉以来，十四博士，一经章句，分为数家。史册所书，某通《韩诗》，某通《京易》，某通度氏《礼》，某通《公羊春秋》，尽可出为名臣循吏，处为宿学老师。其博洽淹通，如五经纷纶井大春，五经无双许叔重者，亦不过寥寥数人耳。由唐迄宋，以迨元明，学校科举，同重经书。然经有大小，得以分治。考试所专，号曰本经。其通五经九经者，特置以待殊尤卓绝之士，非责其尽人而兼通也。

《新唐书·选举志》：明经之别，有五经，有三经，有二经，有学究一经，有三礼，有三传。凡博士、助教，分经授诸生，未终经者无易业。凡《礼记》《春秋左氏传》为大经，《诗》《周礼》《仪礼》为中经，《易》《尚书》《春秋公羊传》《穀梁传》为小经。通二经者，大经、小经各一，若中经二。通三经者，大经、中经、小经各一。通五经者，大经皆通，余经各一，《孝经》《论语》皆兼通之。凡治《孝经》《论语》共限一岁，《尚书》《公羊传》《穀梁传》各一岁半，《易》《诗》《周礼》《仪体》各二岁，《礼记》《左氏传》各三岁。

《宋史·选举志》：初，礼部贡举，设进士、九经、五经、三礼、三传、学究、明经等科。凡进士，试诗、赋、论各一首，策五道，贴《论语》十贴，对《春秋》或《礼记》墨义十条。凡九经，贴书一百二十贴，对墨义六十条。凡五经，贴书八十帖，对墨义五十条。凡三礼，帖书五十条，对墨义九十条。凡三传，一百一十条。凡学究，《毛诗》对墨义五十条，《论语》十条，《尔雅》《孝经》共十条，《周易》《尚书》各二十五条。淳化中，更定本经日试义十道，《尚书》《周易》各义五道，仍杂问疏义六道，经注四道。凡《三礼》《三传》《通礼》每十道义分经注六道、疏义四道，以六通为合格。仁宗朝增设明经，试法：凡明两经或三经、五经，各问大义十条，两经通八，三经通六，五经通五为合格，兼以《论语》《孝经》、策时务三条，出身与进士等。王安石改法，罢诗赋、帖经、墨义，士各占治《易》《诗》《书》《周礼》《礼记》一经，兼《论语》《孟子》。每试四场，初大经，次兼经，大义凡十道(后改《论语》、《孟子》义各三道)，次论一首，次策三道，礼部试即增二道。司马光执政，立经义、诗赋两科。凡诗赋进士，于《易》《诗》《书》《周礼》《礼记》《春秋左传》内听习一经。初试本经义二道，《语》《孟》义各一道，次试赋及律诗各一首，次论一首，末试子、史、时务策二道。凡专经进士，须习两经，以《诗》《礼记》《周礼》《左氏春秋》为大经，《书》《易》《公羊》《穀梁》《仪礼》为中经，《左氏春秋》得兼《公羊》《穀梁》《书》《周礼》得兼《仪礼》或《易》，《礼记》《诗》并兼《书》，愿习二大经者听，不得偏占两中经。初试本经义三道，《论语》义一道，次试本经义三道，《孟子》义一道，次论策，如诗赋科。高宗时，定诗赋经义取士。第一场诗赋各一首，习经义者本经义三道，《语》《孟》义各一道；第二场并论一道；第三场并策三道。绍兴十三年，国子司业高闶言取士当先经术。请参合三场，以本经、《语》《孟》义各一道为首，诗赋各一首次之，子史论一道、时务策一道又次之，庶几如古试法。又《春秋》义当于正经出题。并从之。朱熹《私议》曰：若合所当读之书而分之以年，使之各以三年而共通其三四之一。凡《易》《诗》《书》为一科，而子年、午年试之；《周礼》《仪礼》及二《戴记》为一科，而卯年试之；《春秋》及《三传》为一科，而酉年试之。义各二道，诸经皆兼《大学》《论语》《中庸》《孟子》义一道。论则分诸子为四科，而分年以附焉。诸史则《左传》《国语》《史记》《两汉》为一科，《三国》《晋书》《南北史》为一科，《新旧唐书》《五代史》为一科。时务则律历、地理为一科,以次分年如经、子之法,试策各二道。又使治经者各守家法,答义者必通贯经文,条举众说而断以己意,有司命题必依章句,如是则士无不通之经、史,而皆可用于世矣。其议虽未上,而天下诵之。

又:神宗垂意儒学,太学增置直讲为十员,率二员共讲一经。大观元年,诏愿兼他经者,量立升进之法。大抵用本经决去取,而兼经所中等第特为升贡。

《明史·选举志》:国子学生,所习自四子本经外,兼及刘向《说苑》及律令、书、数、《御制大诰》。每月试经、书、义各一道,诏、诰、表、策论、判、内科二道。六堂诸生有积分之法。凡通《四书》未通经者,居正义、崇志、广业。一年半以上,文理条畅者,升修道、诚心。又一年半,经史兼通、文理俱优者,乃升率性。升至率性,乃积分。其法,孟月试本经义一道,仲月试论一道,诏、诰、表、内科一道,季月试经史策一道,判语二条。每试,文理俱优者与一分,理优文劣者与半分,纰缪者无分。岁内积八分者为及格,与出身。不及者仍坐堂肄业。

又:科举定式,初场试《四书》义三道,经义四道。《四书》主朱子《集注》,《易》主程《传》、朱子《本义》,《书》主蔡氏传及古注疏,《诗》主朱子《集传》,《春秋》主左氏、公羊、穀梁三传及胡安国、张洽传,《礼记》主古注疏。永乐间,颁《四书五经大全》,废注疏不用。其后,《春秋》亦不用张洽传,《礼记》止用陈澔《集说》。初制,会试同考八人,其后房考渐增。正德六年,分《诗经》房五,《易经》《书经》各四,《春秋》《礼记》各二。万历十一年,以《易》卷多,减《书》之一以增于《易》。十四年,《书》卷复多,乃增一人,以补《书》之缺。

满清试士,仍沿明制,士子各占一经。

《皇朝文献通考》:顺治元年,命考试仍照旧例。初场《四书》三题,《五经》各四题,士子各占一经。康熙三年,更定科场试题。乡、会考试,自甲辰年为始,头场策五篇,二场用《四书》《本经》题作论各一篇,三场表一篇,判五道。乾隆四十二年谕:向例乡、会试,同考官分经阅卷,《易》《诗》《书》三经卷分三四五房,《春秋》《礼记》卷止分一二房。以一二人专阅一经,则暗藏关节易于识认,立法不能无弊。着自乾隆丁酉科为始,乡、会同考试官俱不必拘泥五经分房。

其通试五经,则自乾隆五十二年以后始然。

《大清会典事例》:乾隆五十二年议准:乡会试二场酌改每经各出一题。惟士子专习一经,奉行已久,若即改用《五经》考试,或致二场不谙题解,背谬经旨,难于取中。自明岁戊申乡试为始,乡会五科之内,以次考毕《五经》。即边省小省，经轮年考试之后，亦俱能诵习《五经》，晓悉义旨。再，于乡会试二场，裁去论一篇，《五经》各出一题，此后即作为定例。又谕：士子束发受书，原应《五经》全读。向来止就本经按额取中，应试各生止知专治一经，揣摩习诵，而于他经并不旁通博涉，非敦崇实学之道。今改用《五经》，既可令士子潜心经学，又可以杜绝场内关节弊端，而衡文取中复不至限于经额，致佳卷被遗。自应于分年轮试毕后，即以《五经》出题并试。惟明岁乡闱为斯较近，若遽以《易经》命题考试，其向非专经者，或致不谙经旨，难于取中。因思士子以《诗经》为本经者多，所有明岁戊申乡试，着先以《诗经》出题，次年会试着用《书经》，俟下次乡试再用《易经》。以后按照乡会科，分轮用《礼记》《春秋》，庶士子得以渐次兼通，讲求精熟，不致临时草率应试。

其初虽有以《五经》应试者，非通例也。

《明史·选举志》：崇祯七年甲戌，知贡举礼部侍郎林钎言，举人颜茂猷文兼《五经》，作二十三义。帝念其该洽，许送内帘。茂猷中副榜，特赐进士，以其名另为一行，刻于试录第一名之前。《五经》中式者，自此接迹矣。

《皇朝文献通考》：康熙四十一年，定乡会《五经》中式例：先是，顺治二年，以士子博雅，不在多篇，停《五经》中式。至康熙三十六年，京闱乡试有《五经》二卷，特旨授为举人，后不为例。至是礼部议，本年乡试，监生庄令舆、俞长策试卷，作《五经》文字，与例不合。奉谕旨：《五经》文字。若俱浮泛不切，自不当取中，若能切题旨，文理明顺，一日书写二万余字，实为难得。庄令舆、俞长策，俱着授为举人，准其会试。嗣后作《五经》文字，不必禁止。作何定例，着九卿詹事科道议奏。寻议："嗣后乡会试作《五经》文字者，应于额外取中三名。若佳卷果多，另行题明酌夺《五经》文字草稿不全，免其贴出。头场备多页长卷，有愿作《五经》者，许本生禀明给发。"从之。五十年，增《五经》中额，顺天二名，外省一名，会试增中三名。五十六年停止。雍正二年议准每额中十九名加中《五经》一名。乾隆十八年又停止《五经》取中之例。

近之讲国学者，第见嘉道以来，帖括之士，人诵《五经》，而经学家又矜言非通群经不能通一经。于是应学校生徒之请，列举书目，兼罗并载，惟恐或遗，而忘却帝王时代，科举时代，稽古右文，至隆极重。而所望于学者，并不若今人之责备而求全。虽曰时代不同，工具亦异，昔人手录简策，口授章句，自非异禀，罕能兼通。自宋以降，印刷术兴，人之得书，已易于古。至于晚清，交通益便，邮驿购置，又进于前，则昔所视为至难者，后亦可视之至易。然诵习讲贯，仍必视其天资，计其日力。教育之道，当以中才为衡，不能责尽人以张睢阳之读书不过三遍终身不忘。而学校必修之各科，又占全部之十九。幸而国学家之言，青年多未实行耳。假令兼营并骛，几何不凿丧青年之脑力，使其未成年而已衰老乎！

充今人炫博务多之弊，又有二端。一则闻人说食，如己已饱，但记书名，不务实际。司马温公谓："新进后生，口传耳剽，读《易》未识卦爻，已谓'十翼'非孔子之言；读《礼》未知篇数，已谓《周官》为战国之书；读《诗》未尽《周南》《召南》，已谓《毛传》为章句之学；读《春秋》未知十二公，已谓'三传'可束之高阁。"其言殆可谓专为今之好讲国学者发。一则国学美名，异于洋学，无识之徒，转相稗贩。以至武夫悍将，盗贼无赖，其身无恶不作。而开府专圻，亦借此以干涉学校。近如某省规定中等学生必读《仪礼》，以示尊孔。而主张革新之士，所借口以诋諆经训者，亦由此而生焉。立言之蔽，易滋流弊盖如此。是则讲学者所当审慎者也。

当国事蜩螗学潮澒洞之时，有一特殊之问题，发生于教育部，曰读经与废经之争是也。教部某君，主持国语，而反对读经。发为鸿文，揭载各报。其言多持之有故，言之成理，主张革新者咸韪之。然仆亦谓其立言之有所蔽，即吾文所谓蔽于浅蔽于今也。吾不主张人人必读《五经》《十三经》，具如上说，未知教部主张读经之程序若何，使必复张南皮所定之学校章程。虽吾亦当力持反对之论，第于某君痛诋经书，主张废经以存经之说，不能不贡所怀。某君所叹息痛恨于经者，以其近于帝制也。

某君原文：民国初建，南京临时政府首即布告废止读经。民国四年，前大总统袁世凯欲帝制自为，附之者远法刘歆增设古经博士之故智，竟复增入此科，共和重建，教育部亟予废除；惟告朔饩羊，尚贻留于高小，外间谅其为袁氏所定，未集矢于部中。秦汉以后，统一之局既成，所谓明君贤相，谋所以便统治而利驱策者，不能不使全国优秀之士局聪明于一途。自汉迄清，千余年，尊孔读经，著为功令。经典之有权威，造端乎君主而成于利禄，前文所举，历有明征。国体既更，君纲不振；已馁之鬼，宁复有灵？当今日世界棣通，学术昌盛，国体丕变，与民更始之时，犹循昔时君相保世传统之故步，袭此束缚驰骤之遗策；固执违实寡效之名，永杜顺理求真之路，则所谓有百害而无一利者也。

某君所提倡者，国语也。第观某君之文，人人皆知经书所言，无非教人以帝王思想，而废经而读国语，则其中之教材，必皆民主国家国民之思想，能令学者由之顺理而求真矣。今吾请举教育部审定之国语教科书,所谓选择教材恰合儿童心理,可认为小学初级国语教科适用之本者,求其大胜于读经之要点,则其中诏示儿童为帝王、为官吏、为种种凶横残忍,不适于共和国体平民思想者,几于举不胜举。例如:

商务印书馆《新学制国语教科书》第四册第三十五课:许多小人把皮靴抬起来细细的看,一个聪明的小人说:"这倒可以装饰起来,做成王船献给国王的。"从此这皮靴就做了小人国里的王船。

又:第三十八课:狮子死了,许多野兽要公举一个兽王。许多野兽都说不错,就公举象做兽王。

又:第六册第二十课至二十二课:波斯国王预备着许多金钱,雇了两个织工承造最美丽的衣料。这两个织工自己说:"我们所织的衣料平常没有福分的人看不出来,就是做大官的也要有点福分方才看得见。"国王大喜。过了几天,波斯国王又派一位亲信大臣去稽查。织工指着空机问他:"花样雅致吗?颜色鲜美吗?"这位大臣也怕人家说他没福分,看不见衣料,只得随口答应雅致的、美丽的。织工说了许多鬼话,那位大臣留心听了回去报告国王。波斯国王自以为穿了新衣,大小官员以及百姓们也都以为国王穿了新衣,大家看不见,但是大家都不敢说看不见。国王吩咐左右快把织工拿来问罪,但是两个织工早已逃得无影无踪了。

又:第三十一、三十二课:国王坐在宫里,一个侍臣进来对国王鞠躬。小人就是约翰,常常种园地的从来没有看见过这样的大萝卜,不想今年却种得了这一个。这是一件难得的宝贝,所以扛来献给大王。小人是很穷的,小人的哥哥当了兵打了仗立了功劳做了官,所以很有钱,小人在家里种田,所以很穷。我们弟弟献了不值一文钱的大萝卜,国王使他和我一样富,我现在献这值一千万元的宝贝,不是该使我和国王一样富吗?

又:第七册第四十一、四十二课:某国的女王因为失了王冠非常的生气,派人写了一张榜贴在街道上。那榜上写的是:某某国王谕旨,照得某月某日,本国王忽然失去王冠一顶,已着大小文武百官四处查访,那知过了好几天毫无着落。本国王不胜愤怒,现在特地告谕官民人等,无论那一个人倘若在这三十天内找到了王冠,送给本国王,本国王一定给他一个重重的赏赐。但是如果得了王冠,不在这三十天内送还的,本国王就要把他斩首,决不宽恕。切切特谕。女王怒着说:"你到这时候才把王冠送来,这是什么道理?我的谕旨上说明过了三十天送来就要斩首的，现在只好将你斩首了。”

又：第八册第九课：某国王出游，有个牧童在前面慢慢的走着，国王的卫队喝道：“王驾到了，快快避开！”他只当不知，照旧慢慢的走着。卫队大怒，抓他去见国王。国王很生气的说：“好！好！明天你到我宫里来，我有三个问题问你。若是答的不错，我就把王位让你。要是回答不出，我就要办你个犯上的罪。”

又：第十四、十五、十六课：英国有个哥鄣城，城里的聪明人很多。这一天国王出游要经过哥鄣城，哥鄣人恐怕国王的手下人要骚扰百姓，很是担忧。有个聪明人说：“我们把城外的大树都砍下来堆在路上，他们不得过来，就走向别处去了。”大家都说：“这法子很好，我们准照这样办罢。”国王大怒道：“这还了得？你去告诉他们，我就派人进城，要把哥鄣人的鼻子统统割去。”官员一路上见这一类愚笨的事，心想：这样的笨人恐怕砍树拦路的事并不是他们做的罢，就回去把这情形告诉了国王，国王笑笑说：“既是这样，就让他们把鼻子留着罢。”

又：第三十九、四十课：国王走过一条街上，看见一座很美丽的屋子，就问跟随的人：“这是谁家的屋子？这样美丽！”跟随的人回说：“这屋子的主人是全国第一个富人，他天天和几个富翁在一起，吃的穿的没一样不好。”明天，国王穿着一件破旧的衣服到富人家里哀求道：“先生，做做好事罢。”富人大声吆喝道：“我最恨的是乞丐，快给我走开！”国王又说：“我饿了两天了，你有什么吃剩的东西，随便给我一点罢。”富人大怒道：“不要脸的东西，再不走开我就要叫人来打你了。”明天，国王把那件破衣服穿在里面，外面却套上一件很美丽的衣服又去见富人。富人见了赶忙和他握手，请他坐在上面，立刻叫人摆出许多好吃的东西，恭恭敬敬的让他吃。只听得国王又说：“我是什么人谅你还没明白，老实告诉你，我就是当今的国王。”富人吓到了，不得连忙哀求道：“我真该死，求你饶了我罢，我是个没眼睛的没脑子的。”

此所谓国王也，大小官员也，跟随也，王冠也，谕旨也，是岂皆共和国体所有乎？织工则欺诈也，哥鄣人亦欺诈也，是岂即所谓真理乎？至如斩首、割鼻、卫队抓人以及办个犯上的罪，大骂“不要脸的东西再不走开我就叫人来打你”，是又皆文明国人之所应为应效者乎？外此所引弹词，亦多旧日官僚习惯。例如：

商务印书馆《新学制国语教科书》第七册第九课：县官段光清，乖轿出公庭，他正打从这里过，闻声停轿问详情。

又：第三十一、三十二课：四个轿夫台着一顶轿子，轿子里坐的是包公，轿前有两个公差。包公坐在堂上，旁边站着四个公差，案桌前放着一块石头。好刁顽的石头，给我重重的打他四十大板不怕他不招！大老爷饶我这一遭罢。

乘轿带公差，坐堂审问，打四十大板，口呼大老爷，又岂文明国家所应为应效者乎？而尤荒谬者至于教儿童以放火。

商务印书馆《新学制国语教科书》第四册第二十五课：哈哈哈哈，爹爹不认识妈妈。张老伯放把火，烧掉楼房三百所。

其他专以诡诈胜利之故事，及荒诞无稽之仙人等，博儿童之兴趣者，累幅连篇，不可胜数。是虽非某君之所为，然某君力主国语，而力抗读经，其必以为读此等国语，胜于读帝王传统之经训，有百弊而无一利者，万万也。其书为语体，则虽王制可也，官派可也，斩首割鼻可也，打人放火可也；其书非语体，则虽二千年前之文化为后世典章制度所从出，学术思想所由来者，必极力废绝之，然后可以厘订学术、整治教规。呜呼！吾洵不知是何心理也。

教部所争，在语与文，以吾观之，亦至可哂，朝三暮四，在实不在名。区区一字，何足争辨？孔门之书，人人所习者，名曰《论语》，不曰论文也。左丘失明，厥有《国语》，自今视之，已成穷高极深之文矣。故国文可包国语，国语亦何尝不可包国文？惟当审其内容，可以镕冶儿童发扬国性与否。使部中有人，不以徇俗媚世为然者，举从前审订之书，一一驳斥其纰缪，不准立于学官。更为明令曰：教国语宜读《论语》，再辅以浅近之语体文，示儿童以共和国民之准则，又何害于部章乎？吾为此言，主张革新者必又斥吾以尊孔。而孔子之学说，又为帝王时代之产物，万不适于共和国体者。吾请先为答案。幸读者平心静气思之，孔子教人，实不专制，所谓君使臣以礼，臣事君以忠者，在廿世纪，仍然可行，而绝非如诸公所编波斯国王、哥鄯人民之故事。诸公如肯读其书，肯以其书教学者，自不致编制审查此等荒谬绝伦之国语教科书，而犹自信为求真而顺理。盖此等思想，皆由读外国人之不知孔子之道者所编之书，而发生。良由彼方初未濡染孔子之教，其残忍暴厉，多存游牧人种之风，以致十口相传之故事轶闻，迄今犹羼入于教科书中，使吾国人读其书者，胸中先有准衡。自知此等故事，为彼所乐道，而吾人正不必师之。无如新学小生，未入圣域，邯郸学步，便为教育界之斗魁。率尔操觚，贻误来学。反之者或矫枉过正，则又掇拾驳斥旧说之无根者，龂龂以护其短（如某君谓巠为竹兰之类），要皆荀卿所谓蔽于一曲耳。

吾既备陈笃旧骛新二家之蔽，谨以鄙见申其解蔽之方，曰：温故而知新，可以为师矣。何谓温故而知新？曰：讲国学，宜师前人之法。举凡讲求汉学家法、分别古书真伪、研究先秦思想、胪列若干参考必读之书者，举属于大学之文科若法科研究院之学生，而不必责之于中等学生，且宜说明自来分经讲授之法，推之子史集部，亦然。四部之中，每部但能熟精其一，已为终生受用不尽之学，而目录其余事也。至于中小学校之课程，则小学生必读《论语》（杜诗曰小儿学问止《论语》），中学生必读《孟子》，任属之国语或国文科中，皆决可行而决无害。中学生读《孟子》毕，则任选读一小经中经，或欲选读大经者，亦可择要读之。其愿于中学毕业后入大学文科或法科者，得兼读数经，或诸子。愿学师范者亦然。其愿习实科者，第读《论语》《孟子》二书，已不为少，不必以治经耗其脑力。至于某君所谓将群经彻底整理，则又是一事。无与于学校之教科，纵如其意为之，亦不过新式之《四书五经大全》。科举既废何须乎是？某君之为此言，自亦是能读线装书者。然群经有其相通者，有其必不可通者。《白虎通论》《五经异义》具在，帝王时代尚不能画之使一，今人之智识能力，又何能强其不可通者而使之通乎？

墨　　化*

柳诒徵

世多谓中国今日之大患惟赤化，吾独谓中国今日之大患惟墨化。曷谓墨化？《左传》曰："贪以败官为墨。"昔之墨者惟官，今之墨者由官而及于非官。故墨化之盛，莫今日若。

立宪革命，集权分治，易其名不易其实。实者何？墨而已。争总统以墨，争执政以墨，争内阁以墨，争国会以墨，争法统以墨，争外债以墨，争路政以墨，争军火以墨，争地盘以墨。首领墨附之者，靡不墨；首领不墨附之者，必刼之墨。或号群众以墨，或拥一人以墨，或借外力以墨，或假民意以墨，或挟武力以墨，或饰文治以墨，一言以蔽之曰墨。

墨之的为金钱，墨之径为手段。不知以手段得非分之金钱者，曰不解事；解以手段得非分之金钱者，曰伟人，曰志士，曰名流，曰政客，曰达官，曰巨绅。总之可谓为有用之人才，生个为人所艳羡，死且为人所推崇。

手段之别，曰福国利民，曰保境安民，曰国家主义，曰社会主义，曰提倡赤化，曰反对赤化，此其荦荦大者。其小者，迎省长，拜督军，联议员，通报馆，媚科长科员，下至乞怜于臧获、婢妾、优伶、娈童，苟可以遂其墨之愿无不为。

金钱之别，曰赢余，曰回扣，曰融消，曰浮冒，其大者曰无账。盖开假账以示人，犹为具有天良顾恤廉耻者之所为；使其势可以不具报销，不列账目，惟吾

---

* 辑自《学衡》1926年3月第51期。

所为。莫敢谁何者，则悍然以无账了之。虽假账亦不屑造募公债，发库券，借丁漕，增税则，人知其为墨也。乃至反对募公债、发库券、借丁漕、增税则，亦所以为墨。易言之，即有积极以墨者，亦有消极以墨者，消与积异，墨无异也。运售鸦片墨也，禁鸦片则墨尤甚焉。运售私盐墨也，禁盐则墨尤甚焉。故在今日甘心墨墨者，无一事不可为，不甘心墨墨者直无一事可为。

政治墨矣，军阀墨矣，议会墨矣。宜若教育可以不墨，而教育之墨尤甚。或墨于国，或墨于省，或墨于县，或墨于乡若市。或联军人以墨，或联官吏以墨，或联学生以墨。而所谓学校亦与厘局、税所、关卡无以异。

谓吾国人无能力不可也，谓吾国人无知识不可也，谓吾国人无学术亦不可也。所无者清白之身若心耳，不独里魁、市侩、走卒、贩夫，庸庸无足齿数之徒，一与于群众之事出纳之职，无不墨者。即学问家、文章家，或归心佛教，或宗仰儒先，著述等身，聪明绝世者，不与于群众之事出纳之职则已，一与鲜有不墨者。故职业有界，知能有界，惟墨化无界。悲夫！

觇中国者，不知中国为墨化之国，不足为知中国。欲救中国者，不知中国为墨化之国，谋所以澈底改造之，不足以救中国。澈底改造之法若何，曰自一乡一邑以至一省一国，凡与于群众之事者，以其公开于众之薪水俸给为准，外此不得有一毫之私。凡与于出纳之职者，以其实用于所事，而可以公布于上与:下者为准，外此不得有一毫之私。言甚易知，甚易行，而天下莫之知，莫之行。悲夫！

正　名　论*

李思纯

今苟揭“正名”二字为国论者，人莫不共讥其琐细无当，然按诸实象，至理于以丽焉。是故古之学者务正名，古之治国者亦然。孙卿为《正名篇》，道后王之成名，刑名从商，爵名从周，文名从礼，散名之加于万物者，则从诸夏之成俗曲期。老子曰：“名可名，非常名。”庄周亦以名为化声，孙卿亦以名无固宜，名成无常也，然约定俗成则不易。故君子于名之始出、约定俗成，皆本于正。

章太炎曰：“凡持论，欲其本名家，不欲其本纵横。”故曰文质相称，语无旁溢，可为论宗。愚曰：“精微简錬，辞无枝叶，名家所长也。驰骛缴绕以求致胜，纵横家所长也。”是故晋宋之文歇，而唐宋之文兴，纵横益肆，名家之言益微，祸之所中，实肇国难。故今以正名为亟。

章太炎曰：“大抵近论者取于名，近诗者取于纵横。”愚曰：“中国尚文之国也。”萃全国以入文人一途，由太炎之言，奏议制诏辩晰陈数之文，则纵横之流也。诗赋辞采之言，亦纵横之流也。是故由唐以来，独柳子厚差近名法家言，由是而名家之言绝。奏议制诏，多为驰骤不根之辞，诗赋之作，亦以不落本题善作比况为妙。故愚曰：“由唐以来中国之人皆纵横家与词人也，斯二者最害于名，惟中国为甚。”

孔氏曰：“辞达而已矣。”孔氏曰：“巧言令色鲜矣仁。”孔氏曰：“必也正名

---

* 辑自《学衡》1926 年 12 月第 60 期。

乎？名不正则言不顺，言不顺则事不成，事不成则礼乐不兴，礼乐不兴则刑罚不中，刑罚不中则民无所措手足。”旨哉厥言。今人恒言，孟氏之言胜孔，庄氏之言胜老。愚曰：“辞无枝叶，语鲜比况，孔氏胜于孟；言约旨深，不饰华采，老氏胜于庄。”

印度之辩，初因次宗次喻；大秦之辩，初喻体次因次宗；墨经之辩，初因次喻体次宗，此论辩之式也。夫持论不仅为喻，而喻与比况又殊。今纵横之言，以喻为主，词人之言，亦以喻为主。故纵横词人，皆善为比况者也。夫譬喻无实，比况乱真，故纵横与词人之言盛于中国，而名家之言几绝。名家既衰，名实混淆而国危矣。

夫天下未有二物，毫厘丝忽相似者也，则比况之言为失实，名实之相淆，纵横与词人之过也。是故正名者，名家之责，救国者，其道莫要于正名。

《典论》曰：“奏议宜雅，书论宜理。”章太炎曰：“奏疏议驳近论，诏册表檄弹文近诗，汉代作奏，莫善于赵充国，探筹而数，旁无枝叶。”愚曰：“太炎之言是也。”今读贾谊鼌错痛哭流涕之奏议，与过秦陈事之文，下逮赵宋，若苏轼父子驰骋之言，游犊怒特，躏稼践蔬，其乖舛于名言者甚至，而后世文士，咀味辞华，奉为至宝。若忘其乖谬者，则纵横炽盛之所致也。词赋之言，钩心断角，多设比况，不为朴语，亦背名家之旨。今中国尽殴全国之人读纵横之论辩，讽词人之诗赋，名家之言安得而弗衰。

今夫史，记载往迹者也。今读马班范陈之书者，匪重记载，赏其文佳也。今夫奏疏议驳，陈说事理者也。今读古人奏疏议驳者，匪重事理，赏其文佳也。中国有恒言曰：“言之无文，行而不远。”夫欲行远，必以文。故中国必强近论者以为近诗，宜理者以为宜雅。夫文与质为相对，质近于实则文远于实，言之必文，是言之必不可实。夫言以不实为贵，则名实淆矣。

是故远西欧美诸国，知此理矣。其文学之所范围至狭隘，小说诗歌剧曲而已，其他论事辩白之文，皆在纯文学外。故彼近诗者，小说诗歌剧曲耳。今吾国必拓文学之范围以涵盖百事，必强近论者若奏议书札论事晰理之文而近诗。在吾必自矜文学范围之广博，而不知此其非也。

孟氏之言近纵横，故多譬况，而世亦喜其譬比，以为奇妙，实则譬比之语，悉背于名言者也。天无二日，乃以况民无二王。夫天固无二日，民独何不可有二王者，此施之名言而刺谬者也。譬况之辞，其浅露乖舛最为世祸。夫譬官吏为民之父母，其实非父母也。而世惑譬况之辞，敬礼官吏为父母专制之制。尚官之治，乃成于此。夫官吏非民父母，而号曰父母，名实之相违，况之辞为之名家所力辟也。

奏议之文，古多粉饰华辞，或驰骋其文，意图动人主之听，乖于名家言矣。章太炎曰："晋世杜预议考课，刘毅议罢九品中正，范宁议士断，孔琳之议钱币，皆可谓综核事情矣。然王充于汉，独称谷永，谷永之奏，犹似质不及文，而独为后世宗。"愚曰："宋明以来，若苏轼、胡铨辈之奏疏，皆所谓泛滥横溢，辞多枝叶者也。独近世曾国藩、胡林翼奏议之文，陈数首尾，明切不芜，有合孔氏辞达之旨。"

譬喻之伙，无过俪，文故俪文者，最乖名言，而远于实际。夫俪文，近诗者也，不宜说理，而唐宋以来以四六为章奏议驳。近日通电，乃有以俪辞陈说时变衍为长辞，遂动人听。其例始自黄陂黎元洪，以骈俪长电，震动一世，举国效之。夫电报而以俪辞排比，则陈说无当，而务为华辞，斯最远于名言者也，举国美之，此中国所以名实乱。

名实混淆，语言腐坏之祸生焉。昔者希腊之亡，语言亦渐腐。今中国是已。夫伟人，名士佳名也。诂伟人曰"建功业有闻望者也"。今曰伟人"则穷夺酿乱而在高位也"。诂名士曰：有辞采富才能者也；今曰名士，则虚浮无实，不能受任也。是故以伟人、名士称人者，昔为扬之，今则抑之；昔为誉之，今则毁之。夫以佳名而腐化为恶名，由今有非伟人名士而妄尸其名者，名实相违。语言腐坏所由始也，曰巨子，曰文豪，曰学者，曰清流，则亦有然。

忠厚为佳名，今俗以忠厚为无用，则恶名；奸猾为恶名，今俗以奸猾为漂亮，则佳名，名实之相乱也。固执为佳名，今俗以固执为迂阔，则恶名；奔竞为恶名，今俗以奔竞为活动，则佳名，名实之相乱也。是故昔以忠厚固执为荣者，今以无用迂阔耻之矣。昔以奸猾奔竞为辱者，今以漂亮活动嘉之矣。夫政治刑赏，以社会是非为衡。今社会名实相违，语言腐坏虽政府刑赏得当，无补于社会是非之倒置，矧今日尚有万恶政府据其上邪？

世人通信惯例，或署曰此请筹安，自筹安会兴。而人弗敢用，其用者，必毁詈之辞也。夫杨度孙毓筠辈，实非筹安，而以筹安为名，斯名实相违，而佳名腐化为恶名。今世有恒言曰："彼辈文明，吾则野蛮尔。"斯言若以野蛮自甘者，窥厥意，实是野蛮而非文明，名实相乖，是非倒置，斯固社会制裁无力，而正名实为急务。读民国肇建以来元首所颁命令，其中敦崇道德爱惜国本之辞，恒使人忍笑弗能信，何也？彼实无是念，而名为此言不相副也。章太炎曰："汉初儒者，与纵横相依，逆取则饰游谈，顺守则主常论，游谈恣肆而无法程，常论宽泛而无攻守。”又曰：“汉论著者，莫如盐铁，然观其驳议，御史大夫丞相言此，而贤良文学言彼，不相剀切。故发言终日，而不得其所凝止。其文虽博丽哉，以持论则不中矣。”愚曰：“夫汉且然，近代尤甚。”

今尚文之弊亟矣。救文者莫若以忠或务为极端，遂以崇白话废汉字为简捷。愚曰：“此迷惑也。”正名亦有数道：第一，宜悉屏纵横家言，使少年学生，多读陈数首尾朴实说理之文。第二，宜仿远西画文学之范围，由广而狭自小说诗歌剧曲外，皆弗隶文学范围。第三，学人著书，宜本之名言，推合逻辑，杜绝譬况之辞。第四，创造新名，必立界说。右四说本之以行，范为风习，综核名实之道，思过半矣。

性与命——自然与自由*

景昌极

先儒性命之说，多有当于伦理学上道德由来问题与道德责任问题者，此二问题关系于道德之本身者较少，故于伦理学为次要。试以科学眼光为之辨析，昔所认为玄秘莫测者，今皆可以迎刃而解。于以知吾国性命诸说，纷纭繁复，争论迄今，犹若未获圆满解决者，实亦名之未正，辞之未析，字义之衍谬，玄学之羼杂使然。苟一溯其辗转淆讹之迹，将见世之所称魁儒硕学，其浅薄多不值一笑，其所龂龂以争之问题，乃大抵不成问题者也。

所谓道德由来问题，愚于论道德准则问题时，已略及之。前谓道德之发生有二条件：(一)曰众生不能无苦乐利害之别；(二)曰众生之苦乐利害相互影响。此二条件既与众生相终始。然则虽谓众生之道德与其心身社会终始并存可也。前又谓道德之目的，在趋两利而避两害。心身社会愈进步，苦乐利害愈复杂，其所以趋避计较之道亦日益无穷。然则虽谓众生之道德与其学识经验终始俱进可也。唯然，自生物学者、社会学者观之，道德经验，有自个体遗传者，有自社会递嬗者，与他种种族上或社会上之经验不异。

所谓道德责任问题，愚于论道德对象问题时已略及之。前谓道德之对象，是出于意志之行为，或虽非直接出于意志，而事先或事后可以意志操纵之行为，不宁唯是，必也，既出于意志而又可以利他或害他之行为。如是，吾得为之

---

* 辑自《学衡》1929 年 1 月第 67 期。

说曰:(1)凡事之利他、或害他而可以意志操纵者,意志于此得其道德上之自由,亦即于此负其道德上之责任。(2)其不可以意志操纵者,意志于此失其道德上之自由,亦即不负道德上之责任。

以上虽寥寥数语。此二问题之正当解答,已较然可见。以下将历评淆乱名实,羼杂玄学之诸旧说。

玄学上有先天派者(一译直觉派 Intuitionism),谓一切知识或一切有价值之知识,无始固存,与生俱生;道德知识,自莫能外。自道德心言,则谓之良知或直觉;自道德律言,则谓之天理或大道。浑言之,则有心即理说,或谓之原型观念。其道德心中,有以恻隐、羞恶等感情为与生俱生者,斯为感情先天派,或道德情操说。有以是非、辞让等判断力与推理力为与生俱生者,斯为辨认先天派与理性先天派。有以为皆是者,如汉儒以仁、义、礼、智信为五常之性是。其道德律中,有以纲领属先天、条目属后天者,如德儒康德之说;有以为俱属先天者,如宋儒"众理具而万事毕"、"一物一太极"等说。凡此诸说,或不根事实,或略根事实而不见其全,知内因而不知外缘,知种族经验而不知社会经验,其谬误所在及致误之由,已详前者"文学与玄学"篇"真美善与存在"节。(见本志第六十三期通论)

复次,玄学上有经验派者(Empiricism)谓人心性,初如白纸,智愚善恶,皆在所染,英儒洛克可为代表。其在吾国,则《墨子》《素丝》([注]染于苍则苍,染于黄则黄)、"告子""湍水(决诸东方则东流,决诸西方则西流)"之喻为近之。孟子斥告子曰:"然则犬之性犹牛之性,牛之性犹人之性欤。"可谓一语破的。诚如经验派言,天资性情,初无差别,经验既同,所得应同。以一犬与群牛同居,应亦能食草耕田;以一牛与群儿同居,应亦能读书识字,然而非事实也。要之,经验派知外缘而不知内因,知社会经验而不知种族经验,与先天派虽适相对,而厥失唯均。

复次,儒家自孟荀而后,有人性善恶之争,历数千年而未已。迄今治中国哲学者,犹多认为莫可究诘之一大问题。自愚观之,此问题自始即不成问题。迨汉而后,治丝愈棼,荒谬之谈,层出不穷,盖愈不足道矣。所谓自始即不成问题者:(一)曰此问题发生之时,善恶之意义初未明了也。自汉以前,诸家所用性字,其义略同。(性字与习对,与伪对。或称天命,与人事对。或称自然,与外铄对。或称无为,与有为对。或称生而然,与学而能对。易以今语,先天固具者为性,经验所得者非性。如监本咸,咸为舆之性,多加以水则淡,多加以糖则甜，淡与甜，非监之性是。）至于善恶，则未有为之界说者。何者乃有所谓善恶，如何可以谓善谓恶。善恶之别，有程度之差否，有纯杂之分否。善恶之名，若大小长短等名之比较而得否，抑若父子兄弟等名之相对而得否。此诸问题，未解决前，遽问人性是善是恶，毋乃今日适越而昔至乎。

（二）曰善恶之意义纵已明了，此问题仍未可以笼统解答也。今任举一事于此（如秦皇废封建，汉武通西域之类），而问其善欤、恶欤、功欤、罪欤，盖有难以概言者。固须视其影响，又须视其动机。影响有利有害，动机有公有私。利之中或有害焉，公之中或有私焉，苟欲穷其性质，详加评骘，非分析以求不可。就其利而公者谓之善可也，就其害而私者谓之恶可也，就其利害相杂公私相混者，谓之亦善亦恶可也，就其无利与害者，谓之无善无恶可也。一事之不可概言如此，一人之行事亦多矣，其不可概言可知。一人如此，一国可知。一国如此，全人类可知。且诸儒果为求知之欲所驱使，欲穷究全人类之性者，当以科学家条分缕析之精神求之。有心理学以究人心之性，有生理学以究人身之性，有伦理学以究人群之性。不此之图，辄以一二空言相与较量，便谓足穷人性之底里。其下者，更潜改字义以自适其说，或且遁而之玄学，不亦可以已乎。

（三）曰此问题之解答与否，与实际修学毫无关系也。儒家论性虽异，而其劝学进业之旨则同。孟子言养性言尽性，意在修善。荀子言矫饰，言优化，意在去恶。修善去恶，其理一贯。自余诸儒，亦无异说。欧阳永叔有见乎此，故曰："性善欤，道不可废。性恶欤，道不可废。性无善无恶欤，道不可废。然则学者虽无言性，可也。"虽然，此唯就儒家言则然。若夫道家以人性为至善，则主纯任自然，绝学弃智以愚民；法家以人性为至恶，亦主纯任法术，绝学弃智以愚民。生于其心，害于其政，固未可置之不论不议之列也。

（四）曰即假定人性善恶云云，意在与禽兽较。此问题仍难解答，抑亦不必解答也。吾人日常论事论人，往往较其公私利害之概然，而谓此善于彼或彼善于此。（若《汉书》人表之分人为九品及后儒之性三品说是。此与各学校中计各科目之平均分数而品第甲乙无异。）此所谓善，诚以比较得名。然试以人性与禽兽之性较，就其优于为善，谓为较善可也。就其优于为恶，谓为较恶可也。（为善之为是行为之为，与变为谓为之为迥异。董仲舒不了，一误为变为之为，再误为谓为之为，遂生"性之为善犹禾之为米"等谬说。）究之较善欤，抑较恶欤，此愚所谓难于解答，抑亦不必解答者。

（五）曰即假定人性善恶云云，意在与人之非性者相较。当知性与非性，本无根本差别，自更不成问题也。谓"生而然"者为性欤，则小儿初不知色欲，生后十余岁乃稍稍知之，色欲众所谓性也，其非生而然明矣。谓"自然"者为性，人为者非性欤。禽兽之所为，出于禽兽之自然。人之所为，出于人之自然。人之不能为禽兽，犹之禽兽之不能为人。然则人之读书习艺，逞其技巧，众所谓习者，又未始非性也。谓出于"自愿"者为性欤，则人之求技巧固多自愿之也。谓"不假外缘"者为性欤，则虽食色等事，固未有完全不假外缘者。谓"不学而能"者为性欤，则鸟飞兽走，固有待于学习。世多有无意之学习，不得谓为非学习也。谓"结果乐利"者为性欤，飞蛾扑火，虽焚其身，谓非出于性可乎。故知性与非性，盖如常之与偶，多之与少，系比较的非绝对的。孔子曰："少成若天性，习惯成自然。"西谚云："行事为因，习惯为果。习惯为因，品性为果。"今心理学家，多以种族习惯解本能，不若前此之视为神圣，皆可互为印证。夫然，则划然别人事之性与非性，而较其善恶，尚何意义之有。

性字字义至汉而一大变。始作俑者非他，阴阳家之渠魁，世称大儒董仲舒是也。彼惟欲附会其天人相应之说，于是别人之性与情为二，以应天之阴阳，谓情为阴，谓性为阳，私乱名实，毒痡千载，荀子所谓"罪甚于私为斗斛符玺者也"。复有陋儒刘向，穷其余沥而稍易之，以与之争，谓性非阳而为阴，谓情非阴而为阳。愚前所谓浅薄不值一笑者，此类是也。

周秦诸子于性情二字多连用，或以互代，未有别为二物者。降至《淮南》犹然。《荀子・性恶篇》连用性情二字之处多至数十，其意义之相近从可知也。盖情真性生四字，音近而义亦近。吾人心性中最足示人之天真且生而自然者，无过于喜怒哀乐等，故喜怒哀乐等有时得专情之名，而为人性之代表。相沿迄今，世俗犹浑言某性情若何，或情性若何。何物小儒，必欲擅易名器以成其谬说，其智乃诚出俗人下也。

后儒所以别性情者，有不相容之二说，杂然并称，亦不自知其矛盾也。(一)者以静者未然者为性，动者已然者为情，而不知性字本义为自然，本兼未然已然而言。今谓小儿食乳一事，未食时是性，已食即非性可乎。(二)者以善者纯者为性、恶者杂者为情，而不知性字本义本不含善恶义。今若谓"性即理"本指善者言，则岂惟性恶之说自语相违，即孟子性善之说亦犯论理学上论点窃取之谬，(例如兄字本含长于弟义，今若以兄长于弟抑幼于弟为争论之点，岂不可笑。又如上帝字义中本不含存在义，今谓必存在者然后可称上帝，不存在者即非上帝，因以证明上帝之存在，岂不可笑。后儒发挥孟子性善之说，正坐此病。)然而孟荀不任受也。此二说者,皆发端于董氏。董氏懵然创之,后儒懵然述之,杂取孔孟之书以附会之。有时亦稍稍自觉其矛盾,则设为气质之性、礼义之性等说以弥缝之。清儒戴震等了知性善情恶说之不可通,而于性静情动,乃至性情相对之根本谬误,亦未能明言其故。以上诸儒之说,世多有其书,愚不屑一一征引,以乱读者心目。噫!愚述至此,愚不禁为数千年来吾国学者所空耗之心血痛哭流涕长太息也。

复次,玄学上有自然主义或心性本净说者,认宇宙最初状态为至善,先天派中之别开生面者也。(谓之经验派亦可,以其言善恶是非之别纯属人为故。)道家之说可为代表,其心目中之至善,为不知善恶之别。(此与告子之无所谓善恶者有异。告子亦未尝以无善无恶为至善也。)其所以形容此不别善恶之状态者,曰道,曰德,曰虚静,曰恬淡,曰寂寞,曰无为,曰自然,曰天放,曰和光,曰同尘,有时亦谓之人性或人情。其修养之道,主绝学无为,无是与非,归真返朴,纯任自然,以为如是而后可以复其初,全其性也。印度本有"心性本净,客尘所染"一说,成唯识论尝引而斥之。隋唐之间,佛徒来中国者,乃不期与庄老俱化,而为"识自本心,见自本性"之禅宗。其说著于六祖坛"经如不思善,不思恶,是仁者本来面目"等语,较之老庄所言,尤为透彻。(禅宗于印土无所根据,近支那内学院年刊中有文考之甚详。即如佛法空有两宗皆呵自性,而禅宗专言自性。虽曰方便多门,修行一理,亦不应刺谬若是。)陋儒不省,一方高唱进学修业注重人事,一方乃弃其养性尽性之典谟,觍然以复性为言。始作俑者,世称唐代大儒李翱是也。翱以《复性》名其书,而著其说曰"沙不浑,流斯清矣。烟不郁,光斯明矣。情不作,性斯充矣。"试取以与淮南齐俗训"日月欲明,浮云盖之。河水欲清,沙石灭之。人性欲平,嗜欲害之"之言相较,所谓认贼作父者非欤。

道家、禅家所称人我俱泯、善恶俱遣之境界,固属修养之极诣,然以之为修养所臻之境界则可,以之为众生固有之性情则不可;以之为将来之理想则可,以之为过去之事实则不可;以之为人为而后之自然则可,以之为自然之初之人为则不可。荀子谓庄子蔽于天而不知人,愚请益之曰,道家之说,盖知天之天而不知人之天,(天之天谓人以外之万物,顺时迁流,无所用其智巧。人之天谓人自能用其智巧,即以智巧为天然。)视人之人以为天之人者也。(谓误以修养所臻之境,为人类所自然固具者。)以上略评关于道德由来问题之诸说讫。

复次,玄学上有命定论(Determinism)与不定论(Indeterminism)之争。充命定论之说，将无所谓道德上之自由与责任，以凡事皆前定，皆不得不然，意志无由操纵于其间故。充不定论之说，亦将无所谓道德上之自由与责任，以凡事皆毫无常轨，不可逆料，意志亦无由操纵于其间故。

持命定论者曰：凡事必有因，因既具矣，则果不得不有。然则虽谓凡果皆为其因所前定可也。因复有因，推之至于无始，然则虽谓凡事皆无始前定可也。应之曰：所谓定者有二义。（一）者以意决定，命其必如何如何，如专制帝王之于臣民。（二）者以智决定，知其必如何如何，如天文家之于日月食。今谓凡果皆为其因所前定，而天下事物之为因者，不必皆有意与智，奈之何其定之。

持命定论者曰：因虽不必能直接命果，或有全能之造化，假因以命果，如帝王之假刀以杀臣民，未可知也。因虽不必能直接命果，或有全知之造化，藉因以知果，如天文家之藉过去日月食以知将来日月食，未可知也。且奚必造化，人类之科学日益发达，知识日精，利用日广，充其极，将不难藉一切因以知一切果，假一切因"以命"一切果，是人类亦将来之造化也。今特以知识之未充，不能尽世间之因果而定之，岂因果之本不可定哉？

应之曰：吾人所可知者，因必有果，果必有因。至于世间因果之全体，以及如何因之必得如何果，终不能尽知。亦犹吾人知一九二八年后必有一九二九年一九三〇年等，其前必有一九二七年、一九二六年等，至于世间年代之总数，以及各年之如何如何，终不能尽知也。抑世间年代之数无量，且无所谓总数，因果之数无穷，亦无所谓全体。斯则一切因果如何如何，犹谓一切时间如何如何。一固无从一，切亦无从切，终于不可尽知焉耳。科学愈进，所知愈多，而因果终不可尽。亦犹行路虽愈趋愈远，而空间终不可尽，年龄虽愈积愈久，而时间终不可尽也。既未由尽知之，遑论尽命之。不能尽知尽命，而妄谓世间因果为尽可定，不亦犹妄谓时间空间为可尽者乎？不根之谈，夫何足道。

复次，世间因果，虽终不可尽知，亦无所用其尽知。科学家不以是而短气也。科学家之所求，但取其荦荦大者，或影响人生最密切者。入海数沙，智者不为，况欲周知世间之因果乎？

复次，彼不可知之因果，无论矣。即世所称可知之因果，亦惟就其概然者言之，末由确定其如何如何也。

（一）曰因果之单位难以确定。科学上有所谓"单位律"者，即于任何因果系统中，必假定一因果之单位是。此在化学上之因果则为原子，在物理学则为分子，在电磁学则为电子，在生理学则为细胞，在社会学则为个人或团体，在心理学则迄今犹未有共认之单位，可供假定。即已经假定之诸单位，以空时之可分性皆无穷故，科学家亦心知其非真正之单纯者，特为应用上之方便，略去细微之差异。且定为概然之单位而已。抑世间因果果有一定之单位与否尚是问题也。如两手相摩而生电，常人不察，则以两手为生电之单位因。仔细推求，则知此因之单位，非两手之全而为两手相触之部分。两手相触之部分犹非真正之单位，又可分为若干分子，分子又可分为若干原子，原子又可分为若干电子，电子中所荷之电，科学家始假定为生电之单位因。然此电子中所荷之电，仍可分与否，内部仍有变化与否，足为单位与否，犹是问题也。因果之单位末由确定，则因果之关系亦末由确定。如大国与小国相争，若以国为势力之单位，而测其因果，则大者必胜，然而有时大国内乱，或且败绩，则以国非势力之真正单位，其内部仍可分化故也。又如以正月为二月之因，此因之单位，实非正月而为正月之最后一日之最后一时一分一秒一刹那，乃至终不可得，余可类推。

（二）曰因果之种类难以确定科学家假定“同一之因，必生同一之果”，固理之可通者。虽然因之同一与否，又乌从而确定。自望远镜中视大队人马，其个别之形相体态，固若同一者然，就而观之，乃见其异，自显微镜中视原子、电子，其个别之形相体态，虽若同一，又乌知其果无异耶。今之人畜异于古之人畜，今之日月异于古之日月，今之水火或亦异于古之水火，未可知也。世所称同种同类云云，以空时之不同，事物之各有其个性故。科学家亦心知其非真正之同一者，特为应用上之方便，略去细微之差异，且定为概然之种类而已。抑世间因果果有一定之种类与否，尚是问题也。

（三）曰因果之范围难以确定，科学上有所谓“自成一区域之因果范围”者，假定一事物之因或果，权限于其他有数之若干事物，外乎此者，置而不论。实则此区域、此范围之确定界限何在，盖有难言者。有一生物于此，其所从生之父母之祖父母，而曾而高，以至无始，皆其因也。其所生之子女，之孙子女，而曾而玄，以至无终，皆其果也。有一微尘于此，凡大千世界之天体，莫不与之相吸引，即莫不与之互为因果也。科学愈发达，所新发见之因果关系愈不可计数，因果之范围，亦愈无从确定。科学家亦心知其无一定之范围，特为应用上之方便，略去其关系较小者，姑定为概然之范围而已。

由是可知科学之论因果，皆就其概然者而假定之概然之，在生物者谓之习惯，其在无生物者谓之法则。习惯非一成不变者，法则亦非一成不变者。天体之轨道，地上之江河，昔之所谓天经地义者，科学家乃每见其变动移易之迹。乃至原子之构造，物质之属性，疾病医药之对治等，自有史以来，变化之迹若不甚著者，亦无人能证明其果不变化。命定论者欲以科学之帜自张其军，尽亦难矣。

复次，以命定论者而倡知命安命之说，实为自语矛盾。既曰莫非命矣，则知与不知，安与不安，亦命也。命而可为所知或所不知，则能知者或不能知者，为在命之外。命而可为所安或所不安，则能安者与不能安者，为在命之外。命而有外则有非命者矣。惟然，吾国道家儒家之论命，有时乃似陷于此种矛盾而不自知，或且设为正命、遭命、随命等说以弥缝之，徒自暴其智力之不足已耳。墨子惧人之为善去恶者，委责于命而弗为弗去，因而非命，不知命而可为委责之地，即能委责者为在命之外。命而有外，即失其所以为命。墨子亦不得为知言者也。

然则命之本义若何，而后知命安命立命等说，可以并行而不悖耶。曰：命之本义为天命，与人力相对。凡人力无所施而不可奈何者，谓之天命。孟子所谓"莫之为而为者天"，庄子所谓"知其不可奈何而安之若命"是也。知人力之有所能有所不能，是曰知命。力所不能者不事强求，是曰安命。力之所能者尽心力以为之，是曰立命。尽人力以待天命，儒家言之备矣。

性命二字，诸子每以并称，以其意义，同为天然或自然，与人力人为相对故。有时性与命相对，则性指人事之内因出于自动者，即兼有自由义；命指人事之外缘不得不然者，义恰与自由相对。孟子尝谓"口之于味，目之于色"等事，"性也有命焉，君子不谓性也"，以此诸事，虽出于自动，而欲望之满足多有待于外缘，畏常人之以尽性为口实而纵其欲，故不谓性也。又谓"仁之于父子义，之于君臣"等事，"命也有性，焉君子不命也"，以此诸事虽亦由社会上之教育与兴论等外力促成，实亦有其内因，所谓恻隐羞恶仁义之端是，畏常人徒以博社会之虚誉，而伪为仁义，或委其不为之责于社会之腐败也，故不谓命焉。一切人事，莫不兼有待于内因外缘，特有轻重多寡之分。此读孟子"性也有命"、"命也有性"之说者，所宜三致意者也。后儒乃谓天命即天理，其谬与性即理说同。以上略破命定论并附论诸子论命之说讫。

至若不定论之说，谓世事变化，完全不定，显然违悖事实，更无足深辩。世事变化，实有概然，非尽偶然；实有法则，非尽浑沌；实有习惯，非尽疯狂；实有可知者，亦有终不可知者；实有可以意志操纵者，亦有终不可以意志操纵者。

此常识所公认，抑亦科学哲学所不得而否认者也。

谨按科学或科学化之哲学，必须根据常识而说明之、而整齐之、而修正之。若完全不根常识，自为臆说者，即成玄学。又可知哲学上使用空泛名词太多，结论距离常识太远者，其中殆难免于淆乱名实而不自知也。

又按常识之准则，实为世间一切准则最后之准则，例如真伪之准则，视与事理相应与否。然如何乃可谓之相应，或不相应，或多分相应，或少分相应，仍不得不以常识定之。又如善恶之准则，视利他抑害他，然如何乃可谓之利或害，或大利而小害，或小利而大害，仍不得不以常识定之。其余准则，类此可知。常识者何，一般人之见解也，以其异于一二人之主观故，可名曰“社会的主观”。以其异于绝对之客观故，可名曰“社会的客观”。

又按世间百物就学理言，可谓为各各相待，亦可谓为各不相待。谓相待欤，则果固待因，因亦待果，乃至事事物物莫不相待。谓不相待欤，则因固不待果，果亦不待因，乃至事事物物，无一相待。庄子似有见于此，故其《齐物论》有曰：“化声之相待，若其不相待。”又曰：“罔两问于景曰：‘曩子行，今子止。曩子坐，今子起，何其无特操欤。’景曰：‘我有待而然者耶，吾所待又所待而然者耶，吾待蛇蚹蜩翼耶，恶识所以然，恶识所以不然。’”

道德上之自由者，何谓吾人于行事之先得，以好恶之、考虑之、决定之，而后实行。好恶者自我之感情，考虑者自我之知识，决定者自我之意志。而后实行，斯为自由之行为，以其主因为自我故。

或问：此好恶者考虑者决定，亦有其前因否。曰：虽有前因而不失其为自由自动自决自定。所以者何，前因非他，实为从前之自我之经验、之习性。而此从前之自我，则已融化而为今日之自我，而不复辨其谁因谁果，谁为能定，谁为所定，更丝毫无相逼相迫之迹。前谓世间因果，本无一定之单位，心理学上尤无单位可言。然则以道德行为言径，以此能好恶能考虑能决定之，自我全体为单位因，而使负行为之责可也。（此自我二字谓之人格亦可，下仿此。）

复次，此自我乃从前之自我，逐渐融化而成。虽亦有其习惯终不失其个性，此人之自我必有以异于彼人之自我，乃至此刻之自我必有以异于彼刻之自我。命定论者欲以绝对之同因同果律定之，乃徒劳而无功。前谓世间因果，果有一定之种类与否，尚是问题。至此乃真成问题也。

或问：此自我自为单位，各具个性，不可以命定固矣。然其好恶考虑决定与实行，亦有待于外缘否。曰：有之，顾关系不甚密切，屏之于此道德行为之因果范围以外可也。如道德行为不能不假手于身体，而身体之存活，有待于衣食住等，皆其外缘也。行为多有对象，或他人，或事物，亦其外缘也。斯诸外缘虽为行为之因，而与行为之如何如何，必如此而不如彼者，则无大关系。愚前于“苦与乐”篇（见本志第五十四期通论）以知觉等之于行为，与苦乐之于行为相较，曾谓知觉等事“似虽为一切行为之必要条件，而非行为所以千变万化之原因。如人作文，固非笔墨不可，而文字之千变万化，则存乎其人之心”。今以外缘与兼含知识感情意志之自然相较，则其关系愈浅，负责愈轻更可知矣。前谓科学家亦心知世间因果无一定之范围，特为应用之方便，略去其关系较小者，姑定为概然之范围。然则吾今亦为应用之方便，于道德行为之因果，姑以自我为范围，略去其外缘之轻微关系与轻微之责任，不亦可乎？

复次，吾人论事，重其概然而略其偶然，论人亦然。以故一人骤变其常态时，或狂、或醉、或受非常之诱惑而发为行为，则世之论此人者，每加以原谅而责之甚轻。何以故，此为一时偶尔之人格，不足代表其人格之概然故。或以此时其人格之影响其行为者，不若外缘之密切，可略去其责任故。要之，自由与责任为正比例，求自由而忘责任者，必非真自由，自暴自弃之类是已。

复次，真正自由之行为，必有其理由。有理由云者，由自我之理性考虑而决定者也，理性为自我中最要之部分，最足代表自我。惟然，凡世所谓纵情率意之自由，未经理性之考虑抉择者，不得为真自由。

复次，如前所述佛法唯识之说，此自我之自由造业，自受业果，乃为世间一切因果之根本源泉，与今世所称创化论，人本主义之旨，不谋而合。故曰“慎勿造因”，又曰“众生畏果，菩萨畏因”。得吾说而存，庶几可以六通四达，而不为玄学之臆说也。以上略评关于道德责任问题之诸说讫。

人道论发凡*

缪凤林

人道论者，宗教伦理之异名，衡人生之行为，论为人之正道者也。自哲学盛而宗教衰，科学繁而伦理危，放僻邪侈之徒，以科哲之真理相号召，倡纵性任情之说，安恣睢禽兽之行，谓率循本性者为至善，自然流露者为真朴，宗教为愚民之术，伦理为矫饰之具。卫道者有以知其说之非，愿未有以折其口也。诐辞淫行，日益猖披。中西所遭，略同一揆。余尝博观科学哲学之梗概，穷究宗教伦理之精微，恍然于二者之各有其领域，无异白黑之不能相紊，其于人生之不可或缺，亦如车之两轮、鸟之两翼。彼奉人道而薄科哲，固足征其褊隘，徒崇科哲而非人道亦自绝夫正路，其或以科哲为护符，发邪说而抹去人道，尤不达二者之根柢，而可以弹指破也。为解群蔽，请申其说。

宇宙人生，有二大问题焉，曰：真伪（或称是非），曰：善恶（或称当与不当）。前者一切科学哲学之所研究，后者一切宗教伦理之所探讨者也。仰观乎天，天体之位置何若？星辰之动静何若？研究是者，曰天文学。俯察乎地，地殼之组织何若？地球之经过何若？研究是者，曰地质学。远稽诸物，则研究动物者有动物学，植物者有植物学，矿物者有矿物学等。近考诸身，则研究生理者有生理学，心理者有心理学，神经者有神经学等。其或研究物质之质力者，则有物理学、化学。人事之递嬗者，则有人类学、历史学。若斯之类，莫不于宇宙森罗

---

* 辑自《学衡》1925年10月第46期。

万象之中,认定其一部分之现象,从事完密而有系统之叙述,随所研究而立名,是曰科学。其有不以宇宙万有之偏立论,而以宇宙万有之全为研究之对象,标举原理,有似单纯,宇宙人生概括无余,若慈氏五法三性之论,迦比罗自性神我之旨,柏拉图本体(观念)现象之说,亚里士多德形质发展之义,以及近世唯心、唯物、唯理、唯情、二元多元诸论,皆统万有而诠释,不局局于一隅,是曰哲学。科学、哲学,范围虽各有广狭,造诣虽各有深浅,要其职志,惟在研究其固有之对象,明其真相而揭橥之,藉以破除世人之误解与谬见。质言之,一真伪问题而已。叙述适符其对象者之为真(如天体本日静而处中,地动而绕日,则曰日静处中,地动绕日为;尧舜本在周孔之前,曰则尧舜在先,周孔在后。),背戾其对象者之为伪。(如曰地静而处中,日动而绕地;周孔在先,尧舜在后等。)科学哲学之所叙述,诚能与其所研究之对象相应。现象如何,还他如何,无有增损,不参私意。斯其能事已完,职分已尽。至此种现象之为善为恶,为胜为劣,关系于人生者何若,影响于人群者何若,既非科哲之领域,绝不宜有所论列。人之评论科哲者,亦丝毫不能以其所叙述现象价值之小大,或其叙述对于人类所生结果之善否而轩轾其间。惟有视其叙述与对象是否符合,而定其真伪。晚近科哲之家,奇论繁兴,达尔文谓人类祖先,自猿嬗蜕,马克斯谓人生活动,胥决经济。新理想论谓宇宙本体无恶之存在,新唯实论谓未来前定,难可改善。笃旧者以其有损人类尊严,易起任运思想,攻击之言,腾于口耳,实则科哲之天职。唯在实事求是,彼其对象诚恰如其言,影响虽恶,固不稍损其真,苟不相应,虽足引生善果,亦岂有减其伪,不知客观真实,而喜怒为用,见斥于科哲之家,固其宜也。

虽然,善恶价值,诚非科学哲学所当论列,宇宙间固自有善恶问题在也。此与真伪问题之分界,一则仅明其现象,一则于承认此现象后,进而论此种现象之当否,价值之高下。何种现象为至当(即人生之正鹄即至善),达之之道又何若。战争杀人,盈野盈城,历史上之现象也。贫穷犯罪,剥削偷夺,社会上之现象也。纯正之历史学家、社会学家叙述既毕,职责斯尽。至此现象或当或否,苟属非当,当宜何若,何术能达,更不复赘一辞。于此有论究是种问题者,则曰宗教伦理。斯二含义,人各异说,探源批导,有待专论。兹试暂立界说,诏人行为之正鹄,示以达鹄之方术者,曰宗教。轩轾行为之价值,论究至善之性质者,曰伦理。范围依据,虽未尽同,要其探讨善恶问题,初非二致。今特概以人道,与科哲森然对立,后者惟论是与不是,前者只论当与不当。或谓科哲之家,方其叙述对象，固求明白真相，一俟真相既明，每喜据其叙述，既定人生之正鹄，建立其一家之人生观。如柏拉图本原型观念，论谓人当悟入本体。亚里士多德本形质发展论，谓人当践形尽性。达尔文本生存竞争论，谓人当博爱。马克斯(今译“马克思”)本唯物史观，谓劳力者当联合奋斗。若此类者，科学家虽非甚多，哲学家比比皆是。而一般人道论者，其所指示人生之正道，亦殆无不本诸其宇宙人生现象之观察与研究。如佛教之修行解脱，本诸其多苦观也；耶教之敬天爱人，本诸其创世纪也；道家之反真还朴，本诸其人性本善论也；宋儒之克己修养，本诸其理欲二元论也。是则真伪善恶问题虽二，何能斩截划分乎？

曰无伤也。科哲人道之划分，基于真伪善恶之不同。研究科哲者，诚亦探讨善恶价值。然当其探讨善恶也，已离科哲之范围，而为人道论师。人道论者诚亦研究宇宙现象，然方其研究现象也，犹侧身科哲之林。而未为人道论师，世之以科学名家者，每可兼治哲学，然而科学哲学之分别自若也。科哲学家与人道论师之互兼，义亦犹是，岂遂以是而泯二者之界限。科哲人道之划分，既基于真伪善恶之不同，二者之是否能对立，当问真伪善恶二问题是否能并存。真伪问题，世人则既公认矣；善恶问题，岂果不能与真伪是非并峙乎？抑无善恶价值之世界，吾人亦能希冀实现乎。

欲世无善恶问题，或无价值高下之分，必具二条件而后可，一则善恶与真伪合一。凡有事实(现象)，必当必善，而与此事实外一切之现象皆有同等之价值，如是则宇宙万有，价值维均，除真伪问题外，别无所谓善恶问题。二则人生行为，悉属一元，或则凡人行为皆善，或则凡人行为皆恶，如是则人无当否之见，莫得黜陟彼此，亦无所谓善恶问题。然而吾人之世界不若是也。仁义忠信之行，弑父烝母之事，杂然并陈，善恶相去，不啻霄壤。人方以恶事与善行并存为大戚，何能以其同属是有而谓为必善。且此善恶之见，不独贤者有之，彼躬蹈不义者亦皆有然。若刘劭之见诛自责，柳灿之临刑自詈，善恶见解之普遍，不亚于真伪问题也。老庄之徒，亦有以善恶之见为圣人之过，谓至德之世，本无善恶之分。

《庄子·马蹄篇》：夫至德之世，同与禽兽居，族与万物并，恶乎知君子小人哉。同乎无知，其德不离。同乎无欲，是谓素朴。素朴而民性得矣。及至圣人，蹩躠为仁，踶跂为义，而天下始疑矣。澶漫为乐，摘僻为礼，而天下始分矣。

又《天地篇》：至德之世，不尚贤，不使能，上如标枝，民如野鹿。端正而不知以为义，相爱而不知以为仁，实而不知以为忠，当而不知以为信，蠢动而相使不以为赐。是故行而无迹，事而无传。孝子不谀其亲，忠臣不谄其君，臣子之盛也。

因以绝圣弃智为期，今姑不论其所称容成赫胥等世，纯属幻想。藉谓善与不善，对待而有。（老子曰：“天下皆知善之为善，斯不善矣。”）人之有此智见，要亦先天自然，绝除废弃，非惟难犹登天，且适乖背真性。是则善恶问题之生起，纯本人生行为与见解之二元。有是人生，即有是问题，其势之不可以已，与夫有待人道论者之探讨。适如真伪问题之不能或免，必待科哲学者之研究。人道论之能与科哲学并峙，诚者其不诬也。

明乎人道论之根据，然后可知人道论之宗旨。而其所探讨之问题，亦可得依次而谈。人道论之宗旨，曰为善去恶，人生正道。人性既有善恶，为人遂分二途。为善舍恶，是曰向上。为恶去善，是曰下流。人之向上，孰不如我。为善舍恶，斯为人生惟一正道，而其根据悉在人性。故人道论所探讨之第一问题，为人性二元论。古今中外，言性之说，略可区为五派：一者谓人性皆善，孟子、刘安、新柏拉图派、莱布尼志等是也。是曰：唯善论。二者谓人性皆恶，荀子、叔本华等是也。是曰：唯恶论。三者谓有性善有性不善，世子、霍布士等是也。是曰：性有善恶论。四者谓人性善恶混，杨雄、程朱（宋儒言理气理欲者皆是）、柏拉图、亚里士多德等是也。是曰：空间上之二元论。五者谓人性能善能恶，其本体不可以善恶名，而其发现也则可善可恶，王安石、苏东坡、王阳明等是也。（西土无主是说者，由其从善恶以论性，不能上溯至极故也。）是曰：时间上之二元论。（就性能善能恶，善与恶相消息言。）或曰：超绝的一元论。（就性之本体非善非恶言。）充唯善之说，则世必无恶。充唯恶之说，则世必无善。然吾人经验之世界，固已善恶并存，二说实无可以主张之理由。彼以唯善或唯恶自名者，一遇解释恶或善之由起，亦无不舍一元论而为二元论。孟子曰：“仁义礼智，性也。”食性等欲，独非性欤？荀子曰：“善者伪也。”使之伪者，非善性欤？莱布尼志曰：“世界者，神所预定调和者也。”然害恶之存于世界，何以又不能必免欤？叔本华曰：“人之根本，无穷生活之欲也。”然所谓拒绝生活之欲者，非善性欤？即彼号称崇奉一神之宗教，亦无不预想恶之存在，如婆罗门教崇梵天。世界由之创造，而破坏之者，则有湿婆。吠檀多教崇大梵，精神弥纶六合，而蒙蔽之者，则有无明。耶稣教崇万有真神，而扰乱世界者，则有魔鬼。其佛教之本主人性有二元，祆教之本立阴阳二神观，更不待言矣。性有善恶论较唯善唯恶说似稍近理，然观于圣贤之悔过，知善人固非无恶，元凶之知非，则恶人亦非无善,必谓若人性善,若人性恶。其失正复相等,空间上之二元论虽无前三派之失,然因其徒据人世之善恶以论性,非由人性以言善恶,亦失诸浮表,未足解释性之根本体性。故论性要以时间上之二元论(或超绝的一元论)为最精密,至诸家学说之底细,与夫特点所在,及时间二元论之各种根本问题。若非善非恶之体,何以现则有善有恶?二者之关系又何如?若此体之来自先天,抑兼有后天,自先天则先天又奚自而来?自后天则后天又何因而生?若性为一单独之心理作用,抑诸诸复杂现象联而成系之统称。苟为后者,则诸作用之分析奚若?而所谓善恶者,其分子又各有几等?皆本论所当详加阐究者也。

人道论之第二问题,曰意志自定论。性诚能善能恶矣,然其发而为善恶也,固纯决诸外缘耶?抑纯发自内因耶?抑发自内因而兼受外缘之影响耶?昔贤言命与非命,即此问题之两面,立论虽繁,阐发颇鲜。泰西印土,争论甚剧,(近人某谓中国自古迄今,无意志自由问题之争论,因以此为西方思想之特色,实则先民讨论此问题者,固无时间断,特无意志自由四字而已。泰西讨论此问题者虽繁,其精密亦远逊印土也。)寻其意志,略分三派,细析之则为五派:一者谓善恶之性之表现,完全发自内因,外缘了无关系,是曰自由论,Libertarianism。其极也,则谓人既有为善为恶之自由,无论何行,皆可发出,本无限定,更不须因,是曰无定论,Indeterminism(或称绝端的自由论)。二者谓善恶之性之发现,纯粹决诸外缘,内因丝毫无关,是曰定命论,determinism。其极也,则谓人生行为,既悉受外物因果律支配,斯亿万斯年,悉属外物前定,毫无迁动可能,是曰宿命论,fatalism(或称绝端的定命论)。三者谓善恶之性,悉有内因,其表现也,固发诸内因,第此内因之引起,则常受外缘之影响,又此无量内因,纯系个人自业招感,自作自受,自负全责,是曰自定论,Self-determi-nism。人生行为,每受环境熏染,故富岁子弟多赖,凶岁子弟多暴。文武兴则民好善,幽厉兴则民好暴。自由论谓外缘了无关系,理固非是,然如定命论谓纯粹决诸外缘,于个人内因本真,完全忽视,则又何以解于以尧为君而有象,以瞽瞍为父而有舜,以纣为兄之子且以为君而有微子启王子比干。用是二说,过犹不及。无定论与宿命论,变本加厉,厥失更甚。故最得真相者,惟有自定论,至各派学说之论据,及自定论之各种问题,若内因之体相何若。其发现也,所受外缘之影响何者,若内因与所发现之性之因果关系何若,若内因之构成也何若,则又本论所当探源详论者也。

随右述二问题而起,人道论宜加以附论者,曰乐观悲观论。士之怀抱乐观或悲观态度者，难可穷数。然大抵本诸其一己之遭际，值顺境则乐观，处逆境则悲观。是曰偶然之乐观与悲观，理论上了无可言之价值。至本诸以上之立论，持乐观悲观之见解，则有事实为之佐证。是曰客观之乐观与悲观，如或谓人性皆善，宇宙无非天机；或谓人性善多恶少，邪魔不敌正道；或谓人世善恶混杂，贤圣方可淑世；或谓善恶发自内因，作善由心自主；或谓善恒决诸外缘，惟当改善环境，若此者皆持乐观论者也。反之则或谓人性皆恶，尘世无异地狱；或谓人性恶多善少，改善终归泡幻；或谓善性易受恶化，恶性无术改善；或谓恶性悉发内因，教育无能为役；或谓善恶悉系命定，欲善无术迁化，若此者皆持悲观论者也。今知人性能善能恶，善恶内因，悉系自造，引生发现，或受外缘影响，则乐观悲观，毫无一定。诚能广种胜因，力求善缘，则内因善者增，其发现也恶性稀，尚何悲观之有？设或多行不义，同流合污，则内因恶者增，其发现也善性无，又何乐观之足持乎？

人道论之第三问题，曰善恶对象论。人生行为，千差万殊。人道论者轩轾其价值，若者为善，若者为恶，是曰道德判断 Moral judgment。行为之现，有其所以动之意，亦有其随以生之果，此道德判断果以行为之动意为对象乎？抑以其所生之结果为对象乎？抑当兼取动意与结果而衡断之乎？因人道论者着眼之不同，遂亦分为三派：一者谓道德上之所谓善恶，不关于行为之效果，而出于意志中超绝之性质（意谓此性质超然独立而非由他种性质孳生者）。故行为之动意为道德判断唯一之对象，是曰动意论（或称形式论）。二者谓道德导源于人群之关系，所谓善恶，自只视行为对于人群之影响。故道德之判断，当以行为之结果为唯一之对象，是曰功利论。三者谓道德之判断，诚当考其动意，然动意至难观察，宜验其效果以论其动意，特其所谓效果，不在行为所生事实上之效果，而为由此动意所发生之行为之性质有可以生是等效果之倾向，是曰正理论。诚使行为结果之善恶，一如其动意之善恶，三派之说，自无所用其争论。然今有动意非恶，而结果则不免于恶，如为人子者期父病之速愈，刀圭杂投，因以速父之死是也。亦有结果甚善，而动意则甚卑劣者，如诽谤人者常自丧其信用，而彰被毁者之懿行是也。谓道德判断仅视结果乎，则诽谤为善行矣；仅视动意乎，则死父者为无罪矣。然诽谤之为恶行，死父者之不无可议，其事至显。斯动意论与功利论皆未衷于理。若依正理论之考察法，则死父者动意虽无他，然遇如是之病，投如是之药，自足以致病者之死，其动意之轻率，亦不得辞其咎。诽谤者之结果虽善，然此实由于闻者之良心，慎重及具有洞悉人情之知识，决非诽谤之行之性质所应有之效果，故为恶仍不稍减，庶得情理之平耳。

复次，道德判断定人生行为之善恶，果以何为标准耶？人生之正鹄，所谓至善者，其性质果何若耶？此为人道论之第四问题。是曰善恶标准论，或曰至善论。由人类进化史观之，善恶标准之见解，每随时而异。其初也，酋长之所命令者神圣不可侵犯也。其继也，天神之所垂诫与夫明君之所诏谕者。至善也，其进也，先圣先贤之德音，积世遗传之礼法，绝对之准则也。而其所以然之故，莫有审思而明辨之者。夫人道终极，在止于至善。人道论者之所以判定行为之价值者，自不外乎视行为对于至善关系之疏密，行为之契乎至善或顺乎至善者，则目之为善；其离乎至善或背乎至善者，则目之为恶。诚能明了至善，善恶之标准即在其中。言今最著名之人道论师，于此约可分为三说：一者谓至善者，最大量之快乐也。行为能致多量之乐者为善，引生多量之苦者为恶，是曰快乐论。其间又分为唯我唯人二宗：前者谓人应永求一己至大量之快乐，杨朱与伊壁鸠鲁是也；后者谓人应永求人类至大量之快乐，边沁、穆勒约翰、薛知微是也。二者谓至善者，人生行为普遍之法式也。行为而契合乎是，能为普天下之楷模者为善，其背乎是而不能普及人群者为恶，是曰法则论，康德其代表也。三者谓至善者，理性（人性最高部分）之完满实现也。行为而系实现人性之最高部分者为善，阻碍人性最高部分之实现者为恶，是曰成德论。若孔子，若孟子，若柏拉图，若亚里士多德，若释迦牟尼，皆是也。夫至善之行，必一贯而无矛盾，达至善之心境，容为至乐。快乐、法则二说似均有可言之理，然苦乐为欲望满足与否随起之感情，非可得而度量，且其品质有高下，当以其所附丽之心境品质之高下定其价值。藉谓达至善时之心境为至乐，岂能以乐为标准？至行为之能普遍与否，尤当先事肯定某种事实或学理，始能决其果否普遍。如法则说之言，则是仅有一空洞之法式，羌无故实，毫不能诏人行为之实际与夫黜陟行为之价值。前者之失也，倒果而为因；后者之失，则有形而无质。成德说本人性二元以立论，人性中既有善恶二者，斯善恶之本真，即寓于性中，善之潜性非一。其中必有至善之分子，斯绝对之标准，即存于此至善之性之实现。纵云过去之人类，无有实现此至善。（此至善之性，佛教名曰无漏圣种。由佛教言，成佛者实早已完全实现。今为免论理过难，特取格林伦理学概论之说，至对此至善之疏解，固与格林异也。）吾人今日亦未能立希其实现，然人性中至善之可能性，潜在不失。固基于论理之必然，从而吾人亦终有实现此至善之性之希望。此至善毕现之日，即吾人成德完满之秋。人道进化之终极，徒以吾人今日正在进行，因之其内容尚未能完全疏解。（就佛教言，则已能疏解之，以佛已实现故也。）然观诸已往圣贤之言行，诉诸吾人平旦之夜气，固不难窥见善性之涯略，以行为之是否顺背乎是而轩轾其间。诚其人善性之未尽泯也，有不谓之合理哉。

人道论之第五问题，曰尽性方术论。至善存乎尽性，人之欲达斯的也，果有何方术乎哉？古今圣贤之修身有得者，殆人异其说，必先详究各家之为人论。若瞿昙之漏引无漏，孔子之正心诚意，孟子之寡欲养气，墨翟之自苦为极，董生之正谊明道，苏格拉底之求知，柏拉图之由著至玄，亚里士多德之践形效实，耶稣之敬天爱人，康德之以理御欲，以及宋明儒者之修养，若张子之变化气质，伊川之用敬致知，朱子之格物致知，象山之先立乎大，白沙之静中养出端倪，甘泉之随处体验天理，阳明之致良知，蕺山之慎独等。明其同异得失之所在，然后撷取精英。立中正通达之规条，如上已明。为人正道，为善舍恶，当知此善恶异类，善现恶隐，恶来善去，相互消长，不克并处。有如水火，水盛火灭，火烈水干，莫能两存。又如明暗，白昼日蚀，天昏地黑，深夜悬灯，光耀明彻。斯之作用，是称对治。故为善惟在于去恶，去恶即存乎为善，修身之道，首在引生善念。念兹在兹，则善增一分，恶减一分。积善既久，恶遂自除。特凡人具有恶性，与善常为仇敌。为善去恶，虽为人道根本之通则，而人性之倾向，初不与此通则相应，因之此通则遂伴以义务之观念。于善也，则曰不可不为，分所当为；于恶也，则曰不可或为，理不应为。而与自然律令决定自然界之运动，因乎自然毫无抗背者，迥异其意义。人道之真谛在是，善人之可宝以此，而昔贤戒惧慎独、正心诚意、主一用敬、克己复礼等说，皆宜时时体验、处处实践者也。又善恶之性之表现，虽发乎内因，而其引起也，每受外缘之影响。值善缘，恶性不克自现；遇恶缘，善性亦难自生。中才以下，所系尤巨，故存养省察之外，尤宜广求胜缘，多读圣书，一也；博聆善言，二也；亲近善士，三也；非礼勿视，四也；非礼勿听，五也。内因外缘，分道渐进，善日长而恶日消，消之至极，至于无恶，长之至极，至于至善。人道正鹄之实现，其在是乎，其在是乎！

阐人性之二元，征意志之自定，明道德之对象，探至善之性质，示尽性之方术，五者备而人道论毕。上来所述，粗陈纲要，繁称博辨，后各专论。更有剩义，且置一言，科哲叙述宇宙之现象，所研究者是非，而其自身真伪之勘定，则视其叙述是否与现象相应。人道论诏人行为之正道，衡人行为之善恶，示人至善之性质，告人达鹄之方术，所探讨者善恶，其自身当否之取决，应更别立标准。人道论之所诏示,无一不本诸科学哲学对于人生现象之观察与研究,必所据之学真,方不流于虚诞。苟所据之学伪,尚何能持其说。(如墨翟、耶稣言敬上帝,必世有上帝,方不流于虚诞。苟世无上帝者,尚何能持其说乎?)所据之学之真伪,一也。为善舍恶,人生正道。人道论之所诏示,必教人为善而舍恶,始不背其宗旨。苟意在为恶而去善,即自入于鬼道。(如浪漫末流,明知情欲之非正,而犹诏人纵情任欲者是。一切社会主义、共产主义告人扩充物质之欲望者,亦蹈此失。)立论是否教人向上,二也。实现至善,人道终极。人道论所言至善与达至善之方术,必有实现之可能,斯不类于梦呓。苟永无克践之可能,亦何贵乎此道。(如佛教所陈之道最高,其价值亦存于经无量劫而能达到耳。苟其终不能达也,虽谓毫无价值可也。)所言之是否能实现,三也。

德　报*

张正仁

德兼善恶二义，《诗·大雅》抑曰无德不报，今取以名篇。

《易》曰："积善之家，必有余庆；积不善之家，必有余殃。"又曰："受兹介福，以中正也。"《记》曰："大德必得其位，必得其禄，必得其名，必得其寿。"《诗》曰："嘉乐君子，宪宪令德，宜民宜人，受禄于天，保佑命之，自天申之。"人亦有言曰福善祸淫，曰彰善瘅恶。是善者，蒙休恶者罹祸。固斯民信之不疑，而夙据以为判决吉德凶德之圭臬矣。虽然，考诸事实善恶吉凶之相应，果能如影之随形、响之应声乎。然则彼戚戚咄咄者，曰天道无知，曰世无公理。胡为乎来哉？夫非以善恶吉凶之不能如响斯应也邪！果天道之难谌如此。则吾人固不必修德敦行孳孳为善矣乎？固可残暴溪刻肆无忌惮矣乎？于是解之者曰："祸福固自由取，而应报不必当前，或贻厥子孙，或施诸来世。"宗教家之解德报之靡爽也，蔑不标一天国，悬一乐土，不云轮回转生，死后裁判，即云善者升天堂，恶者入地狱。至于孔墨虽不侈言未来，而皆主尊天。(《墨子》有《天志篇》，其尊天也固无疑。孔子尊天，亦有其证，如"获罪于天，无所祷也"、"天之将丧斯文也，又将谁欺？欺天乎"皆是。)特孔子之教人修德，固不尽以天命之可畏而后修之也。唯以天之赏罚，应于现世，与他教殊耳。是其解德报也，亦间依神意而不尽以人事衡也明矣。夫在浅化之民群，谓宗教丝毫无造于道德，未免邻激，盖

---

*　辑自《学衡》1925 年 3 月第 39 期。

教旨虽有高下胜劣，要皆以铲恶扬善为其鹄的。（其判别善恶之标准，虽有出入，其意则一。）欧洲当法国大革命以前，言道德莫不以基督为归。苟有戾圣经之所垂训者，目为败类，叱为罪徒，上帝不之赦也。（吾国共和纪元前，视孔子与五经，正亦如此。）于是信徒持躬硁硁自谨矣。天竺教流入中国，标天堂地狱之说，以资劝惩。虽释迦尚有超乎天堂之上，别称涅槃，而极其玄妙者，然此非钝根众生所能喻其上乘说法。究不逮未来报应之足以感悚凡众也。有善升天堂之言，而人知奖劝矣；有恶入地狱之说，而人知惩戒矣。（穆罕默德以兵传教，以战死为可登天堂，于是其徒好勇乐战，视死如归，足见宗教魔力之大。）孔墨尊天，以为上帝临汝，勿贰尔心，于闲居慎独，不敢有愧于屋漏矣。观此则宗教家所悬之上帝天国，虽等是空中楼阁，而于劝善惩恶，固非无一时之微效也。虽然谓善者必蒙神护，恶者必遭神谴，不施之于今世，将施之于来生；不报之于生前，将报之于死后；不责之于其身，将责之于其子孙，以此而解果报之不爽，终嫌其陈腐而不精，迂远而不切也。且究极论之，其弊将有不可胜言者矣，最厉者莫如断丧人之理性，桎梏人之灵明，以非本论范围，兹不具论。姑就真若可以天命畏者之心术言之，其仰教之心，大抵猥陋，功利中之而护符视之，面是行非，诳言欺世，彼且以为未来赏罚可以市道易之，苟能尽忠于其教，则虽恣行不德，亦无伤矣，贯盈之恶，亦可以施舍僧寺之泉贝抵折矣。于是行为盗贼，而陈一香筵，荐一豚蹄，则越货杀人之恶，以为可告无罪矣。夫居心如是，而与浊世之纳贿冀免刑戮者，有以异乎，不尊教律，而佞创教之人，而懔傅教之寺，稽首归命，馨香祷祝，以求多福，以希免祸，是何异于买椟而还其珠邪？是摭其名而忘其实也。自宗教仪式趋繁，斯其弊习，固难幸免，此路德所以攻天主教之慈善会，斯宾塞所以短新教中之迷信者也。查凡俗之情，往往耽溺近乐，懔今忽后，果报当前，则善者以善果俛拾即是，而困勉力行之心弥挚；恶者以恶果常临眉睫，而恐惧戒慎之情不懈，不犹愈于远悬空鹄而任射者之幸中邪？且既曰神鉴，神固全知全能者也，其福善祸淫之权威，既不能施之于今世，而谓能施之于来生；不能报之于生前，而谓能报之于死后；不能责之于其身，而谓能责之于其子孙，是非矛盾自陷之论乎？

夫要天堂以就善，曷若服义而蹈道，惧地狱而敕身，孰与从理以端心，求果报于方外，固不如反诸身而求诸己也，将欲明此义，不可不先正福之一名。所谓福者，当别为二，心旷神怡属诸内者，一也，物给境优，属诸外者，二也。以属诸外者言之，则善德之于福利，恶德之于祸殃，诚不能如响斯应、如敏斯鸣，而反于福善祸淫之证佐，且难以偻指数。以颜渊之仁，而箪食瓢饮，且短命死；以屈原之忠，而遭谗被放，自沉汨罗。夫大德受大位，小德受小位，理当然也，而仲尼哲人，位止司寇，卢杞臣奸，位登首相，且奚必远引，即以斯世论之。彼朱轮华毂，位尊而多金者，有几人可称为有德之君子哉？什一仟伯之有德者，有不沈殢涓浍曳尾塗中者乎？君子固穷，而小人得志。忠荩骨鲠之直臣，恒见憎于庸主，媕婀脂韦之邪佞，多盘踞夫要津。德薄能鲜者，福履绥之，笃行淳备者，菑殃困之。凡是颠倒衣裳之事，读史阅世，固屡见不一见者也。虽然，此等事状，恒为世人所握腕，而代抱不平之鸣，以荒淫无度而夭折，人皆以常事视之，曰是固应尔假以守道取义之故，而遭不幸甚或以身殉之，则人将皆叹天道之难知。君子道长，小人道消，人皆以为天理之常设，以侵渔欺诈而富躐素封，以谄佞苞苴而位跻显要，则人将以为口实而唾骂鄙夷之。若此类者，苟非以其悖乎常理，则人又何事哓哓为。由是观之，偶变之不足以摇常理，且正足以证常理之可据，世之君子，当无间言矣。兹更进求人生无上之福乐，在内神与在外物与彼富且贵者，乘坚駈良，靡衣鲜食，析珪儋爵，拖紫珥金，似多福矣。然业脞旁午，有案牍之劳形，官潮起伏，有得失之瞀心，彼贫且贱者，虽室如悬罄，衣若悬鹑，箪瓢捽茹，糟糠不餍乎，而有逍遥自适了无罣礙之乐，夫善乐生者不窭富于德也，善逸身者不殖，宁其神也，德富足以润身，神宁胜于物足，然则外界之福利优乎？内界之和乐尚乎？假有甲乙二人焉，由相同之境遇志愿，而渐趋于殊途。甲试为吏，一蹙青云，居大厦，食珍羞，衣雾縠，被轻裘，高车驷马，金玉煌煌，乙则好学深思，怀铅握椠，然而人微言轻，书多覆瓿，泥蟠蠖屈，贫无自存，拾薪执苦，勤学不倦。甲有贵显之荣，而有患得患失之苦；乙有坎壈之忧，而有妙思成学之乐。然则斯二人之生涯，果孰幸孰不幸邪？天爵福与，人爵福与，是果仁者见仁、智者见智之类与，顾或者曰：外界之不幸，果不足扰内界之和乐乎？床头金尽，壮士无颜，剉折相寻，英雄短气，孺子遗饼而垂泣，良买折阅而蹙眉，是非外界之不幸影响于内界之和乐乎？对曰："唯唯否否不然。"夫外界之不幸，吾固可奋斗而胜之，以从吾所欲，即此奋斗，正亦内界之和乐也，胜则有踌躇满志之乐，败亦无愧于方寸之间，何不乐之与有，且事常反观而易明，曷不观夫饱食终日无所事者乎。心神颓唐，手足麻木，搔手踟躕，若不自聊，然则非恶其生涯寂寞，而无外界之抨击，借以发挥其内储之才力乎。每见常人，当困穷患难之中，恒想望无事之秋，为莫与京之乐境，逮其处顺日久无可展布，则转忆前日之困苦患难为不可多得。（穆罕默德曰："死于兵革之武夫，享天堂快乐三日，则更怀疆场之酣战，确系人情。”）苟吾人之性情长此不变，吾知未有不以全无顿挫之境遇为无聊者，无阻障之满足，无抵抗之成功，人必嫌其味同嚼蜡，如饮市酒，恒不如自酿之畅怀；如御发妻，常不若爱姬之满志，何则？彼易而此难也。然则重难轻易，喜崎岖而恶平庸，非人情乎？不见夫年髦无为之老翁乎，其所津津乐道者，壮年之困苦乎？抑所享之丰厚乎？吾人之旅行游览也，沐雨栉风，跋山涉水，非不苦也，遒游兴浡然，反不自觉。盖虽有跋涉之劳而获饫神怡之福，区区穷崖绝壑之险阻，乌足羁其腾趠蓬勃之游兴邪？由斯以谭，则通人心理，恒有重中和而轻外利之葵向矣。苟二者不可得兼，宁取内而舍外，虽榆瞑之夫，一时冒昧或饕外利而戕中和，吾料其真灵赋归，将必自悔，盖舍灵秉彝之伦，终以心神和乐之生涯，为莫与此值之奇宝也。绩学之士，矻矻述作，脑血为枯，中山为秃，非必以此要富贵也。然而乐之不疲、轲轲无怨者，何也？爱智则然耳读书半卷，胜饮醇醪百杯，明理一条，喜尝嘉肴一鼎，方寸悦适，即一己之乐园矣。古者如季札之让国，鲁仲连之辞爵，陶渊明之不为五斗米折腰而放浪形骸之外，此辈清流淡泊居心，高蹈为怀，若浮云之富贵，泡幻之荣华，尚足邀其一眄哉！至若舍生取义、杀身成仁之志士，更无论矣。且奚必高特，即芸芸众生而非罹神经病者，其不欲以偿来之外福，而易无上之中和者，什且八九也。今有榜于众者曰：闺阁名媛，小家碧玉，将欲不劳而获黄金百斤，白璧十珏乎？其裸行通衢百步，某必赏如约，决不食言。吾意稍知自爱者，必不为也，何则？黄金百斤，不足易蔑丧廉耻之苦恧，白璧十珏，不足与揶揄笑骂之不安相庚偿也。吾乡某氏女，美而贤，幼以亲命媒言，许字周氏之子。周氏固雄于赀者，其子则貌陋而性蠢，女父母颇悔之，求解婚约，不许，强命合卺，女忧郁无俚，未尝言笑，不浃岁而仰药死焉。足征膏粱锦绣之丰，不及鱼水画眉之乐远矣。类此之例，更仆难终，曷莫非弃外界之福利，而求内界之和乐乎？蹴尔而与，良丐羞食，批颊赐金，懦夫亦怒。故虽至贱之人，其所贵有甚于外界之福利者，况上焉者乎？

夫外界福利，虽圣者亦不能必得，而要其醇德尊行，固有可得之储能，即使终不可得，而内界和乐则断断可操左券也。仲尼有言曰：“求仁而得仁，又何怨？”又曰：“内省不疚，夫何忧何惧？”是故实行道德者，当廑以道德为鹄，即德即福，别无转语。如此即外界福利不与之偕，而吾心固逌然自适也。外界之残酷无情暴横悖理，何足扰吾澄波明镜之灵台邪？而不然者，行德之时，或存心求福，或情发畏罪，是非以德为鹄，而以德为术矣。则一旦外界福利不能相应，遂不免有怨天尤人之憾，即此怨天尤人，不又一苦邪？然假彼反其道以行之，竭其机诈，肆其駤鷙，而幸如其所期，彼果能无慊于心乎？吾人固可设想有一人焉，行恶无忌，永不觉其良心之苦，而逸乐以终身者，然人世果能有是至死不悟之败类乎？（《鲁论》曾参曰："人之将死，其言也善。"盖死神降临之日，即人之良心最易发现之时也。）恐怙恶而好行不义者终难免夫良心之责罚也。吾闻有以阴谋害人者，幸逃法网，彼尝于其昏眠中，自述其杀人之事，历历如供。（迷信者谓为神鬼所使，其实使彼之神鬼，即彼自己之良心也。）然则此戕人凶徒，虽未正明刑，固已受其良心之隐罚矣。见孺子将入于井，沾体涂足而救之，非必要誉于乡党也，见罢癃残疾颠连无告者，箪食壶浆以活之，非将有所求于彼也。然当时行之而心安，事后思之而自憙，夫心安自憙非福也邪？由此观之，果人生惟以内界福乐是尚，则德之与福，诚如影随形矣；不德与祸，亦如响应声矣；德也，安适也，无媿也，内界之和乐也，同科也；不德也，耻辱也，惭愧也，内界之鶬鶬也，又同科也。任何时地，德与内界之和乐，不德与内界之鶬鶬，固未有不相应者。然则以未得外界之福利，遽怨天道之无知者，坐不知人生以内界福乐为无上尔。坐非以德为鹄而以德为术尔，且不知行德不倦，即为福尔。邦人君子，其亦肯扫陋见、屏浊福，而晋求神圣尊严之福乐乎？庶几乎，可登于人生无上之境矣。

罗素东西幸福观念论*

傅举丰　译

英人罗素氏(Bertrand Russell),著《怀疑论丛》(*Sceptical Essays*)一书,一九二八年出版,纽约 W. W. Norton & Co 书店发售。其中为文凡十七篇,评述现今世界政治、社会、学术、思想、生活之短长,及其将来之趋势,深澈透辟,颇具卓见。该书曾由傅任敢君(举丰)译出数篇,天津《大公报·文学副刊》第八十一及八十二两期曾登载其最关重要之二篇:一为原书之第八章(第一〇一至一一一页),题曰:Western and Eastern Ideals of Happiness(今译为《东西幸福观念论》);一为第十七章(第二三八至二五六页),题曰:Some Prospects: Cheerful and Otherwise(今译为《未来世界观》),并录登本期。

编者识

昔韦尔斯(H. G. Wells)于其《时机》(*Time Machine: an Invention*)一书(一八九五年出版)中所设计之"时机",人莫不知之,此"机"使有之者可以上下古今,观往察来,实则韦氏之业,亦可得之于旅行,此则知者殊不多。譬如欧人旅游纽约芝加哥,则其所见者未来之事也,欧洲若能幸免于经济之崩溃,来日情形要即此象;若其往游亚洲,则其所见者,过去之事也;在印度可见中古之景象,在中国可见十八世纪之情况。华盛顿而复生于美国者,将必手足无所措、

---

* 辑自《学衡》1929 年 3 月第 68 期。

惊疑莫定；若生英国，必觉稍安；至法国则将更觉亲切，必至中国而后始，若返其故乡也，彼于神游之中，当知唯中国仍崇“生命、自由、幸福”之信念，且其信念之意，亦正类于美国独立战争之时所信，以余之意，彼为中华共和国总统之期将不远矣。西方文化之所包含者为南北美，俄罗斯以外之欧洲全境，及英属各自治殖民地，总其大成者为美国，举凡西方文化所以自别于东方文化之特征异点，悉以美国为翘楚。吾人习于进步之说，每以为百年来一切变化悉属进步，今后之变化必更进步也无疑。吾人为此说时，毫无踌躇，颇若自信，欧洲自经大战以后创巨痛深，此念已稍动摇，回视战前，不啻黄金世界，复履其境，殆若遥遥无期，英国则所受之痛苦既少，此念之动摇亦小，至于美国，更无论矣。吾人习于以进步为当然之说者，似宜一游中国，观其一切情状，犹吾人百五十年前之旧观，然后两相权衡，以谂吾西方所遭之变化果否真为进步也。

中国文化基于孔子之学说，孔子生于耶稣前五百年，此为人所共知。孔子之视人群，如古希腊人之所持：谓其性非进步，且从而追慕古圣先王之智慧德泽，以邃古之民为陶然至乐，今世退化，可慕而不可即。此其非实，固无待论，然而孔子之主张社会应求安定完善而不必过骛新功，则其实际影响殊不为小，古圣先哲之持此义者多矣，成就之伟未有如孔子者，中国文化之陶冶于孔子之人格者，自始即然，至今而未已。孔子生时，中国版图尚小，仅今日之一部分耳，国内诸侯复相争战，尔后三百年间，版图大扩，以有今日之中国本部，并建帝国疆域之大、人民之众，一时无两。中间虽有异族之入寇，元、清两朝之入主华夏，国内战乱，时亦不免，然而孔家文物依然无恙，文学艺术俱臻发达。近与西方相晋，接日本复承西化，此等文物制度始渐渐趋于崩溃矣！

“孔家学说”，其生存之力既如此其伟大，则其本道自有优美之点在，宜受吾人之崇仰，宜得吾人之注意。吾人知之，儒家无神秘之信仰，本非通常之所谓宗教，儒教盖属伦理之事，然其伦理平近易行，非若耶教道德之高而无用。孔子所教颇与十八世纪时“士君子”之理想相类似，其言曰：“君子无所争，必也射乎。揖让而升，下而饮，其争也君子。”（《论语・八佾》）孔子重道德，故好言责任道德之事，然其所言，固均合乎人情本性也（下例可见）。

叶公语孔子曰：“吾党有直躬者，其父攘羊，而子证之。”孔子曰：“吾党之直者异于是，父为子隐，子为父隐，直在其中矣。”（《论语・子路》）

孔子论事，一本《中庸》之道其于道德亦无不然。孔子不主以怨报德，有人问孔子者曰：“以德报怨，何如？”孔子曰：“何以报德？以直报怨，以德报德。”孔子之时，有道家者，其说近于耶教持以德报怨之说。道教为老子所创，老子似与孔子同时而长于孔子，其言曰："善者吾善之，不善者吾亦善之，德善；信者吾信之，不信者吾亦信之，德信。"(《道德经·任德第四十九》)老子之言，颇有类于耶稣之山上训言者，如其言曰："曲则全，枉则直，洼则盈，弊则耕，少则得，多则惑。"(《道德经·益谦第二十二》)

然而中国举国所认之圣人乃为孔子，而非老子，此即中国之特殊处。道家本未消灭，特奉之者均为未受教育之徒，且系以法术视之耳，中国治国之士，类以道家为玄虚不适用，而求治平之道于儒家。老子主无为，其言曰"无为而无不为，取天下常以无事。及其有事，不足以取天下。"(《道德经·忘知第四十八》)孔子则主礼让自制，且信贤人政府之足以为善，国家大员自多信之。

近世白人诸国每有二重道德：一限于理论，一现于行为。中国则不然，余固非谓中国人之行事，均能达其理想之标准，余特谓中国人尚能为此，而耶教之道德则人多知其悬鹄过高难行于今之浊世耳。

吾西方各国实具二重道德：一则教人力行而实未行，一则实际所行而不教人行。世界宗教，除摩门教(Mormonism)外均出亚洲，耶教亦然。故耶教之初起，也倡个人主义，为出世之说，正与亚洲之一切神秘主义同，不抵抗主义之根源，亦即在此。后因欧洲君主各采耶教为国教，君主好勇斗狠，于是教中教义遂以事势之需有不能不弃其原义者，至于"恺撒之物归于恺撒"等说，则竟大得通行。时至今日，产业发达，一恃争竞，因而凡稍具不抵抗主义之倾向者，必为众所吐弃。实际道德，全在藉竞争争物质之满足，个人如此，国际亦然。此外各事，吾人视之，均懦弱愚蠢而已。

中国人则既不采用吾人之理论，亦不采用吾人之行事。譬如争斗一事，在中国人则理论上认为有时宜于争斗，而在事实上则争斗之事绝少，在吾人则理论上认为无此必要，而在事实上则争斗之事常见。中国人有时亦尝争斗，但中国民族根本非好斗者，初不以战争之胜利或事业之成功为大荣。中国人素所羡仰者为学问，次之为与学问相缘之礼貌，中国已往授官之法，一依考试。中国二千年来，除孔子子孙世袭衍圣公外，无贵族之弊制，以是学问本身固受崇仰，而因为学可以得官，则人之尊视官阶如欧洲贵族之所得者，亦转而尊视学问。中国旧学范围至狭，惟以研究古经及其注解为事，生吞活剥，毫无批判，自受西方之影响以后，始渐知纯重修养之无甚实用，地理、经济、化学地质等事亦宜注重。中国青年之受西方教育者，已知近代之需要究竟何在，对于固有传说已无十分信仰，但于中庸、和平、礼貌诸品德，则虽最富近代精神者亦多具有。中国模仿西方及日本之余，对于此诸品德尚能维持如何之久，自未可定。

余若以一语综括中西文化之根本异点，余当曰：中国人之目的在享受，而吾西方人之目的则在权力，吾西方人喜以己力服人，且喜以人力服自然。因其喜以己力服人也，于是建为强国；因其喜以人力服自然也，于是创为科学。中国人则赋性既逸且厚，民不宜于建立强国，亦不宜于创明科学。兹所谓逸者，有其一定之义。俄人好逸恶劳，中国人则不然，生计所需，必力为之，凡雇华人为工者，类知华人之勤劳非常。但其工作，亦决非如欧美人之以不工作为苦恼而工作，亦非因好忙碌之生活而工作，其工作也，纯为生活，生计一足，立即安之不复苦作以求增益，有暇即以自娱，听戏、品茗、端详古玩、散步郊外，均其自娱之道。若在吾人，素以多赴办公室为可贵，即令无公可办，亦宜赴之，则于此等生活，自觉其闲逸太过矣。

白人久居东方或有不宜，然而自余熟知中国以后，余实不能不认闲逸为人人可就之美德。吾人成事固多赖于奋勉，但所成之事是否果有价值，则亦不可不问者也。譬如吾人制造之技术，固足惊人，但所制造者则半为汽船汽车电话之类，使人忍甚大之压迫以营奢侈之生活；半为枪械毒气飞机之类，以为互相屠杀之用。又如吾人之行政系统，征税方法固臻完美，但税之用于教育卫生诸事者仅其一部，余则资为制造战争之需。英国目前一切税收，几全用之于过去战争之弥补及将来战争之制造，用于公益事业者，仅其尾数而已，大陆诸国情形尤坏。又如吾人之警察制度，固已完善无匹，但其用于侦查罪犯及预防罪恶者，不过一部，余则以之拘囚任何具有政治创见之人矣。中国则至今为止，尚无是等事，工业既幼稚，即不足以造汽车，亦不足以造炸弹；国家既贫弱，即不足以教育其本国之人民，亦不足以杀戮他国之国民；警察既薄弱，即不足以擒盗贼，亦不足以囚共党，因而较之白人诸国，反人人均得自由，人人均得幸福。若一思其多数人贫困之状，当知此等幸福之量实足惊人也。

试一比较一般华人与一般西人之真正观点，实有二大差异：一则中国人不好活动，必待有利之目的，始一为之；二则中国人之道德观念不在自制一己之冲动及干涉他人之冲动。关于前者，本文业有所论，后者重要相等，兹亦论之。翟理斯教授(Professor Giles)为研究中国之有名学者，曾以讲稿"Gifford Lectures"编为一书，论《儒家与其敌派》(*Confucianism and its Rivals*)，末谓耶教行于中国之最大困难，在耶教所持本来罪恶之说。据正统耶教之传统教义，谓人系生而有罪，宜受永罚，至今传教东方之教士犹持此说。若此说而仅适用于白人者，则中国人或能赞成无间言，然传教者必告之曰：若祖若父俱系生而有罪，兹正深陷地狱，饱受痛苦，彼闻之者自必怒目相向矣。孔子则不然，曰人生而善，其不善者由于恶俗之习染，此与西方正教绝不相谋，其于中国人观点之影响实至重大。

吾西方人所目为模范道德家者，其人必自舍弃平常之快乐，且从而干涉他人之享受快乐，以为偿。吾人之道德观念，实有妄与人事之成分在，凡人之人欲号为善者，必先见厌于大众。此其原因，即在吾人对于罪恶之观念，结果不仅干涉他人之自由已也，对己必且作伪。道德之标准既高，常人无可企及，则亦作伪已耳。中国则不然，道德之事属于积极之善行，非属消极之虚伪，必也孝于其亲、慈于其子，周急其戚党，礼视其所交。此诸行者悬鹄虽低，行者则多，以视吾西方之悬鹄高而少有能行之者，不亦大可贵耶？

中国无罪恶观念之作祟，因而人之强辩者少服理者多。吾西方人则不然，见解之异易成原则之争，各各以其对方为罪恶，且不敢自屈于理，惧分对方之罪，因而争辩愈烈，用武之事亦愈多。中国虽有军阀之互鬩，但其鬩也不烈，即其士兵亦未尝郑重视之，作战之时，几不流血，为害之烈亦远不及吾西方各国之甚。全国人民行所无事，一若不知有此等军人之存在者，政府官吏亦复吾行吾素。至于日常争辩，多以仲裁了事，“和解”为不易之定则，以其足以顾全双方之体面也。顾全体面一事，有时固令吾人失笑，实亦其国之足实视者，其社会政治生活之不若吾人之残暴酷烈者，未始不由于此。

然中国之文化亦有一种缺陷焉，即不足以使中国抵抗其强邻是也，除此以外，无复他弊矣。吾世界各国均能如中国者，固世界之福，但在此各国均好战争之今日，中国又不能自绝世外与世无缘，则中国为维持其独立计，势必重蹈吾人之诸种罪恶。然若谓中国人模仿西人便是进步，则断断不可也。

[附录]赵景生君致《大公报》文学副刊函

编辑先生撰席：读贵报十八年七月二十九日文学副刊（八十一期）载傅任敢君所译《罗素东西幸福观念论》一文，其“试一比较华人与一般西人之真正观点实有二大差异”一段中“二则中国人道德观念不在自制一己之冲动及干涉他人之冲动”一语，详绎下文语意，似应为“中国人道德观念在自制一己之冲动而不干涉他人之冲动",方于理论及实际相符。盖所谓自制一己之冲动而不干涉他人之冲动者,即孔子学说躬自厚而薄责于人之最低表现。躬自厚,忠也。自克己自省,推而至于竭力致身,皆忠之事。薄责人,恕也。自己所不欲勿施于人推而至于老吾老以及人之老,幼吾幼以及人之幼,皆恕之事。此于近世人类互助合作之精义,实已包孕无余。惜乎吾国习俗日偷,无积极奋发忠恕二义之精神,而但有消极的自制,"一己之冲动而不干涉他人之冲动之表现耳"(副刊原文),是否为手民之误,抑别有解释,乞与傅君译本核对见示为幸。

赵景生拜启(八月一日,长春交通银行)

《大公报》文学副刊答赵景生君函

奉读来教,至为钦佩,惟查篇中"二则中国人道德观念不在自制一己之冲动及干涉他人之冲动"一语,并非手民之误。傅君译本未登出之前,曾经编者逐句与英文原书核对,此句亦并未译错[书中第一〇八页该句原文云:Secondly,that they (the Chinese) do not regard morality as consisting in checking our own impulses and interfering with those of others],不过句法全系直译,其意盖谓中国人之道德观念,既不主张自制一己之冲动,又不主张干涉他人之冲动。盖中国之立教者若孔子孟子,深信人性本善,所谓道德,不过发扬人之本能于正途,趋向道德,其事甚易而且自然,并非矫揉造作逆性而行。人之冲动既皆善而非恶,故毋取乎强勉克己,亦毋取乎严厉责人也。若西方耶教持本来罪恶(Original Sin)之说,谓人性本恶,罪恶系先天带来,故所有冲动皆恶而非善,无论在己在人,均以逆性而行,压抑克制为工夫,此中西道德观念之大不同之处。以上乃罗素此句之意,兹推阐而明之,至罗素见解之正确与否,又当别论。先生来教所拟改之句,并标儒家"忠恕"之旨为中国道德之精神,立论精确不易,然此决非罗素之意。先生之论,吾人固皆赞服,即今世西国学者大师,如美国白璧德先生等其所诠释观察者亦同,盖古今东西之人文道德家,皆信人性二元,而以每一个人之从理节欲滋善去恶为进德之不二法门,所主张者初无二致也。惟罗素则不然,罗素之最可令人倾佩者,厥为其理智之澄明,观察之正确,不存在偏见,不尚感情,顾罗素乃科学家,非道德家。其政治社会之主张,常偏于新奇而骛激烈,对于欧洲旧有之宗教道德,概持反抗态度。彼之尊崇性善之说,实本于爱自由,去羁勒,与近世卢梭等之立意有合,偶取中国孔孟以为比附,藉增声援而已,严格论之,可云罗素之宗旨乃与儒家本意及先生所阐释者正相反对，此其一。又罗素论中国事，见解常异恒人，得之固足喜，且往往有精到之观察，然罗素于中国文化之本原及中国社会之真相，实未洞悉。彼大不满于欧美各种情形，每视中国为理想国，叙列中国之某事某事，特藉为欧美之针砭，其所论列，深中欧美之病，可以断言，而合于中国实况与否，则殊未可知。即如本篇盛赞中国人闲逸之美德，而不知中国人今日之大病厥为偷懒怠惰，至若今之所谓名士，率皆功利熏心，古玩书画用为敛财致富之商品，而如苏州、常州、湖州等处之居民日以久坐茶馆，啜茗闲话，以及饲雀猎艳为事者，其于今日之中国未来之世界究有何补？此非罗素之所知，亦非其所计也。故吾人于罗素之言论，可视为他山之石，而不可视为指南之针，此其二。本所二者，先生之疑可以释矣，至于中国道德精神及人文主义等，容俟他日另论之。

《大公报·文学副刊》编者覆上（八月六日）

罗素论机械与情绪*

傅举丰　译

[按]英人罗素(Bertrand Russell)著《怀疑论丛》(*Sceptical Essays*)一书,其第八及第十七两章,已由傅君译登本志第六十八期,读者可参阅。今所译者为原书之第六章,题云 Machines and Emotions。

编者识

情绪将为机械所毁灭耶,抑机械将为情绪所销铄耶?昔巴特拉(Samuel Butel,英国文人,1835—1902,久居澳洲)著 *Erewhon* 一书([按]此书出版于1872年。Erewhon 乃 No here 一字之倒写,即乌托邦及子虚国之义。书叙该国中生活百事均用机械,以致人为机械所宰制,厌苦羁勒,毫无生趣,乃讽刺小说之上选也。巴特拉氏曾治希腊文学,译《荷马史诗》。又治生物学,驳达尔文进化论之说。此外又著有 Notebooks,虽系小品,亦多精到之言。而 Erewhon 及其续编 Erewbon Revisited 以及 The Way of All Hesh 小说,则其著作之最有名者也。编者注)即发为此问,今者机械范围日拓,势力日增,此问乃益重要矣。

机械之与情绪,察其表面,似非水火之不相容。身心常态之童子,无不喜弄机械者。机械之力积愈大,则其好之也愈切。艺术古国,一与机械相交接,

---

* 辑自《学衡》1929年5月第69期。

无不倾倒备至模拟惟恐不及，日本即其例也。亚洲人之受教育广见闻者，闻人之赞扬"东方智慧"，或亚洲文明中之道德礼教，则其不愉之情，乃无有极。不愉之状，且与告童子以弃汽车而弄玩偶无有二致。甚且如童子之愿弃玩车而得真车，初不知真车之能辗害其身也。

西方诸国，当机械初兴之时，除有数之诗人美术家外，人之重视机械，正复相类。十九世纪之足以骄视往古者，首在机械之进步。虽十九世纪初年，裴柯克(今译皮科克)(Thomas Love Peacock，英国文人，1785—1866，长于诙谐讽刺)以一文人，惟知视希腊拉丁文学为文学之精华，肆其嘲弄，有"蒸汽的知识社会"之讽，顾亦自知其忤世逆时。至于卢梭之徒之主张返于自然，湖滨诗人([按]指 Words worth 及 Coler 之溺染中世主义，莫理斯 William Morris[英国诗人及社会主义者 1834—1896]之著《无何有乡记》*News from Nowhere*)，书内形容乡中永在夏日，乡人皆以刈草为事，则其反对机械，乃纯出意气。迨巴特拉出虽无坚决之主张，且出之以游戏之笔墨，然真能屏除意气以理智之作用反对机械者，巴氏为第一人焉。自巴氏以后，机械最进步之国家，人之对于机械，多有与巴氏表同情者。攻击现行产业制度之徒，其对于机械之态度，亦多与巴氏同。

机械之为人所崇拜者，以其可爱也，其为人所重视者，以其省人力也；机械之为人所憎恨者，以其可怖也，其为人所嫌厌者，以其奴隶人也。此种相反之态度，无所谓"是"，亦无所谓"非"。正如"小人国"之人虽有以葛利佛(今译格列佛)(Gulliver)为仅有头者，有以为仅有足者(以上云云，见 Swift 所著 *Gulliver's Travels* 商务印书馆说部丛书中有译本，名《海外轩渠录》(今译《格列佛游记》))。而吾人终不当云彼谓人有头者为是，而此谓人有足者非也。机械之于人，有如"天方夜谭"中之魔，对其主人则可爱而有利，对其仇敌则可憎而可怖。至于今日，则凡百事势，未有如斯简单著明者。握机械之主权者，所居类与机械相远，不闻嘈乱之机声，不见堆积之灰渣，不嗅有毒之烟气。其得见机械乃在机械尚未装设之时，可以不为尘扰，不受热蒸，从容欣赏其生产之力及其构造之精。若有人焉，诘以宜为长日与机械共处之工人计者，彼固立即有辞可对。彼正不难答言，工人赖有机械，其所购货物之量远较乃祖、乃父为多，故其幸福自亦远过乃祖、乃父。盖人人均信此种假设，自宜承认其结论也。此种假说，即谓物质财货乃幸福之本。以为人之有二室二床二块面包者，其幸福必倍于人之仅有一室一床一块面包者。换言之，即谓幸福与进款之多少常成正比例也。世人对于此说，颇有借口宗教道德，加之攻击者，意固不诚。彼辈一旦能因攻击得法而自增其收入，亦即欣然自喜。余之反对此说，非自宗教、非自道德，而系由于心理学之观点及人生之经验，果幸福而确系与进款成正比例也，则于机械在理无可非议。否则事之如何，尚待探究也。

人有物质之需要，亦有情绪之存在。物质需要尚未能满足之时，物质需要固为最重要。物质需要而已满足之时，则人之幸福如何，多决于无关物质需要之情绪。近代工业社会之中，男妇老幼，多有全无物质供给者。余于此等男妇老幼，自不否认其幸福之最重要条件乃在进款之增加。然而此等男妇老幼，究属少数，即令尽满其生活之基本需要，亦非难事。余兹所欲论者，非此等男妇老幼。余之所欲论者，生活足以自给，且有余裕之人也。余裕绝少者，亦在余之论中。

吾侪人人欲增其进款，此果何故耶？粗略观之，似若吾人之所欲果在物质财货者。实则吾人之欲物质财货特欲骄其邻人耳。今有人焉，迁居贵区巨宅，其意若曰：彼之妻将得所谓“上流”人士之来访，昔日贫穷好友，可以绝若路人矣。若其遣子入一佳校或一学费甚重之大学，则以为可得世人之羡誉，多费所不足惜。欧美各大城市，常有二区房舍相同，而租金一贵一贱者，其贵者不过以其入时而已。夫人类均有一绝大之欲望，即在好为人所欣羡所敬仰。而此欣羡、此敬仰，又每为富人有所特有。故人之求为富人者，此也。至于其实际所购得之物质享受，尚其次焉者耳。即如百万富豪，不解丹青，乃常藉方家之力，罗致名作，蔚成巨观。彼其所得于其收藏之画之慰藉者焉何？令人知其搜集之所费不资而已。若论彼之欣赏意趣，固不若取粗劣之圣诞漫画而观之之为愈，特不能满足其虚荣心耳。

此种情形，各种社会各不相类。贵族主义之世，则人以门第相尚。巴黎城中一部之人士，则以艺术文学相标榜。德国大学中，则颇有因学问特出而受崇仰者。印度则重圣徒，中国则崇哲人。此诸社会各有多数人民但求自给，不慕多财，然于足为人所敬仰之事则力求之。观此，余之分析，乃益可信。

观于上例，可证近人求富之欲，本非基于人之天性。若能以各种社会制度制裁之，必可消灭之而无余。譬如以法律规定人人进款必须相等，则人必另寻他法以求所以骄视于邻人之前者，物质之趋求，势必泰半归于销歇。且物质之求得，竞争之事也，竞争而胜，则仇者悲丧而其人以得幸福。增加人人之财富也则不然，财富之来，不出竞争，无竞争则无幸福矣。夫货物之于人，其本身固有时可与吾人以小量之愉快，特此小量之愉快之于吾人之追求财货，初无大关系。吾人之欲望既在竞争，是则财富之增加无论其为遍及于全社会或偏重于一部分人，固不足以增进人类之幸福也。

由是，若必谓机械能增进幸福，则机械所致之物质繁荣，除可以妨阻极端之贫困外，殊不能大为机械张目。即以妨阻极端之贫困而论，亦殊无必藉机械为手段之理由。人口不增之国家，虽无机械，亦可免于贫困。法国机械之发达，远逊英美及战前之德国，原贫困之事，在法国乃绝无而仅有，是其例也。反之，机械发达之国家，反有贫困特甚者。百年以前英国之工业中心区域及今日之日本，是其例也。盖贫困之妨阻，不系于机械之发达，而在人口之疏密及政治之状况，是则增加财富之事，除妨阻贫困外，尤无甚大之价值矣。

机械不徒无大价值也，且足以剥夺吾人之自然情趣及多方生活，而自然情趣及多方生活者实人生幸福之要素也。夫机械有机械之需用，费资巨万设立工厂，不能不用之也。自情绪以论机械，则机械之弊在“规律”，自机械以观情绪，则情绪之弊在“散漫”，今世自居“严整”之士，思想殊类机械，故其称许他人也，取其性如机械，拘谨可靠，遇事整饬而已。“散漫”之生活，在今视之，皆为不良之生活矣。柏格森之哲学，即反对此等观念者。以余观之，其理智虽尚有缺，但其恐人渐与机械同等，出而反抗，意固善也。

吾人因生活之不愿为机械所奴使也，故起反抗。顾自来反抗之法，均不得其道。人类自有社会生活以来，即有好战之冲动。但此冲动之激烈，无如今日者。十八世纪时，英法时相交战，互争雄长，然而两国之间，仍相爱相尊，军官之被掳者，且与敌人相交际，为敌人之座上客。1665年英荷交战，战事初起时，有英人归自非洲者，力言该地荷人之残虐。顾英人反谓此人所述为虚构，加以惩罚，而公布荷人否认其事之言焉。若在近年之欧战中，而有人作类此之报告，言敌方之残虐者，必且受赏得爵，凡他人之怀疑其说者，必且获罪下狱矣。夫近世战争之日趋激烈，由于机械，机械促成战争。其道有三：自有机械而作战军队之人数大增，一也。自有机械而报纸发达，迎合人之卑下心理，以图营业旺盛，二也。自有机械而人性中无拘无束自然创造之情为所牺特征，不知不觉使人起不满之感，因而存好战之思，以求泄闷，三也。凡大规模之丧乱，如此次之欧战者，决非可以完全归咎于政客之挑拨。其在俄国，或可以政客之挑拨为其参战之因，亦尚有说。惟其如此，故俄国作战不力，半途发生革命，求和了事。至于英德美诸国之先后参战，则出人民之要求，虽政府不愿亦无如之何也。夫事之能为民众所要求如此次之参战者，必有其心理上之原因。余意今人好战之所以过于昔人者，近代生活之规律单调及平庸枯淡有以致之也。人多不自觉其如是，事实则然耳。

虽然，吾人不能因此而废机械也。设因此而欲废弃机械者，不徒反动忤时，抑且不能实行，余意救济之道，惟有于单调之生活中多作休息。休息时务为高尚之冒险。好战之徒，若能使其冒死登阿尔卑斯山，则其好战之心泰半可免。余识某君，一极为努力和平运动之人也，每至夏令，必赴阿尔卑斯山，攀援于极危绝险之山峰间。设一切工作之人，每年均得一月长假，或学驶飞机，或于撒哈拉大沙漠中猎蜂雀，或作他种危险刺激之事足以发人创造之力者，则除妇孺残废外，世必无好战争者矣。至于妇孺残废，余实不知果有何法可以使其爱好和平，但余信心理学若能重视此事加之研究，终有方法使其爱好和平也。

吾人之生活已因机械而改其旧观，然而吾人之本能乃未因机械而有所变易。故生活与本能之间，至不调适。心理学之于情绪及本能，研究尚极幼稚，惟心理分析对此已有初步之探究，特亦止于初步已耳。据心理分析之说，可知人之行为每有非理之信仰伴之而行，故虽行而不自知其所以然及所欲求。惜正统心理分析学将吾人无意识之目的过于简单视之，实则此等无意识之目的，其类至多，且亦人各不同也。所望吾人对于社会现象及政治现象，由心理分析之观点，从早加以研究，则于一般人性，或可多多了解矣。

应付吾人无拘无束、好乱喜动之本能之法，道德之自克不足恃也，外力之禁制不足恃也。其不足恃者，盖因此等本能变幻多端，一如中世传说中所叙之魔鬼，虽神之所选（即上智有德之士），时亦被其所欺。正当应付之法，惟有先察本能之所需者究竟何在，然后择一贻害最轻之法以满足之耳。夫被机械贼损最甚者，自然之情趣也。补偿之道，惟在与人以机会，至于机会之若何利用，宜由各人自由创造。此等办法，需费不资，自无疑。然若持与战费相较，则又渺乎小矣。人生之真正改进，惟有基于人性之真正了解。科学对于物质世界已能支配自如，愿于吾人自身之本性，则科学之所知，乃远不及其所知于星宿电子者。若科学而能以了解人性为职责，则其造福于人类幸福者，必足以补机械及物质科学之所不及也。

罗素未来世界观*

傅举丰　译

一

论述未来之事，其法有二：一为科学方法，一为乌托邦法。科学方法在探求可有之事实，乌托邦法则在表示作者之希冀。在严正之科学中，世无用乌托邦法者。即如天文，人不因喜月之蚀而言月之将蚀也。社会人事则不然，世之自言发明公律，足以未见先知者，固亦自命科学，实则未必。凡预言之事，猜度之处万万不免。譬如人类常有发明，多一发明，人事方面即生差异，事前固无法先知者也。人类或竟可与火星、金星相交通。食品或竟可以制之于化学室中，而不必待植于田野。可能之事，诸如此类，不胜枚举。余论未来世界，将不计此等可能之事，仅就已有之趋势，一论列之。今世文化，不必永存，然余亦将姑认其必能绵延弗替。此等文化，可毁于战，可毁于腐，如罗马季世之所遭者。然而若其幸脱于难，则固自有其特异之处，兹即就此试为一言。

近世机械发明之余，尚有缘机械发明而来之一事，曰：社会组织较前益密。印刷、铁道、电报以及广播无线电之类，在利于大规模之组织，近代国家及国际财团，是其显例。印度、中国之农民，对于公众事业漠不关心。而在英国，则穷乡僻壤，亦无不注意者。此种情形，为时并不甚久，试读奥斯汀女士（Jane

---

*　辑自《学衡》1929 年 3 月第 68 期。

Austen)之小说,即知当时英国乡绅且有未尝留意于拿破仑时代之诸战者。故余谓近世变化之最为重要者,当数社会组织之日趋紧密。

与此相因而亦为科学所致者,又有一事,曰:世界之日益整化。十六世纪前,美洲远东均与欧洲无往来,十六世纪后,关系始日密切。昔罗马之奥古斯都大帝及中国之汉帝,均同时以天子自命,今则此等幻渺自饰之想,决无存理矣。世界各部,无论是友是仇,均有相关,关系且极重要。达赖喇嘛居西藏久与世绝,忽而俄人英人同来包围。迨其逃往北京,则自美洲携柯达克照相机而来者,瞬又麕集。

社会组织既系日趋紧密,世界关系既系日益整化,有此二大前提,若现代文化诚能继续发展者,则建立中心权力机关以统治全世界,殆为事所必至。否则争端日多,民气又盛,战争之祸,势必更烈。此中心权力机关不必即为正式政府。余意以为不致取政府之形式,泰半将由财政家组成之,盖财政家今已均知和平之有利,交战国借款之本利两失矣。若不然者,或系由一国主之,如今之美国,或系由数国共主,如英美二国,亦未可定。而在达到此境之前,世界必分为二,一为美国,一为俄国。美国领西欧及英属自治殖民地,俄国则领亚洲全部。二阵相对,易守难攻,故其相持必久,或且相持百年以上,亦复可能。最后约略至二十一世纪时,或则文化崩灭或则世界统一,二者必居其一。余意文化崩灭复归蛮荒之事,可不致实现,良以人类决不致荒唐至于此极,即不然,美国之势力亦足以阻之也。虽然,果余之所料而能成为事实者,则此中央机关当有何种权力耶?其权力之第一事亦即最重要之一事,在能决定国际和战问题,即战矣。亦当确使其所偏袒之一方能得敏捷之胜利。此可得之于财政之优越,而不必藉政治之制裁。近世战争日重科学,所费日多,世界财家若能联合一致,即可藉借款之或付或撤,以定胜利之谁属。对于所憎之国,亦可加以压迫,如欧洲大战和约后列强所加于德国者,以解除其军备,久而久之,自能控制世界诸强矣。此中央权力机关之一切活动,要当以此为其根本之条件。

中央权力机关除修改条约,干涉纷争外,尚有宜予处理者三事:(一)为各国国土之分派;(二)为各国人口之互移;(三)为各国原料之分配。兹就三者逐一论之。

[一]忠于疆土之事,各国无不重视,而不自知其谬。此等观念,溯其所自,实出往者忠君之义。以致国民若有表示,谓其所居之地宜属他国者,则群以卖国罪之,必加重惩而后已。实则此等主张,并非不法,其与一般论,绝无所

异。然而世人不罪国内易疆之论，乃罪国际易疆之言，如 Croyden 之民而谓其地宜属伦敦者，初不为罪。但若委内瑞拉而有国民焉，主张其所居之村应属哥伦比亚国者，其国之政府必视为罪大恶极矣。将来世界中央权力机关，对于各国此等成见之行事，必宜阻之。对于国际划界，必宜一秉理性，一以当地人民之意志及经济文化诸关系为划界之标准。

［二］移民之事，将来似必日增困难。世界各地，工值不同，工值低者，其人民自必移往工值高者，此为自然之事。现时移民情形，可以行之于一国以内。至于超越国界之联邦如大英帝国者，各部之间，尚未能通行无阻。亚洲移民，在美洲及英属自治殖民地等处几已完全禁止。欧人之移入美洲，亦已日多限制。结果，移民国及被移民国均受极大之影响。亚洲民族受此刺激，势必整军经武，倾慕军国主义，来日白人诸国发生第二世界大战时，或且不免受其威胁也。

将来战祸若得消灭，卫生进步，医药发达，人民健康能有增进，则为保持和平与幸福计，退化民族亟宜仿行今日文明诸国之先例，限止生育之率。凡反对生育限制者，其人非缺计算，即系赞成争战，甘使人生永远呻吟于疫病饥饿者。今之国家务使其优秀之国民少生子女，将来之中央权力机关则不然，限制者必为退化之民族与低下之阶级。

［三］至于原料之分配，为事最难。自来战争，多关原料之争。大战以后，各国纷争煤油、煤、铁，尤为显然。余非敢即信将来原料之分配必能公平，余意特谓将来分配之方法，势必操于中央权力机关，而此中央机关又必具有无限权力，足资主持耳。余意正义之行，必有待于世界各部在经济上及政治上组织一体之后。余本一国际社会主义者，但余尤望国际主义之实现能先于社会主义之成功。

二

设此种中央权力机关能于百五十年中完全成立，权力充足，能将一切战争化为疏散小乱极易平治，则与此俱来者将有何等经济上之变易耶？一般幸福能有增进耶？经济将基于竞争耶，抑将被人独占耶？若系独占，则独占者将为私人耶，抑为国家耶？劳力所致之生产，将分配较公耶？

此中问题，共有二面：一为经济组织问题；一为分配原则问题。分配原则，自以政治权力为转移。无论何国家、无论何阶级，莫不尽力所及，力求多分。至于究分若干，又视其武力之量而定。兹当先论经济组织分配一事，姑暂置之。

吾人试读历史，当知自来组织之事，多欠光荣。凡遇组织应行扩大以利各方之时，其得之也，每由强者之威力，甚少例外。至于自由组合，反无成就。昔希腊之于马其顿，十六世纪时意大利之于法国西班牙，今日欧洲之于亚美二洲，莫不皆然。故余以为将来中央权力机构之组成，必由武力不能得之于自由组合如国际联盟者，盖其力既不充，不足以制强国之反叛也。余意此中央权力机关必系经济性质。当以控制原料支配财政为其基础。其初成也，必由财团结合而间接依恃一国或数国为其护符。

故将来经济组织之根本必为独占性质。譬如世界煤油之供给，必受中央之裁制。凡中央权力机关所憎恶之国家，若非突起夺得油田，其飞机战舰势必等于无用。其他各事，亦将莫不皆然，但不若此例之显而易见耳。此等情形，今日已具端倪，即如世界大部肉食，已为芝加哥五大公司所操纵，而此五大公司又半受摩尔根公司之支配。自原料以至货品，历程本长，独占之事，随处可入。煤油之独占，在其出产之始，其他物品，则可独占之于海港，可独占之于轮船，亦可独占之于铁道。一旦被其独占，人即莫能与竞（原为“京”）矣。

自原料以至成货，一处被人独占，则独占者必图前后推长，多有所占。组织之事，近有扩大之势，其表现于政治上者，为国家权力之膨胀及疆土之扩大。经济上之独立，本即此种一般趋势自然结果。是以五十年来竞争日少之象，将来必能更有进展，可无疑义。工人间之竞争必能因工团之力而更减少，至于雇主可有组织，而工人组织以图对抗则为违法之说，其惑众之日必不久矣。

和平之保持与生产之控制，如非人口突增，消其功效，必能大有助于人类之物质幸福。无论至时社会情形属于资本主义抑属社会主义，各阶级之经济地位，均必有以优于今日。此则已涉及分配问题矣。设若世界将来果有某种组合，优越一切，又有一强或数强相联，优越一切，二者复相因缘，则此优越组合于其致富之余，必能对于优越强国之工人施以余惠，增其工值，使无间言。昔之英国，今之美国，均已实有此象。国家财富之总量既已大增，则其国之资本家必易藉其金钱之力阻碍社会主义之宣传。较贫诸国，亦能因帝国主义者之津助，资为维持。

然而此等情形，或竟归于民治主义，即社会主义亦未可知。社会主义，本即社会产业多达独占状态时之经济民治主义也。关于此事，吾人不妨以英国政治上之发展，资为比较。英国之得以统一者，赖于英王蔷薇战时，全国混乱，亨利七世始出而统一全国。统一之初，全赖王权，统一一成，民治潮流立即发生，中经十七世纪之争乱以后，众均已知民治主义本无碍于公安。今兹经济界中之情形，正在蔷薇战争以至亨利七世之途中。一旦经济统一得以实现，无论其性质之专制至何地步，然以无复混乱状态之足惧，则经济民治主义之潮流，必得大张其军。少数握权之士，既不能不恃其海陆军文武官之尽忠弗替，则其固位之术，必有赖于舆论之赞助。经济界握大权者，必能渐知让步之要。事务支配，尤必与较贫国家、较贫阶级共同合作，结果所届，当能完全平等，一本民治精神。

吾人既假定统治此世界者，必有一中央之权力机关，则在此中央权力机关下之民治精神，必属国际性质，不仅及于白种诸族，必且及于亚洲非洲诸种族。今日亚洲进步至速，将来中央政府成立之时，必能参加此政府之活动。非洲方面，较为困难，实则即在非洲，法人努力之成绩亦至可惊（此点法人实较吾英人为优）。百年后事，谁知之者。余故谓此中央权力机关成立以后，普及世界之社会主义，对于各国家及阶级概以公道相待，为期必不在远。

至于阶级区别之事，将来似亦不无可能。今日白人、黑人共居之处，如南非、如南美，白人彼此之间均以平等相遇，而于黑人则以奴隶视之。多数英语国家劳工党之反对有色种移民，固足防阻此等情形之十分进展。然而事仍可能，则吾人所宜熟记者也。至于详情，容后论之。

三

此后二百年间，家庭情形将有何等变化乎？对于究竟情形，吾人自无所知。但社会中已有之趋势，如不加以制止，自必发为某种结果，此则吾人所可知者。论此以前，余愿读者知余之所论者止于事实之可有，非关系个人之希冀，二者盖截然不同之二事也。世界已往之事，非出吾人之希冀。将来之事，似亦非吾人之希冀所可定也。

近世文明社会中，有足以杀弱家庭制度之事在。吾人对于儿童之人道的同情，盖其最重要者。今日者，众已日觉父母之贫困不德，不宜祸延其子女。圣经常言孤儿困苦之状，自为事实。时至今日，则孤儿所受之待遇已无大异于一般儿童，将来国家及慈善机关对于弃儿势必更加善视，而父母监护之无人心者势必更弃其儿。渐而公款之用于养育弃儿者，日益加多，而父母之力不甚充者势必均以其子女付之于国家。结果所至，凡经济能力不及某种程度均将赖国家以育子女，一如今日之赖国家以教子女者然。

此种变易结果自极重大，父母既无育子之责，婚姻一事无足重，渐至凡以子女赖国家之养育者终且不复婚嫁。文明国家，生育不繁，则国家对于生子之妇必且给费鼓励，始足以维持其国民之数。此等情形，为日决不甚远，英国方面或不难见之于二十世纪末日之前也。万一此等情形果均实现，而社会制度仍染资本主义之色彩，国际情形仍复纷扰不安，则其结果诚有不忍言者。社会势必裂而为二。一为平民，无父无母；二为富人，既有家庭，又具遗产，二者之间，鸿沟判然。平民方面，幼受国家之教育，必致深具爱国热诚，一若古昔土耳其之禁卫军者。妇女受教，以多生子女为职责，将以减少国家奖励生子之縻费，且以供给士兵，备杀异国之人民。同时父方复无所宣扬以杀国家宣传之势，则敌视异国之情势且与日俱增，儿童习于此义，一旦成人，几无不为国家盲目力战者。常人意见为政府所不喜者，政府即可没收其子女，交之国有机关，以为惩创矣。

是以爱国主义与人道观念联合影响之结果，将来社会必致渐分为二，上级者仍旧婚嫁，忠于家庭，下级者则仅忠于其国。国家为求战胜之故，必又奖励平民多子女。卫生医药，又可减少死亡之率。人口限制，终必全赖战争之屠杀。饥饿虽可加人口以限制，各国必不自致于饥饿而惟战争之是赖。时至今日，人类自相残杀之酷，或仅中世时匈奴蒙古人之西侵可以比其激烈。惟一光明，但求一方之速胜，稍减战祸耳。

国家育儿之事，若能先之以国际权力机关之设立，则其结果当与上所述者完全相反。此中央机关决不致使儿童养成军国主义之爱国心情，亦不致许各国自由奖励生育，逾其经济上之所需。如国家不以军事之目的加儿童以压迫，则儿童之长育于国立机关者，体格心灵必均优于今日之少年，大量进步自在意中。

虽然，即令中央果有权力机关，而世界之用资本主义抑用社会主义，二者之效果必大异。如世界而系用资本主义者，则如前所述，社会必裂为二，上级仍有家庭，下级则以国家代父母。下级之人，必需服从故习，否则富人之被革命，势所不免。文明程度亦必较低，富人或且奖励黑人之多生女子，而不愿黄种白种中平民之能得繁殖。白色人种终必人数至少，自居贵族，黑人乃得起而灭之使绝。

凡兹所述，似极妄想之能事，盖今日白人诸国，政治上正采民本主义也。实则以余所见，今之所谓民本主义者，无不使其教育利富而损贫，教师之为共产党者，则必黜之，而教师之为保守党者，则听之矣。在最近之将来，此状似将无大变。今日之文化若如上述之继续发展，以利富人者，余敢断其心归毁灭矣。余不原今日之文化之毁灭也，余故原为一社会主义者。

以上所论，如无大谬，则除少数富人外，家庭制度必归消灭。如此少数富人而亦消灭者，则家庭一事将永绝于世矣。自生物学上言，此为无可避免之事。家庭之目的，本在保护幼年之儿童。蜂蚁保护幼虫之责，其社会负之，故蜂蚁无家庭也。人类亦然，一旦儿童不必由父母保护，则家庭自将日渐消灭。家庭既灭，人类之情绪自必大起变化。文学艺术亦必大异于昔父母既不自教其子女，传授其特性，则个别之异，尤必减小。男女相悦，必将不若今之神奇浪漫，一切情诗，或均视为荒谬离奇。人性浪漫之质，必将另求出路于艺术、科学、政治诸端(英相 Disraeli 即系视政治为浪漫之冒险者)。此时人生情绪，固必大受损失。然而事之愈求安全者，则此种损失自必不免，固亦无如之何也。譬如汽船之于划船，安全有过而浪漫不及，收税之吏自更不及强梁剪径之别致有趣矣。来日者，安全一事，或反见厌于人。人受烦厌，或竟甘于破坏而不惜，然而此究未足置信之说也。

四

今日文明之趋势，在崇科学而外文艺。今日如此，未来亦当不异，此其原因，自在科学之实用极广。昔日文艺复兴以来，文艺上久有一种相传之说，以为“士君子”不可不知拉丁文，而于汽车构造之理，反可不问。社会体面之义，复助其澜。结果，所谓“士君子”者，反不若常人之切实有用。自今以后，凡无科学知识者，殆将不得与于有教育者之列矣。

此种趋势，自足乐观。所惜者，科学之得蒙重视，乃使文明之量丧失于他方耳。艺术之事，知者日少，渐成鉴赏家及富豪之专利。艺术昔与宗教政治为缘，人颇重之，今则常人无复重视之者矣。圣保罗教堂之建，所费巨万，若能移为海军之用，正不难败荷兰而有余，然在查理二世之世，则圣保罗教堂之建尤受重视也。昔人情感，每多宣泄于宗教之事，今则转而为无聊之宣泄，今之跳舞及其音乐，全无艺术上之价值，仅俄国舞乐，传自文化低下之国，堪为例外耳。吾人生活较之吾祖吾父，日趋功利之途，艺术之亡，殆终不免矣。

就余驰想所及，百年以后，凡具相当教育者，必于数学生物机械诸事，均能大有所知。教育必将日重“动能”教人能作而不能思想，不能用情。其克自免于此等教育者，恐不过少数人耳。人人均具技巧，善于工作，但于所作之事之有无价值，则莫能作合理之思考。社会之中，或有为政府专作思想之事者，有为政府专作感情之事者。今之王家学会或即专司思想，今之王家美术会及主教团或即专司感情之事。专司思想之人，其所得者必为政府之所有，仅以示之陆军海军诸部。卫生部若图谋散播疾病于敌国之一部，则卫生部或亦可得与知其思想之结果。专司感情之人，责在决定何类情绪宜植于学校剧场教堂之中。至于植之法，自有专司思想之人负其专责，又以学校儿童执拗不服教，此种决定或亦秘诸政府，抑未可知。至于电影演说之既得元老审查部之批准者，自能公诸大众。

以后广播无线电日益发达，日报或竟归于消灭。周报则可遗存若干，以备少数派表示意见之需。诵读一事，或为留音机及他种发明所摈斥，习者将不多见。日常书写，亦将为印字器所排挤。

将来战争若能根本消灭，生产管理若能一依科学方法，则人人每日工作四小时，已足换得安舒之生活。欲享闲逸之生活者，可日作四小时。欲营奢侈之生活者，可多作数小时。各随其便，两不相妨。暇时大抵用于跳舞观球看电影。生子不足急，自有国家代其养育。疾病之事，将绝无而仅有。人可返老还童，死时不至，年永不老。此诚快乐之至境，人间之天堂。乐极无聊，反生烦厌。

世界果至此境，则破坏之情，万无可抗。自杀之会，必且风行。杀人之党，将藉谋杀以取乐。以往人生多艰险，惟其险也，乃重视之，惟其重视也，乃觉生趣盎然。此后人性若无所变，艰险又复消灭无余，人生必至枯涩无味，终且群趋沦落，甘于蹈罪，以求取快于一时。

然则此等窘境必不可免耶？人生忧郁之事必与其善者以俱来耶？是又不然。设人性而果不能变，如一般愚夫愚妇之所持者，事诚可悲。然而由心理学者及生理学者之研究，吾人今已知所谓人性者，其出于天性者不过十之一，而成于环境者乃十之九。吾人早年所受教育，若有所易，则人性云云，直可完全改其旧观。吾人若能多加研究，努力实行，则教育对于人性，必可留其郑重之质，而不必有赖于险阻之刺激。其最要者，计有二事：(一)为年幼时建设行动之多加培养；(二)为成年后建设行动之有机宣泄。

[一]自来人生之所以郑重，多由攻守二事之刺激。贫穷来袭，吾人必自守其身，社会无情，吾人必善守其嗣。人之仇我者，吾必攻之，人之危我者，吾必攻之，攻之之道，或以词屈，或以力服，其攻一也。然而情绪之生，其源不一，他种刺激亦有与攻守二事同具大效者。譬如美术之创造，科学之发明，其吸人之深，感人之切，实无逊于热烈之恋爱，恋爱之事，虽极刻薄怪吝，而亦富于创造。是以教育如恰得其当，则人类之能得幸福于建设之活动者，数必非少。

[二]此已涉及第二要义。人生活动，不当徒限于上司所命之有用功作，创造一事，亦当有其伸展之地位。知理艺术之创造，人间关系之建设，以及改善人生之意见，均不宜稍受压抑。将来事果得臻此境，教育又能适当，则人欲郑重其生，奋力前进者，自仍有其回翔之余地。凡社会组织之以去恶为怀者，必如此而后始能安其努力之分子，以抵于安定之域也。

余意今之文化，其进行难免错误之方向，似即在此。今之社会必需注重组织，然而一重组织，又必过其所需之量。个人努力之机会，势必因而减少。组织愈甚，则个人愈觉其一己之渺小无足数，终且无所努力，因循而已。执政之人，如能洞知此中因缘，或犹可免是患。然而执政之人，类皆生而不识此等事务也。大凡改革人生，理其疏散之事，终宜略存其无拘无束之情，使人生不致消沉腐蚀。梦梦以终亦不致冲突灭裂，归于溃决。此中情形，至为细致，理论上或有解决之一日，实行上则殊非易事也。

附录：罗素评现代人之心理

按美国克鲁奇(Joseph Wood Krutch)氏于一九二九年春，著“现代人之心理”*The Modern Temper* 一书，纽约 Harcourt Brace Co. 书店出版，每册定价美金二圆五角。其传诵一时，故罗素特为文评之，载纽约出版之 *The Nation*(民族周报)第一二八卷第三三二七号。天津《大众报·文学副刊》译登之，今以其与本篇所论关系密切，故并转录于此。

编者识

此书坦直究论近年来深中于知识阶级之愁苦，而并未提出任何答案。从前视为至高无上之价值，至今已成为死物。许多人欲求足以使其能信人生为尊贵严重者而不可得。此种愁苦之各方面，克鲁奇君言之颇中肯。书中有一章题为“实验室之看破”，言科学之如何欺骗吾人之希望。一章题为“爱或一种价值之生死”言赫胥黎氏（Aldous Huxley）对于爱情之愤嫉见解之所由来。（赫胥黎氏所著书，以“点对点”Point Counter Point 为最要）一章题为“悲剧之谬误”，言吾人所以不能自视为哈姆雷特 Hamlet 或倭德鲁（今译奥赛罗）Otheilo（皆莎士比亚悲剧中角色）之故。一章题为“生活艺术与和平”，以轻妙之笔，断言视生活为一种艺术之事今不可能。又一章名为“真理之幻影”表明欲于玄学中求解救之不可能。在结论中，克鲁奇君谓俄国共产主义者所倡之可能的生活方法，或可以使此世界由老还童。惟彼以为此念不足以自慰，因布尔雪（“雪”现通作“什”）维克的生活方法弃绝许多彼所认为极重要之价值也。克鲁奇君曰：

> 自然或将嘱告吾侪迷信一种新幻觉，使得与之复相契协。然吾侪毋宁遵人道而失败，不原遵天道而成功。吾人之欲望而外，或无复人类世界。惟此等欲望视其他任何事物为专横，而吾人将趋附于已失之目标。常求知而非求成……吾人之目标为已失之目标。且自然的宇宙中无吾人之位置。然吾侪既生为人，亦不因此而自悲。吾侪宁为人而死，不愿为动物而生。

以上之结论，虽似与书中其余部分口气不一致，而实非也。盖由此结论，可知克鲁奇君尚以维多利亚时代人之魄力、信仰一事，即智识之追求是也。彼于前一章固尝说明知识之难于获得，然据其书末所示，彼以为纵鸿飞冥冥，而弋逐之事自有价值。

现代人之不能于任何种快乐主义中解其愁苦，此为甚明显之事。现代之趋势似倾向于粗野而违反人性之事物。音乐与绘画皆以粗涩相尚。吾人不复容智力生活供奉温柔之情感。此书中最重要之一章当即论爱情之一章，如克鲁奇君所言，爱情价值之信仰，乃比较晚近之事。惟在十九世纪宗教信仰衰歇之后，爱情犹能存留。热心之人，努力将爱情从礼俗之桎梏中解放。因此之故，彼等于不知不觉中减少爱情之价值。克鲁奇君举赫胥黎氏之小说以为例，从而论之曰：

赫胥黎氏小说中之人物，仍感觉生理上之催迫。因彼等不以此为罪恶，故其降服于此催迫也易而且永。然彼等之本性又促之尊重其主要职务，彼等之所失者，即书此职务之能力也。

克鲁奇君以为宗教悲剧及爱情，皆已因同一之理由而颓败。其理由即人类自视其身分之缩小是也。吾人不复能如前之严重自视，此所以吾人所尊崇之事物必带违反人性之性质也。现代快乐人乃共产党、实业界之领袖主宰者、工程师、科学家，换言之，即其主要职务乃人与物质环境之关系者也。本书所论及之失望，吾确信为过渡时代之病候，其在曾受旧式文学教育而接承过去之价值之人为尤显著。在彼等观之，新世界殊萧索冷漠，然习于新世界之教育与职业活动之人，果有同感与否，吾不能无疑焉。

对于较能反思之人，智识价值之信仰犹存。克鲁奇君于最末一语，以殉道者之热情，承认此信仰。就予个人而论，予觉智识永远足以予人生以价值，此信仰或非能使一切人或诸色人感与之信仰。然克鲁奇君所讨论之失望，未尝影响人类之大多数，故其答案亦未必能感动多数头脑简单之人。兹于结论，愿言吾对此书之意见：此书深饶兴趣，其分析亦极透彻，凡坦白之读者皆当感谢克鲁奇君，因其不肯以廉贱之答案了事也。

路易斯论西人与时间之观念*

吴　宓　述

兹述路易斯所著第二书《西人与时间之观念》之内容如下。

试考究近今西洋流行之哲学及其文化之各方面，则可见其中所注重之事实及一贯之原理，厥为时间之观念。此时间之观念弥漫一切，支配一切，无人不受其影响，无事不受其影响。所谓现今时代之精神，实即时间之观念而已。由是观察立论，思过半矣。

时间乃与空间对待而言，大率(1)注重空间之观念者，主静，主定，主一，主绝对，主整，主精详之分析，主认明事物之关系，主形式与结构，主澄明之理性与坚定之意志，主价值之分等与保存，主积累，主建设，主重视现今而根据历史，其终极之印象为实在而切近。而(2)注重时间之观念者，主动，主变，主多，主相对，主杂，主浮泛之归纳，主穷溯先后之递嬗，主变迁与进化，主激荡之感情与冥漠之想象，主潮流之方向与速率，主改革，主破坏，主蔑斥现今而梦想未来，其终极之印象为虚幻而昏迷。此其大较也。每一个人之性行，及一时代中主要之趋势，有偏于(1)者，有偏于(2)者。若近今之西洋，则注重时间之观念。其中大多数人皆受时间观念之影响，故以变迁为哲学，以革命为政治，以进化论及相对论为科学，以创造新奇及摹仿儿童为文学，以未来派等为艺术，以改革及进步为信仰，以“生活”、“动作”为口头禅，以扩张及发展为职志，以无限为

---

* 辑自《学衡》1931 年 3 月第 74 期。

终极。其重视时间观念之甚,不但事事贱视前古而尊仰未来,且常以去、来、今三者混为一处,淆乱而不可分,连续而不得断,回旋而不能定。如乘气球,方向都失;如梦黄粱,久暂莫辨。尽时间观念之于西人,直如醇酒与麻药,饮服过多,而中其害深矣。

更细论此书之内容,则分上下二卷。上卷叙述现今社会、生活、文化、艺术之各种事实现象,甚为详备,以明此种种新奇谬妄之风尚及运动,均为过于注重时间观念之结果。下卷评论现今流行之时间哲学,细为推动,以正其缺失,最主要者为柏格森(Bergson)、亚历山大(S. Alexander)、惠德海(A. N. Whirehead)等数人。而相对论家爱因斯坦与历史哲学家斯宾格勒亦附见焉。上卷题曰:愚蠢之革命家(The Revolutionary Simpleton),下卷题曰:时间哲学之分析。上卷为普通人而作,下卷则为专门学术性质。上卷罗列事实,下卷辨析思想。兹分述之。

上卷谓今日乃革命时代,人人讲革命,事事须革命。昔之革命,限于政权之转移,为一时不得已之举。今之革命则普遍而永久,革命已成为最时髦之风尚及最正当之事业,人心之陷溺于革命者已深。由今以往,革命将无已时。高尚之理想价值,及真正之自由民治,咸有倾覆之优。社会中人,莫不自命为某一事之革命家,而究其所提倡所实行者,极不合理,且非必要,不过趋从风气,肆言变革而已。故今日社会中之普通人,均可加以"愚蠢之革命家"之徽号。此名称指全体之人而言,非专指奔走政治者也。若穷究此种风气之起原,则由于所谓时间哲学。今世流行之学术思想皆以是为本。爱因斯坦之信徒 Moszkowski 氏尝著书谓"今世政治中之绝对主义(统法权在上而集中)既经推翻,相对主义自必应之而起,为支配宇宙人生之通则。爱因斯坦之相对论,不过此通则之见于数学物理学者耳。Max Planck 氏之能子论(Quantum Theory)亦然,博格森之时间哲学亦符此例,博格森之直觉与爱因斯坦之发见无殊,盖皆受时势潮流之驱使而不自知也"云云。是故今世事之大不幸者,即所谓纯粹玄虚之思想家及学者,亦皆受政治之影响太深。此等人虽自号为哲学家或科学家(杜威、罗素一流皆是),然其心智乃为实际的及应用的,以其制造胰皂、装订书籍、改良卫生、经营投资之心理,来治学术思想,因之其提倡之学术思想遂多一偏而失真。物理数学犹且如此,他何论焉。

此时间哲学对于实际生活之影响,厥为使人人成为时间之奴隶,趋从风气,惟恐稍迟,骛新好奇,惟恐不力。夫衣饰服用求合于时尚,可也。今则学术思想事业无不求合时尚，不信有良心，不知有真理。其极乃如中风走狂，捕风捉影，惴惴焉虑以落后见讥，亦可怜哉！

时间观念中于社会之第(一)征象，即众皆喜言浪漫生活是也。夫昔之所谓浪漫事业者，英雄儿女而已。易言之，战争与恋爱而已。今人既不崇拜英雄，又解放妇女，摧残爱情，且处此分工定制，印板生活之工业社会之中，更安得有浪漫之可言？然今世之男女老少乃皆以浪漫自诩，半效时髦，半属自欺。苟细究之，则(1)大多数人姝姝焉，习见今之电影小说艺术教育宣传广告等等不以为忤而悦之喜之，以极平凡丑恶者认为奇美，而自得其所谓浪漫。(2)少数人梦想昔日封建贵族社会之文艺生活而今已不可复睹者，以虚幻非真为浪漫。由是推之，博格森不承认有去来今之连续，而另倡所谓心理上之时间(久暂之观感)，而乃虚幻而违反实在，故可称之为浪漫哲学。噫嘻！此博格森之所以为今人所重欤。

时间观念中于社会之第(二)征象，即广告术之盛行是也。今之广告术不仅用于商业，凡事无不藉广告与宣传之助。广告之秘诀及效用，在以无为有，以假为真，以虚为实。自广告术盛行，而价值与标准尽失，是非优劣莫能辨矣。美国詹姆士(Willam James)所倡之实验主义之哲学，谓凡事以功用为断，我信以为有则有，我信以为真则真。此说明实广告术之基础，而与郭威(Dr. Emile Coué)博士之催眠术丝毫无异者也。又伯格森之变之哲学，推重每一刹那间之感觉，而不承认有绝对普遍之价值，亦为广告术推波助澜。盖既不认时间为连续的，而以感觉兴奋为尚。于是普通人之生活乃只顾目前，今日不计明日，无全局之眼光，无思想评判之能力。近今广告之术日精，而文学艺术教育等等益成腐败庸劣矣。

时间观念中于社会之第(三)征象，即以群众为艺术之标准是也。历来思想及艺术上之发明创造，悉皆少数天才之事业，且皆离群独处冥心孤行者之所为。今则不然，既以趋时为能，遂又以从众为尚，于是艺术大受其害。盖众人之智识赏鉴必不高，使艺术之标准日低，一也。所谓群众者本属渺茫，猾黠者善用广告术，遂得托名群众，二也。将文学艺术分为若干派别主义，于作者之作品不加审察，径武断归纳之于某派某主义，因是攻诋之或崇奉之。而作者苟不加人一派，或标明某主义，附属于一旗帜之下，藉其援引，则虽创为极精之作，亦不能见知于世，三也。

时间观念中于社会之第(四)征象，即崇尚古昔原始社会之生活文化艺术是也。盖今人既不承认时间为有定，蔑视历史，又一意好奇趋新求变，不知世事有穷，乃至变无可变。今之所谓新者古亦有之，其结果，彼自谓革新者实乃复古，初不自觉，但以别异于近今之文明社会为目的，则惟有返于古之獉狉野蛮，舍此无他途矣。名曰进步，其实退化。今之所谓最新最上之某事某物者，实皆獉狉野蛮时代之旧俗耳，如噍杀麤厉之音乐(jazz)白话自由诗及方言俗语之用入文学，皆是也。

时间观念中于社会之第(五)征象，即崇拜儿童是也。此与上条崇拜古昔原始社会，实为一事。就政治言，家庭中儿童之暴恣乃推倒父权之表征，固革命家所最欢迎者。彼电影明星贾波林(今译卓别林)之大成功，亦由其身材矮小，善效顽童，而得妇女观众之同情也。其要文学，则有如斯坦因女士(Gertrude Stein)之作文方法，迂回缭绕，意思晦昧不清，盖意在摹仿无知小儿说话不清喃喃学语之神态句法，一若此儿有事往奔诉于其母，而言之急遽无绪者，又其散文中常多叶韵而类似诗句之处，亦摹仿小儿无意识歌唱之习惯也。若鲁思女士(Anita Loos)则系步武斯坦因女士而能大售其术者，斯坦因女士趋时之念过重，其书中时间之关系反致甚不清晰，读者只觉其材料堆积凝滞，毫无生气。此外今时有名之小说家，若(1)爱尔兰之 James Joyce 氏，其 *Ulysses* 一书乃写维多利亚时代之生活，将各种零星杂乱之材料，如日记、账目、电车票、牙粉包纸之类，堆聚一处，而人物之行事极少。又若(2)已故法国著名小说家 Marcel Proust 氏，其作小说之法，务搜索过去之情势，而与现今了无关系，皆同此术。是故作者缺乏正确之时间观念，亦由受时间哲学之影响过重而然也。

综上所言，今日西洋(译述者按中国现今亦同，读者一一细思，当知之也)社会文化各种情形乃源于科学哲学中时间观念，而成于大规模之工业制造。惟有二种现象尚须揭明者：(i)革命思想虽弥漫于社会，然笃信而实行，主持而操纵上者，仍为极小数人。彼真正之大多数人不能了解，偶尔附和，亦无成心，问其本意，毋宁偏于保守。此亦自然之理也。(ii)所谓此极少数人者，多系拥有资产，甚或为百万之富豪，丰衣美食，安居乐业，固今日重财拜金之社会中之得意人也。乃此辈偏喜效法昔之穷困潦倒放纵委靡之文人及艺术家之行为，而倡言种种革命，此事之至离奇者也。若辈大都沉溺于柔靡舒适之享乐主义，重感觉，喜言男女之事，视时间为金钱，故趋时骛新惟恐不及。而文学艺术之革新创造，实由若辈操纵其权柄。故自一方言之，在今西洋，盗窃革命之名而亵渎之者为此极少数人，而使文化艺术思想日趋于谬妄庸劣，负其责任者，亦惟此极少数人也。(下卷内容，俟另篇述之。)

白璧德论班达与法国思想*

张荫麟　译

［按］此篇乃白璧德先生所撰，原题曰 *Benda and French Ideas*。登载纽约《星期六文学评论》(*The Saturday Review of Literature*)第五卷第三十五期。以其列叙现今法国思想之各派极为清晰，又可见白璧德先生新人文主义之大旨，故译登之。（参阅本期《班达论智识阶级之罪恶》篇"编者识"。）

现今法国盖当非常纷乱之时。吾人苟欲于此混沌之情形中自寻条理，第一步或可区分法国作家为两派：其一派隶于近世运动，其一派则与之相反。此近世运动，就其最重要之一方面而论，乃为"初民主义的"（今译原始主义）(Primitivistic)卢梭，以其抑智力而扬本能之不自觉的助力，虽非倡初民主义之第一人，而实为其最有势力之一人也。

当代初民主义之对敌，其较著者当推塞里尔(Ernest Seillière)氏。彼著书多种，立说谓卢梭之性善主义，在理论上虽崇博爱，而实际上结果适流为反理性之雄霸主义。又有毛拉（今译拉莫斯）(Charles Maurras)氏及法国动作报(L'action Francaise)一派，以卢梭主义为法国故范之敌寇，而思欲恢复此古典的天主正教的及君主国的故范，一如其存在于路易第十四时代者焉。可注意者，彼等之崇尚古典主义及宗教，非为其本身，实因此二者乃彼等所称为"完整

---

*　辑自《学衡》1931 年 3 月第 74 期。

国家主义”所必需之柱石也。复次则有新经院派(Neo-Scholasticists),其中以马吕丹(今译马里旦)(Jacques Maritain)氏为最有才气。此派与近世运动分道扬镳,不仅自其对于十八世纪之观念始,而自其对于文艺复兴之观念始。马吕丹氏在其所著《三改革家》书中,对于路德、笛卡儿(今译笛卡尔)与卢梭同时攻击。盖圣亚规那(今译阿奎那)(Thomas Aquinas)《神学大全》而外,无足为其精神之下碇所者矣。

最后,以种种根据反对近世运动者中,班达实为最有趣之一人。在现今法国之思想战争中,彼为一孤立之人物。彼不独与近代运动抗,且与许多近代运动之敌人抗。彼以为新经院派之性气过于狭隘,一若惟己侪乃为真“人”,而在其正统之外者悉为狗彘焉。班达又发现毛拉氏之于理智,未免附以浪漫的原素,而以为法国动作报一派所倡之“完整国家主义”未尝符合真正之天主正教或古典精神,使卢梭复生,睹此情形,对于彼自承为卢梭学说之反动者流,当可用爱玛生(今译爱默生)(Emerson)言讽之曰“当彼曹纵我飞时,我便是羽翼矣。”

班达之所最关心者,非旧式之初民主义运动,而为最近三四十年内之新式初民主义运动。彼所最反对者,为此运动所取新形式之表现于柏格森哲学者,为此学派之反智力的趋势,为其以精神的幻象眩世,而其本质上不过卢梭之非非想而加以精(神)饰耳。如是将幻想装起,遂成为“与万物本体之神秘的结合”。班达举其一例见于 Edouard Le Roy([注]柏格森之弟子,并为其法兰西学院之继位者)著作中者如下:

> 差别已泯,名辞无复何等价值。恍闻自觉之源在神秘中涌起,有如活水,自苔铺之幽洞,点滴暗流而不可见。吾已融化于成长(Becoming)之乐中,此身正付与一种欢欣,因吾已成为流动不息之实在,吾不复知吾是见香、啄声、或味色……矣。

此种观点,与当代法国号称“超实在主义者”(今译超现实主义者)(Surréalists)之一派(此派欲没入理性而下之深处以求创造的活力)相关,而超实在主义者又与英美一班放任于“自觉之流”之作者,多相同之处。班达尤究心柏格森主义在法国雅人社会中所致之殃。此种社会,其传统上之功用,在维持闲暇之原理者也。妇女在此种社会中之影响恒极显著,然亦有变异。在旧日法国社会中犹有闲暇之男子为主倡之人，而妇女随从之者。惟在今日工业社会中，男子渐专心于商务及赚钱之事，同时复有以助长女子之自信其视男子为富于一种直觉之能力。此种直觉，即柏格森所尊于理智之上者也。因是女子渐轻视男性之观点，而至少就美术及文学而论，男子亦大都承认女子之有此种优胜。班达之言曰："予所知有某数人，皆为大企业之首领，而佣工人以千数者，其企业改变许多实业界之全体，而换世界之面目者。其妻室，及午始起，能于钢琴奏几阕苏曼（今译舒曼）（Schumann）之曲，遂自视胜于丈夫万万。不独妻意如此，彼其丈夫亦赞成此判断唯唯"。若此之图画，不难于美国求一对偶。美国之男子，其沉迷于乐利之追求，视法国为甚。且更乐于举一切文明之标准（过去诸伟大文化所最注重者）附诸妇女之手。吾上引一段所从出之《恶魔》一书，虽继续班达氏对于柏格森主义之攻击，而其范围则较广。此书所攻击之主重感情之趋势，至晚可溯至十八世纪之"感伤主义者"（Sentimentalists），例如葛德（今译歌德）之当浮士德宣言"感是一切"之时，彼实一方面总括卢梭之要旨，一方面预示"当前的满足之渴求"，后者即《恶魔》一书之论点也。此种渴求之影响使传统之教范破灭，视初期之初民主义者为尤甚。为感觉及感情本身之故而趋求之，其结果可以桑达衍那之辞状之曰："红热之反理性"。

班达为犹太人，而以其所描写之衰败现象归咎于犹太人之影响。惟彼又谓犹太人有两类，一为在古代崇奉恶魔者，一为崇奉耶和华者。前者之近例，彼举柏格森，后者彼举斯宾挪莎（今译斯宾诺莎）。复次，苟非欧西人之精神抵抗力大有减损，当不致如是深中犹太人之毒害。抵抗力减损之一因，班达以为系"古典"研究之式微。由此或当推得一法，以卫教化阶级，免使盲目降伏于感情。此法即提倡人文主义之教育是也。惟班达已无回复于人文的美德之希望，彼预料将来之情形当更劣于现在，只见反理性之无限进步。

然班达之预言或未免过于悲观。班达对于感情的过度之分析之允当，众已皆承认。是故"恶魔主义"一名，竟成为法国之流行语，此实为使人兴望之伟兆。吾人可受班达之分析之益而不必取其命定论，彼见乎种种信为恶劣而不可抵抗之趋势，有时颇流于痛恶人类，而此对于人类之痛恶，源于其理性者少而源于其感情者多。故批评家乃有于班达之著作中，发现"恶魔的"色彩者焉。

然就理论上言之，班达不独始终一致，为理性张目，且以苏格拉底式之辩证法维护之。柏格森谓，吾人若欲逃脱机械主义而同时成为生机的活动的，只有反求诸直觉，于是进而合直观的、本能的与理性而下的为一。然班达反驳之曰，机械主义的人生观所根据之理性之抽象范式非其惟一之范式也，理性亦可为直观的，例如圣伯甫即具直观的理性，彼在其《月曜谈》一书中，论及作家之绝技，而以极端文采上之优美出之。此类之直觉，迥不同于柏格森之所谓理想的直觉行为，即鸡雏啄破卵壳而出之类。

吾人固钦佩班达氏分辨之明澈，然试问但以任何意义之理性，与理性而下之直觉说及其说所生之恶魔主义对抗，便算充足否？依柏格森之说，法国哲学有两种故范：其一主重直觉，源于巴斯喀尔（今译帕斯卡）（Pascal）；其一主重理性，源于笛卡儿。柏格森自称为继承巴斯喀尔之绪，不知班达视之何如。当巴斯喀尔离理智而诉诸于彼所称为"情感""本能"或"心"者时，此诸名词之意义是否与卢梭及感伤主义派以来所用者相同？吾人于此亦原闻班达之意见，实则此诸名词乃指一种超理智之意志的性质，即天志是也。自传统宗教衰微以来，大受削弱者即此意志的性质也。依巴斯喀尔之见，信仰为更高之意志，所以严制自然人之三欲。何谓三欲？一，智识欲；二，感情欲；三，权力欲是也。

自肃穆之耶稣教徒观之，最谲诈之危机，厥由于智识欲。班达为澈底唯智之人，自不觉此危机，更不至陷入耶教徒之弃智绝学主义。彼盖从未自质以钮曼教长（Cardinal Newman）所视为最根本之问题，"彼锈蚀一切，崩解一切之理智能力，孰为其面对面之雠敌以阻挡之而击溃之耶。"至于感情之欲，则凡读《恶魔》一书者当不致责班达防之不谨，彼在其近著《智识阶级之罪恶》书中又指陈权力欲之若干近代的表现之危机。此书之卷头语，用康德弟子 Renouvier 之言曰："众生受苦乃由缺乏对于超经验之真理之信仰"。吾之读此不禁问：是否仅诉诸理性即能获得对于超经验之真理之信仰？是否真正之超经验须肯定一更高之意志，无论其取耶教或其他之形式？要之，班达立说之归结，任何文化皆需要一班"教士"（[注]此所谓教士，乃指智识阶级之优秀分子著作家及艺术家）致其身焉，为存乎人而超乎物质利益及动物嗜欲之上之事服役。

在过去之时代及文化中，盖曾有无数"教士"焉，忠于其高尚之职业，虽因之受凌辱及刑迫而不悔。然今日之"教士"辈，已犯一卖身通敌之大罪，彼辈自身之性气已成为世俗化。其结果不惟不抵抗俗人之自私的情欲，反安而从之。彼已渐加入离心之势力，加入造成人与人敌、阶级与阶级敌、且最后国与国敌之势力。彼等特别奖励一种国家主义。此主义除供恶魔借题放恣外，更刺激权力之欲求，而终造成类似塞里尔氏之反理性的雄霸主义，有如班达所描写者，使彼教士辈而忠诚不叛则，彼等当不助长离异而奋起捍卫，彼化除国界而搏人类于一共同中心之教范。班达预测教士叛道之结果，将为灭绝人类之争战，如动物之残杀吞噬。虽然，彼又承认另一可能性，将来人之泄其征服之狂欲，或不于他人而于物质界。彼将第二种可能性放大，颇有类于斯威夫脱(今译斯威夫特)(Swift)之言曰：

> 于是结合而为一大军队，一大工厂……贱视任何自由而无利之活动，现实世界之外，不信有善者在……则人类之于物质的环境将获得至大之管制力，而苏格拉底及耶稣为彼人类而死之事将为历史所笑。

班达之著作就其大纲而论，可称为一近代人对于近代主义者之凌厉控状。至少就此限度而论，彼拒绝与其他反动者联合，苟不能显示其主张之有建设性，其近代人之地位终必不能维持。而班达之最不餍人望者，即在建设方面。或难之曰：彼所悬想之“教士”过于高超，去人世太远，虽然冥想之生活，自有其存在价值。尤有进者，彼亦未尝不欲其教士之武力之偶及于世间法。

真正困难之所在，乃班达于其教士之武力所根据之主义与教范，未尝予人以完备之观念。冥想之生活，苟非为“象牙之塔”内之退避，则当从事于某种努力，此又班达所未遑及者也。若以班达为哲学家而论之，其弱点在不能确认理性，而下之对敌非仅为理性而为超理性者，而此超理性超经验之原素，乃为一种意志的性质。惟此意志的性质，足以单独对抗诸欲(此中包括感情之欲由于放任人之自然意志之结果者)。班达对于意志未尝有充分之应付，此与其流于命定论及对于人类之厌恶有密切之关系，惟不以独断或神学之根据而以心理学上根据肯定更高意志者，其庶几足以为建设的近世人乎？同时，适当之建设有必需之先着，即现有罪恶之诊断。吾人之所当谢班达者即在此，即在其为近世人心及其病症之诊断家。吾人所发现于班达者，为敏锐之分析，合以诚实及勇敢。此固今世之所稀有，或亦任何世之所罕见者也。

《尚书·尧典篇》时代之研究*

陆懋德

东方最古之民族当属中国，此为世界所公认者也。然历史家所谓历史时代（Historic age）者，究竟在吾国上溯至若干年为止，惜至今尚无人能为确实之考证。世界最近之出版史学名著，当推英人韦尔斯（Wells）《世界史纲》。此书于中国上古文化之开始虽未能详定其时代，然已言明当阿利安人（今译雅利安人）（Aryan）语言生活传布东西之时，其他文化甚高之民族已存在于埃及、米索不达米亚或中国及印度（H. G. Wells, *Outline of History*，卷一第一八三页）。此于中国虽用疑词之"或"字，然固已不能不承认中国之文化与埃及、迦勒底、巴比伦同一古远也。英人阿兰（今译艾伦）（Allen）曰："中国史极难研究，因无他国记载可作参考，又无古碑古墓可作见证。"（H. J. Allen, *Early Chiuese History* 第一页）吾又以此言为诚然。盖吾人虽常以开化最早之民族自夸于世，而上古器物之现存而可作考证者，实为数不多。此中国古史之所以难治也。试问中国之第一篇古史究为何书？第一篇古史之时代究为何时？吾知虽绩学之士、考古专家亦未必能随声答复。然此问题之关于史学甚为重要，盖如吾人不能解决此问题，即不能指定吾国何时为历史前之时代（Pre-historic Age），何时为历史内之时代（Historic Age）。此固为吾国史学界之重大问题，惜乎国人尚未知注意及此也。

---

* 辑自《学衡》1925 年 7 月第 43 期。

吾国旧说常称古时有三坟五典之书，又有三皇五帝之书，余考三坟五典之名始见于《左传》，三皇五帝之书始见于《周礼》。《尚书·伪孔传序》即以三坟五典为三皇五帝之书（崔述《补上古考信录》卷上）。然此序即系伪作，其说自无研究之价值，且三坟五典未必为史，三皇五帝之书亦未必为当时纪事之文。又况其书久亡，现时亦无以定其真相，且《周礼》《左传》均为战国人所作，其言亦未可尽信。若据现时尚存之古史言之，第一当推《尚书》，始于唐尧；其次当推《竹书纪年》，始于夏代（此指古本《竹书纪年》，详见杜预《左传后序》附杜注左传木）；再其次当推《国语》，始于周穆王。然则《尚书》为吾国最古之史自不待言。东汉人又称《尚书》原有三千余篇，始于黄帝之玄孙帝槐（原出《尚书纬》《尚书正义》引见第一卷），后为孔子所删，故始于帝尧。然此乃汉人书纬之说，未必为实事也。夫孔子为最谨严之史学家，而纂书断自帝尧（《汉书·艺文志》）。故吾人以《尚书》第一篇《尧典》为信史之始，当无可议。司马迁所谓"百家言黄帝其文不雅驯荐绅先生难言之"（《史记·五帝纪》）者，盖即指《尧典》以前不可传信之遗事而言也。吾人又须知古本《尚书》只有《尧典》一篇并无《舜典》。今所存唐人孔疏本及宋人蔡传本皆分《尧典》为二篇，上为《尧典》下为《舜典》，此实沿晋人伪孔传之误，陆德明《经典释文》言之详矣（《经典释文序录》）。顾炎武亦谓古本《尧典》《舜典》合为一篇（《日知录》卷二）。今书序虽有《尧典》《舜典》之名，而刘逢禄谓古本《尧典》《舜典》异序同篇（《刘逢禄书序述闻》），其言良是。孙星衍作《尚书今古文疏证》遂遵汉人之说改从古本合而为一，名曰《尧典》上、《尧典》下，至今汉学家宗之。然则吾国现存之第一篇古史当无过于《尧典》者矣。

《尚书》为最古之史书，《尧典》为《尚书》之首篇，则《尧典》可称为吾国第一篇古史原无问题，然此篇是否为尧时之纪录，是否为尧时史官之手笔，则仍有疑问。盖此篇如果为尧时之著作，则可言尧时有史，如其非尧时之著作，则不可言尧时有史，此其要点之所在也。孔颖达曰："《尧典》虽曰唐事本以虞史所录（《尚书正义》卷二），此以《尧典》为舜时史官所纪。"曾巩曰："唐虞有之性有微妙之德为二典者，推而明之所记者，岂独其迹耶？并与其深微之意而传之。盖执简操笔而随者，亦皆圣人之徒也。"（《南齐书序》）此且以《尧典》为尧时史官所记。然《尧典》第一句明言曰："若稽古帝尧"，即称尧为古帝，则纪录者当非同时之人。赵翼曰："此后代追叙之词，文义了然，如为当时史官所作，则不应有曰若稽古。"（赵翼《陔余丛考》卷一）据此所言，则《尧典》非尧时之著作明矣。且《尧典》言二十有八载放勋乃殂落，又言舜五十载陟方乃死，是此篇不但记尧之死事，且记舜之死事，且舜去尧甚近，舜时亦不当称尧时为古。由此可知，此篇不但非尧时之著作，抑且非舜时之著作又明矣。许慎引《尧典》期三百有六旬有六日，称为《唐书》（徐锴《说文系传》第一三卷），又引《尧典》辟四门明四目，称为《虞书》（段玉裁《说文解字注》第一二卷）。盖许氏于言尧事者，则谓之《唐书》，于言舜事者则谓之《虞书》，并非指其成书之时代而言也。然则此篇究竟为何时代之著作，诚为吾人急宜研究之问题矣。

《尚书》之真伪问题，自宋至清凡历数百年始经论定（详见《四库全书总目提要》第一一卷）。《尧典》篇者乃汉人原本二十八篇之一，经清代经师审查定为真《尚书》者也。欧洲之著名东方学者如 Deguiguess，Caubil，Biot，Schleget 亦因《尧典》篇所言天文时令之确实而证其为信史（Hirth，F. *Ancient History of China*，第三十页）。近时吾国人习于好奇，勇于疑古，又忽谓《尧典》为伪作。其所以疑此篇为伪作者共有三点，然此三点皆非有确实之证据，非有成立之价值。兹为分述而辨明之如下：

（一）《尧典》有蛮夷猾夏、寇贼奸宄之语。近人谓夏为大禹有天下之号，尧舜时安从有此语（梁启超《历史研究法》第一五五页）。余谓古代之夏字是否为禹有天下之专用名词此为一问题，而猾夏之夏字是否为夏字之本字此又为一问题。按古夏字原作𡕾，《说文》曰："夏，中国之人也。"（《说文解字》卷五）盖古夏字从页，象头；从臼，象两手；从夊，象两足。此所以表明中国人身首四肢端正完具之形。此实为上古民族好自尊大之称谓。今北极爱斯几摩人（Eskimos）自称为印纽 Innuit，即自谓为人也，亦是此意。此夏字即见古人造字之本义，《说文》每解一字必上溯造字之原，今不曰夏为禹有天下之号，而曰夏为中国之人，可知夏字原为代表上古中国民族之共享名词，并非禹有天下作为国号之专用名词矣。且汤有天下国号曰商，而汤以前早有商字（《尚书正义》第七卷）；武王有天下国号曰周，而武王以前早有周字（《王襄簠室殷契类纂》第一卷）；禹之初封原为夏伯（《史记·夏本纪》），是知大禹有天下以前，亦必早有夏字，安得谓夏字为禹有天下之专用名词也。且禹之国号本曰夏后氏（《史记·夏本纪》），并非曰夏。夏后者，盖因禹之治水功大故称之为夏族之后也。又按汉泰山都尉孔宙碑有语曰："东岳黔首，猾夏不宁。"（孔宙碑今存山东曲阜孔庙）此文即引用《尧典》"猾夏"二字，然东岳亦在中国境内，黔首亦是中国人民，何得并云猾夏？是《尧典》中之"夏"字自必另有他解，毫无疑义矣。古人写字多省去偏旁，故知夏字即“擾”字之省文，而“擾”字又即“擾”字之省文。汉碑中多“擾”“擾”通用（汉李翌碑、汉樊敏碑详见《洪适隶释》卷九），可以为证。然则汉碑中之“猾夏不宁”，即猾擾不宁；而《尧典》中之“蛮夷猾夏”，亦即蛮夷猾“擾”，且上句“蛮夷猾擾”与下句“寇贼奸宄”句法正相对应，是则“夏”字本为擾字之省文，其事甚明。故不能据此以疑《尧典》之伪也。

（二）《尧典》有“金作赎刑”之语。近人谓三代以前未有金属货币，此语恐出春秋以后人手笔（梁启超《历史研究法》第一五五页）。余谓三代以前是否有金属货币，此为一问题，而“金作赎刑”之金字是否即指金属货币，此又为一问题。考宋时郑樵精于考古，其作《金石略》已言及尧时有金属货币（郑樵《通志》第七三卷）。后世出土铜币上，有古文曰“平易全五大化”（倪模《古今钱略》第一卷）。易即阳字，全即金字，化即货字，平阳为帝尧之都，因相传谓之尧币。清人戴熙则疑古币上之地名为周秦地名（《古泉从话》卷首），其说极为审慎。然近时山西河南出土之铜币甚多，并分有字无字二种。凡有古文字者，皆类三代之金文，盖即三代之货币。而其中有如铲形、镰形上无文字者，形质朴拙，不类三代之物，考古学家皆定为三代以前之货币，良不为过。且《说文》谓钱之原意为田器（《说文解字》第一三卷），盖上古以农器为交易之媒介，其后遂变为铲形币、镰形币，其起原必已甚古。若谓三代以前未有金属货币，试问有何根据？然此在古钱币学范围以内，此处不暇详叙。且吾又以为《尧典》中之金字尚未必即指金属货币而言也。考马融《尧典注》曰：“金，黄金也。”[《古文尚书》（马、郑注）第一卷]孔颖达曰：“古之赎罪者，皆用铜，至汉始改用黄金。”（《尚书正义》第三卷）孙星衍曰：“金以赎罪，古用铜。”马融谓为黄金者，本汉法说经也（《尚书今古文注疏》第一卷）。《尚书大传》（郑玄注）称：“禹时死罪，出金三百七十五斤。”陈寿祺谓：“此数适合六千两之数。”（《尚书大传》定本第四卷）周时墨刑之罚百锾，郑玄谓：“锾为六两”[《古文尚书》（马、郑注）第九卷]，既曰斤曰两，则非货币明矣。盖古人以铜造刀兵，官府贵铜，故使罪人以铜块几两几斤入官赎罪（详见《淮南子》第一三卷）。然则三代以前，罪人赎罪之物品用铜，而铜块之计算则用斤用两。故余断定尧时所用以赎罪之金乃指铜块而言，决非指货币而言也。故知《尧典》中金作赎刑之金字，原非谓货币。今人既误认为货币，而反执此以疑《尧典》不亦惑乎？

（三）《尧典》有帝谓弃曰“弃汝后稷，播时百穀”之语。近人又谓“后稷的‘后’字本是国王之义，在虞廷上他是天子之臣，那能复称为后（胡适《努力周报》第一五期增刊)”。余谓“后”字在上古是否即在国王之义,此为一问题。夫古今字义多有变迁,此为读古书者所当通知者也。譬如后世帝王对臣民自称曰朕,而在周末则朕字为私人自己之通称(朱熹《楚辞集注》第一卷)。后世官吏对君主自称曰臣,而在周末则臣字又为私人自己之通称(《战国策·秦策》)。周末且然,何况上古?若谓后字在帝尧时代即为国王之义,不作别用,试问有何根据?余考后稷二字之解释,汉唐学者本与近人意见不同。应劭曰:“后主也,言为此稷官之主也。”(《汉书·百官表》注)孔颖达曰:“后君也,言君此稷官也。”(《尚书正义》第三卷)由是言之,则所谓汝后稷者,即言汝为稷官之主也。汉唐注解明白如此,岂可不取而读之。且“汝后稷”之后字果为后字之本字乎?吾又博考汉人征引《尧典》之书,而知其不然也。余考郑玄引弃事曰“汝居稷官种莳五谷”(《毛诗正义》第二六卷),刘向引弃事曰“尧使弃居稷官”(《列女传》第一卷),王充引弃事曰“弃事尧居稷官”(《论衡》第三卷),此皆汉人所述弃事。其为征引《尧典》原文甚明。然皆曰居稷,不曰后稷,且“弃汝居稷”与下文“皋陶汝作士”句法正同。盖传写讹误为古籍常有之事,故知“汝后稷”之后字当为“汝居稷”之居字之误,明矣。再试以前清经师之说证之。俞樾曰:“后字与居字因形似而致误。”(俞樾《群经平议》第三卷)王先谦曰:“汝后稷伪古文也,今古文皆当作汝居稷。”(王先谦《尚书孔传参正》第二卷)前清经师考证极为详核,而所言亦皆如是。故后字之非本字当无疑义,是则《尧典》中“汝后稷”之后字本为居字之误,又何可不考其本而执讹误之文以疑《尧典》也?

以上所举近人怀疑之三点,皆由于未暇详考故训,未暇多考经说,实难有成立之价值。凡好考古者如能博观前人之著作,以求其异同,避去一时之偏见,以考其真相,庶免于武断之讥矣。然此三点虽不能充分证明《尧典》之伪作,亦足以引起研究《尧典》之兴味。而《尧典》亦决非尧舜时代之著作,余前已详言之矣。

欲解决《尧典》之时代问题,吾人先须证明上古史官究竟始于何时,尧舜时代究竟有无史官史通称黄帝之史?有仓颉(刘知几《史通》第一一卷),然仓颉之时初有文字(详载许氏《说文自序》),即有史职,亦未必能有史记,且上古所谓史职者,亦非如后世所谓史官也。余考上古之史职,其最初之职力在奉册祝诰史字,从中,从又,中非今之中字,实像简册之形(吴大澂《说文古籀》补卷三),又像手。余在山东曾见潍县陈氏所藏商代父乙角上有史字,从两手,作(其拓本见吴大澂《愙齐集古录》第二一册)。两手捧简册,助帝王祝告天神，此史氏之职也。《周书·金腾》篇所谓史乃册祝，尚可为证。此与埃及古代之祭司 Pries 极为相似。盖上古社会中凡有大事，必书之于简册，祭告天神。而当时之作册文、读册文者乃史氏之专职。祭告已毕，则此类册文亦由史氏为之保存。保存即久则汇而为史书。此即史记之始也。故英人斯宾塞（Spencer）曾证明史官之职出于祭司（H. Spencer, *Principles of Sociolog* 卷三第二三五至二四二页）。而史记之书亦出于册文，不待言矣。埃及第一部古史出于曼尼收（Manetho），而曼尼收本为埃及之祭司（J. H. Breasted, *History of Egypt* 十三至十四页），此其明证也。此奉册祭告之史在上古社会之内甚为需要，其起源必已甚早，当可无疑。然其由祭司变而为史官，由册祝变而为纪录，其演进之迹，必相衔接，未有能为之划一界限者矣。尧舜时代究竟有无史官，现时已无从证明。然揆诸上古社会需要之理，彼时当已有之。但恐仍为奉册祝祭之史，而未必为执笔记事之史而已。《吕氏春秋·先识览》称，夏有太史。此说虽亦无他确证，而商代甲骨文中实已屡见史字（王襄《簠室殷契类纂》第一卷）。夏代去商代不远，史字在商代即已常用，则谓夏有太史，尚为可信。不过是否为纪事之史，抑为册祝之史，仍不可知。然吾人固可谓夏代已有史官之可能，盖执笔纪事之史即由奉册祝告之史演进而出者也。

今《夏书》有《禹贡》一篇，其所记山川脉络，了如指掌，决非后人所能追叙。近时欧洲之研究东方学术者如 Edouard Biot, De Harlez, Von Richthofen 皆已承认《禹贡》为可信之纪录[E. Horelaque (China) L. Biayeh 英文译本第十页]。最近华人又因《禹贡》有“铁”字，反谓铁非夏朝所有（胡适《努力周报》第十二期增刊）。此等误会，实因不谙考古学（Archaeology）之故。须知上古时代并非无铁，而铜器时代内亦常兼用铁器（E. A. Parker, “Prebistoric Art”二五四页）。不过因铜易采冶而铁难采冶，故用铜多而用铁少。且铁字古文作銕，或铁质出于东夷。故铁字不能证明《禹贡》之为伪作也。《禹贡》即非伪作，自当为《夏书》之一。而汲郡魏襄王墓中出现之竹书其纪年亦始于夏代，此夏代已有可信之纪录之明证也。余又考《国语》引“关石和钧”称为《夏书》，《左传》引“皋陶迈种德”称为《夏书》，《吕氏春秋》引“帝德广运”亦称为《夏书》。今此各句皆列在《虞书》，然则今人所谓《虞书》其古人所谓《夏书》乎。汉人马融、郑玄亦不称《尧典》为《虞书》而称为《虞夏书》（孙星行《尚书今古注疏》第一卷），盖亦疑《尧典》非虞代史官所记，而或为夏代史官所记。故浑而言之谓之虞《夏书》也。宋人蔡沈又谓《尧典》为虞史所书，《舜典》为夏史所书（《书集》传

第一卷)。余前已言明《尧典》《舜典》古本原为一篇。既为一篇,安有上半篇为一人所书,下半篇又为一人所书者乎?清人刘逢禄曰:"《尧典》以曰若稽古先之者,夏史所作故曰稽古也。"(《尚书今古文集解》卷一)赵翼曰:"《尧典》篇春秋时谓之《夏书》者,以其书本夏时所作也。"(赵翼《陵余丛考》第一卷)此皆谓《尧典》为夏史所作,斯为得之。余前已证明夏代忆有史官,而先儒又多称《尧典》为夏书,则谓《尧典》为夏史所作,自属可以。此犹宋史为元人所修,明史为清人所修,清史为民国所修,虽时代差后而不得谓之为伪作。然则吾人谓《尧典》为夏代史官所修,不亦可乎?

《尚书》即以《尧典》为始,而《尧典》又为夏史所修,则吾国之历史时代(Historic Age)即可谓始于夏代矣。然夏代究竟距今为若干年又成问题。司马迁于《三代世表》仅纪世次不记年数,自周代共和以后始记年数,盖自周代共和以前,其年数久已失传,在汉初人已不能考矣。其故实因历代国史独藏周室,及秦灭周,而国史皆遭焚毁。故历朝年代皆不可详。及晋初盗发汲郡魏襄王冢,始得《竹书纪年》(《晋书·束哲传》)。此当为周末人所记夏商周之年代,其所述当无大误。惜今本《竹书纪年》已为后人所乱(黄伯思《东观余论》卷下),不可尽信。余考裴骃《史记集解》引汲冢纪年,夏代共四七一年,商代共四九六年,自周武王至幽王共二五七年,此尚为六朝初年人所引用之竹书。六朝初年去晋未远,其所述年数亦当无大误(按《汉书·贾谊传》言商代六百余年,与竹书不合,当从竹书)。由此推之,自夏初至周幽王共计一二二四年,再自周幽王以后至清末则历代年数为二六八三年(清代以前之年数从《通鉴辑览》),已甚明了,总计自夏初至民国十三年共为三九二〇年。今虽定《尧典》为夏代史官所修,然或在夏初,或在夏末,仍不可详考。其作史之期至早必在夏初,即距今三九〇〇年以前,至迟必在夏末即距今三五〇〇年以前。若以公历考之则当在纪元前二〇〇〇至一五〇〇年之间,此亦可谓世界最古之史书。至问及帝尧究竟有无其人(《皇览》曰:"尧葬济阴括。"《地志》曰:"尧葬雷泽",即今山东濮县东南界内,然不能确定),此正如埃及上古帝王之有待于地下发掘[埃及发现古帝王尸身颇多,现存埃京开罗(Cairc)博物院],又非书本文字上所能证明者矣。余又谓《尧典》篇与《皋陶谟》篇有重出之文数语,而据《孔子家语》(武亿《经读考异》第二卷)校《尧典》篇,又见其有脱文,盖其中亦或有后人附入及脱误之字句,惜乎不易考矣。

《四书》所启示之人生观*

缪凤林

四子一书，为儒家言行之实录。其所言者，匹夫匹妇之所或知。其所行者，圣人有所不能尽也。余尝反复其书，细绎综合，有论思想原起疑难者焉，有论内在关系者焉，有论价值者焉，有论为学经程者焉，有论因材施教者焉。余如《中庸》之言性道，《孟子》之辨义利非攻战，种种牖民觉世之大义，不可殚述。然此要皆其枝叶，非其中心所在。中心何在？曰其所启示之人生观是已。

西洋近今流行之思想，有人道主义（Humanitarianism）与个人主义（Individualism）二派。前者主博爱大同，于今世之制度，攻击不遗余力，谓为万恶渊薮，将欲实现平等真际，必先破除净尽。其所用之策略，曰阶级战争，曰群众运动，皆趋重团体而忽于个人，流于机械而漠于人格。俄之托尔斯泰，其代表也。后者则一反人道学者之所为，非平等，非博爱。以道德为流俗之护符、进化之阻碍，允宜扫荡澌灭，天才始能发展。战争为淘汰劣等民族之利器，此派极视为正当。窥其意旨，虽率世界以供少数超人之役使，亦属分内。德之尼采，其代表也。此种偏激主张，自吾尝视之，其失灼然易见。人道派己尚未立，泛言救人空而无当，固可断言。个人派但求立己，不谋立人，缺乏同情，难与有为，其失亦与前者等。以《四书》之言评之，则：

《孟子》曰："人病舍其田而芸人之田，所求于人者重而所以自任者轻。"

---

* 辑自《学衡》1922年2月第2期。

人道学者之失也。

《大学》："好人之所恶，恶人之所好，是谓拂人之性，菑必逮夫身。"

个人学者之失也，尽皆小有才未闻君子之大道，所谓过犹不及两失之也。

上略述西洋流行思想之趋势，明其非人生之正轨，以作本论之背景。盖余认《四书》所启示之人生观，先求个己之完成，以个人主义为起点，个人既已完成因以完成个人者，完成人人以人道主义为归宿。有人道、个人二派之长，而无其短，且适能补其短，而救其弊也。谓予不信，请将《四书》分述证之。

(一)《大学》

《大学》之旨首在明明德。明明德如《易》之乾乾，天行本乾，吾乾乾而已；明德本明，吾明明而已。释以今语，所谓德即本能，明德即善本能，明明德即发展善本能。然大学之道非仅明明德而已也，必将以己之明明德而使天下亦明明德焉。此即新民，亦即明明德于天下。而溯其下手，则在格致诚正修。

> 古之欲明明德于天下者，先治其国，欲治其国者，先齐其家，欲齐其家者，先修其身，欲修其身者，先正其心，欲正其心者，先诚其意，欲诚其意者，先致其知，致知在格物。（格物曰在者，盖即格物即致知也）

由格致诚正修而齐家，而治国而平天下（平天下即明明德于天下）。是之谓物有本末，是之谓君子有诸已而后求诸人，是之谓其仪不忒，正是四国，此大学之旨也。换言之，即先求个己之完成，推而使天下之人完成而已。

(二)《中庸》

《中庸》一书，上半多言中，下半多言诚。自来解者，多标二旨。实则中诚本一，证之本书可知。

> 第一章　中也者天下之大本也。
>
> 第三十二章　唯天下至诚为能立天下之大本。

天下之大本为中，而至诚能立之。可知《中庸》一书，只是中完于诚，一言诚而无不举矣。

《中庸》之以诚诏示吾人固也。顾吾人何以能诚乎？此则除诚者外，有诚之者，其道在择善固执与五之。

> 诚者天之道也，诚之者人之道也。诚者不勉而中，不思而得。从容中道，圣人也。诚之者，择善而固执之者也。博学之，审问之，慎思之，明辨之，笃行之。

究其实则在自成，由所谓诚者自诚也（其诚者系泛言诚，与上引诚者有别）。由诚而九经以行。

> 凡为天下国家有九经，曰修身也，尊贤也，亲亲也，敬大臣也，体群臣也，子庶民也，来百工也，柔远人也，怀诸侯也。所以行之者一也。

一者何也？诚而已也。诚系自诚，个己之自成，推而至于怀诸侯而畏天下，而使天下诚焉。是则中庸之意也。

（三）《论语》

《论语》一书，头绪虽似纷繁，语以简括，可概之以"仁"。所谓"仁"，即人之所以为人之道。观问"仁"章，夫子之答数子，其言各异。

> 颜渊问仁。子曰："克己复礼为仁。"
>
> 仲弓问仁。子曰："出门如见大宾，使民如承大祭。己所不欲，勿施于人。在邦无怨，在家无怨。"
>
> 司马牛问仁。子曰："仁者其言也讱。"

足知其义颇广，惟其下手，则为仁由己，端在自力，其目几全书皆是。兹举九思以例。

> 孔子曰："君子有九思，视思明，听思聪，色思温，貌思恭，言思忠，事思敬，疑思问，忿思难，见得思义。"

至其极则在推己及人。

夫仁者,己欲立而立人,己欲达而达人。能近取譬,可谓仁之方也已。

书中与此意相同之言亦多,试述夫子与子路问答证之。

子路问夫子之志。子曰:“老者安之,朋友信之,少者怀之。”

子路问政。子曰:“先之劳之。”“请益。”曰:“无倦。”(所谓无倦,无倦于先之,无倦于劳之也)

子路问君子。子曰:“修己以敬。”曰:“如斯而已乎。”曰:“修己以安人。”曰:“如斯而已乎。”曰:“修己以安百姓。”

盖皆先求个己之完成,因而及于人人者,此则论语之旨也。

(四)《孟子》

《孟子》七篇为一生学问之自述,其根本工夫,曰养气,曰知言。

公孙丑曰:“敢问夫子恶乎长。”曰:“我知言,我善养吾浩然之气。”曰:“敢问何谓浩然之气。”曰:“难言也。其为气也,至大至刚,以直养而无害,则塞于天地之间。其为气也,配义与道,无是馁也,是集义(义者,慊于心也。集义即事事慊于心。朱注谓:集义,欲事事皆合于义,是义在事上。集与义,袭无殊失之)所生者,非义袭而取之也。行有不慊于心(即非义)则馁矣。”“何谓知言?”曰:“诐辞知其所蔽,淫辞知其所陷,邪辞知其所离,遁辞知其所穷。”

语其目的则贤者以其昭昭使人昭昭,与《大学》以己之明明德使天下明明德者正同。氏之政治哲学,全属此种思想。如:

老吾老以及人之老,幼吾幼以及人之幼,天下可运于掌。《诗》云:“刑于寡妻,至于兄弟,以御于家邦。”言举斯心加诸彼而已之类。

而其最足启示其精神者，莫如想象伊尹之言。

天之生此民也，使先知觉后知，使先觉觉后觉也。予天民之先觉者也，予将以斯道觉斯民也。非予觉之而谁也，思天下之民，匹夫匹妇，有不被尧舜之泽者。若己推而内之沟中，其自任以天下之重如此。

孟子对高子，谓王如用予，则岂徒齐民安。天下之民举安，足知其亦以此自负。

此则孟子之真精神也。换言之，即先完成个己，由此个己之完成，以完成天下而已。

综上所言，可得下之结论：

《四书》所启示之人生观，是先求个己之完成，因以完成个己者，完成人人。

按古籍所载类此义者甚多。以言《书经》，如《尧典》谓："克明后德，以亲九族，九族既睦，平章百姓，百姓昭明，协和万邦。"《皋陶谟》谓："慎厥身修思永，惇叙九族，庶明励翼，迩可远在兹。"以言《易经》，如《临象》谓："君子以教思无穷，容保民无疆。"《离象》谓："大人以继，明昭于四方。"以言《周官》，则其设施，多由近及远。故孔子观于乡，而叹王道之易易。以言《三传》，如公羊家张三世之说，由内国而至天下，远近大小若一。其尤著者，即在老庄，亦有此旨。如《老子》第五十四章曰："修之于身，其德乃真。修之于家，其德乃余。修之于乡，其德乃长。修之于国，其德乃丰。修之于天下，其德乃普。"《庄子·人间世》述仲尼之言，亦曰："古之圣人，先存诸己而后存诸人。"有以知上文所得之结论，实吾先民普遍之人生观，而《四书》之所启示者，特其尤详赡耳。

抑尤有进者，《四书》所启示之人生观，非独由一己之完成，完成人人而已也。即物界亦须完成焉，此点以《中庸》之言为精。

致中和，天地位焉，万物育焉。

惟天下至诚，为能尽其性。能尽其性，则能尽人之性。能尽人之性，则能尽物之性。能尽物之性，则可以参天地之化育。可以参天地之化育，

> 则可以与天地参矣。
>
> 诚者非自成己而已也，所以成物也。成己仁也，成物知也，性之德也，合外内之道也，故时措之宜也。

于此所宜注意者，即合外内之道一语是。不曰合内外而曰合外内者，正足见《中庸》之学。原合物以为己，非离物以为己。诚者自成，原合物以为成，非离物以为成也。表以今语，即以精神为馆键，而镕物质于精神是已。其在《孟子》，言此旨者亦多。如：

> 万物皆备于我矣。
>
> 有大人者，正己而物正者也。
>
> 亲亲而仁民，仁民而爱物。

盖皆由个已之完成，因而完成人人，而并完成物界者。西洋文明，在昔希腊，精神物质本自调和，所谓美之灵魂寓于美之身体者（A beautiful soul housed in a beautiful body），实为雅典盛时公民普遍之人生观。降至中世，精神方面战胜。故人民只求皈依天国，漠于现世。文艺复兴以还，物质方面得势。其极也，卒起空前之欧战，流为兽性之生活。年来有识者深鉴其弊，方力谋镕合此二者而未能也。而吾《四书》于数千年前，乃已言之精微如此，吁伟矣。

由上所言，又可得下之结论，《四书》所启示之人生观，是先求个已之完成，因以完成个已者，完成人人，完成物界——健全之完成主义（今译健全的完美主义）（Sound perfectionism）。

此种健全之完成主义，以个人主义为起点，以人道主义为归宿，而其终极，不仅完成人人，亦且完成物界。其足补救人道个人二派之失，固可不言而喻。其精密优越之处，亦既无待辞费，惟其尤有关系者二点，试一述之。

（一）自反

《四书》以完成为的，而完成由己，非由于人。故苟有未诣完成，必自反而不能自已。此观《庸》《孟》以射喻君子与仁者，其旨甚明。

《中庸》 子曰："射有似夫君子，失诸正鹄，反求诸其身。"

《孟子》 仁者如射，射者正己而后发，发而不中，不怨胜己者，反求诸己而已矣。

其他发明此意者。在《大学》如：

所藏乎身不恕，而能喻诸人者，未之有也。

在《中庸》如：

故君子之道本诸身。

在《论语》如：

子曰："不患无位，患所以立，不患莫己知，求为可知也。"

子曰："君子求诸己，小人求诸人。"

在《孟子》如：

行有不得者，皆反求诸己。

人待我以横逆，则君子必自反也。

不可胜举，人道、个人学者昧于此旨，故前者只言制度之罪恶，不知人格之培养；后者只知率天下以奉一人，而不知为人服务，何其躬自薄而厚于责人耶？其在现今中国，此风更厉，官僚政客晤谈私室莫不痛言政府之腐败，而不自思其本身即系卖国之分子，固无论矣。为人子者不知自尽孝道，而痛言父之不慈。为学生者不知安心求学，而无端反抗其师。甚至少数青年强商人以焚日货，而己身则仍购用之。愤政客之无良，而一己之行径，会无异于小政客。凡此明于责人暗于责己，皆不知自反之故也。余读《四书》，诚令余兴无穷之感想也矣。

（二）自得

《四书》之人生观，以完成人人完成物界为职志。固也，顾事大者其艰难与之俱大，世非圣明，其能得志行道，措之裕如，盖亦鲜矣。则持此为鹄，常值失望，殆在意中，而非逆境夷然，等视成败，亦无以慰其未践之志，而有不知不愠之境。换言之，即非学求自得不为功。四书于此点甚为注意。如：

《中庸》 君子素其位而行，不愿乎其外。素富贵行乎富贵，素贫贱行乎贫贱，素夷狄行乎夷狄，素患难行乎患难，君子无入而不自得焉。

《孟子》 孟子曰："君子深造之以道，欲其自得之也。自得之则居之安，居之安则资之深，资之深则取之左右逢其源，故君子欲其自得之也。"

皆言是理，素位而行，随入而安，而在我者未尝或失，如洪钟发响，随扣击以无亏，皓月当空，入波涛而不散，所谓自得者此也。至论君子，与此旨相发明者益多。如：

《中庸》 君子依乎中庸，遯世不见知而不悔，惟圣者能之。

《论语》 子曰："直哉，史鱼！邦有道如矢，邦无道如矢。君子哉，蘧伯玉！邦有道则仕，邦无道则可卷而怀之。"

《孟子》 君子所性，虽大行不加焉，虽穷居不损焉。

皆自得之深者，即如颜子箪瓢陋巷，在人处之，必将不堪其忧，而回也不改其乐，亦以理义中自有乐境。初不以外缘之淡薄而有动于中，而人生之真价抑更超越于经济势力之上，非经济势力所能奴隶也。缅想孔孟当日，世衰道微，邪说暴行有作，仁义充塞，率兽食人，思距诐行而放淫辞，出斯民于涂炭。孳孳恳恳，终身不倦，虽其目的未能实现，而二圣初不以是稍易其初衷。读下述之言，有不兴感者，吾不信也：

子谓颜渊曰："用之则行，舍之则藏，唯我与尔有是夫。"

子曰："饭疏食饮水，曲肱而枕之，乐亦在其中矣。不义而富且贵，于我如浮云。"

孟子曰："居天下之广居，立天下之正位，行天下之大道。得志与民由之，不得志独行其道。富贵不能淫，贫贱不能移，威武不能屈，此之谓大丈夫。"

凡此皆自得之效也。人道、个人二派之学者，惟不知此故，方其挟其主义宣传鼓吹。思欲以此易世，莫不志高气扬，极端乐观。及其逆境横来，与人冲突，未能如其志愿，遂荣纡郁闷，趯然有远举之志，甚至见世无可为，畏人类如蛇蝎，自伤哭泣，不能复振。若卢骚（今译卢梭），若摆伦（今译拜伦），若尼采，若托尔斯泰，其结果大都类是也，是亦不善处穷者矣。以视孔孟之虽处境迍邅，人莫之知，而其胸中，浩然自有坦坦荡荡之乐，于外来之富贵利禄，无所歆羡。其坚强不屈之精神，堪长留天壤间者，其相去岂可以道里计耶？今日者青年有为之士，以愤家庭国事之紊乱，金钱势力之压逼，相率而厌世者，时有闻见，非求自得，其何以挽此颓风哉？

书辜汤生英译《中庸》后[*]

王国维

古之儒家，初无所谓哲学也。孔子教人言道德，言政治，而无一语及于哲学。其言性与天道虽高，弟子如子贡犹以为不可得而闻，则虽断为未尝言焉，可也。儒家之有哲学，自《易》之《系辞》《说卦》二传及《中庸》始。《易传》之为何人所作，古今学者尚未有定论。然除传中所引孔子语若干条外，其非孔子之作则可断也。后世祖述《易》学者，除扬雄之《太元经》、邵子之《皇极经世》外，亦曾无几家。而此数家之书，亦不多为人所读。故儒家中此派之哲学，未可谓有大势力也。独《中庸》一书《史记》即明言为子思所作，故至于宋代此书遂为诸儒哲学之根柢。周子之言、太极张子之言、太虚程子朱子之言，理皆视为宇宙人生之根本，与《中庸》之言诚无异，故亦特尊此书跻诸《论》《孟》之列。故此书不独如《系辞》等传表儒家古代之哲学，亦古今儒家哲学之渊源也。然则辜氏之先译此书亦可谓知务者矣。

然则孔子不言哲学，若《中庸》者又何自作乎？曰《中庸》之作，子思所不得已也。当是时略后孔子而生而于孔子之说外，别树一帜者老氏（老氏之非老聃说见汪中《述学补遗》）、墨氏。老氏、墨氏亦言道德言政治，然其说皆归本于哲学。夫老氏道德政治之原理可以二语蔽之，曰虚与静是已。今执老子而问以人，何以当虚当静？则彼将应之曰："天道如是，故人道不可不如是。"故曰："致

---

* 辑自《学衡》1925 年 7 月第 43 期。

虚极，守静笃，万物并作。”（《老子》十二章）此虚且静者老子谓之曰：“道，曰有物混成，先天地生，寂兮寥兮，独立不改。（中略）吾不知其名，字之曰道。”（二十五章）由是其道德政治之说不为无据矣。《墨子》道德政治上之原理可以二语蔽之，曰：爱也利也。今试执墨子而问以人，何以当爱当利？则彼将应之曰：“天道如是，故人道不可不如是。”故曰：“天兼而爱之，兼而利之”，又曰：“天必欲人之相爱相利，而不欲人之相恶相贼”（《墨子·法仪篇》），则其道德政治之说不为无据矣。虽老子之说虚静求诸天之本体，而墨子之说爱利求诸天之意志，其间微有不同，然其所以自固其说者则一也。孔子亦说仁说义，又说种种之德矣。今试问孔子以人何以当仁当义？孔子固将由人事上解释之。若求其解释于人事以外，岂独由孔子之立脚地所不能哉？抑亦其所不欲也。若子思则生老子墨子后，比较他家之说而惧乃祖之教之无根据也，遂进而说哲学以固孔子道德政治之说。今使问子思以人何以当诚其身？则彼将应之曰：“天道如是，故人道不可不如是。”故曰：“诚者物之终始，不诚无物。”其所以为此说者，岂有他哉？亦欲以防御孔子之说，以敌二氏而已。其或生二子之后，濡染一时思辨之风气而为此说，均不可知。然其方法之异于孔子，与其所以异之原因，不出于此二者，则固可决也。

然中庸虽为一种之哲学，虽视诚为宇宙人生之根本，然与西洋近世之哲学固不相同。子思所谓诚，固非如裴希脱（今译费希特）（Fichte）之 Ego，解林（今译谢林）（Schelling）之 Absolute，海格尔（今译黑格尔）（Hegel）之 Idea，叔本华（Schopenhauer）之 Will，哈德曼（Hartmann）之 Unconscions 也，其于思索未必悉皆精密，而其议论亦未必尽有界限。如执近世之哲学以述古人之说，谓之弥缝古人之说，则可谓之忠于古人则恐未也。夫古人之说，固未必悉有条理也。往往一篇之中，时而说天道，时而说人事，岂独一篇中而已？一章之中亦复如是。幸而其所用之语意义甚为广莫，无论说天说人时，皆可用此语，故不觉其不贯串耳者。译之为他国语，则他国语之与此语相当者，其意义不必若是之广，即令其意义等于此语，或广于此语，然其所得应用之处不必尽同，故不贯串不统一之病，自不能免。而欲求其贯串统一，势不能不用意义更广之语。然语意愈广者，其语愈虚。于是，古人之说之特质，渐不可见所存者，其肤廓耳。译古书之难，全在于是。如辜氏此书中之译中为 Our true self 和为 Moral order，其最著者也。余如以性为 Law of our being，以道（为）Moral law，亦出于求统一之弊。以吾人观之，则道与其谓之 Moral，宁谓之 Moral order。至性之为

Law of our being，则 law 之一字除与 Morallaw 之 law 字相对照外，于本义上固毫不需此，故不如译为 Essence of our being or Our true nature 之妥也。此外如此类者，尚不可计。要之辜氏此书，如为解释《中庸》之书，则吾无间然，且必谓我国之能知《中庸》之真意者，殆未有过于辜氏者。若视为翻译之书，而以辜氏之言即子思之言，则未敢信以为善本也。其他种之弊，则在以西洋之哲学解释《中庸》其最著者，如诚则形形则著数语。兹录其文如左：

Where there is truth，there is substance. Where there is substance，there is reality. Where there is reality，there is intelligence. Where there is intelligence，there is power. Where there is power，there is influence. Where there is influence，there is creation.

此节明明但就人事说郑注与朱注大概相同，而忽易以 Substance、reality 等许多形而上学上之语（Metaphysical Terms），岂非以西洋哲学解释此书之过哉？至至诚无息一节之前半，亦但说人事，而无息、久征、悠远、博厚、高明等字，亦皆以形而上学之语译之，其病亦与前同。读者苟平心察之，当知余言之不谬也。

上所述二项，乃此书中之病之大者，然亦不能尽为译者咎也。中国语之不能译为外国语者，何可胜道？如《中庸》之第一句，无论何人不能精密译之，外国语中之无我国“天”字之相当字，与我国语中之无 God 之相当字无以异。吾国之所谓“天”，非苍苍者之谓，又非天帝之谓，实介二者之间，而以苍苍之物质，具天帝之精神者也。性之字亦然。故辜氏所译之语，尚不失为适也。若夫译“中”为 Our true self or Moral order，是亦不可以已乎？里雅各（James Legge）之译“中”为 Mean，固无以解“中也者天下之大本”之“中”，今辜氏译“中”为 Our true self 又何以解“君子而时中”之“中”乎？吾宁以里雅各氏之译“中”为 Mean，犹得《中庸》一部之真意者也。夫“中”（Mean）之思想乃中国古代相传之思想，自尧云“执中”而皋陶乃衍为九德之说。皋陶不以宽为一德、栗为一德，而以二者之中、之宽而栗为一德，否则当言十八德，不当言九德矣。《洪范》三德之意，亦然。此书中“尊德性”一节，及“问强”“索隐”二章，尤在发明此义，此亦本书中最大思想之一。宁能以 Our true self or Our central self 空虚之语当之乎？又岂得以类于亚里士多德（Aristotle）之中说而唾弃之乎？余所以谓失古人之说之特质，而存其肤廓者为此故也。辜氏自谓涵泳此书者，且二十年而其涵泳之结果。如此，此余所不能解也。余如“和”之译为 Moral order 也，“仁”之译为 moral sense 也，皆同此病。要之，皆过于求古人之说之统一之病也。至全以西洋之形而上学释此书，其病反是。前病失之于减古书之意义，而后者失之于增古书之意义。吾人之译古书，如其量而止，则可矣。或失之减，或失之增，虽为病不同，同一不忠于古人而已矣。

辜氏译本之病，其大者不越上二条。至其以己意释经之小误，尚有若干条，兹列举之如左：

（一）“是以君子戒慎乎其所不睹，恐惧乎其所不闻。”辜氏译为：

Wherefore it is that the moral man watches diligently over what his eyes cannot see and is in fear and awe of what his ears cannot hear.

其于“其”字一字之训，则得矣。然《中庸》之本意，则亦言不自欺之事。郑元注曰：

> 小人闲居为不善，无所不至也君子则不然，虽视之无人，听之无声，犹戒慎恐惧自修，正是其不须臾离道。

朱注所谓“虽不见闻，亦不敢忽”，虽用模棱之语，然其释“独”字也，曰：

> 独者，人所不知而已，所独知之地也。

则知朱子之说，仍无以异于康成。而辜氏之译语，其于“其”字虽妥，然涵泳全节之意义，固不如旧注之得也。

（二）“隐恶而扬善。”辜氏译之曰：

He looked upon evil merely as something negative, and he recognized only what was good as having positive existence.

此又以西洋哲学解释古书，而忘此节之不能有此意也。夫以“恶”为 Negative，“善”为 Positive，此乃希腊以来哲学上一种之思想。自斯多噶派（Stoics）及新柏拉图派（Neo Platonism）之辨神论（Theodicy），以至近世之莱布尼兹（Leibnitz），皆持此说，不独如辜氏注中所言大诗人莎士比亚（Shakespeare）及葛德（今译歌德）（Goethe）二氏之见解而已。然此种人生观虽与《中庸》之思想非不能相容，然与好问察言之事有何关系乎？如此断章取义以读书，吾窃为辜氏不取也。且辜氏亦闻《孟子》之语乎？《孟子》曰：

> 大舜有大焉，善与人同。舍己从人，乐取于人，以为善。

此即好问二句之真注脚。至其译执其两端，用其中于民，乃曰：

Taking the two extremes of positive and negative, he applied the mean between the two extremes in his judgement, employment and dealings with people.

夫云"to take the two extremes of good and evil(执善恶之中)"已不可解，况云"taking the two extremes of positive and negative"乎？且如辜氏之意，亦必二者皆 positive 而后有 extremes 之可言。以 positive 及 negative 为 two extremes，可谓支离之极矣。今取朱注以比较之，曰：

> 然于其言之未善者，则隐而不宣，其善者则播而不匿，（中略）于善之中，又执其两端，而量度以取中，然后用之。

此二解之孰得孰失，不待知者而决矣。

（三）"天下国家可均也。"辜氏译为：

A man may be able to renounce the possession of Kingdoms and Empire.

而复注之曰：

The word 均 in text above, literally "even, equally divided" is here used as a verb"to be indifferent to"(平视), hence to renounce.

然试问"均"字，果有"to be indifferent to(漠视)"之训否乎？岂独"均"字无此训而已，即"平视"二字(出《魏志·刘桢传》注)亦曷尝训此？且即令有此训，亦必有二不相等之物，而后可言均之平之。孟子曰："舜视弃天下犹弃敝屣也。"故若云天下敝屣可均，则辜氏之说当矣。今但云天下国家可均，则果如辜氏之说，将均天下国家于何物者哉？至"to be indifferent to"不过外国语之偶有"均"字表面之意者，以此释"均"，苟稍知中国语者，当无人能首肯之也。

（四）"君子之道，造端乎夫妇。及其至也，察乎天地。"郑注曰：

> 夫妇，谓匹夫匹妇之所知所行。

其言最为精确。朱子注此节曰"结上文"，亦即郑意。乃辜氏则译其上句曰：

The moral law takes its rise in relation between man and woman.

而复引葛德《浮斯德》(今译《浮士德》)戏曲"Faust"中之一节以证之。实则此处并无此意，不如旧注之得其真意也。

（五）辜氏于第十五章以下即译"哀公问政"章(朱注本之第二十章)，而继以"舜其大孝""无忧""达孝"三章，又移"鬼神之为德"一章于此下，然后继以"自诚明"章。此等章句之更定，不独有独断之病，自本书之意义观之，亦决非必要也。

（六）辜氏置"鬼神"章于"自诚明"章之上，当必以此章中有一"诚"字故也。然辜氏之译"诚之不可揜也"，乃曰：

Such is evidence of things invisible that it is impossible to doubt the spiritual nature of man.

不言"诚"字而以鬼神代之，尤不可解。夫此章之意，本谓鬼神之为物，亦诚之发现，而乃译之如此。辜氏于此际，何独不为此书思想之统一计也。

（七）"身不失天下之显名，尊为天子，富有四海之内，宗庙享之，子孙保之"，此数者，皆指武王言之。朱注此言：武王之事是也。乃辜氏则以此五句别为一节，而属之文王，不顾文义之灭裂甚矣，其好怪也。辜氏独断之力如此，则更无怪其以"武王末受命"为"文王未受命"，及"周公成文武之德"，为"周公以周之王成于文武之德"也。

（八）"礼所生也"之下"居下位"三句，自为错简，故朱子亦从郑注。乃辜氏不认此处有错，简而意译之曰：

For unless social inequalities have a true and moral basis, government of the people is an impossibility.

复于注中直译之曰：

Unless the lower orders are satisfied with those above them, government of the people is an impossibility.

复于下节译之曰：

If those in authourity have not the confidence of those under them, government of the people is an impossibility.

按不获乎上之意，当与孟子"是故得乎邱民而为天子，得乎天子为诸侯，得乎诸侯为大夫"，及"不得乎君则热中"之"得"字相同。如辜氏之解，则经当云

“在上位不获乎下”,不当云“在下位不获乎上”矣。但辜氏之所以为此解者,亦自有故。以若从字句解释则与上文所云为“天下国家”,下文所云“民不可得而治”,不相容也。然“在下位”以下,自当如郑注别为一节,而“在下位者”即云“在位”,则自有治民之责,其间固无矛盾也。况孟子引此语亦云“居下位而不获于上,民不可得而治也”乎?要之,此种穿凿,亦由求古人之说之统一之过也。

(九)“王天下有三重焉,其寡过矣乎!”辜氏译之曰:

To attain to the sovereignty of the world, there are three important things necessary; they may perhaps he summed up in one: blamelessness of life

以三重归于一重,而即以寡过当之,殊属非是。朱子解为人得寡过,固非如辜氏之解,更属穿凿。愚按此当谓:王天下者,重视议礼、制度、考文三者,则能寡过也。

(十)“上焉者虽善无征,无征不信,不信民弗从。下焉虽善不尊,不尊不信,不信民弗从。”此一节承上章而言,“无征”之“征”,即“夏礼·殷礼不足征”之“征”。故朱子《章句》解为“虽善而皆不可考”是也。乃辜氏译首二句曰:

However excellent a system of moral truth appealing to supernatural authority may be, it is not verifiable by experience.

以“appealing to supernatural authority”释“上”字,穿凿殊甚,不知我国古代固无求道德之根本于神意者。就令有之,要非此际子思之所论者也。

至辜氏之解释之善者,如解“凡为天下国家有九经所以行之者一也”之“一”为“豫”。此从郑注而善者,实较朱注更为直截。此书之不可没者,唯此一条耳。

吾人更有所不慊者,则辜氏之译此书,并不述此书之位置如何,及其与《论语》诸书相异之处。如余于此文首页之所论,其是否如何,尚待大雅之是正。然此等问题为译述及注释此者所不可不研究明矣。其尤可异者,则通此书无一语及于著书者之姓名,而但冠之曰孔氏书。以此处《大学》则可矣,若《中庸》之为子思所作明见于《史记》,又从子思再传弟子孟子书中,犹得见《中庸》中之思想文字,则虽欲没其姓名,岂可得也?又译者苟不信《中庸》为子思所作,亦当明言之,乃全书中无一语及此,何耶?要之,辜氏之译此书谓之全无历史上之见地可也。唯无历史上之见地,遂误视子思与孔子思想全不相异。唯无历史上之见地,故在在期古人之说之统一。唯无历史上之见地,故译子思之语以西洋哲学上不相干涉之语。幸而译者所读者西洋文学上之书为多，其于哲学所入不深耳。使译者而深于哲学，则此书之直变为柏拉图之《语录》、康德之《实践理性批评》，或变为斐希脱、解林之书，亦意中事。又不幸而译者不深于哲学，故译本中虽时时见康德之知识论及伦理学上之思想，然以不能深知康德之知识论故，遂使西洋形而上学中空虚广莫之语，充塞于译本中。吾人虽承认《中庸》为儒家之形而上学，然其不似译本之空廓，则固可断也。又译本中为发明原书故，多引西洋文学家之说。然其所引证者，亦不必适合。若再自哲学上引此等例，固当十百千万于此。吾人又不能信译者于哲学上之知识狭隘如此，宁信译者以西洋通俗哲学为一蓝本，而以《中庸》之思想附会之，故务避哲学家之说，而多引文学家之说，以使人不能发见其真赃之所在，此又一说也。由前之说则失之固陋，由后之说则失之欺罔，固陋与欺罔，其病虽不同，然其不忠于古人则一也。故列论其失，世之君子或不以余言为谬乎。

（此文作于光绪丙午，曾登载于上海《教育世界》杂志。此志当日不行于世，故鲜知之者。越二十年乙丑夏日，检理旧箧，始得之。《学衡》杂志编者请转载，因复览一过。此文对辜君批评颇酷，少年习气殊堪自哂。案辜君雄文卓识，世间久有定论。此文所指摘者不过其一二小疵。读者若以此而抹杀辜君，则不独非鄙人今日之意，亦非二十年前作此文之旨也。国维附记）

由读《庄子》而考得之孔子与老子*

范　祎

一、《庄子》叙道术不及孔子

《庄子·天下篇》列举古之道术所在，其在于度，其在于数，其在于诗书礼乐，而后继之曰："天下大乱，贤圣不明，道德不一。"则又继之曰："后世之学者，不幸不见天地之纯，古人之大体，道术将为天下裂。"于是乃序次墨翟、禽滑厘、宋钘、尹文、彭蒙、田骈、慎到、关尹、老聃，更及自己与惠施，皆道术既裂之后，得一察焉以自好者。故于每一家必曰："古之道术，有在乎是者"，某某闻其风而悦之。此所谓百家往而不反必不合者也。然独不及孔子，何哉？夫《庄子》一书言孔子言仲尼者甚多，或褒或贬，不一而足，似其生平所最喜援引。以甄明道术者，独于此不及焉。其摈孔子于百家之外耶？抑不侪孔子于百家之列耶？此疑问始发于苏东坡《庄子祠堂记》，从来未有人答复东坡之意。以庄子为暗示予孔，世之非儒者，必嗤其妄，而究无以为庄子解也。余读《骈拇》诸篇，掊击仁义，辞最激烈，而忽以曾史为鹄的，避孔子而不施。东坡谓惟《盗跖》《渔父》，则似真诋孔子者，遂疑其伪。然渔父之说，亦与《论语》所记晨门、荷蒉、沮溺丈人之说等耳，岂在《庄子》？而即为诋孔。至如《盗跖篇》之无理谩骂，乃借一穷凶极恶人之口，语类滑稽，初不足为孔子辱，是岂《庄子》固有微意存乎其

---

*　辑自《学衡》1924年5月第29期。

间耶？过此以往，不敢强为之说矣（或曰今《盗跖》《渔父》非庄子，原木为太史公所见者，然无左证）。反而观之太史公《老子列传》云："世之学老子者，则绌儒家，儒家亦绌老子，道不同不相为谋。"今考先秦儒家言传于今者，绝无绌及老子之文。孟子拒杨墨至斥为无父无君，而独不及老。荀子非十二子，亦不数及老子。《荀子》全书中辨墨、辨宋、辨孟至不惮烦，而于老子的《天论》篇载有"有见于诎，无见于信"八字，异哉？孟、荀皆以好辨著，则于老子当视为淫辞邪说，异端之尤，顾反默然钳口，竟无所谓不得已存也者，是皆古书骤难解答之问题也。

庄、孟同时而不相遇。由孟子观之，则当日社会盛行之学说，只有儒、墨、杨；由庄子观之，则当日老子势力似非常浩大。然而孟子熟视无睹也，或疑杨朱即老氏之代表。顾孟子举杨朱宗旨，不过"为我"二字，以比老子掊击仁义，于儒家中心点有直接之伤害者（墨子非儒，亦只皮毛），大不相同。"为我"不足以代表老子道德宗旨。杨朱"为我"，老子"外身"，杨朱非老学也（荀子《儒效篇》无以异于墨子矣，各本皆同，陈兰甫误引作老墨，而曰老墨即杨墨，真郢书燕说也）。庄子屡言杨墨，又言儒墨杨秉，而记老子弟子，则为阳子居。杨阳朱居虽可通假，而以学说论之，则决非一人也（《列子·黄帝篇》袭《庄子·寓言篇》以阳子居为杨朱，伪书不足为证。陆德明《庄子释文》云：阳子居，姓阳名戎，则亦不以为杨朱也）。

二、《庄子》著老孔学案

《庄子》一书纪老聃事十六条，而老孔相遇居其九，合之《御览·引逸篇》中，犹有两条，共一十一条，盖老孔事迹，莫详于此矣。窃意庄子之学，源本于老。然老学之高尚，初无待庄生抑孔以张之。乃独于老孔问答，非常注意，述之如是。其备更以己意曼衍而发挥之者，殆以此为当日两家最大之学案，并非以之轩老轾孔也。还观儒家所纪，仅在《礼记·曾子问》中得寥寥数语，又琐屑及于礼之末节。盖此学案为彼方的，故此方不甚记载（譬如陆象山对于朱晦庵而有辨论，当然为象山门徒所宝贵，而晦庵门徒则弃掷之而不屑道，所以陆氏之言留在朱氏者，只有白鹿洞讲义一章，与朱陆异同无与也）。进而言之，或者陋儒之见，对于老子，虽愤其说之惑世诬民，而又苦无高出于彼之理论以争胜，遂欲深没当日相竞之大端，如经籍与仁义等，而姑留此促数破碎之剩言，以为孔子见老聃不过问礼(如《孔子世家》所记),而所闻于老聃者,又不过如此云云而已也。世但据《曾子问》,遂谓守礼唯谨之老聃,决非作五千言文,甚至谓礼者忠信之薄而乱之首等语之老子。于是,以作五千言者臆为老莱子或周太史儋,斯真受古人之愚矣。今由《庄子》所记老孔学案观之,儒家最重仁义。孔子第一次欲西藏书于周室而因老聃。老聃问十二经之要,孔子答以要在仁义。老聃即斥其以仁义乱人之性。孔子第二次年五十有一,南之沛见老聃。老聃又告以仁义先王之蘧庐,可一宿而不可久处。又谓孔子见老聃而语仁义,老聃以为如播糠眯目,则天地四方易位,蚊虻噆肤,则通昔不寐,仁义愤心之乱亦如是。此皆老子之掊击仁义者也,其可写于儒家之书乎?次之儒家最重者经籍,而庄子所记孔子,以治《诗》《书》《礼》《乐》《易》《春秋》之久告老聃,而老聃乃谓:“六经先王之陈迹,而非其所以迹,如迹为履之所出,而迹非履”,斥孔子不求所以迹,而但求其迹。又记老聃倚灶觚而听孔子读春秋,以为圣人读之,汝不必读(《御览》引《庄子》逸篇此条其文不全,以同书所引《神仙传》足之)。其意盖如轮扁之告齐桓公,圣人已死,而所读者为古人之糟魄相同(亦即陆象山“六经皆吾注脚”之意)。此老子之反对经籍,而为孔门所不能赞成者也。其三,儒家游方之内以修身行己为最要,而老聃则告孔子以忘形。其与无趾私论孔子,谓其不能自解桎梏,等于天刑。故尝告之曰:“有形者与无形无状者皆无。忘乎物,忘乎天,其名为忘己。忘己之人,是之谓入于天。”又曰:“生有所乎萌,死有所乎归,始终相反乎无端,而莫知其所穷。非是也,且孰为之宗?”又曰:“处于天地之间,直且为人,将反于宗,自本观之,生者喑醷物也。虽有寿夭,相去几何?须臾之说也。奚足以为尧桀之是非?”云云。孔子一生汲汲于伦理范围之中,日不暇给,闻此高旷玄妙之哲学,深悟夫造化之精微,物性与人性,乌鹊孺,鱼傅沫,细要者化,有弟而兄啼之自然与真挚,则安得不叹为尸居而龙见,雷声而渊默乎?然而孔子之徒如子贡者,犹且闻其言而不信也,则其他可知矣。然则由庄子观之,孔子之见老子,果为区区之问礼耶?孔子所闻于老聃者,果仅《曾子问》所记之四条耶?以上所举荦荦大端,皆蒙叟之寓言耶?苟无褊心,吾知决不能持此谬说已。

王肃伪撰孔子家语,于《五帝篇》《执辔篇》皆有“吾闻诸老聃”之文,都不足信。而《执辔篇》“子夏问于孔子曰”节,全袭大戴记《易·本命》篇,而中间增出“昔吾闻诸老聃”数语为戴记所无,作伪之迹更显。《孔丛记义篇》亦有“闻诸老聃”语,亦伪书,不足信。

三、《庄子》证明《五千言》出于老聃

《道德》五千言为老聃所著。《庄子·天下篇》明引其文，本无可疑。太史公亦以著之《老子列传》。而世之儒者偏据《曾子问》以疑之，谓孔子师老聃。其所闻纪于《曾子问》者，是而《五千言》则非老聃所作，或谓是老莱子，或谓是周太史儋。然据太史公所言，老莱子自有著书十五篇，其书见于汉书《艺文志》，非《五千言》也。太史公叙老莱子于《老子传》中，不过为其亦楚人。史公固不谓老莱子即老子也（《史记·仲尼弟子列传》云孔子所严事者，于周则老子，于楚则老莱子，是史公不谓老子即老莱子之证）。《庄子》记老莱子与孔子问答，则称老莱子，与老聃之称老子，绝不相蒙。故以《五千言》属诸老莱子者可谓绝对之谬误。若周太史儋仅见于秦史记，其见秦献公而为预言，非老子斥前识为愚之义（《德经·论德章》云："礼者，忠信之薄而乱之首也。前识者，道之华而愚之始也。"以上句疑《曾子问》之老聃非老子，何故不以下句疑见秦献公之周太史儋非老子乎?）吾意作《五千言》之老子决不作此伎俩也。能作《五千言》文者，其人品学识理想必不肯借预言以自见。则谁谓周太史儋而能作《五千言》乎？夫考老子不取信于庄子，岂有当耶？谓庄子不问其祖师为谁，而姑借周太史儋之书漫造为寓言，以诬罔老聃与孔子耶？或者庄子不知《五千言》为同时之周太史儋所作，误认为老聃，而遽以古之博大真人称之，欲立之以为宗耶？（周太史儋见秦献公。据《周秦本纪》在孔子殁后百有五年《老子传》作，百二十九年而庄子为楚威王所聘。威王元年，即周显王三十年，即孔子殁后百四十年。威王立十一年而薨。是周太史儋可以与庄子同时，或相差二三十年耳）庄子果如是之陋且妄耶？（汪容甫《老子考异》以《庄子》证之完全错误）或曰明著作五千言者为老聃（但言老子或言老聃而不及《五千言》者不数）。《庄子》而外，《史记》以前其他周秦古书，亦有可谓《庄子》助者乎？愚不能多忆，姑证诸韩非。韩非为老氏之学，作《解老》《喻老》两篇，必是深知老子者不下于庄子也。虽此两篇中不言老子之名字，惟其《内储下经》有云，其说在老聃之言失鱼也。而说中"引鱼不可脱于渊，国之利器不可以示人"，此为《道经·微明章》之文。则《五千言》之作于老聃，在韩非书中亦有确据矣。至于《文子》一书固解说《五千言》文者全书多只称老子，不能为证，惟其第五篇有平王问文子曰"吾闻子得道于老聃"云云，此即《汉书·艺文志》注所谓文子老子弟子与

孔子同时，而称周平王问似依讬者。班固所指依讬，盖犹依讬在秦以前（王伯厚谓《荀子》及《庄》《列》《淮南》皆引用文字之言），则《文子》之老子即老聃似亦足为一证也。至《吕览·审分·不二篇》云“老聃贵柔”（今本作“老耽”从《困学纪闻》引改。《吕书》四称“老子”，两作“老聃”，两作“老耽”。“耽”疑为“聃”之俗写耳），“贵柔”之出《五千言》，更其明证。

四、《庄子》之老子列传

余读《庄子》所记之老子，而觉太史公之《老子列传》殊不足为信史也。吾人信二百年后其书多所牴牾之太史公乎？抑信二百年前与老子时代较接近而欲明老子之术之庄子乎？则请述庄子所以传老子者，与太史公书相较。太史公云：“老子姓李，名耳。”余尝疑李耳之名自太史公，外竟不见于其他古书，不知太史公何所本。若庄子则只称“老聃”，无所谓“李耳”也，一也。太史公记老子生平是楚国人，先官于周，后隐于秦，中间并无何等之更端。而庄子则记孔子及阳子居，皆尝南之沛见老子，则老子固久住于沛者（《释文》云，老子陈国相人，相今属苦县，与沛相近），非免而归居，即由周适秦。且依夫《道》篇，孔子适周见老子固已在老子免官之后也（又见后），二也。太史公说孔子适周，将问礼于老子。而《庄子》则记孔子见老子凡两次，其一在周，其一在沛，在沛为不闻道，在周为藏书，皆非问礼。则问礼者儒家之饰说，而史公误以为事实也（见前），三也。太史公记老子谓孔子，有“去子之骄气与多欲、态色与淫志”之语。而庄子则记“去汝躬矜与汝容止”云云，乃为老莱子非老聃也。可见史公心中或竟不能分别老莱子与老子，四也。太史公说老子至关，关令尹喜曰：“子将隐矣，强为我著书。”而庄子则称关尹为列御寇之师，与老聃为同志，且《天下篇》先举关尹后及老聃，并引“关尹曰”“老聃曰”，而俱指为古之博大真人，则关尹似非仅强老子著书之人。至关而始见，则至关见尹之事似不足信也，五也。太史公记尹喜曰子将隐矣，又记著书而去，似老子入秦不返者。而《庄子》记阳子居南至沛，老聃西游于秦邀于郊，至梁而遇老子，则老子入秦不过一时之西游，而沛则老子之家在焉。故阳子居、孔子皆往彼见之也，六也。太史公谓老子入秦后莫知其所终，而《庄子》则记老聃死，秦佚吊之，有老者哭之如哭其子、少者哭之如哭其子之语。则非莫知所终者也，七也。太史公之传老子，曰字伯阳，以影射西周时代为预言之伯阳父，而联合战国时代为预言之太史儋。又曰：

"著书而去,莫知其所终。"又曰:"盖老子者一百六十余岁,或言二百余岁,以其修道而养寿也。"又曰:"或曰儋即老子,或曰非也。"世莫知其然否?迷离惝恍,一片神话,特未至若《神仙传》之荒唐耳。要之自秦皇汉武而后,方士逢起,长生不死之诡言,一讬之于黄老。太史公当汉武时浸受已久,虽不尽用其说而删除未尽,遂成此传。而《庄子》则不然,其记老子为周征藏史,免官而归,恒居于沛,教授弟子,又尝西游于秦,即而死,并无一语之涉及神话焉。然后从而赞之曰:"古之博大真人。""真人"者,即《刻意篇》:能体纯素,谓之真人(大宗师言之尤详),亦即《天下篇》所谓不离于真之至人。仰企天人神人,而立于圣人君子之上,是庄子五等人格之一也。又记孔子见老子,被发将沐,执然似非人,则以其形体掘若槁木,似遗物离人而立于独,以见老子超越凡俗之意态。记秦佚吊老子曰:"始吾以为其人也,而今非也,则以老者少者哭之有不蕲言而言,不蕲哭而哭者,以见老子感孚群众之精神。"《庄子》固以人道说老子者,比于太史公大有径庭者也,八也。故依《庄子》以撰老子列传,当与太史公迥异。至太史公谓老子之子名宗,为魏将云云,并及其曾玄,考其年代,正与周太史儋相值,决非与孔子同时之老聃。窃疑史儋后裔,欲自命为神圣之胄胤,不惜自诬其祖。而所谓儋即老子者,即彼等所附会耳。

姚惜抱据《庄子》以老子居沛,沛乃宋地,疑是宋人。宋为子姓,李乃子之转语,如姒姓之为弋。老者氏也,宋有老氏。老子字聃,据《释文》及《后汉书》注可证。今史记字伯阳谥曰:"聃者。"唐玄宗以后用河上公注所改(详见《老子章义序》)。其说依《庄子》以推测老子之姓氏、名字、里居,似亦有理,顾附会太多,如老子若为楚人(见《史记》)或陈人(《释文》)而不为宋人,即不能居沛耶。居沛老子即不必定宋人,则子姓之说又何所附丽耶?惟老为氏,聃其字,则固《庄子》所亟称,且称老子犹称孔子,孔亦氏也,否则老之为云?必取生而皓首(四字见《释文》)之神话矣。至于李耳之名,楚人、陈人之说,吾以为《庄子》所未言,无关紧要,阙之可也。

五、《庄子》不皆寓言及孔门学派

太史公谓"庄子著书十万余言,大抵率寓言也"。于是后人读《庄子》先横"寓言"两字于胸中矣。余独以为不然,今钩考老孔之事,尤觉此言之非。如《庄子》与《论语》同记楚狂接舆,而《论语》简古,接舆之歌仅有六句,《庄子》则有二十余句。未知《论语》为接舆之原歌,而《庄子》衍之耶?抑《庄子》为接舆之原歌,而《论语》节之耶?然世必以《庄子》寓言之故,谓《论语》较为可信,而不知实武断之甚也。今姑不论歌词之长短,即以接舆之名论之,亦复离奇太甚。苟不见有《论语》,则必与畏累虚亢桑子,同疑为空言无事实矣。岂非《庄子》之以寓言著名,遂致其一部分之事实,亦大受损失乎?进而言之,《庄子》记子桑户、孟子反、子琴张三人相与友,下及子贡孔子问答,又记孔子问子桑雽。盖子桑雽,即子桑户(《释文》:"雽"音"户"),亦即《论语》之子桑伯子,孔子以为简,仲弓以为太简者。孟子反即论语记孔子,称其不伐者。子琴张则孟子尝与曾皙、牧皮并指为孔子,所谓狂者,是三人者固非庄子之寓言而其事,亦必有几分之实在者也。余尝以是推之,可以想见孔子时代,老氏学说非常之盛。然简也、不伐也、狂也,固苟非证诸《庄子》,无以定其为浸淫于老氏者也。更进而言之,《庄子》记子桑户死,孟子反子琴张临尸而歌,及子贡以礼诘之,二人笑曰:"是乌知礼意,以例诸檀弓所记原壤母死,登木而歌",云云。则孔子故人壤子,固亦老氏之流(朱子亦云)。其游方之外,与子桑户辈同,亦可以《庄子》测之也。琴张为孔门弟子,余窃疑孔氏门徒中受老子之影响者亦不少。世皆知曾皙之言志,浴沂风雩之对,有一种超然之天趣,近于老氏。故孟子亦与琴张并举,而子游子之礼运首章,慨慕大同,以禹、汤、文、武、成王、周公为六君子,以其时代为小康。此与庄子所记老子告子贡五帝三王之治天下一章,意致相符。盖孔门南方之学派,固在老氏势力范围之内,有如是也。夫二程子门人,其后大半入于禅。阳明之徒,变为狂禅。学术迁流乃其常事(朱子谓由儒家拘缚不住,其实无论何家断无拘缚人心之能力)。孰谓孔门高贤,而皆株守一先生之绪言?如庄子所呵,为暖暖姝姝而私自说者(韩非谓孔子即没,儒分为八,取舍相反不同)。又况据《庄子》所记孔子自身之受老子感化,与其门徒之受感化(若颜子坐忘之类),固非一端哉。且孔门读老子书,固有明征。如《论语》记,或曰:"以德报怨,何如?"则直举五千言文为问。知孔子并不以其书为异端而不许学人之研究也,要在读者之自为衡断耳。然则读《庄子》者于老孔事迹与其学案,慎勿以"寓言"两字一概而相量,可矣。

孔子老子学说对于德国青年之影响*

[德]雷赫完(A. Reichwein) 撰 吴 宓 译

德人雷赫完氏(Adolf Reichwein)著《十八世纪中国与欧洲文化交通史略》(*China and Europe*: *Intellectual and Artistic Contact in the Eighteenth Century*)一书。J. C. Powell氏译为英文,一九二五年出版。兹译其绪论(Introduction: The Younger Generation of Today and the Wisdom of the East),以见中国古圣贤之说对于现今德国青年影响之一斑。篇中论中国哲学之精华,为孔子礼治之教,而非老子无为之论,尤为卓见。平心而论,孔老固为中国思想之两大中枢,对立共存,相反相成,然其中究以孔子为正,老子为辅。孔子近于西洋上古希腊亚里士多德之学说,老子则近于近世浪漫主义之卢梭、托尔斯泰等。美国白璧德先生已论之详矣(参阅本志各期译文)。其对于人心世道之功用,则孔子譬如医生之施刀圭,进药饵,以医学之成规,按部就班,来施诊治。其道虽似迂缓,然舍此更无二途。老子则如医生之用麻醉剂,使病人昏睡而忘痛苦。夫欲病愈身健,实赖刀圭药饵。但当病人垂危,身体衰弱、精神激扰之时,则非先用麻醉剂以使之休息安眠不可。然徒使休息而不更为善后之计,则失之一偏而陷于谬误矣。今欧洲青年,承机械生活自然主义之极弊,渴望清凉散以消炎毒。其欢迎老子之说,亦固其所。然须知此种态度,仍不免为浪漫主义之余波,以此而求精神之安乐,殊非正轨。不如研究孔子之学说,得其精义,

* 辑自《学衡》1926年6月第54期。

身体而力行之，则可有平和中正之人生观，而又不悖于文明之基础与进步之趋向。转言之，即彼欧洲青年，如能讲明希腊哲学及耶教中之人生道德之精义，琢磨发挥而实用之，则所得结果与受我国孔子之感化相同。固不必以好奇之心远寻旁骛，徒事呼号激扰也。由是推之，则我国之青年，与彼欧西之青年，其道德精神问题，实为一而非二。而中西真正之文化，在今实有共休戚、同存亡之形势者矣。

编者识

绪论　东方圣贤学说对于今世青年之影响

"吾欧洲之人今始受中国古圣贤之教化。"此十年以前，巴格氏（Alphone Paquet）之言，用以形容当时少数具有世界眼光及知识之思想家，与夫研究东方学术事物之人士者也。今世吾欧洲之青年，其读中国古圣贤之书，固有视为其知识经历中之一必要部分，非得此则其知识不能连贯而完备者。而亦有仅视为世界文学之一部，供我辈研究者之随意取拾而欣赏吟味者。此二种人皆属不少。而后一派人，每以东方文化与西方文化并为一谈，漫无分别。其缺乏精密之处，实足为今世思想懈怠之代表。今人侈言"综合"之思想，其无价值，皆此类也。

此种高谈东西文化之风气，盛行于今时，其所谈虽不正确，然亦足表见东方文化与西方文化内中实在之关系。近顷倭铿氏（Rudolf Eucken）曾言："使东方与西方之关系更为密切，在今实为至极重要之事。"即在欧洲大战以前，那陀普（Nathorp）已预言："今日者，崦嵫途穷之西方人，正将回身转向东方，以求旭日初出之精神之光明，彼东方实为真人产生之地，而人对于上帝及灵魂之深奥之梦想，亦始起于东方者也。"

西方人此种言谈，东方之人亦起而回应。泰戈尔（Tagore）曰："此火炬（指西方文明）烧完而熄灭之后，惟余一团黑灰以作纪念，届时东方必再放光明，盖东方者人类历史始见曙光之地也。"又辜鸿铭乃一具备常识之儒教徒，非若泰戈尔之为富于感情之诗人，而辜氏亦劝告欧洲人，及今速由中国学习"良善公民之宗教"（即君子之道），而自治其"尊崇势力"与"尊崇乱民"之狂热病，乃无上之策也。

即在不留心此问题者观之，亦能了然审知。东方文化在欧洲之势力及影响，早已超出少数消遣文人及专门古董家之范围，而及于大多数之人。凡今世精神激扰不宁之人，皆在其列。至其何由而致，此则繁复不易窥测矣。此种"崇拜亚洲之狂热"之结果，行将使欧洲之人，自审其衰弱病症之所在，因而返本还原，复由欧洲昔日文明之源泉（即希腊罗马之文明及耶教之精神）求诊治之方欤？抑将从此遂受东方之感化，而西方之精神界终为之全然改变欤？则俟之百年后当可知之也。

总之，昔在十八世纪中，东亚与欧洲之知识界业已沟通，是为第一次。而今则第二次，东亚与欧洲复为精神上之接触也。

欧洲之青年中，其为今世种种精神问题所困扰者，一遇东方圣贤宁静安乐之教，则其所受之影响为尤深而能久。此影响之为祸为福，有益有害论者各异其说，兹可不必细究。惟当问欧洲此辈青年之精神状态如何，因而乃易了解东方之智慧而慕之如饥渴也。夫今世青年之所感受者，乃全世人之所同，特青年之感受较为锐敏而深切耳。故青年不能离全世而独立，青年乃今世陶铸而成，其所取资，比之前此诸时代尤为丰富。惟然，故今世之青年，对于往古之文明及学术，益当持谦卑慎重之态度。盖人当少年，如春花怒发，血脉活动，于空渺之事境、幽微之消息、将来而未来者，常能首先辨识。即有所感触，则不得不发为言论文章，确切宣示，而其识解未精到，或不合实际，则亦自然之势，所难免者。故吾人对于青年之趋附东方文化，不宜即行嘲笑斥责，而当注意细察此种态度中所寓之宗教热情为如何也。若辈所撰《敬告亚洲人》（A Message to Asia）之宣言，极少年激昂慷慨之致，其中有云："使全世之人皆当知晓，此地球之上，必当为精神之文明所主宰，他种文明无所插足。"此处极言人当注重内心之生活，与十九世纪（物质生活自然主义）之趋向，正相反对而下针砭焉。

若辈青年，已常结合少数同志，成为团体，以从事于精神之修养。而以近十年中创痛巨劫（指欧洲大战）之后为尤多，咸奉老子为宗师，以求智慧。《道德经》一书，已成今世东西文化沟通汇合之枢纽。二十世纪开幕以来，在德国翻译《道德经》出版者，已有八家之多。此其故可深长思，而欧洲之所谓汉学家者，全然不解，仅指摘其译本中训诂之错误，及翻译字句之不当。如法兰克氏（Otto Franck）于《神学汇刊》（*Archiv für Religionswissenschaft*）第十三卷一三〇页，痛斥翻译《道德经》为一种癫狂之病。又如英国某学者，谓《道德经》何以使人爱读如此，即非治汉学之专家，亦常读之不忍释，此其故诚为我所不解云云，嘻亦奇已。夫此类《道德经》之译本，持与原本比较，译笔实多未工。然以其为今世人宗教信仰之宣示，表明其崇奉东方之老子，故而关系重大，苟以校勘训诂之标准绳之，则误矣。老子以虚静为道（《道德经》第十六章致虚极守静笃），道家专心致志，自察其内心精神之消息，以此为即宇宙之中心。当今机械之世，生活喧扰急迫，使人不可终日，隐居习静，实为要务。《老子》书中说明以道战胜外界之方。今世之人，欲厉行精神之生活，正可于此求之。此其所以崇拜老子也。

若斯退藏于密，直抵灵魂之至静之域，足使人之心理变为“放任而怠惰”。此亦今世所常见者也。若辈固非专务虚无寂灭，较彼尚胜一筹。然今世之青年，常多以老子“无为”之说，为圣灵之启示，虽生性活泼好胜而近于事功者，亦转趋于此途焉。老子之影响至是乃与托尔斯泰之影响同流合归。彼信从老子并信从托尔斯泰者，遂以“不作事”为金科玉律。托尔斯泰生时，亦自知其立说大旨与老子相同，且尝拟自译《道德经》为俄文，又自言，耶稣登山训众“惟我语汝勿敌恶”一语（《新约·马太福》第五章第三十九节）。彼深服膺，以为除此而外，更无智慧。而老子亦深信宇宙间善恶之争，必可自行解决，不待人力，故曰：“唯之与可，相去几何，善之与恶，相去几何。”（《道德经》第二十章）由兹可见托尔斯泰与老子立说根本，同出于消极之无政府主义也（老子像及托尔斯泰像并见本期插画）。

今世人之精神激扰不宁，固当急求安神止痛之药，不可刻缓。然此药在青年用之，每易过度，而有危害焉。夫即以老子之学说为治病之药，其结果遂皆好静畏动，不喜作事。此于今世之青年运动中往往见之，而与其所欲治之病，即今世之积极的“动作主义”（Activism），适相反背者也。史达林氏（今译斯塔林）（Stahlin）于所著《青年运动之狂热及其救治之法》（*Fieber und Heil in der Jugendbewegung*）书中，谓青年之企慕老子崇尚虚静无为，与积极的动作主义，二者皆为逃避实际生活，同系一偏而谬误。此说甚是。彼青年之观察不正确、思想不锐敏，乃藉老子之纯粹神秘主义以自掩饰者。闻史达林之言，亦可幡然知悔矣。史氏之言曰：“西方广博之智识中，缺乏一种智慧，汝辈今由远东及近东传来之学说中，始乃获之。然东方深至之见解，须与西方缜密之思想，融为一体，乃克有济。否则汝辈对于东方智慧及神秘主义之热诚崇拜，只足证明汝辈缺欠智识训练之工夫耳。”按葛德（今译歌德）（Goethe）曾云：“欲得高上之文化及修养，必须于一定之狭小范围内切实发愤用功。”亦可作此辈青年之警钟也。无为之说，少数上智之人用之，或能使其胸襟旷达，断除俗累。然今之世之醉心此说者,大都走入邪路,养成奇癖,如镜面着污痕,照物而无往不失真象也。

除上所述之二义以外(一为注重内心精神生活,二为无为之说,即不动作),其三则"返于自然"(Back to Nature),亦今世欧洲青年之一部分与老子之《道德经》宗旨相同之处也。

今世之机械生活,足使人性堕落,下同禽兽。有感于此者颇多,遂各设法以避免操劳工作。盖物质之势力大张,人性为所牢缚,不能自脱。世运沉沦,至是乃臻其极。其反动之结果,则今世大群中之人,各自为谋,而合群团结力消减无存。凡当文明存亡绝续之交,其时人之思想及态度,必分为二派。在今亦然。其一派则鼓吹进步之说,眼见今世种种烦恼危乱困苦,而仍谓科学发达,方法益趋完密,异日之光明可卜,而世运进化犹未止也。其又一派之人,则受卢梭之影响,感情均甚浪漫(参阅本志第十九期《白璧德之人文主义》篇),提倡自然之生活,而奉老子为先觉之宗师。在昔十九世纪之人,尝信人世之文明及道德可有无穷之进步。今此派人则全不信之,而欲复返于上古淳朴时代之情状。例如青年运动(Jeunesse)所标榜之口号曰:"欲重返而与自然谐合。"又如所谓谐合运动(Eurhythmics)主张人之创造力,须令其发达无碍,即在儿童亦然。总之,到处所见之诸多运动,皆欲归依自然之机运。而此正老子之说也。老子欲使人道与宇宙自然之道合而为一。老子对于礼教道德典章制度文明,皆持怀疑而攻诋之态度。此又老子与卢梭及托尔斯泰之所同,故三人皆大受今世青年之欢迎也。凡具此种心理者,视他派所谓进步,皆为世运沉沦之征。盖不以相爱相助之心为自然之活动,而强守有组织之国家之公民道德,又不率本来之人性行其所谓天真,而步趋以法律严密管理之近世生活。此种变迁,自若辈观之,只有可痛可悲,何进步之足云。老子生当中国春秋之时,新见其时之人,于礼教道德,徒存空名,不务实行遵守,甚或利用假借,视为儿戏,其人之内心根本败坏,而精神日益消亡。老子沉思冥察,乃知惟一补救之法,在深思静观,务绝去彼毫无实在之繁文虚礼,而专听一已内心精神之告诫,即以人之神与宇宙之道合而为一是也。

老子谓非彻底改革不可,而以孔子之方法为未善,但事治标,不图治本,以若所为,何能愈病。故老子之言曰:"大道废,有仁义;慧智出,有大伪;六亲不和有孝慈;国家昏乱有忠臣。"(《道德经》第十八章)又曰:"故失道而后德,失德而后仁,失仁而后义,失义而后礼,夫礼者忠信之薄而乱之首。"(《道德经》第三十八章)又曰:"绝圣弃利,盗贼无有。"(《道德经》第十九章)此言刻酷,殊似卢梭。卢梭所作狄养(今译第戎)(Dijon)学会悬奖征文,题为"问科学文艺之发达,使风俗淳美乎,抑衰敝乎"者(参阅本志第十八期《圣伯甫评卢梭〈忏悔录〉》篇第四页)。其持论与此实不谋而合也。托尔斯泰自其十五岁时,即熟读卢梭之著作,生平痛恨音乐,谓音乐能使人心醉,致失去其宁静之理性及与自然之谐合。托尔斯泰之宗旨,与老子及卢梭均近似,而大倡归依自然之说于近今之时。老子之言,有与托尔斯泰极相同者,如云:"乐与饵过客止,道之出口,淡乎其无味,视之不足见,听之不足闻,用之不足既。"(《道德经》第三十五章)此其言亦深可玩味也。

距今七十年前,托尔斯泰即讥斥进步之信仰为"当时之异说邪教"。盖托尔斯泰,亦如老子,眼见其时之世界破裂分崩,不可挽救,只余毫无根据之诸多散碎事物,失却精神之一贯,遂谓凡人欲自拯拔,必当与一己之内心精神时相交接,而自救其灵魂。曰:"人生之责任为自救其灵魂,欲自救其灵魂必当立身行事,效法上帝;欲立身行事效法上帝,先须绝去寻常生活之种种快乐,然后可。"老子亦曰:"是以圣人为腹不为目,故去彼取此。"(《道德经》第十二章)其言若合符节也。是故老子与托尔斯泰,以及信从其说者,皆认定由分而合,由异而同之理。凡以思想所分析而成之诸多散碎事物,紊乱无纪者,由是返本还原,使复归于自然之精纯一致。惟此种"返于自然"之说,每流为泛神论。因之今世亦有泛神论之各派,互为号召。老子视"道"为合于宇宙,"道"乃先天帝而生,附于万物,无所不在。其立说适与孔子相反。老子曰:"道之为物,惟恍惟惚,惚兮恍兮,其中有象。恍兮惚兮,其中有物。窈兮冥兮,其中有精。其精甚真,其中有信。"(《道德经》第二十一章)此亦当注意也。

此种"返于自然"之说,其中固含有宗教之感情,而无实质。然如潘韦慈(Rudolf Pannwitz)等,则赞扬此说为集世界各种宗教之大成(Summa religionum mundi),欲奉为今日全世界之宗教,以确立根据,而救今时相对观念盛行,人心悲观失望之苦。潘氏之言曰:"卓哉老子之思想也。当今之时,吾欧洲之凡百礼教旧说,悉遭破坏。吾欧洲之人,譬如航海覆舟。舟中人众漂浮至岸,其地荒凉,绝无人迹,四顾愁惨,无以为生。乃当此际忽得援救,人类前此创造留遗之宝藏,陆离璀璨,聚于一窟。今乃为吾人所寻获,有如特罗古城(参阅本志第十三期《希腊文学史》),静待发掘。于是吾人未来之眼界大为开拓,渺无涯际矣。"又曰:"尼采之书,可用为未来之宗教,至为完善,有识者当能见之。古东方老子之所倡者,乃全宇宙之宗教。尼采与老子殊相近似也。"(见潘韦慈所撰《世界宗教论》[*Weltreligion*]，载《精神文明与国民教育》杂志[*Geisteskultur und Volksbildung*]一九二一年七月八月号，第一五五至一五六页）

此言诚过矣，潘韦慈氏心志虚浮，精神激躁，全不察历史之实迹，遂致见解谬误。其批评今世，实属过刻，以为全无是处，而不知处今放纵之世，持论行事尤宜合度而有节制也。吾意凡信从老子之精深奇美之神秘主义而奉行之者，首当记省老子教人之言，"其出弥远，其知弥少"（《道德经》第四十七章），获益必不浅也。

夫欧洲之青年，醉心于东方之学说而大受其感化，此事实之昭昭不可掩者也。然而此种远寻旁骛，无非吾西方文明衰败，精神危乱之结果。故须返而求之于我。自知西方昔来之精神何在，而后东方之刺激教导，方为有价值也。而后方能免去青年思想浮浅之病，使毋假借东方古圣之说，以自掩其思想之幼稚矛盾也（此段云云。我中国人之吸取西方文化者，亦可反用之以作指针）。历来各种文化，衰败之余，奄奄待毙，千钧一髪，正望起死回生。何以适当此时，思想乃益趋矛盾，强词夺理颠倒黑白之说，流行广被，势力日盛（今日欧洲如此今中国亦如此）。此问题关系重大，应细为研究彼老子所生之时势。即是如此，而老子亦喜用深奥两歧之言，既易发人深省，亦易使人误解，"正言若反"（《道德经》第七十八章）。殆老子自道其立言之秘诀，然其说在当时及后世之流弊，乃从此生矣。（按"正言若反"Paradox 苏格拉底亦喜用之。然苏氏之用此，以破敌人之诡辩，犹孟子对齐宣王言好货好色不足为病也。耶稣亦常用此法，以避人之攻击陷害。至其正式训教之时，则皆用正言。孔子常用正言，盖深知反言之害者，非不能为之也。庄子之流几于全用反言。后世如晋贤之倡为清谈，歆慕庄老，多用反言。故可断曰：清谈不至亡国，反言必可亡国。降至今日，西洋如萧伯讷（今译萧伯纳）（Bernard Shaw）之流，专以反言媚世取名，单不足道。而吾国吴稚晖等之反言，更下之尤下者矣。此事当俟另为文详论之。）

确切言之，今日欧洲崇拜东方之人，虽皆倾心于老子，然孔子立说之价值及其势力，并未十分减损。著书立说者，若其目的不尽在解决今世理智之问题，而欲本于常识实证，重新造成平正通实之伦理观念，以为国民立身行事之规范，则其书必常引孔子之言（按美国白璧德先生即属此类）。由此派作者观之，老子之神秘主义，理想虽深，不合实用，而老子之无政府主义，尤与人生实况相背戾，直可谓之毫无意识也。即在欧洲大战以前，恪守规矩之孔教徒辜鸿铭氏，其著作在德国已有深巨之影响。而潘韦慈氏（Pannwitz）著《欧洲文化之危机》（*The Crisis in European Culture*）一书，虽注重理论之问题，亦始终承认孔子所定之社会组织之原理，实甚安全切实而又开明，虽系为其时之中国说法，今人仍可遵照而仿行之也。又哥廷根（Göttingen）大学纳尔逊氏（Nelson）及其徒众，从事于政治思想者，竟搜辑辜鸿铭氏之论文，译成德文。而刊布之辜氏文中大旨正如二百年前之人之所为（详下），力劝欧洲人实行孔子之教，正名务本，藉可取得确实详明之世界观，而后政治上之纷争扰攘，或可免也。

请更简括言之，今日欧洲人研究东方圣贤之学说者，约可分为二派：其一为无理性的崇奉老子，其二为有理性的崇奉孔子。按照现今知识思想之趋势，则前一派崇奉老子者，较为著名，后派知者较少，亦自然之理，无足深怪者也。今世青年之无理性的态度，与十八世纪哲学思想中之所谓开明运动（Enlightenment）（一译启蒙运动）者互有同异，颇可比较，当于后文略论之。

吾书之内容，将约略叙述十八世纪中东方与西方之关系，尤注重其知识互换沟通之情形，以其为物质及形式之交通之根本也。次则叙次其变化之步骤，以见文化之交易亦本于供给需求之原理。我有所缺，则始取之于彼，以资弥补。所缺之物既随时改变，所取者自亦刻刻不同也。

今日欧洲人之留心东方事者，颇不为少，此书之作，未始无益。惟其范围甚大，论述决不能详尽。即作者所搜集之材料，亦未全行收入。仅选其精要，简括叙述，以为研究中国与欧洲文化交通史者入门之助而已。

最近二三十年中中国新发现之学问*

王国维

古为新学问起，大都由于新发现。有孔子壁中书出（山东曲阜县），而后有汉以来古文家之学；有赵宋古器出，而后有宋以来古器物、古文字之学。惟晋时汲冢竹简出土后，即继以永嘉之乱，其结果不甚著。然同时杜元凯注《左传》，稍后郭璞注《山海经》，已用其说。而纪年所记禹益伊尹事，至今成为历史上之问题。然则中国纸上之学问赖于地下之学问者，固不自今日始矣。自汉以来，中国学问上之最大发现有三：一为孔子壁中书；二为汲冢书；三则今之殷虚甲骨文字，敦煌塞上及西域各处之汉晋木简，敦煌千佛洞之六朝及唐人写本书卷，内阁大库之元明以来书籍档册。此四者之一，已足当孔壁汲冢所出，而各地零星发现之金石书籍，于学术有大关系者，尚不与焉。故今日之时代，可谓之发现时代，自来未有能比者也。今将此二三十年发现之材料，并学者研究之结果，分五项说之：

（一）殷虚甲骨文字（又称龟版）

此殷代卜时命龟之辞（钻孔，以火烧之，视其裂纹，所问之事书于版上，如祭祀、征伐、渔猎、晴雨等），刊于龟甲及牛骨上。光绪戊戌己亥间（西历纪元一八八八至一八八九年），始出于河南彰德府西北五里之小屯。其地在洹水之

---

* 辑自《学衡》1925年9月第45期。

南，水三面环之。《史记·项羽本纪》所谓洹水南殷虚上者也(按宋有河亶甲城之名，此即其地。殷都朝歌，古书谓即卫辉，而《竹书纪年》则谓即彰德。总之，殷虚为都城一部所包之名，龟版中又多商帝王之名，故可断定出土之地即为殷都)。初出土后(时土人认为龙骨，以治疮。后乃入古董客之手)，潍县估人得其数片，以售之福山王文敏(懿荣)(闻每字售银四两云)。文敏命秘其事，一时所出，先后皆归之。庚子，文敏殉难，其所藏皆归丹徒刘铁云(鹗)。铁云复命估人搜之河南，所藏至三四千片。光绪壬寅，刘氏选千余片，影印传世，所谓《铁云藏龟》是也。丙午，上虞罗叔言参事始官京师，复令估人大搜之，于是丙丁以后所出，多归罗氏。自丙午至辛亥，所得约二三万片，而彰德长老会牧师明义士(T. M. Menzies)(加拿大人)所得亦五六千片。其余散在各家者，尚近万片(总计已出土者，约有四万至五万片)。近十年中，乃不复出(且有伪造者)。其著录此类文字之书，则《铁云藏龟》外，有罗氏之《殷虚书契前编》(壬子十二月)、《殷虚书契后编》(丙辰三月)、《殷虚书契精华》(甲寅十月)、《铁云藏龟之余》(乙卯正月日本林泰辅博士之《龟骨兽骨文字》)(甲寅十二月)、明义士之《殷虚卜辞》(*The Oracle Records of the Waste of Yin*，千九百十七年，上海别发洋行出版)、哈同氏之《戬寿堂所藏殷虚文字》(丁巳五月)，凡八种。而研究其文字者，则瑞安孙仲容比部(诒让)始于光绪甲辰撰《契文举例》(原稿曾寄刘铁云。越十三年丁巳，余得其手稿于上海。上虞罗氏刊入《吉石庵丛书》第三集)。罗氏于宣统庚戌撰《殷商贞卜文字考》，嗣撰《殷虚书契考释》(甲寅十二月)、《殷虚书契待问编》(丙辰五月)等(诸书详考笔画，审慎缺疑，虽词亦有附会，而十之六七确凿可信)。商承祚氏之《殷虚文字类编》(癸亥七月)复取材于罗氏改定之稿(以说文次序排列之，较可据，惟嫌摹画未真)。而《戬寿堂所藏殷虚文字》，余亦有考释(丁巳五月)。此外孙氏这名，原亦颇审释骨甲文字。然与其《契文举例》，皆仅据《铁云藏龟》为之，故其说不无武断。审释文字，自以罗氏为第一。其考定小屯之为故殷虚，及审释殷帝王名号，皆由罗氏发之。余复据此种材料，作《殷卜辞中所见先公先王考》，以证世本《史记》之为实录(且可辨其舛误)，作《殷周制度论》以比较二代之文化。然此学中所可研究发明之处尚多，不能不有待于后此之努力也。

(二) 敦煌塞上及西域各地之简牍

汉人木简，宋徽宗时，已于陕右发现之(仅有二简)，靖康之祸，为金人索之而去。当光绪中叶(千九百年至千九百零一年),英印度政府所派遣之匈牙利人斯坦因博士(M. Aurel Stein),访古于我和阗(今译和田)(Khotan),于尼雅河下流废址,得魏晋间人所书木简数十枚。嗣于光绪季年(千九百〇六年至千九百〇八年),先后于罗布淖尔东北故城,得晋初人书木简百余枚,于敦煌汉长城故址,得两汉人所书木简数百枚(原物均归英国博物馆书藏),皆经法人沙畹教授(Ed. Chavannes)考释。其第一次所得,印于斯氏《和阗故迹》(*Sandburied Ruins of Khotan*)中。第二次所得,别为专书(详后所列书目),于癸丑甲寅间出版。此项木简中有古书(《仓颉篇》《急救篇》等)、历日方书,而其大半皆屯戍簿录(又有公文案卷信札等),于史地二学关系极大。癸丑冬日,沙畹教授寄其校订未印成之本于罗叔言参事。罗氏与余重加考订,并斯氏在和阗所得者,景印行世,所谓《流沙附简》(甲寅四月出版)是也。(此外俄人希亭 Hedin 亦有所得。又,日人大谷光瑞所得有《西域图谱》一书,然其中木简只吐鲁番之二三枚耳。)

(三)敦煌千佛洞之六朝唐人所书卷轴

汉晋牍简,斯氏均由人工发掘得之。然同时又有无尽之宝藏于无意中出世而为斯氏及法国之伯希和教授携去大半者,则千佛洞之六朝及唐、五代,宋初人所书之卷子本是也。千佛洞本为佛寺,今为道士所居。当光绪中叶,道观壁坏,始发现古代藏书之窟室。其中书籍居大半,而画幅及佛家所有幡幢等亦杂其中。余见洹阳端氏所藏敦煌出开宝八年灵修寺尼画观音像,光绪己亥所得。又乌程蒋氏所藏沙州曹氏二画像,乃光绪甲辰以前叶鞠裳学使(昌炽)视学甘肃时所收,然中州人皆不知。至光绪丁未,斯坦因氏与伯希和氏(Paul Pelliot)先后至敦煌,各得六朝人及唐人所写卷子本书数千卷,及古梵文、古波斯文及突厥、回鹘诸国文字无算。我国人始稍稍知之,乃取其余约万卷,置诸学部所立之京师图书馆。前后复经盗窃散归私家者,亦当不下数千卷。其中佛典居百分之九五,其四部书为我国宋以后所久秩者,经部有未改字古文《尚书》孔氏传、未改字《尚书》释文、麋信《春秋穀梁传》解释、《论语》郑氏注、陆法言《切韵》等,史部则有孔衍《春秋》后语、《唐西州沙州诸图经》、慧超《往五天竺国传》等(以上并在法国),子部则有《老子化胡经》《摩尼教经》《景教经》,集部有唐人词曲及通俗诗、小说各若干种。己酉冬日,上虞罗氏就伯氏所寄影本写为《敦煌石室遗书》,排印行世,越一年复印其影本为《石室秘宝》十五种。又五年癸丑，复刊行《鸣沙石室逸书》十八种。又五年戊午，刊行《鸣沙石室古籍丛残》三十种，皆巴黎国民图书馆之物。而英、伦所藏，则武进董授经（康）、日本狩野博士（直喜）、羽田博士（亨）、内藤博士（虎次郎），虽各抄录影照若干种，然未有出版之日也。

（四）内阁大库之书籍档案

内阁大库在旧内阁衙门之东，临东华门，内通路素为典籍厅所掌。其所藏书籍居十之三，档案居十之七。其书籍多明文渊阁之遗，其档案则有历朝政府所奉之朱谕臣工缴进之敕谕、批折、黄本、题本、奏本、外藩属国之表彰、历科殿试之大卷。宣统元年，大库屋坏，有司缮完，乃暂移于文化殿之两庑。然露积库垣内尚半时，南皮张文襄（之洞）管学部事，乃奏请以阁中所藏四朝书籍设京师图书馆，其档案则置诸国子监之南学，试卷等署诸学部大堂之后楼。壬子以后，学部及南学之藏，复移于午门楼上之历史博物馆。越十年，馆中复以档案四之三售诸故纸商，其数凡九千麻袋。将以造还魂纸，为罗叔言所闻，三倍其价购之商人，移贮于彰义门之善果寺。而历史博物馆之剩余，亦为北京大学取去，渐行整理，其目在大学日刊中。罗氏所得，以分量太多，仅整理其十分之一，取其要者，汇刊为《史料丛刊》十册。其余今归德化李氏。

（五）中国境内之古外族遗文

中国境内，古今所居外族甚多。古代匈奴、鲜卑、突厥、回纥、契丹、西夏诸国，均立国于中国北陲。其遗物颇有存者，然世罕知之，惟元时耶律铸见突厥阙特勤碑及辽太祖碑。当光绪己丑，俄人拉特禄夫访古于蒙古，于元和林故城北访得突厥阙特勤碑、苾伽可汗碑、回鹘九姓可汗三碑。突厥二碑，皆有中国、突厥二种文字，回鹘碑并有粟特文字。及光绪之季，英法德俄四国探险队入新疆，所得外族文字写本尤多。其中除梵文、佉卢文、回鹘文外，更有三种不可识之文字。旋发现其一种为粟特语，而他二种则西人假名之曰第一言语、第二言语，后亦渐知为吐火罗语及东伊兰语。此正与玄奘《西域记》所记三种语言相合。粟特语即玄奘之所谓窣利，吐火罗即玄奘之睹货逻，其东伊兰语则其所谓葱岭以东诸国语也。当时粟特、吐火罗人多出入于我新疆，故今日犹其遗物，惜我国人尚未有研究此种古代语者。而欲研究之，势不可不求之英法德诸国。惟宣统庚戌，俄人柯智禄夫（今译科兹洛夫）大佐于甘州古塔得西夏文字书。

而元时所刻河西文大藏经，后亦出于京师，上虞罗福苌乃始通西夏文之读。今苏俄使馆参赞伊凤阁博士（Ivanott），更为西夏语音之研究，其结果尚未发表也。

此外，近三十年中中国古金石古器物之发现殆无岁无之，其于学术之上之关系，亦未必让于上五项。然以零星分散，故不能一一缕举。惟此五者分量最多，又为近三十年中特有之发现，故比而述之。然此等发现物，合世界学者之全力研究之其所阐发，尚未及其半，况后此之发现，亦正自无穷？此不能不有待少年之努力也。

评近人之文化研究*

汤用彤

西人恒言:谓希腊文治之季世,得精神衰弱症(Greek Failure Nerves)。盖内则学术崩颓,偷慢怀疑之说兴,外则魔教四侵,妖异诡密之神夥,亦以荣卫不良,病菌自盛也。今日中国固有之精神湮灭,饥不择食,寒不择衣,聚议纷纷,莫衷一是。所谓文化之研究,实亦衰象之一。诽薄国学者,不但为学术之破坏,且对于古人加以轻谩薄骂,若以仇死人为进道之因,谈学术必须尚意气也者,其输入欧化,亦卑之无甚高论。于哲理,则膜拜杜威、尼采之流;于戏剧,则拥戴易卜生、萧伯讷诸家。以山额与达尔文同称,以柏拉图与马克斯并论。罗素抵沪,欢迎者拟及孔子;杜威莅晋,推尊者比之为慈氏。今姑不言孔子慈氏与二子学说轩轾,顾杜威罗素在西方文化与孔子慈氏在中印所占地位,高下悬殊,自不可掩。此种言论,不但拟不于论,而且丧失国体。主张保守旧化者,亦常仰承外人鼻息,谓倭铿(今译奥依肯)得自强不息之精神,杜威主天(指西方之自然研究)人(指东方之人事研究)合一学说,柏格森得唯识精义,泰谷儿(今译泰戈尔)为印化复兴渊泉。间闻三数西人称美亚洲文化,或且集团体研究,不问其持论是否深得东方精神,研究者之旨意可在,遂欣然相告,谓欧美文化迅即败坏,亚洲文化将起而代之。其实西人科学事实上之搜求,不必为崇尚之征,即于彼野蛮人如黑种红种亦考研綦详,且其对于外化即甚推尊,亦未必竟

---

* 辑自《学衡》1922年12月第12期。

至移易风俗。数十年前,欧洲学者极力表彰印度学术之优美,然西方文化讫未受佛土丝毫影响,前此狂热现亦稍希。泰谷儿去岁重游新大陆,即不如初次之举国欢迎。盖凡此论者,咸以成见为先,不悉其终始。维新者以西人为祖师,守旧者藉外族为护符,不知文化之研究,乃真理之讨论。新旧殺然,意气相逼。对于欧美,则同作木偶之崇拜,视政客之媚外,恐有过之无不及也。

时学之弊,曰浅,曰隘。浅隘则是非颠倒,真理埋没。浅则论不探源,隘则敷陈多误。中西文化不同之点浅而易见者,自为科学之有无,近人解释其故,略有二说:一谓中国不重实验,轻视应用,故无科学。然按之事实,适得其反。盖科学之起,非应实用之要求。物理一科,不因造汽舟汽车而成;化学一科,不为制毒弹毒气而设。欧西科学远出希腊,其动机实在理论之兴趣。亚里士多德集一时科学之大成,顾其立言之旨,悉为哲理之讨论。即今日科学曷常不主理性,如相对论虽出于理想,而可使全科学界震动。数学者,各科学之基础也,而其组织全出空理。梁任公,今日学者巨子,然其言曰:"从前西洋文明,总不免将理想实际分为两橛。(中略)科学一个反动,唯物学派遂席卷天下,把高的理想又丢掉了。"此种论调,或以科学全出实用,或以科学理想低下,实混工程机械与理想科学为一,俱未探源立说。然国中学者本兹误解,痛邦人之夙尚空谈,不求实际,提倡实验精神,以为救国良药。不知华人立身讲学,原专主人生,趋重实际,于政法商业至为擅长,于数理名学为欠缺。希腊哲学发达,而科学亦兴。我国几无哲学(指知识论、本质论言。人生哲学本诸实用兴趣,故中国有之),故亦无科学。因果昭然,无俟多说。处中国而倡实验,以求精神及高尚理想之发展,所谓以血洗血,其污益甚。第二种科学发源解说,见之梁漱溟先生书中,与前说可相表里。意谓中国非理论精神太发达:"非理论之精神是玄学的精神,而理论者便是科学之所成就。"夫非理论之途有二:一为趋重神秘。何谓神秘?"大约一个观念或一个经验不容理智施其作用",印度学术是矣(印度虽有纯正哲学,然与神秘宗教混合,故科学亦不发达)。一为限于人生,言事之实而不究事之学,重人事而不考物律。注意道德心性之学,而轻置自然界之真质,此亦与科学精神相反,中国是矣。中国人确信阴阳,"山有山神,河有河神,宇宙间一件件的事物,天地日月等,都想有主宰的神祇"。梁先生据此为中国玄学发达之确证。不知此类阴阳鬼神之说,其要素有二:一则乞助神权,为迷信之用;二则推测因果,为理解之搜探。人类宗教性发展,多崇拜天然物,有巫师,有卜筮。如理性发达,讨论既多,迷信遂弱,于是占星流为天文，丹铅进为化学。历史具在，均可考也。至谓阴阳鬼神之说，深于玄学之精神，反对理论，乃为形而上学，则立义太狭，必为多数玄学者之所否认也。

时学浅隘，故求同则牵强附会之事多，明异则入主出奴之风盛。世界宗教哲学，各有真理，各有特质，不能强为撮合。叔本华，浪漫派之哲学家也，而时人佥以为受印度文化之影响。其实氏之人才非如佛之罗汉，氏言意志不同佛说私欲，其谈幻境则失吠檀多真义，苦行则非佛陀之真谛。印度人厌世，源于无常之恐惧，叔本华悲观，乃意志之无厌。庄周言变迁，初非生物进化论，实言人生之无定。人智之狭小，正处正味，讥物论之不齐，其着眼处绝不在诠释生物生长之程序。夫取中外学说，互为比附，原为世界学者之通病。然学说各有特点，注意多异，每有同一学理，因立说轻重主旨不侔，而其意义即迥殊，不可强同之也。今日大江南北有所谓同善社者出，传闻倡三教合一之说。不明儒释为二种文化之产物，其用心、其方法、其目的均各悬殊，安可勉强混同。此类妄说，附以迷信，诚乱世之妖象也。至若评论文化之优劣，新学家以国学事事可攻，须扫除一切，抹杀一切；旧学家则以为欧美文运将终，科学破产，实为“可怜”。皆本诸成见，非能精考事实，平情立言也。

时学浅隘，其故在对于学问犹未深造，即中外文化之材料，实未广搜精求。旧学毁弃，固无论矣，即现在时髦之东西文化，均仅取一偏，失其大体。不知欧美实状者，读今日报章，必以为莎士比亚已成绝响，而易卜生为雅俗共赏；必以为柏拉图已成陈言，而柏格森则代表西化之转机，蒸蒸日上。至若印度文化，以佛法有“条理可寻”，则据以立说；婆罗门六宗则因价值不高，屏之不论。夫文化为全种全国人民精神上之所结合，研究者应统计全局，不宜偏置。在言者固以一已主张而有去取，在听者依一面之辞而不免盲从，此所以今日之受学者多流于固陋也。

杜威论中国思想*

刘伯明

自欧美之风东渐，吾国学子率喜趋向实利，偶谈及机械或物质上之发明，则相继惊吓，而以旧有文化为不屑研究，或无补于救亡。西人之来吾国游历或传教者，其所论列，亦往往仅及皮相。其以传教为业者，又多挟有成见，以为吾国国民不信唯一真宰，行将沉沦，乃本其悲天悯人之念，冀拔之于苦海之中。其待我也，直类非洲土番。而国人之蔑视固有文化者，无意中亦以此自待，不知我国非无不朽之文化，惟惑于皮相，囿于成见，遂不克究其真精神耳。

罗素、杜威皆当今欧西哲学家也。既为哲学家，自具有哲学家之眼光。其来吾国所见者，较之常人所见迥殊，盖不迷于文化之现象，而能洞鉴其内容及其背景。虽其所述不无失当之处，然以视皮相之见解，则不可同日而语矣。罗素之意见，容后另评。兹就杜威近今所著，而申述之[原文见《亚西亚》杂志(Asia)今年第一期，题曰《中国人如何思想?》]。

杜威之著此文，适值华府会议进行之时。其意谓国际之冲突，原于不相了解。而不相了解，又本于诸民族态度及思想习惯上之不同。心理既异，斯妄加推测，愈积愈深，自不相容，而倾轧起矣。是故，欲解国际之纠纷，必自互相了解民族之心理始。然国与国之接触，其始仅限于物质方面。所谓物质方面，不过邮电、商务而已。其精神方面之接触，则瞠乎其后。此观于东西之往来，而

---

* 辑自《学衡》1922 年 5 月第 5 期。

可知者也。中国自与欧西交通以来，彼泰西之人之至吾国者，往往挟有成见，或意在攫商业上之利益，其目光所注，仅及文化之表像。以如是之态度，其评论中国文化，仅及皮毛，亦固其所，不知欲了解一国之近今问题，必同时计及其较远较大历史上之背景也。

杜威论中国之文化及思想，则冀就其背景着想。其言曰："中国近状，在西人观之，诚如祸之悬于眉睫，足使之亡国灭种，而多数中国人则不为所动，其故安在乎？当此内讧外患交迫之际，其能安之若素，孰令致之乎？其为漠视及蠢然不灵之态度乎，抑表示其信仰常然不变根深蒂固之实体？而此乃彼皇皇然求急利近功之泰西民族所忽视者乎？（中略）又中国反抗近代工业方法及机器铁道大规模之生产等，历时甚久，非经外人加以压力，不欲开放其国。此项反抗益以外人之欲利用中国之天然富源，及于中国林林总总之国民中开辟商场，实中国大部分极急迫之困难之所由来也。于此自然发生之疑词曰：中国因何不能开发其利源，而于此为世界之表率乎？彼又因何不能向前仿照美国，假借外资，而一方操政治或大部分之经济权于其手中乎？彼所循之途径，为蠢然之惰性，以昏聩之态度，固执成法，正以其陈旧乎？抑其所表示者不在表面，而其不欲吸收与其文化精神抵触之势力，乃本于智慧（虽大部分为无意的）乎？"

上列问题，苟能与以正确解答，其于应付许多具体而实际之问题，所关甚巨。如中国之途径，为盲目而由于惰性，则诸大民族，合而组织一种政治经济之团体，以近今之工业制度，加诸中国，而为谋其幸福起见，战胜其反抗力，不使感情上意见梗乎其间，其事非不言之成理？但如中国文化有极大之价值存乎其间，而西洋之工业制度实与中国文化中之最深而最著者不相容而使之消灭，则实际上之解答又将不同。将来历史家或谓中国所循途径，实表示一种甚深之本能。又或谓世界及中国于未能制驭西洋之机械的工业制度以前，苟不贸然采用此项制度，则其结果，必较良好。审如是，则中国目前之纠纷及困难，即达到将来结果应偿之代价。而其代价，衡以将来之结果，又非甚高。此事之为可能，无人致疑。有之，则唯有以近今之资本制度为完全满意者也。

以上所述之态度，在杜威观之，盖源于老子思想之影响。孔子虽与有关系，然其影响所及，不若老子之深且巨。老子最重自然，而视人为受制于天，无为之说，亦由是而来。凡积极之活动，皆干涉自然之势。杜威释无为之义曰："无为之义，不易说明或以言语表之，但可感觉，其意非仅无所事事之谓（案，此说甚是，证以为无为一句可知），乃以无为为之。凡主动之坚忍，持之以恒，而一方又因任自然,皆此义也。其所奉为圭臬者曰:以退为进,以降伏为战胜。凡人弊弊焉之所经营,自道观之,无异纷呶骚扰,终必消灭。彼傲慢自矜之徒,静以待之,亦必早已,其引绳自缚,终必陷于自制之网罟也。"

杜威更进而论此种思想之缘起及影响曰:"此义虽然中国之所专有,然其影响于此渐染之深,迥非其他民族所及。中国人对于人生之态度,如顺乎自然、安分知足、宽大和平、不怨天尤人等,即原于是。其命运之观念,即由是而来。老子之学说,其影响所以甚深者,正以其适合中国国民之法情及生活习惯。中国以农立国,此人所共知者也。但吾人虽知之,未尝就其农业之经历若干年及如何稳固一思之也。美国某农学家,尝著一书,名曰《四千年之农民》,吾人试一思之,已觉其意味深长。其他民族,亦曾经从事农业。然以其所用方法,地力已尽,其自身亦随之而去,或折而转入其他职业。而此日趋重要,即渐起而代农业者也。然中国人则自邃古以来,耕田而食,未尝稍辍。即在北部,常经困难,亦未中止。而其土壤迄今尚有生产力,或犹往昔之具有生产力也。"

综上所述,杜威下断语曰:"此诚空前之成功也。中国人之保守,其因任自然而尊敬之。或就反面言之,其蔑视人为急迫方法,皆原于是也。中国国民,其心渐渍于自然,亦犹其身之适宜于农作。其所以保守者,以其自古以来,即保守自然富源,勤加爱护,如保赤子,曾不稍辍。彼西方民族则不然,其利用地力至于竭尽而后已,而中国人则保留之。此二者之不同,其影响于中西民族心理者甚深。中国人善于静待,即静待自然之势之成熟也。诚以自然之势,看似迂缓,而不可催促,以自然不可催促故也。凡人行事,不可以急迫出之。急迫为之,徒致烦恼。而于自然之中,必无所成,或障碍自然趋势,其结果则必无自然之收获也。"

以上杜威所述,在稍知国学者视之,皆甚寻常。然杜威主实验者也,而又主活动创造者也。其称道中国文化之精神如是,盖亦感 Balfour H. G. Well、Russell、Bury 诸人之所同感,致憾于西方近今文化,诚有所激而云然也。杜威主创造之理智,以思想为应付困难之工具,其性质为预料而非回顾。其所论著,常反复斯旨。其所最忌者,即以理智为仅具旁观之功用,犹寒暑表之仅记温度之高下,而不参与客观之事变,或以为世事能自进自退,如彼主天演及客观理想者之所云。在杜威观之,世事之进退,全凭人之精神觉察。主持人事,犹泛舟大海之中,偶一不慎,即遭覆没。宇宙间除人之独运理智外,无其他担保进化之原则也。此种思想,虽原于科学之重试验,要亦表示近今欧美民族之精神，而尤以美国之精神为最著。其急遽迫促，如弓之张，而乏从容安闲之态。偏重创造，不知享受，贪多而不知足，日进而不知止。其结果则精神厌倦，心思烦乱。欧战之后，此种病象益为显著。杜威之表彰中国文化精神，盖冀有以救其弊而补其偏。然其于此不啻将其平素主张之哲学，加一度之修正也。

吾国人心因渐染老子影响，其对于人生之态度，审而观之，诚有如杜威之所述者，共信世间有自然之势，非人力所能转移。吾尝闻诸旧学家曰："社会之事，不可问也，只有顺乎自然，而无容心于其间。不见夫时计中下垂之摆乎？其一往一复，即世事演进之理也。凡事之至极端，而不能前进，自然折回，无待人力强以致之。"此其所持，即老子所谓天之道不争而善胜，不言而善应，所谓常有司杀者杀也。然斯流弊则因循泄沓，或仅顺而受之，不图改革。故余以为彼西人或须取吾之所长，以补其短，而吾则须取彼之所长，以补吾之短。特于此必鉴于彼既往之失，而不蹈其覆辙耳。

柏拉图语录之一　苏格拉底《自辨篇》*

景昌极　译

[译序]此篇盖苏格拉底之供词，弟子柏拉图退而笔之于书者也。苏氏者，希腊之雅典人，生于西纪元前五世纪之中叶，时雅典战胜波斯，国力民智相与俱进，乃有辩者乘机蠭起，邪说横流，人自为法。氏生其际，禀天赋之资，发求真之志，顺天悯人，起而辟之，一归于正，栖栖遑遑，七十有余岁，颓风稍振而怨已深，大功未成而身为戮，信可痛也。其后柏拉图、亚里士多德等从而光大之，遂成希腊文明之中坚。中古之世亚柏二氏递为学术准绳，绵延至今。其感化古人之力隐然犹在[如乔威德之译柏氏语录，瓦克(Hugh Walker)谓为英国思想之转机，穆尔(Paul E. More)之著柏拉图主义(Platonism)，谓之今日枯燥科学家之良药]。推原厥始，苏氏实式启之猗欤伟哉！其为人也，躬行君子人也。自守约饮食有节，衣室无华。其于家人生产之事，漠然也。其遇人也，厚爱人以德，诲人不倦。通都都大市之中，与途人语恳恳言，唯恐其不得为善之利也。其事神也，敬以顺，不敢有亏于行，以干谴责也。其教人也曰："惟心之虚乃学之实。人皆曰余知，不知其知之为不知也。"又曰："惟智为贤，惟愚为不肖，即知即行，是以贵夫学也。"又曰："真一而已，发人心之所同然者也。国异政，家殊俗，龃龉然自以为是者，不求真以一之之过也。"又曰："为善最乐，我恶知乎杀身成仁之非大乐也。"持是以周游国内虽云怪貌菩心，谑而不虐。然而直言

* 辑自《学衡》1922年3月第3期。《自辨篇》，现通译作《申辩篇》。

招怨，事有必然。行年七十一。卒以诬民背神，被控于官。信道不枉守法不逃，谈笑而麾之。遂以纪元前三九九年之五月从容饮酖而死。斯篇志其受审以至临刑自辨之词。苏氏一生之高言异行，至此而显其真。人之欲悉苏氏之为人者，于此可见其概。虽柏氏所录未必尽与实际相合，然其字里行间犹有可以想见苏氏之精神气度于百世之上者。爰依乔威德（今译乔伊特）(Benjamin Jowett)之柏拉图语录英译本(*The Dialogues of Plato*)，参以穆尔之别译（见*Shelburna Essays* 卷六），译为华言，以饷国人。庶亦可以窥见西方古圣贤言行之一斑云尔。原文尽善，无以复加。译笔拙陋，无以相称。苟有可取，皆原文之长。其有瑕疵，则译者之咎也。

译者识

本文刊为三分：一正辨分，二辨罪分，三临刑分。今一，斯时苏氏受审于五百公民所组织之法庭，国务员为之主席，有似今之陪审制，惟刑事仍以个人为原告。为苏氏之原告者，为一无恒业之少年，名梅勒土地氏（今译莫勒图斯）(Meleltus)，佐以稍长且强有力之李康（今译卢孔）(Lycon)及安尼士氏（今译阿努图斯）(Auytus)。其时雅典无律师，惟恃原告、被告自申其说。以下为苏氏供词。

一、正辨分

嗟雅典之士！君等既闻余敌之说，所感何若，余不能知。余所知者，其巧言偏辞，几使余茫然自失耳。其为效有如此者，不谓其曾鲜一言之真也。于若辈饰伪纷纭之中，有尤足使余诧异者一焉。即其重警诸君：深自戒严，勿为余之辩才所惑。是其为斯言，当内自恧。盖其畏余不佞之言，甫出于口。若辈之隐，必且昭然若揭也。其为斯言，诚无耻之尤。或者若辈以修辞立其诚者，为善于辩若尔。余固自许为善辩者，然其异乎若辈之辩，又何如耶？善哉，余既已言之矣，若辈未尝一言及于真。君等将闻于余者，必真之全，而非强饰言辞，如若辈然，可断言也。余之言论，将唯采适来吾心者。私心窃以为至当。余年已老，何可效少年辩士之所为，贻羞于君等之前。嗟雅典之士！其毋以此望于余（当苏氏试预为之计时，其身内之灵几阻之，遂任临时所欲言而言之）。所请君等惠谅者，苟余自辩时用所惯用之言，而为君等所习闻于市井之中，钱铺之内，或他处者，愿勿骇怪，亦勿间阻余。盖余生年已满七十，现身法庭，今为初次。其于处此之道实为一门外汉，愿君等实以门外汉视之。门外汉之出其方音，而遵其土俗。固君等所当原宥者，倘不为非分之请欤。举止之或善或不善，愿勿措意。但察其理之正否，而加之意焉。所谓判者，判其正而言者，言其真也。

余势将先答余之旧恶及在先控余者，然后乃及其他。盖此辈之控余者，讦余旧恶，其诬控已亘多年。梅勒土氏及其徒党虽自有其险狠者在，而余之畏之，乃远不逮此辈之甚。此辈始于君等孩提之时，已以其伪说入主君等之心，谓苏格拉底为一玄思默讨之士，深入黄泉，高出苍天，且使愈恶者视若愈善焉。此辈既以宣传此种讹言为事，听之者又易臆度类吾之玄想者之不信于神也，余诚畏之。且若辈既众，讦余綦早。其为之也又在君等年少轻信之期，而答辩之者，曾未尝有，得不以讹传讹，每况愈下乎？其尤怪者，若辈之名，余既不知并不能举以相告，意其或为喜剧诗人耳。其中多皆率其嫉恨之私，以掩塞君等之耳目者。亦有确能自信而思见信于人者。余也不才，何以处此？余既不能呼之至前，质而正之，是余乃逐影而战，徒发无答之间也。用是与君等约，姑依余言，二分余敌，一新一旧是。君等当知余之先辟其旧者，为其浸渍于君等心目中者，较深且久也。

善哉！余将申其辩矣。将于此特许之短时间内，一清君等自来于余之恶意矣（发言者当依漏钟上所规之若干时间）。苟其交相益，余甚祝其功之成，幸余言之或蒙惠纳焉。虽然，余固深明兹事之真相，知其成之之不易也。成否唯天所命，余请依法申其辩。

余探本溯源，求其所以责余，以成今日控案之事，以及梅勒土氏之所以为余敌者。其言谓何？综其控词观之，岂不曰：苏格拉底者，一索隐行怪之智士，深入黄泉，高出苍天，使愈恶者视若愈善，且以其私义教人者耶。本案之真相如此，其所控之苏格拉底非他，即君等所亲见于阿里斯多芬尼（今译阿里斯托芬）之喜剧中者（按此指喜剧大家阿里斯多芬尼［Aristophane］所编之《云》［“The Cloude”］一剧。该剧于纪元前四二三年，即苏氏受审前二十五年在雅典排演。其剧意在表彰当时诡辩家之恶，及若辈所行之新教育之弊。惟以苏格拉底上场为诡辩家之代表则大误。剧谓有村农辛苦积资，遣子从诡辩家苏格拉底学数年。其子所得于师者，乃仅暴戾恣睢之行为，归而笞其父。夫苏格拉底终身以攻诡辩家为事。而作此剧者，乃以苏氏为诡辩家。亦可见并世论人之难，与是非黑白之易混淆矣。此剧之出甚不利于苏氏。苏氏之死，此剧亦与有其力焉)。其人(即剧中之苏格拉底)出场,自称有排空驭气之能,以及其他荒诞不稽之事。余非敢谓物理学家之事为不足道,余不敏,于此谢未能明也。梅勒士氏倘以此责余,余实惶恐。然事有大谬不然者。嗟吾国人!余于此道,曾未尝稍一问津也。君等之中,多有身识此事真相者,余将有请焉。熟闻余言诸君,请试言之,且告尔邻。君等有尝闻余一言之及于是等事者乎?闻之者当能推见其实也。

谓余为人师而取财之说,曾鲜根据,其为子虚,无异于前。虽然诚有人师之资,而取人束修者,余犹以为荣也。世固有蓼铁昂之高儿牙氏、克屋市之包体加氏、伊黎市之惠比亚氏(今译雷昂提尼人高尔吉亚、西欧斯人普罗迪科、埃利斯人希琵阿斯)其人(以上皆当时希腊著名之诡辩家。柏拉图语录中另有专篇纪其为人,并与苏格拉底辩驳问答之词),周流列国,使学者尽弃其师而学焉,非徒酬之,犹恐其不受之为辱也。又有一泊里之哲人,今在本城,则余尝亲闻之矣。其闻之有故,盖余尝遇一轻财好客之士,即惠包尼氏之子名克力亚(今译希波尼科的儿子卡利亚)者是。余知其有二子也。往问之曰:克力亚君乎?使君之二子而为禽与犊者,则所以处置之者,良易雇一马夫或农夫使牧之长之。苟足以尽其性而已。今乃为人谁可为君训治之者,世其有明于人情国法者耶!(谨按:孟子曰:"人之所以异于禽兽者几希。"惟此几希,乃关重要。所谓人文教育者,即教人以所以为人之道者也。苏氏此段即人文教育与物性教育扼要之别也)君为人父,当计之已熟,世岂有其人耶?彼曰:"诚有之"。余曰:"彼何人者,何邦之隶,征费几何?"彼应我曰:"泊里之伊文纳氏(今译欧埃诺斯),其人征费不及百元者也。"余自言曰:"仁哉伊文纳氏,果有其知者欤?其征费抑何廉也,余而有其知。方将踌躇满志,且以骄人。惜哉国人,余实无有也。"(凡此皆反讥之冷语,所谓"Socratic Irony"是也)

余意君等当有献疑者曰:苏格拉底乎,今日之事,何为而然?此若干控案胡为乎来。君岂有索隐行怪者在欤?苟一同于恒人,则君之盛誉与流言,将无从生。吾侪诚不欲昧然相汝。今日之事,果保为而然者,试有以语我来。自余视之,此为得其问者,智名恶声何为而然将勉为君等释之,其留意焉。纵君等或有以戏言目余者,余固自矢以真理之全相告也。嗟雅典之士!此之声名实起于余所有智。其智惟何,余将应之曰:人智耳,恒人之所能至,余亦幸至焉者。若夫超人之智,则非余之明所能妄测,不自有之故也(曰反而求诸己。诗云:"天生蒸民,有物有则,民之秉彝,好是懿德。"孟子谓:"义内也,非外也。"又孔子不语怪力乱神，均即此段之义，可互证也）。彼妄谓余有之者，失言且失余之为人。言至此，将或有不经之言，噫未可知也，国人听焉。余所言，非余之私言。余将请命于德尔非之神，彼实鉴临此事，正直可凭，行且示君等以余之智为保如矣。齐莱芳（今译凯瑞丰）者，尝与君等同被迁谪（纪元前四零四年，雅典为三十人当权时代，放逐其民甚多），余之故人，亦君等之友也。善哉！齐莱芳勇于行事，君等所知也。尝往德尔非而请命于神谶，问世其有更智于苏格拉底者乎，于是培仙庵之女巫答曰："无有更智者。"齐莱芳之身已死，今其弟尚在朝，亦可证此事之属实也。

余之及此者何，将以告君等身被恶名之故也。当余得斯谶语时，尝自言曰：神果何所命意，此谜当作何解？余自省毫无所知，而谓余为最智者云云，神意尚安可测。然诳语殆非神之性。彼固神也，又安能作诳语？思惟再四，偶得一决此疑之道。窃谓苟得一人之更智于余者，即当持牒往诉于神，告之以兹有一人更智于余，而神顾可谓余为最智者耶云云。计已定，遂往就一素以智名者而察焉。其名亦不必举，其人为一政客。余既取而试之，其效有可得而言者。人皆以为智，伊自以为尤智。然余与语之际，徒觉其无而为有耳。试往告之曰：君自以为智者，实非真智。其终，乃适足以使伊恨余。其左右见而闻之者，自此亦同为余敌矣。舍之而退，因自言曰："善哉！虽伊与余皆未能为智者，然余之胜于伊也远甚。"盖彼无所知，而自以为知。余实无知，而亦不自以为知（即孔子"知之为知之，不知为不知"之语义）。自其后者观之，余似有胜于伊者在也，更去而之他。其人负明哲之名尤高，以余察之，与前人曾无稍异。以故又树一敌于此人之身，以及其左右之士焉。

嗣后余更一一往试之，非不自知其树敌日深之可悲可畏也，诚有不得不然者。思神之言，在所当先耳。因自言曰："余往矣，行将就一切自饰以为智者，一察神谶意义也。"嗟我国人！今当宣誓君等之前，余敢指狗彘以为誓，而以不容隐讳之言。正告君等曰："余既毕神之命，所得非他，知人之最负盛名者，适为最愚其碌碌无闻者，乃较智且善焉耳。"此行也，余为此至艰且巨之业，其效仅乃使神之谶，不幸而言中。请更为君等详述之。余既与政客别，更往就诗人之徒，意谓此次吾当见绌矣，将见人之胜我者矣。于是取其精心结撰之作，就诗人而询其义，冀其有以教我。孰知事有为君等所不及料者，余羞言之而不能不言。君等之知其诗胜于若辈之自知也远甚，然后知若辈之为诗，非恃其智，实别有天赋异禀，不观夫巫觋者乎。虽为妙语，曾不自知其意义，方之诗人安在其不然也。更进而察之，若辈方将恃其诗才，虽于己所未涉之事业内，犹自以为天下之最智人焉，更去而之他。自惟余之胜若辈，与所以胜政客者将毋同。

最后乃之美术家而叩焉。余自省毫无所知，意若辈阅天下美事多，所知必有胜于余者，果也。信有若辈知之而余不知者矣。于此谓之更智于余，奚不可者。虽然，余观夫高明之美术家，亦与诗人有同病焉，恃其技之工，遂自以为举天下之能事，无所不知。适足以蔽其智者，此病是已。于是顾谶自省曰："余岂将依然故我，不有其智而亦无其愚乎？"抑二者皆效之也。旋自答且答神谶曰："不如依然故我之为愈。"

此番考察，使余得有最凶且危之敌，讹言纷纷由是而兴，余之智名由是而来。实缘闻余言者，观余责智于人，因之不慊于心，遂谓苏某当自有之。嗟我国人！揆其真际唯神为智耳。度神之言，殆以人之为智也几希。非论苏格拉底也，特藉吾名以示于人。其意若曰：嗟下民！彼能如苏格拉底自知其智，实无足称者，斯为最智者云尔。余于是一遵吾道而行，以顺神灵之志，以察饰智之伪，其于中外无择也。苟非智者，即往而告之以伊之非智，以征神签之不误而已。此业深获余心，遂无暇更及公私杂务。今者一寒至此，所以效忠于神也。

犹有甚者，纨绔子弟，无所事事，辄自喜从余游。彼其乐闻饰伪者之受余讯也，且不时效之，而自讯他人焉。不久而遂见天下之不知而盅为知者，实繁有徒。而此被讯者，乃不怒若辈而迁怒于余。其言曰："此苏格拉底之咎，甚矣！"其煽惑流毒于青年也。然使叩以此苏格拉底所行所教之咎安在？彼不能知，且无以答。欲圆其说，遂以向之攻击一切哲人之词，举而加之。余所谓教人以深入黄泉，高出苍天，使恶者视若善者，皆重复言之，以为余咎耳。若辈饰以为智，无可讳言，犹将力文其过，畏其隐之，见窥于人，且其数既多，其势皆厚，而又富报复之性，擅便辟之长，以鼓其簧舌，此流言所以充塞君等之耳也。余之三原告之所以排余者，亦不外是梅勒土氏为诗人而与余有怨。安尼土氏为技士而然，李康则为词客而然也。余既已言之辞而辟之，非余一时所可就也。嗟吾国人！事之真相实如是！余已披肝胆，输复心，无隐乎尔。虽然直言招怨，余岂不知流言滔滔，尽出于是。君等拭目以观，其后必可征余言之不谬也。

所以辟首类控余者，言尽于是。将更及次类，为之首者，梅勒土氏自诩为善人且爱国者也。兹将辟之，当仍读其控词。其词谓何？不曰苏格拉底者，罪恶之薮，青年之贼，不信邦之神灵而自奉其淫祀者耶。请析而观之。彼首谓余为罪恶之薮，青年之贼。余有为诸君告地者。嗟雅典之士！彼梅勒土氏乃诚罪恶之薮耳，其罪在儿戏重典，轻以己所不屑之事，为他人过而宾之法也。请得而证其实。

梅勒土氏乎来，余语汝，君其于改善青年之事，有所得欤。

然某尝从事于斯矣。（梅氏语）

若尔，请告法官以谁为改善之者。君既识其蝥贼，致而责之于其前，于此宁有不如。然则君曷不起而告法官？谁为改善之者？观哉梅勒土氏，胡为乎闷然而不应也。抑此尚不足为羞。而为余所谓君素所不屑此事之一确证哉。兴乎吾友，改善之者果谁也？有以语我来。

国法在。（梅氏语）

不然，先生误矣！此非余意。余欲知其人耳。要之，谁为知法者。

有法官在，苏格拉底乎？其人今在廷上也。（梅氏语）

何谓也？梅勒土氏。君岂谓若辈能教训而发问之欤？

诚有若是者。（梅氏语）

何谓也？其皆然欤？抑仅数人能之，而其他者则不能也。

皆能之。（梅氏语）

上天鉴临，善哉言乎？改善之者抑何多也。君其谓此听众何？其亦改善之欤？

然若辈有焉。（梅氏语）

然则其谓参议员何？（参议院为五百议员所组织，兼立法行政司法之事）

然，参议员改善之。（梅氏语）

然则贼害之者其众议员乎？抑亦改善之者也。（众议院为全城良民所组织）

若辈改善之。（梅氏语）

若尔，则尽雅典人，皆改善而增上之者。所不然者，唯余。余其唯一之蝥贼矣。君意果如是乎？

此正某所毅然主持者。（梅氏语）

若然者，余诚不幸。然试问若曰：君岂谓于马亦然耶？岂一人为之贼，而举世皆善视之欤？抑适得其反也。非一人或少数训马者能善之，而其他有事于马者皆害之者乎。梅勒土氏，岂不其然？抑其他动物莫不然也。诚有若是者，尔与安尼土氏之然否，非所计矣。青年何幸乃仅有一人贼害之，而改善之者则举世皆然也。梅勒土氏乎，尔于青年，未之或思。尔之置余于法，实率意径行之举。尔之目暴其隐者，亦已足矣。兹者，梅勒土氏，余更有问焉。与恶人居，或与善人居，孰得？吾友幸答之。此盖易于置答之问也。将贯善者善其邻，而恶者害之耶。

诚然。（梅氏语）

世岂有其人，愿见害于所与居者，而不欲其利已者乎？吾友幸答之。在法君固当答也。世其有愿见害于他人者乎？

诚未之有也。（梅氏语）

君控余以贼害青年，不知谓余有意为之者欤，抑无意也？

某谓有意也。（梅氏语）

然尔适已认善者善其邻，而恶者害之矣。兹者，将谓尔之智于余乎。以尔之幼而知之，岂余之老而不知之乎？知余之所与居者，苟害于余而为恶，则行且反害余也。而且害之乎，而谓有意为之乎！尔之言乃若是，尔试为余计或为他人计者，必不若是也。无论余之未尝害之，或害之于无意，胥有以见尔之诳，使余之罪为无意者，在法不科无意之罪。尔应私行召余，警余戒余。余诚得良诤而存之，庶几无意之罪，将绝迹于行事。其谁曰不然？不谓尔乃以尽言施教于余为羞，而必置之于法。法者所以施罚，岂所以施教之道欤？

国人乎！余前言梅勒土氏率尔从事，至此已彰彰明甚。今更求梅勒土氏谓余贼害青年之故，自其控词推之。意者其以余为不信邦之神灵，自奉淫祀以代之，遂谓余贼害青年欤！请问梅氏，是乎否乎？

然某敢郑重言之。（梅氏语）

梅勒土氏乎！然则神者，君将何所谓而名之？愿以平易之词告余，且告廷上也。不识君之控余者，为余教人信受某神欤。此终为信神，与纯持无神论者有异，不足以当君之控。所可控者，其神非一国共信之神耳。抑为余自信无神，且以无神之义教人也。

某谓后者，尔乃一纯然无神者。（梅氏语）

是诚奇论也。梅勒土氏乎！君何为而言是，岂谓余并人类所共信之日月神灵，而亦不信之欤？

法官乎！某敢证其不信。彼尝谓日为石而月为土矣。（梅氏语）

梅勒土氏吾友，君所控者，纳沙戈氏（今译阿那克萨哥拉）也，非我也。此语屡见于纳沙戈氏所著书中（纳氏为苏氏前辈，居雅典有年，以违教被逐，其哲理往往见于阿里斯多芬尼等剧中）。君何小视诸法官，并此而不知，思遂朦蔽之耶。若谓青年得之苏格拉底，则若辈破费一金即可得之剧场之事，而苏格拉底乃腼然据为己有，不将腾笑万方乎？总之，君其以余为信任何神乎？否也。

某对天自矢，尔决非信任何神者。（梅氏语）

梅勒土氏！尔诚自欺欺人者矣。嗟我国人！其率尔从事，儿戏重典，余不能为梅氏恕矣。彼殆故作谜团以戏余。其意若曰：某将一睹苏格拉底之聪明，能发觉某之矛盾与否。抑苏氏及大众，皆将堕某计中也。以余观之，彼于控词，已自矛盾。其言曰：苏格拉底之罪在不信神，而又曰：在信之。非戏言而何。

嗟雅典之士！愿助余发其矛盾。梅勒土氏，幸作尔答也。倘余率其故态而言，愿勿问余，唯君等留意焉。梅勒土氏乎！曾有人信人事之存，而不信有人类者乎？雅典之士，少安毋躁，余待彼之答也。曾有人信于相马之术，而不信有马者乎？抑信于操舟之事，而不信有舟子者乎？非也。吾友，君不自答，余将答君，且答廷上曰：世固无其人也。兹请更答次问：人其能信有仙圣之灵迹，而不信有仙与圣欤？

不能也。（梅氏语）

获廷上之助，出君之答，余之幸也。虽然，君之控词，固显然谓余自奉淫祀矣。新与旧固可不辩也。淫祀者亦仙圣之事，则余必终为信仙与圣者，岂不其然？然也。诚有若是者，意君之默，盖许之矣。仙圣唯何，非亦神或神之支与流裔欤？岂不然乎？

然也。诚有若是者。（梅氏语）

余所谓费解之谜团者，此是也。仙与圣固亦神，君之初谓余不信神，而复谓余别信仙圣之神者何欤？虽仙与圣者，流俗所传，或不为神之嫡子，而为妖灵庶出。然必有其亲在，尽人所知。君将复谓有骡之在，而无马与驴之在乎？此不稽之甚。梅勒土氏乎！君之戏余者，此是也。君觅余疵而不得，乃以此而为之词。人非颛愚，谁其信汝？

余之所以答梅勒土氏者，足矣尽矣，无以加矣。前不云乎，余之敌实多。余自知甚明，足以致余死命者，非梅氏，非安氏，举世之不容焉耳。自来哲人善士吞恨于前者已多，含冤于后者，未已若余者，其一人耳，曷足怪哉！

或有嘲余之行将死于非命者，余坦然应之曰：君过矣！真为善者，奚遑计生与死？但问其行事之是与非，为合于善人否耳。充君之意，则战死Troy（译为特洛伊）之野之英，将不得为善。而Achilles（译为阿喀琉斯）（具见荷马之史诗*Iliad*）（译为伊利亚特）宁死不辱者，抑更甚矣。当其急于斩杀敌帅Hector（译为赫克托耳）也，其仙母告之以苟报友仇。而死Hector者行且自丧其生。其言曰：Hector死兮，尔即继之。彼其闻之，曾不知危死之可畏，唯恐其偷生之辱，无以报友之仇也。率尔答曰：余将继之兮，以报余仇，安能苟活兮，为尘世羞。彼Achilles，曷尝一以危死为念哉！丈夫不计职位之大小，或出己意，或由上命，既居其位，则当临死守死而不去者，诚以士可杀不可辱也。嗟雅典之士！旨哉斯言。

嗟雅典之士！不亦怪哉？使余而有斯行也。余尝从军于波提达亚安菲波力市、大力堰等处，受命于君等所戴之将，与死为邻，未尝稍避（按苏格拉底从役兵间，以勇敢能耐苦著称。某次兵败，众皆逃，独苏格拉底屹立不走，凡此皆事实也）。今者自惟受命于神猥充哲人之任，以成已而成人，何所畏而逃其责？不亦怪哉？使余而有斯行也。苟余畏死溺责而弃神命者，不惟当得法庭无神之诛，亦且自蹈以不知为知之病。盖此而畏死即为饰智。真智者，固不如是也。夫死者人之所畏，谓之大恶，皆饰愚为智之过。恶知其非，善之大者耶。余不敏，自惟于此等处，稍越恒人，因自谓较智焉。其于地下，曾鲜所知。亦不自以为知，然而神或人之在余上者，侮而逆之，则余审知其为恶。余又安能避或然之善，而趋已然之恶哉？彼安尼土氏谓君等曰：今日之事，苏格拉底有死靡他，苟使幸逃其辜，君等之子，将蒙其邪说之害。假令君等不顾安氏之告说，释余而谓之曰：苏格拉底乎！兹者，我侪不顾安氏之言，而任子去，惟以后不得玄思默讨，一仍前道。若是而更见获者，死不赦。若然者，余将应之曰：雅典人乎！余敬爱君等，余尤忠于神。余身尚在，终当说理不休，诲人不倦，逢人而告之曰：嗟吾友！以君泱泱大邦之民，何为而汲汲焉唯名利之是图，乃于理智性灵之陶淑，未尝稍措之意，窃为君羞之。使其人曰：然，某尝从事于斯矣。于是，余乃从而与之言，见其不德而为德也，则责之以不揣其本而齐其末焉。其所与语，无间老幼中外，而于同胞市民为尤甚。若是者，何也？神命使然。当今之时，邦几之内，为善之大，未有如余之效忠于神者也。余舍训导君等外，他无所事，非为君等身家计，实为君等性灵计。告汝曰：有财者不必有德，有德而后有财，一切国利民福，胥由是出此，诚余之教也。此而贼害青年，余无所逃其咎，然使有谓此为非余之教者，必不然矣。嗟雅典之士！请正告君等曰：安氏之言，或行或否，余之得释与不得，皆君等事，无与于余。余虽万死，终不一易其道，如是而已。

国人乎！愿如前约，勿问余，俾得毕其说。自惟当小补君等，愿稍安毋躁。君等当知，使斯人如余而见杀，则君等自损甚于损余。安氏梅氏，其如余何？揆事之情，未有恶人而能损人者，非谓其不能杀之、逐之，屏诸公民之外，且自以为加大损于人也。余以为安氏轻取人命之恶，其为大损也远甚。兹者国人，余之辩非自为计，若君等所思然也，冀君等不因罪余而遂获罪于天，自违多福，实为君等计耳。君等既杀余，更求斯人之如余者，诚非易易。余何人斯？试妄言之。盖飞蝇之流，天之所以锡邦家者。而此邦则一庞然神骏，转动迟迟，非加鞭策，即无生气者也。天既以余为飞蝇，故尽时尽处，惟汲汲于振汝规汝，继以责汝。欲更求之，又非易事。曾不如赦余之为愈，当君等沉酣懵懵之时，骤扰于余中心怨愤。余固知之。君等信纳安氏之言，致余死地者，将得安然醉梦，了却余生矣。非然者，必天眷下民，更锡君等，又一飞蝇耳。复次，余之受命于天，不难推证。苟无异于恒人，不当弃其私业。年复一年，未尝稍加存问，而仅为君等计。谆谆然一一往告之，若父兄之勖汝于德也。且夫以勖人而有得于人者，斯犹可说。而余之未征一人之酬，则君等所共见。虽以敌之凌蔑我而亦不敢非认者，抑余犹有证人在。余之赤贫，余之证人也。

人或讶余之汲汲然为人谋于私室，何不入公门以治国务者，请道其故。君等不尝闻余所谓灵几？而梅氏所斥为淫祀者乎？余自孩提时已有之，作为异乡，戒余毋为某事于欲为之，顷而未尝诏余当为何事。余之不得为政，从此禁也。后此思之，知其应然。嗟雅典之士！余敢断言：余果为政则其死已久，将无以善君等，且善其身矣。愿勿以实言见罪。实言之人而抗众恶，犯众怒，于其国事，鲜有不丧其生者。苟欲稍延残喘以维正义者，当从事于私家，不入公门也。

余不欲仅托空言。请以见诸行事者，为其证。倘亦君等所乐闻欤！请告君等余生所历之一事。余之宁死不为非理屈，与其不屈而几死，君等胥可于此见之。虽或平易无味，然而实有其事也。嗟国人！余一生仅任国中一次，参议员之职是。（此参议院为每十族所举之五十人所组织，每族轮流为主席。三十五日至三十六日秉有执行特权，公民集会时得为主席）

余以代表安铁屋族，得为主席。阿吉奴市（今译阿喀琉斯）之役诸将失死者尸，君等主以一体审之，实为非法（元前四〇七年哑筋瘤市之役，雅典海军既胜，遭大风浪失死者尸，群情惶惑，违法与习而使诸将一体受审于民众，判死罪焉）。君等后已自知。当此之时，主席之中，抵抗非法，显违君等之命者，惟余一人而已。演说家以系狱褫职相胁迫，君等喧呼以张其势。余曾不为动，蹈危而不顾，守法与理而不失，不以畏囚与死。苟从君等之乱命也。此为民治时代事。迨三十政客当权时。（纪元前四〇四年雅典城破，政权移于三十人之委员会，而受制于斯巴达将聂善达焉。其领袖奎夏氏，柏拉图之叔，尝从苏格拉底游，次年民治乃复），召余及其他四人于市厅，教以致撒拉密市岛之李横而诛之。此令之为恶甚深。余所当仁不让之节，乃不徒讬空言，而遂见诸行事。死之于余，殆不若鸿毛，所畏者背义渎天耳。彼赫赫之势，炎炎之威，尚安能纳余于污哉？故当其出狱也，四人往撒拉密市而迹李横，余则潜归里间。使非三十人政权不久即倾者，余之命且将不保矣。目击此事者多有，余行事岂不然乎。

使余作政治生涯，更效善人之行，一以主持正义为前提，谓能全活至今，君等其谁信之？雅典人乎！诚不能，余不能，人亦不能也。然察余一生，于公私终始未易其道，是非可否之际，当机立断。虽于控余者，所谓吾徒之前，曷尝稍假颜色哉？揆事之情，余非授徒为师者，当余奉行余责时，无间老幼，苟有乐闻余言者，来斯受之而已。非具束修，而后与之言也。若贫若富，皆得与余问难，而听其言。其出而为善抑为恶，皆无与于余，未尝教以何事故耳。或有自谓，私闻诸余之言，而非举世所共闻者，君等当知其言伪也。

或有问余，人何为而喜从汝游者，国人乎？余已告君等以此事之真相矣。若辈以睹饰伪者之受余摘发为乐，此中有乐存焉。而余则禀命于神，申之以灵谶异乡之勖，其奉神之志，固较万端为重也。嗟我国人！此情甚真，谁曰不然？苟余今犹贼害青年，或当日已贼害若干者，则若辈今已成长，当悔其昔之见贼，出而控余。即不愿躬自出首，尚有其父兄亲属，亦当出而诉其见害之事，此其时矣。其在廷者，余见其多有。有克利陀者，与余年相若且同族者也，其子克利陀布勒氏亦在眼前。又有李山尼氏，则艾斯昆氏之父，而亦在兹者也。又有安提芳，则伊辟吉尼氏之父也。又有数人，则从余游者之兄弟也。又有倪芶查图氏，则萧斯多地氏之子，而萧多图氏之弟也，其父已死，当不能禁其发言。又有巴拉路氏，则德莫多客氏之子，有弟名沙格氏者也。又阿德满特氏，则阿里士登之子，其兄柏拉图现在者也。余尚能多举其余，皆梅勒士氏所资以为其言之证者。其或忘之，请仍资焉。苟可资以为证者，余请避位让之。噫嘻国人！其实乃适得其反，缘此皆愿为余佐证。余何人斯？梅安二氏所谓其蝥贼者也，非独见贼之青年为然，此或有所容心焉。又有其未见贼之亲长，何为而皆出其征，以实余言也？非为真理正义，而袒谁也，盖皆深识余言之真，与梅勒士氏之伪故耳。

善哉国人！余之辩尽于此，其他皆此类矣。犹有不能已于言者，君等中或有罪案轻于余，而曾陨涕乞怜，挈其子女眷属以求释者，观于余之临危守死，而不为屈，将以余为过。若然者，必羞怒而为余敌矣。君等中苟有其人者，余得坦然应之曰："吾友乎！余亦人也，若他人然。"荷马所谓血肉之躯，非木石也。余有家，且生子焉。嗟国人！其数为三，其一已成长，其二则方在孩提。然余不愿招来此处，乞怜君等。所以者何，非敢刚愎自用，或无意于君等也。余之畏死与否，别为一事，兹余不欲言之。然而若是者，觉此行之自辱、辱君，且辱邦家耳。余年已老，有智之名，无论其名应得与否，似不宜自视太下。世之视苏格拉底，既已度越恒人，虽微亦必有所在矣。乃使君等之中，所号为智勇出类之士，而自计若是之拙，其遗羞为何如耶？余常见名人被罪失其常态，其意殆以就死为受无穷之痛。又若苟任其偷生，行且不朽也者，窃以为邦之大辱。外人之来是邦者，将谓雅典人之翘楚。雅典人之所敬而顺之者，曾无异于妇人。余故曰："负盛名者不宜有斯行也。"其有斯行，君子应勿姑容，尤应示人以摇尾乞怜遗羞社稷之士，应得重罪，甚于默默者焉。复次，舍羞辱外，乞怜法官者，不思折以至理，而图动其慈念，似亦有误。法官天责，在判狱，不在以公正示好于人。彼尝以依法判狱不任私好自矢矣，是彼与吾侪均之不宜习为欺心违誓之举，而蹈不敬神祇之愆也。余之以为羞辱不敬者，其毋以躬自蹈之望于余，矧梅勒士氏控余之词适为不敬也耶。嗟雅典之士！使余以甘言危辞，陷君等于欺心违誓之愆，则诚以无神教君等者。而余之自辩，亦适以自昭其不信之耳。然事有不然者，神灵永在，余实信之，且远较控余者之信之为笃也。今仅委身君等，并讬神灵，唯君等实图利之。

二、辨罪分

斯时廷上票决言苏氏有罪者二百八十票，言其无罪者二百二十票，遂判定苏格拉底为有罪。按雅典国俗，原告被告各拟一种刑罚，而法官抉择其一焉。

兹者梅勒土氏所拟为死刑，值苏氏自拟，以下为其自拟刑罚之说词。

余之不以此次定罪之票决为可患者，尽有说焉。余早知有此。其票数之相差无几，余犹以为怪也。余始意众中十之八九，必皆欲置余于死。而今则三十票之差，余且获赦。虽谓之免于梅勒土氏之手也可。抑尤有进者，使无李康及安尼土氏之助，其怒将不及五分之一。若然者，在法彼当有百八十元之罚，明甚彼乃拟余于死。嗟我国人！余将何以自拟，必也为余所当受者。余所当受者何耶？有人于此毕生孜孜劳不告倦，而于恒人所好之钱财家业兵符政柄高位厚禄之类，未稍措意。将何以报之？余自惟朴鲁，不能谋生若是。用舍无裨人己之业，往择其可以大利君等者，告之以自善其身之道，先德智而后私利，先国家而后权位，一以为行事之则。斯人也君等将何以报之？嗟雅典之士！斯人而有其酬，必为嘉惠无疑，且当适其性也。然则一利君教君，日不暇给之穷士，所以适其性者何耶？养之公馆，斯最宜矣。嗟雅典之士！余之应食此报，远甚于乌林比野(今译奥林匹亚)(四年一次之运动会)得奖之材官骑士(公馆中居元老国宾及竞技得奖之士，以公费养之)。余不足而彼有余，彼与君等乐之表，余则与君等乐之真故也。苟令余按理拟罚者，余则曰："必养之公馆，乃为当然之报。"

君等其以余之言是，为傲君等若前之言不肯陨涕乞怜乎？非然也。余之言是，实因自信从未有意得罪一人。以时之促，此言固不能见信于君等。使雅典之法，有如他邦，重案之决，得踰一日者，余则能之。今无及矣，虽不能尽息流言于一时，终自信于未尝得罪他人，更安能昧然罪已乎。自谓当得何罪，应科何罚，实非余之愿。余何为而若是，岂畏梅勒土氏所拟之死刑耶？死之为善与恶，余尚未知，生则显然为恶。余又安能自拟生罪也，将谓下狱欤？余何为而居于狱？以供狱吏驱使也，抑将以金为罚，待金之偿而出狱欤。家贫货赂不足以自赎，其与下狱将毋同。将谓放逐欤？君等或许之，然余之贪生盲见，不若是之甚也。君等与余为同国之人，尚不能容余言论，恶而屏之。而谓他国之人能余容，宁有是理耶？余老矣，迁流转徙，所至见逐，将何以为生，以此例彼余盖深知。余之所往，青年将从余游，禁不使来，则将诉诸其长者而驱余。一任其来，其父兄亦将畏其见害而驱余出矣。

或曰："然也。苏格拉底乎，君曷不卷舌而固声？夫然后往之他邦，将无人预汝事矣。"兹求君等晓余之答，颇非易易。告君等以此为违神之命，故不能卷其舌，君等将以余为戏言。告君等以终日语德，斯为大善，此即余所自省省人者，且人生而不加省察即无贵乎生，君等将更不信矣。虽难以相信，然余之言则诚是也。复次谓余当得何罚,余实不惯作此想。苟余多金,将自拟尽出所有,未为恶也。然君等知其无有,惟请君等就余所能而定之耳。余自惟能供一米乃(八十元),故拟一米乃之罚。余友在是者,柏拉图、克利陀、克利陀布勒氏、阿波多罗氏,教余言三十米乃,且愿为之担保。善哉!既若是,即言三十米乃,以是为罚可矣!若辈将允君等,必偿之也。

三、临刑分

斯时已判死刑。此下盖苏氏诀别之语。

嗟雅典之士!君等所得,诚不偿所失哉!仇吾邦者,将加君等以杀其智士苏格拉底之恶名。彼其嫉君等之深,虽余不智犹将云尔也。余齿已暮,距死非遥。君等所知,苟少待者,余将自死,而君等之愿,不已遂耶?余兹所言,乃对定余死罪者而发。更进而言之,君等其以余之败,为讷于言。苟计之备,言之尽,当已获赦也欤!是不然,使余败者,非言之过,实缘颜之不厚,志之未沮,不能唏嘘悲泣趑趄嗫喘于君等之前,如君等所习见于他人者。然以此望于余,余诚不屑为也。所以自惟虽临危而死在眉睫,不当稍有鄙俗之行。自辨故态,终不一悔,宁愿行我所好以就死。安能从君等所好,以苟活耶?丈夫之于战于法,固不当思避死之道,临战而弃其甲兵,稽首敌人,未始无免死之功。其他危难之际,苟不顾其言行,亦安在无避死之道。吾友乎!非避死之难,免于不义为难耳。不义之逐人速于死。余年老而行迟,不善走者,亦能追及。余敌虽矫捷,义乃走及其身矣。自今以往,余以违君等而就死亡之刑,若辈亦将以违义而负谗邪之愆,各得其所。其命也,夫固所愿也。

嗟罪余之人!兹有欲预为君等告者。人之将死,其言也善,其余之谓矣。余敢预言,君等杀余者,于余死之后不久将撄重罚,且远甚于余也。余之见杀,缘君等欲弭其谤而掩其平生故。然此将不如君等所料,适得其反耳。此后谤君等者,将多于今前。此余所约束未动者皆是。若辈血气方刚,遇君等将日严,恨君等当日深,且君等过矣。焉有杀人而能弭人之谤已者?既不能且为辱焉。欲弭之以高尚坦易之道,不在害人而在善已,此余之预为君等告者。余之别罪者之言止于是。

吾友乎,君等曾欲赦余者,当执事者尚在忙碌。余尚未往死地之前,甚愿将此事为君等言之,愿少留片刻。既有暇,吾侪仍当相语如常耳。嗟法官!君等诚不愧当法官之名矣。余将以一奇事相告。前此余身内灵儿,虽于琐屑之事,未尝不申其戒禁,不使余有小过。今日之事君等所知,人皆以为最后最大之恶,而灵儿乃寂然不动。自余别家晨出,而抵廷而演说,任其所言,莫不皆然。前此演说方半,尚常阻余。今日乃一言一行未尝与灵儿违,余将何解于此?谨告君等曰:“以余观之,此足证今日之事为善非恶,彼其以死为恶者大错,又足证余言之不谬。苟余趋恶背善者,此多年之灵儿,安有不阻余者乎?”

且试重思之。死之为善,尚有可得而言者。夫死,苟非冥然不觉,则必如人所言,为灵魂之移居他世,二者必居其一焉。倘以为冥然不觉,曾无异于沉沉酣睡,虽梦亦不为扰者,则死之为得,诚不可言喻。使一人得酣睡一夜并不见扰于梦,更与他日他夜之焦思劳形较之,则未有不言此夜之乐者。其乐无上,虽南面王不与易也。诚若是,无穷之期一永夜耳。以死为得,不亦宜乎?倘若恒人所言,死为往他处之途程,而其处为死者所共居者。嗟吾友!天下之善孰有大于是者?当行者抵下世时,将脱离此世号为法官之徒,而得真宰。如米那氏、拉达满苏氏、猗客氏、突里脱没氏,以及其他忠直明察之仙圣,而受判焉。此行岂徒然哉?往而得与古之哲士、诗人,若荷马之流共语,将何为而不可嘻?诚若是,余虽万死亦所甘心焉。余又得与古代含冤就死之英雄共语,当有深趣。又以余之所受与若辈较,其为乐,抑更无涯矣。舍是不论,余得仍余之志,察知之真伪,观夫孰为智,孰为饰智,一同此世焉。嗟法官!人而能与古之大英雄、诗人、哲士周旋浃洽,尚复何求?与之语而叩之问,其为乐宁有穷耶?抑彼世必不若是之置人于死,又可断言。若然者,非惟较乐,且将不朽也。

嗟法官!愿善视死,且知善人或生或死,无恶可以加之,此实确凿不易者也。彼其行事,神实鉴之。余有今日,非偶然也,然余深知脱身就死,为善于己。故灵儿寂然不动。其于控余者及定余罪者,无所怨怒。若辈未尝有损于余,亦未尝有意善余,余所以为若辈过者此耳。

然犹有请于若辈者。吾之诸子成年之时。吾友乎!甚愿君等诟之责之,一若余向之诟责君等者然。苟吾子而先财后德,或饰不知以为知者,则以舍本逐末严戒之。若尔,余与吾子咸当感君等之惠矣。

死期已至,吾侪当各行其是矣。余之死,君等之生,孰为善?知之者其天乎?

希腊之精神*

缪凤林

希腊之民不可遇，希腊之国在何处？

但余海岸似当年，海岸沉沉亦无语。

多少英雄古代诗，至今传诵泪犹垂。

琴荒瑟老豪华歇，当是英雄气尽时。

吁嗟乎！欲作神圣希腊歌，才薄其奈希腊何！

（马君武　译）

And where were they? and where art thou,

My country? On the voiceless shore

The heroic lay is tuneless now——

The heroic bosom beats no more!

And must thy lyre, so long divine,

Degenerate into hands like mine?

此英国诗人摆伦（今译拜伦）（Byron）《哀希腊歌》（*The Isles of Greece*）十六章之第五章也。摆伦之诗，原属有感而发，托为诗人吊古伤今之辞，以激励希人爱国之心。惟其所谓民无处、国无处者，尚为浮表之观察。盖希腊固有不

---

* 辑自《学衡》1922 年 8 月第 8 期。

随民与国而俱去者在也。

所谓不随民与国而俱去者何耶？曰：希腊之精神是已。西土论希腊之精神之书，汗牛充栋。兹篇仅就管见所见，略示大凡，不求详赡，不尚博称。惟所注意者，则精神文化如哲学文学等，为人类最要宝贵之成就。本论多以精神文化为佐证，一也。希腊之文化，以雅典为中心。而雅典之发扬，以开明时代（Greek Enlightement，在纪元前五世纪）为极则。本论多以雅典之后启蒙时代为根据，二也。大思想家为民族精神之结晶，而民族之精神即赖彼辈而启示。本论多以大思想家为代表，三也。三点既明，进述本文，分为四端。

（一）入世

希腊山清水秀，风光明媚。居其间者，觉自然之可爱，感有生之足乐，其精神多趋入世。死后存在，虽为希腊人所信，然本质既萎，止存幻影，精销力亡，无复生理，常生无限之恐怖。荷马《奥德西》（今译《奥德赛》）（*Odyssey*）史诗中述 Achilles（译为阿喀琉斯）谓 Odysseus（译为奥德修斯）之言曰："与其死为鬼王也，无宁生为贫子之奴"，最足代表希腊人心理。每当宴祭，常佐以歌舞。老者首歌曰："方吾侪之幼兮，勇而且强"，青年继歌曰："是乃吾党之今日兮，进而且试"，儿童续歌曰："曾不转瞬兮，吾党小子其更强"，此亦希腊人普通之观念。盖希腊人以自然为本真，而人为自然之一部，人之要在享受自然，欣赏自然，不以自然害人，而以自然福人。又宇宙之间，惟人为大，人之中，希腊人又为天之骄子，此世现象，会当由希腊人安排，责无旁贷。此种思想，当殖民时代（希腊殖民事业举其大者共有两次，第一次当纪元前十一及十二世纪，第二次当纪元前八世纪，余波所及，直至纪元前六世纪）已兆端倪，而以战胜波斯（大者亦二次，第一次在纪元前四百九十年，第二次在四百八十年）后，达其高潮。彼大流士（Darius）、泽尔士（Xerxes）辈，一再入侵，倾波斯帝国之全力以相搏。希人当之，十不逮一，卒能转危为安，反败为胜。两间尚有何事不可为乎？贝里克里（今译伯里克利）（Pericles）者，雅典之政治领袖，亦希腊第一政治家也。其对雅典公民之演说有曰："吾人履险如夷，处之泰然。此种勇敢乃由习惯养成，非出法律强迫也。苦痛之来，吾人曾不身觉，亦不稍失常态。故吾雅典，无论其在战争与平时，皆相等焉。（中略）无论何地，无论何海，吾人皆可辟一途以为用武之地。普天之下，皆树吾人之友与吾人之仇之永远纪念。"此其英伟气概，前不见古人，后不见来者，数千年后读之，犹可想象其万一。而其尤足表示此种精神者，莫如苏封克里（今译索福克勒斯）（Sophocles）所著《安体歌尼》（今译《安提戈涅》）（Antigone）一剧中歌队合唱之诗。诗曰：

其　一	**Strophe I**
翳有情之族类兮，	Many the forms of life,
纷奇形而怪状。	Wondrous and strange to see.
惟斯人之灵异兮，	But nought than man appears,
更敻敻而无上。	More wondrous and more strange.
渡沧海之茫茫兮，	He, with the wintry gales,
凌腾波与高浪。	O'er the white foaming sea.
驾扁舟而开路兮，	'Mid wild waves surging round,
冲回风之浩荡。	Wendeth his way across.
大地抟抟兮利永贞，	Earth, of all gods, from ancient days the first
从古如斯兮无损无增。	Unworn and Undecayed.
羌何事兮遇斯人，	He, with his ploughs that travel o'er and O'er,
役牛马兮事耕耘。	Furrowing with horse and mule.
年复年兮以资其生。	Wears ever year by year.

其　二	**Antistrophe I.**
彼浑噩之群鸟兮，	The thoughtless tribe of birds,
逢矰缴而徒诛。	The beasts that roam the fields.
彼旷野之百兽兮，	The brood in sea-depths born,
与深渊之游鱼，	He takes them all in nets,
遇斯人之慧黠兮，	Knotted in snaring mesh,
成投网罟以相驱。	Man, wonderful in skill.
嗟斯人之巧技兮，	And by his subtle arts,
御百兽而有余。	He holds in sway the beasts.
虽奔腾于山圹兮，	That roam the fields, or treat the Mountain's height;

亦俯首而若愚。	And brings the binding yoke.
牛负轭而马系颈兮,	Upon the neck of horse with shaggy mane,
即难驯兮何虞。	Or bull on mountain crest,
	Untamable in strength.
其　三	**Strophe Ⅱ**
谈辞如云兮思如风,	And speech, and thought as swift as wind,
处世经邦兮其学无穷。	And tempered mood for higher life of states,
彼严霜之不仁兮,	These he has learnt, and how to flee,
与雷雨之汹汹。	Or the clear cold of frost unkind,
斯人皆有备而无恐兮,	Or darts of storm and shower,
夫何患之足蒙。	Man all-providing, Unprovided, he
婴沉疴兮罹痼疾,	Meeteth no chance the coming day may bring,
亦有术兮可攻。	Only from Hades, still
怨地狱之浩劫兮,	He fails to find escape,
曾是独强以相从。	Though skill of art may teach him how to flee
竭巧尽智兮终难为功。	From depths of fell disease incwable.

说者谓前乎此者,无人能为此言,后乎此者,虽言之亦无是深切。诗歌,民族精神之表现也。谓非其时入世之思想流露充满,诗人始动于其中而见于其文,得乎?

惟有宜特标明者,即如苏封克里之言,似有人力戡天之意。然大多数希腊人之思想,实止于享受自然,欣赏自然。其在哲学家,更无一人主宰制自然以为人用者[控御自然之思想,严格言之,实始于近代之培根(Francis Bacon)。今人著《东西文化及其哲学》,谓此种精神自希腊已然,实大误]。又希腊之哲学,杂有三种趋势,曰:神秘,曰:科学,曰:人文。科学人文虽为入世之精神,神秘实不无与入世相背。神秘趋势始自奥斐教(今译俄尔甫斯教)(Orphic Religion),约当纪元前七世纪。辟萨果拉斯(Pythagoras)(今译毕达哥拉斯)因之,主轮回与灵魂不死之说,信者亦众。虽曾不数年,谢里士

(今译泰勒斯)(Thales)辈自然哲学家起,即拨云雾而见表天,然其间始衣里亚学派(今译埃利亚学派)(Eleatic School)之主不变,苏格拉底之主神声,柏拉图与亚里士多德之主真如世界,亦皆神秘之类。然此不过希腊入世精神之例外,而非其主体,即如柏亚二氏主哲人之解脱。然二氏之书,所言者仍多为人道而非神道。柏氏在《理想国》(*Republic*)中,更谓哲人出洞之后,了解本体世界,亦必复返洞中,不可贪图出世间乐。此又入世之精神也矣。

此入世之精神影响所及,希腊人遂取二种态度,曰:客观,曰:批评。史家常言希腊人之客观性(Objectivity of Greek mind),意即谓希人入世,而以客观为目标。此就哲学方面考之,至为显著。Cushman(译为库什曼)之《初学哲学史》之论希腊哲学也,谓可概以一字,是曰:客观(Objective)。盖自谢里士以降,诸家类以宇宙为研究之对象,于森罗万象之中,求其共相,而以单元或多元解释宇宙之全体。如谢氏之主水,Anaximenes 之主气,Anaximander 之主无极,Heraclitus 之主火,Empedocles 之主地、水、火、气四元,Anaxagoras 之主属性区别之多元,Leucippus 与 Democlitus 之主分量不同之多元,固皆属客观。即以人文学者著之苏格拉底,形而上学著之柏拉图,其所主概念之知识、形上之观念,亦皆有客观之存在,而为入世知识行为之准则也。

至于批评,则在哲学上主动主静之争持,纪元前六世纪即已有之(Heraclitus 谓举世皆变,靡有停息。Parmenides 则一反之,谓世界之本体静而非动,凡动皆幻)。至五世纪,诡辩家朋兴,凡往昔之习惯、宗教、法律、道德,视为固然、习为故常者,莫不萌生疑念,重新估定其价值。诡辩家既以个人为万事万物之权衡矣,苏格拉底则主有共同之标准(即概念之知识)。苏氏犹无形而上学,其弟子柏拉图则以形而上学为主体。柏氏犹为现象与实体,其弟子亚里士多德则合而为一。盖希腊诸大哲学家,任取二人,其学说固无绝对相同者。亚氏谓:"吾爱吾师,吾尤爱真理",此言足以窥矣。其在文学,本以批评人生为职志。若荷马之史诗,则痛责英雄之背德。若希霄德(今译赫西俄德)(Hesiod)之讽谕诗,则深慨正义之难觅。而苏封克里、尤立比底(今译欧里庇得斯)(Euripides)之悲剧,亚里斯多芬尼(今译阿里斯托芬)(Aristophanes)之喜剧,尤以批评著称。苏氏犹不深文周纳,尤氏则于政客、妇人、宗教旧说,靡不任情指摘,不惧权威。亚氏更进而批评一切战争制度、名贤思想。其《群蛙》(Frogs)一剧,评论三大悲剧家之短长,且树西洋文学批评之先声。此则希腊人因入世而以人为主,凡我皆可自运其天君,以辨析事理,批评之所由著也(S. H.

Butcher 著 *Some Aspects of Greek Genius* 一书，谓希腊人之贡献于后世者凡三，而爱自由为其一。爱自由亦即批评之义）。然此入世精神关系之尤大者，即希腊灿烂之文化，悉可以是明了其本原。文化者，人类性灵造诣之总积也（Civilization is the sum total of the intellectual achievements of mankind.）。因心灵态度之不同，故文化常异其造诣。希腊以巴尔干半岛一隅地，产生空前特异之文明，于哲学科学，则有苏格拉底，Democritus、柏拉图、亚里士多德辈；于文学，则史诗有荷马，讽谕诗有希霄德，悲剧有安斯克兰（今译埃斯库罗斯）（Aeschylus）、苏封克里、尤立比底，喜剧有亚里斯多芬尼，演说有 Demosthenes；于美术、雕刻则有 Phidias、Praxiteles 辈；于建筑则有 Parthenon（参观本期插画第一图）等奇工；于政治则有梭伦、Cleisthenes、贝里克里诸贤；于历史则有 Herodotus、Thucydides、Xenophon 辈。初读史者每难明其所以。实则希腊人性以其入世故，感此世之可贵，觉希望之无穷，斯努力于各种学术之攻研，斯孜孜于制度文物之更张。结果所至，蕞尔片土，遂为西洋文明之星宿海。此则治西史者所最宜注意之一事，而亦希腊入世精神之最可赞美者也。

（二）谐合

“谐合乎，知此一字，吾人于希腊文明之主要观念，即得其消息。”此狄赓生（G. Lowes Dickinson）《希腊之人生观》（*The Greek View of Life*）一书结论中之言也。乍闻之，或视为不经，然苟细究之，则知其具有至理。兹试以刻像论。汤姆氏（M. Thomas）之论刻像之原理也，曰情（sentiment）、曰体（style）、曰纯（simplicity）、曰美（beauty）、曰静（repose）、曰均（balance）、曰匀（proportion）、曰整（composition）、曰称（symmetry）、曰创（originality）。综以言之，即形全、色全、相全，最完美之灵寓于最完美之体而已（见所著 *How to Understand Sculpture*）。世界刻像，求能悉合此等原理者，除文艺复兴时意大利之刻像（亦由摹研希腊之刻像而成）外，要以希腊为最。如 Praxiteles 之 Apollo 及 Hermes 像，以及诸大思想家之像幸存于今者，如苏封克里、尤立比底、苏格拉底、柏拉图等，皆为人世间稀有之至宝，不仅足为汤姆氏之言之确证，即汤氏之种种原理，亦悉由观摩此种刻像而得。情体诸端，微妙深邃，可意会而不可言传，贵实示而难以辞逮。均匀整称，则有迹象可按。自来评论家言之亦多，兹述其二点。

一，前面律（Law of Frontality）。凡有一像，无论其形式若何，苟由头骨过鼻中,沿背中作一直线,必恰成二等分。

二,尺寸比例。刻像之尺寸比例,皆有一定。设以头为单位,则像之全体,长七头有半,而脐为中心(自顶至脐与自脐至足相等),肩阔两头,腰部阔一头有半。其在女子,则肩与中腰,须较男子为狭,而腰部则较阔。手长与面(自发根至颐曰面)等。足长一头又鼻之三分之一。头可分为四等分,自颐至鼻根为一等分,自鼻根至眉为一等分,自眉至发为一等分,自发根至头顶为一等分。

此虽难免板滞之讥,实则称配之精神,希腊谐合精神之特征也。刻像既有如是,其他各事,亦多呈谐合之观。兹更择要分论之。

一则神人之皆合也。

希腊人以自然有本真,故真为自然之一部。此在宗教,曰自然之解释(an interpretation of nature),实为初民所同具。原人见自然现象,时或利人,时或害人,求其解而不得,归之冥冥中之主宰,将欲保利避害,惟有出之崇奉,此则宗教之所由起也。希腊人初以 Zeus 为天,以 Demeter 为地,以 Poseidon 为海,亦皆类是。所异者,其他初民之宗教,限于自然之解释。希腊之神,则除解释自然外,兼有人性,而与人谐合。试观荷马史诗中之诸神,其用心类人,其思想类人,其言语类人,其行事类人,其目的类人,其生活类人,诸凡人性中所有者,神全有之。故人有爱憎,神亦有之。人有喜怒,神亦有之。甚至人有战争嫉妒,而神亦皆有之。神之所以异于人者,仅其智慧能力大于人耳。易言之,神人之别,在量不在质也。诡辩家兴,于此种宗教思想攻击颇力。然如苏格拉底、苏封克里辈,亦惟抬高神之程度,去其妒忌好斗诸劣性,而为希腊人之具体人体格与理想人生之表示。观 Phidias 之刻 Zeus 神也,则以之表威亚;其刻 Athena 神也,以之表智慧;其刻 Apollo 神也,则以之表美术。可知诸神之所启示,犹是人性中所有物。神于人无歧视,人于神非超绝,盖神犹同类于人也。自耶教入欧,其教义以神为惟一之真宰,与人隔绝而为二,神遂高出于人,异乎希腊人之谐合矣。

二则个人与邑国之谐合也。

希腊为邑国(city-states)制。每邑之大,略等英国之村,吾国之镇。人民多者数万,少者数千。邑国之间,各自为政,虽多冲突(最著者为雅典与斯巴达),而其人民之于本邑,则多谐合为一。语其原因,则希腊人自命为神之子孙[如 Ionian 族自命为 Ion (Apollo 之子)之子孙,Dorian 族自命为 Heracles (Zeus 之子)之子孙],同神之族,相依为命,宗教为政治生活之内相,一也;各邑国皆有其特殊之精神(其表现之于建筑者,如 Ionic 式之代表雅典,Dorian 式之代表斯巴达,Corinth 式之代表古林多),其邑民皆欲维持而扩充,二也;诸大政治家思想家,皆兢兢以爱邑国垂训(如梭伦、柏拉图辈),三也。试以雅典为例,则其公民虽仅二万余,顾其所谓公民,非仅负纳税之义务,有选举之权利已也。凡有公共事务,皆须互助参与。而其参与者,皆须直拦,不能请人代表。当 Cleisethenes 革政后,雅典人全民政治之时代,区域虽狭,官吏实繁(其时宪法规定有区长,行政官、军长、贵族议会五百人,议会自由人会、平民大理院等),故一公民常兼为兵、兼为法官、兼为议员等。因其域之小也,公民须常至中央政府;又因其人之少也,公民必求能演说于广场,能选举于议院。每一公民,皆贡献其人格(Contributive personality),其与邑国之关系,直同手足之与首焉。贝里克里曰:"雅典之公民因爱家之故,常不忽略邦国,虽从事商业等,亦极富政治意识。"亚里士多德曰:"人生而为政治之动物",非虚语也。

然此等政治活动,其果牺牲个己以益全体否耶?学者或见雅典官吏之薪俸皆薄,诸大哲人又有重国家轻个人之言,遂深信此层之非诬。然此在近世国家主义发达之国有然,加诸希腊,不无误解。希人之意,最善之个人,即属最良之公民,个人之目的与国家之目的同也。亚里士多德有言:"国家者,相同之人求达其所能达之最善生活之结合也。"此语之意,不仅国家为个人达其理想之工具,公共生活之自体即属理想。易言之,国家之自全,即个人之目的而已。个人欤?国家欤?一而二,二而一者也。

三则身与心之谐合也。

上言刻像原理,有"最完善之灵寓于最完美之躯"一语,希腊之理想公民即属此等人,所谓美人灵寓于美之体(A beautiful soul housed in a beautiful body)也。学术之发达,所以养心。体育之注重,所以修身。每当大会,运动必为要目之一。多数青年,于和风暖日之下,赤身竞技,示人肉体本真之美,无有丝毫缺憾。希腊之刻像多属裸体,亦以观感之深故耳。至其内心之锻炼,则各种学术之磅礴,如前所举,亦已可见一斑矣。盖希人皆以公民自期,而此公民之担负綦重,身心一有欠缺,即不克荷,故并极重视,有谐合为一之观也。柏拉图语录中载苏格拉底祷词,有求神予以内灵之美,使之内心外身融合而无间者(见 *Phaedrus* 篇),亦全属此种精神。而柏氏《理想国》之论教育,中述苏氏答 Adimantus 之言,谓:"历来相沿教育之法,分体育与音乐二端。前者为身,后者为心。教育之道,莫善于此。"又谓:"儿童授之音乐之后,当继之以体育。"

"二者训练之期，皆当始自幼时，继续至老而后已。"又谓："凡其心已受正当之教育者，皆当加以体育之锻炼。"身心谐合之特征，杜威有言："希腊教育之所以有绝大成就者，其最大之原因，即在永不为心身分离之谬误思想引入歧途。"（见氏著 *Democracy and Education*，一六六页），是则身心之谐合，实希腊教育最大之成就，亦希腊精神之所在。日人之浅识者，率谓希腊思潮系内的本能的（如厨川氏之《希腊思潮与基督教思潮对照表》），中人又从而附和之，甚且引其说者为定论焉（如蒋万震之《欧洲文艺复兴史》）。噫，妄矣！

四则美术与道德之谐合也。

希腊人以美术为人类真性之启示，于自然方面虽少注意，而与道德观念甚有关联。美善二者，因谐合而为一。最佳之美术，除美之原素外，别求其能诉诸德性。学人评论美术之优劣，亦即视其伦理之属性而定。柏拉图与亚里斯多芬尼最足代表此种思想者也。柏氏《理想国》中述苏氏之言，谓："诗人之著作，惟求其描写善德，不能稍涉秽亵，非是则屏诸国外。绘画雕刻建筑等，只许其启示善德，不能稍露淫荡，非是则禁止其业。（中略）国中美术家须能洞鉴真正自然之美与善，发挥之于艺术，使青年身之所居，目之所见，耳之所闻，无一而不善。而美之真际，即同时流露于其身若目，有如清风来自蓬莱，引人之灵魂与同情之美，生同情于不知不觉间也。"又谓："音乐之节奏与和谐，能深入人之内灵。其所印入者为善，则其表示于外者亦善。其所印人者为恶，则其表示于外者亦恶。凡于音乐上受纯正之陶淑者，则其辨别善恶，若出天性矣。"其于荷马史诗中有涉及不道德行为者，则严斥之遗余力焉。亚氏《群蛙》（*Frogs*）一剧，评论三大悲剧家之优劣，以酒神 Bacchus 为公判员（时三子皆亡，值祭日，无大诗家，酒神乃亲至冥间求取一人），优者还阳再生，败者仍留阴间。安斯克兰与尤立比底，各叙己之长而述他人之短，苏封克里则置身局外，结果则安氏胜而尤氏败。盖安氏唯以教人德行与真理为事，尤氏则不免导人卑陋。以艺术言，尤氏虽优于安氏；以道德言，安氏远非尤氏所及。而酒神之标准，则道德为重而艺术为轻也。然二子于道德艺术，要皆各有所缺，其能兼此二者，惟有苏封克里，剧中置之事外，不肯参与，诚皜皜乎不可尚矣。说者谓此剧为美术与道德之确评，亦希腊美善谐合之极轨也，信然。

外此尚有理想与实行，快乐与道德，法律与自由，义务与权利诸端，亦多具谐合之观，或词未用而意已及，或纲已立而义可求。举一反三，兹不赘言。惟其中尚有中和节制一层，则义蕴颇富，别详下述。读者合而观之，则于希腊之精神，思过半矣。

（三）中节

“中节”意谓处世接物守中而不趋极，有节而不过度，为上述谐合之一部，而希腊人生活之基础也。荷马史诗者，希腊文学之第一幕也。煌煌二大著曰《伊利亚》（*Iliad*）述 Achilles 之愤怒，曰《奥德西》（*Odyssey*）述奥德西氏（今译奥德修斯）（Odysseus）之返国，不仅为希腊所仅有，亦后此西土所罕见。虽其著述之时代，作者之为谁，晚近学者言人人殊[二史诗著述年代虽不一，其说要不出史诗时代（*The Epic Period*），即纪元前九百五十年至七百五十年。至著者为谁，则自十九世纪考古学繁兴以来，异说纷纭，莫衷一是。有谓全系荷马著者，有谓荷马并无其人者，有谓荷马草之，其他诗人扩而充之者，有谓他诗人述之而荷马取而集之者。法人 Croiset 为今世研究希腊文学之巨子，取最后之说，略谓希腊自（纪）元前十世纪以降，有一般游行诗人（Bards），至富豪贵族家唱说神话古事以娱人而得资，实为史诗之滥觞。荷马为此种诗人之一，才有独禀，集他诗人之前述，从而润色合一之，以成此不朽之伟著也。其言最为宏通，可从之]。要其为初期希腊文化之凝积，则莫不异口同声。二史诗之情节颇繁，其道德之观念则简而一，即中节之教是也。谓人不可骄傲，否则必遭天谴。Nemesis 一篇之中，盖三致意焉。而《伊利亚》叙 Hector 之别妻出战，及 Priam 往见敌帅，乞爱子之尸，《奥德西》叙 Odysseus 归途之漂流海上，屡遇鬼魔，死生俄顷，皆当人世之巨变，而仍保持中和不为过度之宣泄。史诗以后，为希霄德（Heshiod）之讽谕诗（Didactic Poetry）曰《田功与日占》（今译《劳作与时日》）（*Woks and Days*），首卷以其弟子之攘夺其财，法官受贿，讼不得直，痛言此世之罪恶，叹公道之难得，颇涉悲观。然其终仍谓天神（Zeus）能弥此缺陷，能毅力坚持者，亦终有得见公道之一日。二卷则其弟竟食贪婪之报，而以倾产闻，希氏则反日有起色。然希氏仍从容中道，不为已甚，且以德报怨，分以余田，教之耕耘之法，是犹是中节之观念也。及至纪元前七世纪，政治紊乱，民生不宁，七贤以救世励德为怀，时流露于歌咏中，今所传之 Gnomic poets 即是也。其所奉一字真言，亦曰中节（Moderation）。其屡所反复者，则“毋太过”（Nothing too much；nothing in excess）。余如“至善为中非为宝”（Not wealth，but moderation，is the highest good），“盈则傲生”（Superfluity of Possessions begets self—exaltation），皆发明中节之义谛。自五世纪以降，悲剧繁兴，苏封克里为最完美无瑕疵。而其精神,要仍可以中节概之。苏氏著悲剧百二十种,今仅存其七,然可以片言尽之。如《安体歌尼》(Antigone)一剧,叙安以一弱女子,伤家门之不幸,二兄同日惨死,恶叔篡窃大位,出令不许葬其次兄,违者杀无赦。女既痛其兄之无辜丧元,而暴尸荒郊,狐狸食之,蝇蚋姑嘬之,不仅沴厉所积,有忤天和,亦使形神永系,解脱无期。毅然弃恶叔之乱命,瘗之以礼。然女卒以此获罪。当其侍卫森严,导赴幽穴,嗟鬼箓之将登,念婚姻兮画饼(女已许配叔子 Haemon 为妻),举目斯世,曾不之谅,冷嘲热讽,备极揶揄(时歌队唱嘲弄之诗,即代表一般世人者)。此情此景,诚有非人世所能堪者。然女惟谓愿与父母兄弟相会于九泉耳。夫以瘗兄而遭此报,吾亦谁尤?虽婚礼未成,未免有负此生,然人尽夫也,亲一而已,胡可比也?于愁肠万斛之中,仍以礼自持,中节之意,斯其极矣。Symonds 赞女为希腊悲剧中最完善之人物,有以也。阙后 Haemon 既殉其聘妻而亡,其母亦以痛子自经,恶叔躬食其凶戾之报,又背中节,其获罪明矣。安诺德(Matthew Arnold)赞苏氏有诗云:

> 吾爱苏子,终和且平。湼而不缁,磨而不磷。
>
> Be his my special thanks, whose even balanced soul,
>
> From first youth tested up to extreme age.
>
> Business could not make dull, nor passion wild.

此则苏氏之所以为大,要皆希腊中节精神之表现也。旷观希腊文人,其中趋极端者,仅有尤立比底一人,然尤固不能代表希腊之精神。亚里斯多芬尼作《群蛙》以严讥之,而亚氏固世所认为雅典人之雅典人(Athenian of the Athenians)矣。文学如是,雕刻亦然。如前所举 Phidias 辈所刻之像,宁静镇定,泰然淡然,固无论矣。墓前石像,状父母子女离别之象,吾人设身处地,当必哀毁骨立,涕泗滂沱矣。然希腊刻像之所表示者,亦多握手言别,临风雪泪而止。而其最足启示此中节精神者,莫如僧人遇蛇像(Laocoön,参阅本期插画第二图)。大蛇周绕僧人父子三人,方当蛇首昂昂,势欲加害之际,倏然而止,而僧人之容,虽呈哀戚之色,仍有安闲之态。盖希腊人于人世之痛苦,亦多能感动,非如此方之强者,熟视无睹,又非受名分之拘束,强为矫饰,惟虽受感动仍保厥中和,略现忧虑嗟怨而已足,初非抢地呼天,一泻无余蕴也。十八世纪中叶,德人 Lessing 著 *Laocoön* 一书,开卷引 Winckelmann 之言曰:"希腊人之刻像,无论其处何种情感之下，常显示其精神之团聚，内心之宁静。譬之大海，虽有风波，海底固未尝动荡也。”希腊刻像之精髓，即此言而可睹矣。

更就哲学言之，则诸大哲人亦无不以中节垂训。如辟萨果拉派（Pythagorean school）谓：“使财毋过奢，亦毋过吝，凡事守中则最善”，“毋忽此身之康健，饮食运动，皆求有节”。Democritus 谓：“人之求恬静也，当由适中之快乐，与均衡之生涯。过与不及皆足覆人，而使人心不宁者也”，“舍中节而趋浮夸，则为乐适以召苦”，皆世人所称为金言者。虽亦教人求快乐，亦教人求货财，然其快乐与货财，必求享之有度，出之中节，此则希腊哲学之精神。而希腊民族一面主物质之而享受，一面又不流于纵情恣欲，亦以此也。苏格拉底等三哲，为希腊哲学之中坚，其示此种精神亦尤显。柏拉图语录载苏氏之祷词有谓求上帝予以适量之金，足敷中节之用者。而其所求之于帝者，外此惟有智慧及身心融合。而曰：“外此何有？余思之，即此余愿已足。”其不贪非分之心，昭然若揭。盖苏氏自奉甚约，自守有节，饮食衣室，朴素无华。即当良朋欢会，飞觞醉月，亦不痛饮一醉。贵人躬值，履舄交错，亦不一御锦绣。其论宗教也，于旧日之信仰，虽多指摘，而其敬顺事神，严恭寅畏，固不敢有亏于行以干谴责也。其与人谈论也，道之所在，虽丝毫不能苟让。然无论其意若何严正，亦必谈笑从容，不现怒色，如《自辨》篇（Apology）与梅勒土氏（Meleltus）之对质，虽生死所系，亦惟据理直陈，而不张脉偾兴。Xenophon 赞苏氏敏于决释，处善恶两者之间，永不一失，真深得之言欤。柏拉图分道德为四，中节为其一。《理想国》中详言极端之害，而惟中则吉。如曰：“过度之快乐，其有害于身心，实与苦痛无异。”“彼流连荒亡之徒，其俄顷之淫乐，虽非吾人从所及，然其结果，则常因婴疾而就医，就医而疾加甚，抱终天之恨者，比比也。”惟彼少数受良好之教育者，凡有娱乐，皆能中节，而其为乐亦无量。此则人生正当之态度，有非俗人所能望其项背者。此言快乐之当中节也。又曰：美术之退化，厥因有二，曰贫与富。试以陶人喻，既富矣，则其工作当不复如昔日未富时之勤，必将日趋怠惰而不经意于所事，结果则为一不良之陶人。苟其贫也，则器械将不能供给，因是而不能工作如常。其从业之子若徒，亦莫由而受良好之训练，则其退化也必矣。美术如是，道德亦然。富者坐拥多财，犹病不足，贪得无厌，则饱食思淫，耽于逸乐，欲为善得乎？贫者家徒四壁，室如悬罄，欲图自存，必陷非义，尚何荣辱之足云乎？此言贫富之当中节也。盖柏氏洞鉴人性之本源，以为蚩者氓，生而多欲，任其所之，必如洪水之泛滥而不可收拾。然欲本非患，患在无节。若过为遏抑，不惟非常人所能堪，亦且有背天理。故择中而论，遂言之恺切如此也。亚里士多德之《伦理学》(*Ethics*)，为氏一生学术精英之所在[亚氏为古代学术之集大成者，著作等身，今已不全，就其存者考之，以《伦理学》、《政治学》(*Politics*)、《诗学》(*Poetics*)为最要。三者之中，尤以《伦理学》为最要]，亦西洋伦理学史上有数之伟著(差可与颉颃者仅有 Sidgwick: *The Method of Ethics*。)然其道德之界说，惟曰中节。其言曰："道德者，中节之心境，而即以中节为目的者也。"(Virtue is a mean state as aiming at the mean)全书列举中节之心境，表之如左：

过(Excess)	中(Mean state)	不及(Deficiency)
血气之勇 Foolhardiness	大勇 Courage	怯 Cowardice
荒淫 Licentionsness	节制 Temperance	冥顽 Insensibility
奢侈 Prodigality or Bulgarity	中道 Liberality of Magnificence	吝啬 Illiberality or Meanness①
虚浮 Banity	君子 Highmindedness	小人 Littlemindedness
妄冀非分 Ambition	志于正	毫无志向 Lack of Ambition
情感激烈 Passionateness	中和 Gentleness	麻木不仁 Impassivity
夸 Boastfulness	诚 Truthfulness	伪谦 Self—depreciation
谑而伤虐 Buffoonery	雅谑 Wittiness	无味惹人厌 Boorishness
谄媚 obsequiousness or flattery	友爱 Friendliness	争攘 Quarrelsomeness
羞涩 Bashfulness	谦抑 Modesty	愧怍 Shamefulness
嫉妒 Envy	仗义公愤 Right indignation	奸诈 Malice

全书所言，大都发明此中义蕴。如谓"人之于快乐，当守节制。荒淫之徒所引为至乐者，皆当不之乐，且不之喜。(中略)人当保其中和之精神，以享受快乐，而获身体之康健而已"。此即论人当有节制，不可荒淫无度，而亦不宜冥顽不灵，不能欣赏人世之快乐也。即氏之政治学，亦多言中节之利，而过与不及之为害。如曰："贫富二阶级，为国中相对之二分子。苟其一得势，非暴民政治，即寡头政治耳。"此即言贫富两极端之为害，而中节之利。以上就文学、雕刻、哲学三者立论，俱足证明希腊中节之精神。吾国立国东亚，夙尚中节。尧舜禹汤，以是垂训，而国号曰中(始见《禹贡》中邦锡土姓，邦当作国)。国名如此，国性更由斯表现。此则吾国与希腊精神最相同之一点。陆子静所谓东海

① 按：亚氏二者分论，一指少量者而言，一指多量者而言，余以其仅有量之分别而质无殊，故并之为一。

有圣人，此心同此理同也；西海有圣人，此心同此理同也者，非耶？

（四）理智

希腊之精神，除上所述外，尚有数端可论者，则其爱美（love of beauty）、爱理（love of reason）与爱智（love of wisdom）是也。爱美之意，已略见身心谐合节，兹惟取理、智二者言之。希腊哲学家最初重理性者，就现存之书考之，为海拉克塔斯（今译赫拉克利特）（Heraclitus）。海氏为主变之哲学家，谓盈宇宙之事物，皆属流传，有如"濯足长流，抽足再入，已非前水"。故方死方生，方生方死，是一无穷，非亦一无穷。所不变者，惟此一变而已。然此两间无穷之运行，其间果有基理否耶？海氏曰：有，而理性（logos）是。其言曰："理性，永存者也，然人鲜知之。"又曰："智慧惟存此理性。吾人之要，即在知此理性。此理性即物物者也。"此所言理性，犹为形而上学之名词，殆与老子之道无殊。自后有安氏（Anaxagoras）者亦颇重理性（旧日史家以安氏为希腊主理性之第一人。今考海氏约生于纪元前五二六年，卒于四七〇年，而安氏约生于纪元前五〇〇年，卒于四二五年，是安氏犹后海氏数十年）。安氏谓世界之本体，为多种属性不同之原质。现象之生灭，即此诸种原质之聚散。而其所以致此聚散之外力，则为理性（Nous）。此理性为思想之原质，其与他种原素异者，不过能自动动他耳。此其所言，更去自然哲学家不过一间。至诡辩家起时，乃以理性用之人事，而目为人性最高之灵禀。苏格拉底亦然。苏氏以求概念之知识为职志，谓个人知识之对象，每难尽同，顾其纷然之中，仍有共同之点。例之于人，大小长短，智愚贤否，诚不齐矣，然其为人则一也。人之要，即各种知识，皆须于各别之个体，抽出其共同之所在，成为概念，而即用诸一切而不悖。此同概念之知识，实即合理之知识。盖概念之根本在理性，合理始合概念矣。安氏又以造成有德行之社会为怀，谓世风不古，朴俗日浇，朝野攘攘，咸趋非议，欲挽狂澜，惟有在社会之中，养成崇尚德义之风，此所谓有德行之社会，亦即合理之社会。盖德行与理性相因，惟其背理，姑属不德也。彼诡辩家主怀疑而无共同之标准，与苏氏异趣，而其崇尚理性则一。彼以个已为万事万物之权衡，批判一切，无所顾虑，实即发挥个已之理性，以之为一切事物学理之最后法则，而不囿于旧说，慑于权威。韦勃（今译韦伯）氏（Webb）之哲学史，谓怀疑论之初现，为希腊理性时代之始，盖亦深有见于此也。

柏、亚二氏继苏氏之道统，其崇尚理性尤为显著。柏氏有恒言曰："吾人应随理性之所之。”(Let us follolw the reason wherever it leads.)此语之意,即谓理性无往不善。吾人诚欲守善,一切行事,悉当以理性为依归耳。柏氏之分析人性也,曰合理的性质,理性是也;曰非理性的性质,意志情欲是也(非理性的性质分为二,一者高尚的意志是也,二者卑下的情欲是也)。而合理的性质实为人之根本,为人性最高之部分。人之行为,固悉以其导引为正轨,而其所以控御意志与情欲,亦悉惟此是赖。即人之所以不朽,亦以有此耳。亚氏分有机体之灵(“灵”在英文为 soul,亚氏用此字义与生气无殊)为三:曰植物之灵,具消化生殖之力,植物有之。曰感官之灵,具肉欲活动之力,百兽有之。人则除此二灵外,别有理性之灵,人之所以为人,即以有此理性之灵,而他二者皆隶于此,亦即有此而存在也。原氏之意,真实之我,即理性发展之我。身为储能(Potentiality),理性乃其效实(Actuality),人生之究竟,在由储能发展而至效实(此为亚氏哲学之基理,人生如是,下至植物鸟兽亦然,例如橡树为效实是也),即由此身以诣理性,理性固身之内在本质也(Reason is the immanent essence of the body)。前谓亚氏以中节之心境为道德,犹仅就实践之道德言耳。实践道德之外,尚有理性之道德,为人生无上之终极,而使吾人达于纯粹之理性者。盖氏以人为理性之动物,理性乃人之效实,理性之道德,即伦理生活之由储能以至效实之步骤,而使人有理性之活动也。实践道德固以中节为本矣,然所谓中节者,又于何定之耶?亚氏曰:“惟定于理性(The mean being determined by reason)。”意谓凭理性之洞鉴,以控御过度之冲动,训练放肆之意志,使习于理性之行为,而渐成理性之习惯。于是凡有行为,乃无往不中节,中节之行为固即绵续之理性活动。趋向理性之永远发展,亦即真我之效实而已。哲学家之重理性,以亚氏而造极。希腊人之重理性,亦悉由氏而表现。近人有以希腊生活为理性之生活者[如圣德亚那(Santayana)],非无由也。

至于重智慧,在哲学家亦始于海拉克塔斯。氏之言曰:“爱智慧者,能真知灼见世界之事物”“智慧能知思想。思想者,万事之所经而导引万事者也”“德行首智慧,其要在于言真。”此皆以智慧为洞悉世界本源之资,人生之最可贵宝者也。Democritus 之金言,亦多类是。如曰:“人之得幸福,不在身强,不在多金,乃在正直完全之智慧”,“众生富常识,惟缺智慧耳”,“苟无智慧,虽有令名与财富,皆不之安”,“一智友胜百愚友”,不可一二数。然其最足代表者,当推苏格拉底。

苏氏有一理想,为终身鹄,是曰:智慧。其最常道之一语,曰:智慧即德行

(Wisdom is virtue)。此所谓智慧,意云真知灼见(insight),所谓德行,意云无上之品[英文 virtue 译云德行,希腊原文本指能力(ability),或无上之品(excellence),即今英文 by virtue of 一成语,译云借由,犹有能力之意]。故智慧即德行,实即真知灼见,为世界无上之品。苏氏既以智慧为鹄,故一生惟此智慧是求。其惟一之方法,即在谈论。氏常终日遨游雅典城内,信足所之。苟有数人相值,无论识与不识,即与之谈论。而其目的,即在求得智慧。其步骤,初则破除邪执,次则显示真义(苏氏问答方法可以此二语概之:一为演绎,二为归纳;一为破坏,二为建设)。而其下手之第一步则曰:自认无知。缘氏以为真理非人所易知,惟自认无知,虚衷下心,或能求得,否则故步自封,亦终于茫昧而已矣。其时之诡辩者,咸以智慧自命[诡辩者(Sophists)在希腊原文本智慧意],苏氏则自名曰:爱智者(此即哲学一名所由起,在希腊原文本爱智者意也),不敢以"智"自号。缅想其当日与人问答之际,众人皆有余,而我独若遗。俗人昭昭,我独昏昏,俗人察察,我独汶汶。而比其极也,向之有余而昭昭察察者,每禁声结舌而不能置辞,若遗而昏昏汶汶者,则始得其环中,以应无穷。有以知满招损,谦受益。苏氏之自认无知,终生在求知之中,实人类之最智者矣。苏氏重视智慧,既然有如此,故凡人生一切行为,皆以智慧为标准而判定之。如善恶之分,即在智慧之有无。人谁愿为恶舍善?为恶舍善者,皆以不知善恶之真,皆以无智慧故。反之,则有智慧者,即知即行,固已日趋于善矣。苦乐之分,亦全在智慧。为善最乐,而为善由于智慧,智慧多即善多,善多即乐多,故最善之人,亦即最乐之人也。反之,则无智即无喜,无善即无乐矣。心境自由与否,亦即最乐之人也。反之,则无智即无喜,无善即无乐矣。心境自由与否,亦全在智慧。盖有智慧者,中心坦荡,不怨天,不尤人,与外缘之何若,一无关系。观苏氏饮酖之年,谈笑从容,一如平日,此则古之所谓悬解,亦即真智之效用。反之,则蔽于一曲,莫能自拔,压也如缄,宛若老洫,天刑不可解矣。余如人格之高卑等,亦皆如是。说者谓苏氏之道,可一以贯之。一贯为何?即智慧而已矣。

柏拉图早年思想,一如其师,以智慧即德行,而此德行为世界无上之品。中年后思想稍进,遂有四德之分,而智慧实占其首(四德:一曰智慧,二曰勇敢,三曰节制。此三者各得其当,即成第四德,曰正义)。此智慧之要有二,柏氏分人为三部(见上),以理性为最高。而此智慧即属之理性,一也。柏氏分人民为哲士、兵勇、工商三级,以哲士为惟一之执政者,而此智慧为哲士之道德,二也

(勇敢为兵勇之道德,节制则工商之道德)。由前之说,则理性赖智慧以实现。由后之说,则智慧为秉国钧者之所必具。《理想国》中谓:"吾人国中,应有一种智慧,不偏重一事,而念念顾及国之全体,使人因是能维持国内之平安与国际之和平","有此智慧者,惟治国之哲人","国家苟有此智慧,则为文化国家"。其意审矣。亚里士多德继之,更以智慧为至高无上之境界。前所言理性之道德,其晚年即指美术正义等正确之智慧。是等智慧,惟为智慧而求智慧,毫无实际之关系杂乎其中。真宰之可贵,即以有此智慧。哲人之究竟,亦惟日求上达,与天为徒,以得此智慧而已。自耶教勃兴,以此世之所谓智慧正上帝之所谓愚拙(保罗语),遂以智慧为病,而以爱行代之。于是希腊之智,希伯来之行,遂为学者之口头禅矣[如安诺德之论希伯来精神与希腊精神(Hebraism and Hellenism),即以智、行二者立论]。

右述四者,举其荦荦大者言之。此外希腊之特点尚多,惟本文侧重精神,以就浅见所及,传述其有永久之价值者为主,仅止于是。惟是希腊当亚里士多德时,所有哲学美术,无不登峰造极,政治社会,亦已早趋棼乱。曾不几时,马其顿起而灭希腊,亚氏亦于元前三三二年返真。希腊之文化,虽转而流入各地。希腊民族精神,则除 Pergamun 之刻像,亚历山大城之科学外,其犹能继承之者,已绝无仅有矣。自后希腊再灭于罗马(纪元前一四六年),至五二九年而甲斯底年帝封闭雅典之哲学院,于是希腊之学术,十九沦丧。而耶教已于先数百年代之而兴,至是已早如日中天矣。中世千余年,弥漫耶教之精神,与希腊之精神根本不同。至文艺复兴,希腊一部分之精神,复现于世,此则近代西洋文明之所由昉也。然自东罗马亡,土耳其帝国代之而兴,巴尔干半岛皆入范围,篇首引摆伦诗,盖其时希腊犹未独立也。千八百二十年后,希腊人屡举兵谋独立,至千八百二十九年,卒告成功。然希腊之国名虽复,原始之希腊民族,早已澌灭无存(按:今日仍有九百万人自称为希腊人,然据史家考察,大多为八世纪移入之斯拉夫人及古希腊奴隶之后,无一人可谓希腊人之嫡裔也),其精神亦已不可复睹。然其文化,则早已流入各国,而为世界之公产。特如上所述,希腊之精神,曰:入世,曰:谐合,曰:中节,曰:理智。近代西人则仅有其入世精神,余则多与之相反。如希腊人崇理智,而近人则多以兽概人,如哲学上之唯物论,如心理学上之行为派,皆视人性中无理智之存在。希腊人守中节,而近人则趋多极端,如经济上资本劳动之争,美术上自然唯美之说,毫无中节遗义。希腊人尚谐合,而近人则多喜争攘。以言神与人,则有奴事神与废神之事，神人遂不得谐和。以言国与民，则有国家主义与个人主义之争，国民遂不得谐和。以言国与民，则多戕心以益身，身心遂不得谐和。以言美与善，则多尚美而忽善，美善遂亦不可谐和。即入世之精神，近人固完全承受矣，然希腊人之入世，仍以欣赏自然，享受自然为主，而近代则自培根倡人力戡天之说以还，遂群趋于征服天行，控御自然，又与希腊之精神异趣。结果所至，近代之西洋文明，物质上虽有重大之成就，要不敌其精神上之损失，而其随此文明所生之罪恶，更非笔墨所能罄卒之。西方文明破产之声浪，日盛一日，此则西人不善继承希腊文明之过也。虽然，绩学之士，潜心古化，向往希腊者，代有其人。若德之 Lessing，若法之 Sainte Beuve，若英之安诺德辈，更未可以一二计。而晚近一般人文学者，鉴于物质功利之流弊，极端失中之为害，叹古道之日昧，痛人群之下达，遂采希腊先贤之精言，著书立说，思以微言救世，而挽狂澜于将倒者，亦正大有人在。如白璧德、穆尔之徒，大都以希腊之精神文化为西洋真正之文明，以为苟无此，则西人今犹为野蛮，有而失之，亦必复返于野蛮。是则西人之终能脱野蛮与否，又可以今后希腊精神之继续而决之矣。

印度哲学之起源*

汤用彤

印度最古典籍首推《黎俱吠陀》。《吠陀》所载多为雅利安民族颂神歌曲。雅利安种来自北方（确实地点尚在集论，旧说指为帕米尔，近则指为中亚或南俄，最近则考为奥匈捷克国境）。其入居印度五河流域，证以 Boghaz Koi 之刻文，似在四千至五千年前之中。自时厥后，种族繁殖，势力侵入五印全境。思想变迁，衍为一特殊文化。以是印度一语非指政治之一统，而代表一种文化，如希腊一字，代表特殊精神，固非指纯一民族或统一国家也。

《黎俱吠陀》尊崇三十三天，而以因陀罗为最有威力，密多罗及法龙那则较正真，人民信仰极笃。顾其旨在求福田利益，主收实用，绝少学理。虽印土婆罗门大都尊《吠陀》，而其诸宗哲理之兴起，不在继《吠陀》之宏业，而在挽祠祀之颓风，不在多神教极盛之时，而在其将衰之候。自佛陀至商羯罗（公历纪元后八百年）学说蜂起，究其原因，盖有数端。

一

世界各宗教，类皆自多元趋于一元。太古之人，信精灵妖鬼之实有，于是驱役灵鬼之方繁兴，其方法寄于人者谓之巫觋；其方法托于物者谓之桃符。其

---

* 辑自《学衡》1924 年 6 月第 30 期。

于祭祀，皆以其所持，求其所欲，实含商业性质(凡具此性质之歌曲，多见于阿他婆吠陀。是编虽晚出，而思想有较《黎俱吠陀》尤古者)。人之于神，实立于对等或同等地位，顾鬼神既可用之害人，自亦可因之自害，由是而生恐惧，而生敬畏。人之于神，不敢驱而须求，不事威逼而在祈祷，其于祭祀，固有交换授受之心，而福善祸淫实信仰之要素。其时之神，若因陀罗(雷雨之神)，有家室，具肢体，乘车争斗，游乐饮宴，其性质固不高于人也。然其威力渐驾群神之上，人之对越极为卑逊，此外若阿耆尼(火神)、若法龙那(司世界之秩序)、若须摩(原为醉人饮料)及《吠陀》宗教诸大神，征其地位，则印度宗教已由多魔教而进为神教。

宗教根本既在笃信神之威权，遂趋于保守而进化迟迟。其初当人民道德幼稚时代，神之性质自以人为标准，故民蛮尚斗而因陀罗之神尊，尊其残暴也；民俗贪饮而须摩之草神，神其能醉也。其后文化增进，民德渐高，然宗教以尚保守，神之性质遂形卑下。此种现象，在《黎俱吠陀》中已可索得形迹，如其卷十之一百十七篇，仅奖励人为善，而毫未言及神，盖似以神之德衰，非可凭准也。卷十之一百五十一篇为颂信神之歌，论者谓当时盖信仰渐弱，作者有为而言(如卷二之十二，即谓因陀罗神之存在，有否认之者)。及至佛陀出世之时，对于《吠陀》宗教之怀疑者更多。神之堕落，几与人无殊。弥曼差学者解说祭祀之有酬报，非由神力，数论颂释力攻马祠之妄(见金七十论卷上)，而非神之说(或称无神 Ahteism)，不仅佛教，印度上古、中古各派几全认之。

人民对于诸神之信仰既衰，而遂有一元宗教之趋向。论者谓埃及之一元趋势，在合众神为一；犹太之一元宗教，始在驱他神于族外，继在斥之为乌有；而印度于此则独辟一径，盖由哲理讨论之渐兴，玄想宇宙之起源，于是异计繁兴，时(时间)方(空间)诸观念，世主、大人 Purusha 诸神，《吠陀》诗人迭指之为世界之原。盖皆抽象观念，非如《吠陀》大神悉自然界之显象，实为哲理初步，而非旧日宗教之信仰也。此中变迁关键，大显于初期之《奥义书》中。《奥义书》者，旨在发明《吠陀》之哲理，而实则《吠陀》主宗教，甚乏哲理之研讨。诸书(《奥义书》有多种)语言，系思想之新潮。顾宇宙起源之玄想，在《黎俱吠陀》中已有线索。其中虽无具体之宇宙构成学说，然其怀疑问难，已可测思想之所向。此诸诗作者，不信常人所奉诸神创造天地，而问难日与夜孰先造出，世界为何木(意犹谓何种物质、何种本质)所造。类此疑难散见颇多，而以卷十之一二一篇及一二九篇等，至为有名。其一二一篇曰（原为韵文，今只求意义之恰当，未能摹仿原有音节韵律）：

> 太古之初，金印①始起，生而无两，万物之主，既定昊天，又安大地，吾应供养，此是何神？俾吾生命，加吾精力，明神众生，咸必敬迪，死丧生长，俱由阴庇，吾应供养，此是何神？徒依己力，自作世王，凡有血气，眠者醒者，凡人与兽，彼永为主，吾应供养，此是何神？神力庄严，现彼雪山，汪洋巨海，与彼流渊，巨腕远扬，现此广莫，吾应供养，此是何神？大地星辰，孰奠丽之？天上诸天，孰维系之？茫茫寥廓，孰合离之？吾应供养，此是何神？两军（指天地）对峙，身心战栗，均赖神力，视其意旨，日出东方，照彼躯体，吾应供养，此是何神？汪洋巨水，弥满大荒，蕴藏金卵，发生火光，诸神精魂，于以从出，吾应供养，此是何神？依彼神力，照瞩此水，蕴藏势力（指金卵），且奉牺牲（指火光），维此上天，诸天之天，吾应供养，此是何神？祈勿我毒，地之创者，明神正直，亦创上苍，并创诸水，明洁巨伟，吾应供养，此是何神？（本篇共有十阕。第十阕显为后人窜入，故未译）

怀疑思想之影响有三，夫人以有涯之生命，有限之能力，而受无尽之烦恼，生无穷之欲望，于是不能不求解脱。印土出世之念最深，其所言所行，遂几全以灭苦为初因，解脱为究竟。降及吠陀教衰，既神人救苦之信薄，遂智慧觉迷之事重。以此，在希腊谓以求知而谈哲理，在印度则因解决人生而先探真理。以此，在西方，宗教哲学析为二科，在天竺则因理及教，依教说理。质言之，实非宗教非哲学，此其影响之大者，一也。宇宙起源之说既兴，而大梵一元之论渐定。大梵者，非仅世之主宰（如耶教之上帝），亦为世之本体（西方此类学说名泛神主义）。其后吠檀多宗以梵为真如，世间为假立，此外法是幻之说也；僧佉以梵为自性，世间为现象，此转变之说也；至若弃一元大梵而立四大（或五大）极微，如胜论顺世，则积聚之说也；至若我法皆空，蕴界悉假，则精于体用之说也。是脱多神之束缚，亦且突过一神（大梵乃泛神论非一神论）之藩篱矣，此影响之大者，二也。《吠陀》诸神势力既坠，而人神之关系亦有变迁，由崇拜祭祀，进而究学测原，吠檀多合人我大梵为一，僧佉立自性神我为二，胜论于五大

① “印”字当为“卵”之误。

之外，别有神我，大乘则于法空之内，益以我空。诸派对旧日祈祝之因陀罗阿耆尼，均漠然视之，此其影响之大者，三也。

二

印度阶级之制，不悉始于何时，《吠陀》时代，阶级是否已存在，尤为聚讼之点。顾阶级之原则，实不但《吠陀》初期有之，且恐远溯可及雅利安人侵入印度以前。盖民人既信鬼神，自有僧侣，既尚战争，自有酋长。僧侣之魔术，非人人所可擅长，酋长之威力，恒历久不废。于是而世袭之僧侣与贵族，遂各与平民有别。初则此种分别未进化为固定种姓，如《黎俱吠陀罗》虽有婆罗门、刹帝力诸语，然据其所言，则帝王可为僧侣，牧童亦可参与战事，其非指固定之种姓，似可断言。及雅利安人征服印土，黑色土著遂降为奴隶，其后遂成为第四种姓，而武士平民亦渐成确定阶级，而婆罗门之僧侣乃居其首，著述经典，教育青年，几全出其手。其中笃信潜修者固多，而败德逾检者亦不少。其释经（谓《吠陀》）之书曰："婆罗门那几全务求节末，徒重仪式，其拘执形式文字，常极为无谓，其道德则如蛮人，观祈祷祭祀为魔术，上天之福田利益，固不视人不良朽而授与也。"以故僧侣之为人作道场，其目的惟在金钱酬赠之丰，常见于纪载，毫不为怪。黄金尤为彼辈所欣悦，盖金有不死性，为尼耆尼（火神）之种等也（见《婆罗门那书》中）。而凡人施僧以千牛者，得尽有天上诸物〔《金七十论》谓马祠说言尽杀六百兽，六百兽少三不俱足，不得生六为戏（指男女戏乐）等五事，其意亦与同〕僧人之蔑视廉耻，盖亦甚可惊也。

《黎俱吠陀》（如十之一〇三及十之八二）中，固已有人斥婆罗门人之逢场作戏，徒知谋生。降及佛陀时代，祭祀尤为智者所唾骂，而其索酬特高，亦为常人之所痛恨。于是乃另发明苦行法，以代祭祀，毁身炼志，屏绝嗜欲，于贪字务刈之净尽。其用意初固非恶，而其末流，则变本加厉，致旨不在除欲，而仅在受苦。《杂阿含》有曰：

> 常执须发，或举手立，不在床坐，或复蹲坐，以之为业。或复坐卧于荆棘之上，或边椽坐卧，或坐卧灰土，或牛尿涂地，于其中坐卧，或翘一足，随日而转，盛夏之日，五热炙身，或食菜，或食稗子，或食舍楼枷，或食糟，或食油滓，或食牛粪，或日事三火，或于冬节，冻冰衬体，有如是等无量苦

身法。

苦行昌盛，遂成为学说，尼犍子派是也。此派以“大雄”为祖，大雄乃尼犍子若提子之徽号。尼犍子师事勃沙婆（中国旧译勒沙婆，勒字系勃讹），守五戒之说。五戒者，三宝（闻信修）之极顶也。此派重业力，谓一切事物悉凭因果业报，故《维摩经注》（及《百论疏》卷三等）有曰：“其人起见，谓罪福苦乐，尽由前世，要当必偿，今虽行道（此必指常人之道，非尼犍子之道），不能中断。”人生解脱之分，全赖苦行，苦行在印文本义为烧，业力虽强，固可烧断也。

神之德衰而有宇宙之论（如前节所言），僧之德衰而兴苦行之说（如本节所论），举天人之所崇拜、所仰望者均衰，故厌世之说起。厌世以救世者，释迦是矣，厌世以绝世者，六师是矣（尼犍子亦六师之一），绝世者轻蔑道德，故其论佛家恒斥为癫狂。六师之一，有答阿育王之言曰：

> 王若自作，若教人作，斫伐残害，煮炙切割，恼乱众生，愁忧啼哭，杀生偷盗，淫泆妄语，踰墙劫贼，放火焚烧，断道为恶，大王行如此事，非为恶力。大王若以利剑脔割一切众生以为肉，聚弥满世间，此非为恶，亦无罪报，于恒水南岸脔割众生，亦无有恶报，于恒水北岸为大施会，施一切众利人等利，亦无福报。（见《长阿含经》第十七卷）

极端绝世之学说，为顺世派。顺世为佛教及外道所同诟病，其教无解脱之分，谓人聚四大而成取，命终时，地水火风悉散而人败坏，知识亦全消灭，人生正鹄在享肉体快乐，日月不居，稍纵即逝，故有言曰：“生命如在，乐当及时，死神明察，无可逃避，若汝躯之见烧（火葬），胡能复还人世。”行乐而外，绝无良方，火祠《吠陀》，苦行者之三杖涂灰，均为懦弱愚顽谋生之法。至若依智立言，尤为无据。夫论说赖乎比量，而顺世仅立现量，否认比量，一切世间生灭变迁，非由外力，悉任自然。人类行为，悉不能超出自然法律之外，顺世遂亦名自然因派（此上据十四世纪印度学者 Madhava 之《诸见集要》所述）。

若此绝对厌世之说，至斥《吠陀》为妄论，僧侣为下流，则其兴起必为道德败坏之反动，尤必由痛恨婆罗门作伪者之所提倡，盖无可疑也。

三

印度哲学各宗，盖亦不仅在革《吠陀》神教之败坏，亦且受灵魂人我学说之影响。依宗教进化程序言之，灵魂为神祇信仰之先导，世界各国之所同有。雅利安持有鬼之论，不知始于何时，然其未入印土之前即信此说，则可断言。暨时代演进，其说呈二现象，一为俗人之迷信，二为明人之学说。

迷信类皆落于僧侣之掌握，用以为谋生之具，我佛如来甚微妙，大法光明，此诸卑行，均深痛绝，如经所说（下节录《长阿含经》卷十四）：

> 如余沙门婆罗门食他信施行遮道（二字系直译，遮道系谓横行，横行指畜生，引申之为卑鄙，故遮道法者谓卑鄙之法也）法，邪命自活，召唤鬼神，或复驱遣，种种厌祷，无数方道，恐热于人，能聚能散，能苦能乐。又能为人安胎出衣，亦能咒人使作驴马，亦能使为聋盲喑哑，现诸技术，叉手向日月，作诸苦行，以求利养。沙门瞿昙无如是事。
>
> 如余沙门婆罗门食他信施遮道法，邪命自活，或为人咒病，或诵恶术，或诵善咒，（中略）沙门瞿昙无如此事。
>
> 如余沙门婆罗门食他信施遮道法，邪命自活，或咒水火，或为鬼咒，或诵刹利咒，或诵鸟咒，或支节咒，或安宅符咒，或火烧鼠啮能为解咒，或诵知死生书，或诵梦书，或相手面，（中略）沙门瞿昙无如此事。

鬼魂之术既多，鬼之种类亦繁。就《正理论》所说，有无财少财多财之鬼，无财者有炬口针咽臭口三类，少财者有针毛臭毛大瘿，而多财者则有得弃得势力。《长阿含经》云，一切人民所居舍宅，一切街巷四衢道中，屠儿市肆，及邱冢间，皆有鬼神，无有空者（上详《翻译名义集》卷六）。

学理中真我之搜求，实基于俗人鬼魂之说。真我是常，亦有藉于灵魂不死之见，俗人对于灵魂无确定之观念，故学术界讨论何谓灵魂之疑问甚烈。如《长阿含经》之第十七，有咤婆楼与如来争辨何谓灵魂，而《梵纲经》（《长阿含》误译梵动）中，历数关于神我诸计，或谓我是色（犹言物质）四大所造，乳食长戒；或谓我是无色（非物质）。为想（犹言知识）所造，或谓我亦非想等，系发知识行为或享受之本（故有我为知者作者受者诸名），而非知识行为或享受所构成(如数论谓我为知者而一切知识则属于觉我慢等),异执群出,故不备举。

宇宙与人我之关系,为哲学之一大问题,而在印土诸宗,咸以解脱人生为的,故其研究尤亟。吠檀多谓大梵即神我,梵我以外,一切空幻,梵我永存,无名无著,智者如此,即是解脱。僧佉以自性神我对立,神我独存,无缚无脱,常人多惑,误认自性,灭苦之方,先在欲知。至若瑜伽外道重修行法,正理宗派重因明法,而要其旨归,皆不出使神我得超越苦海,静寂独存,达最正果也。

四

业报轮回之说,虽为印度著名学说,而其成立甚晚。在《黎俱吠陀》中,已有报应不死之说,而无依业报以定轮回之想。当时思想,以人之生命为神所授予,死则躯壳归于土,常人之魂恒附系于丘墓间,而善人之魂还居天上(在最上之天为阎王之世界),屏绝嗜欲,清净受福,惟逢家祀亦来受享,子孙之福利亦常不能去怀。恶人则身体深沈土中,其鬼魂被弃置极暗之地。至若地狱之详情,轮回之可畏,当时雅利安人似未梦及。

论者谓轮回之说,雅利安人得之土著,故在其入居五河之前,人民乐天,及入印度,及渐厌世。此说虽有可疑议〔轮回之说有二要素,一为身死而灵不灭,二为惩恶劝善。颜夭跖寿,均有来生为之留余地,此二点《黎俱吠陀》已具有之(如上段说),故现有谓轮回之说非出自土人,而系循雅利安人思想进化之顺序所得〕,然印度厌世主义之受轮回说之影响,实甚合理。夫宗教重不死,而印人尤喜静寂常住,然事与望违,如佛告比丘,“世间无常,无有牢固,皆当离散。无常在者,心识所行,但为自欺,恩爱合会,其谁得久,天地须弥,尚有崩坏,况于人物,而欲长存。”(录东晋译《般泥洹经》)烦恼生死,悉为业果无常之苦。根据轮回,此所以印土诸宗,莫不以尽业缘,出轮回为鹄的。质言之,则皆以厌世为出世之因,悲观(谓世间为苦海)为乐观(谓究竟可解脱)之方,世谓印度悲观厌世,实非恰到之言也。

印度宗派既有析知识、行为、享受与知者、作者、受者为二事,于是有何物轮回之问题发生。盖仅有神我轮回,则人受生后必但有知者等,知识等必遂无根据,且数论等谓神我无缚无脱,实不轮回,故轮回者恒于神我之外,别立身体(物质)、知识(精神)之原素。即如数论之轮回者为细身:(一)细身人相具足,受生后为身体之原素(此种变迁名曰相生);(二)细身为有(犹言心理状态业缘属之),熏习乃成人心理之原素(此种变迁,名曰觉生),神我之于细身,绝为二物,细身轮回,而神我固仍超出生死也。吠檀多亦以知者知识对立,故亦有细身说(唯稍与数论异),诸宗易知,且待后述。

唯佛教立无我义,人世轮回遂徒依业报因果之律,而无轮回之身。顾佛之立说根本,初与外宗无异。盖最初宗教信灵魂不死,嗣后学说遂俱言神我是常,神我即不变,而知识行为享受为非常,故诸宗遂析之为二。佛以为五蕴积聚,五者之外,无有神我,亦如轴不为车辋,不为车辐,毂辕轭等均非是车,必待合聚,乃有完车,然人生各部悉为无常,无常即非我。如佛告阿难:

> 阿难,此三受有为无常,从因缘生,尽法灭法,为朽坏法,彼非我有,我非彼有,常以正智,如实观之。(中略)如来说三受,苦受、乐受、不苦不乐受。苦乐受是我者,乐受灭时,则有二我,此则为过。若苦受为我者,苦受灭时,则有二我,此则为过。若不苦不乐受是我者,不苦不乐受灭时,则有二我,此则为过。(摘录《长阿含经》卷十大缘方便经)

色想行识,自亦如是,夫诸外道,或不以色(物质)为我,色变幻非常故;或不以行为为我,行为变幻非常故;乃至不以感情知觉智慧等为我,俱非常故。顾犹立知者实不知,思想以外,何有知者之可言?且以因果言之,知者亦何非无常?外道主无常即非我之义,而推论不彻底,如来所见实独精到,亦夐乎尚矣。

五

印度哲理之起源,当首推此四因:(一)因《吠陀》神之式微,而有宇宙本体之讨论;(二)因婆罗门之德重形式、失精神,而有苦行绝世之反动;(三)因灵魂之研究,而有神我人生诸说;(四)因业报轮回出,而可有真我无我之辩。凡此四者亦皆互为因果,各宗于中选择损益,成一家言,固甚烦杂,非短篇所可尽述也。

本篇所及,仅就学说,以明印度哲理进化之迹,他若历史事实上之原因,固亦有足述者:(一)为民性富于理想、重出世观念,希腊之人富于哲理,犹太之人最重出世，而印度民族兼而有之；（二）为奖励辩难，利已利他，即帝王与学者问诘，亦不滥用威力，当依义理（如《那先比丘经》有智者议论王者议论之说。智者以理屈，王者以理服，弥兰王则慨然取智者议论之法）。相习成风，异计百出。印土哲理之能大昌至二千年者，言论自由之功固不可没也。

中国与中道*

张其昀

[按]吾国民族开化之早，与印度、埃及、巴比伦诸国相先后，而吾国拓地独广，立国独久，试就古史推其因果。

今欲明中华、印度、埃及、巴比伦四国开化之先后，当先列年表以资比较：

西历纪元前	中　华	印　度	埃　及	巴比伦
4721	中华始有历		埃及始有历	邑国时代之始（苏末族之开化）
4241		吠陀时代之始（雅利安人自西北徙入印度）	米尼斯统一埃及古国时代之王始（即三角塔建筑期）	
3400				莎公帝国（前2750年）
3000				
2697	黄帝建国			
2300	唐尧定历法			
2283—2271	夏禹平大洪水			
			封建时代	古巴比伦帝国（即汉摩拉比帝国）
2100				
1708				
		史诗时代之始（印度民族东至恒河建国）	海克萨人侵入埃及帝国时代之始	
1766	伊尹佐汤革命			

* 辑自《学衡》1925年5月第41期。

(续表)

西历纪元前	中　华	印　度	埃　及	巴比伦
1650				
1479				
1400				
1110	周公制礼作乐	教学勃兴时代(摩羯陀国最盛时)		
1000				
			亚述侵埃及	亚述帝国之始
830—827	共和行政			
740				
662				
604		释迦生(后孔子生六年)		新巴比伦王国时代,亚述而兴
557				
539	孔子生			波斯灭巴比伦
525				
331 前后				
		亚历山大入印度	波斯灭埃及 亚山大入埃及	亚历山大入巴比伦
246				
	秦统一中国			

兹复略述古史,以明概况。

埃及赖尼罗河之赐,文化早兴,造象形文字书于芦纸之上。西元前 3400 年,米尼斯(Menes)统一埃及,是为第一朝。古王国时代大建陵寝,竭国家之精华,历三朝之经营,始成巍巍之三角塔(即金字塔,pyraminds)三座。五百年后,诸侯争长,王室土崩,是谓封建时代,于是海克萨(Hyksas)之游牧王,自亚洲西侵,定都征贡,垂六十载。至元前十五世纪,前朝王裔,复国中兴。武力振耀一时,是谓帝国时代。其版域东临波斯湾,南尽尼罗河之第一滩(此后埃及国都由孟非司 Menphis 迁至尼罗上流之底布士 The bes)。国力既盛,大兴土木,埃及诸王类多酷役其民,国本久伤。元前 1150 年后,一败于亚述,继辱于波斯，害地丧师一蹶不振。自开化以来四千年间，经过三十一朝，至是斩矣。埃及自元前第四世纪以后，迭为亚历山大之外府，罗马之谷仓，藩属于土，寄治于英。埃及土著，优游田野，大梦未醒。欧战后始闻埃及自决之声。一九二三年三月埃及独立，特此乃回教之复兴，初非古埃及之再生也(按埃及土著考伯特人 Copter 虽占人口之多数，然在国中殊无势力。近年国民党之独立运动，皆回教徒为之领袖。见美国地学家美鲍曼著《战后欧洲各国新形势论》Bowman:*New word* 五九页)。尼罗河两岸，巨宫高塔，辉煌无恙，徒供孝古之士凭吊唏嘘而已。

吾人试离埃及，越西奈(Senai)半岛东北行，观乎美索不达米亚平原水草之盛，底格里斯、幼发拉底斯二河并流入海，北访尼尼微，南登巴比伦，金汤古城，颓为荒邱。时有考古积学之士，收拾残砖，藏诸石室，著之陈篇，不禁喟然长叹曰："呜呼！何此葱葩之花一歙不放，若是其长寂寂也。"吾考巴比伦之文明，起于新月形之腴壤，北负崇山，南抱大漠。冬令雨后，水草勃兴。山夫漠民，努力争牧，推挤激荡，亘二千年，于是构成灿烂伟观之历史三章。元前三千年，北方山岳之苏末族(今译苏弟尔)(Sumerins)已南下耕牧于两河之口。其民族自来，古史无稽(约与印度土著同源)，惟知其已有楔形文字。建邑开化，史家称之为"邑国时代 The age of City States"。小邦分争，终以罢敝。其时南方阿拉伯沙漠之塞米族(Semutes)乘势北徙，侵据其地而混和其民，由游牧行国一进而为居国。其酋长沙公(Sorgon)与汉摩拉比(今译汉谟拉比)(Hammuradi)相继立国于巴比伦，收复诸族，东讫波斯湾，西抵地中海东岸。编订法规(即汉摩拉比法典)，垂为后范，所谓"古巴比伦帝国"是也。至公元前 740 年，北方亚述(Assyria 属塞米族)崛起，以强悍之族，雄鸷之性，英猛之君，开弘土宇，包举山漠。西临地中海，南窥尼罗河，东收巴比伦而有之，建设大帝国，京都尼尼微(Nineves)之壮丽，称极盛焉。顾急图武功，罔恤民事，民怨沸腾。南方迦勒底(Chaldea)亦属塞米族，国王尼布甲尼撒(Nebuchadnezzer)与米底亚(Media)、波斯两国合力覆之，是为新巴比伦王国。庸主相继，至元前 539 年，波斯之大风西扫，郁哉佳气，至是消灭，而希腊、罗马、阿拉伯、土耳其、英吉利，遂相继领有此美索不达米亚之平原焉。

既凄然离波斯湾，鼓棹印度洋，绕锡兰，入加尔各达，溯恒河而上，仙佛帝王之遗迹，繁华盛大之欧都，分布于炎天赤日烈风暑气之下。吾人莅文明古国，此为第四。考印度与欧人为同种，元前三千年顷，雅利安人由中亚迁至印度河，渐次征服土人（即达罗维荼族 Dravi dians），进拓恒河，建邑开化。雅利安人之境域，虽已开展，乃各据形势，地尽小邦，分筑堡砦，互相猜忌。后虽有权力较大之王朝，亦不能尽灭各国，组织而成一统国家。印度者，地名而非国名也。自元前一千年后，文教日盛，外患亦深。希腊、月氏争于前，突厥、蒙古夺于后，葡法互嫉，英荷相忌，投骨于地，君犬狱然而争之。追忆阿输迦王之盛（当中国秦时），跨中西北三印度，拥雄兵六十万，十世而绝。戒日大王（唐之初年）之盛，征服西印度，政教灿然，号称黄金时代，亦不六十年而亡。舍此而外，邦国林立，风教互殊焉。唐代声威远暨，五印度曾朝贡于我。北宋初年，阿富汗之回教徒，乘印度小邦纷争之敝，毁其文物，夷其制度，印度历史遂入黑暗时代。尔后郭尔朝、奴隶朝兴废相寻，威力陵夷。明之中叶，贴木儿子孙蒙兀儿大帝，始调和政教，统一印度，然亦不百五十年而蹷。欧人东至，肆觊觎之心，英人遂以一公司之业，遂鲸吞之志，时 1857 年也（今印度人口三万二千五百万，归英政府统治者四分之三，土司服属于英者七百余）。英政府田赋之重累，司法之黑暗，与毒蛇、猛兽称三害焉。近年世变日新，爱国之士常怀反正，而甘地氏之不合作主义，至使英人穷于应付。然英人犹极力裁制之，成败利钝，未可逆睹。（鲍曼氏谓印度人所以反抗不列颠之统治，不过图其本区域之自治。印度全国之观念，非印度人脑中所有也。又曰印度国内分裂殊甚，如一切脱离不列颠之势力，恐各区域界域之见益深，势非大乱不止。余按甘地主义之目的，在谋印度旧口口之复活，使印度人视同一家，无复畛域之分，亦可谓情见乎辞矣。鲍曼之言，见《世界新形势论》四六页。）

倦游而归，意气激昂。呜呼！五千年前之文化初兴，济河之区，直趋尼罗。自东北向西南（约北纬 30—35 度间）曙光一线，含苞吐蕊，欣欣向荣。曾几何时，埃及亡矣，印度竭蹶矣。惟我中华，广土众民，岿然独存。我中华自黄帝经营中原，东至海，西至崆峒，南至江，北逐荤粥，大会诸侯于釜山。于是划野分州，设官分职。帝国规模，权舆于此。虞夏之际，治水告成，民力愈舒。成周文化蒸蒸，汉唐威力远耀。四、五千年悠久光荣之历史，未尝稍断。数世界上最能耐久之民族文化，舍我其谁？今日领土凡四十三万方英里，位于世界第四。（若就形势位置言，则可居世界第一。）人口四万万有奇，位于世界第一。欲求所吸聚者如此其繁复而普被，所醇化者如此其浑而无间，泯而不显，则横览全球，竟无其匹。以言富源，则世界莫大之宝藏也。夫同为文明古国，彼皆一荣久瘁，黯然终古。我则拓地独广，传世独久，俨然为东方大宗。后果如此，前因安在？此其故可长深思也。

我中国所以能统制大宇，混合殊族者，其道在中（此说丹徒柳诒徵先生始昌言之，近来和者渐众）。我先民观察宇宙，积累经验，深觉人类偏激之失，务以中道诏人御物，以为非此不足于立国，故制为国名（始见于《禹贡》中邦锡土姓，孙星衍谓当从《史记》作国）。历圣相传，无不兢兢焉以中道相戒勉。孔子集古代思想之大成，足为我民族意识之代表。曰："极高明而道中庸。"又曰："中也者，天下之大本也。"又曰："中庸之为德，其至矣乎。"六艺之为经，即孔子示人以尧舜、禹汤、文武，周公已试之效。虽以墨、道、法家之显学，师弟遍于中国，徒以偏趋极端，不能博得民族大多数之同情，要非无故。二千年来，孔子之教虽能未尽行于中国，而持中、调和、容让、平衡诸观念，固已莳其种于后代国民之心识中，积久而成为民族精神。我民族所以能继继绳绳，葆世滋大，与天地长久，赖有此也。源长者难竭，根深则难朽，岂不信哉？予今采摭古史，欲明我中国立国本原所在，并证其与印度、埃及、巴比伦有绝异者，论列于次。

甲、地理之环境——中和

埃及位于北非洲无雨沙漠之中，赖尼罗河之洪水泛滥，乃成一蜿蜒长绿之冲积平原。土壤膏腴，农事早兴。但其溪谷之广，仅十哩许，总计自河口至上游之农田，不足一万方哩，以与中国相较，不过苏省江南之半耳。埃及北面大海，左右则高冈为限，不与外通，防护周密，故得从容发展其文化。然以数千年来依赖自然之惰性，人民已失抵抗外敌之能力。且以地势狭长，不相团结。三角洲上之言语，第一滩人不能晓（三角洲在北纬31度，第一滩在北纬24度，相去约五百哩）。使无尼罗河为媒介，其隔阂当何如耶？

巴比伦平原在底格里斯、幼发拉底两河流域，乃一新月形之腴壤，幅四十哩，可耕之地不足八千方哩。雨量极稀，民勤沟洫，故宜于农。两河附近为湿地，湿地外为草地。草地以外，北为山脉，南为沙漠。居民以湿地之间隔，颇能于小部落中创造文化。盖自莎公统一以还，实际上仅具联邦之形式。其后文化稍进，湿地已不足为交通之阻，于是仅此新月形之水草地、山民漠民共逐之，入主出奴，得之维艰，天之所赋薄也矣。

印度为三角形之半岛，长千八百哩之喜马拉雅山屏障于北，地理气候自成系统。其内部地势多趋极端，有穷荒之流沙，有肥沃之冲积层（恒河平原延系二千里，不见一石），有险隘荒落之山岭，有森林葱郁之低原。沿海既乏良港，而文德亚山（Vindhya）隔绝南北，尤足为交通之阻。印度地势复杂异常，故其地自古以来，诸部错立，不相统属至英领印度而士邦之存在者，其数尚不下八百，互相仇视，互相争杀。如吾国秦汉之成一统国家，迥非印度人所能想象。今印度人口共三万万三千万，有四十五种不同之人种，操一百七十种不同之言语，分为二千四百族。土著之遗裔六千万人，居南部德干高原，大都操卑贱之职业，与印度人感情极恶。欲其同心一德，共图国是，难矣哉！且印度热地，产物过丰，不劳力而衣食完具。不汲汲于进取，故淫佚而懒惰。炎湿交蒸，疾厉尤甚。雨量为世界第一，惜分部不均，逐年之变率甚大。每三十年必遭四大旱灾，饥莩狼藉。世称印度农业为“雨之赌博”，非虚语也。

惟我中华据完全之大陆，江淮河济，朝宗于海。平原弥望，规模宏远。夏季者，雨季也，大河下流，土壤本沃，日暄雨润，五谷丰登。“南风之熏兮，可以解吾民之愠兮。南风之时兮，可以阜吾民之财兮。”帝舜之歌，至足乐也。而大禹之平治水土，尤大有造于中国。治水之功，除水患一也，利农业二也，便交通三也。九州之路，无不达于河。以政治言，则天子与诸侯，号令普及，居中驭外，同化自易。以经济言，则九州之物产，转输交易。家给人足，礼义乃兴。中古以隆，如秦修驰道，隋开运河，恒使岩谷原隰，为人工所转移，益以促成调剂介绍之力。中国文明产生于大平原。其民族器度伟大，有广纳众流之概。温度雨量，俱不过分，张弛往复，若有韵然。故其民情风俗，安雅优美，不激不偏。先民之劳苦经营，外拓国家之藩篱，内兴僻壤之宝藏，山河浩荡，气象万千。而历代新旧杂居，诸族混融，一视同仁，莫由界划其畛域也。至近世人口滋长，又有殖民之举。华人之筚路蓝缕，以开塞外草原与南洋群岛者，尤具伟大之势力，坚卓之特性。则此民族之发展，益非环境所能限制者矣。

乙、心理的势和——中庸

（一）政治方面　折衷于文武之间

印度古亦武勇之民族（史称“史诗时代”。恒河流域诸部落兴兵而为两党，其鏖战悲惨之状，从古所未有）。顾自元前千年以来，文教日盛，而武力常不足以自保。摩揭陀国难陀王朝之末，印度西部尝为亚历山大部将所蹂躏，幸未至东部而返。又如羯若鞠阇国之格普塔朝（公历四世纪），最称盛世，亦因匈奴侵入而灭亡。自元后千年而降，印度历史久入黑暗时代，辗转颠仆于暴力之下。最近印度之爱国运动，有自治之观念，而无自卫之方法，岂不大难(大战以来，印度之暴动足为英人之危害者，类皆回教徒，其人数约六千六百万，与埃及有同感焉)?

埃及外负高冈，足以御侮。居民爱尚和平，不修武备。虽当海克萨族侵入之际，民气激昂，一变素习，开拓土宇，称盛一时。及至帝国时代第二期，意诺东王(Ikhnoton)究心神教，不问政治，重武余风，荡然无存。募兵之队，罕羼土著，非我族类，其心必异。埃及人又自大排外，无补倒戈之势，终成糜烂之局。

巴比伦二河流域，壤土四达，异族争牧。亚述之尚武，为古代最(近代史家称亚述对世界历史之贡献，即最初实现帝国主义之理想)。其王好大喜功，残民以逞，念念无非杀戮之事。尼尼微宫墙战迹之画，泥砖纪功之楔形文字，皆为血史所渲染。王曰："予在位五十年，征服四十二国。予之攻敌，如风扫落叶，积尸遍谷，满及山巅。"王曰："诸侯乎，上帝震怒，降罚吾仇，无可逃免，胥毙于吾侪之手。逆联抗帝，朕已拔其舌，覆其社。苟有孑遗，陈朕祖建石牛之前，断其四体，投于污沟，以畀犬鸟豺虎天兽与流水。"([按]此乃 Tiglath pileser I 刻砖纪功之文也，与周成王同时)邦之殄矣，其何能久?

印埃之文弱，亚述之黩武，各趋极端，不知执两用中之道，同归于尽，伤哉!我先民观乎太古递兴递废之实，胜者用事，无德者易以亡。文武交相，但言"足兵"，不言穷兵。黄帝御宇，武功震铄，文治明备，书称"克明俊德，和万邦，淳德允元，蛮夷率服"。孔子曰："远人不服，则修文德以来之"，此之谓也。墨子亦称尧北教乎八狄，舜西教乎四戎，禹东教乎九夷，废力尚德，所从来久矣。伊尹、周公吊民伐罪，颇尚武功，及既定于一，则以偃武修文为大政方针，务以文化戢天下人之野心。自来历史相传，不以远略，而以异族向化为美。华化渐被，遍于亚洲，同化他族，文字之功用尤伟。要以文化孕育四邻，初无利其土地之心，而海陆奔辏，竞来师法，纯任自然，遂为各国宗主。论国际历史，当以吾华之对邻国为最高尚，最纯洁，施不责报，厥绩烂焉。

封建之制，实为吾国雄长东亚，成为大一统国家之基础。太古之世，各部落不相统一，虽黄帝大禹，亦不能取诸部而一一平之，故挞伐与羁縻之策并行。凡举部落以从号令者，则因其故土而封之，使世袭为侯国，此封建之制所由起也。三代之世，文化集中于帝都。至于周室，因封建之结果，将诸夏主要人物，分散四国，而变为多元平均为发展。（梁任公谓封建之最大作用有二：一曰分化。分化者将同一之精神与组织，分布于各地，使各因其环境以尽量自由发展。二曰同化。同化者将许多异质低度文化醇化于一高度文化总体中，以形成大民族意识。）盖华夏文化，冠绝东方，且夙具吸收异族、教导异族之力。如春秋战国时所谓蛮夷戎狄之地，后皆化于华夏。武力虽或不逮，而文教足以心折。民族范围实行扩大，是亦吾国历史特着之现象也。

中国之名，初非土地之总称，亦无境界之限制。中国人自有文化以来，始终未尝认国家为人类最高团体，其政治论常以全人类为其对象。《大学》条目，终于“平天下”，孔子之作《春秋》也，诸侯用夷礼则夷之，进于中国则中国之。以国家文化之差，为夷狄与诸夏之别，是实吾先民高尚广远之特征。此种世界主义或超国家主义之政治论，深入人心。以二千年历史校之，有一时之失败，有千秋之成功。汉晋以降，诸族入布中夏，虽屡演血史，而蹂躏我者率皆同化于中国之文教。故其最后之结果，常增加中国人之组织分子，且莫由分析其系统也。要之，中国乃文明国之义，使天下人皆勉于正义人道，虽举天下而中国之可也。孟子曰：“四海之内，皆兄弟也。”举彼专持民族主义、帝国主义、武力主义者，不几天壤乎？（汉唐国威之隆，初非专恃强大，黩武开边，其于抚绥夷落，怀柔远人，实有一视同仁之概焉。）

（二）宗教方面　折衷于天人之间

埃及奉太阳教（Re），为日神（Osiris），为农业神（*Set*），为地狱神。有冥鞫之说，来世祸福，视今世行修为准。然观《丧经》（*Book of the Deed*）一书，多载咒语，知其时宗教思想甚卑，至于禽兽崇拜，更不足论。（波斯王侵埃及，以埃及人所最崇拜之兽列阵前，埃及人宁退，不肯稍伤神兽。西元前一世纪时，埃及已亡，罗马公民在尼罗河口亚历山大城，屠杀一猫，群情骇然，执而杀之。）西元前十四世纪，杰出之意诺东王，倡高尚之一神教，谓埃及神不局于埃及一隅，乃为世界之公神。尝曰：复归自然，万物一体，凡自然者方为真实。符咒之类，一切都捐。然教义深赜，难以语众，又为教士所不喜。王殁教废，为时甚暂。

巴比伦之城邑，各奉守土之神。神权消长，系乎政治隆替，盖地方之神，而非统一之神也。自莎公以来，国君僭称上帝，教士躬典刑法。至宗教训条，但求福利。迷信星占，怠弃德行。近代史家，称其以寺院而兼营地主与银行之职，工商业皆藉矢誓于神以为质信。盖古巴比伦之文化史，宗教色彩极为浓厚。印度欧罗巴人种（即雅利安人种），能创造民族大宗教（如婆罗门教）、与世界大宗教（如佛教）惟印度一地而已，此外无非信仰外族之神祇。“精神”二字为印度文化之特征。印度人之宗教思想最挚。风发云涌，此起　兴，如众星之丽天，各有一世界。“远自吠陀以来，宗派流别，不可悉数，上妙　法，下愚若牛狗外道。”是以出世为宗，视世间为迷谬。等人生于梦幻，殆百　致之说。此于他土，虽间有超世之想，未能若是决绝。印度人不重视现世生　故为无历史之民族，其地自古不产史家，与中国绝相反。印度民族可谓蔽于　不知人矣。（近人欧阳竟无论佛法非宗教，根据有四：一、佛法无教主，依法　。二、佛法容人思想自由，非如各种宗教之圣经，当依从，不许讨论。三、佛　度众生共登正觉为唯一目的，无信条与戒约。四、依自力不纯仗他力。）

其惟中华，唐虞之世，已有人格之神灵，演进而为抽象之观念，揭其博大自然之公理，以为人类行为之标准。综观诗书之文，虽含宗教之意，而以天　励道德，非以天为惑世愚民之用，究与宗教有别。故孔子曰：“巍巍乎　为大，惟尧则之。荡荡乎民无能名焉”，“天聪明自我民聪明，天明威自我　威”（《尚书·皋陶谟》文），“汤武革命，应乎天而顺乎人”（《周易·系辞　。天人交感，民意所向，即天理所。“民神异业，不相侵渎”（《国语》），聪　直，皆可为神。先民有言：“民，神之主也，是以圣王先成民而后致力于神　《左传·季梁告隋侯》）。《左传》中未尝不言天道，而必足以人力足以参天　义。如云：“国之存亡，天也”，而又谓：“善人为天地之纪”（《左传·成公十五　），皆可见时人之理想，恒以人力可等于天地，而不必为天地所宰制，是即　人不蔽于神天宗教之故也。

中国学术，以研究现实生活之理法为中心。孟子曰：“夏曰序　庠，周曰校，皆所以明人伦也。”中国文明之特色，即为伦理而非宗教。东汉以后，佛教东渐，然亦听人民自由信仰。且学务闳通，儒释虽乖，弥不相害，遂使顺世出世，历千余年始终未成问题，斯亦奇观已。

又有一义。孔子称：“禹吾无间然，菲饮食而致孝乎鬼神。”此指三代世室庙祭之法、祭享之礼，其事近于迷信，然尊祖报宗，实为人类之正务（以祖宗之功德，勉励子孙）。记有之曰：“万物本乎天，人本乎祖。”又曰：“人道亲亲也，亲亲故尊祖，尊祖故尊宗，敬宗故收族。”（《礼记》）中原古族，以姓氏谱谍系统秩然之故，追溯百世，胤合血统，无不信而有征。今虽侨民散处他邦，语言衣服胥已变异，而语及祖宗之国，父母之邦，庙祧坟墓之重，则渊然动情，抟结维系，惟恐或后。由此观之，往者孝亲尊祖之道，殊有造于诸夏之一统也。

（三）经济方面　折衷于汰灭之间

昔我哲王之教忠于民也，以实用为主，不以浮侈为利。外以塞浮耗之源，内以节嗜欲之过。于是薄于为已者，乃相率勇于为人，毕生为吾民族鞠躬尽瘁。墨子者，祖述夏道者也。其言曰："有余力以相劳，有余财以相分。"（《尚同》篇上）利用厚生之念，固未尝一日忘怀。特"诸加费而不加利于民者"，先王不为也。《国语》曰："先王之于民也，懋正其德而厚其性，阜其财求而利其器用，明利害之向以文修之，故能保世以滋天。"盖以精神为绾键，而镕物质于精神，所谓灵肉一致，于此可见。若夫印度人则驰心物外，排斥物质享乐，埃及、巴比伦诸王则沉溺于物质享乐。一趋于汰奢，一趋于断灭，昧于执两用中之道。呜呼！此我中国国基所以确乎不可拔欤？

埃及人好名，信死后生活。立华表，建陵寝。几石（Gez）之奇奥普（Cheops）金字塔[国王古甫（今译胡佛）（Khufu）所建，公历前2900年成]，基十三亩，高五百尺，二吨半之石块为数二百三十万。役十万人，历二十年而后成。底布士（Thebes）之宫殿，闳丽无比，有历七代而后成者，有历五百年而后成者（约在公元前十六世纪）。酷役其民，视如牛马，怨谤沸腾。苟得脱离国君之苛暴，以休息余生，则不复择主，乐寄于异族之下。虐民以不急之工，苛政猛于虎。埃及诸王之葬也，浸以香油，缚以麻缕，盖于殡宫，藏诸石陵，不惜病劳天下以遂予一已之大欲。我先王则不然，尧曰："终不以天下之病而利一人。"故衣三领足以覆恶，棺三寸足以朽体。人之度量相越，岂不远哉？

更请与巴比伦比较之。幼发拉底斯河畔之巴比伦城，铁门一百，城壁上列车六辆，翼壁有铜塔二十五座。河岸两壁相对，中架一桥，广三十尺。桥之前后有园庭，以宏大屋宇为基，开园亭于其上，大石巨木，及各种花草，无一不备。巍然跨河，景象艳艳，殆如空际飞舞，号称飞园（飞园与金字塔同为希腊人所称世界七大奇观之一）。此为新巴比伦国王尼布甲尼撒所建，后之读史者，无不惊为神奇，致其响慕。抑知王起飞园，徒欲取悦后宫，其在中国乃桀纣周幽之俦耳。（观诸子所言公输般墨翟之事，则战国时机械工艺异常发达。然墨子虽精制造，仍以适用于人为贵。《吕览·月令》屡以淫巧为戒，故秦时虽犹有能为机械者而学者弗道其法也。）所以曷念我大禹，卑宫室而尽力乎沟洫。禹自执耒耜，以为民先，沐雨栉风，劳心焦思，居外十三年，过门不入，卒也九川涤源，四海会同，六府孔修，民咸宁其性。余尝推兹广土众民博物永年之故，以为先民大有造于华夏者，大禹功为第一。呜呼！今日云梦之陂，三江之隰，良畴千顷，民到于今食其赐。飞园终为飞蓬，三角塔前，惟见阿拉伯之牧童，坐对斜阳荒草而已。

印度土沃气暖，谷米易熟，其民不必劳于治生。古代印度人所以能掷无量数之光阴精神，以探索宇宙人生之奥妙问题者，其经济状况之安易，不失为一重大原因。吠陀经以生财为罪恶，辄乃游心于远。印度哲人以隐居静寂为神圣环境，“惧冥运之罪，轻生前之业”，食粟饮米，幕天席地，此生活之一极端也。虽然，印度之修道者主于禁欲，而制器者主于穷欲。印度人之工业天才，为世界之杰出者。即如秦始皇同时之阿输迦王，尝于三年之内，造四万八千塔，又造无数石柱，大者高五十尺，重五十吨。雅典最佳之建筑，不能过也（斯密士《印度上古史》）。建筑而外，印度织物之精，亦号世界无双。纯丝为质，金银为文，轻若蝉翼，灿若明星。世之出奇技淫巧，以为妇女之服饰者，则巴黎以外，当推此矣。要之，印度之精神，非求其彻底不止也。至其所失，则在重文而轻实，鹜远而忽近。中庸之道，概乎未之闻也。

（四）社会阶级方面　折衷于严荡之间（秩序）

古埃及分三族：一曰平民，农工商贾是也；二曰武士，约五十万人；三曰僧族，指教士、太卜（Prophets）、太史（Scribes）、雕工、石工、保尸者（emballmers）而言。教士世袭，最称专横。拉米斯王（Ramesses）之世（元前1170年），寺院蓄奴百七十万人，占全国人口五分之二。土地七百余万亩，占全国土地七分之一。属城六十九，寺产山积而不纳税，大为国蠹。古巴比伦社会分贵族、平民、奴隶三级。参稽《汉摩拉比法典》，得其身如下：贵族之一臂，当平民一男，又当平民二女，又当三奴婢，然犹不如印度族制之严也。

世界分业之原理，印度人知之最早，惜趋于极端，造成族性制度，历千载而莫改，苛严繁琐，有如机器。《大唐西域记》云：“话姓殊者，有四流焉：一曰婆罗门，净行也；二曰刹帝力，王种也；三曰吠奢，商贾也；四曰戍陀罗，农人也。凡兹四姓，清浊殊流，婚娶通亲，飞伏异路。”此四大阶级，又分为二十小阶级。此外又有五千万人阶级以外贱民，与奴隶无异。婆罗门最尊贵，自以为僧权万能，不容亵渎。宪令著于官府，赏罚必于民心。释迦牟尼所倡之佛教，一切平等,无种姓差别,实为印度社会大革命家。然在公元后九世纪以前,佛教率为婆罗门排挤而去,他族之不获见天日,依然如故。婆罗门在印度之功绩,固自不朽。古来印度大思想家、大著作家、大立法家,多出其门。但其所定四姓,流毒至于无穷,盖异族不通婚(中国同姓不婚,印度异姓不婚)、不共事、不聚餐、不交游,苟有违者,众以为殃,终身不齿,无复人理矣。惰性既成,莫自由拔,特力独行,久鲜其人。个性并吞于群性之中,意志自由,斲丧尽矣。阶级观念,几成印度人第二天性。同室操戈,而使外人坐收渔人之利。乌知所谓众志成城,戮力国难者哉?论者谓灭印度者,非回人,非英人,乃婆罗门也。此真可为痛哭流涕者也。自由与平等,为近世欧洲政论极有价值之两大产品。欧美贵族、平民、奴隶等阶级制度,直至近百年来始次第扑灭,其余烬之一部,迄今犹在。我国则此种秕制,已成二千年前僵石。就大体言之,自汉以来,国民之公私权,乃至生计之机会,皆可谓一切绝对平等。(梁任公曰:先民之政治思想,无一不带社会主义色彩。汉唐以降之实际政治,其为人所称道者,又大抵皆含有社会政策之精神,而常以裁制豪强兼并为职志者也。故全国人在比较的平等组织及条件之下,以遂其生计之发展。世界古今民族中罕能与我并者。)我国历史上,未尝有惨酷之阶级斗争。所以然者,则以人类平等观念,久已成为公共信条,虽有强者,莫之能犯也。

授田之制,为吾国古代良法美意之一。王鸣盛云:"井田沟洫之制,创于禹,三代相因不变。"(语见《尚书》后案)凡家夫授田百亩,余夫授田二十五亩(家夫指三十岁左右有妻之男,余夫指丁年以上未婚之男)。但使勤劳稼穑,皆可家给人足。年征田赋十分之一二,为人民对于国家最重之义务。凡田不耕者,出夫家之征,防隋农也。凡田不许私有,防兼并之弊,贫富悬隔而社会不安者也。此实暗合今世言共产者之理想。近人称授田之制,为经济上之中正平均主义(见田畸仁义《支那古代经济思想及制度》四七页),旨哉斯言。

中国无四大阶级,而有五伦之教。《尚书·尧典》称契为司徒,"敬敷五教:父子有亲,君臣有义,夫妇有别,长幼有序,朋友有信。"秩序之观念,为吾国伦常之基础,道德之本原。其大小相维,惟一之作用曰中,惟因其关系之不同,别着其德之名耳。圣人既以伦理定天下之分,其行之又有絜矩之道焉。《大学》曰:"所恶于上无以使下,所恶于下无以事上。所恶于前无以先后,所恶于后无以从前。所恶于左无以交于右,所恶于右无以交于左。"总使两方面调和而相剂,并非专苦一方,均齐方正,平之至也。

欧洲人言爱而不言敬，知有仁而不知有恕，报复环境，又提倡物竞天择之说，对抗争持，浸酿大乱。吾国古圣则夙主让字睦字，其气象大有不同。《尚书》赞尧之德曰："允恭克让。"《大学》称："一家让一国兴让。"儒家伦理政治，以各人分内的互让而协作，使同情于可能之范围内尽量发展，求相对自由与相对平等之实现与调和。近人谓中国淳淳礼让之态度，实为优长之胜利，"夫以礼让为国者，若江河流，弥久不竭，其本美也"。(《盐铁论》)

(五) 人伦行为方面　折衷于过与不及之间(中行)

尧之禅舜，戒之曰："允执厥中"。盖自上古以来，积种种经验归纳而得之者，实为人类道德之一大发明。舜执其两端用中于民，其命夔教胄子也，曰："直而温，宽而栗，刚而无虐，简而无傲。"皋陶教禹以九德之目，曰："宽而栗，柔而立，愿而恭，乱而敬，扰而毅，直而温，简而廉，刚而塞，强而义。"盖唐虞之教育，专就人类毗刚毗柔之气质；矫正而调剂之，使适于中道也。无教士兵警，而能维持治安。中国惟至愚之人，始需神道以畏之，惟最坏之人，始需兵警以惧之。是道也，岂惟欧人求之而不得乎？(辜鸿铭氏谓欧人所以维持治安者二：一曰宗教；二曰法律与兵警。往者欧洲三十年之战争，及欲废除教士，今则经此次大战，欧人又欲去兵矣。欲求战后维持之道，则欧人腐心极虑之端也。予以为此道欧人可于中国求得之，中国有君子之道云云。)印度、埃及、巴比伦之文化，岂非因其不知礼治，而率废绝者耶？

古代印度、埃及、巴比伦皆有灿然明备之法典。其成文法之公布，较之韩非主张"编著之图籍，设之于官府，而布之于百姓"之时(从《韩非子》)，或早千八百余年(巴比伦)，或早五百余年(印度)，或早四百余年(埃及)。试粗述之：

(1) 巴比伦《汉摩拉比法典》(西元前2100年，夏仲康之世)。汉摩拉比王以三十年之经营，征服诸国。集古代风俗习惯，整齐条理，编纂法典，镌之庙碑，以作民范，为历史上最古之法典。全律计二百八十四条，为目一十有五。近代法律之基本概念，此最古法典有已确立者。其后国虽墟，其法律则藉亚述、波斯、菲尼基人传播益远。

(2) 印度《摩奴法典》(当元前九世纪顷)。摩奴乃一英敏之政治家，考传统之理法，验并世之风俗，制定印度之法典，整理社会之秩序。佛教时代，印人又改订《摩奴法典》，以期适合当时习惯。其文凡十八节，二千六百八十五句。自宗教之仪式，及各阶级之权利义务，民法、刑法等类，皆包蕴无遗。(如四大阶级即规定于是。)

(3) 埃及《薄诃利法典》(当元前八世纪顷,周幽王、平王之际)。薄诃利(今译波克霍利其利)王(Bocchoris)隶第二十四朝,改订法律,如诉论法亦悉著之篇籍。惜古代埃及之法律典籍罕存。

去四千年前,古巴比伦已有此周密详备之法典,树立正义,摧抑强暴,以为人民之范,不可谓非至有价值之事。印度之法律虽未影响西欧法律,而卓然为雅利安族极美之法典,至今犹通行于印度全部云。然法令之效,足以禁奸,使民有消极之限制而已。至于制礼作乐,提高人格,予读西方诸国之古史,未之前闻。史家之遗漏欤?古史之流荒欤?但予观埃及诸王之自私,亚述诸王之残忍,印度诸王之卑鄙,(印度治国不讲道德,阴谋是竞,权力是崇。宫庭之内,用娼妓作间谍,互相猜忌,争乱无已时。详见斯密士《印度上古史》一三九页以下。)欲其以德化民,盖已难矣。吾国贤士大夫成已成人之怀,绝恶未萌之说,在彼土几成绝响。昔者子产铸刑书,孔子伤之曰:"道之以德,齐之以礼,有耻且格。道之以政,齐之以刑,民免而无耻。礼乐不兴,则刑罚不中。刑罚不中,则民无所措手足。"(《论语》)此虽孔子之私言,实足以代表中国古代政治家之气概。古人所谓礼乐刑政,四达而不悖,则王道备也。呜呼,"中庸之德也,其至矣乎"!我中国之民族精神,其在斯乎,其在斯乎!太史公曰:"好学深思,心知其意",韩文公曰:"补苴罅漏,张皇幽渺",此非后死者之责欤?

今试综括前言,列为下表:

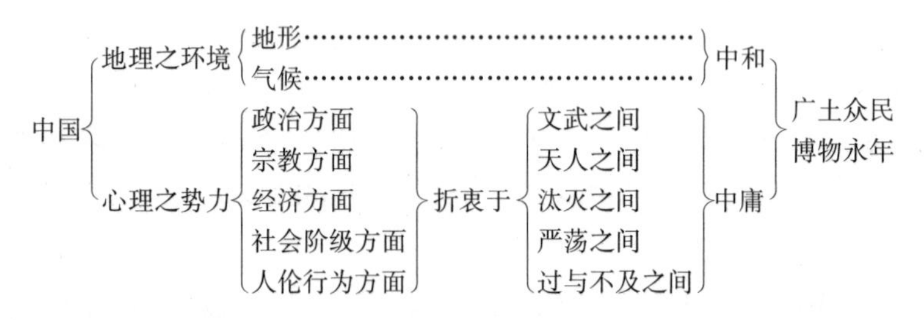

于此有未尽之义焉:一,吾国自中世以降,中道文明浸衰浸变之迹若何?二,已经变化之中道文明,与近世欧洲势力接触之后,其间异同消长之故安在?三,中国之古文明,所能影响于世界未来之文明者何若?以上三者,吾今兹未能言,极愿深虑知化之士,共起而商榷之也。

六 害 篇*

刘永济

昔原宪答子贡之言曰："夫希世而行，比周而友，学以为人，教以为己，仁义之慝，舆马之饰，宪不忍为也。"(《庄子·让王篇》)间尝思之，自官师分职，聚徒讲学之风盛，陵迟至于衰周，意必有以教人为业而赡其身家者。及夫业此者既多，而争竞驰骛者众。于是非希世不足以悦众，非比周不足以树援，非为人不足以沽名，非为己不足以射利，非慝仁义不足以行奸，非饰舆马不足以矜异。此邪说纵横之士所以日多，卓荦特立之人所以日少。而世乱所以日亟，民俗所以日媮也。观宪此言者，盖可以知世变矣。

今之世上以兴学相标，下以设校相美，曾不崇朝，而大学如云，中学如林，小学如雨，莫不欣欣然。相谓曰："国家之盛衰，视其学校之多寡也。"民智之通僿，视其学校之多寡也。于是以教人为业而赡其身家者，亦日益多。上而大学，下而小学。昧旦而兴，日晡而辍，孜孜焉汲汲焉。皆曰："教育，神圣事业也。"吾业此，所以开民智而立国基也。于是陈书鼓箧，计时授课，按月索酬，八口之家有讬焉，一年之用取资焉。若而人者，人不得而非之，鬼不得而责之也。然而自游学东西洋者多，而大学教授不胜用焉。习大学及高等师范者多，而中学教员不胜用焉。卒业初级师范及中学者多，而小学教师不胜用焉。揆之货殖之理，供多于求则供者贱，供者贱则竞争驰骛，诈谲矜炫之术工，于是业此者

---

* 辑自《学衡》1925年9月第45期。

不必定优其学问而涂术别辟矣，不必定端其操行而门户别开矣，不必定崇其气节而鐍鑰别启矣。黠者得之以自豪，拙者失之以自悲，教者以之相传授，学者以之相效慕。好紫者多而紫为朱，习非者众而非成是，群争趋于此途，遂不知教育为何事，教员为何物。其结果之可悲，恐将十百倍于帝国主义之压迫、资本主义之侵略也。而举国之人，方泯泯棼棼不知惧，岂不大可哀哉！

余以循览之暇，偶及原宪此言，而深有味焉，以为此不肖者之秘策，而贤者之良箴也。贤者与众不肖者处，例必颠蹶无以自存，此贤人失志之赋所以作于衰世也。虽然，使贤者而洞悉不肖者所操以争胜之秘策如此，知其不足为怪。鄙夷之不屑道，且思有以涤荡而扩清之，则失志者有以自安，不见是而无闷焉。如曾子之居陋室，而歌出金石，可也。傥得行其志，亦有以补救之。而无措施失当之患，因不惜忤世直言，欲与思自进于贤者共商榷焉尔。

所谓希世而行者，成玄英疏之曰："趋世候时，希望富贵也。"由今之言，则美其名曰："顺应潮流"。今之人以顺应潮流为识时俊杰，曾不察其言之背道也。夫识时务者，贵其识足以抉别时务之利弊云尔。顺应潮流者，贵其能因势利导如治水然尔，岂嫥阿苟合之谓哉？今之人不察，动曰顺应潮流，而一切趋承，无所抉别，一若潮流所趋，必不可反。于是世俗之所非者必不敢是，世俗之所是者必不敢非，而不悟世俗之见之违离大道甚远也。此风既成，见士有特立独行者，则群猜疑之诟病之，入之罪曰：是不知顺应潮流者也，不足生存于今之世者也。而奸黠之徒，虽中无所有，而智故足以趋世好，候时尚，与俗波靡，则富贵可翘足而致。于是朝野上下，论政论学，无敢迕时，而政粃学荒矣。此不肖者之利，而国家之害也。

复次，所谓比周而反者。成疏曰："周旋亲比，以结朋党也。"由今之言，则美其名曰"团体组合"。今之人以团体组合为人生自由之一端，而不问其所事之是非，则亦大谬不然者矣。夫刀仗同也，以之御患与以之作乱，其结果大异也。今之人既知趋世候时之可以致富贵矣。然而富贵人之所同欲也。趋候者多，则非厚其朋党之势，仍不足以固之，于是同学，一比周之团体也；同省，一比周之团体也。同学之中，又有同班同系者焉；同省之中，又有同县同乡者焉。其分逾细，其争逾无当大体。其留学国外者，东西洋团体，其大分也。西洋之中，又有欧美之分焉；欧洲之中，又有大陆英伦之分焉；大陆之中，又有德法意比之分焉。其组合也，或以势便，或以利同，其间变幻，又复千万。延缘依附者有之，泮涣乖背者有之。无事则征逐酒食声色之场，以相结纳。有事则攘臂奋拳拍电登报，以相呼应。苟其利团体，不惜破坏一切而为之。政党然，学党尤然，而政益粃学益荒矣。此又不肖者之利而国家之害也。

复次，所谓学以为人者。成疏曰："自求名誉，学以为人也。"荀子论学曰："君子之学也，入乎耳，著乎心，布乎四体，形于动静，喘而言，蝡而动，一可以为法则。小人之学也，入乎耳，出乎口，口耳之间，则四寸耳，曷足以美七尺之躯哉！古之学者为己，今之学者为人。君子之学也以美其身，小人之学也以为禽犊。"(《劝学篇》)荀子揭明君子小人为学之异，可谓深切著明矣。今之人于其求学之时，即习为干进之术，一旦出校门，得头衔，挟其讲义，固俨然一学者也。至其所学之是否有关于其身心性命，是否有益于其言论动静，是否合乎大道，可为法则，非所计也。然则头衔也，讲义也，倪所谓禽犊者非邪？推之，则钞撮snt稗贩之著作，延缘猎取之声名，狷狂无补之言论，炫世矜俗之行动，一非沽名之道，即无一非禽犊也。盈国中之教者，皆小人之学。盈国中之学者，皆学为小人之学。学术将何凭以自存，国家将何依以与立哉！此又不肖者之利而国家之害也。

复次，所谓教以为己者。成疏曰："多觅束修，教以为己也。"孔子曰："自行束修以上，吾未尝无诲焉。"(《论语·述而第七》)邢叔明曰："束修，十脡脯也。于礼为薄，其厚者有玉帛之属。"言人能奉礼求学，虽薄皆教诲之。是知施教而受酬，在古无异。但古之教者，重在礼之存亡，不在酬之薄厚。盖教育之事，非可以市道行之者也。自学校之制兴，而教育行市道，于是施受当其值者，已可以俯仰无愧怍矣。其不当其值者，如以贱物获美价，虽侥幸，犹无大过也。其最下者，受已浮于施，犹不厌其欲。如器物本苦恶，而工为狡狯，谲诈百出，以攫人财，甚至稗贩鸩堇，诩为参苓，杀人日多，利己逾厚。又或朝贩夕售，居奇垄断，空买空卖，炫世欺人。操市侩之劣术，居教育之清名，学校等于商廛，学生类于顾客。加以患得患失之情，横炽于中，排摈倾轧之心，动形于外。其所作之罪恶，浮于所操之职业，而教育破产矣。此又不肖者之利而国家之害也。

复次，所谓仁义隐慝者。成疏曰："讬仁义以为姦慝也。"夫悦众树援，沽名射利，固已违教育之旨矣。然而使其言显背于仁义，终不必容于当世，而覆败甚易。若复外讬仁义之名，内行邪罔之实，其言足以饰非，其行足以惑众。若少正卯之在鲁，王莽之处汉，则非有明通之士，鲜不为所颠倒。盖至理本幽玄无朕，变动不居。苟有黠者，易于假借，此东坡所谓"仁义大捷径，诗书一旅亭"也。然而其假借也，亦有多途，或袭其皮毛，或变其涵义，或昧于本源而取其枝节。或且更进一步，而求胜古谊，别倡新说。其言之有故，其持之成理，其主张若切中时弊，骤然闻之，莫不心折。于是虽有智者，苟不深造于道，鲜不堕去其术中。盖厌故喜新，恒人之情也。忽中庸之坦途，好险峻之歧路，群众之习也。今之人既工于迎合，复巧于辩难，操易售之术，当道丧之时，其焰日张，其势日盛，无足怪也。此又不肖者之利而国家之害也。

复次，所谓舆言之饰者。成疏曰："饰舆马以衒矜夸也。"尝疑原宪所以讥当世者，独此语为最细碎。夫人之具上五端者，即今囚首垢面，恶衣菲食，亦足以售其术，奚必待舆马是饰哉！且尝见今之号称教育名流者，衣大布之衣，冠大帛之冠，韈不必织成，履不必柔革，乘舟车必三等，与后生言必以廉洁俭素相敦勉，而醉心货利如故也。然则矜夸之事，岂必舆马，要在其人之运用耳。虽然，原宪之言，亦非无征也。盖良匠教人凿，必曰可以求食，而己不免冻馁，则其徒必不之信。今教员日诲人求学，而己之学反不足以自悦怿其身，则其学之不足贵可知矣。呜呼！自为生活而学问之邪说，深中于人心，教人者非饰舆马不足以自圆其说，而教育界之祸烈矣。此又不肖者之利而国家之害也。

昔者韩非子愤当世之士，著《五蠹篇》，而深致叹于公私利害之相反。其言曰："古者苍颉之作书也。自环者谓之私，背私者谓之公。公私之相背也，乃苍颉固知之矣。今以为同利者，不察之患也。然则为匹夫计者，莫如修仁义而习文学，仁义修则见信，见信则受事。文学习则为明师，为明师则显荣，此匹夫之美也。"韩非子去原宪世远，而变日亟，其言亦愈激切。今之世又远下于战国之季，然则愤时之士，著为言论，又安得免夫讦直之失哉？是有待夫贤者之进而教之也。《诗》曰："风雨凄凄，鸡鸣喈喈。既见君子，云胡不夷。"序《诗》者曰："风雨思君子也。"乱世则思君子不改其度焉。三诵此言，感慨系之矣。

第二编　文学与文论

再论吾人眼中之新旧文学观*

（录《湘君》季刊）

吴芳吉

文学惟有是与不是，而无所谓新与不新，此吾人立论之旨也。旧派之不是处，新派之人类能言之。新派之不是处，则群俗汶汶，无多议其非者。此无他，举世之人犹惑于所谓文学革命之几不主义是也。夫文学固非政治之可比拟，政治为群众之所组织，文学则为个人之所表现。政治有兵刑以立其威，由法律以严其范。文学则述作自由，断非身外之人得而干预强迫。政治不良，其罪在于执政之人，故当锄而去之，此其手段，是曰革命。文学之善与不善，其责惟在于己，己所为文不善，己之罪也，非文学之罪也。革己之命可也，革文学之命不可也，而乃混为一谈，牵强附会，已属根本不是。再观其所渭几不主义者，果足称为是耶？亦似是而实非耶。

其一曰：须言之有物。以为物乃包括思想、情感而言，非古人文以载道之谓也。夫文以载道一语，笼统其词，诚不能无语病，固非吾人所甚赞成。然即言之有物，讵非笼统之至者耶。物可能为情感思想，安见道之不可能为情感思想也耶？然此犹乡愿饰词，求悦于新派者之言耳。夫吾国文学，以受孔孟影响为最深厚，后世文人之所谓道，固亦孔孟之所为道。孔孟所为道者，曰忠恕之道，曰仁义之道，曰孝弟之道，曰中庸之道；曰“富贵不以其道不处，贫贱不以其道不去”之道；曰“仁者不忧，知者不惑，勇者不惧”之道；曰“得志与民由之，不

---

* 辑自《学衡》1923年9月第21期。

得志独行其道”之道；曰“人人亲其亲、长其长，而天下平”之道；曰“喜怒哀乐发而中节”之道。凡此种种，皆文以载道之所为道也。概括言之，生人共由之路，皆谓之道。文以载道者，谓为文者必由此生人之路以行之也。以言情感，情感之能达乎是者，孰有更笃于此？以言思想，思想之能辩乎是者，孰有更加于此？谓文以载道则失情感乎，胡谓先天下之忧而忧、后天下之乐而乐者，不少会心人耶？谓文以载道则累思想乎，何以信道笃，自知明；举世非之、力行不惑者，乃有豪杰之士也。若谓庄周、陶潜、杜甫、辛弃疾、施耐庵之文非以载道，乃以言情感思想者，所以为美。而唐宋八家之下，锢于载道之谬见，其文无情感思想所以不美。然彼解识物论之大齐，黄唐之寄慨，君国一饭之思，朋友平生之谊，与夫朝野孤愤之感，以成其为庄周、为陶潜、为杜甫、为辛弃疾、为施耐庵者，非以其能了悟生人之道，而又载诸文耶？道之广大，无所不包，又岂沾沾于情感思想者所可望也？而或者以文以载道之道，为道德之简称。文学自有独按独立之价值不必以道德为本，此亦似是而非之言也。文以载道之意，原不限于道德，然即道德言之，又何可少？情感思想，并非神圣不易之物，不以道德维系其间，则其所表现于文学中者，皆无意识。年来文学与道德之争论甚烈，其实至为易解。文学作品譬如园中之花，道德譬如花下之土，彼游园者固意在赏花而非以赏土，然使无膏土，则不足以滋养名花。土虽不足供赏，而花所托根，在于土也。道德虽于文学不必昭示于外，而作品所寄，仍道德也。故自此狭义言之，文学以载道之说，仍较言之有物为甚圆满有理。惟吾人之意又与新旧派异者，则以文学所包至广，其义又至精微，何必为下定义，以自拘束。中外文家所下定义，佳者何可胜数。然所言不过尔尔，其实均无一当。其出自名家手者，尤往往偏执可笑，着眼一隅，漏其百体，以云彼善于此，则有之耳。若求确切无漏，亘古今而不易者，则未之敢信，而吾人尤不必为所颠倒，知其不过如此，还他如此可耳。然则文以载道之言，何足为病？而情感思想之说，又何足为多？苟于此斤斤较焉，非至痴愚，亦将百世不解。试以言之有物与文以载道之语较之，一为实体之形容，一为抽象之比喻。不言道而言物，不言物而言情感思想，不过字面新鲜，易于动听之意，有如不曰勤而曰劳动，不曰俭而曰节制，不曰仁而曰良心，不曰义而曰服务。甚至不曰感兴而曰烟士披里纯，不曰游宴而曰辟克匿克，不曰科学而曰赛因斯，不曰民本而曰德谟克拉西，以为新鲜动人者同一心理。故与其谓言之有物，为新派之创见，不如谓言之有物实文以载道之注解。文以载道失之笼统，容易滋生误会，固为不是。言之有物其范围狭小,意思板滞,其易滋流弊益甚,岂非似是而实非者耶?

其二曰:不摹仿古人,以为摹仿乃奴性之事也。夫人生,至不齐也,学问各有高低,境遇各有丰绌,志气各有大小,嗜好各有偏僻。彼从事文学者,不必人人于文坛皆能树立,亦不必人人文章皆欲传后也。有以六经皆我注脚,而不事著述者也。有著述而成,而乃藏之名山,传之其人者也,只求千百世后一人二人晓得,不必当代人人晓得者也。有以古破锦囊随所遇而著之,随所往而舍之者也。有以专意悦人,等于俳优,斥为玩物丧志者也。有甘堕轻俗,必老妪能解而后存之者也。有以遣词用字必求其有来历,五经无之则不敢题者也。有务去陈言虽艰涩至不可读,而自谓戛戛独造者也。同一文字,而为之者不同如此。然则创造与否,摹仿与否,亦各视其力所至,各从其性所好而已。能创造者,自创造之。不能创造,摹仿何伤?摹仿虽不可,不摹仿更不可也。故谓从事文学之人勉为创造则是,谓一经摹仿便为奴性则非。今人于创造初无能力,于摹仿又不屑为,乃不得不出于破坏,而号其言曰"新文学"。然新文学之言大倡,举国风从者,仍无不以摹仿为事。试浏览数年新派之文,其为吾人所视为工拙者且不计,即自新派本身言之,要其较为特出之士,冠冕于一党者,不过二三,而受愚受累者,不止千万。此千万人者,于其二三首领之作,自抒情立意,口吻章法,以至声调语气,无不摹仿逼肖。而所谓二三首领者,虽于本国文学不屑摹仿,于外国文学依然摹仿甚肖,且美其名曰"欧化"。倘自新派惯于骂人之恶意言之,是亦一种变相奴性。旧奴性倒,新奴性生,奈何奴性之不绝于天地间也。然吾人绝不以此而藐视古今之为摹仿者,吾人尤不当以奴性二字抹杀摹仿之人。吾人盖以后人之得力于前人者,或师承其意,或引用其言,或同化其文笔,或变易其结构,或追随其习俗,或揣其风尚以为文者,无沦其形迹之显晦,皆摹仿也。使惟旧派摹仿,而新派绝不摹防,则旧派犹可称奴性,以有新派之自性与之较也。使旧派亦摹仿,新派亦复摹仿,是摹仿因为新旧派之不可免,既不可免,自无复奴性之足云也。夫由摹仿而创造,由创造而树立,其致力也固未可以躐等。人生既至不齐,故有仅至第一步之摹仿而止焉者,亦有进至第二步之创造而止焉者,亦有初能摹仿,继能创造,卒能树立为一家者。即以古今号为能创造者之文豪言之,其终生所作,亦不必每篇每首皆为创造。小说家于此似为例外,其实亦不尽然。盖长篇小说之著作者,每竭十数年之力而仅为一书,其所示于人者皆为第二步创造之品,其第一步摹仿诸事,则已隐而不见。故小说家之受人攻击者少,得人赞誉者多。若诗歌散文作者,乃随时著作，不必积之多年而后下笔。惟然，感兴以时而有深浅，工力以时而有巧拙，格调以时而有因变。故价值以时而有高低，其状正如波浪起伏，无有定形。既随时可进为第二步之创造，复随时可退为第一步之摹仿，人以其或进或退，于是毁誉交起，而毁多于誉。盖诗文作者，固以其一二步事悉举示人，小说家言，特见其第二步耳。大凡摹仿之范围愈狭，则其成器愈小，而流弊愈大。反之，摹仿之范围愈广，则其成器愈大，而流弊愈小。故从事文学原不可以一家一书自足，其必取法百家，包罗万卷，则积之也多，出之也厚，虽处处为摹仿，而人终不自觉。古今鸿篇巨制，号为创造之文者，谁非摹仿最广者得来耶。然吾人之意尚不止此。吾人以为摹仿不可不有，又不可不去。不摹仿，则无以资练习，不去摹仿，则无以自表现。此二者皆不可以为教，致使人固执而易失其真。彼旧派已误于前，新派再误于后，不亦似是而实非者耶？

其三曰：须讲求文法也。自此论倡，于是趋时之辈，著为文法语法之书颇众。文法语法之论愈多，文学亦愈机械而无生气。既言夫法，法必有所根据。然一时代、一区域、一党一派，皆各有其文，亦各有其法。文既无定，法亦无从，所谓文法也者，将以孰为根据？或者以为文生于语，倘能厘定语法，则文法可自出。不知语之多变，尤甚于文，语义有随时之殊，语音有各地之异，将益令人茫无所适。苟依附官府之力以制定颁行，如教育部之通令采用新式标点者，又安能强迫人人而听从之。听从之矣，而必周旋中规，折旋中矩，一依其所制定者，曰孰当用，乃也用之；孰不当用，则不敢用。世安有专横如此之事，乃欲令人作傀儡，就缧绁，以钳尽天下之口耶？或者又为解曰：新派之所谓法，非普通文法语法之谓，乃修辞学之谓也。然修词非空言所能就，必取法古人而后有所则式。新派既谓不当摹仿古人，彼修辞之法，宁非古人之所遗欤？不遵古人之法，则有辞而不能修，遵古人之法，则为自相矛盾。然则修辞之意何所指也？或者又为解曰：修辞之义，与摹古不相干也，新派所谓修辞，盖求字句之顺适耳。应之曰：新派所借口以攻骈文律诗者，莫过于杜甫“香稻啄余鹦鹉粒，碧梧栖老凤凰枝”之句，以为修辞不通，果杜甫之不通耶？夫诗中文字异于文中之字者，文中之字，又有最佳之安排者也。诗中之字，则以最佳之字，又有最佳之安排者也。今按此二句之字，无不安排妥善，倘译作文句，则为“香稻啄残，无非鹦鹉之粒。碧梧栖老，皆是凤凰之枝”，鹦鹉凤凰，形容词也，非句词也。鹦鹉之粒，喻长安之富庶也。凤凰之枝，喻四海之升平也。残，言其余也；老，言其安也。啄残，谓食之无尽也；栖老，谓居之不危也。食之无尽，如《通鉴》所载东都西京米斛值钱不满二百是也。居之不危,如行万里者不持寸兵是也。何以不置鹦鹉于句之前?曰:此形容词,所重不在此也。何以不置香稻碧梧于句之后,曰:此乃名词主词,所重惟在此也。何以所重在此?曰:借香稻碧梧之感,喻国家盛衰之感,一也。本题原为秋兴,香稻碧梧又秋之景物,与题一致,不相支离,二也。香稻碧梧,句之主词,啄残栖老,则句之谓语也。鹦鹉粒,凤凰枝,即句之宾词也。何以能用名词以为形容?曰:杜诗惯见之也。"思沾道暍黄梅雨,敢望宫恩玉井冰。"黄梅,玉井,以名词而状名词者也。"篱边老却陶潜菊,江上徒逢袁绍杯。"陶潜、袁绍,又为固有名词而状名词者也。此皆文从字顺,何独于彼意思稍曲折者而竞诋为不通?倘依新派之说,改为"鹦鹉啄残香稻粒,凤凰栖老碧梧枝",平铺直叙,固无意思。且以一二字之转移,乃与原意大相违戾,词句浅薄,更如天壤相隔。是岂杜甫之未能耶?抑笑骂杜甫者之未通也?且新派之所谓文法,吾人亦饱闻之矣。总其大要,不外"欧化"二字,即直用西洋文法以为语文是也。果尔,几年来文学出版界中可谓使用西洋文法之极大盛之时矣。言其结果,亦可以二语概之曰:"雕刻意思,堆砌字句"而已。何谓雕刻意思?曰:文章无论抒情、写景、说理、纪事,固不可含浑其词,亦不可形容失当,今之使用西洋文法以为诗文者,大都犯此弊病。其故由于西洋文法最擅分析之事,分析愈细密,则形容愈深刻,形容过于深刻,其于文章乃大伤纤巧,既伤纤巧转于文法不能合矣。何谓堆砌字句?曰:堆砌字句乃雕刻意思必然之结果,未有雕刻意思而不堆砌字句者也。平常语意可以三五言达出无余蕴者,今往往不惜以十倍二十倍之冗字加之,其故亦由西洋文法之于字句种类,较为烦琐。今既不惮烦琐而必欲效之,自然堆砌愈多,堆砌过多,则于文章为大伤芜秽,既伤芜秽,转于文法又不合矣。由前者言,为错乱本来的目面,由后者言,为错乱本来的数量。欲面目数量之不错乱,其必如宋玉《登徒子赋》所谓"增之一分则有长,减之一分则太短。着粉则太白,施朱则太赤"乃可。乃今之使用西洋文法之下焉者,并雕刻而不像,堆砌而不稳,仅藉西洋文法之标点符号,纵之则为文,横之则为诗,支离破碎之则为节、为句、为叹、为疑。如是号曰欧化,亦太苦矣。或为解之者曰:欧化文法固提倡不久,安可以暂时尝试之未妥当而藐之?且提倡欧化文法者,不曰十年以后,定有欧化的国语文学耶?今距十年犹远,何以可论定?对曰:吾人固非以成败论事者,吾人且愿欧化的文法之有成功。然望新派诸人所当知者,法本死物,赖人活用,苟不知所用之,虽至善之法,仍可生出恶果,况西洋文法与中文之构造习惯各不同耶。

故欧化亚化概属皮毛之谈，如其不当，虽尝试千年万年，仍无是处。吾人之意，则不在拘拘于法，而在明白于理。所谓理者，即凡为文者能顺其文之构造与习惯而活用之，在因文生活，而不在因法限文是也。尝叹自文法之言兴，而古文之精义失，然古之文法犹胜今义文法。文法之所言者，尚着眼于文章之大体。今文法之所言者，乃区区之形迹，与其论新派之能讲求文法，莫若谓新派之作法以自毙。故曰：讲求文法，亦似是而非之言也。

其四曰：不作无病之呻吟也。此中包括二义：一以无病而呻吟则陷入悲观，一以为无病而呻吟则陷于虚幻，其实皆非矣。新派之所谓悲观者，非望落日而思暮年，对秋风而思零落，春来则惟恐其速去，花发又惧其早凋者乎！然此非悲观也，乃艺术之未佳也。何言乎艺术之未佳耶？盖此类之意，古人已多言之，今不能自出新意，自铸新词，而惟古人之余唾是拾，此艺术高明者所不屑为也。何言乎悲观耶？则以夕阳无限好，古今有同慨，而因秋为辩，因秋起兴之作，尤千古不绝于书者。若舞雩风，渊明抱殊世之思；种花事业，稼轩有天知之感，此皆出乎人情之自然，倘非木石，焉能无动于衷。大抵天伦之情，山川之胜，家国之思，吊古之意，圣贤豪杰之崇拜，时节景物之推移，最足引人高尚之念。吾人当之，往往以至情之流露，凄然动容，以至泪下。其习可见之例，如司马迁观乎仲尼庙堂，则低回留之不去。王羲之兰亭修禊，乃临文嗟悼，不能喻之于怀。韩愈过田横墓而歔欷难禁，李翱幽居而中夜潜叹，孟浩然登岘山而泪潸，杜甫闻子规而欲下拜，欧阳修以秋声如助其叹息；苏轼游赤壁之下，当山鸣谷应，风起水涌，乃悄然而悲，肃然而恐；归有光闻老妪话南阁子事则泣，蒋士铨侍母辄相视无言而悲。凡此，初非有如何消极之意存乎！其间，盖真情自然之流露，有似乎悲观者耳，其实非悲观也。且悲观乐观，本无分别，真能悲观之人，乃可以有乐观。古今最悲观者莫如孔子，叹道之不行，至欲浮海去之，然曲肱饮水，乐在其中。善哉！曾文正公之言曰："古之君子，盖无日不忧，无日不乐。自文王周孔以下，无不忧以终身，乐以终身。元遗山所谓向也忧不足，今乃乐有余是也。"今从事文学之人，固不患其悲，而惟患其不悲。因其不悲，是以亡国亡天下之祸在于目前，竟无一人以咏叹之。新派文章之号为不悲观者，而开口辄自杀，下笔则出世，否则为恋爱之狂呼，努力之虚叫，死之赞美，泪之祷告。其流弊所至，恰如新派骂旧派者但知发牢骚之音，以促寿年，短志气也。然则悲观何是为害？悲观而失其宜，斯为害耳。新派又以无病而呻直同虚幻，是亦不当。夫性情冷淡，血气凉薄之人，殊不宜于文学。而凡有血气，有性情者，要必较他人为多感。事变之未来也，他人之所以易忽，而文人所觉察也，则必有以隐示之者。事变之既去也，他人之所以易忘，而文人所记忆也，则必有以追念之者。隐示追念之未足，则又假借比兴以曲道之，所谓温柔敦厚之旨是也。他人不察，乃以无病而呻加之，实则无病，安用乎呻。呻者必属有病，病有轻重疾缓之异，故所呻之言，有明暗刚柔之差也。且所谓幻者，非真已耳。文学境界，固不必真，屈子庄生之为幻，固矣。《水浒》《红楼》，何莫非幻？然终不嫌其为幻者，以世事本属至幻，惟有识者能见幻中之真。何以辨真？曰天理人情。合于天理人情者，虽幻不害其真；不合于天理人情者，虽真而实为幻。然则文约辞微，类近义远，或敷张扬厉，变本加奇者，何足为文学之察也。祖新派者或又为之辩曰：新派论旨并不在是，乃在希望今之文学家之作费舒特、玛志尼也。然使空言爱国，空言统一，空言脱人宰制，虽有其言而无其心，虽有其心而无其行，其于国家何益？复与痛哭流涕者何异？居今而欲国家人才之辈出，其必设法以扩大吾民之气度。其为要有二：曰独立自重，曰博大无方。前者以守己，后者以容人。必人己俱存，而后可以言乎救国之事。而设法之便者，莫过文学。乃观新派之言，不曰必不容反对者有讨论之余地，即曰必以吾辈所主张者为绝对之是。苟有骨鲠之人，犹持异议，则必群起而嘲笑，甚至辱骂其父母妻子。夫以如是狭隘之道示国人，是直武断之行，愚民之计。吾未闻费舒特之学说，玛志尼之文章，而堕落如此者也。至若吾人主张，则以文学性质，有属于激刺者，有属于安静者，以今日人心揆之，不患人心之激刺不动，惟患人心之安静无期。激刺之甚者莫过于令人自杀，或令人杀人。苟欲为此，实甚易易，但肯不顾良心，任为通俗而激烈之诗文小说刊之，必有人受其害者。惟欲以文学之力而使人心归于安静，则难于激刺人之百倍，激刺之言动听，安静之言无奇故也。激刺之文学，在前清末叶，固已有人行之。其成效，为满清一姓之推翻，而其罪恶，则在全国人心之迷乱。殷鉴不远，今安忍再蹈覆辙以助长人心迷乱之无已。故今日为文，比较以安静者最上，使举国之人，因文学之调剂，而能生活恬淡，性情雍容，宅心浑厚，行道正中，见事明白，处己谦恭，固是万幸。即不然，必为激刺之作，亦当本于理性，不可徒肆感情。故吾人之言爱国，非以报仇也，正为植大同之基也。吾人之言合群，非以树党也，欲人我之各得其断也。吾人之言自强，非以凌人也见贤则思齐也。吾人之言敢死，非以自杀也，仁者固无忧也。吾人之言热情，非如今之恋爱，惟男女之交际也，亲亲、长长，民胞而物与也。吾人之言尚侠，非如今之革命，惟吏民之报复也，缓急相助，有无相通，疾病相扶持也。故吾人以为无论文之属于激刺，属于安静，要不可不本于感情，复不可不纳于理性。如是，虽属激刺，而无烦燥虚矫之思；虽属安静，而无淫靡畏缩之习。当乐便乐，而乐得其宜；当哀便哀，而哀得其正。无所谓病，无所谓呻，岂徒不作无病而呻之片面道理为欤？故曰：不作无病而呻之言，又似是而实非也。

其五曰：务去滥调套语也。夫所谓滥者，非用之甚广者耶？所谓套者，非传之弥久者耶？一辞一词而能用之甚广，传之弥久者，必有其可取之处在也。有可取之处在，必为人人所欣赏者也。欣赏无已，则必用之，用之既广，于事诋其曰烂套也。由是说往，是以辞语之美恶，定于用之者之多寡。多则烂套，寡则非烂套也。然则吾专为聱牙眼之辞语，使天下之人皆不能用，而吾独标其异，其亦可为美与否也。新派必曰不然，以为非平民化也。然所谓平民化者，必千万人之所用也。千万人之所用，非仍旧为烂为套而为何也？新派必又曰：否否，以为务去烂套之意乃教人以耳目所亲历者一一铸词以形容描写之耳。不知人事之变虽多，而天下之物有限，斜阳芳草，此烂套也。然使不曰斜阳，而曰夕阳，而曰夕照，而曰落照，而曰落日，而曰夕日，而曰淡淡的日，昏昏的日，倦了的太阳，血般的太阳。异名虽众，其所指一也，其为意一也。不曰芳草，而曰香草，曰春草，曰青草，曰美草，曰茂草，曰好看的草，纤纤的草，碧油油的草。异名虽众，其所指一也，其为意一也。然则新派之所谓自铸新词，无非改头换面，以五十步笑百步耳，其为烂套一也。且所谓新词者，吾人固于今之诗集文存中习见不少。今试举其例，如心弦、心幕、脑海、神经、眼帘、耳鼓、泪泉、血管、色素、音波、灵魂、生命之类，所在皆是也；如接吻、抱腰、凭肩、握手、微笑、含羞、肉颤、电流之类，又所在皆是也；如平民、贵族、阶级、群众、亲爱、仇敌、权威、奴隶、产业、人们之类，又所在皆是也；如印象、观念、代价、使命、潜热、对流、新文化、新纪元、振动数、立方尺、宇宙观、自然界之类，又所在皆是也；如上帝、救主、爱神、天使、孩子、慈母、死尸、幻象、秋姊、风姨、安琪儿、先驱者、快乐之岛、艺术之宫之类，又所在皆是也；如密司、密司脱、约翰、玛丽、沙发、雪茄、白兰地、环珴玲、摩托卡、乌托邦之类，又所在皆是也；如工场、农村、礼拜堂、试验室、大餐间、跳舞会之类，又所在皆是也；如蝶儿、蜂儿、花儿、鸟儿、月儿、雪儿、哥儿、妹儿、车儿、马儿、船儿、桥儿之类，又所在皆是也；如恋爱、牺牲、奋斗、安慰、诅咒、赞美、掠夺、挣扎、批评、抵抗、失恋、落伍、宣传、打破、努力、原谅之类，又所在皆是也；如沉默、恐怖、烦闷、悲惨、黑暗、光明、标致、热烈、淫器、漂亮、彻底、绝对之类，又所在皆是也；如金的、玉的、红的、绿的、黄的、白的、血般的、火般的、弓儿般的、伞儿般的之类，又所在皆是也；如怯怯的，软软的、轻轻的、缓缓的、匆匆的、微微的、黑魆魆的、活泼泼的、懒洋洋的、闷沉沉的、羞答答的、赤条条的、颤颤巍巍的、遮遮掩掩的、呢呢喃喃的、颠颠倒倒的、清清冷冷的、断断续续的之类，又所在皆是也；如啊啊、哈哈、哼哩、哎哟、那末、什么、但是、并且、可惜我、只有你、更添上、何肖说、那不如、还有那、偷回首、最伤心、我待要、你不该、忽地里、到而今、对不住、只落得之类，又所在皆是也。凡此诸词皆新文学家之所惯用，欲为新文学家尤在熟记乎此。执此而与旧文家相较，旧文学家但记得几个文学套语，如蹉跎、身世、寥落、飘零之类，为号为诗人文人，最可憎厌。今新文学家，亦无非记得若干新式套语，而亦称为诗人文人，不亦更可憎厌乎哉！旧式烂套之流弊所至，遂令国中生出许多貌似而非之诗文。新式烂套之流弊所至，不亦生出许多貌似而非之诗文乎哉！悲哉新派，徒知责人之用烂套，而不知自己之躬用烂套也。惟其躬用烂套而不知也，乃无处不显其为烂套。标榜以进身，谩骂以沽名，迎合社会以张势，附会异说以欺心，一人倡之，万人和之。一日行之，十年效之，又无非烂套之作而已。为新派解者，必又曰：凡烂套，皆当去，固无分乎新旧，此乃务去烂套之真意也。应之曰：不然。今人生古人数千载后，今日之文字辞语，莫非古人数千载所遗传。吾人苟不欲用文字辞语则已，苟欲用之，其几何能脱彼烂套？故吾人之意，以为文字辞语之为物，既属天下公有，即无所谓烂套。其运用之为朽腐，为神奇，全视运用者手段之高下，不必务求铲除，但养成吾高明之手段；不必务求取用，但视察其自然之时机。是以吾人之对于所有文字辞语，当任我选择，任我组织，亦可独造，亦可因依。虽因依而必有其特征，虽独造而必合乎习惯。犹之绘事，虽同属丹青水墨，有善绘者为之，则笔笔生动，色色呈露，不嫌丹青之与人同也。故曰：务去烂调套语，又似是而实非也。

其六曰：不用典。以为一受其毒，便不可救也。文学乃缘历史以发生，人不习知历史，则必不能从事文学。夫“典”，事也，所谓典故，古之事也，亦即历史之事也。是以典之定义，凡引证历史中事实，及前人言语入于文者，皆曰典故。苟不能禁人断绝历史知识，则不知禁人不引用古事，即不能禁人不引用典故。吾人学习历史，固非寻求典故。然人情之常，见今之事有合于古之事者，或欲援以讽喻，或以增益美趣，或使人兴乎此而悟乎彼，执其端而知其类，往往引用历史事实、或前人语言以印证之，此典故所为用也。故此问题，非典故之该不该用，乃在典之如何去用。盖言该用，则必有以堆砌割裂为事，而埋没其他者。倘言不应用乎，则必有不知典故为修辞之一端者。故吾人于此，但曰何以用典，而不顾及该与不该，使用而至当且美，固该之至也。用典之要有五：一曰适当，不可移动而之他也。于文，如《李陵答苏武书》："昔萧樊囚系，韩彭菹醢，晁错受戮，周魏见辜。其余佐命立功之士，贾谊亚夫之徒，皆信命世之才，抱将相之具，而受小人之谗，并受祸败之辱。"于诗，如李白《上留田行》："桓山之禽别难苦，欲去回翔不能征。田民仓卒骨肉分，青天白日摧紫荆。交让之木本同形，东枝憔悴西枝荣。无心之物尚如此，参商胡乃寻天兵。孤竹延陵，让国扬名，高风缅邈，颓波激清。尺布之淫，塞耳不能听。"此二段者，各有典故八起，而皆确切不可移易者也。二曰：显豁，不晦涩破碎也。于文，如魏文帝《与吴质书》："昔伯牙绝弦于钟期，仲尼覆醢于子路。痛知音之难遇，伤门人之莫逮。"于诗，如陆游《徒行短歌》："芒鞋有卖百无忧，过尽青山到渡头。更求款段真多事，堪笑当年马少游。"此二段者，前有典故二起，后有典故一起，皆自引而自说明，上下之意，联贯为一，令人可以互知者也。三曰：自然，不着痕迹也。用典之难，以此为最。盖既引之而又化之，毫无做作故也。于文，如汉光武帝《与严子陵书》："古大有为之君，必有不召之臣，朕何敢臣子陵哉！惟此鸿业，若涉春冰，辟之疮痏，须杖而行。若绮里不少高皇，奈何子陵少朕也。箕山颍水之风，非朕之所敢望。"于诗，如黄庭坚《送王郎》："酌君以蒲城桑落之酒，泛君以湘累秋菊之英。赠君以黟川点漆之墨，送君以阳关堕泪之声。酒浇心中之磊块，菊制短世之颓龄。墨以传千古文章之印，歌以写一家兄弟之情。"此二段者，各有典故四起，然读去浑然一片，若不知有典故者也。四曰：普遍，不背僻也。于文，如陶潜教子："汝等虽不同生，当思四海兄弟之义。鲍叔、管仲，分财无猜，归无举，班荆道旧，遂能以败为成，因丧立功。他人尚尔，况同父之人哉。"于诗，如梁元帝《荡妇秋思》："日黯黯而将暮，风骚骚而渡河。妾怨回文之锦，君思出塞之歌，相思相望，路远如何？"此二段者，前有典故三起，后有二起，然皆平易通行，稍读书者，亦无不能解之也。五曰：寄托，不徒逞才也。于文，如嵇康与山涛绝交："夫人之相知，贵识其天性，因而济之。禹不逼伯成子高，全其节也。仲尼不假盖于子夏，护其短也。近诸葛孔明不逼元直以人蜀，华子鱼不强幼安以卿相。此可谓能相终始，真相知者也。"于诗，如庾信《哀江南赋》："日暮途穷，人间何世。将军一去，大树飘零。壮士不还，寒风萧瑟。荆璧睨柱，受连城而见欺；载书横阶，捧珠盘而不定。钟仪君子，入就南冠之囚；季孙行人，留守西河之馆。”此二段者，前者有典故四起，后有典故八起，皆非泛泛引用以为渊博，正以藉此而可见其人品抱负者也。以上言用典故之五要，于每种举一二例者，不过以其于该种性质较为显见，非谓仅有其一，可遗其四，苟欲用典，必皆兼之。故观察人之用典者，惟问其适当与否，显豁与否，自然与否，普遍与否，有寄托与否。倘台乎是，则无论为成语之典，史事之典，引古人作比之典，引古人之语之典，无不可用。倘不合乎是，则又无论为成语，为史事，为引古人作比，为引古人之语，皆不可用，皆不可名之曰典。是以典无广义狭义之称，只有合法与不合法之用。彼僻典之使人不解，刻削古典成语之为不是。用典之失原意，及乱用古之事实者，其不当用，非以其为狭义，正以用之不合法也。兹再举一例，用典之多而且合法者：

> 丘仓海《古别离行送谢颂臣回台湾》（1896年春，广州）：“乍愿君如天上之月，出海复东来。不愿君如东流之水，到海不复回。有情之月无情水，黯然魂消别而已。况复一家判胡越，百年去乡里。关门断雁河绝鲤，万金不得书一纸。噫嘻乎！嗟哉！远游子，春风三月戒行李。留不住，箫上声。拭不灭，玉上名。千尘万劫磨不得，屋梁落月之相思，河梁落日之离情。山中水，出山不复清。海中月，出海还复明。不惜君远别，惜君长决绝，知君来不来，看取重圆月。”

此诗仅十三行，凡用典八起，而无不适当，无不显豁，无不自然，无不普遍，无不深有寄托。倘知丘公之身世者读之，则其滋味以用典而益浓厚。是以典非不可以用，只看各人能不能用。文章修辞之法，固不止白描一端，白描特较合乎初学之便而已。然如白描美善，正如用典之不易易。近自白话文学之言大倡，举国风从之者，咸秉其“有什么话，说什么话，要怎样说，就怎样说”之旨，以为凡有口舌能说话者，皆文学家矣。于是书足以记姓名之辈，皆从事于作品之发表，其不能修辞反对用典，自属情理。旧派文人比较知修辞矣，而或沉溺于典，专惟典之是用，琐碎支离，忘文章结构之要。其结果，辞或不能达意，或能达意而意多歧，其为人所诟病，亦属应得。故吾人之意，不以新派不知用典而竞效之，不以旧派之乱用典而竞弃之。吾人以用典为修辞中之一法，但欲学习典之营用，拓大修辞之功能，不必强用，亦不必拒用也。旧派，受用典之毒者也。新派，受不用典之毒者也。典毒人乎？故曰：不用典之说，又似是而非者也。

其七曰：不讲对仗，以为微细纤巧，真小道耳。嗟呼！微细纤巧，特对仗之末流耳，非对仗之本也。对仗之极，极于骈文律诗。今自骈文律诗盛行之世，上溯对仗初起之时，其问至少有三千年。以一种文体能传之三千年而无流弊者，世故无有，其流于微细纤巧，不足怪也，然不得以是而抹杀之。中国文字本属孤立，惟其孤立，故长短取舍，至能整齐。言乎对仗之用，可谓与文字而俱来者也。民谣，文学之始也。尧时击壤之歌“日出而作，日入而息。凿井而饮，耕田而食”，此对仗也。舜《南风之歌》“南风之薰兮，可以解吾民之愠兮。南风之时兮，可以阜吾民之财兮”，此亦对仗也。宋康王舍人之妻何氏《乌鹊歌》“南山有乌，北山张罗。乌自高飞，罗当奈何？乌鹊双飞，不乐凤凰。妾是庶人，不乐宋王”，此对仗也。楚人所修饰优孟《慷慷歌》“贪吏不可为而可为，廉吏而可为而不可为。贪吏而不可为者，当时有污名。而可为者，子孙以家成。廉吏而可为者，当时有清名。而不可为者，子孙困穷被褐而负薪。贪吏常苦富，廉吏常苦贫”，此又对仗也。五经，后世之文所出，犹耶教圣经，称为书中之书者也。《易》曰“同声相应，同气相求。水流湿，火就燥。云从龙，风从虎。圣人作，万物睹。本乎天者亲上，本乎地者亲下”，此对仗也。“仰则观象于天，俯则观法于地。观鸟兽之文，与地之宜。近取诸身，远取诸物。于是始作八卦，以通神明之德，以类万物之情”，此又对仗也。如此之类，不胜其数也。《书》曰：“直而温，宽而栗。刚而无虐，简而无傲。诗言志，歌永言，声依永，律和声”，此对仗也。“释箕子囚，封比干墓，式商容闾。散鹿台之财，发钜桥之粟”，此对仗也。如此之类，不胜其数也。《礼》曰“忠信以为甲胄，礼义以为干橹。戴仁而行，抱义而处。虽有暴政，不更其所”，此对仗也。“博闻强识而让，敦善行而不怠，谓之君子。君子，不尽人之欢，不竭人之忠”，此又对仗也。如此之类，不胜其数也。《春秋传》曰：“涧溪沼沚之毛，苹蘩蕴藻之菜。筐管锜釜之器，潢污行潦之水。可荐于鬼神，可羞于王公”，此对仗也。“礼失则昏，名失则愆。失志为昏，失所为愆。生不能用，死而诔之，非礼也。称一人，非名也。”此亦对仗也。如此类者，不胜其数也。《诗经》为文学之正宗，其对仗之多，尤不可数。大约有以一句对者：“投我以木桃，报之以琼瑶”是也；有以两句对者：“参差荇菜，左右流之。窈窕淑女，寤寐求之”是也；有在一行之内意皆对仗者：“手如柔荑，肤如凝脂。领如蝤蛴，齿如瓠犀。螓首蛾眉。巧笑倩兮，美目盼兮”是也；有在两行以内之意皆对仗者：“伐木丁丁，鸟鸣嘤嘤。出自幽谷，迁于乔木。嘤其鸣矣，求其友声”，“相彼鸟矣，犹求友声。矧伊人矣，不求友生。神之听之，终和且平”是也。《楚辞》亦文学正宗也。《离骚》二千四百八十七字中，而对仗之字凡百余，占全篇四分之一。其以两句对者，如：“惟草木之零落兮，恐美人之迟暮”，“朝饮木兰之坠露兮，夕餐秋菊之落英”，“制芰荷以为衣兮，集芙蓉以为裳”，“兰芷变而不芳兮，荃蕙化而为茅”等是也。其以两行对者，如“彼尧舜之耿介兮，既遵道而得路。何桀纣之昌披兮，夫惟快捷以窘步”与“众皆竞进以贪婪兮，凭不厌乎求索。羌内恕己以量人兮，各兴心而嫉妒”等是也。若《九歌》中之对仗，其数尤众。《湘君》一首，凡三十八句，对仗占二十六句，自“令沅湘兮无波，使江水兮安流”以下，至“捐余玦兮江中，遗余佩兮澧浦”为止，几于句句皆对仗也。至若《庄子》三十三篇，《史记》三十世家、七十列传，为后世文人最欣赏者，其中对仗之寓，又何可数？八代对仗极盛，自不待言，然即律诗之前，如苏李赠答中：“昔为鸳与鸯，今为参与辰”，“欢娱在今夕，燕婉及良时”，“生当复来归，死当长相思”，“俯观江汉流，仰视浮云翔”等句，无非对仗也。古诗十九首中：“胡马依北风，越鸟巢南枝”，“昔为倡家女，今为荡子妇”，“不惜歌者苦，但伤知音稀”，“晨风怀苦心，蟋蟀伤局促”亦无非仗也。骈以后，多用散行。然即韩柳古文中，“博爱之谓仁，行而宜之之谓义，由是而之焉之谓道，足乎己无待于外之谓德。仁与义为定名，道与德为虚位”，此古文之对仗也。“穷居而野处，升高而远望。坐茂树以终，濯清泉以自洁。采于山，美可茹。钓于水，鲜可食。起居无时，惟适之安。与其有誉于前，孰若无毁于后。与其有乐于身，孰若无忧于心。车服不维，刀锯不加。理乱不知，黜陟不闻”，此又古文之对仗者也。“山之高，云之浮，溪之流，鸟兽鱼之遨游。举熙熙然回巧献技，以效兹邱之下。枕席而卧，则清冷之状与目谋，瀯瀯之声与耳谋。悠悠然而虚者与神谋，渊然而静者与心谋”，此古文之对仗也。“横碧落以中贯，陵太虚而经度。羽觞飞翔，匏竹激起。熙然而歌，婆然而舞，持颐而笑，瞪目而倨”，此又古文中之对仗也。若以下各家，讫桐城湘乡为止，其文中之对仗，亦至不可以数。然此皆文人之文，诗人之诗，或犹不免于微细纤巧之行。项羽，断非微细纤巧之人也，其言曰：“吾起兵至今八岁矣，身七十余战。所当者破，所击者服，未尝败北，遂霸有天下”，非对仗乎！然此或由史公所修饰也。垓下之歌，固非史公所能修饰。汉军围之数重，尤非从事细微纤巧之时，而“力拔山兮气盖世，时不利兮骓不逝”之语，何其对仗之工且稳也。东方朔，非细微纤巧之人也，人主见问，非细微纤巧之时也。“臣朔生亦言，死亦言。侏儒长三尺余，奉一囊粟，钱二百四十。臣朔长九尺余，亦奉一囊，钱二百四十。侏儒饱欲死，臣朔饥欲亡。臣言可用，幸异其礼，不可，罢之”，固应声而成之对仗也。“以周召为丞相，孔丘为御史大夫，太公为将军，毕公高拾遗于后，弁严子为卫尉，皋陶为大理，后稷为司农，伊尹为少府，子贡使外国，颜闵为博士，子夏为太常，益为右扶风，季路为执金吾，契为鸿胪，逢为宗正，伯夷为京兆，管仲为冯翊，鲁般为将作，仲山甫为光禄，申伯为太仆，延陵季子为水衡，百里奚为典属国，柳下惠为大长秋，史鱼为司直，蘧伯玉为太傅，孔父为詹事，孙叔敖为诸侯相，子产为郡守，宋万为式道侯。”每句上用人名，下用官职，亦对仗也。他如曹操：“山不厌高，海不厌深”，“秋风萧瑟，洪波涌起”，“铠甲生虮虱，万姓以死亡”，“神龙藏深泉，猛兽步高冈”之诗。诸葛亮：“若跨有荆益，保其险阻。西和诸戎，南抚夷越。外结好孙权，内修政理。天下有变，则命一上将，将荆州之军，以向宛洛。将军率益州之众，以出秦川”，“苟全性命于乱世，不求闻达于诸侯”，“受任于败军之际，奉命于危难之间”，“南方已定，兵甲已足。当奖帅三军，北定中原，庶竭驽钝，攘除奸凶。兴复汉室，还于旧都”。皆非微细纤巧之人，亦非细微纤巧之事，而亦对仗不休者，何也？其与文学无甚关系者，如语录，新派所引为同调者也。“独行不愧影，独寝不愧衾”，“自有此宇宙，即有此江山，而无此佳客”，“语默犹昼夜，昼夜犹生死，生死犹古今”，“道一而已，仁者见仁，智者见智，释氏所以为释，老氏所以为老，百姓之所以日用而不知，皆是道也”，无处不利用对仗者也。佛书，亦新派所号为白话者也：“三界唯心，万法唯识”，“我已知苦，已断集，已证灭，已修道”，“爱喜生忧，爱喜生畏，无所爱喜，何忧何畏！好乐生忧，好乐生畏，无所好乐，何忧何畏！贪欲生忧，贪欲生畏，无所贪欲，何忧何畏！鹿归于野，鸟归虚空。义归分别，真人归涅槃”，又无处不利用对仗者也。新派又谓今日而言文学改良，当先立乎其大者。所谓大者，《水浒》《红楼》是也。不知《水浒》《红楼》之能为大，正由利用对仗。自二书之宗旨言之，《水浒》，一治一乱之对仗也；《红楼》，一真一假之对仗也。自人物言之，譬如有高俅之滥职，即有王进之去位；有宋江之阴柔，即有李逵之真率，此对仗也。有宝钗之徇情，即有黛玉之任性；有袭人之藏奸，即有晴雯之吃苦，此亦对仗也。自谋篇言之，《水浒》自二十一回以前，写生民本不好乱，而在上者实逼使之。三十五回以后，写生民之已动乱，而在上者又促成之，此对仗也。《红楼》二十四回以前，极盛而似真矣，实则衰兆已伏，无非作假；五十六回之际，又盛而似真矣，从此形势益衰，而益多假，此又对仗也。自造句言之，《水浒》中人，多属卤莽，其文固不似《红楼》之香艳，其骈丽之句，自不如《红楼》之富。然如“晁盖哥哥，便做大宋皇帝。宋江哥哥，便做小宋皇帝，吴先生做个丞相，公孙道士便做个国师，我们都做将军，杀去东京，夺了鸟位”，“一百八人，人无同面，面面峥嵘。一百八人，人各一心，心心皎洁，乐必同乐，忧必同忧。生必同生，死必同死”，其类仍不胜数。《红楼》对仗之句，吾所深爱者，如“天地人生，除大仁大恶者，皆无大异。若大仁者，则应运而生。大恶者，则应劫而生。运生，世乱。劫生，世危。尧舜、文武、周公、孔孟、董韩、周程朱张，皆应运而生者。蚩尤、共工、桀纣、始皇、王莽、曹操、桓温、安禄山、秦桧等，皆应劫运而生者。大仁者，修治天下。大恶者，扰乱天下。清明灵秀，天地之正气，仁者之所秉也；残忍乖僻，天地之邪气，恶者之所秉也”，“贵族女子，都是从情天孽海而来，大凡古今女子，那淫字固不可犯，只这情字也是沾染不得的。所以崔莺苏小，无非仙子尘心。宋玉相如，大是文人口孽”，亦无非利用对仗，以宣其言也。新派倘欲奉《水浒》《红楼》为圣经，而学其艺术，必用心探讨其宗旨、人物、谋篇、造句之皆为对仗，而亦效为对仗，乃有得也。然此皆古人所作，古人固不知今日之有新文学也。试又一览新派之作品中，果无对仗也耶？果能立乎其大者也耶？新诗最早之某集者，如“作客情怀，别离滋味”，非犹对仗者乎！“头也不回，汗也不揩”，非犹对仗乎！“头发偶有一茎白，年纪反觉十岁轻”，非犹对仗乎！“辛苦的工人，在树下乘凉，聪明的小鸟，在树上唱歌”，“树椿扯破了我的衫袖，荆棘刺伤了我的双手”，诸如此类，非犹对仗乎！嗟呼！反对对仗之用者，前有古文，后有白话。反对愈多，而对仗之用愈广。苟无对仗，不但文之不美，亦且意之不达。故自圣经贤传，诸子百家，下逮小说白活，旁及语录、佛书，无英雄儿女、君子庸人，但欲作文，但欲达意，必求利用对仗。彼骈文律诗，不过对仗中之一体，何可以是区区而抹之也。故曰：不讲对仗，又似是而实非也。

其八曰：不避俗语俗字也。夫文字表现之道有二：曰视其人而为用，曰视其事而为体。由前之说，则不避俗语俗字之意，殊为模棱不定。夫所谓俗者，通俗之俗耶，鄙俗之俗耶？若为通俗之俗，则社会上日用之文字，固亦文学中所用之文字。吾国现有之字，不下五万。社会上日用之字，如新闻杂志所载者，不及五分之一。而文学中所常用者，亦不过一万。是文学用字，已甚通俗也。若谓为鄙俗之俗，除小说戏曲中极少之例外，不但一般文学中不当用鄙俗之字，即吾人言语，何尝肯有鄙俗之话？然则所谓俗者何所指也？由后之说，则在官言官，在市言市，各有章法，各有口吻，推其言之得体，又无所谓避不避俗。譬如李商隐诗“无端嫁得金龟婿，辜负香衾事早朝”，与《红楼梦》“女儿悲，嫁个男人是乌龟”较之，前二句固甚美，后二句亦不恶，各能得体，而肖其人之口吻故也。意者，新派之所谓不避俗语字，即当采用白话之意，不知白话之字，亦文言之字。“天地玄黄，宇宙洪荒”，“赵钱孙李，周吴郑王”，亦白话也，亦文言也。可知无论何字何语，皆有两用，善白话者用之，便为白话，善文言者用之，便为文言。夫文字本身且无白话文言之分别，更安有俗话俗字之避不避也？俗语俗字犹且不避，文言文句乃可避乎！然窥新派真意所辩，似不在此，新派固常谓口里能说出，笔下能写出者，便为文章。其不避俗语俗字之真意，殆可糊乱写去，不必顾忌者耳。不知文章根本条件，在能达意。不避俗语俗字，无非以助其能尽量达意而已。然即求达意，岂为易事？中小学生，人人说话皆能达意，不能人人为文皆能通畅者，何故？思想无条理也。思想无条理，故为文无条理，以致不通畅也。然其说话而能达意者，何故？则说话虽杂乱拖沓，尽可重复颠倒以补足其意也。文章与言语虽为一道，而实异体。以思想传达于笔端，究比传达于口头者为难。言不必有秩序，文必有秩序也；言不必选择，文必选择也；言不必尚经济，文必要经济也；言不必用腔调，文必要腔调也。今若杂乱拖沓其词，重复颠倒其意，则其文之不达必矣。是又可知为文而欲通畅，必先训练思想。思想既有条理，而后达意可望。然则为文根本之图，在思想之训练，又不在乎俗语俗字之避不避。使思想而无条理，虽专用俗语俗字极无当也。再则能达意矣，而平铺直叙，犹未足以为文，文有以不达为达，而更佳于达者也。“万恶淫为首”，达意矣。而《凯风》之诗“棘心夭夭，母氏劬劳”，“有子七人，莫慰母心”，是不以明达而以暗达为善者也。“女以男为家”，达意矣。而《虬髯客传》“丝萝非独生，愿记乔木”，是又不以直达，而以曲达见长也。如是者，则赖修辞。既言修辞，则文中一语一字之取舍，必以修辞之理衡之，又非可强定条例，谓俗语俗字之避不避也。新派乃附会其词，以文言比作欧洲古代之拉丁文，以白话比于各邦现代之文字，不知自欧洲各邦以视拉丁本属外国文字，各邦之人各自用其文字著书，实为义之至当。若我国之文字，则吾先民之所创造，非自他邦侵入者也，有四千余年之生命，将自今而益发展，非所语于陈死者也。汉代以前之为文者，五百九十余家，一万三千余卷。唐代以内之为诗者，二千二百余人，四万八千余首。未闻有不能表现意思，束缚感情之处，更非所谓不能通行者也。此自满、蒙、回、藏、日本、安南之人言之,以为汉文乃异族文字,不必取用,而当用其满、蒙、回、藏、日本、安南自创之文字,犹为持之有故。今新派中人,固汉人也,乃于汉文初欲废之,废之不成,又复咒之为死,而号其所主张者为活,无事自扰,一何可笑。新派又以白话文学在古代之不得为文学正宗,乃唐宋八家一流之妖魔所厄,因假借西洋文人,如易卜生、萧伯讷(今译萧伯纳)、莫泊三(今译莫泊桑)、王尔德、虞哥(今译雨果)、左喇(今译左拉)等等小说家、戏剧家,以为之比。夫唐宋八家之所能者,散文一体而已,非万能也。今乃以不相干之事,附会以压倒之。然则吾谓荷马之不知《史记》,但丁之不识《离骚》,莎士比亚之不解《桃花扇》,弥尔顿之不能作《秦州杂诗》,可乎?否也。中国文学之大患,患乎从事文学之人多半未识文学之本体,未明文学之真谛,而不患乎文学之工具。旧派鲜知其故,故以文学为消遣之品,为应酬之物。新派鲜知其故,故以文学为实用之伦,为发明之事,是以文学崩败而不可收拾。后之来者,固非咬文嚼字之俦可以建设,亦非同流合污之人可以光大;固非提倡细谨之道德可育成功,亦非扩张浮滑之感情可有实效。其必也,真知灼见,识得文学果为何物,而本其孤苦之生活以锻炼之,健全之思想以涵养之,自由之手腕以表现之,平正之途径以归纳之,置成败得失之意而一概抛弃不顾之。必如是者,其可以从事新文学矣。然非区区之白话所能济也,故曰:不避俗语俗字,又似是而非也。

呜呼!今世之所谓革命者,皆不彻底之手段也。新派之所谓几不主义者,其似是而非如此,而亦号曰革命,何不彻底之甚也。曰:然则吾人亦有主义否乎?曰:吾人固无所谓主义者也。虽无主义,而有态度,然则吾人之态度何谓?

一曰:从事文学,乃终身之事,非可以定期毕业者也。吾人长愿以此嗜好文学之热忱,学习于古人,学习于今人,学习于世界,学习于冥冥,而永远为此小学生之态度。

二曰:文学之美,非一家一派可尽有也,美不可以尽有,则各家各派皆必有所短也。吾人但愿取其长而去其短,以为我之辅导,而有容受一切之态度。

三曰:人伦之可贵,以其互助而乐生也。文学之演进,以前人后人之相续也。吾人之智,前人之赐也,前人之志,吾人之事也,前人之不逮,正赖后人以补之救之也,何忍诟骂之也!吾人故有崇本守先之态度。

四曰:文学非政党也,异己者虽多,理之所当然也。道并行而不相悖,可以严辨之,不可以排挤之也。人之有善,若己有之,当思所以齐也。人之不善,亦若己有之，当思所以改也。

惟其异己者多，益见文学之博大无方也，吾人故抱人我并存之态度。

五曰：文学之败乱，今日而极矣。复古固为无用，欧化亦属徒劳，不有创新，终难继起。然而创新之道乃在复古欧化之外，此其所以愈难矣。虽然，愈难愈当致力，但能致力可也。成功者易，崩坏者速，吾人故有不求成功之态度。

六曰：吾人虽不排挤他人，而不能禁人之不排挤我也。吾人虽不谩骂他人，而不能禁人之不谩骂我也。处兹排挤成习，漫骂成性之世，吾人主张，必归失败。明知其必失败，而竟为之，此心未死故也，吾人故有不怕失败之态度。

七曰：所贵于文学者，非仅学为文章而已，学以养性情，学以变气质，学以安身立命，学以化民成俗者也。文言也，言心身也，心身之主也，是以文之所言，心之所思，身之所行者，必归一致，不必徒小技耳。故吾人愿有因文以进德，因德以修文之态度。

八曰：吾人今日之言，今日所以为是者也，明日回顾，或又以为非也。尽管为今之是，尽管为后之非，思想不患矛盾，只不可以不知为已知，吾人思想之不高明，知识有限故也。知识有限，心则无欺，是非虽常易，此心终未易也，吾人是以永有改进向上之态度。

一言以蔽之，“不嫉恶而泥古，惟择善以日新”，此吾人对于文学态度之说明也。

三论吾人眼中之新旧文学观*

（预录《湘君》季刊）

吴芳吉

或谓文学亦天演之事，是非取舍，悉当任其自然，岂在哓哓之争辩为欢。虽然予岂好辩，物不平则鸣而已。夫击天下之治乱，苍生之安危，非万不获已，不可妄动者，名位与学术是也。妄动名位，虽足以流血破产，其害犹在一时。妄动学术，则丧人心而败风俗，其害乃在后世。尤可伤感者，凡学术为人所妄动之际，必假借革新以为号召。高明之人，于其所谓新者，则已先识其真。狡黠之人，于其所谓新者，则取以济其讹。故新之为害，不足以害高明之人，以其洞见之也，不足以害狡黠之人，反足利用之也。所深蒙其害者，吾等乡里中人，与青年男女之少经世故者也。此其人数之众，万倍新派。若乃任其自然付诸天演，迷路愈深，而犹不知救，则其害人之数，宁可计量。然则吾人之一论再论，又岂得已。

一

新派议论之动人者，莫过于其八不主义。吾人既条例而辟之矣，然新派陷溺之故，尚不在于是也。八不主义特新派论文之规条耳。论文之规条固不止于此数，历览新派巨子所为文章，或乃于八事之外，多立名目。或乃全与八事

---

* 辑自《学衡》1924年7月第31期。

者背驰，而适如其所反对，是以八不主义虽轰然一时，不转瞬即自摧毁。且所摧毁之者，不在新派之敌，而即其自身，不可谓非新派之进步也。然新派能自破其八不主义，终不能憬然大悟，返乎文学之本体，识乎文学之真谛者，何哉？则其一念之差所误故耳。新派之常谈曰："文学者随时代而变迁者也，故周秦有周秦之文学，汉魏有汉魏之文学，唐宋元明有唐宋元明之文学。"又曰："古人已造古人之文学，今人当造今人之文学也。"又曰："古文家不明文学之趋势，而强欲作一二千年以上之文。不知班马之文，已非古文，韩柳之文，则已革命。"又曰："生乎今之世，反古之道，灾必逮乎其身，文学亦犹是也。"积是之故，以成新派文学之原理，以其原理所生，由于观察往事，因名之曰历史的文学观念，历史的文学观念既生，于是新派之陷溺以始。

新派之陷溺由此始者，盖只知有历史的观念，而不知有艺术之道理也。夫文无一定之法，而有一定之美，过与不及，皆无当也。此其中道，名曰文心。文心之作用，如轮有轴。轮行则轴与俱远，然轴之所在，终不易也。如称有锤，称有轻重，则锤与俱移，所止不同，然终持其平也。古今之作者千万人，其文章之价值各异，所以衡优劣，定高下者，以有文心故也。朝代不同，好恶常变，所以别精粗、较长短者，以有文心故也。温柔敦厚，文心也。失乎此，不足以为文也。修辞立其诚，吉人之辞寡，文心也。不寡不诚，不足以为文也。出辞气，斯远鄙倍，文心也。鄙倍，则不文也。不以文害辞，不以辞害志，辞达而已，亦文心也。不达且害，不足以为文也。此上古之论文心，就内美言之者也。考殿最于锱铢，定去留于毫芒，离之则双美，合之则两伤，此文心也。宅情曰章，位情曰句，章有可削，足见其疏，字不得减，乃知其密，此又文心也。无难易，惟其是，仁义之言蔼如，惟陈言之务去，此文心也。行云流水，初无定质，行于其所当行，止于不可不止，此又文心也。此后世之言文心，而就外美言之者也。盖文心者，集古今作家经验之正法，以筑成悠达之坦途，还供学者之行经者也。故作品虽多，文心则一，时代虽迁，文心不改。欲定作品之生灭，惟在文心之得丧，不以时代论也。时代之最治者，莫如唐虞，而击壤卿云之歌，未足为伟大也。其最乱者，莫若六朝，而蓬莱文章，谁如小谢之清发耶？其名议之至顺者，尤莫过今之民国。然岂以民国之故，谓今之文学已大成耶？是以新派所谓周秦有周秦之文学者，非以其为周秦之时代也，乃周秦人之作品，有能合乎文心之妙者耳。谓唐宋有唐宋之文学者，亦非以其为唐宋之时代也，乃唐宋人之作品，有能入乎文心之深处耳。诚能入乎文心之深，合乎文心之妙，则其作品可永自树立。后人以其生于某时某代，而瞎然谓为某时代之文学，此本庸妄之见，非识者之言也。夫文周孔孟，班马左庄，韩柳欧曾，李杜苏黄之流，虽亘万世不易，可以时代而拘囿之哉？然则吾人生今之世，犹取百千年前之作，奉之为楷模者，非欲再起周发秦政刘邦李渊为君，以便奏议封策，奉和上书也。其间作者，有可资取，以助吾人初学故也。其作品之文心，历久不改，又必温故而后有新故也。新派乃误于历史观念而抹杀之，谓古人有古人之文学，今人当有今人之文学。由是说往，是吾人所为文章之故，乃在故与古人反对立异而已。此乡间儿女动好夸大自私，而与人则好争闲气之类也。

虽然，文心为物，非必神圣不可易也。左氏之文缓，司马之文洁，缓是也，洁亦是也。庾信之诗丽，杜甫之诗拙，丽是也，拙亦是也。此因人而易其文心者也。秦以前之文主骨，骨者理也。汉以后之文主气，气者情也。主骨者非全无气，敛气于骨，故不可以文论也。主气者未尝无骨，敛骨于气，故薄物小篇亦奇诡也。此因时而易其文心者也。五胡乱后，江左宫商发越，贵于清绮；河朔词义贞刚，重乎气质。此因地而易其文心者也。卢陵涑水，于史也善善恶恶，足以懋稽古之盛德，文律谨严至矣。其为词也，则画眉深浅，有情无情，何其柔靡之可哂耶？此因用而易其文心者也。是故文心之易，以人以时以地以用，未尝为执一也。未尝为执一者，非同乎新派历史观念之谓也。帆随湘转，望衡九面，所以横看成岭侧成峰者，非由之有变也。山势崇远，不可一览而穷，人目之所及者，终乎一隅而已。文心奥妙，不可一语而穷。人力之所及者，终乎一端而已。是故文心虽以人、以时、以地、以用而异，亦必合其以人、以时、以地、以用之异而并观之，庶几可得文心之仿佛也。惟文心之不易也，故永世可以会通，惟文心之至易也，故因宜而就其方便，信如新派之说“一代有一代之文学”，则后代之所以异于前代者，又非历史观念之异，而亦文心之异也。夫论文者，惟本文学之眼光，就文学之道理言之可也。文学多鸟兽草木之名，然而非博物也。多月露风云之词，然而非数象也。多喜怒哀乐之情，然而非伦理也。多比物附类之法，然而非统计也。今有人假借博物数象伦理统计之观念以论文学，必谓之为不通。然则以历史之观念论文学者，何以异于是乎？

且文犹人也，人患乎不能为一良善之人，不患乎不为时髦之人也。文患乎不能为优美之文，不患乎不为现代之文也。既处现代之社会，习现代之风俗，感现代之政治，怵现代之人心。此稍有感觉者所不能自外，而谓富于性情之文学者流，独自外于此耶？为文必有材料，材料恒取于其生活之中，则材料固现代也。为文必有思想，思想必源于其时地，则思想亦现代也。为文必有格律，格律为传达其人情意之具，则格律亦现代也，何用新派之过虑乎？况合乎现代与否，殊无关于轻重也。李长吉之乐府，侯朝宗之古文，皆于举世罕为之日，而独倡之，何用同流俗也。夫为下里巴人之歌，则和者盈千，为阳春白雪之词，则应者可数。如此经国大业，不朽盛事，虽当时无人解之，不以为寡也。俟百世而得其人，不以为久也。何现代之足重耶？然如旧派为文，有故意与现代违反者，则又非也。迎合现代者谓之佞，故反现代者谓之奸。不佞不奸，王道无偏，视于应尔，出乎自然。是以言不必逐乎众口，而要其易违；意不必谄乎人心，而贵其持平；证不必夸乎群书，而取其恰切；调不必致乎逸乡，而辨乎清明。若乃出言不解，立意不经，引证不当，排调不匀，虽无关于现代，实有害于文心。此扬雄、苏绰、樊绍述、李梦阳辈，所以成就小也。尝观今之好为时代论者有二：曰商贾式之著作也。卖文求利，固商贾也。假文沽誉，亦商贾之行也。鼓吹有广告之术，逢迎有投机之事。今之文人不倾于利与誉者甚少，其倾于利与誉也，而不为广告之术、投机之事者，几何？则其必求合于现代宜矣。曰儿童化之艺术也。村谚山谣，述眼前之景，狐精猴怪，喻切己之情。儿童知识，固非现代不能解也。今多数文学家者，涉世未深，见理犹浅，是非未尝参观，文字未尝琢砺，以炫于天才之说，急于创造，忙于刊行，实乃幼稚无异儿童。儿童所能解者现代，则其必求合于现代宜矣。故自新文学倡，孤寒之士每以版权润息，得美其衣履，而儿童文艺刊物，及供给小学生观览者，亦较他种出版为称繁富。良以老成之言，力有未逮，匡时之论，势恐多乖，自不得不出此二途。是又文学现代之论所以嚣然于世之故也。然于中国文学，果何有哉？

二

新派由其历史观念而益自致于陷溺者，则其科学之误解焉，有政党之附会焉。所以滋此纠纷者，要其一念之差故也。

（一）所谓科学的误解者何也。新派以历史为进化之事，文学原理既根据于历史观念，则文学亦有进化，此新派人人所主张者也。自文学之大体观之，文自二典之后而有群经，群经之后而有诸子，诸子之后而有两京，两京之后而有六朝，有八家，似进化矣。《诗》自三百篇后而有《楚辞》，《楚辞》之后而有乐府，有古诗。乐府古诗之后，而有近体，而有词有曲，似亦进化矣。然文之奇者，文过于周秦。诗之雅者，莫高于唐宋。周秦以后未尝无文，要皆祖述于彼也。唐宋以后未尝无诗，要当取则于此也。果有进化，胡为至是而称极耶？又自个人观之，文如屈子卜居，东方客难，扬雄拟为解嘲，崔骃拟为达旨，班固拟为宾戏，张衡拟为应间，愈下愈劣，至不可读。诗如苏李赠答，枚乘讬兴，阮籍效为咏怀，陆机效为拟古，江淹效为杂体，子昂效为感遇，辗转相师，了无新气，似进化之说，未可必也。以是而又有文学退化之说，谓后世之文，如自高降下，每代不如。故科学贵于日新，文学宜于复古，此旧派中人所常谈也。然文学果为退化，则今日所从事者但有歌谣已足，胡为后世之文密于战国，战国之文美于二代者耶？韩愈进学一解，跨卜居客难而上之；李白大雅之词，较苏李枚乘而无愧。古今文士赢于一时，而输于千载者，盖不可以计矣。况复古不必有成，成亦必其无益。李杜已往之诗，韩柳已往之文，纵使依样复生，何足济于此世。人贵自立，岂在依附古人为欤？是退化之说，又未可为信也。诗之始也，无格调之异也。两汉以后而古风行，齐梁以后而近体作。古风擅乎自然，而失之平易。近体擅乎工整，而失之雕刻。孰为进化也欤？孰为退化也欤？文之初也，无体制之异也。至六朝而骈文倡，至中唐而古文盛，骈文之美丽以则，而其弊也淫俗。古文之美质以朴，而其弊也率浅。是又文之进化也欤？退化也欤？诗有近体，便有声律；文有散行，自生义法，此又不得不谓之进也。然死守声律，则机械不灵；拘执义法，则空疏无当，致流为后世索漠寡趣之文运，是又不得不谓之退矣。短篇小说，较章回之体为有剪裁，进矣。而今穷滥不可收拾，退也。白话诗歌，较律绝之严，为多自由，进矣。而今粗恶不由正道，退也。今之报纸文章，意无不达，以视昔之策论，进矣。而艺术不修，言多益少，退也。今之研求文章者，动引汉学家治经之法，分析综合，真伪无遗，进矣。而支离琐碎，不得体要，退也。是又孰真进耶？孰真退耶？孰可以进化论耶？孰可以退化定耶？有进有退，无进无退，旋进旋退，即进即退，进退相寻，终不可息。则吾果安归耶？然文学之推衍，不如是也。文学固非进化，亦非退化。文学乃由古今相孳乳而成也。古今相孳乳而成者，古今作家相生以成之谓也。如文之生字，字不离文，不得以九千之字，谓为五百余文之进化也。如父之生子，子实依父，然父不必贤于其子，子不必有不肖于其父也。文学亦然，古人不必胜于今人，今人不必未及古人。后生可畏，然欲驾五经四史而上之，吾未敢遽信也。去日苦多，然欲得施曹小说，孔洪传奇而例之，吾未之能见也。盖文学之美，固有文心臻此文心，犹到其一定之程度。既到此程度，则非他人所能摇易。状如赛跑夺标，或得之，或失之，或偶得偶失，或不失不得。苟既得矣，则终属他人而已。他人羡之，不可假也。故韩文杜诗，屈骚马史，陶情庄寓，苏赋辛词，凡在文学史上有所贡献者，皆到此程度。夺得锦标之徒也，他人拟之不肖，撼之不倒，追之不及，僭之不容，矫然特立，亘古长在。虽令其人复起，或将为之搁笔，惟其然也。后世文章虽繁，而于古代佳作，不稍减其价值。岂如物质进化之程，后者当时，则前者无用，后者文明，则前者为野蛮耶？故有志文学之士，在能操练实力，起与古今竞赛，不在周知历年竞赛之分数。彼为文学进化之论者，犹仅知历年竞赛之分数，以为后来势必居上，便谓可操胜算者也。

新派既真以文学为有进化，必思有以促进之者，于是而有所谓整理者焉。抄写类书，记诵目录，列布于报端，矜贵其渊博者是也。任自揣测，妄为比附。以诗人重事实，骚人贵想象，以陶潜如托尔斯泰，杜甫如弥儿顿者，又是也。有所谓考据者焉，溯屈原之有无，以《天问》之章出于汉代，探《红楼》之轨范，以《桃花》一咏，肇自唐人者，是也。以《楚辞》多香草，则大夫之嗅觉必灵，以浣溪美风光，则工部之视官傥异者，又是也。有所谓文法者焉，以孤臣危涕、孽子坠心之句为不通，而不知为双字分用者，是也。以直用西洋语法入中文，梦想其一经欧化，则文学倍光大者，又是也。更有所谓效率者焉，以文章必归实用，中国文章徒尚装饰，无关于现世问题者，是也。以人事日繁，作文当求时间经济，故须轻快从事，庶足博人观览者，又是也。夫文章佳构，自在天地之间，并未破碎，安用整理？论文贵得其妙，详察苛解，障碍愈深，安用考据？文能生法，法不囿文，独来独往，安用文法？文以明理，文以抒情，不为苟传，不奔时好，安用效率？然新派其终以进化之说为至当不易乎。盖惟倡言进化，乃可妄谓后世之文，必胜于前。谓后世之文必胜于前，乃可判断旧者皆为陈死，知旧者皆为陈死，乃可大张文学革新之议，而后新派始有立定脚跟之处。故曰：新派必终以进化之说为至当不易乎。

（二）所谓政党的附会者抑又何也。曰此固不惟新派是咎，亦时会驱之然也。吾人之于政治，不惜满清乱政之不廓清，而叹共和国民之无教养；于文学也，不惜旧派积弊之不举，发而叹新派事前之未训练。今之武人，多为推倒满清之元勋，以素无教养之人，使执杀人之柄，其致乱也，不足责矣。今之青年，多为附和新派之信徒，以素无训练之功，而使持革新之论，其可危也，在意中矣。新派诚欲为振兴文学之大业，当先为长期之训练。训练之道，在使中等程度之人，凡惟嗜文学者，皆须熟诵模范之文章，参证宏通之原理，以发为严谨之制作。俟其笔路既清，有意能达，又略知自古名家之身世，作品各派之步趋，雅俗之分辨，临文之甘苦者，基础既安，栋宇可构，而后言新有可新之资，言旧有可旧之道，倡者不落武断，信者不蹈盲从，其或可以无大弊矣。乃自数年以来，吾人博观于新派所教导人者，邈不在此。盖新派惟教人以反对文言，未尝语人以先求文言之实；教人以抛除声韵，未尝使人先穷声韵之理。彼初学者，固未尝知文言声韵之为何物，势惟随声附和，以为不如此者，不合时宜而已。新派尝自夸谓："若不能做白话文字，则不配反对白话文学。"今为转一语曰：若不知精习旧文学者，安足反对旧文学哉？天下之理，愚人见其一面，常人见其两面，高明之人见其多面。夫能以文学之本体示人，使人知文学真谛所在，超然新旧之外，而新旧之说，要不外于是者，此高明之人之教也。兼新旧以教人，使人知新有不得不新，旧有无所谓旧，辞受取舍，任人自择，但得一端，足以自立者，此犹不失为常人之教也。旧者惟旧，不复知新，新者惟新，悍然拒旧，其极也。旧者不蔽于新，而即旧者蔽之，新者不因旧致蔽，亦即新者自蔽之，此则愚人之教也。乃复惟是宣传，惟是破坏，惟是运动，惟是攻击，既支离而失旨，欲尝试以成功，举措乖张，盖可知矣。文章本千古事，吾人要当挈其悠久光大之文学以照临于世界。然所贵缵续，不贵侥幸；功不必自我以成，效不必克期以待；百年不为晚，九死不为劳，是乃本文学之旨，以立文学之方，而非附会政党之行径者也。

新派既附会政党之行，故其手段可得言者，自正面察之，则迎合社会心理，最为利器。社会中人之最易摇移者，莫如妇女、工人、学子、流氓。故自新文学倡，其阒然和者，惟此为众。自其反面言之，则避强摧弱，又最易动人耳目。故其所痛骂而深恨者，惟遗老、惟学究、惟乡曲之腐儒、惟半通之文士，以其位卑言轻，胆小易慑，或时代既过，不复可尊是也。至其态度可得言者，一语兼之，骄己与媚外是也。何来骄己，则源于进化之说；何来媚外，则源于西洋言文合一之说。西人固不易知我文学，偶有知一二者，妄谓中国文字过于艰涩空洞，以出诸外人之口，则靡然从风。亦曰艰涩空洞云云，而国人之昧昧者，偶见他人有自传之体，有主客之体，有抒情诗，有独幕剧，有短篇小说，遂惊为吾国所不曾梦到。幸也，陶潜李白之诗，渐有重译至异域者。西人见之，亦知中国诗歌尚有佳境，从而稍稍誉之。而《诗经》《楚辞》，皆纪元前三五世纪之作，以视希腊，则稍后于荷马；以较拉丁，则早出于桓吉尔（今译维吉尔）；以例盎格鲁萨克逊，则吾已逍遥其鸿蒙未癖之际。是以西人之誉吾诗歌者众，故诗歌之为新派唾骂者少矣。骈文音节铿锵，匪可意译。古文笔法严密，匪可易以工具，且诗可直觉，文必理解。西人而欲通吾文者，自此诗歌尤难，于是而"桐城妖孽"、"文选谬种"之罪案定矣。《红楼》《水浒》，新派视为第一流书，然一言及西洋小说，则曰："便有些比不上。"曰："总嫌不大干净。"是则骄己之心，尚不如媚外之心深矣。至其形势可得言者一人力弱，则利用群众，有异己者，则必为众不容，人惮群众之势，乃莫敢为戎首。于是颁布标点，形诸通令，定用白话，宣之部章。新字可以私生，国音强由票决，价值成于标榜，艺术毁乎攻讦。至其影响可得言者，新派既教人以舍旧取新，然不能禁人之不獵乎旧也。物极则反衍，情溢则逆流，已知旧者则助其重思，未知旧者则速其好奇。相形则贵贱易别，细审则得失益彰。一旦知新旧之不可相无，则新派影响减其半矣。知新之所生，乃由于旧，则新派之影响又减其半矣。知新之所新者，而旧者固先有之，则新派影响直若无矣。此其趋势，不必久待而已见端，盖至所谓五四运动者而极。至所谓读书运动者而转，今则愈转愈下，非复数年前势矣。所以转变如此速者，要由误于政党行为致之，且吾既附会政党行为，人之反对我者，亦必以此相应。故自新派言论渐为世所厌闻，旧派中人，乃如陈草蓐滋，蓬勃四起。举国少年，既荒于逸豫，又久不问学，转使鄙儒儇士，仅知古书音义者，顿成希世之宝。国内若干学校，因有不阅白话文卷者，有招考出题，故为晦涩，以挟制人者。杂志报章，亦有因社会心理之转移，不惜以穷凶极恶之词，加诸新派首领者。此于文学皆非佳兆，盖其所持者报复之态度，所趋者倾轧之意向，循是以往，将见门户之虚争无已，正法之隐晦不明。推源祸始，不能谓非新派操之过甚，相激成之。夫言文，犹行德也。其身不正，虽令不行。新派不本于文学温柔敦厚之德，为来者作榜样，为往者振纲维，徒效政党之行，图小成而忘大用，鄙远效而骛近功，用手段而废坦途，薄潜修而崇势利，其欲不为文学之萃渊薮逋逃主也，安可得哉？

三

新派既误于历史观念以至于此，则历史观念又误于谁耶？历史观念，新派思想之总和也。造成此观念者，有其各个之小观念在。曰误以偶然作当然也。渔洋秋柳，本非绝艺，草堂诸将，未免腐心，一失之刻画不灵，一失之粗疏无当，然二子之作，不皆如是，古今之作，更不皆如是也。乃以律诗之弊皆不免此，因谓律诗直不当作，误矣。今人之作，未尝经人论定，原不足以为证也，乃寻章摘句，假为口实，如所举某君人蜀之诗，某公旅美之词，某老迻译之小说，便谓今人之作，无不类此，此又误矣。曰误以一时作永久也。帝王之思，臣妾之辞，今后所断无也。新派之指斥其异己者，往往以此罪之，以为一作文言，一读旧简，则不免乎此误矣。八股之文，试贴之诗，本文学之旁门也。自历史观之，特数千年中一污痕耳，非必终古然也。新派不惜奋力以防制之，此又误矣。曰误以旁观作义务也。文学果以人生为究竟耶？果以艺术为究竟耶？此在吾国，不值计较者也。而必强为比附，谓周秦说理之文为古典主义，谓六朝唐宋抒情之文为浪漫主义，谓元明杂剧小说纪事之文为实写主义，误矣。而谓中国今日犹在古典时代，必得再经浪漫实写二主义之过程，凡他人所经历者，我必尽取而经历之，始可与西洋文学并驾者，此又误矣。无论中西文学之源流不同，势无所谓并驾，纵使效之甚似，果何益于我也。曰误以成见作定例也，如谓陆放翁作白话诗，柳耆卿有白话词，朱晦庵写白话信，施耐庵、吴敬梓作白话小说，以为古人固作白话，不自今日为始，误矣。又摭拾曾文正言，以为古文万事都宜，不宜说理。如曾氏者，且作是语，益知古文之当废弃。此又误矣。盖不揆于文学之真义，不推求古人之用心，徒以成见断物故也。庄生谓因其所然而然之，则万物莫不然；因其所非而非之，则万物莫不非。新派因其所为白话而白话之，则古今莫不白话；然则因吾所为文言而文言之，即新派所作，且不免于文言矣。故有倡言文学革命，谓昔之文学为贵族文学者，盖由自甘为贱人也。谓昔之文学为古典文学者，盖由自视为时髦也。谓昔之文学为山林文学者，盖由自贬为市侩也。自拟自招、自怪自惊、自幻自形、自扰自乱，乃以所拟所召、所怪所惊、所幻所形、所扰所乱者，为文学之实证，岂非冤哉？曰误以诐辞作真象也。新派以古文之弊，至于不曰龙门，而曰虬户；不曰东西，而曰甲辛；不曰夜梦不祥，而曰宵寐匪祯；不曰书门大吉，而曰札闼洪庥之类，然古今佳文何尝有此？纵使有之，又当审其果为佳文与否，而乃牵强及之误矣。又曰：居丧者华居美食，而哀启必欺人，曰苫块昏迷；赠医生以匾额，不曰术迈岐黄，即曰着手成春，阿谀虚伪，似亦古典文学阶之历耳。诚哉此诸套语，由稍知文字者所出，然安知欺世竟无孝子，竟无良医也耶？且吾用此语以道其真，焉能禁人之不袭用为伪，世之爱惜文学，当不如爱惜金钱之甚。今世用金钱以作伪者众矣，用金钱作伪，是金钱之罪。彼窃文学，以作伪者，又岂文学之罪耶？而亦迁怒及之，此又误矣。曰误一己作他人也。文字天下之公物，非一党一家所能私，尤非一人爱憎所能易。新派中人不屑运用汉文,可也。乃欲举汉文而废除之,不顾天下之人不尽新派,误矣。而或者主不废汉文,但趋欧化似较前者稍有加矣。然取其所谓欧化之文读之,无不颠倒错乱,故为拖沓。以较直觉西文,艰涩且倍,势非先习西文三五年者不敢问津,安得人人而令习西文也耶?即令人人尽习西文,安得人人俱为笨伯,亦如新派之所为耶?曰误以空想作经验也。行文甘苦,惟身历其境者知之,新派于骈文律诗,反对最力,以其难为而戕性也。不知新派中人,亦尝为骈文律诗乎哉?亦未尝为骈文律诗乎哉?苟未尝为骈文律诗也,则所以为难而戕性者,徒憎其名字然尔。苟未尝为骈文律诗也,岂知骈文之难不在对仗,律诗之难亦非平仄也乎?岂知骈文不但不足戕性,且足以永神思,律诗不但不足戕性,且足以增生趣也乎?而乃想象骂之误矣。中小学生之于文学,在求基本知识,其正道亦已多矣。新派之言曰:"救急之法,只有鼓励小中学生看阅小说。"曰:"学文之道,在起码看小说二十部以上,五十部以下。"然就吾人历览学生之沉迷于小说者,其文章成绩远逊于他性情嗜好,亦且乖于侪辈,谓小说之文可以启初学耶?然大部长篇,结构变化,远非中小学生可得理解,纵可解得,而中小程度并不需此。谓小说之事可作模范耶?然其贤奸邪正,又非中小学生尽能分判。譬之家居训子弟者,不告以其祖若父之德操,乃以邻儿之行窃养母为模范也。故自此风一倡,少年之仗胆无忌,易于下水。小康之人,则思为宝玉;寒门之子,辄愿作李逵。为李逵者欲杀人,为宝玉者思自杀,此又吾人所恒见者矣。曰误以异类作此伦也。言之贵于喻者,以事虽殊而理贯,物相次而意彰也。若乃诡词以称辩强事以雷同,藉淆是非,足惑观听,虽为比喻,失其伦也。新派以昔之文学犹缠脚也,今之文学犹天脚也。本是未缠,何来有放?本是非脚,何来有缠?文之与脚,其差远矣。新派又以文学之不革新,如油灯不及电灯,手车不及汽车,其不便甚矣。然惟油灯不明,不及电灯,手车迟缓,故易汽车。吾国文学固已明矣远矣,将安易哉?新派又以新方法入旧材料之著作,如乞丐补破棉袄,一块补上,一块又坏,吾国文学诚如棉袄之破烂与否,未可以知。新派所为,果足以补益之耶?果能另自裁成也耶?是更未可知也。新派又以"人类生命,赖新陈代谢之作用,半死之人,虽可苟延残喘,若无新生细胞代之,瞬即至死。文学亦然。旧者将死,则新者当急生以应之"。然就文学史上观之,殊不如是,新者固日以生,旧者乃未尝死。新派虽鄙薄古人,究不能不略读古人之书,古人之书如有可读,即古人之文学并未死矣。新陈代谢,又何可以为喻也?

新派即有此繁复错误之诸小观念，于是历史的文学观念以生，于是革命之说、进化之论及八不主义之条例以起，此新派致病之根源也。以此残疾之说，宜其不能行世，及风驰电掣，披靡一时，若甚健全且美备者，何哉？世变之亟，有以助其发达也。革命以来，如帝制，如复辟，如督军团会议，如君主共和两者之依违，如兵祸匪祸之纷乘，如生计食货之艰窘，如奇技淫巧之输入，如人心讹言之浮动，如灵学会、同善社之流往，如伟人烈士名流学者之有名无实，如欧西大战、东邻侮虐之影响，皆足伤心失望，怀疑生憎。虽有不健全不美备之说，亦易劝人心目，其以文学为积愤宣泄之尾闾，而激情暴发之先驱，宜矣。故新派巨子之言曰："自丙辰以来，目睹洪宪皇帝之反古复始，倒行逆施，卒致败亡，受了刺激，知道凡事总是前进。"盖新派处此惶惑急遽之世，其欲以文学之力，挽救流俗，而不暇计及得失，审其工拙，辨乎是非，明于真伪，亦固其所。而世之相信之者，亦以饥者甘食，渴者甘饮，而翕然从之。姑有反对其说者，则必以帝制余孽、复辟嫌疑之异相诛，盖本其所受激刺然也。士生今日，其几何而不受刺激，然激刺之与文学，非一事也。可以激刺之甚，乃置文学之本体而不识，昧文学之真谛而不愿哉。孟子曰："持其志，毋暴其气。"又曰："气壹则动志，志壹则动气。"新派之有心于文学，志也；激刺之甚，发为偏宕之言，气也；以偏宕之言言文学，暴其气也。既暴其气，则志之不得持正，而且毁伤，势所必至者也。观新派首领之前后异辙，或势成骑虎而以滥就滥，或作者林立而艺术失所折衷，或误认文学为神秘为实用之类者，皆以暴气之故，终以易其初志者也。是知立言之始，可不慎哉！可不慎哉！

四论吾人眼中之新旧文学观*

吴芳吉

居今日而谈诗，难矣！将举昔人之诗为例证乎，则未合于世之好尚矣。将举今人之诗为例证乎，则易涉于世之嫌疑也。虽然，民国既建，必有民国之诗，使民国而竟无诗，则民国之建设，为未成就。今民国之奠基日浅，又所谓民国者徒拥其名而已。夫以此杂乱无章、空疏无当之民国，欲其产生伟大之诗人、优美之诗品，固事势所不许。吾人亦非望其速成，如商贾之售货应时者。即使三五十年，乃至百年之后，始有一二真诗人出，如汉之开国七十载而有枚叔，唐开国八十载而有子昂，固未为晚。惟必待此辈既出，而后建设民国之功，为无缺耳。数年以来，新诗之出版者至多。闾里之间，号为新诗人者，时复邂逅遇之，不可谓非民国之幸。而吾所甚惑者，何以诗人诗品产生之易易如此耳。昔陈思十岁而赋铜雀，右丞十九而咏桃源。今之诗人，其学识岂尽在二子之上，乃今年一刊，明岁一集，若不胜其蕴蓄之富者，无亦商贾之近夏而思制葛，入冬而急补裘者乎？吾儒之论文曰："无望其速成，无诱于势利。"西哲之论文曰："为名利快乐而为文者无善效。"今人误于效率之用，进化之功，谓诗可轻快从事，谓后人必在前人之上，自见不明而遽自信，自守不坚而遽自张，以千古之大业，为一时之标榜，其一己之行藏用舍，所系犹轻，其影响于诗，足以混淆优劣，颠倒是非之过，不綦重乎？何以言之？诗之最难辨者，真伪之间而已。有真伪

---

* 辑自《学衡》1925 年 6 月第 42 期。

然后有是非，有是非然后有优劣。欲明优劣是非之辨，在求真伪之本。今真伪既无有辨，则是非优劣复何可言。此非过甚其词。观于今之新诗，岂不信然。吾尝为人阅卷，不下万首。其为白话文者，纵使词不达意，犹可逆揣其意而润色之。若为白话诗者，恒有迷离扑朔难以捉摸之感。谓其洸洋自恣，而词意两不丰腴，谓其芜秽不通，而涂改无从着手。又尝取新派诗集，试以己意增损之，以推求作者下笔以前之心理，复以较其原字原句，亦每同此感。乃知新派首领所倡诗法，首求其通，次求其美者，由彼之道，固亦有不能矣。彼新诗家者，益以感情神秘之说，似自掩饰。苟非难之，则曰："吾之主观如是，吾之直觉如是。"曰："尔既异我，安能同我感情；不能同我感情，安能判我是非。"是以纵写为文，词有可删；横列为诗，势不得议。至使识者明知而不敢言，愚者妄从而竞相效，文学专制，古未有矣。又新派议旧诗者，每谓作旧诗易，作新诗难。旧诗所有者，平仄、音韵、体裁、格调而已。今吾亦配合平仄，谐整音韵，规定体裁，摹仿前人格调，旧诗之能事毕矣。岂若新诗之近天籁而能出奇制胜者耶？不知同一平仄，而词藻有雅俗；同一音韵，而神味有长短；同一体裁，而意境有高卑；同一格调，而寄托有深浅。即使词藻之雅俗又相同也，神味之长短又相同也，意境之高卑又相同也，寄托之深浅又相同也。而材料精粗，旨趣得失，技艺巧拙，关系大小，固未有能尽同者，安可但具旧诗之形，谓为已尽旧诗之能事哉！呜呼！诗至今日，可谓大不幸矣。诗本无新旧，强以新旧辨之，则已枉矣。新旧之辨，又以平仄、音韵、体裁、格调之有无宽严为衡，更失之矣。至于何以为诗，何以非诗，则举世忽而置之，可谓舍本以逐末矣。夫诗与非诗之辨，实关诗之本体。真伪所分，而存亡所击。一人能辨乎此，而后有一人之诗。一国能辨乎此，而后有一国之诗。一时代能辨乎此，而后有一时代之诗。不于此务，若于其他是求，皆歧路矣。

孟子曰："王者之迹熄而诗亡。"观于今之新诗，诚不胜其覆亡之惧矣。然诗之亡，非亡于白话，乃亡于提倡白话之人。彼提倡白话诗者，本不知何所谓诗，但以私心所好，谓之诗耳。观其人之议论，于往古作者多有不取，顾其制作，乃与诗相距不知几万里矣。夫诗固有其自身之义法，与艺术之标准，非可假借含糊为之。同韵文也，以诗与词赋较，则词赋为太过。以诗与歌谣较，则歌谣为不及。凡有失此正途，偏彼两歧者，虽有韵律，不得为诗。况即韵律而废弃之乎。彼新诗者，自其有韵者言之，词曲之变相而已。自其无韵者言之，短篇小说，及新派杂志之随感录而已，固非诗矣。非诗而僭诗名，岂得谓知诗哉！然而新派诗人固多积学盛名之士，彼等所好谈者《诗经》《楚辞》，与吾人所师者同也。彼等所常议者选体、唐律，又与吾人所友者同也。若彼为伪，则吾不亦伪哉！曰是不然，诗乃性情中事，非考据之学，资格之途。书虽多何用，名虽大何益。千古读书者多，能真知书者有几？作诗者众，能真知诗者有几？试观彼等所为新诗之历程者有五：始以能用新名词者为新诗，如黄公度人境庐诗是也。次以能用白话者为新诗，如留美某博士之集是也。次以无韵律者为新诗，如留东某学士之集是也。次以谈哲理者为新诗，如教会某女士之集是也。再次以欧化者为新诗，如京沪诸名士之集是也。以能用新名词者为新诗，是诗之本体徒为新名词蔽。不知诗之真伪，无关新旧名词者也。以能用白话者为新诗，是诗之本体又为白话所蔽。不和诗之真伪，无关白话文言者也。以废弃韵律高谈哲理者为新诗，是诗之本体又为哲理韵律之成见所蔽。不知诗之真伪，仍无关于哲理韵律之有无者也。至以字句之欧化者为新诗，何不直用欧文为之。是诗之本体，又为欧化所蔽。不欧化者，转不以为是诗。亦未知诗之真伪，尤无关于此也。新派所以有此误者，盖其用工不直向诗之本体是求，而于末技是竞。犹之看花雾里，以雾为花；扣槃扪烛，翻笑人眇，宜其无是处矣。自古迄今，无不可为诗之时，而有不可为诗之机；无不可为诗之地，而有不可为诗之姿；无不可为诗之意，而有不可为诗之题；无不可为诗之语，而有不可为诗之辞。吾人非谓新名词不可为诗，六朝之诗，视两汉之文藻声色，亦已新矣。非谓白话不可为诗，《国风》《楚骚》，亦已启其端矣。非谓韵律全不可离，系坏采莲之歌，病妇孤儿之行，尝破韵而弃律矣。非谓诗不可以言理，西汉十九首中，尽有抽象之句。步兵八十篇内，不少议论之词。至于以异族文学之意境入诗者，则鼓角横吹之曲，佛法僧迦之咏，齐梁以来，亦多多矣。此皆今人所号为新诗之原质，不知千百年前早已有之，安见其为新哉？吾人固渴望新诗之能有成，以无负此民国，即吾人亦尝日夜孜孜求吾诗常新之道，并世之人，既以同病而不可求。乃返而求之于唐宋，求之于汉魏，求之于周秦，求之于虞夏，终爱焉而不能助，渺乎其不可得。则又转而求之于异乡，求之于海外。喜乐园之再获，窥神曲之三界。可兰郁其幽芳，天竺滋其灵怪。仍块然其不相洽，訇然怅其多碍，至乃如梦初觉，如酲初解，知诗之欲新，不在远而在迩，不在人而在我。我丁新运，我长新邦，我接触新事，我习尚新俗，我诗虽欲不新，其何可得？安用别求所谓新哉？是以吾人非反对今之新诗，乃反对今之伪诗。然今之新诗既迷惘而入于伪，吾人自当以新诗为戒。吾人亦非拥护古之旧诗，乃欲拥护真诗。然古之旧诗既富有而多真，吾人自当以旧诗为法。吾兹所论，固非新旧问题，乃真伪问题。吾人非谓新者皆丑而旧者皆妍，乃真者应存而伪者当去之问题也。若乃用否新名词，应否白话，具否韵律哲理，能否同化他人，自吾人视之，藐尔不值一议。有作者出，则竹头木屑、马勃牛溲，皆得其用。遇非其人，则点金点铁、认璧为砥，谓之何哉！然则今之首务，殆莫重于诗人修养与诗体辨识二者。诗人修养，或费时十载而不易为，若诗体辨识，则一朝可以为之。故吾暂置诗人之修养不论，而先以诗体之辨识云。

天地尽诗材也，古今一诗韵也。人处天地之间，随古今之变，有语言文字以消受其材而谐和其韵，人皆可为诗也。然人类无穷，而伟大之诗人可数者，或以天才少之，韩婴、匡鼎之善解诗，而不自擅于诗者是也。或以学力限之，后山有拥衾之嘲，江淹有还笔之喻是也。或以风气移之，周敦颐、邵雍之以诗言理是也。或以嗜好溺之，杨亿、刘筠所为西昆酬唱是也。或以境遇迁之，魏武、隋炀之碌碌于功利是也。或以寿命促之，王勃、李贺之早夭是也。此就人而言之矣。以诗言之，有有诗与而诗材未具足者，孔子“在齐闻韶，三月不知肉味”、孟子“当今天下舍我其谁，何为不豫”是也。有有诗材而字眼未组织者，孔子“饭蔬食，饮水，曲肱而枕之，乐在其中”、象“干戈朕，琴朕，弤朕，二嫂使治朕栖，往入舜宫，舜在床琴”是也。有有字眼而语句未入韵者，子路“肥马轻裘，与朋友共，敝之而无憾”，曾点“春服既成，冠者五六人，童子六七人，浴乎沂，风乎舞雩”是也。凡此情景事理，虽佳，究不得谓之为诗。故有诗句又必范成诗体，川上“逝者如斯乎，不舍昼夜”、汤《铭》“苟日新，日日新，又日新”，是近诗体者也。有诗体又必有诗格，楚狂“凤兮凤兮，何德之衰，往者不谏，来者可追”，孺子“沧浪之水清兮，可以濯我缨，沧浪之水浊兮，可以濯我足”，是有诗格者也。有诗体又必求有神韵，“唐棣之华，偏其反而，岂不尔思，室是远而”、“瞻彼淇澳，菉竹猗猗，有斐君子，如切如磋”是也。有神韵又必求有气象，“王在灵囿，麀鹿攸伏，麀鹿濯濯，白鸟鹤鹤，王在灵沼，于牣鱼跃”、“我武维扬，侵于之疆，取彼凶残，杀伐用张，于汤有光”是也。诗而具有神韵气象，蔑以加矣。故有兴有材、有字、有句、有体、有格者，而后可以为诗。有气象、有神韵、或兼长、或偏胜者，而后可为佳诗。是以颜子终日如愚，不改其乐，庄生相视而笑，莫逆于心。虽饶诗兴，不得谓此便为诗也。范滂揽辔而慨乎澄清，祖逖渡江而志在恢复。虽有诗材，不得谓此便为诗也。桓元子北征，见儿时种柳成围，曰：“木犹如此，人何以堪。”狄梁公太行望云，曰：“吾亲遥舍其下，久不忍去。”固亦有字句矣，然不得谓此即为诗也。苏蕙回文之锦，合琴瑟以重谐。归庄万古之愁，招国魂于已逝。采则龙变多姿，韵则鸾和齐响，有体又有格矣，然非其正，仍不得谓为真诗。诗不以莹辉巧技为能，驰骋曼声为快也。顾今之新诗则何如？或仅有兴无材，或有材无字，或有字无句，或有句而无体、无格，或并此而皆无之，更无语乎气象神韵。兹举时贤之新诗十首为例，以概见之。

一、有名《威权》者一首凡三章

其一章曰：威权坐在山顶上，指挥一班铁索锁着的奴隶替他开矿，他说你们谁敢倔强，我要把你们怎么样就怎么样。

其二章曰：奴隶们做了一万年的工，头颈上的铁索渐渐的磨断了，他们说等到铁索断时，我们要造反了。

其三章曰：奴隶们同心合力，一锄一锄的掘到山脚底，山脚底挖空了，威权倒撞下来活活的跌死。

此非诗也，乃偶有所感，妄疑为诗，不加抉择，即复轻易下笔者也。诗固赖情感，然非凡属情感皆可入诗。情感当矣，又非凡属文字皆可入诗。文字当矣，又非任为体制皆可成诗。此作诗初步之抉择矣。孔子之为人也，无可无不可。老子之言道也，无为无不为。今假以此论诗，最为得之。吾人生活所历，固多诗材也。然不尽以为诗者，生活之中有可以为诗耳。有可以为诗者为之，虽不成为佳诗，犹不害其为诗；不可以为诗者为之，陈义虽高，终非诗矣。昔寒山子赋诗三百首，有云："快哉混沌身，不饭复不尿。遭得谁钻凿，因之立九窍。朝朝为衣食，岁岁愁租调。千个争一钱，聚头亡命叫。"又曰："猪吃死人肉，人吃死猪肠。猪不嫌人臭，人反道猪香。猪死抛水内，人死掘土藏。彼此莫相啖，莲花生沸汤。"所见未尝不是，然读去令人满口生秽。使以新派此诗较之，则寒山之诗，又在天上矣。吾友楚词亭客，每谓今人多不讲求说话，虽士夫之家，开口辄鄙倍不类人言。于此而望新文学之建设，其何可能。痛哉言乎，可谓洞鉴之矣！要其致病之由，即在有话便说，不择说话，其含有诗意与否，非所问也。且新派之自贵其白话者，以其最近言语之自然也。然试一读新派之作，将见其中有一共同之象，即彼等所为白话，全与吾人言语不相接近。彼等白话之组织，乃用外国文法，吾人言语，不如是其纠纷也。彼等白话之词藻，乃另有其腔调，吾人言语不如是其忸怩也。彼等白话之句逗，须用新式标点始明，吾人言语，不如是其破碎也。彼等白话，须再经翻译始达，吾人言语，不如是其隔阂也。今使吾人言语尽如彼等所为白话之方式，必致瞠目相对，聒耳难堪。纵有少数之人解得其意，然必待装腔做势而后能言，亦何可笑。彼等故以文言为伪，白话为真。平心比较，白话之伪，实倍蓰于文言矣。此诗偕威权以象征人世之不平，虽有意思而其字句材料无一经诗化者。宣之于口，犹不成言，岂得以其笔之于简，遂可僭为诗哉！不平之鸣，古作者众。试读梁鸿五噫："陟彼北邙兮，噫！胆望帝京兮，噫！宫阙崔嵬兮，噫！民之劬劳兮，噫！辽辽未央兮，噫！"当知眼前景，口头语，当时情意中事，信手拈来，道在迩不在远。彼以象征为新异者，徒见其所持者小矣。

二、有名《山居杂诗》者一首凡六章

其一章曰：一丛繁茂的藤萝，绿沉沉的压在弯曲的枯枝上，又伸着两三枝粗藤大蛇一般的缠到柏树上去，在古老深碧的细碎的柏叶中间，长出许多新绿的大叶来了。

其二章曰：六株盆栽的石榴，围绕着一大缸的玉簪花，开着许多火焰似的花朵，浇花的和尚被捉去了，花还是火焰似的开着。

其三章曰：我不认识核桃，错看他作梅子，卖汽水的少年，又说他是白果，白果也罢，梅子也罢，每天早晨走去看他，见他一天一天的肥大起来，总是一样的喜悦。

其四章曰：今天是旧年的端午，山门外的肉店里，清早里便将一只猪卖完了，门口还站了许多人等着买，正在屠杀的猪，这猪还是刚才贩去的，我正听他从门外叫着过去，我叫人买了一串粽子和几个杏儿独自过我的山中的佳节，粽子里的红枣多于红米，但是杏儿却很新鲜，要比故乡的黄梅更好吃了。

其五章曰：不知什么形色的小虫在槐树上吱吱的叫着，听了这迫切尖细的虫声，引起我一种仿佛枯焦气味的感觉，我虽然不能懂得他歌里的意思，但我知道他正唱着迫切的恋之歌，这却也便是他的迫切的死之歌了。

其六章曰：一片槐树的碧绿的叶现出一切的世界的神秘，空中飞过的一个白翅膀的百蛉子又牵动了我的警异，我仿佛会悟了这神秘的奥义，却也实在未曾了知，但我已经很是满足，因为我得见了这个神秘了。

此亦非诗也，乃作诗之先搜集如许诗料而已。绎其条理，殊无组织，其词藻亦未修整。姑假定此为真诗，以观其时效，所能印象于吾人者，不过初见此诗之一刹那。此刹那既逝，则诗亦与俱减，更无一字一句令人留恋。所以然者，彼于诗之内外文质，既皆毁弃无余，则其诗亦如游魂之无所丽。纵有情理，讵能感人。故知音韵与格律之作用，非仅不如新派之拟为缰锁，且诗之能有永久性者，亦惟音韵格律是赖。盖情随人而有异，理缘物而无端，惟有音韵格律，故能持之不变。此上古之诗，所以至今能常新也。且衣料非衣，必待剪裁而后为衣。诗料非诗，必待锻炼而后为诗。此诗作者有诗之趣味，无发表诗之能力，是直以未经锻炼者为诗矣。元音浑成，本不待锻炼而工，易水壮士之歌，垓下美人之泣，征之往事，岂不谓然。然此诗讵足比之！善作诗者，或即景生情，或寓情于景，或从事得理，或因理及事，固不必尽其材料而倾泻之。诚以笔有所不到，意可得而兼。盈千累万，何劳备言。举一反三，是在精选。试读孔子蟪蛄之诗："违山十里，蟪蛄之声，尚犹在耳。"短短三语两韵，而情景事理无穷，岂非话多不如话少，话少不如话好之可久乎？故此有兴有材，而无字无句者，亦不得为诗也。

三、有名《夜月》者一首凡五章

其一章曰：疏疏的星，疏疏的树林，疏林外疏疏的灯。

其二章曰：在冰一样冷的夜，在冰一样清的夜，谁写了这几笔淡淡的老树影。

其三章曰：月背了我，北风迎我，在面上悄无声的打我。

其四章曰：灯光渐渐的稀少，送来月色的皎皎，但眼光微微的倦了。

其五章曰：岁已将晚，月已将阑，人已将去此。

此较前章为有进矣，然而非真诗也，歌剧之上场下场词矣。前四章剧中唱词，五章其说白，固无一句为诗者。夫剧词不妨似诗，诗则不得似剧。以歌剧由诗演成，诗不由歌剧演成也。今人有以《孔雀东南飞》为古歌剧者，是亦不知诗体之辨识者矣。剧语之似诗者，如《西厢》"四面山色中，一鞭残照里"，直五律佳聊。然以老杜"九江春草外，三峡暮帆前"较之，前者伤巧，只为剧诗，后者直质，乃真诗也。《牡丹亭》"月明无犬吠黄花，雨过有人耕绿野"，亦是七律佳聊。然以放翁"隔离犬吠窥人过，满箔蚕饥待叶归"较之，亦前者伤巧，只为剧诗；后者直质，乃真诗也。故剧语与诗语之分，不关体制之异同，乃视艺术之衡度，有虽同体而异性者。《桃花扇》咏秦淮诗“梨花似雪柳如烟，春在秦淮两岸边，一带妆楼临水盖，家家分影照婵娟”，通体明靓馥郁，视渔洋咏秦淮诗“旧事南朝剧可怜，至今风俗斗婵娟，秦淮丝肉中宵发，玉律抛残作笛钿”高出万万。然以诗论，吾当取其后者，亦以前者伤巧，后者直质，伤巧非诗，直质始为诗矣。今以新派此诗与太白“床前明月光，疑是地上霜，举头望明月，低头思故乡”较之，同写对月感怀，以有织细与含浑之殊艺，而剧语、诗语之辨自彰。此诗有兴有材，兼略有字句。然未合乎诗体。故亦非真诗也。

四、有名《水手》者一首二章

其一章曰：月在天上，船在海上，他两手捧住面孔，躲在摆舵的黑暗地方。

其二章曰：他怕见月儿眨眼，海儿微笑，引他看水天接处的故乡，但他却终归想到石榴花开得鲜明的井旁，那人儿正架竹子晒他的青布衣裳。

此与前篇之弊正同，亦非诗也，新小说之有韵者耳。何也？全篇字句无非新小说中之字句也。彼所谓月儿海儿人儿者，小说中圆熟的称呼，而诗中油滑的腔调也。所谓摆舵的黑暗地方，水天接处的故乡，花开得鲜明的井旁，青布的衣裳云者，小说中精细的形容，而诗中拖沓的描写也。然则诗中称谓不可求圆热乎？曰：惟求圆熟愈当计较。特其去取无定耳。在此月儿人儿固伤油滑，然如杜诗“细雨鱼儿出”，“鹅儿黄似酒”，右丞诗“少儿多送酒”，“菱花罥雁儿”，独可用之无厌。此其故，正如贾谊、李白以称贾生、李生为圆熟，屈原、杜甫以称屈子、杜子为圆熟，潘岳、何逊以称潘郎、何郎为圆熟，韩愈、欧阳修以称韩公、欧公为圆熟，要在得体而已。至若诗中描写，亦尚精细，然新派所谓精细描写者无他，装点若干“的”“底”“地”“得”之状词是也。吾尝以清早二字教儿童尽量增之，不得变其原意，遂自“清早”而“清清早”、“清清的早上”、“一个清清的早上”、“当着一个清清的早上的时候”，由此延长可更增至极繁，文字不为不多，意思愈趋愈晦，外若技精，实则辞费。夫以此赘辞为小说，已非上品，况诗之品位性质，又较小说为纯粹者耶？陈陶《陇西行》同此征人思妇之感，今味“誓扫匈奴不顾身，五千貂锦丧胡尘，可怜无定河边骨，犹是春闺梦裏人”，是乃诗中精细之描写，不带小说色彩者矣。此诗之失，既同前篇，自亦不得为诗。

五、有名《深秋永定门城上晚景》者一首四章

其一章曰：我同两个朋友一齐上了永定门西城头，这城墙外面紧贴着一湾碧清的流水，多少棵树，装点成多少顷的田畴，里面弥漫的芦苇镶出几重曲折的小路，几堆土陇，几处僧舍，陶然亭，龙泉寺，鹦鹉洲，城下枕着水沟，里外通流。

其二章曰：最可爱，这田间，看不到村落，也不见炊烟，只有两三房屋半藏半露影捉捉在树里边，虽然是一片平衍，树上却显出无穷的景色，树里也含着不尽的境界，丛错，深秀，回环，那树边，地边，天边，如云，如水，如烟，望不断，一线，忽地裹扑喇喇的一响，一个野鸭飞去水塘，髣髴大车音波，慢慢的工一东一哨，又有种说不出的声息，若续若不响。

其三章曰：转眼西看，日已临山，起初时离山尚差一竿，渐渐的去山不远，一会儿山顶上只剩火球一线，忽然间全不见，这时节反射的红光上翻，山那边冈峦也是云霞，云霞也是罔峦，层层叠叠一片，费尽了千里眼，山这边红烟含着青烟，青烟含着红烟，一齐的微微动转，似明似暗，山色似见似不见，描不出的层次和新鲜，只可惜这舍不得似秋郊晚景，昏昏沉沉的暗淡，眼光的圈匆匆缩短，树烟和山烟，远景带近景，一块儿化作浓团。

其四章曰：回身北望满眼的渺芒，白苇渐渐成黄苇，青塘渐渐变黑塘，任凭他一草一木都带着萎黄，颓唐，模糊模样，远远几处红楼顶，几缕天竈烟，正是吵闹场，繁华地方，更显得这里孤怜凄怆，荒旷气象，城外比不上他荒凉。

此亦似诗矣，然而仍非诗也，一幅浓堆密抹之新派图画耳。夫诗中有画，岂非大佳，然亦视画之美丑。若王右丞诗，言山水便如在仙境，写人物便如对逸士，是诚可喜。至若陈孔璋之画虎不成反类狗者，何足取乎？此诗音节靡靡固类剧曲，字句沓沓等是小说。最大之弊，一曰意思之分析过细，竟使语调不能自如，乃不得不引用俗腔滥套以济其穷。如“虽然是”“只可惜”“忽地里”“这时节”“任凭他”“更显得”之类，狼藉满纸，竟似舞台上口吻，而诗之风度丧矣。二曰形象刻画太实。以有限之文字，状无穷之事物，但尚逼肖，其何能得。纵使致之，徒为印板缩写，亦何足贵。故拣之在精，而状之在生。精则类及而不烦，生则活现而无滞。兹乃堆叠字眼，务求逼肖，精粗并进，卒累芜杂，而诗之

体格乖矣。所以致此之故，在其感受科学方法之龌龊影响。以意思分析过细，乃如心理教科、测验记录，以形象刻画太实，乃如游览指南、天象报告。而或者谓其写生之妙，常人莫及。如所云“工—东—哨”者，殆合天籁。不知此等俗韵，徒增恶感。天籁诚美，此则未足与言。弄口技者，作难鸣犬吠之声无不毕肖，可以谓之诗哉？柳子厚登城楼诗：“城上高楼接大荒，海天愁思正茫茫。惊风乱飐芙蓉水，密雨斜侵薜荔墙。岭树重遮千里目，江流曲似九回肠。共来百粤文身地，犹是音画滞一乡。”其景色生动，较此以科学方法为诗者，更入微处。而繁简精粗之相去，不可以计量矣。此诗有兴有材，亦有字有句，惜其无体，故亦不得为诗。

六、有名《西窗晚眺》者一首

晚霞飞，西窗外，窗外家家种青菜，天上红，地下绿，夕阳落在黄茆屋，屋顶的炊烟，丝丝、袅袅、团团、片片，直上接青天，天边归鸟阵阵旋，肃肃飞过屋山巅，落影纷纷满眼前，抬头红日没，新月一钩出，钩着树梢头，树下烟流像水流，菜田一半被烟漫，树影也像烟那么淡，我也是无心看，下楼吃晚饭，再上楼来月已暗，满天但有那繁星烂。

此诗字句皆较前此为优，殆可以为诗也，然而失之杂矣。吾国文字自受东瀛之影响，而古文与时文不分。自受欧化之影响，而文言与白话不分。时文窜入古文，而文字精神之美绝。文言拌入白话，而文字形式之美绝。三十年来，文字堕落之趋势无非此矣。或者谓今人下笔，捷于前人，万言之书，古人所号难为，而今人之所易作，不能谓非文字之进步。然与文学何预？湘有少年未冠，一月而著书十余万言，自云尚须著书二百万言，湘政府惊其奇才，派为考察欧洲教育实业使者。鲁有九岁童子，能解说经义，南海康氏，称为后觉先知，其书传遍朝野，翻印不可数计。二人之书，倘非白话，诚不足以暴获名利，然实何曾道着一字。又如粤人梁氏，创报于东国，湘人章某，谈政于海上，著书各若干万言，世亦以能文称之，然又何有于文学？古之为文者难，而得其所至，慎其所发。虽短章小品，能以言语妙天下。今则文字愈多而听者愈少，篇幅愈长而寿命愈短。此其大故，即在古文时文之相杂，文言白话之相乱。而古今思想之变迁，事物之日繁伙不与焉。吾人固非主张惟尚古文，排斥时文；惟尚文言，排斥白话者。吾人在求文字之纯粹，勿以异类乱本体耳。此诗大体似古歌谣，乃夹入异类之字，如“那么”“但有那”之赘词。“丝丝、袅袅、团团、片片”之俗调。便不成章。今使以李义山诗，加入数字曰：“向晚意不适，驱车登古原。夕阳无限的好，只是可惜近了黄昏。”则其庞杂芜秽，较原作品格之纯粹为何如？虽如此，此类作品之造孽于文学者，其害最烈。盖今人之于文言，既多蒙昧，白话又不满足，惟此庞杂芜秽之作，最为世所爱好。作者以此教之，学者以此效之，而真伪不复辨矣。以吾所历，中小学生本能为文者殊众，自读此类之书，习为庞杂芜秽、便就堕落。犹之清洁之衣，浸之溷厕，芳香之种，植之荆棘，可胜叹哉！然则有字有句而失之杂者，不得谓为诗矣。

七、有名《我是少年》者一首二章

其一章曰：我是少年，我是少年，我有如炬的眼，我有思想如泉，我有牺牲的精神，我有自由不可捐，我过不惯偶像似的流年，我看不惯奴隶的苟安，我起，我起，我欲打破一切的威权。

其二章曰：我是少年，我是少年，我有沸腾的热血，和活泼的气焰，我欲进前，进前，进前，我有同胞的情感，我有博爱的心田，我看见前面的光明，我欲驶破浪的大船，满载可怜的同胞进前，进前，进前，不管他浊浪排空，狂飙肆虐，我只向光明的所在，进前，进前，进前。

此差可为新诗矣，然究非新诗者，仍不脱小说戏曲之气习。语不沉着，但觉叫嚣是也。通篇读后，如闻里巷出丧所奏军乐，嘈杂震荡，无雅正之气，盖有体无格故也。夫体与格孰辨？曰一篇之中有适意，有适韵，有适字，有适句者，体也。无俗意，无俗韵，无俗字，无俗句者，格也。譬如白傅《长恨歌》与元微之《连昌宫词》比，则《连昌宫词》之格为高出。以《连昌宫词》与老杜《哀江头》比，则《哀江头》为高出。《长恨歌》一起，便觉意俗韵俗令人不耐，若“杨家有女初长成”之轻薄，“芙蓉帐暖度春宵”之狎亵，“秋灯挑尽未成眠”之寒酸，“梨花一枝春带雨”之粗鄙，直成倡优身分，深欠大方。要使全篇尽如“骊宫高处入青云，仙乐风飘处处闻”、“蜀江水碧蜀山青，圣主朝朝暮暮情”之句，乃可贵耳。《连昌宫词》借宫边老人之口吻述之，正写具见匠心。至如结句“年年耕种宫前道，今年不遣子孙耕，老翁此意深望幸，努力庙谟休用兵”，端庄得体，合乎雅颂，然其色采，淡泊不足，正如《长恨歌》之秾丽有余，故皆不及《哀江头》之停匀精妙，言浅意深。“明眸皓齿今何在”，他人多方形容而苦不备,兹以简短之语尽之。"清渭东流剑阁深,去住彼此无消息",分写两人心理,两方事实,彼玄宗父子,犹遭离丧如此,生民之苦可知。若城南城北之意,伤时忧国,情见乎词。试掩卷聊想三诗,一则意伤浮靡,一则语嫌迂腐,惟此哀感顽艳,独得其正,是即诗格之所在矣。故体以形言,格以品著。诗止于形,非真诗也;有开有品,乃真诗矣。若此《我是少年》之章,形虽具而品未高,浮词客气,迥非志士之吞吐,乃常见演说场中好登坛空发意见之俗人耳。有体无格,亦不足为诗矣。

八、有名《举国皆吾敌》者一首三章

其一章曰:举国皆吾敌,吾能勿悲,吾虽悲而不改吾度兮,吾有所自信而不辞。

其二章曰:世非混浊兮不必改革,众安混浊而我独否兮,是我先与众敌,闻哲理指为非圣道兮,倡民权曰畔道,积千年旧脑之习惯兮,岂旦暮而可易,先知有责,觉后是任,后者终必觉,但其觉匪兮,十年以前之大敌,十年以后皆知音。

其三章曰:君不见苏格拉底庚死兮基督钉架,牺牲一身觉天下,以此发心度众生,得大无畏兮自在游行,渺躯独立世界上,挑战四万万群盲,一役罢战复他役,文明无尽兮竞争无时停,百年四百楚歌里,寸心炯炯何所撄。

此较前诗又有进矣,以其字句渐纯一也,然而非佳诗也。凡古今号佳诗者,无不坦然自得,未有怨天尤人者。李、杜、陶、谢之诗,固无论矣。屈子《九章》,骂楚人为南夷,嗔党人为群犬,似不免于失中。然而狐死首丘,鸟飞反乡,非置弃逐,日夜不忘,其徘徊瞻顾之志,固彰彰矣。故尤怨未始不可以言,要在言之能底于正。《凯风》之莫慰母心,《小弁》之婉规父过,所以卓绝千古者此也。今一启口,便曰举国吾敌,一结论,便曰四万万群盲。咬牙切齿之状,怫然若不可近。名为热情,实则燥气。夫惟哲理以不明待阐,民权以不伸待张,用舍行藏,讵足介意,安用与人挑战为耶?难者曰:诗之表情多术,有以隐忍其情为深情者,有以直达其情为真情者,此诗乃直达,非隐忍,殆与子之嗜好不合,故非之耶?应之曰:唯唯否否。子所谓隐忍直达者诗之法,吾所谓咬牙切齿为不可者诗之理。法生于理。任何直达之法,未可以如此也。曰:然而《硕鼠》《伐檀》,非先圣所垂示者乎?曰:是有分别。《硕鼠》《伐檀》,乃民之怨其上也。

上无道而不怨，是坐视国家之亡矣。此诗之怨，乃怨人之不己知也，人不己知而怨，是以己之得失重于人矣。夫吹老嗟卑，达人所忌。乞怜叫苦，贤者不为。然使为国为民为政为教而发者，固不足病。以公私殊途，则是非异趣也。故为诗者，言民生之可悯，此义所当。恚身家之未显，于情不顺。述贪吏骄兵之状，不得为非。作露才扬已之词，便觉伤雅。此诗厚重乎已，薄责于人。宁有忠恕之心，令人为之感慰？字句虽较纯一，岂得为佳诗哉！

九、有名《黄克强先生哀辞》者一首

当年曾见将军之家书，字迹娟逸似大苏，书中之言竟何如，一欧爱儿，努力杀贼，八个大字，读之使人慷慨奋发而爱国，呜呼将军，何可多得。

此乃真正之诗矣。思慕英雄，感慨当世，真诗兴也。手泽犹新，斯人已故，真诗材也。色采纯一，真诗字也。语调苍凉，真诗句也。所叹为小疵者，体与题之未合耳。既曰哀辞，是祭诔也。祭诔之作，以情概事，以韵蓄情。韵有促有曼，视其宜然。如景差《大招》，促也，东坡之祭欧阳文忠，曼也。然无论促曼，有不可以违者。凡属哀辞，必具缠绵往复柔顺低回之声是也。此诗声韵，乃粗豪刚健，一泻不停。是黄公遗像之题词，非以祭诔将军之哀辞。发端似老杜之赠曹霸，结句似李延年之赋佳人。此类声韵，用以登临吊古，对酒送人甚宜。以入哀辞，大伤唐突。然而自题以外，无可议者。故曰是真诗也。

十、有名《志未酬》者一首

其一章曰：志未酬，志未酬，问君之志几时酬，志亦无尽量，酬亦无尽时，世界进步靡有止期，吾之希望亦靡有止期，众生苦恼不断如乱丝，吾之悲悯亦不断如乱丝。

其二章曰：登高山复有高山，出瀛海复有瀛海，任龙腾虎跃以度此百年兮，所成就其能几许？

其三章曰：虽成少许，不敢自轻，不有少许，多许奚自生，但望前途之宏廓而寥远兮，其孰能无感于余情。

其四章曰：吁嗟乎！男儿志兮天下事，但有进兮不以止，言志已酬便无志。

此乃真正之佳诗矣。通篇字句声韵皆自乐府化出，题亦乐府《将进酒》《休洗红》《度关山》《独不见》之类也。用字之未臻雅驯者，如进步、希望、许多、少许，为报纸之文。如苦恼、悲悯、世界、众生，皆宗教之文。凑合甚多，微伤薄削。然不足为大害者，韵多前后重迭，不另修饰，质朴混成，正足掩其薄削。全篇所言，皆今人之所欲言，不必道其愤世嫉俗之情，而苦心亮节自见。视前例《我是少年》之浮浅，《举国皆敌》之褊狭，度量相越远矣。今人好言现代精神，如此诗者，殆最有之。然此诗体制固二千年前所先有，至今用之，不觉其陈腐者，诚以诗之新旧毫无关于形式。亦犹今人古人之异非其面貌，乃精神也。此诗精神雅能代表新国新民之气：回忆少而希望多，肝肠热而步履健。今人皆具此志，国事安有不可为耶？诗之最高价值，非尽供少数学者之玩味，亦非徒博群众之推崇。贵其能在处处以俱宜，语人人而皆悦。三百篇之价值为古今诗之最高者，亦以童儿习之，至壮至老，无所不可。然则此诗所以为贵，其在是哉！

右举诗十篇，今归纳而论之，《威权》一首，全无诗意，犹花果之非其种也。《山居》一首，有兴与材，犹果之有核也。《夜月》《水手》《永定门上》《西窗晚眺》及《我是少年》《举国吾敌》六首，有字有句，而皆不纯，犹果之半生熟也。《黄克强哀辞》及《志未酬》二首，内外之美并具，有体有格，犹果之已成熟矣。复以数量较之，全生者少，全熟者少，惟半生熟者独多。推之举国之为诗者，殆莫不然。今假定全生者为作诗历程之首段，半生熟者为中段，全熟者为末段，则此中段之间，不知埋没几千万人矣。彼世之号为某诗家，尽以期月之力，得一佳句，出一专集，即赫然负盛名者，亦以此段中人为众，然而不足异也。此固学诗者之功候，自非天纵之圣，未可躐等。吾所惜者，今之作家，其程度多不过至此，便即满假自私，不求上进，但不以出卖版权市数十百金为已足，宁非民国极大损失？而世之论诗者，目光如豆，动为新奇之说所炫，不能深自鉴别，亦以此半生熟者为之典则。即兹所举例，皆取材海上某大书馆之中学国语一书，其编纂校订之人类皆学士博士，教授名流，经其论定，应有可观。然其鉴别之幼稚如此，他可知矣。虽然吾不能不告吾同好者，当知此中段历程，实全路之最险者矣。大凡初学为诗，其道恒正，以其为诗之故，必有不得已于言者，诗虽不工，要不失其真情。迨其用字造句，习久不难。阅世读书，亦复增广。则其陷阱百出，魔道横生。其最著者，嗜好之溺人，一也。境遇之困人，二也。习俗之移人，三也。家数之限人，四也。聪明之误人，五也。哀乐之过人，六也。应酬之累人，七也。书卷之斫人，八也。侥幸声华之足以蔽人，九也。贪多夸易之足以荡人，十也。此而不能勘破，则必颠倒中途，终无出人头地。右列半生熟诗，盖即多出于此。吾欲以一字救之，曰“忍”。诗兴之未浓也，且忍。诗材之未精也，且忍。字之未当也，且忍。句之未工也，忍。体未成也，忍。忍无可忍，而后为之。吾知视彼轻薄从事者必有进矣。

虽然，兴材字句体格之辨，形而下矣。今新诗之程度止此，但就此言之耳。吾所重者，要在神韵气象之为形而上者矣。诗之艺莫备于唐，诗之辨莫晰于宋。宋人之论，吾最服应者沧浪。沧浪以禅喻诗，深得之矣。所指兴趣气象之说，千古莫能易之。然后人侧重兴趣，故兴趣之作较多。至渔洋而新之曰神韵，吾兹不曰兴趣亦曰神韵者，从近人之称耳。然则何以谓之神韵，渔洋论诗绝句曰：“五字清晨登陇首，羌无故实使人思。定知妙不关文字，已是千秋幼妇词。”是神韵者，言外之言，而不言之言也。又曰：“风怀澄澹推韦柳，佳处多从五字求。解识无声弦指妙，柳州那得比苏州。”是神韵者，又音外之音，而无音之音也。故如“采菊东篱下，悠然见南山”，“前日风雪中，故人从此去”，纪事之有神韵者也。“清晖能娱人，游子澹忘归”，“盈盈一水间、脉脉不得语”，抒情之有神韵者也。“西北有浮云，亭亭如车盖”，“杨柳非花树，依楼自觉春”，状物之有神韵者也。“寥阒无涯观，寓目理自陈”，“去者日以疏，来着日以亲”，说理之有神韵者也。若全诗着重神韵者，汉武帝落叶哀蝉，张若虚春江花月，梁武西洲，靖节东园，其最美矣。然则，何以谓之气象？沧浪之论汉魏古诗曰：“气象混沌，难以句摘，晋以远方有佳句。”曰：“建安之作，全在气象，不可寻枝摘叶。”曰：“唐宋诗未论工拙，直是气象不同。”是气象者，一诗中精神艺术之总和也。寻枝摘叶，诚有未当，然即字句而论，固亦有气象在。今如“枭骑战斗死，驽马徘徊鸣”，“振衣千仞岗，濯足万里流”，叙事之有气象者也。“大江流日夜，客心悲未央”，“朔风动秋草，边马有归心”，抒情之有气象者也。“八方各异气，千里殊风雨”，“余霞散成绮，澄江静如练”，状物之有气象者也。“阳春布德泽，万物生光辉”，“使君自有妇，罗敷自有夫”，说理之有气象者也。若全诗之着重气象者，文姬悲愤，韦孟讽贱，孟德之沧海龟寿，唐山之安世房中，其最伟矣。大约神韵气象，义无两缺，时有偏至。喻以人事，王子猷雪夜访戴，至门不入，神韵也。郑康成一饮三百杯，容止不变其常，气象也。郭林宗与李膺同舟，望若仙人，神韵也。黄叔度汪汪若千顷波，澄之不清，淆之不浊，气象也。然互换视之，亦若有似。可分不分，是一是二。神韵之用，因近以及远，言有尽而意无穷也。气象之用，自外以知中，望之俨而即之温也。神韵之美，在空灵淡远。气象之美，为真实浑成。神韵如羚羊挂角，气象如凤凰来仪。尚神韵者多返自然，尚气象者多富工力。尚神韵者多得于天，尚气象者多肖与人。尚神韵者宜处江湖，尚气象者好入廊朝。尚神韵者皎如美人，尚气象者庄如君子。尚神韵者常生乱世，尚气象者每际盛朝。是以晋当南渡，神韵之俊逸可风。汉斥百家，气象之峥嵘无比。然则，神韵气象之分，直老子孔子之分矣。何以明之？“龙乘风云而上天，不知其所止”者，神韵之至也。“高山仰止，景行行止，瞻之在前，忽焉在后”者，气象之至也。古今之诗，无不可以是求之。司空图《廿四诗品》，若冲淡，洗炼，绮丽，自然，疏野，清奇，委曲，形容，超诣，飘逸旷达，流动，属于神韵者也。若雄浑，纤秾，沉著，高古，典雅，劲健，含蓄，豪放，精神，缜密，实境，悲慨，属于气象者也。旷观各代，莫不皆然。六朝与宋元之诗，多擅神韵。所以为分别者，六朝之诗，神韵而深长者也；宋元之诗，神韵而浅俗者也。汉魏与明清之诗，多擅气象。所以为分别者，汉魏之诗，气象而博大者也；明清之诗，气象而小巧者也。若夫神韵气象两俱足者，二周与三唐也。三唐之诗，气象神韵而生自工力者也。二周之时，气象神韵而出于自然者也。《骚》与《诗》较：《骚》最富于神韵，而兼有气象者也。《诗》最富于气象，而亦有神韵者也。《诗》与《诗》较，则《蒹葭》《伐木》，又偏至神韵者也。《文王》《烝民》，又偏至气象者也。“牧野洋洋，檀车煌煌，驷騵彭彭”，似神韵而实气象者也。“女执懿筐，遵彼微行，爰求柔桑”，似气象而实神韵者也。神韵气象浑然而不可知、渊然而不可竭者，《周南》《召南》是也。若就个人言之，则陶渊明、谢灵运、王维、孟浩然、柳宗元辈，较擅神韵者也。庾信、杜甫、韩愈、李商隐、元好问辈，较擅气象者也。若曹植、李白、苏轼、陆游辈，则兼具二者，而未如诸家之独至者也。至若近代王彦泓、龚自珍辈，则两者苦乏而时时堕入歧途者也。今有人分吾国之诗为浪漫与写实两派者，此未当矣。吾国诗人自古无绝对之主张，哀乐虽盛，要不背于温柔敦厚之旨，此与西洋浪漫诗品相异者也。若写实主义，惟重客观，如此之作，但可谓之诗匠，不足以为诗人，尤非吾国诗人所崇尚矣。又有分为自然与人文二派者，意较前胜，但未尽耳。彼以好言山水者为自然派，如六朝三谢之诗，诚近似之。然如韩诗南山：“晴明出棱角，缕脉碎分绣。蒸岚相澒洞，表里忽通透。无风自飘簸，融液煦柔茂。”杜诗夔州：“白帝城中云出门，白帝城下雨翻盆。高江急峡雷霆斗，古木苍藤日月昏。”虽言山水，已非自然派之家数，未如神韵气象之为当也。然则今日当主何者？曰论理宜二者并重，论一时之缓急，则宜主气象神韵，所患惟气象耳。然吾所谓气象，并非语句之豪迈慨慷也。如石达开“人头作酒杯，饮尽仇雠血”，气象鲁莽，岂足为诗？

即如烟霞万古楼主人《吊项羽诗》:“江东余子老王郎,来抱琵琶哭大王。如我文章遭鬼击,嗟渠身手竟天亡。”音节悲壮,而所志者卑卑,亦未足以当气象。如顾亭林《金坛怀古》:“突兀孤亭上碧空,高皇于此下江东。即今御笔留题处,想见神州一望中。黄屋非心天下计,青山如旧帝王宫。丹阳父老多遗恨。尚与儿童唱大风。”是则真有气象者也。今人之诗,为士大夫所传诵者,如谭嗣同之《感怀》三首,气象褊激,最属下品。黄公度《今别离》,气象薄俗,失之时髦。若易实甫《三月三日万生圆赋》,才辩纵横如花鼓戏。刘申叔《癸丑纪行》六百六十八韵,陈词芜杂,如烂货摊。又如粤人梁氏《二十世纪太平洋歌》,亦当风靡一世,实则全属村夫入城气象。皆未足为真诗。居今而求神韵之佳者,如义宁陈氏,蜀荣赵氏,尚不乏人。求气象之佳者乃不易睹若彼。闽人郑氏之时,气象沉雄,而未博大。南海康氏博大矣,而不端凝。今若批沙拣金,求之逝者,其以王湘绮之《独行谣》四千字,丘仓悔之《祝文信国生日》五篇,朴茂深厚,殆最近之。至今人之不以诗名,而气相巖巖,足与古大作家埒者,丹徒柳髯实巨擘也。《武昌渡江》:“高帆千叶植平天,江汉交流气浩然。”《谒张文襄祠》:“南皮草屋自荒凉,丞相祠堂壮武昌。”诸诗皆觉气象浑成,至纯至正。近若日本诗人田冈淮海所为《山海关诗》:“独立关边望大漠,北风吹散雁行行。”吉田爱山之《炉边小饮》:“偶有故人来驻车,穷险漠漠夕阳初。围炉小室谈今古,命婢寒厨煮菜蔬。对酌宁言酒量减,相看一笑鬓毛疎。明朝雪霁东郊路,同访野梅骑蹇驴。”则神韵气象皆臻盛景者矣。虽然神韵气象之标准何在?曰可以老杜怀宋玉诗,风流儒雅四字尽之。风流者,神韵之妙谛。儒雅者,气象之正宗。惟儒雅之气象,乃为真气象矣。故如休文八咏六意,艳色缤纷,而非真诗者,气象远乎儒雅。以张衡《四愁》较之,得失见矣。太白笑矣悲来之行,意思超脱,而亦非真诗者,气象远乎儒雅。以其“吴姬压酒劝客尝”较之,醇醨判矣。秦少游春雨诗:“有情芍药含春泪,无力蔷薇卧晓枝。”体物浏亮,而非真诗者,气象远乎儒雅。以退之“芭蕉叶大栀子肥”较之,邪正分矣。东坡咏王衍诗“文非经国武非英,终日虚谈取盛名。至竟开门延敌寇,始知清论误苍生。”议论切至,而亦非真诗者,气象远乎儒雅。以陶宏景“夷甫任散诞,平叔坐谈空。不言昭阳殿,化做单于宫”较之,深浅著矣。曰:然则气象何由而得儒雅?曰:其道有二,脱体与得体是也。大凡言忠孝多迂腐气,言侠烈多江湖气,言士夫多酒肉气,言儿女多脂粉气,言家常多市井气,言隐逸多村野气者,不能脱体者也。篇不匀称,降求一二佳句。句不匀称,降求一二美字。犹之无盐嫫母,虽欲染黛调朱，终不可掩者，此不能得体者也。能脱体者自然而然，不染于所习，不假物以自饰，处富贵若忘，贫贱若素。喜怒哀乐，毕出于人情，非缘于身外者是也。能得体者，一是皆是，并无佳句，而句句未尝不佳，并无美字，而字字未尝不美。不以偏巧炫世，一技见长，通体和谐，虽欲点圈不可者是也。今人为诗好作漂亮之言，务求人所不能言者，是不知得体之义者也。好表现个性唯恐吾之不异于人者，是不知脱体之义者也。曰：然则如何而后能脱体与得体也？曰：脱体在于去俗，得体在于复古。陈了翁所谓一为文人便无足观者，盖指俗套之文人言耳。诗不患乎有偏弊，而惟患乎落俗，俗则真无可救。然去俗非遗世也，非谓伦常日见之事不可入诗，而必求高人华贵之事入诗也。伦常日见之事，有俗有不俗；高人华贵之事，亦有俗有不俗，要择其不俗者言之，虽俗而亦化为不俗者言之。敕敕力力之词，腷腷膊膊之兴，皆俗事也，而不见其俗者，善化故也。然去俗岂易言哉？苟无严格之训练，虽欲去之不能。元好问初学为诗，尝立禁例二十九条自警，曰："毋怨怼，毋谑浪，毋骜很，毋崖异，毋狡讦，毋媕阿，毋附会，毋笼络，毋衍粥，毋矫饰，毋为坚白辨，毋为圣贤颠，毋为妾妇妒，毋为仇敌谤伤，毋为聋俗斗傅，毋为瞽师皮相，毋为黥卒醉横，毋为黠儿白捻，毋为田舍翁木强，毋为法家丑诋，毋为牙郎转贩，毋为市倡怨恩，毋为琵琶娘人魂韵词，毋为村夫子兎圆册，毋为算沙僧困义学，毋为稠梗治禁词，毋为天地一我、古今一我，毋为薄恶所移，毋为正人端士所不道。"其训练之严如此，虽似拘束，实则未过。既思去俗，岂得任意为之。古今时代虽异，文艺之真理不移。吾望今之为新诗者能相勉于是矣。然此犹去俗之一法耳，当先辨俗与不俗，而后法为不枉。吾曩所谓得体在复古者，正为此耳。复古之说，今人之所厌闻。吾兹言此，吾知新派之人必掩耳而走矣。虽然，吾民国他日苟欲创有伟大文学，则吾同志必以精求古文古诗入手，舍此更无正途。而为诗必先为文，为新诗必先为古文。盖知古文而后可以知古诗，知古诗而后可以知新诗矣。然今之讲求六朝文者，语及古文，辄有鄙弃之意。何哉？曰：骈文古文之异，形式之有殊耳。古文之名，盛于唐宋，而导源于三代两汉。骈文所取则者，亦无非三代两汉之书也。是骈文之艺术，固亦古文之艺术。同根以生，初无纬絙难迁之意。而世人鄙弃之者无他，一误于观察，再误于名字而已。误于观察者，以汉学家眼光视古文，则谓为空疏而失考据。以宋学家眼光视古文，则谓嬉戏而病义理。以选学家眼光视古文，则谓为庸碌而少风流。以科学家眼光视古文，则谓为陈朽而无实用。以白话派共产党眼光视古文，则贵族文学罪该万死。今之攻击古文者，不出于此则入于彼。以此辈而言古文，妄猜盲说，安有当乎？误于名字者，竟谓古文为八股文者，为主张复辟者，为孔教之宣传工具者，为阻碍人群进化者，凡此固为举世之所深恶。古文既不幸而枉被株连，宜其沉冤不复洗矣。夫所谓古者，真美善之总名也。所谓古文者，文之能真能美能善者也。古诗者，诗之能真能美能善者也。真美善三字且不能尽其内容，故总称之曰古矣。今称人品之正直忠厚者曰古道，称民俗之和乐纯朴者曰古风，称书画之俊逸者曰古雅，称良人之深情者曰古欢。古岂必皆恶训哉！齐梁之文，既日流于淫靡，自以后之非淫靡者为古文也。沈宋之诗，既不免于雕琢，自以前之非雕琢者为古诗也。虽然，古文何故甚真？曰：古文不假繁饰，多任自然。无对仗之拘束，音律之斗凑，所以为真。何故甚美？曰：古文忌小说，忌语录，忌诗话，忌时文，忌尺贩，至净至纯，所以为美。何故甚善？曰骈文重艺，每伤丰缛。白话重义，最患干枯。文有适中，又不可以轻心掉之，怠心易之，昏气出之，矜气作之。艺义两赅，所以为善。今世重抒情诗，古文有抒情之长矣。重独幕剧，古文有独幕剧之长矣。重短篇小说，古文有短篇小说之长矣。骈文不可夹入古文，古文独可溶汇骈文，古文又有骈文之长矣。白话所以写实而病拖沓，古文简洁，比白话尤能写实，古文又有白话之长矣。吾每见初学为文之人，拘于故训者，自群经入手，其弊也晦；骛于高远者，自诸子入手，其弊也诞；炫于丽藻者，自《文选》入手，其弊也淫；趋于实用者，自白话入手，其弊也啬。古文未尝无弊，然其情富于群经，其法明于诸子，其词直于《文选》，其味永于白话，故为文坛之基础，学海之津梁也。自古文人偶有不能为诗者矣，诗人未有不能为文者也。今新派诗人不屑学为古文，故其为诗，虽字句之末，体格之要，皆不知所审辨。而其所谓诗者，以是亦非诗矣。至于就诗言诗，当自古诗入手者，亦以古诗之弊少也。吾又常见初学由乐府者易为犷，由近体者易为竭，由赋者易杂，由辞者易纤，皆不如古诗之平和中正，无抒情、说理、叙事、写景俱宜矣。约而言之，欲学诗不可不先学文，学文当自下而上，古文是也；学诗当自上而下，古诗是也。四千年中，居此上下之转枢者，唐也。唐人集群经诸子之长，而创为古文辨音律格调之细而别出古诗，可谓真能建设者矣。呜呼！中国之所以为中国者，无周则无思想，无秦则无政治，无汉则无土地，无唐则无文章。唐人之贡献伟矣。所以能致之者，复古之功也，去俗之效也，脱体之力也，得体之道也，气象有儒雅之表也，神韵极风流之妙也，而终于能辨真与伪之徼焉。然则居今言诗，自真伪以外复何有哉？

评《尝试集》*

胡先骕

（一）绪言

辛蒙士（Arthur Simons）之序辜勒律己（今译柯勒律治）（Coleridge）之《文学传纪》（*Biographia Jiteraria*）有言曰："在真正之批评家观之，微末之生存，不啻已死。"复以为用历史的方法以为批评，即不免翻脔剔骼之病。予之评胡适君之《尝试集》，固自知不能逃此讥弹也。今试一观此大名鼎鼎之文学革命家之著作，以一百七十二页之小册，自序、他序、目录已占去四十四页，旧式之诗词复占去五十页，所余之七十八页之《尝试集》中，似诗非诗、似词非词之新体诗复须除去四十四首。至胡君自序中所承认为真正之白话诗者，仅有十四篇，而其中《老洛伯》《关不住了》《希望》三诗尚为翻译之作。似此即可上追李杜，远拟莎士比亚、弥尔敦，亦不得不谓为微末之生存也。然苟此十一篇诗义理精粹，技艺高超，亦犹有说，世固有以一二诗名世者。第平心论之，无论以古今中外何种之眼光观之，其形式精神，皆无可取。即欲曲为胡君解说，亦不得不认为"不啻已死之微末之生存"也。然则何为而评之？曰以其为今日一般所谓新体诗者之所取法故。且评胡君之诗，即可评胡君论诗之学说，与现时一般新诗之短长，古今中外名家论诗之学说，以及真正改良中国诗之方法，故虽不免翻脔剔骼之病，亦在所不计也。

---

* 辑自《学衡》1922 年 1 月第 1 期。

（二）《尝试集》诗之性质

胡君于作中国诗之造就，本未升堂，不知名家精粹之所在，但见斗方名士哺糟啜醨之可厌；不能运用声调格律以泽其思想，但感声调格律之拘束。复摭拾一般欧美所谓新诗人之唾余，剽窃白香山、陆剑南、辛稼轩、刘改之外貌，以白话新诗号召于众。自以为得未有之秘，甚而武断文言为死文字，白话为活文字，而自命为活文学家。实则对于中外诗人之精髓，从未有刻深之研究，徒为肤浅之改革谈而已。今试考胡君之诗，与其论诗之学说，其最初主张者有不用典等八事，最后进一步之主张，则为诗体大解放，“把从前一切束缚自由的枷锁镣铐一切打破”。就其前所主张之八事言之，如不用陈套语，不避俗字俗话，须讲求文法，不作无病之呻吟，须言之有物，固古今诗人所通许，初非胡君所独创。至不用典，不讲对仗，不摹仿古人，则大有可讨论之处。而其最后所主张之屏弃一切法度，视之为枷锁自由之枷锁镣铐，则为盲人说烛矣。至考其新诗之精神（不作无病之呻吟等，仅为作诗之方法，不得谓为精神），则见胡君所顾影自许者，不过枯燥无味之教训主义，如《人力车夫》《你莫忘记》《示威》所表现者；肤浅之征象主义，如《一颗遭劫的星》《老鸦》《乐观》《上山》《周岁》所表现者；纤巧之浪漫主义，如《一笑》《应该》《一念》所表现者；肉体之印象主义，如《蔚蓝的天上》所表现者；无谓之理论，如《我的儿子》所表现者。其最佳之作为《新婚杂诗》《十二月一日奔丧到家》与《送叔永回四川》诸诗。《送叔永》一诗，其佳处在描写景物与运用词曲之声调，其短处在无真挚之语。《新婚》与《奔丧》诸诗，所以佳者则因此种题目，易于有真挚之语。然《新婚》诸诗尚微显纤，《奔丧》之诗，尚微嫌不深切焉。以此观之，胡君之诗，即舍其形式不论，其精神亦仅尔尔。胡君竟欲以此等著作，以推倒李杜苏黄，以打倒《黄鹤楼》，踢翻《鹦鹉洲》乎！

（三）声调格律音韵与诗之关系

诗之有声调、格律、音韵，古今中外，莫不皆然。诗之所以异于文者，亦以声调、格律、音韵故。兹先论格律。胡君之目的，在“打破一切枷锁自由之枷锁镣铐”。五七言之整齐句法，亦枷锁自由之一种枷锁镣铐，故亦在打破之列。而对于其自著《尝试集》之第一编中之诗，乃以不能完全打破此项枷锁镣铐为恨。殊不知诗之有格律，实诗之本能。在太古之时，《卿云歌》等即为四言，《诗经》具体为四言，间以三言五言，则正故欲破例以求新异，亦犹和谐之音乐中，偶加以不和谐之音节，愈衬得和谐音节之和谐也。不但诗有然，即如老子、荀子之散文，皆喜用四言之句而叶韵，岂非整齐纪律为人类之天性耶？英人席得黎爵士（今译西德尼）（Sir Philip Sidney）以为音韵之用，在辅助记忆。不但音韵有然，即句法之整齐亦同有此功用。故在印度佛与外道之说经典，皆制为偈颂，即是故也。《离骚》之为物，杂具文与歌谣之性质，故其句法参差不齐，是为例外。递降而为五言七言，皆中国韵语自然之趋向，不得不尔者。欧洲语言多为复音的，故不能如中国四言、五言、七言之整齐，然必以高音低音错综而为"Meter"，而限定每句所含"Feet"之数，自希腊荷马以来即然。岂非句法之限止为人类之通性耶。又尝考之歌谣，靡不以整齐句法为之。"月光光，姊妹妹"，三言也。"月亮光光，照见汪洋"，四言也。"打铁十八年，赚个破铜钱"，五言也。"行也思量留半地，睡也思量留半床"，七言也。此外二言、六言、八言、九言、十言特稀，盖二言气促，六言突兀，八九十言过长，八九十言即有之，亦必分为三四五言小段。如"太夫人，移步出堂前"，虽为八言，然为三言与五言所合成。"蔡鸣凤，坐店房，自思自想"，虽为十言，然为两三言一四言所合成。宋人虽常作六言诗，然读之殊觉不顺，且仅为绝句，未有用为长篇古诗与律诗者，后人亦不喜多仿之。明人虽有造作九言诗者，然其体卒不能通行，读之亦觉费力。可见四言、五言、七言者，中国语中最适宜之句法也。虽词中长短句错综，除六言句亦为词所习用外，其余皆三四五七言，与三言五言所组成之八言，四言五言所组成之九言也。故综而观之，中国诗之单句，以四五七言为最宜。而舍四言外，单数字所组成之句较双数者为宜。至四五七言与单数字句之所以宜于诗之故，则有关于中国人心理之研究，惟心理家乃能辨之，予惟本综合之经验，以得此推论耳。抑尤有证明整齐语句之效用者，则按之古今中外，莫不先有诗而后有散文。盖诗者歌之遗，未有文字以前，已有诗歌，因之古代之散文尚作韵语也。不一观乎中国下流社会与粗受教育之妇女乎！彼不学无识之工人农夫，初不能观散文之白话小说，独喜读韵语之曲本、而粗通文字之妇女，必先读《天雨花》《笔生花》等弹词，而后始能读散文之小说也。胡君又以为"句法太整齐了，就不合语言的自然"，以为中国之诗一变而为长短句之词，为一大进步。而词之所以较诗为高者，即以句不整齐而进乎语言之自然之故。然则何以有句法不整齐之元曲之后，乃一变而有句法整齐之剧本弹词，与乡民之曲本乎？且词曲之格较弹词剧本为高，此吾人所承认者。杂剧退化始成今日末调之剧本，传奇退化始成今日之弹词。文学退化之趋向，为解放，为舍难就易，为减少人为的，而增加自然的，而结果如此，是诗歌句法整齐，反较不整齐为自然也。胡君不察此理，妄谓句法整齐为不自然，乃以语言为证，殊不知诗出于歌谣，文出于语言，而歌谣与语言，一发原于情感，一发原于智慧，皆为初民同时所共具之才能，非歌谣出于语言也。不观乎鸟乎？在能歌之鸟，歌与语显为殊异之才能而绝不相紊。今取语言以况诗歌，是持不同类之物以相比较，无怪其无往不误也，此不知生物学与人种学之故也。

中国之有五七言，犹西国之有"meter"也，今欲洞悉整齐句法之必要，可借镜于西人对于 meter 之评论。主张解放之大诗家威至威斯（今译沃兹沃斯）（Wordsworth）以为"可悲之境况与情感，用整齐之句法，尤以叶韵为甚，较用散文可使其效力更为久远"，复谓"由整齐之句法而得之快乐，盖为由不同而得有同之感觉之快乐"，辜勒律己谓"诗与文之别，即在整齐之句法与叶韵"，又谓"正式之诗，必各部分互相辅助，互相发明，而能辅助谐合整齐句法之素著之影响"，又谓"整齐之句法，可增加普通感情与注意之活泼与感受性"。德昆西（De Quincey）以为"整齐之句法，可辅助思想之表现"。汉特（J. H. Leigh Hunt）以为"诗之佳处，在全体整齐，而用各部分变异"，以为如此则"达到美之最后之目的"。波（Poe）以为"整齐句法与音节音韵，皆不容轻易抛弃者"。哈佛大学文学教授罗士（今译洛斯）（J. L. Lowes）在《诗之习惯与革命》（*Convention and Revolt in Poetry*）书中引申葛德（今译歌德）（Goethe）之意，以为"在美术家，其媒介物之限制即其达自由之路"，复谓"艺术必须一种媒介物，而媒介物决非即其所欲表现之物。帆布非即风景，大理石非即肌肤，戏院非即人世，若除去其异点，则为实物而非美术矣。若使诗之媒介物，完全与普通言语之用法同，则不成为诗矣"，其论自由诗以为"无以异于美丽之文"，而恐自由诗终不能立足于世。同时复示及近日韵文（Polyphonic Prose）运用整齐句法音节音韵之主张，以为与自由诗同犯越俎代庖之病。可知在欧美各邦，古今来大诗人大批评家，除少数自谓为新诗人者外，靡不以整齐之句法为诗所不能阙之性质。观此亦可信中国诗之整齐句法，不足为病矣。

诗之体裁，与诗之犹劣高下，大有关系。阿诺德（Matthew Arnold）以为一国诗之优劣多系于其通行作高格诗之体裁之合宜与否，法国之诗所以不及希腊与英国者，由于其高格诗通常所用之亚力山大体（Alexandrine）不及希腊之抑扬体（Lambic）与六音步体（Hexameter）与英国之无韵诗（Blank verse）也。

考之吾国，则五言古诗实为吾国高格诗最佳之体裁。今试以历史上之往迹观之，四言诗只盛于周，为期不及千载。至五言诗则自汉魏以至于齐梁，几为唯一之诗体，其时七言诗虽间有作之者，然远不及五言诗之重要。即至唐宋以还，虽七言古兴而律诗大盛，然五言古诗始终占第一重要位置，直至于今日，尤无能起而代之者。学诗者尤以为入手之途境，最后之轨则，其间岂无故哉！盖五言古之为物，既可言志，复能抒情，既可叙事，复能体物。阮步兵之《咏怀》，陈子昂之《感遇》，李太白之《古风》，皆言志之诗也。《古诗十九首》，苏李赠答，韩退之《秋怀》，皆抒情之诗也。《孔雀东南飞》《木兰词》，皆叙事之诗也。谢灵运之作，太半皆写景之诗也。诗之能事，五言古几尽能之。所不能者，为七言古诗之剽疾流利、抑扬顿挫，与夫五七言近体诗之一唱三叹、音调铿锵耳。七言古以剽疾流利，抑扬顿挫为本，故宜于笔力矫健之作，故虽说理言志不及五言，而跌宕过之。至柏梁体则尤为节促调高，难以驰骤，然以七言古跌宕委婉之故，一调叶其声调使之谐婉，则七言古诗中之长庆体，又为叙事之良好工具矣。至五七言律诗(排律不在内)以八句四韵之短幅，复以对偶为要旨，自不能如五七古极纵横阔大、尽理穷物之能事。然其本能为有含蓄之咏叹，故声调尤为重要，而其能事尤在言短意长也。胡君所主张改良诗体之一事，为不讲对仗，则又不知诗歌之原理矣。夫对仗之功用，正与句法之整齐，音韵之谐叶，与夫双声叠韵，同为增加诗之美感之物。且天地间事物，比偶者极多，俯拾即是，并不繁难也。故虽在周秦之世，说理之言，亦尚排偶。如《老子》之“道可道，非常道，名可名，非常名”，《庄子》之“窃钩者诛，窃国者侯”之类，非皆排偶对仗乎！且对仗非始于律诗也，如《古诗十九首》之“青青河畔草，郁郁园中柳”，“胡马依北风，越鸟巢南枝”，苏李诗之“昔为鸳与鸯，今为参与辰”，“烛烛晨明月，馥馥秋兰芳”，“征夫怀往路，游子恋故乡”，皆为对仗。至谢灵运之诗，则几于自首至尾，皆为对仗。以后无论五七言古诗，皆多少不能脱离对仗。以胡君所推崇之白香山、陆放翁之五七言古诗，亦对仗极多。放翁之五古，且有自首至尾皆用对仗者。古来名人中之喜用单行以作古诗者，惟元遗山一人耳。且律诗普通仅须颈腹二联对仗。杜工部之律诗，乃每每首尾八句皆对。苟对仗确为思想之桎梏，而于诗之本质，无所增益，则五古之不须作对仗者，何作者不惮烦琐而必对仗之。且不惜自首至尾通篇数十韵皆对仗之。若以大谢为喜于雕琢，故不惜对仗，陆放翁非胡君所称为白话诗人乎？何以不惜以通篇对仗之法加之五七古乎！五七律之不必对仗者，何必首尾八句皆对仗乎？五七绝本四句皆不必对仗者，何诗人每每以其两句对仗甚或四句皆对仗乎？殊不知单行与对仗各有效用，单行句法矫捷犀利，宛转摇曳，故元遗山之诗，亦以矫捷犀利著；对仗句法，雄浑严整，厚重缓和，故不求流动而欲端整之作宜之。凡此分别，作家自知，以一时之心境之异同，以定单行与对仗之去取多寡，亦极自然之事，初不必大加勉强者也。抑尤有进者，律诗中之颈腹二联，非必全对。如孟浩然诗《舟中晓望》之腹联“问我今何适，天台访石桥”，《听郑五弹琴》之腹联“一杯弹一曲，不觉夕阳沉”，《西山寻辛谔》之颈联“落日清川里，谁言独羡鱼”，李太白诗《夜泊牛渚怀古》之颈联“登舟望秋月，空忆谢将军”，《金陵》之颈联“当时百万户，夹道起朱楼”，《听胡人吹笛》之颈联“十月吴山晓，梅花落敬亭”，皆非对仗也，又可活对。如孟浩然诗《晚泊浔阳望庐山》“尝读远公传，永怀尘外踪”，《寻天台山》“欲寻华顶去，不惮恶溪名”，《九日怀襄阳》“岘山不可见，风景令人悉”，李太白《听蜀僧濬弹琴》“为我一挥手，如听万壑松”，杜工部《赠别何邕》“悲君随燕雀，薄宦走风尘”，《送远》“亲朋尽一哭，鞍马去孤城”，《春望》“烽火连三月，家书抵万金”，《九日》“竹叶于人既无分，菊花从此不须开”，《宿府》“永夜角声悲自语，中天月色好谁看”，《九日兰田崔氏庄》“羞将短发还吹帽，笑倩旁人为整冠”等，虽貌为对仗，然语意连续，非仅排比可比也。此法宋人尤善用之。盖既得对仗裨益声调之利，复无意义隔阂之害。即以硬对言之，如王摩诘诗《终南山》“白云回望合，青霭入看无”，《汉江临泛》“江流天地外，山色有无中”，《使至塞上》“大漠孤烟直，长河落日圆”，《送平澹然判官》“黄云断春色，画角起边愁”，孟浩然诗《望洞庭湖赠张丞相》“气蒸云梦泽，波撼岳阳城”，《岁暮归南山》“不才明主弃，多病故人疏”，李太自诗《送友人入蜀》“山从人面起，云傍马头生”，《荆门送别》“山从平野尽，江入大荒流”，杜工部诗《登岳阳楼》“吴楚东南坼，乾坤日夜浮”，《春望》“感时花溅泪，恨别鸟惊心”，《旅夜书怀》“星垂平野阔，月涌大江流”，《阁夜》“野哭千家闻战伐，夷歌几处起渔樵”，《野望》“海内风尘诸弟隔，天涯涕泪一身遥”，《蜀相庙》“映阶碧草自春色，隔叶黄鹂空好音”，王荆公诗《次御河寄城北会上诸友》“背城野色云边尽，隔屋春声树外深”，《留题微之廨中清辉阁》“鸥鸟一双随坐笑，荷花十丈对冥搜”，黄山谷诗《次韵寅庵》“傍篱榛栗供宾客，满眼云山奉宴居”，陈简斋诗《雨晴》“墙头语鹊衣犹湿，楼外残雷气未平”，《十月》“病夫搜句了节序，小斋焚香无是非”，岂以排比对仗而见滞塞耶？近体诗惟五七排律不耐诵读，其原因初不尽在对仗，音调之过于谐婉实为一大原因，读之每恹恹欲睡。盖虽具普通各种诗体暗示之效用，而无其兴奋机能以补救之也，故虽以老杜五排波澜之壮阔，然喜读之者究鲜，而后世效仿之者尤寡也。在古诗，则虽通体对仗亦无伤，则由于其音节不如律诗之谐畅，作者能错落其句法，以救单调之害耳。故胡君之反对对仗或可语于排律，然亦无待乎胡君之指摘，盖物竞天择之理无往而不在，排律与六言九言诗之不能盛行，即可知其有可反对之理存也。至于词曲之兴，固为诗中别开门径，然不得谓为诗界之革命。盖词曲导源于乐府，在古诗中为风之流，其所长者为抒情而不宜说理，贵清新而难得雄浑。如阮嗣宗之《咏怀》，李太白之《古风》，杜工部《自京赴奉先县咏怀》《哀王孙》，韩文公之《石鼓歌》诸作，词曲所不能为也。且词曲限于格调，不能如诗之能纵横驰骋，即其抒情之方法，亦惟言外意是尚，与诗中之律诗绝诗同。虽苏辛能变格以为豪健之作，然初不能取诗而代之也。词曲例之于西诗则为 Ballad、Sonnet 之流亚，虽其中亦有至高至美之作，然不能遂取 Epic、Blank Verse 而代之。故虽奔士（今译彭斯）（Burns）为诗歌之巨擘，然不得以其诗歌革弥儿敦（今译弥尔顿）之“*Paradise Lost*”与郎佛罗（今译郎费罗）Longfellow 之“*Evangeline*”之命。虽白郎宁（今译布朗宁）夫人之“*Sonnet of Portugese*”宛转反复至四十四章之多，不可不推为言情之巨擘，然不能取拜伦（Byron）之“*The Prisoner of Chilkm*”或辜勒律己之“*Ancient Mariner*”以代之也。

总而论之，中国诗以五言古诗为高格诗最佳之体裁，而七言古五七言律绝与词曲为其辅，如是则中国诗之体裁既已繁殊，无论何种题目何种情况，皆有合宜之体裁，以为发表思想之工具。不至如法国诗之为亚力山大体所限，尤无庸创造一种无纪律之新体诗以代之也。

今更进而论音节与韵。胡君既主张抛弃一切枷锁自由之枷锁镣铐，故对于音节与韵亦抱同等之态度。若不害于胡君作诗之自由，则自然之音节与夫国音字典上所能觅得同一反切之北京韵，亦可随意取用；若有碍于胡君作诗之自由者，亦不惜尽数抛弃之。窃独自谓胡君既爱其思想与言语之自由若此其挚，则何不尽以白话作其白话文，以达其意，述其美感，发表其教训主义，何必强掇拾非驴非马之言而硬谓之为诗乎？夫诗与音节之关系綦巨，在拉丁文则以长短音表示之，在英文则以高低音以表示之。在有七音之中国文，则以平仄或四声以表示之。在西文以长短音或高下音相间以为音步，而用各种不同之音步如 iambus，trochle，dactyl，anapaest 之类，错综以成句，在汉文则以平仄相间而成句。近体诗无论矣。即在上古之诗，其平仄亦按诸天籁，自相参错。今试以《关雎》一诗论之，首句“关关雎鸠”为四平，次句“在河之洲”即加一仄声以示异，而第三句“窈窕淑女”四仄，恰与首句四平相对，末句“寤寐求之”复为平仄相间。次章首句“参差荇菜”，两平两仄，次句“左右流之”，即两仄两平，三句重文无变，四句“寤寐求之”复为两仄两平，以示异于第三句之四仄。第五句“求之不得”为两平两仄，第六句“寤寐思服”乃放拗为仄仄平仄，第七句“悠哉游哉”四平，复对以“辗转反侧”四仄。且前四句以平韵叶，后四句以仄韵叶，后二章仿此。此诗即可表示上古诗人即善驾御音节，使之有转折腾挪之妙，决非偶然之天籁使然。此即汉特所谓“全体整齐而各部变异”正所以“达到美之最后之目的”者也。中国古诗之平仄，虽不如律诗平仄之和谐，然隐隐自有法度，在赵秋谷之《声调谱》中已言之详矣。今试观古诗中，若偶夹律句，便觉软弱而不矫健，或全句平仄音之句过多，便觉不谐协。故“壁色立积铁”“溪西鸡齐啼”之句，其音节特觉刺耳。又如词中之《寿楼春》调以平音过多，及其他拗调中之拗句，致非习读此项词调者，每有声牙之感，亦以是故。虽梅圣俞《酌酒与妇饮》一诗全篇皆用仄音，然亦其卖弄精神处，不可为训。平常习于宋诗造句生硬者，其诗之音节，每有喑哑之病，则亦由于过于牺牲音节以求别趣也。再观叙事之七古，自以长庆体为最佳，盖叙事贵婉转尽致，因之音节亦尚谐婉。长庆体全用律句以作古诗，其声调之铿锵，情韵之缠绵，遂较平常之七言古诗，出一头地。元白不论，即梅村之能嗣响长庆，亦正以其用长庆体故也。宋人尚拗调，妙以生涩取胜，然亦无一著名之叙事诗，其故可思矣。抑尤可显见者，柏梁体以每句叶韵之故，音节倍见促迫，若无识之徒，妄欲以之作《长恨歌》《圆圆曲》等长叙事诗，其运命必可预言矣！胡君以为用五七言句法，则“第一整齐划一的音节，没有变化，实在无味。第二没有自然的音节，不能跟着诗料随时变化”，实则五七言确有自然之音节，亦能随诗料以随时变化，第初学者艺术未精，或不能操纵自如，而无美术观念之科学与哲学家或不能察觉之耳。至谓“整齐划一的音节，没有变化，实在无味”，则此语仅能加之于五七言排律。在五七言律绝，则诗句之数不多，并不足引起单调之烦闷。至五七言古诗，其音节至可变动，加以歌行体中之杂以长短句，则尤见其活泼。即在五七言律绝，亦有吴体拗句以生别趣，一如不谐合之音之于音乐。苟神而明之，何至有整齐划一，无变化之病乎？必求诗之音节，一如白话之音节，则已失诗之面目，上文已言之矣。

至于叶韵与诗之关系，亦如句法与音节之重要。胡君之诗虽不绝对废韵，然所取者为国音字典之北京韵，且有时亦竟废韵于此当分两层论之。夫现行诗韵，订自沈约，固不得谓能代表全国之方言，然北京方言对于音韵之分别实极简陋。普遍七音之仅有五音无论矣，六鱼韵之为 oo 音者，乃与七虞之为 u 音(法文音)者无别。五微之为 e 音者，乃与十灰之为 ai 音者无别。十三覃之为 erm 音者，乃与十四寒之为 ern 音者无别。十五删之为 an 音者，乃与十五咸之为 am 音者无别。故沈约诗韵，实较国音字典之北京韵为佳。若谓为韵所限，则本有通韵之法。然即用通韵，亦较用北京韵为佳也。至若不用韵以为又可脱去一项"枷锁镣铐"，则实不知韵之功用。英国席得黎爵士以为叶韵可助记忆，上文固已言之。英诗人德来登(今译德雷登)(Dryder)以为"韵之最大之利益，即在限制范围诗人之幻想"。彼谓"诗人之想象力，每每恣肆而无纪律。无韵诗使诗人过于自由，使诗人尝作多数可省或可更加锤炼之句。苟有韵以为之限制，则必将其思想以特种字句申说之，使韵自然与字句相应，而不必以思想勉强趁韵。思想既受有此种限制，审判力倍须增加，则更高深更清晰之思想，反可因之而生矣"，大批评家阿狄生(今译爱迪生)(Addison)云："叶韵一法可不借他物之辅助，即可使语句异于散文，每能使平庸之辞句，逃过指摘。若诗不叶韵，则音节之美丽，与夫言辞之力量，决不可须臾或离，以揩持其体裁，使其不堕入散文之平易。"约翰生(今译约翰逊)(Johnson)《诗人传》之评弥儿敦云："弥儿敦所举为先例之不叶韵之意大利诗人，无一享盛名者。思想所能举为其辩护者，要为耳所驳倒。"汉特云："今日欧洲与东方历代一致之赞成，即足以证明其为所有之诗之音乐之美，惟长叙事诗与戏曲为例外。在南欧洲即叙事潜亦然，盖为热忱之所拥护与快乐之所需求者。"罗士教授云："每每诗中思想言辞最巧之转变，即为在韵之指导之下一霎时之神悟所得之结果。"又谓"诗同时照管字之美性，性与其指事之价值。当二者未起冲突时，韵能增加唤起愉悦之能力。此诗与音乐所共具者"，又谓"韵为制造与领解组织之统一之一种结合要素"，又谓"韵为英国诗一种有大价值之建设要素。若欲废之，必有损失"，云云。可知古今之诗人与文学批评家，莫不以韵为诗所不可缺之要素也。

(四)文言白话用典与诗之关系

胡君论诗所主张之八事，除关于诗体者，上文已详论之外，尚有不用典与不避俗字俗话二事，亦与诗之形式大有关系。予之对于此二主张，为相对之赞成。然初非谓典绝对不可用，而必须作白话诗也。今先论用典一事。太古之诗，自无用典之事，其后则古人事迹，往往有与后人相合者，而古人往事复往往为人所共晓，引以为喻，可为现时情事生色。此用典之起源，亦无害于诗之本质者也。又或诗人意有所刺，不欲人明悉其意，乃假托于昔人；又或意有所寓，不欲明言，乃以昔人之情事以寄托其意兴，此亦诗所许者也。惟末流所届，矜奇炫博，句必有典，天机日沦，斯可厌弃耳。释皎然《诗式》所谓诗之五格，以不用事为第一，作用事第二，直用事第三，有事无事第四，有事无事、情格俱下第五。所谓作用事者，用事以衬托其意旨，如黄山谷诗"但令有妇如康子，安用生儿似仲谋"是也。直用事则已无衬托之效用，至虽用事实等于无事，则品格斯下，至情格俱下，则尤下劣矣。皎然又指出语似用事而义非用事者，如谢康乐诗"彭薛才知耻，贡公未遗荣。或可优贪竞，未足称达生"，以为"此申榷三贤，虽许其退身，不免遗议，盖康乐欲借此以成我诗，非用事也"，又如杜工部诗《春日怀李白》"白也诗无敌，飘然思不群。清新庾开府，俊逸鲍参军"，此亦引古人以美李白，亦不得谓为用典也。又如李长吉诗"买丝绣作平原君，有酒惟浇赵州土"，亦极称此二事之可作。借古事以寄托其胸怀，亦不得谓为用事也。又如杜工部诗《别房太尉墓》之腹联"对棋陪谢傅，把剑觅徐君"，亦谓己与房太尉之亲密，至偕同游燕，一如谢元之与谢安对棋。复谓房太尉之死，己之知音之感，一如季札之欲挂剑徐君之墓。此虽为用典，然藉以烘衬其情事，仍无害也。又有古人之名言或名作引用入诗，苟点染入神，反倍生色。如周美成词《西河》之第三半阕"酒旗戏鼓甚处市，是依稀王谢邻里。燕子不知何世，入寻常巷陌。人家相对，如说兴亡斜阳里"，若此段意义，非脱胎于"朱雀桥边野草花"一诗，而为美成臆造，已自佳妙。然美成以此著名之诗，取其意义，融会入词，则尤见运用之巧，而生两重美感，此又不可以其用事为病也。又如辛稼轩词《贺新郎》之后半阕"将军百战声名裂，向河梁回头万里。故人长别，易水萧萧西风冷，满座衣冠似雪。……"大力包举，一气浑成。虽用河梁易水二典，然不见运用之痕迹，徒为其大声鞺鞳之音节，更增色彩，亦不得以用典病之也。且用典之习，不特中国有之，西国诗人亦莫不然。荷马诗中之神话，已为文艺复兴以后诗人所用滥。至莎士比亚、弥儿敦之著作出，则又群起引用二氏著作中之情事，即以主张改革之大诗人威至威斯亦莫不然。如"Scorn ont the Sonnet"关于 Sonnet 之典，用之至再。又如其"Ecclesiastical Sonnets"中，关于宗教之典，不惜累累用之。盖历史与昔人之著作，后人之遗产也。弃遗产而不顾，徒手起家，而欲致巨万之富，不亦难哉！然亦有一项枵腹之诗人，自家之思想不高，乃必依草附木，东涂西抹以炫众。则李义山之衣，固已早为人所撕碎，不必胡君始起而创反对之论也。若确有用事用典之能力，而不见斧凿之痕，则其润色修饰之美德，自不可抹杀。予作诗即不喜用典，然对于古今人用典之佳处，初不能妄和訾议，且不得不为之辩护也。

胡君创白话诗与白话文之理由有二。一以过去之文字为死文字，现在白话文中所用之文字为活文字。用活文字所作之文学为活文学，用死文字所作之文学为死文学。而以希腊、拉丁文以比中国古文，以英、德、法文以比中国白话，以自创白话文以比乔塞（今译乔叟）(Chaucer)之创英国文学，但丁(Dante)之创意国文学，路德(Luther)之创德国文学。以不相类之事，相提并论，以图眩世欺人，而自圆其说，予诚无法以谅胡君之过矣。希腊拉丁文之于英德法，外国文也。苟非国家完全为人所克服，人民完全与他人所同化，自无不用本国文字以作文学之理。至意大利之用塔斯干(Tuscang)方言之国语之故，亦由于罗马分崩已久，政治中心已有转移。而塔斯干方言，已占重要之位置，而有立为国语之必要也。希腊、拉丁文之于英、德、法文，恰如汉文与日本文之关系。今日人提倡以日本文作文学，其谁能指其非。胡君可谓废弃古文而用白话文，等于日人之废弃汉文而用日本文乎？吾知其不然也。夫今日之英、德、意文固异于乔塞、路德、但丁时之英、德、意文也。乔路但时之英、德、意文，与今日之英、德、意文较，则与中国之周秦古文，与今日之文字较相若，而非希腊拉丁文与英、德、意文较之比也。胡君之作此论，非故为淆乱视听，以求自圆其说，即为不学少思，此予不能曲为胡君谅者也。且即以英文而论，今日之英文中纯正的撒克逊字为数几何？拉丁文为数几何？除彭衍（今译班扬）(Bunyan)一人外，不用拉丁字而能作一有价值之文学者有几人？又以日本文而论，今日之日文中纯正之日本字为数几何？汉字几何？然拉丁文之于英文，汉文之于日文，外国文也，非中国古文之与白话文之比也。英人日人之文学，不以拉丁字汉字之为外国字而屏弃之，吾人乃屏弃吾国稍古之文字，某君且欲倡立一种“欧化的国语文学”，宁非慎乎！且文学之死活，以其自身之价值而定，而不以其所用之文字之今古为死活。故荷马之诗，活文学也，以其不死 immortal 不朽也。乔塞之诗，活文学也，以其不死不朽也。梭和科（今译普鲁塔克）(Plutarch)之传记，活文学也，以其不死不朽也。反而论之，“Edgar Lee Masters”之诗死文学也，以其必死必朽也，不以其用活文之故而遂得不死不朽也。陀司妥夫士忌

(今译陀斯妥耶夫斯基)、戈尔忌(今译高尔基)之小说,死文学也,不以其轰动一时遂得不死不朽也。胡君之《尝试集》,死文学也,以其必死必朽也,不以其用活文字之故,而遂得不死不朽也。物之将死,必精神失其常度,言动出于常轨,胡君辈之诗之卤莽灭裂、趋于极端,正其必死之征耳。不然,世间无不朽之著作,而每种名著之命运,最多亦不过二三百年矣。天下宁有是理哉?以此观之,死活文学之谬论,不足为白话诗成立之理由,明矣。

胡君复以为李杜韩白诸诗人皆曾用白话入诗,历来诗人,鲜有不用俗字俗话者,因谓完全白话诗有成立之理由。实则不然,夫不避俗字俗话,固也,而必避文言又何故乎?辜勒律己以为语言可分为三种:一为诗所特有者,二为仅宜于文者,三诗文共用者。中国之诗,自三百篇以下,无不多少引用一部分白话入诗。然必宜于诗或并宜于诗文者方能用之,彼不宜于诗或竟至不宜于文者必不能用。在古之诗人则然,在今之诗人亦莫不然也。且即用白话,其用之之法必大有异于寻常日用之语言。辜勒律己之评威至威斯之诗曰:"吾所以为奇特而可注意之事,即以俗话不但为最佳之体裁,且为仅可推许之体裁之理论,乃出于其言辞舍莎士比亚、弥儿敦外,吾以为最为特殊而具个性之诗人也。"又谓:"总而言之,若于威至威斯之诗中,除去为其绪言之理论所不许之著作,则最少其诗中三分之二之特殊美丽,必在屏弃之列矣。"又论威至威斯所用之俗字曰:"但其所用之字,系用于日常生活所用之地位,以表示同等之思想或外物乎?"可知徒以俗话作诗,虽在大诗人如威至威斯者亦有所不能也。胡君自谓"主张用朴实无华的白描工夫",其谁以为不然?然无论如何白描,如何不避俗字俗话,要必以能入诗者为限,此可断言者也。故如腰子、鸭、荔支、莲花,皆白话所常用之字也,非蛾眉、朱颜、银汉、玉容等字之比也。然郑子尹诗"荔支腰子莲花鸭,羡尔承平醉饱人",便为最佳之诗,而非胡君"但记得海参银鱼下饺子,说是北方的习惯"可比也,亦非苏州某名士之诗"火腿蛋花摊薄饼,虾仁锅贴满盘装"可比也。且诗中有时所用之俗字俗话,竟为文言文所不许用者。如黄山谷诗"饱吃惠州饭",陈简斋诗"平生老赤脚",吃饭与赤脚,皆平常文言文所不用者。盖诗之功用在表现美感与情韵,能表现美感与情韵,即俗话俗字亦在所不避,否则文言亦在所不许也。宋人之诗最以工技术(Technic)闻,然杨诚斋、刘后村极喜以俗话入诗。有清一代诗人最特殊者,莫如咸丰间之郑子尹。苟胡君得读其《巢经巢诗》,将益以为吾道不孤矣。然其过人处,正在以俗话俗字入诗,而能语语新颖，不嫌其俗。如“开门风过月照地，竹根草脚皆虫声”“麦深不见人，时闻挽车响。傍道多草舍，老翁聚三两”“君试亲行当自知，此道如读昌黎之文、少陵诗。眼著一句见一句，未来都非夷所思”“负毋一生力，枯我十年血。维毋天地眼，责命不责术”“阿卯出门时，《论语》读数纸。至今知所诵，曾否到《孟子》”“梦醒觅娇儿，触手乃船壁”“卯卯今夕乐，乐到不可名。不解忆郎罢，但知烧粉蒸守。守岁强不卧，喧搅至五更。班班稍解事，鍼缕亦略能。头试活芜花，安排拜新正”“兴到即野饮，菜花迷大堤”“车中一觉环山梦，正及村前饼熟时”“岸树尽相熟，枝叶无一紊。入逢坐未定，又出验水印。明知不能缆，却怪舫师钝。舫师益气塞，指水但增恨”，“雪花大如蝶，片片飞上眉”，“以我三句两句书，累母四更五更守”，如此之诗，岂以俗话为嫌耶？然又非胡君辈之白话诗可比也。又如其《完未场卷矮屋无聊成诗数十韵揭晓后因续成之》一诗中“四更赴辕门”至“关防映红青”一段，历叙乡试时之情况，写五百年来诗人之所不敢写。又如《端午阿卯》一诗云：“鲁论半部应成诵，渠毋前朝早任嬉。嫩绿胡孙高蹋臂，雄黄王字大通眉。”又如《度岁沣州寄山中四首》之第三首云：“今日趁公回，假面可市曾。卯须张飞胡，章也称鹘艳。还应篾黄竹，预办虾蟹灯。”又如《题新昌俞秋农先生书声刀尺图》云：“女大不畏爷，儿大不畏娘。小时如牧豕，大时如牧羊。血吐千万盆，话费千万筐。爷从门前出，儿从门后去。呼来折竹签，与儿记遍数。爷从门前归，呼儿声如雷。母潜窥儿倍，忿顽复怜疑。忧楚有笑容，尚爪壁上灰。为捏数把汗，幸放一度笞”，如此专用俗事，为前人所不敢为，然用之极工，则宁以俗事为嫌耶？即以陈伯严、郑苏庵，亦善白描。如陈伯严《崝庐述哀》诗云：“犹疑梦恍惚，父卧辞视听。儿来撼父床，万唤不一应。”“哀哉祭扫时，上吾父母冢。儿拜携酒浆，但有血泪涌。”又如《崝庐雨坐四绝句》之一云：“客庸之母吾邻媪，自识儿时四十年。白发苍颜今再见，避谈旧事益凄然。”郑苏庵《家书至郤寄》诗云：“正月月圆时，斜街鼓冬冬。二月月圆时，我在官学中。……署中时来云，某日当趋公。赁车便应去，车声何玲珑。”第二首云：“大七黠可怜，岁暮甫断乳。孟冬我行时，识字已百许。”《哀东七》云：“冬至幸脱命，小寒过不得。父怜母复爱，抚汝两脚直。”《述哀》诗云：“榕城疫盛行，人鬼争出殁。里中丧族弟，俄复夺一侄……”皆尚白描，不假雕琢。可知争持之点，不在可否作白话诗，而在无论何种白话，皆可用以为诗否耳。

复次，诗之功用，在能表现美感与情韵，初不在文言白话之别。白话之能表现美感与情韵，固可用之作诗。苟文言亦有此功能，则亦万无屏弃之理。胡君活文学死文学之说，上文已辟之綦详。今试以欧美诗人与批评家之说证之，则尤见文言诗实有存在之理由。英国大诗家格雷(Gray)云："以体裁而论，予可断言现时之语言，决不能为诗之语言。惟法人之诗，除理想与想象外，其言辞与散文无异。吾国之诗，则另有一种特异之言辞也。"辜勒律己云："较古之言辞，最宜于诗。盖因其仅将重要意义表现清晰，其他意义，仅隐约表现之也。……诗能与读者最多之快乐，即在大段了解而不完全了解之时。"罗士教授云："诗与法律、宗教、礼仪与游戏四物，不但能保存古字，且能保存字之古体与其古义。……予所欲注重者有一点，即古字之宜于诗，一与他字同，但问其用之得当与否耳。"英国诗人强生(Ben Jonson)有言曰："古昔之字，可增加体裁之雄壮。"不过亦须用之得当，否则但知涂改《清庙》《生民之什》，而无本质，则亦不足取耳。

总而论之，胡君之诗与胡君之诗论，皆有一种极大之缺点。即认定以白话为诗，不知拣择之重要，但知剿袭古人之可厌，而遂因噎废食，不知白话固可入诗，然文言尤为重要也。胡君以为"白话入诗，古人用之者多矣"，且举放翁诗及山谷、稼轩词为例，殊不知文言入诗，古人用之者亦多，亦可举放翁、山谷、稼轩为例也。白话之于诗，完中之偏也。凡用名学以作推论，不能以偏而推其全。"盗人也，杀盗非杀人也"，胡君自命为名学巨子，此理曾不知乎？抑故欲眩人耳目乎？今又细考胡君之诗，何胡君之白话诗，不及郑子尹、郑苏庵之白话诗也。则由于胡君但能作白话而不能作诗之故，如《尝试集》中《周岁》《上山》《我的儿子》《自题〈藏晖室札记〉》《威权》《一颗星儿》《应该》《你莫忘记》《看花》《示威》《纪梦》《许怡荪》《外交》诸诗，皆仅为白话而非白话诗。其中虽不无稍有情意之处，然亦平常日用语言之情意，而非诗之情意也。夫诗之异于文者，文之意义，重在表现(denote)。诗之意义，重在含蓄(counate)与暗示(suggest)。文之职责，多在合于理性，诗之职责，则在能动感情。辜勒律己曰："佳文之界说，为适宜之字在适宜之地位。佳诗之界说，为最多适宜之字在适宜之地位。……散文之字，仅须表现所欲说之意义而已。……但在诗中，则汝所作必过于此限。其为媒介物之字，必须美丽而能引人注目。同时又不可过于美丽，致摧毁由于全诗而得之统一。"又云："诗之异于文者，以诗之法律必较散文为谨严，每每散文所允许之物，诗乃不能不弃去之也。"胡君不知此理，但为表面上文言白话之区别，此其白话诗所以仅为白话而非诗欤？（未完）

评《尝试集》(续)*

胡先骕

(五)诗之模仿与创造

胡君论诗所主张八事之七曰"不摹仿古人,须句句有我在"一语,高格之诗人与批评家皆知之,初非胡君之创见。至不摹仿古人一层,则大可商榷。夫人之技能智力,自语言以至于哲学,凡为后天之所得,皆须经若干时之模仿,始能逐渐而有所创造。今试以一哺乳之小儿,使之生于一禽鸟俱无之荒岛上,虽彼生具孔墨之圣智,必不能发达有寻常市井儿之技能。语言、文字、歌曲、舞蹈、绘画、计算、雕刻、烹饪、裁缝之各种技术,均无由得之,其哲学、思想、艺术、美感亦无由发达。虽其间或能有三数发明与创造,然以彼穷年累月之力之造就,必不能及今日小学生在校一二日之所得也。今所贵乎教育者,岂不以其能使年幼者得年长者之经验,后人得前人之经验,不必迂回以重经筚路篮缕之困苦乎?今试以哲学论之。自伏羲造卦以来,迭经老孔庄儒墨汉唐宋明诸贤哲之殚思尽虑所积成之哲学,在今日之大学中,以一星期三小时之教授,一年之间,即可知其大凡,而洞悉其异同蜕嬗之迹。其所以能此者,即其思想曾循前人之轨辙,使其心理一一与前人相合,亦即思想之模仿也。思想模仿既久,渐有独立之能力,或因之而能创造。然虽有创造,亦殊难尽脱前人之影响。今试观今日之唯心派、唯物派之哲学,其谁非秉昔贤之原理,与受文化环境之浸润,以递

* 辑自《学衡》1922年2月第2期。

嬗而出者乎？即近日最流行之实用哲学，詹姆士教授（Prof. James）亦称其“新式样之旧思想”。而白璧德教授（Prof. Irving Babbitt）且谓柏格森之哲学为卢骚（今译卢梭）主义之后嗣也。再以音乐论之，人类虽有唱歌之乐器，而音乐自身亦不知几经改进而有华格纳（今译瓦格纳）（Wagner）、摩查得（今译莫扎特）（Mozart）繁复之谱乐（Symphony）。试问无摹仿之功，全凭创造之力，即以华葛纳、摩查得之天才，能作此等最繁复之高格音乐乎？不但不能作也，即领略其佳处，亦非易易。世固有最佳之音乐，无论曾否受音乐教育之人皆知其美者。然以自身及友人之经验证之，每有曾受音乐教育之人所称美赞叹之曲，在未曾受音乐教育者，乃不知其所以然。尤可怪者，每每善弄欧美音乐者，乃不知中国琴韵之佳处，而中国琴师亦不知西乐之佳处。此无他耳，未经训练，心理上未得相同之嗜好故也。然音乐不过为甚近于人为之艺术耳。至纯属人为之艺术，则莫过于中国之书法。自理论言之，天然艺术如诗、戏曲、小说、图画、雕刻之类，最易为外境所拘，易于模仿而不易于创造。而人为艺术如音乐、书法等最有自由，易于创造而不易于模仿，实亦不然。今试以书法言之，除蝌斗文、鸟篆或为纯粹创作外，若大篆、小篆、隶、楷、行、草莫不有因袭模仿之迹。即以楷书论，钟繇模仿蔡邕然非蔡邕，卫夫人模仿钟繇然非钟繇，王右军模仿卫夫人然非卫夫人，自后欧虞褚柳俱模仿二王然非二王，颜鲁公模仿徐浩而非徐浩，小欧模仿大欧，薛稷模仿褚，而二人之作乃异乎大欧与褚。及至近日何绍基模仿《争座位》，翁覃溪模仿《化度寺》，何、翁岂真《化度寺》与《争座位》哉！故以书法之沿革考之，名家书法莫不模仿，亦莫不创造。仅能模仿而不能创造者，固不足以其技名。不模仿而能创造者，亦目所稀见。不独此也，即赏鉴家之态度，亦随习俗模仿而变迁，清初之嗜董与清末之嗜北魏尤为特著。通常习南贴者鄙北碑为犷野，习北魏者嗤晋唐为凡近，其去取之间，岂真有至理存乎其间哉！无亦以模仿之不同，嗜好即因以异耳。此等纯粹之人为艺术尚不能不模仿，复何语于彼天然艺术如诗与图画、雕刻乎？图画、雕刻不能不模仿风景人物，诗亦不能不模仿风景人物与人情。亚里士多德谓诗为“模仿艺术”，岂无故哉！

难者或谓亚里士多德之模仿与吾辈所攻击之模仿不同，亚氏所谓模仿乃为模仿天然景物，模仿人情。不但模仿事实上之人情，并且模仿理想上可能之最高格之人情，此即吾辈所认为创造者。至吾辈所攻击之模仿，乃新古学派（Neoclassical School）所主张之不但模仿天然界之事物与人情，且须模仿昔人之著作;不但模仿昔人之著作,且以仅须模仿昔之著作为足也。吾辈所攻击者,非为能模仿天然界事物与人情之李杜苏黄,而为模仿李杜苏黄者也。此语诚具片面之理由,可为但知模仿不知创造者下一针砭,然不能证明绝对不可模仿古人也。夫天然之景物与人情,虽有万殊,然多有类似之处。吾人之思想嗜好,与表示思想之言语,以及发语之方法态度,虽以人而异,然亦有类似之处。而彼古人生于今人之前,自较吾人先有表示天然景物与人情之美点之机会。今人之性情既多少与古人之性情相似,则今人所表示天然景物与人情之方法态度,自不能不有类似于彼之性情所相近之古人之处。且古人之作,非尽可垂范于后世也。万千古人为诗,仅有十一古人可为后人之所取法。彼能垂范于后世之古人,必在彼之一类之性情与表现事物之方法态度中,有过人之处。故与彼之性情及表现事物之态度相类似之今人,欲为高格之作,必勉求与彼之心理嗜好韵味符合,斯能得其一类性情之高深处。又彼名家表现事物之方法态度,亦必有为后人所难及处,必模仿研几其所以然,始可望己所发语表物之方法态度可与古人媲美也。然此又非谓无须乎创造也。盖人之性情虽大约相似,然绝不能相同。故同一学杜,韩昌黎即异乎白居易,杜樊川复异乎李义山,欧阳文忠、王半山、黄山谷、陈后山、陈简斋、陆放翁皆学杜而各各不同。虽各各不同,然细究之则仍知其皆出于杜。斯之谓脱胎即创造,创造即脱胎,斯之谓创造必出于模仿也。胡君所主张者句句须有我在,韩白黄陈之学杜而终能自辟门户者,正以其句句有我在也。于此正可以生物学例之。生物之世代相传也,莫不类似其父母,而又不能恰似其父母,其似之甚者,亦有几希之异。其不似之甚者,虽为种畸(Mutation),然亦有一二类似父母之处,惟其异点特多而著耳。今持此现象以语于诗,则模仿者类似父母之道也,创造者不类似父母之道也。韩白黄陈之异乎杜而终为杜之子孙者,正以其虽面目不似杜而骨则似杜也。反而观温飞卿、李长吉、卢仝、孟郊、贾岛、柳柳州、韦苏州、苏东坡、范石湖、翁灵舒、谢皋羽之辈,则不得谓为杜之子孙者,以其绝对不似杜也。然仍同为诗者,则以其格律韵味有所相似也。亦犹张甲、李乙、黄人、白人,虽血族不同,然终为人也。必绝对不模仿,绝无似古人处,则犹犬之非人,虽为至美之犬,亦终不得谓之为人也。然则明七子之学杜亦可与韩白黄陈并称乎?曰:是不然。夫生物界有相似而无相同,即以孪生之兄弟,其面貌性情亦有不同之处。诗文亦然。此正以其句句有我在也。与之毫发无异者,斯为人物之摄影。然摄影,死物也,虽得其形似,而终无其精神者也。夫人之摄影,不得谓之为人，亦犹明七子之学杜，而终不得谓之杜。以其有杜之面目，而无杜之精神也。某君少年时学黄，黄诗有"槁项顶螺忘岁年"之句，某君即易为"顶螺槁项已忘年"，如此之模仿，斯为摄影之模仿，为句句无我在之模仿。此仍胡君所宜指斥者，亦即有眼光之诗人与批评家所宜指斥者也。

且善于模仿古人者，除上述个人之个性外，尚有他法以自异于古人者也。其法惟何？一为兼揽众长。夫模仿不必限于一家一人之作，可挈取众人之美，既学陶又可学谢，初可仿杜，继可仿李，截长补短，复加以个人之个性，即可另开一新面目。生物界中除用割接、分根、插枝、用诸营养体繁殖之子孙与母体无异外，雌雄配偶所生之子孙，决无恰似父母之理，诗文亦然。再则世间意境，或尚有古人所未见，冥心则意以另辟草莱，于古人之中，别立异帜，亦自立之道也。观夫承唐宋金元之后，明清作者尚有阮大铖、邝公露、王渔洋、吴野人、郑子尹、陈伯严、郑苏庵、袁昶诸家之诗，各开未有之境界，益信文艺界自立之多途矣。三则发扬光大古人之一长，以另立门户，此例之显著者，为诸家之学杜。杜工部之诗，包罗万有，韩昌黎专学其雄浑，白居易专学其平易，李义山专学其秾丽，王荆公专学其苍劲，黄山谷专学其奇崛，陈后山专学其幽涩，各以杜之一长而发扬光大之，遂各辟一门户，此创作即寓于模仿之中也。四则人世日迁，人文日进。社会之组织进步，日新月异，哲学、历史、政治、经济各种学问，日有增益。甚至社会之罪恶与所待以解决之方，亦随人文进而有不同。彼真正之诗人，皆能利用之以为其诗之材料，是虽体裁模仿古人而无少变，实质上亦与之有异。新思想之李白、杜甫，庸讵不见容于二十世纪耶？

此外技术上亦不得不有所模仿也。无论何种艺术，舍内部之精神外，尚有外部之技术。毛柏桑（今译莫泊桑）固以写实主义见称，然其令誉非半系于其文笔严洁，一字不可易乎！丁尼孙非以辞句无疵见称，而白朗宁非以不事修饰，贻人口实乎！易卜生之主义，虽有人訾议之，其技术上之改革，则诚不可磨灭也。夫习音乐者，在未高谈乐理之先，必须习弹弄各种乐具之手法，与夫音之高低缓急之配置，继进而研究乐谱分段分章之组织，各种乐器之和谐，夫然后可讲及名家乐谱之模仿，以及各家之派别，与其优劣。如此极深研几，始可进而言创造。习画山水者，必先习《芥子园画谱》山水、人物、树木等最简单之画法，继习大斧劈、小斧劈、披麻、荷叶等皴法，再进而及于全幅峰峦、溪涧、桥梁、村舍之布置，再进而临摹唐宋元明清诸大家之名作，渐渐辨别其异同，审判其优劣。夫然后择一二家精专之，久久方能别具丘壑，自有创造。他如书法、雕刻，亦莫不然，诗亦岂能独异？故学为诗者，必先知四声之异同，平仄相间之原理，古诗律诗之性质，起首结尾阴阳开合之宜忌，题目之性质与各种诗体之关系。进而博读各家之名著，审别其异同，籀绎其命意遣辞、造句、炼字、行气取势之法，再择其一二家与己之嗜好近者，细意模仿之，久久始可语于创造也。对于技术上若无此种精邃之研究，必也淆乱无章，大题小作，音节不谐，色泽不一，雅郑杂陈，诸病纷至沓来，而终为一种草昧时代之美术矣。此舍诗之本质外，技术上亦不得不模仿古人者也。

（六）古学派浪漫派之艺术观与其优劣

总观以上之讨论，吾人可知胡君之诗所代表与胡君论诗之学说所主张者，为绝对自由主义，而所反对者为制裁主义、规律主义。以世界文学之潮流观之，则浪漫主义，卢骚主义之流亚，而所反对者古学主义(Classicism)也。或以为胡君所提倡者为写实主义之文学，其《人力车夫》一诗，纯为写实体。《威权》《周岁》《上山》诸诗，虽具象征主义之外貌，然其骨骼仍与写实主义同以教训为目的。谓之为浪漫主义之流亚，无乃无征不信乎！曰浪漫主义多门，而其共同之性质，则为主张绝对之自由，而反对任何之规律，尚情感而轻智慧，主偏激而背中庸，且富于妄自尊大之习气也。在欧洲首先提倡者为卢骚，及其末流则其人生观有绝不相容之尼采、托尔斯泰两派。其艺术观亦有绝相矛盾之自然主义、神秘主义两派，要之偏激而不中庸而已。胡君与其同派之诗人之著作，皆不能脱浪漫派之范围，而与之绝对不兼容者，斯为古学主义。故欲论其优劣必先明两派之优劣，欲明两派之优劣，必先明两派之艺术观。兹分论之如下：

古学派之鼻祖为亚里斯多德(今译亚里士多德)，亚氏生有科学家之天性，故对于艺术亦以科学的分析的眼光，以钩稽其原理，而首创批评之学，以科学的眼光为客观的、自外的，故亚氏认叙事诗与戏曲为诗之正宗，而谓诗为模仿技术，其言曰："诗之起源，根于人类天性中之两种理由。一为模仿之习性。盖模仿为人类之本能。……二，凡人皆喜模仿之产物。……其所以喜此者，复基于吾人一种天性，即学习之欲望。盖学习为人类快乐中最著者也。"又云："模仿为吾人之天性，亦犹音乐和谐与章节为吾人之天性也。"又云："叙事诗有一点与悲剧相同者，即用一种高格之诗，以为重大事故之模仿也。"对于悲剧，亚氏认有六种元素：(1)计划，(2)伦理性质，(3)辞句，(4)理性，(5)外观，(6)音调。六者之中，音调与辞句，关系于模仿之媒介物，外观关系于动作之表现，计划、伦理性质与理性则关系悲剧之内容。亚氏对于此六者,复有多量之发挥,而于悲剧之技术,皆加以有条理之规定。盖亚氏既认定悲剧为模仿技术,则所研究者,在所以模仿之方法。亦犹从事科学哲学者,在未加研究之先,必须研究所以治斯学之方法也。及其末流,如新古学主义派,则认技术为万能,以为苟认定亚氏之规律,则虽无内部之灵悟,亦可作最佳之悲剧。故亚氏所主张者,为模仿天然之事物与人情,而新古学派乃主张模仿昔人之著作,其流弊遂如明七子之学杜,陈陈相因,依草附木,而个性尽矣。然其佳处,则在格律整齐,主张正大,虽有陈腐之嫌,然无谬妄之习,至卢骚出则风气大变矣。

卢骚力主返乎自然,不但对于文学主张废弃一切规律,即对于人生,亦全任感情之冲动,而废除理性之制裁。尝自述少年时曾任孤鸿伯爵家执事,彼乃以为无冒险性质,无故弃去之。日后隐居之时,彼每恨不速之客,无因叩门以破其幻梦。故初无有理性之人生观念,至使子女待育于他人,对于政治则倡无根据之民约论,对有教育,亦主张绝对之放任,甚至谓"有思想之人,为德性败坏之动物",其影响之所及,上焉者固有威至威斯、协黎之奇美绝丽,下焉者乃泛滥横决,如费得曼(今译惠特曼)(Whitman)矣。然犹未也。自十九世纪科学与平民主义发达以来,对于高尚之文学,咸生疾视之态度,于是以科学方法作"平民文学",凡艺术上之规律抛弃罄尽,凡高尚思想与社会上之美德,咸视为虚伪。如萧伯讷(今译萧伯纳)、士敦保格之徒,几不信法律、道德、情爱、忠勇、仁慈诸美德,为人类之可能性。对于艺术,绝不思及拣择之重要,纯以一种摄影方法,以描写社会,甚且长专拣择特殊丑恶之情事,以代表社会,以示人类实无异于禽兽。其宣传平民主义、社会主义也,不求提挈此失教之平民使上跻于"智识阶级"之地位,使有与"智识阶级"同等之知识。第欲推翻智识阶级,使之反变为愚骙。不惜将历代俊秀之士所养成之高格文化高格艺术,下降以就未受教育,姿禀驽下之平民之视听。薛尔曼教授(Professor Stuart P. Sherman)称此十九世纪之末叶,为生物主义之时代,信不诬也。至他一派之浪漫派,初无威至威斯、协黎、奇茨(Keats)高尚之理想,但求官觉上之美感。所作之诗,除表现一种天然界物质之美外,别无高尚之意味。除与肉体有密切关系者外,初无精神上独立之美感。不能以物质表现精神,但窃取精神之外貌,以粉饰物质。在欧美则有印象主义派(imagist),在中国则近日报章所登载模仿塔果儿(今译泰戈尔)之作,与胡君《尝试集》中《蔚蓝的天上》一类诗,皆此类也。夫浪漫主义苟不趋于极端,在文学中实有促进优美人生观之功效。昔在希腊，对于人类之行为，但判其美丑，而不问其善恶者，实此意也。此等高格与下品浪漫主义之区别，一般浅识之徒，殊不能辨。今试以昔日英国浪漫派诗人之作，与近日所谓新诗人之作相较，即可知其梗概。威至威斯，十九世纪初年浪漫派诗人之巨擘，且极力主张以俗语作诗者，然其佳作则不但曲状自然界之美，且深解人生之意义。近日之新诗人，除印度之塔果尔外，笔底具此化工者殆鲜。今试举威氏"*Ode an Intimations of Immortality*""*Yarrow Unvisited*""*Yarrow Visited*""*Yarrow Revisited*""*Lines, composed……above Tintern Abbey*"诸诗，岂今日新诗人所能企及者？又如"*The Daffodils*""*Tothe Daisy*"二诗同为咏物之作，然寄托之遥远，又岂印象派诗人 *Richard Aldington* 所作之"*The Poplar*"所能比拟。同一言情爱也，白朗宁夫人之"*Sonnets from Portugese*"乃纯洁高尚若冰雪，至 D. H. Lawrence 之"*Fireflies in the Corn*"，则近似男女戏谑之辞矣。夫悼亡悲逝，诗人最易见好之题目也，然 Amy Lowell 之"*Patterns*"何如丁尼孙之"*Home They brought Her Warrior Dead*"与波(Edgar Allen Poe)之"*The Rayen*"，而 D. H. Lawrence 之"*A Women and her Dead Husband*"则品格尤为卑下。一若男女相爱，全在肉体，肉体已死，则可爱者已变为可憎可畏，夫岂真能笃于爱情者所宜出耶？此外则能表现超自然之慧悟之作，尤为近日诗人所不能为。如丁尼孙之"*Crossing the Bar*""*The Higher Pautheism*"，布朗宁之"*Prospice*""*Evelyn Hope*"，Emily Bronte 之"*Last Lines*"，Christina Rossetti 之"*Up-Hill*"，*Bryant* 之"*Thanatopsis*"诸诗，皆富于出世之玄悟。新诗人中惟塔果尔以东方哲学为诗，始能得其梗概。至 Masefield 之"*What am I, Life*"，则品格之相去有若霄壤矣。反而观中国之新诗，其自居于浪漫派之诗人，所作亦仅知状官感所接触之物质界之美，而不能表现超自然之灵悟。如胡君《蔚蓝的天上》一诗，除形容各种自然界谐合之颜色外，别无一毫言外之意。胡君以为"吾国作诗，每不重言外之意"，殆自道其短，初非语于昔人之作也。其他新诗人之诗，亦同犯此病，《时事新报》所载王君绍基《一个秋晚的海滨》，即可以代表近日浪漫派新诗，然所表现者，亦仅为自然环境之美，而未能表现因此环境而引起之主观的超自然之美感也。反观古人之作如孟浩然《登鹿门山》《夜归鹿门歌》，王维《蓝田石门精舍》《自大散……至黄牛岭见黄花川》《过香积寺》，柳宗元《晨诣超师院读禅经》《与崔策登西山》，阮大铖《摄山东峰石上坐月》《谢以冲先生见访灵谷》《雨后喜一门雪叶柏城过访》《昼憩文殊庵》《吉山庵视颖中上人》诸诗，皆不但能状自然界之美景，且皆能使人生出尘之想。此高格浪漫诗之可贵也。又美人芳草之思，人类具有同感，然命意遣辞，大有高下。韩冬郎即非李义山之比，王次回则尤下矣。杜工部之咏佳人，则姑射仙人冰雪之姿，又在义山之上。尝读姜白石词句"尝忆曾携手处，千树压西湖寒碧"，蒋鹿潭词句"今夜冷篷窗倦倚，为月明强起梳掠"，辄推想此中美人，大有异于脂粉队中人也。阮大铖《纳姬》诗云"自结持筐侣，非征敝席欢"，是对于姬妾尚为精神之恋爱。至胡君对于其夫人而著之《如梦令》云"谁躲，谁躲，那是去年的我"，则竟类男女相悦，打村骂俏之言。甚矣，夫浪漫诗亦大有高下之别也。

就以上之讨论观之，浪漫主义，苟不至极端，实为诗中之要素。若浪漫无限制，则一方面将流于中国之香奁体，与欧洲之印象诗，但求官感之快乐，不求精神之骞举；一方面则本浪漫主义破除一切制限之精神，不问事物之美恶，尽以入诗。在欧美则有 Edgar Lee Masters 所著之 *Spoon River Anthology* 与 Carl Sanberg 所著之 *Chicago* 等劣诗。在中国则有胡君之《威权》《你莫忘记》，沈尹默《鸽子》，陈独秀《相隔一层纸》等劣诗[1]。要之，趋于极端之弊耳。纠正之道若何？曰笃守中庸之道而已。希腊哲学家言中庸，孔子言中庸，佛言中道，非仅立身处世则然，即于美术亦莫不然也。白璧德教授云："凡真正人文主义(Humanistic)方法之要素，必为执中于两极端。其执中也，不但须有有力之思维，且须有有力之自制，此所以真正之人文主义家，从来稀见也。"又云："增广学术与同情心之主要作用，为使人当应用其才力时，对于专注与拣择最紧要之顷，得有较充分之预备。凡人欲其拣择正当，必先有正当之标准。欲得正当之标准，必须对于一己之意志、冲动，时刻加以限制。"又云："故若吾人欲免此种种之紊乱，必一面保存自然主义派之优点，一面须固持人生之规律，而切要超越全部自然主义之眼光。换言之，若欲重振人文主义，必对于十九世纪所特有之浪漫主义、科学、印象主义与独断主义，皆有几分之反动也。"其论作文之形式云："若浪漫派、自然派与假古学派，不知形式与形式主义之区别，必强谓美限于一物，吾人初无理由必须步其后尘。凡正式之美之分析，必能认别二种元素，其一为发展的，活动的，可以'表现'一名词总括之。与此相对者则为'形式'一元素，普通觉为制限拘束之规律者是也。"又云："以抛弃制限之原理之故，彼富于情感之自然主义派，终将非议人类天性中所有较高之美德，与解说

① 《相隔一层纸》应为刘半农之诗。

此美德之言词，至最终所剩余者，仅有野蛮之实用主义（Pragmatism）而已。”罗士教授云：“创造之才能，不在创造一种自有之新异而特别之媒介物。最高格之天才，每能发见彼所相传习用之体裁所未经发见之余蕴，而不欲徒费力于组织一新体裁焉。”又云：“……即此制限每为创造之原因。”凡此皆证明极端主义之无取，而不必徒事更张也。中国之新诗人其知返乎！

（七）中国诗进化之程序及其精神

无论何国之文学，苟有数百年之历史，必有其因革递嬗之迹。虽以模仿为轨则而不求创造者，亦终不能刻鹄似鹄。盖文学为有机物之产物，有机物最显著之性质，即为具有个性，其产物亦因之而有个性，有个性即有因革递嬗之迹，亦即有进化之程序可言。矧中国文学自唐虞以来，历时四千载之久，宁能墨守古者，但知模仿而无创造耶？今试考中国四千年间之诗，按其性质，可分为四大时期，各大时期中，又可分为若干小时期。第各大时期关于技术上之区别较大而显见，可例之为改革，小时期仅可例为变异耳。第一时期始自唐虞终于周末。此时期之诗，发原于歌谣，大体为四言，技术极其简陋，喜用比兴与重言，每每数章之诗，意义相似，仅易数字而已。此时期虽始于唐虞，然唐虞夏商之诗，为数极寡，至周初始盛，实则谓此时期，仅包括有周一代亦可，此孔子所以美周之文也。此时期之诗，亦有工拙之别，其最简陋者，如周初二南《樛木》《螽斯》《桃夭》《兔罝》《芣苢》《鹊巢》《羔羊》《殷其雷》诸诗，不但皆为比兴，且前后数章，句法意义皆同，惟更易数字，以求音节略有变异耳。一篇之中，多只有三章，亦可见其思想之薄弱。至变风则赋体渐多，或一篇之中比赋杂陈，亦不止三章而止，一章之中，句亦较多，虽句法亦有同者，然大都有故为变易之趋向。如《柏舟》《击鼓》《匏有苦叶》《谷风》《硕人》《氓》《小戎》《七月》《鸱鸮》诸诗，则章句皆大加繁殊，极腾挪操纵之致，迥非二南之简陋可比矣。至颂“则皆成周之世朝廷郊庙乐歌之辞”，而变雅“亦皆一时贤人君子，闵时病俗之所为”。其人之学识既高，思想言词自更充沛，而非出于里巷歌谣之风可比。故赋体远多于比兴，章法句法亦极变动不居，而无一种意义、一种句法反复陈说但换数字之病。此期之诗，至此已臻极轨矣。其精神一方面，最足引人注意者，则所述者尽属人事。既无希腊之述神话诗，复无乔塞之咏英雄诗，写景观念亦极不发达。诗歌内容，无外乎家室廊庙，起居日用，礼乐刑政，以及祀神述祖之事，其所表现者，纯为人文主义，初无一毫浪漫主义羼杂其间，此亦中国古代文明迥异于其他文明者也。至屈原出，始创《离骚》，以忠君爱国之忱，一寓于香草美人之什。既破除四言之轨律，复尽变人文主义之精神，秉楚人好鬼之遗风，遂开诗中超自然之法门。虽一时之影响不大，未能开一时期，然中国诗之浪漫主义，已伏根于此矣。第二时期始于西汉，迄于陈隋。其形式上之改革，为五言之代四言，全篇之代分章，赋体之代比兴，各首不同之句法，以代各章相同之句法。然最大之改革，厥为五言之代四言也。此时期又可分为若干小时期，如西汉体、建安体、正始体、太康体、元嘉体、齐梁体，凡治选学者，皆能言之。至其共同之性质，则为以五言为通用之体裁，其技术则一方面固较周秦为优，一方面乃较唐人为劣。句喜排偶，然每每多芜辞，尝有一二联铺比其间，初无要旨，删汰之反觉简洁者。其状景物也，但能语其大略，而不能精刻入微，即大谢写景之作，亦非王孟之比。此时期尤有一习气，即拟古是。自有《古诗十九首》及苏李《赠答诗》以来，离人思妇之什，已为朝野所珍视，乐府体遂以渐而繁，彼作者亦竞相模拟。试一阅郭茂倩《乐府诗集》，即见模拟之风大盛于此时也。且不但模拟诗题，甚且袭用句法，读之令人生厌。独陶阮谢三公以振奇之姿，不旁门户，别开支派，然数百年间之趋向，自可见也。此时期大可称之为古学主义时代，以其尚模仿也。初唐诸家，或承齐梁之余绪，或追魏晋之往迹，尚为此时期之遗裔。直至唐开元间，王孟李杜高岑一时并出，中国诗始入第三时期。此期始于盛唐迄于五代，其持性在形式上则为七古与律诗大兴，技术上则章法句法，较第二期为严谨。一篇之中少累句，一句之中少芜辞，不尚模仿古人，要能各立门户，赓作乐府之习渐衰，因事命题之作大盛。以杜工部一人之作而论，则舍七绝外，几于无体不佳。写景、叙事、抒情、述志，清新、沈雄、瘦硬、婉约，无美不具，开后人无数法门，为千余年中国诗之星宿海。日人以之拟弥儿敦，恐弥儿敦之于英诗之影响，远不及杜诗之于中国诗影响之大也。此外则与杜相鼓吹者，前有王右丞、孟襄阳，后有李太白、高常侍、岑嘉州。于是盛唐之诗，遂开示中国历史上未有之光荣。此后，元和间之韩愈、白居易、元稹、柳宗元、孟郊、贾岛、卢仝、李贺以及中晚之李商隐、杜牧、温庭筠诸贤，各辟蹊径，要不能自外于盛唐诸公也。五代之后，有宋肇兴，文人一秉晚唐之绪余，杨亿、宋郊、宋祁、王珪辈作诗，皆尚秀丽，号为西昆体。此外王黄州、欧阳文忠之学杜韩，犹未脱唐人之面目。王半山之诗，精刻谨严，渐开宋人之门户。逮至元祐苏长公、黄涪翁出，宋诗始另树一帜，是为中国诗之第四时期。此期之诗之性质，厥为用字、造句、立意、遣辞，务以新颖曲折为尚。唐人之美，往往为自然的,宋人之美,则为人为的。唐人仅知造句,宋人务求用字。唐人之美在貌,宋人之美在骨。唐人尽有疏处,宋人则每字每句,皆有职责,真能悬之国门,不易一字也。唐诗视汉魏六朝之诗,技术固较工,宋诗则较唐人尤工。唐人尚有拙处,宋人则绝无拙处,有时反以过工为病。唐诗音调谐婉,宋诗则过取生涩。即以孟郊、李贺之诗以与黄山谷、陈后山较,唐宋之界,仍判然也。唐诗之味如鸡鸭鱼肉,美则美矣,日饫之或有厌倦之意。宋诗则如海鲜,如荔支、凤梨,如万寿果,如鳄梨,其风味之隽永,一甘之即不忍或舍也。在欧洲文学中,厥为法人之文,恍惚似之耳。自此以降,元人虽对于宋人之过于生涩义牙处,有所纠正,然无特种之更张。明人则误在模仿唐人之面目,遂蒙画虎类狗之诮。清初诗人亦步趋唐人,除一二人外,未能别开蹊径。清末郑子尹、陈伯严、郑太夷虽能各开一派,然不能自异于宋人,日后之发展不可知。在今日观之,中国诗之技术,恐百尺竿头,断难再进一步也。或者宋诗已穷正变之极,乃不得不别拓疆域以开宋词元曲乎!

总而论之,中国之诗,曾经上文列举四种之阶级,而进于技术完美之域。至于内容,则自然之美、人情之隐,以及经史、百家、道藏、内典所含蕴之哲理,宋人亦咸能运用入诗,清人且用诗以为考据之用矣。在旧文化中,恐更难有拓殖之余地也。曰:然则中国诗将故步自封,长此终古乎?曰:是不然。美术与思想,相应者也。美术为工具,思想文化为实质。周诗仅限于人事者,周人之思想文化之仅限于人事有以使之也。魏晋之时,老庄之学大盛,其诗亦被有老庄之色泽矣。下逮于唐,佛学大兴,而唐人之诗,遂呈佛学之色彩。其时复以诗赋取士,故诗极工。然经史百家之学非所尚,故唐人之诗,韵味醇而理致少。至于宋则研几经史者众,古文既承韩柳之绪余而大振,理学亦以渐而兴。为诗者不但为诗人而兼为硕学之耆宿,遂能熔经铸史以入诗,因之诗亦倍有理致。阿诺德之评十九世纪初年之诗,以为隽才辈出,而成效不能如人所期者,由于实质不足之故。以曾受新式教育之人,而观中国之旧诗,亦必具有同等之感想。故清末之郑子尹、陈伯严、郑苏庵不得不谓为诗中射雕手也,然以曾受西方教育、深知西方文化之内容者观之,终觉其诗理致不足,此时代使然,初非此数诗人思力薄弱也,亦犹摆伦、协黎、威至威斯之诗,不足以餍阿诺德之望也。他日中国哲学、科学、政治、经济、社会、历史、艺术等学术,逐渐发达,一方面新文化既已输入,一方面旧文化复加发扬,则实质日充。苟有一二大诗人出,以美好之工具修饰之,自不难为中国诗开一新纪元。宁须故步自封耶?然又不必以实质之不充，遂并历代几经改善之工具而弃去之、破坏之也。

(八)《尝试集》之价值及其效用

上文讨论诗之原理与《尝试集》之短长，言之详矣。《尝试集》之真正价值及其效用究竟何若？苟绝无价值与效用者，何作者不惜穷两旬之日力，譊譊然作二万数千言以评之乎？曰：《尝试集》之价值与效用，为负性的。夫我国青年既与欧洲文化相接触，势不能不受其影响，而青年识力浅薄，对于他国文化之优劣，无抉择之能力，势不能不于各派皆有所模仿。然以模仿颓废派之故，至有如是之失败，则入迷途之少年，或能憬悟主张偏激之非，而知中道之可贵，洞悉溃决一切法度之学说之谬妄，而知韵文自有其天然之规律，庶能按步就班力求上达也，且同时表示现世代之文学尚未产出，旧式之名作亦有时不能尽餍吾人之望，虽今日新诗人创作新诗之方法错误，然社会终有求产出新诗之心。苟一般青年知社会之期望，而勤求创作之方，则虽“此路不通”，终有他路可通之一日。是胡君者，真正新诗人之前锋，亦犹创乱者，为陈胜吴广，而享其成者为汉高，此或《尝试集》真正价值之所在欤。(终)

评胡适《五十年来中国之文学》*

（原文见《申报》五十年纪念册）

胡先骕

一种运动之价值，初不系于其成败，而一时之风行，亦不足为成功之征。文化史中最有价值者，厥为欧洲之文艺复兴运动。至若卢梭以还之浪漫运动，则虽左右欧洲之思想几二百年，直至于今日，尚未有艾。然卓识之士，咸知其非，以为不但于文学上发生不良之影响，即欧洲文化近年来种种罪恶，咸由此运动而生焉。在吾国唐代，陈子昂之于诗，韩愈之于文，宋代王禹偁、梅圣俞之于诗，尹洙、欧阳修之于文，乃有价值而又成功之运动也。至若明代前后七子之复古运动，则虽风靡一时，侥幸战功，其无价值自若也。近年来欧洲文化渐呈衰象，邪说诐言，不胫而走。自然主义派既以描绘夸张丑恶为能事，颓废派复以沉溺声色相尚，他如绘画中之立体派、未来派、印象派等，莫不竞为荒诞离奇，以惊世骇俗，自鸣高尚。一说之兴，徒党必伙。其乖戾艺术与人生之要旨，明眼人自能辨之，宁震眩于其一时之风靡，遂盲从膜拜之哉？抑尤有进者，天下无绝对之是非，而常有非理论所能解释之事实。最佳之例，莫如欧洲新旧教之争。路德之创新教也，由于教皇之苛虐，教士之横暴，教义之虚伪，与夫国家观念之发达。路德以刚毅果敢之姿，创平正通达之教，言人人之所欲言，为人人之所不敢为，无怪乎登高一呼，万众响应。一时英格兰、苏格兰、丹麦、瑞典、普鲁士、萨克孙尼、瑞士与荷兰之一部，皆靡向风，尽从新教。平心论之，新教

---

* 辑自《学衡》1923 年 6 月第 18 期。

崇尚理智，切近人情，远在旧教之上，宜若全欧皆可为其所化矣。孰知乃大谬不然，北欧诸国，反抗旧教愈烈，南欧诸国，爱护旧教愈深。虽旧教之积恶，不得不为之涤除，然其根本，决不使之摇动。后罗药拉（今译罗耀拉）(Loyola)起而组织耶稣会(Order of Jesus)，其宗教之狂热，坚苦之精神，直与新教之路德相颉颃。后且潜入新教诸邦与野蛮民族中以传播其教义，结果则除意大利、西班牙本为旧教之根据地外，法兰西、比利时、巴维利亚、波西米亚、奥大利（今译奥地利）、波兰、匈牙利复归于旧教，直至今日。虽地域稍有变更，然旧教之势力，终不衰落，而与新教平分欧陆。将谓新教之非欤，则何以解于其能成立，而风靡全欧之半？将谓旧教之非欤？则何以解于其能中兴，且将已失于新教之版图，重归于教皇统治权之下也？可知关于思想与情感之事，一种主张、一种运动，决无统一之可能，而其间亦无绝对之是非可言也。

吾在论及本题之先，不惮详细讨论各种运动之消长优劣者，厥因胡君《五十年来中国之文学》（原文见《申报》五十年纪念册）一文之要旨，为桐城文之衰落，与语体文之成功故。姑无论语体文之运动，为期仅数年，一时之风行，是否可认为已达成功之域？即果成功矣，此运动是否有价值，尚属另一问题也。胡君此文，于叙述此五十年中我国文学之沿革，固有独到之处（然其论诗之推崇金和与一笔抹煞五十中之词，皆足以证明其鉴别韵文之能力薄弱），至必强诋古文，而夸张语体文，则犹其"内台叫好"之故技与"苦心"耳。今姑置文言文与语体文之争，而先论桐城文。桐城文之得名，始于方侍郎苞，姚鼐继之而为文益工，故有"天下之文，其在桐城"之誉。方氏所谓古文义法之说，即文之意义与体制是也。方氏诏人为文之要旨，厥为易语之"言有物，言有序"。物即义，序即法也。"物"与"义"固系于人之学问见识，不可强求者；"序"与"法"则可讨究而知，习练而能。今姑置意义之说，彼研讨为文之法，"较其离合，而量剂其轻重多寡"，宁非为文者所应有之事哉！曾文正之称归熙甫之文曰："然当时颇崇茁轧之习，假齐梁之雕琢，号为力追周秦者，往往而有。熙甫一切弃去，不事涂饰，而选言有序，不刻画而足以昭物情，与古作者合符，而后来者取则焉，不可谓不智。"桐城取法归方，其优点正在此耳。梅伯言述管异之语云："子之文病杂，一篇之中，数体驳见，武其冠，儒其服，非全人也！"可知桐城文所重者，舍意义外，厥为体制之纯洁："立言之道，义各有当"，"见之真，守之严，其撰述有以入乎人人之心，如规矩准绳不可逾越"。夫如是正为文之极则，恶得以此为桐城病哉！吾常以为桐城文似法国文学，法人之为文也，不为浮诞夸张之语，不为溢美溢恶之评，一字一句，铢两恰称，不逾其分。相传佛罗贝尔（今译福楼拜）(Flaubert)之教毛柏桑（今译莫泊桑）为文也，尝使之购面包或他物，归则令述其所见，若不称意，则使之更往而视他物。终乃使之用原作之字之半数，以叙所有目见之物，故其文简洁精到，真可悬之国门，千金不能易一字也。安诺德尝谓英国文学如亚洲人之野蛮富丽，虽以最大之散文家巴克（今译伯克）(Burke)犹患此病，甚至以秽恶之字句入文，如谓卢骚"弃其与可憎之情人所生之子女"，如"臭尸"或"溲便"之类是。而法人之文，则模拟雅典之文云。又谓英国之批评家与报纸，以党派之精神，为极端之论调，绝不存区别等差之余地。不求以理服人，但为无理之诋諆，至法人有"英国报纸之野蛮"之讥。凡此种种，英人之所短，正桐城文之所无，法人之所长，乃桐城文所独擅，则桐城文恶可轻诋之哉！

反而观胡君文学革命之主张，其《建设的文学革命论》有一主张为："有什么话说什么话，要这么说就这么说"。骤观之，似为"修辞立其诚"之意，细绎之，则殊不然，盖泛滥横决，绝无制裁之谓也。"有什么话说什么话"，则将不问此话是否应说，是否应于此处说。"要这么说就这么说"，则将不问此话是否合理，是否称题，是否委婉曲折可以动人，是否坚确明辨可以服众。意之所至，"臭尸"、"溲便"之辞，老妪骂街之言，甚至伧夫走卒谑浪笑傲之语，无不可形诸笔墨，宁独如亚洲人之野蛮富丽已哉！此所以胡君及其党徒之攻击与之持异议者，口吻务为轻薄，诋諆务为刻毒。甚且同党反唇相稽，亦毒詈不留余地，如易家钺之骂陈独秀是也。此种之革新运动，即使成功，亦无价值之可言。且见吾国风尚，有近于英人，而尚义法之桐城文，尤为今日对证之药也。

至于文之意义，则系于一代之学术思想，学术思想不发达，则文亦无所附丽。安诺德之评英国十九世纪初年之诗，以为虽有威至威斯、辜律已、克次、司各脱之天才，而成就不大者，由于实质不充之故。至桐城文"通顺清淡""无甚精采"，要为思想缺乏之故。当方姚之世，处开明专制政体之下，文纲极密，一时治朴学者，所殚思竭虑者，皆为章句训诂琐细之学。且值承平日久，亦稀悲壮激越，震心荡魄之事，足为文之资料。其时海禁未开，东西文化未接触，无从得外界之刺戟与观摩。故虽文体精洁，而不免有空疏之病也。曾文正所以能使桐城派中兴者，虽"以雄直之气，宏通之识，发为文章，冠绝古今"，然亦时会使然。太平之乱，蔓延十余省，东南半壁全陷于贼。湘乡以乡勇起义兵，崛起湖南，转战千里。忠义之士，风起云从，可歌可泣之事，指不胜屈。为文之资料既佳，无怪乎其文自能出人头地也。故在今日而为古文，其精采必远出于方姚之上。严复、章士钊岂不得已以古文勉求应用哉！正以其能用古文之良好工具，以为传播新学术、新思想之用，斯有不朽之价值耳。且桐城文家之文，意义虽不宏富而新颖，然宗旨则极正大。姚姬传《复汪进士辉祖书》云："夫古人之文，岂第文焉而已。明道义、维风俗以诏世者，君子之志，而辞足以尽其志者，君子之文也。"吴南屏《与杨性农书》云："窃惟古文云者，非其体之殊也。所以为之文者，古人为言之道耳。抑非独言之似于古人而已，乃其见之行事，宜无有不合者焉。"为文之宗旨若此，又何讥焉？又如梅伯言《答朱丹木书》曰："文章之事，莫大于因时。立吾言于此，虽其事之至微，物之甚小，而一时朝野之风俗习尚，皆可因吾言而见之。使为文于唐贞元元和时，读者不知为贞元元和人，不可也。为文于宋嘉祐元祐时，读者不知为嘉祐元祐人，不可也。韩子曰：'惟陈言之务去'，岂独其词之不可袭哉！夫古今之理势，固有大不同者矣。其为运会所推演，而变异日新者，不可穷极也。执古之同以概其异，虽于词无所假者，其文亦已陈矣。"则知桐城文家之胸次，非仅有狭义之"文以载道"观念在，举凡一代之政法风俗、典章文物，皆所以供吾文驱使者惟其主旨，则为"明道义维风俗以诏世"耳。为文之道，略尽于斯。故苟桐城文于吾国思想界无大贡献，要由于其时学术思想缺乏陈旧谓之故，与文体无与焉。

或又以桐城文规矩严谨，少豪宕感激之气，因以为桐城文病，如胡君所谓"甘心做通顺清淡的文章"是，实则此亦浅识之论。不学之徒，每易为虚声豪气所震眩。上焉者则嗜韩愈、苏轼之诗文，下焉者乃为龚自珍、金和泛滥洋溢之外貌所歆动。但取其文笔之流利剽疾，不察其内蕴之何若。梁启超、黄遵宪之享盛名者，亦此辈"费列斯顿"，有以使之然也。至闲适澹静之作，反视若平易无足观。殊不知文有刚柔之别，马可黎之犀利痛快固佳矣，蓝姆之委婉曲折未尝不佳，姚姬传《复鲁絜非书》云："自诸子以降，其为文无有弗偏者。其得阳与刚之美者，则其文如霆如电，如长风之出谷，如崇山峻崖，如决大川，如奔骐骥；其光也，如杲日如火，如金镠铁；其于人也，如凭高视远，如君而朝万众，如鼓万勇士而战之。其得于阴与柔之美者，则其文如升初日，如清风，如云如霞如烟，如幽林曲涧，如沦如漾，如珠玉之辉，如鸿鹄之鸣而入寥廓；其于人也，漻乎其如叹，邈乎其如有思，暖乎其如喜，愀乎其如悲"，可谓兼知其长矣。欧阳修、曾巩之文，偏于柔者也，陶潜、韦应物之诗，偏于柔者也。偏于刚者易见，偏于柔者难知。韩诗之佳者，不在《南山》而在《秋怀》。苏诗之佳者，不在少年驰骤之七古，而在东坡和陶诸诗。盖阅世深，见道笃，精气内敛，不逞才思，自然高妙也。桐城文家除三数人外，为文多偏于柔，故外貌枯淡，不易炫人耳目。然“选言有序，不刻画而足以昭物情”，此正其所长，不足为病也。此正安诺德所谓雅典之文也。

吾所以不惮反覆讨论桐城文之优劣者，正以胡君此文之前题为古文学无价值，而自诩其语体文也。今姑置文言文与语体文之优劣不论，就桐城文之本身立论，已可见其特具优点矣。严复、林纾之翻译，与夫章士钊之政论之所以有价值者，正能运用古文之方法以为他种著述之用耳。严氏之文之佳处，在其殚思竭虑，一字不苟，“一名之立，旬月踟躇”，故其译笔，信达雅三善俱备。吾尝取《群己权界论》、《社会通诠》，与原文对观，见其意无不达，句无胜义，其用心之苦，惟昔日六朝与唐译经诸大师为能及之。以不刊之文，译不刊之书，不但其一人独自擅场，要为从事翻译事业者永久之模范也。至林纾之译小说，虽苦于不通西文，而助其译事者，文学之造诣亦浅，至每每敝精费神以译二三流之著作。然以古文译长篇小说，实林氏为之创，是在中国文学界中创一新体genre，其功之伟，远非时下操觚者所能翘企。虽“能读原书的，自然总觉得这种译法不很满意”，殊不知一种名著，一经翻译，未有不减损风味者。然翻译之佳者，不殊创造，John Florio之译Montaigne文集，是其先例。“林译的小说，往往有他自己的风味”，是即创造，而不仅“有点文学天才”而已也。故其书风行海内，不但供茶余酒后之娱乐，且为文学之模范。非如“周氏兄弟辛辛苦苦译的这部书，十年之中，只销了二十一册”，至为使胡君辈“觉悟”之先例也。章士钊亦邃于古文，且精于名学，故能“使古文能曲折达繁复的思想，而不必用生吞活剥的外国文法”。故其所为之政论，义理绵密，文辞畅达，远在梁启超报章文体之上，此亦能创genre，而为后人所宜效法者。胡君顾而讥之，将谓为文不可谨严修饰而合于论理耶？至此种文章，有无效果，另为一事，与文体无涉。章士钊、黄远庸之政论，不能“与一般之人生出交涉”“当他们引戴雪，引白芝浩，引哈蒲浩，引蒲徕士，来讨论中国的政治法律的问题的时候，梁士诒、杨度、孙毓筠们，早已把宪法踏在脚底下，把人民玩在手心里”，今日胡君与其党徒之社会改革、白话文，又何尝能“与一般之人生出交涉”？当胡君辈引马克思、蒲鲁东、克鲁巴金、托尔斯泰、易卜生，以讨论中国社会问题时，彼军阀政客，宁不“把宪法踏在脚底下，把人民玩在手心里”乎？当胡君辈高谈极端之改革论时，彼百分之八十五不识字无政治常识之农民，尚日夜望真命主出世焉！章士钊

"必其国政治差良，其度不在水平线下，而后有社会之事可言"之言，究为中肯之论。其政论之无效果，实因人民(甚而至智识阶级)无政治思想之故，与其文体无与也。

章炳麟自是学者，其文以魏晋为归，然过事雕琢，令人难解。相传某日公祭某人，章氏作祭文，蓝公武诵之，至不能分句读，一时传为笑谈，则已过于炫博矣。其訾唐宋崇魏晋，未必便为不刊之论，惟"豫之以学"一语，颇为一般浅学文人之棒喝。至其论诗，颇多失当之语，其谓至唐"五言之势又尽，杜甫以下辟旋以入七言"，乃大谬不然之说。七言与律诗固光大于唐，然五言之势未尝异也。自宋至今，五言古体诗仍为最佳之体裁，不能为五言古诗而能名家者，殆未有也。其谓至宋世"诗势已尽，故其吟咏情性，多在燕乐"，亦非至论。宋之后，元明清历年六百余，诗未尝一日废，名家且辈出，其吟咏情性，未尝多在燕乐。词虽盛于两宋，然不能取诗而代之。上自北宋之梅欧，下至南渡与宋末之江湖四灵，其吟咏情性，未尝不在诗，自始至终，诗乃保持其正统也。其论近代之诗，亦未尽当，"睹一器，说一事，则纪之五言，陈数首尾，比于马医歌括"，此仅可举以訾"考证之士"。近来诗人虽喜宋体，除二三子外，古诗岂皆"多诘屈不可诵"，近体岂皆"与杯珓讦辞相称"耶？盖章氏之学，纯为章句训诂之学，于文学造诣殊浅。迩来在江苏教育会讲学，竟谓元稹之诗在杜甫上，可见其文学判断能力之高下矣。总之论之，章氏在近代五十年中，固为一大学者，惟非文学家，故其作品不佳，而论文之说，尤不足信。胡君以为章氏之"古文学是五十年来的第一作家"，殆形质不分，称其学，遂称其文耳。

至梁启超之文，则纯为报章文字，几不可语夫文学。其"笔锋常带情感"，虽为其文有魔力之原因，亦正其文根本之症结。如安诺德之论英国批评家之文，"目的在感动血与官感，而不在感动精神与智慧"，故喜为浮夸空疏豪宕激越之语，以炫人之耳目，以取悦于一般不学无术之"费列斯顿"。其一时之风行以此，其在文学上无永久之价值亦以此。其文学之天才，近于阳刚一流。故不喜法度与翦裁，无怪乎自幼不喜桐城文，至以"杂以俚语韵语及外国语法，纵笔所至不检束"为解放，则真管异之所谓"武其冠，儒其服，非全人也"。故梁氏在文学上之地位，不过为报章文字之先导，其能传诸久远者，尚在其研究学术之著作，而不在其文也。

纵观胡君所论五十年来古文之沿革，舍文言白话之争外，尚互有得失。至于论诗，则愈见其文学造诣之浅薄。近五十年中以诗名家者不下十余人，而胡君独赏金和与黄遵宪,则以二家之诗浅显易解,与其主张相近似故也。实则晚清诗家高出金、黄之上者,不知凡几。胡君不知,甚或竟未之见耳。即如太平之乱时,大诗家宁止王闿运与金和,王氏之诗以模拟为目的,胡君訾之,未尝不是。近人李宣龚评骘有清诗人,至列之末座,可见人心有不期而同者。然即王氏之诗,尚有不可磨灭者在,如《圆明园词》是也。与之同时而又交最密者,尚有湖口高心夔,其诗虽取法汉魏,然非如王氏之徒事模仿,其戛戛独造处,远在王氏之上。胡君乃不言及之,殆不知天壤中尚有《陶堂志微录》也。高心夔,江西湖口人,与王闿运同为肃顺门客,肃顺败乃皆坐废。粤寇难作,以家难起兵讨贼。后举进士,摄吴县令,以强项罢去,终老于家。其于古人诗好渊明,故自号陶堂。然为人负奇气,与渊明殊不类。其为诗之法,亦迥异于渊明,"一字未惬,或至十易"。然其诗奇气横溢,不因雕琢而伤气,如其《鄱阳翁》云:

今我刺舟康郎曲,舟前老翁走且哭。蒙袂赤跣剑小男,问之与我涕相续。饶州城南旧姓子,出入辇人被华服。岂知醉饱有时尽,晚遭乱离日枵腹。往年县官沈与李,仓卒教民执弓矟。长男二十视贼经,两官俱死死亦足。去年始见防东军,三月筑城废耕牧。军中夜嚣昼又哗,往往潜占山村宿。后来将军毕金科,能奔虏卒如豕鹿。饶人亡归再团练,中男白皙时十六。将军马号连钱骢,授儿揃剔刍苜蓿。此马迎阵健如虎,将军雷吼马电逐。昨怒追风景德镇,袒膊千人去不复。将军无身有血食,马后吾儿乌啄肉。命当战死那望生,如此雄师惜摧衄。不然拒壁城东头,辣手谁能拔五岳。蜀黔骑士绝猛激,守戍胡令简书促。郡人已无好肌肤,莫更相惊堕溪谷。此时老翁仰吞声,舌卷入喉眼血瞠。衣敝踵穿不自救,愿客且念怀中婴。乌乎谁知此翁痛,羸老无力操州兵。山云莽莽磷四出,湖上黑波明素旌。大帅一肩系百城,一将柱折东南倾。我入无家出忧国,对翁兀兀伤难平。筐饭劳翁勿涕零,穷途吾属皆偷生。

此诗一字一泪,气度格局直逼杜工部之《八哀》,安得不谓为"悲哀的或慷慨的好文学",而贸然武断以为"东南各省受害最深,竟不曾有伟大深厚的文学产生出来"耶?高心夔之诗,写景尤为擅长,如《匡庐山》诗其最著者也。今举《冷泉亭》一诗以为例,他作将俟作专文以论之:

> 倦旅辟州郭，所适尽安便。晞发石涧午，白云心觞然。松花粉我巾，半蘸清冷渊。阴壑上千磴，疏雨生空烟。樵担鸟外归，稚子树下餐。钟鱼四山响，不离翠微间。孤僧坐未去，月高行饭猿。

如此之佳诗，抹杀勿道，则为好恶拂人之性。若不之知，又何敢执笔以论五十年之文学乎？

当太平之乱时，尚有一诗人，其诗之品格亦在金和之上，而郑孝胥以为似郑珍之《巢经巢诗》者，则长洲江堤弢叔是也。虽其诗止于同治二年，不在近五十年之内，然其精神与郑珍之《巢经巢诗》，皆属于同光以后一时代，而异乎嘉道之诗，为论近代之诗所不可不知者也。其诗初学昌黎山谷，继则自命得为诗之秘奥，所作横恣踔厉，一泻无余，略似杨诚斋。胡君若知其诗，又将引以为同调矣！在粤乱之时，其颠沛流离，转徙浙闽，略似金和。然其人品与诗品皆在金和之上者，则骨不俗也。其《志哀》各诗略似金和之《痛定篇》，而无其尖刻虚憍之病。而其《静修诗》、《感忆诗》，至诚惨怛，天性独厚，又纯以白描法写之，故为郑孝胥所激赏，而称其可拟郑珍也。兹录《静修诗》于后以概其余。

> 昔陷杭城时，生死呼吸间。雨途走破踵，避贼投无门。尚记横河桥，古庙朱两阍。半开得闯入，一僧寒鸱蹲。示以急难状，情迫词云云。僧为恻然涕，饭我开小轩。佛庐数椽外，寂寂惟荒园。是夜天正黑，两重灯窗昏。园中啸新鬼，什佰啼烦冤。数声独雄厉，知是忠烈魂。昨收缪翁尸，遍体丛刀痕。在官受其知，时又参其军。悲来激肝肺，不忍身独存。佛后有伏梁，可悬七尺身。是我毕命处，姓字题于绅。不虞僧早觉，怪我仓皇神。尾至见所为，大呼仍怒嗔。问有父母耶，胡为忘其亲。勿死以有待，乘隙冀脱奔。犹可脱而死，徒死冤难伸。百端开我怀，相守至朝暾。遂同匿三日，幸出城之闉。僧前我则后，徒步同劳辛。道闻杭州复，收悲稍欢欣。僧还我独去，分手鸳湖滨。我归见亲面，先将此事陈。我亲便遥拜，感此僧之仁。曰汝一日生，是僧一日恩。他年莫忘报，屡诫词谆谆。岂知不数月，苏州随陷沦。在逃哭惨讣，久阻归筑坟。亲恩报深痛，他恩何足论。荏苒二年来，转徙今到闽。又闻杭州破，饥死十万民。我于万民中，念此僧一人。忆昔于汝饭，见汝彻骨贫。安有围城内，能继饔与飧。早欲裹饭去，千里迷兵尘。昨宵忽梦见，破衲嗟悬鹑。疑汝未即死，窜身在荆

> 榛。古人感一饭，重义如千钧。况于兵火际，救死出险屯。何当远寻汝，相挈同昏晨。终身与供养，如汝奉世尊。惨惨吴越天，扰扰盗贼群。此怀焉能果，负负心空扪。岂惟负汝德，并负亲之言。作诗志悲痛，字向心中镌。汝名曰静修，杭人俗姓秦。书此俟有后，递告子若孙。

其他如《后哀》六首，尤为惨痛入骨，孟郊之后，殆鲜此作，诚悲哀文学之极则也。然即颠沛至此，仍不丧气失志如金和而为"寒极不羞钱癖重"、"畏人常作厕中鼠"等下劣之语，此其人格诗格高出金氏者也。其他之诗佳者亦多，尤以往来途次写景即事之绝句为佳。惜其中年之作过于直率，无《巢经巢诗》变幻不测之妙，亦鲜新意，故虽极欲摆脱嘉道诗人习气，而仍时落嘉道诗人之窠臼中耳。然其地位，要在金和之上也。

胡君于晚清诗人所推崇者为郑珍与金和，梁任公亦以二人并称，而比金氏于荷马、但丁、莎士比亚、弥儿顿、戛狄尔。吾不知二公之互相因袭欤，抑"英雄所见，大抵相同"欤？实则郑、金之诗，不啻霄壤之别。郑以苏韩为骨，元白为面目，腾踔纵送，不可方物，恰与金氏之泛滥横决，不加翦裁者异趣，鱼目混珠，惟浅识者方为所欺耳！梁任公与胡君于诗所造甚浅，故不能为此毫厘之辨。甚且主张元白之罗瘿公亦引郑子尹为同调，而为之翻刻诗集。甚矣乎，知诗之不易也。郑金之优劣，余于评《巢经巢诗》、《秋蟪馆诗》两专文中(载本志第七、第八两期)已论之綦详，兹不更赘。所欲言者，则胡君所称，正余所诋。胡君以金氏之诗"很像是得力于《儒林外史》"。夫以温柔敦厚为教之诗，乃得力于《儒林外史》，其品格之卑下可想矣。胡君以为"有心人的嘲讽，不是笑骂，乃是痛哭；不是轻薄，乃是恨极无可如何"。吾以为金氏之诗，岂但轻薄，直是刻毒。小雅之刺不如是也，杜甫之新乐府不如是也，白居易之讽刺诗不如是也，郑珍之新乐府不如是也。所以者何？以其无哀矜惨怛之情也，以其悖温柔敦厚之教也。

至光宣之世，以诗名世而不为胡君所称者，亦非少数，如张之洞、陈宝琛、陈三立、郑孝胥、袁昶、梁鼎芬、刘光第、俞明震、赵熙、陈曾寿，皆不朽之作家。张之《广雅堂诗》，俞之《觚庵诗》，余皆作有专文论文(载本志第十四、第十一两期)，至《散原精舍诗》、《海藏楼诗》之佳，自有公论，无庸为之辩护。独胡君以为郑诗清切，为陈所不及，不系徒观表面，与认郑子尹诗为元白一流，同其谬误者。郑诗出于柳宗元、王安石，虽貌似清切，而骨实遒劲，虽喜用白描，为之殊不易也。陈诗有骨有肉，似尚为郑所不及。尝有一喻，郑诗如长江上游，虽奔湍怪石，力可移山，然时有水清见底之病。至陈诗则如长江下游，烟波浩渺，一望无际，非管窥蠡酌，所能测其涯涘者。胡君乃深致不满，可见其但知诗面，不知诗骨也。

至上举数家，余尤欲论刘光第。近年来皆尚宋诗，为他体者，多无足称。独刘氏之诗，其烹铢处，则得自大谢与柳州，其超忽环伟处，则似太白，于众流之外，独树一帜。其境界高处，且为时贤所不及，乃人鲜称之。可见世人多以耳为目，不辨美恶也。刘氏之诗，以写景为上，其《游峨眉》诸诗，直未曾有，而所写之景，庄严惨淡，确为峨眉，而东南诸山所拟议。兹仅能略举其一二为例，其详尚俟他日专论之也。其《大坪》云：

> 五岳如冕旒，厥颠恒不颇。兹峰亦有然，表奇壮三峨。凭崖一以眺，碧嶂连城罗。高抚玉女岫，下压金刚坡。舞火蹋阴焰，髡条陟阳柯。体直而性峻，攀阻叹何多。道旁有遗衣，疑是虎迹过。风林响暗叶，切切如牙磨。脱险力已疲，尝胜气翻和。山谷苍雪链，松顶飞雨摩。初月挂西岭，天山斗扬蛾。何必弹鸣琴，池上睹仙娥。山阿或有人，安处寻薜萝。惟当招云下，听余一高歌。

此种写景之能力，虽阮大铖犹当敛手。又如《华严顶》云：

> 闻说金刚台外地，夜灯浮上独兹峰。老猿抱子求僧饭，闻客看人打佛钟。下界云霞招杖屦，夕阳红翠动杉松。风吹铎语天中落，似惜尘凡去兴浓。

峨眉奇秀神秘之状，宛然目前，不假雕饰，数语即将读者置之西川大岳之顶，作者想象力之伟大可想矣。至其杂诗，则又李白古风之流亚，忠爱之忱，自然流露，后日所以杀身成仁之壮志，于此已见其端，则又非泛泛之诗人，可得同日而语者矣。

陈曾寿亦后起诗人，视陈三立、郑孝胥为少，而其诗卓然大家，为陈、郑之后一人。陈衍序其诗，谓有“韩之豪，李之婉，王之遒，黄之严”。陈三立甚至谓“此世有仁先，遂使余与太夷之诗或皆不免为伧父”。其推许有如此者，其诗之胜处非数语所能尽者，读者自求于《苍虬阁诗存》可也。

此外尚有铅山胡朝梁，陈三立之弟子，本习海军，中年始学诗。其诗颇似范当世，晚年之作尤佳。虽非大家，亦一名家也。兹略举其岁暮杂诗数首，以况一斑，于此殊可见其闲澹自得之趣也。

黄犬汝何来，毋亦为饥驱。瘦骨托馋吻，首尾才尺余。灶妪鞭逐之，忍痛声呜呜。无已听其饿，饿不出庖厨。邻家小花犬，短鼻气象粗。遣僮抱送来，举室争迎呼。喜新益薄故，有食不得俱。黄犬当门卧，终日腹空虚。花犬饱食去，曾不少恋余。物情不可测，爱憎空纷如。

方春买鸡雏，千钱可十数。扑簌地上行，雄雌相奔赴。彼雄啼声低，英气固已具。无何毛羽丰，渐复壮音吐。时时有割烹，寘寘无恐怖。所余犹四雌，入室烦儿驱。客来具鸡黍，忽乃代以骛。临食知为给，颇用责仆妪。曰有卵可探，窠必日再顾。主翁岂于此。而不加宠遇。闻言还自责，诚不知世务。雁以能鸣生，庄生得其趣。

证父未为直，誉儿宁非忘？吾家之长男，要为天所贶。一晬濒九死，五岁称佼壮。始能举跬步，约略名物状。毁齿诵书篇，十九能无忘。口受怯卢文，清婉鸟弄吭。每傚黉舍儿，出入杂歌唱。客来小垂手，既去巧相况。政赖慰眼前，时复加膝上。公卿亦等闲，愚鲁殊儿妨。儿其记吾言，吾不示儿诳。

丈夫爱少子，无乃甚妇人。人间更何物，夺此天伦亲。阿华我娇儿，堕地才三年。顽硕十倍兄，慧利亦过焉。腾腾气食牛，汹汹力追䝐。生与北人习，吐语逼清唇。学得卖浆翁，高呼欺四邻。终朝啼声稀，有时闻怒嗔。背人偷书诵，往往绝其编。又好翻墨池，拭之以衣巾。一岁犯此数，戒律徒虚申。母复巧为辞，谓可传青毡。吾家无长物，相守惟一贫。守贫在守拙，早慧宁儿贤。

举俗循汉腊，粗记甲子某。南街买果栗，北市沽鱼酒。东家报礼先，西邻投赠厚。纤悉丰啬间，斟酌施与受。兹事政匪易，付托幸有妇。我但拥书坐，兀兀当窗牖。冷眼看仆妪，奔凑恐失后。欢笑翻倍常，酒食恣饱取。苟活我正同，攘攘端为口。

家常琐事，写来历历如绘，此正诗庐之能事，亦正宋诗之能事。浅识者见之，又将引为“我手写我口”之同调矣。实则此种闲澹之辞，正由惨澹经营中得来。为其得于惨澹经营,而不见经营之迹,斯为文艺中之上乘耳。

总观以上所举诸家,可见五十年中,以诗名家者甚众,决不止如胡君所推之金和、黄遵宪二人。然胡君一概抹煞,非见之偏,即学之浅,或则见闻之隘故也。黄氏本邃于旧学,其才气横溢,语有足多者,然其创新体诗,实与其时之政治运动有关。盖戊戌变法,实为一种浪漫运动。张文襄《学术》一绝句自注云:“二十年来,都下经学讲《公羊》,文章讲龚定庵,经济讲王安石,皆余出都以后风气也。”可见当时风气,务以新奇相尚,康有为孔子改制之说,谭嗣同之《仁学》,梁启超《时务报》、《新民丛报》之论说,《新民丛报》派模仿龚定庵之诗,与黄遵宪之新体诗皆是也。黄之旧学根柢深,才气亦大,故其新体诗之价值,远在谭嗣同、梁启超诸人上。然彼晚年,亦颇自悔,尝语陈三立,“天假以年,必当敛才就范,更有进益”也。要之《人境庐诗》,在文学史上,自有其价值,惟是否永久之价值,则尚属疑问耳。

至于词人,近五十年中亦多可传者,除朱祖谋外,多不学梦窗。胡君乃以为“这五十年的词,都中了梦窗派的毒,很少有价值的”。何胡君敢于作无据之断语也?

晚清词学之盛,肇端于粤西,而以王鹏运为魁率,朱祖谋、郑文焯、况周仪、赵熙,皆闻风兴起者,王、朱二氏校刻宋元人词尤精粹。其为词也,音律韵味,一洗明清词人之积习,而返于两宋,朱祖谋之叙王氏之《半塘定稿》云:“君天性和易而多忧戚,若别有不堪者。既任京秩,久而得御史,抗疏言事,直声震内外。然卒以不得志去位,其遇厄穷,其才未竞厥施,故郁伊不聊之概一于词陶写之。”其骨格之高,可以想见。至其流别,则“导源碧山,复历稼轩、梦窗。以还于清真之浑化,与周止庵氏说,契若铖芥”者,则岂“中梦窗毒”者。其词高抗凄厉,有稼轩之豪放而无其粗率。无怪近三十年词人,尊之为泰山北斗也。如其《念奴娇·登旸台山绝顶望明陵》云:

> 登临纵目,对川原绣错,如接襟袖。指点十三陵树影,天寿低迷如阜。一霎沧桑,四山风雨,王气消沉久。涛生金粟,老松疑作龙吼?
>
> 惟有沙草微茫,白狼终古,滚滚边墙走。野老也知人世换,尚说山灵呵守。平楚苍凉,乱云合沓,欲酹无多酒。出山回望,夕阳犹恋高岫。

其悲壮激越,虽稼轩复生,莫能相尚也。

与之同时，声名相埒，而非由其所作成者，厥为萍乡文廷式。文之为人豪宕不羁，其与戊戌变法之关系，尽人皆知，毋容赘述。其《云起轩》词，纯出苏辛，与王鹏运“导源碧山，复历稼轩、梦窗，以还于清真”者异趣，则尤不可谓为“中梦窗毒”也。其自叙云：“国朝诸家，颇能宏雅，迩来作者虽众，然论韵遵律辄胜前人。而照天腾渊之才，溯古涵今之思，磅礴八极之志，甄综百代之怀，非寤若囚拘者所可语也。”其自负亦甚矣！试一披卷，琳琅满目，而其最为大声鞺鞳者，厥为《八声甘州·送志伯愚侍郎赴乌里雅苏台参赞大臣之任》一阕，亟录如下，以见一斑。

响惊飙越甲动边声，烽火彻甘泉。有六韬奇策，七擒将略，欲画凌烟。一枕瞢腾短梦，梦醒却欣然。万里安西道，坐啸清边。

策马冻云阴里，谱胡笳一曲，凄断哀弦。看居庸关外，依旧草连天。更回首，淡烟乔木，问神州、今日是何年？还堪慰，男儿四十，不算华颠。

此等声裂金石之作，虽宗梦窗者，亦不能不首肯；虽苏东坡之《赤壁怀古》、辛稼轩之《京口北固亭怀古》，亦不能过之也。胡君乃一笔抹煞，妄耶？轻率耶？从未寓目耶？

至郑文焯之《樵风乐府》，贝又与二家有异。其为人孤介高峻，以兰锜贵介，而侨隐吴下。其词澹远处似白石，沉著处似清真，亦不能谓之“中梦窗毒”也。兹录其《摸鱼儿·金山留云亭饯仲复抚部》一词，以兹比较，即可见其异乎胡君之言矣。

渺吴天觅愁无地，江山如此谁醒？乱云空逐惊涛去，人共一亭幽静。斜月耿，怕重见，青尊中有沧桑影。吟魂自警。对潮打孤城，烟生坏塔，笛语夜凄哽。

招提境，还作东门帐饮，中流同是漂梗。当年击楫英雄老，输与过江渔艇。愁暗省，换满目，胡沙蛮气连天回！苔茵坐冷。任怪石能言，荒波变酒，莫更赋离景。

近代词家之学梦窗者，厥惟朱祖谋，然强邨词适得梦窗之长，而无梦窗七宝楼台下拆不成片断之病，其风骨遒上，清词中当推巨擘。友人王易尝谓有清一代之词人，前有一朱，后有一朱，前朱为竹垞，后朱即强邨，非过誉也。惟耳食者闻其学梦窗，或便谓其“中梦窗毒”耳。余另有文论之(载本志第十期)，兹不更举。词家后起而超越前人者，复有赵熙，余亦有专论(载本志第四期)。其词脱胎白石，而灵芬弧秀。甚且过之，尤称为三百年来作者，蜀人士从之游者，咸能得其有髣髴，浸为西川词宗矣。

总观清末四十年诗词之盛，远迈前代，不惟为嘉道时代所不及，且在清初诸名家之上。胡君独取金、黄二家，诚有张茂先我所不解者矣。

至文言白话之争，为胡君学说之根本立足点。其理由之不充足，余已屡屡论之，本无庸更为断断之辩。然胡君此文，仍本其“内台叫好”之手段，为强词夺理之宣传，不得不更为剀切详明之最后论断。文学之死活，本不系于文字之体裁，亦不系于应用之范围。彼希腊罗马荷马、苏封克里(今译蒙福克勒斯)、柏拉图、西塞罗诸贤之著作，宁以其文字之灭亡，遂变为死文学耶？胡君动辄引但丁以塔斯干方言创造意大利新文学，乔塞以英国方言创英国新文学为先例，以为吾国亦须以现代流行之方言，为文学之媒介，抑知其历史何如乎？第一，须知欧洲各国文字认声，中国文字认形，认声之文字，必因语言之推迁而嬗变；认形之文字，则虽语言逐渐变易，而字体可以不变。故如明字古音读如mang，现时京音读如ming，南昌读如miang，江南一带读如min，而明字之形初不变易也。吾国文法又极简单，无欧洲文法种种不自然之规律，因而亦少文法上之变迁，故吾国文字不若欧洲各国文字之易于变易。故宋元人之著作，吾人读之，不异时人之文章。而英国乔塞之诗，已非浅学之英人所能读矣。再则希腊拉丁文之灭亡，纯由于政治之影响与民族之混淆，致使其语言文字益加驳杂而变易愈大。今试论罗马语系各种语言文字造成之顺序。先是顺自然之趋势，拉丁语言亦分雅俗两种。较雅之拉丁，则文人学士、达官贵人言之；较俗之拉丁，则屠沽驵侩、贩夫走卒言之。罗马人之在法兰西、西班牙诸地屯驻者，多为服兵役之中下社会，其所说者多为俗拉丁语(Vulgar-Latin)，加之诸邦之土人学拉丁语不能毕肖，每杂以土语，故日久乃由俗拉丁而变为新拉丁(Neo-Latin)，即法兰西语，西班牙语是也。就意大利一方面言之，在五世纪之末，北方日耳曼民族崛起，罗马王纲解纽，异族入主其国，虽不乏抱残守阙之士，然大部分文化日就凋落。彼抱残守阙之士，又复仅知因袭，不能创造，故文学极为不振。而法、德、西班牙诸邦，反以其语言新立，素无古代遗留之文学，而从事于创造。意大利诗人竟因之效法法国，取法语或蒲罗文索(今译普罗旺斯)方言(Provencal)为诗。在十三世纪之先,无用意大利语之著述,至十三世纪之下半期,但丁始起而用塔司干方言而作其不朽之名作。于此须知但丁之用塔司干方言为诗,与胡君之创白话文,有根本不同者三:(一)欧洲语言,易于变迁。而文字随语言而变迁,故其六七百年间拉丁语之变为意大利语,较吾国同等期间语言文字之变迁为大。(二)意大利为异族所征服,罗马文化灭亡。其时复为黑暗时代,教皇教会之势力弥漫全欧,学术文章,日就衰落,罗马文化之精神,与意大利人民已生隔膜。(三)意大利之诗人,竞用异国语言,或不通行而驳杂不纯之方言为诗,故但丁不得不择一较佳、较纯洁、较近于古拉丁语之方言作诗。佛罗伦斯城在当时以文物称盛,为塔司干尼诸城之冠,加以佛罗伦斯方言为最纯洁、最近古拉丁者,故但丁择用之也。但丁曾用拉丁文作一书,名为 *De Vulgari Eloquentia* 为一论作诗之原理之书,其用拉丁文作此书,实大可注意之事。若以为但丁为主张以俗语作文者,则何以用拉丁文着此书与 *De Monarchia* 诸书乎?盖但丁以为作哲学科学之文,则以拉丁为佳,而以之作诗,或不能毕达中心之情意,故以流行之语为佳。然流行之语亦有高下之别,但丁乃欲觅一最通行、最纯洁之语为作诗之媒介,此种语,但丁谓之 vulgare illustre。故彼亟称卡瓦甘地(今译卡瓦尔康蒂)(Guido Cavalcanti)、纪安尼(今译詹尼)(Lapo Gianni)诸人之诗,盖以其用"高洁之俗语"作诗,其他诗人作品虽佳,终不免有伧俗气也。但丁遍察意大利诸方言,即佛罗伦斯方言亦在其内,无有可称为高洁之俗语者。但丁复将俗语分为上中下三种 Optimum,Mediocre,humile vulgare,又分诗体为庄重、诙谐、哀挽三种:tragic,comic,elegiac,而谓作庄重诗宜用上等俗语,作诙谐诗用中下等俗语,作哀挽诗用下等俗语。上等俗语即"高洁俗语"也,佛罗伦斯方言,不得谓为高洁俗语,然但丁用之者,则以其所作之诗为诙谐诗(《神曲》本名 Cemmedia,后人始冠以 Divina 一字)故。吾知但丁必不以佛罗伦斯方言作庄重诗也。夫佛罗伦斯方言最纯洁而极近似古拉丁文者,但丁尚以为不足作庄重诗,而其作文乃用拉丁文,则胡君不能引但丁为其党徒明矣。且文重理智,诗重感情,重感情则不妨引用俗语,此诗中用俗语较多之故。在欧洲诸国为然,在吾国亦莫不然。小说亦以动感情为要,故多用俗语,正不得以中国欧美诸国之诗与小说多用俗语,便谓一切文体皆宜用俗语也。

至于乔塞之于英国文学,则与但丁微有不同,与中国情形尤异。盎格罗(今译盎格鲁)撒克逊本为野蛮之民族,初无文学之可言。至十一世纪中,诺曼人征服英国之后，朝廷、贵族、学校、教会以及文学所用者，皆为诺曼法兰西语。盎格罗撒克逊语，则普通人民所说者，初征服之百五十年，无有用英语为文者，诗与散文，皆以诺曼法兰西语为之。自后诺曼人渐与其大陆上祖国绝，而与土著同化，至十三世纪末，渐成近日英语所自出之各种方言。乔塞与卫克立夫（今译威克利夫）（Wycliff）出，乃用之以作诗文，英语于是以立。是盖草创文学之人，与但丁之以由拉丁递嬗之佛罗伦斯方言为诗者异，与在数千年不断之文学中，而特创白话文之诸公尤异也。

关于文言白话之争，最足与吾人以教训者，厥为近代之希腊文学。希腊文学之有一伟大历史，与吾国同。其与之异者，则为久受异族之羁勒，文学销沉已久，非若吾国有数千年不断之优美文学耳。在十九世纪初年，希腊国中忽生一文艺复兴运动，终乃引起促成希腊之独立。其时大语言学家高雷士（Adamantios Goraes）抱极大之爱国热诚，其在各古作者著作之前所作之序文中，时时唤醒国人重视其国故之光荣，同时造成近日希腊通行之文言文。至今希腊有两种文，一即文言文，一即白话文，二者之差别极大。习希腊古文之学者，不难读今日希腊之文言文，而绝不能读其白话文也。近代文言文之兴，由于希腊独立之时，国民皆有爱国之狂热，故作文咸以古时作者为模范。而其古文之优美，使其邃于国学之作者，于不知不觉中，袭用其形式与辞句。至今则文言文沿用已到五十年之久，学校、大学、议会、行政机关与教会，皆用此种文体矣。此种文体之成立，实为高雷士之功。先是在十九世纪初年，希腊本有一种文学的方言，半杂俗语，半为古希腊语。高雷士乃取之为根据，汰去其外国语分子，保存其古代残余，由古代辞典中取出适当之字，或按希腊语法构造新字，以增加其字数，遂造成今日之通行文言文。今日之散文著作，几全为用此种文体作之者，即小说亦用文言文焉，至白话文则惟诗人用之。然在君士但丁与雅典，先后亦有两派诗人以文言文作诗也。

至吾国之文字，以认形故，不易随语言之推迁而嬗变。虽国家数为异族所征服，然吾国之语言，属单音之中国语系，与入主中国之民族之多音系语言大异。且虽偶用其字与辞，必以认形之字译其音，如巴图鲁、戈什哈之类，故文字语言，不受外放之影响。虽以佛学之输入，印度文化影响吾人之思想极大，且使我国文字语言增加无数之名词，如菩萨、罗汉、和尚、比丘、涅槃、圆寂之类，然不能使吾国文字之形状与文法有所改变。彼入主与杂居之民族，但有舍弃其语言文字以同化于吾国，故吾国能保存数千年来文学上不断之习惯与体裁，直至于今日，不但非在英、德、法诸国希腊拉丁古文与其本国文并列者之比，甚且非意大利文与古拉丁文之比也。质言之，中国文言与白话之别，非古今之别，而雅俗之别也。夫雅俗之辨，何国文字蔑有？希腊文勿论矣，即在英、法、德诸国，文人学士之文章，岂贩夫走卒之口语可比耶？就英文论，即以伊略脱（今译艾略特）(George Eliot)、白朗特（今译勃朗特）(Charlotte Brönte)之小说，除谈语外，其叙述描写之文，已非不学之驵侩所能解。至麦雷迪士（今译梅瑞狄斯）(George Meredith)之小说，更无论矣。蓝姆之文，虽以娓娓动人著，然亦非有学问者不能解也。若约翰生之文则尤甚焉。即强谓欧洲诸国文与语极近，然何以解于希腊之近代文学？胡君谓死文字不能产生活文学，何以解于新希腊如林之作者？彼新希腊小说家毕克拉士(D. Bikelas)非驰名当世，其短篇小说甚且传译多国耶？彼新希腊初年之文言诗，岂尽无价值耶？胡君谓"中国的古文，在二千年前，已经成了一种死文字"，又谓"死文学决不能产生活文学"，则司马迁之《史记》、杜甫之诗皆死文学？夫《史记》与杜诗，为吾国文学之最高产品，乃谓之死文学，无论不取信于人，又岂由衷之言哉？

总而观之，胡君死活文学之说，毫无充分之理由。苟必创为一种白话文体，如诗外有词，词外有曲，各行其是，亦未尝不可。若徒以似是而非之死活文学之学说，以欺罔世人，自命为正统，无论未必即能达其统一思想界之野心，即使举国盲从，亦未必能持久。五六年之风行，何足为永久成功之表征？何况白话文已有就衰之象耶（如近日出版物中，颇有昔日主张白话文者仍改用文言文，甚至胡君之高弟康白情亦作文言诗是也）。且一种运动之成败，除作宣传文字外，尚须有出类拔萃之著作以代表之，斯能号召青年，使立于旗帜之下。故虽写实主义、自然主义之末流，不惬于人心，然易卜生、毛柏桑、士敦堡格、陀斯妥夫斯基诸人，尚为大艺术家也。至吾国文学革命运动，虽为时甚暂，然从未产生一种出类拔萃之作品。此无他，无欧洲诸国历代相传文学之风尚，无酝酿创造新文学之环境，复无适当之文学技术上训练，强欲效他人之颦，取他人之某种主义，生吞而活剥之，无怪其无所成就也，又岂独无优美之长篇小说已哉！五十年来中国之文学，若以此为归宿，则难乎其为中国之文学已。

论新旧道德与文艺*

邵祖平

自民国六年以来，国人对各事物，心目中悉有一种新旧之印象。新旧之印象既生，臧否之异同遂至。其臧否也，不以真伪、美恶、善否、适与不适为断，而妄蒙于一时之感情与群众之鼓动。觉新者常佳，常足惊喜歆受，旧者常不佳，常足践踏鄙夷。其结果遂至媸妍易位，真赝颠倒，削趾适履，不自知其痛苦，为惑盖未有甚于是者也。夫新旧不过时期之代谢，方式之迁换。苟其质量之不变，自无地位之轩轾，非可谓旧者常胜于新者，亦不可谓新者常优于旧者也。道德与文艺二端，其间虽因风俗思想之递变而微有出入损益，然仅相对的方向之不同，非绝对的方向之不同也，亦犹枝叶之纷披，无咎于根株之孤直，流派之演液，无害于源泉之莹溢也。以道德论，吾中国数千年孔孟诸哲所示孝弟、仁义、慎独、省身诸义，实足赡用于无穷。难者病其为伦理的道德、节制的道德、狭义的道德，非社会的、自由的、广义的道德也，遂欲起而毁弃之，殊不知人人亲其亲、长其长而天下平。伦理何尝不及于社会，大德不逾闲，小德出入可也。节制何尝不及于自由，言忠信，行笃敬，虽蛮貊之邦，行矣，狭义又何尝不及于广义。审如是也，中国旧道德之主义，固不应有抨击，而必采取西邦重译而至之新道德也。以文艺论，吾中国数千年来之诗、古文、词曲、小说、传奇，固已根柢深厚，无美不臻，抒情叙事之作，莫不繁简各宜。古今合德《离骚》之美人香

---

* 辑自《学衡》1922 年 7 月第 7 期。

草，繁辞而芬芳；《春秋》之褒荣贬伐，一字而谨言。左式之文，古之浮夸；庄生之书，今之浪漫。下如汉之文、六朝之骈俪、唐之诗、宋之词、元之曲、明清之传奇小说，莫不惟美是尚，写实是合。常人者，可以游以息矣，尝以试矣，固不必赖一种异军特起之新文字以救其衰穷也。闻者疑吾言曰：由子之言观之，则彼介绍新文化入中国者非耶？曰：非是之谓也。新文化者，所谓增进社会之幸福，解决人生之困难，为吾人所急需而未尝有，固非新道德、新文艺一二端所可赅括之者也。近世罗素先生 Bertrand Russell 以常人习见新闻纸上所代表无线电报、飞机、炼金术诸惊异之事物，犹非科学真正之现象（见 The Place of Science in a libernal education 文中），则解放、改造、白话诗文、新标点之见诸杂志报纸者，其非新文化真正之代表亦明矣。就中国今日所急需之新文化言之，固莫若西方今日物质之科学。物质之科学，其为真实应用，固当下拜登受之不暇。其效用与价值，不可与介绍抽象之道德与形式之文字同日语也。往者日本维新之顷，其物质文化之运动甚著，各种专门之科学，多袭自德国。吾复从之乞诸其邻，其结果东邻日益富强，吾亦不耻于追随，未尝以其新而拒绝之。然时至今日，日本之贵族专淫自若也，男女之阶级自若也，文字之因袭汉人自若也。其国中之贤杰，未闻有以新道德、新文艺之输入与旧道德、旧文艺之废绝自任者。独至吾国当物质饥荒之时，彼荷介绍西洋新文化之责者，不竞于物质科学之输入，而局于道德文艺之引接（编者按：输入西洋之道德、文艺其事亦极重要，惟于西洋之道德、文艺当取其精华不当，但取其糟粕，若所取者为精华，则与吾国之道德、文艺正可相得而益彰。今人所输入之西洋道德、文艺，实其中之糟粕，固不可因噎而废食，读者毋以辞害意可也。）。其著眼悉惟旧之是疾，而不审新之未然。不思与人以真善美适之实惠，而惟骛新奇伟怪之虚名。此国人所以淆惑迷乱而不能自已者也。

吾华为数千年礼义之邦，其间因风俗礼制人伦维系之久长，故节制的、个人的、消极的伦理的道德，莫不完备。如士人执雉以为贽，出疆必载贽，士不介不相见，男女不相知名，男女授受不亲，内言不出于阃，外言不入于阃等，属于风俗者也。如娶妻必告父母，婚姻必以父母之命、媒妁之言、温清告面、冠昏饮射、聘燕丧庆有礼等，属于礼制者也。父慈子孝、兄友弟敬、夫和妇顺、君臣有义、朋友有信等，属于人伦者也。今之盛倡解放女子、男女社交公开、女子贞洁诸问题，不过为破除风俗之一端。盛倡新家庭组织、婚姻自由诸问题，不过为破除礼制之一端。盛倡灭患、非孝、公妻诸问题，亦不过为破除人伦之一端。

至其根本道德，固不应弃绝者也。“解放女子”，非必待今日始，不过昔日女子主中馈，今日女子得求学。势至今日，女子自身之得解放，盖无待论，亦不待今日男子之为之解放也。“男子社交公开”，先进国之前例，而其寄托之道德，实为尊重女子之人格。即吾国古时男女不相授受，不同椸枷，行道时女左男右等，亦为极端敬重女子人格之表征。男女社交公开，若以古意行之，亦未尝有可非者在也。“女子贞洁问题”，在新道德方面已弃而不论，嫠妇再醮，本法律所不禁；处女失身，或意外之可原。至必谓世间飞走动植之属悉无贞洁一德，柏舟之志，可以力夺，车贿之迁，可为世训，则为过情之论矣。原之节妇之守贞，初由稾砧之情重，烈女之死污，或出耻勇之激发，他人故不能强之必守必死，亦不能强之不守不死也。今之言者，必以贞洁一德为专横男子剥夺女权所致，则是不欲其妻女之有贞洁也，岂从心之论哉！新家庭组织，所以避妇姑之勃谿，娣姒之暗斗，而隆进一己间伉俪之幸福也。欧美家庭之制度，由来如是。考其原始氏族，多为水草逐徙游牧之业，其家族亲属，本若散漫不系，相安已久。若以我国论之，则原始氏族多为固著不动农稼之业，岁时伏腊，斗酒相劳，所谓歌于斯、哭于斯、聚国族于斯者也。因根本制度之不同，一旦效法他人，避兄离母，挈妻徙居，如陈仲子之所为，即不为名教所非薄，亦为人情之所不忍。藉曰：旧家庭必不足以谋幸福，则何以崇明老人？数世而同居，朱公之妻，垂老而求去乎！此吾论新家庭之组织，非仅乖离骨肉，破坏伦理之道德，亦事实上强效之而不能似者也。婚姻旧制，必有父母之命，媒妁之言，其积弊虽多，然苟为父母者，一秉子女之好恶以为好恶，不震羡于门第之高，资产之厚，奁媵之富，当其选择将定之前，由子女详审以定取去，则其结果当亦不恶。以视青年血气未定之贸然求偶，与夫见识未周之漫然鉴抉，岂非彼善于此？吾为此言，非谓旧婚制之必须保存也。窃以吾国个人之道德未提高，男女之社交未扩大，婚姻自由之新制，行之殊多危险，而思所以为过渡之方耳。五伦之列，至今日而废其君臣一伦，君臣之关系既废，然忠不以之而废也。读史有曰：“忠贞体国，则是忠者，忠于国也。”且孔子之道，忠恕而已。曾子省身，必曰“为人谋而不忠乎”！吾前读某杂志中有灭忠一语，殊深憾焉。非孝之说，初见于某杂志，后见于某君之演辞。吾国旧德，夙以孝治天下，西人之所以共知，盖百行之先而众德之母也。然东汉时，路粹奏孔融之状，已有孔融父之与子当有何亲？论其本意，实为情欲发耳。子之于母，亦复奚为？譬如寄物瓶中，出则离矣之语。如其实也，则古人已有非孝之议，虽狂妄犹有理致。如今人者，徒有百善淫为先,万恶孝为首,无注脚之言,吾人所以大惑不解而不欲论之者也。公妻诸说,发源于东俄过激之主义,吾国少数谬妄之文人,远为无聊之应声。此类为物性还原之恶,像洪荒之际,人与物只知有母不知有父。此亦欲返于狉榛草苆之时代耳,不足论于吾国也。

新文艺之号召于中国者,有白话文、白话诗、写实派小说。“白话文”本为中国之旧有,其用宜于语录、家书、小说及传奇小说之科白,非不欲多用也,不能用也。或者以其足便初学诵习科学各书,然为之不善者,冗幅既多,漏义滞义,仍复遍是。即如君著译之经济学一书,开卷即令人难读,其句法倒装之多,底字应用之滥,读者如堕雾中,不知其所指何在。夫文字不过意志、思想、学术传达之代表,代表之不失使命及胜任与否,乃视其主人之意志坚定,思想清晰,学术缜密与否为断。故其人如意志游移,思想淆杂,学术偏缺者,其文必不能令人欣赏或领会。文言固然,白话亦何尝不然?盖为文必先识字,识文言之字与识白话之字,固无以异。文以载道,文言之能载道,与白话文之能载道,亦无以异也。至其传之久远,行之寥阔,文言视白话远为超胜,良以白话之文覼缕,篇幅冗长,不及文言之易卒读,一也。白话文以文言之不能统一,俗字谚语,非赖反切不可识,不及文言之久经晓喻,二也。白话文之体裁不完,如碑铭传志之类,不及文言之有程式可寻,三也。沈约有言,文章有三易:易见事一也,易识字二也,易读诵三也。王通有言:“古之文也约以达,今之文也繁以塞。”由此言之,文言白话,知所从矣。“白话诗”暗效美国之自由诗 Free verse,不及 Prosaic Poetry 句法之长,又非 Blank Verse 之含有节拍。其表情虽似无阻碍,然无音韵节奏,美感常缺,在美国不过少数不学之少年为之,至吾国则识字之少年尽能为之。师学舍短,古有前智,自由诗之本为骫骳之文体,学之无益,所谓丐丑女之膏沐者也。道咸间,遵义郑子尹为诗,善写真语,其白描处即白话。如留湘佩内妹诗曰:“欲归何事真无说,饮过菖蒲不汝留。算待明年方见汝,明年又识果来不。”此真白话诗之圣乎?然亦何尝堕隳声韵之有。且似白话之诗,匪独清郑子尹一人而已。溯而上之,宋如杨诚斋,唐如白乐天等,靡不称是。今之效人白话诗于万里之外者,所谓舍近求远,弃家鸡而爱野鹜者也。“写实派小说”,自某新文化巨子指海上之黑幕大观为杰作后,于是海上营业不正之书肆,悉聘请无聊堕落之文人,专作淫秽之小说,既能合写实之美名,又可利市百倍,而冥冥中不知葬送多少青年,增进社会弱点于无穷矣。夫作品之佳,初在思想处境高。写实固未为非,而有高尚卑污之不同。今舍写人伦正变，社会苦乐之实，而惟写床笫秽亵、兽欲狂滥之实，文学之品格，固将置于何地乎？昔仇十洲善丹青，尝奉大内密示作秘戏图十余幅。十洲穷精敝神，力摹男女横陈之状，及数幅而稍置之。其女亦工画者也，瞰父出，阴为图之，辄作一宫闱复室景致。鸭鼎初罢，烛泪方斜，绣帐之外，遗男女舄二双。帐旁立一鹦鹉架，慧鸟知情，方侧首窥帐作睨视状。画毕，其父掩至，不惟不责，反大加嗟赏，以其画意之高，省去多少淫污笔墨，而又能曲曲传出其情也。呜呼！今日写实派之新文艺家，其构思之程度，乃不及一弱女子耶。

又新文艺家常用为主张者，对古诗文即目为死文字，对白话诗文即目为活文字；对古诗文即目为贵族文学，对白话诗文即目为民间文学；对古诗文即咎其模仿，对白话诗文即标为创造。此其大略也，请得一一论之。“文字之有死活”，以其艺术优劣之结果定之，非以其产生时期之迟早定之也。古籍浩繁，汗牛充栋，历代作者，复平地添集子不少。然最传之不朽者，十三经、周秦数子、四史、杜甫、韩愈之集而已。诸书讲德论道，则如见圣哲之衣冠；说理论事，则如见谈士之纵横；奇功伟绩，则如见英杰之眉宇；掩袖起舞，则如见美人之颦泣；其他喜怒哀乐，流离感愤之情，后人读之，莫不虎虎有生气，岂可诋之为死文字耶？且如扬雄草玄，桓谭知其必传；刘勰雕龙，沈约为之起敬。当时皆以其论不诡于圣人，而具不朽之作业也，岂以其产生之迟，遂目为活文字哉！总之，文言白话，皆以其可传者而传，即以其可不死者而不死。近人好发表著作，杂志书报遍天下，无论其为文言抑白话，又谁为之寿命保险？诚恐梨枣一灾，酱瓿即覆，朝生暮死，恒不自保耳。“贵族文学”与“民间文学”，对待而生，以为贵族者，少数人之所游适，民间者，群众之所涉猎也。殊不知贵族民间，初无定界。试以五经而论，知《书经》者，最可称为贵族文学，以其为帝王辅弼左右史少数人之文也。如《诗经》者，最可称为民间文学，以其为太史远近里巷所采得之文也。然其结果，则《书经》除各典谟体制奥涩难读外，他如诸训誓、叙事、问答之词，可以对群臣百工，可以对众士师旅，非为民间所解而能如是耶？《诗经》仅三百余篇，至汉而成绝学，传之者仅韩生、申公诸辈，岂不又为贵族之文学耶？唐代樊宗师之文，李义山之诗，读者病其难解。元微之之宫词，白香山之诗，解者乃为宫女及老妪。然樊李元白，均一代之作家，不能优劣也。是知作品之佳，雅俗共赏，正不必强分贵族与民间也。文章之说，出于模仿。班固序传谓“斟酌六经，参考众论”。黄山谷云：“学议论文字，须取明允文字观，并熟看董贾诸文。欲作《楚辞》，追配古人，直须熟读《楚辞》，巧女文绣妙一世，若欲作锦，必得锦机，乃可作锦也。”姚惜抱亦云：“大抵学古人，必始而迷闷，故无似处，久而能似之，又久而自得，不复似也。”此古之文人不废模仿之论也。更观历代之文，长卿美人，本于好色；扬雄四赋，实拟相如；班固宾戏，暗师客难；退之送穷，本仪逐贫；杜牧晚晴，托体小园；欧公黄杨，则效枯树。此古之文章不废模仿之事也。盖模仿者，如人之得师承，亦步亦趋，初不必免。而出蓝寒冰，固可由模仿而进于创造也。善夫！英国画家雷那尔（今译雷诺兹）（Sir Joshua Reynolds）之言曰：“苟欲创造，必先知古人之所创造。创造乃天才当然之事，然欲创造而不模仿，则个人天才有限，不久枯竭，终至自为模仿，重复颠倒而已。”模仿非勦袭之谓，亦犹创造非生撰之谓。今日之自命为创造者，实由于浪漫派之主张，人人自以天材挺出，为文须自我作古。其弊也，鄙群书为糟粕，矜空言为创获，腹笥空虚，思想谬妄，其毒盖远甚于勦袭之模仿也。

新道德、新文艺，已如上论，今更引而申之。今世美国批评大家穆尔（今译莫尔）先生（Paul Elmer More）所著 *The New Morality* 一文，于美国之提倡新道德者，加以针砭，谓道德本无新旧，在个人而不在社会。其结论有曰：“真正之道德，既非新，亦非旧，任何风俗社会之中，皆可行之。非为求他人之欣赏而发，而由自己良心正谊流露而出，即所谓良知是也。其所修者，为克己、诚实、忠信、坚忍、大度、高尚诸德，而其报酬，则自己内心之快乐是也。”盖西洋今者异说流行，人尽舍己耘人，伦理不修，而高谈社会道德，克己之工夫不治，而竞言救人，视其所不知如其所知，爱其所不亲如其所亲。对社会间真正之恶，不思匡正之、矫革之，而惟为无谓之慈悲恻隐伪善以容于众。盖非人文主义之修养，而感情之放纵而已（[按]此与吾国先哲君子之爱人也以德，细人之爱人也，以姑息语相合）。方诸吾国，何独不然？公妻公产，废孔非孝，劳工神圣，女子解放诸声，喧豗宇内。俄氛未至，烈焰暗挑；物质未充，伦常扫地。资本家国内且无之，劳工何由神圣？二万万机会早至，解放何劳簧惑？此皆所谓惟恐天下不乱，而为之诡词大言以惑众也。而倡之者，其人私德堕落，世人共知，乌能使人信之耶？返观吾国数千年来，民族美德常存，孔孟之道昌明，杨墨之说全熄。其间庸德庸行，古圣之所昭训，父兄之所劝勉者，虽终其身行之犹不能尽。奇伟不稽，则道不信，安用以新者羼杂其间为耶？文艺一事，从古所谓为文章者，如六经、《论语》之言，取其自然形见者，后世始以笔墨著述为文章，及汉遂有文艺之目。盖古时之文，本以合德，后世之文，则以合艺。虽然，固无害也。昔扬雄著《太玄》五千言，枝叶扶疏，文矣，而为论不诡于圣人。尝观其言曰：“君子之言，幽必有验乎明，远必有验乎近，大必有验乎小，微必有验乎著。无验而言，谓之妄言。言不能达其心，书不能达其言，难矣哉！"则知其为不愧于文者矣。魏晋以后，文至梁齐而极敝，岂非以其文体之骫骳、文辞之艳薄，辞非达意，言不明理乎！李唐文治之昌，足绍两汉之隆，韩柳之文，所以能彪炳一世垂光后祀者，亦以其能辟异端，明道德，订名实，归雅正而已。赵宋承运，余烈未衰，至明成化间，创为制义之文。其文熟烂，固不然言，而陈陈相因，辅圣翼教之语，一如今日新文化家盛言改造、解放、德谟克拉西者。语云："说西施之美，无益于容；道尧舜之德，无益于治。"盖谓立言不诚，出言无征者，徒为无益也。新文家之立言不诚，心存功利，固不自其体制之骫骳，声韵之堕隳始。即以体制声韵论，白话文、白话诗者，所谓少年好事，徒乱人意，而又有武断操纵之嫌者也。杜甫诗曰："汝曹身与名俱灭，不废江河万古流。"韩愈为裴度作书曰："文之异，在气格之高下，思致之深浅，不在磔裂章句，隳废声韵也。"合二公之言观之，则文字之不应菲薄前人，自我作古，专求形式之新明矣。白话文本为旧有，而新文家标之以为新；白话诗徒为无韵之文，而新文家强之以为诗。讥弹昔人，愚弄黔首，出辞吐气，訑訑然拒人于千里之年，此吾所谓少年好事，徒乱人意，有武断操纵之嫌，而不足称为新文艺者也。总之，德道文艺二端，只有真善美适之归宿，而非区区新旧所可范围。又非如巴黎市上妇女时式之衣帽，瞬息数变。因而世界时髦之妇女，必为之趋效不遑也。又非如太平洋会议席上某种议案，苟有任何一国之不赞成，即绝对不能通过执行也。噫！道德文艺之骛新趋世，且为人所操纵久矣，吾不能不哀世俗之为惑沉沉于无已也。

辟文学分贵族平民之讹*

录《湘君》季刊

刘　朴

前　篇

文学无贵族平民之分，而有是非之别。无贵族平民之分者，何谓也？谓文学非举世举国之人所能精诣，而文学家非仅得写劳工恋爱之类之事。难能可贵者无必黜之理，众知众能者无独宗之势，故今所谓贵族文学，或有关于国史，（《西清诗话》云："欧阳永叔《归田录》言：'王建宫词多言唐宫中事，群书阙纪者，往往见其诗。'"）慕于异域。（兹录玄奘《大唐西域记》两则，以战唐之雅颂慕于印度。一曰："天竺羯若鞠阇王，尸罗阿迭多，与玄奘相见。王劳苦已，曰：'自何国来？将何所欲？'对曰：'从大唐国来，请求佛法。'王曰：'大唐国在何方？经途所亘，去斯远近？'对曰：'当此东北数万余里，印度所谓摩诃至那国是也。'王曰：'尝闻摩诃至那国有秦王天子，少而灵鉴，长而神武，昔先代丧乱，率土分崩，兵戈竞起，群生荼毒。而秦王天子早怀远略，兴大慈悲，拯济含识，平定海内，风教遐被，德泽远洽，殊方异域慕化称臣，氓庶仰其亭育，咸歌《秦王破阵乐》，闻其雅颂于兹久矣。'"朴案《唐书》："唐太宗为秦王破刘武周军，遂作《秦王破阵乐》曲，及即位，每宴会必奏之。后改名《七德舞》。"一曰："天竺迦摩缕波国王，拘摩罗，与玄奘相见。王曰：'虽则不才，常慕高学，闻名雅尚，敢事

---

*　辑自《学衡》1924年8月32期。

延请。’曰：‘寡能褊智，猥蒙流听。’拘摩罗王曰：‘善哉！慕法好学，视身若浮，逾越重险，远游异域，斯因王化，所以国风尚学。今印度诸国多有歌颂摩诃至那国《秦王破阵乐》者，闻之久矣！’”）。有是非之别者何谓也？谓其作果合于文学，其人无论所出社会之上流下流，必真知文能为文者，非农工商贾不学无术（此指修辞之术）之所为，无往而不胜于文学家，故今所谓平民文学，未可冀共知共能也（张文潜云：“诗三百篇，虽云妇人、妇子、小夫、贱隶所为，要之非深于文章者不能作。如‘七月在野’至‘入我床下’，于‘七月’以下皆不道破，直至‘十月’方言‘蟋蟀’，非深于文章者能为之耶？”）。苟以文学之寡知寡能者为贵族焉，科学亦奚以异？不能人人成科学家。文学亦奚以异？故能造物质文明之利器者始一二人，而用之者举世举国之人；工为文章者寡，而读之者众。时人有言：建安才六七子，开元数两三人。今以推于各国各世之文学家，皆可数也。此诺伯尔（今译诺贝尔）Nobel 之奖，尤以待非常之科学、文学家也。

农无瑕文学而文学家代为之（苏轼云：“平畴交远风，良苗亦怀新，非古之耦耕杖者，不能道此语，非予之世农，亦不能识此语之妙也。”按此证，农非耦耕植杖，有学问者无此文采），如李绅《悯农》（锄禾日当午，汗滴禾下土。谁知盘中餐，粒粒皆辛苦）、聂夷中《伤田家》（二月卖新丝，五月粜新谷。医得眼前疮，剜却心头肉。我愿君王心，化作光明烛。不照绮罗筵，只照逃亡屋。）、柳宗元《田家》（次章：篱落隔烟火，农谈四邻夕。庭际秋虫鸣，疏麻方寂历。蚕丝尽输税，机杼空倚壁。里胥夜经过，鸡黍事筵席。各言官长峻，文字多督责。东乡后租期，车毂陷泥泽。公门少推恕，鞭朴恣狼藉。努力慎经营，肌肤真可惜。迎新在此岁，唯恐踵前迹。）者不可胜数。商工无暇于文学而文学家代为之（唐张籍《筑城词》曰：“筑城处，千人万人齐把杵。重重土坚试行锥，军吏执鞭催作迟。来时一年深碛里，尽著短衣渴无水。力尽不得抛杵声，杵声未尽人皆死。家家养男当门户，今日作君城下土。”宋刘克庄《筑城行》曰：“万夫喧喧不停杵，杵声丁丁惊后土。遍村开田起窑灶，望青斫木作楼橹。天寒日短工役急，白棒诃责如风雨。汉家丞相方忧边，筑城功高除美官。旧时广野无城处，而今烽火列屯戍。君不见高城齾齾如鱼鳞，城中萧疏空无人。”二诗岂筑城之工所能自表其痛苦者？宋刘克庄《运粮行》曰：“极边官军守战场，次边丁壮俱运粮。县符旁午催调发，大车小车声轧轧，霜寒晷短路又滑，担夫肩穿牛蹄脱。”元王恽《挽漕篇》曰：“汤汤汶水波，西骛复东注。势虽汗漫来，止可流东楚。发源本清浅，才夏即沮洳。安能浮重载，通漕越齐鲁。有时汎商舶，潦涨藉秋雨。船官行有程，至此日艰阻。钜野到齐东，著浅凡几处。必资州县力，涩滞方可度。漫村赶丁夫，所在沸官府。先须刮流沙，推挽代篙橹。硬拖泥水行，奚异奡荡努。涉寒痹股腓，负重伤背膂。咫尺远千里，跬步百举武。兹焉幸得过，断流行复阻。又须集牛车，陆递入前浦。中间吏因缘，为弊不可数。蛮梢贪如狼，总压暴于虎。所经辄绎骚，不若被掠虏。盼盼入海口，未免风浪鼓。舟中一斛粟，百姓几辛苦。”二诗岂运粮之丁所能自表其痛苦者?)，如柳宗元《捕蛇者说》、胡天游《伐石志》(胡志试慰之曰:“苦拮据乎是，毋或惫与? 工人戚然太息曰:‘岂谓斯役之不吾困耶!’”与柳说“余悲之，且曰:‘若毒之乎? 余将告于莅事者，更若役，复若赋，则如何?’蒋氏大戚，汪然出涕曰:‘君将哀而生之乎? 则吾斯役之不幸，未若复吾赋不幸之甚也。’”正同)、蒋士铨《高木匠传》者不可胜数。游侠忌于汉主而司马迁敢列传以扬之，新法怨于宋人而苏轼敢为诗以辟之。初元之始，元帝用兵珠厓，士卒及转输死者万人以上，孰敢言者，幸其疾苦见贾捐之之文焉(最沉痛者莫如父战列于前，子斗伤于后，女子乘亭障，孤儿号于道，老母、寡妇饮泣巷哭，是皆廓地泰大征伐不休之故也。今关东民众久困，流离道路。人情莫亲父母，莫乐夫妇:至嫁妻、卖子，法不能禁，义不能止，此社稷之忧也)。天宝之末，杨国忠用兵云南，二十余万众悉去无反，孰敢言者，幸其疾苦见白居易之诗焉(《新丰折臂翁》诗最沉痛者，莫如“村南村北哭声哀，儿别爷娘夫别妻。皆云前后征蛮者，千万人行无一回。是时翁年二十四，兵部牒中有名字。夜深不敢使人知，偷将大石捶折臂。张弓簸旗俱不堪，从兹始免征云南。骨碎筋伤非不苦，且图拣退归乡土。此臂折来六十年，一肢虽废一身全。至今风雨阴寒夜，直到天明痛不眠。”)。故知凡传于文学者，皆不暇不敢或不能为文也，不暇不敢与不能为文者之生活技能心理境况，不赖暇且敢而能为者之表之乎?

六根据具于身，六尘染其性，是故六识范围世人之文。欲窥阿赖耶识之作，必为真文学家矣(本友人刘永济文学最贵第八议说，实千古未发之秘)。苏轼之《前赤壁赋》、王闿运之《秋醒词序》，并与造化游而不能学焉。韦应物《幽居》诗:微雨夜来过，不知春草生(钱牧斋评:胸中元化)。殷遥《山行》诗:野花成子落(钱评:五字中有化工)。王维《鸟鸣涧》诗:月出惊山鸟，时鸣春涧中(钱评:禅寂)。张若虚《春江花月夜》诗:落月摇情满江树(钱评:摇字，满字，幻而动)。溯之陶诗，尤多天机，如《杂诗》:采菊东篱下，悠然见南山。蔡宽夫称其闲远自得之意，直若超然邈出宇宙之外。如《读山海经》诗:众鸟欣有托，吾亦爱吾庐。尝窃以为静之美而中和位育之象立焉。微雨从东来,好风与之俱。窃以为运之美而鱼跃鸢飞之机启焉。所谓蝉蜕尘埃之中,浮游万物之表(《后湖集》称王维诗),有弦外音,味外味(《说诗晬语》)者。文学家之作或偶一见,或不一见,矧于平民也哉!

屈原见沅湘间祭祀歌舞,其词鄙陋,因为作九歌之曲(本王逸《楚辞注》)。司马迁论次五帝之事,择其言尤雅者(本《五帝本纪》太史公曰)。然则鄙陋而不雅驯,其平民所作之通病乎。今欲贵之,其如草创而未讨论(《后山诗话》云:"永叔谓为文有三多:看多,做多,商量多。"朴按商量即讨论,非文学家莫能)、修饰(《吕氏童蒙训》云:"老杜云:'新诗改罢自长吟',文字频改,工夫自出。"《冷斋夜话》云:"白乐天每作诗,令一老妪解之。问曰:'解否?'妪曰:'解!'则录之。不解,则又复易之。故唐末之诗,近于鄙俚。"朴按此证平民不能修饰)、润色何!又孔子删古诗五百十一篇(同于小序之数,前人已辩司马迁说三千余篇之非)为三百五篇,苏轼以赵明叔常云"薄薄酒,胜茶汤,丑丑妇,胜空房",其言俚而近乎达,因推而广之,作薄薄酒十四句。故点窜涂改之功,删存推广之任,有待于文学家。

"断竹,续竹,飞土,逐肉",此陈音述守尸之歌以对越王也。瓯窭满篝,污邪满车,五穀蕃熟,穰穰满家。此淳于髡述禳田之祝以对齐王也。谓平民文学易于明晓,此适不易已。溯夫击壤老人之歌,康衢儿童之谣,虽易,何其短也。惟舜与皋陶相戒之歌 ,四言三章,章三句,观其三章主部命名之词同(首章股肱元首百工,次章元首股肱庶事,三章元首股肱万事),述部称能及象名之词变(首章喜起熙,次章明良康,三章丛脞情堕),层次渐进,韵必句叶,岂上世黖昧之民所能为乎,至于无名氏之焦仲卿妻诗千七百四十五字,王湘绮之李清照妻诗(原题拟焦仲卿妻诗一首,李青照妻墓下作)千二百四十字,微文学家其孰能与于此!故知平民能为短篇而已。杞梁之妻之琴歌仅有二句(乐莫乐兮新相知,悲莫悲兮生别离。《列子·杨朱篇》引谚"生相怜,死相捐"二句尤短),苏李别诗,诗皆三章以上,章皆十句以上(苏诗首章别兄弟十八句,次章别妻十六句,三四章别友一十六句、一十八句。李诗首章十二句,次、三两章均十句)。而江淹别赋,状欲别未别之景,写行子居人之情,历述富贵任侠从军,绝国伉俪方外狭邪之别,何其缜密而浩瀚也。

由是观之,文学家于平民之所欲言,而不暇言、而不敢言、而不善言、而不长言者,既皆优为之矣,其功为何如也。苟曰:但求自然高古,不长言何害？请问全国文学尽如斛律金《敕勒歌》（敕勒川，阴山下。天似穹庐，笼盖四野。天苍苍，野茫茫。风吹草低见牛羊。）之短，其将何以昭示万国？若谓有七十回、百八人事之《水浒》，百二十回、四百四十八人之事之《红楼》，则故文学家之作，而非平民可几及也。苟曰：但求达意表情，不善言何害？则高山有好水（高山有好水，平地有好花，人家有好女，无钱莫想他），既贵于高谈平民文学者已。视汉广之诗（三章章八句，首章有四不可：首二句南有乔木，不可休息。物阻我以不可也。五至八句：汉之广矣，不可泳思。江之永矣，不可方思。理范我以不可也。惟三四句：汉有游女，不可求思。乃良心以为不可。此南海邓翔说），洛神之赋（余情悦其淑美兮，心振荡而不怡。无良媒以接欢兮，托微波而通词。嗟佳人之信修，羌习礼而明诗。收和颜而静志兮，申礼防以自持），孰美孰恶？孰发乎情止于意？孰亦发乎情止乎钱（有钱便想他）耶。故《孽海记》下山一出（见一个年少姣娥，生得来十分标致。看他脸似桃花，鬓若堆鸦，十指尖尖，金莲三寸。莫说是个凡间女子，就是那月里嫦娥，月里嫦娥赛不过了他。因此上，心中牵挂，暮暮朝朝，撇他不下），不如《国风·出其东门》（首章：出其东门，有女如云。虽则如云，匪我思存。缟衣綦巾，聊乐我员。次章：出其闉阇，有女如荼。虽则如荼，匪我思且。缟衣茹藘，聊可与娱。按此并言内助得人，不慕他妇）之敦厚而可为教也。苟任平民之不敢言，则英国监狱永无由迭更司（今译狄更斯）（Charles Dickens）之文而有改良之机。苟任平民之不能言，则汉建安中，卢江小吏焦仲卿夫妇已死，而孰言其遣于姑、逼于家之故耶？清嘉庆时：湖北佣人李清照夫妇及子已死，而孰言其逼于王、陵于人之故耶？怨妇固或亦能自述其情，其能如窦滔妻《璇玑图》之巧妙、苏伯玉妻《盘中诗》之忠厚者有几？孤儿固或亦能自述其情，其能如尹伯奇《覆霜操》之简古、无名氏《孤儿行》之碎奥者有几？故难望常有《国风·卷耳》（《朱传》以为后妃自采卷耳，置大道旁，而思文王。《毛传》非是）之自咏，而贵诗人代咏“提笼忘采叶，昨夜梦渔阳”也（杨用修谓唐张仲素春闺诗，从《卷耳》脱胎）。难望常有《国风·雄雉》（邓翔谓君子从役，妇勉之，居行睽隔，又悔之）之自咏，而贵诗人代咏“忽见陌头杨柳色，悔教夫婿觅封侯”也（邓翔谓王昌龄闺怨从《雄雉》脱胎）。《豳风·破斧》见兵卒之自述曰：“周公东征，四国是吪。哀我人斯，亦孔之嘉。”《平淮西碑》见文人之代述曰：“蔡人有言，始迷不知，今乃大觉，羞前之为。”故文惟其是尔（韩愈《答刘正夫书》语），非有贵族平民之畛域也。

后　篇

今之所谓贵族平民，昔之所谓馆阁山林也。然闻山林之作，非尽寒俭，而要以清雅为宗。馆阁之制，非尽浓滞，而要以华赡为贵（本朱兰坡说。吴处厚《青箱杂记》谓："山林草野之文，其气枯槁憔悴；朝廷台阁之文，其气温润丰缛。前者但举其恶，后者但举其美。"不及朱说。又姚姬传《石鼓砚斋文钞序》云："夫文之道一而已，在朝廷则言朝廷，在草野则言草野，惟其当之为贵。"）。亦惟其是而不分畛域之意耳，夫其不分，以无标准。

（一）韦宙观卢杞文具首尾，则必其贵（孙光宪《北梦琐言》："唐大中初，卢携举进士，风貌不扬，语亦不正，呼携为彗，盖短舌也。韦氏昆弟皆轻侮之，独韦岫尚书加钦，谓其昆弟曰："卢虽人物甚陋，观其文章有首尾。斯人也，以是卜之，他日必为大用乎。"后卢果策名，竟登廊庙，奖拔京兆，至福建观察使。"吴处厚《青箱杂记》："小说载卢樵貌陋，尝以文章谒韦宙。韦氏子弟多肆轻侮，宙语之曰：'卢虽人物不扬，然观其文章有首尾，异日必贵。'后竟如其言。"按卢杞事，此二书所载之名不同，待考）。盛文肃见夏竦文似馆阁，则必其达（《青箱杂记》："本朝夏英公亦尝以文章谒盛文肃，文肃曰：'子文章有馆阁气，异日必显。'后亦如其言。"）。王沂公未相，赋已有陶镕万物之度。范文正未显，赋已有出将人相之仪。将"其文之贵由人而定"乎，抑"其人之贵由文而定"乎？美罗威尔（今译洛厄尔）（Amy Lowell）出于贵阀，其诗反是。英莎士比亚出于寒门，其剧反是。《复活》（*Resurreetion*）（一译名《心狱》）说狱制之小，说论者必以为平民已，固成于俄贵阀托尔斯泰。《卜罗来修斯释放记》（*Prometheus Unbound*），诋法律之长诗，论者必以为平民已，固成于英贵阀薛雷（今译雪莱）（Percy Bysshe Shelley）。叙光荣（今译格罗丽亚娜）（Gloriana）之《仙后》（*The Faiiry Queen*）诗，所谓贵族之作，作者乃英平民斯宾赛（Edmund Spenser）（见本斯插画第二幅）。叙苏格兰女王之《玛丽司达》（Marla Stuart）剧，所谓贵族之制，制者乃德平民锡娄（今译席勒）（Johann Christoph Friedrich Von Schiller）。俄朴时铿（今译普希金）（Alexander Pushkin）外家，出汉尼拔（Hannibal），英摆伦（今译拜伦）（Lord Byron）伯爵，袭自先世，顾于十九世纪希腊离土建国，皆为歌诗以鼓励之。则以作者门阀定文学之贵族平民无当。何也？有其人为贵族则所作为平民者，有其人为平民而所作为贵族才，且其人为平民而所作为平民者，如英李查生（Samuel Richardson）以匠人子为通俗文，亦仅驰名于一时耳。

（二）郢人为赋，托又灵均，举世诵之（《文心雕龙》），得无谓之平 文学乎？后知其非，皆缄口而捐之（同上），不亦变而为贵族已。汉长安庆虬之善为赋，尝作《清思赋》，时人不之贵也（《柳南随笔》）。得无谓之贵族文学乎，乃托又相如所作，遂大重于世（同上），不亦变而为平民已。左思作赋，既得皇甫之叙，而向排者旋服（《晋书・左思传》："及赋成，时人未之重。思自以其作不谢班、张，恐以人废言，安定皇甫谧有高誉，思造而示之。谧称善，为其赋序。张载为注《魏都》，刘逵注《吴》《蜀》而序之。（中略）陈留卫瓘又为思赋作《略解》序。（中略）于是豪贵之家，竞相传写，洛阳为之纸贵。"）。张率为诗，必称沈约之制，而夙诋者始恭（《何氏语林》："张率年十六，作赋颂二千余首，虞讷见而诋之。率乃一旦焚毁，更为诗示焉，托云沈约，讷便句句嗟称，无事不善。率曰：'此吾作也。'讷惭而退。"）。则以作者名实定文学之贵族平民无当。何也？有作者名过其实，而谬采虚声，皆推其作，遂若平民者已。有作者实不及名，而徒采虚声，皆抑其作，遂若贵族者已。且真作者，往往其名先逊于人，其实先硕于人，众聋姣娃，已享韶咸（欧阳修诗：姣娃聋两耳，死不享韶咸）。故天圣之间，"学者务以言语声偶摘裂以相夸尚，子美独与其兄才翁及穆参军伯长作为古歌诗杂文，时人颇共非笑之，面子美不顾也"（欧阳修《苏子美集叙》）。"梁孝元在藩邸时，撰《西府新文》，《史记》无一篇见录者，亦以不偶于世，无郑卫之音故也。"（《颜氏家训・文章篇》）

（三）才大思深之文，隐而难晓，意浅力近之作，露而易见（本《抱朴子》）。隐而难晓者，憎目厌耳，露而易见者，了耳昧心，可谓前者贵族而后者平民乎（《抱朴子》云："古书之多隐，未必昔人故欲难晓。或世异语变，或方言不同；经荒历乱，埋藏积久，简编朽绝，亡失者多，或杂续残缺，或脱去章句，是以难知，似若至深耳。"《朱子》云："圣人之言，坦易明白，因言以明道，正欲使天下后世由此求之。使圣人立言，要教人难晓，圣人之经定不作矣。若其义理精奥处，人所未晓，自是其所见未到耳。学者需玩味深思，久之自可见。"）《康斯登斯》今译康斯坦斯（Faithful Constance），罗马公主之小说，英乔塞（今译乔叟）（Geoffrey Chaucer）（见本期插画第一幅）以俚语述之。《红楼梦》满州贾府之小说，曹雪芹以俚语写之。扬雄好为艰辞以晦浅易之说（本苏轼《答谢民师叔》），樊绍述喜涩句以靄寻常之事，则以所作难易定文学之贵族平民无当。何也？有其作为贵族而达其通俗之俚语，有其作为平民而缀以难晓之文言，且其作为平民而缀以俚语。如宋吴曾所引雨中花词（吴曾《能改斋漫录》："南唐宰相冯延巳有乐府一章，名《长命女》，云：'春日宴，绿酒一杯歌一遍。再拜陈三愿：一愿郎君千岁，二愿妾身常健，三愿如同梁上燕，岁岁长相见。'其后有以其词意改为《雨中花》云：'我有五重深深愿，第一愿且图久远，二愿恰如雕梁双燕，岁岁得长相见。三愿薄情相顾恋。第四愿永不分散，五愿奴哥收因结果，做个大宅院。'味冯公之词，典雅丰容，虽置在古乐府，可以无愧。一遭俗子窜易，不惟句意重复，而鄙恶甚矣。"），及宋宗子诗（查应光历朝野史，哲宗朝，宗子有好为诗而鄙俚可笑者，尝作即事诗云："日暖看三织，风高斗两厢。蛙翻白出阔，蚓死紫之长。泼听琵梧凤，馒抛接建章。归来屋里坐，打死又何妨。"或问诗意，答曰："始见三蜘蛛网于檐前，又见二雀斗于两厢。有死蛙翻腹似出字，死蚓如之字。方吃泼饭，闻邻家琵琶作《凤栖梧》，食馒未毕，阍人报建安章秀才上谒。迎客既归，见内门上画钟馗击小鬼，故云打死又何妨。"），恶在其为文也！

（四）英摆伦之始成《闲日杂咏》（*Hours of ldleness*），爱丁堡报（*The Ddinburgh Review*）讥之，非将所谓贵族者耶。及游南欧归，成纪行之作（*Childe Harold's Pilgrimage*），乃誉起于伦敦，又非所谓平民者耶？沙克雷（今译萨克莱）（William Madepeace Thackeray）未毕二十四回之小说《名利场》（*Vanity Fair*）甚多谴毁，非将所谓贵族者耶？及其将毕，通国欣通，又非所谓平民者耶？希腊尤里比底氏（今译欧里庇得斯）（Euripides）剧蒙不学之毁，法毛里哀（今译莫里哀）（JeanBaptiste Moliere）剧婴禁诵之辱，亦犹昌黎淮西碑，有被磨之点。斯皆偶忌其名，无伤其实，将以一时之沮而谓其作为贵族耶？抑以百世之传而谓其制为平民耶？则以所作毁誉定文学之贵族平民无当。何也？或挟而誉焉，或嫌而毁焉，贱近而贵远（《杨雄传赞》载：桓谭答王邑严尤语，凡人贱近而贵远，亲见杨子云禄位容貌不能动人，故轻贱其书），其势利之见然也，厚古而薄今，其时间之见然也。

（五）王充谓五霸不肯观尧舜之典，季孟不肯读孟墨之籍，此何哉？其皆殊也。胡应麟谓供奉之癖宣城，以明艳合。工部之癖开府，以沉实合，此何哉？其嗜殊也。旨与嗜之殊，岂有常哉！《汉书》称扬雄之文，时人习之，刘歆范逡敬焉，桓谭以为绝伦。陆游称东坡岭外喜子厚文，及北归与钱济明书，乃痛诋之。以宗师之奇涩，而昌黎犹云：文从字顺；以沧溟之险怪，而日本荻生徂徕犹云:倚天之宠灵,奉于鳞氏之教。则以读者旨趣定文学之贵族平民无当。何也?贵乎合己,贱于殊途(《抱朴子·辞义篇》)。"会己则嗟讽,异我则沮弃"(《文心雕龙·知音篇》)。但今鄙夷李杜者,庸知小畑薰良英译《太白集》以表章于西洋,而德富苏峰宗杜甫于弥儿顿(今译弥尔顿)(John Milton)之上乎。又大阪《朝日新闻》盛载日人所作汉诗,华士报纸顾或专载新诗,旨趋如此,将安定贵族平民之真乎?

(六)又任沈之是非,乃邢魏之优劣(《颜氏家训·文章篇》:"邢子才、魏收,俱有重名,时俗准的,以为师匠。邢赏服沈约而轻任昉,魏爱慕任昉时而毁沈约,每于谈宴,辞色以下。邺下纷纭,各为朋党。祖孝征尝谓吾曰:'任、沈之是非,乃邢、魏之优劣也。'"),故独观渭为警策,众睹终沦平钝(《诗品序》)。虽浚发于巧心,或受嗤于拙目(《文赋》)。是知我程度不若众,我文焉得不为贵族。韩愈言:时时应事作俗下文字。下笔令人惭,及示人,则人以为好。是知我程度若众,我文焉得不为平民。柳子厚有"古今号文章为难、得之难、知之愈难"之言,焦弱侯亦有"作之固难,解之亦不易"之语。则以读者程度定文学之贵族平民无当。何也?程度高者不屑读浅近之作,而喜高深,则前者为贵族,后者为平民矣。程度卑者不能读高深之作,而喜浅近,则前者为贵族,后者为平民矣。且今国人不识字者居其泰半,虽称平民文学之《水浒》《红楼》,亦将为贵族也。

是以文学贵族平民之标准,作者门阀不可以定,名实不可以定,所作难易不可以定,毁誉不可以定,读者旨趣不可以定,程度不可以定。凡文学之事,未有出此三者。此三者何?作者也,读者也,所作也。昭昭然其均不可以定文学贵族平民之标准也,断断然区是名者之无据已,故卒归于文惟其是。苟是矣,合于王氏官祥之说(《青箱杂记》载王安国常语吴处厚:文章格调须是官样),不可谓贵族焉。苟非矣,合于沈氏三易之说(《颜氏家训·文章篇》:"沈隐侯曰:'文章当从三易:易见事,一也;易识字,二也;易读诵,三也。'")不得谓平民焉。颜之推曰:"自古执笔为文者,何可胜言。至于宏丽精华,不过数十篇耳。"(《家训·文章篇》)韩愈曰:"有文字来,谁不为文,然其存于今者,必其能者也。"(《答刘正夫书》)是以酒中之趣,勿传于醒者(李白诗:但得酒中趣,勿为醒者传)。鲛绡之织,非喻于人间(苏轼诗:鲛绡巧织在深泉,不一人间机杼联)。明吾所辟文学分贵族平民之讹,而犹未谙文惟其是之意者,知予之不尽言,正庄子所谓送君者皆自厓反而君自兹远也。

论文学无新旧之异*

（节录《智诀旬报》）

曹慕管

昔曹孟德尝言："老而能学，惟吾与袁伯业。"东坡以《〈论语〉解》寄文潞公书云："就使无取，亦足见其穷不忘道，老而能学也。"年齿浸高，而能留意于学，此固非易事，但非所语于年富力强之人耳。《毛西河集》："生文人百，不及生读书人一。犬抵千万人中必得一文人，而读书人有千百年不见一者。"古人之重读书如是夫。子曰："学而不思则罔，思而不学则殆。"新文学者以"有什么话说什么话""要怎样说就怎样说"为科律。上焉者义理考订，颇有发挥，文笔清坚，足以达其所见，已为麟角；下焉者思而不学，学而不精，毁誉之势眩于外，利钝之见惑其中，惟逐风气之所趋，而徇当世之所尚者比比也。《修词鉴衡》引《丽泽文说》云：

> "文章有三等，（中略）下焉者用意庸常，专事造语。"正为此辈发耳。至其文字漫汗，语气猖狂，贤愚不辨，是非不同，非古诵今，同符秦皇，灭礼斥经，甚于焚书。其害中于人心，其毒流被四海，岂徒今日南方学者之病而已哉

（顾亭林先生曰："群居终日，言不及义，好行小慧，难矣哉。今日南方之学

---

* 辑自《学衡》1924 年 8 月第 32 期。

者也!”见《日知录》)昔者晋人崇尚玄风,任情作达,丈夫则糟粕六艺,妇女亦雅尚清言,论者以此为十六国分裂,生灵涂炭之源(语本《文史通义》)。愚为此惧,爰述兹篇,纵获罪于新人,虽万死而奚辞。

本文要旨:退之有言:“文无难易,惟其是耳。”《后周书·柳虬传》:“时人论文体有今古之异。虬以为时有今古,非文有今古。”姚惜抱自叙《古文辞类纂》亦云:“夫文无所谓古今也,惟其当而已。”愚尝推阐诸先生之意,亦谓:“文学无新旧,惟其真耳。”真者何?合乎文学精义者也。愚于文学止涉其樊,根诸旧说,略抒所闻,大雅君子,以是正焉。

一曰学。文辞者,著述之中立言者也。(《章氏遗书·答沈枫墀论学书》)《文章精义》云:“《易》《诗》《书》《仪礼》《春秋》《论语》《大学》《中庸》《孟子》,皆圣贤明道经世之书,虽非为作文设,而千万文章从是出焉。”此说由今观之,或嫌陈腐。扩而充之,即云:社会科学与自然科学,虽非为作文设,而千万文章从是出焉,亦何不可哉!《易》曰:“言有物而行有恒。”物自何来?吾尝终日而思矣,不如须臾之所学也。《梁溪漫志》云:“作诗当以学,不当以才。诗非文比,若不曾学,则终不近诗。(中略)大凡作诗以才而不以学者,正如扬雄求合六经,费尽工夫,造尽言语,毕竟不似。”故曰:文学之本在乎学问。

二曰达。文字有繁简,无贵贱,所要乃在繁而不厌其多,简而不遗其意耳。子曰:“辞达而已矣。”《正义》曰:“此章明言语之法也。凡事莫过于实,辞达则足矣,不须文艳也。”然而辞达非易易也。间尝论之,论辨贵畅,说理大全,辞命宜婉,叙事纪实,状物维肖,传神得似,言情兴感,是皆孔子所谓辞达者也。苟非积理富,识字多,孰能至于斯者乎?戴东原以文章为艺而非道,艺也者,即所以求其辞达之术也。

三曰诚。《易》曰:“修辞立其诚。”不诚无物,便蹈空言。严几道以信为译文三难之一,信则诚之一端也。然而立其诚则必有待乎修辞,则是文学之用,亦有不可偏废者矣,实斋所以有“不弃春华爱秋实”之说欤。(《丙辰札记》)杜工部论文“不薄今人爱古人”,新文学家,何以独薄文言而爱白话耶?

四曰易。语体平易,便于普遍,见重今世,固其所也。然而以此非古,多亦见其不学耳。沈隐侯曰:“文章当从三易:易见事,一也;易识字,二也;易读诵,三也。”邢子才尝曰:“沈侯文章,用事不使人觉,若胸臆语也,深以此服之。”(《颜氏家训》)皇甫湜,韩门弟子,而其学流于艰涩怪僻,所谓目瞪舌涩,不能分其句读者也。《章氏遗书〈皇甫持正文集〉书后》则讥其“不知古人初非有意为奇，而韩氏所得，尤为平实，不可袭外貌而目为奇也”。顾亭林先生力攻文人求古之病，尝曰：“以今日之地为不古，而借古地名；以今日之官为不古，而借古官名；舍今日恒用之字，用借古字之通用者，皆古人所以自盖其俚浅也。”白香山诗，妇孺皆晓，谁谓文学有新旧之异，新易而旧难也哉！

五曰活。文词只问达不达，不问活不活。死活之说，今之新文学家津津乐道之，其实不然。何则？活从达来，死在于涩。状物维肖，达也；肖即栩栩欲生矣；传神得似，达也；似即跃跃欲出矣。故知文字死活，关乎词之达与不达，修辞尚已。不此之务，专从文体着想，是重形骸而轻神髓者也。诚如是也，木偶土偶皆得谓之活菩萨矣。

六曰法。文成法立，绝无定规，讲求文法，只为初学计，则可耳。学文如有定法，千篇一律，趣味索然矣。此正新文学家所谓死文字者已。

综上所述，前之四端，所以论文学无新旧之异，其理一也。后之二者，则专就近说略施批评，未能详也。

新旧一体说。朱次韩先生者，愚初不识其何许人也。读愚《论胡适与新文学》一文而善之，贻书于愚，有所商榷，其言曰：

慕管先生执事，顷于《时事新报》获读尊著《论胡适与新文学》一文，谓胡氏所揭橥之八事，大都出于章实斋《文史通义》，繁征博引，良堪钦佩。惟（弟）以为此八事者，不第章氏能言之，凡治古文辞者胥能言之。昌黎韩氏曰：“夫所谓文者，必有诸其中，是故君子慎其实。”（《答尉迟生书》）又曰：“养其根而竢其实，加其膏而希其光。”（《答李翊书》）其云：有其中、养其根、加其膏，即胡氏之言之有物也。韩氏又曰：“圣人之道，不用文则已，用则必尚其能者。能者非他，能自树立、不因循者是也。”（《答刘正夫书》）又曰：“惟古于词必己出，降而不能乃剽贼。”（《樊绍述墓铭》）其云：能自树立、不因循、必己出，即胡氏之不摹仿古人也。湘乡曾氏亦曰：“大抵剽窃前言，句摹字拟，是为戒律之首。”桐城姚氏曰：“人之学文，其功力所能至者，陈义理必明当。布置取舍，繁简廉肉，不失于法。吐词雅驯，不芜而已。”其云布置取舍，繁简廉肉，雅驯不芜，即胡氏之须讲求文法也（吾国文学家不甚言法，而法亦未尝不在其中，若必明法而后行文，古人之文，又何法耶）。湘乡曾氏曰：“归氏所谓抑扬吞吐，情韵不匮者，苟裁之以义，或皆可以不陈。”（《归震川文集书后》）其云抑扬吞吐、情韵不匮、可以不陈者，即胡氏之不作无病呻吟也。韩氏又曰:“当其取于心而注于手也,惟陈言之务去。”(《答李翊书》)其云陈言务去,即胡氏之务去烂套熟语也。陇西李氏曰:“建武以还,文卑质丧,气萎体败,剽剥不让,俪花斗叶,颠倒相上。及兄之为,思动鬼神,拨去其华,得其本根。”(《祭韩侍郎文》)其云拨去其华,得其本根,即胡氏之不用典、不讲对仗也。上元管氏亦曰:“人有哀乐者,面也;今以玉冠之,虽美,失其面矣。此骈文之失也。大抵用典及对仗,惟骈文为然,古人绝少此二弊也。”上元梅氏曰:“文章之事,莫大乎因时立言。吾言于此,而时事之至微,物之甚小,朝野之风俗好尚,皆可因吾言而见之。”(《答朱朝丹书》)其云因时立言,即胡氏之不避俗字俗语也。曾氏亦曰:“或乃竟为僻字涩句,以骇庸众,斯又戒律之所必严。”夫僻字即不经见之字,涩字即不常用之句,古文学家早已戒之。胡氏欲以古文学家之攻骈文者,转攻古文,毋怪其为姚叔节、马通伯诸人所呵也。要之,胡氏所揭橥之八事,在新文学家奉为金科玉律,而在古文学家,早已家喻户晓。胡氏之自矜创获,炫耀不已,只能欺不学无术,若夫己氏之徒而已。(中略)弟朱次韩顿首。

朱先生之说,诚美善矣,且可与鄙作互相发明。外此桐城文与新派文之比较论断,具详《学衡》杂志,不具录。文学无新旧之异,不其然乎?

白话诗抉微。文学无新旧之异,既如上述,则新文学一名词,根本不能成立,应在废置之列,盖可知矣。近数年来,谈新文学者,往往推陈胡为巨子。陈惟胆大,卑之无甚高论;胡氏论文,较有条理,而主张新文学亦最力。然胡氏固专治哲学,其余文学,特视作娱乐已尔。(语见《努力周报》)愚尝论胡氏文学八事,本诸章氏,说见《论胡适与新文学》,不赘。兹试溯其白话诗之起源而一评论之。

民国五年八月四日,胡氏《答任叔永书》云:

我自信颇能用白话作散文,但尚未能用之于韵文,私心颇欲以数年之力,实地练习之。倘数年之后,竟能用文言白话作文作诗,无不随心所欲,岂非一大快事?(中略)倘此新国尽是沙碛不毛之地,则我或终归老于文言诗国,亦未可知。倘幸而有成,则辟除荆棘之后,当开放门户,迎公等同来莅止耳。(下略)

此为民国九年《尝试集·初版自序》之一节。至十一年增订版，用此代序。观此，是征胡氏不废文言作诗，其以白话作诗也者，只是试验而已，练习而已。所以然者，凡为学校出身，自初多攻散文，少读诗词。学作对联，更系外行。人情于其所不惯者，兴味自为之锐减。韵文少读，律诗少做，偶尔觌面，遂觉难识，亦事之常。至若艳诗艳词，但见典故之繁伙，未审代表之情味，意象纵极深厚，比兴纵极允当，而凡为学校出身者，未能洞悉个中之深味。谨愿者藏拙，倔强者鸣鼓，趋时之士相与盲从而附和之，天下由是纷纷矣。此白话诗之所由来也。（以上云云，读者苟披阅《尝试集·自序》及《胡适文存·读沈尹默的旧诗词》，潜心思索，当自得之）

白话诗之末路。愚请忠告世之提倡白话诗者曰：此路不通，徒为浪费脚力。以公等之才，如取苏武李陵直至元好问之诗，专读古诗而多作之，不难有成。若拘于历史上诗文几度变迁之经过，张大其词，指为文学革命之事实，无论古代诗家、文家、词曲家，其骨已朽，其神不灵，不能尽量明告吾人以当时经过之实情。然依吾人之所知，善古诗者，并善律诗；能词赋者，兼能骈文，正不乏其人也。即谓曹雪芹已实地证明，作小说之利器在于白话，但终不能掩曹雪芹工诗之事实，而称彼为攻打文言诗国之主帅也。今北京之文人，如樊樊山辈，为北京名伶作戏剧脚本者，又岂文学革命之为耶？毋亦怀抱利器，不得其用，穷居无聊，发愤宣郁，或踌躇满志，不事干禄，退休林泉，养志娱老者之所为尔。彼其所作剧本，高下勿论，要其所学，不止此端。吾人既不能执是，而言其反对三百篇、《离骚》、骈文、诗词，更不得执是而信，其尽斥其他各种京腔、徽调也。孟子道先王，荀卿法后王，愚尝以为荀卿崇实也。以今为鉴，推阐陈迹，其事易明，其理易晓，患在不思耳。以白话作诗为文学之革命，窃恐命不可革。极其最高限度，于沙碛不毛之地，辟除荆棘，略得水草，仅资休憩。举凡饮食之本、起居之末、宗庙之美、百官之富、日苦其不足，月嫌其欠缺，其终必为文言诗国之附庸。仰其保育，以生、以养、以长、以教，而不可须臾或离也，须臾可离非道也。至于力求互韵，好用词调，则彼新诗之所谓解放者，愚亦见其有限耳。

欧化之白话。《小说月报》者，今世所称为提倡新文学之重要机关也。然读之使人昏昏欲睡，原白话文学催眠之魔力奚自乎？以其为欧化的白话而已矣。愚观近今所谓新文学者，无异即指白话文而言。而论坛通行之白话文，盖分二派：一为文言化、二为欧化。前者我国固有之物也，谓之曰新，毋宁云旧，信笔涂抹，人皆为之，僭号文学，则吾岂敢。后者造句用字，取法欧西，言事支离，极不自然，新潮作俑，小说扬波。吾侪生愿读西文，不愿见此妙文也。

闻者疑吾言乎？请举例以明之。今岁印度诗人泰戈尔北来，上海学界开会欢迎，当场散布特刊之小册，述欢迎之缘起（《小说月报》社撰），其文曰：

> 他的在世界文学上的贡献，他的在中国现在的文坛的影响，是我们所已十分知道的。他的特异的祈祷，他的创造的新声，他的甜蜜的恋歌，一切都如清晨的曙光，照耀于灰阖的旧的诗歌的国里，使读之者激起新的激动与新的愉快。
>
> 他的在哲学上与在教育上的贡献，也有许多人在中国的报纸上已经说过的。他的理想是东方的理想，能使我们超出于现代的物质的以及其他种种的束缚。他勇敢的发扬东方的文明、东方的精神，以反抗西方的物质的、现实的、商贾的文明与精神。他预言一个静默的美丽的夜天，将覆盖于现在的扰乱的世界的白昼。他预言国家的自私的心将死去，而东方的文明将于忍耐的黑暗之中，显出他的清晨，乳白而且静寂。
>
> 他是反对战争的，反对自由的压迫者的。他实是现代最伟大的反抗者之一。他在彭加尔文学上，曾把固有的彭加尔的诗的韵律破坏了。在教育上，哲学上，也都显出他的反抗的精神。他曾热烈的从事过爱国运动，他曾唱过为印度的爱国主义者最好的安慰的歌。

此文之妙，约有三点：（一）凡属主物之位皆加“的”字。（二）凡区别或疏状字，亦各加“的”而显示之。（三）凡遇复牒称代，又必加有“的”字也。总之，不离乎新文学者近是。以故每读必有一“的”，甚至每句二十余“的”，可谓尽欧化的白话之能事者已。昔东坡教人读《檀弓》，山谷谨守其言，传之后学。《檀弓》者，或数句书一事，或三句书一事，至有两句而书一事者，语极简而味长。事不相涉，而意脉贯穿，经纬错综，成自然之文，此所以为可法也。文字用语助太多，则文气卑弱，不可为训。韩退之《祭十二郎文》，自“其信然邪”以下，至“几何不从汝而死也”一段，仅三十句，凡句尾连用“邪”字者三，连用“乎”字者三，连用“也”字者四，连用“矣”字者七，几于句句用助辞矣。而反复出没，如怒涛惊湍，变化不测。其后欧阳公作《醉翁亭记》继之，又特尽纡徐不迫之态。昔人谓此非大手笔不能也，曾是一句二十余“的”，方足当新文学之雅号者乎？彼泰戈尔如通华文，读此篇，愚不知其感喟若何也，噫！

政客之文学论。愚尝论欧化白话文有五病:鹦鹉学语、口讷莫伸、辞不达也,病一;东施效颦、丑恶益彰、格不同也,病二;南蛮鴃舌、言语支离、法不一也,病三;委巷相尔汝、俚鄙厌闻、调不工也,病四;时装妇人,着高底皮鞋,而举步绝不自由,毫无精神,体不健也,病五。顾今之主白话文学者,不分皂白,不辨是非,贵奇之极,失其法度,矫枉过正,竞尚欧化。甚至排斥古文,谥曰贵族,崇奖白话,譬喻平民。此则非徒偏见,抑涉政论也已。何哉?国号共和,五族平等,贵族王室,不合时论,平民百姓,骤跻高位。新文学家非古文而不得其当,则用政客挑拨手段,设淫辞而助之攻,遂至于斯也。此说倡自陈独秀,云南徐氏推波助澜,衍文学论,刊行于世云。

愚按徐氏绪论,谓叙述中国文学之先,首需明白两种观念:其一为贵族文学,其二乃平民文学。释之者曰:"贵族文学者,乃智识阶级官僚或有名望者,取材书本,用一定方式作成之文学,不协音律,而无关于音乐者也。"今试以此说,按之新文学大家最所推尊之《红楼梦》、《儒林外史》二书而略论之。

《红楼梦》乃贵族文学。何以言之?盖即依前所说,而《红楼梦》作者曹雪芹,善诗赋,智识阶级中人也。家故汉军,其祖若父,代为江南大官,又以官僚而兼有名望者也。书中载有五言、七言、古体、律绝、诗词、诔文绝多,大都取材于书本,而纪事亦然,例如黛玉听曲,至"只为你如花美眷,似水流年一段,":

> 便一蹲身坐在一块山石子上,细嚼"如花美眷,似水流年"八个字的滋味。忽又想起前日见古人诗中有"水流花谢两无情"之句,再词中又"流水落花春去也,天上人间"之句,又兼方才所见《西厢记》中"花落水流红,闲愁万种"之句,都一时想起来,凑聚在一处。仔细忖度,不觉心痛神驰,眼中流泪。

岂非明证?又况《红楼梦》为章回体,开卷第一回《甄士隐梦幻识通灵》,最后《甄士隐详说太虚情》,全不脱旧小说窠臼,非一定方式而何?若谓文学须协音律,务使老妪能听,是则中国文学,必尽求童谣五更调或无锡调而后可。依是立论,则《红楼梦》者,更非所谓平民文学也。

《儒林外史》亦贵族文学也。何以故?试依徐说,作者吴敬梓,明系秀才,自必属于智识阶级;疆吏推重,草章荐举,虽辞不就,其有名望可知已。其祭泰伯,多取材于书本。又为章回体小说,所谓一定方式者也,至其不协音律,而无关于音乐，人人能言之矣。故《儒林外史》者，亦贵族文学也。

论《诗经》。徐氏云："应用上列的这种区分法，来区分历代贵族文学和平民文学，先翻开三百篇看，就知道雅颂是上古的贵族文学，国风是上古的平民文学。"一部《诗经》，乃劳新文学史家剖而为二：若者贵族，若者平民。虽曰滑稽，犹无大害。倘有人焉，借口整理国故之美名，竟删雅颂之全部，独留国风，用为读本，则绝作好品，卤莽灭裂，文盲者流，风行于世。尔时吾侪平民，绝不反抗，固属非计，即持异议，不亦晚乎！此愚所谓杞忧者也。倘有君子，纠弹过失，如日之出，如爝之熄，其于天下，讵无益耶？顾亭林先生曰："文须有益于天下，此类是也。"跛予望之，馨香而尸祝之。

论《楚辞》。徐氏又云："再翻开《楚辞》看，就知道《离骚》、《九章》，（以上屈原作）都是上古的贵族文学，《九歌》（楚南郢之邑，沅湘之间巫觋之乐，屈原改正其词）是上古的平民文学。《九章》等皆以蘼芜香草，填塞字面；《九歌》真实明了，凡《楚辞》中之佳句，皆出于《九歌》。《九歌》乃当时湘楚民间祀神之乐，经屈原改正其鄙俚者。然鄙俚二字，其中恐湮没好文字不少也。"由是观之，大抵新文学家之病根，在乎重实而轻华，而不知华也实也，俱为组成文学必具之要素也。学而曰文，修辞尚已。实者文之质，华者文之辅也。文胜于质，固不可。质胜于文，又焉得为美哉！《履斋示儿编》论作文法，得四字，曰："奇而法，正而葩。文贵乎奇，过于奇则艳，故济之以法。文贵乎正，过于正则朴，故济之以葩。奇而有法度，正而有葩华，两两相济，不至偏胜，则古作者不难到，况今文乎？"愚窃以为后说得之矣，奈新文学不信何？其实此说易明，譬有美人，蓬首垢面，人将掩目而过之。倾城之色，直须晨妆，若涂脂抹粉，失其凋匀，妖冶已甚，亦所不取耳。矧《楚辞》所咏香草，曰兰、曰荪、曰茝、曰药、曰蘼、曰芷、曰荃、曰蕙、曰薰、曰蘼芜、曰江蓠、曰杜若、曰杜蘅、曰揭车、曰留夷，尽多寓言，如兰似君子，蕙似士大夫，盖山林间十蕙而一兰也。姑仍徐说。《九章》曰贵族文学，《九歌》曰平民文学，于《楚辞》乎无损。天下文学，若以贵族而贬其声价，则是作者之祖父，一为清吏，将不认其为祖父也乎！

论文学无平民贵族之别。今之言文学者，平民贵族之辨，洋洋乎盈耳矣。新文学家，果欲用其政客手段，葬送中国古来文学于贵族二字之中，则愚欲无言，苟为不然，此事应许吾人以讨论之余地。愚敢不加踌躇，直认陈独秀之说、徐氏之论为无当于真理也。何也？古代学问，官为师法，纯乎平民，殊难其选也。《国风》虽曰里巷男女之所作，何能知其不出智识阶级之手？鼓吹二十二曲，既无姓氏，莫知谁何？更难辨其非出智识阶级之手也。孔子弟子三千，身通六艺者七十又二人。而《史记·孔子弟子列传》，传者亦无几人也。《尚书》自古称《典谟》训诰之文，而中华国歌，从此拣选协之音律，初无不合。如谓贵族文学不能协律，而《尚书》能之。然则《尚书》亦得与于平民文学之列乎？杜少陵为诗人冠冕，后世莫及，吐辞不凡，夐出尘表。而《湛渊静语》则云："唐有《文选》学，故一时文人，多宗尚之，少陵亦教其子宗文、宗武熟读《文选》。少陵诗多用选语，但善融化，不觉耳。"然则杜诗亦是贵族文学乎？又老杜戏为诗曰："未及前贤更勿疑，递相祖述复先谁。"庐陵孙季昭以为此乃夫子自道也。尝观其《后出塞》曰："借问大将谁，恐是霍嫖姚"，句法得之郭景纯《游仙诗》"借问此为谁，云是鬼谷子"，《送十一舅》云："虽有车马客，而无人世喧"，得之渊明《杂诗》"结庐在人境，而无车马喧"。《春日忆李白》云："何时一尊酒，重与细论文"，即孟浩然"何时一杯酒，重与李膺倾。"《醉歌》云："天开地裂长安陌，寒尽春生洛阳殿"，即灵运"日映昆明水，春生洛阳殿"之体也。若夫退之"酒食罢无为，棋槊以相娱"，句法又似少陵《今夕行》云："咸阳客舍一事无，相与博塞为欢娱。"《祭侄孙湘文》云："情一何长，命一何短"，句法又似少陵《石壕吏》"吏呼一何怒，妇啼一何苦"也。（见《示儿编》卷九《诗说》）《石壕吏》为近今新人倾倒之诗，庸讵知其中句法，亦都取材于书本者耶？杜诗句法，虽间有祖述，而亦善以方言里谚，点化入诗。词人墨客，口不绝谈，其曰"吾宗老孙子，质朴古人风"，"客睡何曾著，秋天不肯明"，"家家养乌鬼，顿顿食黄鱼"，"一夜水高二尺强，数日不可更禁当"，"老妻画纸为棋局，稚子敲针作钓钩"，"但使残年饱吃饭，只愿无事长相见"。足见眼前事物，皆可取用，能者为之，无施不可。要在"平淡不流于浅俗，奇古不流于怪僻，比兴深者通物理，用事工者如己出"，如斯而已。嘉肴弗食，不知其旨；至道弗学，不知其善。颜子亚圣，犹曰"博我以文"。子夏笃实，则曰"博学而笃志，切问而近思"，学之不可以已也如是夫。顾亭林先生曰："读书不多，轻言著述，必误后学。"（《亭林余集·与潘次耕札》："自信凡在彼处旧作，可一字不存。自量精力未衰，或不遽死，迟迟自有定本也。"其为谦有如是者），其陈徐之谓欤。

抑愚提倡抵货有年矣。为灌输平民思想利便计，撰印五更、无锡等调，以分致于各社会者，先后无虑数十万张。因是推知，里巷韵言，无非智识阶级有为之作，其传与不传，不尽关乎作品之优劣，其中盖有天焉。新人不察，摭其华而不食其实，辄曰："此平民文学也。"孟子曰："尽信书不如无书。"尽信书者，学而不思也，凡考订家恒患此病。其言虽若有征，实不足信，学者不可不辨也。

愚间翻阅徐书，尝戏为之说曰："诚依徐氏之论，天下无绝对平民文学，但有平贵文学耳。"平贵文学者，仍徐氏之说，例如《水浒》作者，从未受宋江之聘，为其秘书。其资料大致采自《宣和遗事》，其形式又系章回小说，应称贵族文学，而其文体纯用国语，又可称为平民文学。一部《水浒》，兼有贵族文学、平民文学两种特点，依理当名平贵文学。独憾施耐庵泉下有知，以尝撰著一部盗贼小说。民国新人，论功行赏，特授爵位，受宠若惊，能毋逃匿否尔？又旧剧《红鬃烈马》《平贵征番》《招驸马》《登王位》《返故国》《算粮登殿》，兼摄中原，其实蠢物也。今日遽以其名名文学，揆之史书人同姓氏之例，得毋有所误会。然而薛氏之后，有霸王者，冯家行令，眼如铜铃，所说悲愁喜乐，句句押韵，雅俗共赏。众人听之，笑得弯腰，文学情感，古罕其匹。所制新鲜歌曲，名曰《哼哼韵儿》。其词曰："一个蚊子哼哼哼，两个苍蝇嗡嗡嗡。"生动写真，更极自然，真所谓老妪能听、有井水处能唱也者。文心如斯，洵不愧为平民之本色，毫无贵族之习气。求之新文学，非惟《西还》《草儿》《冬夜》《超人》诸集难与同语，即"如带着缠脚血腥气"之《尝试集》，亦正恐其不敌耳。伟哉霸王，真千古之英雄也哉！然而愚闻之《红楼梦》，霸王，呆也，其歌曲盖出于文言诗国老将曹雪芹先生之手笔云。噫！异矣。

结论。拙作三篇（本志编者注：今节录合为一篇）。上篇论文学无分新旧，各有其应守之规例，规例者何？学一、达二、诚三、易四也。学者何？学得其物也，并得其意也。达亦多端，一言以蔽之，写实以动人也，诚非妄诞之谓。不立其诚，慎毋修辞，何也？修辞愈工，而所言愈虚也，易者所以图其普遍世间也。中篇论文言化之白话，为中国之固有物，不得云新，而欧化之白话，体例新矣，奈不适用。下篇论文学无贵族平民之别。凡是者，要归于文学无新旧之异，惟其真焉耳。执着于新，妄言非古，愚无取焉。

吾文缘起，以顾亭林先生始，今请再引顾亭林先生《日知录》语，以结吾论焉。

> 嘉靖以后，从王氏而诋朱子者，始接踵于人间。而王尚书发策，谓："今之学者，偶有所窥，则欲发先儒之说，而出其上。不学，则借一贯之言以文其陋。无行，则逃之性命之乡，以使人不可诘。"此三言者，尽当日之情事矣。（中略）韩退之文起八代之衰，于骈偶声律之文，宜不屑为。而其

《滕王阁记》,推许王勃所为序。且曰:“窃喜载名其上,词列三王之次,有荣耀焉。”李太白《黄鹤楼》诗曰:“眼前有景道不得,崔颢题诗在上头。”所谓自古在昔,先民有作者也。今之好讥诃古人,翻驳旧作者,其人之宅心可知矣。

评文学革命与文学专制*

易 峻

新旧文学之争，世间久已不论不议矣。闻近来胡适君在《新月》杂志中发表《新文化运动与国民党》一文，其中主张两点：一为一切公文法令改为白话；一为全国日报、新闻、论说，一律改用白话云云。是白话文学运动再接再厉，且若真如此实行，则文言文真“革了命了”。斯固犹仅胡君之一种希望，然可见白话文学运动，是直欲举白话以统一中国文字界，学术上运动之不足，更思假政治权力来实行专制也。自昔惟君主好箝制学术思想，今不谓自由解放声中，反而学术界自身亦有思于学术上帝制自为者。若是乎吾国人专制观念之未泯，而民主共和前途之可慨也。从来新旧文学之争，多为意气之抨击，本来文言白话之是非，在实际的理论上，亦殊苦不易发挥。吾从未有所论列，随兴所至，新旧俱作。惟今白话文学盛行十余年，著作盈肆，观摩所得，乃觉文风日趋靡坏，寻稍厌弃。年来略亲古书，涵濡所及，渐知审辨，而意趣益异。今复轸念斯文厄运，颇有感发，爰著论评驳于次（按：易君此文作于数年前，故文中云云。又此文投交本志亦阅数年，只因本志近年所出期数甚少，稿件纷纭，编辑匆促，致将此文延置久久。今始登出，殊深歉仄，愿作者、读者共谅之。本志编者识）。

---

* 辑自《学衡》1933年7月第79期。

上篇　从文学流变上评白话运动

吾尝谓白话文者，为中西文学接触后所引起之一种变迁，而亦古文家义法森严压迫下之一大反动也。现代文化，可云对前代文化起一总反动。今之时代，乃系以自由对抗一切约束而求欲望解放之时代，文学自亦随此新潮流之狂澜以俱求解放也。凡属一种反动波涛，不必其尽为真理，不必其皆有价值，只须其能因缘时会，顺应人类原始性根，迎合普通一般人心理，即易冲激播越，如醉如狂，转瞬而蔚成风气。虽然，反动之极，常至矫枉过正，过正之后，乃不复能自反于正。江河日下，流弊随生，而横流愈肆，吾人于今日白话文学运动，亦作如是观。然剥极而复，此种狂澜，固亦必有待于疏导堵障之功，使归于平正而后已。

新文学家揭橥革命旗帜以来，举世风靡，青年学子，尤趋之若鹜，不及数载，竟俨然功业略定矣。虽然飘风不终朝，骤雨不终日，谓此即足以定千秋大业，吾固不信。其维护文章旧业明示反对者，固曾有《甲寅》《学衡》树之风声，即新文学界中迷途知返者，亦大有人。至一般骚坛名宿，尤多在默持风会，惟置诸不论不议之列耳。文言文创业垂统，历保其文学正宗地位，既数千年于兹，其乃将光辉永存者，岂不以有其历史的根基与本身的价值在耶？

胡君谓古文之所以能苟延残喘二千多年者，以科举未废也。夫学问为超乎功利役使之物，而乃历史与环境所滋长，科举则不过顺应此学问风气，从而奖励提倡之耳。其学问而有价值耶，自能蔚成社会之风尚，不徒科学犹兴。其学问而无价值耶，虽有科举，亦终不扬。诗在文学上有价值，故唐以诗取士而诗盛。八股在文学上无价值，故明清以八股取士而八股终不能光大。盖科举所羁縻者，文人耳，而非文学也，一时耳，而非百世也。胡氏不亦谓富贵之引诱，不能使施耐庵、曹雪芹不为白话文，不能使《红楼》《水浒》不流传耶（其实《红楼》《水浒》流传之特广，并不完全在其作品之价值，亦以其书之材料，能迎合社会中一般人之嗜好使然也）？可见一种学术文艺之盛衰，全恃其本身之价值何如，决非科举所能操纵其命运。古文既已有二千余年之久之命运，岂非以其自身有存在之价值，而后能垂兹久远？而谓此二千多年者，悉赖科举得以苟延残喘，此岂平情之论欤？

今之白话文之所以能风靡一世者，绝非纯由所谓时代的要求使然，亦实以其能迎合青年一时的病态心理，有以致之。夫时代者，流动性之物也，每可因一二人而转移其风气，并非此一二人站在时代之前，乃时代继此一二人之后而来，正所谓英雄造时势也。其在学术上之风气，更为有然。盖厌故喜新，人性皆然，见异思迁，青年尤甚。其于旧文学浸渍未深，疑难甫启，一旦尝试新奇，群趋风尚，习非成是，久遂溺焉。不若文坛耆旧，沉湎古文，涵泳深厚，乃能不为所移也，此其一。畏难趋易，人之常情。青年者，娇儿娇女也，初学古文，字句缧绁，跼蹐不安，一旦使就平易，安得不相率赴之，以逸以安，此其二。习俗移人，贤者不免，所谓一夫喜射，百人掇拾。白话文学得西洋博士与大学教授首起倡之，且举《红楼》《水浒》为标榜，夫安得不群趋竞效，蔚为风气，此其三。综上三端，则知新文学之所以能奔腾澎湃而一时成功者，盖多在势而不在理者也。夫唯在势而不在理，虽蓄发缠足之陋风，亦且能流行数十百年，则新文学岂能遂以其一时之成功，自诩为文学正宗，而贬旧文学为时代落伍者哉！此应为新文学家告者一。复次，更就历年来白话文学之建树观之，除少数名人学者，旧学根柢深厚，积理富文，盖无施不可，又当别论外，其他时辈所为文，类皆浮薄芜漫，惟纤巧儇诡之是骛。近且文风日趋靡坏，文学界日流污滥。下焉者甚至满纸油腔滑调与洋气土氛，全无庄色。属词尚时髦以为雅，立意尚诙谐以为美，标题尚新异以为高。或则一味摹仿西文，诘屈聱牙，故其文亦雕琢伤气，谐鄙伤正，粘滞不爽，轻佻诡谲，芜杂浪漫，是亦变相之骈俪而已。至胡适一派白话正宗之文，则亦病其繁重枯涩，直率刻露，了无简洁含蓄之致。虽痛挽前此文胜质之颓风，然亦未免过于辱没词章之艺术，转有理有余而文不足之病。流弊所极，犹大有甚于新文学家所用以攻击下乘古文者，夫美感纯任直觉，“愿读与不愿读耳”。自来阅时下艺文，其能引起美感，如读古文之不觉手舞足蹈，心旷神怡者，固渺不可得。其间有佳者，则仍未脱古文窠臼。然大都莫不有“摒而勿读，读亦勿卒”，或“勉读至尽，雅不欲再”之感。噫嘻！文艺云乎哉！一般新进青年，惟以其低级趣味之嗜好，及“与其难也宁丑”之心理，行乎文章之途，实为文学界之病态耳，况能自夸其成功欤！此又应为新文学家告者二。明此二义，吾人即可俟其矜气之平，而从容与之衡理矣。

胡君之倡文学革命论，其根本理论，即渊源于其所谓“文学的历史进化观念”。大意谓我国文学之流变，乃革命一次，进化一次。愈革命则愈进化，愈进化亦愈革命。今日之文学革命，亦文学的历史进化之趋势使然，旧文学应即从此淘汰以去，由新文学起而代之云云。一代新文学事业，殆即全由此错误观念出发焉。夫历代文学之流变,原仅一"文学之时代发展",安可胶执进化之说,牵强附会,谓为"文学的历史进化"。质言之,文学之历史流变,非文学之递嬗进化,乃文学之推衍发展;非文学之器物的替代革新,乃文学之领土的随时扩大;非文学为适应其时代环境,而新陈代谢,变化上进,乃文学之因缘其历史环境,而推陈出新,积厚外伸也。文学为情感与艺术之产物,其本质无历史进化之要求,而只有时代发展之可能。若生物之求适应环境以生存,斯有进之要求。文学则惟随各时代文人之创造冲动与情感冲动,及承袭其先代之遗产,而有发展之弹性耳。果何预于进化与退化哉!胡君为其文学革命进化论,数数举例言之曰:

> 文学革命,在吾国历史上非创见也。即以韵文而论,三百篇变而为骚,一大革命也;又变而为五言七言,二大革命也;赋变而为无韵之骈文,古诗变而为律诗,三大革命也;诗变而为词,四大革命也;词变而为曲为剧本,五大革命也。何独于吾所持之文学革命论而疑之?

胡君之论,盖完全胶执一革命进化之观念,以观察文学之流变,于是将此种恍惚相类之流变迹象,割裂牵强,矫揉附会,使之就范焉。此种纯粹主观之见解,安得而不误会客观之事实耶?夫文章体裁之增加,乃文人创造本能之代有发展;文体新旧之盛衰,乃文人习尚风气之代有变迁,无所谓革命,亦无所谓进化也。三百篇之"变"而至于五言七言,赋之"变"而至于骈文,古诗之"变"而至于词曲与戏剧,其"变"者,乃推陈出新之自由发展的创造作用,而非新陈代谢之天演进化的革命作用也。况文学流变之迹象,又不必如胡君所随意配置者,而白话文学又并非今日所创造耶!此其一;历代文学之流变,其迹象断续纷歧,不适合历史进化之规律,而毋碍时代发展之常态。盖历史进化,必有其条贯系统,厘然完整之步骤,一如生物进化焉,莫不一线相承、端绪绵然。今历代文体之流变,如胡君所言,其为割裂牵强,穿凿附会,固毋待烦言,犹且终不能自圆其说,罅隙显然。进化之迹象,固如是踳驰而不可端倪乎?又如谓古诗变而为律诗。夫律诗之法,较古诗大拘束,既谓文学趋解放,而何以此处又认"开倒车"为进化也?其理论矛盾类如此,此其二;复次,历代文学之流变,其性质在迷离惝恍之间,不适为历史进化之解释,只可合于时代发展之观察。盖进化云者,必其间有后优于前,递生优绌之迹象,如生物进化上人优于猿,猿优于其他兽类。今文体之流变，谓即剧曲优于词，词优于诗，而五言七言优于骚，骚又优于三百篇耶？殊未见其然也。革命云者，必后者推翻前者，后者兴则前者灭。今得谓词兴而诗灭，剧曲兴而词灭，至于白话兴而古文灭耶，皆为不可通之论也，此其三；总之，天下事物，原不必件件皆须进化，皆须革命。革命进化，虽恒为事物演进之历史状态，然亦必其事物在生理上有进化之机能，在环境上有进化之要求，而后可。否则，譬如吾国疆域，其历史状态为一伸一缩，屡变而成今形。谓此由进化而来，其何可通？为学贵能通其变，岂可固执一观念，随处引用，全凭主观见解支配客观事实耶？文体之流变，其不必为历史进化，而为时代发展，亦犹是焉耳。

文学，一时代有一时代之风尚，一时代有一时代之特色，斯固有然。若谓文学必随时代而更张，前时代之文学，今时代即不能适用，“古人有古人之文学，今人必造今人之文学”，斯言实大谬不然。夫学术无国界，亦无时限，只要其为真理，即可通古今中外而无所穷。学术之发扬光大，固纯赖其有长远之历史的根基为之源泉，以资灌溉。文章本千秋事业，虽人事上之需要亦有因时制宜者，则就其所以应付此需要者，亦使别谋创造革新，亦未尝不可。若必为旧者须完全废为陈迹，新者须彻底新创，否则为守旧，为泥古不化，此则未免偏激。夫古今中外虽殊，而人事之共相，仍至繁赜，尤以文学为表现情感与艺术之物，更多为古今人生之所共通。岂谓能表现古人之情感与艺术者，而乃不能表现今人之情感与艺术耶？譬如诗词为古人之文学，而今人即不能适用其诗词以为表现，而必须用白话诗始能表现耶？今之白话文学，谓其为适应现代之学术思想，而为文学的时代发展之一新产物，可也，谓其为承前代之小说、文学发扬光大之，为今后文学界辟拓殖民亦无不可。若必以其为随时代进化而来之今所专用之新文学，以其为文学界之唯一途径，则为不可通之论。今之守旧者，每存一凡新皆邪之观时念，而骛新者，则存一凡旧皆腐之观念。前者固失之顽固，而不达时世，后者尤褊激而流于偏枉。夫生乎今之世，而必学为秦汉之文，诚所谓数极而迁，虽才士勿能以为美。若今日起而维护文言文，砥柱白话文学运动褊激偏枉之颓风，以拯救文学于厄运，亦殆与韩退之之起衰振敝于六朝骈俪之后，同其光焰，岂得以守旧迂腐开倒车之词，轻轻抹杀耶？

总之，吾人认定历代文学之流变，非文学的历史进化，乃文学的时代发展。故吾人反对文学革命，反对文学专制，而惟主张文学建设，主张文学自由。所谓革命专制者，乃一尊既立，并世无两。而建立自由者，则不妨各行其是，各擅所长。如胡氏所云诗变而为词，一革命进化也，词变而为剧曲，又一革命进化也。然词成立之后，不妨仍有诗，剧曲成立之后，又不妨仍有诗与词。一时代之文学，有其今时代建设之成分，亦不妨有前时代遗留之成分。白话文学视为今时代文学建设之成分，聊备文学之一体可耳。今吾人之抨击白话文学运动，亦并非欲打倒其自身所可存在之地位，惟反对其于文学取革命行动，反对其欲根本推翻旧文学，以篡夺其正宗地位，而霸占文学界之一切领域，专制文学界之一切权威而已。乃今之倡文学革命者，必欲以白话为文学正宗，以白话为发展今后中国文学之唯一途径，而欲根本废除旧文学，欲完全霸占文学界之领域。一切典章文物，悉欲尽易为白话，甚至于根本之文字，亦欲改革之，使变为白话符号而后已，如所谓汉字革命者，诚所谓丧心病狂者矣。夫今之文学革命，要不过为新潮流之狂澜冲激，波及文学界所掀起之一时的风浪而已，乃遂欲一举而用以推翻数千年历史根基之旧文学，亦多见其不知量也。

夫文字者，世间最传统、最守旧之物也，时愈久而愈固，可因革损益，而不可革命推翻者也。中国文学，文体虽历代有变迁，然要皆悉由文言一途变化创出，派别各歧，而脉流一贯。故此文章字句组织之常为文言体，实为数千年来文学演进之共同轨道。虽中间宋明诸子为讲学上之便利，而有语录体之兴；施曹诸家为描写上之真切，而有白话小说之作，亦且多文语杂糅，并非完全白话。夫文学之建设，正赖有其历史渊源长远之灌溉，始能有其积厚流光之发展。所谓非尽百家之美，不足以成一人之奇。今语体文，在应用方面，虽犹得谓之有“历史的根据与时代的要求”。若在艺术方面，则实为截断正流，别由蹊径者。其所凭借，固远不如文言文之渊源深厚，乃惟毁灭国性，纵情欧化，以乞灵西文之是务，徒见其竭蹶耳。自身根基之未立，而尚侈言文学革命欤！胡君谓中国文学，须向前去，不可回头去。夫向前去，亦必自有其承前启后之关系，与推陈出新之作用，非可暴弃其历史根基之遗业，而能昧然向前去也。吾人以为今日欲扶持中国文学之命运，使不致随白话文而衰坠，必力求振作前此数千年来之共同轨道，以挽此文学厄运。此并非“开倒车、回头去”，乃必挽其车复入正轨，始能开向前去也。

下篇　文言白话在文学上之比较观

吾人以为文学体裁之适用，应注重两要件：(一)须能便利文学的功用；

(二)须能表现文学的艺术。所谓文学的艺术谓如何陶铸文学的美感是也。所谓文学(广义)的功用则指抒写之方便,学习之容易、与夫表达之精密、传播之久远言也。文学有宜重功用者(谓只求达意,完全脱离艺术拘束)、有宜重艺术者(非谓艺术能离功用而独存,谓必以艺术的方式完成其功用耳)、有宜功用与艺术并顾者(谓约于艺术以就功用),大抵关于思想理智一方面之文字,宜重功用;关于叙述记载一方面之文字,宜二者兼顾;至关于情感意志一类之纯文学,则固以艺术为其主要生命者,今就以上两要件而分论之。

(一) 就"文学的艺术"言之,白话文者,艺术破产之文学也。吾人须知文学有二重生命,即(1)真实之情感(2)艺术之方式。文学之价值,不贵其能表情达意,而贵其能以艺术之方式表情达意耳。胡氏之主张"有甚么话说甚么话""赤裸裸表出情感来",盖即只知有真实之情感,而不知须有艺术之方式也。夫如是,则世间又何贵乎有艺术?又何贵乎有文学家?噫!此今日白话文学界之所以污滥欤!夫文学之有法度、格律、声调,乃文章神韵气味之所寓托,乃文学艺术进步之结果,皆所以陶铸文学美感之要素。自有其文学的艺术需要之根据,并非古人为文,故欲作茧自缚,而乃"凭空加上"也。盖艺术为文字之血液,而此法度、规律、声调者,悉文学艺术之基本成分。吾人如不否认艺术之价值,则此等艺术成分固亦不能完全废除,此法度、格律、声调者,在文艺上之作用何居,无非所以使文章惬于章法、精于词采、畅于韵味而妙于感觉也。故旧文学在文艺上之优点,即为其能具有简洁雅驯、堂皇富丽,及整齐谐和、微婉蕴藉之风致。尤以声韵感召心灵,其暗示美感之力至强,而最使文章能有情韵深美之致也。至其便于词句之简练,尤足臻文章于言简意赅、气骏词快之胜境。今白话文顺语成章,举凡赘琐冗繁之字句,悉泥沙俱下而载诸文,曰:"有甚么话说甚么话""赤裸裸的表出情感来",以求平易解放云尔,此其最大之缺点,即在于辱没词章的艺术(修辞)致词句佶屈生硬,不能使文章简洁明快,又丧失声律的艺术,不能使文章吟诵谐和,不能使文章发生音节的美感。故吾人读白话文,每觉其繁重枯涩,粘滞芜漫,或浮薄粗俗,直率刻露。而如文言文之简洁雅驯、堂皇富丽及整齐谐和、微婉蕴藉等情韵深美之风致,殆无一有焉。此毋庸多辩,只须取一事为证。古今来多少至文,使吾人读之不觉手舞足蹈、心旷神怡、百回不厌,较之读白话文之"勉读至尽、雅不欲再"者,其令人欣赏程度又相去几何?吾故曰白话文者,艺术破产之文学也。

胡君谓新文学为活文学,旧文学为死文学,其言曰:"新文学运动,简单说来，是活的文学运动，以前那些旧文学，都是死的、笨的、无生气的。”其意无非谓白话文脱口而出，浑然天真，词句生动，表情达意能活泼自然，故为活的。文言文有法度、声律等等拘束，词句矫揉造作，表情达意颇嫌笨滞缧绁，故为死的。此为胡君白话文学论之主要观点。此类见解，大率蔽于功用而不知有艺术、蔽于解放而不知有轨物、蔽于实质而不知有形式、蔽于一偏而不知有其他。吾人固亦承认白话文有活泼自然之优点，且此种优点，惟在白话文学中，最能充分表现。虽然艺术为多方面的，亦为含有神秘性的，不仅活泼自然为美，亦不必能活泼自然即能美。必须有其他法度、格律、声调相互错综之关系，配置运用其间，方克尽艺术之能事。若但求活泼自然，不惟抹煞其他若干美感成分，亦且自流于芜漫浮薄一途。新文学家惟挟一求平易解放之念以行乎文学之途，恶旧文学之匪易为功，以为能达意表情即可以极文学之能事，何苦“兀兀穷年”以“沈浸醲郁含英咀华”而求此艺术方式者？何不如赤裸裸表现之轻易从事？殊不知此即是辱没文学的艺术，此即是文学艺术破产。夫挟平易而求解放，则解放之道滥矣；执自然而论艺术，则艺术之道隘矣。文学固绝不能于以平易解放活泼自然为惟一前提。词达而已之主义，原只能施诸应用文字，未足以优入文艺之域。况词之达意表情，其境亦有深浅。此深浅之境，即已涉乎文艺范围。盖亦须词能工整，然后其意易显，其气易行，其感人也易入。此中盖犹具一种暗射意识之作用，不仅陶铸美感而已。故云“言之无文，行之不远”，则所谓词达而已者，又岂能即如新文学家“有甚么话说甚么话么”主义之简单。吾人犹忆柳子厚自述为文之历练，曰：“参之谷梁以厉其气，参之孟荀以畅其支，参之庄老以肆其端，参之《国语》以博其趣，参之《离骚》以致其幽，参之太史以着其洁。”可见古人为文象外修致之功。今之新文学家，岂识文学中有如此无限艺术妙境，而悟白话文之无能为役哉！

胡君谓古文只配做一种奢侈品、装饰品云云。诚然，文学的艺术，亦或即是文学之奢侈装饰，然艺术之道，固亦何能免于奢侈装饰之讥。不过吾人认此为人生之一种要求，为人类进化之一种表现。吾人如不否认艺术之价值，则亦安能否认艺术的文学，否认艺术文学的文言文！

胡君之诋毁古文者，多无伤于文言文之本身。盖每弊之存乎其人者，亦移责其文。如所举古文八病者，本老生常谈，初不待于胡君之举发。若一一归咎于文，则所谓言之无物，无病呻吟，陈言滥调，摹仿剿袭，不讲文法者，白话文亦何独能免？至不用典之论，除故藉用典以炫工巧外，吾谓不然。盖文学中最妙之意味，在用字简而涵义多，使文章能警策，此其最有效之妙用，即在用典。且行文有意思结滞不便畅达之处，每取相类似之典故，假片语只词点破之，以映射此一串意味，最能使文章有舒转含蓄之致，有恰到好处之妙。此正中国文学上之特长，岂能为一般不读线装书者设法而废此艺术妙用哉！

胡君谓：

> 古文已死了二千多年了。这二千年来，凡是有一些儿价值、有一些儿生命的文学，都是白话做的。

于是举《石壕吏》《兵车行》《木兰词》《为焦仲卿妻作》等作品为例证，谓都是白话做的，所以今尚能活。吾人以为苟汉字革命不成功，或中华民族不至灭种，则此数千年来随民族生命文化滋长而来之文言文学，必不至即归于死。吾不知五经、四书、周秦诸子以及《楚辞》《史记》《汉书》等古文，何以即算已经死去。李杜元白之诗，韩柳欧苏之文，以及宋元各家之词典，皆此二千年来文彩裔皇之旧文学，又何以至今即算死了，诚不知其何所据而云然。吾人以为即魏晋六朝之骈文，虽未免藻饰太甚而失真，雕琢太甚而伤气，然而即此格律停匀声响练切之工力，吾人以唯美的眼光观之，亦觉犹自有其价值，未可一概抹煞。至《石壕吏》《兵车行》诸作，吾不解其何以属白话文，更不解何以此等诸作，在二千年来文学界中，其活力独能超越一切。吾人以为即《红楼梦》《三国演义》之类，犹只能为文话参半，并非完全是白话做的。其叙述描写之处，犹多是古文格调，惟关于人物云谓动作，方直接用白话口吻。而且此类作品之妙，亦不尽在其写照处之活泼自然，亦以其结构想象之缜密丰富，不能谓即白话之功也。

格律拘束性灵，昔人亦多有所非难，所谓恶其事尽于形、情急于藻、义牵其旨、韵移其意者也。虽然，此乃古人所以诟病骈文、八股者，非所以语于根本攻击文言文。文学虽不宜过于拘束自然，要之，艺术上之基础法则与共通原理，则可行之无碍。新文学家恶其整饰词句，斥为矫揉造作，为戕贼本质以适形式，以为非平易解放，则不能曲尽心臆而活泼自然者，是盖蔽于难易，而不知有工力素养。当野性未敛，而初入艺术之宫，自然步履踽踽，及其陶融醇化，即亦可行乎自然而无碍。以中国文学历史根基之深厚、词品之丰富、组织之自由，得心应手，左右逢源，苟能积理富文，无论何种幽微要渺之情意，皆可于格律拘束之下，而仍得委曲连缀以抒写之，且游刃有余也。夫文艺之价值，即在其能辗转磨涅于格律之下，以著其美，而毋丧其真。文艺家之本领，亦即在其能出入格律之中，而不为格律所拘束。故格律之拘束性灵与否，全系乎吾人之善运用不善运用。故文艺之事，不患格律之拘束，而患吾人未能养成其善于运用此格律之艺术工力耳。新文学家不求努力于锻炼此艺术工力，而惟诅咒格律之拘束，是不责己之慢文，而恶天下之文害己。循是道以往，必至使一切艺术扫地以净而后快，又何怪乎其苦格律之拘束性灵哉！

[贰]次就文学的功用言之。论文学的表现作用，吾人以为文言有一优点，即以其历史根源之深厚，词品极丰富，措词造句，可得心应手，左右逢源。白话文虽以其组织之自由，容易骋其奥衍曲折之致，然既非所以语于文学全部精神，亦非即以此可以压倒文言文者。吾人以为在语言，词品枯涩，字义浅泛，只便于描写日常生活之云谓动作。至吾人一切幽微要渺之情感意志，则殊非日常平易直率之"话词"所能因应无穷，而必赖此繁复柔韧富满充盈之文词，以委曲达之。今白话之所以成文，仍赖有文言词品为之供应耳。虽史氏纪录，不为俚语；楚骚歌咏，间杂方言，文亦有赖话语以济其穷者。然要之文为体而语为用，文之借助于话者为偶然，话之借助于文者则为习见，足征白话之表现作用多有不逮文言者。

论抒写之方便，白话文顺口成章，不假修饰，诚属较易。虽然，有一义，白话文须并话语中之冗词赘字泥沙俱下而著诸文，往往旨意未达而文已累幅，盖势然也。夫著论誊书，事非比说话之轻便，况文事繁兴，载籍浩瀚，读与刊尤俱不易，安能贻此无用赘琐之物，致糜耗吾人有限之心力、物力哉！故是亦不可不计。至于学习之难易，新文学家以文言为难读难作相诟病，此点自便利文学功用言之，固亦可论列。然而学术之道，不当以成功难易一端为取舍，而须衡量其全盘得失以为断，则其义甚明。且学习难易，亦并不系乎字句之为文为语。其能看《红楼》《水浒》者，即能阅报，不能解《左传》《论语》者，亦不能懂哲学史大纲，则难易之说犹未为确论也。

白话文学家尚有一最大理论，谓白话文为平民文学，便于普及教育、统一国语、说明科学思想、及传播新文化，而文言文无能为役焉。此种理论，仍缘于难易之见，姑无再论其是否足为定论。要之，学术于功用而外，尚有其超然独立之地位。学术上原应重视独立发展之精神，不能随一二项作用为转移者也。普及教育，统一国语，说明科学云云，特文学功用之一端，别用以施于此途亦可耳。若欲因此而改革全盘文学，是乃削足适履、因噎废食之道。若谓为传播新文化，则吾以为新文化运动最先驱最成功之元老，莫若以一手肇新中国思想界之梁启超先生，而收功则在文言。至标榜所谓平民文学，欲使文学普及于平民，是则非使文学艺术愈“开倒车”，愈趋下达，以迎合普通一般人之低级趣味，不为功。文学进化云乎哉！夫文章大业，本存乎文人相与之间，非可以期于人人者。故阐扬学术，业赖专精，非可通习。羽翼风雅，责在才俊，不与平民。彼平民识字之未能，遑谈文学（一般读《三国》《水浒》者，在喜其故事，为消遣谈资，并无鉴赏文学的意味）。稗官野史，虽与平民为缘，然亦能遂使天下之文，尽变为稗官野史哉！要之，此等以功用难易为取舍之见，皆非纯粹主张学术之道也。抑更有一义，胡氏谓周《诰》殷《盘》，佶屈聱牙，即为古语之不通于今，是语言固随时随地而有殊异。顺语著文，则因异时异地所发生之文字隔阂，如周《诰》殷《盘》者，将滔滔皆是，典章文物，将益晦塞。正所谓言之无文，行之不远也，是所赖于以白话行世者，反而窒碍文化之流传与沟通，愈失学术求垂久远之道。今若文，则有一定义法，为天下古今所通习，无时地隔阂之病。是吾人正惟有普及文言，以期通全国之话而传百代之邮耳。

复次，新文学家谓倡明白话文学，可使中国言文一致。夫言文一致，在中国为不可能，此理章士钊君论之最透辟。其言曰：

> 西文切音，耳治居先。吾文象形，目治居先。西文复音，音随字转，同音异义之字少，一字一音，听与读了无异感。吾文单音，音少字繁，同音异义之字多，读时易辨，听时难辨。以此之故，西文言文可趋一致，而吾人竟不可能。

此论极为深切著明。慨自新文化运动以来，值时欧风正盛，旧坊荒落，世人为其一派理论所熏染，渐致醉迷。青年躁进喜事者，愈养成一种厌故喜新之心理，举凡一切道德文物，殆无不欲尽泯国性以趋欧化，甚至于民族文化根基所托命之文字，亦欲革成西洋式而后快，诸如此类也。言文一致，殆亦无形中由此种思潮涌现而来，初何曾顾及中西文物各有其特质与个性，因地制宜，亦有不可强同者（自然要学长处的地方，在文物制度方面亦至多）。胡氏倡言文一致，盖无非欲假牵文就语，为白话文学张目，所谓文学的国语和国语的文学，即谓此也。牵文就语，吾人就文语之根柢缔构上论究之，亦有觉无当者。盖语发于口、应于声、辨于耳。文著于手、成于形、辨于目。以声辨者,其作用在口与耳。以形辨者,其作用在手与目。夫口耳之与手目,其感觉及作用,各异其趣,因口耳作用所感觉之顺适,与手目作用各不相同。口说如何伶俐,耳听如何分明,与手作如何轻便,目睹如何敏达,互不相伴。语当从口耳之所顺,文须依手目之所适,宜各从其便。比如在言谈间,口说耳听,轻便而取敏达。在文字上,则手写目辨,艰重而谋久远。故在语言,主词与辅词不妨泥沙俱下以顺其声。在文字,则必期取精用宏,以约其篇幅而取便写读。今若牵文就语,即系强感觉以从同,自必不免多扞格之处,此其一。语言中,每有有其音而在文字上无其字者,有语词,而但借感听觉、羌无意义者,有方言,惟有其习惯上特别之意味,而竟无合于文义之文词可资抒写而能遍喻者。诸如此类,顺语著文,以成白话,何由而达?古文中,虽亦间有用音译直表者,然为偶然,白话则以牵文就语为原则。更有倡所谓方言文学者,直以方言写出,则直是语言符号耳。学术界中,宁复有文学之一事耶?此其二。此外如前所云,语言随时随地而有差异,有碍通达,则其三。即此三端,足见文语根柢缔构,各有其特质,不可强相牵溷者也。今之白话文,固犹未全脱文言窠臼,且多引用旧文词为之。尤以白话诗之略佳者,直即旧词之解放作法。然在文艺上,吾人犹且嫌其诘屈生硬,若使以纯粹白话为之,殆即成为今之周《诰》殷《盘》矣。胡氏谓在古代,言文本系一致,以后代腐儒专意模仿古调以为雅,于是古语就变为千古流传之古文云云。此种理论,诚不知其何所据而云然。吾人依上文论、文语根柢缔构之特质,且可推论其当非一致。因文省而话繁,文定而话变,文之不能依话为写照,实势然也。古书之文,宁有如话之繁而变者?孔子谓"言之无文,行之不远"一语,亦即可见言之尚别待文饰也。至周《诰》殷《盘》之诘屈聱牙,度必是文字创始时代之一种艰涩情形,究不必即是古语。胡氏乃附会之,据以发为古人用古语,今人当用今语之说,以为其白话文学理论寻所谓"历史的根据",不惜臆测妄断以求巧圆其说,多是见其心劳日拙也。由上所言,吾人可知,牵文就语,言文一致,在中国文字的特质上,为不能实现,亦不可实现也。

[结论]综上所言,白话文在文学的艺术与功用两方面,俱无健全的理论与基础,而文言文方面,却有坚实的壁垒与深厚的根源。虽然,吾人亦并不欲完全否认白话文。吾人以为白话文在文学的艺术方面之注射活泼自然的生气,及在文学的功用方面之开辟平易解放的坦途,其功有不能抹煞者。就艺术方面言,如小说、戏剧之以白话描写人物云谓动作,觉极自然生动,别饶风趣。此

等处，若任文言为之，固难如此神情毕肖也。其次，吾人尝谓文章降及晚清，殆为八股试帖之风所沆瀣一气，务于规矩准绳摇曳唱叹之格调，驯至体例僵腐，气息卑弱。姚氏所谓神理气味为文章之精者，殆全为所谓格律声色所磔琢以靡丧。白话文起，而以活泼自然之道矫之，亦是痛下针砭之法，使勿矫枉过正踔踸常轨，而惟务于体例气息之解放革新，求体例气息之活泼自然，则谁曰不宜？顾新文学之所革新者，既重在文学之调句，又复肆而无制，流而忘返，荡检逾闲，漫无理法，而于体例气息，又惟欧化之仰承。夫以西文之所顺，而求中文之合其辙，安得而不扞格以至于艰涩也。且新文艺中，固亦未尝不雕琢，而别有其所主张之美的方式，但吾人不能鉴赏耳。夫艺术贵能与人以直觉所能领略之美感，若其美感尚须经久思索始能体察，则其艺术非与情感相接，而失其本义矣。至于近今流行之幽默讥刺，诡谲浪漫，尖刻浮薄等风尚（如《语丝》《新潮》之类），其有伤文章平正敦厚之旨，更不待论。惟就功用方面言，诚有足多者。盖白话文因其词句组织之平易解放，活动自由，故其表现作用，有较文言文之须受法度声律等拘束，为易于骋其奥衍曲折之致，以达其透切深密之旨，而能明白晓畅者，此殆可公认。则以学术思想之随时代进步，愈趋繁复精密，其文字上抒写所适用之方式，亦必使之趋于能繁复精密，以全其功用。白话文适应此种要求而起，亦不能否认者也。盖在文言文，为古籍中义蕴深微者，往往煞费训诂考据，而犹未能尽通，此殆即由于古文说理之困难。虽然，此特就科学思想学理方面言之耳，况为文言文固不必即为古文，亦正可自辟平易解放之途径也。

吾上文曾言文学有宜重功用者、有宜重艺术者、有宜功用与艺术兼顾者。盖以功用为主者，自当舍艺术而全功用；以艺术为主者，则宜牵功用以就艺术；其应兼顾者，亦当有融通之道。文言文固擅艺术之优长，而功用上可资倚畀之处复多，且亦为可约于艺术以全功用之文学。白话文则于功用与艺术之一部各有其特长与优点，故吾人以为文言白话之用，不妨分道扬镳，各随学科之性质，以为适用。大抵关于科学思想学理一方面之文字，及小说戏剧与夫通常记载之文，其关于描写人物云谓动作之处，悉宜用白话为之。然小说戏剧之中，应用文言者不少，而记载一类之文，尤当以文言为主。至此外关于情感意志一类之文，则固非纯粹文言文，不足以正风雅而优入文艺之域也。再则吾人以为若文言不强学古文，白话不纯采语调，二者调和合作，则在文言文固可无说理困难之憾，而白话文亦得免于上文所言其在功用艺术上之各种病态，则由是而为文学界别辟一文语杂糅之新途径，亦文学的时代发展中之一新产物也。

总之，文言者非他，就功用方面言，乃白话之简约的表现也；就艺术方面言，乃白话之艺术的表现也。(1)文言文为能表现艺术而亦能便利功用之文学，有数千年历史根基深厚之巩固，有四百兆民族文物同轨之要求，有须与吾民族之生存同其久远之价值。(2)白话文则为艺术破产而功用不全之文学，只能为文学一部之分应用工具，只能于文学某种意义上有其革新之价值，只能视为文学的时代发展中之一种产物，绝不能认为文学上革命进化的一代“鼎革”，而遂欲根本推翻文言，举此以统一中国文字界。吾人所提出之口号为：反对文学革命，反对文学专制。吾人睹今日文学界之败坏，且深信中国文学之欲求维持光大，尚须作一次东方文明古国之艺术复兴运动也。

新文学之痼疾*

郭斌龢

今之致憾于新文学者，徒见其冗沓鄙俚，生吞活剥，以及各种扭扭捏捏之丑态已耳。此其文体之不美，初于读者无大害，读之而茫然莫辨，昏然思睡，斯不终卷而置之可也。夫何足深辩其遗害人心，流毒无穷，使一般青年读之，如饮狂酲，如中恶魔，暴戾恣睢，颓丧潦倒。驱之罟擭陷阱之中，而莫之能止者，厥维其内含之情思，所谓浪漫主义者是。充其说，行将率天下而禽兽，而蛮獠，而相率以就死地。此而可忍，孰不可忍？其文体之不足以载之达之，余犹以为幸也。国人于此，曾鲜有加遗一矢者，癣疥之患易见，腹心之疾堪虞。作者不敏，愿效负弩先驱之劳，忧世君子，曷与乎来？

浪漫主义，自古有之，纵情恣欲，是其特色。禽兽蛮獠，皆最彻底之浪漫主义实行者。其后由禽兽蛮獠，进而为文明人。积累世之经验，鉴前车之覆辙，知纵情恣欲之害之不可胜言。于是有道德以化之，有礼教以约之，有政法以裁之。日久而玩生，病愈而痛忘。禽兽蛮獠之潜伏性，时复蠢蠢思动。丁世丧乱，邪说暴行有作。于是最古之浪漫本能，一变其面目，而为崭新之浪漫主义。其在印度有顺世外道一派，在中土有《列子·杨朱篇》一派，然皆不盛。其泛滥溃决，浸至不可收拾者，厥惟近世卢梭一派，假自由平等之名，行纵情恣欲之实。不逞之徒，靡然风从，其流近且波及于中国。诛之不可胜诛，姑就耳目所

* 辑自《学衡》1926年7月第55期。

及，摘其一二，以示国人。

浪漫派以纵情恣欲为至善，故否认人格之修养，否认一切是非善恶之标准。但凭一时感情之冲动，以定其行为，而美其名曰受良心之驱策。苟一时感情冲动以为可者，即当毫无顾忌，悍然为之。如商务印书馆东方文库《近代戏剧家论》七十六页：

> 大凡倾向于个人主义的人，大都是崇拜权利的。而邓南遮(D' Annunzio)喜权力更甚。他在荣辉内表现的中心思想，竟是极端的个人主义，个人的无政府主义。像斯铁纳(Max Stirner)所说的，我惟当达到我自己的鹄的，什么法律，什么习惯，统统可以不管他。

虽杀人放火弑父淫妹亦不为过，如东方文库《近代俄国文学家论》二十五页：

> 《罪与罚》是使陀斯妥也夫斯基(Dostoevski)享大名的第一部著作。这不但是他生平的杰作，而且是世界文学中稀有的大著。主人公拉斯戈尔尼谷甫(Raskolnikov)是代表俄国式的非常自尊的人。他是个虚无主义者，但他不是政治的虚无主义者，也不是像屠格涅夫(Tugenev)的《父与子》里所描写那样的虚无主义者，却是伦理的虚无主义者。所谓伦理的虚无主义者，就是蔑弃一切伦理的戒条和规律的意思。他的理想是这样，他只要能踏破一切的习惯规律，他就成为一种的拿破仑了。他是个青年学生，家境贫苦，有老母和姊妹，都待他赡养。有一天他走到质铺里去当珠宝时，看见了质铺里的老年的女主人。他便想：只要杀了这老婆子，便可以得到质铺里的一切，来养活自己的家族了。不过照道德的惯例，杀人是不许的。但是(一)道德足以限制我的行为吗？(二)要是拿破仑到了我的地步，他难道也为了区区的道德戒律，不敢去杀那龌龊老婆子吗？拉斯戈尔尼谷甫为这两个问题所困惑。最后他为他的自尊心所激动，说："好了，不用多想了。我就照着拿破仑的模样杀了这婆子罢。"于是他便去杀死当铺妇人，并杀死那妇人的姊妹。他本意是想杀了两个人后，他便可以打破伦理的习惯，战胜道德的权威。从此变成一个拿破仑，变成一个超人。

东方文库《近代戏剧家》六十七页：

《春朝的梦》的姊妹篇唤作《秋宵的梦》(Il Sogan d'un Tramonto d'autunno)也是一篇讲述快乐问题的剧本。这篇剧本里说威尼斯(Venice)的贵妇Grandeniga恋爱一个少年，因而毒杀自己的丈夫。她满心满意以为被恋爱的少年可以到手了，她这恋爱当然是求满足肉体上的快乐，和她从前办过的许多恋爱事情一样。那知这少年偏不爱她，另和一个女郎所谓威尼斯之花Pantea相爱。Grndeniga怨恨极了，想置Pantea于死地。她乘那个少年和Pantea同坐着书舫游行的时候，施展魔术，放妖火把书舫烧着，欲借此烧死情敌Pantea。不意她这计划太周到了，烧死的不止是那可恨的Pantea，兼亦带死了可爱的美少年。她既施了魔术放了火，可没有本事收回来。只好立在画楼上，白看着她的爱人活活烧死，和她的情敌在一出烧死，拥抱着被烧杀。Grandeniga的快乐终于失却了。Pantea和她情人的恋爱，终于得个结，而且是个极美满的结果。Pantea是死了，但到底被她得到快乐。Grandeniga虽是活着，快乐却失却了。快乐问题便是人生终极的问题，这是《秋宵的梦》内的中心思想和《春朝的梦》相同的。

东方文库《近代戏剧家论》七十七页：

牧羊少年的父亲——凶恶的拉柴鹿——早已寻到。拉柴鹿本是前夜窘逐米拉Mila诸醉人中之一，现在见了米拉，就又故态复萌起来。米拉为保护自身，和他力斗。牧羊少年在洞内听得，赶出来帮助米拉。他此时手内正握着一把斧头——是为米拉雕刻一个像用的——举斧把拉柴鹿——自己的父亲——杀死了。

东方文库《近代俄国文学家论》五十四页：

沙宁Sanin看得世人如毫无一物，他的妹子的行为也毫不足怪。不过未尝结婚，就有了性交罢了，有什么稀奇，所以他劝她不必因此而失去她的傲气，不如趁孩子没有生下来，赶紧找一个和她相爱的朋友结了婚就

> 完了。后来她嫁了一个丈夫。其实他不但是不以他妹子的私孕为可耻，并且不以那个官员为可恨。不但如此，他自己看了他妹子秀色可餐，还要想和她起性交哩。因为他的主义是满足肉体的要求，名分礼俗一概不知道，也是一概否认的。（沙宁系 Michael Aitzbashew 所著小说一九〇七年出版）

此类荒谬绝伦之文字，多引之徒污吾笔。吾不知介绍提倡之者，是何居心？彼曹于中国诲淫诲盗之小说，则斥之为腐败文学，斥之诚是也。然何以于西方腐败之文学，则颂扬之，称之为伟大之著作。西方腐败之文人，则奉之若神明，称之为大艺术家。质之彼曹，恐亦无以自解也。

浪漫派重视感情之冲动，蔑弃内心之制裁，其生活之杂乱无章，毫无归宿，盖可知矣。乃复自欺欺人，曰人生目的在于求美，因之有唯美主义焉。究其所谓美者，非古希腊人所崇之中和之美，乃一时感情之幻象而已。夫美之大者为善，美而不善，则虽美勿取。饮鸩固可以止渴，然而人终不饮者，以饮之时，虽暂觉甘美，而遗害则无穷也。彼浪漫之徒，以善之不可以一蹴几也，乃遁而入于美蔑弃理性，妄骋臆见，举古今来公认为不善者，一一纳之于彼之艺术之中，语人曰："此至美也，此至伟大之作品也。"他人不得而非之焉，如非之，则斥为顽固，斥为腐朽矣。故其所谓艺术家者，每自命超人，视礼教道德如粪土。如东方文库《近代戏剧家论》七十一页：

> 邓南遮大胆回答道：艺术家在他分内事（艺术）的范围内他简直是个超人，无论什么法律什么习惯，不能拘束他。他为创造一件完成的十二分美满的艺术品起见，他得任意应用何种手段，以期达到这个目的。

此种波西米派（Bohemians），我国猖狂玩世之名士，如阮籍、刘伶辈，差足以当之。然阮刘辈虽自暴弃，犹未至侵轶他人。非若邓南遮等暴戾恣睢，自命超人，自命为人类之尊师，为可厌也。今吾国新派之艺术家，取法乎下，更不足观。言辞鄙倍，思想粗俗，无人格之修养，无学识之准备，徒知模仿西方堕落派之所为，以相夸耀。噫！艺术家遍国中，我国真正之艺术，益不堪问矣。

浪漫派纵情恣欲，任意妄为，其结果乃无往而不与人冲突。惟其意气用事，故不能自反。明于责人，昧于责己。鸡鸣而起，孳孳从事者，乃在打倒万恶之家庭、万恶之社会、万恶之制度、万恶之礼教。凡不如其意者，无不谥之以万恶之明，置之于打倒之列。海尔岑(今译赫尔岑)(Herzen)所作《谁底罪恶》小说，其事实为克利契弗尔斯基之妻留宾伽与克氏之友倍利讬夫发生暧昧，克氏抑郁纵酒以死。作者于此问："这是谁的罪恶呀。"不责留宾伽与倍利讬夫之不能避嫌，不能出乎情止乎礼义，不责克氏治家之不敢、知人之不明，而"把这罪恶底大部分归于那——使个性附从过去的陈腐的社会的约束的社会制度"。且曰："这是很明了的。"(见东方文库《近代文学与社会改造》二十七页)，抑何谬也。

一言以蔽之，世间无不是之我。对于自己，不肯负道德上之责任，处处思嫁罪于人，乃浪漫派之态度也。此与君子躬自厚而薄责于人之道，大相背驰。故日言革命，而不言革心，日言改造社会，而不言改造自己。遇有荡检踰闲，为众所弃，咎由自取之徒，则交口称誉之，怜惜之，曰此万恶社会底下之弱者，万恶制度下之被牺牲者也。颠倒是非，混淆黑白，莫此为甚矣。

浪漫派于世不谐，计无所出，乃极力描写社会上种种卑鄙龌龊污秽恶浊之事，以取快一时，此写实派文学之由来也。下列两节，述其特点。

东方文库《写实主义与浪漫主义》十一页：

> 写实文字不单是平凡的倾向，而且他所最擅长的是描写丑恶的地方。他能把生活上一切污秽恶浊可憎可怕的现象放胆写出来，没什么忌讳，这也是从来文学上所没有的。

又：

> 写实派作家把人类看作和兽类一样，所以描写人类的兽性，绝不顾忌。从前文人把男女爱情看作何等神圣、何等庄严的东西，但写实派作家看来，爱情不过是从人类祖先——猴子——遗传下来的性欲本能，是人类万恶的源泉，并不是神圣的东西。他相信这种兽欲是人类的本性，可以不必忌讳的，所以大着胆子细细的描写，无论怎样猥亵怎样丑劣他都不管。

世人每以写实派与浪漫相对，实则写实派即变相之浪漫派而已。两派外表虽异，然其不衷事理，好趋极端之心理则同。浪漫派因否认自制之道德，不能自乐其生，与世龃龉，遂厌弃一切，遁入虚玄，默想一黄金时代，如卢梭辈之思返于自然，为太古混混噩噩之民是也。其为幻诞，不言可知。写实派佛罗贝尔(今译福楼拜)(Flaubert)、曹拉(今译左拉)(Zola)、莫泊桑(Maupassant)诸人起，矫枉过正，以为道在矢溺，事之愈龌龊者，则愈真实。自诩其客观之态度，科学之方法，于社会之种种黑暗，恣意刻画，穷形尽相，纤屑靡遗，令人读之，几疑此世即地狱、世人皆夜义者，不知世间有黑暗，亦有光明，有小人，亦有君子。彼写实派见其一，而未见其二，以偏概全，诬蔑真相，采取客观态度科学方法者，果如是乎？以此而言实，实其所实，非吾所谓实也。

且写实派"把人看作和兽类一样"，尤属荒谬。人之所以异于禽兽者几希。人禽之判，在此几希，非谓人即禽兽也。饮食男女，人之大欲存焉。又曰食色性也，圣人知其然也，故为之制礼作乐，以节其欲。一切典章文物，不外节民之欲，导之入于正耳。孔孟之道，中正和平，但主节欲，不主禁欲，更不主纵欲。教人但为圣贤，圣贤即最好之人而已。不为禽兽，亦不为仙佛，非不欲为仙佛也，盖有待乎先为好人也。此种以人为本之主义，与古希腊人之态度颇相似，平易近情，颠扑不破。彼浪漫派与浪漫派变相之写实派，时而视人为超人，时而视人为禽兽。何其愚且妄也？且彼之所谓超人，纵情任性，肆无忌惮，不能为人，安能为超人？则其超人者，亦禽兽而已矣。

浪漫派变相之写实派，绝韧而驰，自堕泥犂。于是又有所谓新浪漫派代之而起，一反其所为，尚神秘，重象征，虚无缥缈，不可捉摸。

东方文库《写实主义浪漫主义》第二十九页：

> 近代人的心里，尤其有一种说不出的幽忧哀怨，要传达出这种隐微的消息，势不能不用神秘象征的笔法，先把读者拉到空灵缥缈的境界，使他们在沉醉战栗的片刻之内，得到极深切之感应，而且把所有习惯权威理想信仰一切破坏，近于虚无之境。喧嚣的议论，切实的行为，早已没有最后归着的地方。就是梅德林克(Materlinck)所谓"沉默"，只剩下一种幽忧哀怨的强调罢了。

此其所谓沉默，非真能宁静致远，如高僧之入定，明心见性，大彻大悟也。不过神思恍惚，幻影憧憧，感情刺激过甚后，一刹那之疲乏状态而已。彼新浪漫派作者，感情紧张，思想混乱，对于人生，不能为精深绵密之探讨，徒讬辞神秘，故意作怪。一极平常之理想，一极粗浅之事实，彼则闪烁其词，吞吞吐吐，玄之又玄，令人如读谜语，莫名所以。昔苏轼斥扬雄，以艰深文其浅陋；今新浪漫派，以神秘文其浅陋。其技只此，亦何足贵？国人思想素患笼统，重以好奇矜异之心理，故于西方神秘作者梅德林克及印度神秘色彩甚重之泰戈尔，非常称道。青年受其影响，思想糊涂，发为诗歌小说，似通非通，似可解，实不可解。他人诘之，则曰此神秘主义之文学也，非尔所知也。此亦提倡浪漫文学者之过也。

浪漫派触情而动，神志涣散，喜怒哀乐，发而皆不中节，刺激愈增，生趣愈减，踢天踏地，潦倒兴嗟。于是"生活的无意义""生活的干枯""生活的烦恼"，遂为浪漫文人之口头禅。我国自新文学兴，此风弥漫于学生界。歌德（Gothe）《少年维特之烦恼》（*Die Laiden des jungen Werthers*）译本，风行一时。青年中愈聪明有为者，受害愈大。夫《少年维特之烦恼》一书，为歌德少年浪漫时代之著作，其后歌氏亦深悟前非，改弦易辙。故其晚年文字颇多见道之言，读之令人兴感。然而吾国人于彼著作，首先翻译、津津乐道者，乃为《少年维特之烦恼》一书。若惟恐吾国青年之有生气，必使之颓唐委靡，日颠倒于失恋问题，趋于自杀之途，以为快者，是诚何心哉？

烦恼日增，怨愤郁积，最易致病。刚愎自用者，则成狂疾；意志薄弱者，则成肺疾。浪漫作者，思想情感多带病态。言为心声，故其发于外者，亦带病态，谓浪漫文学为病院文学，非过语也。

东方文库《近代俄国文学家论》三十一页：

> 安得列夫（Leonid Andrayev）著作中的一个英雄这样说："我只见奴隶，我见有囚笼。他们住了生活的床。他们在此生而又死的。我见他们的恨和爱、他们的罪和德，也见过他们的快乐。他们复活古代熙熙之乐的可怜的企图。但无论怎样，我总见带着愚笨和痴狂的标志。（中略）他们在这美丽大地的花中，建一所疯人院啊。"

又：

> 人类所认以为真实地一切东西，在安得列夫细细辨过滋味后，看来只得到一个结论，便是"处处是疯狂和恐怖"。

狂人每不自知其为狂，而斥他人之为狂，若安得列夫者是也。狂人神经错乱，语无伦次。如东方文库《近代俄国文学家论》四十三页：

> "我诅骂一切你所设施的，我诅骂我生的日子，我也诅骂我死的日子，我诅骂生活的全部。没知觉的命运，我把一切掷还你，掷到你的残酷的脸面。我诅骂你，我永久诅骂你。"

至杀人放火，荒谬绝伦之事，浪漫作者，每尽力描写。彼曹本多狂人，死于狂疾，故其所谓文学者，皆自道其狂人之心理者也。

肺疾作者之文学，则触目皆是苦语，入耳尽作哀音。书中人大都面色苍白奄奄一息，伏枕悲鸣，泣不成声，一若肺病已至第三期者。读之令人短气，抑郁不欢，失望悲观达于极点。观近人所作《落叶》等小说，每有斯感，工愁善病，才子佳人派之小说，不图复于新文学中遇之。浪漫文学不失之叫嚣，即失之颓唐，要皆精神不健全、病态之文学也。

由斯以观浪漫文人，否认自制之生活，逞情欲，趋极端，舍康庄大道而弗由狼奔豕突，中风狂走于羊肠狭径断河绝港之间，至死不悟，亦足悲矣！庄生有言："兽死不择音，气息茀然。"于是并生心厉浪漫之徒，毋乃类是。厉气最盛者，前有法人近有俄人。《乐记》曰："流僻邪散，狄成涤滥之音作，而民淫乱。"又曰："乱世之音，怨以怒。"言为心声，文学之道，亦犹是耳。今骛新之士，竭力介绍流僻邪散与怨怒之文学，奉为圭臬，视为正宗，是惟恐民德之不偷、国之不乱、族之不亡也。曰：然则如何而可也？孔子曰："诗三百篇，一言以蔽之：思无邪。"又曰："温柔敦厚，诗教也。"又曰："《关雎》乐而不淫，哀而不伤。"必有中和之生活，然后有中和之文学。举凡中西至高之文学，必与此义吻合者也。此人生之正则也，此文学之正则也。有志于创作真正之文学者，舍此将奚由哉！

文学之标准*

胡先骕

文学至于今日，可谓无标准极矣。标准云者，先定一种度量，以衡较百物之大小、长短、轻重，而定其价值、等差者也。标准之重要，最可见于物质界，故在文明先进之邦，靡不有标准局，各以最著名之科学家司之。其标准度量衡之精微，至不因气候之寒暄而有涨缩。此略知今日世务者，皆能言之者也。又如物质科学之能造乎精微之域者，全有待于标准。若无伏特（Volt）、安培（Ampere）之标准，电学之精微，必不能至于今日。若无缪克郎（Micron）（厘万分之一）之标准，细菌学、生物学之精微，必不能至于今日。甚至于研究遗传之变，亦必以统计之法，而得其标准中数，即社会学、经济学、心理学等。苟欲利用所谓科学方法者，亦莫不先求所以立标准之道，然则文学与艺术何可独无标准乎？在昔则有之。今人喜侈谈西洋文学，而今日文学之败坏，亦由于模仿近世破坏标准之西洋文学而来。姑就西洋文学而论之，西洋称可以垂范于后世之著作，谓之 classic，即含阶级、类别、宗派之意，亦即模范之谓，最能代表阶级、类别、宗派者也。吾人动言模范人物，释迦、基督则为教主之模范；孔子、苏格拉底、柏拉图则为圣贤之模范；诸葛武侯、加富尔则为政治家之模范；关羽、岳飞、拿破仑、惠灵顿则为大将与武士之模范，皆在其类别之中，登峰造极，莫能相尚者也。文学作品，或诗歌、或散文、或戏曲、或小说、或传记，苟能登峰造

---

* 辑自《学衡》1924 年 7 月第 31 期。

极，莫能相尚，则谓之为模范作品，谓之为classic，谓之为正宗。故李白、杜甫、荷马、但丁、弥尔顿之诗，为诗之正宗；苏封克里（今译索福克勒斯）、亚里斯多芬尼（今译阿里斯托芬）、莎士比亚、毛里哀（今译莫里哀）之戏剧，为戏剧之正宗。如此类推，至于无极。夫模范人物，固人人所仰企，而非人人所能几及者也；文学之名著，亦一般文人所仰企，而非尽人所能几及者也。在人类之言行，与文学艺术之优劣，吾人不能如在物质界强定一种如安培、伏特之人为标准，则必以现实之人物名著代表之。苟其人言行可几及孔子与亚里士多德，吾人则称为圣贤；其勇武可几及岳飞、拿破仑，吾人则称为大将。文学艺术，莫不皆然。复次，释迦、基督所以得称为教主者，必具有教主所必具而他人所未具之特点；孔子、亚里士多德得称为圣贤者，必具有圣贤所必具而他人所未具之要素。文学艺术，莫不皆然。舍其所以为教主之特点，则虽释迦、基督不能为教主；舍其为圣贤之要素，则虽孔子、亚里士多德不得为圣贤，此愚夫、愚妇之所同喻也！文学艺术，何独不然？若不及其标准，亦犹五百马力之电机，不得称为一千马力也。文学艺术之标准，诚不能精密如度量衡，然经数千百年来，现实之名著与抽象之论文学艺术之著作之示范与研几，可谓虽不中不远矣。一百年前，《爱丁堡杂志》批评家有言曰："诗歌至少有一点与宗教相类，即其标准早已经出类拔萃之作者所规定，其威权吾人固不容疑问者也。"此言虽未免过甚，然以数千年来人类智慧之研几，其标准要素不得谓为未粗定。自浪漫派兴，绝对以推翻标准为能事，表现自我，遂不惜违人类之共我，逐其偏而违其全，矜其变而厌其常，文学于是不日进而日退。故当世之务最急者，莫如本人类固有之天性与数千百年之经验，而详细讨论文学之标准也。

今人非侈言科学方法乎？所贵乎科学方法者，非以批评之眼光，为客观之观察试验论断，不容有党同伐异、出主入奴之见羼杂其间之谓乎？非苟电机只具五百马力，而其祖父强谓具一千马力，则虽孝子、顺孙，亦不得阿顺其谬误之谓乎？今请以此精神论文学之标准，读者亦请以此精神评判之可也。

文学之宗旨有二：一为供娱乐之用；一为表现高超卓越之理想、想象与情感。前者之格虽较卑，而自有其功用，其标准亦较宽，所用以遣闲情，以供茶余酒后之谈助者也。人类不能永日工作，必有其娱乐之候，此类文学乃所以愉快其精神者。后者则格高而标准亦严，必求有修养精神、增进人格之能力，而能为人类上进之助者，以作品代表之。前者为谐剧，与所谓轻淡文学者是；后者为悲剧，与所谓庄重文学者是。二者虽各有其艺术之标准，而其格之高下不可不知。惟不知此，近日文学上之邪说诐言，乃充满篇幅，然在寻常略知文学之人，苟平心思之，即能明辨其异点也。

文学之本体，可分为形质二部。形，所以求其字法、句法、章法以及全书之结构者也。质，其所函之内容也。二者相需为用，而不可偏废。然有其形者未必有其质，其质美矣，而其形或非。在为文者，既求其质之精良，亦须兼顾其形之美善。西子蒙不洁，则人皆掩鼻而过之，其本质虽美，奈何其蒙不洁也。此种区别，亦不可不知。惟不知此，故今日文学日坏，而尤以吾国所谓新文学者为甚也。

形质之分，可以数例明之。毛柏桑（今译莫泊桑）、佛罗贝尔，近日人文主义所痛诋者也，然其文辞之简练、字句之精美，虽在最以散文擅场之法国亦罕其俦匹。易卜生之写实主义，亦为大雅所讥者也，然其于编剧之艺术，乃大有贡献。此吾人所应好而知其恶，恶而知其美者也。又如桐城文家，固不免有言之无物、徒摭拾古人糟粕之病，然其文辞之研练精当，诚有悬之国门，千金不能易一字者。苟以毛柏桑（今译莫泊桑）、佛罗贝尔、易卜生、桐城文之艺术，而有适宜之内容，则诚不朽之名著也。今日为文者则不知此，但求其所谓之内容，臻其所谓之标准，字法、句法、章法以及通体之结构，全不过问。在法国，自浪漫文学盛行之后，乃将古学时代精洁严峻之标准，全体破坏之。其魁率卢梭，虽为一世之文豪，其著作中即充满此项不中程序，有背美文标准之瑕疵。嚣俄之著作，极喜用夸张之词与极端之形容词，皆但图快意，不知剪裁之故也。又如戏剧与小说，本以言动行止以表现人格者。今日之象征派戏剧，乃全不重视言行，而惟布景之象征是求。心理小说家仅知将其角色为心理上之分析，而不使之以言行表现其人格。此皆违背其艺术根本之原则者也。而最甚者莫如所谓自由诗者，诗与文学中最似音乐，最重节奏、音韵与和谐，自由诗一切破坏之，遂使所谓诗者，不过无首尾分行而写之散文耳。罗斯教授曾取麦雷迪士（Meredith）小说中写景之文，分行书之，以比著名之自由诗，乃毫无区别。今人不知文体中形之要素，务求恣意解放者，皆此类也。而吾国所谓新文学家则尤甚。彼辈先中主张语体文之说之毒，以推翻一切古昔为文之规律为解放，遂全忘艺术以训练剪裁为原则，创"要这么说就这么说"之论；遂忘"言有序"与"较其离合而量剂其轻重多寡"为文学家所必具之能事，于是文体乃泛滥芜杂不可收拾。诗之必须有节奏、音韵与和谐，上文已言之，而中国诗尤甚，盖中国文为单声字而具有七音者也。因七音之差异，中国之诗较西洋之诗更多一种谐协之要素，愈与音乐相近，而破坏规律之害愈大，其详余已于《评〈尝试集〉》（见本杂志第一期、第二期）文中畅论之，兹不更赘。总而言之，近日主张文体解放者，全昧于形质之别，但图言之有物，遂忘言之有序之重要，亦几相等。即使具有内美，亦未免为蒙不洁之西子，况其内容之优劣尚在疑问之域乎？

至于文之质，关系文学者尤大。总括之，不啻一般之人生观，请得详论之。

人类可称为有理智、有道德与宗教观念之动物，又可称为有自制力之动物。人体之构造，异于禽兽者几希，即情感之组成，亦大致与禽兽相若。人之所以为人而得称为万物之灵而不愧者，厥为有理智、有道德与宗教观念与有自制力也。以有此人类所独具之要素，人类之行为乃超于情感之上，至有舍生取义之事，更上者乃有超乎理智之上之玄悟，故释迦能弃尊位与亲属而不顾，而求出世之法。人类之异于禽兽者，以此。人类之能上进、文明之能光大者，以此。人性之为两元，杨子所谓善恶混者，殆不刊之论。虽为上智，其情欲要与常人同，充类至尽，未见其异于禽兽也，而其理智与道德宗教观念，足以启其上进之机，其自制力足以御利欲之诱。即在下愚，非先天有罪犯性与精神病者，莫不有恻隐之心、羞恶之心、辞让之心，亦莫不有自制之力，此孟子所以称性善也。故无人胸中不有理欲之战，战而胜则为君子，不胜则为小人，然理之胜欲，非易事也。其难且过于一切之技巧，技巧非不习可得而能，则勉为君子，必须有勇猛精进之道德训练明矣。数龄之儿童，可谓毫无训练者也。其理智上之训练，固不若成人，其性情上训练，去成人尤远甚。饥则啼，饱则嬉，见食物玩物则索，其姊若弟不与之，则攘夺斗殴，其父母呵责之，则蹿踊号哭。必也年事稍长，知识日开，自制之力始渐增进，成人未有以小儿行为为楷则者，非以其任性不知自制，而近于禽兽耶？无论在何等社会，无礼法不能一日安居。此所谓礼者，非具体之节文，而为社会中，人与人接时，所共守之节制是也。自卢梭创《民约论》以来，乃以人性为至善。所以为恶者，厥为社会礼法束缚节制所致，于是创返诸自然之论，以为充其本能，即能止于至善之域，其结果则人生之目的不在收其放心，而在任情纵欲，不以理智或道德观念为节制情欲之具，而以冲动为本能之南针，不求以小己之私，勉企模范人生之标准，而惟小己之偏向扩张为务，结果则或为尼采之弱肉强食之超人主义，或为托尔斯泰之摩顶放踵之人道主义。两者皆失节制与中庸之要义，其影响于文学者，则为情感之胜理智，官骸之美感胜于精神之修养，情欲之胜于道德观念，病态之现象胜于健康之现象，或为幻梦之乌讬邦，或为无谓之呻吟，或为纵欲之快乐主义，或为官感之惟美主义，或为疾世之讽刺主义，或为无所归宿之怀疑主义，或为专事描写丑恶之写实主义，或为迷离惝恍之象征主义。诪张为幻不可方物，人情莫不喜新而厌故，莫不喜任情纵欲而畏节制与礼法。彼文学家者，既能迎合社会之心理，复有优美之艺术以歆动人群。好美之天性，无怪其书不胫而走，其说家喻户晓也。自卢梭《民约论》出，而法国大革命兴，杀人盈野，文物荡然，至今元气未复，而人类之幸福距乌托邦尚远，至今日失望之余，遂使独裁制大兴，不为苏俄之暴民专制，即为意国之法昔斯蒂(今译法西斯)运动，而英美旧式之民本主义，乃大有衰退之象。自卢梭《爱米儿》(今译《爱弥尔》)出，教育之宗旨大改，因势利导之方法，乃取严历之训练而代之。其优点固在使求学为可乐，其弊则在阿顺青年避难趋易之趋向，使之于学问仅知浅尝而无深造，此现象在美国大学(College)中尤显。学校不啻子弟行乐之所，踢球、赛跑、跳舞、演剧之重要，几远在一切课程之上。其弊之尤大者，则在极端趋重个性。早年即使专治一业，于为人生基本之人文教育，无充分之训练，如在美国著名之麻省理工学校，学生舍日用其计算尺外，几无暇晷以讨论其所治之科学之原理，尤无论于历史文学等人文学科矣。故每每所谓大学毕业生，仅有职业之知识与技能而无教育，以此等人物为社会之领袖，文明恶得不日退乎？文学之影响人生，类皆如此。在以娱乐为目的之轻淡文学，影响尚不大；在以代表“主义”之庄重文学，则每有风从草偃之魔力。佥以欧战归罪于尼采之超人主义，抑知近日一切社会罪恶，皆可归狱于所谓近世文学者，而溯源寻本，皆卢梭以还之浪漫主义有以使之耶。

征之吾国之往史，浪漫主义之害亦灼然可见。吾国思想界之浪漫主义，首推老庄。老子之“无为而治”“鸡鸣犬吠相闻、老死不相往来”与后世卢梭“返乎自然”同一宗旨，同一不协于人事也。庄子之逍遥齐物，薄礼乐刑政之用，泯是非义利之辨，极端之个人主义之鼻祖也。“物之生也，若骤若驰，无动而不变，无时而不移”之言，在昔则远与希腊海拉克来图氏(今译赫拉克利特)相呼应，在今则为伯格森创化哲学之前驱，与标准人生及一元哲学之宗旨大相背驰也。故末流则邪说诐言，洋溢中国。为人为己，杨墨各趋其极端，申韩仪秦，各以曲说行其志，而遗害于天下。其时思想之庞杂诡谲，与希腊诡辩哲学同其纷乱。而战国时代社会人心之不宁，与古昔文明之崩坏，亦与希腊末季相若也。古昔商周之文学，代表北方之民族性。故三百篇咏歌刺叹，一以人事为归。至屈子《离骚》，始开南方文学之先河。禀楚人好鬼之习，藻缋以美人香草之辞，遂为后世浪漫文学不祧之宗。虽在屈子仍不失其忠君爱国之忱,然究不若变风变雅之真切也。而末流所届,乃有助教冬郎之靡丽,寖至疑云疑雨之淫织矣。

浪漫主义此后之大张,乃见于晋代。其时老庄之学大兴,人尚玄言,世轻笃行。不亲官守,谓之雅远;不矜细行,谓之旷达。上者不过楚狂接舆之徒,下者不惜为名教之罪人、社会之蟊贼。如嵇康之自承不堪,刘伶之酗酒裸逐,皆其时所谓贤士大夫也。其时虽佛学渐兴,然皆附会老、庄,莫明教义(参观杂志二十一期缪君凤林所择《中国人之佛教耶教观》)。既未知佛家出世之要旨,复鄙弃儒家入世之精义。于是人心惶惑,无所凭依。内政因以不修,外患日见凌迫。至使堂堂禹域沦于犬羊异族者数百载。寖至六朝,文体益坏。诗歌之靡丽,骈文之浮嚣,彰彰在人耳目。直至唐陈子昂出,诗体始革,韩愈出,文体始进,苏东坡美愈之文为“起八代之衰”,尽非甚言之也。思想之不纯,文体之不正,影响于国家社会若此其甚,可不惧哉!

浪漫主义之影响于个人行为者,厥为喜矜奇立异,破弃礼法,以自鸣高尚。在西文则自命为天才(Genius),在吾国旧俗,则自命为才子与名士。人苟欲为才子与名士,必言行冠服,一切与世俗异。其处世接物,每自营私利而与人以不堪,世俗苟訾其行为,则斥为庸俗。不知敬礼文士,正人君子责之,则讥为迂腐,而谬谓“礼法非为我辈而设”。故才子与名士,本美名也,而在吾国,才子则为轻佻儇薄代称,名士每与佯狂傲慢同义。皆恂恂笃行之士,避之若浼者也。以欲立异之故,遂不但不矜细行,且故为惊世骇俗甘冒不韪之事。夫冠服之兴,本出于偶然,据人种学家之研究,以为肇乎初民修饰之资,而未必出于御寒之要。故大禹适越,无所用其章甫。至今太平洋岛民裸体相逐,而道德亦未见亚于文明华族。然在东晋,则冠服已沿数千年之旧,虽达士能视天地为蘧庐,然如刘伶之裸体延宾,究为佯狂奇诡,不近人情也。在欧西如拜伦、高迪耶(Gautier)、史蒂芬孙辈,皆喜以奇服自炫。甚至一般青年慕其文名,遂亦惟其不衫不履之是效。今日欧西美术家,无论其技艺之优劣,皆喜效所谓波希米(Bohemian)之装束者,要为此佯狂一念使之也。又如挟妓饮酒,本礼法之所非,而才子名士则美其名曰:“醇酒妇人,有讬而逃。”甚或公然认恣情纵欲为率性,守礼节欲为矫饰,如唐之韩偓、明之王次回,皆刻意为闺房靡艳之诗。一若艺术之要事,无有逾有此者。而金人瑞之修饰王实甫之《北西厢》,则尤其著者。吾国素以稗官小说为小道,虽士君子偶一为之,要皆以之遣闲情,而无郑重视之者。故小说、杂剧在吾国不成庄重之文学,此与欧西诸邦积习有异者也。至金人瑞始以《水浒》《西厢》与《史记》《庄》《骚》并称，甘冒士林之大不韪，不可不谓为浪漫批评家之健者。《北西厢》虽成于王实甫之手，而金实修饰之。以艺术论，《琵琶记》《牡丹亭》《桃花扇》《长生殿》各传奇无出其右者。然以淫奔之辞，视为文学正宗，与《史记》《庄》《骚》并称，则颓废派浪漫文学之表征也。近世法国文学十九以写淫靡为职志，其下者如毛柏桑、曹拉之流之著作，秽恶于吾国之《金瓶梅》相匹（吾国固更有秽恶于《金瓶梅》之小说，然纯以诲淫为主，无文学上之价值，姑不具论）。其较佳者，如高迪耶（一译戈低叶，见本期插画第一幅）之《毛苹女士传》（*Madamoiselle de Maupin*）、法朗士之《红百合》（*Red Lily*），其文之美，固莫能相尚。然其以优美之文，传淫靡之事，则同为浪漫派末流之大病也。辛蒙士（*Arthur Simons*）之称邓南遮（*D' Annunzio*）之文曰："邓南遮以为兹世惟有性欲与艺术二事。"今姑就世间之常识论之，人生果仅此二事之足贵乎？浪漫文学之不轨于正，皆此之类也。

浪漫文学家于是乃创"艺术为艺术而设"之学说，甚而主张"以美术代宗教"。蔡孑民之数发此论，亦耳食此辈之绪余者。近代文豪主张此说最力者为裴德（*Walter Pater*）。裴德以牛津大学之闻人，深于希腊哲学与文学，其文辞之美为英国近代之巨擘。宜若能继往开来，领袖群英，为英国文学开一新纪元矣。然彼陷于近世浪漫主义之漩涡，误解希腊学术之精神，遂为近世颓废派如王尔德（*Oscar Wilde*）之流之鼻祖。其《文艺复兴》（*Renaissance*）一书之结论曰："哲学与玄想之文学，对于人类精神上之贡献，在引起其恒常亲切之观察生活。每一刹那间，一面一手，忽臻完美之域，山中或海上一声韵，忽较其他者为佳。情感内见或理智上之刺激，忽尔现实而动吾心。然其存在，仅此刹那间也。故目的不在经验之结果，而为经验之自体。吾人繁复杂乱如戏场之生命，不啻电光石火。吾人将何以吾人最精美之官感尽睹所宜睹之物乎？吾人将何以最迅速之方法，自此点达于彼点，而常在最多数生活力与其最纯洁之能力相合处之焦点乎？常燃此种坚刚如宝石之火焰，常保持此种之狂乐，实为人生之大成就，可谓吾人之失败为造成习惯。盖习惯者，实安于故常之谓，而惟以吾人目光之鲁钝，斯见二人二物或二情况若相似然也。世界既逝如飘风，吾人永宜乘时攫取最优美之情感，或知识上贡献之。若能在另一天界中，使吾人之精魂得刹那之自由者，或官感上对于奇特之彩色香味之刺激，或艺术家之制作，或友人之颜面也。"此种惟官感之美是求之学说，实为浪漫文学之背景，而末流必变为颓废派而后已。小泉八云（Lafcadio Hearn）固知浪漫文学之美者也，而其评浪漫文学家则曰:“彼等皆种植龙牙(意谓为虎添翼,贻大患于后日),宣传惟美主义而不加以限制,谓美即真理,结果乃产生曹拉主义,而谓真即美也。”

浪漫主义之主旨,在不满足于现实之世界,而狂骛于一种不能现实之乌讬邦,而自诩不同于流俗。希雷格(Schlegel)致威至威斯之函,以为“古学派之目的,在极力运用现在,而浪漫派则惟徘徊于追忆与希望之间”。要而言之,不甘为遵礼守法之健全国民而已。盖往古之事,已远不可征,可以个人之幻想,加以任何之色彩。如《庄子》之称葛天氏、无怀氏之世之无为而治,与《击壤歌》所谓“日出而作,日入而息,凿井而饮,耕田而食,帝力何有于我”皆是也。儒家之言必称尧舜,与柏拉图之共和国,亦有类于此。然与之异者,则孔子与柏拉图所立之道德标准,注重有制裁有训练之人生,非若浪漫派一味之求“归真返朴”、“返乎自然”耳。荀子之教义,主法后王,即深恶此辈不实事求是,惟驰骛于幻想之乌讬邦也。卢梭《民约论》之主旨,即以为世间罪恶皆出于后世人为之文明,苟尽破除不自然之礼俗而返乎自然,则可重臻太古淳朴之极乐境界。彼以为太古之民,“不系恋乡土,无一定之工作,不服从他人,舍一己之志,愿外别无法律”,孰知事实上乃大相悬殊。野蛮之民族,乃倍多不衷理性,惟事盲从之习俗。而其阴狠、机诈、残酷、贪婪,每在文明民族之上。彼研究人种学上尽能言之。无怀、葛天之治,惟存于庄子想象中,在堂堂华胄太古以来之史中,无此实境也。与之相反而实相同者,厥为造未来之乌讬邦。法国之大革命,苏俄之行共产制,罗素所主张“各尽所能,各取所需”之名训,韦尔斯(H. G. Wells)形形色色之乌讬邦学说,皆此之类。然此不过将加诸往昔之黄金时代,移于未来,其与事实相违,仍若合符节。盖人性不变,则事理不变。环境虽可以文明与教育逐渐改良之,社会所以成立之基础,固不能以人力改造之也。浪漫主义之政治理想,见诸实施者,厥为法国大革命。然法国之大革命与英国克林威尔之革命、美国之独立战争,根本大异。其所以歧异之处,基于拉丁与盎格鲁撒克逊两民族性之异点。吾人动以平等、自由两名词并举,实则二者根本不同。法英美革命动机之异,亦由于此。盖自由一概念,系以一己为中心。苟不干犯吾个人思想言论宗教种种之自由,吾固可不求事事与人平等。英人之革命,美人之独立,盖以争自由为动机者也。至于平等,则所注重者在与他人为比较,故虽不得绝对精神上、物质上之自由,然苟与他人受平等之待遇,则亦未尝不可忍受少量之干涉。法国之革命,则以争平等为动机者也。以此两动机相较,则前者为胜,盖争自由之动机为求诸己,争平等之动机为求诸人。前者尚不失精神独立之美德，后者常含有嫉妒之恶德。故英美革命，极少暴行；法国大革命，则杀人盈城也。法国革命半由于仇视享有种种特殊权利之贵族，半由于卢梭诸人之浪漫运动。彼贵族不应享有特殊权利固矣，剥夺之可也，以其有罪，则窜逐之可也，甚而择其罪恶较著者，据法审判，刑僇之可也。何得诛及妻孥，且招摇过市，使尽人皆得加以凶残惨酷之凌虐乎？何以牵累无辜，戕杀贤俊如罗兰夫人者乎？何以党人之间，互相猜忌残杀乎？罗拔士比（今译罗伯斯庇尔）（Robespierre）恐怖时代之魔王，以杀人为乐，诛其党魁，终亦身受刑僇者也。然其言论主张，乃在在与卢梭相合。故法国大革命，实为卢梭学派放大之写真，以其动机之不良，法国革命乃为大失败。当革命初兴之时，一般浪漫派文人佥以为乌讬邦行将实现于地上，如英诗人威至威斯辈，皆特作诗歌以赞美之。曾几何时，而真相毕露，失望亦随之而生。浪漫文人之政治理想，施之实事，未有不至失望如威至威斯者也。革命既不能达其乌托邦之幻梦，而拉丁民族复乏自治之能力，与真爱自由之精神，遂一变而拥野心之拿破仑为帝，而日事于域外无意识之战争。拿破仑被逐，复拥拿破仑第三为帝，直至今日共和政治尚不稳固，且时有复辟运动焉。至英国民族则不然，英人所爱者为自由而非平等。英人之政治理想重实际，而轻理想。故克林威尔（今译克伦威尔）之革命，实为诛逐暴君。即其身任独裁制首领，然其为人亦远在罗拔士比（今译罗伯斯庇尔）诸人之上。而其时革命人物，如弥儿顿等人，道德之高尚，亦远非法国革命人物可比也。英国革命虽不久而仍归于帝制，然不得谓为失败。盖此役之后，英国宪法之尊严以立，民本主义之根基以固。今日英国人民所享之自由，且远在法国之上，而与盎格鲁民族所造之新共和国相颉颃也，故平等自由不在空名而在实际。英国虽为君主国，其人民所享之平等自由，固非美洲之拉丁民族诸共和国所可同日而语也。丹麦大批评家勃兰德士（Brandes）固极崇拜易卜生者，然其论易卜生则曰："凡欲为巨大全体之推翻者，每轻视自然发展之缓慢微末之变迁，与实行家所须忍耐之迟钝，与逐渐之微末改革之能使其理想之一部实现者。彼复不欲与社会接触，因而非处有绝对暴力之地位，即无从以传播其思想，此种人物，在实际生活，乃无置喙之余地。"实则此等人物之不能影响于实际生活，尚为人类之大幸。苟有影响如卢梭者，其害且不可胜言矣。

此等乌托邦之政治理想，与爱平等之嫉妒观念，至今日乃至与以自由为基础之民本主义相冲突。今日之社会主义与过激主义，皆极端主张干涉者也。

在民本主义政治，于共同遵守之法律之下，各人有绝对之思想行动言论信仰之自由。而个人自由之大者，莫过于财产。盖财产者，资生之具，一切物质生活之基础。苟遵法律而取得之，则国家社会皆无干涉个人之权。今日之种种社会主义，则皆以攘夺他人之财产为目的。无论如经济学家所主张，在共产主义之下，生产能力决不能维持现在之文明。即使能也，掠夺他人之所应得，岂道德所许乎？殖产能力之不齐，与人类一切能力之不齐相若。孟子之论许行曰："夫物之不齐，物之情也。我相什百，或相千万。比而同之，是乱天下也。"盖已一语破的于千载之上矣。苟必欲其齐，则人类之躯干健康智慧亦将齐之，将使强者弱、健者病、智者愚，势必至同归于尽而后已。今日共产制已实施于苏俄矣，其制之优劣成败，在今日言之，尚为早计。然其不但干涉自由，甚且以多数压迫少数（或仍为少数劫制多数），无产阶级凌暴中产阶级，绝对违反平等之理，则彰彰在人耳目也。其暴行则惨杀异己，与法国大革命相若。俄皇被刺，所诛者惟刺客一人；苏俄委员被刺，诛杀至二万三千之众。乌托邦乎？修罗场乎？不待片言可决矣。吾国近年来急进少年之艳羡苏俄，可谓与法国革命初年英国文士之艳羡法国相若，吾知其失望将亦必有同然者。盖理想政治决无以一次之巨大改革而能实现者。人类善恶二元之天性不易，复不提倡自制之道德，而惟诿过于社会制度之不良，以求于一措手一举足之间，使庄严极乐世界现于大地之上，则结果未有不堕于浪漫派之失望者也。

浪漫政治革命之失望，在吾国最佳之近例，厥为戊戌变法与辛亥革命。今日身与戊戌政变之老辈，每叹惜痛恨于辛亥党人之推翻清室为不道，而不察戊戌政变实为辛亥革命之前驱，手段和缓激烈程度之不同则有之，其未能审度国情，欲于刹那之间，使理想政治实现于不稳固之基础之上，则相同也。吾于评论晚清诗人各文中，尝数数指示戊戌维新为一种浪漫运动。张文襄所作《学术》一绝句自注云："二十年来，都下经学讲《公羊》，文章讲龚定庵，经济讲王安石。"恰与欧西十九世纪之浪漫主义、功利主义之趋向，同出一辙。康南海在今日固以极端守旧著称，然在公交车上书之时，言学术，于《春秋》则主《公羊》，于《曲礼》则主《礼运》，且创孔子改制之学说，更附会以大乘佛教之门面语，所言务为高远，其尊孔教固与曾文正、罗忠节诸人异趣也。其组强学会之目的，固在维新，然其维新之目的手段步骤，颇不明了，亦几有时下少年惟"新"是求之通病。一若"维新"非仅为手段而为目的者，其政治改革之以功利主义为目的，可以张文襄"经济讲王安石"一语尽之，而日后且有"物质救国论"以畅申其旨也。夫清季之旧制度必须改革，固尽人皆知之。然苟使曾文正当此改革之冲，其措施必有异乎戊戌党人者。惜早已薨逝，而枢相如李文忠者，学术道德远非其俦，遂不能弭隐患于未然，为适当之改革，而终无以救清室之覆亡耳。梁任公固戊戌维新最重要之人物，其于晚清与民国近三十年之影响，无论为祸为福，皆远在康南海之上。然其主讲湖南时务学堂，务以传播种族革命、政治革命为目的，果何为者？戊戌失败之后，则誉清德宗为天人；未失败以前，则鼓吹革命。浪漫文人思想之矛盾，每每如此也。实则清德宗虽有改良政治之心，然殊无英毅果敢之资，远非那拉后之比。戊戌党人之誉，要为言过其实。故戊戌政变即使成功，是否为中国之福，尚未可知，不过庚子之乱可免耳。其时文学上之浪漫运动，最佳之例，为黄公度之新诗、谭壮飞之仁学。黄之才气横溢，务以新意为诗，实具浪漫诗人之资格，与陈伯严、郑大夷之诗异趣。谭之仁学，无深邃之理想，但为反抗旧日礼俗之表示，虽未能与欧西之浪漫思想相接触，然以大乘佛教之门面语，以为指摘旧日道德标准之口实，其动机要与近日所谓新潮运动无殊也。

戊戌失败之后，梁任公出亡日本，发行影响中国命运最巨之《新民丛报》，其一时之影响，殆可与卢梭、福禄特尔、玛志尼诸人颉颃而无愧。当时有志之士，未有不读《新民丛报》者，举场且以之为猎取功名之利器。其言论虽貌为主张君主立宪，然实阴为革命之鼓吹。观乎唐才常之革命运动，即可知戊戌党人与辛亥党人无截然之分别焉。庚子拳乱之后，国人留学日本者益众，既浅袭欧西学术之皮毛，复愤朝中政治之腐败，加以种族革命之鼓吹，洪杨余裔如孙中山（同盟会为洪杨余裔，殆不可讳之事。今日在美洲华侨中尚保存洪门大会之名称焉）者之煽惑，于是有辛亥革命。辛亥革命以种族革命为职志，初无一定政治改革之目的，稍识近事者皆能言之。孙中山就临时总统职后之祭明孝陵，即其明证。苟诚以共和为职志者，对于极端专制之帝王如明太祖者，方将痛恶之不暇。乃于民国初创之际，而施以重大之荣典，果何为乎？共和之得成立，盖由于北方之势力未能铲灭，无人有自立为帝之能力耳。在清季，吾人尝恨立宪之不能立时实现，以九年预备之诏，为狙公赋芧之欺，实则一般人民无争选举权之要求，无民主政治之经验与道德，固为不可掩之事实。故民国建立，代议制乃腐败至于不可收拾之域，而为一般野心之武人之傀儡，至令人追慕光宣之际，奄无生气之政治为郅治，岂不哀哉？

民本政治以及任何多数政治之良窳，皆以国民之知识与道德为转移。专制政治则系于少数之政治首领，要而论之，“有治人无治法”。任何良法，苟无多数或少数之人，有能力足以维持之，则未有不为野心家所利用以遂其私者。同一共和制，在美国则极佳，在法国则次之，在南美诸邦与墨西哥则为祸乱之源者，皆此故也。吾国根本之症结，在国民无政治之常识，无干涉政治之要求，故共和制之弊乃立现。欲求此种政治终得上轨道，舍普及教育无由。今日少年鉴于共和之失败，不求根本救济之方，乃复更驰骛于乌托邦之空想，社会主义也、共产主义也、基尔特主义也。殊不知国民政治知识道德不足，舍少数之贤良政治尚可维持秩序外，任何多数政治，皆未有行之而无弊者。即以基尔特社会主义而论，在理论上似为最佳之多数政治，尤以在行会制发达之国如中国者为甚。然无如工商各界皆无干预政治之欲望，即使此制成立，彼各行会中所举出之议员，亦必出金钱购买无疑也。今日之谈政治者，幸有鉴于此，勿徒为任何大举革命之鼓吹，惟求实事求是，为枝枝节节之改革，则吾国政治前途，庶乎有豸，否则徒引骚乱，黄巢闯献流寇之祸，殆将不免矣。

浪漫主义之道德观念，亦极与事实相违，而足以破坏正当之人生观。人性具善恶两元之原素，殆为不可掩之事实。耶教固以性恶为其教义者，其主性恶，至以为非得神灵之启示，永无自拔之能力。佛教亦以无明自有生俱来，非勘破人生之梦幻，永无超度苦海得达彼岸之望。孔教虽主性善，然不过以为人性具有为善之端倪，而要以克己复礼、博学审问慎思明辨为工夫，故孔子曰：“十室之邑，必有忠信如丘者焉，未如丘之好学也。”又云：“我非生而知之者，好古敏以求之者也。”其自叙学业之经过，自十五志学，至四十始能不惑，至七十始能从心所欲。以孔子之圣，尚须修省如此也。故曾子有“十目所视，十手所指，其严乎”与“如临深渊、如履薄冰”之语。孟子虽言性善，然不过以为恻隐之心、羞恶之心，人皆有之，各具仁义礼智之“端”而已。且孔子虽言仁义，而鲜以之并举。至孟子则仁义为连属之名称，正恐时人误以不合于义之仁为最高之道德标准耳。孟子与告子义内义外之辨，盖告子以为义者不过社会习尚之表示，孟子则以义为内心自制之表现，孟子胜于告子者以此。然孟子之主性善，究为相对者也。荀子鉴于战国时代人心之险诈，风俗之浇漓，故极主性恶之说，而以为：“从人之性，顺人之情，必出于争夺，合于犯分乱理而归于暴。”“必将有师法之化，礼义之道，然后出于辞让，合于文理，而归于治。”扬雄则以人性为善恶混，故无论古今中外之圣贤，未有以人性自来即能止于至善者也。欧西浪漫运动之主旨，为反抗耶教与希腊两种文明之表现，故以人性自来即至善。

卢梭、雷南(Renan)皆屡屡自夸其美德。雷南云:“当余为善,余殊不听他人之指挥。余不须有理欲之战,亦无战胜之经验。身受教育之人,只须随顺其内心冲动之精美趋向而已。”此种随顺感情之冲动,而不求中庸节制之训练,实为浪漫主义惟一之症结。在孔子则曰:“天下国家可均也,爵禄可辞也,白刃可蹈也,中庸不可能也。”又曰“暴虎冯河,死而无悔者,吾不与也。”故虽为美德,苟反乎中庸,亦非孔子所许。浪漫派之道德观念,则纯任内心之冲动,甚且不问其行为之是否正当,只问其动机之如何。故浪漫文学每喜称述富有感情之盗贼妓女之类,如嚣俄在《孤星泪》(Les Miserables)小说中之写积贼瓦约翰(Valjean)之忽变为圣贤,陀司妥夫斯基在《罪与罚》(Crime and Punishment)小说中之崇拜妓女桑尼亚 Sonia,认其为人类困苦之代表,皆此之类也。卢梭辈之主随顺感情之冲动,至否认道德为人类理性上之节制,而视为感情冲动之一种。如巴克(Burke)所云:“彼辈痛诋一般节制嗜欲之道德,殊不知十分之九之道德,皆属此类。彼等乃代以一种道德,所谓为人道与仁慈者,因之彼辈之道德,乃无节制之观念,甚且毫无明了之宗旨。故当其徒党得此解放而惟其感情是从时,吾人乃不能决定彼辈为善为恶矣。”此种极端夸张仁慈与同情心之例,可见诸嚣俄之苏丹穆拉德(Sultan Murad)之寓言。此苏丹之残暴,至缢其八弟,腰斩其叔,剖其十二子女之腹,以觅一窃食之苹果。然一日行道屠场,见一垂毙之猪为蝇所苦,其伤处正为酷日所暵,顿起怜悯之念,以足移此猪于阴处,而为之驱去群蝇。穆拉德死后,虽有种种之罪恶,乃以此猪之恳求上帝,而得脱于罪云云。此种道德观念之谬妄,不待蓍龟可决矣。此种道德之影响于实事者,可见于美国与加拿大司法成绩之比较。某杂志为此事曾为最精密之调查,考得美国杀人罪之多,数倍于加拿大,他罪亦称是。其故则由于美国法律不严,判罪之后,每得缓刑;执行监禁之后,复以悔罪或守法之表示每得赦罪。而加拿大之法律,则极为严峻。且加拿大法律并有一种鞭挞之肉刑,罪犯之愍不畏死者,乃畏肉刑如蛇蝎。一闻某法官喜用肉刑,非立时敛迹,即从速远徙。法律主宽,亦近代文明之特征,而结果有如此者。人道主义极可笑之结果,见于意大利某城疯人院。其时遗传学尚未大昌,该城士绅以“人道主义为怀”,悯疯人白痴索居之岑寂,乃使之自为配偶,结果则所产子女,类皆疯狂与白痴,社会之负担乃因而大增。该城士绅始知其计左而翻然改辙,而所失已不资矣。近今讲人道主义、社会主义如托尔斯泰者,皆不知人类禀赋之不齐,欲强而齐之,以去生存竞争之效用,而同时以同情心代节制之道德观念。其政策苟能实行，结果只有使文明退化返于草昧之世而后已也。“各尽所能。各取所需。”言之非不动听，无如人类尚未至此高尚纯洁之域，甚或永无达此理想境界之时，则在此制度之下，必有不尽其所能，而不仅取其所需者，是终率天下于乱而已。

浪漫主义既以避免自身之责任，与不承认节制之道德为宗旨，乃诿过于环境。近日遗传学发达，则诿过于遗传，若以为人类绝无战胜环境与遗传之能力者。卢梭首创人性本善，罪恶由于文化所致之说，而主返诸自然。近人虽不信此，然深信个人之命运操诸环境与遗传两主宰之手。吾人固不能谓二者绝无影响，然苟人类无战胜环境与遗传之力，则此数千年庄严灿烂之文化何自而生？在太古獉狉之世，茹毛饮血。宁有今日文明之环境与遗传耶？就个人论之，苟环境影响于人如此其深且切者，则颜子箪食瓢饮，居于陋巷，必为盗贼，安得为圣贤？林肯家极贫寒，素无适当之教育，安得挺身为英贤，成不朽之盛业？此种战胜环境之例，展卷即是，几于不可胜数焉。吾读英国文豪哈第(Thomas Hardy)所著之《归里》(*The Return of the Native*)一书，不愉快者累日。书中女主人 Eustasia 实具美德，虽未婚前曾与他人恋爱，然既婚之后，则极爱其夫，亦守妇德，然必造设种种不幸之环境与机会，使致其姑于死地，而重伤其夫之心，终至于自杀。则吾诚不解作者之命意矣。哈第著作，多含此种悲观之命运主义，而以人事一切归之于环境，要为中浪漫主义之毒也。实则环境与遗传能控制下愚之人。吾人为文化努力，固须设法改良环境。然于彼不能战胜环境，甚而陷于罪恶者，固不必深惜也。苟彼生具犯罪性而终陷于法网，则亦惟有拘囚之、刑僇之，使不为害于社会。若徒事无限制之仁慈，结果未有不如意大利某城疯人院之故事者。且注重个人之责任，不使之诿过于环境与遗传。每能增用个人自制之能力，使不至自陷于不义。浪漫主义之求避免责任之学说，正增加社会罪恶之道耳。

自表面观之，所谓写实主义与自然主义者，似与浪漫主义相反，而为针砭社会罪恶之利器，实则不过浪漫主义之变相。浪漫主义否认人文之要素，而以随顺内心之冲动为宗旨。写实主义与自然主义亦然。不过浪漫主义以为人性本善，写实主义与自然主义则以人性本恶耳。写实主义之偏，与浪漫主义等，而其否人类固有之美德与自制之能力，则为害尤大。彼等以为人之天性，与禽兽相若。所有美德不过为虚伪之矫饰，并非理能胜欲之结果，且以为理欲之战为徒劳。无论随顺内心之冲动与否，人类前途，但有黑暗而已。写实主义与自然主义文学家，常自谓仅为客观之描写，不参以主观之意见，一若摄影者然。此自欺欺人之说也。无论如何描写人生，胸中必具一种人生观。彼以为人性本恶，则所见无一不恶。且夸张其辞，至以为人世不啻修罗场之变相，其为主观而非客观，与任何主义相若也。写实主义一名词本非专指此类文学而言。沙克雷（Thackeray）、伊略克（George Eliot）皆称为写实家，盖谓其书注重人类与社会之实在情况，而不为浪漫主义之夸张而已。然人类固有所短，亦有所长，固鲜尽善之人，亦鲜极恶之辈。写其善而不掩其所短，写其恶而不斥为魔鬼药义之不如，此则写实主义之真本领也。故沙克雷书中无一“英雄”与“女英雄”，不过多为可与为善之男女，虽各有所短，亦各具所长。且皆经过人生与社会之陶冶，而终克臻于老成阅历之域。故其书最为可读，而无一切偏颇之害。现今之写实主义文豪与沙克雷相若者，为班乃德（Arnold Bennett）。班氏之书，其真切不但可颉颃任何写实小说，直与日常生活无异。小说家达唐（Darton）以为：“其五城小说中，无理想，无批评，无社会之习尚与哲学。盖除其中人物之生活与其所见所感外，别无一物。”客观至此，可谓至矣。然其人生观至为纯正，彼以为近日物质文明之进步，固能增加生活上之安乐，然于人类天性之要素，无所变迁。其批评一般破弃礼法之革命观念之非云：“习俗之于人生，与形式之于艺术相等。艺术无形式之结构者，不足齿数。人生之不合于习俗者，不能美满。”又云：“法律规则、形式、礼仪，舍其群学上之价值与需要外，即自美术上观之，亦自有其价值也。”班氏书中之人物，固无矜奇特异之处，然皆为健全之国民，皆有自制之能力，皆能控制其环境，不为环境之奴隶。其五城小说，历时三代，书中人物身历近世文明之变迁，如民本主义之发达，工业之革命、科学思想与科学发明之广布，旧式宗教之衰败等等，然其性行初无大异。非如一般抱革命思想者，以为文明进步，人类一切行为之标准，概须推翻也。写实主义若能如此，自无可指摘也。

至一般所谓之写实主义与自然主义者，殊不能抱此客观之真切观察，常以一种主观之性恶哲学以观察社会，务以描写丑恶为快，其动机亦可分为三类。一则颇有高尚理想，而疾视社会之庸俗卑劣不能副其所望者，佛罗贝尔、易卜生之徒属之。一则以讽刺为怀，但知社会丑恶而以一切人类美德为诈伪者，巴特拉（Samuel Bulter）、萧伯纳之徒属之。一则既谓人性本恶，又复以纵欲为目的者，毛伯桑（今译莫泊桑）、莫雅（George More）、杜来色（Theodore Dreiser）之徒属之。佛罗贝尔为写实主义文豪之巨擘，其《鲍瓦雷夫人传》（*Madame*

Bovary)一书,号称十九世纪第一杰作,然读之令人烦懑欲死。以技术论,其写实之能力与其方法,固极足称。彼致友人书中自谓当其描写鲍瓦雷夫人服毒之情况时,口中有极强烈砒霜之味,致两日不能消化食物,可见其体点物情之真切。然其描写具有美感与爱情之女子,至以不能达其高尚爱情之目的,因而纵欲遭困终至于自杀。其夫鲍瓦雷,虽笃实忠信,然智识卑下,技术粗劣。虽平日崇拜挚爱其妻,于其死后,乃发见其致情人之书,终至于失望而死。其人其事读之,皆有以令人恚恨作者之无心肝者。此等事在人世不能谓其必无,然不能代表一般之生活,决无疑义。而作者必欲描写此种不祥之事,舍抱极端之悲观外,殆无他理由也。与之相类者,为吾国之《金瓶梅》(此书有两本。一本写淫猥之事特多,关系后人增益者。原本则文字颇为纯洁,然要皆与之相若也)。此书传为王凤洲所著,真伪固未易辨,然非名手莫办,可断言也。此书写土豪西门庆之生活与其家庭,切中事理。虽未必便为宋代生活之写真,然必吻合于明代社会之状况。然以与去宋未远之元人施耐庵所著之《水浒》相较,则见其描写宋代生活亦颇近似也。作者著此书之目的,甚难臆度。其写实之技艺,则极惊人。其叙西门庆之结纳官府,倚强恃势、纵欲好色、占人妇女、吞没资财,无一不肖其人之身分。家中妇女之争宠嫉妬,吴月娘之庸懦不正,潘金莲之泼悍淫荡,无一不肖逸居无教之家庭。说者谓作者以孟玉楼自况。孟三儿诚为浊中之清,然日与虎狼蛇蝎相处,求其无所习染,殆不可能也。佥谓此书诲淫。吾以为诲淫之书,必须附会爱情以浪漫色彩。此书读之,但令人欲呕尔。晚清末年之写实小说,如李伯元之《官场现形记》,吴趼人之《二十世纪目睹之怪现状》,皆属此类。惟无结构,欠剪裁,但连缀若干不相连属之事为一篇,不啻多数之短篇小说,以艺术论,尚在《金瓶梅》之下耳。

第二类之写实主义,则更进一步。盖已无高尚之期望,但以揭出人类性恶之实相为快,一若与人类有宿仇,如鬼王撒旦,务欲陷之于地狱为快者。此等写实主义,可以巴特拉之 *The Ways of All Flesh* 一书代表之。夫宗教与父子夫妇之伦常,写为人生最可爱之物。此书必一一曲绘之,使为个人之大害。先写书中主人之父,尊父命为牧师,逐渐乃尽得教士狭隘严峻之人生观。至父子责善而恩义以绝,其母之随顺其父,不啻奴婢阿承主人之意旨。继写此少年之钟爱一堕落之妇女,欲拯救之,使归于正,不惜牺牲一切与之结婚,而营旧衣业之生活。然妇人之嗜酒如故,终使之失望而几于狂易。最后所有之伦常关系尽断,乃袭巨产而独居终身。此等事实,在人生亦不得谓为必无。然以此代表人生一切之伦常关系，则显然失实矣。吾国小说中类此者尚少。《儒林外史》虽以讽刺者，然尚多风趣。《水浒》则尚带浪漫色彩，其书中人物十九皆具美德，固非尽为地狱变相也。然《水浒》之讽刺主义，根本乃与此种写实主义相似。其书中之英雄，舍少数如宋江、吴用、时迁、刘唐、阮氏三雄一类人物外，其初皆为良好之市民，且多有职业或为官吏。然必造设种种之情况，使之不能不自陷于匪类。如林冲则为权奸所陷，武松则由于其嫂潘金莲之恶，卢俊义、杨雄则由于其妻之淫荡，徐宁、呼延灼、关胜、索超则由于宋江、吴用之设计。一若密布天罗地网，终有以使之“逼上梁山”者。其宗旨可比于哈第之命运主义，然尤恶于《水浒》者。则在此辈一经为盗，其行为乃与盗匪相若，残酷贪婪、奸险变诈，无所不至，如宋江之三打祝家庄，其最著之例也。虽云作者意中实不满于宋江，而终篇卢俊义之一梦，已指明宗旨之所在。然其隐微之旨，不敌其显明之描写。其遗害之酷，至为盗匪所取法，固尽人所知者。《荡寇志》之作，在艺术上言之，诚不免狗尾续貂之讥。以宗旨论，不得不谓为应有之抗议也。近日小说家宗旨之类于此者，当数李涵秋。李氏之作无剪裁，无章法，具清末小说家之通病。其描写人物之具讽刺主义，则与此同。而尤可憎者，厥为其描写每一贞静有德之妇女，必嫁一愚顽恶劣之夫，历受旧式家庭种种之虐待。其宗旨一若，务以造成地狱变相为快者。此种人生观之不正当，殆非百口所能辩也。

第三类之写实小说，则更进一层。盖已认性恶为固然，既无庸如佛罗贝尔、易卜生之疾视，亦不须如巴特拉、萧伯纳之讽刺，仅为穷形尽相之描写，而以为能得人生之真相。此类文学已入所谓自然主义之域，盖已至“丑化”之极端矣。最可作为代表者，为毛柏桑(今译莫泊桑)(一译莫泊三〇见本期插画第二幅)之《好朋友》(Bel Ami)。书中叙一不务正业之少年，以友人之援引，得厕身于报界。其友死而娶其妻，复夺其妻遗产之半，继乃设法得私其报馆主人之妻。终则与其妻离婚，而娶报馆主人之女，假冒男爵享巨产而为议员。此种曲绘无行小人之胜利，真有令人腐心切齿者。而其文辞，乃至为优美，其设色布景，亦多可喜，则尤可恨也。其余如曹拉、杜来色之徒，则尤变本加厉耳。此类小说，可以吾国现行之黑幕小说如《歇浦潮》等当之，盖已无宗旨之可言，惟以曲绘社会之黑幕为快。愈穷形尽相，愈见其无心肝。视悲观之讽刺主义，又下一等矣。

总而论之，写实主义之失在知人性之恶，而不知人性之善；在知人之情欲无殊于禽兽，而不知人类有超越于禽兽之长；有驾驭控制遏抑其情欲之冲动，使归于中和之本能，在认定性恶为固然，因而以克己复礼为徒劳，节制嗜欲为掩饰。名为揭穿黑幕为社会之殷鉴与针砭，实以描写日常社会所不容之非礼犯分之行为以为快。或苦于社会之制裁，自身不敢恣情纵欲，干冒社会之不韪，乃借文字以宣泄其兽欲之冲动，其动机与一般下流淫猥之说部相若。不过作者之艺术，高下与之悬殊耳。乃锡以求真砭欲之美名，岂不哀哉！夫人类之恶德，故不妨时时加以讥讽，然不宜含有恚恨贱视之意。彼真正之写实家如沙克雷者，深知人类之弱点。故其书中，无一尽善之人物。于其弱点，亦不惜尽情描绘之，以为人类之借镜，然非抱悲观主义如佛罗贝尔者可比，而与描写人类之恶德为快如毛柏桑（今译莫泊桑）、杜来色等，又有霄壤之别焉。中外讽刺小说之最相类者，莫如《镜花缘》与斯威夫的 Swift 之《海外轩渠录》(*Gulliver's Travels*)。然读林之洋之被困女儿国等故事，只觉其机趣横生，发人深省。至《海外轩渠录》中述马国之人类，凶暴狞犷，虽禽兽之不如，则不但谑而虐，且满抱恚愤疾世之心矣。彼以针砭社会为文学之职志者，其知所择术乎？

说者每以自然主义、写实主义之勃兴，归狱于科学。在思想史之演进观之，诚非虚语。然吾以为此非科学自身之罪，而为误解科学、误用科学者之罪也。犹诸火然，人类以能利用燃烧之功用而文明始进。自火食至于汽机，莫非火之是赖。然兵燹之焚人都邑，盗匪之燔人居室，亦惟火是赖。以有兵燹与焚掠，而遂归罪于火，则不啻因噎废食也。科学本利用厚生之所资，人类不用之以资生而用之以相残杀，则不善利用科学之罪，与科学自体无与也。科学之为害，始于昔日教会之压抑思想之自由。彼具爱智之精神者，一旦既获思想之自由，脱宗教之束缚，遂举宗教与人文主义之精义，一并而推翻之，则所失大矣。以此较人种学之研究，遂知任何宗教，皆导源于初民之迷信。以天演学说之成立，遂知人类实与猿猴同出于一祖。于是克立弗得(Clifford)乃发“未有耶和华之前，先有我在”之狂言。赖白拉思(La Place)乃发在其天体机械系统中，不须上帝之毅语。赫胥黎之极端生命机械观念，至谓苟算学诚能造于最精微之域者，则某年某月某日某时，某人在某处作某言动，皆可以算学公式求得之。此种极端之唯物观念，全出于一时之科学狂热，今日已有不满于此者矣。斯宾塞为天演宗之大师，亦唯物哲学之健将也。彼之昧于超理智之境界，至视柏拉图语录为陈编断简。然其研几哲学之终极，乃立不可思议学说(Agnoticism)，殆亦知理智之有穷矣。故同一研究试验生物学，罗勃(Loeb)以之得生命之机械观念者，杜里舒以之为其生命哲学之基础。同一发明物竞天择之学说，瓦雷斯对于人类之精神生活，乃与达尔文异趣。近人每不知宗教与科学为两事，实则除宗教之仪式与迷信外，二者毫不相冲突。吾人虽知《创世记》之妄诞，六道轮回天堂地狱之虚无。然佛教与基督教之精义，仍不以科学之发明而动摇也。吾以为文人误用科学最甚者，莫如天演学说。吾身为治生物学之人，然最恶时下少年所谓十九世纪为生物学之世界之说。自达尔文《种源论》行世之后，证明《创世记》之谬妄，而人类为由下等动物所演进。与夫物种之繁殊，由于生存竞争之激烈，物竞天择之效用，固矣。然此不过科学上之大发明，舍破除数种无根之见解外，固不必影响于一般之人生观也。而一般不知生物学者，乃视为奇货可居，动以之为哲学之基础。如尼采之摭拾生存竞争说而大衍其超人主义，至演成德国帝国主义与此次欧战之大惨剧。又如一般思想家之滥用进化天演之名，引起若干无谓之纷争，皆是也。夫事物历时而必有变迁，固属常理，然不能概谓有递嬗之迹者皆为进化为天演。生物之自单细胞之原虫动物进而为人类，可谓为进化、为天演。电子之构成，自原子量之轻如轻气之原子，至重如镭之原子。原子之构成，自含少量之原子如水之分子，至含数千原子如蛋白质之分子，可谓为进化、为天演。至星球与太阳系之由星云凝结而成，地球凝结而成山海，风水剥蚀火成岩复变为水成岩，则只能谓之为变迁，不得比之于进化与天演。社会组织，自酋长部落制，递嬗为封建，终为帝国，可谓为进化、为天演。古昔峨冠博带，今日短衣窄袖；昔作灵蛇髻，今作堕马装，则只得称为变迁，不得比之于进化与天演。自天演进化之名滥用之后，而思想之纷乱以起。于是对于一般无进化与天演可言之事物，亦加以进化天演之名。故道德观念，除在獉狉时代而未进于文明之域者外，无进化天演之可言者也。圣贤之徒，不能世出。孔子、苏格拉底、释迦、基督诸圣，距今皆已数千载矣，未见后人能进化天演以胜之也。其言行之精微，似已尽得人生哲学之究竟，后人之思想未见能进化天演以胜之也。今人则以唯物主义自然主义为进化天演矣。文学亦然。自商周至于唐千余年而有李白、杜甫，自乔塞数百年而有莎士比亚、弥儿顿（今译弥尔顿），以古况今，犹可言进化与天演也。自唐至清千余年而诗人未有胜于李白杜甫者，自十七世纪至于今日，英国诗人未有胜于莎士比亚、弥尔顿者，则不得谓文学之变迁，为进化与天演也。今日则以破弃规律之自由诗、语体诗为进化、为天演矣。种种花样，务求翻新，实则不啻迷途于具茨之野，无所归宿，皆误解科学、误用科学之害也。

欧西浪漫文学尚有一最大症结，厥为夸张情感之恋爱。其下者遂如近世颓废派，惟以描绘咏歌淫猥之事为职志，其上者则尊视恋爱至于宗教之域。此种不切事实之幻梦，未有不至使人失望者。失望之余，或流于恣情纵欲，或疾视男女关系如蛇蝎，欲求如《国风》所称之琴瑟静好，殆无其事。要皆浪漫主义不中正之害也。夫男女居室，人之大伦。以孔孟之圣，于此尚无异辞。孔子删诗，首以《关雎》。而《关雎》则云："求之不得，寤寐思服。悠哉悠哉，转辗反侧。"可见笃于情爱，固圣贤所许也。惟乐而不淫，哀而不伤，方得礼自防矣。中国之言夫妇之道，以能敬为尚，故举案相庄，传为佳话。盖若仅恋爱之是求，则人之异于禽兽者几希？吾常读白朗宁夫人之"葡萄牙歌"(Sonnets from Portgese)，未常不叹慕其爱情之真挚，与其笔力之伟大，然终觉其不免失于中正也。欧西之浪漫恋爱，始于中世纪之武士时代(Age of Chivalry)。其时代之武士，不惜以生命博得美人之一粲。其崇拜妇女，不啻奴婢之崇拜其主人。其时文学之理想结构，要为一美人为暴徒所劫，一武士拯之于难，而得其爱情。此种可哂之理想，至西班牙文豪席万德(今译塞万提斯)(Cervantes)之《唐克孝傅》(今译堂吉诃德)(*Don Quixote*)书出，始渐泯灭，而罗斯铿(Buskin)方以此为席氏之罪案焉。后世浪漫文学之言爱情，则尤进一层。其所爱者，并非实际之妇女，而为不可捉摸之幻影。盖非爱其人，乃为爱而爱。当求而未得则拟之如天人，及其既得则浪漫幻梦已失，其所爱者已不复为天人矣。中国文学言爱情与此类浪漫文学家相若者，厥为《石头记》一书。书中尊崇女子，至谓"男人是土做的，女人是水做的"。至欲说女子之名，先须以香茶漱口。宝玉至以服役于其群婢为乐。此书之后半，为高兰墅所续。吾不知苟使曹雪芹躬自为之，结局当何若。苟使宝玉果娶黛玉者，抑能琴瑟静好如《国风》所许乎？抑浪漫之幻梦，以实现而失其光彩乎？观夫袭人宝钗之阴奸，王熙凤之酷毒，则宝玉之出家，殆已知其"男人是土做的，女人是水做的"之说，为不可信耶？自新潮运动以来，吾国少年"文人"，竞起模仿欧西浪漫文学之言情爱，必弦泪泉含羞肉颤之词满纸。其思想之不健康，不言可喻。吾人知讥易实甫之《癸丑诗存》为颓废派文学矣。对于此类之新颓废派模仿文学，亦知有以批判之乎？

以上所陈，对于欧西与吾国思想与文学不中正之处，言之綦详，此皆违背文学之标准者也。尽去其所短，即为合于标准。吾人对于文学，不必步趋古人，已可于古昔文学不中正之处见之。今日之浪漫主义为可訾，昔日之老庄魏晋之浪漫主义亦在可訾之列。今日之莫泊桑、曹拉、陀司托夫斯基(今译陀思妥耶夫斯基)、戈尔克之写实主义、自然主义为可訾,昔日之《水浒》《金瓶梅》亦在可訾之列。勿以为不趋极端不为矜世骇俗之论,即不得为好文学。中外最佳之文学,皆极中正,可为人生之师法,而不矜奇骇俗者也。在今日宜具批评之精神,既不可食古不化,亦不可惟新是从。惟须以超越时代之眼光,为不偏不党之抉择。文学思想,当函局于时代与超越时代两原素。前者以时而推移,后者亘古而不变。在孔子之时,"行夏之时,乘殷之辂,服周之冕"已为理想之生活。在今日,三者皆可不从。然"言忠信,行笃敬,虽蛮貊之邦行矣"之语,则虽至四十世纪,一百世纪,犹为可信也。勿惊于"时代精神"(Zeitgeist)之名词,须知最不可恃者,厥为时代精神,以其不含永久之要素也。反而观之,"古昔精神"反较为可恃,盖去今日已远。吾人对之已无一时之狂热门户党派之见,其短处、失处,不能逃于吾人之耳目。其局于时代之原素,不能强吾人以必从。吾人所景仰赞叹者,要为其超越时代之原素也。勿务以创造为怀而忘不可免之模仿。古人之聪明智慧,与今人相若。而生于今人之前,自多先今人而发明之机会。欧几里得在希腊时代,已发明几何原理。彼既捷足先得,后来者乃不得不步其后尘。孔子、苏格拉底,已得人生哲学之精髓。吾人之天性不变,则亦不能舍其人生哲学而另创一健全之人生哲学。诗歌之体裁,既经古人之研几,而穷其正变之理。则亦惟有追随其后,而享受其工作之遗产,不必务求花样翻新也。幸也宇宙间事理无穷,人类天性之蕴蓄亦无穷,即不创矜奇立异之说,文学之材料亦不至缺乏,而尚能图有超越时代之成就。否则如焚烧茅草,"蓦地烧天蓦地空"矣。今于篇终,应殿以薛尔曼教授(Prof Stuart P. Sherman)《论麦雷迪士》(George Meredith)之文中,所举之文学目的"如何以给与快乐而不堕落其心,给与智慧而不使之变为冷酷;如何以表现人类重大之感情,而不放纵其兽欲;如何以信仰达尔文学说,而同时信仰人类之尊严;如何以承认神经在人类行为中之地位,而不至麻痹动作之神经;如何以承认人类之弱点,而不至丧失其毅勇之概;如何以观察其行为而尊重其意志;如何以斥去其迷信而保存其正信;如何以针砭之而不轻蔑之;如何以讥笑其愚顽而不贱视之;如何以信认恶虽避善,而永不能绝迹;如何以回顾千百之失败,而仍坚持奋斗之希望。"此则文学之真正标准,而欲创造新文学者所宜取法也。

论今日文学创造之正法*

吴 宓

创造之为言,作也;批评之为言,评也。作文作诗,评戏评画,作与评,皆吾国旧有通行之字。而今人喜造新名词,不厌繁冗,好为重叠,乃曰创造与批评云云,殊嫌多事。惟本篇既为今之自命创造者说法,名从主人,故亦沿用之。其他如不曰仿(如仿黄鹤山樵笔意,仿元人法是)而曰摹仿,不曰文或诗,而曰作品;不曰思,而曰思想;不曰情,而曰感情;皆同犯此牵合堆积之病,然非此篇之所欲言也。原文学之有批评与创造,如车的两轮,鸟之双翼,所以相辅相助,互成其美与用,缺一而不可者也。本志发刊,以《学衡》为名,首数期中,若梅、胡诸君所作文,于批评之要义及今日中国文学批评之正法,业已阐发无遗。然本志实以创造与批评二者并重,故今者聊贡其一得之愚。以常理言,必先有创造而后有批评,又创造之作必多于批评之作。反是,则如未有人民及原告、被告而有审判厅及法官,又一马曳车而以四五人御之也。吾国年来之文学杂志,综各派各种而言之,似批评多于创造。论究文学之义理方法者,连篇累牍,且不乏佳制。而作出之诗词、文章、小说、戏曲,其可观者则寥寥可数,谓非一偏之失耶?必自能创造而本于经验以为批评,则其批评始不落空疏。必有极多创造之新材料以为批评之资,则其批评始能有用。又必先读古人及异国之书,而后读今人批评此类书之文或征引及之者,则读者始能获益也。准是,则欲谋

---

* 辑自《学衡》1923 年 3 月第 15 期。

改良光大吾国之文学，批评与介绍之外，尤须研究创造之正法也明矣。

窃尝读各国文学史，而知古今来文章著作之盛，即光明伟大之文学创造，常由于二事：一曰天才，二曰时会。一者人也，二者境也。(一)所谓天才者，如希腊远古，史诗之歌者千百，而独荷马之《伊里亚》《奥德西》二篇能传于后。如纪元前五世纪中，雅典每年必有庄剧比赛之事。每届报名与赛者多人，中选获奖者三人，每人作庄剧三种。行之百年，所作之多可想，而今传者惟有爱斯克拉、苏封克里、尤里比底三人之作，合计不足四十种，余人则并其名氏亦均湮没。如罗马共和时代，以元老院为政治中枢。文武百官，均于此宣示政见，请决可否，往复辩说，指陈利害。又法庭之上，每案皆有律师，逞其词锋。而其时之人，皆以辞令为专学，顾何独西塞罗(参观本期《西赛罗说老篇》)之辞令著作传于后世，而为罗马之第一人。如英国伊利萨伯时代，戏剧大盛，作者若彼其多，传于今而为人所熟读者，亦有十余人。顾何以莎士比亚之作，独远在诸人之上，其意境，其思想，其艺术，皆非余子所可几及。比并而观，优劣显分。此外之例，不胜枚举。其在吾国，如唐诗中之有杜甫，宋词中之有清真、稼轩、白石、梦窗，元曲中之有关汉卿、马致远，清代小说中之有曹雪芹，皆为出类拔萃，卓然精工而享盛名者。则问其曷克臻此？若谓纯由于时会，则与彼等同时之人及作者，固皆处同一之时会，何不能也。若谓由于彼诸人奋志攻苦，精心结撰，而持之以恒(法人 Buffon 有言曰："能耐苦至极之人谓之天才。")。本于一生之经验及练习，而其业以进，遂能登峰造极。然与彼等同时之人及作者，立志之坚，用功之勤，享寿之长，著作之多，且有过之者矣，又何不能为此也。此其中必有缘于彼诸人之本身，生来秉赋之资，而非由于外境及人力，无以释之，名之曰天才。(二)所谓时会者，如古代纪元前五世纪希腊之雅典，既破波斯，又为盟主，国力鼎盛，财源充辟，人民精神焕发，才思横溢，凡百艺术事业，均造诣绝伦，不仅文人作者巍巍辈出而已，所谓贝里克里之时代是也。又如纪元前一世纪之罗马，所谓奥古士都时代，共和之乱甫定，帝政之业初成，海宇太平，人民乐业，府库充盈，兵备修整，而朝廷之上，优礼文人。诸大作者如桓吉儿(Virgil)辈，均聚居都下，侍从唱和，一时称盛，而各成其不朽之杰作。近世如英之伊利萨伯时代，女王中兴，大破强敌(西班牙之海军号称无敌，事在一五八八年)，永绝外族侵凌之势，确立海上霸业之基。将帅欢颂，作史以扬国威；人民讴歌，演剧以祝胜事。作者辈出，而莎士比亚即挺生于其间。又如法之路易十四时代，国运方隆，霸业鼎盛，文治武功，雄视全欧。其国之典章制度，礼节风俗，甚至服饰冠裳之微，世人均争来效法。而法国数百年中之大文豪，几尽生于此际，群集巴黎城中。举凡庄剧、谐剧、诗文评、辞令、宗教道德之作，以及尺牍传记，每种文体，皆有其造诣精绝之大作者。是故法国文学全史中最盛之时期，而亦古今各国所稀见也。此外之例，不必遍举。吾国若汉武帝、唐太宗、清圣祖之时代，依稀似之。大凡政治修明，声威远被，民康物阜，风美俗淳之际，亦必人才辈出，文学昌盛。故一国之文学史实与其政治史关系密切，而文章著作最盛之时，正即其国运最隆，国威最张之时，此即治文学史者所谓文学大成时代(Theory of Classical Age)者是也。次于此者，则为国运最衰，世变最烈之时。海宇分崩，扰攘割据，争战不息，生民涂炭，不免于困穷流离死亡。又邪说暴行有作，人心忧疑惶骇。然当此际，每有大作者挺生，以诗文写其目击身受之忧患，而成为千古名篇。若吾国之杜甫、屈原，西洋之但丁、弥尔顿是也。以上二者不同之处，即当国运最盛之时，天才必众多，一时各体之文章，均有首出之作者，济济雍雍，如诸天列宿，风云际会。而当国运最衰之时，人才必寥落。一二杰出之大作者，如孤峰万仞，老松千尺，独立云霄，以傲霜雪。此其别也。但除此二者以外，则文学创造决不能臻甚盛，吾所谓时会者此也。

今试以此说按之吾国，吾国有五千年之历史，其间负天才之作者接踵相望，而尤长于文学。就往以察来，则今后不乏文学创造之天才，可以断言。若论时会，则今日者，诚千载一时之机遇，而不可再得者也。东方西方之文明接触，举凡泰西三千年之典章文物，政术学艺，其人之思想、感情、经验，以及穷研深几之科学哲理，文史诸端，陆离璀璨，悉涌现于吾国人之前，供我研究享受，资用取汲。且有此而吾国旧有之学术文物，得与比较参证，而有新发明、新理解。琢磨光辉，顿呈异采，凡此皆创造文学之新资料也。且征之前史，世变之速且巨，殆未有若近今之中国者也。三十年来，国中政治社会、风俗学术之变迁，下及水火刀兵，饥馑颠危，各省人民之苦况，无一而非创造文学之资料。信手拈来，写之如法，均成佳篇。虽不能望文学大成之时代之出现，而或可有一屈原、一杜甫、一但丁、一弥尔顿之出现，故曰为创造文学计，今日者诚千载一时之机会也。

然而天才果已出乎？千载一时之机会，又果曾利用之乎？呜呼？耗矣！哀哉？吾国今日之为文学创造者也，纷纭号呼，扰攘喧呶，横暴激烈，骄蹇自喜，此创造者一般之态度也。书报之多如鲫，所号为创造家之已知名未知名者，其数千百。每人所作，又连篇累牍，洋洋洒洒。且稍露头角之人，其作品及名氏必散见于各种书报，而不专囿于一隅。于是成绩之富，出口之多，乃使各家书局承印不暇，内地报馆转载不遑。全国少年学子，即不诵读古书，研究科学，而以其全副时力尽读此等文学创造之作，犹苦不能周遍；或略读之后，即无暇再读，而亦自行吮笔伸纸，为我之创作。几于遍中国皆作者也，皆天才也，皆文豪也。猗欤盛哉！吾国其已臻文学大成之期乎？然试读此等作品，则见其陈陈相因，千篇一律，读过十篇，可知其余千百篇之内容。以体裁言，则不出以下数种：二三字至十余字一行，无韵无律，意旨晦塞之自由诗也；模拟俄国写实派，而艺术未工，描叙不精详，语言不自然之短篇小说也；以一社会或教育之问题为主，而必参以男女二人之恋爱，而以美满婚姻终之戏剧也；发表个人之感想，自述其经历或游踪，不厌琐碎，或有所主张、惟以意气感情之凌厉强烈为说服他人之具之论文也。而综上各种，察其外形则莫不用诘屈聱牙、散漫冗沓之白话文，新造而国人之大多数皆不能识之奇字、英文之标点符号。更察其内质，则无非提倡男女社交公开、婚姻自决、自由恋爱、纵欲寻乐、活动交际、社会服务诸大义。再不然，则马克斯（今译马克思）学说、过激派主张、及劳工神圣等标帜。其所攻击者，则彼万恶之礼教、万恶之圣贤、万恶之家庭、万恶之婚姻、万恶之资本、万恶之种种学术典章制度，而鲜有逾越此范围也。其中非无一二佳制，然皆瑜不掩瑕。且以不究学问，不讲艺术，故偶有一长，亦不能利用之、修缮之，而成完美之篇章。又其中非无聪慧之才及天性宜于文学之人，惟以拘于以上所述之外形及内质之范围，如受枷锁，莫能自拔。故虽有天才，亦误入邪路，沉溺于风狂浅陋之万众之中，遂以汩没，不能磨砺成材，是则更可悲矣！而以万众少年之所作，常不免错字满纸，花椒生姜之讥。其于吾国旧学，更不能言，而于西洋学术，尤无心问津。以其所已知及所能言者，奉为圭臬，外此则深闭固拒。故其作文也，于吾上文所谓千载一时之机会者，丝毫未能理解，未能利用之焉。是故由今之道，无变今之俗，则吾国文学创造之前途尚复何望？如此而欲得完美精深之作品，是缘木而求鱼也。且率此以往，偏激空疏之祸，将永中于世道人心，国家、社会、世界，悉受影响，固不特文学创作中之事而已也。

然则改良挽救之道奈何？曰：因势利导，使归于文学创造之正法而已。今之从事于创造者，其中实多正直聪慧之士，徒以误解创造之原理及方法，且为謷说恶习所中，故其所行南辕而北辙。是宜启示之，开导之，以使其得偿宿愿，而达其最初之鹄的也。且老辈凋残，新陈代谢，欲谋吾国文学之创造，亦只可望之于今此一辈之少年耳。吾所馨香祷祝之天才，要必出于若辈之中；而生当其时，适能利用吾所谓千载一时之机会者，亦惟若辈耳，故惟望若辈之醒悟与努力而已。文学创造之原理与方法，有极平常、极普通，而为今人所忽视或不信者，吾今请逐条揭橥之，诚能照此以行，则前途成效必有可观。此等原理与方法，为古今东西治文学与从事著述者所共晓，所久行本无待吾之疏解辩证。至于不信吾言者，吾亦未之何，未敢深求也。吾以为今之从事文学创作者，宜于下列诸条深信而力行之。

（一）宜虚心。语云取法乎上，仅得乎中。又云满招损，谦受益。凡作诗文者（兹所谓诗文，凡小说戏剧等均在其中，以下皆同），其所悬之标准不可不高，视己之所作，总不惬意。夫然后始可每篇用尽我之全副精力，以求完美，而能常有进境。法国十九世纪大批评家圣伯甫（Sainte—Beuve）于所作 *What is a Classic*?（此文已由徐震堮君译出，本志下期登载）文中有曰："吾侪立志不可不高，目的不可不远。虽以今之文，述今之事，然作文之际，宜常昂首入云，注视彼间巍巍高座，古之不朽作者，而自问曰：此诸作者其将谓我何？"故如作一诗成，应以屈原、杜甫、但丁、弥尔顿等为比较；作一小说成，应以曹雪芹、施耐庵、迭更司（今译狄更斯）、沙克雷等为比较。余可类推。而勿曰某杂志揄扬我，某名流称赞我，便泰然自足也。

（二）宜时时苦心练习。虚心过度，悬格过严之人，往往因自视所作，陋劣已极，遂生厌弃之心，而终不敢从事练习，俗所谓眼高手低是也。然作诗文如弹琴、拍球、打字等事然，非时时勤于练习，断难精熟。既不谙其中艺术之精微奥妙，且一生不免艰涩之苦，故必时时练习作之。然若不用心，率而成篇，粗疏油滑，则虽作千百篇，亦无益处。故练习之作，又不宜过多，但每作一篇，必注以全力，惨淡经营，使极精工而后已。如是则不为虚作，而练习乃有裨也。

（三）宜遍习各种文体，而后专精一二种。欧美戏园之排剧者，谓每一伶人须遍充生旦净丑之角色。凡男女老少，贤愚善恶，各种人物，喜怒哀乐，离合悲欢，各种情节，均须经彼一身演过，然后专演某戏中之某角，始能见长而精擅云。作文者于各种文体，亦犹是也。兹所谓各种文体者，旧者如古文、骈文、诗、词、歌、赋、曲、弹词之类，新者如小说、短篇小说、戏剧、论评、辩说之类，皆是也。窃谓居今之世，而号称文人者，须于以上所列新旧各体，每体皆能作之，而皆合于其中规定之艺术法程。此乃文人之普通知识，寻常本领，无之则不足为中国之文人。各体练习通熟之后，深悉其中甘苦？而一己性之所近，才之所长，亦可察知。然后乃专心著作一二体，以求大成。总之，习为文者，不必定须处处自造新意，或有感而后发。但学作各种文体，而精通其艺术法程，亦必不可少之事也。大作者如丁尼生等，少年时皆先以精通艺术法程著名，久后乃自有所表见。今之专求别异于人，而不研习艺术法程者，徒为自误误人，愚不可及而已。

（四）宜从摹仿入手。作文者所必历之三阶级：一曰摹仿、二曰融化、三曰创造。由一至二，由二至三，无能逾越者也。一人练习著作之经历如此，一国文章进化之陈迹亦如此。创造之必出于摹仿，此凡稍研文学者之所共信所稔知，而不需辩说征引者也。古今论此者，以英人雷那芝（Sir Joshua Reynolds）所作 *Discoures on Painting* 之论为最精，时贤亦多阐发，故今不具述。总之，作文固以创造为归宿，而必以摹仿为入手。世有终身止于摹仿或融化之境界者，然决无不能摹仿而能创造者也。犹之小儿未尝学步，则终身瘫废而已，何能望其与力士越沟跨野而竞走哉？有疑此者，试取莎士比亚之生平著作研究之，则见其不但毕生所历有如此之阶级，即每种戏剧（如庄剧、谐剧、史事剧等）之编著，亦由摹仿而企于创造也。（G. P. Baker 著之 *The Development of Shakespeare as a Dramatist*［Macmillan Go.］论莎士之艺术最精，不可不读。）故今之为文者，仍不能不从事于摹仿。李杜苏黄之诗，可摹仿也。而拜伦、薛雷、丁尼生、白朗宁之诗，亦可摹仿也。或师其意，或师其法，或取其词，或并为之。凡作文，苟非有意抄袭雷同，即非前人之作，而系我之作。盖无论如何摹仿，此中终有我在。固不待趋奇走怪，费尽气力，而后始可自为表现也。翻译亦摹仿之良法，可为之。然翻译之佳而入神者，已进于创造之境矣！

（五）勿专务新奇。古之作者，其人藉其文而得传于后，非其文以人而传也。同时或异世，有数多作者，同作一题，同用一法，而其能传于后者，必为其中艺术最精工，旨意最高尚之一人，而不必为生最早，或当时声名最大之一人也。天才之最高、学力之最深、艺术之最精、道德之最伟者，其吐属、其篇章，必不同于人。不必其用僻字、创新体、倡异说、反成法，而后为能出类拔萃也。今之作文者，皆犯专务新奇之病，故谬妄百出，而尤患识见狭隘。以己之所闻知、一家之主张、一人之学说，奉为金科玉律，而许以新奇。此外无论古今中外之学理之文章，则一概斥为腐旧而屏弃之。是则其专务新奇之结果，适成为雷同而已，摹仿而已，奴隶而已。昔又有惧己之文与古今人所作雷同，为己之所不及知，而终身迟惑不敢下笔者，此则其愚更可怜矣。

（六）勿破灭文字。文章者美术之一，凡美术各有其媒质，文章之媒质即为本国之文字，故作者必须就本国文字中施展其才力。若易以外国文字，则另是一种媒质，另需一种本领而当别论矣。文章不能离文字而独立，自根本观之，无所谓文字之优劣，与适宜于文学创造与否也。盖文字之功用与力量，实无穷无限，要在作者之能发达运用之而已。彼不能创为佳作，或且词不达意，而倡言破灭本国之文字，别创怪体，谓非是不足显其文才者，徒见其作伪饰非，心劳日拙而已。中国文字问题，吾另有论议。文言白话之优劣，英文标点之不可用，注音字母之多此一举，吾均于彼篇详释之。兹所欲言者，即文学创造者，断不可破灭或改易吾国之文字。至于笔法(Style)则随人而异，逐篇而异，固不求其画一，而亦决不虞其雷同也。小说戏剧等有当用白话者，即用简炼修洁之白话，外此文体之精粗浅深，宜酌照所适，随时变化，而皆须用文言。此外尚有一因焉，即文学之创造与进步，常为继承的因袭的，必基于历史之渊源，以前之成绩，由是增广拓展，发挥光大，推陈以出新，得尺以进程。虽每一作者自有贡献，然必有所凭藉，有所取资。苟一旦破灭其国固有之文字，而另造一种新文字，则文学之源流根株，立为斩断。旧文学中所有之材料之原理，其中之词藻之神理，此新文学中皆固无之。而因文字之断绝隔阂，又不能移为我用，势必从新作始，仍历旧程，此其损失之巨，何可言喻。例如某家之长子，年二十余，已毕业大学，负有才名，正可服务社会，赡养家庭。而今忽无故毒杀之，而将其三四龄之弱弟，竭力教养，责以赡养家庭，服务社会之事，不特缓不济急，抑且弟之贤愚未可知，而兄之学问才能，均归乌有，不能传主幼弟。此种损失，至可哀惜，今废文言而专以白话为创造文学之资，其弊正与此事同。故即不言保存国粹，发扬国光，巩固国基诸远大之关系，但为文学创造者之便利之成功计，亦不宜破灭文言而代以白话也。

（七）宜广求知识。文章须言之有物，易言之，即须有充实佳美之材料。此各派文人所公认也。欲多得此种材料，自须广求知识。求得知识之法有二：曰读书，曰阅历。应读之书，国学一方如经史子集，以及掌故地理，下及说部、笔记、杂俎之类，均应分别精粗轻重，研读或涉猎。西学一方，如西洋各国之文哲史诸学，以及宗教、美术、政法、科学，下及游记、杂志、报章之类，而尤宜于各国文字、各类文学加倍用功。虽云汪洋浩瀚，言之可惊，然当尽时与力之所至。比较言之，多读得一册，则将来作出文章，即较多一分价值与精采耳。至论阅历，国内各地之山水风物，各界之实况内情，固应身历目睹，有真知灼见，而国外世界各处,亦须亲自游历察看。所获既多,不惟知识启牖,即精神亦受其感化,作文不患不精湛不新奇矣。例如吾国向日诗文,言海者甚少。今如有人焉,其文学功深,而海上之经验又极富,则可作为至有味而至实在之诗或小说,而不必假手于彼吉百龄(Kipling)与 Joseph Conrad 也。且读书多而阅历富之人,其所见自广大正确,而不流于偏激狭隘。吾国今日文学创作所以空疏浅陋,剿袭雷同,而无价值者,即因作者之无知识与阅历之故(即如今之写实小说,吾所见者,每觉其不近人情,不合事实,其他优劣尚不论焉)。惟其材料缺乏,故不得不呼号标榜,趋奇走怪,而去文学正法愈远也。由前所言,我侪生当今日之中国,欲求知识,实千载一时之机会,左右逢源,俯拾皆是,有志于文者可不勉乎哉!

(八)宜背诵名篇。中西文章之最精美者,不惟须熟读深思,且须背诵,不必甚多,然非背诵极熟不可。惟能背诵,故其诗或文中之神味格调,于不知不觉之中,化为吾有。则将来作文之时,自能仿效之,且能仿效之而无痕迹。真正融化过来,得其神似而不见形似,如此又何害于摹仿哉!且摹其神非窃其意也,摹其格调非窃其材料也,然非背诵之功不能致也。譬如作欲纪游诗一篇,自谓感情及闻见,皆与杜工部有合,则宜一方自整理其所见闻之材料,分析其感情,谋篇布局,计划周妥,然此时胸中尚是浑然一块,乃取杜工部之《自奉先县咏怀》及《北征》二诗,覆读之,至极熟,掩卷置之,少过乃实行作诗。此时须严遵原定之计划,惟用自家之材料。(如恐暗中游移随人,可预先将所画者用散文写之于纸,分定段落。今乃执笔为凭,逐段译之为诗,自不患失原意矣。)然因读过杜诗之故,故作出甚觉流畅,而不知不觉之间,局势格调,迥不若人。此固杜诗之力也,而吾固未尝有意摹仿也。又如欲译迭更司或沙克雷之小说为吾国文,应取《水浒》或《红楼》之一段情事相似者,熟读之几能背诵,然后从事翻译。此际当力求密合英文原意,而不知不觉之间,构成字句,亦不觉中英文相去之甚远也。此二例虽似琐碎迂拙,然背诵名篇而能裨益创造之理,固在于是。无论今之教育家如何论断主张,吾愿有志于文学创造者,自实行其背诵名篇之事也。(今世文学创造之要旨之定法,必须以新材料入旧格律,或以西文之材料入中文之格律,其秘诀全在于背诵也。)

(九)宜绝除谬见。绝除成见,勿为时俗之瞽说狂潮所中,此文学批评家之第一要事,而亦文学创造者所宜着意者也。盖凡文学以真善美为归,应力求内质外形之精工。此其标准,难以数语赅括,且易于意会而难以言传,只宜相题酌材，临机定之。然决不可先存成见，著为一定之方针，即所主张者确是，亦于创造有碍，况其为时俗之谬见耶？例如作戏剧小说者，应体察人事，就其所得而表出之，其要在显示深厚之感情与人生之公理，此外应毫无所拘束，无所顾忌。若乃于未作之先，遽自矢曰："我将编一戏剧或一小说以写父母主婚之横暴无理，以激成家庭革命，而鼓舞婚姻自由。"作者既存此心，其命意选材，属辞比事，必受其影响，而所作者必不甚合当之事实，与人生之真理，其书中之父母则穷凶极恶，子女则至美且淑。其间之是非过于分明，劝惩过于明显。虽受同道者之欢赏，而终难为文学之佳构也。即此一端，可见文学创造，须先绝除成见。今之作者，犯此病者最多，几若以文学为推广宣传新文化运动所主张者之器械。夫新文化运动所主张者之为是与非，如何利弊，应作别论，然文学岂可以此效用而尽之乎？故非速铲除今日所流行之俗见，使无涉于文学，则文学创造之前途断难有望，终必锢蔽沉溺而不能自返也。

以上所列，为今之从事文学创造所宜深信而力行之事。固皆老生常谈，然实对症下药，宜反复申说，而促今人之猛省者也。今更略陈就吾所见各种文学应如何著作之法，约得五类。

（1）诗。作诗之法，须以新材料入旧格律。即仍存古近各体，而旧有之平仄音韵之律，以及他种艺术规矩，悉宜保守之、遵依之，不可更张废弃。旧日诗格律绝稍嫌板滞，然亦视才人之运用如何，诗格不能困人也。至古诗及歌行等，变化随意，本无限制，镣铐枷锁之说，乃今之诬蔑者之所为，不可信也。至新体白话之自由诗，其实并非诗，决不可作，其弊本志已一再言之，兹不具述。总之，诗之格律本可变化，而旧诗格律极有伸缩创造之余地，不必厌恶之、惧避之、废绝之也。凡作诗者，首须知格律韵调，皆辅助诗人之具，非阻抑天才之物，乃吾之友也，非敌也。信乎此，而后可以谈诗。今日旧诗所以为世诟病者，非由格律之束缚，实由材料之缺乏，即作者不能以今时今地之闻见、事物、思想、感情，写入其诗，而但以久经前人道过之语意，陈陈相因，反复推塞，宜乎令人生厌。而文学创造家之责任，须能写今时今地之闻见、事物、思想、感情，然又必深通历来相传之文章之规矩，写出之后，能成为优美锻炼之艺术。易言之，即新材料与旧格律也。此二者兼之甚难，然必须兼之，始合于文学创造之正轨，有志之士只能勉为其难也。所谓以新材料入旧格律之法，古今东西之大作者，无不行之，此其所以为大作者也。例如杜工部所用之格律，乃前世之遗传，并世之所同。然王、杨、卢、骆只知蹈袭齐梁之材料，除写花、写景、写美人、写游乐之外，其诗中绝少他物。杜工部则能以国乱世变、全国君臣兵民以及己身之遭遇、政治、军事、社会、学艺、美术诸端，均纳入诗中，此其所以为吾国古今第一诗人也。（李白亦文学改革家，然以李与杜较，则李之材料枯窘，多篇如一。故其诗常有重复之病。真在杜下，不待辩矣。）今欲改良吾固之诗，宜以杜工部为师，而熔铸新材料以入旧格律。所谓新材料者，即如五大洲之山川风土、国情民俗，泰西三千年来之学术、文艺、典章、制度、宗教、哲理、史地、法政、科学等之书籍理论，亘古以还名家之著述，英雄之事业，儿女之艳史幽恨，奇迹异闻。自极大以至极小，靡不可以入吾诗也。又吾国近三十年国家社会种种变迁，枢府之掌故，各省之情形，人民之痛苦流离，军阀、政客、学生、商人之行事，以及学术文艺之更张兴衰，再就作者一身一家之所经历感受，形形色色，纷纭万象。合而观之，汪洋浩瀚，取用不竭，何今之诗人不知利用之耶？即如杜工部由陇入蜀，几于每至一地皆有诗。吾国留学欧美者千百人，有能著成一集，详述其所闻见者乎？虽有之（参观本志前期李思纯君游欧及巴黎杂诗），吾殊来未见多也。此无他，今之少年，命之写七言四句，平仄不误，且多不能，安能责以熔铸新材料以入旧格律之大业耶？故欲谋诗之创造，则旧格律与新材料当并重，此后不难得新智识丰富之人。然能通旧格律者必甚少，一代不如一代，故吾尤祷祝倾心文艺之青年苦研吾国诗之艺术规程也。（近世诗人能以新材料入旧格律者，当推黄公度，昔者梁任公已言之。梁任公所作如《游台湾》《吊安重根》《书欧战史论后》诸长古以及康南海之《欧洲纪游》诗，均能为此者。国内名贤遗老所作关于掌故及述乱纪事之诗，佳者尤多。王湘绮诗以摹拟精工见长，樊樊山诗多咏酒色优伶，吾甚所不取。然如王之《圆明园诗》，樊之前后《彩云曲》，均极有关系之作，间尝欲专取此类之诗。外如曾重伯之《庚子落叶词》、王国维之《颐和园词》以及他人之无题、乐府、竹坡词之佳者，抄录为一集，以供一己及知友之诵读，而示以新材料入旧格律之模范。然以见闻未广，功课少暇，故蓄志多平而无所成世之大雅。君子有为此者，吾馨香祝之。又尝与友谈，友曰试为我出一二题目，俾作诗数首，而行君之所谓以新材料入旧格律者。予曰诺，第一题五言长古三首，题曰苏格拉底、柏拉图、亚里士多德赞。友曰欲作此题，须将三子之学说理想及其在欧洲学术上影响之沿革洞明于胸中，而撷精取要，归纳于二三百字之中。予愧未能也。予曰，然则，作七言长古一首，叙诗人弥尔顿之生平，而传其精神。友曰此题须先俟我读过 *Misson and life of John Milton* 及弥尔顿诗文全集后，然后下笔。今则尚未能也。予曰兹易以较易之题，请仿丁尼生 Tennyson 之 *Second* 之 *Locksley Hall* 而作七古一首或七绝四十首，写中国近年之种种奇怪思想运动及一己之感慨。友曰此题我能为之，当即从事。然亦以他故梗诅，殊可惜也。）

（2）文。作文之法，宜借径于古文，无论己所作之文为何类、何题、何事、何意，均须熟读古文而摹仿之。盖凡文以简洁、明显、精妙为尚，而古文者同吾国文章之最简洁、最明显、最精妙者。能熟读古文而摹仿之，则其所作自亦能简洁、明显、精妙也。故惟精于古文者，始能作佳美之时文与清通之白话。古文一降而为时文，时文再降而为白话。由浓而淡，由精而粗。又如货币中之金银铜，其价值按级递减。取法乎上，仅得乎中，若共趋下，必至覆亡。故即作白话文者，亦当以古文为师资，况从事于文学创造者耶？试一察吾国今日通行常见之文章，则就其体裁，可别为三类，曰文选体、曰古文体、曰白话体。举例以明之，如左。

（一）文选体

邃雅堂诗序　　柳诒徵

黔中诗家，照耀海内。俶落雪鸿，袭奕桐野。郘亭经巢，堂庑弥廓。雄夺万夫，秀抚千哲。鳛部振采，煜于龙鸾。黚水缋文，郁乎濉涣。灵怪所闷，晚近益恢。毕节余子，磥硌英多。纷纶五经，皋牢百氏。服膺洨长，上溯结绳。哜胾郑堂，旁求失野。出其一艺，已轶九能。声韵之作，篇什尤富。玉积玄圃，珊交邓林。大句硉兀，惊轧霄霆。曼歌裴回，香草醉骨。瘖瘵所系，笃于饭颗。恢诡之趣，式诸漆园。芒屩万里，锦字一囊。虒河腾精，蜻洲濯魄。综厥诗境，跨越乡贤。（诒徵）尝预尘论，窃窥骥毛。燕市抚尘，吴语述愫。长城之喻，今有长卿。三都之序，远愧玄晏。敬缀简末，庸识石交。

（二）古文体

书义丐　　王焕镳

义丐某，佚其氏籍。一日，晨出，拾金钗一。及午，见一婢蓬首号，奔河下。止而询之，知其主妇遗钗，意婢，挞之，无以白，遂思自沉也。亟归其物，主人遗以金。笑曰："苟利此，奚返钗为。"竟去。初丐得钗，喜甚，既念篓人卒得此，不祥，脱累人，不德。遂蹲以须，卒用全婢。夫士平居以道义自期，临利不能以秭米，狐趋而犬夺之恐后。履行之艰如是哉！困蹇至丐，独急人而不悔，此其所以丐也与？庚申秋，吾师徐益修先生言此事，因命笔之云。

(三) 白话体

记痕(译短篇小说)　　　　陈训慈

他们俩这样的结合,就发生真著的效果了。距他们结婚不久的一天,埃尔茂兀坐着,注视他的夫人,脸上现出一副厌苦不安的形状,缓缓的说:“琼哀娜!你脸上这个记痕,果然从不曾拭去过吗?”“不曾,确是不曾的,”她笑着回答,但是见了他庄重的神气,她便深深地赧颜了,“老实告诉你罢,别人说我这记痕是幻符,我也只得当它是应该的。”

“唉!在别人的脸上,这或者是不妨的。”她的丈夫回答,“但是决不该在你的。亲爱的琼哀娜!你禀生于自然这样完全,就这一点微瑕——我原不敢说这是瑕还是美——实在震惊我:因为这正是地球上缺点的表识啊!”

上举三篇,均可为每体极佳之例。(三篇均见《文哲学报》第一期、第二期文苑门。《记痕》一篇仅节钞两段,又擅易一二字以示今日白话文之通例。作者谅之。且此三篇吾借用为文体之例,与原作毫无关也。)比较观之,可知为适中合用之计,则古文体实远出其他二体之上,而为今日作文者所宜奉为规范者也。世之所病于古文者,以其陈腐也,以其空疏也,不知今日学为古文,乃学其形式与格律耳,而当以今日之新思想新材料融纳其中,则又何陈腐空疏之足患哉?试稽各国文学史,散文与诗,各有其最精之时期。后之学之者,惟取此最精之时期而学之,初不问其为远古为近古也。如英法两国之散文,均以十七十八世纪为最精,后人尊之为文章正宗。故迄于今日,仍摹而效之,而不径学十九世纪之散文也。今日美国文学泰斗,如白璧德,评之者谓其文实得力于约翰生,彼固十八世纪之人也。又如穆尔,评之者谓其文颇学 Sir Thomas Browne,彼十七世纪之人也。古文虽盛于唐宋,而衍于明清,益滋光大,并非远古之珍物。以古文较之文选体,更较之于李梦阳、何景明辈之“文必秦汉,非是则弗道者”,果孰为远孰为近也?且古文之价值,不惟在其形式,抑且在其材料。唐宋人之倡古文,以破选体之词章;明清人之倡古文,以矫制艺之八股。当举世伈伈伣伣,卑污苟且,咸以此机械文章之词章八股,为骗取功名之具,以求富贵利达。而有人焉,特立独行,菇苦耐贫,究心于学问经济,致力于圣贤之教,经史之学,治世经邦之要,天下郡国利病之途,以及教育大凡,人生要理。凡此种种，乃以古文写之。然则以古文与词章八股较，果孰有价值孰无价值也哉！果孰为空疏陈腐也哉！（今人无知而武断，不惟盲子新旧之争，亦且有以古文与八股并为一物而攻击者。吾亲见其人谓桐城派古文即八股，而曾文正之《经史百家杂钞》乃以八股家眼光选成而备学八股之人之诵读。呜呼，吾欲无言。）且吾已言之，今之学古文，乃学其格律，非学其材料。则作出之文之究空疏与否，当视作者之有无材料为断，而不得辄为前人格律之咎也。古文之最可厌者，莫如赠序。以其为应酬文字，言之无物而颂常溢量。然此亦后来效颦者之咎，其在大家，则往往避实就虚，借题发挥。虽系应酬小件，而以平生蕴蓄之学术、义理、怀抱倾泻而出之，后之人固未敢以应酬文字目之也。其在西国，自希腊之 Theocritus 及罗马之桓吉儿（Virgil）以降，有所谓 Pastoral Tradition 焉。即将己身及己之亲友，各与别号，饰为牧童牧女以写之，而以牧事田功喻文章事业，此文学上之一规例也。又有挽歌（Elegy）以吊死者而颂扬之，此文学上又一规例也。一六三七年，弥尔顿之友金氏（Edward King）溺死于海，盖尝同学于剑桥大学。既死，同级十余人，议各作诗或文一首，合刊小册以志哀，盖犹今之开追悼会刊哀思录者之所为也。弥尔顿与金氏，文本非厚，乃循例作挽歌一首，曰 Lycidas，亦用牧童之旧典。常人所为，尽于此矣，而弥儿顿默察世变，知大乱之将至，而尤恨教会中人之腐败，贪蠹淫污，实为召乱之主因。愤激之极，乃一畅发之于此诗，盖以金氏尝有为牧师之意，故托言及之。于是 Lycidas 遂为传世之作。此一例也。又如西国报章杂志中，例设书评一门，汇纪新出版书籍之名目而加以短评，为之者不能工也。而法国十九世纪文学批评大家圣伯甫（Saime-Beuve），任巴黎 *Globe*，*National*，*Revuede de Paris*，*Revueds des Deux Mondes*，*Constitutionel*，*Moniteur* 等报之书评门记者，每星期作文一篇，为之数十年，几无间断。其题悉非自择，而视新出之书为定。然以圣伯甫博学多才，凡其所作，皆借题发挥，自抒所见，风檐寸晷，蔚成名文。综之为 *Causeries du Lundi*，*Nouveaux Lundis* 等书，共凡四十余卷，篇篇皆传世之作。论者且谓读毕圣伯甫全集者，于十九世纪学术思想变迁之大要，已尽窥知，则其精博，可想而知。此又一例也。由是可见大作者用借题发挥之法，虽作应酬文字，亦迥不犹人，而文章程式不能困之也。且古今东西，无时无地不有应酬文字，而在今为尤繁。总统之告谕、官吏之贺电、公司团体之宣言、名流之演讲、议员政客之发表意见、报章杂志之社论时评、宴会欢迎之说辞、事务结束之报告，下及男女学生办校刊、奏新剧、开游艺俱乐会等，其中所用之文章，何一而非应酬文字哉？何一而非印板死套哉？何一而非极端陈腐空疏哉？不特中国，西洋亦然。此类事务，吾亦尝躬与其间，亲自执笔，乃知其中皆有定格，非此程式之是遵，非涂饰堆砌许多陈套烂熟之门面语，则作出必不受欢迎。即吾有极新奇极伟大之思想，极精警极富丽之文章，当局者亦必不许吾之阑入而害于其事也。以此等文章较之韩、柳、欧、苏、方、姚、恽、张之古文，果孰为空疏陈腐也哉？总之，文之虚实精粗，有无价值，全系于作者之才学，而非文章格律之为病。故今者摹仿古文，而使所作各种文字皆能简洁、明显、精妙，以臻创造之极轨，固无所用其迟惑也（参读《文哲学报》第一期徐景铨《桐城古文说与白话文学说之比较》一文）。

（3）小说。西洋近今盛行短篇小说及独幕剧，此亦文学衰象之一。盖人皆趋重物质生活，专心致力于文艺者甚少。彼蚩蚩营营之大多数之人，以文学为消遣品，仅于其作工、治事、图利、赚钱之余暇，以及乘火车、住旅馆、候客人等无聊之片时，展卷以求娱乐，时刻一到，即复抛置。若强以读长篇章回体小说，一时既苦未能终卷，而随意取来一书，中途阅起，亦苦前事不明，线索不清，茫然如坠五里雾中。且彼辈不惟无此时，亦且无此力。盖今世之人，于其所营之事业、所研之专门学问而外，其他万事，漠不关心。于文艺纯属门外汉，即小说亦不惯诵读，读之亦不甚能解，而厌倦思睡。故编著小说杂志者，为迎合此大多数人之心理，而广销路起见，遂专作为短篇小说。盖短篇小说可于十分钟十五分钟内读毕一篇。而其中人物极少，情事极简单，易于领会。且稿费印工较少，故杂志之定价亦可较廉，而凭广告以博巨资也。（长篇小说单行本在在与此相反，故难谋利。）此短篇小说之所以盛也。独幕剧之盛，亦同一理，皆由于供消遣、广招徕、速成而赚大钱之心理，供给与需求两方相助相成，遂以效此。然小说中究以长篇章回体为正宗，从古之小说大家所作者皆长篇小说，而惟长篇小说始有精深优美之艺术之可言。西洋现今作长篇小说之人，尚不为少。返观吾国，则近年新派之言文学创造者，莫不作短篇小说，而鲜有作长篇章回体者。吾以为此亟待改良，而不必效西人之所短，且又过之也。至于在今日作小说之法，亦宜以新材料入旧格律。吾国旧有之稗史，其中各体均备。（稗史分为四种，其中惟短篇小说，欧洲十九世纪中叶以来所发明者，似为吾国所无，其余均有。至稗史之四种，小说与稗史之别，均详拙撰小说法程，下期登出。）而章回体之长篇小说，艺术尤精。其中之规矩法程及词藻，均宜保存之、遵依之（其故与前节诗同），同时更须研究西洋长篇小说之艺术法程，以增广之，补助之，而进于至美至善。此所谓旧格律也。至所谓新材料者，与前诗之一节所言之新材料略同，不必复述。且今日者尤为著作长篇小说最佳之机会，不可不利用之。盖小说乃写人生者，而惟深思锐感、知识广、阅历多之人能作之。吾近三十年来，国家社会各方，变迁至巨。学术文艺、思想感情、风俗生计，亦日新月异，今是昨非。苦乐悲欢，成败兴亡，得失荣辱，尤有泡影楼台、修罗地狱之观。凡此皆长篇小说最佳之资料，任取一端，皆成妙谛。如能熔铸全体，尤为巨功，而惜乎少人之利用之也(吾尝有志，于十余年前与友共为预备而终嫌时力、学说，阅历均不足，卒乃废然也)。作此类小说之定法，宜以一人一家之事，或盛衰离合，或男女爱情，为书中之主体，而间接显示数十年历史社会之背景。然后能举重若轻，避实就虚，而无空疏散漫之病。(作一部历史一部自述，写三十年来中国之情况，其事不难。求一现成或虚构之故事，为寻常小说之资料，其事亦不难。然欲求一段故事可作小说，而又足以代表政治社会各方三十年中之情形，则甚难。吾之终未敢试作者，以难得此一段故事也。)自昔大家作历史及社会小说者，靡不用此法。一者如曹雪芹，则以宝黛之情史，贾府之盛衰，写清初吾国之情况。二者如沙克雷，作 Henry Esmond，则以此人之遭遇及家庭爱情，写十八世纪初年英国之情况及一七一四年政变之始末。三者如 George Eliot 作 *Middlemarch*，则以三对男女之爱情，或成或败，写十九世纪初年英国村镇之情况。外此例不胜举，今均可取为法也。(吾国晚近小说，如《孽海花》《二十年目睹之怪现状》及《广陵潮》，篇幅范围均甚大，而颇用吾兹所言之法，惟皆有所短。大率吾国之新小说，其人生观皆欠深厚欠中正。辛亥革命以前之小说，多以鼓吹种族及政治革命为志。而最近十年来小说，则流于刻薄冷酷，写恶人处处形容太过而无善可感可法。近者黑幕、大观等书流行，而新文学家又力倡写实小说适足推波助澜、助长其恶而已。)如上所言，其事甚难。然教育小说则极易作，少年学生亦可下笔。兹所谓教育小说者，非如寻常教育杂志之所载，关于学校生活，意在说明教育原理、教授方法，而晓示品格修养者(如《馨儿就学记》《埋石弃石记》之类)。兹所谓教育小说，乃指小说之一种，内述一人自幼而少而壮而老之思想、感情、见闻、境遇之变迁，而国家社会种种之变迁，即由此一人之所见所感者而代表。以时为序，层次阶级显然，内外兼具，外示环境之沿革，内示个人之身心之发育成长，又可谓之纲鉴体之小说。最著名者如葛德(Goethe)及 *Wilhelm Meisters Lehrjatlre* 及 *Wilhelm Meisters Wanderjahre* 两书。又如今世英人 Arnold Hennett 之 *Mile-*

stones，虽系戏剧，亦用此法。吾国今日学生之有志者，甚可从事此种。但将一己及其朋友之经历，依实写出，娓娓动人。虽不能为巨构，而亦必可观也，故吾特表而出之。除上言诸义以外，吾所愿为今世从事于创造之青年告者，多读中西之佳小说，而深究其艺术法程，一也。勿作问题小说（见前），二也。勿专务作写实小说，而宜有深厚中正之人生观，三也。总之，但以恶劣牵强之白话，每行数字至十余字，英文标点，写一零片一小段极平凡之感情闻见，此种短篇小说，实无价值。而彼专图谋利糊口之下等文人，所作不出酒色歌舞，游乐赌博之事，陈词烂调，堆满词章之非新非旧之小说，其无价值，更可待言也。

（4）戏剧。欧美今日通行之戏剧，种类綦多。若 Opera，若莎士比亚等之名家戏剧，若寻常新剧，即 Gomedy of Manners，若 Musical Comedy，Burrlesque，Leg Show 等（各种杂剧，极视听之娱者，尚不在内），同时并存。虽术有精粗，道有高下，然因人性之不同，地位嗜好之各异，故以上每种戏剧各有其光顾之座客，而无废绝衰歇之忧。由此数证观之，则吾国之新旧各种戏剧，悉可听其存在，并宜自求发达精工。观者随其所好而往，固不必靳靳争辩绝此废彼也。要之，每种艺术，必自有其价值，自有其格律规程，决不可以此例彼，强以一端概全体，而有入主出奴之见。吾国旧戏，以京剧为主，再则昆曲。此二者之一切艺术规矩，其著作、排演、布景、衣饰之各种格律法程，悉应遵仍旧贯，不可妄事更张，强以新戏之布景等入之，致成非牛非马之观。所谓改良旧戏之法，只宜添著脚本而止，即所著者虽用新思想、新事实，然亦必恪守旧剧之规矩，方为合用。有如欧洲昔日希腊古剧及莎士比亚时之剧，其剧场布景等等，皆极简陋，然其剧之价值，反远在今日新剧之上，何哉？因戏剧之真正目的，在想象力之感化，而非写实之摹仿。故古剧中之剧场 *Stage of Imaginative Suggestion* 实胜过今日新剧之剧场*Stage of Realistic Imitation*。而近年欧美有所谓提倡剧场布景趋于简单之运动，并主张剧场观客之数宜减少。彼非好为摹古，实欲求今日剧场过度写实之弊也。准是以论，则在吾国新剧亦宜于精神艺术上用功夫，而不可徒炫布景之繁复。而吾国旧戏中之京戏，实与莎士比亚时代之戏剧相似。而昆曲之人少事简而重歌唱及词藻，实近于希腊古剧也（此事后当另作文详论之）。由是比较，而吾国之旧戏之价值乃见，以其有多年之旧规，而自能造成一种幻境以悦人也。若论新剧，吾意此决不可苟作，宜多读名家剧本，精研西洋剧之艺术之法程。编剧宜有深厚中正之人生观，不可专作问题戏剧（其理由与小说同，见前。又参阅本志第四期华桂馨《论戏曲与社会改良》一文),不可徒倡训诲主义。剧中人之谈话,固宜用白话,以求合身分而描摹逼真(然学生式、英文式、似是而非之白话亦不可用)。然布景之说明等,则宜用文言,以示分别(印刷宜用两种字体以分别之)。外则戏剧一业,实含编剧、排剧、演剧三事,而三者关系至为密切。欧美之编剧者,有学校,有师承,须经长久之练习。其事非易,固人所共知,而其于排剧演剧,视之尤重。其办法可谓以军法部勒之,井井有条。能者在位,职权分明,上施令而其下绝对服从,谋全剧之成功,而毫不存显扬个人之想。其精密严整、协力同心之处,不惟为排剧之良法,亦且可为凡百办事者之模范也。吾国近来学生演剧之事盛甚,然其排演多不免凌乱散漫,实与吾国腐败之政治、腐败之社会,相为呼应。吾故愿吾国之排剧演剧者,振作精神,修明法规,效法欧美排演者之郑重其业,辛苦从事,则不惟新剧前途之幸,且可由此养成办事奇才,与纪律合群之观念也。

(5) 翻译。翻译之术非他,勉强以此国之文字,达彼国作者之思想,而求其吻合无失。故翻译之业,实吾前所谓以新材料入旧格律之绝好练习地也。翻有三要:一者深明原文之意;二者以此国之文达之而不失原意,且使读者能明吾意;三者翻译之文章须自有精采。是即严又陵所谓"信、达、雅"也。翻译之法无定,或逐字逐句译之,或通篇译其大意,要视为之者如何耳。然其最要之者,在求两国文中相当之词句,既得之,则以此易彼。古今翻译大家论翻译者:(一)如乔威德(Benjamin Jowett)则有折衷两全之说(参阅本志第八期《钮康氏家传》第十六页按语),(二)如杜来登(John Dryden)(参观本期插画第一幅)则谓翻译有三途:一曰直译(Metaphrase)、二曰意译(Paraphrase)、三曰拟作(Imitation)。三者之中,直译窒碍难行,拟作并非翻译,过与不及,实两失之,惟意译最合中道,而可以为法。凡译诗者,不惟须精通两国文字,且己身亦能诗。尤须细察所译之作者、意境、格律之特点,即其异于他诗人之处。既得,吾乃勉强练作一种诗体,其意境、格律与彼同,然后译之,始能曲折精到也。至于意译之法,简括言之,词藻尽可变化,而原意必不许失,执两用中,求其适当而已。(以上之说见其所著 *Preface to the Translations from Ovid's Epistles* [1680]其言确为译诗者而发,然各体文章之译法均可通用。有志译事者可取而读之也。)翻译固非创造,然翻译之佳者,其文章自有精采,亦即可谓创造。如莎士比亚之时,英国 Sir Thomas North 之由法文本重译布鲁特奇之英雄传 Plutarch *Parallel Lives* (1579),又 John florio 之译 Montaigne 文集 *Essays*

(1603)，及 George Chapman 之译荷马诗(1610—1615)，在当时及后世，固皆以创造之作目之也。故希腊罗马文学名著，英国早皆有极佳之译本。而近今日本之翻译外籍，尤称敏速普遍。吾国译事与之相较，殊远不及也。近年吾国人译西洋文学书籍、诗文、小说、戏曲等不少，然多用恶劣之白话及英文标点等，读之者殊觉茫然而生厌恶之心。盖彼多就英籍原文，一字一字度为中文，其句法字面，仍是英文。在通英文者读之，殊嫌其多此一举，徒灾枣梨。而在不通英文者观之，直如坐对原籍，甚或误解其意。此其病由于操译事者未尝下苦，以求相当之部分，融化过来。故今欲改良翻译，固在培养学识，尤须革去新兴之恶习惯。除戏曲小说等其相当之文体为白话外，均须改用文言(参阅本志第九期文苑《梦中儿女》篇第一页编者按语)。至欲求译文之有精采，须先觅本国文章之与原文意趣、格律相似者，反复熟读，至能背诵其若干段，然后下笔翻译，此时须求密合原文之意，则所得者，既不失原意而又有精采矣。(参阅上文[七]宜背诵名篇一节)

以上略陈吾对于创造各种文学之意见，多本于读书及经验揣摩而得来。虽吾不必能躬行之，然确信其理为不谬，其法为不拙，而愿国中有志文学创造者之教正并试行者也。至上述各义，概括言之，则吾首注重以新材料入旧格律，故不取白话及英文标点等之怪体，而归本于背诵各篇，为吸收融化文章精神之惟一善法。其详则分具于各节云。(本篇完)

论文学中相反相成之义*

（预录《湘君》季刊）①

刘永济

一、绪　　言

今人之常言曰：真理愈争则愈明，争无害于理也。此说一倡，于是辨诘非难之风日以甚，辨诘非难之极，或且舍其所共争之理，而毁其所与争之人。于是嘲讪诟谇之声，日有所闻，争而至于嘲讪诟谇，殆无以异于怒临骂座者之所为，非君子所宜有也。且必所争者果真理，而后其争乃有用。盖争之用在显真而黜谬。故于争端未起之先，不可不考虑其所争者果含真义与否。大凡两家见理俱真，即令立说之法有异，亦不但争不能成，且有相貌而笑，莫逆于心之乐。两家见理俱谬，则争为空谈无补，空谈无补，则争虽烈而影响不大。此二者，一则无所用其争，一则其争无所用，不足深论。争之最烈而影响最大者，则有两种：一为真者与似真之争，一为半真者与半真者之争。真者与似真者之争，苟非学殖荒落之时，则曲直立见，而真者之影响亦立显，惟半真者与半真者之争，不易判其高下。盖两家各有所蔽，非去其所蔽，则真理终为所掩，而割裂不全，害理甚而影响大者，莫不此种，故不可不先求其所以蔽。此蔽既得，而后吾所谓相反相成之义易明也。

吾所谓蔽者，约有四种，而说者闻者各得其二，属于说者之蔽二。一曰浅，

---

* 辑自《学衡》1923 年 3 月第 15 期。

二曰激。浅者见理未深而急于立言，故其陈义漏而不周，各持其有漏之义以相驰骋。遂如柄凿之不相入，冰炭之不相容，更安望其真理之明。盖理镜至圆，见理难周，其见愈浅，其争愈烈。东坡诗曰："西湖天下景，游者无愚贤。深浅随所得，谁能识其全。"此言可以喻理矣。激者，见理纵深，而立言之初，在救时弊。故其意有侧重，而言多激切，往往足以震荡一世。然而矫枉过直，则旧蔽虽除而新蔽随生。如韩昌黎文起八代之衰，而同时闻其风而兴起者，乃有樊宗师、段柯古之险怪此虽闻者之过，亦说者激切之失也。朱子曰："讲学如扶醉人，扶和东来西又倒。"学本难讲，中和纯粹如朱子，尚有东扶西倒之叹，况出之以激切者，安望其不失哉！

属于闻者之蔽二：一曰固，二曰陋。固者，胶守成说，不知会通，各执一端，互相排摈。目中庸为骑墙，攻异己如仇寇。扬之则升于天，抑之则入于渊。割裂真理，莫此为甚，是知二五不知为十者也。《论语》有之曰："举一隅不以三隅反，则不复也。"此言闻者贵于融会贯通也。颜回能闻一以知十，遂非孔门余子所可及，然则能闻亦岂易事！故曰智过其师，然后可以为弟子也。陋者，见闻未广，致力未深。易为浅言浮词所煽动，毫无批评抉择之功。附会牵合，歧之又歧。违去真理，何啻倍蓰。复出其歧见，以相忿争。其所争之义，往往失于琐屑，无关宏旨。此又列子所谓歧途亡羊，释家所谓盲人摸象之类矣。

以上所举四蔽，皆指实心讲学之人而言也。至于假学以荣名润身者，与捐纳求进者无异，则非所敢闻也。昔宋人尚理学，一时士习，竞谈性道。东坡恶之，故曰："仁义大捷径，诗书一旅亭。"盖风气所趋，有如是者，岂必盗窃阿谀始为名利之徒哉！

吾所谓相反相成之义者，一切学问皆然，不必文学为然也。其喻如一纸之表里，一策之端末，一屋之东西，离一则二俱不成也。庄子之世，言说支离。故庄子曰："万物毕同毕异。"盖不究其异，不足以竟百妄之委，不会其同，不足以穷一真之源。知万物毕同，而后可与言异；知万物毕异，而后可与语同。拘于地则井蛙之不可语天也，限于时则之夏虫之不可语冰也。故唯真知灼见者能同中见异，异中见同，释家常谓差别生于妄见。而其言说文字，详密周遍，细若藕丝，圆若汞珠，盈千累万，而其词终不尽其义始无漏，盖以言说文字立教者，自不得不尔也。

吾所谓文学中相反相成之义有二：一曰模仿与创造，二曰自然与雕琢。此二义之歧视，在昔已然，而于今为烈，故特标出而讨论之。二义既明，余义有与之类者，自可因之而决也。

二、模仿与创造

模仿与创造二名，离而观之，固若绝相反也。然而苟按其实，则相成之义亦不难立见。一切学术，可谓之创造者，即可谓之模仿。盖人之于事理，苟不深求而逐末，则无不歧而又歧。一反其本而详研之，则融贯而无异致。科学家之发明也，似独启天牖，空无依傍矣。及进而求之，何莫非本之宇宙间原理原则而为之者。此稍有识者，类能言之，固非甚深义谛也。然则从其成功观之，固可谓之为创造。从其所以成功观之，则亦可谓之为模仿。由模仿而创造者，其创造不同于幻术。因创造而模仿者，其模仿有异于傀儡。愚者执名生惑而互相抵牾，智者彻终而自能融贯。故徒见其相反之迹而不求其相成之实者，尚不足以语科学更何足以谈文学。

文学者，所以阐人情之秘奥，明物象之精微，搜万有之根核，发众理之英华者也。合宙以来，空宇之内，无非至理之实，即无非至情之文，特以其限域之大，品类之繁，因果之纷纭，关系之复杂，有非常人所易识。其间盈虚消长之迹象，复有隐显迟速之不同。是以有终身由之而不知，终日视听之而无睹无闻也。今有人焉，因其本来之秩序，综其先后之条贯，抉择其品类限域，而明著其因果关系，以发为文章诗歌。则虽常人视之而可见，听之而可闻，由之而知其道。其言若出其心中所欲言，其事则状其眼前所已见。虽百代之下，万里之外，而皆生机盎然，光景如新。则必欣然曰："此中之山河大地，人物品类，一一由斯人笔底而出也。"然则虽欲不谓之为创造也不可得矣。例如恶姑、慈母、暴兄、巧媒，以及生离之夫妇，非闾里所习见习闻者邪？然而《孔雀东南飞》诗中之姑、之母、之兄、之媒、之夫妇，其一言一默、一动一止，至今二千余年，而如见如闻。其性情之或慈、或暴、或悲、或喜，至今尚足使读者下泪、闻者叹息。何邪？岂非因宇宙间之事物纷呈错列。其因果关系，往往有隐显迟速不同。非若诗中之条贯井然易于识别乎？惟其因果关系不易识别，故是非善恶因而颠倒。惟其因果关系不易识别，故人有熟视无睹、习听而不闻者。惟其是非善恶因而颠倒，故人有由之而不知其是、行之而不该其非者。使天下之事，皆一一如诗中之易于识别，则人又何乐而为非为恶哉！此即文学功效之所存，而裨益人生为不浅也。

然而试一问文学家笔底何能曲绘人情如此邪？则必委之天才，是犹隔靴搔痒之论也。无天才固不足以成学问，具天才而不知所以用之，或用而不得其当，则亦等于童呆耳。此用才之道，所以不可不知也。文学之天才，在能用以取实际之因果法则而自为也。欲取法实际，则观察之功尚矣。欲以自为，则表现之技要矣。当其观察最深切之时，无时无地不见至情之文，特存之于宇宙之间而未宣之于笔墨之外而已。当其表现最精密之时，又无事无物不模仿实际之文，以求与之融合而后快。及其观察之功既深，表现之技既熟，而后取以自为，则凭虚据实，无不圆转灵妙。如大匠运斤成风，而自有矩矱。故取法实际而自为者，足以宣宇宙之阃奥，夺造化之神奇。尚何模仿创造之足分，相反相成之足疑哉！是知支离破碎之见，抵牾捍格之论，多出于梦幻颠倒之人，不足以当明者之一笑也。

然而文学家自为而必取法实际者何邪？曰：文学之妙以感人为极致，而文学之用亦以感人而著名。然则文学必如何而后能感人，又不可不知之事也。文学之能感人者，自能引起人之同情心而已。文学家以一己之情，体察实际之情，而造成文中之情。更以文中之情，感动读者之情，而增高实际之情。其事如循环，如应响，至速至易也。苟其文中之情大异实际，或为实际所决无，则其感化之力必亦因而消失。今有一人于此，当其阅《石头记》也，啼笑无端，随卷而异。及其阅《西游记》，则惟觉其恢诡诀怪，可喜而已。其感之深切，趣之隽永，则远异于其阅《石头记》也。此固由作者之艺术有工拙之不同。而一则耳目所已习，一则为实际所决无，亦有以判其高下也。此可见因果法则异于实际者，其感人也不深矣。且文学家之自为也，必其志有所存，其辞有所寄，而后抒之于文也。志者，其思想情感也；辞者，其志所附丽以见之事物也；文者，此事物由之以表现之字句篇章也。孟子以三事论诗，其义至精粹，其言至切当。志之所存者，虽不必人之所已然，而辞之所寄者，必世之所同然。作者寓未然于所同然之中，以引起人之同情，即因之以示人生有可然之理与当然之情也。能引起人之同情，则人自乐得而详玩。能示人以可然之理与当然之情，则人自潜移默化而入于温柔敦厚之境。文学功效之伟在此，文学作用之妙亦即在此。如此，则融模仿造于一炉。如此，则可谓之为想像宇宙之造物主（The creator of an imaginary universe）。或曰：古人论文，不尝薄模仿乎？今兹所言，得毋异甚？曰：古人不贵模仿者，皆指蹈袭皮毛之人而言也。韩昌黎所谓谁得其皮与其骨，及惟陈言之务去者是也。且所指者为模仿古人之文，而非模仿实际之法则也。今兹所言，固已与之共趣矣。虽然，古人之文，亦非绝不可模仿者。古人有言之者矣。苏东坡劝人熟读《毛诗》《国风》与《离骚》，求其用意曲折处。黄山谷亦云："欲作《楚辞》，追配古人，直须熟读《楚辞》，观古人用意曲折处讲学之，然后下笔。"此二人者，可谓能创造矣，而其言皆若此，则亦未尝废模仿之功也。所谓古人用意曲折处，非即古人用实际之法则自为之处乎？然则模仿古人与模仿实际，固无分别，特有直接与间接之异耳。总之好学深思之士，模仿古人与模仿实际皆可以助创造之功。浅见肤闻之徒，模仿与创造两无是处，要当视其人之学力如何耳。事有不可一概论者，皆此类也。

三、雕琢与自然

既知模仿与创造之相成，可以论自然与雕琢之一贯矣。世之说者，莫以绝去雕琢，还于自然，为文学至工之境。其语诚高矣美矣，然而不可思也。若不假思索，漫然视之，则此二义之相反，且甚于模仿与创造。而误解此语者，更易流为浅率粗鄙，不足以望作者之门，则其害理尤甚。盖雕琢之功原以求合自然为止境，自然之美固赖雕琢之力而著名。功有未至，则浅率之病生；美有未彰，则晦昧之弊至。名家于此不知几费斟酌，而后洽心称意，原非浅尝者所能知也。陆士衡《文赋》，形容文人构思摛词之艰难，可谓穷刑尽相矣。而犹曰："丰约之裁，俯仰之形，因宜适变，曲有微情。"又曰："是盖轮扁所不得言，故亦非华说之所能精，亦可见其极惨淡之经营矣。"大抵构思之际，摛词之初，如何而词意相宣，如何而铢两悉称，此其为事，惟作者商量于寸心，非他人所能助其毫末。此固至难之事，而亦至要之端也。

古人论及此义者甚多，以唐诗僧皎然《诗式》论"取境"一条为最显切。今录于后，以备参证。

皎然《诗式》论"取境"曰：

> 诗不假修饰，任其丑朴，但风韵正，天真全即名上等。予曰：不然。无盐阙容而有德，曷若文王太姒有容而有德乎？又云：不要苦思，苦思则丧自然之质。此亦不然。不入虎穴，焉得虎子。取境之时，须至难至险，始见奇句。成篇之后，观其气貌，有似等闲，不思而得，此高手也。有时意静神旺，佳句纵横，弱不可遏，宛若神助。不然，盖由先积精思，因神旺而

得乎。

皎然此论，可谓能发雕琢之奥义者矣，惜夫人之不深察也。盖古今佳作，未有不精锻炼之功者，其理至明。当其将成之时，莫不至难至险，及其既成之后，又必不存锤凿之迹，而自然华妙乃为高手。譬如良工之治玉然，未成之时，则凿迹宛然。既成之后，则明润悦怡。然而匠人未闻出其凿迹宛然者求售；而人之市玉者，亦未闻舍明润悦怡者，而求凿迹宛然者。盖不有凿迹宛然者，则不能明润悦怡。玉必明润悦怡，而后其美质乃彰也。为文者何独步然，自然之美岂矢口所能道，要当有雕琢之功而后可见也。

皎然又曰："先积精思因神旺而得，则句若神助，其义亦至精当。"盖作者每当天机流畅，兴会标举之时，忽得佳句，看似无奇，实非偶尔。曹植援牍，若成诵在心，借书于手。王粲属文，举笔便成，无所改定。此二子者，固由才思敏捷，亦非绝无学力可能。当其平居，沉冥思索之时即可以助仓卒临文之用。杜甫作诗，古称下笔如有神助。然而老杜固尝言之曰："读书破万卷，下笔如有神。"下笔有神，必在读破万卷之后，则亦非浅学者所能妄拟矣。盖思想之为物，至敏至精。其构思之功，又极微极妙。故虽此句未得之时，及未尝吟诗之际，无时不有其观察之功，即无处不为其构思之地。所以增其智、助其情者，小之一生之经历、一人之学问，大之一种之遗传、众贤之著述，皆日积月累，蕴藏于中，以供其应用。倘更能修养其性灵，自然感应极速，随思而得，似不经意，实非易能。苟作者明知如此，尚谓非由人力，是为不诚。不知如此，妄称语出天然，是为不智。前者尚不失为英雄欺人之谈，后者直等于痴人说梦矣。昔王安石题张司业诗曰："苏州司业诗名老，乐府皆言妙入神。看似寻常最奇崛，成如容易却艰辛。"又白居易诗所谓老妪能解，似浅易矣，然而宋人有见其遗稿者，亦涂窜甚多(见何远《春渚纪闻》)。其余名家如欧阳修、苏轼、王安石诸贤，皆不厌涂改，而后其文章诗歌流传久远。今人但见其已成之玉，而未睹其未成之璞，不见其锤凿之迹，遂疑其随口而成，适足贻笑古人而深误来学，此有不可不深思明辨者也。

或曰：古代歌谣，作者皆闾巷之民，而传颂至今，成为杰作，岂亦尝费雕琢之功乎？曰：古代歌谣之传自未识字之人之口者，大都经文人润色。其纯属原语者，亦不多见。如《越人歌》原文，则惟有音存，不可句读。他如史思明之"樱桃半笼子"四句，宋宗室某之"日出看三织"八句，则毫无意味，徒供笑谈而已。

至于北斋斛律金，不能署己名，而所作《敕勒歌》甚佳。则史称其歌原用鲜卑语唱出，后乃翻成汉文，当亦略加润色。且姑勿论其是否加以润色，其境界固甚简单，景物固甚明显，不费捡择(Selection)与综合(Synthesis)之功。故虽不学之人，苟其情思勃发，耳目锐利之时，亦易道出。然而此类作品，其词句不多，未足当文学绝品之目。使斛律金为《孔雀东南飞》、为《古诗十九首》、为《北征咏怀》、为《长恨歌》，吾知其未能。为《孔雀东南飞》《古诗十九首》《北征咏怀》《长恨歌》者，未必不能作《敕勒歌》。盖写复杂幽深之人情物态，自难于简单明显者也。故文学之道非有表现之术者，不能精到。亦如绘画音乐之事，非素有研究而心手便习者，不能为也。

且人情物态之存于实际者，自然之文也。及其一为文学家所见，或如其实际所存，或加以主观之情感而异其状，则已为作者心目中之文，亦自然华妙者也。然而欲出之于手而示之于人，使人之阅之者，亦如见自然之文而不失其华妙。而用以表现此文之工具，又系能力有限之文字，其侔色揣称之间，固已大费经营矣。何况文学之作，往往写艰深之情，状灵妙之景，而欲其如在目前，其事尤非易易。是故作者艺术之高下关系至巨，艺术高者，自能表现全而天真无伤，此刘勰所谓隐秀。而梅圣俞所谓含不尽之意，见于言外，状难写之景如在目前也。千古作者，惟争此著千古作品，亦惟以此为优劣之衡。然则轻弃雕琢之功而自诩自然之美者，亦如匠人不琢其玉而求千金之价也。其所作者不流于浅率粗鄙，必如史思明、宋宗室某之贻讥千古矣。其有害真理，致误来学，又岂浅显哉?

虽然发雕琢之功者，固不可以造自然之境。而功之未及为之太过者，亦足以损天真而减声价也。故雕琢之事，自有适宜之限度。能达于适宜之限度者，增一分则太过，减一分则不及。寻之不见锤凿之痕，览之惟有天然之妙。当此之时，其酣畅舒愉，洽心当意，有非可言说者存。故东坡谓行文为至乐之事也。历来作家，往往因此适宜之限度难得，而积日夕之力以求之。其冥心苦索，诚有如士衡所谓揽营魂以探赜，顿精神爽以自求者。薛道衡之闭门卧索，贾岛之手作推敲，李贺之呕心刿肝，每至于忘形废事而不知自知者，皆以求洽心当意而未得也。故文学之事，其至难之端，不在雕琢之工致，而在雕琢有适宜之限度。古代名手之作，原稿多不可见，其用心之苦，遂非后人所能知。然而偶尔流传之句，吾人得之，大可供研究之用。例如杜甫《曲江对酒》诗“桃花细逐杨花落，黄鸟时兼白鸟飞”一联，原稿上句作“桃花欲共杨花语”，今即此二句比较之。“欲共语”三字不免有矫揉造作之状，而“细逐落”三字则自然工稳。且“细逐”二字，含意无穷，固不止欲“共语”之一意也。他如洪适《容斋笔记》载王荆公“春风又绿江南岸”一句，初作“又到”，圈去，注曰不好，改为“过”，又圈去，改为“入”，旋又改为“满”。如是改至十许字，始定为“绿”。又黄鲁直“高蝉正用一枝鸣”一句，“用”字初作“抱”，又改曰“占”，曰“在”，曰“带”，曰“要”，至“用”字始定。凡此所记，岂故为繁琐，亦以适宜之限度，求之正自不易也。

然则必如何而后为适宜之限度，必如何而后知此为适宜之限度邪？曰：所谓适宜之之限度者，吾笔底之文，与吾心目中之文、自然之文适合而已矣，亦即表现者与所表现者同符而已矣。虽然，使吾心目中之文为简单之人情物态，而表现之时，不费捡择综合之功，则同符也尚易。若非然者，在吾心目中，固为完全无缺、自然华妙之文。一旦出之于笔底，必有不能洽心当意之苦。故表里同符，心手一致，良非易事。此东坡《答谢民师书》所谓“辞达”也。东坡以不但了然于心，且须了然于手与口为“辞达”。则其所谓“辞达”者，即得其适宜之限度之谓也。朱子论文，亟推苏子由为文自有合用底字，只是人下不著一语。子由所谓合用底字，即适宜也。英国文学家斯威夫特(Swift)论文之真义，在用洽当之字于洽当之处而已(Proper words in proper places make the true definition of style)。斯威夫特所谓洽当亦即适宜也。总之，适宜云者，吾心中至妙之文，假文字以表现之时，不晦不露，无偏无倚，而后洽心称意。人之读之者，由吾至与人以可以领悟之机而止，过此则露，不及又晦矣。例如刘禹锡“朱雀桥边野草花”一绝，可谓适宜矣。而明人谢茂秦改其末二句曰：“王谢豪华春草里，旧时燕子落谁家。”则露矣。盖刘用燕子，已足为王谢豪华之标识，不必明言而人已得其妙，则“豪华春草里”五字为赘疣矣。举此一例，余者自可类推也。至于必如何而后知此为适宜之限度，其标准亦至无定也，大抵视其人之文学程度高下为转移耳。高者以为适宜者，下者未必亦以为适宜也。特人之为学，当日就于高明之境。故为文学者，亦当力求增高一己之程度，而后其作品乃有高人之处与行远之价，未可画地自封，以自侪于暮生朝死，虫吟蚓呻之类也。

四、结　论

本篇所论，在明文学中相反相成之义，于以收释忿平争之效。故立论务求圆满,不为偏激之辞。但理境至圆,匪言能尽。欲尽其言,故伤繁冗。今姑约举其义于此,然后略标今日所谓新旧文家之弊,以为本篇结论。非敢自命知言,或亦愚者之一得也。所谓约举之义有二:

(一)模仿与创造,以能取法实际而自为为极致,否则其模仿为蹈袭,而创造为虚妄。

(二)雕琢与自然,以能达于适宜之限度为全功,否则其雕琢为矫揉,而自然为浅率。

所谓新旧文家之弊亦有二:

(一)旧者之弊,在蹈袭古人之思想情感,而以矫揉字句篇章为锻炼。

(二)新者之弊,在蹈袭西人之字句篇章,而以矫揉思想情感为新奇。

但吾所谓新旧文家之弊,略有分别。吾所谓旧者,非指一切温故者而言,乃指未明文学之真义而自附于旧文学之门墙者,旧文学之狗尾也。吾所谓新者,非指一般知新者而言,乃指未明文学之真义而自诩为新文学之代表者,新文学之马首也。吾所谓新旧之弊,亦举其最著者与其相异之点而言也。非谓旧者之弊,绝无蹈袭字句篇章与矫揉思想情感者也。亦非谓新者之弊,绝无蹈袭思想情感与矫揉字句篇章者也。特其弊之最著者不在此,其相异之点亦不在此也。至于如何为蹈袭思想情感,如何为矫揉字句篇章,如何为蹈袭字句篇章,如何为矫揉思想情感,则二家之作,汗牛充栋。苟知蹈袭矫揉为何义者,可取而自证之,非本篇所欲论列也。

论艺文部署*

张文澍

论曰：昔夫子追迹往圣修订旧文，聚方分物，署为六学，书析部居于焉以肇。

周官太卜掌三易，小史掌邦国之志，外史掌四方之志与三皇五帝之书，太师教六诗，宗伯掌五礼。

太司乐掌六代之乐，事掌与官，官别其职，譬诸草木，区以别矣。然持論六艺微有不同，设官分职论道析言亦非一例。《史记》又云：以备王道成六艺，是以文籍部居，徵始夫子。

及向、歆校书，总奏《七略》，班志《艺文》，删要备篇，自汉迨隋，其制不绝。

刘略而后，志《艺文》者：魏秘书郎郑默，考核旧文，删省浮秽，始制《中经》。虽朱紫有别，而部叙无闻。晋秘书监荀勖与中书令张华整理记籍，虽总四部，实依刘向《别录》分为十有余卷。六艺、小学、诸子、兵书、术数、诗赋之名，仍袭《汉志》。及江左李充为大著作郎，依荀勖四部，删除繁重，以类相从。没略众篇之名，总以甲乙为次，始畔刘略。自尔谢灵运之四部

* 辑自《学衡》1922年1月第1期。

目录，王亮、谢朏之四部书目，任昉、殷钧之四部目录，皆因循不变。然梁文德殿四部目录外，尚分术数一部。王俭既撰目录，别撰七志，其经典、诸子、文翰、军书、阴阳、术艺之分，悉仍《汉书》，惟标题字异耳。梁阮孝绪以官书遗漏，更为新录。斟酌王、刘，以众家纪传倍于经典，依拟《七略》诗赋专立之例，别史于经，为经典、纪传录二。兵书少，不足别录，附于子末，为子兵录一。变《王志》文翰为文集，合刘略数术方伎为术伎，共五录，为内篇，序佛法、仙道二录为外篇。虽非《汉书》，然术伎之目实从《汉志》，记传之分亦师刘意，未失步趋《汉志》之义也。

章实斋称其著录部次，辨章流别，不徒为甲乙纪数之需。隋一天下，集书八万余卷，因齐梁官目，离为四部，别撰道、佛经目录。

宋王俭初撰目录，别撰《七志》，齐王亮、谢朏又造四部书目，是《王志》不行也。阮孝绪《七录》自序，称官目多所遗漏，遂总集诸家更为新录。阮本处士，《隋志》称梁文德殿有五部目录，知当时官目，即任昉、殷钧之四部目录，外叙术数是其所异，阮录但私家著述不行于官。

唐人撰《隋书·经籍志》，没其甲乙之名，题为经、史、子、集，至清不改。书衺既繁，部居多舛，故章氏又曰："家法不明，著作日下，部次不精，学术日散，诚哉其非细也。"然四部之不能反于《七略》，章氏亦言之矣。华夏学术统于六艺、七略所列，诗赋属兵，书属礼，数术皆明堂之职，方伎皆王官之守，与诸子九流同为六经支裔，然诗赋之于《诗》，与《楚汉春秋》《太史公书》之于《春秋》一也。一以多分，一以寡合。则后世据例分史，亦固其所至兵书、术数、方伎三略，不合于诸子。章氏谓有立言明道守法传艺之殊，然农家之言往往言艺。

《神农》二十篇原注：六国时，诸子疾时怠于农业，道耕农事。野老十七篇注：应劭曰：年老居四野，相民耕种。氾胜之十八篇，《别录》云：使教田三辅。此皆言艺者，盖农非可虚言，他书传艺者犹不少，補注所辑略可见矣。

亦入诸子，则兵书以下三略之分，或以校自他人部衺较繁之故，后世之书，独多文史，子兵伎术，继起绝踸，体本同根，臭非异器。彼可以多而分，此可以寡而合，则总之诸子，谊未有乖，但当审其叙次，毋使龙杂，纲合目分，家法部次，未尝泯灭，故华夏艺文四部非泛也。夫书以载学，学必究原。子部之所以可合者，以其同祖六艺也，神仙虽怪，实出道家。

《汉志》言神仙，《隋志》言道经，一也。《隋志》言道书去健羡处冲虚，《汉志》论道家之弊，曰：独任清虚。此神仙出于道家之证，更观其天仙众名，最习见之字，曰元、曰始、曰真、曰一、曰清、曰太上，以及长生元妙诸词，皆出《老子》书。而太上老君之名，及神人李谱谓是老君玄孙之说，直比附老子姓字矣。盖道家祖老子，老子为周柱下史，故《汉志》言道家者流，盖出于史官，历记成败存亡祸福古今之道。于以知人不胜天，因以虚无因循为教。又以彰往察来而演为预知，无为乘化而流为长生，参贰五行，杂糅险阳，怪诞其辞，耸人听视，始于秦盛于汉，变本加厉，故造天地初开四十一亿万载诸诞语，以胜儒家所祖述。《七略》入方伎，今并入子，宜附道末，不得以流派似释，强与比次。

东汉而还，佛说西渐。降及晋梁，译作蠭起。其于汉学乃华岱分峰，江河殊域，王屏志外，阮录外篇，隋撰别录，志附部尾，视与仙道同科，均属美犹有憾，欲别异正，乃成忘祖。《唐志》并附仙释于道，于仙固是，于释则非。崇文总目《郡齐读书志》，乃于子部特立释、道二类，于道则孙祖夺伦，于释则菽麦无辨，一举两乖，其失弥甚。且仅采中州著述，舍本取枝，其书虽存，于学何補。明代海通，欧学东被，诸所译著，与六艺佛学均风马牛不相及。《明志》录佛藏于释家，又列泰西译书于诸子各类，清《四库书》从而广之，于是一国三公部居家法均无足言。矧咸同而降，西学日盛，波及国政，被诸学校。科学之书，方兴未艾，重仍明辙，将令宗周遗裔，降为异姓附庸，紊国故之绪，泯彼学之原。离之两美，合之两伤，斯之谓乎？夫史志、艺文将以著一代学术之盛衰。传授之同异，非审其原委，无以收继往开来之功，故其原同者流虽异而必合其原，异者流虽似而必分。苟昧斯旨，则今日政法之书，百倍曩昔，并列法家，是申商之学大行于今矣。水不遵道则决，学无系统则芜。此弊之最易见者。欲正其末，须自本始。今者海路交通，世界学术彼此流转，学本大公来者无拒。然溯其初，则中国、印度、希腊三派，各戴圣哲，各守家法，区域隔绝，流别迥殊，不得以今日之荟萃一堂，遂就其兴替之殊，末流之似，守旧时陈录。苟为此次将附，蹈削趾适履之诮，或苟增部目，涉祖孙异姓之嫌。当以艺文部署，扩大封域，依据本原，析为国学、印度学、希腊学三纲，集为一志，以张王阮之罗，别为三纲，以理宋明之乱。其部目则国学仍依四部旧录，分出释氏泰西诸译著，列其中者纯为六艺支裔，祥其指要，以判部居，勿惑其名，误为比类。

《隋志》以竹谱、钱谱入史部，是惑于谱之名也。《四库》以官箴入史部，异鱼圆赞入子部，是惑于官与图之名也。

更无牵于多寡分合之迹，书众者虽同列一家不嫌多，书寡者虽特立一家不嫌少。

《汉志》分诗赋于诗，正也。合史于春秋，权也。《唐志》以《鬼谷子》、《阙子》二书特立纵横家，《宋志》以墨子一书特立墨家，此为正轨。《明志》误以为备数，并名法纵横墨于杂家，不为典则。

其训古释词之作，与传记同为明经之书。释史、释子、论史、论文之书，皆同此意。肢体毂辐，主从必联，《四库》列传于史，必须矫正。艺林类编为文材渊薮，虽辑自子史，于学无涉，入之文部，亦无疑义。国学既同祖六艺，上而为道，其原固一下而为学，其流则分，由合而分，本学术之自然，非此不能各造其极。故兼精则可，杂言则非。丛书之以汇刊成者，既各分列，本可不存其名，苟为保守载籍之计，则如张氏《书目答问》例，别立丛书一门，附于四部之后。其一家之书，兼罗众学，而篇卷各别可分列者，亦依此例，不可分者，乃入杂家，此国学分部之大要也。其他二纲，既学非自我，则必守名，从主人之例，科目门类，悉循彼说。凡著以仓文者，不论其书之为译为著，作者之为国人为外人，咸依彼渊源，分析比叙。夫如是，则书无美不包，学无细不明，王阮隋唐明清诸失举，一扫空之，世有章氏，庶无讥焉。

文学研究法*

吴　宓

研究文学，本无定法，随人而异，能收良果，即为良法，然皆不外熟读深思，博览旁通而已。吾自愧于国学未尝深研，故此篇所论，只限于西洋文学之研究法。窃疑以此法研究中国文学，必亦可通。而吾国先儒所论列研究文学之法术义理，亦必与西洋之说，互相发明，是在学者之融会贯通，择善取长以用之耳。今请首述美国人研究文学之分派，次略论吾国学生研究西洋文学之切宜注意者，继则条列十事，简明概括以为读书修学之指针。凡此皆非敢以己意妄为指引，惟撮述通人大家之说，且实施之而收效者，取而受用之，有利无害可断言也。

（壹）美国人研究文学之分派

美人主功利，重实用，且乏久远历史。其文化之渊源不长，故于文学哲理，常存鄙视之心。虽有少数学者号呼提撕，而酷嗜文学及能文章者，究属甚少，远不能比拟英法等国。然欧美情形，相去终非甚远。物质功利之说，工业革命之事，欧洲与美国同出一辙。故就美国之现情察之，亦可略知欧人今日研究文学之法焉。今美国人之研究文学者，由其目的及方法之不同，约可分为四派：

（一）商业派

此派文人藉文章为营利之途，专求售出而得酬资，不顾通人评訾，识者讪

* 辑自《学衡》1922 年 2 月第 2 期。

笑，而一意趋奉时好博众欢迎，大率腹中空空，自无主见。或则千篇一律，不耻摹仿。或则今是昨非，不嫌变节，衹图成功而已。既无渊博之学问，亦无警切之议论。以摭拾为良法，以剽窃为能事。一旦机会在前，金钱可攫，则虽谤污名贤、侮弄先圣、淆乱黑白、颠倒是非，亦乐为之而无所顾惜。至作者之文稿，须经报馆主笔、书局编辑、戏园经理、评阅定夺，采取收用之后，方可付印而得资。故作者之视评者，如兵卒之于将帅，僚属之于上官。趋奉惟谨，凛遵无远，非尊其才也，实重其位而羡其财耳。评者笔严斧钺，取与之际，报酬随之，一字之褒贬，真有千金之值。寒士以笔墨为生者，视其好恶，而依附求活焉。然评者亦不能自作主张，惟随众好而趋时髦，以揣摩心理为能事，以同流合污为定法。夫然后其书报之销路可广，其戏园之座客日增，营业主人获利。而职司评文者之位置薪俸，亦可永保矣。是则文章之善否，一以金钱为准衡，故文不必其工也，而必望其长，字数多则获钱多。宁疏毋严、宁冗毋洁、宁重复毋简括。以有限之材料，伸之、延之，以得数倍之资，如是方为本领。而称许评隐人物者，不曰某人名高，而曰某人之文曾载某报，或某人之剧曾经某戏园演唱。不曰某人文工，而曰某人所作每千字足值若千元。至教人作文，亦如是也。盖此类作者、评者之心理，惟互相步趋而已。今美国此派人之势力极大，举凡各地日报杂志之主笔及访员，纽约城中百老汇路一带大戏园中之经理及排演者，各地大小书坊之编辑及发行职员，以及运销代售书籍等人，皆属之。凡此皆操主权者也。此外蚁附膻趋，仰若辈以为生者，又千万人。或麕集于纽约等各大城，或散布于全国乡区，均操笔墨生涯，投稿于日报杂志；或编著剧本，冀售与戏园而得演唱；或编著电影剧本，长篇及短篇小说及诗歌等。要皆以售出得钱为鹄的，其以此中秘诀教人者则有如 *Dr. Esenwein* 所设之学校最为著名，并刊行丛书曰 *The Writer's Library* 凡十余卷，一以简明实用为归。近见此丛书已流传中土，故及之。

（二）涉猎派

此派之人，于文章一道，未尝刻苦用功，博览群籍，仅随意涉猎，略行翻检，即信口谈论，自称文人，故常不免耳食之讥与道听途说之病。至其操笔评文，多以己意为之，重一时之感情而不遵文章之定理，亦不信古人之成言，以文章为一种装饰品，或一种消遣物。交际场中，周旋酬酢之际，则偶诵索士比亚、弥尔顿之诗句，以自矜其名贵。或于男女欢爱之情，则动引 Shelley Browning 之艳史，以自比其风流。即有著作，亦成文率易，而常流于轻滑浮靡、绮丽空疏。大凡天性聪敏，而不能沉潜读书，或别有职业，而以余力旁骛文学者，悉属此派。豪华公子、江湖名士、名媛贵妇、诗社吟朋，皆是也。美国近今中小学校教员，几全为女子。是则学生幼年之所受者，殆皆女子之教育。美国女子喜用感情而工摭拾，埋头用功者甚鲜。故此盈千累万之女教师，悉涉猎派之文人。其所训练陶镕之男女学生，自亦不能有异。大学教师，属此派者，间亦有之。其轻易浮华之态，与中小学校女教员较，相去无几。美人重实利，男子十九皆趋商工。晚近大学学生之治文学者，强半为女生。夫一国文学之趋势，为女子所左右，则文人欲不相率而归于涉猎派，其可得乎？

（三）考据派

此派之人于学问不事博通而能专精，但流于干枯狭隘，盖皆熟悉文字之源流、语音之变迁。其于文章惟以训诂之法研究之，一字一句之来源，一事一物之确义，类能知之。而于文章之义理、结构、辞藻、精神、美质之所在，以及有关人心风俗之大者，则漠然视之。大学教师皓首老儒，皆属此派。故此派在大学中，极占势力。自十九世纪以还，历史之学昌，考古之事盛。人各爱其国，皆欲自褒扬其先民，而称道其本国之典章文物。故研究希腊拉丁古文者日少，而研究其本国往古草昧蛮野时代之文章者日多。如英美之人，则肆力于 Anglo-Saxon，Middle English，Gothic 等文字，旁及德法等国之古文。High German，Low German，Old French，Provencal 更及瑞典、挪威等国之古文，无如此类古文之书籍原属甚尠。即其中一二名篇巨制，如 Beowulf 及 Niebe Lungenslied 等，以与昔日希腊罗马之杰作，近今英法德意之文章相比较，则殊猥陋简缺，不堪卒读。故彼不读荷马、但丁、索士比亚、弥尔顿等之诗文，而专读 Beowulf 等者，实不异舍珠玉而趋粪土，绝江海而饮池潦，悖谬孰甚矣！考据家亦有研究希腊罗马之文章者，但专考求史事之年月地狱，当时之典章制度，以及文中引用之器具装饰，详其大小色泽等，著为圆表，凡此谓为考古学家也可，而不可以文人称。至若辈之研究索士比亚集也，惟训释其一字一句之义，责令学生背诵，而不能言其文章精妙之处何在。总之，考据家之误，在以科学之法术，施之文章而不知文章另有其研究之道也。此派之人，除己所治之数种古文外，万事万物，皆不关心。其视文章，如解剖学家之视死兽，矿物学家之视石块。惟欲精通古文古语，非强记苦读，耗去多年之心血，不能有成。非可剽窃妄疑，游戏谈笑而致之。故俗人于考据派之文人，反事尊崇。今美国大学主持文学一科者，此派之人为多。故其所定授予博士学位之章程，首注重英国及德法之古文。求学位者，虽明知其无用而心恶之，亦须降志辱身以学习为焉。否则掉首而去，自成其学与名，而视博士如敝屣，此高明者之所常为也。要之，考据派之文人，极似吾国之小学家，谓其成绩与研究文学者，不无裨助，则可。然以此为研究文学之惟一正轨，则大谬也。

（四）义理派

此派文人重义理，主批评，以哲学及历史之眼光论究思想之源流变迁，熟读精思，博览旁通，综合今古，引证东西，而尤注意文章与时势之关系，且视文章为转移风俗，端正人心之具，故用以评文之眼光，亦即其人立身行事之原则也。此派文人不废实学，而尤重识见。谓古今文字，固必精通娴习，以求词义无讹，而尤贵得文章之旨要，及作者精神之所在。然后甄别高下精粗，于古之作者，不轻诋、不妄尊；于今之作者，不标榜、不毁讥。平心审察，通观比较，于既真且美而善之文，则必尊崇之，奖进之；其反乎是者，则必黜斥之，修正之。盖能守经而达权，执中以衡物，不求强同，亦不惧独异。本其心之所是，审慎至当，而后出之。故其视文章作家，必当以悲天悯人为心，救世济物为志，而后发为文章，作文者以此志，而评文者亦必以此志。盖其所睹者广，而所见者大。其治学也，不囿于一国一时，而遍读古今书籍，平列各国作者，以观其汇同沿革，而究其相互之影响。至其衡文也，悬格既高，意求至善，常少称许。其待人接物也，风骨严正，而又和蔼可亲。盖希跻于古哲，深得文章之陶镕者之所为。其治世也，以崇文正学为本务。教育必期养成通人，化民成俗，必先修身正己。以情为理之辅，情须用之得宜，而不可放纵恣睢。谓幻想可助人彻悟，而不可堕入魔障。凡此毫厘之别，切宜注意，而非拘泥固执，以及囫囵敷衍者之所可识也。惟然，故此派文人，如凤毛麟角，为数甚少，或任大学教师，或为文坛领袖。其学识德业，所至受通人尊崇，而流俗则鲜能知之。且有名著欧陆，而在本国反无闻焉者。盖棺论定，异日文学史上，江河万古流，则必为此派之魁硕无疑。而此派者，实吾侪研究文学所应取法者也。

（贰）美国研究文学者之分派，既如上述

其在吾国，因时事所趋。恐（一）、（二）、（三）三派，亦将有日盛之势。然有志于文学者，应效法第（四）派之方法及精神，此不容疑者也。自新文化运动以来，吾国学生热心研究西洋文学者甚多，然盲从一偏，殊多流弊。吾另有文言之，今惟掬诚为海内有志文学者正告曰：(一)勿卷入一时之潮流，受其激荡，而专读一时一派之文章。宜平心静气，通观并读，而细别精粗，徐定取舍；(二)论文之标准，宜取西洋古今哲士通人之定论，不可专图翻案而自炫新奇；(三)研究文学之方法与精神，宜从上所言第四派之行事。外此则专书具在，不待末学之哓哓也。

(叁) 至于读书修学之法，仅就师友所言，及吾平生所经验实用而获益者，条列十事，以为秀学者之一助云尔。

(一) 首须洞明大体，通识全部，勿求细节。如研究西洋文学，则宜先读极简明之西洋文学史一部，如 Emile Faguet 著之 *Initiation into Literature* 等书。次读各国文学史，然后再及一时一家之作。

(二) 欲研究西洋文学，宜先读西洋历史及哲学以为之基。此外如宗教美术等，与文学关系甚密，亦须研究。

(三) 精通西洋各国文字。英法德文而外，如西班牙、意大利文，亦应通习。古文拉丁最要，希腊文次之，能习希伯来文及阿拉伯文，则尤善。但梵文及巴利文，亦当通习。以其既为西洋文字之总源，而佛教与我国尤有极重要之关系也。习外国文愈早愈善，宜自髫龄即始业，否则不能深通遍习。且幼时记忆力强，而口音圆活也。读外国文章宜读原文，不可但读其译本，致失真。惟若不通原本之文字，则读译本尚愈于不读耳。例如未通希腊文则宜读 Jowett 英译之《柏拉图语录》是也。

(四) 择名篇巨制而精研细读，并参阅各家之注释及评语。

(五) 非极佳之书不读。所谓极佳之书，乃名人所著，而经众口同赞，久有定评者。人之时力有限，而应读之书无穷。故必严行选择，而决不可消费时力于无益味之作也。

(六) 闻某书之名，应即直取该书自读之，不可专读他人论述此书之作而遂止。且读原书之后，真知灼见，可自下评判，免致为人所误也。

(七) 多读本文。如散文、诗词、小说、戏剧之类，苟能细心熟读，则其中之方术道理沿革历史自能审知，如小说法程及戏剧史等书，可以少读，或竟不读。节钞选本，摘要叙略，以及杂纂汇编之书，亦勿多读。

(八) 一书或一文读毕，宜平心远识，徐下评判。勿观察浮表，勿激于感情，勿用先入之见，勿逞一偏之私。今之人或专重理性，或但取才华，或徒赏词藻，或尽黜浪漫而惟尊写实，凡此皆大误也。

（九）宜注意文章与人事关系。文章所以表现人格，阐明真理，且为美术品，其影响及于天下后世者甚远。凡此皆不可不察也。

（十）宜以庄严郑重之心研究文学。将如 Matthew Arnold 云，欲熟知古今最精美之思想言论（To know the best that has been thought and said in the world）将与古今东西之圣贤哲士、通人名流共一堂而为友也。故立志不可不高，而在己则宜存谦卑恭敬之心。然于世俗卑谬之论，则视之如撼树之蚍蜉，了不关怀。他如粗疏无味，畅销一时之书籍文章，则视为覆瓿之良材，而不值我之一顾。总之，学者当以“取法乎上”四字为座右铭，得其正道而持之以恒。则文学工夫，必彰彰日有进矣。

论戏曲与社会改良*

华桂馨

改良社会，非仅戏曲家所有事，如哲理科学等，与文化之增进、社会之改良，皆有密切之关系。然戏曲既为文学之一种，其于改良社会，责任尤重，故略论之。

一、改良社会重在永远不在一时

文学家必有其人生观。此人生观虽彼此有异，而谋社会之发展，图文化之增进，示人以何所适从，则古今中外一也。自来文人，于其所处之时，概不满足而轻视之。盖文家所望于社会者既高且远，必与其理想相符而始足，常以改造之精神，深宏之研究，与世相抗，冀达其理想之目的，决不同于流俗，与世推移。此自来文人，无不然也。今人常诋文学为无益于世，谓文人每自托高洁，幽居僻处，不省世情，不问人事，视社会存亡，若无关己身之痛痒者。然不知社会之改良，其实功乃正在此等文人。盖文学以高尚优美之精神为事，其改造社会在精神而不在形质，在永远而不在一时。其移人心也潜，其化人也默，其改良社会也无形无声。故古人无意于改良，而社会因而改良之，此其所以为贵也。今日功利主义大昌，而问题戏曲及种种改良社会之戏曲盛行。

---

* 辑自《学衡》1922 年 4 月第 4 期。

然能用于一时,解决一时一地之问题,终不足有益永远而为最优之作品。惟此等作品,功效易见,成绩显著,故易为一般流俗所欢迎。而反视真正文学,为空虚无用,非逼于社会之要求,仅出于个人之戏笔。此等谬解,实由一般著作家误以为文学专为改造社会之器具所致也。有一定之目的在前,而后作为文章,则其所作者,已非真正之文学矣。且问题往往为时间空间所囿,易时易地则无用。如处今日而论科举之弊,人必目笑。伦敦报中而论妇女缠足之害,则世皆奇之,准是。故凡问题戏曲,只能用于一时,行于一地。若夫真正文学,明普遍不减之真理,故能行于四方,传之永久。莎士比亚之文,今日读之,犹若今人之文。其文虽为英文,而中国人读之,犹若中国之文者,其故即在此也。

二、戏曲所以表现人生真相者也

戏曲为文学之一,故以表现人生(Presentation of human life)。惟与小说及他种文学所不同者,则戏曲乃以动作而表现人生之真相也。所谓人生者,即人与人间之关系。凡人之所普有,而非一人之所特具。人类相处,富于同情,无论与己有关与否之事,恒欲知之以为快。喜听故事,即其例也。戏曲能存于世而占文学中重要之位置者,即以人类之天性,常注意他人之事耳。

戏曲中所表现,不外某人在某地作某事,述其始末,显其因果。然其人必有一定之性行,一定之关系,始能发生一定之动作。表现动作,在使观者发生同情,获得快乐,非如演讲之一意教训指导。盖剧场非教训之地,乃娱乐之所也。然戏曲亦非绝无教训,其教训寓于娱乐之中,使人不知不觉而迁善去恶。盖戏曲之最要目的,在明人生之真理,善恶之因果。惟直陈其事,不加批评,使观者自断。故仁者见之谓之仁,知者见之谓之知。如莎士比亚之"恺撒"(*Julius Caesar*)后,即明恺撒之为人,其性行何若。布卢多(Brutus)之性行何若?其杀恺撒也,宜邪否邪?恺撒当如何而始克免于死?其人之缺点为何?如此批判?教训得矣。然而为戏剧者,初非有意于教训也。惟若专图娱人,一无教训,则亦非也。又戏曲系具体的,表现实事,非明一种特别之主义,抽象之原理。故能引起观者之兴味,此亦戏曲上之紧要原理,不可不明也。

三、戏曲乃普通之美术也

剧场之门，人人可入，不能选择。是以知愚老幼，掺杂一处。戏曲家于此群众万类，当兼顾及之，不可重此而忽彼，非如小说家之得限制其阅者，专为贵族或平民而作。且戏曲限于时间，二三时内，成败已决。若初次扮演，不能引起观者之兴味，则此剧即无成功之望矣。小说则不然，开卷初阅，虽觉无味。异日重行细赏，或能得知其价值。盖小说贡诸一人，而戏曲则扮演于数千百人之前也。故戏曲较小说为难，而戏曲名家之所以罕见也。英国惟十六、十七两世纪间，为戏曲极盛时期。而小说则自十八世纪以降，络绎而出。中国几无戏曲，小说则不在他国之下，为戏曲家之难，可想见矣。

人类之秉性如此复杂，戏曲家欲全顾及之，似决不能。实则观剧者虽千差万异，自有共同之好恶在。故戏曲家选择材料，宜适合于此普通好恶，使人人皆受感动，心理学众谓群家会集，在理鲜能成事。意见既异，战争必起。然彼此亦尚能融洽者，则以有普通之仁爱(Common humanity)也。戏曲之用，即在使群众发达其心中之善者，而划除其心中之恶者耳。

戏曲家既欲使知愚共晓，故专门知识，自不能阑入。忠孝节义、恋爱雄心、友谊冒险之类，关系人生，至为密切，老幼俱能深悉。如恺撒抱大志，布鲁多起而杀之；袁氏谋为帝，蔡松坡起而抗之，闻者莫不有同感。戏曲家以欲求普通，故致不能为思想之先导，此其所短也。然其所短者，即其所长。何以言之？思想家能预料三十年或五十年后之世界，而三十年或五十年后，则其思想即成平常。百年之后，视为古旧矣。戏曲家所致力者，有普遍永久之兴味，不限于一时一地。百世常新，中外皆准。人类一日不绝灭，其价值即一日存在。此戏曲之所以为贵也。

四、用戏曲改良社会之正道

清人诗云：“我是黄莺随意啭，不管花前有人听。”此等优游自乐之人，无意于人事，本不足与言改良社会。然戏曲实可用为改良社会之具，惟行之贵得其道耳。兹举起要者如下。

(甲) 用间接之法。无论何种美术，其价值俱在间接动人。非如教士之说教，昭昭然以训诲为事，冀听者从其言，信其说。又文学贵婉回曲折，而忌直言。寓意于言外，褒贬于无形，而读者于不知不觉之间，中心为其所移。有如墟墓之间，未施哀于人而人哀；宗庙之中，未施敬于人而人敬，则无几矣。文学近女性，其化人也，若慈母之教其子，温和挚爱，不忍打骂。严父则一不合意，鞭笞交集。而其结果，子之得于父者，远逊于其所得于母者也。今之文人，多系"生吞活剥"。一无慈爱之心，犹法官审罪，高声怒容，辱骂以为快，初无诚心欲人为善。此文学上之大忌也。

（乙）忠厚（Charity），西人之所谓讥讽。Satire 在责人而使人悦，不伤于情。盖责之太甚，令人不堪受，则羞而成怒，非惟吾之目的不达，反招人之怨恨。中国政客官僚之所以不知耻，而于人之责谴置若罔闻者，未必不以此故。习闻既久，视为常事。故非议四起，仍自行其意如故。夫既为人类，虽是极恶，亦必有可以感化之余地。故西洋有"感化罪人"之制。其最可惧者，乃廉耻之心丧。若廉耻之心丧，则无不可为之事，而迁善之望绝矣。故化人之道，在诚恳默缓，养成其廉耻之心。此文学家之所当致意也。

（丙）训诲主义（Didacticism）之害。近年吾国新剧之无成，多由于训诲主义之盛行。其所谓新剧者，实非戏剧也，乃长篇之演说耳，使人厌倦乏味，不可卒听。夫使戏剧专为训诲，则数语已足，又何用数幕及千万言为哉？又何用布景化装为哉？且近日所演之戏剧，其观者多系学界人士，知识较深。戏曲家所欲训示者，彼等已早知之无遗。而此外一般人，则视新剧如幼儿之于严父，深藏远避，而不敢近。其结果，得领新剧之训诲者，数人而已。何足言普遍哉？讵知戏剧之优劣，在本身之结构与人物，其于训诲，关系甚微。故今日戏曲上最重要之事，在去训诲主义。训诲主义不去，则新剧难有成就也。

穆尔论自然主义与人文主义之文学*

吴　宓　译

[按]穆尔先生(Paul Elmer More)学说大旨及其所著书目,本志已屡述。及先生少年尝为诗及小说,而其知名则由于Shelburne Essays论文集十一卷,精实宏博,其中之文皆成于二十世纪之最初十年,而刊于欧战以前。最近十余年中,则专力于《希腊宗传》一书,凡五卷,及去年春此书之第五册《基督之道》出版,兹役告终,先生乃复从事撰作论文。岁底,遂汇刊其近作之论文集一卷曰《绝对之鬼》(*The Demon of the Absolute* :*New Shelburne*:*Essays Vol. I*),今所译者其序(Preface)也。此书系美国卜林斯顿(今译普林斯顿)(Princeton)大学出版部发行,定价美金二元五角,论文集冠以新字,以别于昔年之旧集十一卷也。至书名则以书中第一篇论文之题为之,虽本常例,而意实一贯。所谓"绝对之鬼"者,即"暴戾恣睢之理性"是也。作者以为今世之大病根即在于此。夫理性运用得其宜,固可为吾人之良师益友。然理性乃极危险之物,常易超出实际经验之范围,而以虚空之绝对为真理,妄欲以某种公式来解释复杂生活之各方面,于是使人迷惘,忘却爱玛生所谓二元之意识,即不复体察人性,乃兼具神性物性之二种原素,而误以人性为纯善或纯恶。古今伟大之道德及文艺,悉托始于人性二元之观念,昧乎此,则走入歧途,终无是处。盖人性非绝对的,所谓绝对者妄也,幻也。惟此种谬误之绝对观念,在古来各家之宗教道德科学主

---

*　辑自《学衡》1929年11月第72期。

张中,常常见之。似若持之有故,言之成理,而实引人堕入魔障,故特以鬼称之。而今世之事业及生活中仍常见此绝对之鬼之踪迹,是不可不明辨而慎防之也。

古来之文学批评,首重标准,而今人则谓"世间决无正常之标准,可以衡量一切艺术作品而无误者",穆尔先生曰:"此言是也。"然必以"无标准"及"不负责任"为文学艺术中绝对之规律,强人以必从,岂非更为谬妄耶?又今日欧美之文人,主张极端纵性任情之说,其拘泥顽固,实不异于昔之学究。穆尔先生曰:"此等文人乃绝对之鬼之奴隶,而主张应有合理的赏鉴之标准者,则非也。"穆尔先生生平最重理性,然极反对"理性主义",以为"理性主义与合理之常识(即上智之公性)决不相容"。盖合理之常识实可为万事之标准也。

穆尔先生以为今日哲学中之类似宗教之自然主义,乃绝对之鬼最恶之现形,因评 F. J. Sheen 之《上帝与知识》一书而痛论之,又评惠德海(今译怀特海)(Whitehead)教授之主张曰:

> 前此谓人之灵魂遵从石之规律,灵魂即石也,今乃谓石之性质与灵魂无异,凡石皆灵魂矣。"是故今日最急要之事,厥为"推翻此种一元之偶像,而剀切承认石与灵魂乃为二物,绝难混为一体。今之主张科学的绝对主义以代宗教者,吾人只有坦直语之曰:君休矣,君归而治杂事,为琐役,不当于学问中寻门路也。

此下一篇,题曰《现今美国之新文学》(已译登本杂志第六十三期,可参阅)。盖美国今日流行之文学创作,皆受绝对之鬼之影响,甚或作者亦不自知也。

又有《吾之所得于杜洛布者》一篇。杜洛布(今译特洛普)(Anthony Trollope,1815—1882)为英国维多利亚时代之小说家。穆尔先生喜读其书,则以杜洛布能认明道德与艺术之关系之故。"道德非艺术,此言固是。然绝对之鬼由是遂为武断而害世之结论,曰艺术与道德毫无关系,此则谬矣。"今人多为此谬说所中,故不能见杜洛布小说之佳处。盖杜洛布写状"人之品性与其环境之关系"最得其宜也。

穆尔先生又甚喜读英国十七世纪宗教诗人武汉(今译沃思)(Henry Vaughan,1622—1695)之诗。盖近今之绝对主义,以神与物混为一体,武汉则未中此绝对之鬼之毒。武汉谓自然界中有神之势力存，但神为幽渺不可知者。武汉深悉人类之罪恶及苦痛，但谓“人生之缺陷，日常之愁苦及烦忧，皆非由于一时一地偶然之环境，乃由于人类之本性如斯”。其关系在人而不在物，在内而非在外者也，于是武汉遂遁居山谷间。“彼以自然为栖止之所，然谓上帝之存在灼然可见，故不敢违上帝之教而妄行。”神虽不可知，而实能为人助。此穆尔先生有取于武汉之处也。

综上言之，穆尔先生以近世之绝对主义及一元论，实属一偏而违真理，武断而昧事实，笼络杂糅，愚妄自是，故于此书中明白攻诋之。穆尔先生认定天人物三界截然划分，杜洛布书中表现人性二元之真理，明示人性有别于物性，武汉之诗则显言神性与人性并与物性有异。故穆尔先生推重此二作者，藉以明己之意而已。其他各篇关系较小，兹均略而不述云。

浅见者每谓今日艺术家及一般人之迷乱惶惑，乃由于各种不同之人生观之矛盾冲突。然细究之，则知今世之人实皆为一种学说所左右，而此学说之本身即藏有矛盾冲突之种子。今人所崇信之主义多矣，然其源皆出于自然主义。自然主义为文艺复兴时代之产物，在英国则培根盛倡之，培根生时受贿枉法，今人降心从物而欲得自由，行事无殊培根。今人自认为自然物之一部，而欲宰制自然，是无可能。其父杀人，其子行劫。培根为提倡权力与自由，力攻亚里士多德而摧其势。夫以中世经院派哲学源出于亚里士多德之形而上学，攻诋亚里士多德，其事在当时为不可缓。然亚里士多德哲学中之人文主义亦同遭摧残，此则近世祸患之所由来者矣。亚里士多德谓自然物之特征为其内蕴之目的，易言之，即宇宙之“最终因”之表现于物体内者，是故亚里士多德以自然为有目的、有意义者。例如橡实之最终因（即橡实存在之目的）为生长而为一大橡树，此目的早已隐含于橡实中。又如驹之目的为生长而为马，其他动植各物悉可按次类推。又凡动植物之行为，亦为求达其目的者，或觅食，或求安，或生殖，皆是也。自然物又有一同具之特征，即其生长及行为之目的所在，彼等并不自知，充其量，亦只由于本能（天性）而已。例如橡实与驹之生长，并非自行决定，有意为是。凡百动物与植物之行为，皆缘其本能（天性）所驱迫。出之无心，而不能自主，此乃自然界之极限，莫能逾越者也。而如亚里士多德之说，人类则既在自然界（万物）之中，又在自然界（万物）之外，人为动物之一，故属于仅具无意识之目的之自然界之范围。然人又生而为人，故除动物之本能（天性)以外,兼具有意识、有方向之目的。人惟具此有意识之目的,故能凭所选择而自由行事,于是有品行、有道德、有政治、有宗教。人惟具此有意识之目的,故能凭所想望而自由创造,于是有艺术。是故人性二元:一为自然(同于物),二为超乎自然(在物之上)者。又可云,人之本性中,实有高下之二部分(或称之曰理曰欲),人文主义之哲学承认此书,谓人之所以为人者,以其独具有意识有方向之意志,自然主义之哲学则否此二者之所以别也。自文艺复兴时代迄今,一部欧西文化史,不外人文主义(谓人异与物)与自然主义(谓人同于物)之势力迭为起伏互争雄长而已。

降至近今,思想界乃为自然主义所独霸。吾人竟受制于绝对之鬼。此鬼出没无定,备现诸形。人所常见,名曰自然,高踞宝座,俨同帝王,势力雄大,莫能与京。由自然主义之源泉,而生两种思想之潮流。两种者何?一为科学,僭妄称尊。科学极盛于十九世纪之中叶,其说谓世间万事悉遵一定之轨道而行,为复杂之机械规律所支配。又谓宇宙乃一庞大之机器,人则其中之一小齿轮而已。此说见于近世心理学者为"行为主义"。见于文学者,为现今小说中之写实主义。二为变之哲学,蛊媚伤人。其说谓世界并非固定之机器,乃永久变动不息之偶然之事实,其间毫无一定之计书与意义。此说之见于文学者,为"意识之流"之说,谓人仅如受此之水管。按以上二种思想,似矛盾而互不相容,然皆同出一源。即谓人性中无超出自然以外之成分在,谓人亦不具有意识、有方向之目的。是故(一)科学与(二)变之哲学,皆与人文主义反对者。而其归宿,皆使人委心任运。谓人间万事无可为,只可安于颓放。又谓人生并无庄严之事理与深至之感情可供描摹,于是道德丧而文学亦坏矣。

最近吾美国青年文人不满于科学,起而为一种反抗之运动,欲破除培根以来科学万能之谜信(读者可参阅本志第六十三期《穆尔论现今美国之新文学》篇),然其所为实不尽允当。盖破坏易而建设难,扶得西来又东倒也。此派青年文人之英俊者,毅然主张想象力与人生之规律道理无关,应使想象力完全独立自由,且谓艺术应与人生绝缘。呜呼!去一绝对,又来一绝对。甫脱羁绊,遽陷泥淖。前此过嫌固定,今则只存空虚,误矣,误矣!不知真正自由之路只有一条,即亚里士多德在昔所垂示之人文主义是也。吾非谓亚里士多德之说完全无缺,吾且谓亚里士多德之超乎自然之观念甚为浅薄,须以对于精神永久真理之更深澈之见解补足之。虽然今欲重与文学而使有生气,则非提倡人文主义不为功，此则毫无疑义。欲使今人怀疑而悲苦之心理有所安顿寄托，则譬如筑室，必须取人文主义为稳固之地基也。

昔卢梭有言"理论不能开导，使人益晦"。吾切望读者勿误吾旨，吾所攻诋之"唯理主义"与常识之合于理性者有别。近世之人，正以误用理性，遂乃钻入牛角，走入歧途，逃于空虚。不识人类复杂心性全部之伟大作用，而谓人之灵魂等于废物。（一）或受一定之规律所支配，而桎梏羁绊、命运定数至不可逃；（二）或为永久之变动所吸引，而随风飘荡，无道德责任之足信（一为科学之说，二为变之哲学之说）。故必以精深博大之人文主义救之也。

穆尔论现今美国之新文学*

吴　宓　译

[按]本篇原文登载美国《论坛》杂志(*Forum*)第七十九卷第一号(一九二八年正月号),题为 *The Modern Current in American Literature*。作者穆尔先生(*Paul Elmer More*)为美国现今数一数二之文学批评家,提倡人文主义,曾任纽约《国民周报》(*Nation*)及《纽约晚邮报》(*New York Evening Post*)文学编辑,又任卜林斯顿大学及哈佛大学讲师。生平著述甚多,而以 Shelburne Essays 批评论文集凡十一卷为最有名。近年来专心致志,取希腊文化哲学之精华,参以一己深彻敏锐之见解,成《希腊宗传》(*Greek Tradition*)之巨著,分为五册:第一册名《柏拉图主义》(*Platonism*),一九一七年出版;第二册名《柏拉图之宗教》(*The Religion of Plato*),一九二一年出版;第三册名《希腊季世之哲学》(*Hellenistic Philosophies*),一九二三年出版;第四册名《新约中之耶稣基督》(*Christ of the New Testament*),一九二四年出版;第五册名《基督之道》(*Christ the Word: a Study in New-Platonic Theology*),一九二八年二月出版。均美国卜林斯顿(今译普林斯顿)大学出版部印行,牛津大学出版部代售。欲窥西洋文明之真际及享受今日西方最高之理想者,不可不细读以上各书也。

又按,穆尔先生与白璧德先生齐名。本志以前各期已屡述及,读者谅已稔知。此篇末列举美国新人主义派之作家,推白璧德先生为领袖,而于穆尔先生

* 辑自《学衡》1928 年 5 月第 63 期。

自身则毫不提及。此足见先生之谦德。又白璧德先生之高足薛尔曼君(Stuart P. Sherman)极关重要,兹亦不言及者,以薛君已于前年秋间逝世,而此篇所列举者以生存之人为限故也。读此篇者,祈先取本杂志第五十七期《薛尔曼现代文学论序》读之,至此篇所言美国今日文学之弊病,与中国今日之文学大致相同,可为借鉴。然亦有不同者,是在读者分别审观,兹不一一指出之云。

又按近来传述白璧德先生之学说者,有以下二篇,言之甚为确当。(一)英国新标准杂志(The New Criterion)第四卷第三号(一九二六年六月出版),登载孟孙群(Gorham B. Munson)所撰《白璧德为今天之苏格拉底论》(*The Socratic Virtues of Irving Babbitt*)。(二)英国十九世纪杂志(*The Nineteenth Century and After*)第一百零三卷第六一四至六一五号(一九二八年四月五月出版),登载李查芝君(*Philip S. Richards*)所撰《白璧德之新人文主义》(*Irving Babbitt*:(I)*A New Humanism*;(II)*Religion and Romanticism*),此二篇为英国之人而作,与本志第十九期所译登之马西尔君《白璧德之人文主义》一篇为法人而作者,用意正同。虽互有详略,而于白璧德先生之学说并能得其真而撷其要。读者可参阅之,知白璧德先生之人文主义已渐行于各国,而吾国之人研究享受,益不容缓矣! 译者识。

本篇题目及范围,系论究今日美国文学中之所谓新派(参观本期插画第一幅现今美国文人滑稽画像),愿望于工力最深之小说家华顿夫人(Edith Wharton)及声名最著之诗人鲁滨孙(E. A. Robinson)、福罗斯特(Robert Frost)均不能论。及此诸人者,其地位及成绩已为众所公认,然不能谓为美国之新派文学家,与彼宣告独立而专务反对旧文学者异其趣。华顿夫人之小说及鲁滨孙君之诗,固皆叙述美国之生活及近今之情事,然其思想及题材均无异于英国维多利亚时代之文学。至福罗斯特君之问题虽甚奇诡,然其人之精神实与新英伦文学宗教中之旧作家如 Jewett 女士及 Freeman 夫人等相同而无所别异也。

以此之故,于彼大多数之作家,成书极多而甚受社会欢迎者,今亦不能论及。此中如 Booth Takington 之颇能自树,如 Hamlin Garland 及 Meredith Nicholson 虽平凡而无瑕可指,如胡礼德(今译哈罗德)(Harold Bell Wright)之书销售极多,其名腾于众口,而严正之批评家则鄙弃不屑齿及(予独窃赏此君之作可云例外)者皆是也。

吾人对于以上两种作家,无多可说。仅可云此诸人者,常有新书出版,其书之工力有深有浅，其书之文辞有美有恶，其书之内容则或写此地、或写彼地之风光。人之读其书者，只为娱乐消遣，平日亦不多谈论及之。至所号为新派之文学家则不然，其人数虽微，而喧闹扰攘不休，世人知或漠视之。则彼中之勇者，情甘牺牲，特作成一书出版，以奇特淫秽动人之耳目。于是有司提议禁止行销，社会中人乃纷纷寻求此书读之，而新派遂又喧腾人口矣。

新派对于文学艺术之主张，虽自诩创造发明，而实则追步效颦英国之新派。而英国之新派又模仿法国或俄国之新派，由巴黎传至伦敦，已阅二三十年；由伦敦传至纽约，更阅二三十年。此常例也。如是，又何新之足云？惟有一事，系美国之新派所自创，即专务攻诋新英伦之清教徒（New England Puritans）及其精神，不遗余力是也。彼英国之新文学家，亦常鄙笑维多利亚时代之作者。文人相轻，自古已然。今之后生，尤好诋前修，然从未有如吾美国新派文人之甚者。彼辈血脉偾张，苟有对于昔日波士顿诸文学宗匠表示些须之崇敬，或略溯旧文学之渊源者，则怒不可遏，几将逞凶用武而后快焉。

夫具同仇之心者，其团体之结合最坚。新派文人，于所主张虽多歧异，而于其所反对者则极为一致。彼辈以反抗并破坏美国之国性为共同之目的，故能自成一派，而有别于欧洲之新文学家焉。夫美国自建国以迄今日，所可以代表美国国性之文学作品，仅有新英伦之清教徒如爱玛生（Emerson）、朗法罗（Longfellow）、罗威尔（Lowell）、惠体尔（Whittier）、霍桑（Hawthorne）、索鲁（Tboreau）等人之著作。虽其宏大精严之处，不能与欧洲文学中之杰作相比并，然亦自有其价值而具特长。新派文人固亦知之，而乃一概攻诋，思欲破除之以为快。彼之所取者，惟阿伦波（Poe）与惠德曼（Whitman）二家。于近今之作者则推尊 Stephan Crane 氏，岂非异事哉！

细究新派文人力求推翻新英伦文学正统之原因，盖有三焉：

一曰：褊狭之地域之见。文学与政治同，彼西部各省 Oshkosh 与 Kalamazoo 等地之人，傲睨自喜，以为吾所生长之乡村，亦可为世界文化之中心，较彼清教徒所居之大都会（波士顿）何多让焉。其心固不甘居人下，然迹其所行，则此诸地之文人，以及芝加哥城中之文人。其稍稍成名，足以自立者，则莫不急急东徙，奔赴纽约城中而居住焉。纽约者，亿万人之所聚居，而实等于无人之境。居民皆系他处迁来者，于此经商、于此食宿、于此死而葬者极多。然实各不相谋，五方杂处，语言淆乱，意大利等国语流行，而纯粹之英语几于无闻。故来自田间之文人多乐就之，而迁至波士顿者则无一人焉。

二曰：误谬之爱国心。或谓昔日波士顿之诸大家爱玛生等，其文化学术得自外国，其著作中所用之文字悉力模仿伦敦之英文，未免为他人之奴隶。于是新派文人，本其爱国之心，力求表现自己，行文径用美国之方言白话，以造成一种特别而新奇之美国文学。此其志固甚可嘉，然与事实相反。盖新英伦之诗人文士，其著作之外形虽力遵文法之成规与艺术之定律，然其精神则正足表现其时美国之国性，非若今之新派文人专以摧毁国性为能事。新派倡为解放之说，破坏种种礼法规矩，使道德与宗教荡灭无余，此岂美国之国性耶？今日他国之新派文人亦盛倡此说，吾人追步其后尘，又何独立自尊之可言耶？

三曰：对于宗教道德之反抗。十九世纪中叶之清教徒作家，亦尝有反对旧日宗教中之信条与仪式者，如爱玛生，即以不满于其教派枯燥无味之礼文，弃其牧师之识而不为。然爱玛生之徒，固皆植品砺行，以道德为世宗尚，其著作中充满道德宗教之真理，无殊古希腊之史诗悲剧。近今反抗宗教道德，则已成为风气，其主张态度亦人各不同。有以无宗教无道理为生人最乐之境界，于是造为"宗教主义"、"道德主义"等名词，以为攻击之目标，生活及艺术中，均不许有宗教及道德之存在。偶有见端，则奋力排除之，不使有萌蘖再长之机而后已。此一派也。有谓道德宗教，对于人之实际生活，均为有益，然与文学艺术之原理无关。人生纵有一定之规律，艺术则为艺术而存立，不宜牵混于一处。此又一派也。是故提倡文学之自由与解放者，本非一致。然以同仇之故，遂隶于一旗帜之下，攻诋清教徒，反对道德及宗教，又使艺术与人生分立绝缘。彼辈鄙视新英伦之清教徒，而实窃取其独立自尊之精神，但误用之耳。

就大体言之，新派文人又可分为二类：一曰审美派，二曰写实派。二派有时亦互相抵牾，兹分论之。

（一）审美派 审美派以近年逝世之罗威尔女士（Amy Lowell）为领袖。女士于诗之技术造诣颇深，然于作诗之方法，则多因袭而少创造。无韵律之自由诗为一时之风尚，女士遂亦效颦而趋从之。初学美国之惠德曼，继又模仿法国形象派（Imagism）之新诗人，然此尚不足云自创。女士必欲矜奇立异，乃造为所谓繁音散文 polyphonic prose 之体。此体实本于法国诗人佛阿氏（今译福特）（Paul Fort）之说，惟佛阿氏所用者乃旧诗中之音律，而女士则以"雄辩式之散文中之纡徐流动之音节"代之。女士云："所谓繁音散文者，乃如乐队合奏之音乐，其调非若自由诗之简单谐和，而繁复多变化。"女士之计划颇大，方其初之时，绩学之诗人亦尝重视之，至其终局之成绩则直无可言矣。

今后罗威尔女士如能长保其声名,必系由于其所作旧诗之佳,而非由于其繁音散文之新制,此事之无可疑者也。女士于旧诗确具功夫,不乏琢磨光辉之佳作,苟不肆意创立新体,则其成就实不可限量。女士之天才盖为其学说所误者也。女士生时颇负盛名,其离奇怪诞之行事亦津津为人所乐道,然女士在文学上之影响殊甚微细,今已渐归消灭。不但女士一人,所谓自由诗者,今已为极新派之文人所唾弃。某大学二年级学生,以不道德之文学主张,被校中勒令休学。此君尝告予,谓彼自由诗大作家桑布氏(今译桑德伯格)(Carl Sandburg)以芝加哥城中之"煤烟与钢铁"为作诗之材料者,今已死去,其所作新诗已无人读之矣。

审美派之新文学家,其著作今犹为人所喜读者,当以喀伯尔(今译卡贝尔)(J. B. Cabell)为最有名。喀氏乃一奇人,初未知名,旋以其《甲根》(Jurgen)一书出版。政府当局认为有伤风化,严禁发售及邮递。美国智识阶级中人,思想简单,以为凡官厅所禁止者必为艺术上之佳作,于是立奉喀氏为文学界之殉道者,而其名遂大显。至该书之价值如何,甚不易言。亦有博学能文之士,称赞此书为不朽之杰作,推喀伯尔为现今美国第一作者。而大多数头脑清醒之人,则谓此书毫无足观,喀氏乃一性喜自炫之妄人耳。以吾所知,今日极新派之少年皆不称许此书。然彼辈于本国之文学一无所取,仅取 James Joyee 之 Ulysses 小说,以作者非美国人,是则新派少年之去取固不足为评判之标准也。

此书中所叙之甲根,乃中世之才子,能诗,以当商为业,其后得魔术之助,梦中返老还童,重度一生,看破一切,恣意所欲为。盖人生哲学之寓言,而以神奇魔幻之情事写出者也。世界各国之神话奇谈,均网罗入书。作者自谓已窥破人生之秘奥,无所依恋,无所信仰,遣词用笔,一主冷峭,而常流于淫荡。盖合许赖(今译休利特)(Maurice Hewlett)与法郎士(Anatole France)之法而一之。故作明白浅显之文笔,而造成极繁复极凝炼之作品。吾读此书,觉其前后颇不一致。偶得一章,甚喜其内容之佳,感于人事之无常,深心久思,而得智慧。言之若甚旷达,其心乃愈悲苦。吾读至此,方恣欣赏。乃其下忽转为粗砺之音,杂以俚文鄙词,出其小慧炫人,则吾对作者顿为失望。而谓作者之学似博而实浅,作者之艺术似巧而实劣。书中之优点亦皆常见而不足道者也。读《甲根》一书,每觉作者之天才学问均过人而未获施展。评者之称赏其书,盖以此故。而予则颇疑此书之见赏于多数人,只因其以柔丽之笔,写淫荡之情而已。

除《甲根》一书外，喀伯尔君又著着成互相关联之小说多种，誉之者至谓驾巴尔扎克(Balzac)与佐拉(Zola)而上之。巴尔扎克仅叙法国拿破仑第三帝政时代之社会，佐拉亦只叙 Rougon-Macquart 一家之渊源。若此美国勿吉居亚省 Richmand 城中之作者喀伯尔君，其想象力之伟大乃非彼二人所及。予今引约克曼君(Bjorkman)所作《喀伯尔小说全集》之序中之言曰："喀伯尔君小说之所叙述者，自其幼年时代所经历之环境起始，细溯一社会团体之根底，历时与地，穷源竟委，遂能造成诸多恢奇动人而又合乎情理之人生片影，表明人类命运相关之道。购按其次序，将各书一一研读，则可完全洞见血统遗传之事象，自中世直至最近三四年为止。彼巴尔扎克之书，仅能写一地一乡一时之情形，又未能著其变化之迹，岂可与喀伯尔君如斯宏大之著作相提并论"云云。予谓约克曼君此说直是谰言，喀伯尔之小说固甚巧妙，间有讽世嘲俗之语，亦可玩味。然细究之，则皆小慧而已，不足为伟大之征。今乃谓其胜过巴尔扎克之《人间喜剧》(*Comedie Humaine*)如此颠倒错乱，足证约克曼君于艺术及人生毫无所知。然今之慧黠之报馆中人概皆如是，安能于约克曼君之独深责之哉？

喀伯尔君所著各书中，予最喜其《超过生活》(*Beyond Life*)一书。喀伯尔君于此书中自述其对于文学之见解，与彼写实派之所言所行者正相反对。此书前后美恶不均，书中之隐居之小说家，乃喀伯尔君自寓。其人博学而性殊怪僻，写来颇似傀儡，无甚生气，然其口中之议论则甚正大。其言曰："诗与小说，乃以一种预示之魔术，使活动之幻象，显露于外，而鼓舞人心，俾趋于高尚之目的者也。此种活动之幻象，即世人所号为奇迹艳史者，并非虚无之物。苟作者能将人生之根本事理，本诸己之所见者而确切写出之，则可近于人生之真谛，而幻象即成实在矣。是故艺术作者乃人生之先导与僧侣，吾人心中皆希望世间之事事物物，不止如现今之实在情形，而能有胜于此，能合理想。所谓种种奇迹艳史，即表示此种愿望者，人生到处皆为此种愿望所驱遣，作者苟能明见及此而写出之，则已进于神明之域而笃信上帝矣。"

精确细密之读者，或将讥喀伯尔君误将观念与理想并为一谈，未加分别。盖透过浮表之现象而直窥物质本性，是曰观念；以不满于现实世界之情形之故，故意造作种种美丽之幻象以掩饰之，是曰理想。然今世蹈此失者甚多，非止喀伯尔君一人。今世之求逃脱卑下之悲观主义者，往往趋于伪柏拉图主义，以圣陀亚那(今译桑塔亚那)教授(Santayana)之盛名及大手笔，且为之倡，盖皆误以理想为观念者也。观于喀伯尔君之论奇迹艳史与人生道德之关系，即可知之。喀伯尔君取亚里士多德之格言,谓文学中所描写之人生,不当为实在之情形,而当为理想之境界,斯固是也。凡真正之古学派文人,未有不进苏对克里氏今译索福克勒斯之理想戏剧而绌尤里比底氏(今译欧里托得斯)之写实戏剧者,即未有不赞成喀伯尔君之说者,然试问其所谓理想之境界者为何?喀伯尔君则曰:“所谓善恶,乃美术上之惯例,而起源于浪漫之观感。此事之不容疑者也。”又曰:“愚人之所称为道德者,持与美较,则相形见绌而不足重轻。非道德不足重也,以其在美术上之价值渺乎其小也。”是故由喀伯尔君理想之境界之说,则是世间人之为恶犯罪者,虽常有种种之痛苦,而小说书中所描写之人物,则可恣意为恶犯罪,而结果仍甚快乐圆满。姑不论此说奖励人之为恶,岂合于真理实事耶?喀伯尔君之言,仅足以破“道德主义”及“宗教主义”,不足损伤道德。然喀伯尔君以人生之真与文学艺术之美,划分为二,各不相关。如是为之,则文学艺术中决不能有庄严切挚之情感,此其失误之关系重大者也。

罗威尔女士与喀伯尔君,为吾美国审美派文人之领袖,而二人皆生长于东部以保守著名之通都大邑,皆出身名门贵家,皆受高深教育,此事之甚足注意者也。罗威尔女士为博学之诗人 James Russell Lowell 之族孙,哈佛大学校长 A. Lawrence Lowell 之胞妹。以世系论,固麻省昔日诸大名贤之嫡派也。喀伯尔君之家,亦为勿吉尼亚省之名族,在威廉玛利大学毕业,复在该校为希腊文教授。试问今之新派文人能通希腊文者有几人哉?

(二)写实派 新派最激进之文人,所号为写实派者,则正与以上所言者相反。盖皆生长于美国中部 Kansas 至 Ohio 诸省之小邑,少时并未受真正之教育,虽自奋于文学,而缺乏历史环境之陶镕,故所造均不深。其中若路易斯 Sinclair Lewis 生于米乃苏达省(今译明尼苏达州)之 Sauk Center 地方,曾在耶鲁大学毕业,获得学位。然其人智识粗浅,尚不如杜来色(Theodore Dreiser)之奔驰于芝加哥之市街或蹀躞于各地之公立图书馆而成其学问者,且不如安德生(Sherwood Anderson)之粗识文字亦由天惠而未尝入学未尝读书者也。

写实派文人又有多巴索 John Dos Passos 者,生于芝加哥,毕业哈佛大学,受法国作者及西班牙之易班乃士(Ibanez,1867—1928)之影响甚深。就知识及艺术论,其著作不能谓之粗浅。然就其反映人生之处观之,则此君之著作实为最劣下者。其《纽约电车站》(*Manhattan Transfer*)一书,甚为人所称道。然此书内容乱杂无章,专写纽约城中卑下污秽之情况。以今世流行之语说之,此书乃直接表现人之“流动之意识”而甚得其真者。吾则谓不知称此书为污水沟中之爆发之为愈也。

以上历叙新派文人之出身，予非敢自诩名贵，亦非存地域之见（吾本身亦籍隶中部之一省）。盖以其与该派之主张即著作至有关系，因此而成为一种特性，致与今世法国英国之写实派截然划分，研究批评之者不可不注意也。写实派之中，以杜来色君势力为最大。杜君与安德生君并为该派之代表，故今于杜来色君之平生，请更详论之。

幸哉此事非难！盖杜来色君与其同派之作者，均自视甚重，以为茫茫世界之中，我为第一主要之人。于是其著作小说也，处处藉书中人物之姓名，以表现一己之性行。且进而撰作自传，以详述我之历史。杜来色君之 *Book About Myself* 一书，即其自传也。杜君年已五十，未能有闻，关心后世之名，乃以其少年及壮岁极平常、极琐屑、极无味之生活及行事，堆积搜罗，而成此五百余页之巨帙。及审其内容，则作者自言其少时恋爱一清白而忠厚之少女，屡欲奸污之而卒未果。待至多年之后，乃娶之为妻，而此时情欲已减，淫心不炽，索然无味，深悔昔日之不径行恣意求欢也。呜呼！杜来色君所欲告天下后世者如此，吾人惟深服其勇。盖书中所叙情事有极猥琐者，虽写实派小说家亦将搁笔，而杜君直叙之不稍隐讳。但为研究杜君之生平，此书固系无价之宝矣。

按杜来色君自传，杜君于一八七一年，生于印第安纳省之 *Terre Haute* 地方。父为德国人种，奉天主教，为一小牧师，贫穷而无志气，但多卑靡之情感，旋携家至芝加哥城中居住。杜来色自幼即终日留踯躅于芝加哥之街市中，为一小商店沿街售卖货物为生，已而窃取店中银币二十五元而逃，深恐为人发觉，自是力行谨慎，竭力遁藏。年二十二，在本区某政客所办之小报馆中得一微职，旋于一八九二年至圣路易城，为某报馆访员。该报主笔某，负一时盛名，杜君从之学，获益不少云。

圣路易城为予之故里，方杜君来圣路易之日，正予将离此而出游之时。杜君所叙当时圣路易城中情形，甚为真确而生动。街巷坊陌，都存掌故，人物俗尚，历历在目，予尚可为杜君证也。然杜君旋亦去此而东，一再漂流，卒抵纽约。其后又经多年之辛勤困苦，所撰小说为人所注意，名誉渐起。及三四年前《美国之悲剧》(*An American Tragedy*)小说出版，凡二巨册，大受群众欢迎，国内国外之评者许为一时之名著，而杜来色之名乃如雷贯耳，而杜君遂为美国之大作家矣。

予意写实派之作品中，当以杜来色君之自传 *Book About Myself* 与安德生君之自传 *Story Teller's Story* 为最重要，其所著之小说远不能及也。杜君行事经历虽予殊，然其自传中所叙昔年美国之情况，与予幼时之知识及感情在在关合，今已渺焉不可复睹。予之独赏此自传，或缘此故，然平心论之，杜君自传之文笔，简明直捷，不愧为训练有素之报馆访员。而其所作小说之文笔，虽刻意求工，而粗恶不堪。市井之淫乱浪语，与生物学实验中之科学名词，混于一处，杂而不纯。至论自传之内容，则欲穷究美国写实派文学之来源者，正可于此处得之。盖杜君言之不事讳饰也。

三四十年前，在美国中部各省，出身微贱之少年，盖皆与杜君同其境遇途辙。其精神生活，惟赖宗教，或为锢闭专制之天主教，如杜君所奉者是。又或为穷困薄弱之耶稣新教，其教中之典礼仪节皆以废除，想象无所寄托，而文学与艺术则从未梦见，不殊非洲穴居之蛮人。其知识、其感情皆抑塞穷乏，不获发育。如此之少年，或未尝受学，或即在当时穷乡僻壤经费不足设备简陋之大学毕业，得一有名无实之学位，流转而至喧闹扰攘之芝加哥城。虱身此中，欲以著作文章自见，偶在专务登载奇闻丑事之报馆中得一位置，以资糊口。彼于人生之大事业、大道理，故未尝窥见，而其到此后新得之经验，皆取资于警区法庭验尸场，及污秽之街坊，破败之人家，其材料则不外图财害命、奸淫诱拐、欺诈劫夺之罪恶行事，而乃悉心探访，辗转传述，笔而画之，以为文章。境遇如斯之少年，其世界观、人生观为如何，可想而知矣。杜来色君自叙其当时之感触，极为动听，谓其初彼犹"念念不忘耶稣山上训言及天国无上之福，以为世中之活人其性情行事亦必如是"，继乃知其大谬不然。盖社会中人，凡彼所遇者，"莫不视生活为一猛烈辛苦之奋斗战争，此中只有劫夺而无礼让，尔诈我虞，不以为非。种种陷阱机械，偶一失误，便堕其中。或缘幻想错觉，枉费心力，走入歧途。其中得失成败毫无定理"。诚如其至友某君所云："人世乃一渎神背义污秽丑恶机械变诈之赌场耳。"安有所谓人情天理哉？

当是时，杜来色君颇有志于名利，性复聪敏，遂自行研读书籍，所读者适为巴尔扎克及佐拉小说之英文译本。杜来色君乃悉彼红尘十丈繁华世界之巴黎，正与吾目所见之芝加哥相同。如斯社会，如斯事业，特彼中竞争活动之范围较大，参加之人物较多，结果之成败得失亦较巨耳。由是杜君遂断定著作小说之方法惟在写实，与彼平昔所撰之新闻访稿，无二趣也。其后杜君又涉猎赫胥黎、斯宾塞等人之书。此诸人者，固当时未受教育之人及一偏狭隘之科学家所奉为万世之圣人及导师者也。于是杜君怃然曰:“吾见人生如是蛮横混乱而无道理,甚深疑惧,及读此诸名贤之书,乃知人生原本如是,历千古而不变。吾乃废然止矣。”

杜君续言曰:“前此吾常努力苦心,欲有所为,以为行之必有结果。今则热心顿减,深信人之精神决无目的及进步,只有当前之快乐,无复未来之希望。人之生世,至不得已,其事甚苦,生死问题极不重要。所谓人之理想奋斗忧患幸福等等,皆不过化学作用之结果。人之行事之动机,均由好乐而恶苦。苦乐之情,宰制人生。其所以然,固莫能明,亦毋庸措意。总之,人身乃一机器,即无计划之施,亦无创造之人,偶尔成形,强驱而前,胡乱行使,亦无爱护顾惜此机器之人。时来整理拂拭,使其不坏者也。”

杜君所受之教育即如斯,性复聪敏,善能观察市中之纷纭景象而详为叙记,又易受感动,了解社会中人之心理,故其所作皆为类乎《美国之悲剧》之写实小说。此书特其中巨擘耳!细按此书,描写下等社会及纽约之戏园娼寮中人,作者实有余力。书中之主人,乃一困穷飘流之牧师之子,幼年在家,常患抑郁,及离家外出谋生,初为旅馆之茶役,次为工厂之监工,卒乃谋杀其所姘识之少妇,以此犯罪受刑。综其始末,皆类似杜来色君自身之所遭,故写来异常亲切生动。而作者描述此心志萎靡而情欲放纵之人,实能了解其人之性情,体贴入微,委曲详尽,洵可称也。

然书中每至描写礼俗教化所及之中上等社会之处,则作者知识才具之短绌立见。即网球一事,描写亦不如式,盖己身未尝涉历及之也。此种矛盾缺漏之情形,又可于其文体觇之。书中忽而作刚劲残忍之语调,忽而又显柔靡恳切之感情。盖前者为杜君之人生观所应然,后者则其幼年在本乡习性熏染之涤除未尽者尔。杜君自传中谓彼乃一“沉郁悲哀而富于诗情之人,更参以极强烈极动荡之物质的生活欲”,书中人亦如是也。又如书中之写宗教,亦甚矛盾。始则蔑视宗教,斥为可恨可怜之欺世愚人之迷信,而至全书结局处,则描写彼龙钟之老牧师,手执圣经,守于死囚之侧,为之伴侣,竭力宣慰。又描写彼死囚之孀目,惨痛逾恒,其面容乃表现上帝之仁慈恩爱,及笃信敬礼之诚心。读者读至此处,必谓作者之意在表扬宗教,推崇宗教。此盖由杜来色君下笔之时,其幼年时代之经验与意识,乘机又复出现故也。

予读毕杜来色君《美国之悲剧》,废书而叹曰:诚哉其为美国之悲剧矣!杜君之命名,盖以书中之故事为可悲,而予则为杜君悲耳。使杜君之知识经验不止于人生之卑鄙污秽方面，而并见其精美高尚之处；使杜君于古来伟大之文学所造甚深，其想象力得以琢磨修整，而不专以社会之罪恶及科学之糟粕为作书之材料；使杜君能了解真正宗教之精神及功用，而不视宗教为谬妄之迷信或狂激之感情；使杜君生平得有如斯之机会，则其所撰作者必为美国小说界空前之结构，而竟不然，于是虽以杜君之雄才，其《美国之悲剧》一书乃为奇怪丑恶而不成形之庞然巨物。此则为可悲也。

美国写实派文学，虽以杜来色君之书为最著名之作品，然始创此派之功，应归之于马斯特君（Edgar Lee Masters）。马斯特君之《勺河诗选》（*Spoon River Anthology*，按此书正可比吾国胡适之《尝试集》）以新诗为倡，而显然铲除礼法，蔑绝廉耻，实自此诗集始。马君后此之作，均平淡枯窘，故《勺河诗选》虽有其特长，亦如空枪一响，只觉火烟药之气味，而不见弹丸之射出也。继马君而起者，为路易斯君（Sinclair Lewis）之《大街》（*Main Street*）。此小说篇幅甚长，其材料亦为中等社会庸俗之人之生活，与马斯特君之诗集同。

《大街》一书最受欢迎，其销行之广，爱读者之多，与《美国之悲剧》盖相等，而难分轩轾。犹忆二年前，余游英国，所遇之人，莫不殷殷询问此书描写美国情形是否真确者。书中写 Gopher Prairis 镇中各种人之性行，大都愚蠢无知而假冒为善。此镇虽系假托，然路易斯君之故里 Sauk Center 以及中部各省之小邑，盖莫不如是。细究此书见赏于众之原因有二：（一）则其书命名之巧妙。每一城镇皆有其大街；（二）则读者虚荣心之满足。盖每一读者心中必自谓我非书中所描写之俗人，而为超乎其上者。否则以此书材料之平庸、文笔之艰涩，何能受人欢迎若是。或谓此书于写实派小说所常描写之俗人俗事深致讽刺之意，实为有功。然予读毕全书，觉作者路易斯君对于道德艺术之见解亦甚平庸，未能稍出书中人物之上。马斯特君之诗集亦然，又何功之可言哉？

差可与杜来色君齐名而比肩者，厥为安德生君（Sherwood Anderson）。此君亦系写真派，然其描写日常生活之实事，常若在惝恍迷离之幻境，则其特长也。安德生君最重要之作，为其自传 *Story Teller's Story*，叙其儿时及少年往事，杂以诗情及幻迹，如葛德（Goethe）然。安德生君所作短篇故事曰《温乃堡集》（Winesburg，Ohio）者，描写西部城镇之情况，亦类似其故乡，有合于予上文所言写实派文学之发源地之说矣。

斯坦因女士（Gertrude Stein）可谓文学界之狂人，其所新创之奇怪之文体，乃非人意想所及。斯坦因女士自叙其作文之法曰："吾此二书之作法，为将所有材料均化为复杂而并用之，使现在之一刻连续于永久。又周而复始，说来说去，仍回到原起之处。”此所言之法虽可令人发噱，然安德生君所用者正即此法也。安德生君善能周而复始，以过去与现在混而为一。方其叙述现今某事之顷，忽将过去之种种回忆悉行羼入，致书中之人与事笼罩于云雾之中，迷离莫辨。一若作者下笔之时，方患病，身体发热，半醒半睡，此际心中模糊，所思所忆者往复回旋，无复有时间之观念，过去与现在渺不可分，遂造出此等作品，岂安德生君之身心果如是耶？

安德生君之小说中，喜言男女性欲之事，如中邪魔，读者多深厌之。论安德生君之态度原非错误，彼谓每一男子必须占有一女子，为其伴侣，以同度此寂寞之生涯。然在其书中，此态度不易表现，而各种烦闷之奇思、淫秽之想象，纷纭并起，缠绕不清。一若来自安君心性之深处，虽欲不写出之而不能者。吾人读安君之小说，顿忆柏拉图之言。柏拉图谓人当酒食醉饱、颓然偃卧之顷，内心之私欲，不受理性之管束，奔放驰突，如猛兽之出柙，引此人为种种卑劣淫荡之事，皆其神智清醒时之所深耻而断不肯为者，安君得毋类是欤？

淫秽之幻想，常人能抑制之而安德生君则不能者，非由安君朝夕酣眠，盖由其身体衰弱，而想象力激发过度之故耳。细观安君身心健康时之所作，固甚工为山林田野之诗，又审悉人生之正路，对于一己之混乱污秽之行事及心情，并深致憾，谓“身体萎靡之人乃流于邪恶”。又谓“今之作者，不当以近世生活之各种事象分其心志，而当专力于其所从事之文学艺术，乃始有修养与文化之可言也。”是固安德生君之才性颇可为一上等之作者，所惜不自检束，兼受外界不良之影响，成为习惯，遂至丝毫不能自行抑制其潜伏于意识之下之兽欲之提示。试读其晚近所作诸书，则可见其所想象所感觉之事物之污秽不洁为何如也。

综上所论，公平之批评家，对于美国现代文学中之新派作者，即愤其痴愚狂悖，又深悉若辈枉费如许才力与热诚，而所作之书乃无一足当文学之名。二十年后，将无人读之，不亦大可哀哉！细究其著作所以无价值之故，固非止一端，而最重大之原因，厥为误信人生无道德律，且谓即有之亦与文学毫无关系。此说非新，其源甚古，而近始传至西土，愚者信之，遂致自误而误人焉。

盖此奇谬之学说关系重大，始聆之者，惊其新异，迷信尤深，其祸害之中于文学，正与研究科学之人不信有各种科学定律而妄行实验者相等也。喀伯尔君欲废道德之规律，而以美的哲学代之，其说甚为模糊影响。然试取证于其著作，则喀伯尔君之意旨固非新奇，谓彼专骛至美者终必悔悟其错误而归于懊丧。而以喀伯尔君不承认世间有道德律控制生人之命运及感情之故，其小说中之人物，率皆粗浅，殊小儿辈纸制而画色之傀儡，此亦自然之势也。

与此相反者，杜来色君本其写实之说。所作小说，仅能写彼观察所及之人生之表面，既不务艺术之组织，亦不为哲理之解释，故其书中可云并无人物，可云毫无所创造。究其所为，但将日报之一版展伸之为小说一巨册而已。其作小说，固仍用其探访新闻之方法也。然杜来色君竟以此而成大名，社会中盈千累万之读者。若商店中售货之女子，公司中写账之书记，以及蠢愚无知之少年，日夕营营，操业谋生，异常劳倦，得杜来色君之书，适投其所好，故群取而争读之。以书中所叙者，皆若辈所熟知习见之人物行事，足以刺激感情，而不需理智之探索，过此以上，则非若辈所能解悟者矣。

以上备述今日美国所谓新派之文学，论其全体，缺陷重重，殊为可憾。使美国现代之文学已尽于此，则美国智识界、学术界之前途可谓毫无希望。幸哉其不然也，盖除此辈新派而外，尚有予于篇首所言及而未及细论之旧派作家，遵奉前人之典型及技术，所为诗及小说，颇多佳制。此外更有特立独行之作者数人，不专以上二派，其所著作，虽非世俗之所谓新，然实为美国前此所无之积极地创造，可以自豪于世界者。以较今日英国同此志愿之人士之所为，实胜过之；以比较法国，亦决无愧色也。

吾兹所言之作者，皆为文学批评家，散居美国各地，而精神上自成一种团体，诸君深憾大多数人之思想不澈底而又不负责任。于是穷研苦思，深通前古东西之文化学术，而创造一种新颖之人文主义，以为今世之用。其中以（一）哈佛大学教授白璧德君（Irving Babbitt）为最显著。白璧德君，盖今日全美国批评界学术界学问最渊博而人格最宏伟之人，其学说在法国亦甚有影响，近已被举为法国学院之通信会员。与白璧德君旨趣相同而协力从事者，则有（二）卜林斯顿大学之麦沙教授。F. J. Mather 虽以绘画史为其专长之学，而于文学艺术各项悉提倡精美之赏鉴，不遗余力；（三）尼布拉斯加省立大学之佛莱教授 P. H. Frye，著作甚多，而以《传奇与悲剧》（*Romance and Tragedy*）一书为最有名，其中论究希腊悲剧原本道德，至为精辟。（四）尼布拉斯加省立大学之嘉斯教授 *S. B. Gass* 所著之《书生自述》（*A Lover of the Chair*）一书，对于教育道德艺术之根本问题，均有极精到精极明通之见解。（五）新西那地大学之夏法教授 Robert Shafer，年辈较以上诸人为幼，然其《基督教与自然主义》（*Christian-*

ity and Naturalism)一书,已为哲理批评之杰构,他日之成就尤未艾也。

此外尚有数人,兹不备举。以上诸君皆任大学教授,其不以教授为职业者,独(六)白朗奈君(W. Brownell)而已。此君高年硕学,为吾美国文学界所共推尊者,而与各大学皆无关系,终身居纽约。其思想之锐、文笔之美、著述之丰,足证营商逐利喧嚣繁华之纽约城中,亦可涵育文人学者也。以上所列举诸人,既为大学中有名之教授,深孚众望,而又为正确之思想家与颖锐之文士。教育界中有此等人,足见为群治根本之教育事业,尚有可望。而今日世界文明之各种困难缺陷,不难得解决救正改良之方矣。所可痛者,则各大学对此诸君毫不加以援助是也。使此诸君而生于欧洲各国,则其著作一经出版,众必争先读之,纷纷讨论不休,而诸君亦自成一团体,以结合而势力雄厚。不幸而在美国,散居各校,相隔数千里,不相闻问,孤寂寡欢。虽辛勤奋励,哓音瘏口,而一传众咻,不胜彼顽固之学究与无知之愚民之喧嚣排抵。即发为惊人之杰作,书出应为举世所共尊者,实际乃亦毫无影响,毫无效果。试就国中所谓名流学者,或所谓好读书之人士,而询其对于佛莱教授之《传奇与悲剧》或嘉斯教授之《书生自述》一书意见如何,则皆瞠然答曰:"吾未尝读此书,且并其书名亦未闻之也。"哀哉!

此种不幸之情形,亦由吾美国幅员辽阔,而通国中无有如伦敦、巴黎之文化中心地。然使国中著名之大学,有具胆识者,将予上文所列举诸君,悉聘为教授,使其聚居一处,志同道合,朝夕讲论,相观摩,相慰藉,则其精神快乐,势力雄厚,然后同心协力,不患其学说之不行于全国,由东之大西洋岸直抵西之太平洋岸也。此事行之非难,诸君既各以一己之力辛勤奋斗,则以一大学之力,出而维持团结扶助之,事极轻易。而竟无为之者,故曰国中各大学不能辞其责也(中国之学校现状,更难望此,而其间因苦情形,恐较美国更有过之者矣)。

所以然者,各大学之英文系,不特无乘机援助之心,且于此诸君之所主张,甚不赞成,更表示反对焉。盖把持各大学英文系之主任教授,其目的只欲养成研究英法古文字学或关于乔塞(Chaucer)之目录学之专家,如学生中有不愿遵守彼狭隘严酷之章程以考取博士学位,而拟广读精要之书,以造成高尚纯正之人生观者,辄为彼等主任教授所嫉视而摧抑。彼等既如是陈腐隘陋,不问思想,于是文学界遂为无知少年所占领。如孟肯(H. L. Mencken)等庸俗谬妄之徒,出其幼稚愚昧之批评学说,狂谈无忌。凡新派粗劣之文学作品,适合于若辈无学之人之脾胃者，则盛为赞赏，竭力鼓吹。于是是非淆乱，标准低微，而文学之前途遂益不可问矣（现今中国各大学之国文系则何如？曰甲骨文之研究、曰经史子字句之校勘、曰撰作新诗及白话文、曰注音字母、曰民间猥鄙歌谣之采集、曰攻诋孔孟、曰杂钞《文献通考》《图书集成》以为论文。其不屑俯首为此者，则不能见容矣，外此更不必言）。

然近今各大学学生中，对于英文系此种办法，已有反抗者。学究之势力或将推倒，嗣后各大学英文系或可望逐渐改良。而美国文学所最需要之事，即健全之人文主义之训练，或可见诸事实。一方凭想象力通古今之邮，以欣赏领受古来伟大之文学；一方养成思想自由即创造之能力，庶不沉溺于市井庸俗之见解，是则吾所馨香祷祝者也。

薛尔曼现代文学论序*

浦江清　译

［按］薛尔曼(一译许曼)Stuart Pratt Sherman(1881—1926)者,美国今世文学批评大家,而骎骎与白璧德(Irving Babbitt)、穆尔(Paul Elmer More)两先生齐名者也(白璧德先生之著作,本志已屡有译述。穆尔先生之生平及其著作,亟待介绍。姑俟另篇,兹暂不赘陈)。消息传来,薛尔曼君竟于本年八月二十一日,在密西根湖(Lake Michigan)中溺毙(此事及薛尔曼君生平,见美国《新共和报》*New Republic* 九月一日号,《星期六文学评论》*Saturday Review of Literature* 八月二十八日号,以及他处,均有略传及评赞),年仅四十五岁。并世各国人士,凡爱好文学艺术,注重美善标准,而欲提倡人文主义以补救今之世局者,闻此噩耗,莫不哀伤悲悼,异常恻怆。以为薛尔曼君之死,其关系至重大,非仅为才人惜命而已。盖自白璧德及穆尔两先生讲明人文主义,以学说召世,迄今逾三十年,两先生年皆六旬以上,虽其学说影响渐大,各国信从者日众,然而门生后辈,从两先生亲炙受业,执卷问难,或仅读两先生之书,心悦诚服,为私淑弟子者,其数何止千百。乃其中能卓然自树立,著述斐亹,为世推重,足以继两先生之志而传其学者,则惟有薛尔曼君一人。呜呼,岂不哀哉(孔子之丧颜渊,曾文正之丧罗泽南,今白璧德及穆尔先生,其感伤殆同此矣)!薛尔曼君当其年少,即负重名,才思横溢,其文笔犀利晓畅,而极富于辞藻情韵。

---

*　辑自《学衡》1926年9月第57期。

与人辩论，尤善以诙谐取胜，学与年皆不逮。故其所撰作，常不及白壁德、穆尔两先生之宏博精深，而轻清俊快则过之。两先生归纳古今学说，穷探义理之根本，期为斯世造立标准规范。故多发为至理精思，危言庄论，不喜为浮浅边际之谈，晚年更无暇与人辩论，不知者或讥为自立崖岸，好作持重。薛尔曼君则与两先生同归而殊途，秉两先生之学，而能善为运用，有所发挥，率以明白浅近出之。又不惜于报以章杂志中多为文章，批评新出之书籍作品，与激躁粗浅之新进文人反复驳诘，为驰突纵横之笔战，锐利无前，常奏奇功。故若以提倡人文主义，譬之行军，白壁德、穆尔两先生为其主帅，而薛尔曼君则最良之先锋也。又薛尔曼君性情活泼，富于才干，多与新派文人往还接近，其与人争辩，于敌之所持，常为相当之让步，然后即以其道违治之。故评之者或谓薛尔曼君虽与白壁德、穆尔两先生共为偏于保守派之文人，同事竭力提倡人文道德，树立艺术标准，以遏止文艺及生活中粗浅、滥污、浮靡、颓废之趋势。然薛尔曼君之精神，则为民治的而非贵族的。又其持论中和，大可谓剂于保守与激进二派之间，成为美国文学批评之正鹄，而为全体所属望云。世俗之论如此，固当以见仁见智解之，然亦藉可略窥薛尔曼君之生平矣。薛尔曼君于一八八一年（清光绪七年）生于美国之 Iowa 省，既长，学于麻省之威廉大学（Williams College）。又入哈佛大学毕业院，得受业于白壁德先生，而立其一生学问之基础。纵观博览，识解高卓，故对于克赤里吉教授（Georgo Lyman Kittredge）及其徒党在哈佛大学文学一科所用之办法，即专务枯燥琐屑之训诂考据者，极不赞成（此中利弊，详见白壁德先生《文学与美国大学》一书所论。又参阅本志第三期《文学研究法》篇），著文力言其非，不少讳。一九〇六年，薛尔曼君既得博士学位，才名已著，哈佛大学拟即聘为文学教授，已有成议，卒为克赤里吉一派所尼阻。遂出为伊利诺省立大学英文系主任教授，在职凡十七年，声誉优隆。二十世纪之初年，穆尔先生方为纽约《民族周报》（*The Nation*）总编辑（时又兼《纽约晚报》*New York Evening Post* 文学编辑），撰述投稿者皆宏博知名之士。该杂志之精粹，卓绝一时，后此亦终莫及其盛。而薛尔曼君批评现代文学之论文，亦络绎出于此杂志中，为读者所宝贵。薛尔曼君之得重名以此，亦即后来（一九一七年）专刊为《现代文学论》一书是也。欧战初起时，《民族周报》以经济关系，改组易主。穆尔先生辞去，隐居著书（其后偶在布尔斯顿大学 Princeton 及哈佛大学讲演希腊哲学，然皆短期）。该杂志特聘薛尔曼君继任总编辑，迟疑久之，卒未就，仍专任教授。一九二四年，始改就纽约 Herald-Tribune 报文学编辑之职。生平所撰批评论文，皆以次汇集刊布成书。其名如下：(一)安诺德之研究 *Matthcw Arnold: How To Know Him* (1917)，(二)现代文学论 *On Contemporary Literature* (1917)，(三)美国之伟人 *The Americans*(1922)，(四)美国之精神 *The Genius of America* (1923)，(五)观察点 *Points of View* (1924)，(六)吾所爱之康奈里亚 *My Dear Cornelia*(1924)，(七)批评论文断简 *Critical Woodcuts*(1926)。此外编辑之书，如剑桥美国文学史 *The Cambridge History of American Literature*(1917)等，多不胜举。上列薛尔曼君所著各书中，以现代文学论 *On Contemporary Literature* 为最精要。该书批评现代重要作家，明示其派别，篇名及目录如下：(一)马克陀温之民治主义 *The Democracy of Mark Twain*，(二)韦尔斯之乌托邦自然主义 *The Utopian Naturalism of H. G. Wells*，(三)杜来色之野蛮自然主义 *The Barbaric Naturalism of Theodore Dreiser*，(四)班乃德只写实主义 *The Realism of Arnold Bennett*，(五)莫雅之唯美自然主义 *The Aesthetic Naturalism of George Moore*，(六)法朗士之怀疑主义 *The Sceptioism of Anatole France*，(七)辛格之海外新奇主义 *The Exoticism of John Synge*，(八)奥斯丁之温和保守主义 *The Complacent Toryism of Alfred Austin*，(九)詹姆士之唯美理想主义 *The Aesthetic Idealism of Henry James*，(十)麦雷地斯之人文主义 *The Humanism of George Meradith*，(十一)莎士比亚新评 *Shakespeare, Our Contemporary*。而冠以《现代文学论序》(*Introduction*)一篇，尤足见其一生立说之宗旨及白璧德、穆尔诸先生所倡之人文主义之要义，故为最有关系之作。本志早拟译出刊布，碌碌三四年，卒未有成。今兹于薛尔曼君辞世之后，追叙其生平，以告吾国人士，乃以此篇用为纪念。顷怀名贤，忽焉殂谢，执笔申述之余，真不知涕之何从矣。

编者识

往昔以为文学批评家者，宜能以关于作者及著述之一切真理告诸大众。近人议论，则斥此为一般人之妄想，谓批评家或能指示吾侪以某作者之地位，或以作者之地位与彼自身相比较，亦无不可。而一切著述之真理等等，则为各个人之私事，殊乏任何之公共标准，可以权衡。坦白之小说家如韦尔斯君(H. G. Wells 为英国现代大小说家，其小说常为宣传科学及时论社会问题。小说而外，其所著世界史大纲，尤为人所推称)。承认彼辈常视需要而随意制造“真理”，勇毅之哲学家如杜威宣称，倘言出而有碍于操纵世局之人，则彼辈亦径舍弃其所谓“善”。近世哲人，未敢以身殉道，遂皆抛弃其虚空之希望而依附时流。凡能办到，能成功，能获利之事，则秉其良心，首先赞成之。故相对论者（按此文中屡言相对论，非专指科学中之相对论，乃泛指一般否认绝对真理或标准之存在之论调。译者注）之言曰：“所谓真理，非只某人对于某论点之印象耶？名其人，指示其论点，则吾亦可估量其真理矣。”实验派之言曰：“善者行也。”专制国家，行君王之意志，故君王之意志为善。民主政治，从多数人民之意见，故多数人民之意见为善。惟文学亦然。谓一二人特具资格，可衡定一切文学，非最不通之论耶？某人者亦杜威之信徒，其《文学之社会的批评》一书中有曰：“批评家之意见，一般读者未必均能尊重。盖亦如强迫行使之纸币，发行易而流通难也。如我真以某书为无价值，则此世界中无论何人之力，不能转移吾之嗜好也。”

此种相对论者之言，余亦知其甚有势力，然而余不能尽从也。虽晚近文化衰退，然古人所言人类进步之义，尚未失余之信仰。聪明睿智之人常言，人事一往一复，循环变易，无所谓进步。余虽敬爱其人，然窃愿其所言为不当。思想之激进者谓：“吾侪童时读《瑞士鲁滨逊故事》（*The Swiss Family Robinson* 乃瑞士 *J. R. Wyss*［1781—1830］所著，其原书名为 *Der Schweizerische Robinson*，一八一三年出版。根据并摹仿英国狄佛氏（今译笛福）《鲁滨逊飘流记》风行全欧，各国均有译本。译者注。光绪癸卯甲辰间，商务印书馆所出之《绣像小说》月报中亦刊载此书之中文译本。余幼时甚喜读之，惜今忘其书名及为何人所译矣。编者附议）。及长而批评此书，则意见或大相左。然不能谓今是而昨非，不能谓成人时之意见必较童时为尤近于真理。”申是说也，齐孩童之智于成人，则在民主政治，一切平等之国家，所有政权选举权，何尚仅属诸成人，而不推及幼稚园之儿童耶？政权之不推及幼稚园，即普通人之心目中，犹有自幼及壮自愚赴智一切进步进化之公律在。既有所谓进步，即有进步所赴之目的，而未到目的地前，长途漫漫，一切旗帜标准量度，亦终不可废。而此进步之叙，又决非康庄大道。常为平陂往复，曲折障阻。则有努力反抗时代之潮流者，亦未必非真理之“殉道者”也。

虽然，批评现代文学，则对于此时代之精神，决不可全无同情。故读余此书中之各篇者（薛尔曼《现代文学论》一书，共集其所撰文十一篇，名见前。此十一篇皆曾在 *The Nation* 杂志发表者），当知余对于相对学说，实亦有一部分之尊重。夫批评家与创作家所发挥所资具者实同，如谓批评家不能言绝对之真理，则创作家亦无能言？余酷信此理，每读诗人或小说家之著作，往往寻根觅底，脱离文字，而细究作者之为人及其立论之点。盖创作家对于人生之批评，未必直有所陈说，常潜藏于其人生之描写中，幽微杳妙，摇情荡智，使浸淫于其中者，渐改变其思想于不自觉。是故读其书必审其人，文学批评者所不可缺之任务，厥为探索追问今来欲改变吾之闻见者之为何如人（意谓当吾读此书时，为其所动，不啻以作者之耳目代吾之耳目也）。今有人授余书，书名为《肉体之真相》*The Way of All Flesh*（此书为英人 Samuel Butler[1835—1902]之杰作小说，氏生前无知者，此书刊于身后，名声始大噪。中多自叙，攻击旧道德宗教甚力）或《社会之真相》The Way of The World（此为英人 William Congreve[1670—1729]所作戏剧，一七〇〇年出版，描写当时英国上流社会男女交际虚伪淫乱之情形。虽曲尽人情物态，而亦不轨于正，有伤忠厚之书也），则余对于相对论之同情不禁骤起。盖余欲追问此等书之作者，由其所立之根据地，所凭之观察点，能窥见世界之几多部分与肉体之若干方面也。

博观群书之人，当知宇宙之大。由此立足地，用此观察点之作家，则悲欢人生之丑恶。由另一立足地，用一观察点之作家，则歌咏人生之美善。由第三立足地，用第三观察点者，则瞻见上帝之威严而警怖不能语（按以上三者，即所谓天界人界物界之分别，亦即宗教信仰与人文道德与自然主义之分别也）。此种立足地及观察点如能辨明，则著作之分类大致已定。世固有不喜为人分类而强之入于某部者，侈言曰："我不隶属任何党派主义。"此其人可断为非著作家。盖欲为有力之著作家，必先具有一种坚定之主张，然后可也。此其人或为主张时时改变而不一致之著作家，如约翰生所评戈斯密（Goldsmith）之言曰："彼心智无定，故毫无所知。"此其人或如孟德恩（Montaigne）（法国十六世纪文人，其论文为欧洲此体正宗）。其一生所决定者，即对于万事皆不决定（即以无主张为主张之意）。然此亦为一种主义，且为无数主义中最牢不可破之一种，即怀疑主义是也。人往往自以为思想性格与人迥异，实则正如孺尔丹先生，一生在"主义"之中而不自觉（孺尔丹先生 m. Jonrdain 为法国毛里哀 Moliere *Bourgeois Gentilhomme* 剧中人物）。是故吾此书所分数种主义，或能助所论诸人，使各自知其真面目，知自身归人何类，即知已在"世界中之位置"。知已在世界中之位置，质言之，即认识自己之相对的价值。夫佐助文学作家及读者，使能自知而自赏，斯固文学批评家所乐为者也。

数年前，英国著作家某，见一切知识之无绝对标准，且甚虑文学批评家之权威过大，恐无辜之公众受其愚弄，于是建议，凡批评家作文，应于其文前略著数语，表明其平时之旗帜。如“我为英国国教徒（或非宗教者或入别派而不从国教者均可）、保守党（或自由党、过激党均可）、古典派（或浪漫派、写实派均可）、我为爱读《旁观报》（或《星期六评论》《每日邮报》均可）者”等语，此甚可敬爱之建议。实亦非彼英人所发明，推原其始，当滥觞于波得姆（Bottom）之主张（波得姆为莎士比亚“《夏夜梦》”一剧中主角。数乡人欲串杂剧以娱雅典王，波得姆以纵布工而饰悲剧主人翁毕腊缪斯，毕腊缪斯须在台上自杀。波得姆恐将警怖观众，故主张登场时先用一序白如是声明云云）。曰：“我当预先告知台下观客，我乃毕腊缪斯是也。但我非真正之毕腊缪斯，而为织布工波得姆。如是，则观客毫不警怖矣。”波得姆之序白粗率可笑，然而实发于至情，可为后世法。今余以所著书公诸世，而复为此序者，亦效波得姆之精神，欲先表明余从某一观察点，研究现代文学之趋势也。

方余执笔作此序时，余颇觉吾侪今日所处之世界为万恶（[按]此序作于一九一七年，时欧洲大战方酣，故云云）。虽此或系一时之感触，然使余悲痛不能自胜。今日之世界，至少足使贤明之人羞赧无地，此世界至极悖谬。万事万物之根性均如是组织，不可动摇，使人生自堕地以至老死。其间历程，布满精神的及肉体的痛苦之陷阱，如是危怖之路，稍不能立定脚跟之人，或稍不为命运神所宥者，即永沦地狱而视痛苦为惟一之实在矣。圣保罗所引希腊诗人之言（原文盖指上帝而言，其文曰“盖我侪赖之而生而动而存。”见新约使徒行传第十七章第二十八节），彼辈亦乐吟之，但改其一字，而曰：“在痛苦中，我生活，我行动，我存在。”夫即在欧战未起以前，康平之世，一般哲学家，犹以勇毅为至德，以脱离痛苦，为吾侪将堕落之人性之最高快乐。盖知乎此世界中生苦死苦前后相踵，自然界机械之力，剥夺人生之幸福，无有止息也。然而无知之氓（此指一般崇拜自然主义，溺于物质之多数人，遍世界皆是者也），处今日之世界（即当欧战方酣之时），尚有凝神静虑，出其意志之全力，运其毕生之智慧，奔走于全地球之上，苦心刻意，以增加人生之痛苦为务者，百万倍其自古未闻之肉体之苦，百万倍其自古未闻之精神之苦，必使身心二者颓病摧裂崩散灭亡而后已。此等人皆杜威所谓“操纵世局之人”。余兹所论者，非彼辈之究竟之目的。盖其究竟之目的，所藉以为号召而望其实现者，固皆仁慈而美丽，然余兹所欲论述者，乃其现在之行为与事实，不及其目的，而但论其方法或手段，则固粗硕无当，愚笨不堪，悲剧之尤可悲者也。呜呼！人类进步，乃至此日，今我冥想但丁所见之地狱，瘖黑无光，无数亵渎上帝之灵魂，或为狂飙所卷，或为烈焰所吞，或降入冰层而相啖噬，惨毒有如斯者。

苏格拉底曰："人未有知其有害于己而自取之者。"信然，则吾诚大惑不解。若何甜蜜之思想，若何饥渴之欲望，能使今世各国之人，相率而卷入此穷凶极惨之漩涡之中耶（指欧洲大战而言）？卡莱尔（Carlyle[1795—1881]）英国散文家，著有《法国大革命史》）形容法国大革命，谓："真理在地狱火焰中跳舞。"以余观之，在由德意志侵略而起之欧洲大战（在此中吾人生活行动存在）之地狱火焰中所跳舞之真理，乃甚陈旧而非新。盖即彼佛罗伦萨严正之预言家（指但丁）所大声疾呼者，曰："我于是知造淫孽，以邪欲澌灭理性者，受如是酷刑，（中略）于是彼言，此第一人，汝所欲识者，为百舌之后。后淫奢放大逸，甚至欲避免诟骂，乃下诏论，谓一切淫欲与法律平等云。"（此节系引但丁神曲 Divin Comedy"地狱"中之词句。"于是彼言"之彼，指导游地狱之恒吉尔[Virgil]。）

欲避免诟骂，于是谓一切淫欲与法律平等。此一语也，足以概括今日各种歧误堕落之思想。多年以来，各国各界，靡不信从自然主义之哲学，使其势力日益扩张，结果乃造成上言之思想，固自然之势也。又破坏一切标准，使良心依附事实，随为转移，而随意制造真理。由兹各种行事，而得上言之结果，亦自然之势也。邃古之野蛮人，深信谨遵一切禁忌可以纳福。今世之野蛮人，则从千百诡辨家言，深信种种禁忌为人类幸福惟一之阻障。彼辈亵渎神明，谓一己之欲望即上帝之意志。于是自私自利之心可尽量发展，更无有宗教理性以抑制之矣。葛德（今译歌德）Geothe 云："恶魔者禁止人之行事者也。"穆尔先生（Paul Elmer More 见前）固当代最精深之道德学家，乃斥葛德之言为误谬，谓禁止人之行事者，上帝也，非恶魔也。今人之言，最能启发吾心而使吾受益者，其惟穆尔先生此语乎！余非谓禁止人之行事为上帝之全能。然禁止之义，固彼辈以"我不理上帝，上帝遂亦无如我何"自诩之徒所未见。且余深信上帝必谓采用物质界之机械法则以代人类道德之规律者为非是，而禁止之也。

十九世纪之思想家其革命之大事业，为纳人类于自然之中。今二十世纪之思想家，亦有其大事业焉。即使人类重行超脱自然，破除前此"顺从自然"、"信任本能"、"返归自然"种种呼声之迷阵是也。吾人极端信任吾人之本能，备受其欺，为日已久，顺从自然，一往不返，亦已至于最后之龌龊沟渠。今之教育家，在狗舍中研讨动物之行为，归而扬言，谓已得儿童教育真正之端绪。今之犯罪学家，持头盖骨之测量器具，欣欣然以为天下罪恶问题已尽解决。今之教堂牧师，谓精神上之忠奸善恶，全视血液内杀菌细胞。今之小说家，游于动物园中，归而欲改良男女两性之关系，以适应常人一夫三妻之自然欲望。今之政治家，引“适者生存”之公理，谓吞噬邻邦不为罪过。呜呼！若是而云皈依自然，则吾侪诚当馨香祷祝，以欢迎任何对于自然主义之反动也矣。

文学批评，向亦为自然科学之从犯，今既醒悟，自当归顺而加入反抗之联盟中。各处亦已有标举义旗者，如钱斯德顿先生之精神肝胆，甚可推崇（钱斯德顿(G. K. Chesterton)为现代英国大批评家，生于一八七四年，著作甚富。《北教徒》*Heretics*（一九〇五年出版）、《正教》*Orthodoxy*（一九〇八年出版）二书，尤可见其议论。对于萧伯纳辈，尤有极精之批评。而其一小册之《维多利亚时代文学》[在家庭大学业书中]亦甚可介绍于读者）。彼与妄诈之文人战，尝窃得其一二武器而利用之，又坚守其仇敌所欲攻袭之“中占”之堡垒。然而其《正教》一书，别有其高古之点而外，文思富艳，实近年来伦敦密列成阵之报章杂志时文家之第一杰作也。在法国攻击自然主义者，往往衣被罗马正教之古盔甲，且时援引旧礼教以自壮。此在英美二国则无甚势力。圭拉尔德教授(Guerard)，法人也，居美国，作文论十九世纪法国之思想，亦攻击自然主义，而不主张归依罗马正教，径与彼自称“知识阶级”之青年，作平地之搏战焉。戏剧名家易卜生之子，昔古德易卜生(Sigurd Ibsen)氏，著一小书，一九一三年有英文译本。颜曰 Human Quintessence(人类之精髓)其书颇攻诋自然主义，甚可劝人。因其对自然主义有相当之让步，且不涉形而上学或神学上之议论也。休莱教授 Paul Shorey（美国现代古学派文学家，生于一八五七年，一八七八年卒业哈佛大学，至欧洲留学，归后为芝加哥大学教授，兼 *Coassical Philology* 杂志编辑，学问宏博，于柏拉图哲学造尤深。著有 *The Unity of Plato* 一书，芝加哥大学出版）近著《人文主义之危机》(*The Assauit on Humanism*)一书，攻击自然主义之教育家，甚为有力。布朗乃尔先生(*William Cracy Brownell* 亦现今美国散文家及批评家，生一八五一年）其批评文字，以和平高雅著称，而其最近出版之《标准论》(*Standards*)一书，则对于“野蛮人”冷嘲暗讽（按安诺德曾以英国之人分为三阶级，而各加以嘲讽之徽号。贵族则称为野蛮人 Barbarians，此处之野蛮人，指美国上流社会人士而言）。但吾以为在美国批评界中有二人焉，曰穆尔先生，曰白璧德教授（此二人在学问上显系合作），则最努力。使此反抗自然主义之运动，有自觉心且力量雄厚，而足张挞伐焉。此二人者，已将此运动之目的详为解释，已将此运动之原理详为阐明，已将此运动之进行详为计划。其所著书，则如白璧德教授之《新南阿空》(*The New Laokoon*)等书(按白璧德教授及穆尔先生所著书甚多，其书名及内容，已详另篇，兹不赘述)。及穆尔先生《雪伴集》(*Shelburne Essays*)之瑰玮巨制，皆二人所供给于此运动之军火粮食也。

欲攻辟今世盛行之自然主义或"科学一元论"，其道略有三：其(一)从形而上学或纯粹哲学上攻击之，此道最难；其(二)以宗教的直觉反抗之，此道使反对者无所置喙；其(三)最易，然亦未必无力，即以约翰生博士之常识(即古今公共之智慧，全体人类之经验，并非寻常所谓常识)驳之，以公共之理性及人类之经验，定能胜过一二私人之推论也。美国之批评运动，以余观之，不涉宗教，而但主人文。吾人刻所从事者，非为上帝而拯拔众生，乃为文明社会而匡正人类，非授人以翼，使飞翔于天，乃使其幡然省悟，收敛形骸，还其为人之真面目，而毋长此溺于物欲，流荡而忘返也。故人文学者，亦无需乎复杂之哲学理论。人文学者尽可承认科学一元论之价值，不问其合于论理与否，而仍可大声宣言，此种一元论为"吾人所未曾见且亦终不能见之现象"。但谓此种理论非人类所需要，且实亦与人类之经验相矛盾。著此一语，即可拒斥科学一元论而无憾。人文学者，虽避免形而上学之种种困难，虽自认不能作高超神秘之观察，然而其道则与古之圣人哲士契合。盖于"物质律"、"人生律"二者亘古长相背驰冲突之情形，见之甚明也。能见及此，则一切人文主义之基础立矣。

由人文学者观之，自然界中，未尝有所谓真正"进化之律""价值之不灭""宗旨之纯一"等，但见粗蛮横逆之意志、盲目之机会与永久之变迁而已。或谓达尔文"适者生存"之说，正表明自然亦有向上之趋势，人文学者则斥此为谬论。达尔文所谓"适于环境"并非"适于至高之美善者"，二者不容相混也。反之，易卜生先生(指昔古德易卜生)谓人类社会中，有一种奇特之刺激品(Impetus)存在，其性质常能"督促吾人改造环境，以符合吾人心中所有之理想之图影"。穆尔先生谓人心中有所谓内心制止之精力(inner check)能反抗本能之冲动，与冲动之精力(elan vital)为敌，反抗成功，则人之品德以立。白璧德教授则言："一切人类过去之经验，略具于各种信条及仪文制度中者，似若同声疾呼，谓最高之人生律为精约之律(law of concentration)。"同此一物也。名为奇特之刺激品，固可；名为内心制止之精力，亦可；名为精约之律，亦可。谓其属于人，或属于天，均无不可。总之，今之急务，非亟亟于无关紧要之定名，乃须承认此种制止之冲动之存在，且尊崇而服从之也。人禽之别，在于此点。此一微物，乃能划分宇宙为二。其用力之坚决，正如上帝昔日谓“宜有穹苍，使上下之水相隔，遂作穹苍。而上下之水，截然中断”焉（此段所引之文，见《旧约·创世纪》第一章第六、第七节。其意亦如中国鸿蒙初辟，两仪判分，天上地下，各相悬绝，未能合一而混淆也）。

故人类社会进化之路线，当循此内心制止之精力之方向，俾人得成其所以为人，微特不能回复自然之状态。且当与自然进化之路线，渐渐分歧。社会之组织，根本即为反抗自然者，如何能自毁减其基础。故一切人类之行为，不能以其合于自然状态与否，而判定其善恶，当问其合不合于人类组织之基础与目的。土非自然欲型为盃，木非自然欲造成桌，逆其性而强为之者，陶人匠氏之精神也。禽兽之性，恒欲自存，欲繁殖，然为光宗耀祖而自捐其生，又为儿孙计而能自克其乱交之欲，则人类之精神也。此自克自制之机，在自然界中无有，称于人心所造成之人类社会中乃见之耳。

是故德国及他国之政治哲学家，常以生物学之专门名词用之于人类社会之组织。若此者徒滋谬误纷扰，而其结论多不合法焉。社会毕竟非有机物(organism)而为一种团体组织(organization)，故不能如有机物，完全受环境之支配。其组织情况，亦不限于前此社会已成之局，而可运用理想以改良之，使昔所未见之社会组织，亦得约略实现。社会之发展，非缘自然，乃由人力社会之规律，非表明诸种势力相互之关系，乃表明此势力之存在及其功能。斯即所谓人之内心制止之精力，阻止自然之衝动而之曰：“姑止于此，勿更前。”此力乃造成社会之主力也。顾今人每喜以社会进化与动物之进化相提并论，一若政治组织，与北极之熊，同为四足匍匐之走兽，一若鸿蒙初辟，始生此熊。其时亦即有此政治组织，由其内含之精力，忽然产生。世人亦遂恭默承受，无能更改些须也者。今人为浅薄之一元论所迷惑，遂谓人类在历史上毫无所作为，有类剧场中之观客，而非舞台上之伶角。其于宇宙种种，只能承认领受，如风雪之不可抵御，意志僵冻，不能动颤，长夜漫漫，不知明日之更作何景象也。

由人文学者观之，此次欧战最有意味者，即其影响于自然主义之哲学，与其所表现于文学上者是也。盖此次战争，纯为信奉“物质律”之暴徒与“人文律”之忠仆两者之间之争斗。一九一四年夏，德国军队，咆哮高歌，蹂踏比利时边境而入法兰西，将一切前人所惨淡经营而成者扫毁无余。虽其为机械之组织，然吾人想象其情形，大类江河溃决，奔驰赴海，自然蛮横之力，不受任何约束，其势力至如此。虽为德国辩者，不能讳也。迨比利时扼其衡，英法杀其势，全世界协约各国又继起而环堵围攻之，万众一心，求所以反抗此暴力者，诚有如远东暹罗宣战文（余草此序时该件适由电报处到）中所云为“维持国际公理之神圣，反抗任何蹂躏人道之国家”也。德国及他国中自然主义之信徒，从兹亦可以醒矣。在此恐怖之空气中，人文主义家，已发见前途光明之希望，可知人类终信有不可动摇之公理在。此种公理，在和平时，人常视为迂远闲嬉之谈者，一旦时势危急，乃觉其可宝甚于生命，虽以身殉之而不顾也。协约国此战既得最后胜利，则当有崇奉“人生律”之伟大庄严之文学出，以为崇德表功之具。呜呼！一念及彼“以淫欲与法律为平等”之徒所造成之大劫，吾人尚欲由自然中寻求惟人类所欲得，又惟人类所能创造之秩序、之安宁、之公平、之安雅、之智慧耶？凡此皆足召示吾人速行创立真正之社会，所创立之新社会，必当有进于今日。其对于永久确定之价值，必能注意；对于美善之习俗礼教，必能尊重；对于轻躁无稽之改革思想，必持审慎之态度。总之，彼社会之组织，须能表示，人类甚愿在此世界中工作弗息，以求其理想之实现。而此理想，则存于博学笃行之君子之心中。苟得实行，定可为人类造福者也。

柯克斯论美术家及公众*

徐震堮

[按]柯克斯先生(Kenyon Cox)之为人与其著述,已详见本志第二十一期《柯克斯论古学之精神》篇,兹不赘述。此篇"美术家及公众"Artist and Public为先生所著第二书中之首篇。大意谓美术家于公众必须了解互相扶助,始能造成精美之艺术,而决不可背道而驰,各不相顾。今世美术之坠落腐败,弊正坐此。又评论立方派、未来派、后起印象派、奥斐斯派等之得失短长,至为精当。故由徐君更译此篇,以与国人商榷。

编者识

在美术史上,亦犹政治史、经济史,并以法国大革命为古今一大关键,将近今与以前时期,截然划分为二。佛勒歌拿(Fragnard,1792—1806,法国革命时画家)以前朝名家,身经大革命之变,晚岁大有人世沧桑之感,乃旧派画家之殿。若大卫(法国大革命时画家,注见本志第二十一期《柯克斯论古学之精神》篇第五页)少于佛氏可十六年,则近世画家之开山也。欲知古今美术之根本差别,不外乎下之所云。古之美术,所以应公众之需求,而公众能领会之,其美术家皆深知其公众而与之表同情者也。今之美术,虽亦为公众而作,顾多非其所需,抑且莫能领会,而其美术家又皆厌薄其公众者也。昔日美术家与公众相融

---

* 辑自《学衡》1923年11月第23期。

合之时，其美术精纯而绵衍。自二者分离，美术遂日益杂乱而震荡矣。

美术家与公众业已分离，其间之关系极不自然，又不正当，此其事无可质疑，至其原因，盖不可以一二数，且皆近世文明之所造成。兹所言者，仅其荦荦大者而已。

其一社会中新阶级之崛起是也。夫昔之美术，固显然为贵族之美术也。其所为作，以备聪明赫弈之君王、豪侈浮华之世族、道高学博之僧侣、使奴呼婢之共和公民之观赏，凡此皆贵族也。法国大革命既以铲除贵族之特权为目的，则美术革新家如大卫者，其视破坏贵族美术之典型规律为切要之事，固无足怪。大卫自用其法作画，成就极佳。于是继之而起者，益不知有所谓典型规律矣。若辈之从事美术，乃勉求娱悦新兴暴富而素不知美术为何物之中等阶级以及平民，且须创自一切美术之方法规矩，艰难如此，安望成功？因而美术家与公众始分离，各不相谋，而愈去愈远矣。

即谓绘画雕刻等正大之美术，其于民众，为用甚鲜。然如室内之陈设、木器之雕镌，以及锻金、制磁之类，则自中世及文艺复兴时代以来，故已为普及于民众之艺术矣。其时凡工匠皆美术家也，而美术家亦仅工匠之手艺较高者耳。迨夫近世机器制造，工厂林立，专图物质之进步欲望之满足，贪多务得，而此普及于民众之美术（精细手工），遂破灭不存。且美术家上无君相之恩宠，下失民众之供养，饥寒困迫，遂不得不自命高明，强欲厕身士绅，然求如曩昔之有豪门贵族引而用之，工匠世人友而爱之者，不可复得矣。今世之美术家其孤立若此，盖传绪既坠，上无导师，下无资助，而古今万国之美术，又藉交通之便利，与摄影摹印之术之精工，悉来至其前。日接于目，不知何择，即欲弃此而营彼，舍甲途而趋乙途，则在已实无坚确之理由。但觉事物满前，莫不可为；蹊径千万，莫不可由。彼诚不能自见其心，而徒见他人思想言论技术之互相冲击喧豗。自心既无主宰，乃不得不倾听于千夫之异说矣。

维德（Vedder）君尝自言其美术作品之最大缺点，谓其性质若出之闭户独造者。盖论其格律法程既不显然属于某派，而与作者所生之时代国土又了无关系也。然此层不独维德君之作品为然，实乃今世美术之特质。今之美术家，率皆致力于创作，专凭一己之性情与经验以为之。独居斗室之隅，有若蜘蛛自吐其腹中之胶丝以织网者然。由是而得之作品，苟确系高美，则公众终必有称赏之之一日，但必需时甚久，非可立致。故当作者成名之时，必已饱受数十年之穷蹙困厄饥寒冷落，而致才力短绌，精华销歇矣。此类之事，固所常有。于是今人之意想，以为凡美术大家必皆穷困流落，世莫能知，且不察往迹，蒙蔽颠倒，以今概古。遽视古来之美术大家结为穷愁潦倒之辈，日与庸俗无知之人争持索闹，冻馁终身，老死于瓮牖之下，经千百年，而始得知已，出而为之表彰耳。

而不知其适与事实相反也。统观美术全史，迄于十九世纪初年为止，惟雷布兰（[注]见本志第二十一期《柯克斯论古学之精神》篇第五页）一人，生当政局变革、市民兴起把握权之时，与众不同外，凡美术天才未有不及身为世称赞者也。彼文艺复兴时代之大作者，自乔都（今译乔托）（Giotto，1276—1337，意大利佛罗伦萨之大画家兼建筑家）以至维罗纳人保罗（Paul Veronese，原名Paolo Gagliari，1528—1588，意大利画家，属威尼斯派[Venetian School]）皆时代之人物也。彼与其时人同其观念，而藉美术代为宣示之，故能受时人之赏识与鼓励。与雷布斯兰同时最大之作家鲁班斯（[注]见本志第二十一期《柯克斯论古学之精神》篇第五页）为宫庭供奉之画家，受欧洲诸国王后之尊礼。韦拉斯开（今译麦拉斯凯兹）（Velaquez，1599—1660，西班牙大画家）尝为其国王之密友。华士（注见本志第二十一期《柯克斯论古学之精神》篇第五页）、蒲歇[Roueber（1704—1770），法国画家]、佛勒歌拿，皆作画以供十八世纪奢侈逸乐之贵族，而适投其所好。虽在革命之先驱者，如清明诚恳之夏丹（Simeon Chardin 法国画家）、情感激烈之格吕斯[Greuze（1725—1805），法国画家]皆能使其作品得世人之领会，毫不费力。迨美术革命家大卫出而执全欧艺术之牛耳，二子使遭摈弃而埋没耳。

复辟（指一八一五年拿破仑败囚后，法国旧王室路易十八之得立而复君主）之后，所号为浪漫运动者起，世人不识之天才之画家，至此时始确然出现于世。若米勒（见本志第二十一期插画及该期《柯克斯论古学之精神》篇第一及第八页）、若古罗（Gorot，1796—1875，法国风景画家），若卢梭（[注]见本志第二十一期《柯克斯论故学之精神》篇第七页），并出其伟大之才力与专一之心志，以恢复大革命时代所毁坏之画术。之数子者，皆禀高尚坦易之品性，举凡忧随、狂妄虚娇、我执诸弊，吾今人所视为世莫能知之天才之特性者，彼皆丝毫无之，且皆醇正而好古，崇拜往昔伟大之美术。然而数子者，以不得公众之诚赏，久受当世之摧折凌蔑，后之论者，因鉴于此诸人遭遇之困穷，遂创为美术大家必为世莫能知者之说，其说出而信者日益众矣。后之美术家既深信美术大家必为世人所莫能知之说，遂皆蓄轻视公众之心，即其心未尝怨怒，亦必饰貌矫情，以极其轻视之意。盖自谓苟世人有能解之者，则吾艺为不精，于是蕴之于心，视不合时宜为天才之标识。苟有誉之者，则必愤怒而呼曰："吾艺之劣，竟至此乎(嫌其为人所誉也)？"且有殚心极思，创出种种奇僻过情之方法，以益坚世人之不解。又发为怪论，谓凡伟大之事物既非常情所可测，故为常情所不能测者。其必为伟大无疑，而世人亦或信其言而取之。彼之伟大与否故不能定，然确为世人所不解，且近狂颠，卒乃世人之视美术家为带有几分狂颠病而尚无害于世之人。有成名者，则奉之若神，以为其狂也，此其所以神也。于是，吾人益信天才必狂之说矣。使昔日拉飞叶(今译拉斐尔)(见本志第二及第五期插画)或彼精通世故之狄贤(今译提香)(Titian，原名 Tiziano Vecellio，1477—1576，意大利之威尼斯大画家)，宁静伟大之威洛纳人保罗，冷隽清醒之韦拉斯开等得闻此说，不知以为若何。而使彼荣膺西班牙之使命、赫弈显达之鲁班斯闻之，恐将大笑不止矣。

美术家与公众之间，缺乏同情与了解，而使美术家不幸处于孤立之地，此实近世艺术凡百缺点之所由生。彼恪守规律、毫无生气之学院画派，与争奇斗异、粗劣不堪之革新画派，其致病之由，同在此也。今之美术家，既非复昔日专精一艺之巧匠，而成为诗人之流，于索居无偶之中，自写其一己之情感，而天然之生计遂失。当前代美术自然产生以应社会需要之时，固无需政府借箸代筹。而今之美术家既无术谋生，各国政府乃不得不出人力以养赡之。于是为之设展览会，以使其所作得以陈列而求名于当世，为之订定奖章奖金等以鼓励之。又择其作品之佳者，由国家出资购买，以救其穷饿。凡此诸法，用意固善，然其结果，无非使世之作画者目的日趋卑狭。即但求其所作画能悬于展览会而得奖章，并冀国家之收买而长年悬之博物院中是已。夫以此为鹄者，其画固不必务为鸿美而真挚。而其篇幅必求广大，以引人注意。所费之技术力量，只以能得人之赏识为度，而不可过精，于是所谓展览画者遂盛行。此种画，作者本不求悦人，亦不为自娱。其画既不足以饰公家之建筑，亦不足用为家庭之点缀，仅以供开会展览暂时之用，会终即束之高阁。而其中空虚，了无价值之情形，乃历久而愈彰。噫嘻！夫政府如此奖励美术，其最低之成绩，尚能维持画法中最显著之各要素，使画者不敢苟且，不得轻率。迨展览会之范围益扩大，竞争益激烈，而区区学院画之成绩，断不足以邀人之注意。作者乃旁求惊人之题旨，以致所谓展览画者，无复如昔之庄严而华美，而专写骇人听闻与极情凶惨之事。始作俑者实为雷尼渥(今译勒尼奥)(Henri Regnault，1843—1871，法国画家)，然其后变本加厉，更非雷氏所能梦见。于是此流行之展览画，不特令人厌倦，抑且弥觉可憎矣。

凡此所言展览画之短长，在法国为最著。然今世展览会之流毒，不止中于法国而兼及他国也。其在英国，公众既视绘画漠不关心，乃只得以极情激刺于新闻琐事之画歆动之，亦展览会所应负之咎也。展览会之弊各地皆然，即在此邦（指美国），展览会较为简陋，往观之人较少，然已造成一切粗鲁浮嚣之弊，以求利于展览会中之竞争，而忽略画术上之各种精微要义矣。

顾以今日之情形，展览会亦属不可少者。何则？盖非此则美术家无以维持其生计而得声名也。至奖章奖金及国家收买等事，则利中有弊，然论起鼓励美术之功效，总觉益多而害少也。然由政府鼓励美术苟办理得宜，亦可使之有利吾弊，如吾美国所行之法是已，此法维何？即委派其绘画公家建筑之内壁而给以酬金是也。夫画壁乃古昔之旧规，而其间作画者与公众之关系极健全而自然。彼画家之所为，诚世之所需，苟继续有人委派之，则彼亦可自信其所为之能满人意也。今之美术家中，惟画家壁者、及从事于花样装饰与碑碣之雕刻家，为能与世相接，可不必块然伏处斗室，有所制作，孤寒自守。以待世人之偶然来顾者，又不必拂逆其本心。所作实不合己意而但卑卑求悦于公众，又不必务以术愚惑公众。使出资以购劣货，凡此均可不为。苟能尽心所业，亦可谋生自赡，无殊彼铁匠石工等，而无待于欺罔假冒，又无需受人周济也。法国政府最有功于美术之事，即系委派鲍德里（Baudry，1828—1886，法国画家）、蒲维（今译皮埃尔）（Puvis de Chavannes，1824—1898，法国画家）画壁而获良果。其在此邦（美国），中央及各省各市政府，并以此最佳之方法鼓励艺术，既将公共建筑装点鸿丽，又得创造民众艺术之机会也。

至于专绘书籍物品之装点说明之画家，则不假政府之扶助，而自能受公众之欣赏而得其养赡，故装点说明画在今世美术中实为最健全而有力者。为人图像者，亦不患无事可为，惟其术不得不与摄影术竞争，且驰惊于展览会中之胜利而稍陷于恶俗，然大体犹近于人情而可以理解。故十九世纪最健全之美术，厥推图像之术。由上所言，美术家与公众最不互相了解者，为状物画、风景画、写实画等之作者，其中固有不假导师自辟蹊径而成名者，而余则多陷于歧途而不反焉。

十九世纪中，美术家以与公众不相了解而沉沦失败者，不可胜数。至一千八百六七十年间，始有显然自辟蹊径者，凡此勇往直前者所趋之途，大可别为三种：曰惟美主义，曰科学的自然主义，曰纯粹自我表现主义。此三途者，即可以惠斯拉(今译惠斯勒)([注]见本志第二十一期《柯克斯论古学之精神》篇第十页)、穆乃(今译莫奈)([注]见同上第九与第十页)、塞桑(今译塞尚)(Paul ezanne,1839—1906,法国画家)三人分别代表之。

惠斯拉者,具有优美之才能,而于气质上训练上均有莫大之缺点。性复明敏,长于辩说,乃骋其舌锋,标奇立异,强谓己之种种缺点为过人之长处,而世人且几为所欺而信其诐说矣。彼见摹绘自然之不易为也,乃谓美术不当从事摹绘,而但以造成"序列"及"谐和"为工。彼厌薄画题,乃谓画不当有题,有题必堕粗俗。彼研究世界之画而无所依傍偏重,遂谓美术本无国界可言。彼厌其所生之时世,乃谓美术者"发于偶然",初无所谓"美术之时代"。从惠斯拉之说,则作者与公众之间,不惟在今不相接近,且夙无关系,又在理亦当互不相谋也。彼又非能与众和洽之人,而常闭户索居,狎近妇人,沉溺梦幻之中,自谓所做彩色曲线之美丽图式,聊以自娱而已,公众只当恭默领受,不当有所雌黄也。

其所为者,乃此类无根柢之美术也。其中亦有可喜者,然无想象、无感情,又无此物质世界中之快乐,仅为涉猎画术者兴之所至,随笔挥洒而已。如此纤美之艺术尚能见于斯世,固为可喜。然以今日美术之庸劣贫乏,乃勉强取之耳。若遽以厕诸往古大作者之林,则不经矣(以上二段,论惟美主义一派)。

穆乃与印象派亦力求摆脱展览画毫无生气之艺术,而所循之途径则全不相同。彼深厌展览会画家之就题敷衍,遂将画题完全抛弃,一如惠斯拉之所为。彼见正宗画家之平庸凡近,而愤不可遏,亦与惠斯拉同。惟惠斯拉禁用摹绘,而穆乃及印象派则专重摹绘,视为画术之极事。为求摹绘之至极真切,以科学方法分析光线,又新创涂敷颜料之术,于是大变画术之成法焉。又不效惠斯拉之搜求图式,而专注重实物,或其一方面。穆乃之徒,既专力于光线之研究与摹绘光线之方法,乃举画之形式与意旨美质等而悉弃之矣。

惟其然也,故穆乃至不惜绘图二十幅,以研究日光照射于彼田园中二草堆之上,一日中各时变迁之状况,此种实习工夫亦诚可喜。科学分析与技术研究,固皆不可偏废,然世人所好着,乃美术家之作品也。至其如何学习而能为此,则非所问也。此二十幅者,合而观之,可以显示各种不同之光线。若分而观之,则仅木然二稻草堆,而世固不甚注意此类稻草堆也。要之,光线之研究为美术家技能之一种训练,不过与解剖及远近之术相等,印象派乃用此利器,居为奇货。虽资便利而其不能创立一派画法,则固当然之事也(以上二段,论科学的自然主义,即印象派)。

继印象派而起者为何，无以名之。名之曰后起印象派，塞桑、葛金（今译高更）（Gauguin，法国画家）、郭曷（今译梵高）（[注]见本志第二十一期《柯克斯论古学之精神》篇第十一页）等属之。此派虽与上述二派同恶流行之展览画而共攻之，然能见得唯美派之褊狭与印象派之枯瘠。顾虽能知彼二派之所短，而亦不解美术须表示世界古今之公理之义。夫彼唯美派犹有其原理主义，印象派犹有其方法格律。至后起印象派则并此一无所有，不得已，遂专趋于表现自我之一途。奉幻想为神明，既无训练，蔑弃典型，又非为公众而作，而专务表现。吾心此一刹那之所感所思甚至所藉以表现之文字，亦悉由自创彼中诚亦有禀赋天才、而可以大成者。惟其所趋向者，则为艰难阻滞、痛心绝望之途径。夫美术非可咄嗟立办者也，而美术家于其起灭无常之感情以外，不可不有其他向导也。今彼等所入之歧途，自邃古以来，久已有"此路不通"之字书于其地矣，焉可强求越过，故此派美术家之末路，不自杀即入疯人院耳（此段论纯粹自我表现主义，即后起印象派）。

彼真正之后起印象派，无论其若何乖戾丑恶，与其道德上有若何瑕累，然其心即或失其平衡与常道，要皆诚实而非诈也。且彼等之穷饿颠连以死，亦已偿其孽债矣。而今之号为此派之苗裔者，则迥不相侔。若辈不特无以偿其邪僻狂谬之失，且藉此以自获利焉。

今世用以扬名之利器，即自此辈发明之。彼等既习为广告之术，且见尫病邪秽与一切极端，皆为最佳之广告。人即不能创为健全活泼之美术，未有不能力趋险怪以供众谈论者。人即不能立久长之令誉，亦必能为轰动一时之声名。若目的为求资财，则目前之声名固愈于将来之令誉。以投机掮客近在目前，彼皆惟求近利。不能待至汝声名大著或盖棺论定之后，然后为汝销售其作品也。夫掮客之方法，乃购入能销行极畅之作品，且极力提高其价格，务赶销路未滞以前销去之，于是更求新法。而此中乃有困难，使汝一经加入此种疯狂之竞争，以取当世之名，则将永远不得出其彀中。同一刺激，仅能得一次之效，则必更辟新途。既已太过，更思所以过之（即更趋极端，以求人之注意）。盖工于是术者，日伺于斯后，稍纵即逝，不可及也。夫此事非复美术家之不能了解，公众与公众之不能了解其美术，实系美术家之欺诈残贼其公众。盖若辈竟敢妄为断定凡为民众所不能理解与违反民众之感情者，即必为伟大之作家也。而哈利孙（今译哈里森）（Frederic Harrison，英国文人，生于一八三一年，前二三年殁）所谓"令汝祖母震骇之画派"于是乎立。

论此派之首创者，不能不数罗丹(Anguste Rodin，1840—1917，法国雕刻家)至足惋惜。盖罗丹者乃具有真才之美术家，而其作品多可喜者也，罗丹当三十七岁时，忽得轰动一时之异名。自此而后，欧洲之人谈论今世之美术家者，必首及罗丹。罗丹善制模型，技术亦工。惟其所作，常有极大之疵瑕与显著之怪癖习气。其后此等瑕疵与怪癖习气日益加甚，而其伟大之天才乃反弃而不用。于是其雕刻作品之结构日益模糊破碎，形式日益丑恶，作法日益虚伪空疏，卒至出其软烂支离之奇作，为前此所未尝梦见者。其于公众之纪念碑柱，亦以折肢断脰之丑怪之石像充之。今者已入暮年([按]柯克斯作此文时，罗丹尚在世，距其殁尚有三四年也)，方出其无数得未曾有之怪画，丑恶至不可入目。而京都博物院且精选罗致而珍藏之，累累然成一长行。予以终身寝馈于图画之人，敢谓其艺术之丑恶，与其外形无殊。其中初无一丝一毫合于自然，亦无一笔具有真美与表现力者，其所为人形，结构则如海蜇，动作则如荷兰木偶，而容貌意态则实不堪形容。噫嘻！此种作品，苟非作者心神迷惘之征兆，则必为欺诈眩惑之妙术而已。

若夫马蒂斯(Henri Matisse，1869— ，法国现代画家)，则吾人论之者初无奇才堕落之叹。盖马氏本无何种才艺之可言也，其好之者，谓马氏亦当能画，不让他人，此则然矣。顾不能高出人上以立名于世，当其未能设法以震骇世俗以前，彼固一无闻之人也。其法维何？尽力所及，选取最奇最丑之模型，使居极凶怪淫秽之姿势，以野蛮人或顽童极粗劣之笔法描绘之。人体之四周，围以青色边线，宽及半寸。其设色也，专取粗浊骇人之颜料，片块狼藉，堆积纸上。及图既成，彼公众见之惊骇却走，马氏乃正词严厉色告之曰："吾此画将以反抗自然主义，恢复纯线单色之法，乃主观之美术，非以表现自然，而以显示美术家之灵魂者也。"则公众之闻之者，安得不错愕惊顾乎？

两三年前，此种愚弄手段似乎已达其极，颠倒错乱亦不能更甚。然人类之机巧殊无止境，今者乃有立方派、未来派等出现。竞事创制离奇怪诞之画，又以矛盾诡秘，不可理解之学说相尚。公众观各派之所为，视为一丘之貉，不能细加分别，固无足深怪。惟察其理论，则二派实互相背驰。欲将二派之学说清晰了解，诚非易事。惟予亦尝用心体察，就予所知，大概如下：

立方派主静，未来派主动。立方派所论者体积，未来派所论者行动。立方派实即就裴偷生(今译贝伦森)(Bernard Berenson，美国艺术批评家兼画家，著述颇多。以 *The Venetian Painters of the Renaissance*[1894]及 *The Floren-*

tine Painters of the Renaissance[1896],及 *The Central Italian Painters of the Renaissance*[1897],及 *The North Italian Painters of the Renaissance*[1907]为最著)所主张之"触觉之价值"(Tactile Valnes)推而广之。谓物之品性对于美术家最重要者,厥惟体积,即所谓"容量"是也。今夫一切形体之中,其量最易知者莫如立方。通常量物之容积,亦皆以立方之量名之,由是即可得立方派之画法,乃成为不成形之立体几何。然立方派则尊此为艺术之绝诣也。未来派则反是,以为吾人所知者,惟物物皆常在变动之中,而形状体积重量皆幻象也。故世间所有者,惟行动而已。凡物皆刻刻变动,即有不变者,而吾人自身则在变动之中,故谓物体有界限区划,或谓空间之关系有定者,皆谬妄之语也。今设欲将对座某君面容之印象绘出,仅成一目,而彼一目已不存,或易其旧,或已飞至室之他隅。故苟欲摹绘所见之自然景物,其道惟有将该物碎为小粒,乱掷于纸上,则庶几其近于真耳。

立方派虽过趋极端,犹有一种画术,虽其改变画法之迂拘可笑,然犹承认有描绘之事也,故未来派且斥立方派为顽固守旧,以为画一人头,或圆或方,亦复何所区别,且必欲画人头者果何为乎?因之未来派将画法中一切基本假定,悉推翻之。夫按之向来之界说,绘画者,乃表现物体于平面之上,假定各物体皆在平面之外,而吾人之目光,乃穿过此平面以见之。今未来派则强欲使观者,置身画中,而为图其四周之景物,或在其前,或并在其后,此必不能之事也。又向来绘画必假定所绘者为某一刹那间所触于眼帘之景物,虽有时一幅绢或纸上作图数幅,然每一图必为一刹那中之所见。今未来派则欲将过去现在未来联合于一处,条理秩然,若活动影戏之影片,诸多印象前后互相重迭,其画非表现一刹那之景物,而表现时间之前进,由其所为,是直将抹杀一切公认之定律,且毁坏古今传来之美术品,使之荡然无存矣。

相传昔有欲计其笠中之豕数者,苦一豕往来疾走不休,猝不及数,遂弃去不为。今欲叙述现代美术中各种"最新运动",其困难亦犹是矣。此种运动变化之速,日新月异,而其人之论据又瞬息万变,不可捉摸。甫能略解立方派、未来派之区别,而所见之作品已异乎昔,或则同时兼为立方派及未来派,或则既非立方派亦非未来派。所画之物,或谓几何图形所积成,以表其量。而同一部分有重复画之,以示其行动(此即兼为立方派与未来派)。亦有体积与行动俱不可见者(此即既非立方派又非未来派),不肖一物,惟类中国之七巧版散置于桌上者,外此又有杂聚若干曲直线于纸上,丝毫不成形状,既非立体,亦非三角。此即今日所号为最新之画派，曰奥斐斯派(Orphism)者是也。此派厌见作画者积聚若干之线，其中犹有迹象之可寻，必不许之。而必使图画变为不成形之墨污，然后方为满意。闻当日创此派者，觅得一驴，蘸驴尾入颜料，而后使驴乱拂其尾，漓颜料滴于布幅之上，所得者特锡以新名，号为奥斐斯派之画。值其时之评判员急欲提倡新艺术，遂取录之，悬之“秋季展览会”中。以上云云，信而有征。此奥斐斯派之起原也。

在此各派之谬说升沉起伏之中，亦有不变之一点，为各派所同者，即谓凡斯绘画中之奇形怪状，皆属象征，所以隐示美术家(即作画之人)之印象与感情者也。非以表现自然，乃表现此人对于自然之感情。即心之呈露，或如彼等所谓灵魂之呈露者是。此其言固是。夫一切美术皆属象征，图形文字皆符号也。所藉以传达人与人之思想情感者，亦符号也。惟欲假符号以传达此心之意思与彼心，则所用之符号须为两人所共解。设有美术家随己意作为符号，惟己能解之，则彼所表示者之究有意义与否？其意义为何？又孰能知之哉？如有人忽起立而发庄严之声曰：“阿加康、马拉达克、德科、索斯森地。”汝能知其为何语乎？苟渠欲汝知此诸符号乃表其仰视繁星灿烂之天空所得之严畏之感情，则渠当用汝所谙之语言文字也。即如是而渠之真意仍不可得知。渠之意果是此义，然此诸符号能达之乎？为新派辩者常曰：“君等应不惜费时费力，学习新派所用之语言文字，不当遽攻诋之也。”则对曰：“吾侪果何辜。”然则彼新派之人何不学习美术上普遍通用之语言乎？夫欲有所言者彼等也。苟彼等能用通行之言语，使吾侪深信其所欲言者确有价值，则吾人未尝不可许其少变成法，以密合其蕴蓄之思想。非然者则嫌冒昧矣(而此段所谓语言文字，乃指画法之方法材料[所藉以表现之具]而言，譬喻按已。然亦可施之于吾国之提倡白话即汉字改革者流，亦当哑然无词也)。

又试问彼诸人者，诚自信其以意自造之符号便于传达意思，何为复用邃古传来之符号名为文字者乎？彼之画无处不支离模糊，何独插入题字及作画者姓名于幅中，而以罗马字母工楷书写之乎？且题目何必竟写出耶？噫嘻！我知之矣，彼惟恐观者或不注意展览会之目录，故特将题目郑重书写于画幅之角，冀观者因题以求画，否则哑谜难猜，观者或仅来一顾而即掉首去之矣(彼自诩为不求人知者，仍设法以使人知，且惟恐人之不知之也)。

各派之反对一切定律，背叛一切习惯与宗传，纵一己之嗜好，无有训练无有制裁，可以一言以蔽之，曰“无标准”。夫持论毁弃标准，虽不必即实行暴动，而其力足以促成破坏,人皆知之,在美术上则已然矣。彼毁弃标准之美术家,宣言非将往古之美术摧减净尽,则公众必不能了解承受其新美术,故彼等力主将前代留遗之图画雕像悉行破毁。以意大利为世界古物环宝积聚之地,则急呼曰:“意大利之博物院当焚也。”彼等今兹尚未实行放火,然其言果出于诚,终必为之。盖此种主义,无非欲人类复返于獉狉之时,而重历最初进化之阶级也。

幸也其言之不出于诚也,其中固有真心推尊个性、主张毁弃一切定律之人。然其多数,一离其群,则将如群羊之彷徨失路,惟先导者之是从矣。彼等辄喜援葛金(见前)之言曰:“人不为革新者,即为剽袭者。”夫孰能于无数革新家之中,一一取而分别之乎?若谓麦桑尼尔(Meissonier,1813—1891,法国画家)为旧派正宗,又查洛木(今译杰洛姆)(Gerome,1824—1904,法国雕刻家兼画家)为“剽袭家”,其间尚有可以区别之道。然今新派之中,安得有如是之纯粹显著者?如有一人于此,异俗独立,则其乖僻或可信为极端之个性。乃有二十人者同一乖僻,则又和从而辨之哉?要之,少年画家之加入新派,非为图己之个性自由发展,乃以赴成功之捷径也。夫既无定律标准,即无所用其学习。故区区学子,即一跃而与其最富经验之教师相并。而童年之男女,即可被称为作家。卒之,使美术日趋于易,人人为师表,则无有学子矣。借用约翰生博士(见本志第十二期插画)之言,曰“无数男妇幼童”皆能为此类之美术([按]约翰生博士之徒卜思威 Boswell 尝称赞 Ossian 诗之佳妙。博士斥之曰:“此诗何足奇,世间无数男妇幼童皆能作出类此之诗也。”今截取其上半句而移用之美术焉)。且其事已见之矣。

此类幼稚之美术家,谓世间所有之美术非至澌灭净尽,则世人不承认彼等之美术(以其粗劣已极,不堪比较也)。斯言固是,然则吾侪于彼等之美术,亦可心存鄙夷而不必置辩矣(以世间之美术决无尽归澌灭之一日,而彼等之美术必不能邀人顾盼故也)。顾今之批评家及杂志报章撰稿人,犹有称许而奖进之者,故不得不有一言。此类批评家及撰稿人深信古人之失败,知今之评者已将十九世纪之美术家一一加以诋斥,已不甘居人后,恐受攻击,因而凡遇有幼稚之美术家登场献丑,已必极力随众欢呼颂扬,以见我之能新,而不知漫不加察而予之惟宽,与偏执顽固而取之过严,其害正相等。彼诋斥天才者,虽若怀妒嫉,而在后世视之,犹不若为大言所绐者之可耻也。其中又有迷信进化之说者,此固今人之通病,特深浅之异而已。信此说者,以为事物每变愈上,最晚出者必为最佳者无疑。而不知同一蜕化，人去其尾，而蛇与无翼鸟，一失其足，一失其翅。为进为退，孰能言之？彼又不知美术一道视往察今，皆无继续进步之事。惟美术中附见之科学，则能继续进步。顾不能因福禄特尔知古人日绕地行之说之误，而遂谓其所作《亨利诵》（La Henriade，见第十八期注）一诗，为胜于但丁之《神曲》也。且也此类评者，欲饰为小慧，自以醉心倾倒于人所不解之物，则人将以智巧称我矣。予尝将当今"最新派"批评家之撰述浏览不少，欲求其中之义理与其人之信仰，而卒不可得。其连篇累版，反复重迭，无非谓各种新运动皆"活泼"而"富于生气"等臆说而已。予求此臆说之论据，不可得。意者其所谓活泼富生气，谓其变化之神速耶？然世间变化之疾速，莫过于物之霉烂腐臭者。

是故勿为所欺。盖此非有生气之美术，乃其堕落与腐败者耳。夫真正之艺术，必为美术家表现其所生时世之公共理想。彼身既为斯世之一人，则此理想亦即彼之理想也。苟非美术家与公众互相了解，协力共事，则真正健全之美术，决不能见于世。盖美术本为人而作，对社会有应行之职务者也，故必责其合于人心，而能陶养品性。又美术家对于吾人之思想感情，必具有同心，且必须用由古传来之普遍之语言文字，以解释吾人之理想。凡颛顸无能之辈，及恃狂傲世、诡词欺人者，皆当屏绝之，不得以美术家称。然所谓互相了解者，公众亦当负其责任，不可专责之美术家。公众欲美术家用何种语言，已必先用心通习此种语言。欲得真美之物，则当赞助美术家对于美之歆望。而尤要者，欲美术家来解释公众之理想，当先使公众之理想有解释之价值。若公众毫不出力，即有精湛之美术，亦非公众所应享有者。盖伟大之美术家必时见于世。而锡世以本质高华之美术，不以世人之忽视而减色。惟即有伟大之艺术，感兴高美，造诣宏深，魄力雄厚，而有规矩训练，亦必吾人当之无愧，始足为吾人荣也。

白璧德论今后诗之趋势*

吴宓 译

美国伊略脱教授(G. R. Elliott)近著论文集曰《近世诗之循环》(*The Cycle of Modern Poetry*),卜林斯顿(今译普林斯顿)(Princeton)大学出版部发行,每册定价美金二元五角。白璧德先生撰文评此书,载《论坛》(*Forum*)杂志第八十二卷第四号(一九二九年十月)。兹译如下。

译者识

此书为文凡九篇,评(一)雪雷(今译雪莱)、(二)摆轮(今译拜伦)、(三)济慈、(四)安诺德、(五)郎法罗、(六)白郎宁、(七)哈代、(八)佛罗斯特诸人之诗。而殿以长篇,占全书三分之一,题曰《弥尔顿与现今之诗》。就全书而论,作者虽有一定之主张,然并不兀傲自是,力陈己见,强人以必从。作者引安诺德之言,谓"发明诗之真理,乃世间最精妙而艰难之事"。作者此书中各篇可云精妙,独惜其喜用辞藻而多设譬喻,不如以明白晓畅之文字,直道其胸中之所欲言,读者反易通其旨也。

末篇《弥尔顿与现今之诗》为全书精华,伊略脱君之意具在于是。其陈义之宏深,说理之透辟,实近年批评界所不多见者。大意谓"今日之诗,仍走十九世纪思想艺术之绝路",非急谋改良,另辟新途径不可。其要着厥为恢复想象

---

* 辑自《学衡》1929 年 11 月第 72 期。

力之良质，使根本于人性及动作。而欲为此，则先须认明人性中实有互相冲突之二成分："其一为放纵之欲，其二为制止之理；其一为被动而成形者，其二能选择而使形成者；其一乃尘粃、其二则圣神也"（[按]其一为人性中卑下之部分，其二为人性中高上之部分。东西古今凡创立宗教及提倡人文道德者，皆洞见此二者之分别，而主张以其二宰制其一。各家之说，名不同而实则无异也。译者注）。

此玄妙精实之"人性二元"之观念，在近世诗之潮流中日益衰晦，而始作俑者厥为威至威斯（Wordsworth）。威至威斯崇拜自然，有类汎神论者，谓有"一种精神，流荡浑沦于宇宙万物之中"。自此说行，凡为诗者，皆轻人性而重物性，遂舍正路而趋邪径。今则绝壁当前，非幡然回首改辙不可矣。为今之计，当复返而以弥尔顿为宗师及规范。盖弥尔顿亦生值变乱之世，凡文艺复兴时代思想艺术文明之精华，彼悉承受而吸收之。然弥尔顿固重视人性中高上之部分，非若威至威斯盲乎不知人性之为二元者。试取莎士比亚之《麦克白斯》*Macbeth* 剧及弥尔顿《失乐园》诗细读之，则知人性二元之观念，此中已言之极为明显。"今世之诗如斯衰弱枯索，盖由缺乏宗教及道德想象力之故，欲救其弊而补此缺，必须奉弥尔顿为吾人之师表，以热诚至意研诵其诗篇。一若其诗为今世，而作者不当视为高古弃置不读，或仅读其一二小段便自足也。"

伊略脱君之为此说，初未尝以诗与哲学伦理并为一谈也。伊略脱君书中再三申言，诗自有其境界及生活，不缘附于道德义理。然诗非可于空中立足，必须言之有物。由自然主义之观点所作之诗，与以宗教及人文道德为根据之诗，其性质根本不同，不但优劣显分而已，故评诗者亦不能离乎道德哲理。则伊略脱君之说是也。虽然伊略脱君谓人之想象为种种神话（此神话乃广义的，非世俗迷信）所宰制，而近百年来诗人之想象受威至威斯自然主义泛神论之神话之毒过深，今急当救之以弥尔顿。但弥尔顿诗中之表现人性二元之真理亦假借一种神话，即基督教上帝天国与魔鬼地狱之上下对立，以及亚当违上帝命而造成历世人类与生俱来之罪恶。此亦一神话。而此神话已不复能激动今世大多数人之想象，焉可望其读弥尔顿之诗篇而爱好之乎？昔法国批评家薛雷尔（Scherer，1815—1889）谓"今人之读《失乐园》诗，非取其宗教之题材，因爱其诗，故虽不悦于其题材而仍勉强读之耳"。又如伊略脱君所叙济慈（Keats）一生之大悲剧，即在其作诗误以威至威斯为良师，而不专效弥尔顿。济慈于此固属辨之未名，然其理由则缘弥尔顿诗中之宗教主张已成陈腐，此举又谁得而非之。伊略脱君论至此处,似未能自圆其说。然即吾人甚不赞成弥尔顿之神学,固可取弥尔顿为培本摄生之药饵,以求脱离"彼势穷力竭之十九世纪之自然主义",而上企于宗教及人文道德之境界,庸何伤乎?伊略脱君又曰:"今望诗之复兴,而欲提倡改良之,有一大障碍当前,即人道主义(Humanitarianism)之伪宗教是也([按]人道主义主张兼爱,与人文主义 Humanism 之主张别择而注重修身克己者截然不同)。"

今后诗人之想象中,"必须将彼人道主义之迷信之余毒铲除净尽。其说以为感情之虚爱与物质之互助能使人类团结巩固,又以为凭科学之魔力,能使人之自私自利之心造成物与民胞之大同世界。此皆訾言,此皆瞽说,而当摧辟之无余者也"。夫当美国(十九世纪)南北内战告终之时,人道主义之诗人惠德曼(Whitman)告其国人曰:"愿勿忧惧,情爱犹能解决自由之种种问题也。"而昔当英国(十七世纪)王党、民党内战告终之时,宗教及人文道德之诗人弥尔顿则告其国人曰:"勿徒烦恼自伤,凡此丧乱痛苦,皆各人所自召,不可以责他人。当知欲得自由,先须诚敬,先须明智,先须温良公正,先须借鉴,又须宽大而勇毅,舍此无他途也。"([译者按]今正当中国内战再起久而未息之时,吾中国之政治军事领袖及全体国民,其谛听弥尔顿之言,而各自省。其勿妄窃惠德曼之说,以欺人而终以自害。)伊略脱君引此二诗人之说,续评之曰:"惠德曼之言,可代表十九世纪之诗之主旨。而今则人类相残益烈,社会愈不巩固,此说径成陈腐之空言而已。今欧洲大战之祸甫华,吾人聆弥尔顿之言而细味之,只觉其字字真切,大足为吾人之提撕警醒者也。"噫嘻!聆弥尔顿之言而能憬然省悟者,不知究有几何人,在今恐亦非甚多。盖人道主义之伪宗教,以社会服务及爱人利群相号召相欺炫者,其势力犹大,而在美国为尤甚也。吾美国大多数营业得利而昏昏自足之人,苟以伊略脱君之说语之曰"汝等误乘人道主义之舟,舟已颠覆于海,汝等浮游巨浪中行将惨遭灭顶",彼等必笑且怒以为狂矣。

要之,伊略脱君之书,意深旨远。读之者苟不极端赞同,定必极端反对,二者应居其一。今美国各大学犹多为威至威斯之徒所盘踞,若辈当不甘默尔而息,必将有说以与伊略脱君抗辩也。

([译者按]白璧德先生及伊略脱君,以威至威斯代表人道主义,而以弥尔顿代表宗教及人文道德。谓此二诗人截然有别,亦只就其大体言之,藉以说明人道主义与人文主义之不同耳。其实威至威斯固甚注重道德者,彼虽为卢梭之徒,主张与自然交接,然谓旧日之礼教风俗极当保存,不可轻言破坏。彼以与自然交接为一种道德训练，其诗中于道德反复致其意。其 *Ode to Duty* 一诗，已明白承认人性二元为道德之本之说。此类之诗，与弥尔顿又有何异处。更读威至威斯 *Milton*! *Thou shouldst be living at this hour* 之诗，则知彼且奉弥尔顿为己身及一切诗人之模范。夫岂异涂（今作途）而背驰者，读者幸毋以辞害意可也。）

柯克斯论进步之幻梦*

徐震堮　译

[按]进步之说，为今世最大之迷信。即谓后来者必居上，晚出者必胜前。万事万物，均循一直线前行，历久不息，而益臻于美善。信此说者，不求本质之价值，而惟务新奇，不察实事，不用分析，而徒逞其妄执偏见。浮光掠影，自愚而凌人。今世思想精神之淆乱，文学美术之衰败，此其一主因也。考进步说之起原，近二三百年事耳。吾国人以尊古著称固矣。即在西洋，向亦不主进步之说。希腊罗马人信盛衰循环，治乱相生之理，而谓堕落衰败为事之所常有。且常多思古伤今之悲观之论(参阅本志第十四期《希腊文学史》第七、第八页)。中世之人遵依耶教，而耶教宗传，首重人类堕落，丧失天国之说，视斯世为造孽积罪之所。迨去古极远，人类之罪恶贯盈，则世界之末日至，而斯世终于毁灭矣。文艺复兴之时，似有进步说之见端，而犹不著。近世物质科学发达，人力戡天，视为易事。求福与利，惟所欲为。于是进步之说乃大起。故进步之说实原于物质科学之发达，而论其影响势力之最巨者，则当以十七世纪英之培根为其所托始矣。降至十九世纪，达尔文进化论出，世俗乃更以进化之说推及于文学美术等([按]主文学进化者，如 Mmede Stael 等，先已有之，特其势力之普及，未若达尔文进化论以后耳)，遂有今日之现象。此其谬误，一言以蔽之，盖由举一端以概全体。就物质上之发明及生物界之经历，以武断人事，强为之

---

* 辑自《学衡》1924 年 3 月第 27 期。

解，而不悟其格格不相入也。近年欧美宏哲之士，著书论进步之真义及其界限，以辟世人之迷信者，颇不一见。如英国布勒(J. B. Bury)教授(剑桥大学历史总教授，本志曾屡及之)之 *The Idea of Progress*: *An Inquiry into its Origin and Growth* (1920) (Mc Millan Co. 印行)及尹吉(W. R. Inge)主教(见本志第二十四期《希腊之宗教》篇)之 *The Idea of Progress* (The Romanes Lecture，1920，牛津大学印行)等书，均于进步说之起原及沿革，考证甚详，容当陆续译述介绍。兹徐君所译柯克斯(Kenyon Cox)之进步之幻梦(*The Illusion of Progress*)一文，专就美术立论。推绎美术前史，以见进步之说毫不足征。既全悖于事实，则其虚谬之处不待言矣(至此篇论美术之处，可与本期《希腊美术之特色》篇互相参证)。愿吾国之迷信进步者一审思之，至柯克斯先生之为人及此篇之所从出(系《美术家及公众》一书之第三篇)，均详见本志第二十一期《柯克斯论古学之精神》篇首按语。兹不赘。)

编者识

时至今日，世人莫不信进化之说矣。虽好古博文之士，未能或免焉，以为黄金时代不在过去而在将来。人类之祖先，皆穴处獉狉之民。其前乎彼者，则为长尾锐耳之动物。此吾人之所知也。去古既远，忘人类之逐步蜕变不皆进化也。遂蓄其不合论理之谬见，以为未来之时期，将每变益上。盖见人类之许多方面，确有进步，而遽谓其全体皆然。见科学及物质文明进化之步骤，日益加速，而因以同一之情形，望之于美术与文学。意谓将来之美术必远胜于今日与前古，每十年或每年之美术，必能代前者而兴。若一千九百十三年之汽车模型之必胜过一千九百十二年之汽车模型者然。凡物甫经制成，便已嫌其不合时式。欲求人知，必须创造新法新器。既成，且号于人曰："吾欲创造更新者。"此种竞争，愈演愈烈。吾人始闻"立方派"之名，而"未来派"已讥"立方派"为"陈腐顽固"矣。彼气息仅属之批评家，腾跃呼号于战地之后方，亦已毁坏一切今古相承之标准，尽力消除障碍以求前进。然与其谓之军队之进行，毋宁视为鸟兽之窜逐也。

吾今人虽高谈美术进步，而中心隐隐然，实自觉其无有进步。何以言之？盖苟能自信今世之美术与前代创造时期之伟大美术同其粹美，则亦不至推崇古代之美术至是。吾人今日之建设博物院及保存古代建筑，或即缺乏创造之证欤？后人兢兢于其先代相传之物而不敢失坠者，其无取而代之之能力，可无疑也。当美术盛大之时代,其视前代之美术常若不足重者。彼中世礼拜堂之建筑家,未尝肯以己之美术与其前人相调和,常独行其意,且能自信其功程之卓绝也。及文艺复兴时代之建筑家出,亦蔑弃中世之建筑,以为野僿粗陋,毁其旧建之崇楼杰阁而重建之,曾无所顾惜。麦坎吉罗([注]见本志第二十一期《柯克斯论古学精神》篇第三页)夷然毁去贝鲁忌诺(Perugino [Pietro Vannueej],1446—1523,意大利画家,为拉飞之师)所作之三幅壁画,而代以己之"最后之审判"(Last Judgment),吾恐今日之画家,虽最能自信者,亦未必敢效其所为也。

麦氏之傲慢,诚未必人人以为当。然自信如此者,则不仅麦氏。盖坚信美术进步之心,乃堕落之时代与盛大之时代所同具。过去之美术,常觉陈旧,而继起者则高视阔步,自谓卓绝,以骄其前人矣。彼卑俗纤丽之建筑家,当其于文艺复兴时代之建筑妄加"修饰"之时,其意气之盛,以视大卫([注]见本志第二十一期《柯克斯论古学之精神》篇第五页)之徒毁弃十八世纪之优美艺术之时,曾不稍减。奥莱(Barendt van Orley,十六世纪佛来密派画家)与弗罗里(Fraus Floris De Vriendt ,1517—1570,佛来密派画家)自信其美术远出佛来密(即古比利时)派画家艾克兄弟(兄名 Hubert van Eyck,1370—1426;弟名 Jan van Eyck,1390—1440),皆佛来密派画家。梅林(Han Memlin,1430—1495,佛来密派画家)之上,盖无殊于鲁班斯([注]见本志第二十一期《柯克斯论古学之精神》篇第五页)也([按]鲁班斯固为大画家,其骄视艾克梅林宜也。若奥、莱弗罗里二人,乃晚出而无能之辈,不能望艾克默林之项背,而亦骄视之,于以见其谬妄也)。

凡此所言,其中必有若干事,其进步纯属虚幻者,此灼然可见者也。事物固曰在变动,然变其动非皆前进也。夫所谓进步,其一部分既为梦幻,安知其全体不皆然乎?要之,美术之进步,其真能每变益上,能以前人之美术为基础而超过之,有若科学在物质环境良好时所显然可见之进步者,究能至若何地步,此殊有研究之价值也。

试以此问题为着眼点,略究五大美术之历史,而察其情形各如何,俾得归纳为一种公例,以范围一切,而无悖于事实。今先从最伟大而最简单之美术——诗歌始。

进步之证据,在诗歌之史上,较之他种美术为尤不易得。盖从来公认之诗篇绝作,率在其初期而不在末期。每种清畅适用之文字初完成,即有应用此种文字之佳诗作出。后之诗非特无以过之，且求与之并驾齐驱者而不可得。荷马，希腊最大之诗人也，其诗非仅为希腊人而作，且似为吾人而作者。使就今世继承希腊文化各国中精鉴之人士，而征其意见，荷马未必不称为古今最大之诗人也。但丁，意大利最大之诗人，而亦最早之一诗人也。乔塞(Chaucer)之诗，作于盎格鲁撒克逊文变为英文之时，其文字自今日之英人观之，已不啻外国文矣。而好之者犹不惜研习其文字以读其诗，而余亦多求今世英文之译本以续之者。莎士比亚为世界最大之诗人之一，其戏曲适作于此种文字变迁方毕之时。世界史之各时代，皆有大诗人出于其间。然此诸家之卓绝恒蹊，固无所用其疑问也。故若仅以诗歌代表各种美术，则吾人之结论，不得不断美术为退化。盖诗歌者，可视为仅在万事毕集之时，一飞厉天，自此之后，终不能复跻其故处矣。

建筑之起，较晚于诗歌。盖人类未知建筑坚固之屋宇以谋久远，固不能有所谓建筑术也。游牧人种可以为诗人，而不能为建筑家。《约伯记》(*Book of Job*)可出于乡野牧人之手，而建筑家则必为城市之居民。然人类一旦习知建筑之术，则永不复忘。每一时代中必有人能赋予建筑以美之形式者，故建筑史较为赓续不断，盖连续变化与连续发展之历史也。每一民族、每一时代皆能以旧建筑之成分作为新式之建筑，以显其心思。而凡一种新式建筑，光大至极时，又渐变而为他种形式。愿若此者，即能谓之为进步之历史乎？建筑固有时进步。罗马人之圆屋顶与拱廊，以较希腊简单之柱与楣，诚为更合科学。然罗马之建筑家果胜于希腊乎？吾人今日能用钢铁建造高入云霄之房屋，使中世之建筑家望而却步，然今人之艺术遂能比之乎？欲问建筑史上，何时为伟大之建筑出现之时，则必答曰：时时有之。其人苟有起造大建筑之财力，即能有宏丽之建筑。而此式与彼式，此期与彼期之别异，犹不若此建筑与彼建筑间之别异之大。此时代之大建筑与彼时代之大建筑，其伟大一也。无人能谓亚绵(地名，在法国境)礼拜堂胜于雅典圣女祠(Parthenon，见本志第八期插画及说明)，或雅典圣女祠胜于亚绵礼拜堂，仅能谓二者各为其式之极轨，而人类最高精神之表现也。

余于音乐所知甚浅，言之殊不敢必于自信。然余觉音乐仅含两种原素，而蕴藏一种神感之美术，其直截简单与诗无异。音乐盖一种极难之科学，故其极端之造诣，至近时乃成就也。其曲调之发明实与进步说大相径庭。彼高才之大家所力加修饰者，类皆极古之曲调，非音乐史所载，其作者已不可知。世人视为非一人之心声，而为一民族之心声，故号之曰：民歌(Folk song)。故歌曲之古殆与民族等，而协律和音之事则有待于各种乐器之发明与和音之定律。故协律之音乐乃为近世之美术。在今日新乐器固犹有增添，而乐谱中新音之联合亦层出不穷。然即就乐器、乐谱而论，近百年来，果有若何进步乎？其间曾否有伟大之制作，即不言胜过巴赫(Johann Sebastian Bach，1685—1750，德国音乐家)、贝陀文(今译贝多芬)(Ludwig van Beethoven，1770—1827，普鲁士音乐家)，有能与之相比者乎？

绘画与雕刻术尚未论及，而所求之公例已可概见。各种美术之中，其凭借正确之知识与科学有相同之性质者，即有进步之可能。而其表现人之心胸与灵魂者，则美术之伟大，恃乎心胸与灵魂之伟大，即无进步之可能，或竟与进步相背趋。盖美术益趋于繁复，而技术之造诣愈精，则其表现之方法益以难。而所欲表现之人心又益以杂而不纯，无论以何种方法表现之，皆益以不易。故欲以今世之诗表现今世之理想，而与荷马同其完美，则必须有较荷马更为伟大之心胸。用今世音乐之材料而欲与巴赫同其安闲爽直，则须有较巴赫更为伟大之心胸。然而较荷马、巴赫更为伟大之心胸，世固不易得也。

绘画与雕刻其为摹仿之艺术，尤过于前此数者。故尤恃正确之知识，而浸润于科学亦较深。试以按诸前所假定之公例，而知其必有符也。

雕刻亦如建筑术，有恃乎空间之比例之定律，与音乐之基于时间之比例及声音之高下者相类。惟雕刻术表现人形，而建筑与音乐则无所表现。欲求雕刻术造诣之完备，更需精研一种之科学，即人体之构造与运动是也。此种智识有时得之甚速，在常行裸体之国与时代为尤然。故在文明史上，雕刻术之发达甚早，与建筑术同时。后于诗歌而先于绘画及复调之音乐(Polyphonic music)，造极于贝里克里(今译伯里克利)时代，自此之后，不能复有所进，日益窳败，如是者千余年。黑暗时代之后，雕刻术之复兴独早，且发达极速，惟风俗气候较为不宜，故不及前期之速。至十六世纪之前半，几比于贝里克里(今译伯里克利)时代，又止不复进。自兹以还，虽变化日出，而卒无进步。观于雅典圣女祠中三角楣之雕刻，而知斐底亚斯(Phidias)之艺术。其不可及者，即以彼盖世之大艺术家，而又适生于格律科学发达完备之时代也。麦坎吉罗亦然，故所作高华若此。二人之外，雕刻物本质之价值，往往不逮其格律与科学知识之完美。常有古代之刻像，可比斐底亚斯之任何作品，而胜于斐氏以后之一切作品。亦有峨特式(今译哥特式)(Gothic)之雕刻物，其表示人类感情之价值，盖远过于麦坎吉罗同时人之所为者。虽在美术衰败之时期，其大家之制作，常胜于美术盛时平凡作家之所为。而世于撒摩苏雷斯之战胜女神像（[注]见本期《希腊美术之特色》篇）与伍唐（Jean Antoine Houdor，1741—1828 法国雕刻家）之半身肖像，实不能轻舍之也。

雕刻为美术中之最简单者，而绘画为最繁复之美术，以线、形、色、光、影等无数之原素，组成其全体之和谐。而绘画所需之科学，几为目所能睹之自然界之全体。以若是广漠无边之科学，而欲望人之造诣尽善，难矣。故几于美备之绘画术，仅能见之于文明进步之时。而尽善尽美之绘画，则世固未尝有，而亦永不能见之者也。绘画之历史，自初期之后，得于此者常失于彼，得一表现之新法，则失其旧法之美焉。

古代之绘画吾人所知较少，然此种美术，无论若何可喜，决不能谓其曾得成熟之产品也。以吾人所知，东方之绘画，其止而不进，又在美术发达较早之时期。而就今日目的所欲研究者，则为自中世以来欧洲之绘画。在中世之初及其前，其时之绘画，虽仅为前期窳败之遗绪，而非后此新兴之征兆。然有东罗马画派之镶工（Byzantine mosaics），其一种缀饰之华美，殆不可复得。其后乃有朴素之画，仅有线与纯色，极少变化，尚未有表示立体之意也。既而渐知以光线之强弱烘托之，使物体凸起纸上。惟既以暗影施于绘画，而往时彩色之光亮纯净，遂不可再见于时。线在绘画上占首要之位置者久之，益趋于修洁华美，顾作画者渐重立体。而在文艺复兴最盛时，线仅居次要。此后有专重光影（即明暗）而研究之者，彩色不取光亮纯净，而深暗浓重之色复见，线遂完全消灭，即形式亦仅居副贰之地位。至雷布兰（[注]见本注第二十一期《柯克斯论古学之精神》篇第五页）而造其极，作画惟重光影，即彩色亦附属于其下，其画全幅均成褐色焉。故绘画每段皆有所进步，而亦有所退步。若其所得足偿所失而几及于完美者，惟威尼斯派诸大家耳。此后仍日在变化之中。今日之绘画，在科学上目所能接之各方面，亦有所得，为吾人独得之秘，而前人所不及知者，然所得实不偿所失。而今人之艺术，即在科学方面，尚不能逮十六、十七世纪之造诣也。

诚以世未尝有尽善尽美之绘画，故其作品最终之价值，不倚于能否几及此全美之域。世无一出类拔萃之画家，而能有若干画家，并异曲同工，各不相下。在建筑术上，随时随地皆有杰作，正以建筑术屡发达至尽善尽美之境。在绘画术，其情形亦同，而其故适反。吾人既不以某画家之较近于尽美而推重之有加，则对于在科学方面新有所得而失之于艺术方面者，亦不能独重之也。巴马维雀(今译韦基奥)(Palma Vecchio，1480—1528，意大利威尼斯派画家)。虽与狄贤([注]见本志第二十一期《柯克斯论古学之精神》篇第五页)生同时，且共学，然仅为第二流之作家。鲍德齐里(今译波提切利)(Botticelli，1444—1510，意大利之佛罗斯画家)虽生于廖那多(见本志第二、第五期插画及说明)之前，而终为一不朽之大画家。伍齐洛(Palol Ucellc Paolo di dono，1397—1475，意大利画家)以其透视法(即远近画法)之研究，使绘画之科学有显著之进步。然吾人仅以此事而重彼，而不取其艺术也。安琪里哥(今译安杰利科)(Fra Angelico of Fiesole，1387—1455，意大利画家，僧人)并无所进步，仅用当时通行之画法，而其画之可喜，终古不变。故究其发达之历史，绘画术常为表示伟大人物之心胸之器具，而无论何时何地，苟有伟人者，出而习此艺，则其结果必为伟大而有永久价值之美术品。

夫美术之公例即此而已。凡伟大作品之产出，首需有伟大之人。苟无其人，即无美术。苟有其人，则美术亦随之出矣。其人之时代与环境，或能变化其艺术，使稍异于他国他时之作。而究乎其极，则美术即其人也。虽上下千年，纵横万国，而美术之伟大终视乎其人也。

故谓美术之中有进步者，乃一幻想，毫无意义，吾人今当醒悟矣。当以清明之良知，判断一切新美术品本质之优劣。但问其高尚华美合理与否，不必问其果否新奇与进步也。使其诚为伟大之美术，则将终古常新以其常为一伟大心胸之所寄托，而世固无伟大心胸而彼此完全相烦者也。苟其仅新奇而不伟大，则又何足取乎？平庸恶劣之艺术，世已多有。设有一种作品，自名为美术，而谛视之则粗恶污秽。吾人既不震于进步之美名，则当振作其勇气，以申斥之。可恨之作品，在前世亦多有之，然即审知其产生之情形，亦不能为之少恕也。可恨之作品见于当今者，吾人苟知创造之者之心胸若何，则觉其一无可喜矣。即谓此类作品非仅理智堕落之狂象，而为今时情形所不能或免之产品，且为“未来美术”之预兆。然亦不因之而觉其稍胜，特将来之不幸而已。

葛兰坚论新*

吴　宓　陈训慈　合译

[按]葛兰坚先生(Charles Hall Grandgent)为美国哈佛大学南欧各国文学(Romance Languages)教授。而美国当代研究但丁(Dante)专集之学者中,所共推为第一人者也。美国之有但丁学会始于十九世纪之后半叶,为 Charles Eliot Norton 所创立,殁后(约十余年前)而先生继之,曾任该会会长,手自校刊但丁全集,而以英文注释之,又译《但丁全集》为英文诗。此外著有研究但丁之书多种,如 *The Power of Dante*,如 *The Spiritual Message of Dante*,如 *The Ladies of Dante's Lyrics* 皆是也。先生少留学法国多年,研究各国文字之源流变迁,造诣极深。著有法文、意大利、通俗拉丁文等教科书多种,*Introduction to Vulgar Lation*,等等,皆风行一时。先生又曾从事教育,任视学等职。前年哈佛大学印书局以先生所为杂文八篇,论美国现今文学教育者,刊为一卷。颜曰:《新旧杂识》,*Old and New*:*Sundry Papers*(1920)。今所译者,即其书中之第一篇。原题曰:*Nor yet the New* ,系节取诗中成句(详见下)。译言《新者未必尽真》,今改为《论新》。原文虽不分段落,然循序求之,通篇可区为四节。(一)泛论近今骛新之风;(二)论新诗之不能成立;(三)论画术之日就堕落;(四)论新教育之流弊。译文分列,以醒眉目。葛兰坚先生亦奉行人文主义者也,其言博通明达、平和中正、本经验、重事实、进道义而黜功利,辟诡辩而

---

*　辑自《学衡》1922 年 6 月第 6 期。

节感情，与白璧德先生等所主张者相合（见本注第三期通论第一篇），皆可为淑世之先导者也。此篇之作，以其国人咸趋功利，惟以新相号召，相挟迫。先生目击时变，痛愤内激，欲缄默而有所不忍，发为文章，藉示针砭，读其"人性要当更贵于效率也"一语，亦可想见其忧世之深，与振俗之志矣。原文语婉而讽，似谐实庄，译笔不易曲达。惟以吾中国之人，近数年来，震眩于西学，舍本以求，而趋新之风遂炽，论人论事，不问是非，但责新旧，不知"事物之价值，在其本身之良否，而无与于新旧"。寻绎吾国古时，当新旧之争，识者亦莫不以此理自信，固非葛兰坚氏一人之言也。乃盲从伪新者，靡然成风，陷于一偏，不辨实事之利害短长，但以虚词相号如，名义相矜夸。苟稍与论是非，即以顽旧斥之，长此不图改善，将见人性日漓，其结果或有百倍于美国今日之情况者。兹篇论新诗、画术及教育三者之流弊，有已在吾国甚嚣尘上者，亦有始微露端倪者。语云："他山之石，可以攻玉。"至理名言，箴时救弊。本无东西之界限，但别真伪，不论新旧，凡人皆当以此为的。彼西洋之鸡鸣风雨、砥柱中流者，固大有人在，而吾国人读此译文者，亦可以反省而沉思也。

译者识

一

克罗(Arthur Hugh Clough)之诗曰：

旧者诚多误，新者岂尽真。嗟嗟天下士，新旧何必论。

克罗此诗，持论虽似平允，而在今已成腐旧。"新者未必尽真"，今人闻此，鲜有不斥为务去之陈言矣。然二三十年前，则此语固如"闪闪者非皆黄金"及"有志者事竟成"诸谚，无或致疑者也。世变之速如此，固亦克罗当日所不及料者矣。

昔日者，人皆尊古而黜今，崇旧而斥新。行事之出乎故辙者，必曲为之解，思想之自标新异者，则众莫之信。戈斯密(Oliver Goldsmith)所撰 *She Stoops to Conquer* 一剧（戈斯密生于一千七百二十八年，殁于一千七百七十四年，此剧作于一千七百七十三年），剧中之人有言曰："凡古旧之物，吾皆爱之，如古世、故友、古书、古礼，乃至陈酒，皆胜于今也。"戈斯密又有言曰："吾方少时，急欲有以自见，遇事常创为新说。然不久，吾乃知新者皆伪，遂毅然不更为此矣。"韦勃司德（Daniel Webster）亦有激而言曰："凡有价值者皆非新，凡新者无价值。"此皆尚旧太过，固一偏武断之见解也。

至于今日，则又盲趋于新，而其一偏武断之处，较之昔之尊古者，有过之，无不及矣。莫利耶（今译莫里哀）（Moliere，本名 Jean Baptiste Poquelin，法国大戏曲家，生于一千六百二十二年，殁于一千六百七十三年）剧中之庸医所谓"吾人已尽变前调"，一若心肝五脏，皆易其位置，与旧医家所说，全然不同。流风所届，遂致凡以旧为词，即可不问是非而定其罪。旧文字，必为腐败者也，旧思想，不值费心者也。吾人所应致力者，乃"未来之音乐""新文艺""最近学说"种种，实则自识者视之。事物之为旧为新，初无与于其价值，吾人之从选取舍，应视事物之真价值为定。然时代狂潮，激荡而至，众惟盲附景从，滔滔者天下皆是，所谓识者，又乌可多得哉！

中世之人，大都尚古太过，盖其时进步之说，尚未中于人心也。及文艺复兴时代，人之眼界遽阔，古希腊罗马之文化复昌，又发见新大陆与新人种，于是世人好新之意大兴。凡事以变为尚，外界内心，并求新境，一已自视甚重，必尽历生涯之奇遇与乐境以为快。降至复古时代（Neo-Classical Period）则尊古之风又盛，凡事惟笃守故辙，恪遵成例。然至十八世纪，则思想发达，新说复大兴，惟其时新机尚在萌芽，时虑摧残，仅克自保，旧者则根深蒂固。至法国大革命（一千七百八十九年），而后亘古未有之奇变，从兹以还，新者独霸横行。旧者苟延残喘，岌岌危殆。从旧者须自圆其说，以避攻击，言新者则不待晓谕，众已听从。凡事但名之曰新，必可不胫而走，举世归依，于是革命家遂为万众心目中之英雄。多吉教授（Prof. R. E. Neil Dodge）尝作《〈天堂散失记〉中之神学》一文（[按]弥尔顿 Milton 所作之 *Paradise Lost* 之诗今人译其名为《天堂散失记》，虽未当，姑从之）其论魔鬼撒旦，有曰：

> 撒旦不特为诗中之重要人物，且为亘古人类一种精神之代表，即犯上作乱之徒是也。犯上作乱之徒，昔为世人所共弃，而自法国大革命以还，乃众不惟敬之，抑且爱之，此实弥尔顿所未及料者也。彼王党固以克林威尔及清教徒为犯上作乱之叛逆，而克林威尔等自命则救世之仁人也。犯上作乱，本为恶名，至摆伦以后，则为美称。今人之于犯上作乱者，敬爱至极。使弥儿顿有知，必亦瞠目结舌而惊诧矣。

吾所欲论者,即今日以叛乱为时髦之风气耳。暴戾恣睢,已成一种美态,效尤者纷纷。今世众所共尊者非他,弥儿顿诗中之魔鬼也。彼酒筵宾座,高谈无政府主义者,作新诗新画等,而破除一切文章美术之法程者,皆指挥万众,号令一世之人也,今世最显著之风尚,曰叛乱之行。居今日而愿同乎流俗,不肯自标新异立者,乃真特立独行之士,敢与世相违者也。盖人皆求异,似异而实同,而有求同者,彼乃真异于众者也。今人之赞人之诗与画者,必先曰:此人一反前人之成法,书籍报章,其措词行文,亦必以攻击为事。如有疑其无的而发矢,则众将以顽固与狂妄詈此人矣。处此滔滔横流之中,老成之人,探首水面,顾视周遭者(即众醉独醒沉思默察之意),间亦有之,尚未绝迹也。

昔年基督教勉力会,开全国(指美国)大会于波士顿。凡街衢市廛,公园饭馆,阗溢充塞,肩摩踵接者,皆该会中人,殊类结队春游,征逐以为乐者。有旁观者某,异之,研究数日,不得其故,乃就而颛颟问之曰:"贵会中人,专欲勉力于某事欤?"抑一事不为,徒言勉力而已。今有人焉,移此语以询今之好为叛乱者,曰:"公等专对某事,而叛之攻之欤? 抑并无定鹄,徒事叛之攻之而已欤?"吾恐其多瞠目结舌而不能答。思索移时,则必答曰:"吾侪专攻维多利亚时代([按]此指英女皇维多利亚[Victoria]在位之年,即由一千八百三十七年至一千九百零一年,其时代之文学大都重视道德,作者咸以端正人心改善风俗为己任,提倡忠君爱国修身立行,而不以个人之恣睢为然。如丁尼孙[Tennyson]可为其代表,故与今人异其趣也)。"此言是也。若辈深嫉维多利亚时代,欲辱詈某人者,则指之为维多利亚时代之余孽。彼以为维多利亚时代之人,皆胶执自是,饰行伪善,欺世盗名,拘牵仪文。而不知维多利亚时代,实人才辈出,辉煌灿烂,几可上拟希腊贝里克里(今译伯里克利)时代实人才辈出,辉煌灿烂几可上拟希腊贝里克时代([按]贝里克里为雅典大政治家,其从政之年为纪元前四六九年至四二九年,是为贝里克里时代为雅典文治武功最盛之时,亦希腊文学最盛之时也)、罗马之奥古士都(今译奥古斯都)时代([按]奥古士都 Aogustus为罗马帝国元首之称。此指第一奥古士都即创建帝政者,其在位之年为纪元前二十七年至纪元后十四年,罗马政治文学最盛之时代也)、英国之伊利查白(今译伊莉莎白)时代(英女皇伊利查白 Elizabeth 在位之年为一五五八年至一六零三年,其时英国国威大张,人才济济,文学尤盛,莎士比亚即生此时)、法国之路易十四时代(法王路易十四在位之年为一六四三年至一七一五年,其时法国称霸全欧,国力鼎盛,而文学尤盛,如莫利耶[Moliere Racive],Boileau,

Bossuet 等均生此时)而无逊色。如沙克雷、迭更斯、伊利脱(George Eliot)、勃朗宁(Browning)、丁尼孙(Tennyson)、安诺德(Mattew Arnold)、约翰弥勒、达尔文、赫胥黎、斯宾塞、恺尔文(Kelvin)、李斯得(Lister)诸名贤博学同时挺生,其盛非后世所能再见,焉可短之。然此惟可与洞明全史者言,难与若辈语也。

虽然,维多利亚时代逝矣,蹴踏陈尸,何须置论。第此辈妄事攻击者,不但归咎既往,抑且于当前尚存之事,如尽职克己,守礼诸种,亦攻击不遗余力,或疑礼之一物,早为人蔑弃,而吾谓为当前尚存者,不无有误。然吾谓蔑礼者之势力虽猛,而守礼者今犹不乏其人也。依近人之说,婚姻固当废矣,即辛勤作事,正当谋生,亦禁不许为之。今之新伟人,无有能自营生业者,盖皆终日忙于"自己之表见""自己之发展""自己之思考",处处抱定我之一念,而不屑克求自立也。若使全世之人皆化为此种新伟人,则斯世不知成为何世。人人为高等流氓,皆思仰给予他人,则谁复肯为农工商贾,以拓殖生产耶?凡事行之过度者,鲜有不败。今日新人物之破坏事业,亦已过甚矣。彼固以违礼犯法,自标特异,以为惊人之举。然使其意得大行,礼法尽灭,届时欲违而无可违,欲犯而无可犯,则彼辈惊人骇俗之术,不其穷乎?彼辈何不思也?昔法国诗人鲍德来(今译波德莱尔)(Baudelaire,生一千八百二十一年,殁一千八百六十七年)生平喜为惊人之举,其法既穷,乃自染其发为绿色。适友来访,鲍意友必惊诧,乃竟不然。友闲谈天气及赛马之事,若无所见。卒之,鲍不能忍,呼曰:"怪哉,汝竟未之见耶!"友曰:"见何物乎?"鲍曰:"吾之发。"友曰:"汝发如何?"鲍曰:"吾发之色绿。"友欠伸而言曰:诚然。今人之发皆绿,吾见之多矣,汝岂独异哉!语云:"见怪不怪,其怪自败。"今之以新异骇人者,应之只有一法曰:视若平常,无为所骇而已矣。

二

伊利渥(G. R. Elliot)撰《新诗与新美国》一文,实与吾心不期而契。兹引其论新诗家一节曰:

> 今之新诗人,耽逐物象之自然([译者按]Nature 一字,其义几经改变。自十九世纪之初迄今,则指花草木石无生之物,及风云月露山水之形,与天及人相对而言。曰天理、曰人情、曰物象。故 Naturalism 宜译为

物本主义或物象主义。近吾国人多译为自然主义，似不甚合），惟恐不至；绝弃人情之习惯，惟恐不尽。吾美国之新诗人，皆主求美，而破坏规矩，尤以罗威尔女士（Amg Lowell）为甚。其所著诗文，处处皆言打破规矩，解脱束缚，绝去信条，而卒之“打破规矩”四字，适成为其规矩。“解脱束缚”之一念，竟来束缚其心。而“绝去信条”之律，乃其无上独一之信条耳。奉此为金科玉律，天经地义，自由云乎哉！某君戏名之为拆墙主义。百年以前，如此拆墙，犹为新奇之事业，且其时确有坏墙理应拆去者，若在今日，则陈腐之尤，过时已久，遗蜕余腥，尚可以新号乎人哉？

其言至为精到，今更引其一节：

新诗家之言曰：吾人当今要务为尽情发泄其破坏之欲望，更进而制驭之。新诗作者鄂本海（今译奥本海姆）（Oppenheim）之言，颇及此制驭之道，曰：任你的已然。

这样你便能增高而且节制你的欲望。

有大力能节制尼亚格拉（今译尼亚加拉）瀑布的人，便也能够节制他的食量。

然新诗中言节制者，绝不少见，即吾美国国民之心性，亦素乏节制之一念。然鄂氏果明知节制之真义，则必能发为佳诗。惜鄂氏与其侪初未解此，惟纵其心猿意马，脱缰去衔，驰骋诗文之域。故其所谓节制者，特纵肆其欲望，恶事而被之以美名耳，不其谬哉！

吾读伊氏此论，念及今之形象派（Imagists）而有所论列。此派新诗人，善自矜夸，为后生所仿效，风靡一时，然空言革新，初无特殊之建设。外虽以新文艺之产生接引为己功，实则不出模仿抄袭，取三十年前尝流行于法国之新诗，变为英语，遂敢以斯骇人。彼法国之象征派（Symbolists）实取法于美国诗人惠德曼（Walt Whitman，生一八一九年，殁一八九二年），故形象派诗人，亦暗袭惠德曼之衣钵者也。乃数典忘祖，相戒不道惠德曼之名，以自成其新。昔意大利有 versi sciolti（译言自由诗）之体，行之百余岁，彼等亦必知之，实则以松散而有变化之声律为文及诗，自邃古时而已然。例如古希伯来之颂神诗、古拉丁散文之有抑扬顿挫者、中世拉丁句尾之定式、教会之祭歌，以散文人乐而歌唱者，皆是也。又德国文人 Ludwig Tieck 之散文而用韵调，亦其一例。故今之所谓自由诗 vers libre 者毫无新处。其所新者仅二事。一曰：奇异之标点、分段；二曰：喧腾叫嚣之声而已。彼新诗人者，欲效撒旦之变革叛乱而犹未能，似新而非新，自欺以欺人耳。

形象派诗人自谓发明新声律，此其说至为易破。哥伦比亚大学教授柏德孙博士(Dr. W. M. Patterson)以科学之方法，本实验之结果，严密审查，精确断定，著《散文之声律》(*The Rhythm of Prose*)一书，于新诗人之说，业已攻辟无遗，其言曰：

> 据吾等试验之所得，散文与诗二者之间，断无第三种文体立足之地，非散文即诗，非诗即散文。若一篇之中，忽而为文，忽而为诗(指新诗)，乃二者拉杂合凑，并非另一新体。譬有藩篱，往复不断跳越其上者，并非另辟新土地也。

即在常人，不用物理仪器、科学方法，亦可证明此理。试选散文，苟不厌烦琐，以新诗之标点分段法写出之，则亦俨然新诗，与若辈所作者无以异。所异者，若辈所作，浮泛空疏，毫无思想，不如今由散文变出者，中实有物，尚有可读之价值耳。哈佛大学教授罗斯(J. L. Lowes，著有 *Convention and Revolt in Poetry* 等书，本志前数期文中曾引及之)君尝以 George Meredith(生一八二八年，殁一九零九年，为英国十九世纪大小说家兼诗人著述甚多)之散文，另行抄写一过，即成形象派之新诗，比之若辈新诗人所作者，且高出万万也。

故新诗人日日作散文，乃假诗之名以炫人，即察其作出之诗，与其自标之宗旨亦不相合。若辈常曰："新诗当以一首为一段。每首之中，音调抑扬若干次，各首皆同。故外似淆乱无规，内实整齐划一也。"然吾所见之新诗，鲜有遵此例者。或又曰："新诗之要义，为声调之流利谐和，不必用韵律也。"然凡散文之佳者，其声调皆流利谐和矣，何得以诗称？数年前，密希根大学教授司各脱(今译斯科特)(F. N. Scott)君立说谓散文之声调，以字音之高低定之。诗之声律，以字音之轻重定之。其论当否，姑不必论。要之，今之自由诗乃散文之变形而非诗也。其佳处皆名家散文之所固有，其短处又下劣散文之所常见也。吾为此言，初无讥诃之意。惟"诗"之一字，妄为混用，要当力辩。谓散文为诗，不可也。咖啡与茶，皆解渴之佳品。常人各以其时饮而甘之，然必强谓咖啡为茶,夫何益哉!

法国文字与英德文异。法文诗之声调,本流利而柔和,不若英德之板滞坚强。故由法国旧诗而变为自由诗也甚易。但使句之长短各异,不必如旧之每句同长,则已成为新诗矣。La Fontaine([注]见本志第一期《钮康氏家传》第四页)之寓言,朗声读之,固新诗也。故法人作新诗,并非力反前古之定法。而在英德人为之,则异矣。英文之时,以句中之抑扬轻重为主([按]此即中国诗之平仄也。凡 Rhythm 皆由不相同之甲乙二物依序排列,而相间 Alternation 相重 Repitition 即构成矣。其在拉丁古文诗中,则长音与短音相重也,其在近世英文诗中则重读之部分与轻读之部分相间相重也。所以必相间相重者,则寓散于整。Unity in Variety 实为人心审美之根本,定律去此则无美可言矣。惟其相间而有异,故为散也。惟其相重而有同,故为整也。凡相间相重者,皆为 Rhythm。而相间相重皆依定规,每段全相同者始为 Metre,故 Metre 者 Rhythm 中之一种而最整齐者也。惟然,故散文有 Rhythm 而无 Metre,独诗有 Metre,Metre 者所以区别诗文者也。自由诗仅有 Rhythm 而无 Metre,故自由诗不得为诗也,此其界限甚明。若吾国之诗正合此理,与西洋古今全同。盖吾国诗句由平声字仄声字相重相间而成者也,且依定规而每段相同者,故吾国之诗不惟具有 Rhythm 且具有 Metre,即平仄是已吾国之文亦仅有 Rhythm 而无 Metre,故平仄之有无,实吾国之文与诗之别。无定平仄者不得为诗,故今之新诗实不得为诗,此非吾国所独异,实各国文所共同者也。准是,今必辛苦主张坚欲保存吾国诗之平仄者,非某等生性顽固笃好古物也,实以世界古今诗之公性,诗之通例,如此。惜乎今之作白话诗者,不一察诗中根本原理也,且如英文诗以音段 Syllable 为单位每句中字 Words 数虽不同,字母之总数亦不同,然其各句中音段之数则必同[或成一定之比例]。骤观之,一首诗中句有长有短,其形甚为参差,然以音段按计之,则其长皆同。而吾国之文,一字一音,字数与音数相符。欲音数之有定,必求字数之有定。故吾国之诗,每句必须同长(或成定比例)。明乎此,则知吾国人不得以英文诗句长短参差为例,而自作每句长短不同之新诗也。语云:要言不繁。诗中声律之原理,尽于数语。今之攻辩者,旁敲乱扯,连篇累牍,似皆无当于是也。编者附识)。法文之诗,以句尾之同音之韵为主(按吾国诗之韵正即西文诗之 Rhyme。其为物同,其功用亦同。西国固有不用韵之诗,吾国古诗亦有几若无韵者,然此皆其一体。故他日者,若西人尽弃其诗之韵，则吾国诗人亦可自发其韵，尚不为晚。今既非其时，而强以无韵为诗，不知是何用心矣。编者附识）。故英美之人，不宜强效法人之作自由诗也。且法人之自由诗，有似若无韵而实有韵者，其字形不同而字音则固同也。马拉梅 Mallarme（生千八百四十二年，殁千八百九十八年）者，法国象征派诗人之翘楚也，乃亦不辨散文与诗。其言曰："凡有声律 Rhythm 者皆可为诗。散文处处皆有声律，特较为松懈而不整齐耳。作散文而刻意求句法之工，则立变为诗。故吾谓世所号为散文者，实皆诗也。"（此其误在以 Rhythm 别散文与诗而不知二者当以 Metre 别之。盖 Rhythm 为散文与诗所同具，而 Metre 则诗之所独有也）此亦不辨菽麦，指鹿马之类矣。

形象派之诗，就其本质论之，亦有可取者。特其体含混缥缈已极，故非选字用词，刻意求异，则不成诗。取形象派之诗一卷读之，则有若肥皂水吹成之泡，浮游日光之中。斑斓缤纷，颇呈美观。然无定向，遇微风即灭，掩卷后即全忘之矣。即其所绘之形象，亦不一。有描画木料砖瓦堆者，有叙酒色沉湎之行，及一己之乖僻郁愁者，亦有以诙谐刺讥为主。而今人至不可解者。凡此皆随作者之才而异也。

三

吾不习音乐，不敢妄谈，惟颇谙画术，请论其略。今日者绘画一道，亦有革新叛乱之举，与诗同。其新画家之所为，比之新诗人尤为过分，结果尤不良。今日所号为后起印象派（Post-impressinos）、未来派、立体派、回旋派等，其所作之画，各思有以自见。然观之者痛愤交并。古诗所谓（[按]此诗出 Popep 之 *Essay on Criticism*）：

若曹何所为？所为在怪体。惊彼不学者，长贻识者讥。

虽然，画师之狂妄，较之诗人，情尚可恕。盖画师大率以其业谋生，而诗人则常不倚作诗为活，一也。以多寡言，能得千百名画师，而不易得一大诗人，二也。试游步各国博物院及巴黎之展览会及发售图画之商店，见其中陈列之图画，其多如鲫，无人过问，即可知操此术求衣食者之苦矣。画笔工致，凡习画者皆能之。故必另有所长，出人头地，方可有所表见。然求作佳美之画，胜过他人，实非易事。若专作粗恶之画，旌怪标异，则易动人。呜呼！此后起印象派、立体派、未来派、回旋派等之所以日见繁衍也。虽然，其所作画今已粗恶至极，欲求更粗恶于此者而不能，是则若辈欺世炫人之术，固已穷矣。

人事复杂，势难武断。彼画师之所以出此者，或有他故。人生而有求知之心，故喜为尝试，一也。画师饥寒交迫，困苦之中不免有怨天尤人之事，谓曲高和寡，斯世恶浊，无知我者，则掉头去之，自辟蹊径，独行所是耳，二也。且即不因饥寒，但以好名之心急，亦遂贸然张革新之帜。凡有倡者必有和者，而所倡者愈属偏激，则和者亦愈众，三也。且效法撒旦魔鬼之行，乃今世之风尚。诗人既为此，则画师亦何独不可。革新叛乱比之循规蹈矩者，总觉豪迈风流也。诗人既有《渎神集》之作，画师自可步武其后，以求人知。有社会党人在此演说，语人曰：政党之党魁某，初本守旧党人，略有新意而已。继见其说之不能动人也，乃拍案厉声，握拳张目，讲演社会主义，痛攻资本制度。听者皆为感动，怒发冲冠，鼓掌如雷。乃知欲言之有效，为一己成名计，非藉极新极激之招牌不为功。且既激则不可复缓，既进则不能思退。势成骑虎，故遂为国中激烈党之党魁而不自知也。

人性盲趋盲从，有类群羊。为首之羊，或越沟跳涧，竟致殒身；或奔入栏笠，甘受束缚。凡其所向，群羊皆趋从之，略无迟疑之意。今日倡言革新者，名曰：破除旧规而实则自立一种极狭隘之新规矩，为所束缚。凡艺术皆有其规矩，特宽严之异耳。十九世纪之画术，自 Ingres（法人，生一七八〇年，殁一八六七年）、Delacroix（法人，生一七九九年，殁一八零三年）以至 Manet（法人，生一八三二年，殁一八八三年），虽各立家法，而各有不同。品类万殊，详赡丰备。习画者就其性之所近，善择而学之，皆可得师，固无所谓拘束也。今二十世纪所谓新派，其所恪守之规矩，乃伪秘错出，真伪狭隘。若立体派，则狭隘之尤，纯为规矩而已。常人观立体派之画，固全然不解，毫无美感。即知此中之秘诀者，亦怪此画师何为而深闭固拒，肆意刁难哉！呜呼！若辈岂特以新易旧，解而复缚，是直舍广厦而就卑室，更缩小范围加重桎梏耳。

四

近者诗文艺术，若音学、若绘画、若雕刻（惟建筑尚未也），皆为布尔什维克主义所侵袭。然谁伤吾人之美感，尚未损吾人之生命，故其害尚浅。惟政治教育两途，亦横被其流潮，此则为害至深且烈。政治之现情，尽人可知，毋庸赘述。兹惟论教育，教育之改革，与彼形象派之诗、回旋派之画、虚无派之政治，似若无关，而实则同出一源，同为一事。盖皆本于旧者皆恶，新者必善之一念。办学者以新式学校之名，威服一切，而不问其设施如何也。千百年来，学者所诵读所研习之学问，视为布帛菽粟不可须臾离者。今之新教育家乃谓其无用，一扫而空之，易以新科目。然其有益与否，尚未能知也。偏信新奇，不问实是，专趋时好，以定办学方针。凡儿童所喜之功课，则名之曰必需。儿童所厌之功课，则名之曰无用。而不知儿童贪玩好耍，畏难苟且，其于功课，易者则好之，难者则厌之。此岂足定各种功课之真价值哉？或曰：新科目亦颇繁难。然吾未见其如是。即使繁难，则他日者，更新之教育家出，必删弃之而代以简易。此方便之门一开，则每况愈下，无复止境矣。

要之，彼新教育家以为学问可不费心力而得之，但使此学问为儿童所喜者即足，此其根本之大误也。盖辛苦工作，本非人情所乐为，而以儿童为尤甚。男须耕，女须织，男须赡家，女须产子。此皆上帝因吾人类之远祖亚当夏娃违命犯罪，所以罚之之具（见《旧约·创世纪》第三章第十六至第十九节），而非以示恩施惠者也。苦也，非乐也。工作固亦有其乐，然在事完功成以后。若其始作，只有苦耳（德谚曰：凡始皆难。吾国古语曰：行百里者半九十）。必须心志坚决，精神奋厉，所事方可进行。中途或虑事之不成，或得有摆脱之机会，则其时，事之进行愈难。靡不有初，鲜克有终者矣。少年之时，畏难苟安，常不免想入非非：明日开学矣，则望今日跌折一腿，藉可请假。今日之书难成诵矣，则祝先生忽然有事，午后放学。然年已长，则知工作痛苦，为不可逃之事。神佛无灵，父母不应。所畏惧者，无法幸免，只有俯就衔勒，如驾车之马，鞭箠在后，非达所至，不得休息也。于是人之作事，遂成习惯，应为者即为之，不复一一计较苦乐矣。且也，年长之人，见识较远，虽无目前之获，确信后日之果，则遇事益增其牺牲刻苦之志。凡此皆由于儿时已养成其凡事当作者须作，不问苦乐之习惯也。若儿时未经此番训练，不知责任之重，律己之法，遇事因循濡滞，推诿延宕，心中甚苦，而事卒无成。驯致终身潦倒，为无用之人，不亦哀哉！是其早年教育之不善误之也。

新教育家之谬误，由于不审工作与游戏之别。此二者皆出于人之天性，其事皆不可缺，其中皆有乐处。然乃相反之二事，非一事而异名也。工作之乐，原于吾自负才能也，作事时精神之振奋也。念将来其功告成，有益于人，有益于我也。故工作愈前，则其乐愈增。而其最乐之时，实在功成后之回顾（[按]此所言皆极其确，验之于己，可以知之。如作文者，初下笔时最苦，出版后展卷批阅则甚乐。且凡有翻译或撰著之文，前半如锦里抽针，后半则如觱泉泻水矣）。游戏之乐，则原于休息也。从天性之自适而无所拘束也，享受此刹那顷之快乐也。故游戏愈久，则其乐愈减，而决不随时递增。而最乐之顷，实在将游戏而未游戏时之预想（今人谓男女成婚之日，其爱情即由增而减，亦即此理）。故游戏之乐，实出自然。以游戏为功课，强迫儿童行之，即无乐之可言矣。反之，工作须郑重其事，而以游戏之法行之，则两失之。盖既无游戏之乐，又无工作之益也。

新教育学说之大病，即在其迎合人类好为懒惰之天性也。彼新教育家，日扬言于众曰：希腊拉丁文及数学不惟艰深，抑且无用（[按]此可与吾国之不读四书五经等比较，惟希腊拉丁对英美之人尚为异国之古文。若吾国之论孟学庸等，有何艰深之可言乎？希腊拉丁与四书五经，皆人类最高智慧之所集凝，皆教人以为人之道为治之本，而文明社会不可须臾离也，教授法之，宜改良另为一事，不可因噎而废食也）。则又何怪乎幼年学子及其家属，蠢然纷起，要求删去希腊拉丁文数学等，而另代以有益而又多兴味之新功课也哉！然其多兴味固矣，有益与否，则尚不可知也。今之学校直游戏场而已。儿童天性喜游戏，到此而适其性。苟游戏一不尽欢，则以此校为不良矣。尤有说者，吾美国之学校，实由学生操管理之权。盖学校之办法，须听教育会之命。教育会之人员，由学生之父母选举出之。而学生之父母，溺爱姑容，惟将就其子女。故其事虽重重间接，而教育全权，实操之幼童之手，不亦哀哉！

有新教育，斯有新教育家，所号为教育专家者是也。此辈生平未尝从事教育，毫无教授管理之经验，但本其测量试验之所得，置身局外，信口雌黄。在昔教习之卓然称职者，则进为校长。再著功绩，始擢为视学，而为众所共尊信之教育家也。今则不然，教授与监督，自初即判为二途。教员专主授课，而视学专任监察评陟，各不相谋。工厂之中，有所谓效率专家焉。其职任不特计算机器之配置，如何而可省物力。且督率指挥人之肢体动作，规定作工时间及休息时间，无微不至。总期尽用所有工人之力，以求出货之多而获厚利。厂中之工人，视此辈效率专家如蛇蝎、如魔鬼。终日植立身后，一手持表，一手执棒，投间伺隙。若工人作工迟缓一秒，或手之动作与定法有毫发之差，则效率专家立即登记，而工人即有扣资或遭斥退之忧矣。教育专家之与学校教员，亦正类此。教育专家不必身为教员也，惟腹中满储统计表、管理法、教育原理、教育心理等材料。遂高视阔步，来测量儿童之脑力，而定教员之成绩焉。其日常之口头禅，至非局外人所能理解焉。

然此辈教育专家最为 aggressive(译言强横也、凶狠也，又活泼也，利害也)，故众皆尊之。aggressive 一字，近已大变其原义。今之择人取材也，无论所需者为市长、为政党之交际员、为大学教授、为欧洲和会之代表团秘书，要之，皆非 aggressive 之人不可入选。吾尝见中学校长之保送学生入大学者，其保函中必郑重申明该生异常 aggressive 之意。一则曰："张生在校功课不佳，但有为领袖之才。曾为足球队队长、本级级长、本校校刊总编辑。乃一漂亮英伟而 aggressive 之少年。若蒙赐予收录，决不致为贵校贻羞也。"二则曰："李生功课成绩极优，性嗜读书，品行高卓，趋重道德，惟为领袖之人才似不足。质言之，即其为人不甚 aggressive。素仰贵校校风之良，今后当可变化其气质也?"吾殊异之，迟惑至再。始翻检英文大字典，乃知 aggressive 为"常思 aggress"之义。吾更求此字之义，则知 aggress 者乃"首先启衅，与人争斗或口角，又攻击侵也，侵袭也。"呜呼！今教育家所欲养成之人格，乃为"首先启衅与人争斗或口角，又呼击侵袭"他人者，是直以暴戾恣睢，犯法作乱为教也。是驱学生皆为叛乱之撒旦也，尚忍言哉！

教育专家之虐政，其中于儿童者尚浅，而中于教员者最深。盖教育专家须俯顺儿童之心，否则儿童一怒而亦 aggressive 相向矣。惟为教员者之苦，知之者鲜。今之中小学教员，皆属女子。此等女教员，须受所谓新式之训练，须每日每时，注目留心，通晓所谓最新之教育原理。又须费授课时间之大半，专编试验表册及统计等。但求能合法，不受指摘，即已大幸，敢言一己之劳苦耶?近有某教育家演说云："现今教育已发达成为科学，与数学无异。"其敢悍然言此，可觇进步矣。又一教育家告众曰："代数几何，皆不可学。凡须记忆事实者，皆大有损于儿童也。"吾又闻之某视学云："吾人所倡之议，今各大学皆已采用之，实大幸也。吾人固言预备入大学者，不必习他科，但须习铁工足矣。今各大学亦多专重铁工，吾辈之功也。"呜呼！若此君之说竟行，则全国之大学皆变为铁工厂矣。学生以工作为事，而所谓真正之教育，自初级以至高等，荡然澌灭，无复存者。愿身任教育者，其慎之哉！此外之例，不胜枚举。试浏览视学者之调查表等，即可知之。或戏书其后曰："览表具见精审，凡百皆已严行核减尊节。至于极地，惟嫌作表者之词费耳。"

今试论职业教育。夫授男女儿童以职业之知识，使之自能谋生，本属美事，行之愈早愈善，又可使学生学为自尊与诚实，其益处显而易见。然此非即教育也。若以此为教育，则大不可。职业教育者，教育之一种，而非教育之全体也。尽废教育而以职业教育代之，不可也。夫人非木石，非彼无知识无灵魂之机器也。工作之外，职业之外，尚有他事焉。须通世事，须知人类思想行事之历史。苟非于幼时教之及其既长，不必皆能入大学，而忙于糊口，是终其身将为愚夫，浑浑噩噩。谁为有用之职工，然非人也，不足为共和国之公民也。故人性要当更贵于效率也。效率可减，而人性决不可残贼之、斫丧之也（[按]此言人文教育与物性教育之别，吾国近年职业教育风行一时，名流争道之，甚至取法于菲律宾，而不知美国于菲律宾专施奴隶教育，以遏其国民独立之性。吾国神明皇胄，岂遂以此自足耶）。

今之言革新者，无论其为教育、为美术、为文学，皆于人性有所忽略，有所欠缺。相率而墨守武断之法则，恪遵新立之规矩，而皆与人性相离日远。但求各种奇异反常之效率，是盖由于妄以新者皆必胜过旧者，而不暇细思。所谓改革家者惟新是骛，私心刚愎自用，置千百年生人之经验于不顾。呜呼！是将从撒旦魔鬼而共陨越也。超俗自好者，应三复克罗之诗曰：

旧者诚多误，新者岂画真。嗟嗟天下士，新旧何必论。

并诵史体尔牧师之祷文曰（案此系比喻，非有宗教意味）：

神赐美酒，有旧有新。饮之皆甘，勖哉下民。

诠　诗*

缪　钺

论诗之作，代有佳篇，或经纶群言，或独阐双义，或标举新解，或综贯旧闻，或考镜源流，或辨章得失。虽中原有菽，采撷无穷，而晓示初学，贵取简易。此篇爰就所知，粗加诠次，间采通人之说，或贡一得之愚。引证立言，以示可信。陈义浅近，取其易晓。匪云著述之业，聊为讲授之资云尔。

既欲诠诗，先定义界。此文所释，含义较广，骚赋词曲，咸括其中，探源泛流，期无遗漏（按英文 Poetry 一字，即兼戏曲而言。吾国之赋词曲等皆诗之支与流裔，盖赋者古时之流，词为时之余，曲又词之余。此恒识所晓，无烦详释者也）。

凡物之成，有形有质。诗亦物也，莫能外此。下文申述，据斯二纲。

诗之质有三：一曰深远之思；一曰深厚之情；一曰灵锐之感。夫诗者，言之精也，情之华也。在心为志，发言为诗，隐显同符，表里合契。故诗中之思，即诗人之思也；诗中之情，即诗人之情也。然凡鄙浅近之思不足贵，必期乎深远焉；虔矫偏激之情不足尚，必期乎温厚焉。又西人论文，率重想象。骋玄思于无极，执万物于笔端。饰色增奇，文章司命。而欲想象丰融，要必慧心善感。故以灵锐之感殿焉。

---

* 辑自《学衡》1929 年 5 月第 69 期。

一、深远之思

诗人高掌远跖，玄览圆照，前言往行，供其鉴戒，物理人事，洞其精微，无庄生蓬心之讥，有《周易》知机之美。故能睹偏测全，居常虑变，由微知著，彰往察来，险未发而已慎其机，事未萌而先见其兆。流俗之士，目为狂痴；达识之人，赏其妙契。及其发为篇章，形诸文字，言在耳目之内，意寄八荒之表，厥旨渊放，归趣难求。拘于迹者不达其深心，溺于词者徒玩其华藻。夫夜眠夙兴，人之恒情，而衡臣独耿耿而不寐焉（卫顷公之时，仁人不遇，小人在侧，故赋《柏舟》之诗曰："汎彼柏舟，亦汎其流。耿耿不寐，如有隐忧。"）。百年大齐，莫或踰限，而屈原独悲来者吾不闻焉（屈原《远游》："惟天地之无穷兮，哀人生之畏勤。往者余弗及兮，来者吾不闻。"朱熹释之曰："夫神仙度世之说，无是理而不可期也。唉！屈子于此乃独眷眷而不忘者何哉？正以往者之不可及，来者之不得闻，而欲久生以俟之耳。然往者之不可及，则已末如之何矣！独来者之不可闻，则夫世之惠迪而未吉，从逆而未凶者。吾皆不得以须其反复熟烂，而睹夫天定胜人之所趣，是则安能使人不为没世无涯之悲恨。此屈于所以愿少须臾无死，而侥幸万一于神仙度世之不可期也。呜呼远矣！是岂易与俗人言哉！"）。阮嗣宗夜中不寐，起弹鸣琴；谢玄晖目睹江流，悲心未已。一则伤时悯乱，感怆无端；一则忧馋畏讥，思逃罹尉（阮籍志怀济世，身处乱朝，登广武而兴嗟，临穷途而痛哭。其抑郁难宜之情，皆于咏怀诗发之。其第一首曰："夜中不能寐，起坐弹鸣琴。薄帷鉴明月，清风吹我衿。孤鸿号外野，翔鸟鸣北林。徘徊将何见，忧思独伤心。"方东树所谓八十一首发端以忧思为脉也。〇谢朓为随王子隆文学，在荆州特被赏爱，长史王秀之以朓少年相动，密以启闻。齐世坦勒朓可还都，朓道中为诗以寄西府，起句即曰："大江流日夜，客心悲未央。"结四句曰"常恐鹰隼击，时菊委严霜。寄言罻罹者，寥廓已高翔。"）。见嘉树之成蹊而慨荣悴不常（阮籍《咏怀诗》云："嘉树下成蹊，东园桃与李。秋风吹飞藿，零落从此始。繁华有憔悴，堂上生荆杞。驱马舍之去，去上西山趾。一身不自保，何况恋妻子。凝霜被野草，岁暮亦云已。"方东树云："此以桃李比曹爽。言荣华不久，将为司马氏所灭。"陈沆曰："司马懿尽録魏王公，置于邺，嘉树零落，繁华憔悴。皆宗枝剪除之喻也。"）。观夕露之沾衣而恐违其素愿（陶潜《归田园居》第三首云："种豆南山下，草盛豆苗稀。晨兴理荒秽，带月荷锄归。道狭草木长，夕露沾我衣。衣沾不足惜，但使愿无违。”苏轼云：“以夕露沾衣之故而违其素愿者多矣。”）。西风凋树、独上高楼（王国维云：“我瞻四方，蹙蹙靡所骋，诗人之忧生也。昨夜西风凋碧树，独上高楼望尽天涯路，似之。”○昨夜三句，乃晏殊《蝶恋花》词中语）。海上月明、辄怀遥夜（张九龄《望月怀远》云：“海上生明月，天涯共此时。情人怨遥夜，竟夕起相思。灭烛怜光满，披衣觉露滋。不堪盈手赠，还寝梦佳期。”昔人评为五律中的《离骚》）。此皆托远意于常情，寄深思于末物，恒人之所不及，诗人之所优为也。

二、温厚之情

《诗经》三百，义归无邪。尼父之旨，盖贵中正，哀乐不陷于伤淫，讽刺能归于敦厚。盖人之所贵者情也，情之所贵者得其正也。哀而至于伤，则毗于阴而有近死之心矣。乐而至于淫，则毗于阳而有荡佚之行矣。怨悱而怒，则将生听者之恶而不能悯其过焉。讽刺而刻，则将增闻者之怒而不能鉴其情焉。惟能温柔，能敦厚，斯发之也挚，动人也深。情文相生，哀乐能入，其浸润如雨露之滋，其灵速如雷电之触，可为志气之符契，化感之本源。古之诗人，虽处境不同，所感各异，而情辞之发，咸合斯旨。楚王已放逐屈原矣，而原犹曰：“君思我兮不得闲。”能为君谅而犹冀其思己也（屈原《九歌·山鬼篇》有句云：“君思我兮不得闲。”又云：“君思我兮然疑作。”徐谦曰：“忠爱之心，复为君恕，言君非不我思，徒以小人之疑谤，致无暇召我。”）。曹丕已疏弃曹植矣，而植犹曰：“行云有反期，君恩傥中还。”终不忍绝而犹冀其亲己也（曹植思君自方弃妇，其《蒲生行·浮萍篇》云：“行云有反期，君恩傥中还。”《种葛篇》云：“弃置委天命，悠悠安可仁。”《七哀诗》云：“愿为西南风，长逝入君怀。君怀良不开，贱妾当何依。”诚可谓温柔敦厚，怨而不怒者矣）。石席不爽，惟望德音勿欺（鲍照《绍古辞》第二首云：“昔与君别时，蚕妾初献丝。何言年月驶，寒衣已捣冶。绨多发乱，篇帛久尘缁。离心壮为剧，飞念如悬旗。石席我不爽，德音君如欺。”）。行路虽难，幸勿荷殳之患（杜甫《寒峡》云：“寒峡不可度，我实衣裳单。况当仲冬交，泝沿增波澜。野人寻烟语，行子傍水餐。此生免荷殳，未敢辞路难。”刘须溪云：“怨伤忠厚，得诗人之正。”）。人纵负己，己不负人，居穷不怨，且能自慰，其敦厚为何如耶？且诗人敦厚之情，不但能藏诸己，感乎人而已，兼能推其情以化万物。蠢然冥然之物，自诗人视之，皆有温柔敦厚之情焉。读杜甫《除架》、《废畦》二作，可以见矣（杜甫《除架》云："束薪已凋落，瓠叶转萧疏。幸结白花了，宁辞青蔓除。"《废畦》云："秋蔬拥霜露，岂敢惜凋残。"仇沧柱云："唐人工于写景，杜诗善于摹意。宁辞青蔓除，能代物揣分。岂敢惜凋残，能代物安命。"）。

三、灵锐之感

诗人触物生情，灵心善感。观流水而叹逝，睹落花而伤春，能见人所不能见，闻人所不能闻，哀乐无端，欣慨交集。西人谓威至威斯（Wordsworth）如风雨表，天时微末之变皆能觉之（Wordsworth is sensitive as a barometer to every subtle change in that world about him. 语出 *Long's English Literature*.），言其感之灵锐也。晏几道自谓："身外闲愁空满，眼中欢事常稀。"冯延巳亦曰："莫道闲情抛弃久，每到春来，惆怅还依旧。"言其情之易动也。盖恒人之于物，仅观其形象而已。而诗人独略形象而察底蕴，且聊想及人情事理之变焉。恒人之为心，非深切于己者不能动其哀乐，而诗人虽事不涉己亦生悲欢焉。欧阳泪眼，欲问落花（欧阳修《蝶恋花》词："泪眼问花花不语，乱红飞过秋千去。"）。容若知心，期诸残月（纳兰容若《临江仙》词："如今憔悴异当时，飘零心事，残月落花知。"）。灵均欲寄言浮云，恐其不将（屈原《九章・思美人》："愿寄言于浮云兮，遇丰隆而不将，因归鸟而致辞兮，羌迅高而难当。"）。孝迈思诉情柳花，怕其轻薄（黄孝迈《湘春夜月》词："欲共柳花低诉，怕柳花轻薄，不解伤春。"）。凡斯诸例，不遑枚举，寻绎歌咏，时辄遇之。

上述三者，是为诗质。神明所寄，橐钥所居，得之则生，弗得则死。灵锐之感，本之禀赋，深远之思，俟诸学识。至于温厚之情，则固为天生，亦赖涵养，本之禀赋者无论矣。人固有生而具温柔敦厚之情者，然其情真矣，未必能深；深矣，未必能广。屈原思君忧国，万折不回，难知其患，终不忍舍。亦思远逝，仍恋旧乡，郁结纡轸，卒至自沉，是其情之深也。杜甫诗中不但思弟妹、惜妻子，于君则一饭不忘，于友则千里相慕而已，且悯万民之震愆，伤禽鱼之失所，是其情之广也。欲情之深而且广，必多读古诗人之作，以古人浓挚之情引己之情，浸润激荡，日大以长，如雨露之润草木，肥甘之养肌理。至于有深远之思，则必识通今古，学贯天人，胸襟超旷，阅历深宏，所谓真本领也。大家名家之分在此，如曹植、阮籍、陶潜、杜甫，莫不有深远之思。至如钱刘温李等，其情未尝不温厚,其感未尝不灵锐。惟以德性学识不及数贤,存于中者不足,故发于外者不至,词采韵味,虽臻上乘,而兴观群怨、为效终微也。

述质已竟,进而论形。此所谓形,徒指其发表之方法而言。格调音律,略而不论焉。夫即曰深远之思,则必非浅词所能达也;既曰深厚之情,则必非质言所能尽也;既曰灵锐之感,则必非拙句所能宣也;是以诗人率皆精骛八极,神游万仞,钵心刿目,雕肾琢肝,杜甫之句,必欲惊人(杜甫《江上值水》诗:"为人性僻耽佳句,语不惊人死不休。")。李白之诗,可以泣鬼(杜甫《寄李十二白二十韵》:"昔年有狂客,号尔谪仙人。笔落惊风雨,诗成泣鬼神。")。虽曰:"古人胜语,皆由直寻。"(《诗品》中语)然而每得佳句,疑有神助(谢灵连得"池塘生春草"句,常云"此语有神助"[见《诗品》]而杜甫亦云:"诗成觉有神。"又云:"诗应有神助。")故其放言遣辞之方,达意抒情之术,挥霍纷纭,殊难为状,然总其要归,有四忌焉:曰质、曰直、曰拙、曰滞。由此四忌,斯生四尚:曰文、曰婉、曰灵、曰浑。故贵言近而旨远,则比兴生焉。贵委婉而含蓄,则蕴藉尚焉。或陈古以刺金,或引古以自喻,或寓情于景事,或托意于微物。或志含愤激,而寄主旨于反语。或化虚为实,而溢正意于旁枝。正言不足,每假衬托。写人写物,则直摹其神。叙事论古,则灵警含蓄。班姬怨悱,自方团扇(班婕妤初得幸于成帝,后失宠,为怨歌行以自伤,曰:"新裂齐纨素,皎洁如霜雪。裁为合欢扇,团团似明月。出入君怀袖,动摇微风发。常恐秋节至,凉风夺炎热。弃捐箧笥中,恩情中道绝。")。九龄介特,托意孤桐(张九龄《杂诗》:"孤桐亦胡为,百尺傍无枝。疏阴不自覆,修干欲何施。高冈地复迥,弱植风屡吹。凡鸟已相噪,凤凰安得知。"盖自况之词也)。哀君子之放逐,而伤落花之乱飞(欧阳修《蝶恋花》词:"庭院深深深几许,杨柳堆烟,帘幕无重数。玉勒雕鞍游冶处,楼高不见章台路。雨横风狂三月暮,门掩黄昏,无计留春住。泪眼问花花不语,乱红飞过秋千去。"张惠言云:"庭院深深,闺中既以邃远也。楼高不见,哲王又不寤也。章台游冶,小人之径。雨横风狂,政令暴急也。乱红飞去,斥逐者非一人而已。殆为韩范作乎?")。痛晋室之沦亡,乃叹桑根之不固(陶潜《拟古》:"种桑长江边,三年望当采。枝条始欲茂,忽值山河改。柯叶自摧折,根株浮沧海。春蚕既无食,寒衣欲谁待。本不植高原,今日复何悔。"曾国藩云:"两晋立国,本无苞桑之固,干宝论之详矣。末二句似追咎谋国者之臧。")。此比兴之法也。子美之逢龟年,百感交集,而括以四言(杜甫《江南逢李龟年》:"岐王宅里寻常见,崔九堂前几度闻。正是江南好风景,落花时节又逢君。"沈确士云:"含意未申,有案无断。”黄白山云：“此诗与剑器行同意，今昔盛衰之感，言外黯然。”）。牧之之赴吴兴，忠爱在怀，而托诸一望（杜牧《将赴吴兴登乐游原》：“清时有味是无能，闲爱孤云静爱僧。欲把一麾江海去，乐游原上望昭陵。”悲远谪恋帝都之意溢于词表）。此含蓄之用也。屈原上称帝喾，下道齐桓，中述汤武，以刺世事（《史记·屈原传》中语）。此陈古以刺今者也（陈古刺今之例，三百篇中尤多。如《王风》之大车刺周大夫不能听男女之讼，《郑风》之女曰鸡鸣刺不说德，皆陈古义之讽。所谓言之者无罪，闻之者足以戒也）。延年贬谪，乃咏五君。虽称曩贤，无异自述（《宋书》：“颜延年领步兵，好酒疎诞，不能斟酌当时。刘湛言于彭城王义康，出为永嘉太守，延年甚怨愤，乃作五君咏以述竹林七贤。”山涛、王戎以贵显被黜，《咏嵇康》曰：“鸾翮有时杀，龙性谁能驯。”《咏阮籍》曰：“物固不可论，途穷能无恸。”《咏阮咸》曰：“屡荐不入官，一麾乃出守。”《咏刘伶》曰：“韬精日沈饮，谁知非荒宴。”此四句盖自序也）。此引古以自喻者也。洞庭叶下，实写愁予，流水潺湲，乃思公子（刘熙载《艺概》：叙物以言情谓之赋，余谓《楚辞·九歌》最得此诀，如“袅袅兮秋风，洞庭波兮木叶下”，正是写出“目眇眇兮愁予来”。“荒忽兮远望，观流水兮潺湲”，正是写出“思公子兮未敢言”来。俱有目击道存不可容声之意）。秋草寒林之句（刘长卿《过贾谊宅》：“秋草独寻人去后，寒林空见日斜时。”虽写景而悲远谪怀古贤凄怆幽寂之情自见），小桥独立之词（冯延己《蝶恋花》词：“池上青燕堤畔柳，为问新愁，何事年年有？独立小桥风满袖，平林新月人归后。”末两句写事写景而正是写新愁），皆寓情于景事者也。杜鹃斜日，有鸡鸣风雨之情（王国维云：“少游词最凄婉，至可堪孤馆闭春寒。杜鹃声里斜阳暮，变而为凄厉矣。”又云：“风云如晦，鸡鸣不已。山峻高以蔽日兮，下幽晦以多雨。霰雪纷其无垠兮，云霏霏而承宇。树树皆秋色，山山尽落晖。可堪孤馆闭春寒，杜鹃声里斜阳暮。气象皆相似。”）。菡萏香销，乃众芳芜秽之感（王国维云：“南唐中主词‘菡萏香销翠叶残，西风愁起绿波间’，大有众芳芜秽美人迟暮之感。”）。此托意于微物者也。《今日良宴会》之作，本鄙富贵，反谓高言（古诗：“今日良宴会，欢乐难具陈。弹筝奋逸响，新声妙入神。令德唱高言，识曲听其真。齐心同所愿，含意俱未伸。人生寄一世，掩忽若飙尘。何不策高足，先据要路津。无为守穷贱，轗轲长苦辛。”方东树云：“以求富贵为令德高言，愤谑已极，而意若庄。所以为妙，而布置章法更深曲不测。言此心众所同愿，但未明言耳。今借令德高言以申之，而所申乃如下所云云。令人失笑，而复感叹，转若有味乎其言也。”）。《西北有高楼》章，似赞弦歌,乃伤知己(古诗“西北有高楼,上与浮云齐。交疏结绮窗,阿阁三重阶。上有弦歌声,音响一何悲。谁能为此曲,无乃杞梁妻。清商随风发,中曲正徘徊。一弹再三叹,慷慨有余哀。不惜歌者苦,但伤知音稀。愿为双鸿鹄,奋翅起高飞。”方东树云:“此言知音难遇,而造境创言虚者实证之,可谓精深华妙。一起无端妙极,五六句叙歌声,七八硬指实之,以为色泽波澜,是为不测之妙。清商四句顿挫,于实中又实之,更奇。不惜二句乃是本意交代,而反似从上文生出溢意。其妙如此。”)。此寄主旨于反语,溢正意于旁枝者也。蜡烛垂泪,则惜别之情可知(杜牧《赠别》:“多情却是总无情,惟觉尊前笑不语。蜡烛有心还惜别,替人垂泪到天明。”)。乔木厌兵,则争战之苦自见(姜夔《扬州慢》词:“过春风十里,尽荠麦青青。自胡马窥江去后,废池乔木,犹厌言兵。”)。寄愁心与明月,以表相思之怀(李白《闻王昌龄左迁龙标遥有此寄》:“杨花落尽子规啼,闻道龙标过五溪。我寄愁心与明月,随君直到夜郎西。”)。照春庭之落花,自显孤寂之苦(张泌《寄人诗》:“别梦依依到谢家,小廊回合曲栏斜。多情只有春庭月,犹为离人照落花。”)。此衬托以见意者也。软语商量不定,能摄小燕之神(史达祖《双双燕》词:“差池欲住,试入旧巢相并,还相雕梁藻井,又软语商量不定。”)。微雨落花之时,自显佳人之美(晏几道《临江仙》词:“落花人独立,微雨燕双飞。”不言人之美,而其高秀之韵可挹)。此写物写人能直摹其神者也。少陵叙述情事,出以唱叹(杜甫《哀江头》:“明眸皓齿今何在,血污游魂归不得。清渭东渐剑阁深,去住彼此无消息。”苏辙曰:“杜《哀江头》,余爱其词气若百金战马,注坡蓦涧,如履平地,得诗人之遗法。如白乐天诗、词甚工,然拙于记事,寸步不遗,犹恐失之,所以望老杜之藩篱而不及也。”)。李杜褒贬古人、不下断语(李商隐《咏贾生》:“宣室求贤访逐臣,贾生才调更无伦。可怜夜半虚前席,不问苍生问鬼神。”言外有惜文帝不能用贾生之意。〇杜牧题《桃花夫人庙》:“细腰宫里露桃新,脉脉无言几度春。至竟息亡缘底事,可怜金谷坠楼人。”以绿珠比息夫人,贬义自见)。此叙事论古,能灵警含蓄者也。略引名篇,粗明条例,三隅之反,期在达材。

论形质毕,更申余义。古之诂诗者有三训焉:一日承也(《礼记》内则“诗负之”;郑注“诗之言承也”),二曰志也(《春秋》说题辞“在事为诗,未发为谋。恬澹为心,思虑为志。诗之为言志也。”),三曰持也(诗纬含神雾诗者,持也)。孔颖达释之曰:“作者承君政之善恶,述己志而作诗。为诗所以持人之行,使不失队,故一名而三训也。”(见《诗谱序疏》)盖时政之美恶,可感人心之欢戚,而歌诗之雅郑，能观教化之良窳。故声音之道，每与政通，语出一己而情周万姓，感生私室而理洽众心，同时者可以观国焉，异代者可以论世焉，此所谓承也。人生有情，不能无感。感而思、思而积、积而满、满而作。诗者志之所之（释名“诗之也，志之所之也。”），中土之恒语也。诗为浓情自然之流露（Poetry is the Spontaneous overflow of powerful feelings，语见 Wordsworth 所著 *Preface to the Second Edition of Lyrical Ballads*），西哲之名言也。立言殊方，其旨则一。诚中形外，理无或殊。故抒哀娱忧，莫善吟咏，古之人或美志不遂，或感愤在胸，或有蝉蜕秽浊之思，或怀悲天悯人之意。藉词见志，奋藻散怀。千载之下，如或遇之，其形虽化，其心不死。故读《离骚》之篇，则灵均之忠爱可见；寻《箜篌》之引，则子建之忧生可知（方东树评《箜篌引》曰：“子建盖有爱生之戚，常恐不保，而又不敢明言。故迷其词，所谓寄托非常，岂浅士寻章摘句所能索解耶?”）。阮嗣宗志切痛伤，陶渊明襟期冲淡，李太白超然物表，杜子美饥溺为怀，皆世远莫觌其面，觇文辄见其心，此所谓志也。《诗·大序》曰：“正得失，动天地，感鬼神，莫善于诗。”故诗有动物感人之力，化民淑世之功。《蓼莪》之作，孝子不能终篇（《晋书·王裒传》：“读诗至哀，哀父母生我劬劳，未尝不三复流涕，门人受业者并废《蓼莪》之篇。”）。怨歌之行，盖臣闻而泣下（曹植《怨歌行》：桓伊为谢安诵之，安为泣下）。上古之世，诗乐相将，辅教化，佐郅治，与礼并立，如车二轮。后世乐教沉沦，咏歌特盛，化感之用，独寄于诗。盖欲求世治，先进民德，理智感情，生人所具。而情感之邪正，尤关民俗之浇淳。礼法所以导其理智，诗歌所以化其感情。温柔敦厚之教，圣哲所钦。雅废国微之言，取证不远。此所谓持也（此段之义，多采自刘永济君《中国文学史纲要》叙论[见本志六十五期]。特此注明，不敢掠美）。

上陈三义，为时之用，既有顺美匡恶化民淑世之功，复为言志抒怀传世行远之具。世有谓诗为空华无实玩物丧志者，亦所谓蔽于一曲，闇于大体，东向而望，不见西墙者矣。

文　情　篇*

缪凤林

文学重情，所从来远矣。《汉志》曰："哀乐之情感，歌咏之声发。"此言歌咏之发乎情也。彦和文心，则以情辞并举，谓"情者文之经，辞者理之纬，经正而后纬成，理定而后辞畅"（《情采篇》），子推《家训》，亦言："文章之体，标举与会，发引性灵。"（《文章篇》）他若柳冕则谓文生于情（《与滑州卢大夫论文书》），伯子则谓"情为诗文之本"（《论文》）。其在英国，则牛曼（今译纽曼）（John Henry Newman）以文为思想之表现，感情即为思想之一（见所著 *Idea of University*），卜罗克（Stopford Brooke）以感情与思想并著（见氏著 *English Literature*）。而自狄昆西（今译德昆西）（De Quincey）分知识之文与感化之文以还（知识之文如科学、历史、哲学，凡以之传达知识者，皆是感化之文如诗歌、戏曲、散文，凡以陶养性情激发志气者，皆是见所著 *Letters to a Yong Man*：*The Poetry of Tope*）。近今评论家取其旨，更以情感为文学最要之原素（如美国 Winchester 所著之 *Some Principles of Literary Crticism*）。盖文学之要，端在自体之不朽。此则惟诉诸人情为能耳，章实齐其知言矣：

> 文以气行，亦以情至。人之于文，往往理明事白，于为文之初旨，亦若可无憾矣。而人之见之者，以为其理其事，不过如是，虽不为文可也。此

---

*　辑自《学衡》1922 年 7 月第 7 期。

非事理本无可取，亦非作者之文，不如其事其理，文之情未至也。今人误解辞达之旨者，以为文取理明而事白，其他又何求焉？不知文情未至，即其理、其事之情亦未至也。譬之为调笑者，同述一言，而闻者索然，或同述一言，而闻者笑不能止，得其情也。譬之诉悲苦者，同叙一事，而闻者漠然。或同叙一事，而闻者涕洟不能自休，得其情也（《文史通义》相编杂说见《灵鹣阁业书》）。

文情所属，析言凡三：一者作者之情，动于中者也；二者书中之情，形于言者也；三者读者之情，生于感者也。然必作者为情而造文寓情于文，读者始因文而生情。故今论文情，不分所属，惟分二端，一曰文情之本质，二曰文情之表示。

一、文情之本质

情之为物，错综纷繁，莫可规范，将欲确定何者为文情本质，其事至难。然苟先言何者非文情本质，因就其反面立论，则似较轻而易举。近今文评家谓人生情感，其中仅两种当摈诸文情之外：一曰自利之情。如贪婪、恐怖、感恩、报怨等是，情之以个人利益为鹄者也；二曰苦痛之情。如厌恶、妒忌、暴戾、恚愤等是，情之增人怆悼怛者也。前者宜避，即谓文情必求普遍；后者宜避，即谓文情必求有益人生。今即以是二者论文情之本质。

一. 普遍。亚里士多德有言："诗史之分，在诗示普遍，史表特殊。"此言诗之特质，实可推诸一切文学而无例外。情为文之要素，文情之须普遍，岂待言哉？厌观前贤著述，凡足以为江河万古流者，无不以其寓有普遍之情感，《诗经》其例也。昔王裒读《诗》，至"哀哀父母，生我劬劳"，未尝不三复流涕，门人至为废《蓼莪》之篇（《晋书本传》）。王士正七岁时读《诗》至"燕燕于飞"，则凄感流涕（《儒林琐记》），《诗》之感人也久矣。即在今日，吾人读《诗》，其兴感亦一如古人，短者如《芣苢》，试静气涵泳，则恍聆田家妇女，三三五五，于平原绣野，风歌日丽中，群歌互答，余音袅袅，若远若近，忽断忽续，不知其情之何以移，而神之何以旷（方玉润《诗经原始》语）。长者如《七月》，苟环回讽诵，则王氏所谓星日霜露之变，俯察草木昆虫之化，以知天时，以授人事，女服事乎内，男服事乎外，上以诚爱下，下以忠利上，父父子子，夫夫妇妇，养老而慈幼，食力而助弱。其祭祀也时,其燕饗也节者(《诗经精义集》抄引),无一不历历在目,此其间固有历史之关系存乎其中。盖联念以久而弥密,情即以聊念而愈永,驾一叶之扁舟,容与中流,易多身世之感。轮机迅转,则置身其间者,反漠然无动于衷。前者有悠久之历史,后者则近今之产品也。然要必诗中多寓普遍之情感,足以诉诸人人。故人之见之者,虽欲不为其深入而不得也。中文如是,西文亦然。荷马(Homer)去今已二千数百年(荷马所生之时虽难确定,然必在希腊之史诗时代,即纪元前九百五十年至七百五十年间),而其 *Iliad* 与 *Odyssey* 二史诗,则至今光景常新。善夫温采斯德(今译温彻斯特)(Winchester)之言曰:

> 荷马时代之学术,虽已成陈迹,然荷马则至今犹未老也。何哉?以其史诗诉诸人情,而此人情古今不变者也。一人之情感迁流靡定,而人类情感之通性,则无甚剧变,喻如海波,各情感连续之波动,虽起灭于俄顷,而海中之波动,则亘古常存,无一息之间断也(见氏著 *Some Principles of Literary Criticism*)。

抑文情之普遍,不仅时无古今已也。吾人之于英土,生异俗,长殊习,徒以识其国文,能诵习其国文学。于彼方人士公认可以兴观之名著,遂无睽隔,如读 Dryden 之 *Alexander's Fesat*,则想见音乐之魔力,与英雄之壮迹。如读 Charles Lamb 之 *My Relatitons* 及 *Mackery End* 及 *In Hertfordshire* 及 *Old China*,则想见其天伦之笃,穆然生亲亲之情。英人之熟习吾国文学者,虽寥若晨星,然苟能读而了解者,亦无不能通其情。剑桥大学 Herbert A Giles 教授即其人也,不宁维是,彼不识中文而徒读零星译品者,亦常能悉其忻愉悲叹。李杜之诗,彼土奉为神品,此其尤大彰明较著者也。高明之士,感人情之同然,图以文学之媒介,沟通种族间之情意,因而逐渐免除国际之争杀,实现大同之世界,有以也。若夫文之无普遍情感者,率尔成篇,徒供覆瓿,固无论矣。即一己感触甚深,吐属修辞,语妙天下,亦必索然寡味,不能动人于微茫,若荀卿之《蚕赋》,弥衡之《鹦鹉赋》,侔色揣称,曲成形相,嫠妇孽子,读之不为泣,介胄戎士,咏之不为奋。方其作此文时,非自感则无以成也。然而文成而感亦替者,亦曰无普遍之情而已。其或趋投时好,故作新奇,歆动一时耳目,诱引流俗崇拜,如施多威夫人(Mrs. H. B. Stowe)之《黑奴吁天录》(今译《汤姆叔叔的小屋》)*Uncle Tom's Carbin* 者,虽能纸贵当世,不久即默而无闻,亦未足谓为普遍。盖俗鉴之迷者,深废浅售,文学之精微奥妙,非常人所得而黑白,流俗之赞许,固不能为文学之标准,而文情之普遍,抑更端其永久性,非一时之风行所得而冒也。嗟嗟,忠孝坚贞,中土之大义炳日;荣誉爱智,西国之精神常新。凡厥含生,情本一贯,时无古今,地无中外,能读其文,即知其情,文之所以不可绝于天地间者,其以此欤?

二. 有益人生。美术上有二相反之论调。曰人生论,倡自柏拉图,谓美待善而成,美之所以为美者,善也。曰惟美论,倡自 Lessing,谓美术惟以美为的,其极遂有 Art for art's sake 之言。惟美之说,近今评论家已多弃置不道,谓非美术之究竟,甚且斥为淫荡者聊以解嘲(如 Winchester 之书即有是言)。盖美术为人生而始有,原求有益于人生,否则人世间又盍贵有此美术乎?文学为美术之一,故今论文情以有益人生为第二义,而分之三端以述之:

(甲) 人文。人文(humanization)义兼文化(culture)及修养(refinement)而言,意谓人生而质,必经文学之陶淑,始温温然博学君子人也。吾国教育,素主人文,以潜修学术、砥砺德行为唯一之宗旨(试以周言,则大司徒之施,十有二教,教乡三物,师氏之教,三德三行,保氏之教,六艺六仪,大司乐之教,乐德乐语乐舞,无一不含此义)。六经之可贵,即以具此功用。孔子曰:"温柔敦厚,诗教也;疏通知远,书教也;广博易良,乐教也;絜静精微,易教也;蕼俭庄敬,礼教也;属词此事,春秋教也。"(《礼记经解》)彦和曰:"易张十翼,书标七观,诗列四始,礼正五经,春秋五例,义既极乎性情,辞亦匠于文理,故能开学养正,昭明有融。"(《文心·宗经》)学贵变化气质,固不独宋儒始然也。西洋则古代希腊,亦重人文,读柏拉图、亚里士多德之书者,类能知之。近世则以英为最,而法次之。安诺德(Mathew Arnold)者,英国第一评论家也。氏于序次瓦资瓦斯(今译华滋华斯)(Wordsworth)诗时,常谓诗为人生之评论,又引福禄特尔之言,谓:"世界各民族于诗中讨论道德观念,无有如英人之精深者,此亦英国诗人伟大之功绩也。"(见所著 *Poetrg Citieism of Tite*)英之文化中心,端推牛津大学,自中世末年已然。而此大学之宗旨,即在养成君子(Gentleman)。其养成之定法,即在沈浸古文,咀含名著。韩士立(今译哈兹利特)(William Hazlitt)所谓:"研究名著之目的,人格之陶淑,较理知之训练为多,盖是种教育之特长,不尽在巩固知力,而多在驯修美感,使人有广溥之见解,娴于外物之旨趣,为道德而爱道德,重名轻生,宁荣毋富,而致思于悠久,不囿于褊狭纤巧也。"(见氏

所著 *The Condnct of Lifeor, A dvice to a Schoolboy*)法国文学,为欧洲诸国冠,卜龙铁(今译布吕纳介)(Ferdinand Brunetiere)当为文自述法文之优点,其中最要之一义,即法文最合人道性是。氏谓法国人之文章,其所蕴含者,皆原始真挚之情感,深入无间,而极与人生相吻合。若居今而论社会问题,亦以法文为最宜,近代之社会运动,法人皆着先鞭云(见所著 *The French Mystey of Style*)。综上观之,人文之意义,可了然矣。

(乙)超卓。超卓 Snblimity 一字,昉于郎迦南(Longinns)氏著《超卓论》*On the Sublime*,谓文章之要,在有崇伟之精神,使人脱除凡俗,期诸上达,有不朽之念,而不局局于一时。其论超卓之来源,则有若思想之宏伟焉,有若词句之精美焉、有若结构之严整焉、有若行文之流畅焉、有若吸取古人之菁英焉,而尤在奕奕有神之情感。盖文学为作者人格之表现,超卓者实大人性灵之显于外者也。伊古伟大之文人,秉其奕奕有神之情感,发为文章,其伟大之人格,即寄诸字里行间,百世之下,犹令人闻之兴起。如孟子之文,浩然之气,充乎天地之间,他不必论,即就其言大丈夫数语读之,所谓富贵不淫,贫贱不移,威武不屈,明示人生之真价,远超经济势力之上,实足发聋振聩,使顽夫廉,懦夫有立志。又如杜甫之诗,忧国悯人,昔人所谓一饭不忘,真诚出于天性者,如《奉先咏怀》《北征》诸篇,肝肠如灼,涕泪横流,忠爱之怀,溢于言表,读之而不激发者,吾不信也。西洋文学,此类虽多,要以希腊为益,如《柏拉图语录》中之《苏格拉底自辩篇》(见《学衡》第三期景昌极译),志苏氏受审自辨之词,敌焰如天,守正不屈。《克利陀篇》(见本期述学门),志克氏劝苏氏乘间兔脱,苏氏守法不从,死生俄顷,曾不动心。《菲陀篇》(Phaedo)言灵魂之永存,苏氏杀身成仁,精神长留天壤。此其牖民觉世,舍生取义,感人处与孟子正同。又如希腊戏曲大家 Sophocles 所著《安提哥尼》(*Antigone*)一剧,所述安以一弱女子,不忍兄尸暴露荒野,一任鸟兽啄食,且死而未葬,则形神永系,解脱无期,毅然弃恶叔之乱命,瘗之以礼,卒死幽穴,亦足流芳百世,而动人景仰者。温采斯特曰:“最佳之文章,必能引起健全之情感,以开拓吾人之天性。”其是之谓乎?十九世纪以还,物质科学日益发达,文学上之物性主义,随之而盛。Zola 为此派之巨子,所著之书,率以描写人类之罪恶为务,揭发黑幕,穷形尽相,人性之坏,几禽兽之不如。读其书者咸生不快之感,而成悲观,此其导人下流,与超卓直南辕北辙,评文者斥为堕落人性之作,诲淫诱恶之书,深恶痛绝,宜也。迺者浅人无识,从而绍介,且极口称道焉。噫,是诚难为之解矣!

(丙)同情。文人积学以储宝,研阅以穷照。事变之来,每先他人而受感,因其得于天者独厚,故其形之楮墨,亦深入人之内心 Inner Life,真抉人性之秘藏。人之有其经验,而不能发之言词者,偶读其文,宛如为一己写照,不禁生无穷之感喟,此即所谓同情,实即人情之相通耳。东坡谪惠州时,作《蝶恋花》词曰:

> 花褪残红青杏小,燕子飞时绿水家绕。枝上柳绵吹又少,天涯何处无芳草。墙里秋千墙外道,墙外行人墙里佳人笑。笑渐不闻声渐悄。多情却被无情恼。

当时命侍儿朝云唱之,朝云唱至第三句,泪满衣裳,东坡诘其故,答曰:“我所不能歌者,枝上柳绵吹又少,天涯何处无芳草也。”东坡曰:“我正悲秋,汝又伤春矣。”是则文之至者,虽侍儿亦能生感。盖情者人之所公有探而出之,则文人独有之事也。昔人谓欢愉之言难好,愁苦之言易工,士之不得志于世者,常因忧思感愤之郁积,而写人情之难言,如屈原放逐,乃赋《离骚》之类,所在皆是。然其可贵者,即于其中寓健全之人生观,述往事,思来者。后之君子,身处叔世,观览前言,悠然向往,见古人之善于自处,精神有所安顿,因得保其哲人态度,如洪杨之乱,海内鼎沸,日月不淹,众芳憔悴,世俗佻巧,群飞刺天,端木埰以读《楚辞》而与俗违,其尤著者。

> 束发受书,即嗜《楚辞》。幽香冷艳,凄神寒骨。荣雕屡更,结习未忏。兼身世逢罹,事愿舛迕。十余年来所震荡于心,嚅唲于口者,湘灵前言,若探而兴,再经奔窜,百处灰冷。秋窗夜檠,但守此册。碧月照字,幽蛩和声。憯栖淋浪,郁阨万态,一再书之。神游湘潭,玉光兰馨,老鬓可接。(中略)楚骚,忠孝之书也。处浊世,入浇俗,巧智偷习,慆堙心耳,寄心兹编,庶有益其芬芳缠绵悱恻之性,而稍与俗违(楚词后跋,时咸丰十一年)。

西洋至十九世纪,各种思想,繁然并兴,人心如失舵之舟,惶惶然不可终日。其时积仁洁行之君子,若英之安诺德,若法之圣钵夫(Sainte Beuve)类皆以读希腊罗马之文章为解惑之方。安氏谓研究名著,足使吾人心志有寄托之所在,不为时俗外物所摇惑。圣氏则谓每日晨起读荷马诸人名著后,面见安详之色。盖尽我思古人,实获我心,不觉爽然自失也。此又文情之大有造于人类者也。

二、文情之表示

情之表示，乃人心自然之事。盖心有所感，自以抒而出之为快，其所感愈深，则其表示之心亦愈切。乡曲蚩氓，遇有失意之事，必逢人诉说，冀稍减其苦痛。文情之表示，殆亦犹是。特一则以言傳，一则以文宣耳。然此文情之表示，究以何者为适耶？温采斯特论品情之标准，析为五种，一曰情必适当、二曰情必生动、三曰情必持久、四曰情必变化、五曰情必高尚。所言皆文情表示之事，然似微嫌繁碎。今择其重要者而归纳之，分二端，曰深厚、曰节制。

一. 深厚。柏拉图尝言世有神狂 Divine madness 四种，而诗人为其一（见其语录中 *Pnsedrus* 篇）。其所言狂，非谓其真狂也。意谓诗人感情深厚，远过恒人，故有神狂之称。有如是之情感，其发而为文章也，始能思涉乐其必笑，方言哀而已叹，否则必难动人。盖乏情之文，不能激发读者，即有情矣，读者亦不能领略其全部，非深厚又恶足以动之。是故文必有情，而情之表示，必求其深厚，然此非易事也。必也得于天者厚，感于人者深，方足语是。屈原《离骚》，子长《报任少卿书》，其可当此矣乎？屈平正道直行，竭忠尽智，思挽楚国，思救民生，而萧艾满道，信疑忠谤，劳苦倦极，疾痛惨怛，处万难相合之时，而有不忍舍之之谊，无轻生之心，而有不容不死之势，可谓穷矣，能无怨乎？《离骚》之作，盖自怨生，而其眷顾楚国，系心怀王，如有慈母之于赤子，出入顾复。史公所谓一篇之中，三致意焉者，惟觉深覃绵邈，绝不患其重复，此则贾太傅投书吊骚，王孝伯痛饮读骚之所由来也。子长赖先人绪业，位列千石，择地而蹈之，时然后出言，行不由径，非公正不发愤。李陵之事，拳拳之忠，卒遇祸灾，家贫货赂不足以自赎，交游莫救视，左右亲近不为一言，徒以《史记》草创未就，恨私心有所未尽，鄙陋没世而文采不表于后世也。故虽佴之蚕室，躬受极刑，而无愠色，意有所郁结，恐安死而终不得舒其愤懑也。遂向将死之友，尽诉心曲，感慨啸歌，激烈悲壮，较《离骚》尤过之，又何怪后之人诵之者，无不悲其志而垂涕想见其为人耶？西洋文学，若此类者，亦不胜枚举。姑就说部言之，沙克雷与迭更司（今译狄更斯），英国十九世纪小说作者之巨擘也，沙氏著《钮康氏家传》，其叙钮康太尉之死，自谓曾痛哭数日，而读其书者，亦逆知太尉之必死，因多寓书沙氏，请保太尉之命。迭更司之著《孝女耐儿传》也，叙小耐儿 Little Nell 之事颇感动。叙耐儿之死，尤领读者酸鼻，至后卷，读者恐耐儿之必死，亦多寓书迭氏，请保其命。又如李查生著 *Clarissa Harowe* 一书，未卒业，德国诗人 Klopstck 之妻，亦寓书请贷。Clarissa 之死，此虽稗史，非必实有，要以作者有深厚之情而造文，斯读者因文而生如许之情也。温采斯特曰："文章之价值，多以感情之强弱为衡。"诸家之作，至今光焰万丈长者，非无由也。古之欲以文名家者，作文之先，必厚蓄其情，如元微之谓："凡所对语，异于常者，则欲赋诗。"(《与白乐天书》)史梯文孙(Bobert Louis Stevenson)谓方其作文，中心之情如白热之铁，盖亦深有见于此夫。奈何世之作者，不明乎此？徒知为文造情，鬻声钓世，或如彦和所谓志深轩冕而泛咏皋壤，心缠机务而虚述人外(《文心・情采》)，或如子几所谓谈主上之圣明，则君尽三五，述宰相之英伟，则人皆二八，国止方隅，而言并吞六合，福不盈眥，而称感致百灵(《史通》载文)，或如实斋所谓科举擢百十高第，必有数千贾谊痛哭以吊湘江，吏部叙千百有位，必有盈万屈原搔首以赋《天问》(《文史通义・质性》)。是诚真宰弗存，翩其反矣，尚何言哉？

二. 节制。节制似与深厚冲突，实则相反而适相成。盖情之表示，固贵深厚，要必此深厚之情，节之以礼，雍容尔雅，优柔适会，方为足尚。《离骚》之情之深厚，上已言之，然其尤不可及者，即以其深厚而兼节制。《淮南》所谓《国风》好色而不淫，《小雅》怨诽而不乱，若《离骚》者，可谓兼之也。吾国国性，向重中和，尧舜禹汤，以是垂训(《论语・尧曰》咨：尔舜！允执厥中，舜亦以是命禹。《中庸》谓舜择其两端，而用其中于民，《孟子》亦言汤执中)。影响及于文学，遂亦务求节制。《离骚》固无论矣，《诗经》则除《淮南》之言外，夫子之论《关雎》，不曰不乐，而曰乐而不淫，不曰不哀，而曰哀而不伤，实最得节制精义。《二南》之诗，婉娈柔媚，率守以正，虽以《卷耳》之妇人念夫行役(从方玉润说)，犹言不永怀，不永伤，昔人已言之详矣。即在变风，亦多发乎情止乎礼义。如《齐风・鸡鸣》，妇恐其夫晏起，因警其夫早朝，曰"虫飞薨薨，甘与子同梦"，发乎情也，下即接曰"会且归矣，无庶予子憎"，是又止乎礼义矣(欧阳子言：唐棣之华，偏其反尔。岂不尔思，室是远而，此《小雅・棠棣》之诗，夫子谓其以室为远，害于兄弟之义，故篇删其章也。衣锦尚絅文之著也，此《鄘风・君子偕老》之诗。夫子谓其尽饰之过，恐其流而不返，故章删其句也。据此则孔子删诗，亦以节制与否为标准矣)。外此则《左传》亦颇具此旨，东莱氏曰："文章不分明指切，而从容委曲，辞不迫而意独至，唯《左传》为然。"(《吕氏童蒙训》)张载以春秋大义问东坡，东坡谓："唯邱明识其用，终不肯尽谈。微见兆端，欲使学者自求之，故不敢轻论也。"(《苏籀双溪集》)二子最为知言，试举一例以明之。

> 鞌之战，辟司徒妻对齐顷公语曰："君免乎？"曰："免矣。"曰："锐司徒免乎？"曰："免矣。"曰："苟君与吾父免矣可若何？"

可若何者，盖欲问辟司徒而不敢也。夫良人出征，军败之余，存亡未卜，为之妇者，其情之急，不言可喻。而与公对语，先之以君父，犹不直言其夫，仅曰可若何而止。文情之节制，于此叹观止矣。西洋则古代希腊，以中和节制为生活之基理，与中土殆有同然。诸大哲人，既皆以中和垂教，其吐纳文艺，亦务在节宣。《荷马史诗》中所启示之道德观念，既可以中和二字尽之，而 *Iliad* 中叙 Hector 之别妻出战，及 Priam 往见 Achilles 乞其子之尸，皆当人世之巨变，而仍保持中和，不为过度之宣泄。希腊悲剧之三大作者，以 Sophocles 为最尊，安诺德尤颂之，其所长即在中和节制之一事。Winckelmann 曰："希腊人之雕刻像，无论其处何情感之下，当显示其精神之围聚，内心之宁静，譬之大海，虽有风波，海底未尝摇动也。"希腊文学之美亦在此。自浪漫派兴，专主任情，凡有所表示，必使之强烈过度，以警骇人之耳目。举古学派节制之美德一扫而空之，如卢梭之《忏悔录》，自谓感情极烈，一旦情动于中，则暴乱而不能制。虽男女秽亵之事，卢梭亦尽情叙述而不惭，彦和所谓销铄精胆，蹙迫和气。秉牍驱龄，洒翰伐性(《文心·养气》)者非耶？又如摆伦之诗，亦多凭其所感，竭情而道，开卷读之，采色华缛，描摹尽致，诚若可喜。故其生前亦倾倒一时，然而中无余蕴，一索而尽，桃李春花，未秋先槁，曾不几时，一落千丈。较之古学派言之有节，出之有度，多弦外之音，无局促之患，虽片言只句，亦堪永垂不朽者，其相去岂可以道里计耶？

凤林附记：此文纲目，与梅光迪先生讲演姜志润君笔记之文学与情感同，其内容之同者，则不及十二。

文义篇*

缪凤林

学人论学，每先立义界，明其指归，以为立言张本，理论既有所附丽，观者亦免致混淆。然此在物质科学，尚为易事，在文学则困难实甚。界说意云示限，而文学则笼天地于形内，挫万物于笔端，所包至广，苦难规范，一也；体有万殊，物无一量，纷纭挥霍，形难为状，二也；精神文化，微妙深邃，可意会而不可言传，贵体验而难以辞逮，三也。有此三难，故古今中外论文学者虽众，而鲜一家可认为完满无缺者。不仅此也，诸家见仁见智，因其观察经验之不同，常异其说，甚有成两极端者，抉择去取，已属匪易，遑论兼收并蓄，汇之一脉。本篇分述中西人士之文学界说，于中土，则注重历史之沿革；于西人，则仅举可以代表者，略示中西人士对于文学观念之大凡，非敢谓为详尽也。

一、中国人之文学界说

中华言文，始于《尚书》《尧典》之钦明文思，注谓经天纬地曰文，是此文毫无当于文学，并无当于文字，晋语谓文益其质，故人生而学（胥臣语），义亦宽泛。然文学二字，分见一语，此其嚆矢。降至夫子，言文益多。《论语》一书，总凡十余，综以言之，约有三义：一者古之遗文，如“行有余力，则以学文”，注曰：

---

* 辑自《学衡》1922 年 11 月第 11 期。

“文者，古之遗文是也。”二者文笔，如“文质彬彬”，疏曰：“言文华质朴相半彬彬然是也。”三者文德，如君子以文会友，注曰：“以文德会友是也。”其言文学，则四科中文学子夏子游，与德行言语政事并列，疏谓若文章博学则子游子夏。今观子游作《礼运》，子夏传五经（于《易》《隋志》有《周易卜商传》二卷；于《诗》，《汉志》毛公之学，自谓子夏所传；于《书》子夏对夫子七观之义，见于《尚书传》；于礼贾公彦仪礼疏，作传之人系子夏[《礼》有《丧服传》]；于《春秋》则徐彦《公羊传疏》引戴宏序曰：子夏传于公羊高。应劭《风俗通》穀梁子名赤，子夏弟子）。是则，孔子之所谓文学，殆兼文章与经学。战国诸子朋兴，亦相率言文学，如荀子谓：“人之于文学也，犹玉之于琢磨也。和之壁，井里之厥也，玉人琢之，为天子宝。子赣季路鄙人也，被文学，服礼义，为天下列士。”（《大略篇》，又《非相篇》《王制篇》亦皆言文学）墨子谓：“凡出言谈，由文学之为道也，则不可而不先立义法。”（《非命中篇》）又谓：“今天下君子之为文学，中实将欲为国家邑里万民刑政者也。”（《非命下篇》）韩非子谓：“今境内之民皆言治，藏商管之法者家有之，而国愈贫，境内皆言兵，藏孙吴之书者家有之，而兵愈弱，今修文学，习言谈。”（《五蠹篇》。此文学指上商管之法、孙吴之书）亦皆泛指政教礼制，言谈书简，学术文华。汉初司马迁承其旧，如谓：“夫齐鲁之间于文学，自古以来，其天性也。”“今上即位，招方正贤良文学之士。”“郡国县道邑，有好文学，敬长上，肃政教，顺乡里，出入不悖，所闻者令相长丞上属所二千石。”“自此以来，则公卿大夫士吏，彬彬多文学之士矣。”（并见《史记·儒林传》）又谓：“汉兴萧何次律令，韩信申军法，张苍为章程，则文学彬彬稍进。”（《史记·自叙》）其所谓文学皆指一切学术。至后汉王充，犹作是言。读《论衡·迭文篇》：“五经六艺为文，诸子传书为文，造论著说为文，上书奏记为文，文德之操为文，立五文在世，皆当贤也。”而可知已。其间惟班固以文章一名，包括言语侍从之臣，公卿大臣之作品，意即指韵文散文，范围较适，惟仍不言其所以耳。

言语侍从之臣，若司马相如、虞丘寿王、东方朔、枚皋、王褒、刘向之属，朝夕论思，日月献纳。而公卿大臣，御史大府倪宽、太常孔臧、大中大夫董仲舒、宗正刘德、太子太傅萧望之等，时时间作。或以抒下情而通讽论，或以宣上德而尽忠孝，雍容揄扬，著于后嗣，抑亦雅颂之亚也。故孝成之世，论而录之，盖奏御者千有余篇，而后大汉志文章，炳焉与三代同风。（《两都赋序》）

自晋以降，骈俪盛行，群趋偶韵，乃有文笔之分。大抵偶语韵词则谓之文，非偶语韵词则谓之笔。如范晔谓："手笔差易于文，不拘韵故也。"(《南史本传》)梁元帝谓："不便为诗如閻纂，善为章奏如伯松。若是之流，泛谓之笔。吟咏风谣，流连哀思者谓之文。笔退则非谓成篇，进则不云取义，神其巧惠(慧通)，笔端而已。而于文者，必须绮縠纷批，宫徵靡曼，唇吻遒会，情灵摇荡。"(《金楼子·立言篇》)刘彦和谓："今之常言，有文有笔，以为无韵者笔也，有韵者文也。"(《文心雕龙·总术篇》)然文可该笔，故对笔则言与文别，散笔则笔亦称文。如文帝勅虞寄兼掌书记，谓屈卿游藩，非止以翰相烦，乃令以诗表相事(《陈书·虞寄传》)。裴子野为移魏文，武帝称曰："其文甚壮。"(《梁书·裴子野传》)是奏记檄移之属，当时亦得称文(文笔一问题，阮元《文言说》、阮福《文笔对》及刘师培《文学辨体》《文笔之区别》四文，论述甚详，兹非专论，故就诸家之说简之又简)。惟昭明之序《文选》，尊经不录，屏子史不论，以综辑辞采，错此文华，事出沉思，义归翰藻，为选文之标准，是殆不愧为文学界开一新纪元者。

> 若夫姬公之籍，孔父之书，与日月俱悬，鬼神争奥，孝敬之准式，人伦之师友，岂可重以芟夷，加之剪截。老庄之作，盖以立意为宗，不以能文为本。今之所撰，又以略诸。若贤人之美辞，忠臣之抗直，谋夫之话，辨士之端，冰释泉涌，金相玉振。所谓坐狙丘，议稷下，仲连之却秦军，食其之下齐国，留侯之发八难，曲逆之吐六奇。盖乃事美一时，语流千载，概见坟籍，旁出子史。若斯之说，又亦繁博，虽传之简牍，而事异篇章。今之所集，亦所不取，至于记事之史，系年之书，所以褒贬是非，纪别异同，方之篇翰，亦已不同。若其赞论之综辑辞采，序之错比文华，事出于沉思，义归乎翰藻，故与夫篇什杂而集之。(《文选》序)

然如其所言，经子诸史，概不得谓之为文，则《诗经》《庄》《荀》《史》《汉》之属，皆属非文，荒谬孰甚。抱朴子曰："陕见之徒，区区执一。惑诗赋琐碎之文，而忽子论深美之言。真伪颠倒，玉石混淆。同广乐于桑间，均龙章于素质。"(《百家篇》)斯可以箴矣。唐韩昌黎出，文起八代之衰，创"文以载道"之说，谓："愈所能言者，皆古之道。"(《答尉迟生书》)又谓："愈之所志于古者，不惟其辞之好，好其道焉尔。"(《答李秀才书》)又谓："愈之为古文，岂独取其句读不类于今者耶？思古人而不得见，学古道则欲兼通其辞。通其辞者，本志乎古之道也。”(《题欧阳生衰辞后》)于是后有作者，奉莫敢违，垂千余年。如刘子厚谓：“文者以明道，是固不苟为炳炳烺烺，务采色夸声音而以为能也。”(《答韦中立论师道书》)欧阳永叔谓：“圣人之文虽不可及，然大抵道胜者文不难而自至也。”(《答吴充秀才书》)司马君实谓：“君子有文以明道。”(《迂书》)周子谓：“文所以载道也。”(《通书》)宋濂谓：“明道谓之文。”(《论文》)沿至有清，学者犹多作是言。如顾亭林谓：“文之不可绝于天地间者，曰明道也。”(《日知录卷》十九)刘海峰谓：“作文本以明义理。”(《论文偶记》)诸如此类，不胜枚举。昌黎所言之道，意指人道，或云真理，其为文学之不可或，厥旨甚允。然文学除道外，犹有其他之原素，昌黎皆弃而不言，则言情之诗文，悉当摈诸文学之外，是又事理之所难通者矣。吾国文学观念之变迁，粗如上述，大都浑而不析，偏而不全，似皆无当于文学之界说。近百年来，前有阮元，后有太炎，各明定文学之对疆，下一斩截之界说。阮氏以为孔子赞易，始著文言，故文以耦俪为主：“凡说经讲学，皆经派也；传志记事，皆史派也；立意为宗，皆子派也。惟沉思翰藻，乃可名之为文。”(《书昭明太子〈文选〉序后》)此其所言，一同昭明，毫无宏旨(今人动谓阮氏创此说，数典忘祖，一何可笑)。氏又取六朝无韵者文有韵者笔之说，谓韵者即声音也，声音即文也，是则凡属单行，一切是笔，教之昭明，为义尤狭(《文选》有单行无韵之文)。其为诬谬，不言可知。章氏谓：“文学者，以有文字，著于竹帛，故谓之文。论其法式，谓之文学。”(《国故论衡·文学总略》)又曰：“凡云文者，包络一切著于竹帛者而为言。故有成句读文，有不成句读文，兼此二事，通谓之文。局就有句读者，谓之文辞。诸不成句读者，表譜之体，旁行邪上，条件相分。会计则有薄录，算术则有演草，地图则有名字，不足以启人思，亦又无以增感。此不得言文辞，非不得言文也。诸成句读者，有韵无韵则分。”(同上。章氏曾详列一表，载《国粹学报》)。有韵者，如赋、诵、哀、诔、箴、铭、诗等；无韵者，如历史、公牍、典章、杂文、小说等。今《国故论衡》删)此其所谓文，纯从文字立论，而无当于文学。盖文字(language)与文学(literature)其别至严，非可混为一谈也。即其所谓论其法式，谓之文学。此文学亦不过修词学之类，仍无与于文学之义。要之，二氏之说，一失之隘、一失之宽，过犹不及，两皆非是。然则完备之文学界说，在中土其终不可求得已乎？余尝遍索诸家论文之书，得魏、黄、曾三家之说，似较为近是。魏伯子谓：“诗文不外情事景，而三者情为本。”(《论文》)黄宗义谓：“文以理为主，然而情不至，则亦理之郛阔耳。"(《论文管见》)曾涤生谓:"自然之文,约有二端,曰理,曰情。"(《论文》)黄曾二氏,皆以情理二者释文,魏氏更于情外,加事景二者,衡之西人之说,虽尚有缺(见下),然文以情(兼想象等而言)理为主,固往而不通矣。

二、西洋人之文学界说

欲言西洋人之文学界说,自宜将各国论文之书罗列并观,作者今日仅习英文,除英籍及译成英文者外,愧未能读。故今所述,以见于英籍及英文译本者为限,则论者虽众,亦多失之偏曲。求一周全审当,尽善尽美者,盖难乎其言之。安诺德谓:"凡经著录之知识,皆为文学。"其说不分文字与文学,荡而无归,要与吾国章氏适有同病。爱玛生谓:"文学为最佳思想之记载。"此所谓最佳思想,颇类吾国之道。是其言亦与昌黎辈"文以载道"之说,同其狭隘。牛曼(今译纽曼)(John Henry Newman)谓:"文学者,思想之表现于文字者也。此所谓思想,系兼人心之观念见及情理等而言。"卜罗克(Stopford Brooke)谓:"文学者,贤士才女之述其情思,陈叙甚工,而予读者以欢乐者也。"二子同以情思并举,与吾国黄曾之同言情理,又殆有同然。外此则包斯乃(Posenett)谓:"文学者,无论为散文为诗,皆其著述之想象,多于反省,志在取悦于最大多数之人民,而不在教训与实际之效果,且诉于普通知识,而不用专门知识者也。"马莱(John Morley)谓:"文学之著作,必其述情论理,附有博大清新与引人入胜之形式者也。"(见氏著 *On the Study of Literature*)包氏之言,教前则增想象;马氏之言,较前则增形式。合想象形式与情思四者,文学之义,乃差完善。美国文评价温采斯德之《文评原理》(Winchester "*Some Principles of Literature Criticism*")第二章何谓文学,即合是四者以立论。其言颇详赡,兹以意节译之,以终本篇。

文学为不朽之盛事。彼报纸之新闻,传单之广告,今日存明日亡者,夫人而不锡以文学之令名矣。然书之为不朽之盛事者,初不限于文学。尤克立特之几何,亚儿默德之定理,距今已二千余年矣,学者诵习如故也。是果可以名为文学否乎?此又不待知者而自辨也。曰:吾所谓文学为不朽之盛事者,非仅不朽而已也,谓其书之自体足以垂诸不朽也。尤克立特之几何,亚儿默德之定理,其理则诚不朽矣,其书则未也。彼学者之诵习二氏之说者,固未尝取二氏之书而读之也。述其理而舍其书,故其理虽存,其书则亡。其在文学,则虽断简残编，短诗只句，行且与天壤共存矣。然文学自体之所以能不朽者，果何恃乎？曰：科学诉诸人之理知，而文学则诉诸人之情感。理知固定而常存，一经熟悉，即可束书不观。情感当前而无常，必亲读其文，始能躬觉其情。而人类之通情，终古如斯，情既附丽于文，文之所由不朽也。文学之中，有专以情为的者，诗歌是也，有非以情为的者，如历史等，其要在于言真。然苟历史而同时又为文学，必有诉诸人情之力而后可。是则一书之为文学与否，悉以其能诉诸人情与否为断。情感诚文学最要之原素矣。然又非谓文学仅有情感之一原素也，人情之动，非作者空口言情所能致，亦非作者自觉其情所能为力，必将示人以动情之物，出之以具体，使之栩栩欲活，读者见之，乃能动情于不知不觉之间。此即所谓想象是也。文情之激发，大都由于想象，故想象又为重要原素之一。文情愈高者，其需要想象亦愈切焉。不仅此也，凡属文学，必以真理为根据，如彼《典谟》《训诰》，所以载道而牖世觉民者。其著书之目的，全在思想，与夫历史论说，其文之有价值与否，亦常视其思想之何若，固无论矣。即在诗歌，本以情为主的者，而其情亦须以真理为基，方足深挚而健全。无是，则强烈之情，有流为张脉偾兴者矣；敏捷之情，有流为纵恣狂妄者矣。其或与真理背道而驰，则其情之有害无益，更不待论也。此则思想又文学之一要素也。有情感想像思想矣，犹未能成为文学也，必将以文字为媒介，而有优美之艺术表达之，始得名为文学。此中表达，名曰形式，又文学之要素也。虽云形式之自体，非为目的，不过为表达情思之工具。然欲其文字之能永远诉诸人情，实常恃乎其思想组织之如何。而虽以极平凡之思想，苟其表达之文字，优美而雅洁，亦大足增加动情之力焉。

文 德 篇*

缪凤林

文德之名,始见王充《论衡》(《佚文篇》),杨遵彦作《文德论》,以为古今辞人皆负才遗行,浇薄险忌,唯邢子才、王元景、温子升彬彬有德素(《魏书·文苑传》)。清章学诚嗣之,乃谓凡为古文辞者,必敬以恕。知临文之不可无敬恕,则知文德(《文史通义·文德》)。皆语焉未备。其在西洋,则曰:"文学之良知。"英名 literary conscience。学者按时立学,较此土为详赡。兹综合各家绪论,条为五事,著之于篇。

一,不志乎利。四字见韩昌黎《答李翊书》,惟少阐发。英国文学评论家安诺德 Matthew Arnold(生于一千八百二十二年,殁于一千八百八十八年,为英国最伟大之文学评论家。生平以卫道自任,谓真正之文化,在完成个己以完成人人。见氏所著《美与智》*Sweetness and Light* 及《文化与世乱》*Culture and Anarchy* 两书)则极主之。安氏以其时英国之报纸,或为民党之机关,或为王党之耳目,或为反对者张目,或为庸人之代表。因其关系之不同,各是其是,各非其非,而无真正之是非也。著《文学评论在今日之功用》(*The Function of Criticism at the Present Time*)明揭评论应循之途径,综以一字,译即云"不志乎利"(disinterestedness)。此其内涵甚广,要在志洁行廉,特立独行,超然于实利之外,不获世之滋垢。以不偏不颇之心,惟真理之求,识此世所知所思之至

* 辑自《学衡》1922 年 3 月第 3 期。

善,为天下倡,而为人群之准则而已。世之衰也,金钱万能,无行文人,遂以文章为逐利之资,或为碑传以歌颂功德,利其润笔,或趋奉编者主笔,仰望取与,甚或兼营政客,供党魁之驱使。结果所至,凡有述作,一以实利为南针。利之所在,虽颠倒黑白,亦所不惜。文学之役于金钱也久矣。抑知文之至者,初未必有实利可图。扬子云之作《太玄》也,深者入黄泉,高者出苍天,大者含元气,细者入无间,而为官落拓,贻人尚白之诮。弥尔顿之著 *Paradise Lost* 也,悲天悯人之怀,其词可以动鬼神而裂金石。而脱稿后,仅售十磅,良以文以载真善美非器具也。虽勉强成篇,非裨益读者奚取焉?而为此文者,宜专心致志以为文,毫无利禄之念存乎其中,如此乃可望传于不朽。此则文学之真价,远超物质经济之上,而亦文人之所以为大也。历来文人凡属自好者,鲜不以受禄为戒。若扬子云不肯受贾人之钱,载之《法言》。韦贯之之拒绝斐均子持万缣请撰先铭,至曰:"吾宁饿死,岂能为是?"见(《日知录》引《新唐书》)。亦以文者,非可以货取也。今日者作书计值,投稿受酬,固已视为正轨。乃至以西洋文学未涉藩篱之人,而翻译文学丛书,惯作伶香惜玉小说之辈,而以新文学相号召,谬种流传,利令智昏,不仅以文为器已也。昔者郎迦南(今译朗基努斯)(Longinus 氏为希腊第二大文学评论家,仅次亚里士多德。唯其生殁年月已不可考,约当纪元后一世纪耳)之答泰兰登(今译泰伦提乌斯)(Terentian)书也,谓当今之时,举世滔滔,耽于名利,漠视仁义,何能期优美文学之产生(见氏著 *On the Sublime*)?其吾国此日之谓乎?非有不志乎利之文学家出,其何以挽此颓风哉!

二,不趋时势。尼采之论世也,谓天才与庸众常冲突。尼氏之哲学,建基于此二元论之上,其说原有流弊,惟其所言,证之以文学家之遭际,常与世相违。不趋时势,而益信举世混浊我独清,众人皆醉我独醒,不以身之察察受物之汶汶,不以皓皓之白蒙世俗之温蠖,此屈原之不趋时势也。余虽不合于俗,亦颇以文墨自慰,漱涤万物,牢笼百态,而无所避之,此柳子厚之不趋时势也。公不见信于人,私不见助于友,跋前踬后,动辄得咎,文虽奇而不济于用,行虽修而不显于众,此韩昌黎之不趋时势也。是时天下学者,杨刘之作号为时文,能者取科第,擅名声,以夸荣当世,未尝有道韩文者,余独就而学之,不追时好而趋势利,此欧阳永叔之不趋时势也。原诸家之出此,初非好为矫饰,实以阳春白雪,和者三四。其曲弥高,其和弥寡,千古之定例。文之至者,每部为时人所赏鉴,故文人欲所作传于后世,自不能不与时人相违,且文章垂训,如医师之用药石，贵在补缺救偏，岂敢推波助澜？若既饱而进粱肉，既煖而增狐裘，则何贵有辞哉？然诸家虽不受知当世，亦不肯稍低其理想，自谐于流俗。此则逆流之精神，皭然泥而不滓，与日月争光，而其遗文之垂于后世者，亦绝不患其湮没无闻。盖文之佳否，以万世为公判，用功者深，收名者远，其道当然。向使诸氏者皆与世浮沉，不自树立，虽不为当时所怪，亦必无后世之传也。爱麦生（Emerson 氏生于一八零三年，殁于一八八二年，为美国文学史上之泰斗）曰大思想家在当世虽遭人非难，二十年后，当可转移世界。文家之不趋时势，实有同然。特其影响于人群，或更在二十年后也。古之人意有所郁结，不得通其道，则思垂空文以自见。盖谓此夫自新文化运动以来，顺应世界潮流之声浪，喧盈耳鼓，因有旧文学皆死文学的等谬论。岂知文学之可贵端在其永久性，本无新旧之可分。古人文学之佳者，光焰万丈长，行且与天壤共存。而文家之所贵，尤在屹然独立，惟道是从。能转移风气而不为世所污，将为人群之明星，导之于日上之途者也。末世横流，必有不趋时势者出，作中流之砥柱，或能挽狂澜于既倒。非然者，其不由顺流而趋下流，复返野蛮者几希矣。

三，不尚术。为文之道，亦多端矣。或缘情绮靡，或体物浏亮，或披文相质，或缠绵凄怆，或博约温润，或顿挫清壮，或优游彬蔚，或精微朗畅，或平彻闲雅，或炜晔谲诳。然此皆放言遣词之为变，而丝毫无与于术。术者，欺世盗名之方，沽名钓誉之具，政客之所惯用，而文人所宜摈斥者也。世风不古，为术滋多。简以言之，厥有五端：一曰标榜、二曰假势、三曰乘机、四曰笼络、五曰恫吓。（一）标榜者：一文之作，属在同党，转辗赞引。一书之成，序文连篇，呶呶不休。夫文之有价值与否，存诸自身非标榜所能为力。而今人所作之文，尤不宜妄加褒贬，一以未经论定，二为避恩怨之嫌。《文心雕龙·时序》《才略》二篇详论古人，皆阙当代。西国大学文科学程，及著文学史者，多不收生存之作者，即属此意。若标榜出之自赞，则更无耻之尤者矣；（二）假势者：恐己名之不足，藉己文而显，乃借他力以增其声价。在昔托迹于贤士大夫之门，今则乞灵异国之学位，或最高学府。夫文学为独立之事，依傍为高，无论其造诣若何，即此依傍之心，已甚可鄙。昔者安诺德任牛津大学诗学教授，为文评兰德（Wright）所译之《荷马史诗》。兰德辩词，有安氏谓大学教授，地位甚尊等语。安氏答文，略谓吾不惟不借重学校，且不欲用教授之职名。盖吾所作文，吾自负全责，不欲有所凭藉。而吾之同事，皆博学而多誉，吾自愧不如，更不敢自居教授之名。因吾之谫陋，而并使人鄙夷诸同事也（见所著 *Preface to Essay in Criticism*

Fisst Series)。此虽安氏之虚怀，亦文学不假势力之明证也。(三)乘机者。窥时人之所好，不问是非黑白，推波助澜，以博群众之欢心，而一己获其实惠。夫文以载道，要在牖民觉世，不当随顺流俗，否则以误传误，必将起缚靡已。真学者起，又须重解其缚。惟先入为主，缚者易而解者难，事之可痛心，无复逾于此矣；(四)笼络者：惧声势之不厚，见若人之有为，乃卑躬以牧，诱之名利，或预为培植，结以欢心，使入彀中而为我用。夫友声之求，全在志同道合，合则留，不合则去，万不宜参以手段。观山涛为选曹郎，举嵇康自代，康答书拒绝，是在真有风骨者。手段亦吾所用之，其能笼络得之者，非愚而受欺，即可以货取。至施者之卑下，则更不待言矣；(五)恫吓者：言不衷理，恐人反诘，作为高压之论，先发制人，或肆口谩骂，令人望而生畏。夫文人之可贵，首在志和音雅，心醇其平，学尤其次。故实斋之言文德，归之临文主敬。其在论辩，则上焉者不以己之所能，显人之不能，或以己之不能，忌人之能。次焉者，文中亦不宜涉及个人([按]西国有学问为公[impersonal]之义，议论辩驳，不能攻讦个人，载在法律。吾国年来报章，他无所表见，惟谩骂则已成绩习。学术界之野蛮，不图生此文明之世，而躬见之也)，党同伐异，恶声加人，是为最下。其所言之无理，则更不足责矣。凡此五术，皆政客之伎俩，乃自提倡新文化以来，文学界中莫不毕具，事实昭彰，兹不赘述。余所不能已于言者，即文学为真善美之结晶，至为高尚纯洁。政客之术，决不能用之于文章也。

四，不滥著述。吾国学者之言著述，其义有二：一曰言之有物；一曰言之有益。章实斋曰："夫立言之要，在于有物。古人著为文章，皆本于中之所见。初非好为炳炳烺烺如锦工绣女之矜夸采已也。"(《文史通义·文理》)此有物之说也。顾亭林曰："文之不可绝于天地间者，曰明道也，纪政事也，察民隐也，乐道人之善也。若此者，有益于天下，有益于将来，多一篇，多一篇之益矣。"(《日知录》卷十九)此有益之说也。合此二义，所为之文，乃为古人之所未及，就而为后世之所不可无，而其文遂非短时所能成，亦非浅尝者所能作。李习之与韩退之、孟东野，皆以文名，然退之与东野唱酬倾一时，而习之无诗。尹师鲁与欧阳永叔、梅圣俞，亦皆以文名，然永叔与圣俞唱酬倾一时，而师鲁亦无诗。盖人之有能有不能者，无论凡庶圣贤，皆所不免。二子之无诗，盖自知非所长，故不作耳。以非所长而不作，贤于世之不能而强为之者多矣。司马迁之作《史记》也，前后共十八年，书成而删订改削，又四五年(赵云崧《二十二史札记》卷一)。张衡之作《二京赋》也，精思傅会，十年乃成(《汉书本传》)。盖其考殿最于锱铢，定去留于毫芒，铨衡应绳，费时自多。而为文之道，既成而视之，虽极自然，其作时实极惨淡，未可以速致也。今之人昧于此义，于是有率尔以从事者矣，有不知而妄作者矣。洋洋万言，下笔立就，出版之书，汗牛充栋，计其量非不多也，计其质则非言之无物，即言之无益，其十九且并此二者而兼之。子程子："后之人平生所为，动多于圣人，然有之无所补，无知无所阙，乃无用之赘言也。不止赘而已，既不得其要，则离真失正，反害于道必矣。"(《答朱长文书》)殆可为今日写照。抑知文章之传，必有其不可磨灭者在，否则生时虽荣，没则已焉。后世之判断至严而公允，能欺一时者，固不能欺万世。约翰生(Dr. Johnson，生于一千七百零九年，卒于一千七百八十四年，为英国十八世纪最大之文学家)所谓："人之著述，除一己外，别无人能推翻之也。"狄昆西(Dequincey，生于一千七百八十五年，卒于一千八百五十九年，为英国十九世纪著名文学家)曰："自滑铁卢之战迄今([按]滑铁卢之战在一千八百十五年，此文之作在一千八百四十一年，期间只二十余年耳)，吾英国国中之文学书已增至五万册，其舶来者，尚不计焉。此五万册中，今尤生存者，恐不及二百册。其能传至数百年后者，恐不及二十册。其中曾经人翻阅过者，恐不及五六千册耳。"(见所著 *Style partily*)其言深切著明极矣，何时人之不悟哉！是故为文而愿复瓿则已，否则必以不滥著述为第一义。韩子曰："将蕲至于古之立言者，则无望其速成，无诱于势力，养其根而竢其实，加其膏而希其光。根之茂者起实遂，膏之决者起光晔。仁义之人，其言蔼如也。"(《答李翊书》)此则吾人所当奉为圭臬者。

五，不轻许可。文人不能相轻，亦不能滥相推许。历观各家评论之书，如《文心雕龙》《诗品》之类，弥纶群言，深极骨髓，擘肌分理，唯务折衷。盖文人有知识之贞操，未可漫吾标准。取与之间，更不能丝毫苟且。艾南英所谓许人一文，尚如许人一女也。其在西洋，则有文学评论为文章之司命，评论家大都学力精粹，矜重其辞，一字升黜，华衮萧斧。自非青萍结缘，不足当其选，而一经品题，声价十倍，成为定论。文学之标准，既常保持文学之价值，因以不坠。年来报章评坛，恬不知此。新书之出也，本无何等价值，而介绍之者尊为名著。夏虫井蛙，可笑可怜。其尤不可为训者，即滥序是。书之有序，所以明作书之旨也。苟作书之旨既明，即可无序，否则亦一序已足。故书不当有两序，更不可滥为人作序。尝考古人为人作序之义，盖有二端，曰不苟、曰不妄。唐庄充请杜牧序其文，牧答书曰："自古序其文者，皆后世宗师其人而为之。今吾与足下竝生今世，欲序足下未已之文，固不可也。"此不苟之义也。李光地注《易》

成，乞序于方苞，历数年不成。苞尝曰：“我方研习《周官》、《易》未暇细究，徒说不关痛痒之语，何益？计不如不作耳。”此不妄之义也。然缀文之士，皆思托人以传，有所述作，每不惜向当世大人先生求序，而为之大人先生者，亦往往不能自贞，其为士林所诟病也久矣。值今以新文化号召之日，意谓此风当可少革，孰知在彼提倡者之自身，且变本加厉。学虽未究，可为之序矣；书虽未见，可为之序矣。顾亭林曰：“人之患在好为人序，其若人之谓乎？夫所贵乎许可者，为其平日不轻于许可，而其所许可者，则皆最精而不可淘汰者也。”今若此，不第破坏文学之标准，有忝贞德，其所言亦与其所许可者同其命运。以文人自期者，不于此三致意哉！

语云：言为心声，文为心相。文德之不修，人格之何有？际此文学界黑暗重重，每况愈下，推原其故，要皆文德之堕落有以致之。而其影响所及，且将举人格斫丧之，不仅文德之堕落已也。绩学之士，或讳疾忌医，或不屑置喙，相率恝而不言，瞻念前途，心所谓危，因忘其譾陋，略述管见，藉作后此初桄，自勉人而已。若夫其言之浅俚，固不值通人一哂也。

文 鉴 篇*

刘永济

古之人抱悲天悯人之情，怀匡民济世之志。既不得通达于当时，乃著之空言，传之后世，其亦良可哀矣。而后之人诵其诗、读其书，能因以见其志、感其情者，亘百世而不易一遇。其有不变乱黑白，狡猾假借以售其私者，必支离破碎，武断曲解以失其实。是其情志所蕴积，将终无表曝之日。又遑论本其情、述其志，而为之发扬光大之乎？至于妄肆讥评，以抨击古人为名高，俨然若法官坐堂皇，跪古人于阶下而裁判之。若者徒、若者杖、若者罚锾、更无论矣。呜呼！古之人即至不幸，亦何至若此，是岂讲学者所当为耶？

暇尝求其故焉，毋亦知音之难遇乎？昔者孔子作《春秋》，固尝有知我罪我之言矣。而龙门修史，则欲藏之名山。子云草玄，亦曰俟之千载。刘彦和著《文心》，而有珠玉砾石之叹。刘子玄作《史通》，而怀粪土烟烬之惧。近世章实斋撰《文史通义》，亦于知难之义，往复低徊，不能自已。盖阳春白雪，并世固少知音，而咸池大韶，异代宁能同调？夫理契于玄冥，情蕴于方寸，假文字以宣达，固已匪易矣，而讬他心之悬解，不更綦难乎？古之人岂不此之知，而欲其必传耶？假传矣，于古之人悉益耶？李太白，古之嶔奇历落人也。其诗曰："且乐生前一杯酒，何须身后千载名。"陈伯玉，亦古之豪杰慷慨之士也。其诗曰："前不见古人，后不见来者。念天地之悠悠，独怆然而泣下。"此二君者，其胸襟之

* 辑自《学衡》1924 年 7 月第 31 期。

宏阔为何如也？吾以此知古人必非希后世之名者。然则其唏嘘感喟，郑重殷勤，于其著述之传，岂聊以寄其无穷之思哉？其亦欲千载之下，得本其悲悯之情，述其匡济之志，而为之发扬光大之乎？然而后世之人不必能传，古之人固已知之，而犹且不能已于言者，何耶？庄子于此有言焉，曰："万世之后，而一遇大圣知其解者，是旦暮遇之也。"古之人怀才抱学，一以尚友古人，一以下交来哲。其瞻瞩远大，若此则其待后世之尊，望后世之切，为何如耶？而今之人则曰："吾裁之判之。"重新估定之陋哉！

余又尝求知音难遇之故有三，而不学无识者不与焉。曰："人之性分学力各异也。"曰："习俗移人，贤者不免也。"曰："知识诠别，与性灵领受殊科也。"何言乎人之性分学力各异也？彦和之言曰："夫篇章杂沓，质文交加。知多偏好，人莫圆该。慷慨者逆声而击节，蕴藉者见密而高蹈。浮慧者观绮而跃心，爱奇者闻诡而惊听。会己则嗟讽，异我则沮弃。各执一隅之解，欲拟万端之变，所谓东向而望不见西墙也。"子玄之言曰："夫人识有通塞，神有晦明，毁誉以之不同，爱憎由其各异，夫君子之辞一也。"太史公推其志廉行契文约辞微。淮南王美其好色而不淫，怨悱而不乱，可与日月争光。而班孟坚、司马君实非之，孟东野之诗一也。李习之称其诗高者在古无上，平处犹下顾沈谢，而苏子由讥之。庾开府、谢宣城之诗，并美也，而老杜则爱庾之老成，太白则赏谢之清发，固已因人而异矣。而文中立说，则目庾为夸，品谢为浅。由今观之，此数子之所作，皆有可观，而其鉴别，悬绝若此，岂非性分学力之异使然乎？何言乎习俗移人，贤者不免也。永明变体，初重四声，王(融)谢(朓)杨波，休文称杰，而钟仲伟则曰："平上去入，余病未能。"古诗十九，冠冕五言，流誉千代，后世诗人，同声祖述，而真西山则疑饮酒被纨，未能中礼。由今观之，永明诸子，虽理非极致，而四声无可厚非。饮酒被纨，虽迹近放逸，而情旨自归雅正。乃二贤立论，偏宕失中，岂非声律肇起于齐梁，而理学方崇于宋代乎？何言乎知识诠别与性灵领受殊科也。赏文之式，操术至繁，寻其轨涂，约有四类，求工拙于只辞，论优劣于片韵，摘句者遗篇，断章而取义。虽得鱼忘筌，时有获于寸心，而索骥按图，终失知于千里者，师话家也。一字之来历，微引及于群书，一事之典实，辨诘等于聚讼。说《蜀道难》者三家，而无当于本义；解《锦瑟》篇者四说，岂有得于初衷。虽多阐发之功，亦有穿鉴之过者，笺注家也。又有援史事以证诗，因诗语而订史，工部必语语讽唐政，三闾则字字怀楚宪(近人说《天问》有如此者)。虽得有合于论世，而失则同于罗织者，考证家也。又有穷原究委，别派分门，侪玉溪于香体艳之伦，推义宁为艰涩之祖，鎚炼则附杜鸣高，放荡则托李自喜。虽深探讨之劳，实启依托之渐者，历史家也。此四家者，皆所谓知识诠别者也。赏奇之士，固不可无知识；而文学之美，有非全凭知识而可得者，故性灵之领受尚焉。夫天机未凿之时，与世虑都消之际，披文雒诵，悠然而会，肃然而遇，神契千载，诚通万汇。如闻古人之声，如见古人之面，如与之晤对遨游，而习其神情风采。当此时也，忘酒食之在御，虽隐几而若丧，其情绵绵，若存若亡，不自知其为忧为乐。其味醰醰，若即若离，混古今而为一时。此其所得，盖有非斤斤于诗话、笺注、考证、历史而能者矣，更何有于语言文字之末节哉！此朱子涵泳自得之说，而曾文正所谓非密咏恬吟不能探其深远之趣者也。昔王贻上幼时，诵《燕燕于飞》之章，而凄感流涕。盖性情肫挚，天真烂然者，感召迅于雷电，初无所用其知识也。此天机未鉴之说也。苏东坡晚年谪南中，独好渊明之作，至尽和其诗。盖用世情消，而天君自郎，世有以经验境遇解之者，似犹未尽当也。此世虑都消之说也。夫神鉴通于亿载，精识极于幽眇，旷代未尝无人，昔贤不为空作矣。绵文明之运会，继绝世之辉光，岂可责之凡识哉？古之人所以恃而无恐者此也。

夫言说之纷歧，识鉴之差异，固无损于古人，而好学之士，望古遥集，博知既病难赏真，而深造果何操而不失耶？将发知识而任性灵乎？则性灵之说，殊渺茫也。将置性灵而凭知识乎？则知识所得，固糟粕也。由前之言，易流于虚玄，而其极，则必视文学为神秘矣。由后之言，每硋于质实，而其极，又将等欣赏如机械矣。今欲为鉴文者，立一至当之准的，无偏之权衡，其道将何从哉！余于孔门论文之语，而得一枢要焉。孔门论文，精义至伙，而以三事为最要。三事维何？曰志也、辞也、文也。三事之相关，见于孔子之言者二，见于孟子之言者一，孔子之系《易》也，曰："书不尽言，言不尽意。"（《易・系辞下》）其美子产业，曰："言以足志，文以足言，不言谁知其志。言之无文，行而不远。"（襄公二十五年《左传》）孟子之论诗也，曰："不以文害辞，不以辞害志，以意逆志，是为得之。"（《万章上》）孔子之书与文，孟子之文也；孔子之意与志，孟子之志也；孔子之言，孟子之辞也，名虽异而实同也。书不尽言，言不尽意者，文理之当然也。言以足志，文以足言者，作者之良法也。不以文害辞，不以辞害志者，读者之要术也。所言同，而所以言者异也。情感思想，志之属也。志托于事物而言为辞，辞寄于笔墨而见为文。情感之深微，思理之幽赜，有不能托之于事物者焉。能托之矣，其宅句位章，又有不能曲达毕见者焉。此子厚所以有作文不易之言，而东坡所以有辞达为难之语也。盖情思蓄于寸心，固一天然美备之文也。及其托于事物而言，已微损其天然矣。而更寄诸笔墨之中，求其仍不异于吾心天然之文，岂非文家至难之事乎？故不尽之义，文理之当然也。然而作者有不得不达之志，即有不得不言之辞；有不得不言之辞，即有不得不作之文。而明志达辞，自不得不有其法。孔子所谓足之一字，其千古文家之秘钥乎，足之训成也。志成于所言之事，言成于所书之文，则不尽者有可尽矣，足之训止也。文止于辞达，辞止于志明，则可尽者不必尽矣。不尽者可尽，可尽者不必尽，是谓表现有适当之限度，不及非成也，太过非止也。文止于此而言成于彼，言止于此而志成于彼，则天下无不达之辞，人心无不明之志矣。作者之能事，孰有过于此哉！故足之一字，实千古文家之秘钥也。持此秘钥，以游文府，则知元晖、休文之绮靡，文过其辞也。寒山、拾得之质朴，文不及辞也。微之、乐天之浅露，志过其辞也。大年、希声之深僻，志不及辞也。林和靖之疎影横斜、暗香浮动，写梅花之神工矣。而“认桃无绿叶，辨杏有青枝”（石曼卿《红梅诗》），则文拙也。晏原叔之舞低杨柳、歌尽桃花，模富贵之致佳矣。而“老觉腰金重，慵便玉枕凉”（见《漫叟诗话》），则辞卑也。王昌龄之奉帚平明，不言怨而情自深。白乐天之泪满罗襟，极言愁而意反浅。此又必尽与不必尽之分也（此张戒所讲，道尽人人心中之事，则又浅露也）。刘禹锡之乌衣巷口，吊古之情至矣。而谢榛改之，则曰：“王谢豪华春草里，当时燕子落谁家。”（见《西溟诗话》）王荆公之含风绿鸭，水柳之神得矣。而浅入为之，则曰：“鱼跃练波抛玉尺，莺穿丝柳织金梭。”（见《苕溪渔隐丛话》）前者之意露，而后者之辞拙也。故知文足则辞无不达，辞足则志无不明。知过与不及之辨者，可与论文家之妙矣。至于因文而见辞，因辞而得志，以吾之意逆而求之，不及见作者之志不止者，彦和所谓沿波讨源，虽幽必显。世远莫见其面，觇文辄见其心也。是知往哲之微言，早符文家之精诣矣。然而意逆之旨，亦未易言也，必也见文之异于常者而逆求其故焉，则将见辞有异于吾之所谓者矣；见辞之异于常者而逆求其故焉，则将见其志有异于吾之所思者矣。此意逆而后得之谓也。若夫以吾之所谓所思而武断之、曲解之者，害其辞于志者也；以异于吾之所谓所思而轻诋之、非笑之者，亦害其辞与志者也。《长恨歌》之峨眉山下，《古柏行》之霜皮溜雨，沈存中讥之（见《梦溪笔谈》），以文害辞也。渊明之闲情，太白之妇人，昭明、荆公非之（见昭明太子《陶集序》及释惠洪《冷斋夜话》），以辞害志也。李杜之交至厚，而荆公以老杜有清新俊逸之句，疑其轻视太白，后人遂谓李杜有互诋之诗（朱鹤龄之语)。严(武)杜之谊至密,而好事者以严公有莫倚善赋之语,疑其衔恨少陵,浅人遂谓严公有杀杜之心(仇兆鳌之语),以辞害志也。“夜阑更秉烛,相对如梦寐”,意境本极深挚也,后人训更为互,而原旨乖矣(陆放翁之说)。“采菊东篱下,悠然见南山”,天怀本极闲旷也,别本易见为望,而高情损矣(苏东坡之语)。此又虽一字之偶误,亦足以损其天然之情思也。然则古人之诗文,岂遂如市货之易别乎?乃今之人,学识未充,而簧鼓是肆,捉笔即下讥评,开卷动言鉴别。于是少陵想念承平,悲悯离乱之深情,乃至讬诸鹦鹉饮啄,凤凰栖止之事。虽有智者,无从索解矣。岂非见其文有异于常,而不知意逆以求之者之过乎?是又不但害其志,且并其辞亦害之矣。然则不害之义,意逆之旨,非今日读书之要术耶?

古之人知志之难尽而求足其言,知言之难尽而求其足文,文与言两足矣,疑若情与思可通也。而后之人犹且害之,又岂古人所及料耶?今之人既已害古人之辞与志矣,犹且曰吾将裁之、判之、重新估定之,不定其果操何术也,又不知其所裁判估定者,果能折古人之心否也。然而今之人固已揭此义为讲学之臬矣。不知为古人之不幸耶?为今人之不幸耶?二者必居其一矣。或者曰:今之人亦何可厚非,古人之未尽善者,亦何可禁今人之不议。假令今人所裁判估定者为当,又岂非学术之利哉?斯言也,傥亦合于古人守先待后之义乎?虽然,以今人千虑之得,议古人千虑之失,庸讵不可,若夫笑古人之未工,忘己事之已拙,如士衡之所称者,而亦附于古人诤臣之列,又安得不非之哉!且今之古人,亦古之今人也,未闻其轻侮古人如今日之甚也,有之,其李贽之徒欤?是何今日李贽之多也。利与不利,智者当有辨矣。

说文字符号*

（录《晓光周刊》）

谢宗陶

今之为文者多袭用符号，字句之间，施以钩点，清醒眉目，所以为读者便。其说盖谓制文取义，各有不同，造句结构，以多互异。或则跌宕顿挫，一唱而三叹；或则奔放恣肆，千里以汪洋。于字句之修短、曲折之多寡、姿势之险夷、声调之明晦，莫不从心所欲，随遇而安。初难一例相量，二三字为句，不厌其少；十数字一读，不嫌其多，各凭气之所摄。文之愈精，乃愈不可度测。即寻常文字，亦复不免参差，而况字句联属。每遇可此可彼，次第凑泊，辄成能上能下。保持同义，庸固无伤，歧作殊解，遂酿毫厘之谬。似此变迁靡定，流动不居，若无确切准绳，从而为之区画，则临读，先事断句，更为析义，在读者徒滋不惮烦之讥。或未能悉得作者之旨，又何居乎？终毋宁于作之之始，自断句读，以显明其义之为愈也。所持所言，自为有故成理，而好古者犹然笑之，疵之为画蛇添足。其辞曰吾国文学，至精微也。时而有积月以成，数千年之锻炼，人而有匠心独运，数百家之搜讨。夏周相因，成康继盛。虽无明宪大法，载诸典籍，而规矩准绳，固已昭然若揭。相与融会贯通，遵守罔替，出必由户，殆为不期然而然。故夫字之著用、句之构成、章之区分、篇之策画，靡不有物有则，必谨必严。积字成句，积句成章，积章成篇。其间起承转合，提荡疑叹之节，开阖呼应、操纵顿挫之迹，有条不紊，脉络分明。不须仆仆抬头，而段落显著，无取一一标

---

* 辑自《学衡》1928 年 3 月第 62 期。

点，而句读清晰。寓一切方法于无形之中，大而化之，神而明之。有法也，不着法象；无法也，实孕法理。作之者以是著，读之者以是悟。段落句读，腾跃纸上，一望而知。行之百世无改其道，是果何道欤？盖有法于自然，天何言哉？四时行焉，寒暖易候，以成春夏秋冬，相互之间，无迹象以为严别也。地具四方，以区东西南北之向，亦无显然界限也。大抵唯心者重精神，唯物者中形式，际乎有无明暗之中，别有一番境界。意味深长，蕴蓄真美，东方艺术精英正寄于此，而为西方逻辑不容间位律，所不赅备。文为艺一，又乌能外夫意会之域耶？然而表明章句，亦尚自有其术，即神势与虚字是已。文以意为主，意在笔先。故意之所向，神势随之。意欲进则神势奔腾，意欲退则神势逡巡，意急则神势倥偬，意缓则神势翱翔。观于意之所之，即知势之当止。观于势之所止，即知纲目之由举张矣。虚字所以为神势辅，神由出，势由成，多赖虚字以善为连用。或用夫上，或用夫下，或为独字，或为叠字。独则力遒，迭则气厚。上焉者贯于章而势拔于句，下焉者束于句而神逆于章。吾国虚字，最为详备，举而措之，极尽变化之妙。刘海峰先生谓文必虚字备而后神态出，可谓至理名言。是故吾人之于文章也，观其意，察其神势，识其虚字，参互以为揣摩。斯章句了如指掌，条理若合符节，而必符号云乎哉？此古文家之言，亦固能自全其说也。夫吾国所谓古文，历来无用符号之说，有之，则评点尚已。评点者，盖所以评骘文之高下臧否，施以鉴别。故名人于古文行之，为读者导也。师试于生文行之，为作者训也。其为法，则于寻常句，以单圈“。”于句尾；遇精彩处，以联圈“。。。”于文旁，精而逊者著“、、、”联点，句而劣者著“、”单点，间有以双圈“。。”于句末。似在联圈联点之间，而点之形式且有尖团“、.”之别。此外更有套圈“。”、角钩“△”诸号，大概用以提挈纲领，不恒为评点家所取。若是者，皆由他人论文所施之标记，与作者于作文时，自行割析，为文法之表示者，迥不相侔。而当日所谓时文，若童乡各试，亦有点句钩股之例，其所用以点“、”钩“，”二者为度。又刊行常用书籍，如经解之类，并有圈句读之说。其所用则但限于圈“。”点“、”，皆以取便于阅者，性质与符号相类，而简易不若西文者为繁。至直沿袭西式标点符号 Punctuation 用之于吾国文字，则自晚近始。于是有所谓住式曰点 Fullstop or Period 以结于句；有顿式曰钩 Comma，以逗于节；有断续式曰点钩 Semicolon；以示止而未竟之意；有启承式曰双点 Colon：以寓有所启发之情。有如下式曰双点一横 Colon dash：——指下文言；有引述式曰双双钩 Quotation marks“”指引文言；有注释式曰单横 Dash—或曰括号 Brackets( )乃谓于本文而有说明或引申之辞，有问式曰弯点 Interogration Point? 询也，有敬式曰直点 Exclamation! 叹也，西文符号殆尽于是。今日新文学家，则一一踵而效之。惟有于引述式用半括号「」，于住式以圈“。”易“·”点而已。是吾国文字施用符号之种类及其经过，有如此者。尝以为观察事物，立足取向不同，斯所得迹象，随之即异。故东坡咏庐山诗有“横看成岭侧成峰，远近看山了不同”之句。其于事也，亦正仁者见仁，智者见智。执一以例其余，泥此而加诸彼，必至方凿不入，徒兹所见之不广耳。是以就文章立言，谓必须加符号，与谓必不须加符号，则二者皆讥。若谓有可用者，有不必用者，则新旧之说皆是也。缘文之为效，曰用于美，古文重在审美，美则渊懿精深，唯极是尚。逞才竞慧，各奏所能，将务远以好高，实出奇而制胜。未见一目了然，人人尽知，而足称为美者。其文采之由成，非性灵之所寄，即理蕴之所托，神天出入，古今扬摧。正待玩索会通，未宜划一拘牵，以执简就易，而于奇妙变化，亦难限以故常。故曰古文不必用符号，应用文重在实用，用则堂正平易，征实为先。文在乎明理，辞期于达意，措语敷说，有若自然生成，即纲举以目张，复条分而缕晰。凡艰阻幽晦之义，环玮连犿之词，悉当屏除毋用，殆以畅达明通见胜，而以易知共喻为归。务使文无疑义，句无殊解，自有赖于辅文工具，以为之助。故曰应用文宜用符号，符号适用范围，大体若斯。申而言之，盖以文为文之文，以文论道之书，必心会其意而后能明其理。自始无涵育之度，即莫由识其高深，纵用符号断其句读，仍自茫然莫解，亦奚以为？苟能融会其旨，则明足鉴秋毫，遑论舆薪。又无假乎符号之具，类是者唯有让于评点为之鉴定，由先进启发以诲后进而已。至于时下之文，常用暨教科之书，在切实际，期诸普及。语焉唯恐其不详，行之唯恐其弗远。当使文理益著，旨趣弥彰，所以缩虑节思，爽神益智，则符号之施用，固其宜也。然则所用符号，将遵古训，以从圈点句读乎？抑袭今日惯习，而用西式之标点乎？试先知沿用西式标点之故，不曰尚同，即曰求备。如谓尚同也，得毋以西式标点，为泰西各国所通行。世界大同，尤宜从众。然标点数码，性质迥殊。世界咸用亚剌伯（今译阿拉伯）字母，吾独执吾号码之旧，存古立异，以与天下万国隔，诚有未当。盖数码但十字耳，外此无余义。由则得之，不由则失之。标点符号，所以为文字辅，文字而悬若霄壤，徒同其标点，不能以识此而遂及于彼也。其为不相谋也。自若必欲从同，势非灭弃国文，盖去其旧以谋新也不可。况西文横行，自左至右；中文直行，由上及下。凡其符号之形势，悉必随文字方向，转移以为因应。各国文固不同，而形势一辙。

故相与共守,悉臻便利。强欲举横行之辅具,加诸直行之上,不蹈形格势禁也几希。此尚同之说为无足取。如谓求备也,将欲知其备之度量,必先审其性质何若。所以为文字符号之道二,必居其一焉。有就句言句,但求每句之构造,断其句读而止者。有更察各句相互关系,明其意义,以定其联属者。吾国之圈点,独立无倚,不相为用者也。西式标点,则合上下文以言之矣。夫断句而既顾及于文义,则其所谓顿住、断续、启承、引述、注释等式,果否能纲罗诸义以尽,此外竟无余义可言,若犹未也。奚故必此数而止,独不旁搜而远绍之。今依吾国文义论之,西式标点所及,不过近似之疑叹、启承、排叠、引申、断续、顿挫诸端,犹未能尽其妙用。他若提束转合、插荡、陪比、进退之体,抑扬、勒放、罩胧、呼应、伏点之象,佥无与焉。倘谓表章文义,求其大者著者,细节琐故,难与并存,然即其所及者,亦不必包举大端以无遗,有启承而无转合,有引申而无陪比,且其不知多焉,不降少焉。适如所有而止,谓为恰如其分,抑皆有说乎?毋亦出于当日文法家之偶成已耳。徒断句读而不涉及文义也,斯已矣。苟涉及也,则必求全以责备,如发而不能至,与无者较,殆犹不若其坚壁清野之为愈,是求备之说不立,亦彰彰也。抑有进者,文字为物,文化之结晶也。由来者尚,非一朝一夕之故,积渐以成,殆半丝半缕之艰。而各国文化文字,已各有其悠久历史,各具其特殊象征。而况东西对峙,地隔数万里,时经数千年,永不为谋,自趋发展,岂特书法字迹不同,即思路理解亦多有别。不顾文义之悬绝,必举辅具而一之,是不揣其本而齐末,惟怪之欲闻,于理固无当矣。盍更就中西文二者比较之以实吾说。盖造句之整饬完洁,中文实较西文为逊。西文以文法修其辞,以逻辑正其义,其为句 Sentence 必宾主词备而命意充盈,意不全者,则谓之节 Clause 谓之目 Phrase,而句尚有简复之分,引述有直间之异。故其各式标点,一一皆由文法相需以来。举而措之,自臻帖然适当。中文为不成文法,修辞造句,唯在适意从心,错综参互,艰于穷诘,将以固定标准,一例衡量之,势有所未能。故用西式标点加诸中文之上,有时固犹情通理顺,有时则每苦无从割划,虽有善者,亦莫如何。且于一文而以二人标点,或以异时从事,必不能若西文者同出一辙,而有轶越出入之处,则皆西式标点不适用于中文之明征也。然谋篇之缜密玄妙,中文则胜西文之远甚。中文首尾相应,脉络贯通。凡此变化操纵,节奏顿挫,固属无美弗备,千绪万端。西文则有断章之说,Paragraph 章断,斯不免于分崩离析。章自为谋,各不相涉。谋篇之妙,泯焉弗止。惟章断弗若篇长,故变化之势少。如顿住断续启承各式,似即足尽其文章之能事。若以之用于全篇，凡关键之为断章所掩者，皆须以标点表而出之，自必捉襟见肘，而有顾此失彼之憾。是又西式标点不敷用于中文之显证也。或曰：吾国今日时文亦多仿西文断章之例，则标点不亦适用否乎？曰：吾人理解思路既与西人为殊，其发为文章，自必洞异其趣。吾人重综合，西人重分析。故吾人为文纵取断章之义，而其先后次第终必贯串回应，合而观之，仍自成一篇，聊作一气。是其断章不过为钩股之用，不能以断章而并文亦失其庐山之真也。总之，吾国文字即宜用符号、西式标点，亦有所不适，袭而用之，文义不以有此数式故，遂克悉臻明晰也。待欲创以较备者，举文中应有义以该括之，事以正有匪易，无已。其惟有仍遵圈点之旧之一途，藉以表明句读。至文义何若，赖读之自为理解而已。夫既如是，而圈点之道维何？曰：简易哉！或一以单圈行之，或一以单点行之。或以圈为主，而于长句及短句顿处，佐之以点，悉任作者之择用也可。

论中国语言之足用及中国无哲学系统之故*

[美]德效骞　撰　张荫麟　译

美国德效骞 Homer H. Dubs 博士，字闵卿，昔为遵道会(United Evangelical Mission)牧师，居湖南湘潭甚久，深研中国学问，尤致力先秦诸子之思想。近年返美国，任勿吉尼亚省(今译弗吉尼亚)Marshall 大学教授，著有《古代儒教之范成者荀子》(*Hsun-tze: the Molder of Ancient Confucianism*)一书，伦敦 Arthur Probsthain 书店发行。近又将荀子译成英文，至兹所译之文，曾登载《通报》第二十六卷第二第三合号，原题 *The Failure of the Chinese to Produce Philosophical Systems* (《论中国人不能产生哲学系统》)。兹为求明显，改题如上。其分段及各段标题亦译者所加。本篇上半论中国文字之足用，尤足值吾人之注意。自中西两文化接触后，中国语言文字之优劣，久成为两方学者争持之问题，此非等闲之问题也。许多中国学者深信中国文字之不足用，因遂不以中文论学。此种信仰，最足阻碍一国语言之进步。盖既断定其不足用，不复试验，则永无足用之日。使中国学者疑本国语言之不足用，盖有二故：(一)曾试用中国语述西方学术而感觉其困难；(二)大多数译述西学之书之难读或竟不可解。然此果由于中国语本质上之缺憾欤？抑中国学者之未尽其力欤？吾侪确信为仅由于后一种原因。德效骞君此篇所论，足助吾侪张目。吾人确信假令作者精通一种外国文字，精通所译述述之学问，并精通本国文字，则译述

---

* 辑自《学衡》1929 年 5 月第 69 期。

必无不可克服之困难。至于现今市上所售译述书之难读，盖有三故：(一)则译述者能力之缺乏(包括外国语、本国语及对于所译述之学问之智识)；(二)则翻译名词之纷歧；(三)则新名之不下定义。第一原因可听诸自然淘汰之解决。关于第二、第三两种原因之消减，除期望国内学术团体努力从事于译名之厘定及标准词典之编纂外，今后译述西学有当注意者二事：(一)凡译名宜参考前人之所译，其已通行之译名，苟无谬误，而异译又不能远胜者，不宜轻改之。其或确当更改，宜注明通行之译名并更改之；(二)隐晦或新造之译名，宜申注其意义。因译德君之文，联想及此，因附陈焉。

译者识

一、论中国语言之足用

世有恒言曰：中国语之性质，阻碍哲学之发达，因中国语不能用以表现哲学思想也。最近申明此观念者有赫克曼教授(Prof. Heinrich Hackmann)，说详其所著《中国哲学》(*Chinesische Philosophie*)中。其论据如下，一切文明皆建筑在语言上，而智力的文明为尤然。惟中国语之性质，使哲学思想不能得明晰正确之表现。中国语言为单音制，有四声之别，而无语尾变化。其结果，音(Syllables)数至少约不过四百余，通用之字约不过二千至四千。由此遂有不可免之结果二：一则可资以表现概念之字数奇啬，是以复杂深微之意象世界无从表现，而此之表现乃完备的哲学所必须也；二则表现连谊(Relationship)之资藉窘乏。在他种语言中，有文法上之变化及文法上之构造可为资藉，而中国语则无之。其结果，思想之表达不能得科学的正确的正确与紧严(以上见赫克曼《中国哲学》)。此等严刻之贬抑，实为"中国语缺乏哲学能力论"之钩援。持此论者不独赫克曼也，尚有其他中国学家，如 A. Fork 及 H. Borel 及铃木虎雄诸氏是也。本文之目的，即在考验此等严刻之贬抑，而示其鲜符真理。赫克曼教授之论之第一点，谓中国字数太少，不足以表现无限多之概念，为高深之哲学所必需者。持此论时，彼显然忽略一事，即概念不独可用单字表现，亦可用"辞"(Phrase 亦可译为字组，通译成语不当)表，实则未尝有一种语言焉，其所表达概念之数，限于其单字之数相等也。凡习逻辑者皆知之，"白马"之为独一的概念，正如"马"也。岂能因英语中无与德语 Schimmel"白马"相当之单字，遂谓英语逊于德语乎？操英语之作者，欲表现此概念时，仅有以二字代一字之烦而已,而操德国语者却有多记认一单字之烦。是故就此点而论,英德二语可谓同等有困难也。中国语特富于“辞”,试一瞥观汉英字典而可见。此等辞显示一事,近代科学及哲学论辩上所需之概念,故有若干其表现于中国语,须用笨拙之方法。然任何概念,未尝不可用中国语中之“辞”精密表现之也。以此之故,吾人不惟须研究中国语中之单子,并须研究其中之“辞”。凡语言不皆如德语然,类以一长而组合之单字表现一复杂之概念也。吾人若承受赫克曼教授之论之涵义,谓能一字表示任何概念之语言为优长,则吾人当谓德文劣于英文,因德语不能严密表现英语 Gentleman 一字所示之概念也。而德人当不能领悟并应用此意,因其语言中无与之相对等之单字也。吾人亦当谓英语劣于德语,因德语中 Halten(略与中国“持”字相当)一字所表现之概念,英语中无相当之单字以示之也。吾人更当信此两种语言皆劣于中国语,因其中皆无单字可以表现中国文“霸”、“气”等字所表现之概念也。

凡曾久从事于两种语言之互译者,当明觉之。概念不恒可以单字表现,且也,甲国语中之一单字,即欲于乙国语中求一单“辞”以严密表现其意义,亦恒感困难。中国之语言及文明与欧洲隔离而独立发展,故其结果,欲以中国字表现欧洲人之概念,特为困难。然欲以欧洲字表现中国人之概念,亦有同样之困难也。虽然,近代中国人正迅速构成新“辞”以表现欧洲语言中之任何重要概念(译者按此工作去完成之期尚远),中国语对于任何需用之概念之表现,并无本质上之不可能性(Inherent Impossibility)也。中国语中“心”、“道”等字意义之含混,赫克曼教授以为即中国字数窘啬之必然结果。由今观之,实非此种窘啬之结果,而完全为另一种迥殊之表现也。中国语中之单字,与其谓与复音语言中之单字相当,毋宁谓与复音语言中之字根相当。此等字根,固素以含混著,因其在不同之结合中,辄有不同之暗示也。此等字根之意义,视乎用之之字而定,正犹中国字之意义视乎用之之“辞”而定。若以中国语之单字比于欧洲语之单字,最足引人入误。合当之比对,乃欧洲语之字根与中国语之单字,或欧洲语之单字与中国语之单辞。

然即欧洲语之单字,亦非不含糊者也。若德语之 Zug 字,英语之 Strike 字,其意义之复杂,使人孰不见而畏缩耶?然而此诸字虽意义多歧,假若在具体之例中,吾得知用此字之全句或充分之长段,则其意义罕有含混者。在每例中,有数义意之字,当用作何义,上下文决之,中国语亦如是。中国字虽多歧义,苟吾人得充分之长段,苟作者之思想清楚,则决无必不可免之含混。吾人若进而及于哲学领域，则欧洲语中之字之含混，亦素彰著。如 Objective（客观）或 Subjective（主观），又如 Realism（唯实主义），或 Idealism（唯念主义，旧译唯心主义，不当）等一类字，其于清楚之思想每有不可克服之妨碍。实则在欧洲语言中，除限于专门之应用之字而外，几无一字不涵一义以上。然字义之多歧，不必产生含混，以上下文足以显示所用之义也。含混几恒生于作者心思之不晰，无论何种语言，皆不能防御此类之含混也。是故因中国语不具充分之单字，或因其字义之含糊，遂谓中国语不足以为哲学论辩之工具者，其言伪也。

赫克曼教授以为文法的变法与结构之缺乏，尤足为中国语不适宜于哲学思想之表现之征，曰："无文法上之变化，连谊曷由表现乎？"

此种指责，出之于习用有字尾变法之语言者之口，亦固宜然。因其表现连谊自然而用字尾变化，遂以为连谊不能用他种方式表现矣。此种偏见之出于自然，正犹习用无字尾变化之语言者之偏见也。彼亦不能想象，何以明敏之人能忍受字尾变化及繁复文法所加于思想的表现上桎梏，以几于全无字尾变化之语言。如英语者，其表现最复杂之哲学的连谊，殊无困难，则知此种对于中国语之指责，其根据之薄弱尤甚于前者也。

复有一指责，谓中国文无词品（Parts of Speech），欲求更近于真理，毋宁谓直至近今以前，中国人未尝以词品分析其文字。夫在"智者"Sophists 之时代以前，希腊亦无文法及按词品之文字分类也。然此事未尝妨阻初期希腊哲学家之述说其哲学也，亦未尝妨阻荷马及希腊戏剧家之表现连谊之严密也。中国语中词品之别，纵不表现于外形，而其如他国语之有词品，则任取一汉英字典观之而可见也。其中所示每字之意义，皆依其用为某词品。

凡不用或罕用字尾变化之语言，其指示文法上之关系也以位置。赫克曼教授谓位置之区别为不足备，而逊于有字尾变化之真正文法的结构。然赫克曼未能举出实力以证成其说也。英语之结构，足以表示一事，位置并辅以助动词，足以表现任何有字尾变化之语言所表现之关系。或谓中国语不表现时间，然苟用充分之委曲解释，则任何时间的连谊，无论其如何复杂，皆能严密表现之，此吾人所习知也。中国语与亚利安语之最大异点，即亚利安语时间为语言之结构中不可分离之部分，因而无论有用时间之需要与否，皆强迫人用之，其结果在论说中虽恒无须表现时间的连谊，而亦表现之。其在中国语，因时间不为动词之不可分离的部分，故苟非特欲显别时间，可以省略时间之表现。其结果，在有字尾变化之语言中，时间恒无须表现而亦表现之。惟在无字尾变化之语言中,如欲省略时间,则可省略之。然有字尾变化之语言亦恒欲逃脱时间之专制,如英语之用"历史的现时",即其证也。中国作者亦时表现时间的连谊,然决不如欧洲语言之恒也。

使字尾变化之程度,而为测量语言发达之高度及表现哲学思想之能力之标准,则一切现代语言皆已退化。盖原始之语言在文法上及字尾变化上之结构,类皆视后来之语言为复杂。一语言之发达,恒为文法之简单化而非其繁复化。原始拉丁文有八格(Cases),然则用此八格之语言中当有何许哲学之资产耶?然古典拉丁文于八格已弃其三。古典希腊文有三语法(Voices)六式(Moods),而后期之希腊文各去其一。彼希腊文以视希伯来文之有七语法,其逊色又当如何?如此变化繁复之语言,其哲学之较多,又当何许耶?然由他方面观之,语言之发展,既为字尾变化之简单化而非繁复化,则谓中国语实视欧洲之语言为进步,而非其反,似亦言之成理,因中国语无字尾变化也。

字尾变化之缺如,使中国作者感觉他国(用有字尾变化之语言之国)作者所未尝感觉之困难,此诚然矣。然凡曾习有字尾变化之外国语者,当能明觉字尾变化所生殖困难。赫克曼教授谓中国作者若立意使其言词隐晦而凝括,定能大有成功,是诚然矣。然隐晦绝不限于中国之著作,凡曾取海格尔(今译黑格尔)或康德之书而读之者,当承认以下一事,即近代有字尾变化之语言之作者,亦能成极隐晦之作。

中国人之以隐晦见病者,殆因彼等曾保存其最初之哲学家之著作,而希腊人则已遗失其最初哲学家之著作也。表现之明晰,非所期于任何国家之最初哲学家,惟待经过许多错误许多试验之后,乃能获得明晰之表现之技术。老子不当以与柏拉图或近代哲学作家比论,惟以与希腊初期之哲学家,如海腊克列图斯(今译赫拉克利特)(Heraclitus)者比论,则庶几耳。而彼虽用字尾变化极繁之语言著作,固希腊人以"隐晦"为其绰号者也。希腊人已失去其著作,故吾人不复注意其隐晦,中国人保存老子之著作,故吾人注意其隐晦,并谓此语言为隐晦焉,盖昧于配景而已。墨子特重明晰之表现,自时厥后,中国哲学之明晰可读,已远过于前。

同一中国语之句,可有数种不同之译法,此亦然矣。然无论在何种语言中,大多数短句,若截去其上下文,亦犹是耳。西人之引据《圣经》以证任何事与一切事,正可见此种现象不仅限于中国语,实能见于任何语言。无论其有字尾变化或无字尾变化,若能得充分之上下文,则一中国语之句之意义,亦犹任何他种语言之句然，恒可了然。上下文实决定一句之意义，诚然，非任何中国语之句皆可断定而毫不含糊，惟此种困难固不限于无字尾变化之语言也，于任何语言之古写本中皆遇之。希伯来语为字尾变化极繁之语言矣，然以前才高识绝之《圣经》学者所与《旧约》中希伯来文之奋斗，与夫彼等于同章同节，而有种种歧别之译法，当足使吾人知中国文之有含混，非因其无字尾变化，惟其远古。

凡欲翻译中文，译者必须将一意念在心中重加思想，然后笔而出之，不能仅将原本之字句直译，此亦不能指为由于中国文之重大缺点，凡优良之翻译，皆当如此。利格(Legge)之引孟子所谓“以意逆志”，固指《诗经》，而诗歌之翻译，恒需将原意重加思想，需原意之表现，而非原意之表现，此在古时之翻译为尤然。若两种语大部分同出于一源，而其文法又相当，则彼此相译时，恒可依字直译，而不必将原意重范。然若两种语言，其单字及构造全无根源上之连谊，而欲求字对字之直译，非愚则妄。此非必因其中有一种语言之劣，实因其间有极大之差异一样。

二、论中国无哲学系统之原因

是故中国人之不能发生如柏拉图或斯宾挪莎(今译斯宾诺莎)等所创之哲学系统，吾人不能求其故于中国语言中，中国语言足以表现凡所欲表现之意念。此中表现固或视用欧洲语言者为困难，然伟大之中国思想家如荀子等，已用中国语正确表现其思想，而其思想且极复杂也。中国人不能产生哲学系统之故，必当于语言性质以外之方向求之。以予观之，此等原因大抵为偶然的。譬犹在美国中居于南方邃远之山谷间之移民，保存古昔之风俗与习惯，而同种且原始文明程度相同之人民之居于城市者文化日进，以其得受大世界之刺激的影响也。

中国人未尝产生精深之哲学，其重要之原因之一，即中国古代之智识领袖不承认理论科学之重要。今日吾人皆承认讲实用之人罕有产生重大之科学发现者，而此等发现几恒出于纯粹科学家之力。所谓纯粹科学家者，不追寻应用上之发明，而探究宇宙之性质，但为智识而求智识者也。求有直接的应用价值之发明之人，不能得之，而忽略新发现之实用价值，但为智识而求智识之人恒能造成大有应用价值之发现，此实近代科学进步中表示矛盾之现象也。

中国人为极偏重应用之民族，其领袖鄙视手作，正如希腊人然。君子之责在平治,彼察于人而不察于物。因此种实用的态度,过去之中国领袖人物,不侧重理论科学。然中国人非无对付自然之能力也,彼等实曾贡献数目綦多之基本发明,为近代文化所凭藉以建筑者。若蚕丝、罗盘、纸、印刷术、火药、瓷器等是也。然此等发明,非哲学家或智识领袖之所为,而普通人民之所为也。有一历史上之事实,极可代表中国领袖之态度。当印刷术久已发明之后,当佛经之雕印已盛行之时,儒家经典尤须艰难抄写,而此等经典之最初刊印,其目的不在广布,而在勒定经文(如石经之用)。以守古为尊古,实阻止中国领袖对于新事物之价值之认识及新事物之寻求。此种态度之结果,使中国哲学成为应用的而非理论的,下缚于政治及道德之应用的问题,而不能上翔于形而上学及认识论之理论的世界。其与希腊哲学之大殊即在此,希腊人非纡缓辛勤以发展其文化之民族,如中国人者然。希腊人崛起野蛮而征服一境文化,远胜于已之民族,其结果乃矍然感觉与新而且优胜之界密接。后此希腊人进而与其他发达之文化(即埃及、巴比伦)相接触,又重经同样之历程。其最伟大之希腊人,若谢里士(今译泰勒斯)辈,游学国外,以寻求此诸古国所蓄之智慧。彼等努力欲求智慧之超过其所师之人,乃发展纯粹科学,为智识而爱智识。此种态度盖克勒底人 Grete、巴比伦人、埃及人,与中国人之所无也。是故希腊人半因出于偶然,半因其历史上及政治上之特殊地位,而出于侧重理论科学之一途,不如老大之民族然,但以纯粹应用之智识自封。西方哲学沿希腊人而侧重理论,用能发展理论哲学而吾人隆贵之。中国文化因其自肇始时未尝与较高之他文化接触,故未能超脱应用之问题,而西方科学及哲学之能发展,实赖此种超脱也。

中国无哲学系统之第二而更重要之原因,则纯粹数学不发达于中国是也。中国人亦有其数学,正如巴比伦人与埃及人然。中国史开端之事实之一,即羲和之历象日月星辰。然数学之在中国,亦犹其在巴比伦与埃及然,纯为实用之探讨。其学委于艺人及星命家之手,士君子者流咸轻视之,正如其轻视此外一切与市肆有关之事物焉。是故纯粹数学,永不出现,只有数学在商业上、天文学上及其他实际问题上之应用。

惟在希腊,理论数学为哲学之规范。当谢理士(或另一希腊人)发现相似三角形之原则,而教埃及人不必登金字塔而能测其高度也。彼于理论几何学之发展已开其先步,此第一步在几何学推论之原则之成立,而不在特定问题之应用也。几何学性质之变迁,乃极重要,因有此变迁,乃能应用演绎推论而迅速发现几何学上之新理也。而事实上果如是,由小数公理及定义而演出包罗极广之真理统系。此演绎法之可惊的力量,几何学实为其最初之例证。然几何学又非仅理论上之游戏已也,其于实际生活亦具重要而有效之应用。是以此学吸引人之注意与模仿,最初有系统之哲学家亚里士多德者,受柏拉图学院之训练,斯校入学之先修科目之一为几何学,此实极可注意之事。惟藉演绎推论之能力,乃能将一哲学系统之诸部分抟结为一,演绎推论之显著模范,厥为数学,而尤在几何学。

中国人既贱视数学,其不能产生哲学系统,故所宜然。虽然,若就逻辑上之连络及演绎的思想而论,若荀子者,固未始不足与西方哲学家颉颃也。惟因缺乏数学之系统,中国人于宇宙,仅为片段之攻击,正如今日心理学之发展成为科学,此一发现,彼一窥测,乃藉经验之方法,而非理智之方法。

中国哲学不进步之第三原因如下:中国古代哲学思想自由时代之结局,为政府之采用一特种学说。此派学说,其根基最固,而持之者又为最优秀之人,即孔教是也。荀子将儒教演为一根据权威之系统(An authoritarian system)其中一切真理者从先圣之言推出,墨家以逻辑上之诡辩经,道家以庄子之怀疑论终,则儒家之威权主义之被视为三者中之最优而见采用,实无足异。怀疑论及诡辩皆为讲实用之人所不能忍受,而孔子及诸古圣之权威最适宜于君主政府。是以中国社会之固定,妨阻新思想之兴起,遂致哲学停滞者千年。可注意者,其在地中海世界,当亚里士多德殁后之世,亦有同类之现象。智识世界统辖于两派权威的哲学,即斯多噶派与伊壁鸠鲁派是也(惟希腊人怀疑精神尚保存于科学之探究中)。此处权威主义之精神虽无政府以为之盾,而亦造成智力上之停滞,直至近世开始之前,未尝有所创新。

吾人用能追溯中国无哲学系统之故,乃由于偶然的历史的事实,而非由于其语言之性质。语言之于此民族及其思想,自有重大致影响无疑([原注]此种影响详拙著《古代儒教之范成者荀子》一书中第七页)。惟其影响不在于妨阻哲学之发展也,中国语言足以表现凡能思及之任何意象。

[按]美国人芬诺罗蓬 Ernest Farncisco Fnollosa (1858—1908)曾撰《论中国文字之优点》一文,原题云 *The Chinese Written Characters as a Medium for Poetry*,虽以诗及想象为主,然亦能道出中国文字之特长及其足用之理由,与此篇实互相发明。其文曾经张荫麟君译出,登载本志第五十六期,甚望读者取阅也。编者识。

斯文在兹

《学衡》典存

下卷

华东师范大学出版社
上海

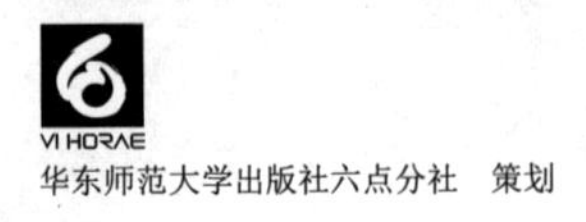
VI HORAE
华东师范大学出版社六点分社　策划

下卷目录

第三编　政治与政论

第四编　教育与立人

第五编　治学与方法

第三编　政治与政论

白壁德论民治与领袖*

吴宓 译

［按］白壁德先生（Irving Babitt）之著述及其讲学大旨，已见本志第三期《白壁德中西人文教育谈》及第十九期《白壁德之人文主义》两篇，其他各篇亦时征引及之。本志以先生之学说，在今世为最精无上，而裨益吾国尤大，故决将其所著各书，悉行译出，按序登载。其《文学与美国大学教育》一书，已由徐震堮君译成数章，下期登出。白壁德先生最近所著书，名曰：《民治与领袖》（*Democracy and leadership*）者，前月出版（仍由美国 Houghton，Mifflin Co. 发售），全书分七章，今所译者其绪论 Introduction 也，又先译书局所撰全书提要如下：

> 白壁德教授以为民主政治之成败得失，当视其国领袖之资格以为断，与他种政治同，今日美国之趋势，苟不纠正改良，则将灭绝个人之自由，而终归于一种堕落（或曰衰败）之帝国主义。至于美国领袖资格之不完美，实由于美国教育之败坏，盖各种功利及感情之潮流，已破毁道德之标准，而尤以高等教育为甚也。全书结论，与白壁德教授以前所著各书同归一体，而力主实证即精确之人文主义焉。

---

* 辑自《学衡》1924 年 8 月第 32 期。

兹更撮述全书之大旨而推阐其意如下：白璧德先生以为政治之根本，在于道德。苟无道德之制裁，但务功利及感情之扩张，则凡人皆必纵欲贪财，损人利己，奔放恣睢，横行无忌。所谓个人之霸道是也（[按]白璧德先生所用帝国主义 Imperialism 一字应译为霸道，即强取豪夺，横行无忌之意也）。一国之人皆主霸道，则于其国内政，必专务植党营私，贪财黩货，而置国利民福于不顾；又于外交，必专务兼并侵略者，强凌弱、众暴寡、尚诈术、喜战争，而弃人道和平如敝屣（通常所谓帝国主义者，可称之曰国家或世界之霸道）。如是本末相维，内外相应，其结果国内固然安乐；而世界之乱尤无已时，此正今日美国（中国亦近是）、今日世界之情形也，所以救之之法奈何？白璧德先生以为但事治标逐末，从事于政治经济之改革，资产权利之分配，必且无济。欲求永久之实效，惟有探源立本之一，法即改善人性，培植道德是已；然道德之标准，已为功利及感情之说所破坏。今欲重行树立之，而俾众人共信共守；其道何由，宗教昔尝为道德之根据，然宗教已见弃于今人。故白璧德提倡人文主义以代之，但其异乎昔时（如希腊罗马）异国（如孔子）之人文主义者，则主经验重实证，尚批评，以求合于近世精神；易言之，即不假借威权或祖述先圣先贤之言，强迫人承认道德之标准，而令名人反而验之于己，求之于内心，更证之以历史，辅之以科学，使人于善恶之辨，理欲之争，义利之际，及其远大之祸福因果，自有真知灼见，深信不疑，然后躬行实践，坚毅不易。惟关于此点，白璧德先生则融合中西，自辟蹊径，大率东方主行，西方主知（耶稣乃东方之人，耶稣与孔子皆主行，即视道德意志之事；希腊苏格拉底等三贤皆主知，厚实宗之，即视道德为理智之事；惟释迦我佛似能兼之，即二者并重）。白璧德先生却认道德为意志之事，非理智所能解决；但既不以威权立道德之标准，则如何而能使个人心悦诚服而自愿遵守道德耶（即于行之先，如何使之知之耶）。白璧德先生以为此非辩论思想，所能奏功，而须借助于想象。想象力有二种之别：其一使人洞见道德之因果，其二使人沉酣梦幻之快乐；为福为祸，适相背驰。故想象力，必须慎择，而善用之（即取其第一种）。如是则想象可补理智之不足，而助意志之成功，此又白璧德先生异乎西方道德学家之处也（其与东方耶孔异者，在虽主行而并不废知，其与西方道德学家异者，在用想象以成其知，而不视理智为万能。就其知行并重一层言之，似与佛法为最近，真幻之对待，亦为其得力于佛法之处。然白璧德先生不涉宗教，不立规训，不取神话，不务玄理，又与佛教不同。总之，白璧德先生实兼采释迦、耶稣、孔子、亚里士多德四圣之说，而获集其大成，又可谓之为以释迦耶稣之心，行孔子亚里士多德之事，闻者或不讥为门人阿好乎）。故夫以想象窥知，道德之真，而以意志实行道德。人咸能自治其一身，则国家社会以及世界均可随之而治，此白璧德所拟救世救人之办法也。观之似属迂远难行，然此乃惟一正途，得寸进尺，不无裨补，更由他道，则愈行愈难达矣。

原书体大思精，今兹撮述，不免失真。读者当取原书读之，且当与白璧德先生以前所著之四书并读之，盖其各书前后一贯，关系密切，必通观合思，始能明其旨意也。白璧德先生于二十年前，刊布其第一书（《文学与美国大学教育》）时，其学说之全部梗概，即已成竹在胸，厥后分别部居，更为精徽之研究，每阅数年，续刊一书，其精勤审慎之处，至足钦佩（白璧德先生之为人行事，实是令吾侪奉为楷模，终身强勉行之，有不能及不能书者）。今者《民治与领袖》一书发刊，逆料其本国而外，英法德等国之著名杂志、深心学者，必著为文章而批评之颂誉之；又争先购读，纷纭谈论或译为本国文而复刊，其视此书之重要，可想象而知之也。即在日本，若丸善书店等处亦必有发售。独怪吾中国之人，昏昏扰扰，既蔑弃古来文化，又不问世界思潮；但知有金钱娼妓赌博鸦片之快乐，观赏营营以攫利，农工孳孳以全生，固无论矣。编撰杂志书报者，莫肯专心用功，而安于肤浅抄袭；置身学校者，不索薪不闹风潮，则心满意足，而开会演说纪念运动游艺俱乐，则视为最名贵之事业，最优美之成绩。无论教员学生，于功课以外，能博览旁读按时计功者，百不得一；即号为沉潜有志进学之士，吾仍见其日夕疲精耗神于公私社会之交际、庆吊宴会之应酬，再则由舍米盐之部署，衣服饮馔之考究，其每日静坐读书之时间，不及一小时。有异乎此而稍事潜心读书勤业之人，则众必指为迂腐，讥为怪僻，蹂躏排挤，使不得安居其位，不得自谋其生。呜呼！如此之国民，安望其能读白璧德之书，更安望其追踪白璧德之成学立教也哉。彼其于白璧德以外，千百之学者及其著述，固亦同此视之耳，窃尝以人事之繁虚文之多，为中国社会之病根；即不论古圣之道理，但言今日之“效率”宜乎中国之贫弱危乱而不能自存也，吾译述白璧德先生之学说，又不禁感慨系之矣。

译者识

路德乔治氏（英国前首相）谓未来之世界，比之现今，当更注重经济问题，而以资本与劳工之问题为首要云云。诚如是也，则彼未来之世界亦殊肤浅而不足道。盖若稍事通澈研究，则凡经济问题必卷入政治问题，政治问题必卷入哲学问题，而彼哲学问题又必与宗教问题关系密切，不可分离。近世运动中此种深微之关系，吾于以前所著各书，已各自阐明，今此书亦然，吾所著各书，虽各有专题，然前后一贯，皆以研究近世自然主义之思潮为职志，此思潮之起源，实远在文艺复兴时代，然其战胜古来相传之礼教而代之，则十八世纪中事也。十八世纪中人，为今世种种之先驱者，当推卢梭为首，故吾所著各书皆着重研究卢梭。阿克登爵士曰："卢梭下笔为文，其影响之巨，古来虽亚里士多德、西塞罗、圣奥古斯丁、圣亚规那（今译圣阿奎那）等，皆不能及之也（[按]阿克登爵士 Lord Acton[1834—1902]英国史学家，为晚近最博学锐识之一人，任剑桥大学史学总教授，著书不多，而极精，兹所引之语，见其与 *Mary Gladstone* 书第十二页）。"此其言之未免过甚，然而卢梭之重要可知已。惬意卢梭在思想史中之重要，实以其所发之疑问悉当，而所具之答案则皆误，顾能发此等疑问已非人所能及矣。

吾此书之题目，固亦卢梭所提示者也。盖卢梭为提倡激烈之民主政治之第一人，而又为攻击文明之人中之特出者。且在卢梭，其提倡民治与攻击文明之二事，实互相关合。他人之提倡民主政治者，咸以进步与守旧之对待立说，而卢梭则以文明与野蛮之对待立论，实为更进一步解。盖使斯世不向文明而进行，则进步固不足贵，又使如卢梭所言，野蛮之人较多幸福，则又何取于进步乎？今人立论，尚多因袭十九世纪之陈言，以进步者与守旧者相对待。然细思之，则此等言论实陈腐虚泛，反不若文明与野蛮之别，为较切中事理而足动人也。彼十九世纪之人，蒙然以其所倡之进步为由野蛮而进于文明。斯旨也，在欧洲大战役前，已有怀疑而非之者，欧战既起，疑此说者愈众。战后和成，以时势所激，更有疑之者焉。夫今世何世也，欧洲大战何事也，举世方自谓趋向"极乐之天国"而进行，而其实乃行抵血肉横飞之修罗地狱（指欧战）。生于此时之人，惊心怵目，岂有不于进步之说迷惘而疑惧者，欲解此迷惘，则当受教于爱玛生（Emerson）所言。"人事之律"与物质之律之分别（见本志第十九期《白壁德之人文主义》篇第六页），吾前已屡引而申之矣。孔子常称其所爱之门徒曰："吾见其进也，未见其止也。"孔子所谓进者，乃遵守人事之律而进于德行，若彼十九世纪之人所谓进步者，则皆指物质之进步而已。彼辈不暇深思，以为物质进步，道德自必随之而俱进，而不知人性本为二元（善恶）。故此问题极为复杂。绝非如彼辈之所想象者。从物质之律而进步，则必具有高尚之目的，方可抵于文明。惟此，高尚之目的，须求之于物质之律之外，乃可得之耳。世人惟不知此理，故常见有自诩进步之人，而迹其所行，乃专务攫取权利、希望速成者，或谓此等人不自知其所往，惟求竭力前趋，愈行愈速，吁可怜已。

苟如此而名之曰进步、曰文明，则毋宁从卢梭之后，主张复返于野蛮獉狉之世为当也。卢梭谓野蛮胜于文明，实属持之有故，言之成理，盖以野蛮之世较多博爱之精神也。今夫博爱之精神，乃真正哲学即真正宗教之美满结果，幸而能得此，则凡百牺牲均宜在所弗恤。然吾常谓卢梭所言之博爱精神，实不过一种感情之幻梦，为此种幻梦者，其心理之谬误，至足惊骇。例如惠德曼(Whitman)者，美国人中私淑卢梭之最著者也，惠德曼即主四海之内皆兄弟之说，且谓凡人皆可效我之所为。"自由发言，抒其天性，直情径行，毫无顾忌(见其所著 *Song of Myself*)"。易言之，物与民胞，本为宗教之德，而惠德曼乃以放纵之欲当之，不其误耶。

吾常一再申明，如卢梭、惠德曼等所主张之博爱，与功利派所主张之进步，虽似背驰，而实为一体，盖皆自然主义之别支也，可统称之曰人道主义。十余年前，吾即力言此种运动，实有缺陷，而此缺陷乃正其根本致命之伤(见《近世法国批评大家》书第一八八页，一九一二年出版)，由是而生出诸多之谬误观念。今试举其最粗浅者言之，与庸子俗夫皆有关者，有销行甚广之杂志，名曰"电影杂志"，或于其中作为社论，痛斥人之动言"勿为某事"者，谓凡用"勿"字之人，皆消极破坏家，而皆好爽之创造行动之仇敌也。又举耶稣基督教人之言，"我至使汝等得生且盛(见约翰福音第十章第十节)"，谓必将"勿"字尽行屏绝，而后合于此言云云。噫嘻！类此之一轮，如使福德 Henry Ford(美国汽车大王)君闻之，必断为犹太种人之所为，以破坏吾种人之文明者。虽然昔之主此说者，若使达尔夫人(Mme de Stael)(见本志第十九期《白璧德之人文主义》第十四页)谓凡人性中之放纵者皆属神圣，彼固非犹太种人也，而实则此种放纵神圣之观念，在西洋之历史甚长，盖远起于古代新柏拉图派，并托于时政斯达尔夫人也。

要之，谓人若屏绝"勿"字不用，即可进于高尚圆满之精神生活，此实谬误。吾今者即拟与近世思潮中，此种谬误观念一为抗辩，吾书一出，必为人所訾议。以吾书乃专为否决权(否决权非仅指法律政治而言，乃指人性中不许人作某事之良心制裁也)作辩护故也。今世可谓无奇不有，彼最恶闻人言否决权之人，乃方自勉为道德家，提倡和平、博爱等义，而殊不知苟无否决权(即良心之制裁)，则诸种道德绝不能有也。故吾对于今世之主张放纵者，不得不持反对之说，毅然断言，人性之中，所以使人为人而可几于神圣者，厥惟一种意志，此种意志对于一人平日之思想言动，专图制止而当思阻抑之。此说并非新创，古昔圣保罗谓心神之法与四体之法，对立而常相争战（见《新约》使徒保罗致罗马人书第七章第十四及二十三名节），即指此也。就其大体言之，东方之宗教哲学，重意志而轻理智，谦卑之义，即谓人须尊崇一较高之意志（上帝）者，实由东方之耶教传入欧西。厥后耶教渐衰，而谦卑一义亦遂为西人所蔑弃，窃以各种高上之人生观，即皆首须承认意志之权力无上，非此不可。故吾于兹点决从耶教之说，而与西方古今之推崇理智或感情为首要者，立意相违。然吾虽注重高上之意志，谓其有抑制放纵之私欲之功，但吾力持人文主义，而不涉宗教，此又吾与耶教徒不同之处也。转言之，即吾不甚注重宗教中最高归宿者之深思玄想，而力求中节及合度之律，以施之于人事（是入世法非出世法）。且也，吾之人文主义，以实证即批评之方法得之，而非恪遵从古相传之礼教，吾之不遵奉外表形式之权威，而专倚身心切己之经验，正与彼自然派（即物性主义）学者无二致也。人性中属于物质之律之部分，亦不为少。彼科学家，用此实证批评之方法以研究物质之律，自当受人尊敬。惟若以物质之律，概括人性之全体，则谬误实甚，盖如此则不惟无外铄之道德（即身外之制裁）且并人切己，省察内心经验所得之事实而蔑弃之，不认有心神之法与四体之法之对峙而互争。诚若是，则所谓内心精神之生活已大半消亡矣，卡莱尔（Carlyle）所述法国大革命时卢梭学说与耶教教理之矛盾，实即功利、感情派之人道主义，与凡百坚持高上意志之学说之矛盾也。卡莱尔之言曰："噫嘻否否，罗君误矣，提倡博爱者，必当从古昔四大使从（马可、路加、马太、约翰）之教，促人悔悟，使每人各自消除其罪恶，以图自救。今不此之为，而乃妄从此新圣人卢梭之教，使众人同来，消除全世界之罪恶，而以一纸宪法之空文救之（即以自由平等友爱三义编入新宪法）。此真南辕北辙，谬以千里矣（见其所著《法国革命史》）。"

吾之不慊于彼不务修身、而专图改良社会者，以其蹈空而远于事实经验也。吾之攻诋功利及感情派也，自始至终，力求避免本质论（玄学）及神道学之虚说，而专倚心理学之分析，其证据确凿而繁多。由是以言，吾所倡之人文主义，不惟为实证的、批评的，且为个人的。窃谓今日世局转移升沉之枢纽，不在彼托名个人主义者与守旧派相争之胜败如何，亦不在彼托名个人主义者与兼爱派（救世派）相争之胜败如何，而在实现真正之个人主义者与彼托名之个人主义者相争之胜败如何耳。吾以为真正之个人主义者，必能坚守其内心生活之真理。诚如是，则虽尽反前古之成说，亦在所不顾者矣。

吾以批评即人文主义之方法，研究意志之问题及其与政治之关系。即今宜各述吾前此持之论，俾吾之意得以尽明。吾于《文学与美国大学教育》一书开卷之数章中，说明人文主义及人道主义之分别，奉行人道主义者又可分为二派：一曰功利派、二曰感情派。功利派又名培根派，感情派又名卢梭派，以此二人之生平及其著述，最足代表该二派之旨意故也，吾常一再申言，奉行人文主义者，注重个人内心之生活，奉行人道主义者，则图谋人类全体之福利与进步，而倡言"社会服务"二者之间，显然判分，今人不察，误以人文主义即人道主义之别名。于是种种之混淆纠葛，遂缘之而起云。

吾于《近世法国批评大家》一书中，更进一步，为精确之人文主义辩护。今夫人之高上意志及卑下意志之对峙（吾国先儒常言"以理制欲"，所谓理者，非理性或理智，而实为高上之意志，所谓欲者，即卑下之意志也）。虽为内心生活之根基，然所谓高上意志者，并非可以任其胡乱行事，而必遵从一定之标准。在昔之时，此标准可得之于古昔传来之礼教，例如耶教徒莫不遵从耶教之教理，稔知一己卑下之性行，应如何施以规律而矫正之。惟其然也，故每人之道德观念、道德行为，有定而如一，而凡守耶教之规训者，亦皆同此。然在今日奉行个人主义者，既将古昔礼教所定位人之标准完全破坏，欲另得新标准，须由自造，而惟赖乎批评之精神。故当其发轫之始，既困于哲学中最难之问题，即"一""多"之问题是也。盖世间事物，纷纭繁多，不可纪极，苟无一定之所在，为之归宿，则又何从取得标准，此乃显而易见者。《近世法国批评大家》一书之旨趣，即在研究一多之问题，并说明法国奉行个人主义者，如圣伯甫等人，均未能本进世批评之真精神，将此问题圆满解决也。十九世纪批评家之所致力从事者，可以"相对"之一字尽之，而今所苦者，个人瞬息万变之感觉。

万物常动不息之流变，固为不可掩之事实，苟无居中有定之判断力，以驾驭之，则人将堕迷惘，而文明终于败坏。诚以文明之保存，实有赖乎标准故也。吾于《新南阿空》（今译新拉奥孔）一书中，表明标准逐渐破坏以后，文学艺术之淆乱情形骤观之，一若此种情形，由于感情之淆乱，而深思细察，则其因甚远而为祸尤烈。盖感情所以淆乱，实由想象之淆乱所致耳，《卢梭与浪漫主义》一书，与《新南阿空》密相联贯，而于想象之问题，论究特详，今吾于此书（《民治与领袖》）则及吾所主张之人文主义之另一端，特注重人之意志而轻视理智，此吾异乎希腊罗马古学派之人文学者之处，且吾尤注重想象，视为最重要者。今夫人之放纵意志(即物性意志)与抑制意志(即人性意志)常相争战(前者即吾国先儒之所谓理,后者即其所谓欲)。苟不误从狄德罗(见本志第二十四期插画)之说,以此为“矫揉造作”。而确认此为吾人本来天性中经验之事实,则必共信此一义。其义维何,曰:“心坎中内乱战争(此狄德罗语)”。孰胜孰负,以想象之态度定之。转言之,人性之高上部分与卑下部分相斗,而想象实握其间胜负之机云尔,试一征之历史,即以近今欧洲大战为例,则知人类之行动决不遵从理性,而平心细察,必谓拿破仑之言千真万确。拿破仑曰“宰制世界者,想象也”,非理性也,特想象有各种之别,十九世纪之世界,为拿破仑好大喜功之想象所宰制,然其间固非无他途也。

或谓“想象”一字,意义分歧,随人乱用,言及想象,毫无是处,惟吾之用此字。则从其本来之义,试略溯其流变,英文想象(Imagination)一字出于拉丁文Imagination字。而此拉丁字则又出于希腊文“幻觉”Phantasia,意云“似若如此”。故“幻觉”者,谓视听臭味触之感觉。又谓储存此等感觉之功能,即记忆是也。希腊哲学常轻幻觉,而重实在,谓实在即心即理。斯多噶派尤力主推尊理性,谓理性宜居中固守,遇外来之感觉接于眼耳鼻舌身者,从严甄别,取其善者,其余一概拒而不纳云云。马克斯奥里留斯(今译马可·奥勒留)(Marcus Aurelius,罗马皇帝,在位之年为161—180年,又为哲学家,著有*Thoughts To Myself*一卷,以希腊文作成。)曰:“划除凡百浮动纷扰之幻觉而立返于寂静,此事殊非难也。”前乎此者,柏拉图亦言幻觉之为害,谓“人当皈依坚定之真理,而不为幻觉所颠簸所左右(原著见柏拉图语录*Cratyrus* 386 *e* 柏拉图为最能善用想象之哲学家,惟其想象之说殊不易明,兹不具述)”。以上皆重理性而轻想象者。然耶教教理则反是,耶教主谦卑,谓人凭己力,决不能获此真理,转言之,即谓感觉之迷惑,非理性所能控制也,例如巴斯喀尔(见本志第十九期《白壁德之人文主义篇》第八页)亦言想象之为害,与斯多噶派同,其所谓想象,亦即希腊文之幻觉之意。惟巴斯喀尔则理性而痛斥之,以为想象固为“错误之母”,理性亦软弱无力,二者均不可恃,所可恃者惟“心”;“心”者乃高上意志之发扬,而藉上帝之恩典(Grace)之力者也。内心之觉悟,固有赖乎外来之启示(指上帝之恩典)也,两者并得,然后可得坚定之真理与实在。由巴斯喀尔之说,则想象于人毫无裨益,内心之生活及外来之启示,皆不借助于想象也,谓想象所得与实在之间,判若鸿沟,不容相混。此又巴斯喀尔与柏拉图相同之处也,然由心理学上精密论之,真幻之间,实无分别,尤柏尔(见本志第十九期《白璧德之人文主义》第十五页)曰“幻乃真之一部”,幻即真也,此言近是,谓真幻无别,则耶教之教条必为破坏。然标准犹可取得也,至于想象之第二意义,亦极重要。西方作者之用此字,多从斯义,其义维何,曰想象者非内心及外官之感觉,而为思想之所及者也。按在英国古时,“其思异想”一字(Conceit)并无恶意,且与想象一字同义。其后乃释为虚空之想象,其变迁之迹,兹不及述,惟究“思想”Conceive一字之原义,为集合诸多之事务,而观其相同相类之处,以变芜杂为整齐,辜律己 Coleridge 训想象为统一诸物之力,于其所著书中(见 *Biographia Literaria*)解释甚详,其所言均以想象为思想之意也。至释想象为感觉者,则有如阿狄生在“旁观报”(The Spectator)中之论文,是阿狄生拘于希腊字之原意,谓想象也者,不仅为外来之感觉,且即视觉之别名耳。

想象既兼有思想既感觉之二义,则想象之问题,与一多之问题及标准之问题,必有密切之关系,此不待言。盖若人生毫无一定常住之处,以为量度事物变迁之具,则又安从得精密之标准耶。“幻乃真之一部(即谓真中有幻,此尤柏尔之言,见上)”固也,然不能遂谓凡想象所得之一定不变者皆虚幻也,或且可强为之说曰。今于真幻之问题径置不论,亦可取得标准,而遇寻常之人,观其幻想与解脱之性质,即可知其为人之如何矣。虽然绝对之一定与实在虽终不可寻获,绝对之问题虽为玄学之幻梦,然犹可本经验,察看某种人生观之是否合于物性,而可断定其为真与否也。薛乃修(Synesius,希腊哲学家,卒于纪元后四三〇年,为 Ptolemais 之主教,详见 Kingeley 所著小说 Hypatia 一书)谓上帝与人藉想象而交通,所可憾者,魔鬼与人之交通亦藉想象(意谓想象之力,可以導人为善,亦可诱人为恶),故不能凭想象以定交通之为益为损也。欲定所想象者之善恶高下,但凭(一)感觉及(二)思想之力,尚不足而有赖于(三)判别之力,吾亦知人之心性未可勉强划分,然为思想之故,不得不如此,吾今分之为三,其于实用,当甚有裨也。

吾甚重观人心中之判别力,非谓其虚空判别,乃谓其就经验所得之真实材料而从事耳,吾之简意准括言之如下:人生却有价值之事为对于事物之一种精约之工夫,既能想象又能判别惟彼世间事物。

其数之多无限,且有精粗高下之殊,不可不辨,今夫物质进步与道德进步,不惟不必同时并进,且二者常互不相信,其故即在于此,近世物质之得以进步,由于世专就物性之律之事实,强用其精约之工夫。然人之精力有限,既用功于此,遂荒于彼,物质日以进步,而世人于人事之律之事实,遂日增玩忽,其结果乃致精神之迷惘，亦可谓应得之果报与自造之罪孽。关于欧洲大战及晚近西方社会日增月盛之诸种现象，即可略知此果报之严，罪孽之巨为如何矣。

虽然，彼之主张进步之说者，固不愿永认其精神之迷惘，此曾自不待言，彼等既破坏古昔相传之标准及可道德之常经，乃令创统一生活之新法，以补其缺，其所创之新法，颇见想象之丰富，然多与实在相违。此类统一人群之新法，尤以所谓浪漫运动中造成者为多。彼浪漫之领袖，专务尊崇创造之想象力，而于判别力则摧毁无遗，此层实关系重大，盖此种创造之想象力，并未经物质之律即人事自律之训练陶冶，而常如杨氏（Edward Young，1681—1765，英国诗人兼文人，所著书以 *Conjectures on Original Composition* 为最重要）所言“恣情游荡于梦幻之国”。人苟有专骛此种创造之想象力者，则必堕于空虚之妄想或无聊之醉梦，虚空之妄想固为生人之病根。然在今为尤甚，其病深于往昔，后世回视今日，必曰：二十世纪初年之人何其虚妄若此，动辄出其毫未试验之幻思，而被以“理想”之美名云云。今世之人，常自诩为高尚之“理想”家，而一经措之实事，则立见其为梦呓之人。徒足偾事，若此类者，实繁有徒矣。

想象虽足宰制人类，幻想则幸无此力量。今夫幻想之辈与远识之人截然不同，若论及领袖资格，则此分别尤为重要。吾所亟欲申明者，即领袖有善恶之分，而一国一君必常有其领袖，苟民主政治之国而不认有领袖，则民主政治将为文明之大害矣，至谓投票所得之多数，足以代表“人民之公意（此卢梭所造之名）”而可据此行政，不用领袖，此说尤为谬妄。要之，观其终始，则民主政治之成败，视其领袖之资格而定，于他种政治同，而领袖之资格，尤在其识见之如何。领袖皆无远识，固足亡国破家，而若其识见谬妄，则祸至尤速。窃尝以今世之大患，不在人之无识，而在于其识见之谬妄。转言之，即今日之所当忧者，尚非彼明目张胆之物质主义，而实为谬妄虚空之精神学说也。

以幻想之人，而攘窃卓识之名，如此者在近世当推卢梭为巨擘。卢梭以返乎自然召人，而其所得自然者幻想而已。以此幻想，遂令世人不以良心之制裁、高上之意志、管理自身而以放纵之感情代之。思想界经此变迁，博爱主义遂盛行。然按之实际，但事服从放纵虚妄之感情，其结果并不成为博爱主义，而为一种衰败之帝国主义。吾此书屡用帝国主义之一名词，而其义则较英国美国之人所常用者为宽泛。吾之意，盖因凡百帝国主义之根源，皆由人心中争权夺利之一念，可谓为个人之帝国主义。博格森曰：“帝国主义生于人之大欲，故不特为一国家一民族之事，而亦个人灵魂中之事也。”（见其为塞里尔

Seillière 之 *Balzac et la morale romantique* 一书所作叙言）此说吾颇赞同。虽然博格森主张行动之经历（elan vital），则实祖述卢梭之说，顾其间亦有不同处，而博格森之说实较卢梭为胜，何则？惟制止之经历（frein vita）足以产生博爱，博格森固已明言行动之精力，非博爱主义之根源，而实为帝国主义之所寄托也。由博格森之说，则世界中成功而操胜算者，非彼精神和善纯良之辈，而为行动之精力（即大欲）最强之人。噫嘻，今博格森之说方奉行宇内，无怪乎贩夫走卒皆羡慕“有魄力”“发狠心”之人。其故可以深长思矣（[按]白璧德与博格森所观察者相同，惟白璧德则谓人宜用其制止之精力以进于道德，博格森谓人宜用其行动之精力而攘取权利。从白璧德之说，则人皆相亲相让而世可治，从博格森之说，则人皆相仇相杀而世益乱矣。此其立说之不同也）。

由卢梭以至博格森，皆专务尊崇人性中之大欲，其结果惟产生帝国主义，吾名此帝国主义为“衰败”之故。请略释之。今夫“帝国主义”一字，即不假借用之于心理学，而惟用之于政治亦易涉含混。诚以帝国主义本有各种之不同，例如古罗马人所以能雄飞宇内、宰制世界者，由于其帝国主义。而其后者乃憔悴呻吟、慑伏于暴君虐政之下者，亦由于帝国主义。此二种帝国主义之不同，彰彰明甚。顾其要由盛而衰，先后蜕变之迹，亦可寻绎出之。罗马之盛衰关头，乃在其战胜迦太基至顷。执国政者，志骄意满，以为大功告成。从此无复强敌外患之足惧（[按]左传鄢陵之战，范文子力主不战，曰盍释楚以为惧乎云云，正即此意，史迹因果，亦可并观也），于内政即个人立身行事，乃始逐渐蔑弃古来礼教法律之拘束，而惟从己意，孟德斯鸠曰：其结果“人欲大张（见所著《罗马盛衰史论》）”，奢侈之风日甚，古今言之者多矣。尤温纳（Juvenal，60—140 A. D.）曰：“奢侈之毒，中于国人，其祸之烈，远过敌人坚甲利兵。以若天遗其来罗马，以为世中之灭国绝世复仇者。”然其祸有较奢侈为尤烈者，则罗马国中执政率群之人，一变而专谋一身一家，集一党一族之私利，阴狠无忌是也。此种新精神，足以破坏罗马之宪法。其结果，不惟对属国降人残暴寡恩，且内战频仍，自相屠戮，尤为惨酷。西塞罗已痛乎言之。原夫罗马人之衰败如此之速者，岂以其人善用制止之精力哉，毋亦其缺乏之故耳。窃谓若欲除治此等暴乱之个人主义者，非可赖彼恪遵古来礼教之人，而须觉先能自制其豪纵攘夺之欲之人，举为真正之领袖，方可倚恃也。罗马之衰亡，由其国中类此真正领袖之人数过少。吾美国人现今所处之难关与昔时罗马人之难关，正相类似。盖吾国国势方盛，如日中天，而国人则兢灭弃古昔礼法之标准，脱离向日之束缚，而奢侈自恣之风因之骤盛。凡百均暂置不论,而惟求一己之快乐"舒服",即商业之赢利,如此之人,在今美国,比昔之罗马当更多也。奢侈之风固足忧,然尚不如寡廉鲜耻,毫无道德之领袖,结党操纵政治之可忧。此辈专为一群私人谋得钱财利益,而使全国之人受其害(接近今美国之海军受贿煤油合同各案,均其事之极显著者,而足为此处所言之证),在今言者或不为过甚,然使长此不变,每况愈下,则吾国宪法所许之自由,必将毁灭无遗。而衰败之帝国主义,必代之而起,可预卜也。反复细思,古昔罗马即现今美国之局势,则益信政治之帝国主义,其根源实在个人心理之帝国主义。转言之,诚欲根本从事,则当舍政局中争权夺利至表面形迹之事,而专于个人之内心精神用功夫矣(所谓由正心诚意,以达治国平天下之目的是也)。

今请更以吾所持论与近今欧洲之二作者比较,以使吾所论卢梭运动与帝国主义之关系愈益阐明。二人者,一为德人斯宾格勒(Oswald Spengler),二为法人塞里尔(Ernest Seillière)是也。斯宾格勒在其最重要之著作《西土沉沦论》Der Untergang des Abendlandes(*The Downfall of the Occident*,凡二卷。一九一九至一九二二年出版)一书中,声言西方世界级欧洲文化,自卢梭提倡返乎自然之说以来,即一往直前,迅速进步终必止于衰败之帝国主义而后已。今日吾人所处之局势,业已为由盛而衰,将来之祸患覆亡,必难悻免也。斯宾格勒又于其书上卷之附录中,列表以示预计西历二千年时西方衰败之状况([按]斯氏之书甚关重要,而吾国人曾鲜论及之者,惟本志第二十二期李思纯君《论文化》篇第五页曾略述之,可参阅)。窃以斯氏之书,实为一种历史哲学,而其立论殊狂悖,盖人类高上之意志,吾所视为极重要者,斯氏则一概抹杀,故斯氏与吾立说纵有依稀相似之处,而实则思想极端相反,不容相提并论也。吾于各种历史哲学,皆甚不赞许。旧者如圣奥古斯丁(著有 *The City of God* 等书)及卜苏爱(*Bossuet*,1627—1704,法国宗教家历史家兼文人,所著以《世界史论》《耶稣新教各派并同史》等为最要)等,视人为上帝之傀儡;新者(如卢梭等)则视人为自然之傀儡;二者固同一误也,自吾观之,《西土沉沦论》一书,实为十九世纪自然主义各种谬说之总汇。此类谬说皆以悲观之命运主义为归宿,命运主义实足致西土之"沉沦"者。而斯氏之书即不脱命运主义之范围也,故吾意斯宾格勒天才虽富,然终不免浮夸之徒。其书在德国销行极畅,固足见其影响之巨,然其殊可忧而不足喜也。

若论塞里尔君,则与斯宾格勒迥异。塞君所著书约二十种(其最要者如下:《民治之帝国主义》[*L Imperialisme democratique*],1970;《浪漫之恶疾》[*Le Mal romantique*],1908;《帝国主义哲学入门》[Introduction a la philosophie de I'imperialisme],1911;《近世民治精神之隐患》[Le peril mystique dans I'inspiration des democraties moderns],1918;《巴尔扎克与浪漫道德》[Balzac et la morale romantique],1922;《合理之社会主义》[Vers le socialism rationnel],1928;末举之书最为重要,以塞里尔之学说悉该括于此中也。法国人评论塞里尔之书,以 R Gillouin 所著 *Unenouvelle philospie de I'bistoire moderne*,1921,为最佳,又当代法国文士七十二人合撰之 *La Penaee a Ernest Seillieie* 一书,亦可读),其中历叙卢梭对于十九世纪文学及生活之影响,甚见心思精细,塞君谓为卢梭影响实造成一种反理性之帝国主义,故在消极方面(即论前人之失),塞君研究所得,与吾之持论颇相合,然在积极建设方面(即自己之主张前者如医之脉案,后者如药方),则塞君与吾之主张截然判分。塞君所拟以救反理性之帝国主义之失者,乃一种合理性之帝国主义,谓"个人宜互相团结,造成社会之军队,以图进攻而取得权利(见其所著《巴尔扎克与浪漫道德》第四十二页)",其言如此,则塞君之见解,似承霍布士及十九世纪英国乐利派之遗绪,而远祖麦克韦里(今译马基雅维利)(Machiarelli,1469—1627,意大利政治家兼文人所著以 *II Principe* 为最重要)。塞君谓与反理性之帝国主义相反者,乃合理性之帝国主义,如水之与火药之与症,而吾则谓与帝国主义相反者,厥惟人之高上意志,不主攫取权利而自恣也。又塞君视斯多噶派与耶教之道德无别,可以兼取并收,吾则谓二者截然不同,终必互不相容。吾以为古今斯多噶派之说,率皆谬误而不能实行,而真正之耶教,其中实含至理。在昔(罗马亡后蛮族侵入之时)已尝拯救文明,免其绝灭覆亡,苟能用之得法,耶教当不难再来拯救文明于今日也。

吾所用之方法,或恐为人误会,请得于兹开卷之始,略为解释,吾以前所著各书(《近世法国批评大家》一书不尽然)及此书中,皆未尝统括某某作者之生平著作而平均论断。盖吾之意不在此也,尤未尝统括某某时代(例如十九世纪)之政教风俗而平均论断,昔巴克(Burke)谓判定一国家一民族之功罪,殊难苦欲判定一世纪一时代之功罪,恐尤不易也。吾所攻诋者,非十九世纪之全体而仅其属于自然主义之部分,文艺复兴时代以还,即有各种潮流,为十九世纪之自然主义造其端,而十九世纪之自然主义亦延续至二十世纪而未已,凡此固皆在吾题之范围内者也。总之,吾但取自然主义,原始要终而论究之,乃评者每有讥吾之态度为(一)一偏、(二)消极、(三)极端者,请得一一解答之。

(一)谓吾之评论自然主义为一偏,评者亦自持之有故,虽然,吾仍未失人文主义本旨,何则?人性之一部分(即高上之意志,制止之精力),彼自然派之人,全然弃置不道,故吾不得不郑重反复言之,吾之不平,正所以求其平也。且也,彼自然派之人所忽略者,并非人类经验之边幅末节,而为中极最扼要之部分,吾又安能无言哉。十九世纪以来,以自然派之努力,物质文明异常进步,使世人生活之边幅末节,极为斗富完美,此其功故不可没,吾决不欲菲薄之。惟吾谓生活边幅末节,虽丰富而中枢败坏,则实属得不偿失耳。吾难攻诋自然派重要之缺陷,然吾力主用实验之法,则固与自然派为同道也。吾初不为空论,但就实事,推寻自然派之缺陷实在结果,列举千百之例证以实吾说,读者见吾之例证繁多,而无暇就一作者一时代、为平均综合之论断,因之遂有疑吾为一偏者耳。

(二)至谓吾为消极,则吾前已申明,人性中为自然派所忽略之部分,其功用正在消极之制止也,人苟不从物欲行事,而能听内心之告戒(即高上之意志,制止之精力),则必能养成品德而享受幸福。世间最积极之事,固未有如品德与幸福者也。嗟乎!此诚人生之奇幻已。如因此而指吾为消极,则吾亦不欲置辩,但若其故不在此,则须略为解释。自十九世纪初年以来,盛行于世之文学批评,"不事指摘缺失,而专图表彰美善(即不言其短,但著其长。按此句出伟士立 Hazlitt 文集)",今吾则反其道而行,或谓近世空浮谀颂之行事,固须施以严正之批评。然吾之讥斥,未免过甚。盖吾常指出著名人物之种种缺失,而毫不及其长处也,人以吾为苛刻。固吾所深憾,然深知吾意者,必吾之方法为误也。

(三)吾奉行人文主义,而人文主义首重节制,故讥吾为极端者,其伤吾也实甚,然而节制之义,论者纷纭。今夫人能斟酌调处一普通原理与实际生活之万千变化之间,而得其中道者,可以谓之有节制之人。然善能为此之人,必具和雅之德,和雅为最贵之德,而亦甚易假冒混充者。今有人于此,智识道德均未充,处两难之间,未知孰从为是,则曰"各取其半",以求均平(所谓执中无权,犹执一也)。然其所取者不必皆是,或一是一非,或二者皆非,则又安能为之解。故凡人于折衷之先须将是非辨明,否则将如彼英国政治家某氏,世称其模棱两可,终身常在是与非之间局促行事(可于苏味道相提并论),又何足取焉?巴斯喀尔所攻斥之诡辩家,即以其托名中立,见死不救,而自诩为无罪也。但丁书中叙万千中立不倚之人，均以既不助上帝，又不助魔鬼，并未所弃，而堕入地狱，凡此皆托名中立和雅，而实咎有应得也。要之，人文学者与模棱之乡愿，极不易辨别，如伊拉斯马斯（Erasmus 与路德同时，学问即博，主张和平改革，而不赞成宗教革命）对于其时之激烈暴动派，态度至为和雅庄重，至足钦佩，而马丁路德乃诋伊氏谓不热心宗教之乡愿。噫嘻，难哉。

总之，吾此书所争论之问题道理，均极关重要，而不容有折衷退让之余地。人有注重一己内心之生活者，亦有注重他事，如进步及社会服务者，此二种之人，根本宗旨不合，其间决不能调和。故吾所论者，非奉行人道主义者须有节制，而直谓人不当遵从人道主义也。综上所云，吾敢毅然直言，今世生活之原理，根本错，转言之，即今人实为不良之领袖所误，走入歧途，及今苟非有领袖辈出，认明内心生活之要理，指斥自然主义之缺谬，则西方之文明将有不能保存之惧矣。今夫内心生活之真理，或赖宗教而成立，或藉人文主义而宣示，二法并行之于古昔，结果均大有裨于人类之品德行事，惟吾遍察今日所流行之各派哲学，其中毫无内心生活之真理，足为人类之滋养，乃不得不转而求之于古贤，岂敢薄当世哉。

路易斯论治术*

吴 宓 述

英国文学批评家兼小说家温丹穆·路易斯(Wyndham Lewis)于一九二六年著一书,曰《治术》(*The Art of Being Ruled*),系 Harpers 书店出版,伦敦 Chatto & Windus 书店代售,定价十八先令。又于一九二七年著一书,曰《西人与时间之观念》(*Time and Western Man*),伦敦 Chatte & Windus 书店出版,定价二十一先令。(路易斯尚著有小说 *The Wild Body* 及关于莎士比亚之研究,及 *The Lion and the Fox* 等,兹暂不论及。)二书体大思精,论究近今西洋之政治社会生活及哲学思想,综括各种事象道理,而为精密深刻之分析,独具慧眼,言人之所不能言,所不敢言。故其书出,震动一时,评议纷起,立成为当世最重要之著作。顾吾国人知之者尚鲜,吾国人今欲改良百度,举措得宜,则不可不多读书。对于西洋,亦应知古知今。而欲通知现今之西洋,则非仅恃翻阅供人消遣娱乐之杂志,或搜集专门事项之统计报告章程等所可奏功,必当多读深思密察见解精到论究社会生活政治文化之根本精神之书,如兹所举者是。盖吾国人于西洋之历史能详知者已不多,而近顷西洋思想生活之变化尤速且骤,十年之间,全异故辙,苟不精详考察,但以昔视今,则有时在国内盛炫以为新奇佳妙者,在西洋已成过去而历经修正改良矣。今国人喜以时代之落伍者及思想陈腐讥人,且倡言打倒,然究之孰为时代之不落伍者,及何种思想

---

* 辑自《学衡》1931 年 3 月第 74 期。

乃非陈腐，则当审辨。吾人愚见以为多读精要之书籍，力求广博之知识，实为今日吾国人士之第一要务。而若路易斯所著二书，则断乎在应读之列也。

路易斯之第一书《治术》分析近今西洋政治社会之组织，其第二书《西人与时间之观念》则论究现今流行之哲学及思想。二书互相关连，而其所用之方法亦相同，即搜集目前所见之各种事物现象，而究其实在之意义，终乃以一贯之原理解释之。此种方法之长处，在能使纷纭淆杂之事象顿成明晰，其间有理路可寻，关系可求，而提要钩去，从大处着眼，于是思想潮流之真正趋势，时代之大症结，各种问题解决之要着，均由是获得焉。此种方法之短处，在其结论终不免偏于武断，而人事过繁，世界甚大，今来归纳综合，以一种公式一种原理，解释一切涵盖一切，实属勉强。即使大处不误，亦多削足适履之嫌。况若强词夺理而为之，则由任何之一点立说，皆可解释全世之事象，乌见其必有当耶。是故此种方法，利弊维均，而一书之价值，终系乎作者之知识与辨析工夫为如何。今路易斯之二书，吾人认为大体不误，堪资启发，以下不更着吾人之意见，但撮述二书之内容，待读者自下评判可耳，本篇述《治术》，余一书于次篇述之。

《治术》一书之内容，略谓政治之基础在于威权，威权与自由实相维相辅。以统治者具有威权，乃能保障被治者相当之自由。（此所谓统治被治，与君主民主政体无关，民主政府亦系统治者也。）昔之政治，以个人为本位，而注重人格之观念。即统治者之才德威望，被治者之祸福苦乐权利义务，为政治设施之标准也。迨十八世纪中卢梭等人以其学说倡，而政治之根本观念大变，积渐以成今日之现象。盖自科学发达，人多梦想未来之黄金世界，谓进步为可期，以变革为能事，故自十八世纪以迄今日，政治之根本观念为“革命”。在此革命政治观念之下，个人废，人格灭，而以虚空之人类全体奉为标帜。人道博爱平等之说盛倡，而权利义务之界限渐不分明。盖所谓全体人类者，本为空洞模糊之物，徒存诸想象中而已。今乃奉为偶像而尊祀之，其实在之结果，徒使每一个人成为不足重轻，其才德功业受种种限制摧抑。充平等之说，将使人类日趋于下，以求彼此相同；而威权之说，统治之道，无人敢言矣。昔人崇拜英雄，崇拜伟人，以才德超群为尚；今人则耻为英雄，不敢为伟人，以才德资望不出于众为荣。昔人勉为“大人”，今人求为“小人”，为大人纵或有功于社会及文明，而其事实苦。为小人则虽只谋一己之利益及舒适，而其事固乐。故今日可谓为小人时代。普通人皆愿为小人，实则皆藏身众中以图其私利，愿为被治者而不愿为统治之人。即有具功名野心，愿为伟人或领袖者，亦力自掩饰。矫袭小人之言谈衣饰动作，貌若不屑，而暗地行事，无取明目张胆、开诚布公，愿自负责任而为真正之伟人领袖者。此统治之术之所以不能讲，而世局之久乱也。

此种崇拜“小人”之心理，实普及于一般社会，而于各种风俗习尚衣饰中均可表现之。兹但举一例，今人因崇拜小人，故进而崇拜小儿，学为幼稚。文学中则歌颂小儿之天真，教育中则注重小儿之自由。如斯坦因女士(Gertrude Stein)之流，其作诗作文，则故仿效小儿谈话呢喃其词而意思断续迂回不清之神态及语法，以此享大名。又如新式妇女，剪发作男装，实则仿效小儿之装束，常见年逾四十之妇人，亦作十四五岁少女之妆扮。又如电影中贾波林(Charlie Chaplin)之受世人如此欢迎，亦以其身体短小，形貌本类小儿，而又扮演诙谐激闹之事，无知顽童之行为，适合于众人之心理耳。此外凡事亦皆以小为尚云。

革命心理与崇拜“小人”之心理合而为一，其结果乃引起社会中之各种斗争。众人不究心于统治之术，谋各个人与全体之幸福，而但无的放矢，呼号扰攘，为各部分各阶级各团体各党派间之纷争，久而不息，此诚世事之大可哀者也。盖世人常以为强者肆威，弱者受欺，于是竞起推倒威权，援助弱者，而社会遂因之基础摇动而秩序紊乱。就事论事，亦尽非弱者之利焉。于是(1)有种与种之争、(2)有国与国之争、此不必论矣，(3)有阶级斗争，不但为劳工与资本家之争，不但为贫与富之争，且为无产阶级之争。其争无极，其乱弥甚。甚至(4)家庭中且有男女之争，即所谓妇女运动是也。妇女运动亦为今世政治现象之一部。盖男女性本不同，男大女小，男强女弱，男以力，女以美，男主智，女主情。在家庭政治中，男夙为统治者而女为被治者。近今潮流所向，妇女运动自不可免。男女夫妇之间，成为敌国。其实妇女运动倡自男子，其始也，一部分男子，本恋爱崇拜之心，以义侠公正为尚，遂起而倡导女权。迨其后相争既烈，男固苦而女亦不乐。或谓男女间之自然关系有非此运动所可破坏者。彼美丽可爱之女子，必常受男子之亲依崇拜，不知世有所谓妇女运动。彼热心妇女运动者，盖皆婚姻不得意，或欲嫁不能，或本身不适于配偶之竞争者也。今以妇女运动之结果，视男子若仇雠，以不嫁为主义，于是男女之关系益漓，而异日不得配偶之女子将较今更多。统计报告，实为可警。此种运动，奖励之而利用之者，实大有人在。彼资本家之阴险者，由是可得女工女员，所需薪金佣值较男工为少，故以金钱津贴报馆而鼓吹此举。正犹美国资本家之赞成禁酒，乃望其工厂中之工人每日作事较多，获利较丰，故宁甘以汽车香烟酬奖不饮酒之工人,而实则利用之也。世事复杂,未可以其浮表妄为推断,此其一例耳。总之,即使无妇女运动,而以近世生活之急迫,人事之繁忙,工业制度之推广,男女夫妇之间,亦不得不常相分离,各自作事,决不能再如昔日之朝夕聚处,煦沫偎依,喁喁情话。妇女运动徒为之推波助澜,益使男女分,爱情衰,家庭破,而大多数之妇女反以自苦耳。社会中其他斗争皆有类是者。斗争决非改良社会增进幸福之正道,而斗争之所以日多者,则革命哲学与崇拜小人心理为之也。

此外又有(5)打倒知识阶级之运动,以彼有智识之人士在昔亦为威权之所寄也。然而真有智识之人士,必崇尚真理而坚持思想自由,自言其所见,不畏不怯,不媚世,不苟同。故最不宜于结党,三五友朋,犹难合为实际之团体,况阶级耶。故世间本无所谓知识阶级,倡言打倒,实属多事。然而有知识之人士允宜受社会之崇拜而不当受其鄙夷。彼有知识之人士亦当自爱自尊,而不必学为乡愿,强谓人曰"我并无智识",是自放弃其权利与责任也。

由上所言,欲促世界之改良,谋人群之福利,今社会中之各种斗争运动实属南辕北辙,而欲图良善政治之实现,则首当树立威权之观念,有威权乃有政治,藉威权以得自由,而此威权必寄托于一国中智识最高之人士,使为实际上之统治者。(作者此处所言,乃一极平正之理想,类乎昔之所谓贤人政治,至若意大利法西斯党,以一党专政,又非皆才德优秀之人,决非作者所主张者,读者幸明辨之。)昔 Sorel 著书,谓凡革命皆为思想革命,又谓凡革命皆有二时期,在其前期,则有种种激烈之动作及改革一切骚乱,至其次期,则众心厌倦,但望安居乐业,而革命领袖亦自知一偏主张之不可行,过度希望之不能达,于是尽弃之,转而为实事求是之政治,按部就班之改革,见解迥异于前,而结果乃或胜之云云。今者世界之革命时代亦已长且久矣。思想转变,此其枢机,勿更忻慕小人,勿更蔑视威权,认明政治之真诣,而尊崇各种价值,则世界之前途庶有豸乎。

以上撮述《治术》一书之内容,未必切当,读者可取观原书,又路易斯君自言,此二书分析欧西社会生活思想,仅系叙述现状,譬犹医生之脉案,尚非药方,至其一己之信仰及主张,应俟另著专书,详为论列云。(书中屡引《庄子·齐物论》,而以庄子写作 Kwnng Tze,亦一小疵也。)

正　　政*

柳诒徵

满清之季，竞言变法，民国肇造，侈陈法制。一若瘠民窳国，皆法之咎，一旦袭人之法，则百废立举者，十稔以来，厥效可睹。昔之抄法政讲义、讲宪法条文者，今多缄口结舌，不复张法制万能之论。骛新嗜异之士，则又转其耳目，欲取法于苏俄，犹之久病求医，百药罔效，但闻奇方，无不思服。不知人之患病，体气各殊，原因互异，寒暑燥湿，初不相同。闻滋养而试参芩，见攻伐而投硝附，不问病情如何，但曰时行之症宜尔，则其为医，有死而已，无生途也。中国之病，自有中国之病源，求之他国，必无一同，号称救国者，率不肯细究病源，求其切合于此病之药，第曰某方某药，某也常服，某也立愈，而不知病与药之不相关也。哀哉！

欲问中国之病，第一须先知中国乃数千年君主专制之国，而其试行民主制度也，甫十四年。故大多数人民之心理，绝无民主国家主人翁之思想，而惟以服从官吏之命令为惟一之天职。以服从官吏命令之心习之深，故上焉者则争欲自为官吏，次焉者则罔不喜接近官吏，又次者则惟接近官吏者之言论思想是从，其现象虽殊，其原则一也。往事不必论，即以最近沪案言之，此纯出于民众运动，与政治不相涉也。然究其所以风动全国，则以政府军阀与学生合作之故。征之各国工潮，皆由工党自动，从而赞助者，非提倡社会主义之学者，即反

---

* 辑自《学衡》1925 年 8 月第 44 期。

对资本阶级之畸人,未有政府接济劳工,疆吏慨捐巨款者也。然亦以吾国有此创举,而一般不敢排外不知爱国之人,亦詟服于此次之权威,不复张其异论。由此可知吾国虽曰民国,实则官国。官所可者,民乃可之;官所否者,民必否之。凡民所为,罔非官吏所造成。即辛亥革命一举,亦以袁世凯、段祺瑞、冯国璋、唐绍仪等,皆清室之大官,赞成共和,始勉强为此悬牛头卖马脯之民国。使徒恃孙文、黄兴辈之平民,鼓吹铺张,不能成为事实也。生为政府所通缉,则群詈孙文如狗彘,死为政府所褒崇,则群尊孙文若帝天,一人也而前后异辙,何哉?视政府视官吏之趋向耳。

第二则宜知中国者幅员极广,民族极杂,而又迭经蒙古满洲之蹂躏,习于苟且放任,久已无所谓政治也。幅员广则号令有所不行,民族杂则制度复不能一。故宋明之政,已不能及汉唐,元清之政,复不能及宋明。究其所谓行政,但求主权在我,而凡切于民事者,一切可任其苟偷,重用无耻之官僚,养成腐败之习惯,而异族之君主,乃可操纵压制,而无所忌惮。迨于今日,虽曰还我主权,然其习俗已深,凡汉人之曾为官吏,及能夤缘官吏而新跻于民国之官吏之地位者,亦惟敷衍圆滑是崇,问其职名,与满清异矣,问其俸给,与满清异矣,问其考成,与满清异矣,而等因奉此咨移遵核之例,无以异也。不问良心,不负责任,但知保全禄位,进之把持地盘,与满清不惟无以异,且加甚焉。故自满清以至民国,所谓万恶渊薮者无他,官吏也。凡士农工商循分守职之人所不能为、不敢为者,官吏能为之、敢为之;凡流氓地痞倡优盗贼犯法无耻之事,世所斥为不应为、不可为者,一行之于官吏社会。则无识之徒,不惟不斥其不应为、不可为为,且认官吏所应为、官吏所可为。有反对之者,众且目笑之、腹诽之,以为此等迂腐之论,久已不可行于今日矣,否则疑其别有作用,或觊觎官吏而不得,或敲诈官吏而不能,乃作此无聊之议论耳。循是之故,官吏腐败,而准官吏亦腐败,凡议会、学校、局所、机关、一染官气,无不腐败。此吾所为叹息、痛恨于中国之病根在无政治也。

观第一病源,则欲改造今日中国国民,非以政府及官吏之力不可。观第二病源,则欲改造今日中国,非先改造政府官吏,使知如何始可曰政治不可。吾亦知立国之道,必从平民之道德知识着手,犹之造屋而无基础,即令轮奂辉皇,仍不免有栋折榱崩之惧。然民德民智何由增进,则政治实为之梯阶,合千百有智识有道德之平民,鼓吹倡导之而不足,用一二无智识无道德之官吏,则败坏摧残之而有余。此非独一二人之咎,实此数万万人服从官吏之病根之深之咎,欲求速效而不可得者也。今之论者，不察病源，亦不求对症之药，吾窥其隐，盖有二故：一则讲求政治道德，改造官吏，其说平易迂腐而无奇，不足以耸动一时之耳目；一则认定官吏之坏，无可救药，诛之不可胜诛，无宁别出奇计，使之根本推翻，而不喻其设想之皆左也。夫满清之与民国，制度迥殊，而官吏之坏，曾未少变而且加甚。则由往事以测未来，纵令尽变今制，一切易为执行委员，其为腐败，必亦无异于今日。故变者其名，不变者其实。此无异于狙公赋芧朝三暮四之术，苟从其实而变之，则万事始可迎刃而解耳。

变实之法若何？曰：吾国古先圣哲，自有大药良方。惜时人厌其陈旧，不肯服用耳。《论语》曰："政者正也。子帅以正，孰敢不正。"《中庸》曰："人道敏政，为政在人。取人以身，修身以道，修道以仁。"《管子》曰："凡牧民者，欲民之正也。欲民之正，则微邪不可不禁也。微邪者，大邪之所生也。微邪不禁，而求大邪之无伤国，不可得也。"政治之原理，在以正人正不正之人。聚群不正之人而使之行政，国不乱何待？腹心枝体，痞积牢固，猥曰："吾治其皮肤，吾针其甲爪，或熏以芳泽，或袭以罗纫。"要为不知本耳。

满清之弊，在拘牵，在敷衍，然尚未知利用。民国以来，智术进步，举国之人，惟利用是尚，而政治于是大敝。中央利用疆吏，政府利用议员，地方官利用绅士，其风始于袁世凯，继之者每况愈下焉。夫以智术弄人，人孰不知？以矛陷盾，教猱升木。造端虽微，效乃至巨。故甲以某事利用乙者，乙明知而故为甲用，寻即以某事而利用甲，甲不得已而为乙用，则又加以交换之条件，使乙受其束缚，至某时期不得不为所用焉，展转循环，覆辙相踵。行者以为大智，而不知其实大愚。盖以某事不得已而利用某人者，皆一时苟且之计。一时苟且，虽获胜算，而其祸已伏于胜利之时。纵令行之者之本身不受其害，而祸之中于全国，乃至无穷。今日中国之分裂扰攘，非袁世凯利用疆吏之结果乎？今日政客之纵横恣肆，非袁世凯利用议员之遗毒乎？究其所得，他人固受祸无既，即袁氏亦复如何？于此最短时间，有此最明因果，而政界中人犹迷而不悟，争以手段相高。利用民气，民气即为之摧残；利用舆论，舆论即由之不振；利用学生，学生亦因之无价值；利用外交，外交即因之愈失败。凡今之祸孰非少数人之利用肇之？无如智而愚者之至死不悟耳。

原利用之想所由起，在贪恋权位，多行不义，惧人之攻讦推翻，始不得已而出此。故行政者，必先自出于正，此万古不易之论也。或谓今之制度，取决多数，而多数人之智识，决不能受制于理性。故躬行不正而善于利用者，转可得多数之赞同;躬行正义而不善于利用者,辄易为多数所反对。由今之道,无变今之法,惟有驱天下而入于万恶之途,无所谓以正帅不正之说也。曰:此特蔽于一时之事,未能深规远察,从永久之胜负计耳。人心之良,初非尽失,当时诬蔽,固有淆乱黑白、颠倒是非之举,而时间潜伏之公论,及事后渐昭之事实,亦未尝不足以平反。人惟蔽于目前,若成败惟在瞬息,故明知其为正义而不为,明知其为不正而权为之。使敢于与一时之浮议私心决战,不汲汲于目前成败利钝,而以最后之胜利为目标,则政治自有正轨可循,绝无所事其利用。孟子曰:"饥者易为食,渴者易为饮。"今之人民憔悴于虐政,其饥渴有不可以言语形容者,第患无此等伟人。真为民生国计牺牲,求所以解其倒悬之法耳。苟其有之,一时虽未炫赫昭著于世,积之既久,其势力必且不可思议。盖中国人服从官吏之病固深,而其辨别官吏之善否之力亦甚强。惟无比较稍可者,使之归心,则甘为盗贼豺狼所搏噬,使有之且非惟比较稍可,实有大政治家之成绩,孰不愿为所治者,由浊而清,由暗而明,必全无理性者始不喻其辨别,否则吾不敢谓事实上绝不可能也。

中国立国之大经,曰:"有治人,无治法。"曰:"人存政举,人亡政息。"今人惟不信有治人。若从来历史所述之名臣循吏,皆为文人学者所造之谣言,始绝望于政治之革新,而徒从组织之方法着想,使一转其观念,有以此自矢者,有以此相期者,则由消极而积极。全国各地可为之事至多,何至纷扰纠缠,徒为画饼吹泡之举。然有一义,必为自帅以正之行政者正告者曰:以政治之力启发民智民德则可,以政治之力束缚民智民德则不可。盖国本在民,非多数之人民咸能自治其地方。自新其环境不为功,而以官力启之者,特过渡之一阶级。使全民之智德不进,惟知处于被动,即一时有一二非常瑰伟之士,宰制于上,可以获奇效而造新邦,而时过境迁,所服从者非其人,即可使其前功尽弃。此昔日君主专制时代所屡验之事实,而尤为今之民主国家所易致者。《大学》曰:"在明明德,在新民。"明明德者,政之本也;新民者,政之的也。无本不能行政,无的亦不能继续行政。秉儒家之成法,起中国之沈疴,端在人之自为矣。

反　本*

柳诒徵

语曰：人穷则反本。今之人可谓穷矣，外交则无力以自卫，内政则无法以自理，经济则无术以自活，乃至言论思想，亦穷蹙而靡有进境。综所谓新说，不过恢复科举、恢复科道制，及提倡国家主义与共产思想之争，外此无他新说也。《大学》曰："物有本末，事有终始，知所先后，则近道矣。"《孟子》曰："不揣其本而齐其末，方寸之木，可使高于岑楼。"其今之持论者之谓乎，不就根本着想，徒为枝叶之论，其趋向虽不同，其不知本则一也。兹姑先论事实，次评言论。

外交之失败。自晚清迄今，无所用其陈述，兹所当论者，外交之本也。今之国民，风起云涌以言外交；今之政府，亦风起云涌以言外交。究其痛心于外交之历史，及处心积虑以求今日之国家能收回曩日种种所失之权利，为吾民族保障生命者，有几也？沪案发端，为无意识之行动，而各方乃利用之，以各遂其私图。即不为私图，而姑谋应付，或不得已而盲从者，较利用之徒，已稍纯洁，然亦不能谓其对外侮之日亟，有若何之沈痛也。人之侮我也以诚，我之御侮也以伪，以不得已，虽胜利，亦强颜耳，矧胜利之决不可以幸徼乎。老成者责后进以浮嚣，激烈者目官僚为软弱，其实一丘之貉耳。真正痛心于外侮，岂待今日？合今之四万万人，有生一日，即有耻一日。苟未能复我完全之国权，即一日不能释其忧勤惕厉，此外交之本也。不知本恶足知外交。

---

* 辑自《学衡》1925 年 10 月第 46 期。

政治之紊乱，亦不必言。第问今之躬居行政地位者，其动机何若？散员冗吏，曰谋生也。政客游士，曰发财也。在职则固位怙权，失势则报仇图逞。无大小一辙也。即假借道德之说、法律之名，以粉饰门面，而蚩蚩者早于其躬之所由进，位之所由得，及其取予用舍，皆灼然如指掌之螺纹。威固不畏，信亦不孚，所恃者幸运与机会耳。夫至躬居行政地位者，乃至人人无立足之点，如萍水之相值，微风一摇，则荡潏而无所藉，是岂可久可大之道哉？世人但见乘时幸进者，倏兴倏仆，遂震骇于时势之变化，益求其所以乱政而保身之术。卒之庸弱者不过稍抑其野心，枭桀者则愈加以妄念，第绾符绶者，一绳以前代之法典，几于无一不犯刑宪，而绝不可以临民。其职愈尊，其辠愈钜，而又强颜曰统一，曰联治，曰谋国利民之福，或张美帜曰革命。呜呼！此岂政治之本哉？

经济之不可言，犹政治也。民日以贫，官日以富，准官僚亦日以富，于是有一绝妙之现象焉：中央政府之收入无几矣，而乐于长财政者孔多，地方政府之债负不赀矣，而力求为财厅者弥众，乃至官立机关，如学校、工厂之类，号穷述苦，不可名状。而为之首领者，仍复乐此不疲，或觊其位，则嗾爪牙而肆决斗焉。《韩非子》曰："人之于让也，轻辞古之天子，难去今之县令者，薄厚之实异也。"今之负债而不肯去，失位而不肯让者，其实何若耶？是则非局外人所能窥矣。经济困难，则务调查；调查未得，则务整理；整理不善，则务清算。要其所为调查整理清算者，无非耗公财而入私橐之途。其本意绝不在所持之名义，驯至愤激之徒，以公然明目张胆贪赃枉法者，为今世之好人，而矫语清廉，或为民请命者，其心多不可问。呜呼！此又经济之本耶？

《大学》曰："其本乱而末治者，否矣。"今之中国所恃以苟延残喘者，独赖有多数无知之平民。其行事尚有良心，因之国脉尚未尝斩。使此等人亦一律开化，皆如今日中上流社会之人物，及自致于特殊阶级者之流，则陆沈立至矣。论者不知此义，乃徒就肤末立说，区区执一二方法，以为救病之药，是斩本乱而末治也。今之新论，衡其性质，有新有旧。旧者颇为新者所排，谓是犹驭汽车而令却走。吾谓却走不可非也，所可非者，乃在却走者所趋之地。何则？驰骤康庄，固务前进，使御者知前途之有伏莽，或道左之有异灾。不为却回，立即倾陷。则却走之效与前进等，惟宜问却走者归宿何所耳。今之人心陷溺既深，非直抉其病根，无由期其康健。而持复旧之论者，乃徒叹赏夫秀考科举之制，与夫科道纠弹之权，是犹御车赴临城遇警者，不急折回京津，或直赴浦口，而旁皇中道，留恋于一乡之堡之间，谓是乃避寇御兵之乐土耳。往者考试及科学之制，纯恃人心淳朴，有名教及清议以维系其间，故行之而有效。在今日藩篱尽破，无恶不作之时，而期应试之人，谨守场规，不通关节，言事之士，期树名节，不畏权奸。无是事也。又近年以来，学校腐败，喜回顾者，亦多称道往者书院规制，其设想之误，正与主张复科举科道者同。昔日不通之翰林、无聊之绅士，滥竽书院，谬号人师。其弊不可偻计。而住院生徒，无所拘束，踰闲荡检，閙者哄者齐者，亦复不亚于今日之学校。徒以诂经学海为例，不足为训也。且即尽仿诂经学海，或进而为鹿洞东林之规制矣。其于于焉操洋博士之头衔者纷至沓来，亦无异于学校也。故学校、书院，名也、末也、非本也。

复旧者既不从根本着想矣，骛新者亦然。新说之对峙者，一持国家主义，一持社会主义。似皆持之有故，言之成理，而其病亦复相同。今日吾国之教育，宜重国家主义，是也。然国家何用而成立乎？人为么匿，而国为拓都，不先研究么匿之何以构成，而惟希冀拓都之若何巩盛，是无本也。充其说，不过注重于一国之历史地理，张皇先民之盛业，悬想神洲之复兴。而受其教者，乃虚憍以厉其气，褊隘以窒其衷，极之不过如道、咸、同、光、间之居言路持清议者之所为。甚则，以今之人教今之学者，惟是主义主义云尔，于所悬之鹄之能赴之与否，未敢必也。至于社会主义、共产思想，尤有一先决之问题。即吾所为服膺此主义、鼓吹此思想者，视一般人之谋生逐利噉名失德者之程度何若是也。原人类之道德，固多为经济所支配，欧人之主张极端之理想者，乃欲打破一切经济制度，重加以均平之支配，使人类得去此桎梏。而荡然相见以天真，其为论之是否真理，姑不必论，要之持此等议论者，必其人先有悲悯斯人之热烈之情，而又必涤除其为旧经济组织所造成之私心，而后方能符此主义而今之人何如也？徒慕此为最新思想，期得名于社会，其初念已浮而不笃。益以受苏俄之津贴，争党军之地盘，或涎富室之资财，或报私人之仇怨，是则驵侩盗窃之变相，无当于新思想也。

综今日之通病，无论新旧，皆误在好持方法论，而不求本论。本者何，人是也。举古今中外之良法新制，一经今日之坏人之行使，即可立使此等方法，顿失其本身之价值。故今日救病之良药，反本是也。吾所谓反本，非谓促举国之人，一一讲理学，谈心性，或研佛教，论阿赖耶识也。讲明学术，树立坊表者，固宜极其本原之所在。其一般之人，则但务为中国或西方所认为好人者，于义已足。盖今之坏人，其程度已在普通所认为好人之水平线以下。其恶愈甚，其位愈尊，或其名愈高，故就今之人之程度言之，亦惟有卑之无甚高论也。或谓普通之好人，究亦无何等之标准，则应之曰：举目皆是也。吾购一饼，为饼师者，必如吾所予之值，而畀以相当之货。不敢詈吾挞吾，或饰巧词以炫吾，而终不予以一饼也。然今之居高位、握大权、负盛名、躐要津，自擅于学士大夫荐绅先生之列者，乃皆出于饼师之下，以售饼为名，而实不持一饼，或持鸩毒乌附，谓之为饼，诱市人而市之，其强者则且褫市者之衣，攫市者之食，纠其徒而毁市者之家室，而犹悍然告人曰：吾固售饼也，主之者如是，从之者亦如是。为之词者，且从而美其如是，颂其如是，且自幸其能颂美其如是，而后得分其所褫所攫之块布余沥，以娇妻孥而傲乡里，是得不谓饼师为好人，而若辈下于饼师万万乎。往吾尝见一学生，新回国，已食某机关干修月百余元矣，作色告吾曰：中国之所以不及外国者，在吝于用人，以区区畀予，而期得予之力，是恶乎可。吾亦悚然敬异之，俄而此君任银行要职，为某部大官。叩其成绩，则自购宅买妾外，无若何贡献于与民与国也。当其居某银行时，吾尝以早九时访之，行员皆已至行办公，而此公未至也。诣其家，十时矣，而此公尚高卧未兴也。吾私念此惟中国人为然，若外国之银行家决不若是。故今之舍中国道德而法外人者，吾并不责其非，但求其能真似外国人。且不必真似外国之大哲学家、大思想家，即外国一般之人所共守之道德，能践而惟肖，在中国亦可称圣贤矣。集中外人之最恶之行为之思想，而俨然居于所谓无知之良民之上，或且自命为领袖，有指导群众之力，而群众亦莫之敢非。此即今日中国之本病也。诗曰：枝叶未有害，本实先拨。持论者盍亦反其本乎？

平等真诠[*]

萧纯锦

昔罗兰夫人临刑时，指自由神像，慷慨而言曰："嗟夫，自由，万恶皆借汝名而行。"闻者至今伤之。呜呼！名义之滥用，而流毒于天下者，又岂独自由一词耶？使罗兰夫人而生于十九、二十世纪之世界，见自由、平等之为暴民所误解，与物竞天择论之为野心家所利用。吾不知夫人之痛心疾首，将更如何也？欧战中，威尔逊总统本其博爱之热诚，与夫民主党首领之精神，大倡民治主义之论调，美之战德，为民治主义而战也。牺牲数十万之精壮，与数千万之物资，将以措世界民治国家于泰山盘石之安也。高论名言，震耀寰宇，潮流所趋，吾国亦承其风化，于是而"德谟克拉西"一语，竟常诵于士夫学子之口，不啻与释教入中土时之"南无阿弥陀佛"同其普及。夫民治主义，不容有阶级厚薄之轩轾、平等之主义也。故民治主义昌，而平等之论亦随之俱炽，外交上既有国际平等之主张，同时凡尔赛和会，亦有种族平等之提案，其理甚当，其事亦甚盛。顾平等之为义，自有其真正之解释，未可以自逞臆见，快一时之论，尤未可妄加附会，肆为鲁莽灭裂之谈。其解释之观念，曾几经递遭，非向壁虚造者所可比拟。所谓平等者，机会平等(Equality of Opportunity)也。政治上，无阶级贵贱之分；法律上，无特权豪强之别。智愚贤不肖之禀赋虽有不同，而皆得以尽其性命之理，而充量发达。至于造诣不同，成就异趋，虽有圣智，无能为力，则贤者

---

* 辑自《学衡》1922 年 5 月第 5 期。

常有以自见，而不肖者亦不失其应得之地位。贤者得以发抒其才智，无隐厄不遇之感，而不肖者心安理得，亦无屈抑沉沦之叹。各尽其天赋之本能，以共谋人群之幸福，与文化之进步，此所谓平等之真义。而民治主义之真精神也，自其一方言之。民治主义之国家，才俊秀拔之士，每处高明之地位，领袖群伦，极似不平等，而自其又一方言之，则贤不肖所处之机会相同，初无门第阶级之限，固属极平等。故民治主义之真谛，舍与人以机会平等外，实不啻为贤贤主义，而不认人类平等之存在也。欧洲十八世纪时，学者如卢梭、陆克（今译洛克）之伦，盛倡人类平等之说，颇震动一时。然自近时生理研究及心理测验之结果，则知人类之体魄才识，实未尝平等，且往往有先天之不平等。而其说亦遂归陈腐，晚近吾国新潮澎湃，一知半解之徒，私心自用，喜作极端之论，其言政治，则取无政府之说，其言社会主义，则倡共有财产之议，而其言平等，则取十八世纪人类天赋平等之论，诩为新奇，而不知其说之为人唾余，有背乎科学上之事实也。惟其误解平等，故不认男女性体之分，贤不肖智愚之别，劳心劳力，生产力不同，亦不问也。而对于前者之席丰履厚，则肆其抵排，俄国苏维埃制度，排去专门人材，以劳工委员管理工厂，试之而失败者，彼辈则闭目不睹如其所论，则所谓民治，将使阘茸与才杰并进，驽蹇共骐骥齐驱，其不至偾辕泛轭，抢攘横决者，不可得矣。名义一经滥用，贻害于国家社会者，何止洪水猛兽，是又当为罗兰夫人之所深悲也。美国狄雷博士（Dr. James Quale Dealey），勃朗大学（Brown University）之社会学教授，其所著《社会学》（*Sociology: Its Simple Teaching and Application*）《国家之发达》（*The Development of the State*）等书，均传诵一时，卓著声誉。去岁在南京演讲，题为《平等训》（*The Teaching of Equality*），于平等真义，发挥尽致，愚适为述译，爰就所笔记者，录而出之。此为专门学者研究有得之言，或亦足为彼一知半解之徒，启聋发聩，痛下针砭，而杀其狂妄之论欤。

狄雷博士之言曰：法国在十八世纪，行君主专制政体，国王贵族占社会上重要位置，而平民则为少数人所贱视，中等阶级之人，亦处于贵族势力之下，故大多数人，如农，如工，均极贫苦，为少数人所虐待，其后有热心之士，抱改革社会之宏愿，所谓丛书家（Encyclopaedists）是也。其得名，由于彼辈以研究所得关于社会各种学说及主张，汇聚为丛书故也。又以其用推理之方法，研求社会之根本要件，故亦称之为社会哲学家。法国之大革命，即受此等学说之影响，而自后一切稍形重要之社会改良学说，追溯渊源，无不出于此种丛书家也。

其中最要者，为平等学说。此其为说，渊源甚古，而后此凡讨论人权，恒征引及之，惟当时所谓平等，非所谓机会平等，与今之所谓平等，略有不同，实仅希望人类可有达到平等地位之一日而已。易言之，即此种学说，非历史上之事实，易非科学之真理，而惟一种有待于将来之希望耳。此辈丛书家之学说，大概以英国陆克(John Locke)之学说为根据，其言谓赤子之生，本如白纸，痕迹所染，乃现为各种不同之印象，即谓环境良，则习养所成，为优美之分子，环境不良，则成为恶劣之分子。故社会必供给良好环境以教育之，使人类互相爱护，天生烝民，固使之为平等自由之动物，诚能得自由平等之生活，则人类互相爱护，互相扶持，民胞物兴，郅治极乐，可以不谋而企及。自此学说盛行，而后法国即发生极激烈之大革命，于是自由、平等、博爱，遂为法国之国训，此乃最高尚之意念，优美之理想，亦可望而不可即之梦境也。然其有裨于后人之政治思想者，则亦至深且远云。

人固莫不欲求真理，但真理每不易求，即求得之，亦未必即为人情之所喜，盖常人所持之真理，乃其人私意中所欲其为真理者也。真理虽足以破除人情雅意不悦之妄念，然各人所标示之真理，乃其所爱之真理也。纯粹之真理，本属至善，万古不易，足以破除谬悠之理想，如吉福逊(今译杰斐逊)(Thomas Jefferson)曰："天生斯民，悉属平等。"其言固甚快意，然绳以近世科学方法之解释，则觉其言之不当。所谓科学方法，乃助人以达到真理为目的之工具，然所谓科学方法，不必真合乎科学之原则，设果真合乎科学方法者，则在现在人类智力之所及，最与真理相近，科学的真理，即为最后之真理，亦即除用科学方法可以取消之外，而永远存在者也。

此种平等学说，第一次所受之震撼，即由于达尔文之物种变异、生存竞争及天演淘汰诸学说。达尔文谓天之生人，自始即不平等，即使处于同一环境之下，而适应环境之能力，各有不同，故有存在者，有不存在者。其后加以生理学家之研究，更觉其说之确当不移，如葛尔顿(Galton)之遗传论，谓遗传有优有劣，德斐礼(De Veries)之变种论，谓同种之变异，可以发生新种，其后孟德尔(Mendel)以数学表示遗传方法，可以预决遗传变异之分量，皆引伸达尔文之说者也。

复次，近世心理学家之研究，亦证明此理。如行为派心理学(Behavioristic Psychology)之研究及种种之心理试验(Mental Tests)，皆证明人生绝对不平等，此种研究实至精确。故今后之教育方法，亦不得不因此而根本改革，使各人得就其先天不同之禀赋，为充量之发达。人类平等之学说，至此遂不复能更坚持矣。社会学家乃不认人生为平等者，以为有上智，有下愚，有凡庸，人生固至不齐，是以现今社会学家于供给良好环境之说，不复如昔之注重，而反多注意于遗传之研究也。

十八世纪之哲学家，谓凡人与其他人类，皆一律平等，所表示不同者，惟贵族平民之阶级耳，非先天本能有不同之点也。其说谓试以显贵之子，与村夫之子，使受同等之教育，则其结果必同。故此种立论，与其谓为主张人类平等，毋宁谓其为不认阶级上有先天之不平等。平等之义，主张甚为复杂，曰种族平等也，男女平等也。盖近世民治主义之思想，常倾向于世界观，故人恒误用十八世纪之平等学说，而以为种族平等，男女亦平等，而不知其说之纰缪也。

现今平等学说正在改革，期与生理学及心理学之研究趋于一致，不着重于先天遗传之不平等，而注意于人类机会之平等。比来研究结果，贵族世胄子弟，不必生而有过人之才能，其禀赋与平民子弟初无少异，在野蛮人种及半开化之人中，亦往往有才能特异之伟人，但限于活动范围之狭小，故湮没不彰耳。人恒重视贵族者，以其地位有不同也，苟就近日废置之君王观之，既已失其凭借，则其能否于正当职业，得一可以谋生之工资，亦尚不可知。特天潢贵族，有特别之地位，有特别之权利，更加以足以鼓励之之环境，故易见其卓异，而草野平民，以环境地位之不良，抑郁困沮，故恒不如耳。世上良好之环境、地位，率不甚多，而大抵为少数人所盘踞。苟一旦平民革命，推翻社会旧制，平民领袖发达充分，固将超乎贵族而上之，况贵族之得以保存其势位者，实亦往往赖罗致平民中才智之士，为之擘画辅助者耶。近代社会学，根据心理学、生理学之研究，认定人生之智慧才识不平等，而否认世袭阶级之不平等者也。惟达尔文氏之说，令人极抱悲观。因恒见少数人享幸福，而大多数人抑郁困顿，不能自拔，竞存胜利者甚寡，而劣败、甚或归于淘汰者，恒为多数人之命运。故达氏之说，不啻为十八世纪之贵族政治加以科学之诠释耳，是反为贵者张目，助桀为虐，而益启其贱视平民之心。此说之失，至近代社会学，阐明人心与外缘之关系，发挥平等正确之意义，始从而救正之。

近代新社会学，固承认遗传天赋之不平等，但先天之才能，多属隐微不著，设无环境之刺激，即不能得充分发展，故社会学者应知人生先天之禀赋为如何，因而研究环境与人心之关系，而求知环境刺激所及于人心反动之效果，以谋发展良能之方法。现代研究此问题者正多，如瓦德（Lester F. Ward）《应用社会学》书中，谓世界现有才力特异之人，若加以适当之环境，可以造就加多其数至三百倍，凡庸之人，甚至下愚，若施以适当教育，其才识能力之发展，亦可增加两三倍，即现今厌世之人，及孤僻疾俗之士，亦可以相当之环境使之成为有用之国民。此外若心理学者，则从事研究足以改良心境之环境，搜集此项报告，以谋遗传本能之发达，俾可臻乎极点，潜搜冥索，所以发明兹学者，固日异而岁不同也。

由是以观，近代社会学，乃注重社会须供给各种适宜之环境，盖虽非认人生而平等，然必使人人有平等之环境；非谓男女生而平等，应受同等之教育，乃谓人生而不平等，须有不同之相当环境以教育之；非谓人人皆可至平等之程度，乃谓人人须有充分发展之机会也。人固有智愚贤不肖之不齐，遗传不同，环境不一，故人生永无可以至乎完全平等之境界，惟其所着重者，乃在理论上务求使人人有机会之平等，可就其禀赋之限度，发达之至于极点也。将来民治主义，必非如昔日知解释，惟认社会必供给适当平等之机会，使人人各得尽量发达，斯为真正之民治主义。譬如幼童，有康健、快乐、发育滋长之权利，故成人在社会上，亦有由自由竞争以表现其才能之权利。儿童不能与父亲平等，生徒不能与师傅平等，然童子得其父相当之训诲，他日亦未尝不可跨灶，学生得其师相当之训练，亦或有青出于蓝之结果。由此观之，虽在民治主义之世，阶级仍然存在，但其阶级非根据于遗传之财产及世袭之权利，而根据于真正之才能，由自由竞争以证明者耳。故“我今日所能者，汝明日或能之；汝今日所能者，我明日或能之”，人人皆得奋其才智，各向其所能之点而上趋，夫如是则人之不能为伟人杰士，亦可无憾于社会，盖为其禀赋所囿耳。

其不赞同此说者，深信人生平等，以为环境同，则造就同。乌托邦中，或天堂之上，庸有此等环境，若足踏人寰，则不如承认心理与生理学家之学说为是也。社会学者对于人心与环境研究之结果，亦主用教育之刺激，以谋人生精神之发展，即社会供给公平均等之机会，使人人各发展其自身，以充乎其量之所极。是则社会之责任，而民治国之国民所应努力以图之者也。

选举阐微*

柳诒徵

今中国之治法，钱治也，非民治也。欲行民治，必自排除金钱选举始。金钱选举，莫甚于今中国，顾即美之号称清洁者，亦不能无事于此。

《平民政治》，论美国选举时之贿赂曰：美之贿赂，非如今之英国古之罗马，于贫选举人中散布微款也，又非如英之小镇，以至少之金额散布于惯卖投票者中也。美之方法，盖以二十至五十金元之金额，授之其地之活泼周旋人，周旋人乃率其所有者若干人，使之投票，其如何使用此款无须复命，恐其直接为贿赂。而费者至仅唯为最下等之选举人沽饮聊费，区区而已。此等费用宁属于游说报酬之科，但时亦有行欧风之所谓贿赂者，即如纽罕什尔近于首鼠两端之投票者，各与金十元。纽约之某区苟赁屋而居之贫投票者，能选举其后补者，则由后补者之友僚为给屋租，终乃由其当选候补者，筹措其总额。国会议员及大统领选举费往往至巨，其中大部费于组织费，于示威运动集会炬火行列，然其中之一部必使用于不正之徒，固无可疑。

故选举与选举费，殆为不可离之名词，其绝无金钱之关系者，选举史中无此事也。欧美法敝，而有俄之苏维埃，然其选举，强制之选举耳，片面之选举耳，无所谓民意，更无所谓自由。

《东方杂志》第十七卷十九号《罗素的新俄观》：苏维埃制度无论在都市，在

---

* 辑自《学衡》1922年4月第4期。

乡村,要是采用自由选举制度,共产党决不会得大多数。因此不得不采种种方法,以谋政府党候选员的选举胜利:选举大概用举手表决法,所以反对政府的人便为政府党注目,这是第一种方法。无论那个时候选员要不是属于共产党便不许从事印刷,印刷工厂一概在政府手中,这是第二种方法。非共产党候选员不能开会演说,因为一切会场都是国有的,这是第三种方法。报纸自然全是官报了,私办的日报是禁止发行的。

中国仿之,则钦选议员之成案,固不难循行也。吾常熟思今之积弊,求所以绝之之法而不得,辄为之灰心失望,觉真正民治,徒虚语臆想耳。

虽然乡举里选,吾国之产物也。考之吾国经史,绝无金钱运动之习惯,此其故何在,非研究法制及研究历史者所当注意者耶?吾国古无国会,而有地方自治之制度,其自治职员,皆民选也。知吾国民选自治职员之法则,则知选举自有良法美意,金钱运动之弊,不禁而自除,而亦无须组织政党,以为操纵竞争之计。惟其法必须积久而后成,非可期之于一年数月之间,率各地乌合之徒,草率投票,即能仿效。故自西周及春秋而后,即不复行。然以其作始之善,后世受其影响,亦知注重人格,而不屑为污秽鄙恶之行为。此吾国之治法所以卓著于东亚,非彼徒为商贾之卖买及强暴之劫制者,所能梦见也。

吾国地方自治之制,莫备于周。周之行自治制者,曰乡曰遂。计乡遂十五万家之民,设立自治职员,凡三万七千八百七十五人,皆出于民选者也。然人民选举此等自治职员,并无投票或举手之法,此二事之至可异者矣。据《周官》乡大夫之职,有使民兴贤出使长之使民兴能入使治之之文,(贾公彦疏使民无能入使治之者,谓能者后来入乡中治民之贡赋),亦仅三年大比之时,以乡饮酒乡射之礼,举其贤者能者,夫以乡大夫一人之识鉴。习射饮酒一日之高下,遽能悉选贤能,而无一误,实立法之至疏者。且以后世心理度之,假令卑鄙之徒,歆羡于自治职员,宁不可行贿于乡大夫,滥竽充数,而乡举里选,亦不过纸面的具文,恶足与今之选举法相较。然为此议者,第坐读《周官》不熟耳。苟就《周官》乡遂诸官之文,熟读而深思之,自知其立法有非今日所可及者矣。

周之选举,行之于平时,今之选举,行之于临时,此即立法精粗。至大之判,而亦能以金钱运动与否之枢,彼谓乡大夫三年大比而后举其贤能者,谬也。乡大夫三年之举,特今日学堂行毕业式。其学生成绩之良否,全决之于平时,主者一人不能高下其手。试问今日学校学生,平时在学校学业不佳,品行不端,为各教员及各学生所公认者,至毕业之时,能行贿于校长,使充首选乎?明乎此，则知周代选举之妙用，无所用其疑测矣。周之选举，在岁时之读法，读法之后，即书被选者之名于册。一年之中，读法之时，至少不下十五六次，则其书之也，亦不下十五六次。度其中必有每次皆书者，或偶一书者，或书之数有多寡者，如是三年，而乡之人之德行道艺，孰首孰次，孰中孰下，人人晓然于耳目心胸，非一人所能予夺，亦非一人所能卖买。大比之时，乡大夫为登其名，如今之办选举之官吏，造册报告而已。此周之选举，所以不必投票，不必举手也。

《周官·闾胥》：凡春秋之祭祀、役征、丧纪之数，聚众庶，既比，则读法，书其敬敏任恤者（**此等事每年殆不下十数次**）。《族师》：月吉，则属民而读邦法，书其孝悌睦婣有学者。春秋祭酺亦如之（**每月吉书之，则一年十二次，合春秋祭酺，则十四次矣**）。《党正》：四时至孟月吉日，则属民而读邦法，以纠戒之。春秋祭荣亦如之。正岁属民读法，而书其德行道艺（**属于党正者一岁凡七次**）。《州长》：正月之吉，各属其州之民而读法，以考其德行道艺而劝之，以纠其过恶而戒之。若以岁时祭祀州社，则属其民而读法，亦如之。正岁则读教法如初（**属于州长者一岁凡四次**）。

推其当众书之之意，即本于人民之公意，使闾胥族师党正州长等，不能违众舞弊，其善一也。举行于祭祀役征丧纪之时，所以觇其人治事之才，处众之德，以祛空谈而不能实行之弊，其善二也。所读之法，虽不可考，要必名著能行某事者为任恤，能行某事者为敬敏，当此选者无所让，违此格者无可争，按法书之确有标准，其善三也。尤有进者，书之一月，书之一年，初未有应举服务之效，必待三年终，始不懈，成绩昭然，始能出长而入治，故书名与选举若两事然。躁进者，虽欲运动，不能月月运动也。以之与今日选举法相较，则知今之选民，既不相习，漫然调查，贸然投票，又无确定之标准，使知欲举某职，必须具有某种知识能力道德，而惟悬一的曰：满若干票者，即可胜某任。仅以一次定其得失，虽行复选，亦不过二次。非同票者，不得决选，此岂非至易舞弊之事，且不舞弊，亦必不能举办也。

《周官》者，世所目为伪书也。吾言其制之善，世必有訾之者，然吾谓此无妨也。《周官》纵不出于西周，亦必出于秦汉。当时纵无此等实事，不可谓无此等思想。吾即让步，谓此为战国秦汉间人理想中之地方自治制人民选举法，亦不可谓其理想之不高也。且《周官》之外，有《国语》，有《管子》，皆可为《周官》之证佐。

《齐语》：正月之朝，乡长复事。君亲问焉，曰："于子之乡，有居处好学、慈孝于父母、聪慧质仁、发闻于乡里者,有则以告。有而不以告,谓之蔽明,其罪五。"有司已于事而竣。桓公又问焉,曰:"于子之乡,有拳勇股肱之力秀出于众者,有则以告。有而不以告,谓之蔽贤,其罪五。"有司已于事而竣。桓公又问焉,曰:"于子之乡,有不慈孝于父母、不长悌于乡里、骄躁淫暴、不用上令者,有则以告。有而不以告,谓之下比,其罪五。"有司已于事而竣。是故乡长退而修德进贤,桓公亲见之,遂使役官。桓公令官长期而书伐,以告且选,选其官之贤者而复用之,曰:"有人居我官,有功休德,惟慎端慤以待时,使民以劝,绥谤言,足以补官之不善政。"桓公召而与之语,訾相其质,足以比成事,诚可立而授之。设之以国家之患而不疚,退问之其乡,以观其所能而无大厉,升以为上卿之赞。谓之三选(韦注三选,乡长所进,官长所选,公所訾相)。国子、高子退而修乡,乡退而修连,连退而修里,里退而修轨,轨退而修伍,伍退而修家。是故匹夫有善,可得而举也;匹夫有不善,可得而诛也。政既成,乡不越长,朝不越爵,罢士无伍,罢女无家。夫是,故民皆勉为善,与其为善于乡也,不如为善于里;与其为善于里也,不如为善于家。是故士莫敢言一朝之便,皆有终岁之计;莫敢以终岁之议,皆有终身之功。

又:正月之朝,五属大夫复事。桓公亲问焉,曰:"于子之属,有居处为义好学、慈孝于父母、聪慧质仁、发闻于乡里者,有则以告。有而不以告,谓之蔽明,其罪五。"有司已于事而竣。桓公又问焉,曰:"于子之属,有拳勇股肱之力秀出于众者,有则以告。有而不以告。谓之蔽贤,其罪五。"有司已于事而竣。桓公又问焉,曰:"于子之属,有不慈孝于父母、不长悌于乡里、骄躁淫暴、不用上令者,有则以告。有而不以告,谓之下比,其罪五。"有司已于事而竣。五属大夫于是退而修属,属退而修县,县退而修乡,乡退而修卒,卒退而修邑,邑退而修家。是故匹夫有善,可得而举也;匹夫有不善,可得而诛也。政既成,以守则固,以征则强。

《管子·小匡篇》文与《国语》大而小异。

齐之轨里连乡,即周之邻里州党也。《周官》有读法书名之文,《齐语》未言,然乡退而修连,连退而修里,里退而修轨,轨退而修家,是轨里连乡,层层考核,不容有矫饰欺隐之举,固与周制无二也。《管子·八观篇》讥时无会同及论贤不乡举,盖会同即周之聚众庶之法。

《八观篇》:乡毋长游,里毋士舍,时无会同,丧烝不聚,禁罚不严,则齿长辑睦,毋自生矣。故昏礼不谨,则民不修廉;论贤不乡举,则士不及行;货财行于国，则法令毁于官；请谒得于上，则党与成于下；乡官毋法制，百姓群徒不从。此亡国弑君之所自生也。

岁时会同，观其齿长辑睦，而后乡举有所根据，士民亦知服行。非此而行货财、毁法令、事请谒、结党与，皆《管子》所谓亡国之源，而今人乃以此号称民治，不其怪欤？

古之选举以人格，今之选举以权利，其动机不同，故结果异趣。无论限制选举，止属于少数特殊阶级之人，即今之所称普选者，亦只求此举人之权力，普及于大多数之人耳。举人之权利普及于大多数之人，其所举之人，能胜于少数特殊阶级之人之所举否？未可必也。所异者，选民少；则运动之费较少，选民多，则运动之费必多。资产阶级不除，则大资本家仍可挥巨金以收买选民。即使劳工劳农，各结团体，务选举其同等之人，不为资本家所收买，然不从人格着想，则奸诈诡谲之徒，笼络多数之愚民，亦至易易。大多数之选举，仍不过少数人之傀儡耳。《周官》《管子》所言，其法固未必可行于今，然吾国自古有此法，而谈法制者，初未表而出之，以供研究之资料，徒就东西各国人之谋改革者，相与论述而求仿行。然权利之念，填溢于中，即行之于各国而善者，一经吾国腐败之徒，阳袭其名，而阴行其故技，其弊乃不期而自甚。故吾特阐其微，愿国人从选举之根本观念，一比较其得失，或能从数千年已经之法制，参稽变化而求一最新最良之法，以造成真正民治。例如回航亚非利加，开辟苏伊士河，虽为近世之成事，然亦未尝不根据于古代埃及人之思想，此则区区所冀与国人一商榷者也。

政理古微一·政始*

林　损

政理古微题辞

木瘿石晕物之病，鸦噪鹍鸣居者疑。西徙已籍鞭后舌，北来重画损余眉。下车冯妇愁多誉，卖药韩翁骇共知。差幸著书如作茧，成甘自缚燠群黎。

癸丑九月林损自识

民主共和之制，行于中国，盛矣哉！今之所创见，自古所未有也。虽然，求古之政理，不于其式，于其意；于其实，而不于其名。政之意，以求治而已，得所以治，盖其式之序列条布，不问可也。不然，虽美其式，不尽。何者？于政之初权舆，式亦隐矣，自隐而显之。显而陋也，而踵其事以增华之。其势之所积欤？非古昔先王之意也。循其式之良，若今所谓民主共和之制，世俗方瞻望而弗及。变鸷之翰以效凤之鸣，弃羊之质而蒙虎之皮，或遇豺而战，或趋而踣。或引颈而恶声不揜，或揠苗而助之长，其槁也忽焉。然由古昔先王观之，且卑之无甚高论，资以矫枉世，辟政路，非谓抵此而止于至善也。

闻古之言曰：政者，所以正人之不正者也（本《周礼·夏官·序官》臣语）。夫天地化育万物，杂然并陈，人宅其中，独标灵秀。以灵秀之人群，而有正不正之别，斯已大可异矣。既有不正，而又从而正之，正之者，必有所准，政之准，其

* 辑自《学衡》1925年9月第45期。

悬于天矣乎？天不言，以行与事示之（本《孟子·答万章》语）。以行与事示之者，其视自我民视，其听自我民听（本《周书·泰誓篇》语）。然则政之准，其悬于吾民矣乎？夫使民皆不正，则正曷从而生？使民皆正，则不正曷从而出？使民之生有正不正，则天地生民之化育，其厚薄曷从而判？故使民皆正者，虽无政以行于其间可也。使民皆不正者，虽有政以行于其间，无益也。使民有正有不正者，是天地之化育，不为公也。抑我且置其公而论其私。正者之谓圣贤，不正者之谓凡民。圣贤者治人，凡民者治于人。然则政之准、其悬于圣贤矣乎？夫圣贤亦民耳，圣贤之号，自彼造之，而自彼居之。《诗》曰："具曰予圣，谁识乌之雌雄。"我安知熙熙者之孰为圣贤、孰为凡民、而雌之雄之也？我又安知自命圣贤者之所谓正，而非不正也？我尤安知其所谓非正者，而或得其中之适也？《墨子》曰："古者民始生，盖其语人异义。是以一人则一义，二人则二义，十人则十义，其人兹众，其所谓义者亦兹众。是以人是其义，以非人之义，故交相非也。（《尚同篇》）而天下大乱。于乎！墨子其知之哉。彼凡民交相非，则圣贤得而正之，以圣贤正凡民，则凡民或俯首而受之。若圣贤之间，交相非而交相正，此终古不合之道也。征我耳目之所闻见，圣贤之交相非，不为罕矣。老聃贵柔，孔子贵仁，墨翟贵廉，关尹贵清，列子贵虚，陈骈贵齐，阳生贵已，孙膑贵势，王廖贵先，倪良贵后。此十人者，皆天下之豪士也（本《吕氏春秋·审分览》语）。其以学说交相非也。各极于淩谇之乐矣，而其交相正之效何在？虽善验于微者，不能喻也。然则圣人不死，大盗不止，虽重圣人以治天下，则是重利盗跖也（本《庄子·胠箧篇》语），岂徒快意之语耶。且圣贤非能化性而起伪者也（化性起伪之说，元于荀子，近人多赞之者，惟荀云：人性尽恶，圣贤亦人，以恶化恶，何起之有，此其失也。故欲明政理，不可不知养性，详《养性篇》）。欲正凡民，而亦不能离凡民以自外；使其自外，则凡民莫之有听者矣。不自外，则莫若因之。宋人资章甫而适越，越人断发文身，无所用之（本《庄子·逍遥游篇》语），自外之道也。通民之情性，率民以治民，因之之道也。然则政之准，非民之情性，其真无所悬矣。《诗》曰："天生烝民，有物有则，民之秉彝，好是懿德。"（《烝民篇》）夫以千万亿兆好德之民，求治之知，与天俱来，自治之才，与生俱有。能全其求治之知，以督其自治之才，并圣贤凡民于一炉，鼓铸而镕冶之，诱然皆生而不知其所以生，同焉皆得而不知其所以得（本《庄子·骈拇篇》语）。若是，则凡民之与圣贤，无虞其不相及也，圣贤之自相与，无虞其不相合也。能齐万不同，愚智工拙，皆尽力竭能，如出乎一穴（本《吕氏春秋·审分览》语)。有政固可,无政亦可。不若是,则凡民固不可,圣贤亦不可。《礼》曰:"尧舜率天下以仁,而民从之。桀纣率天下以暴,而民从之。其所令反其所好,而民不从。"(《大学篇》)虽以尧舜之圣,宁能必民之皆从乎?其所令反其所好,而民不从。甚矣哉,情性之不可以力揉也!是故政之准,要以因民之情性为断。

情性之初,无正无不正,自相近而相远(此虽参孔子、告子之说,然二子专言性,而余并言及情,此别有论,今不赘)。及其远也,治之乃可,宥之则否,此为后世言之也(此与庄子放任之说异,盖虽有恒性,而既接于物,病已生矣,夫庄子犹废巫医而可已病者也,说在下)。老子曰:"五色令人目盲,五音令人耳聋,五味令人口爽,驰骋畋猎令人心发狂,难得之货,令人行妨。"(十一章)今使天地之间,而无一声色货味之存,戛戛乎其难能矣。存之而不能使天下之民不之值也,值之而不能使之无饮食爱好之情性也。既见之矣,既闻之矣,既饮食爱好之矣。分均则不偏,势齐则不使,众齐则不一。势位齐而欲恶同物,则必争,争则必乱,乱则穷(本《荀子·王制篇》)。于是听命于大力之伦。大力者,为之序昭穆,定名分,差上下之等,制亲疏之谊,而政式以立。此犹天下多病人,而后巫医贵。谓废巫医而可以已病者,则假修浑沌氏之术;恃于医而不知去其病,则游方之内,而为小人之君子。二者皆讥,而积势独操其纽,明积势之故者,厥惟《周易》。《系》曰:"通其变,使民不倦。神而明之,使民宜之。"笃于斯旨,则天下无弊法可已。

今之言为政者,多所营建,而无毫末之利,有累棊(綦)之务,而无铢黍之功,是使民倦者也。处据乱之世,为太平之文,而不能望小康之治,是使民不以宜者也。不得其意,而惟式之是夸,而皇皇然忘其实,震矜其名。曰:死而操金锥以葬,遇古昔先王于墟墓之下,将凿其头矣。而达士从旁窃笑之,可谓大惑不解者也。不然,知积势之运,而求其变通,诚于意,而后凭于式,求于实,而后正于名,递嬗于君主专制、君主立宪、民主共和之间,古与今岂有间哉?古与今岂有间哉!虽然,我犹必欲晋之于太平之境,而致之于无名与式之域。

政理古微二·述古*

林　损

孔子曰："述而不作，信而好古，窃比于我老彭。"古哉古哉，古之述，欲以施于今也。知古而不知今，谓之陆沉。知今而不知古，谓之盲瞽（王充《论衡》）。我其为陆沉乎哉？虽然，陆沉之意苦矣。昔孔子之楚，舍于泥丘之浆，其邻有夫妇臣妾登极者。子路曰："是稯稯何为者耶？"仲尼曰："是圣人仆也，是自埋于民，自藏于畔，其声销，其志无穷，其口虽言，其心未尝言，方且与世违，而心不屑与之俱。是陆沉者也。"（《庄子·则阳篇》）于乎！陆沉之意苦矣。其口难言，而心未尝言。心既不言，而其志又无穷。是人也，口异于心，而心符于志，其异者盎然，其符者冥然。有能发其冥而出重渊坠层云者乎？我未之前闻也。夫士生千载下，畸于人而偶于天，抗心希古。纵意所尚，非汤武，薄尧舜，揖帝皇，轻王霸，谓大同之治可力致，至德之世可躬豫。而格于权势，辱在污淖，不能振衣自蜕，流俗又从而磨涅之。疾首痛心，慨然欲发其覆，争仁义于盗贼之门，空言无施，且撄忌而触讳。乃游浊食清，为明哲保身之策。独辟一天，苟以寓其情智，使喜怒哀乐之发而有所受，宁毕力以赴之。如怨如慕，如泣如诉，低徊流连，不能自已。此中人语云："不可与浅夫道也。"昔仲尼至圣，由、赐大贤，具体而微，所差无毫发比。而当孔子厄于陈、蔡之间，居环堵之内，席三经之席，七日不食，藜藿不糁，设兕虎之问，以试群弟子，而二子欲其少贬。惟回也，

* 辑自《学衡》1925 年 9 月第 45 期。

谓夫子之道至大，故天下莫能容耳。（家语）夫圣贤相遇，浸淫陶铸甚久，利害交前，而犹不喻其精若此。矧欲处高于卑，而纳大于小，斯破裂颠坠之患，宜乎不获免矣！

中国自黄帝始有书契。由黄帝以来，及今几万载，世运所趋，考其辙，洵每下而愈况。操世法者，有卑而无高，有小而无大。高与大之弃捐不容，良有以也，违今爱古，亦犹夫不容者之情。违夫今，斯益爱夫古；爱夫古，斯益不容于今。故孔子作《春秋》，自谓托诸空言，不若见之于行事之深切著名。然其所贬损大人当世君臣有威权势力，其事实皆形诸传，姑以隐其经而不书，所以免时难。”（班固《艺文志》）孔子而亦为此，可为流涕以长太息者矣！其余诸子：养叔以治射，庖丁以治牛，师旷治音声，扁鹊治病，僚之于丸，秋之于弈，伯伦之于酒，乐之终身不厌（本韩愈《送高闲上人叙》），若无暇外慕者。其迹昭然在人耳目，其心且愈隐不见。而往清初叶，严文字之网，屠陷士人，一字失慎，三族为赤。读书者栗栗危惧，无以自免，退而治经，为训诂声韵之学，架屋施床，烂然并陈，皆自谓好古敏以求之。于乎！秦人暴戾灭古，撄民之心，而上下相囚杀。清人异其囚杀，不灭古，而隐易其义，而内外与波流。大义微言，千钧一发，绵绵延延，绝而复继，中国之爱古至矣，要在于有所托也。

若夫沟犹瞀儒，不识时变，求履于迹，行周于鲁，谓蘧庐可以久处，而身渐移于东西南北之间；以古为可好，而不知所以裁之。执其形，忘其意，得其一曲，而阇于大道。形之执，一曲之得，施于事功，其不败绩厌覆者鲜矣。抵死不悟，欲怀道以讼之天，而无愚智皆笑之。王莽之以周礼治汉，而王安石以之治宋，亦由是也。昔宋人有得燕石于其泽者，以为玉也，里以文绣，什袭而藏之。出示周客，周客乃为之胡虏掩口而不能止。夫以周公心思之所经纬，本诸三代以达之者（张栻语），广大精密，法度备矣（朱熹语）。贬厥值于燕石，诚过其当。然汉宋非姬周也，法虽具，无君子以举之，失先后之施，不能应事之宜，遂使投间者有所借口，效周客之胡虏，群且从而噪之，岂不冤哉。此泥古之弊也！其尤下者，中无所有，而震矜于客学，攘篡衣冠，涂饰面目，居归美古人之功，而污之以盗贼之实。读洪范谋及庶人之句，则曰：此议院之宗也。得义易七日来复之文，则曰：此造人之祖也。周有乱臣十人，子曰：有妇人焉。则曰：“此女子参政之微权也。举方今之事物，尽以纳诸古人计虑之中，穿凿附会，令人齿击。夫古人之亡，骨已朽矣。智有所困，神有所不及（《庄子·外物篇》语）。处古而不知今，于古人乎何病？强不知以为知，于古人乎何益？起九原而询之，古人不任为蓍蔡也。况古人精义之存，又在彼不在此，失其家宝，徒事乞邻，主气已销，求之四野。墨子曰："今有人于此，舍其文轩，邻有敝舆而欲窃之；舍其锦绣，邻有短褐而欲窃之；舍其粱肉，邻有糟糠而欲窃之。此为何若人也？必为有窃疾矣！（《宋策》）彼古人无窃疾而后世必以加之，此亦诬古之甚者耳。于乎！泥与诬，皆我所不为也。

今世无挟书之禁，偶语诽谤之诛，讬于古以自遁，我知免矣。必也，古之述，欲以施于今，此公言也。何者？古今之变迁，犹车轸之行路也，前车之辙迹，虽有善有不善，为后轸者，未尝不引以为鉴。善者由之，不善者戒之。由之者，所述之事也，戒之者，亦所述之事也。故述古之道，贤愚成败，莫不载叙，既不可诬，尤不能泥，且无所用其讬，取以为则镜而已矣。抑历代鼎革之交，政事之施设，其终固不能以尽同，而初亦不能以遽异。其同也，以有所因。孔子曰："殷因于夏礼，所损益，可知也；周因于殷礼，所损益，可知也。其或继周者，虽百世可知也。"苟无所述，其何以知损益而下测百世哉？其异也，以有所矫。《传》曰："夏尚忠，其失也野，故殷救之以敬；殷尚敬，其失也鬼，故周救之以文。"又曰："政宽则民慢，慢则纠之以猛；猛则民残，残则施之以宽。猛以济宽，宽以济猛，政是以和。"皆矫也。然鬼耶、野耶、慢耶、残耶，其失也，苟无所述，又曷从而救之、纠之、施之、济之哉？是故述古之道，非徒以其善，并不敢以遗其恶。恶尚不可遗，而况善乎？于乎！我寡见今人之能述古者也。不古能述，而反以为仇，至借敌以自掩。欧化西来，和译东至，主气无权，客喧于座，而又未见喧者之彼善于此也。国狗之瘈，遂噬其主，腹犹不能果然。喜于朝三，怒于暮四，斯殆泥古诬古者所不屑为，而讬古违今者之所深悲矣！

昔孟子法先王，其说曰："不愆不忘，率由旧章。遵先王之法而过者，未之有也。"自我侪观之，其泥已甚，而荀子非之曰："略法先王，而不知其统，犹然而材剧志大，闻见杂博。"（《非十二子篇》）夫趋舍不同，虽先王不能得之于弟子，荀之非孟固宜。然曰"略法"，曰"不知其统"，曰"材剧志大，闻见杂博"，斯孟子之不凝滞可见也。荀子法后王，所诣与孟子异，而其说亦曰："文久而息，节族久而绝。守法数之有司，极礼而褫。故欲观圣王之迹，则于其粲然者矣，后王是也。"又曰："欲审上世，则观周道，欲知周道，则审其人，所贵君子。"夫法后王而意在审上世，观圣王之迹。圣王之迹恶乎存？非犹孟子之所法欤？然则能通古今之郮者，惟孟荀，述古如孟荀者，庶可以无讥矣。吾亦曰：则审其人，所贵君子。

政理古微三・制法*

林　损

法从水从去，如水之四布而无不达也。管子曰："水者，万物之准也，诸生之淡也。"(《水地篇》)释之者曰：万物取平焉，谓之准；能济诸生以适中，谓之淡。夫法之用，亦取其能平与中而已矣。而可以利万物，济诸生，为天下枢。故管子又曰："圣人之治于人也，不人告也，不户说也，其枢在水。"(《水地篇》)夫枢之于水者，犹枢之于法也。法行而天下共循之，故不待人告户说而后治。而法之用，在因时以制宜，不能无变，惟水亦如之。故华子亦曰："水之源，甚洁而无衰秽，其所以湛之者久，则不能无以易也。是故方圆曲折，湛于所遇而形易矣；青黄赤白，湛于所受而色易矣；砰訇淙射，湛于所阂而响易矣；洄洑潋溶，湛于其所以容而态易矣；咸淡芳奥，湛于其所以染而味易矣。凡此五易者，非水性也，故君子慎其所以湛之。"(《大道篇》)于乎！法之湛，而有所易久矣。今之法，非古之法也。古之有法，非法之性也。执今之法，以求古之法，是伏而舐天者也。执古之法，以求法之性，是盲者竭目力以视秋毫之末也。知法之性者，不言法而言水。《淮南子》曰："水有余不足，与天地取与，授万物而无所前后。是故无所私，无所公，靡滥振荡，与天下鸿洞；无所左，无所右，蟠委错紾，与万物始终，是谓至德。"(《原道训》)孔子观于东流之水，亦曰："主量必平似法。"而其所举似德、似义、似道、似勇、似察、

---

*　辑自《学衡》1925 年 10 月第 46 期。

似善化、似志诸说，皆可于法通焉(《荀子》)。其于法之状也，言之可谓至矣。

虽然，穷法于有天地之始，则法何自生？求法于无天地之终，则法何自灭？法之生灭，与天地为惧，非人力所能为也。而制之、行之、司之者，皆人也。不能生灭，而但为之制焉、行焉、司焉，此必有所受矣。肃然应感，殷然反本，无而为有，洽于大顺，孰纲维是？孰主宰是？此圣人之所弗能尽也。昔墨子知法之用，制《法仪》之篇，言法之必不可无，而深恐天下之制法、行法、司法者，假法以自快其意。则为之限其说，谓天下之父母、之君、及其已之学，皆不可以为法，可法者惟天耳。夫天之无所凭依，吾固尝言之矣。古之人，善于言天以愚下民。故曰天叙，曰天敕，曰天命，曰天讨，皆制法、行法、司法者之所假也，斯不具论。不然，求天之志，在通万民之性，读《泰族之训》而知之。《泰族之训》曰："天地四时，非生万物也，神明接，阴阳和，而万物生之。圣人之治天下，非易民性也，拊循其所有而涤荡之。"(《淮南子》)然则法之所从生可知矣。

彼民自有性，性之常，法则寓焉。何事以圣人之法乱之欤？圣人之法，其用乃在于涤荡民性。民性之待涤荡，此失性者也，而涤荡之以法，未见其性之可复也。于是救火扬沸，治丝而益紊之。法欤法欤，法之不可终恃甚矣！古之人知其然也，故不言任法而言任人。其说曰："化而裁之存乎变，推而行之存乎通，神而明之存乎其人，默而成之、不言而信，存乎德行。"(《易・系辞》)又曰："徒善不足以为政，徒法不足以自行。"(《孟子・离娄章》)至矣哉。德行之说也！无德行以将之，其于法乎何有？有德行以将之，虞夏之法之所以行者乎？昔鲁人有周丰也者，哀公使人问焉，曰："有虞氏未施信于民，而民信之，夏后氏未施敬于民，而民敬之；何施而得斯于民也？"对曰："墟墓之间，未施哀于民，而民哀；宗庙社稷之中，未施敬于民，而民敬。殷人作誓而民始畔，周人作会而民始疑。苟无忠信诚悫之心以莅之，虽固结之，民其不解乎。"(《礼・檀弓》)于乎！德行之存，忠信诚悫之心，《礼》与《易》交称之，盖若合符节也。殷周之治，于古为盛，而民之疑与畔自此始。徒法不足以自行，岂不然哉？而黄梨洲曰："三代以上有法，三代以下无法。"(《原法》)由周丰之言，则三代之有法，非法之性也，而况无法耶？而况有法之陵夷，乃必至于无法者耶？何者？以法不可恃、而恃其人，彼人者，亦不可终恃而无虞也。《礼》曰："文武之政，布在方策，其人存，则其政举，其人亡，则其政熄。"人之不可终恃一矣。人群代谢之际，不能皆贤，不能无不肖。得不肖者而授之法，则以惑而乘骥，狂夫而操吴钩干将，鲜不伤人于市者，人之不可终恃二矣。制法行法司法之人，皆操权而处民上，各私其亲，各爱其党，才又足以文之，于是治下有法，而不足以治上；治贱有法，而不足以治贵；治懦有法，而不足以治强；治民有法，而不足以治君。简策具在，瞭然可稽，法治国之名，所谓强颜而居之耳，人之不足终恃三矣。故以荀子之学，儒而法者也，其《君道篇》谓："不知法之义、而正法之数者，虽博临事必乱。"所见非不卓绝。而徒以有治人之意存。弟子韩飞窃之，纯恃刑法，而以术济之，作《八奸》之篇。谓人臣之所以成姦者：一曰在同床，二曰在旁，三曰父兄，四曰养殃，五曰民萌，六曰流行，七曰威强，八曰四方。八者皆不可恃，可恃者惟法，处法者惟术。于乎！韩非之罪，可胜诛哉。

夫制法，非为一君之利也，以利民耳。君之始亦一民，民皆不利，而君能独利与？且君临天下者，闻以德化，不闻以法绳也。今绝父子之恩，兄弟宗族之亲，夫妇之情，如抟沙而一之，其本既漓，其末更何足道，法之必毁无所疑矣。法家多惨覈少恩，凭于法，而不知法之所以生，私其法于一人也。凭于势，而不知势之所以成。法之生，则民之性也；势之成，则民之力也。挟民之力，以怫民之性，此以民攻民者也。以民攻民，民所不能堪，一旦瓦解，则孤立无援矣。然则彼恃法而不因民性者，为一人谋亦未周也。虽然，为法家者，其才恒十倍于人。以其才之倍人也，故以一人而禁制天下，当其身，天下若默然安之，而乱形伏矣，怨毒积矣。身死则功亦隳，业尽则法不可绍，非不幸也，数业。管仲之死也，竖刁、易牙、开方以乱齐。商鞅之于秦也，被车裂之诛。韩非以自戕。李斯佐秦始皇一天下，而二世卒以亡。晁错衣朝衣斩东市，诸葛孔明亡，而蜀不复振。王猛卒，而秦败于淝水。王安石、张居正，皆不能终其务。此岂遗爱在民，令人诵《甘棠》而歌"弗剪弗伐"者哉？

不特是也，彼制法、行法、司法者，明知法之不可恃，而蔽于私意，必欲恃法以自卫而錮民。其有利于民也，则多方以键闭之；其不利于己也，则多方以玩弄之。鉴前人之失，则多方以违避之；图万全之计，则多方以防御之。于是以左支右拒之心，凛乎若朽索之驭六马，而何遑兴利？卒之朽索必绝，六马皆走，有窃负而逃者矣。是故为之斗斛以量之，并与斗斛以窃之；为之权衡以称之，则并与权衡而窃之；为之符玺以信之，则并与符玺而窃之；为之仁义以矫之，则并与仁义而窃之。是正而窃之者也。鉴宦官之失而防之，则亡于外戚；鉴于外戚，则又亡于宦官。鉴奸劫之患而防之，则亡于方镇；鉴于方镇,则又亡于夷狄。是变而窃之者也。于乎!恃于法矣,而不能不窃于人;窃人之法者,又为人窃者也。窃而据之,若己有之,诸侯之门,仁义存焉,而其实盗贼也。今日之盗贼满天下,虽有法其何裨!

我不能令今之无法也,我不能禁今窃法之诸盗贼也。有忠信诚悫之德行以将之,虽盗贼亦圣人已。昔亢仓子曰:“我能视听不以耳目,而不能易耳目之用。”夫以目视,以耳听,各有职司,不相逾越,非法之大经耶?视听不以耳目,则法之迹废矣。而不能易耳目之用,是法意犹存也。存其意,废其迹,如亢仓子者,吾将以为制法、行法、司法之教父云。

政理古微四·爱民*

林　损

不祥哉，始制文字之圣人也。以国人之至众者为民，而且为释之曰："民，氓也。众，萌也，言萌而无识也，象其衣之蒙然，憧憧而行之貌也。"（《说文通论》）而且为谐其声曰："民，泯也，泯灭无所知也。"（《释名》）而且为转其声以系之曰："民，言冥冥也，不识不知，顺帝之则，故冥冥然也。"（《名原》）于乎！使天下之人，皆萌而无识，泯灭而无知，冥冥然而处，象衣之蒙然而憧憧以行，人类之灭久矣！而国何由存？国之所由存者，以有民也。民之所以自存者，以有智慧德业，故灵于万物而胜之也。无智慧德业，则无民，无民则无国。是故贾子曰："民无不以为本也，无不以为命也，无不以为功也，无不以为力也。"（《新书·大政上》）此岂贾子一人之私言耶？自古及今，稍有识知之士，莫不晓之。虽其间，以成吉思汗为之君，其政在暴民以虐民；以商鞅、李斯为法家之学，其说在愚民以抑民。而意之误，乃在谓"慈母有败子，而严家无格虏"（本李斯《言督责书》引韩非语）。亦未尝无求治之意也，顾其心术则有间耳。

今之世，民主之义，既大昌于天下。国以民名，而政号为共和立宪之制。暴民虐民之实，存乎其人，而愚民抑民之说，无敢宣于口而陈于书者。其可宣可陈者盖尚矣，而非我所欲赞也，必欲进而究焉，亦在心术。斯不言贵民重民，而言爱民。夫爱民者，纯乎其为心术之事也，且将以劝其上。何者？彼民本贵

---

* 辑自《学衡》1925年10月第46期。

且重，昔尝失之矣，然民自失之，非在上者所能夺也。今失而复得之矣，然民自得之，非在上者所能与也。在上者之所能与夺于民也，惟爱之之心。心之不爱，而徒言贵民重民，此不得其本者也。贵民重民者，曰民权，曰民力。使以权相争，以力相夺，而不以爱相结，此亡国之道也。且权之处衡，在乎一端而已，其于治国亦然，不可分也，不可共也，不在彼则在此，不在上则在下也。自民权之说昌，民皆欲得夫权而据之，然共之则泛而无所属，分之则乱而无所系。在下者得其名，在上者得其实。得其名者，据之而不能行；得其实者，行之而不能安。上之视下，如寇雠之后追也，而狼顾；下之视上，如盗贼之先窃也，而鹿奔，此上下交征之道也。上下交征，而其国可亡矣。于是下者以无其实之不能有为也，则并其名委之。上者以行其实之不能安也，则并其实弃之。皆有离散之心，而无和洽之志。舍余力不能相劳，隐匿良道不以相教，腐朽余财不以相济（《墨子·尚同篇》）；饥寒饱暖不相恤，有无不相通，疾病不相扶持，肝胆手足之间，犹秦人视越人之肥瘠，是上下交废之道也。上下交废，则其国亦可亡矣。不然，上授其名于下，而隐操其实；下输其实于上，而空有其名。上有所作，而下漠然无以应之；下有所好，而上挈然有以阻之。内较于利害，而显难以是非。下者曰：自治之府，盖民力之萃也。代议之士，盖民权之表也。设之不必其道，选之不必其公，举欣欣然有喜色而相告曰：吾能萃民力表民权矣。上者亦姑听之。一旦有不慊于心，则从而扼其吭拊其背曰：此非真民力真民权也。未能操刀而使割者，必伤其手，尔曹之手伤矣。又藏奸以养乱，不去，将以害民。若夫更张，悬乎我，我欲仁，斯仁至矣。好言莠言，反复口吻间，是上下交诈之道也。上下交诈，而国家之亡无日矣。且今有国于此，政荒于上，俗乱于下，田野不辟，草莱不聚。以问之上，上者则谢之曰：我仆也、宾也、有主在。夫国之主在民，民亦众矣，众民不能皆为主，而不能皆非主也，主之中又有主焉，非处乎其上之人，而沕漠无形之公情性也。情性既漓，则亡日之来，亟于秋水，其涸也，亦可立而待矣。

是故权力不足争，不可废，不能伪，惟情性必求其公。情性之大公者，由于爱也。相爱之极，无人我之界，无上下之别，置一上于众下之间，而纳一我于众人之中，人欤我欤？上欤下欤？我本亦人，人外无我。上自下戴，下为上守。万族平视，德音孔胶，离则皆毁，合则俱成。自其既合，遂不可离。汎乎其权，不问其孰属而必行；殚乎其力，不问其何施而能足。此非今日所得而遽望也。降思其次，有上下之等，而其情不相远；有人我之界，而其德不相违。利害则一，荣辱则同，故权虽在我，而人必乐受之；力虽在上，而下必乐从之。赏而不知其恩，罚而不知其怨，此如父母之爱子，亦爱民之甚者也。夫父母莫不爱子，爱子之心，不待言而皆见者，诚也。虽不以爱自居，而人犹不之信，爱之实固多也。必不得已，至于敲扑棰楚，而人且视以为爱术，诚之所积厚也。为上者，亦务积其诚而已矣。故曰："如保赤子，心诚求之。"又曰："百姓皆注其耳目，圣人皆孩之。"（《老子》）孩之，故爱生焉。爱之，故诚生焉。民恶忧劳，我佚乐之；民恶贫贱，我富贵之，民恶危坠，我安全之；民恶灭绝，我生育之（《管子·牧民篇》语）。此非踰节而夺其佚乐、富贵、安全、生育之权力也。四事者，众民权力之所自有，委而不举，则我为代举之。我与众民本一体也，一体之权力，宜交相举者矣。且权力果何物哉？非效壶醢酱瓿，可怀挟提挈以与人也。由权力之说，则豪强之所便，而穷民之大不利。彼穷民之不能自举其权力久矣，先王发政施仁，必先穷民，是以鳏寡孤独，皆有常饩。跛躃侏儒，皆有常养（《礼·王制》）。诚不肯以权力之说易其爱也（权力平等，于义最精，今严定公民资格，则权力不普不遍，不普遍，则不平等矣，平等难，则权力之说是重利豪强也）。若夫民有诪张，而为止之；民有呰窳，而为禁之；民有叛乱，而为诛之；民有干犯，而以法绳之。顽而迁之，愚而屏之，此犹敲扑棰楚以为爱，非所乐矣。孟子曰："以佚道使民，虽劳不怨；以生道杀民，虽死不怨杀者。"爱者，所谓生道、佚道者耶？用其爱，虽劳之杀之犹可，而况不至于此者乎。虽然，害民之徒，要不得借斯言为口实。心术故微渺，然根于其中，发于其外，施于四肢，形于动静，不可以强窃也。昔刖危出子羔于门。曰："我当刑时，而见吾君之仁。"夫子羔之仁，刖危尚知之，况以天下民人之众，有不知其上者哉！

政理古微五·养性*

林　损

为养性之言于今日，可谓击鼓而求亡子于唐之衢者矣。虽然，人不食十日则死，大寒之隆，不衣亦死（本《韩非子·定法篇》语），而一日不得衣食，则皇皇然以求之，若无所措手足，是何也？非以为养生之具耶。夫人生息营养于其性之中，其重匪特衣食也；性失其养，其苦匪特饥寒也。而人以养性为陈言，而吐弃之，则奚不曰：衣食之为用亦旧矣，将不适于今而废之也？且吾闻之，上古之世，太素之时，元气窈冥，未有形兆，万精合并，浑为太极，莫制莫御，若斯甚久。乃翻然以自化，别清浊，判阴阳，具体实，生两仪，天地絪缊，万物化淳，和气生人，以统理之（本《潜夫论·本训篇》语）。盖万物皆备于人矣。性处其内以为君，而身苞其外以为宅，身之存，乃所以载性也。身之保，乃所以奉性也。性亡则身随之，身死则性有洋溢而益光辉者，此其较可知也。若夫衣食之得失，独身之存亡死生耳，使身死亡而性生存，则精气以为物，游魂以为变，来生以为期，子孙以为蜕，文字以为手泽，行谊以为典型，名之所传于后以为报，庆之所余于世以为征，其所养方未有艾也。性一澌灭，则旷劫不得复，虽并地水火风之轮而空之可也（今我凡身四大和合，因其质以为形，依其化以为用，于中积聚，似有缘相，假名心性，非真性也。然其流转周回，虽经万劫犹不能空，假令竟空。复有空性。故人性断无亡理，此仅较其重轻姑借言之）。

---

* 辑自《学衡》1925 年 12 月第 48 期。

是以古之君子，或杀身以成仁，或舍生以取义，是岂有恶夫生哉？以全其性之重，故去彼取此，不可兼也。仁义在天地之间，虚悬而无所附，然能从而取之成之者，则性之所定也。且岂独仁义哉，天下之事理繁矣，莫不以性为本。《礼》曰："天命之谓性，率性之谓道，修道之谓教。"（《中庸》）道与教者，固万事万理之所从出也。孟子亦曰："尽其心者，知其性也，知其性，则知天矣。"（《尽心》）大哉性乎！惟天为大，惟性参之。万法摄于一心，惟知性能尽之，言性若孟子者，至矣。通人达士，读书数万卷，遍观人事，统于一身，如燃犀以临牛渚，举凡治乱成败穷通寿夭之故，无不毕烛。登高四望，触目惊心，吊荒墟而问故事，不觉涕泗之无从。而退居一室，反求诸己，则冰之涣、泡之灭，若一无所与者。于天地寥廓之中，而我若沧海一粟之存，白驹过隙，践形几时？首阳之上，东陵之下，跖骼夷尸，孰视不辨。与偕亡者，我独何人？当其亡时，回溯未生，我本无生，亦复无亡，而况寿夭？曰：可以无计矣。且祸者福之所倚，福者祸之所伏，忧喜聚门，吉凶同域。吴以强大而夫差亡，越棲会稽而勾践霸；李斯游说既成而被五刑，傅说胥靡而相武丁（本贾谊《服鸟赋》语）。穷通成败之间，亦可以不问矣。天下无不熄之政，终古无不亡之国。治于古者，固已乱之于今。欲今之治，未必不乱于后。治乱之相承，如圜之无端也，必嚣嚣以图之，可谓愚矣！然而贪夫殉财，烈士殉名，夸者死权，众庶凭生，攘攘而来，熙熙而往，营营以求，胶胶以守，生乎由是，死乎由是，前仆后奋，而进取益烈。以为驱于情欤？而性者，情之所由生也。喜怒哀乐之鼓荡欤？其未发谓之中，而性能主之也。是故以不羁之才，轶荡之伦，其识能空古今、通上下、决藩篱、窥隐蔽，而不能不颠倒匍匐于性海之中，不得突围以出，为悠然而逝之民。以庄子之沕漠无形、变化无常也，其说盖尝齐物我、同死生矣，而必归其道于性。一则曰："彼正正者，不失其性命之情。"（《骈拇篇》）再则曰："达生之情者，不务生之所无以为。"（《达生篇》）然则治乱之所以为治乱，成败穷通寿夭之所以重，其不以性矣乎？天之所以纲维万物，其不以性矣乎？

于乎！天下之事，于国家之治乱，可谓之大矣；于死生之间，可谓至矣；罪恶而至淫杀，可谓甚矣；砥行而为圣贤，可谓华矣。苟无性以主之，虽变其说以处焉可也。国何必治？人何必生？辅体之感，何谓之淫？金革相入，何谓之杀？以利相分，善于何有？善之与恶，相去几何？更进而论之，治者何益？生者何为？淫杀何罪？圣贤何功？善何必是？恶何必非？即有功罪，又计是非，观以露电，处若梦幻，此安足图？彼安足避？不图不避，又谁禁之？虽使天下无死生治乱功罪之见存可也。然我即有性，而我自不违之，以施于人，人亦从而受之，是天下之性同矣。有同性故有群，有群故有法。不知性之表里精粗，明其体以达其用，而妄云制礼定法、治国平天下，皆盲瞽之行道，指东以为西者耳。

而今世之君子，蒿目以忧世患，好论经济，而独置性理，谓非当务之急，且沦于清谈以误国。夫晋人清谈，乃在上无道揆，下无法守，贼民因而兴焉，岂研极于性耶？宋人善言性，而未尝亡国。亡宋国者，乃在力禁伪学之韩侂胄、贾似道，此辈之所以自文其奸者，未始不以言性为空谈，而自诩所行为经济也。经济之义，释之以经国而济民。夫苟失其性，于经国乎何有？而济民之说至泛，所谓济者，将独济其身耶？将并济其性耶？独济其身，所谓济者何如？身之饱暖痛苦，凉燠劳佚，无不系乎性者。并济其性，所谓济者又何如？将顺其性而理之耶？将逆其性而匡之耶？逆之顺之，必先知之；匡之理之，必先养之。而知之养之，莫非本有夫性者也。有性者不必人，虽禽兽木石亦然。治木者，知直木之不可以为轮，曲木之不可以为矩，必不枉其天才，而令得所（嵇康《与山巨源绝交书》语）。良冶之治五金也，反者则不以相入，敌者则不以相遇，相成乃始合而镕之。而养虎者，不敢以生物与之，为其杀之之怒也；不敢以全物与之，为其抉之之怒也。时其饥饱，去其怒心，则虎虽异类而与人亲（《庄子》），皆知其性而养之以顺也。夫禽兽木石之性，人犹得而养之，虽人之至劣，庸无加于木石禽兽哉？故以人自养其性，其力固充裕，不待助于外物而已足。人皆自足，太平可立致矣。不然，由孔子之言：民可使由，不可使知，要必有知者使之。使之者，亦不可不普求天下之性以养之。养天下之性，在养一己之性始，斯忧世者之养性，宜尤亟也（孔子罕言性与天道，乃可使由不可使知之意，所重在养，故所轻在言，所谓存而不论，陈其性而安之也。然知苟未澈，养之亦多窒碍。后世去古益远，性益漓薄。不先言知而遽言养，则必有乱性之徒，认贼作父者，性理之讲，诚非得已，执古拟今，失之拘矣）。要之，善养性者，未有不施之于经济。经济诚当务，而性海中之一事也。未能养性而言经济者，犹今日适越而昔至，自谓至矣，而其实未尝就道以行也。于乎！言有根，事有宗，养性其经济之根耶？自根而发荣滋长者，有枝叶，天下之枝叶亦多矣。枝叶出乎地而易见，其根入于土而难察，人以其难察也，则以为虚无、为微渺、为不足养，徒枝叶之是修，而不培其根，及其既萎，而终不能悟，以枝叶之修为未善也，而不知失之已远矣。言经济者，何以异是？

抑我独不解顾炎武以一代大儒，笃守行己有耻之说，以诏来学，箴砭末俗，归于尽善，而独讳言性理。彼耻者，非犹是羞恶之性耶？知反身而诚之有耻，而不知反身而诚之有性；知无耻之学为无本，而不知失性之耻为不诚。挟其矛以攻其盾，必有陷者，则炎武所未尽也。况炎武之言曰："百年来之为学者，往往言心言性，而茫乎不得其解。命与仁，夫子之所罕言也；性与天道，子贡之所未得闻也。性命之理，著之《易传》，未尝数以语人。"(《与友人论学书》)夫当炎武之时，学者能得性命之解与否，我所不必问矣。而我有所诘于炎武者，则炎武之曾得其解否也？炎武而得其解，则以其所解者，解其所不解，炎武之职也。炎武而不得其解，则乌知学者之皆茫然也？得其解，而不以喻人，则炎武之私也；不得其解，而禁人言之，则炎武之忌也。其进退无所据盖如此，而徒以夫子所罕言、子贡所未闻之说制天下。夫夫子之所罕言，宁能使天下之皆不言耶？夫子未尝谆谆为衣食之谋，而天下之谋衣食者自若。炎武不能禁人之衣食，而禁人之言性，何其囿也！且曰罕言，固未尝讳言之也。著之《易传》，固以之训方来、垂终古，非幽之而不宣也。炎武求其说而不得，而归于人事之不齐，曰："聚宾客门人之学者，数十百人，譬如草木，区以别矣，而皆与之言心言性；舍多学而识，以求一贯之方，置四海之困贫不言，而终日讲危微精一之说。是必其道之高于夫子，而其门弟子之贤于子贡，祧东鲁而直接二帝之心传者也，我弗敢知也！"(《与友人论学书》)于乎！炎武亦知人无愚智贵贱之皆有性，得闻其言者，不必贤于子贡，而言性之权，亦非东鲁与二帝之所得而据哉！今有人于此，有良田宅数万顷，而其他金玉珠玑骨角文锦之直称是，可谓富矣。顾主者委而不治，若不知其有是物者，则世必以为狂惑失性之徒。而人之有性，性之直，非徒良田宅数万顷，与其他金玉珠玑骨角文锦之所称也。委而不治，于近古为已甚。或欲治之，而不知其方。若师者之爱子，不免乎枕之以糠；聋者之养婴儿，方雷而窥之于堂，其可悯固亦至矣。今炎武不为之辟正路、辨沟洫、引灌溉、植禾麦，令仓盈而庾亿，珍萃而宝货充，反从而壅之。非徒壅之已也，又禁其主者自治之。然则使人失其恒产，皇皇然为饿殍以死于道路者，必炎武也，其罪岂在管仲夺伯氏骈邑三百下乎？且处贫贱而慕富贵，犹人之情也，居卑下而希高洁，犹物之理也。虽非所有，必将取之，是以逐兽者趋，争鱼者濡，玉在山而波斯之贾至，渊生珠而象罔窥之不已。何者？以利之所在故也。性之于人，不必如四者之外铄，且厥利过之。养性之难，不如鲛人象罔，而必无趋濡之患。人亦何苦必放性以不养？炎武亦何惧于养性而阻人？

吾读炎武之书，有所谓“天下兴亡，匹夫有责”者，偶同今世之风说，为学子所颂祷，盖尝深思力索之，以为匹夫之责，舍自养其性无他。自养其性，则仁义礼智之端扩焉。斯王裒之隐可褒，嵇绍之仕可贬，山涛劝绍之入仕可诛，与炎武所举之本义，殆不甚相远也（匹夫有责之论，本为正始风俗而发，其力责山涛之劝嵇绍入仕，以为杨墨之言，使天下无父无君者，有所愤懑不平故也。后人断章取义，仅取二语，而略其上文，不通极矣）。而利禄之士，美锦当前，妄思学制，窃取二语，悬诸齿颊间，藉以争政权、博名位，致青云之上，号为元勋，以为兴天下之功在此。然而使蟹捕鼠，蟾蜍逐蚤，不足以禁奸塞邪，乱乃愈滋。乱之滋也，人人争言有功，而未得一当。车毂接于都门，耳目驰于魏阙，精神窥于势利，腰项屈于尊贵。赞意如川，应言若响，据险乘邪，风起云会，遂令过江名流，多于东海之鲫，临淄之民，逾于七万户。其辞皆曰：“我之为此，将以尽匹夫之责，诎身以伸道也。”而不知己本无道，何道可伸？道不可终伸，责不可终尽，而徒以丧其性。性之既丧，则放僻邪侈，无不为已。于斯时也，上则无法律保障之公，幽则无鬼神权衡之畏，前则有竞争功利诸邪说之导，后则有饥寒困苦之迫，虽有区区廉耻之说，安足以挽已颓之波，而为中流之砥柱乎？于乎！使皋陶定爰书，而归狱于炎武，必炎武所不受也。云何世人，假我衣钵，稗贩如来，举世尽贼。炎武之稗贩于今久矣，死者有知，当痛哭流涕于九原之下。毫厘之差，悔在千里，然虽悔无济矣。矫其说，原其心，则炎武所不恕，而我所不让，读者其亦憬然悟欤？

或曰：“有治事之责而言养性，得微如臧穀之牧，而皆亡其羊者耶？”曰：养性之功，无乎不在，以治事而益验，不以之治事而无间。而治事者，一日不养性则荒矣。夫人一日饮酒，则苦酲者必三日；三日畋猎，则一月之志在旷野。然其失性，未有如今之甚者也！今之治事者，以酒为池，以肉为林，以女闾为家，以盘乐游敖为老死之乡。使以古管仲、乐毅之才处此，精销神亡，难乎其获免矣。今才不及乐毅、管仲，而动以妇人醇酒之说自解，又欲于此间得少余暇，以画大计成大名，是南辕而北其辙也，——痛哉！人之言曰：“居市井者无百年，入山林者多上寿。”市井之中，秽浊积焉，毒气薰腾，汩没人性，而治事者杂其间。当午而作，鸡鸣而息，平旦之气无所发，三省之道无所用，虽欲免得乎？故古之人于此，恒兢兢于养性。《淮南子》曰：“专精厉意，委务积神，上通九天，激厉至精。”（《览冥训》）积神犹养性也，委务者，非不治事也，故能激厉至精，犹老子曰：“损之又损，以至于无为，无为而无不为也。”（《四十八章》）而老子又曰：

“夫物芸芸，各复归其根，归根曰静，是谓复命，复命曰常，知常曰明，不知常，妄作凶。”(《十六章》)归根也，静也；复命也，知常也。皆养性之效也。不知常而妄作，犹不养性而治事，故凶也。而徐干亦曰：“人心莫不有理道，至乎用之则异矣。或用乎己，或用乎人，用乎己者，谓之务本。用乎人者，谓之近末。”(《中论·修本篇》)养性欤？治事欤？孰为务本，孰为近末，达者当明辩之。本正则末正，谁言养性而不可治事哉？而刘勰亦曰：“将全其形，先在理神。故恬和养神，则自安于内；清虚栖心，则不诱于外。神恬心清，则形无累。”(《新论·清神篇》)彦和谓养神，而我谓养性，其意一也。彦和以养神全其形，而我以养性治其事，形全而事治矣。故太史公曰：“神大用则竭，形大用则敝，形神骚动，而欲与天地长久，非所闻。”(《论六家要旨》)亦此旨也。

于乎！养性之时义大矣哉。使今之为国者，有务本之志，明揭此旨以示天下，广征大师，集学者以讲授之，使天下翕然归命于养性之途。而后发为经济，则庶乎经济之学，其不差乎？虽然，使世界之群生，各养其性，循轨而不相犯，虽无经济之学可也。彼经济者，乃机心之所翕张以出也。然是谋也，太平世之法也，今非其时，独养性则尚矣。

政理古微六·劝学*

林　损

上

《礼》有之："大学之道，在明明德，在亲民，在止于至善。"(《大学篇》)尚哉斯言，可以知为学之本矣！夫明德者，途之人所皆具也，明明德者，独学者之功也。天下之学者少，而途之人多，故有明德而不能自明，因曰："彼能是，而我乃不能是？"天之秉则异然，而不知己之贼天至矣。学也者，求所以不贼也，非与天争，而强揉其性也。彼荀卿言性恶而劝学，争之者耳，乌足以识学之意？识学之意者，其惟孔子乎？昔孔子谓子路曰："汝奚不学？"子路曰："南山有竹，不揉自直，斩而射之，通于犀革，又何学焉？"孔子曰："括而羽之，镞而砥厉之，其入不益深乎？"子路乃再拜受教(《说苑·建本篇》)。夫孔子之所求者，在括磨砥厉也，其入益深，斯学不可以已；使刈腐草而括磨砥厉之，斩以为矢，其折也忽焉，虽荀卿其如之何？故荀卿不知学之意者也。虽然，荀卿之学卓矣！论学之意固谬，而致学之功极醇。其言学之数，始于诵经，终于读礼，盖生平所深造自得者。言学之义，始乎为士，终乎为圣人，真积力久则入，至乎没而后止(《劝学篇》)，虽万事不能改也。

抑所谓圣人者，以其德，非以其艺也；以其道，非以其器也。古之为教者，

---

* 辑自《学衡》1926年2月第50期。

皆以道德，而器与艺，则以为望道入德之门，故二者虽不废，而必先授之。先授之者，以其浅而易载也。古学校之制，家有塾，党有庠，乡有序，国有学。比年入学，中年考校，一年视离经辨志，三年视敬业乐群，五年视博习亲师，七年视论学取友，谓之小成；九年知类通达，强立而不反，谓之大成（《礼·学记篇》）。洋洋乎，大观也已！而七年小成之间，道德为主，器与艺已寓焉；逮其大成，皆道德之学也。知类通达，近于致知；而强立不反，近于诚意；博习近于格物。《大学》尝言格物，而必归其用于致知；知至而后意诚，意诚而后心正，心正而后身修（《礼·大学篇》）。修身为本，而推及齐家治国平天下，然则道德之为古重可知矣。夫道德之修存乎我，器艺之用悬乎物。存乎我者终古而不变，不为富贵而淫，贫贱而移，威武而屈，毁誉而动，非圣人不能有也；悬乎物者，因时势而为推移，以顺为正，以歧而亡，以营逐为能，以患得患失为心，非小人不肯为也。圣人之初，亦一士，执士而命之以小人，无不怫然怒者。然自春秋以降，求麟角于牛毛之中，为道德之学者盖寡，是岂甘以小人自居哉？前有所挽而后有所驱也。驱挽既习，若与性成，居之不疑，相率而陷溺沦胥，不可援手，则学之真亡矣。故孔子曰："古之学者为己，今之学者为人。"（《论语·宪问篇》）荀卿亦曰："君子之学也以美其身，小人之学也以为禽犊。"（《劝学篇》）而苏秦发书，陈箧数十，得太公《阴符》之谋，伏而诵之，简练以为揣摩。读书欲睡，引锥自刺其股，血流至足。曰："安有说人主，不能出其金玉锦绣，取卿相之尊者乎？"期年，揣摩成，曰："此真可以说当世之君矣。"（《秦策》）悲夫痛哉！为学而欲以说人主、取卿相之尊，于美身为己之义何远也。

战国至今，士人慕苏秦之行，奔走利禄，荡而成风，揣摩时趋，钩钜百出，而要以伐性贼天，贻后世之笑骂，百年以来，每况愈下。其初，功令以制艺取士，邀名者为之，浸淫于八比文，视为绝学。伏首研求，老死不肯已，盈四海九洲皆是矣，而不足以困豪杰。若夫赵帜既拔，新学崛兴，一二大力之辈，负蝥弧以先登，后生少年，风动蝟集，于是为学有期，其期视好尚为盛衰。当其盛也，高方寸于岑楼，纳须弥于芥子，屎溺之下，大道存焉；及其衰也，举其书而束之高阁，覆之酱瓿，言之则以为陈腐，见之则以为筌蹄。吾尝考其变迁，计其时日，有所谓天文历数之期，哲学物理之期，音乐体操图画之期，东西各国文字之期，迄今则大讲政法以自炫。而前者仆，后者兴，右者仰，左者偃，于兴仆偃仰之间，时不待旦夕，行不待周旋，而学者适当其冲，敝精劳神以赴之。赴者愈急，澌灭者愈速，又顾而之他；其他复不足以少留，无一毫之得于中，而颠蹶奔命以死。孟子曰:“天下有道,以道殉身,天下无道,以身殉道,未闻以道殉乎人者也。”(《尽心篇》)若此辈者,非以道殉人者耶?且古之殉人者,曲其学以阿世主,今之殉人者,空其有以殉市侩。阿世主者,尚饰圣人之言行以将之。殉市侩者,是不知世有圣人者也。夫圣人之于古亦众矣,其言行之流传于今亦多矣。读书者皆不之求。而一二市侩,挟赀数十万,萃东西涉猎之译材,摭拾莠说,左右世界,錮天下之心思,并天下之耳目,生杀富贵,举由于是,其毒不在焚坑之下。然上以是诏,下以是承,颁之订之,研之诵之,可谓痛哭流涕长太息者也!

况殉人者,复不常有。贫贱者则诿之以谋食,富贵者则诿之以谋政,少者则诿以时命之未至,老者则讬以得间之已倦。夫不学而言政,何政之施!不学而谋食,何食之得!舍本逐末,于此为极,行险侥幸,天必灾之。若以贫贱、富贵、老少而有间,是未读《尸子》也。《尸子》曰:“曾子曰:父母爱之,喜而不忘,父母恶之,惧而无咎。”然则爱与恶,其于成孝无择也。史鳝曰:“君亲而近之,至敬以逊;邈而疏之,敬无怨。”然则亲与疏,其于成忠无择也。孔子曰:“自娱于檃括之中,直己而不直人,以善废而不邑邑。蘧伯玉之行也。”然则兴与废,其于成善无择也。屈侯鲋曰:“贤者易知也。观其富之所分,达之所进,穷之所不取。”然则穷与达,其于成贤无择也。是故爱恶、亲疏、废兴、穷达,皆可以成义,有其器也(《劝学》)。夫人谁无器?学之器,明德是也。舍其明德,而自遁于富贵贫贱老少之间,然则六事者,皆非人所宜居。而人生世上,不在彼则在此。胡不遄死,以免斯戾,而腼然有此七尺之躯哉!

故为学之道:曰定,曰恒,曰无间。定则不诱于物,恒则不旷于己,无间则不迁于境,而一日有千里之势。古之人其备乎,皆以明明德也。若器与艺之下,世之论者备矣,吾不论,论其大者。

下

或曰:在明明德之说,则既闻命矣,而《大学》复言亲民,何也?曰:“亲民者,所以为政也。”明明德而不亲民,则其德之量未扩,私于一身,而不足公于天下。夫德岂一身所独有哉?析之于人,人受其益,而于我无所损,故能抵于至善而有所止。其推修身以齐家治国平天下,犹此旨也。且古之明明德者,无不施之于政;古之为政者,无不取之于学。取之于学者,非徒以其才,亦以其德也。无才不可以治民,无德不可以化民。治之不如化之,盖无愚智所共晓矣。

然治且不能，奚自而化？故取才亦必在学，而稍抑按之焉。孟子曰："贤者在位。"以德而言也。又曰："能者在职"，以才而言也。子产曰："吾闻学而后入政，未闻以政学者。"为政必取之于学也。章实斋曰："古人未尝舍政而言教，未尝舍事而言理。"为学必施之于政也。上古政与教合，而以官为师，官之大者，才与德之度皆称之，故能以身为范而善其教。章氏知古人未尝舍政以言教，而不知舍德之外无重政。故其言又曰："古人未尝言理，然理者，事之导，德之表，苟不精于理而举事，事必失中，且将有大咎。"有明德而不酌于理，则用非为是，用是为非，糠秕眯目，四方易位，纷然失其所操持，故诚意之先，必以致知，非迂阔而不肯一蹴以达也。若夫明德既明，事理既澈，施之于政，虽不在朝犹可。或问孔子曰："子奚不为政？"子曰："《书》云：孝乎惟孝'友于兄弟。'施于有政，是亦为政，奚其为为政？"(《论语・为政章》)于乎！岂惟孝友，百行皆由是矣。

是故有德者之为政也，在周于耳目，浃于见闻，洽于情性，悉其苦乐，不曰治民，而曰亲民。亲民也者，自杂于稠人之中。有家人父子之好，无君臣上下之等，而尽去九重悬隔之患。居其室，一言而善，则千里之外应之。后世陈寔、王烈、管宁之伦，皆古之遗良也哉。且昔者七十子之徒，仲尼独荐颜渊为好学，然居于陋巷，无卿大夫之位，才能无所展布，可征于经传者，惟不迁怒，不贰过，其心三月不违仁，则仲尼言之。心斋三月，至于坐忘，则庄子举之。而北山之对，自谓得贤王明主辅佐之，将使由也失其勇，赐也失其辨(《韩诗外传》七)。何其亢也。不得贤王明主，而逍遥仁义之乡，彷徨道德之域，不改其乐，遂终其身，何其洁也。故孔子尝谓之曰："用之则行，舍之则藏，惟我与尔有是夫。"若颜渊者，可谓善藏其用者矣。其余诸子，若漆雕开未能信仕，而子悦。子路欲使子羔为费宰，子曰："贼夫人之子！"孔子岂以仕为不可哉？不学而仕，君子所大惧也。强于行己，弱于治人，怵于待禄，慎于持身(本《说苑・杂言篇》语)。君子所深喜也。

彼仕者，必有其时，必有其遇，必有其制，三者不足，才能虽具，无所用之矣。入仕之制，莫备于《礼》。《礼》曰："命乡论秀士，升之司徒，曰选士。司徒论选士之秀者，而升之学，曰俊士。升于司徒者，不征于乡，升于学者，不征于司徒，曰造士。大乐正论造士之秀者，以告于王，而升之司马，曰进士。司马论进士之贤者，以言于王，而定其论。论定，然后官之；任官，然后爵之；位定，然后禄之(《王制篇》)。慎矣夫，古之用人也！故古之于学，有考课升陟，而无毕业。其位既陟，则其业日益进，验诸事功，皆有所准的，一发而中，再发而洞贯之。何者？其素所蓄积然也。今之人则不然，童年束发，以入学校，穷晌以声，扪日于烛，疑似未得。而历岁已久，则业毕矣。业之毕也，得文契一纸，摄缄藤固扃鐍以守之，荒而不能复治。及乎干禄，则舍其所学，不循于制，而求遇合于人与时之间，使满欲以归，犹浮云也。赵孟所贵，赵孟能贱。无实尸名，谓之不祥。况倒行逆施，求鱼而缘木者乎？一旦失志，悻然之色，见于颜面，怨天尤人，嗟卑叹老，若有无穷之屈辱者。不患所以立，而患无位；患人不己知，而不患无可知者。以古之制律之，论定任官，颁爵授禄，将反足奔走之不遑耳。不然，集无量数小人之尤，使之握政权，掌天下之大务，紊乱决裂，吾民且不憀生，彼辈方且以得志鸣高于众。一人得志，则祸万人；万人得志，则不得志者百余万。不得志者愈多，营求者愈亟，得失愈微，倾轧愈工，废学愈甚，道德愈隳灭不可复举。谈士充衢，骚人盈座，口诵治平，意慕华利。以南冠楚囚之面目，市痛哭太息之文章。天爵不修，悲人才之易老；俟命未习，谓鼎镬之备尝。大任若斯，平治在我，滔滔者吾备见之。若夫幽而益芳，穷而愈乐，食菽饮水，歌声若出金石者，斯何人欤？空闻其语，何违世之远也。

虽然，道德之衰也，有日矣。自姚贾、陈平，含垢纳污，自鬻于世主，清议犹存，讥评或起，则巧言以自解。至以诟丑大辱为立功之士，而诽及卞随、务光、申屠狄、孝已、曾参之伦。秦皇汉祖，喜其便佞，亦从而优异宾礼之。上有好者，下必有甚，而风会为一变矣。曹操既有冀州，崇奖跅弛之士，至于求负污辱之名，见笑之行，不仁不孝，而有治国用兵之术者。下令再三，悬诸象魏，于是权诈迭进，奸逆萌生。故董昭太和之疏，极谓“当今年少，不复以学问为本，专更以交游为业；国士不以孝悌清修为首，乃以趋势求利为先。”(《魏志卷》十四)痛矣夫！政治之蠹，莫过于权诈奸逆。而权诈奸逆之在身最苦，为事最危，外不讯于五刑，内必蚀于阴阳。人顾好为之者，非其性本然，喻于利而忤于义也。义利之辨，一恒人尽之，然身处其境，苟无定力以持其心，两心相讼，义罕能胜者。定力之存系乎学，学之不修，而欲不滓于染而磷于磨，其亦难矣。夫使天下有道，利害与是非，必同出于一轨，而无扞格之患，此真吾侪所焚香标笔，而欲请命于帝者也。必不获已，生今之世，而好古之道，辟境于学，以自藏其身，诵其诗，读其书，尚论其人，致之以为友。斗室之中，柴门之下，英杰圣贤，昭布森列，唯诺答应，浩居自顺。而出其心之所条理经营者，折证于其间，是者以为利，非者以为害，义者以为安，不义者以为危。吾之利害安危，其精者也，而人之利害安危，其粗者也。粗者不可久恃，而精者亘古今以不变。是故天下虽乱，而学者自治，学者既治，而天下亦可不乱。学者之治天下，无他道焉，释其机变之巧，较其得失之中，涤其薰染之习，正其趋舍之途，收其已放之性，还之于本有此性之身，其事至便，故可不言而自化。庄子曰："闻在宥天下，不闻治天下。"（《在宥》）必如此，始可以言宥矣。

吾尝谓政治变迁之迹，原其始而可要其终，由其本而可推其末，古政学之辙迹，君师之连属，粲然可具见也。大同之后，旧观必有来复之一日，而欲破君民不平之局，必自学始。古者附教于政，而后者且附政于教。附政于教者，大同之先河也。人人不戴其君而戴其师，不受其治而受其学，师之于弟子也，不制以政法之形式，而注以德义之精神，故心悦诚服，而无叛乱纷扰之虞。注之既久，一旦豁然贯通焉，从心之所欲，而不踰其矩，即心即君，即君即师，政法道德，于此备焉，则教亦可废矣。教之废，大同之极轨也，要之自学者之亲民始。学者之亲民，犹为政也，而与今日言为政之道异其源。明其明德，而推之人，因人之明德以明之，而推之天下，故在明明德之义其至乎，真大学之道也！吾之所以劝于人也。《诗》曰："周道如砥，其直如矢，君子所履，小人所视。"履哉履哉，天见其明，地见其广，而履者贵其全，非君子，其孰能当之哉？

政理古微七·尊隐*

林　损

隐逸之士，恶世沉浊，不屑与推移，离迹独往，老死鱼虾麋鹿之间，而不可复见。世之人，因从而毁之，以为藏短不用，有所惧而遁其身者也。夫能藏其短，以视好用事而亟失时者，既已智矣；能遁其身，斯不失为洁清自好之士。必若中无所有，外矜其名，会蹑风尘，势履颠沛，好谋无成，临事不惧，因邪据险，毁方败常，欲免匏悬，适罹鸩患，外以殄国，内以丧生，斯谁氏之子哉？固隐逸之士所羞称也。若夫庄子有言："古之所谓隐士者，非伏其身而弗见，非闭其言而不出，非蒙其智而不发，时命之大谬也。当时命而大行乎天下，则反一而无迹；不当时命而大穷乎天下，则深根宁极而待。此存身之道。"（《缮性篇》）由今之世，而观于时命，慎乎出处去就之间，虽圣如孔子，任如伊尹，难乎其不为隐逸之士矣。伊尹曰："天之生斯民也，使先知觉后知，使先觉觉后觉。予将以斯道觉斯民也，非予觉之是谁也？"然当夏桀无道，商汤之聘币未至，尝耕于有莘之野，乐尧舜之道，一介不以与人，一介不以取诸人，其亢节自牧，非有异于许由、巢父、子州支伯、吴季札、曹子臧之俦也。孔子曰："鸟兽不可与同群，我非斯人之徒与而谁与？"其民胞物与之怀，后世学干禄者，所藉口鼓舌以迷惑天下者也。然其说又曰："邦有道，谷；邦无道，谷，耻也。"是故庭干七十二君，而不枉道以一试，夫岂与入危居乱，比之匪人者，同器而等论哉！故以孟轲之贤也，

---

* 辑自《学衡》1926年3月第51期。

以不仕无义之说，为周霄告。至谓孔子三月无君，则皇皇如也，出疆必载贽，且举公明仪之语以申之，谓古之人，三月无君则吊。而夷考其行，游事齐宣王，宣王不能用；适梁，梁惠王不果所言，则见以为迂远而阔于事情。后所如者率不合，退而著书，作《孟子》七篇（本《史记·孟荀列传》语）。是何也？诚恶不由其道。不由其道而仕者，与钻穴隙相类也。以墨翟之仁也，汲汲世务，突不得黔，而进退必由于轨，故不得行其术，抑邑以终其身。

呜呼！天地闭，贤人隐（《易·坤文言》）。隐之不可以已久矣。藏一日之短，以用千岁之长；遁七尺之身，以修一贯之统。深根宁极，笃守待时，古之人皆然，岂必膏肓泉石，泥涂轩冕之所为乎？抑自世运既降，治网益密，察见渊鱼，智料隐伏，林柯无静，川鳞不恬，肥遯之难，过于授命，岩穴之访，若清萑蒲，非立节积操之士，莫克以隐逸自全。太公望者，孟子以为避纣，居东海之滨（《离娄·上》）。《史记》称为处士（《齐太公世家》）。厥初，亦隐逸之士也。一旦得志，封于齐国，使吏执狂矞、华士，杀之，以为首诛，且曰：是昆弟二人，议不臣天子，不友诸侯，吾恐其乱法易教也，故以为首诛。今有马于此，形容似骥也，然驱之不往，引之不前，虽臧获不使讬足于其轸（《韩非子·外储说》）。痛矣夫！离于宗，反于恕，以行其惨核少恩之术，隐逸者于此，盖人人自危矣。夫马之似骥者，称其德，不称其力也。有骥之德，而不为用，牧者之罪也。不责己之牧，而责之骥，骥去，而败群之马留，败群之害，孰与似骥者之无利欤？无利之与有害，中心有较矣，且锻炼其辞，仅曰："不臣天子，不友诸侯。"二者何大罪？而求之若斯其急也！郅治之极，且无天子，何复有臣？且无诸侯，何复得友？太公望固不足与知此。然当其避纣滨海之际，臣于何人？友于谁氏？反躬为问，能不沮然？周纳若是，遗义尚多！冤哉，狂矞、华士之竟死也！自此之后，征于学说，晏婴以媢嫉之臣，纵其余锋，击刺隐逸，以为进不能事上，退不能为家，傲世乐业，枯槁为名，不疑其所守。有明上则可以为下，遭乱世则不可为治，谓之狂惑。狂惑者，木石之朴（《晏子春秋·内篇·问下》）。于是退静之风，荡冡失恒，天下几大乱矣。幸其讥评，并及苟进不择所道，苟得不知所恶，命为乱贼，指为当诛。乱贼之徒，耻饰婴之说，诋诃异己，次以自伐，故未能轩于彼而轾于此。他若赵后之訾陈仲，则流言之自口；鲁连之义田巴，则操戈以入室。一叶之落，无关于秋。一语之微，不损于士。

迨乎韩非以荀卿之叛弟子，天资刻薄，越入法家，严事督责，若束湿薪，而以隐逸为不令之民。曰："上见利不喜，下临难不恐。或与之天下而不取，有萃辱之名，则不乐食谷之利。夫见利不喜，上虽厚赏，无以劝之；临难不恐，上虽严刑，无以威之。若此人者，或伏死于岩穴，或槁死于草木，或饥饿于山谷，或沉溺于水泉，先古圣王，皆不能臣，当今之世，将安用之？惟圣王智主，能禁之耳！”（参《说疑》、《六反》二篇语）呜呼！韩非其亦知生人之本义乎？夫人生受命于天，非受命于君也。幽居闲处，自喻适志，天之所任，非君之所得而禁也。且百姓不能自治，始立君以治之（本袁宏《三国名臣传赞》）。苟能自治，亦何假于君为？自治之力无馀，何能辅君以治人为？不能治人，疑于隘矣，然以天道之公，处物之平，权力齐等，无有高下，皆无所馀，亦无所阙，故可自治，而不相治。自治则静，相治则扰，运行不息，默执其柄，虽以君治民，犹赘疣旒也，犹强不足而为有馀者也。况于君之外，尽不足者而有馀之，令舍己之田，而耘人之田，乌乎可哉！若夫德化，则有之矣。杨朱曰：“古之人，损一毫利天下，不与也；悉天下奉一身，不取也。人人不损一毫，人人不利天下，天下治矣。”（《列子·杨朱篇》）夫杨朱不欲利天下者也，而何爱天下之治为？人人不损一毫，不利天下，而天下治，彼其意，乃欲推己及人，各充其自治之力，自休于性天之中。彼疆此界，循于大机，无相搀越，无相侵陵，故虽不利天下，而以天下奉一身，亦必所不取。若是，则与伊尹奚择焉？是积私以成公，公之大者也，所谓德化者也，墨子亦曰：“天之爱人也，薄于圣人之爱人也；其利人也，厚于圣人之利人也。”（《大取篇》）夫圣人之德至矣，然犹有逊于天。天之爱人，非不厚也，利之于无形，故爱之不以迹，无形之利，不以迹之爱，在上者乌足以当之？亦散处诸下，而隐逸之事耳，夫犹所谓德化者也。故杨墨之学，世称为枘凿而精义若定于一。一者何也？曰：明生人之本义，因之以求太平之治也。若韩非亦何足与语此？

虽然，韩非，儒之敌也。挟法家之学以干秦。秦用法家之学，累十余世，而并兼天下。其未亡也，盖尝隳名城，杀豪杰，焚诗书，坑儒士，怨毒所积深矣。秦社既屋，遗憾犹存，非之说，学者盖讳言之，未尽啜其糲而哺其糟也。中国之民，好以儒术自文，相矜名义，至于没齿。佥人乘之，饰邪说，缘奸言，假孔孟之迹，为热中之谈，视非之术，乃变本以加厉焉。李唐之时，有韩愈者，学者称为文宗，愈亦以道统自任。而三上宰官之书，摇尾乞怜，俯首帖耳，其鄙陋殆甚！然愈之名位，卒不能大显。华士窃其咳唾，以此相高，拟子路之讥荷篠，效子贡之诮原宪，而隐逸之士，遂为天下所不容矣。不容于下，而致之于上。人主之英鸷者，操术益工，锄夷愈烈，以礼贤之名，而行刑戮之实。蒲轮之上，寓以干戈,束帛之中,寄以斧钺。晋文之求介推,则焚其林。王莽之征扬雄,则毁其室;董卓之延蔡邕,至欲族其家。公孙述、刘聪之于李业、辛勉,劫之以酖,而业竟自裁。司马昭欲聘嵇康,钟会以为卧龙不可动,昭遂杀之。于是袁宏蛰于土室,范粲避于车中,诸葛靓匿乎厕左,含辛食苦,亘数十年之厄穷而莫之悯。呜呼! 谁谓隐逸之足以遁身藏短也哉? 夫隐逸者,所以为安也,而危若此;所以为乐也,而苦若此,其得失之反可见矣。况富与贵,人情之所大欲,贫与贱,人情之所大恶。隐逸之士,业与世违,即令下不受诋,上不受劫,而必不能有所求于上下,上下亦必泊然无以供之。则皆恶其衣食,劳其筋骨,面目黧黑,居处敝陋,为常人所不能堪。其甚者,且饿于首阳,燔于绵上,诈为青盲,残为聋哑。负石而沉于河,拂衣而入于海,人生忧患,至此已极。一见招礼,惊喜自失,未可以为非也。况临以帝王之威,胁以刑戮之重,与以其情之所大欲,而去其情之所大恶。万钧所压,雷霆所击,猛虎之追,千金之赏,四难交并,措足无所。必抗死以力争焉,非真有御虚葆真之趣,则必其心之大悲伤而无可告愬者矣。

然士可杀而不可辱,苟为治者不急持之,使养其性以明其教,道风素论,坐镇雅俗。克让之礼既明,奔竞之焰日熄,大云不出,泽在苍生,九渊生珠,崖润百里,隐逸亦何负于人哉? 不然,置太平之想,而为据乱之言,舍默成之功,而图显治之术,求之于官吏之间。而隐逸者,乃官吏进退出入之故宅也。未为官吏而有所豫,则隐于学之中;既为官吏而有所休,则隐于仕之外。自古建功立名之士,莫不皆然,而易地相慕,又为贤者所不能免。故魏公子牟曰:“我身居江海之上,而心在魏阙之下。”盖隐逸之不忘为官吏者也。至有盖世之功,挟震主之名,怵于骑虎难下之势,而发居我炉上之叹。又或道行天下,志在一丘,脱此钜肩,如弃敝屣,浮海入林,纵意所往,格于时势,积梦徒劳。孔明既相,尚爱隆中;仲淹每饭,恒思圭月,盖官吏之不忘为隐逸者也。然以隐逸而慕官吏,斯以长躁进之风;官吏而慕隐逸,则弥笃岁寒之守。起之而不喜,已之而不愠,非怀禄不变之心,无驽马恋栈之迹,宁静淡泊,蓄之于中,致远明志,绰有馀裕。故隐逸者,诚官吏进退出入之故宅也。又不然,较于公私,衡于家国,生我者亲,治我者尊。食尊者之禄,以报亲者之恩,二事难兼,宁为孝子。吾读皋鱼树欲静而风不止,子欲养而亲不待二语(《韩诗外传》九)。泪未尝不涔涔下。而惟世之仕者,离乡土,背六亲,动以家贫亲老为辞,归父母以不廉之名,而己得养尊处优之实,盖非人所宜为。而苏秦既得志,至以势位富贵骄其亲,以贫穷父母不子告于众,怨怼之气,溢于言表,天性浇没,入自禽门,虽狗彘犹不食其馀也。是故仕者而真能善养其亲则已，苟有所觖憾，非为隐逸不可。陋巷相守，形影相依，生死葬祭，哀以诚动，村氓野夫，有胜于官吏多矣（昔官吏丁父母之忧，解职三年，有夺情者，每群起而攻之。今则丁忧之制未颁，夺情之事日见，江河滔滔，流下忘返，亦无起而致难者矣。夫治国多此一人，未必显有大效，而以贼大伦斁人纲，率天下而为禽兽，可悲也）。

要之，隐逸之道，非一致也。有避世者，有避地者，有避色者，有避言者（《论语》）。有介隐者，有通隐者，有市隐者，有山隐者（《纪谈》）。范蔚宗为论之曰："或隐居以求其志，或回避以全其道，或静己以镇其躁，或去危以图其安，或垢俗以动其槩，或疵物以激其清。"（《后汉书·逸民传论》）而自我观之，非介士、则节士也，非良吏之所以成，则孝子之所以处也。故隐士虽遗世，而治世者欲善人之归心，小人之自化，不忍恝然置之。因尊以名，不责以事；使放居于下，不必致之于上，其守可全，其效默见，尊隐之近义也。若夫义之远者，无君无臣，无上无下，于君焉而隐之，于吏焉而隐之，于民焉而隐之，皆隐也，皆不隐也，皆治也，皆不治也。治者在己，不治者，无治人与治于人者也。含哺而熙，鼓腹而游，日出而作，日入而息，群于吁，吟诵于光天化日之中，宥焉而无所束，盖隐逸之玄风也哉。此之谓天隐，此之谓真隐，吾为溯诸唐虞夏商之前，期诸千秋万岁之后。呜呼，隐逸之时义大矣哉！

中国乡治之尚德主义*

柳诒徵

德治与法治为中西不同之宗主。其原则本于民族心理,加以哲人先识之提倡,演迤累进,奕世赓续,久之遂如人之面目,虽同一官位而精神迥异,不可强合。苟欲尽弃所习,一取于人,必致如邯郸学步,新法未得而故步已迷,此导国者所当深察也。吾诚不敢谓德治与法治得一即足,不必他求,亦不敢谓尚德者绝对无法治之思想事实,尚法者亦绝对无德治之思想事实。然其有所畸重,固灼然见于历史而不可掩。任举一端,皆可以见民族精神之表著。兹先以乡治历史,质之当世,余则俟更端论之。

地方自治。为清季剽窃西法之名词,求之中国,则固无有。吾欲取其法而肤傅之,在在见其凿枘,岂惟理论为然。各地之尝试而引为苦痛者数矣。今之醉心民治者,仍在力争地方自治之时期,而老旧之官僚震于此等名义之不可犯,而又不敢遽任其所为,则相与依违敷衍,延宕时日,藉口于程度之不足,或施行之有序。姑悬一法而力靳之,叩其心。则曰"地方自治不可行",然亦未尝真知其不可行之本也。孟子曰:"徒善不足以为政,徒法不能以自行。"今之醉心民治者,病在迷信法治万能,但令袭取异域一纸条文,举而加之吾国,便赫然可与诸先进之民主国并驾。国会、省会已为国民所共疾,然犹甘茹此苦,不敢昌言徒法之非。假令县、市、乡村一一再如法炮制,不问其民之了解自治之义

---

* 辑自《学衡》1923 年 5 月第 17 期、1923 年 9 月第 21 期、1924 年 12 月第 36 期。

与否，姑讬此为名高，则乡棍、地痞、土匪、流氓群起而擅法权，将令民国一变而为匪国。然必谓此法不可行，或强制焉，或搁置焉，或虚与委蛇而徒饰其名焉，一切政本悉出于官，谓为已足，则官国之为害亦无异于匪国也。故欲造成民国，使不堕于匪国，又不令名官而实匪之徒久尸政本，长此不变，则非从吾国立国之本详究而熟审之不可矣。

清季之倡地方自治者，求法于日本，求法于欧美，独未尝反而求之中国。故中国乡治之精义，隐而不昌。然细考之，吾国自邃古迄元明，虽为君主政体，然以幅员之广，人口之众，立国之本仍在各地方之自跻于善，初非徒恃一中央政府或徒倚赖政府所任命之官吏，而人民绝不自谋。此其形式虽与近世各国所谓地方自治者不侔，然欲导吾民以中国之习惯渐趋于西方之法治，非徒此参其消息，不能得适当之导线也。所惜者，吾国乡治之精义，散见诸书，从未有人汇而述之，以明其蜕变之原委。而历代之制度及先哲之议论，又实有与西方根本不同者，即其立法之始，不专重在争民权而惟重在淑民德，故于法律之权限、团体之构成，往往不加规定。而其所反复申明历千古如一辙者，惟是劝善惩恶，以造就各地方醇厚之风。徒就其蜕变之迹言之，则病在徒善不足以为政，然丁此法制万能之时，取其制度、议论而折衷焉，固未始非救病之良药也。

吾国乡治，始于唐虞，而推其本，则由于黄帝之制井田。

《通典·乡党篇》：昔黄帝始经土设井，以塞争端，立步制亩，以防不足。使八家为井，井开四道，而分八宅，凿井于中，一则不泄地气，二则无费一家，三则同风俗，四则齐巧拙，五则通财货，六则存亡更守，七则出入相同，八则嫁娶相媒，九则有无相贷，十则疾病相救。是以情性可得而亲，生产可得而均，均则欺陵之路塞，亲则斗讼之心弭。

至唐虞而有邻朋里邑之制。

《尚书大传》：古之处师八家而为邻，三邻而为朋，三朋而为里，五里而为邑，十邑而为都，十都而为师，州十有二师焉。家不盈三口者不朋，由命士以上不朋。（郑玄注：州凡四十三万二千家。此盖虞夏之数也。）

《通典·乡党篇》：既牧之于邑，故井一为邻，邻三为朋，朋三为里，里五为邑，邑十为都，都十为师，师十为州（师十为州与《大传》十二师为州不同，殆举大数）。夫始分之于井则地著，计之于州则数详，迄乎夏、殷不易其制。

此其条文虽简，然可推知其组织之意不在使民抵抗官吏，保护其财产、身体、言论之权，而在养成人民亲睦和乐之德，使之各遂其生。是即吾国乡治之滥觞，而后来种种法制及言论皆由此，而递演递进者也。

井田之制，至周而变（从来讲历史者皆误以为周代大行井田之制，实则周之特色即在改前代之井田为非井田之制，其有行井田者特沿前代之遗迹未尽改者耳）。故唐虞夏商乡邑之组织皆自八家起，而周代乡遂之组织则自五家起。

《周礼》：大司徒：令五家为比使之相保，五比为闾使之相受，四闾为族使之相葬，五族为党使之相救，五党为州使之相赒，五州为乡使之相宾。

又：族师：五家为比，十家为联；五人为伍，十人为联；四闾为族，八闾为联。使之相保、相受，刑罚庆赏相及、相共，以受邦职，以役国事，以相葬埋。

又：比长各掌其比之治，五家相受相和亲，有罪，奇衺则相及。

又：遂人掌邦之野，以土地之图经田野，造县鄙形体之法。五家为邻，五邻为里，四里为酂，五酂为鄙，五鄙为县，五县为遂。

又：邻长掌相纠相受，凡邑中之政相赞。

原其用意，始亦有关于军制之变革，然昔之地方组织，第一级八家，第二级即二十四家，至此则第一级五家，第二级十家（十家为联），第三级二十五家（五比为闾），以渐而进。其法盖视前为密，而相保、相受、相和亲则与八家同井者无别也。当时比、闾、族、党之首领，皆自人民选举，而所重者则在人民之德行道艺。

《周官》：乡大夫之职，正月之吉受教法于司徒，退而颁之于其乡吏，使各以教其所治，以考其德行，察其道艺。

合则书而举之，不合则挞而罚之。

《周官》：闾胥：凡事掌其比觵挞罚之事。

虽其法受于政府，似乎纯为官治而非民治。然吾侪试平心思之，宁合乡里诸无赖，假以法权，即为民治乎？抑乡之人必有所选择，使善者自谋其乡之为愈乎？此其理之明，固不待智者而可决也。

《周官》之后，详言乡治者莫如《管子》。《管子》所载乡里选举之制，尤详于《周官》。而其注重德治之意，亦随在可见。

《管子·立政篇》分国以为五乡，乡为乡师；分乡以为五州，州为州长；分州以为十里，里为里尉；分里以为十游，游为游宗。十家为什，五家为伍，什伍皆有长焉（乡、州什伍之制皆本《周官》，特里游之数稍加变通耳）。筑障塞匿，一道路，博出入，审闾闬，慎管键。管藏于里尉，置关有司，以时开闭，关有司观出入者以复于里尉。凡出入不时、衣服不中、圈属群徒、不顺于常者，关有司见之复无时。若在长家子弟、臣妾、属役、宾客，则里尉以谯于游宗，游宗以谯于什伍，什伍以谯于长家，谯儆而勿复，一再则宥，三则不赦。凡孝悌、忠信、贤良、俊材，若在长家子弟、臣妾、役属、宾客，则什伍复于游宗，游宗以复于里尉，里尉以复于州长，州长以计于乡师，乡师以著于士师。凡过党，其在家属及于长家，其在长家及于什伍之长，其在什伍之长及于游宗，其在游宗及于里尉，其在里尉及于州长，其在州长及于乡师，其在乡师及于士师。三月一复，六月一计，十二月一著。凡上贤不过等，使能不兼官，罚有罪不独及，赏有功不专与。

不德则谯儆，有过则连坐，惟孝悌、忠信、贤良、俊材者，亟白于上无隐，此非其重德治之明证乎？虽然《周官》所重之德行道艺，《管子》所重之贤良、俊材，亦自有其界说，非复世之空无道德者可比。盖当时人民对于国家及地方，须人人各尽其义务，人民之道德，即于其服务时征之。如周之师田行役，

《周官》：乡师之职，大役，则帅民徒而至，治其政令。既役，则受州里之役要，以考司空之辟，以逆其役事。凡邦事，令作秩叙。大军旅会同，正治其徒役与其辇，戮其犯命者。凡四时之田，前期出田法于州里，简其鼓铎旗物兵器，修其卒伍。及期，以司徒之大旗致众庶，而陈之以旗物，辨乡邑而治其政令刑禁，巡其前后之屯而戮其犯命者，断其争禽之讼。

又：州长：若国作民而师田行役之事，则帅而致之，掌其戒令，与其赏罚。

又：党正：凡其党之祭祀、丧纪、昏、冠、饮酒，教其礼事，掌其戒禁。凡作民而师田行役，则以法治其政事。

又：族师：若作民而师田行役，则合其卒伍，简其兵器，以鼓铎旗物帅而至，掌其治令，戒禁刑罚。

齐之备水作土，

《管子·度地篇》：桓公曰："请问备五害之道。"管子对曰："请除五害之说，以水为始。请为置水官，令习水者为吏，大夫、大夫佐各一人，率部校长官佐如财足，乃取水左右各一人，使为都匠水工，令之行水道城郭堤川沟池官府寺舍，及州中当缮治者，给卒财足。令曰：常以秋岁末之时阅其民，案家人，比地，定什伍口数，别男女大小。其不为用者辄免之。有痼病不可作者，疾之。可省作者，半事之。并行以定甲士当被兵之数，上其都，都以临下，视有余不足之处，辄下水官，水官亦以甲士当被兵之数，与三老里有司伍长行里，因父母案行阅具备水之器。以冬无事之时藏臿板筑各什六，土车什一，雨輂什二，食器两具，

人有之,锢藏里中,以给丧器。后常令水官吏与都匠因三老里有司伍长案行之,常以朔日始出具阅之,取完坚,补弊久,去苦恶。常以冬少事之时令甲士以更次盖薪积之水旁,州大夫将之,唯毋后时。其积薪也,以事之已,共作土也,以事未起。天地和调,日有长久,以此观之,其利百倍。故常以毋事具器,有事用之,水常可制,而使毋败。此谓素有备而豫具者也。故吏者所以教顺也,三老、里有司、伍长者所以为率也。五者已具,民无愿者,愿其毕也。故常以冬日顺三老、里有司、伍长,以冬赏罚,使各应其赏而服其罚。"

皆人民所当从事。若则敬敏,若则偷惰,若则和顺,若则乖戾,即事绳之,众所共见。长老执法,从而赏罚,则事无不举,人无不励,此古之所谓乡治也。

自秦以降,制产不均。乡治之本,渐即隳废。然秦汉之世,乡老、啬夫诸职,犹周、齐乡遂、游宗、里尉之遗也。

《汉书·百官公卿表》:大率十里一亭,亭有长;十亭一乡,乡有三老、有秩、啬夫、游徼。三老掌教化,啬夫职听讼、收赋税,游徼徼循、禁贼盗。县大率方百里,其民稠则减,稀则旷,乡亭亦如之,皆秦制也。

《续汉书·百官志》:乡置有秩、三老、游徼。(本注曰:有秩,郡所署,秩百石,掌一乡人。其乡少者,县置啬夫一人。皆主知民善恶、为役先后,知民贫富、为赋多少,平其差品。三老掌教化,凡有孝子、顺孙、贞女、义妇、让财、救患及学士为民法式者,皆扁表其门,以兴善行。游徼掌徼巡禁司奸盗。又有乡佐,属乡,主民,收赋税。)里有里魁,民有什伍,善恶以告。(本注曰:里魁掌一里百家,什主十家,伍主五家,以相检察。民有善事、恶事,以告监官。)

俞理初《少吏论》考其制度之沿革及事迹最详。

《癸巳类稿·少吏论》:汉自里魁至三老,亦以次迁。《汉官旧仪》云:就田里民,应令选为亭长。《史记·田叔列传》褚先生云:任安为求盗亭父,后为亭长,后为三老,举为亲民,出为三百名长,治民。《汉书·朱博传》:以亭长为功曹。《朱邑传》:以啬夫为太守卒史。《张敞传》:以乡有秩补太守卒史。《后汉书·王忳传》:为大度亭长仕郡功曹、州治中从事,又言斄亭亭长后为县门下游徼。《陈实传》:为郡西门亭长,寻转功曹,后为县长。《汉书·高帝纪》云:三老,乡一人,择乡三老一人为县三老,县三老有事与县相教。盖在长吏、少吏间,即所谓举为亲民者。又国家有赐乡三老帛三匹,县三老帛五匹,是其阶由里魁、亭父而亭长,亭长或为功曹,或为游徼。由游徼而啬夫、乡三老,由啬夫、乡三老而县三老,或为县门下游徼,或为郡太守卒史。《循吏传》云:置二百石卒史，踰常制，奖之。《儒林传》云：左、右内史卒史二百石，郡太守卒史百石。则郡卒史百石，常也。乡三老惟郡署者百石。《赵广汉传》云：奏请长安游徼秩百石，他游徼不百石也。《韩延寿传》：啬夫在三老前，三老、啬夫事同而置啬夫者多也。《后汉书·仲长统传》《损益》篇注引阚骃《十三州志》云：有秩啬夫得假半章印，则三老可知。此少吏阶秩也。汉法最详，有事可征。其与古不同者，《伏生唐虞传》云：八家为邻，二十四家为朋，七十二家为里。《周官·大司徒职》云：五家为比，二十五家为闾，百家为族，五百家为党，二千五百家为州，万二千五百家为乡。遂人制同，特邻、里、酂、鄙、县、遂名异。《通典》云：周州长、党正、族师、闾胥、比长、县正、鄙师、酂长、里宰、邻长皆乡里之官也。大凡各掌其州、里、乡、党之政治。《鹖冠子·王铁》篇言：楚法，五家伍长，五十家里有司，二百家扁长，二千家乡师，万家县啬夫，十万家郡大夫。出入相司，居处相察。汉则五家为伍，十家为什，百家里魁，千家亭长，万家乡三老、啬夫，其法仿于《管子》。《管子·禁藏》篇云：辅之以什，司之以伍。《度地》篇云：百家为里，是什、伍、里同也。《度地》又云：水官亦以甲士，与三老、里有司、伍长行里。又云：三老、里有司、伍长者，所以为率也。则三老名同，其里有司、伍长即里魁、什伍。汉游徼则《立政》篇之游宗。啬夫则《管子》云啬夫、伍事人。惟亭长秦制，《续汉志》注言：秦作绛福，为武将首饰，汉加其题额，名曰帻。又引《汉官仪》云：尉、游徼、亭长皆习设备五兵，鼓吏，赤帻大冠，行縢、带剑、佩刀，持盾、被甲，设矛戟，习射。故虫之赤头者，《本草》谓之《葛上亭长》，《名医别录》秦后名也。其啬夫之名最古，《左传》引《夏书》："巳月日食有啬夫"，即今校本"戌月日食之啬夫"。周觐礼啬夫承命告于天子，注云：司空之属，以王朝官不在王官知之。《淮南子·人间训》中行穆子时有啬夫，《说苑·权谋篇》中行文子时有啬夫，《魏策》周最张仪事有啬夫，又《史记·滑稽列传》魏文侯时有三老，《韩非子·内储说》秦昭襄时有里正、伍老，《礼记·杂记》里宰注引《王度记》云：百户为里，里一尹，其禄如庶人在官者。《正义》引刘向《别录》云：《王度记》，齐宣王时淳于髡等所说，其以百户为里，合于《管子》，盖《管子》之法行也久矣。

顾亭林论乡亭之职，则谓三代明王之治，亦不越乎此。

《日知录》：《汉书·百官表》云云，此其制不始于秦汉也。自诸侯兼并之始，而管仲、蔿荐敖、子产之伦所以治其国者，莫不皆然。而《周礼·地官》自州长以下有党正、族师、闾胥、比长，自县正以下有鄙师、酂长、里宰、邻长，则三代明王之治亦不越乎此也。夫惟于一乡之中官之备而法之详，然后天下之治若网之在纲，有条而不紊。柳宗元曰：有里胥而后有县大夫，有县大夫而后有诸侯，有诸侯而后有方伯、连帅，有方伯、连帅而后有天子。由此论之，则天下之治始于里胥，终于天子，其灼然者矣。故自古及今，小官多者，其世盛；大官多者，其世衰。兴亡之涂，罔不由此。

虽其分职立名，类似官吏，与今之地方选举自治职员有别，亦与周之读法校比以行选举者不同。然《汉官旧仪》明云选为亭长，则自里魁、什伍至亭长，故皆民所推选，惟其选举之法，不似周及今日之精密。而郡署有秩，县置啬夫，则又明属官厅之任命，且其升转阶级亦厘然可考。故此诸职，仅可谓为少吏，而不可目为民人之代表，此则中国乡治立法之观念与近世民治观念根本相左者也。然三老掌教化，啬夫主知民善恶，里魁、什伍主检察民之善事、恶事，则与周之注重德行、道艺，齐之注重贤良俊材，仍属后先一贯，故知周齐秦汉法治有蜕化而德治无变迁。汉制且明著孝子、顺孙、贞女、义妇、让财、救患及学士为民法式者，皆扁表其门，其于导扬民德且视前代为进，而奖励学术自乡里始，又岂仅以议决地方出入款目，为尽地方自治之能事已哉？俞氏论少吏治事，首举此义。实有特识。

《癸巳类稿·少吏论》：古今论少吏治者理而陈之，则有五事：其一以知闾阎善恶。汉制，里魁、什伍以告监官，监官，长吏也。《周官》太宰职九两，七曰吏以治得民，注云：吏，小吏在乡邑者。《管子·权修》篇云：乡与朝争治，故朝不合，众乡分治也，又云：有乡不治，奚待于国，言无以待国之治。又云：国者，乡之本也，言国治以乡为本。《八观》云：乡官无法制，百姓群徒不从，此亡国弑君之所自生也。其重乡治若此。《汉书·武帝纪》：元狩五年，诏云："谕三老以孝弟为民师，举独行之君子，征诣行在所。"亦以三老、孝弟与征举之事。孝弟，力田者，汉高后置，不在少吏也。《司马相如传》云：让三老、孝弟，以不教训之罪。《韩延寿传》云：骨肉争讼，使贤长吏、啬夫、三老、孝弟受其耻，啬夫、三老自系待罪。是有师责三老或兼孝弟。《文帝纪》十二年，诏云："三老，众民之师也。"《续汉志》云：乡有孝子、顺孙、贞女、义妇、让财、救患及学士为民法式者，三老扁表其门，若后世官为旌表。自魏晋来，言少吏者以教化为称首，则亦聊举为文辞而已（余四事，一以征调军旅、一以知户口赋税、一以察奸弭盗、一用为官役，其文甚长，不具录）。

观后汉爰延、仇览等之化行其乡，知当时任地方之职者最能治其一地，不藉官力。

《后汉书·爰延传》:为乡啬夫,仁化大行,但闻啬夫,不知郡县。

又《仇览传》:为蒲亭长,劝人生业。为制科令,至于果菜,为限鸡豕有数,农事既毕,乃令子弟群居,还就黉学。其剽轻游恣者皆役以田桑,严设科罚,躬助丧事,赈恤穷寡。期年,称大化。

吾谓地方真正自治必须以此为式,否则徒具条文,巧立名目,扰攘竞夺,无一事之举行。猥曰地方自治,是自乱耳,恶足云治哉?

三国以降,地方组织以次蜕变,其见于史者,晋有啬夫、治书史、史佐、正、里吏、校官佐等,

《晋书·职官志》:县五百以上,皆置乡。三千以上,置二乡;五千以上,置三乡;万以上,置四乡。乡置啬夫一人,乡户不满千以下,置治书史一人;千以上置史、佐各一人,正一人;五千五百以上置史一人,佐二人。县率百户置里吏一人,其土广人稀听随宜置里吏,限不得减五十户。户千以上置校官掾一人。(东晋以后,始皆仿此法。《通典·职官》称宋五家为伍,伍长主之。二伍为什,什长主之。十什为里,里魁主之。十里为亭,亭长主之,十亭为乡,乡有乡佐、三老、有秩、啬夫、游徼各一人。所职与秦汉同。按《宋书·百官志》虽有此文,似述古制,并非宋之定章,志称众职,或此县有而彼县无,各有旧俗,无定制也,杜氏似未喻此意,故误以为宋制直同秦汉。)

元魏有邻长、里长、党长等,

《魏书·食货志》:魏初不立三长,故民多荫附。荫附者,皆无官役,豪强征敛,倍于公赋。太和十年,给事中李冲上言:宜准古五家立一邻长,五邻立一里长,五里立一党长,长取乡人强谨者。邻长复一夫,里长二,党长三,所复复征戍,余若民。三载亡愆则陟,用陟之一等。孤独癃老笃疾贫穷不能自存者,三长内迭养食之。书奏,诸官通议称善者众,高祖从之。于是遣使者行其事。初,百姓咸以为不若循常,豪富并兼者尤弗愿也。事施行后,计省昔十有余倍,于是海内安之。

北齐有里正,

《隋书·百官志》:邺领一百三十五里,里置正。临漳领一百一十四里,里置正。成安领七十四里,里置正。

隋有乡官,而职掌不详。

《通典》:隋以周、齐州郡县职,自州都、郡正、县正以下皆州郡将县令所自调用理时事。至开皇初,不知时事,直谓之乡官。开皇十五年,罢州县乡官。

其见于石刻者，魏有族望、民望，

《张猛龙碑》阴有鲁县族望颜骠、汶阳县族望鲍黄头、阳平县族望吴安世、弁县族望隽伯符等。

《敬史君碑》阴有民望沈清都、民望陈树等。

齐有邑老、乡老等，

《宋显伯等造像记》碑阴有邑老河内郡前功曹王瓮、邑老旨授洛阳令盖僧坚等。

《隽修罗碑》有乡老孙嗷鬼等。

而隽修罗之举孝义，至合乡老一百余人为之刊石立碑，则仍汉代扁表孝子、顺孙，贞女、义妇之法矣。

《大齐乡老举孝义隽修罗之碑》：唯皇肇祚大齐受命，引轩辕之高宗，绍唐虞之遐统。应孝义以致物，扬人风以布则，于是缉熙前绪，照显上世。隽敬字修罗，钻土长安，食采勃海。前汉帝臣隽不疑公之遗孙，九世祖朗，迁官于鲁，遂住洙源。幼倾乾荫，唯母偏居。易色承颜，董生未必过其行，守信志忠，投杼岂能看其心。舍田立寺，愿在菩提。醊味养僧，缨络匪吝。救济饥寒，倾壶等意。少行忠孝，长在仁伦。可钦可美，莫复是过。盖闻论贤举德，古今通尚，匿秀蔽才，锥囊自现。余等乡老壹伯余人，目睹其事，岂容嘿焉？敬刊石立楼，以彰孝义。非但树名今世，亦劝后生义夫节妇。《续金石萃编》跋：按，北齐孝昭帝演以乾明元年八月即位，改元皇建。诏遣大使巡省四方，观察风俗，搜访贤良。故乡老等举隽敬应诏，且刊石树名也。

魏晋之世，专重乡评。朝廷用人，必经中正品定。虽其法无关于治理地方，而其意则专重在表扬德行。近世顾亭林、赵云松等论其事之利弊綦详。

《日知录》：魏晋九品中正之设虽多失实，凡被纠弹付清议者即废弃终身，同之禁锢（原注：《晋书·卞壸传》）。至宋武帝篡位，乃诏有犯乡论清议赃污淫盗，一皆荡涤洗除，与之更始。自后凡遇非常之恩，赦文并有此语（原注：齐、梁、陈诏并云洗除，先注当日乡论清议，必有记注之目）。《小雅》废而中国微，风俗衰而叛乱作耳。然乡论之污，至烦诏书为之洗刷，岂非三代之直道尚在于斯民而畏人之多言，犹见于变风之日乎？

《廿二史札记》：魏文帝初定九品中正之法，郡邑设小中正，州设大中正，由小中正品第人才，以上大中正，大中正核实，以上司徒，司徒再核，然后付尚书选用。此陈群所建白也。行之未久，夏侯玄已谓中正干铨衡之权（《玄传》）。

而晋卫瓘亦言："魏因丧乱之后，人士流移，考详无地，故立此法，粗具一时选用。其始乡邑清议，不拘爵位，褒贬所加，足为劝励，犹有乡论余风。其后遂计资定品，惟以居位为重。"是可见法立弊生，而九品之升降尤易淆乱也。今以各史参考，乡邑清议亦有时主持公道者。如陈寿遭父丧，有疾，令婢丸药，客见之，乡党以为贬议，由是沈滞累年，张华申理之，始举孝廉(《寿传》)。阎乂亦西州名士，被清议，与寿皆废弃(《何攀传》)。卞粹因弟裒有门内之私，粹遂以不训见讥被废(《卞壸传》)。并有已服官而仍以清议升黜者。长史韩预强聘杨欣女为妻，时欣有姊丧未经旬，张辅为中正，遂贬预以清风俗(《辅传》)。陈寿因张华奏，已官治书侍御史，以葬母洛阳，不归丧于蜀，又被贬议，由此遂废(《寿传》)。刘颂嫁女于陈峤，峤本刘氏子，出养于姑，遂姓陈氏，中正刘友讥之(《颂传》)。李含为秦王郎中令，王薨，含俟葬讫除丧，本州大中正以名义贬含，傅咸申理之，诏不许，遂割为五品(《含传》)。淮南小中正王式父没，其继母终丧，归于前夫之子，后遂合葬于前夫。卞壶劾之，以为犯礼害义，并劾司徒及扬州大中正、淮南大中正，含容徇隐。诏以式付乡邑清议，废终身(《壶传》)。温峤已为丹阳尹，平苏峻有大功，司徒长史孔愉以峤母亡，遭乱不葬，乃下其品(《愉传》)。是已入仕者，尚须时加品定，其法非不密也。中正内亦多有矜慎者，如刘毅告老，司徒举为青州大中正，尚书谓毅既致仕，不宜烦以碎务，石鉴等力争，乃以毅为之。铨正人流，清浊区别，其所弹贬，自亲贵者始(《毅传》)。司徒王浑奏周馥理识清正，主定九品，检括精详，褒贬允当(《馥传》)。燕国中正刘沈举霍原为二品，司徒不过，沈上书谓原隐居求志，行成名立，张华等又特奏之，乃为上品(《李重、霍原》传)。张华素重张轨，安定中正蔽其善，华为延誉，得居二品(《轨传》)。王济为太原大中正，访问者论邑人品状，至孙楚，则曰："此人非卿所能目，吾自为之。"乃状曰："天才英博，亮拔不群。"(《楚传》)华恒为州中正，乡人任让轻薄无行，为恒所黜(《恒传》)。韩康伯为中正，以周勰居丧废礼，脱落名教，不通其议(《康伯传》)。陈庆之子暄，以落魄嗜酒，不为中正所品，久不得调(《庆之传》)。此皆中正之秉公不挠者也。然进退人才之权，寄之于下，岂能日久无弊？晋武为公子时，以相国子当品，乡里莫敢与为辈，十二郡中正共举郑默以辈之(《默传》)。刘卞初入太学，试经当为四品，台吏访问(助中正采访之人)，欲令写黄纸一鹿车，卞不肯，访问怒，言之于中正，乃退为尚书令史(《卞传》)。孙秀初为郡吏，求品于乡议，王衍将不许，衍从兄戎劝品之。及秀得志，朝士有宿怨者皆诛，而戎、衍获济(《戎传》)。何劭初亡，袁粲来吊,其子岐辞以疾,粲独哭而出,曰:"今年决下婢子品。"王诠曰:"岐前多罪时,尔何不下,其父新亡,便下岐品,人谓畏强易弱也。"(《何劭传》)可见是时中正所品高下,全以意为轻重。故段灼疏言,九品访人,惟问中正,据上品者,非公侯之子孙,即当途之昆弟(《灼传》)。刘毅亦疏言,高下任意,荣辱在手,用心百态,求者万端(《毅传》)。此九品之流弊见于章疏者,真所谓"上品无寒门,下品无世族"。高门华阀有世及之荣,庶姓寒人无寸进之路,选举之弊,至此而极。

然即置其重伦理彰清议之善,专就其弊言之,亦惟是较量门阀、怀挟恩怨两端,绝无近日公然贿买聚众劫持之事。是可知社会制裁之力,愈于法律万万,徒恃法律而社会无公正之舆论以盾其后,不可轻言选举也。

唐之法制,多沿周、隋,地方区画,亦有规定,里正、耆老、村正、坊正、保长等名目綦夥。降及五代,犹其沿制。

《唐六典》:百户为里,五里为乡,两京及州县之廓内分为坊,郊外为村。里及村、坊皆有正,以司督察(里正兼课植农桑,催驱赋役)。四家为邻,五家为保,保有长以相禁约。

《通典》:大唐凡百户为一里,里置正一人;五里为一乡,乡置耆老一人,以耆年平谨者县补之,亦曰父老。贞观九年,每乡置长一人、佐二人,至十五年省。

《册府元龟》:唐制,百户为里,里置正;五里为乡,乡置耆老,亦曰父老。五代因之。

《文献通考》:唐令诸户以百户为里,五里为乡,四家为邻,五家为保。每里设正一人(若山谷阻险、地远人稀之处,听随便量置),掌按比户口,课植农桑,检察非违,催驱赋役。在邑居者为坊,别置正一人,掌坊门管钥,督察奸非,并免其课役。在田野者为村,别置村正一人,其村满百家增置一人,掌同坊正。其村居如满十家者,隶入大村,不须别置村正。天下户,量其资产升降定为九等,三年一造户籍,凡三本,一留县,一送州,一送户部。常留三比在州县,五比送省。诸里正县司选勋官六品以下白丁清平强干者充,其次为坊正,若当里无人,听于比邻里简用。其村正取白丁充,无人处里正等并通取十八以上中男,残疾免充。

又:周显德五年,诏诸道州府令团并乡村,大率以百户为一团,每团选三大户为耆长。凡民家之有奸盗者,三大户察之,民田之有耗登者,三大户均之,仍每及三载即一如是。

然其人似是但服造籍、察奸、督赋、应差诸役，迥非秦汉三老、啬夫之比。李习之《平赋书》远本《周官》，然其言乡正之职事，仅有劝告乡人归还公蓄一节，而不复准周之里、闾、族、党之选举书升，知虽大儒如习之，其理想中尚不以乡治为立国之基本。斯实古今民治与官治递嬗之关键也。

李翱《平赋书》：凡十里之乡，为之公囷焉。乡之所入于公者，岁十舍其一于公囷，十岁得粟三千四百五十有六石。十里之乡多人者不足千六百家，乡之家保公囷便勿偷，饥岁并人不足于食，量家之口多寡，出公囷与之而劝之种，以须麦之升焉。及其大丰，乡之正告乡之人归公所与之蓄，当戒必精，勿濡以内于公囷。穷人不能归者，与之勿征于书。

宋代制度，去古益远，里正、户长，徒给差役，其于政教，关系甚微。

《文献通考》：国初循旧制，衙前以主官物，里正、户长、乡书手以课督赋税，耆长之手壮丁，以逐捕盗贼。淳化五年，令天下诸县以第一等户为里正，第二等户为户长。勿得冒名以给役，讫今循其制。役之重者，自里正、乡户为衙前，主典府库，或辇运官物，往往破产。

熙宁新法，遂主雇役，南渡以后，则有保长、保正等制，其贱尤甚。

《文献通考》：十大保为一都，二百五十家内通选才勇、物力最高二人充，应主一都盗贼、烟火之事。大保长一年替，保正、小保长二年替，户长催一都人户夏、秋二税，大保长愿兼户长者，输催纳税租一税一替欠数者后料人催。以上系中兴以后差役之法，已充役者谓之“批朱”，未曾充役者谓之“白脚”。

然物穷则反，官役无与于乡治，而讲求古礼者遂别创乡约，以蕲复古者乡治之精神。

《宋元学案》：吕大钧字和叔，于张横渠为同年友，心悦而好之，遂执弟子礼。横渠之教，以礼为先，先生条为乡约，关中风俗为之一变。

《吕氏乡约》德业相规：德谓见善必行，闻过必改，能治其身，能治其家，能事父兄，能教子弟，能御僮仆，能肃政教，能事长上，能睦亲故，能择交游，能守廉介，能广施直，能受寄托，能救患难，能导人为善，能规人过失，能为人谋事，能为众集事，能解斗争，能决是非，能兴利除害，能居官举职。业谓居家则事父兄、教子弟、待妻妾，在外则事长上、接朋友、教后生、御僮仆，至于读书、治田、营家、济物、畏法令、谨租赋，如礼、乐、射、御、书、数之类，皆可为之，非此之类，皆为无益。右件德业同约之人，各自进修，互相劝勉。会集之日。相与推举其能者，书于籍，以警励其不能者。

过失相规：过失谓犯义之过六，犯约之过四，不修之过五。犯义之过，一曰酗博斗讼、二曰行止逾违、三曰行不恭逊、四曰言不忠信、五曰造言诬毁、六曰营私太甚。犯约之过，一曰德业不相励、二曰过失不相规、三曰礼俗不相成、四曰患难不相恤。不修之过，一曰交非其人、二曰游戏怠惰、三曰动作威仪、四曰临事不恪、五曰用度不节。右件过失同约之人，各自省察，互相规戒。少则密规之，大则众戒之，不听则会集之日，值月以告于约正，约正以义理诲谕之，谢过请改，则书于籍以俟，其争辩不服与终不能改者，皆听其出约。

礼俗相交：礼俗之交，一曰尊幼辈行、二曰造请拜揖、三曰请召送迎、四曰庆吊赠遗。右礼俗相交之事，值月主之有期日者为之期日，当纠集者督其违慢。凡不如约者以告于约正，而诘之且书于籍。

患难相恤：患难之事七，一曰水火、二曰盗贼、三曰疾病、四曰死丧、五曰孤弱、六曰诬枉、七曰贫乏。右患难相恤之事，凡有当救恤者，其家告于约正，急则同约之近者为之告，约正命值月遍告之，且为之纠集而绳督之。凡同约者，财物、器用、车马、人仆皆有无相假，若不急之用及有所妨者，则不必借。可借而不借，及逾期不还，及损坏借物者，论如犯约之过，书于籍。邻里或有缓急，虽非同约而先闻知者，亦当救助，或不能救助则为之告于同约而谋之，有能如此，则亦书其善于籍，以告乡人。

其后朱子又增损之，而别为月旦集会读约之礼。

《朱子集》：乡约四条，本出蓝田吕氏，今取其他书及附己意稍增损之，以通于今，而又为月旦集会读约之礼如左方曰：凡预约者，月朔皆会（朔日有故，则前期三日别定一日，直月报会者所居远者惟赴孟朔又远者岁一再至可也），直月率钱具食（每人不过一、二百，孟朔具果酒三行、面饭一会，余月则去酒果或直设饭可也）。会日夙兴，约正副正直月本家行礼，若会族罢。皆深衣俟于乡校，设先圣先师之象于北壁下（无乡校则择间宽处），先以长少叙拜于东序（凡拜，尊者跪而扶之，长者跪而答，其半稍长者俟其俯伏而答之），同约者如其服而至（有故则先一日使人告于直月，同约之家子弟虽未能入籍，亦许随众序拜，未能序拜亦许侍立观礼，但不与饮食之会，或别率钱略设点心于他处），俟于外次。既集，以齿为序立于门外东向北上，约正以下出门西向南上（约正与齿最尊者正相向），揖迎入门，至庭中北向，皆再拜。约正升堂上香，降，与在位者皆再拜（约正升降皆自阼阶）。揖分东西向位（如门下之位），约正三揖，客三让，约正先升，客从之（约正以下升自阼阶，余人升自西阶），皆北向立（约正以下西上,余人东上)。约正少进,西向立,副正直月次其右少退,直月引尊者东向南上,长者西向南上(皆以约正之年推之,后放此。西向者其位在约正之右少进,余人如故)。约正再拜,凡在位者皆再拜。此拜尊者。尊者受礼如仪(惟以约正之年为受礼之节),退北壁下,南向东上立。直月引长者东向,如初礼,退则立于尊者之西东上(此拜长者,拜时惟尊者不拜)。直月又引稍长者东向南上,约正与在位者皆再拜,稍长者答拜,退立于西序东向北上(此拜稍长者,拜时尊者、长者不拜)。直月又引稍少者东向北上,拜约正,约正答之,稍少者退,立于稍长者之南。直月以次引少者东北向西北上拜约正,约正受礼如仪,拜者复位。又引幼者亦如之,既毕,揖各就次(同引未讲礼者拜于西序,如初)。顷之,约正揖就坐(约正坐堂东南向,约中年最尊者坐堂西南向,副正直月次约正之东南向西上,余人以齿为序,东西相向,以北为上。若有异爵者,则坐于尊者之西南向东上)。直月抗声读约一过,副正推说其意未达者,许其质问。于是约中有善者众。推之,有过者直月纠之。约正询其实状于众,无异辞,乃命直月书之。直月遂读记善籍一过,命执事以记过籍遍呈在坐,各默观一过。既毕,乃食。食毕少休,复会于堂,或说书,或习射,讲论从容(讲论须有益之事,不得辄道神怪、邪僻、悖乱之言,及私议朝廷州县政事得失,及扬人过恶,违者直月纠而书之),至晡乃退。

观其法,盖纠同志之人为同约,推举齿德俱尊者为约正、约副,余人按月执事,谓之直月。有过不改者则出约,而人约并无何等资格限制,约中亦无经费,据朱子所定,仅有率钱具食一则,其科条殊为单简。吕氏约文固不提及地方公益之事,朱子之约则并禁及私议朝廷州县政事得失(惟德业相劝条有为众集事、兴利除害二则,亦非完全不问地方公众利害)。是此等团体纯然出于政治范围之外,持较今之地方自治,更不可同年而语矣。然由此可知,吾国自周至汉,乡里组织之法本兼含民政、民德两种性质,累朝蜕变,民政不修,一切责成于官,而服务于官者又多猥贱无学,不足齿数,惟考道论德之风尚存于高等社会。于是留心乡里者,以为民德不兴,不可以言治。姑先纠其性质,相近者集合约束,造成一种良善之俗,而后徐复三代之规,故其所责望于同约之人者至深,而未尝谓纠集多人即可为抵制暴君污吏之具,此其思想及事实变迁之迹之灼然可按者也。然则当两宋时,民德堕落已可概见(如吕氏约文所云,酗博斗讼、营私太甚等事,皆可见其时有此等败行,实所在皆是,官吏亦不能禁,惟期其能自治),假令有学识者徒务治权,纠约此等酗博斗讼营私太甚之人以与地方官吏争长短，终必为众所累，而于事亦无济，故诸儒所重不在权利之分明，而在德业之互助也。

吕、朱之法仅可以见其时学者之理想，固未必征之事实，即史称和叔先生条为乡约，关中风俗为之一变，亦不过一部分之现象，未能推行全国也。宋亡于元，而诸儒蕴蓄未行之思想，转发见于元代。余读《元典章》劝农立社之法，叹其条画之精密，突过前代，有吕、朱乡约之意。而以农民全体行之，其于振兴农田水利，尤三致意，盖合民生、民德二者而兼筹之。史册所载，人民团体经营地方公益之条文。未有详于此者也。

《元典章·户部九》立社：劝农立社事理（一十五款）至元二十八年，尚书省奏奉圣旨节，该将行司农司、劝农司衙门罢了，劝课农桑事理并入按察司。除遵依外，照得中书省先于至元二十三年六月十二日奏过事，内一件奏立大司农司的圣旨。奏呵与者么道圣旨有来。又仲谦那的每行来的条画在先，他省官人每的印位文字行来，如今条画根底省家文字里交行呵，怎生么道。奏呵那般者么道圣旨了也。钦此。圣旨定到，条画开坐前去，仰依上劝课行。一、诸县所属村疃，凡五十家立为一社，不以是何诸色人等并行立社。令社众推举年高通晓农事有兼丁者，立为社长。如一村五十家以上，只为一社，增至百家，另设社长一员，如不及五十家者，与附近村分相并为一社。若地远人稀，不能相并者，斟酌各处地面各村自为一社者听。或三四村五村并为一社，仍于酌中村内选立社长。官司并不得将社长差占，别管余事，专一教劝本社之人。籍记姓名，候点官到彼对社众责罚，仍省会社长，却不得因而搔扰，亦不得率领社众非理动作，聚集以妨农时。外据其余聚众作社者，并行禁断。若有违犯，从本处官司就便究治。一、农民每岁种田，有勤谨趁时而作者，懒惰过时而废者，若不明谕，民多苟且。今后仰社长教谕，各随风土所宜，须管趁时农作。若宜先种，尽力先行布种植田，以次各各随宜布种，必不得已，然后补种晚田、瓜菜，仍于地头道边各立牌橛，书写某社长某人地段，仰社长时时往来點觑奖勤惩惰，不致荒芜。仍仰堤备天旱，有地主户量种区田，有水则近水种之，无水则凿井，如井深不能种区田者，听从民便；若水田之家，不必区种。据区田法度，另行发去，仰本路刊板，多广印散诸民。若农作动时，不得无故饮食，失误生计。一、每丁周岁须要创栽桑枣二十株，或附宅栽种地桑二十株，早供蚁蚕食用。其地不宜栽桑枣，各随地土所宜，栽种榆柳等树亦及二十株。若欲栽种杂果者，每丁限种十株，皆以生成为定数，自愿多栽者听（若本主地内栽种已满，丧无余地可栽者，或有病别丁数在此）。若有上年已栽桑果数目，另行具报，却不得蒙昧报充次年数目。或有死损，从实申说本处官司，申报不实者，并行责罚。仍仰随社布种苜蓿，初年不须割刈，次年收到种子，转展分散，务要广种，非止喂养头疋，亦可接济饥年。一、随路皆以水利。有渠已开而水利未尽其地者，有全未曾开种之地，并劫可挑撅者，委本处正官一员选知水利人员一同相视。中间别无违碍，许民量力开引，如民力不能者，申覆上司，差提举河渠官相验过，官司添力开挑。外据安置水碾磨去处，如遇浇田时月停住碾，浇溉田禾，若是水田浇毕，方许碾磨。依旧引水用度，务要各得其用，虽有河渠泉脉，如是地形高阜，不能开引者，仰成造水车。官为应付人匠，验地里远近、人户多少，分置使用，富家能自置材木者，令自置，如贫无材木，官为买给，已后收成之日，验使水之家均补还官。若有不知造水车去处，仰申覆上司，开样成造。所据运盐、运粮河道，仰各路从长讲究可否申覆，合于部分定夺，利国、便民两不相妨。一、近水之家许凿池养鱼并鹅鸭之类，及栽种莲、藕、鸡头、菱角、蒲苇等以助衣食。如本主无力栽种，召人依例种佃，无致闲歇无用。据所出物色，如遇货卖，有合税者，依例赴务投税。难同自来办河泊创立课程，以致人民不敢增修。一、本社内遇有病患凶丧之家，不能种莳者，仰令社众各备粮饭器具，并力耕种。锄治收刈，俱要依时办集，无致荒废。其养蚕者亦如之。一社之中灾病多者，两社并锄。外据社众使用牛只若有倒伤，亦仰照依乡原例均助补买，比及补买以来并力助工，如有余剩牛只之家，令社众两和租赁。一、应有荒地除军马营盘草地已经上司拨定边界者并公田外，其余投下探马赤官豪势要之自行占冒，年深岁荒闲地土，从本处官司勘当得实，打量见数给付附近无地之家耕种为主，先给贫民，次及余户。如有争差，申覆上司定夺。外据祖业或立契买到地土，近年消乏时暂荒闲者，督勒本主立限开耕租佃，须要不致荒芜。若系自来地薄轮番歇种去处，即仰依例存留歇种地段，亦不得多余冒占。若有熟地失开，本主未耕荒地不及一顷者，不在此限。及督责早为开耕。一、每社立义仓，社长主之。如遇丰年收成去处，各家验口数，每口留粟一斗，若无粟，抵斗存留杂色物料，以备歉岁。就给各人自行食用，官司并不得拘检借贷动支，经过军马亦不得强行取要。社长明置文历，如欲聚集收顿，或各家顿放，听从民便。社长与社户从长商议，如法收贮，须要不致损害。如遇天灾凶岁不收去处，或本社内有不收之家，不在存留之限。一、本社若有勤务农桑、增置家产、孝友之人，从社长保申，官司体究得实，申覆上司，量加优恤。若社长与本处官司体究所保不实,亦行责罚。本处官司并不得将勤谨增置到物业添加差役。一、若有不务本业、游手好闲、不遵父母兄长教令、凶徒恶党之人,先从社长叮咛教训,如是不改,籍记姓名,候提点官到日,对社长审问是实,于门首大字粉壁书写"不务正业"、"游惰凶恶"等,如本人知耻改过,从社长保明申官,毁云粉壁。如是不改,但遇本社合著夫役替民,应当候能自新,方许除籍。一、今后每社设立学校一所,择通晓经书者为学师,于农隙时分,各令子弟入学,先读《孝经》《小学》,次及《大学》、《论》、《孟》、经史。务要各知孝悌忠信,敦本抑末。依乡原例出办来修,自愿立长学者听。若积久学问有成者,申覆上司照验。一、若有虫蝗遗子去处,委各州县正官一员于十月内专一巡视本管地面。若在熟地,并力番耕。如在荒野,先行耕,国籍记地段,禁约诸人不得烧燃荒草,以免来春虫蝻生发时分,不分明夜,本处正官监视就草烧除。若是荒地窄狭,无草可烧去处,亦仰从长规画,春首捕除,仍仰更为多方用心,务要尽绝。若在煎盐草地内虫蝻遗子者,申部定夺。一、先降去询问条画,并行革去,止依今降条画施行。一、若有该载不尽农桑水利,于民有益,或可预防蝗旱灾咎者,各随方土所宜,量力施行,仍申覆上司照验。一、前项农桑水利等事,专委府、州、司、县长官,不妨本职,提点勾当。有事故差去,以次官提点。如或有违慢阻坏之人,取问是实,约量断罪。如有恃势不伏,或事重者,申覆上司穷治。其提点不得句集百姓,仍依时月下村提点,止许将引当该司吏一名、祗候人一二名,无得因多将人力,搔扰取受,据每县年终比附到各社长。农事成否等第,开申本管上司,却行开坐。所管州县提点官勾当成否,编类等第,申覆司农司及申户部照验,才候任满,于解由内分明开写,排年考较,到提点农事工勤惰废事迹,赴部照勘,呈省。钦依见降圣旨,依附以为殿最,提刑按察司更为体察。

以元之社章较宋之乡约,则后者为平民之组织,前者为贵族之团结;后者为普遍之方法,前者为局部之规约;后者多举示实事,前者似务为空文;后者适合于人情,前者尚近于高调。然其选立社长,未明定若何选举之法,与乡约之不言若何推举约正、约副同也。保甲勤谨孝友之人,籍记不务本业、游手好闲、不遵父母兄长教令之凶徒恶党,与乡约之籍记贤能规戒过失同也。乡约不隶于官,社长则隶于官。然其为理董人民自身之事,非以为对抗官吏行政之失,亦相同也(元之社章所谓不得率领社众非理动作,即含有不得聚众抗官之意)。余于此知吾国法制之动机,无论由于官吏,或出于人民,然其原则要不外尚德而不尚法,只知以民治民,而绝不知以民制官,以固君主国家所造成,为今人所当矫正者。然亦可见今之驯谨之士，束身自好，不敢一为平民鸣其不平者，其原因固甚久远。而凶徒恶党转得因新法以自恕，至于乡里积怨丛怒而莫可如何，此尚德与尚法两种主义所以必当调和融合者也。

元初劝农立社事理，条文详密，第亦未尽施行。据《元典章》观之，大德初年，各地所立社长多有妇人、小儿、愚騃之人，盖立法虽善，而奉行者视为具文，则其法意必至展转贻缪，亦不独元代然也。

《元典章》：大德三年四月初六日，江西廉访司据龙兴路牒，该奉行省札付准中书省咨，为设立社长事。先据知事张登仕呈，近为体复灾伤到于各处，唤到社长人等，系妇人、小儿，问得该吏称说，自至元三十年定立社长，经今五年，多有逃亡事故，为此不曾申举到官，未经补替切详，设立社长，劝课农桑，使民知务本兴举学校，申明孝悌，使彝伦攸叙，纠斥凶顽，检察非违，使风俗归厚，皆非细务。今各处社长多不见年高德劭、通晓农事、为众信服之人，大失原立社长初意，乞施行得此合牒可照依都省咨文内事理，将年高通晓农事之人立设社长，并不得差占别管余事，一切教本社人民务勤农业，不致惰废，仍免本身杂役，毋得以前设立，不应并别行差占，致误农事，将立定社长姓名牒司。

又：大德六年正月□日，江西湖东道肃政廉访司承奉御史台札付，准御史台咨，承奉中书省札付，翰林院侍讲学士王中顺呈，奉省札付，前来赈济淮东被风潮灾伤人户。当时行省刘左丞、御史台所委官淮东廉访司张签事分头前去各州县审复赈散三个月粮米，今已俱还扬州，攒造文册，候毕另呈。外缘卑职原分通州一州，靖海、海门两县，最极东边，下乡其间，见有句集人编排引审次序，支请尽系社长居前，里正不预，多有年小愚騃之人，草屦赤胫，言语嘲晰。怪而问之州县官员，同辞而对：目今诸处通例如此。卑职照得初立社长根源，钦奉世祖皇帝圣旨，系画节该诸州县所集村疃，凡五十家为一社，不拘是何诸色人等。并行入社，令社众推举年高谙知农事者为社长，不得差占别管余事。又照得钦奉圣旨，随处百姓有按察司，有达鲁花赤管民官、社长，以彰德益都，两处一般歹贼，每呵他管什么，已后似那般有呵，本处达鲁花赤管民官、社长身上要罪过者。钦此。切详按察司、达鲁花赤管民官下便列社长，责任非轻。当时又立学师，每社农隙教诲子弟孝悌忠信、勤身肥家、迁善远罪。故孟子凡言王政，必以农桑、庠序为先。国家所行摘此二事，就委按察、廉访官劝课农桑，勉效学校，亦此意也。社长、社师外似迂缓，中实紧切，况兼《至元新格》内一款：节该社长近年多以差科干扰，今后催督办集，自有里正主首，使专劝农，官司妨废者,从肃政廉访司纠弹。社内有游荡好闲、不务生理,累劝不改者,社长对众举明量示惩劝,其年小德薄、不为众人信服,即听推举易换。诸假托神灵,夜聚明散,凡有司禁治事理,社长每季须戒谕,使民知畏,毋陷刑宪。累奉如此,卑职伏思自中统建元迄于今日,良法美意莫不毕备,但有司奉行不至,事久弊生。社长则别管余事,社司则废弃不举,以至如逆贼段丑厮辈贯穿数州,恣行煽惑,无人盘诘,皆二事废堕失其原行之所致也。斯乃赈济丁乡亲所见,愚意以为,合行申明旧例,令社长依前劝课农桑、诫饬游荡、防察奸非,不管余事,则百姓富。社师依前农隙阐学,教以人伦,不敢犯上,则刑清民富。刑清为治治本,所见如此。(下略)

元制既敝,明代沿其设立社长之意而变通之,有耆宿老人、耆民公正等称,备官吏之诹咨、理乡邻之诉讼。

《明会典》卷九:吏部验封司关给须知。高皇帝御制《到任须知》冠以敕谕,令凡除授官员皆于吏部关领,赴任务一一遵行,毋得视为文具。《到任须知》一,目录廿二耆宿:耆宿几何?贤否若干各开。设耆宿,以其年高有德,谙知土俗,习闻典故。凡民之疾苦、事之易难,皆可访问。但中间多有年纪虽高,德行实缺,买求耆宿名色,交结官府,或蔽自己差徭,或说他人方便,蠹政害民。故到任之初,必先知其贤否,明注姓名,则善者知所劝,恶者知所戒,自不敢作前弊矣。

《日知录》:今代县门之前多有榜曰:"诬告加三等,越诉笞五十。"此先朝之旧制,亦古者悬法象魏之遗意也。今人谓不经县官而上诉司府谓之"越诉",是不然。《太祖实录》:洪武二十七年四月壬午,命有司择民间高年老人,公正可任事者,理其乡之词讼。若户婚、田宅斗殴者,则会里胥决之。事涉重者,始白于官。若不由里老处分而径诉县官,此之谓"越诉"也。今州县或谓之耆民,或谓之公正,或谓之约长,与庶人在官者无异。

劝督农桑。

《明会典》卷十七户部农桑:洪武二十一年,令河南、山东农民中有等懒惰不肯勤务农业,朝廷已尝差人督并耕种,今出号令,此后只是各该里分老人勤督。每村置鼓一面,凡遇农种时月,五更擂鼓,众人闻鼓下田,该管老人点闸。若有懒惰不下田者,许老人责决,务要严切督并见丁著业,毋容惰夫游食。若是老人不肯勤督,农民穷窘为非,犯法到官,本乡老人有罪。

旌别善恶。

《日知录》注:宣德七年正月乙酉,陕西按察佥事林时言:洪武中,天下邑里皆置申明、旌善二亭，民有善恶则书之，以示劝惩。凡户婚、田土斗殴常事，里老于此剖决。今亭宇多废，善恶不书，小事不由里老，辄赴上司，狱讼之繁皆由于此。景泰四年诏书犹曰："民有怠惰不务生理者，许里老依教民榜例惩治。"天顺八年三月，诏军民之家有为盗贼，曾经问断不改者，有司即大书"盗贼之家"四字于其门，能改过者许里老亲邻人相保管，方与除之。此亦古者画衣冠、异章服之遗意。

兴贤举能。

《明会典》卷十三吏部访举：洪武十七年，令知州、知县等官会同境内耆宿长者，访求德行声名著于州里之人。先从邻里保举，有司再验言貌、书判，方许进呈。若不行公同精选者，坐以重罪。

饮酒读法。

《明会要·乡饮酒礼》：洪武五年四月戊戌，诏天下行乡饮酒礼。每岁孟春、孟冬，有司与学官率士大夫之老者行于学校、民间里社。以百家为一会，或粮长、里长主之。年最长者为正宾，余以齿序，每季行之，读律令则以刑部所编申明戒谕书兼读之。

《明会典》卷二十读法：洪武廿六年令，凡民间须要讲读《大诰》、律令、敕谕老人手榜，及见丁著业牌面，沿门轮递，务要通晓法意。仍仰有司时加提督。嘉靖八年，题准每州县村落为会。每月朔日，社首、社正率一会之人，捧读圣祖教民榜文，申致警戒。有抗拒者，重则告官，轻则罚米入义仓，以备赈济。

观其条教，盖亦远本《周官》，近则蒙古。乡各为治，惟德是崇。然所谓设耆宿、择老人者，仍似出于州县官之指派，较元之有明文令社家推举社长者，大相径庭。且耆宿老人之职务，亦无详细规定，惟视诏令所颁为准。以今日法治思想绳之，益可斥其专制矣。然观《到任须知》，明云耆宿中间多有年纪虽高，德行实缺，买求耆宿名色，交结官府，或蔽自己差徭，或说他人方便。足知明祖洞悉乡民情伪，予以事权，先务杜其弊窦，不似今人甘受法制之桎梏，绝不从乡里小人卑劣行为著想也。居今日而视元、明民法之浇讹，不第五所减损，其进步且有什伯千万于数百年前者。无端袭取西法，遽信其集么匿为拓都，即无所用其防制，此非梦呓语耶？明制，授权于里老而监督以有司，滥用匪人，至并州县官皆置诸法，而官民钩结朋比之弊，又因以生。盖法制之得失，全视人之运用若何，长厚者因以通上下之情，巧黠者缘以为比周之利。法一也，而出入天渊焉，此讲法制者所必不可忘之经验也。

《日知录》:洪熙元年七月丙申,巡按四川监察御史何文渊言:太祖高皇帝令天下州县设立老人,必选年高有德、众所信服者,使劝民为善,乡闾争讼亦使理断。下有益于民事,上有助于官司。比年所用,多非其人,或出自隶仆,规避差科,县官不究年德如何,辄令充应,使得凭藉官府,妄张威福,肆虐闾阎,或遇上司官按临,巧进谗言,变乱黑白,挟制官吏。比有犯者,谨已按问如律。窃虑天下州县类有此等,请加禁约。上命申明洪武旧制,有滥用匪人者并州县官皆置诸法。然自是里老之选轻而权亦替矣。《英宗实录》言,松江知府赵豫和昌近民,凡有词讼,属老人之公正者剖断,有忿争不已者则己为之和解,故民以老人目之,当时称为良吏。正统以后,里老往往保留令丞,朝廷因而许之,尤为弊政。见于景泰三年十月庚戌太仆寺少卿黄仕扬所奏。

明之耆宿老人,近于下级司法官吏,无与于乡里组织。其乡里组织,别有坊长、厢长、里长等职,以任徭役,并编制户籍。

《明史·食货志》:洪武十四年,诏天下编赋役黄册。以一百十户为一里,推丁粮多者十户为长,余百户为十甲,甲凡十人岁役。里长一人、甲首一人董一里、一甲之事。先后以丁粮多寡为序,凡十年一周,曰"排年",在城曰坊,近城曰厢,乡都曰里。里编为册,册首总为一图,鳏寡孤独不任役者附十甲后,为畸零。僧道给度牒有田者编册如民科,无田者亦为畸零。每十年有司更定其册,以丁粮增减而升降之。册凡四,一上户部,其三则布政司、府、县各存一焉。上户部者册面黄纸,故谓之"黄册"。

《明会典》卷二十户口:洪武二十四年奏准攒造黄册格式,有司先将一户定式誊刻印板给与坊长、厢长、里长并各甲首,令人户自将本户人丁事产依式开写,付该管甲首。其甲首将本户并十户造到文册送各该坊、厢、里长,坊、厢、里长各将甲首所造文册攒造一处,送赴本县。本县官吏将册比照先次原造黄册查算。所在有司官吏、里甲敢有团局造册,科敛害民,或将各处写到如式无差文册故行改抹,刁蹬不收者,许老人指实,连册绑缚害民吏典赴京具奏,犯人处斩。若顽民妆诬排陷者,抵罪。若官吏、里甲通同人户隐瞒作弊,及将原报在官田地不行明白推收过割,一概影射减除粮额者,一体处死,隐瞒人户家长处死,人口迁发化外。

其任收税运粮之职者,复有粮长。

《日知录》:明初以大户为粮长掌其乡之赋税,多或至十余万石,运粮至京,得朝见天子,或以人材授官。

务民之义，各有专责。然法久弊滋，动失初意。

《明史·食货志》：其后，黄册只具文，有司征税编徭则自为一册曰“白册”云。

又：成弘以前，里甲催征，粮户上纳，粮长收解，州县监收。粮长不敢多收斛面，粮户不敢搀杂水谷糠秕，兑粮官军不敢阻难多索，公私两便。近者（指嘉靖中）有司不复比较经催里甲、负粮人户，但立限敲扑粮长，令下乡追征。豪强者则大斛倍收，多方索取，所至鸡犬为空；孱弱者为势豪所凌，耽延欺赖，不免变产补纳。至或旧役侵欠，责偿新佥，一人逋负，株连亲属，无辜之民死于箠楚囹圄者几数百人。且往时每区粮长不过正、副二名，近多至十人以上，其实收掌管粮之数少，而科敛打点使用年例之数多。州县一年之间，辄破中人百家之产，害莫大焉。

《日知录》：宣德五年闰十二月南京监察御史李安及江西庐陵、吉水二县耆民，六年四月监察御史张政各言粮长之害，谓其倍收粮石，准折子女，包揽词讼，把持官府，累经饬禁而其患少息。

盖官之不德者半，民之不德者亦半，废弛侵渔，惟徇其便。人与法之不可尽恃，皆以道德为转移之枢也。

有明中业，民治之精神及形式，殆皆沦丧，所恃以支柱敝漏者，惟官治耳。阳明大儒，挺生斯时，倡导民德，为术滋夥。其抚南赣，先以十家牌法为清乡之本，

《王文成全书》卷十六《十家牌法告谕各府父老兄弟》：本院奉命巡抚是方，惟欲翦除盗贼，安养小民。所限才力短浅，智虑不及，虽挟爱民之心，未有爱民之政。父老子弟凡可以匡我之不逮，苟有益于民者，皆有以告我，我当商度其可，以次举行。今为此牌，似亦烦劳尔众，中间固多诗书礼义之家，吾亦岂忍以狡诈待尔良民。便欲防奸革弊，以保安尔良善，则又不得不然，父老子弟其体此意。自今各家务要父慈子孝，兄爱弟敬，夫和妇随，长直幼顺，小心以奉官法，勤谨以办国课，恭俭以守家业，谦和以处乡里。心要平恕，毋得轻意忿争，事要含忍，毋得辄兴词讼，见善互相劝勉，有恶互相惩戒，务兴礼让之风，以成敦厚之俗。吾愧德政未敷，而徒以言教，父老子弟其勉体吾意毋忽。

继以乡约为新民之基。

《王文成全书》卷十七《南赣乡约》：咨尔民，昔人有言“蓬生麻中，不扶而直；白沙在泥，不染而黑”。民俗之善恶，岂不由于积习使然哉？往者新民，盖

尝弃其宗族，畔其乡里，四出而为暴，岂独其性之异、其人之罪哉？亦由我有司治之无道、教之无方。尔父老子弟所以训诲戒饬于家庭者，不早薰陶，渐染于里闬者，无素诱掖奖，劝之不行，连属叶和之无具，又或愤怨相激，狡伪相残，故遂使之靡然，日流于恶。则我有司与尔父老子弟，皆宜分受其责。呜呼！往者不可及，来者犹可追。故今特为乡约，以协和尔民。自今凡尔同约之民，皆宜孝尔父母，敬尔兄长，教训尔子孙，和顺尔乡里，死丧相助，患难相恤，善相劝勉，恶相告戒，息讼罢争，讲信修睦，务为良善之民，共成仁厚之俗。呜呼！人虽至愚，责人则明，虽有聪明，责己则昏。尔等父老子弟毋念新民之旧恶而不与其善，彼一念而善即善人矣，毋自恃为良民而不修其身，尔一念而恶即恶人矣。人善恶由于一念之间，尔等慎思，吾言毋忽。一、同约中推年高有德、为众所敬服者一人为约长，二人为约副，又推公直果断者四人为约正，通达明察者四人为约史，精健廉干者四人为知约，礼仪习熟者二人为约赞。置文簿三扇，其一扇备写同约姓名及日逐出入所。为知约司之；其二扇，一书彰善，一书纠过，约长司之。一、同约之人，每一会人出银三分，送知约具饮食，毋大奢，取免饥渴而已。一、会期以月之望，若有疾病、事故不及赴者，许先期遣人告知约，无故不赴者以过恶书，仍罚银一两公用。一、立约所于道里均平之处，择寺观宽大者为之。一、彰善者其辞显而决，纠过者其辞隐而婉，亦忠厚之道也。如有人不弟，毋直曰不弟，但云闻某于事兄敬长之礼颇有未尽，某未敢以为信，姑书之以俟。凡纠过恶皆例此。若有难改之恶，且勿纠，使无所容，或激而遂肆其恶矣。约长副等须先期阴与之言，使当自首，众共诱掖奖劝之，以兴其善念，姑使书之，使其可改。若不能改，然后纠而书之。又不能改，然后白之官。又不能改，同约之人执送之官，明正其罪。势不能执，戮力协谋官府，请兵灭之。一、通约之人，凡有危疑难处之事，皆须约长会同约之人与之裁处，区画必当于理、济于事而后已，不得坐视推托，陷人于恶，罪坐约长、约正诸人。一、寄庄人户多于纳粮当差之时，躲回原籍，往往负累同甲。今后约长等劝令及期完纳应承，如蹈前弊，告官惩治，削去寄庄。一、本地大户、异境客商放债收息，合依常例，毋得磊算。或有贫难不能偿者，亦宜以理量宽。有等不仁之徒，辄便捉锁，磊取挟写田地，致令穷民无告，去之而为盗。今后有此，告诸约长等，与之明白，偿不及数者，劝令宽舍，取已过数者，力与追还。如或恃强不听，率同约之人鸣之官司。一、亲族乡邻，往往有因小忿投贼复仇，残害良善，酿成大患。今后一应斗殴不平之事，鸣之约长等公论是非，或约长闻之，即与晓谕解释。敢有仍前妄为者，率诸同约呈官诛殄。一、军民人等若有阳为良善，阴通贼情，贩买牛马，走传消息，归利一己，殃及万民者，约长等率同约诸人指实劝戒，不悛呈官究治。一、吏书、义民、总甲，里老、百长、弓兵、机快人等若揽差下乡，索求赍发者，约长率同呈官追究。一、各寨居民昔被新民之害，诚不忍言，但今既许其自新，所占田产已令退还，毋得再怀前仇，致扰地方。约长等常宜晓谕，令各守本分，有不听者，呈官治罪。一、投招新民，因尔一念之善，贷尔之罪，当痛自克责，改过自新，勤耕勤织，平买平卖，思同良民，无以前日名目甘心下流，自取灭绝。约长等各宜时时提撕晓谕，如踵前非者，呈官惩治。一、男女长成，各宜及时嫁娶。往往女家责聘礼不充，男家责嫁装不丰，遂致愆期。约长等其各省谕诸人，自今其称家之有无，随时婚嫁。一、父母丧葬，衣衾棺椁但尽诚孝，称家有无而行。此外或大作佛事，或盛设宴乐，倾家费财，俱于死者无益。约长等其各省谕约内之人，一遵礼制，有仍蹈前非者，即与纠恶簿内书以不孝。一、当会前一日，知约预于约所洒扫张具，于堂设告谕牌及香案南向。当会日同约毕至，约赞鸣鼓三，众皆诣香案前序立，北面跪听约正读告谕毕，约长合众扬言曰："自今以后，凡我同约之人，祗奉戒谕，齐心合德，同归于善。若有二三其心，阳善阴恶者，神明诛殛。"众皆曰："若有二三其心，阳善阴恶者，神明诛殛。"皆再拜，兴，以次出会所，分东西立，约正读乡约毕，大声曰："凡我同盟，务遵乡约。"众皆曰："是。"乃东西交拜，兴，各以次就位。少者各酌酒于长者，三行，知约起设彰善位于堂上南向，置笔砚陈彰善簿，约赞鸣鼓三，众皆起。约赞唱请举善，众曰："是在约史。"约史出就彰善位，扬言曰："某有某善，某能改某过，请书之，以为同约劝。"约正遍质于众曰："如何？"众曰："约史举甚当。"约正乃揖善者进彰善位，东西立，约史复谓众曰："某所举止是，请各举所知。"众有所知即举，无则曰："约史所举是矣。"约长副正皆出就彰善位。约史书簿毕，约长举杯扬言曰："某能为某善，某能改某过，是能修其身也。某能使某族人为某善，改某过，是能齐其家也。使人人若此，风俗未有不厚。凡我同约，当取以为法。"遂属于其善者，善者亦酌酒酬约长曰："此岂足力善，乃劳长者过奖。某诚惶怍，敢不益加砥砺，期无负长者之教。"皆饮毕，再拜谢约长，约长答拜，兴，各就位，知约撤彰善之席，酒复三行，知约起，设纠过位于阶下北向，置笔砚，陈纠过簿。约赞鸣鼓三，众皆起，约赞唱请纠过，众曰："是在约史。"约史就纠过位，扬言曰："闻某有某过，未敢以为然，姑书之以俟后图，如何。"约正遍质于众，曰："如何？"众皆曰："约史必有见。"约正乃揖过者出就纠过位，北向立。约史复遍谓众曰:"某所闻止是,请各言所闻。"众有所闻即言,无则曰:"约史所闻是矣。"于是约长副正皆出纠过位,东西立,约史书簿毕,约长谓过者曰:"虽然,姑无行罚,惟速改。"过者跪请曰:"某敢不服罪。"自起酌酒,跪而饮曰:"敢不速改,重为长者忧。"约正副史皆曰:"某等不能早劝谕,使子陷于此,亦安得无罪?"皆酌自罚。过者复跪为请曰:"某既知罪,长者又自以为罚,某敢不即就戮。若许其得以自改,则请长者无饮,某之幸也。"趋后酌酒自罚,约正副咸曰:"子能勇于受责如此,是能迁于善也,某等亦可免于罪矣。"乃释爵,过者再拜,约长揖之,兴,各就位。知约撤纠过席,酒复二行,遂饭。饭毕,约赞起鸣鼓三,唱申戒,众起,约正中堂立,扬言曰:"呜呼!凡我同约之人,明听申戒。人孰无善,亦孰无恶,为善虽人不知,积之既久,自然善积而不可掩,为恶若不知改,积之既久,必至恶积而不可赦。今有善而为人所彰,固可喜,苟遂以为善而自恃,将日入于恶矣;有恶而为人所纠,固可愧,苟能悔其恶而自改,将日进于善矣。然则今日之善者,未可自恃以为善,而今日之恶者,亦岂遂终于恶哉?凡我同约之人,盍共勉之。"众皆曰:"敢不勉!"乃出席,以次东西序立,交拜,兴,遂退。

虽其后之效果未知若何,要可以见明儒对于民人合群集社之方法之思想。就其条文性质,较之吕、朱乡约,则吕、朱所言仅为通常乡里之人而发,阳明所指则为南赣特别待理之区,故吕、朱只重在淑身,而阳明则重在弭乱;朱约行礼先谒圣,王约立誓先奉神;吕约颇尚通财,王约惟严通贼。以是知儒者思想虽号迂阔,要必准情酌势,以祈因地制宜,初不肯执一概万,削足适屦。今之朝订一法,暮成一规者,大抵出自学校讲义、各国成书,绝未实察国情,观其通变。至于集会通议,则又强令乌合之众,循行数墨,决之指臂屈伸之间。党派方隅,意见杂出,潦草成编,唐为文具而已。呜呼!

吕、朱、阳明所立乡约,各有不同,而所同者曰书籍记过。朱约以默观过籍为法,王约则昌言于众且令酌酒自罚。以常情论之,此必不可行者也,然今之集众议事者互讦于党,喧争于座,相殴于大庭,群曳于衢路,旁听者战指,警卫者目笑,腾谤报章,稔恶专电,盖几于数见不鲜矣。所少者,一切议会之法规无自绳其过恶之明文耳,无此明文,即自居为神圣,虽为天下人鄙贱斥辱,比之畜类,亦可掩耳盗铃。行所无事则立一法,曰与议者有过必相责、必自讼,于议者之价值无若何贬损也?岂独无贬损,正可以养其廉耻,使先有所顾忌而不敢为非。盖养成高尚之风气,则虽薄罚,而亦不啻大辱也。夫以怙恶自恣者之心理,虽加以毒詈痛挞,犹必出死力强辩而不甘自承,此岂约史一书遂能使之蘧然内讼者？然人心之良，古今未必相远，苟群出于至诚恻怛之忱，谓若之过为众所愿分而不幸使若独尸其咎，是感化非惩戒，未始不可化莠为良也。

乡约之法，明季犹有行者，观陆桴亭《治乡三约序》可见。

陆世仪《治乡三约序》：乡约也、社学也、保甲也、社仓也，四者之名，人莫不知，四者之事，人莫不行。四者之中，乡约为纲而虚，社学、保甲、社仓为目而实。今之行四法者，虚者实之，实者虚之，纲者目之，目者纲之。此其所以孳孳矻矻而终不能坐底三代之法也（此序作于崇祯庚辰，故知明季各地犹行乡约之法）。

桴亭悯其敝，根据《周官》，参酌吕、朱、阳明乡约之意，分教、恤、保三约，以备立法者之采择。明清之交，巨儒宿学论治之书虽多，未有及之者也。世徒盛称《明夷待访录》及颜、李之书，以为能识治本，兼与西方政教原理相合。独未有举桴亭之书，以明中国儒者研究乡治之法制者，洵可谓弃周鼎而宝康壶矣。谨为表之，以殿吾文。

陆世仪《治乡三约》

治乡之法：每乡约正一人。《周礼》：国中称乡遂，野外称都鄙。今制，城中为坊铺，城外称都图，即《周礼》遗意也，然可通谓之乡。乡无长不可治，今拟每乡立约正一人，城以坊铺、乡以都图为分域，以本乡中廉平公正宿儒耆老为之，凭一乡之公举。（凡举约正，不可概凭里甲开报，须细心采访。每乡多举三四人，精加选择，誓于神、沼于众，隆其礼貌，优其廪给，委之心膂而用之。宁择而后用，毋用而后择。）

约正之职，掌治乡之三约：一曰教约以训乡民，一曰恤约以惠乡民，一曰保约以卫乡民。教约即社学之意，恤约即社仓之意，保约即保甲之意。以其总统于乡约，故谓之约。训之惠之，又从而卫之，教养之义尽，兵食之备修矣。

以一乡之籍，周知一乡之事。教长有户口、秀民之籍，恤长有常平、役米之籍，保长有役民之籍。以教长之籍知教事，以恤长之籍知恤事，以保长之籍知保事。（据此，皆耆民之任，既设约正，则此皆约正之责，不必另设耆民矣，或即以耆民为约正亦通。）

岁时月吉，率其属而治会。会乡约之会也，岁时正月及春、秋二社为大会，约正率三长听讲约于官府。其余月朔，约正自率其属于本乡宽大处所为之。

教民读法饮射。讲约从来止讲太祖圣谕，亦言习久生玩，宜将《大诰》、律令及孝顺事实与浅近格言等书，令社师逐次讲演，庶耳目常易，乐于听闻，触处警心，回邪不作。其习射则视土地之宜，北方弓矢易办，南方卑湿，筋角易弛，又价高，难概以强人。其有绅衿子弟能制弓矢者，听自为社，其余乡勇、役民，令习弓弩，亦可。然其价值，亦须于恤长公费中给之。

考其德行而劝之，纠其过恶而诫之。德行如孝友、睦姻、任恤之类，反是谓过恶。劝诫，谓有小善、小过则于会中对众而称奖、训诫之也。其有大善、大过，则闻于官府，或于大会时行赏罚。

凡公事，官府下于约正，约正会三长议而行之，公事，谓钱粮户役、地方公事。

凡民事，亦上于约正而行官府。民事亦公事也。

民有质讼，大事决于官府，小事则官府下于约正，约正与教长平之。民间之讼，官府理之则愈棼，平之则竟息者也。尝见民间有一小讼，经历十数衙门而所断仍枉，两造倾家，又是朝廷所设问刑衙门较别衙门为多，而天下未尝无冤民。且朝廷所设之官无非日逐为民间理讼事，而军国大事则多付之不问，此皆相逐以利耳，非真为天下理冤抑也。我明开国之初，每州县设立申明亭，坐老人于中，断乡曲之事。其法甚佳，盖真见终讼无益，而欲使民无讼耳。处以约正，亦老人之意也。与教长共平之者，终欲教诲之不底于法也。

凡乡之土田出入，谨其推收，掌其税事。土田有买卖则有推收，有推收则有税事，此一定之法也。今民间岁一推收，每至秋冬过户，太迟催办不便则民病，或作假契，或贿吏书，彼此扶同，希漏国税，则官病。今法，凡买卖田产者，彼此俱要书该约正长名氏，取其花押，无者不准买卖，其中金即分其半以为约正长养廉之资。既立契后，即行推收过户，使民间无产去粮存之弊；既推收后，即完官税，使国家无漏税之虞，诚两便之法也。

凡乡之民事，年终一上于官府。民事，谓图籍之类。三约之籍，三长任其劳，约正主其册，存其副而上其正于官府，所以赞治也。

官府受而藏之，以周知各乡之事。天子岂能周知天下之事？赖天下之有民牧，民牧岂能周知各乡之事？赖各乡之有乡正。此有国家者所贵乎相助为理也。

凡三长之能否皆书之，岁终则庀其职事，以赞于官府。凡民之善否，三长书之，三长之能否，约正书之。职详职要各有其司也，谓之曰赞。其三长之黜陟，又非约正所得专矣。

约副三人，一曰教长，以任教约；一曰恤长，以任恤约；一曰保长，以任保约。教长以知书义者为之,恤长以富厚公廉者为之,保长以有智力者为之,皆听约正及一乡之人公举。

教长之职,掌一乡之教事。教孝、教友、教睦、教姻、教任、教恤。

主户口、秀民之籍,主谓主其造册、登记之事也。籍成则进于约正,约正受而藏之。职藏者不得记注,职记注者不得藏。

令民十家为联,联有首;十联为社,社有师。此即《周礼》比闾族党之制也。联首以诚实者为之,社师以学究知书者为之,皆听约正同教长编举。其编联之法,官以册式下于约正,约正下于教长,教长下于社师,联首乃率编户之民就社师而实书其户口之数以进于教长,教长进于约正,约正同教长核实而藏之,上其副于官府,官府据之以为定籍(编联之法不得一字排去,须对面为佳,并联首为十一户,十联并社师为一百一十户。其有地势民居不联络者,不妨奇零开载,不必拘之十数为一联。约正主裁,其有寺院庵观亦须开载)。户口之数,最不可不实,此王政之本,致治之源也。施政教、兴礼乐、治赋役、听狱讼、简师徒、行赈贷,万事皆根本于此。与今保甲之法略同,但保甲主于诘奸,民望而畏之,则多方规避脱漏。今立联社之法主于行教化天下,而可有一人自外于教化者乎?故户口之籍,最要详细确实。其有脱漏作奸者,本户及联首、社师同罪,甚者罪教长并及约正。有国者能于此细心致力,则治民之道且过半矣。虽然,有虑焉。使长民者而得其人,则此法行如明道之治扶沟,无一民一物不入其照鉴者也。不然,吕惠卿之手实法亦去此不远矣。

使之相爱相和亲,有罪,奇邪则相及。此即《周礼》之文。相爱相和亲,孝友、睦姻、任恤之事也。相及即连坐之意。然法有当连坐,不当连坐者,如盗贼奸恶,知情不举之类,此当连坐者也;其余隐征之罪,作者自应独承,若概连坐,则同秦法。

以教法颁四境之社师,而俾教其童蒙。此即社学之法也,所以端其蒙养,使之习与性成,而后无不可教之民。人人亲其亲,长其长,而天下平也。社学旧有定制,不过使之歌诗习礼,以和平其心,知血气而已。今则多教之作文,诱之考试,徒长奔竞,益坏风俗。愚谓文胜之时,教童子者当教以朴,使人心留一分淳古,则世道受一分便益。宜令童子凡读书、写字,但从所便各自择师外,惟于每月朔望赴本社,社师处择宽大处所歌诗习礼先圣先贤,其有声容端好威仪闲习者注善,有举止疏忽跳踉不驯者注过。习礼既毕,教长即以孝友睦姻任恤之道,约举放事,随宜讲导。遇讲约大会,则社师各举其善者进之于会所,官府试其善否而记注之，盖歌诗习礼虽若迂阔，然童子无事，无善过可考，一试之声容，则其人材之能否、心气之平躁，可以立见，勿谓古人礼乐力糟粕，亦后人未识其精意耳。

凡乡之冠、昏、饮酒、祭祀、丧纪，教其礼事，掌其禁戒。此皆齐之以礼之事也。冠、昏、丧祭有《文公家礼》诸书，斟酌而行之可耳。

及期将试，则书其秀而升之于官。凡户口术业，前册明载，则凡民之秀为上者已知之矣。此复录而进之，便于览也。其教长所书名字，有不合于前册者则罪之。

凡乡之地域广（**东西**）轮（**南北**）及沟涂、封洫皆图之。地图与鱼鳞册向以属之画工及耆正、里区。今既有约正、三长，则此为正长之任矣。必属之教长者，以教长知书而能文墨也。地图险易，所以慎固封守；鱼鳞图册所以分田制赋，皆为国要事。而今之长民者率视为缓局，即有知其为要而行之无法，督之太骤，地图则疏脱不准，图册则作奸滋弊。宜用张子厚经界法，每三百步立一标竿，纵横四方，成一井字，如今地图之画方，计里以绳约之。图其四至，散之则各成方形，合之则横斜、曲直不失尺寸，不特地形有准，而每方之中，步口一定，则田亩之数有不待丈量而分毫难遁者。此真至简至妙之良法也，细琐不能尽达，详具于《思辨录》中。

凡质讼，联首社师辨其诚伪而司其责。凡小民质讼，必命书某乡、某社、某联第几户某人，仍告于联首，社师及四邻。必实有不平始令之讼，如虚伪，则联社俱有罚。其证佐非必不可少者，毋得越四邻。

岁时月吉则佐约正读法于会，振铎以令之，扬其夏楚而威之，辨其美恶为登之籍。讲约既毕，约正进父老而词之，参稽众说以定美恶劝罚，教长承命而书之，以授于约正。凡劝罚量以银米布帛之类，听约正临事酌之可也。

恤长之职，业一乡之恤事，凡周贫乏、恤死丧皆是。

主常平义仓粟米出入之籍，常平义仓各为一籍，籍成，进于约正，与教长同。

令民岁为常平置义仓，以供公事。常平之法，迹似社仓，寄之于高大寺院，恤长司其事，领于约正。地方官长亲至寺中作兴开导，或量助俸银以为之倡。恤长设立簿籍，劝募本乡绅衿、富户、商家，出米多少一惟其愿，其米俟秋收米价平时听人先后进仓。进仓时即面同书之于籍，其下注明当时米价若干，盖早晚之间价色有不齐也。俟明岁五六月间青黄不接，米价或长，则恤长闻于官府，请官府及本乡中好义乐善诸人齐集寺中，设法赈粜，其法视时价不宜太减，太减则奸民乘之而射利矣。粜毕后合算米价，共得多少，还其原本，再俟秋收另行劝募。以常平为母，以义仓为子。凡常平有余息则入子仓，其外或一乡之中有得罪而愿出粟以赎者，有愿助为公田以济物者，亦设一处公所公同收储，监以恤长，领于约正。俟有公用，则闻于官府，酌而用之。

凡有鳏寡孤独，则闻于官府而养之，国家向设养济院，专为此四者，今恤孤粮是也。此项粮米向为大户吏书侵没，即略有给发又大半蠹于强乞，官府能清厘而整顿之，不必烦恤长也。但本乡之中有此等人，官府不知，须恤长开报。约正核实闻于官府，然后可以入院。

岁荒则设粥赈济。此不常有之事，偶一有之，则恤长之职也。设粥赈济，向苦无管领之人，每县止设一二处则弊多而法坏矣。今既每乡有恤长，则一乡止食一乡之人，清楚易办，其有流民就食者，则官府另为设法，或分食于各乡，亦至便也。

夏秋籴贵，则以余米给役民之食。余米即义仓中所储，给役民法见保长条下。

岁时月吉，则佐约正读法于会，会其出入之数，验其贫寡之实而登之籍。出入，常平义仓之出入也。贫寡，役民及鳏独之类。会谓总结一月之事。

保长之职，掌一乡之保事。凡水火盗贼之属。

主役民之籍。役民，谓一乡之贫而可役者。籍成则进于约正，与恤长同。

令民五人为伍，伍有夫五，伍为队，队有士。凡乡之土功，皆率其属而致事。土功，谓如筑城、浚堤、修葺廨宇之类。

农功之隙，以时兴修水利，则庀其畚锸以听于官。兴修水利，地方之要务也。古者或因之而置开江军士，亦以其早晚呼集之易至，约束之易齐耳，然总不如役民之法之为得也。

暇则颁以射法，教之击刺，习之守御。射则统矢及弩，击刺则梃刃，守御则城操，皆有法则，皆宜训练。

国有大故，则率其属而授兵登陴，事毕而解(**城操法另载别篇**)。凡盗贼水火之患皆司之。谓本乡之事也。

夏秋籴贵，则率其属而受廪于恤长。常平之法止可概之于民，若役民则国家之所役，无以惠之，不可使也。但每月给廪，力有不能，宜于五六七三月青黄不接米价涌贵之时，每人日给米一升，三月共给九斗。虽千人之众，每年不过

千百，所费少而所养多，为可久也。其费出义仓，恤长主之，

凡乡之役事，皆与之饩廪而役之。其费总出义仓，不足则另为设处。

岁时月吉，则佐约正读法于会，比其劳逸而书之，辨其勇力以登于官府。比其劳逸，所以均其饩廪，辨其勇力，或为战士，或为官府之爪牙也。既登之后，役民数缺见仍补之。

凡乡之教事责教长，恤事责恤长，保事责保长，三长非其人责约正。约正之邪正，官府治之。一乡之中，凡联首、社师有不得其人者，皆须随时更易，不言之者，省文也。三长不称职，则于年终之时约正白于官府而请易。至于约正，则必俟岁终合一乡之公评而诛赏，不得数数废置也，此亦久任之意也。

自黄帝以至朱明，乡治之事迹理想具如右述。《周官》、《管子》以迨《元典章》、《明会典》皆尝实行，蓝田、阳明之乡约。实行于一地而未普及，晦翁、桴亭则纯乎理想。然覆而按之，文义有出入而宗旨则一贯，斯实吾国数千年政治之骊珠也。满清以异族入主中夏，读书者因文网之密，不谈政治，乡约保甲诸法，视明益敝。湘军以团练兴，徒为弋利猎爵计，不知自治其乡。于是古谊沦亡而欧美政术乃乘其隙而阑人，迄今虽吸取未尽，而流弊之甚已无可讳。夫国家者，地方之积也。地方不治而期国家之治，犹之骸骨腐朽而欲若人全体健康，此必不可能之事也。吾国治术在尚德，然民德之迤逦堕落，灼然可见，仅仅巨儒长德以其言论思想补救偏敝于万一，已不啻朽索之驭六马，至并此朽索而去之，纵其猖狂瞀乱，谓可以一新天下人之心志，是则吾所百思不得其解者也。吾尝谓今之形势，为一国执政易，为一乡领袖难。为一国执政不求彻底之改革，但为一时粉饰敷衍之计，此稍稍有才器者能之，为一乡领袖实行今之自治法规，而求其乡之隆隆日上，犹之蒸砂为饭，永不可熟。何则，一国之彻底改革，全在各个县乡之彻底改革，各个县乡之彻底改革，又在各个县乡之个人彻底改革，执今之议会法求之能得否乎？回心内向，人治其身，自有法在，然而非今所谓法也。

古代中国伦理学上权力与自由之冲突*

(美)德效骞　撰　梁敬钊　译

美国德效骞君 Homer H. Dubs 之略历，已见本期《论中国语言之足用及中国无哲学系统之故》译文。至此篇原题为 *The Confict of Authority and Freedom in Ancient Chinese Ethics* 登载美国 *The Open Court* 杂志第四十一卷第三号。兹为译登本志。按此篇大旨，可撮述如下，俾读者一目了然。礼为中国古传之旧规范，仁则孔子所倡之新学说。礼以权力为本，仁以自由为用。孔子以仁(自由)与礼(权力)并重。孟子言性善而重自由。荀子主性恶而复重权力。荀子谓圣人为仁之至者，故世人惟当效法圣人，此遂成为儒家之正统学说。厥后朱元晦宗荀、王阳明宗孟，而权力之概念终为中国之正统道德学说。由今以往，则不可知矣。

编者识

此文之作，在乎叙述中国人对于伦理学上权力与自由一大问题其思想发达之经过，而此一问题者，固为诸家伦理学统系之基础也。个人之行动，究否应以外界权力为指归，抑得自求其行为之法则，此足以启论理学说上之大纠纷。上古中世之时，中国人之思想皆奉孔子哲学。而权力主义，吾人今日于道德一端，力抗外界之权力，而不知上古中世之时，全世界皆重权力也。观夫法

---

* 辑自《学衡》1929 年 5 月第 69 期。

利赛人之守法主义，婆罗门之教律，天主教会之威权主义，与夫柏拉图理想国中之哲君欲以无上威权临其民，凡深思细计之结果，皆趋重于权力，则吾人又何怪于此说得行于中国，所可异者，独在中国，权力乃备受抵抗耳。中国财产商业逐渐发展，其始也以数业城市群处于内陆，启交通兴文学，立文化之中枢，其状况皆与古希腊相仿佛。然其不同者亦多。（一）其最异者，则中人显著之历史观念是也。当孔子之时，人民心目中皆认中国为古国，以为中国历史有载籍可稽者，可五百年，而溯其传说之源，犹不仅五百年而已。故吾人可知中国上古之历史观念，实使其当时思想与今世为近，而与古希腊之舍时间而究虚理者相去甚远也。同时以权力发生甚古之故耳益受人尊重。（二）中国之政治学说，以君主为政治组织之中心。当战国之世，君主势衰，正统力弱，于是诸子争鸣，莫之或遏。然王制之传留，实大有助于理想政治制度之发达（故有造于论理之学说）。在此制度之中，以圣王贤君操持国柄，此较诸柏拉图理想国中以哲王秉国权者，尤为便利，则又其不同也。（三）中国无奴隶阶级，其种族相同，故得免战端。据传说所云，虽无确据，谓中人来自西方，其得占有此阳和之地带者，纯藉和平侵略而不尚武力压迫，盖皆和顺之农夫，而非好战之牧民。是以真纯之民主政治，与夫治人者及治于人者利益相关之团体，吾人于他处所不可得而睹者，于中国所见为独多。此其三不同也。

上古中国社会之制度，实基于家族与部落之组织。其家族之制，则显然族长制也。其父或祖，握有主权，其子孙亲属，并其妻孥，皆群处于移宅。其所奉之神，大抵皆其可敬之先人。盖谓先人者，亦当关怀于其后裔也。此种敬先人怀后裔之念，所以促其家族入于更大之统一。于此种较为安定之农民生活中，年事高者，当得位与势。故时人之所庆者，乃欲享大年，得受族长之荣誉，而获全族之尊崇。即至于今日人生所希望之三多之中，寿仍居其一。于是长幼之别明，而名称之异见，兄弟姊妹伯叔嫂媳之名词，其别密且细也。自是从而深思之，则孝敬二德系焉。尚有所谓礼者，其义可译为礼节，礼仪或礼教，盖为仪式、风俗、宗教、朝廷以及举止礼节之总汇，亦括上述二德于其中。礼之观念为历来道德之宗，而包涵古传制度之价值。

孔子者，中国之苏格拉底也，生于苏氏前约七十余年，尝急欲造成礼典、以振救当时日就沦亡之道德。其立意正与苏氏同。孔子以伦理为其哲学之量与质，此亦与苏氏无二致也。孔子为忠实之职官，故其哲学遂以政治为之鹄。

孔子以仁为其伦理之本。（原注：按诗书必为孔子以前之典籍。《诗经》中仁字仅二见，礼字则六见；《书经》中仁字仅五见，礼字则九见。故知至孔子之时，仁方成为重要之伦理概念。《礼记》中仁字凡四十一见，《论语》中则五十四见，可证也。）仁之学说，在当时之伦理思想为仅见。论究其义，众见分歧，莫衷一是。然孔子自誓之曰："仁者爱人。"又曰："夫仁者，己欲立而立人，己欲达而达人。能近取譬，可谓仁之方也已。"（见《论语·雍也》末章）换言之，仁也者，乃以己之所好，施诸他人，乃德之极（好仁者无以尚之，见《论语·里仁》），而君子之谓也（君子去仁，恶乎成名，君子无终食之间违仁，见《论语·里仁》）。然仁非吾人所谓爱也。孔子曾详论天然与社会中人与人之关系，如君臣、父子、兄弟夫妇。而每伦之中，悉有尊卑之分。尊者之态度，必有以异乎卑者。故仁之为爱，非平等之爱，而为长上之爱，与其曰爱，毋宁曰慈与惠也。（原注：《诗经》及《书经》中之仁字，皆慈惠之义，指君主宰辅而言。）

虽然孔子之于仁亦不一其说，仁为德之极遂兼包诸德，而成德之本身。其所包罗，固不仅一爱而已。孔子尝释其义，为恭宽信敏慧（《论语·阳货》答子张问仁），然此五德可为众人所同有，不必为尊长所独具也。

孔子持此概念，实便已脱离其权力之伦理学。仁也者，犹所谓以己所欲，施诸他人。盖为通则而非行为之成法，故仁之实施，惟良心是赖，其为通则，在人之自施而已。吾人于此当忆孔子之言曰："己所不欲，勿施于人。"中国文字，反语利于正语，故此否定之语气，乃由于中国文字之特异。孔子举相互原则以阐明仁之为义，其如是云云，实无异于"以己之所欲施诸他人"一语，乃示仁之原则，而表现之于肯定之语气也。孔子所谓仁之义，至事遂有所止。然此仁惠或仁爱之说，绝非在所必从之规律，乃不过为一原则，时可探发新义，而异其用。是则此为自由之原则，而非权力之原则，以其尽可冲破已定之范围而出也。若是则仁礼对峙，当时之人习于法典，无怪乎其屡问仁于孔子，欲孔子以具体方法，释仁之义，俾人民之能了然于仁，犹其能了然礼典也。孔子发明仁之原则，欲一贯用之，遂至反背古教而大倡个人自决之权，亦势所不能免者矣。

然孔子固未尝觉察此新原则之所止，至于此极。孔子深不欲与古人相背，且亦未尝了然于仁之涵义。其述仁也，则释之以礼，曰"克己复礼为仁"，而其目则为"非礼勿听，非礼勿言，非礼勿动"，是孔子亦昧于自由与古传权力原则之分。仁为新义，礼为时人之所习，则孔子之言仁，当较多于言礼。乃计其论仁之数，仅与礼同。又孔子深喜礼仪，故知其重礼，固不下于重仁。无怪乎其高徒子曾子之门，视孝敬为二大德，而孔子影响之所及，遂仍趋重于历代流传之礼德也。

儒家为古礼教之保存人明矣。观其删订古籍，保存先圣之道德生活规范之传说，而发扬之，足以知其为自由之保守派，非急进派也。其目标在乎变今以求返其理想生活于昔日，而不求更善状况于将来。故吾人欲明急进派之运动，当舍当时儒宗而他求。

于中国哲学鸿蒙初辟之时，老子屹然为拔萃之才。老孔二氏，实定后世哲学之程序。老子以为美丑、善恶、难易、长短、声音皆相互而成。无恶不友善，无丑不有美。故其去恶之方，至显且独，灭善绝恶，去其对待者，使人类返于混沌之域，不知善，不知恶。使生于此谷之人，隔山望邻村而听鸡鸣，终其身而不一往，浑浑噩噩，无知亦无欲。此种无为之道德学说，固不足以动当时孜孜务实之中国人，然足以显示伦理学上之新方向。其道德原则归诸大一，影响于后世之伦理学，非浅鲜也。

墨翟幼于孔子，与孔子同为鲁人。其为勤奋之官吏，亦如孔子。所异者，孔子仅示其同情于治人者及其治术，而墨子则兼及人民与人民切身之艰难。故墨子之伦理学已臻于平民的而非贵族的也。墨子或即出于孔子之门，然以其少年盛气，不满于儒家之偏重礼仪，遂取此新原则之仁，世界化之，平民化之而成其著名博爱之原理。于是不得不为孔子之所不肯为，背古而创新说，俾不为古传礼教之所囿，而力抗旧社会之攻击。墨子自知其惟赖其理想之神妙，与其理论之健全，以动时人之听，故效老子之所为抽绎其学说之诸原则于一理，即所谓何者为利是也。墨子学说，实利之主义也，而以博爱为之纲，并创有若干定例，诸事既皆可引申于一理，无怪乎此精密体系之动人，而墨学之所以足为儒教劲敌，而力与孔学争衡也。

不幸墨家后人，皆无墨子之英伟。其后起之秀者，又皆趋于玄学与论理学之一途，而不及于伦理学。别墨之徒，亦如芝诺 Zeno 及希腊诡辩家之流，降为伦理学上之讲说问难，而不谋为中国伦理上宗教上之复兴者。墨与儒抗衡既数百年，又常遭儒教之抨击、遂终就衰亡。

老子之消极主义与相对主义，皆可见于为我之杨朱。自杨子观之，万物之生，为存我也。故其道德之标准，亦以从我所好为归。杨子力功昔日之道德，而劝纵欲求乐之人与避世独善者。孟子尝讥之曰，拔一毛而利天下，杨子不为也。儒教重孝道与合群，置我于家族即社会组织之中，此杨子之所深反对者也。杨子之影响至暂，而中国家庭之休戚相关，实有以防杨子学说之滋蔓。

使孔子可称为中国之苏格拉底，则孟子实为中国之柏拉图，孟子固与柏拉图晚岁同时也，柏拉图深好玄学及论理学，孟子则不然。然孟子之发扬师教，固与柏同。孔子及后儒，均以伦理学及政治足以构成哲学之全，此外皆为赘或有害，孟子亦然。孟子觉一哲学之能动人，在其基于一定之原理，如墨学然。又与当时哲人同以为物之自然者善，遂以性善为儒家伦理学之基础。惟其认人性无不善，故人类天然情感之宣露，便足以造成全部伦理学。

孟子之言曰："无恻隐之心非人也，无善恶之心非人也，无辞让之心非人也，无是非之心非人也。恻隐之心，仁之端也，善恶之心，义之端也，辞让之心，礼之端也，是非之心，智之端也。人之有四端也，犹其有四体也。——苟能充之，足以保四海。"

此种伦理学，基于率性之说。若遵此而行，足使孟子脱离儒家思想之正宗，亦犹墨子受其学说之驱使而叛古。良以此发展个人天赋之原则，势必屏斥外界之权力，使个人尽能求其真理，诚何所用于先哲与其所定之规则，又何所用于今日吾人所认为哲人之孔子之教诲，更何所用于任何权力，人恃诸己可矣。使孟子稍无畏缩之念，不步前任后尘，则或能见其学说之所至，而脱儒家之羁绊，犹墨子之所为。顾其羁绊坚不可脱，孟子却退。恪效儒家而重礼，然其视礼，固不若他儒所视之重也。或曰孟子附诸德于礼，尝厚葬其母，滕文公之父死，孟子教之定为三年之丧，甚且谓葬亲重于事亲(养生不足以当大事，惟送死乃可以当大事)，其注重礼仪可以见矣。然其所谓礼，非求诸辞让情感之中，盖亦不过得之于古传之规矩，如其他儒者然。

庄子者，中国之海拉克里图氏(今译赫拉克利特)Heraclitus也，独能反前此哲学务求实行之习，不谈政治学说，谓变为一切之本，而视万事万物为相对的。庄子为敏锐之批评家，洞明诸家之弱点，而指摘之不遗余力。其非墨也，曰公理不如诡辩之动听；其非儒也，曰万物变化皆属天道，奚必谋所以更正之哉。庄子举先哲之弊点，而攻其失，且评及至圣孔子之本身，尤非难儒家之礼仪。庄子恶儒家丧葬之繁文，以为"真悲无声"，"真在内者，神动于外"，"无问其礼矣，礼者世俗之所为也"(以上四句见《渔父》)。故其所教乃定命主义与道德的相对主义，其学之所至，能使人安运命而遗生死。

儒教至事已临危地，儒教深知托身于前人遗教之益，与保存前人遗教之重要，然外受剧烈之攻击，内则其领袖(孟子)有移易基本原理之举。儒教之势，似必式微。幸而此时有第三领袖(荀子)出，以拯救之。

荀子与孟子同时，而幼于孟子。其整理儒教，俾成有统系之哲学，正犹亚里士多德之整理柏拉图哲学，俾成世界第一哲学系统。荀子者，孔子之信徒，敏锐之批评家，而兼精密之思想家，实使儒教成为中国之保守派，及权力哲学之定形者也。荀子亦如其他儒者，于玄学无专好，顾其说牵入玄学之处，较他儒为多。尝以攻伐诸家不经之学说，并审定儒教之公理及教旨为己任。当世认为儒宗。

荀子深知孟子以伦理学为人类情性之发展之原则，大失孔子之本旨。又了然于儒教所处之地位，知儒教偏重权力，非如异端之偏重自由，并能于其权力主义中，为仁求其地位。至于其政治学说，大抵皆同孟子。惟于其伦理学基本上认孟子为具儒教之精神、故抨击孟子性善之学说。

孟子之学基于性善之臆说，荀子则道性恶，而于扰攘之世，荀子殊不难择显例以实其言。其性恶之说，固不为人类饰其非而可为权力主义造深固之基础。天主教士，常见及此，故必先掊击人性之卑劣，遂使世人之有罪须忏悔者，不能舍教会之教导扶掖而自求真理。然荀子未尝以人性为卑劣，以人类为堕落如天主教士之所云，仅谓人性如放纵之，必就为恶。故儒家所谓道，乃为扶植人性而匡之于善所必需，此其性恶之名说也。

荀子欲为儒家制订之道德确立基础，故言性恶，其说为当时思想中所不得见者。欲以此说为基，则道德之成典，显为需要，是以荀子以礼为要德，而扬之整之，为前所未有。其言颇有与《礼记》及《大戴礼》不合之点，而大为司马迁《通鉴》所引据。

然而荀子所据之旧典，果何所从来者耶？荀子不信天，不信神，则上天之默示不可用也。荀子将淡然应之曰，圣人、圣王及先哲之启发中国文化者实创此典。然则先王又和从依耶？曰得之于性灵。先王之性灵虽无以异于凡人，惟其能自磨砺，故能越其所囿，而达于至善之境。是故凡人皆可步武先王，自勉自励，以求进于圣域。荀子至是乃为孔子所谓仁之说求得其地位，以为仁乃圣人之特征。圣人已登峰造极，故能行无不适，辨无不明，纵性任情，无往不合于正。于是自由与权力得其妥协于圣人之身。

此为儒教变化之终结，而权力主义之所以得行于儒教者，下列之事可以明之。是时墨说衰亡，老庄之学降为幻术神仙之道。其所谓道，乃往昔中国灵魂主义之流传，而为孔子之不强不知以为知之学说，与荀子之怀疑主义所屏诸儒教之外者也。儒家既为中国哲学之正宗，于是创定理、立法则，及战国季世，荀子以此不欺之性恶学说，而遭人讥斥。汉时学术复兴，大儒董仲舒颂扬荀子。唐时文宗韩愈次荀于孟，逮至宋代，可称为儒教之圣亚规那（今译托马斯·阿奎纳）（S. Thomas Aquinas）之朱熹，力讥荀子为不当。朱子以为性者天然之谓也，实包罗万象之天性，固不仅人性而已。今谓性为恶，荀子之不当，从可知矣。然荀子所讲儒教之本旨权力一说，已深植于儒教之中，即朱子亦承认之，此说遂为儒家教旨之中心，而后世学者遂不得不附和荀子对于儒家教旨之解释。朱子取荀子性恶之说，而更变之，以为人心难纯，而常入于过，匡之则纯，纵之则乱，故必距诐行，息邪说。朱子虽推崇孟子，而其伦理学说之基础，则宗荀子。王阳明良知之说，实宗孟子率性之教，然世竟斥王为异端。

是则权力虽未尝不遭劲敌，而其得行于古中国，与其能行于古代其他各国，固无异也。今则西力侵入儒家之中古思想主义，中国人正回顾先秦哲学之光荣，而重评其价值。于是自由与权力再战，而吾人于此庶可睹新绩也欤。

戒纵侈以救乱亡论*

（录《东北文化月报》）

杨成能

［按］《东北文化月报》系大连纪伊町满蒙文化协会所编辑发行。该会系日本所创设，以提倡中日亲善，又"于满蒙及东俄地方殖产兴业及其他文化开发上为必要之调查研究"为主要之宗旨。杨君成能受聘为此报总编辑，于兹二载，藉彼机关，自抒党论。本爱国伤时之意，为中肯入里之言。而此篇尤直指吾国今日社会病源所在，故特录之，以概其余。杨君于诗文，亦赋新意而多佳制，兹不及录。

编者识

或问中国之乱至于此极，其病源何在？曰：在于纵侈而已。何谓纵，举动不循乎度而已，何谓侈，生活不素乎位而已。举动不循乎度，则常感外力之压迫，而权势之念炽；生活不素乎位，则常患经济之困难，而货贿之欲昌。夫权势货贿之在社会也，如水之在于地。此有所盈，彼必有所绌，而习于纵侈者不知焉。一语默也，务以凌人为荣，一服御也，务以上人为快。己求凌人，人亦必思所以凌之。己求上人，人亦必思所以上之。于是互相龋龁，互相炫耀，辗转相胜，每进益上，而乱之起伏，亦且如环无端。呜呼！中国之乱，至于此极。其病源所在，非以此乎？谓予不信，试与观夫下流社会，则见其冠必猗，领必开，视

---

* 辑自《学衡》1924年3月第27期。

必怒目，坐必翘足，言语必秽恶，必吸烟，必酗酒，凡足以示其纵且侈者既如彼。试与观夫上流社会，服必华，食必美，言必肆，动必倨，口无老幼必蓄须，目无远近必架镜，必迟刻赴约以见身分之尊，必赊账购物以表信用之著，凡足以示其纵且侈者又如此。偶遇一循分守规，廉俭自矢之士，则群目为迂拘，咸加以狎侮。其甚也，竟至不能维持其地位。苟欲维持地位，排除狎侮，则必有超出地位之奢费，凌躐同辈之余威。而后人始不敢侮，地位始可保。夫同辈而被其凌躐，则必思有以反之。奢费而超出地位，则必不足以给之。于是乎，不顾择术之正否，而必求较今高出之地位以为偿。迨地位既高出矣，而凌躐与奢费尚未有已。其足以召反抗，而致窘迫也益甚。于是必又求较今更高之地位以为偿，而夤缘奔竞，巧取豪夺之术无不至。夫人岂甘为夤缘奔竞巧取豪夺哉？骄谄炎凉之态迫之于前，索逋收债之人追之于后。不能若伯夷之饿，必须为盗跖之贪；不能为逐利之鹰鹯，必将为索肆之枯鱼。积势已成，如有所立，虽有豪杰，不能自拔。而忧世之士，见夫人纪日紊，民德日坠，遂断断然指一二人一二事而号于众曰：是怙势也，是黩货也，是徒知水之寒，而不知四围大气，降至零下者已非一日。人第见某也揽权，岂知睚眦之怨，积之已多，不揽权，则昔日之怨家皆伸拳以拟其面，而无所抗也；人第见某也受贿，岂知挥霍之债累之已高，不受贿，则昔日之贷者皆执券以要于道，而无所偿也。迨至人人揽权，人人受贿，则非贿非权几不能一日坦然存身于社会。然既至人人受贿，人人揽权，而贿愈不易得，而权愈不易揽。于是昔之揽权纳贿者，犹自知非法，而讳莫如深；今之揽权纳贿者，乃明目张胆攘臂奋袂，而无所避忌。何则？其所以揽权纳贿者，在吾人视之，固为义利问题。在彼视之，则直本身生死问题也。惟至明目张胆攘臂奋袂以揽权纳贿，则丛怨益深，负罪益重。夫惟专制时代之帝王，为能威福自擅，取求无度而莫敢予忤。业怨深，负罪重，而欲免于众人之抨击，法律之约束，则维为帝王者能之。故今之出死力以争民国元首者，非以服公役、遵约法之民主国元首为目的始出于争，乃以免除众人之抨击、脱去法律之约束之君主国之元首为目的而出于争也。然而元首只一而已，求免于众人抨击、法律约束之人，芸芸以亿万计。亿万人争元首，斯亿万人争威福。聚亿万抱有威福目的之人物于国中扰扰以相争，而欲其不即于乱亡，必不可得。为问其积势之所以成，则成于国民之日沦于纵且侈。履霜坚水，其来有自，非一朝一夕之故也。今有千不肖者，攫一金于道涂。其一人得金，遂群相指斥此一人之得金者为盗，不知一人者固盗，亦盗之已遂犯耳。其他九百九十九人，虽未得金，亦不免为未遂犯也。今有人提议将卖票议员铸成铁像，以列之通衢者，则请将十二年来各行省各盟旗之地方议员、国会议员之卖票者人人铸之，吾恐聚九州之铁，不足以葳也；今有人揭橥选举行贿之支票列之报端，披露于群众者，则请将十二年来各行省各盟旗之地方议员、国会议员所用之支票尽行揭橥之，吾恐被南山之树，不能尽也。噫！纵与侈之为祸之烈至于如此，可不惧哉！记当有清之末，欧风乍东，学校创始，而夸毗之士，竟有以倡强权，辟崇俭诸说，纳之中小学校教科书中者。予于其时，惄然深以为忧曰，风会之浇，人祸之亟，此其端哉。未几而辛亥革命。果闻有以一工厂司事，一跃而为司令，居然擅作威福，残戳同胞，行所无事者。有以小学教员，一跃而为军长，居然匿赃百万，纳妾十人，若固有之者。迨至今日，时越十载，骄纵之习，愈演愈高，奢侈之风，愈趋愈烈。为官长者，一岁不扩展权势，而令其僚属之递升，则必有嫉其庸驽，而哗噪以抗其号令者；为士流者，一月不征逐，而随其侪以挥霍，则必有议其俭啬，而望望然勿与为伍者。起观东西列邦，其民风习尚之渐于纵侈者，固比比然矣。然细按之，或则因战争屡胜而觉其兵力之强，或则因科学昌明农商业发达而觉其财力之富，而纵焉、侈焉。观风者见其趾高气扬，犹有谓其民德已漓，败征即兆于此者。以吾国论之，以言兵力，则屡盟于城下也；以言科学，则无所应用也；以言农商业，则未尝进步也。而犹怙侈无已，骄纵日甚，有见其日即于乱亡而已。要之，共和国民，从政本为义务。俸给所以养廉，原无挥霍之余地。人人皆为平等，相接当有礼仪。不关对手之强懦，维能恭俭守礼。上下一致，庶几法治之实可举，而争攘之乱以止。其他皆枝叶之事，非根本之图，于乱亡无补也。虽然言之非艰，河清难俟。瞻望前途，殷忧未艾矣。

论中国近世之病源*

柳诒徵

研究社会国家之盛衰利病者，必先求其原因，不可徒执现象以为衡也。吾国近世之腐败，中外有识者所共见，诚不可不求其原因，而思所以改革之者。然因有远近，近者力钜，远者力微，其尤远者则尤微。甚则索因过远，所持以为最近结果之总因者，乃正得其反面。盖社会历程，复杂繁赜，年禩逾久，其中层累曲折之变化逾多。第截取其两端，以为一国家一社会所由盛衰之因果，而加之以武断，决无当于事理也。

今人论中国近世腐败之病源，多归咎于孔子，其说始于日本人①，而吾国之好持新论者，益扬其波。某杂志中归狱孔子反复论辩者，殆不下数十万言②。青年学者，中其说之毒，遂误以反对孔子为革新中国之要图，一若焚经籍，毁孔庙，则中国即可勃然兴起与列强并驱争先者。余每见此等议论，辄为之哑然失笑，非笑其诋毁孔子也，笑其崇信孔子太过，崇信中国人太过。以数千年来未能完全实行之孔教（此教字，非宗教之教，即孔子所言之道理耳），竟认为中国惟一之病源，对症下药，毫不用其审慎也。夫医家误认病源，妄施攻伐，匪惟不能去病，病且益深。而无病之脏腑，受猛烈之药石，元气一溃，躯命

---

* 辑自《学衡》1922年3月第3期。

① 章炳麟《检论·订孔》篇，日本有远藤隆吉者，自以为习汉事，其言曰：孔子出于支那，则支那之祸本也。

② 某杂志论《孔子平议》、《孔子之道与现代生活》、《再论孔教问题》等文。

随之矣。日人不知中国内容，其视察中国之社会，误从书册寻求病源，无足责也。奈何以中国之学者，目击中国之社会，饫闻中国之历史，而亦妄施攻伐若是乎？

今之论者，诋孔子曰盗丘，谓其流毒不减于洪水猛兽①。凡可以致怨毒于孔子之词，无所不用其极。余诚不解其何心。果如诸人之说，必先立一前提曰：中国人实行孔子所言之道理，数千年未之或替。举凡近世内政外交教育实业，种种不振，皆此实行孔子所言之道理者，为之厉阶，则归狱于孔子。吾诚不敢为孔子平反，且亦将从诸公之后，鸣鼓以攻孔子。无如自有历史以来，孔子之道，初未尝完全实行于中国国家社会之中。以余生平耳目闻见所及，实行孔子所言之道理者，寥寥可数，而充满于社会国家之人物，所作所为，无往而非大悖于孔教者。从前尚有人执孔子之语为护符，近则并此虚伪之言论而亦无之，而诸君乃不惮费其笔舌，诛此无拳无勇已死不灵之孔子，无乃傎乎？余非孔教会中人，第于此论不能不为孔子作一辩护士。

诸君知吾国社会有一口头禅乎？凡修身洁己言行相顾者，众辄谥之以三字，曰：书呆子。孔教之流传数千年者，仅仅少数之书呆子，为孔子延其不绝如缕之血胤耳。其他得志于社会，握权于国家者，大抵皆非书呆子。即有之，亦不过千万人中之一二耳。自汉以降，号为尊孔，而黄老法家，实为治具②。盗贼无赖，拥有大权后，摭拾孔教仪文，为之装饰门面。譬之市肆，囤积杂货，随意售卖，第于门口，张一金制之招牌，则货之良窳，当由肆中售卖者负责，不当责此黄金曰：汝何以不自爱惜，供商人之滥用。凡商货之窳敝，皆汝金制之招牌之过也。某札记中曾志节克生论美人于耶稣所传之真理皆视为具文③。是金饰招牌，无国不有，孔子何辜，独为罪府乎？

反对孔子之说，最足以煽惑今人之心理者，曰孔子尊君，演成独夫专制之弊也④。此等议论，实发生于单简之脑筋，未尝就一事之前后四方，比较推勘，

---

① 某杂志《家族制度为专制主义之根据论》：盗跖之为害在一时，盗丘之遗祸及万世。儒家以孝弟二字为二千年专制政治家族制度联结之根干，贯彻始终而不可动摇，使宗法社会牵掣军国社会，不克完全发达，其流毒诚不减于洪水猛兽。

② 《汉书·元帝纪》：元帝见宣帝所用多文法吏，以刑名绳下。从容言："陛下持刑太深，宜用儒生。"宣帝作色曰："汉家自有制度，本以霸王道杂之，奈何纯任德教，用周政乎！"

③ 《藏晖室札记》：与友人节克生君谈宗教问题甚久，此君亦不满意于此邦之宗教团体，以为专事虚文，不求真际。今之所谓宗教家，但知赴教堂作礼拜，于耶稣所传真理则皆视为具文。

④ 《孔子平议》：孔子尊君权，漫无限制，易演成独夫专制之弊。

而轻下孟浪之语。无论孔子不独尊君，且不主张专制，第就孔子时代言之，桀、纣、幽、厉，皆先于孔子者也，是果由何人学说演成，稍治历史，即知此说之不能成立。推而论之，法美未行民主制度以前，世界各国，自罗马曾行一度共和政治外，孰非君主政体，其专制最甚之国君，若路易十四、尼古拉斯第一等，皆奉孔子之教者乎？君主专制同也，而孔教之有无不同，则孔教非君主专制之主因必矣。讲科学方法者，当知因果律，不可如是之武断也。

次则科举之毒，亦为反对孔子者所藉口。科举之为善制与否，当别讨论。今第认为不良之制，是亦科举自身之害，非孔子之害也。以利禄诱人，而假途于孔子之书，与假途于他人之书，其性质相等。唐宋之谚曰：文选烂，秀才半。曰：苏文生，啖菜羹，苏文熟，吃羊肉。其目的在秀才羊肉，不在文选苏文。其人之学问文章品行如何，萧统、苏轼当然不能负责。持此以观明清两朝之试四书文，其流弊出于何方，断可知矣。譬之腐败之器，以盛鱼肉，固腐败也，以盛兰桂，亦腐败也。不咎其器，而咎其器之所盛，无有是处。假令当日行科举之时，以老庄扬墨之书为题，其读老庄扬墨之书者，认为考试出题之具，亦无异于其对于孔子之书也。

中国近世变迁之关键有四次，曰道光壬寅，曰光绪甲午，及庚子，曰宣统辛亥。论者试一详其历史，即知孔子无与于近世之变迁。壬寅之衅，起于鸦片烟，诸君试思，孔子曾教人吸鸦片烟乎？当未战之前，官民以吸烟为乐境，商兵以运烟为利薮，已历有年①。及林则徐实行禁烟，而穆彰阿、琦善等龁龁之②。所任者奕经、奕山、耆英、伊里布等，以成江宁和局，而开租界，弛烟禁，祸中国数十年，至今未艾。彼穆彰阿、琦善、耆英等，孰奉行孔子之教者？咸同以来，烟毒遍天下，家家有灯，市市有馆，衰吾种族，隳吾志气，是谁为之乎？清季迄今，号为禁烟，而军官长吏富人贫子，冒禁吸食者自若，倚势运售者自若，而孔子无与也。甲午之战，国势已颓，然其时军界中无实行孔教者也。咸同之际，湘军多书生，而淮军多无赖。李鸿章虽曰书生，矢口辄以俚语詈人，亦一合肥之无赖耳。自罗（泽南）、李（续宾、续宜）、曾（国藩）、刘（蓉）死，湘军不振，而势

---

① 《碑传集》金安清《林文忠公传》：英酋赴天津海口，投书直督琦，诉冤抑，琦遂密陈抚意，挤公所为，枢臣内助之。《中西纪事》：方琦相之入粤议抚也，穆相有力焉，是时穆相立满首揆之席，凡军国大事，皆穆相主之。

② 《中西纪事》：黄爵滋奏议曰：鸦片流入中国，道光三年以前，每岁漏银数百万两。其初不过纨绔子弟习为浮靡，嗣后上自官府缙绅，下至工商优隶，以及妇女僧尼道士，随在吸食。粤省奸商沟通兵弁，用扒龙快蟹等船运烟入口。

权悉归于淮军。李鸿章以一身兼任外交、军事之冲，任用阘茸卑鄙奸诈诡谲之徒，若叶志超、卫汝贵、龚照玙，若盛宣怀、袁世凯、洪述祖，其章章者也。甲午战事虽败，而北洋派之势力至今犹在。今之督军，多半昔之马弁戈什哈，是等人足语孔教乎？今人纵健忘，第略翻《东方兵事记略》，即可知败挫之原因①。然甲午战后，军界之腐败，毫未改革，逃将溃兵，仍职行伍（顷始死之姜桂题，即淮军老将，与日战而逃走者也）。惟遣少年子弟，赴德日各国学陆军，归而畀以高位，号为改练新军，涂饰人之耳目。余识一陆军学生，尝为某总办，新军中之佼佼者也。予尝叩以军事，渠曰：方今战事，必须海军御敌于海上，陆军无所用之。予等之练新军，特装饰门面耳。然此装饰门面之新军事学家，所日夕从事者，吸鸦片烟，狎钓鱼巷妓，未尝闻其颂孔子之道也。庚子之役，肇于那拉氏，而成于刚端及拳匪。此三方者，又皆与孔子之教风马牛不相及者也。当是时，稍读孔子书者，皆知其事之不可行，而不学无知之徒，卒成滔天大祸，贻我四万万人无穷之耻，无穷之累。而排外者又一变而媚外。荣禄、那桐、荫昌、杨士骧、唐绍仪、徐世昌等，相继柄任矣，损权辱国之事，史不绝书。而彼辈庋诟无耻，泰然安之。侵寻至于民国，政府之统系，仍清季之统系也。余不知此等人物，曾行孔子教义若干条否也。辛亥革命，为亘古未有之大事业，然真正革命家，牺牲生命，图灭满清者，大半已死于黄花岗之役。其奔走运动，迄民国成立，不变初志，确然欲树立民治主义者，殆无几人。其余侥幸因人，遂尸创造民国之功，攫党费，猎勋位，购洋房，拥姬妾，大失国人之信用，此又信孔子之教贻之祸乎？民党之分子既复杂矣，又与官吏盗贼，互相利用。如赵秉钧、段祺瑞、冯国璋、张作霖、陆荣廷、徐宝山、王天纵等，竞挂民国之旗，瓜分满清之遗势。而穿插点缀于其间者，又有所谓名流、政客、学生、新闻记者，以至各地方之绅董乡棍地痞流氓，淄渑混淆，玉石错杂，争攘叫号，以谈民治。或以武力，或以阴谋，或以金钱，或以清党，翻云覆雨，光怪陆离，以讫今日。是皆无关于孔子之教也。民国之主倡孔教者，独康有为、陈焕章耳。稔其为人者，虑无不知其

---

① 《东方兵事纪略·海军篇》：海军之建也，琅威理督操綦严，军官多闽人，颇恶之，右翼总兵刘步蟾与有违言，不相能，乃以计逐琅威理。提督丁汝昌本陆将，且淮人，孤寄群闽人之上，遂为闽党所制，威令不行。琅威理去，操练尽驰，自左右翼总兵以下争挈眷陆居，军士去船以嬉。每北洋封冻，海军岁例巡南洋，率淫赌于香港、上海，识者早忧之。《金旅篇》：赵怀益守炮台，倭人未至金州时，怀益已令人至烟台售其所存军米。及倭人扑垒，怀益于大连码头自督勇丁运行李什物渡海作逃计。营务处龚照玙以金州陷，旅顺陆道绝，大惧，逃渡烟台，赴天津。李鸿章斥之，复旋，旅顺。自照玙之逃，旅顺军民滋皇惑，船坞工匠群抢库银，分党道掠。

与孔子之教大相背戾,即不知其底蕴而翕然从之者几何。中国今日之病源,不在孔子之教,灼然明矣。

综上所陈,归纳言之,中国近世之病根,在满清之旗人,在鸦片之病夫,在污秽之官吏,在无赖之军人,在讬名革命之盗贼,在附会民治之名流政客,以迨地痞流氓,而此诸人固皆不奉孔子之教。吾因此知论者所持以为最近结果之总因者,乃正得其反面。盖中国最大之病根,非奉行孔子之教,实在不行孔子之教。孔子教人以仁,而今中国大多数之人皆不仁。不仁者,非必如袁世凯、陆建章、陈宧、汤芗铭等,杀人如草芥,而后谓之不仁也。凡视全国人民利害休戚漠然不动其心,而惟私利私便是图者,皆麻木不仁者也。拘墟之人,不谋地方之公益,不知国民之义务,固属不仁,而巧诈者讬名公益,敛费自肥,其不仁尤甚。例如比岁北方之赈,南方之赈,皆以为灾民也。而彼承办之官吏,目睹析骸易子暍死溺毙之惨状,曾无所动其心,而反因缘为利,时时挪移赈款,以供黑暗运动弥补亏空之费,是尚有丝毫之仁心乎?其他地方慈善事业,号为救灾恤患者,无往非丛弊之渊薮。以鳏寡孤独废疾者之养,充董事员司挥霍浪用者,比比也。无官无民,皆是一丘之貉。故国家不能自立,地方亦不能自治。孔子教人以义,而今中国大多数人惟知有利。举国上下,汲汲皇皇,惟日不足者,求得利之机会耳。革命一机会也,伟人攫资若干万;独立一机会也,军人攫资若干万;组阁一机会也,名流攫资若干万;复辟一机会也,遗老攫资若干万;借债一机会也,财神攫资若干万;组党一机会也,政客攫资若干万;办报一机会也,流氓攫资若干万;买收议员一机会也,掮客攫资若干万。乃至兴水利,倡实业,修道路,办学堂,讲自治,充代表,在书呆子视为非谋利之事者,而非书呆子视之,在在皆谋利之机会也。往者官俸微薄,不能尽责人以廉洁,今则官俸倍蓰什伯于前清矣,而衙署机关局所上下之舞弊赚钱,亦倍蓰什伯于前清焉。县官征租,征租有利焉;委员查烟,查烟有利焉;警察捉赌,捉赌有利焉;而厘卡税局无论矣。银行停兑,股票交易投机之业,顶踵相望。买卖议长,选举议员,运动之事,公言不讳。小之至于商店之佣工,人家之雇役,无人不思得分外之财,即无人不敢作非义之事。吾诚不解孔子以义教人,何以展转数千年,产生如此只知谋利之民族也。孔子之教尚诚,而今中国大多数之人皆务诈伪。凡善于诈伪者,世即颂之曰:某某有手段,能办事,否则嗤之以书呆子矣。方清季初变法之时,爱国合群之名词,洋溢人口,诚实者未尝不为所动,久之而其用不灵矣。辛亥以还,经一度之激荡,五四运动,又经一度之激荡,而其效力,乃若经一度之激荡，遂失一度之信用者，无他，不诚心之爱国，不诚心之合群，一时虽可以手段欺人，未几即为人所觉察。故无论何种好名词，皆为今人用坏，不可救药，而世人犹以诈伪手段为能办事之信条，岂不哀哉！昔《民报》斥康有为曰：康之为人，但使对人说谎能经五分钟而后为人所觉者，亦必不惮施其谎骗。今则凡活动于社会者，人人康有为也。人人康有为，孔教之不沦亡者几希矣。孔子之教尚恕，而今中国大多数之人，皆务责人而不克己，家庭则子怨其父，妇责其夫，社会则友朋相欺，同业相妒。凡语及其对面之人，必吹垢索瘢，务极丑诋而后快。一团体之结，则互相攻击焉；一机关之立，则争肆排挤焉。务私图者固为人所不容，谋公益者尤为人所不容。非巧猾圆活，在在皆得人之欢心，不能立足于一地。故在今日，虽似舆论有力、公理渐昌之时，实则舆论毫无价值。为众人所承认者，未必贤；为众人所摈斥者，未必即不肖。然又以舆论之混淆，不肖者转可藉此以自辩。攻者益力，守者益坚，而全国成相骂之世界矣。吾每见青年子弟，开口论人，动曰：某事有何关系，某事有何私图。吾辄服其阅历之深，过于成年。然又惧其胸中已有如此机械，处处以刻薄之心待人，后此之社会，将益不堪问矣。孔子之教尚学，而今中国大多数之人皆不说学。官吏军人商贾农工固不学，即学校中人，亦不得尽谓之学者也。职员以办事为能，学生以文凭为主，教员以薪金为要，所谓学问，特此三者之媒介耳。兴学数十年，縻金数千万，而研究世界学术，卓然有所发明，可与世界学者抗衡者，有几？研究中国学术，卓然有所发明，可与从前学者颉颃者，又有几？吾言至此，吾不忍言矣。

总之，孔子之教，教人为人者也。今人不知所以为人，但知谋利，故无所谓孔子教徒。纵有亦不过最少数之书呆子，于过去及现在国家社会之腐败，绝无关系。论者不察此点，误以少数书呆子，概全国人，至以孔子为洪水猛兽，殊属文不对题。今人不但官吏军人盗贼无赖，脑筋中绝无孔子之教，即老旧之读书人，讲训诂，讲考据，讲词章金石目录，号为国学国粹者，余亦未敢遽下断语曰：是皆深知孔子之教，笃信而实行之者。盖孔教之变迁失真，亦已久矣。责孔子者，以纲常孝弟为孔子误人之罪状①。不知今人何尝讲纲常，讲孝弟，不必待诸君提倡非孝而后然也。往见某侍郎家庆寿，宴客若干席，征文若干篇，似其子固孝其亲者也。然其家庭虽号同居，不但父子分爨也，即老夫妇亦分爨。子

---

① 某杂志《通信》：三纲之义，效法古人之说，实宗法社会之缺点，亦孔子全副精神所贯注者也。

若妇日餍肥甘，老父及老母不能染指也。社会实情，笔不能罄。论者但须就社会详加观察，即知吾言非过事偏激，好为孔子辩诬。要知今之庆寿出丧，广征诗文，大张联幛，酒食累日，仪仗塞途者，绝非孔子之所谓孝。孔子若生于今日，亦必不认此等人为孝子。而昔之所谓九世同居一门雍睦者，皆系历史上之陈言，文章家所搬弄，执之以求于今之社会，邈然无遗迹可寻也。北京上海者，吾国社会人物集中之点也。诸君但历观之，赌博、冶游、投机、局骗、吸鸦片、听戏剧者，充溢于阛阓，盛服靓妆，高车驷马，招摇市廛，征逐馆舍，不闻有口孝弟而行曾闵者也。无论真正实行孔子之教者，不易一二觏，即所谓假道学伪君子，亦复不可多得。诸君又何必抵死责备孔子，为彼非书呆子者嫁祸乎？

虽然，余有一私议焉。今日社会国家重要问题，不在信孔子不信孔子，而在成人不成人，凡彼败坏社会国家者，皆不成人者之所为也。苟欲一反其所为，而建设新社会新国家焉，则必须先使人人知所以为人，而讲明为人之道，莫孔子之教若矣。诸君不信吾言，请观反对孔教者之言。某某者，反对孔子之教最坚最力者也，然其所持爱国主义，曰勤曰俭曰廉曰洁曰诚曰信①，固无一不出于孔子之教也。即使变其名词，易为西语昭示于人曰：吾所持者非孔子之教，亦复无害。何则？孔子固不必使人挂招牌，实心为人者，亦何必挂孔子之招牌。但令其道常存天壤，即无异孔子常存天壤矣。今人所讲之新道德，绝对与今日腐败人物所行所为不相容，而绝对与孔子所言所行相通，所争者在行与否耳。言之而不行，孔子一招牌也，德摸克拉西一招牌也，以新招牌易旧招牌，依然不成人也。言之而行之，虽不用孔子之教，吾必曰是固用孔子之教也。

① 某杂志《我之爱国主义》：曰勤、曰俭、曰廉、曰洁、曰诚、曰信。

第四编　教育与立人

白璧德中西人文教育谈*

胡先骕　译

［按］白璧德先生(Irving Babbitt)为哈佛大学文学教授，而今日美国文学批评家之山斗也，与穆尔先生(Paul Elmer More)齐名。其学精深博大，成一家之言，西洋古今各国文学而外，兼通政术哲理。又娴梵文及巴利文，于佛学深造有得。虽未通汉文，然于吾国古籍之译成西文者靡不读，特留心吾国事，凡各国人所著书，涉及吾国者，亦莫不寓目。其讲学立说之大旨，略以西洋近世，物质之学大昌，而人生之道理遂晦，科学实业日益兴盛，而宗教道德之势力衰微。人不知所以为人之道，于是众惟趋于功利一途，而又流于感情作用忠于诡辩之说。群情激扰，人各自是，社会之中，是非善恶之观念将绝。而各国各族，则常以互相残杀为事。科学发达，不能增益生人内心之真福，反成为桎梏刀剑。哀哉！此其受病之根，由于群众昧于为人之道，盖物质与人事，截然分途，各有其律。科学家发明物质之律，至极精确，故科学之盛如此。然以物质之律施之人事，则理智不讲，道德全失，私欲横流，将成率兽食人之局。盖人事自有其律，今当研究人事之律，以治人事。然亦当力求精确，如彼科学家之于物质。然如何而可以精确乎？曰：绝去感情之浮说，虚词之诡辩，而本经验，重事实，以察人事，而定为人之道。不必复古，而当求真正之新。不必谨守成说，恪遵前例，但当问吾说之是否合于经验及事实。不必强立宗教，以为统一归纳之术，但当使凡人皆知为人之正道。仍可

---

* 辑自《学衡》1922年3月第3期。

行个人主义，但当纠正之、改良之，使其完美无疵。此所谓对症施药，因势利导之也。今将由何处而可得此为人之正道乎？曰：宜博采东西，并览今古，然后折衷而归一之。夫西方有柏拉图、亚里士多德，东方有释迦及孔子，皆最精于为人之正道，而其说又在在不谋而合。且此数贤者，皆本经验，重事实，其说至精确，平正而通达。今宜取之而加以变化，施之于今日，用作生人之模范。人皆知所以为人，则物质之弊消，诡辩之事绝。宗教道德之名义虽亡，而功用长在；形式虽破，而精神犹存。此即所谓最精确，最详赡，最新颖之人文主义也。人文教育，即教人以所以为人之道，与纯教物质之律者相对而言。白璧德先生之说，既不拘囿于一国一时，尤不凭借古人，归附宗教；而以理智为本，重事实，明经验，此其所以可贵。故有心人闻先生之说者，莫不心悦而诚服也。今兹率尔撮述，自知不免失真。白璧德先生所著书有：*Literature and the American College*（1908）及 *The New Laokoon*（1910）及 *The Masters of Modern French Criticism*（1912）及 *Rousseau and Romanticism*。原书具在，读者可取而观之也。本志行将撮译先生之书，以介绍于国人。今此篇原名：*Humanistic Education in China and the West*，登载《中国留美学生月报》1921 年第十七卷第二期。去年九月，美国东部之中国学生年会，曾请白璧德先生莅会演说，此篇即系当时演说之大旨。以其论特为吾国人而发，故首先由胡君先骕译出，以登本志。

吴宓附识

吾所见之中国人，多谓中国今日所需要者为一文艺复兴，而与古昔完全脱离。今日中国文艺复兴之运动，完全以西方文化之压迫为动机，故就其已发展者而言，亦仅就西方文化而发展，与东方固有之文化无预也。予今兹著论之先，予宜声明，近二三十年中，予在哈佛大学教授之功课，即系细究欧洲十六世纪文艺复兴之往迹，及其与中世脱离之情形，并按迹此后思潮之趋向，迄于今日。予尤注意于十八世纪中第二次个人主义之发动，此种自十六世纪以来之西方运动，其性质为极端之扩张。首先扩张人类之知识与管理自然界之能力，以增加安适与利用。此近代运动，一方则注重功利，以倍根（今译培根）为其先觉，其信徒之主旨在注重组织与效率，而崇信机械之功用；一方则注重感情之扩张，对人则尚博爱，对己则尚个性之表现，此感情扩张运动之先觉，则十八世纪之卢骚（今译卢梭）是也。

综此二者而观之，人类全体须日进于管理自然界，而增加利用与安适；同时以友爱之精神，为扩张感情之方法，以日进于亲密。此两运动合而论之，可称为人道主义。在其人道主义之人生哲学之中心，复有一进步之概念。盖进步主义，实吾西方主扩张者之一种宗教也。十九世纪之人，每以为科学发明，且同情心扩张，人类将日进于丁尼孙所言之圣神光明之域，然实则向大战场而行，结果乃渐有厌恶之者。今日西方思想中最有趣之发展，即为对于前二百年来所谓进步思想之形质，渐有怀疑之倾向（例如 Dean Inge 之 *Idea of Progress* 一书是，此书一九二〇年出版）。有人欲问，吾西方之脱离古昔，是否曾将数种重要之元素亦随之而弃去，是否如德人所云：于倾弃浴水时，将盆中之小儿，亦随之弃掷也。以有此种弃舍之故，今日之所争，乃非进步与反动之争，而为文明与野蛮之争矣。最近德国 Oswald Spengler 著一书，名为《西方之败亡》，销行数逾五万部，尽人皆知。西方对于增加势力，成效极大，但此势力是否为牺牲智慧而得者，则应研究者也。

今日在中国已开始之新旧之争，乃正循吾人在西方所习见之故辙。相对抗者，一方为迂腐陈旧之故习，一方为努力于建设进步、有组织、有能力之中国之青年。但闻其中有主张完全抛弃中国古昔之经籍，而趋向欧西极端卢骚派之作者，如易卜生、士敦堡、萧伯纳之流。吾固表同情于今日中国进步派之目的，中国必须有组织、有能力，中国必须具欧西之机械，庶免为日本与列强所侵略。中国或将有与欧洲同样之工业革命，中国亦须脱去昔日盲从之故俗，及伪古学派形式主义之牵锁。然须知中国在力求进步时，万不宜效欧西之将盆中小儿随浴水而倾弃之。简言之，虽可力攻形式主义之非，同时必须审慎，保存其伟大之旧文明之精魂也。苟一察此伟大之旧文明，则立见其与欧西古代之旧文明，为功利感情派所遗弃者，每深契合焉。

欧西之旧文明，半为宗教的，半为人文的。此二者之首领为亚里士多德与耶稣基督，亦犹东方之有孔子与释迦牟尼也。某作者在哲学杂志（Revue Philosophique）中，曾谓亚昆那（今译圣阿奎那）（St. Thomas Aquinas）之学说，合亚里士多德与基督之说而成，而与生同时之朱熹，其所作之集注，实并取孔子与释迦之说，故二人实可相提并论云。

今试问，此东西诸伟大之旧文明，其中所含之智慧，究为何物？苟或失此，则人类将自真正文明，下堕于机械的野蛮，此物究为何耶？文化问题之重要，未有甚于今日者。盖以今日物质科学之发达，已使社会中发生古昔未见之事件，全世界已因之而得有物质与经济之接触。即如欧战之结果，使棉价涨至每磅美金四角，美国南部黑人，以工价增长之故，致有力购制丝绸之汗衫，因之东京生丝之市场亦大发达。昔日中国道家所梦想之御空而行，在今日已成为实事。由纽约至北京，或由纽约至阿根廷首都，不久或比十九世纪初由纽约至波士顿，且较速而安适也。无线电话等发明，全世界几等于晤言之一室。试思若其所传说者，若尽为仇恨猜疑之言，若人类以种种机械，联为一大团体。而同时精神上，乃有相离而背驰之趋向，其结果将何如乎？

今试精确论究吾所云今日最重要之问题，即文化与野蛮之对战，由普通之文化，进而论中国之文化焉。古之人常多自诩其本国为文明，而斥他国之人及其习俗为野蛮，此数见不鲜者也。约翰生论希腊人，至德谟森尼（Demothenes）乃云："彼在一群类同野兽之蛮人之前演说。"又云："据我之见，外国人皆蠢奴也。"中国古昔之人，此癖尤著。彼以为中国为文明世界，为普天之下，其外皆边徼之蛮夷。佛教固系自外传入者，然韩愈之谏佛骨表，亦谓佛为夷狄也。

吾亦未尝不赞成中国古人之自尊其文化，至于此极也，但其弊在不承认他国文化之成绩耳。兹请略述吾所见中国文化较优于他国文化之处。首要者，即中国古今官吏虽腐败，然中国立国之根基，乃在道德也。法国有所卓见之批评家尤柏尔（Joubert）之论中国人，曰："世谓中国种种情形不善，其然岂其然乎中国人屡被外族征服，然一国之文化与兵战之胜败何关！其立国之久长，岂非其法律优美之明征乎？正犹哲学学说之能应用而明晰者，则称为良学说也。今日各民族，有能具如中国之古之法律，而其法律最少变易，为大众所尊重、爱护研究乎！"中国向来重视道德观念，固矣。而此道德观念，又适合于人文主义者也。其道德观念，非如今日欧洲之为自然主义的，亦非如古今印度之为宗教的。中国人所重视者，为人生斯世，人与人间之道德关系。故康熙帝之圣谕广训，自人文主义论之，颇有足称者，然其言及佛教与耶教，则皆惟存轻蔑而已。

但今日中国之功利感情运动，亦以文化与道德相标榜。惟其所谓文化道德者，亦正如吾西人今日之不惜举其固有之宗教及人文的道德观念，而全抛弃之。吾苦无暇引证吾说，或因之视吾为武断，然吾深信今日西方之运动，实无道德之观念，但假道德之名耳。今试论进步之一义，常人莫不喜言进步之说。孔子之谓颜渊曰："惜乎，吾见其进也，未见其止也。"此进步也。但功利主义者，乃误混道德与物质之进步为一物焉。

英国批评家John Middleton Murry著*Evolution of an Intellectual*一书，有言曰："读近世史者，不难认明此次大战，并非人类可惊之奇变，而实为英国工业革命以来，人类之物质欲望，愈益繁复，窃夺文化之名，积累而成之结果。世所谓文化者，其作用有如一增殖之机器，人类之欲望，以之而增加，欲望不达时，勉求所以达之，于是机械变诈百出，其手段亦日增残酷。（中略）今日之文化，舍繁复之物质发明外，别无他物。质言之，即非文化，仅为一种物质形态，冒有精神之名而僭充者也。物质创造之方法，极为新奇，使人在局中，不暇深思回顾，具有一种狂热，乃自诩其狂热为道德，以伪乱真，致将道德与精神上重要之名词，均混淆其意义。（中略）道德之名辞已下降为物质之名辞矣。（中略）今日已无足用之精神制裁。目下之问题，乃以何方法，而得此制裁耳。”以上皆 Murry 之言也。

Disraeli 每谓英美之人，不知安适与文化之别，即此安适一字，已可为 Murry 所谓名辞混淆之例。昔人有言曰：“惟苦人可得福，盖安乐必生于忧患也。”今日美国人，欲得其安乐，而不愿经此层悲苦，此即所谓大悖逆之乐观主义之显例也，不特功利主义者为是也。彼感情主义者，亦混淆名辞之意义，强谓仅事扩张感情，即足为充分之道德。十八世纪中叶，近代各种革命尚未发生之先，字典已先大变革，良知一字，即在此时渐训为其今日之意义。昔以良俗为内心微细之声响，今乃以良知为在社会间大声疾呼之事业。昔之良知为戒已，今之良知则为责人，此其大不同矣。

今欲治此名词混淆与诡辩之弊，其法不宜专引古昔旧说为根据。彼既以近世自号，吾人即宜以其道还治其身，而用近世批评的精神，以与之周旋。Murry 以为世竟误以物质进步为精神进步者，由于变更普通名辞意义之故。回思西方首提倡批评精神之大哲苏格拉底，其治当时诡辩家与若辈胡乱抛弃古昔之行事，所用之法，即为将所有之普通名辞，悉加以精确之界说。又回思孔子之言，其门人问以治国之道，孔子乃以正名为先务。今当效苏格拉底与孔子之正名，而审察今日流行之各种学说，究与生人本性之实事，符合与否，验之于古，而可知也。近人每自命为实验主义者，今当正告之曰：彼古来伟大之旧说，非他，盖千百年实在之经验之总汇也。故孔子之学说，不宜仅以其生后二千余年之影响而判断之，须知其学说实为孔子生前数千年道德经验之反影也。今请引已故法国大汉学家法国学院教授霞网（今译夏凡纳）（Chavannes）之言曰：“孔子当西历五百年前，即为民族之先觉，取荒古之经籍，于其深奥之义理，加以精确联贯之解释，而昭示世人。又周游列国，大声疾呼，力言其国古来逐渐积累而成之道德，切宜遵守无失，而时人之所以不能从之者，则以若辈艰于舍弃其安适与利益之故。然若辈亦觉孔子之言有无上之尊严，其远古祖先所求的之真理之精神，逖闻之下，亦不胜其感动于五中也。”此霞网氏之言也。

吾人今试就此积无量之实在经验而成之孔教之旧说，以求解吾前此所云今日最重要之问题，即如何而能使人类之精神统一，而非如今日机械之发明，仅使人类得物质之接触，而精神仍涣散崩离也。孔子以为凡人类所同具者，非如近日感情派人道主义者所主张之感情扩张，而为人能所以自制之礼（参阅 Lionel Giles 所译编之 *The Sayings of Confucius*）。此则与西方自亚里士多德以下人文主义之哲人，其所见均相契合者也。若人诚欲为人，则不能顺其天性，自由胡乱扩张，必于此天性加以制裁，使为有节制之平均发展。但世人十之九，如亚里士多德所云：“宁喜无秩序之生活，不愿清醒而宁静。”可见东西之人文主义者，皆主以少数贤哲维持世道，而不倚赖群众，取下愚之平均点为标准也。凡愿为人文主义之自制工夫者，则成为孔子所谓之君子与亚里士多德所谓之甚沉毅之人。予尝佩孔子见解之完善，盖孔子并不指摘同情心为不当（孔子屡言仁，中即含同情心之义），不过应加以选择限制耳，中国古代亦已有如西方今日之抱博爱主义者，孟子所攻墨子之徒爱无差等。孟子之言亦可用于今日，以正西方托尔斯泰之徒，抱感情主义者之非也。

夫彼君子之造福于世界也，不在如今人所云之为社会服务，而在其以身作则，为全世之模范。柏拉图之释公理也，谓之为各治其事，至今日扶助贫民等事盛行，则几将使人人皆越俎庖，来治他人之事矣。今日彼芸人之田者，乃受尊崇，此为昔之所未见，故或谓今日为互相干涉之时代也。昔孔子称舜之端拱无为而天下治，盖欲效柏拉图之所云：各治其事，舜亦自治己之事，即为他人之模范而已。

上所言之人文主义，中国古时以一种教育系统维持之。此种教育，其后乃堕人伪古学派之形式主义，而自初即有重大之缺点。凡此固毋庸讳言。然为今之计，宜注意毋将盆中小儿随浴水而倾弃。故昔日科举制度，虽甚不完备，然其用意固多可取者。盖于彼千万应试者，欲服官而治国者，必以人文的学问为标准，而加以严格之选择。其选择之法，则一本平民主义，此种连合贵族平民之选择精神，实为欧西所未有。欧西之民治运动，大都以牺牲标准而成功。然吾意苟无曾受严格人文训练之首领，则民治试验将难有成也。中国古昔教育制度，过重记忆，斥之者宜矣。即就此事而论，自卢骚著《爱米儿》一书，力攻记忆之后，今日西方教育，乃趋于他极端，吾人已忘却所谓选择记忆之功用。

此种记忆，在真正之人文训练中，实至重要。吾人记诵佳诗格言，当时或不觉其奥理，然日后之经验，每能为之印证。儿童教育既以幼年陶冶为重要，则今世流行之儿童丛书，如 *The Tale of the Flopsy Bunnies* 与《南瓜彼得之汗漫游》等书，其影响于儿童之身心者为如何，亦可知矣。

吾虽知中国事不多，然吾深信今中国之人于旧日之教育，尽可淘汰其浮表之繁文缛节。孔教教育中，寻章摘句，辨析毫末之事，亦当删去不讲。即经籍亦有宜改易之处，如《礼记》中所载之礼文，多有与士君子修身立行之原理无关，无异于孔子之不彻姜食也。又中国之人，并宜吸收西方文化中之科学与机械等，以补中国之所缺。然吾以为虽其末节宜如此改革，然中国旧学中根本之正义，则务宜保存而勿失也。盖其所以可贵者，以能见得文化非赖群众所可维持，又不能倚卢骚之所谓公意，及所谓全体之平均点，而必托命于少数超群之领袖。此等人笃信天命而能克己，凭修养之功，成为伟大之人格。吾每谓孔子之道有优于吾西方之人文主义者，则因其能认明中庸之道，必先之以克己及知命也。

孔教虽可敬爱，然究不得谓为宗教。则今中国之新教育中，应否另有如何之宗教分子，亦宜研究，此问题过大，非匆匆所能毕论。故惟吾欲有言者，即吾少时，以欲研究佛教而苦攻巴利文与梵文时，吾每觉本来之佛教，比之中国通行之大乘佛教，实较合于近日精确批评之精神。中国学生亟宜学习巴利文（今留美学生中，习之者已有二三人），以求知中国佛教之往史，且可望发明佛教中尚有何精义可为今日社会之纲维，就其实在影响于人生行事者论之，佛教之正宗与基督教，若合符节焉。

总之，中国之人为文艺复兴运动，决不可忽略道德，不可盲从今日欧西流行之说，而提倡伪道德。若信功利主义过深，则中国所得于西方者，只不过打字机、电话、汽车等机器。或且因新式机械之精美，中国人亦以此眼光观察西方之文学，而膜拜卢骚以下之狂徒。治此病之法，在勿冒进步之虚名，而忘却固有之文化，再求进而研究西洋自希腊以来真正之文化，则见此二文化，均主人文，不谋而有合，可总称为邃古以来所积累之智慧也。今中国留美学生，潜心研究西洋文化之渊源者，不过五六人，实可慨伤，至少须有百人为此也。在中国国内各大学，均宜有学者，以孔子之《论语》与亚里士多德之伦理学比较讲授。而美国各大学，宜聘胜任之中国教员，讲授中国历史及道德哲学等。如此则东西学问家可以联为一体。十九世纪之大可悲者，即其未能造成一最完美之国际主义。科学固可谓为国际的，然误用于国势之扩张，近之人道主义、博爱主义，亦终为梦幻。然则何若告成一人文的、君子的国际主义乎！初不必假宗教之尊严，但求以中和礼让之道，联世界为一体。吾所希望者，此运动若能发轫于西方，则在中国必将有一新孔教之运动，摆脱昔日一切学究虚文之积习，而为精神之建设。要之，今日人文主义与功利及感情主义正将决最后之胜负，中国及欧西之教育界，固同一休戚也。

评杜威《平民与教育》*

缪凤林

自杜威氏来华讲演教育哲学以还，因其弟子之推助，与印刷之迅速，笔记流布以亿万计，家喻户习，寖成风气。然大抵诵述其说，辗转裨贩，少能洞其是非，批评纠正，卒之其弊固无人言，其真亦鲜人知，按杜氏之教育哲学，备见《平民与教育》一书。年来数次讲演，多以是书为本，而其详尽，则又不逮原书三之一，间尝披读其书，觉其所言，诚有不可磨灭者在，而其偏宕之词，讹谬之处，亦未可以偻计，谨就管见所及，述为此文，是则是之，非则非之，不敢与时流苟同，亦曰表其中心之所欲言云耳。

杜氏有言："哲学界说之最深切者，即最广义之教育学说。"（《平民与教育》三八六页，以下仅注页数）此语也，质诸罗素辈，固不许为知言，持以观杜威之学，则实确切不易，杜氏以教育哲学为一己哲学之中坚，凡哲学上之问题，杜氏认为有讨论价值者，亦统于《平民与教育》中讨论及之。然杜氏之纯正哲学（杜氏无此名词，此由余科判而得），概以一语，曰以用为体，或曰用即体，以东方旧语表之，用即印土胜论之所谓业，体即胜论之所谓实，其说实至粗浅，即西方哲学家，亦有判为唯物论者（见《美国哲学月报》），有判为朴素实在论者（见《希腊式哲学要义》*Sellais Essentials of philosophy*），甚有卑之无甚高论，谥之为表面流行之思想家（仝上），或斥为滑头者（见《哲学月报》），今兹颇不值置评，姑

---

* 辑自《学衡》1922年10月第10期。

舍是不言，进而直探其教育哲学之根据，则当先明二义。人类之生命，以传递经验而永存，一也。人生之究竟，以改造经验为最要，二也。杜氏意谓个人之生死为万不能免之事，然苟个人之经验，传之于后进，则平素惨淡经营之创造，既不随身亡而俱斩，而由群体观之，旧去新继，为当然之事实，旧者之造诣，诚能传递于新者，则个人虽有生死，群体可永远存在，人类之所由不朽也。教育之功能，即在能传递经验，以保持群体之生命。盖其于未成熟之青年，导引之而使发达，有社会之机能，而为人生所必需也，至于人生究竟，杜氏归诸改造经验，谓人之要务，莫生活若。所谓生活，即属经验。经验者，有机体与环境之关系，非仅为过去偶然行为之加累，乃所以控御行事，使有美满之结果，观察事物，使有丰富之意义者也。喻如薪火，婴孩取之而焚手，成人取之而煮物，又如窥天，儿童睹之而苍苍，成人视之而无穷，一有经验，一无经验故也。生活之丰满与否，既视经验之有无多寡，斯人生究竟，厥维改造经验，而此又教育之专职也。且也世人盛言平民矣，莫不以平民为指归矣，由杜威视之，所谓平民不仅一种政治，实为一种联合之生活，一种联合互相交换之经验（一〇一页），语其标准，可分为二，一则群内共同兴趣之范围之广大也，二则与他群交际之自由及完全也。所言皆与前述二义合，处今以平民为理想之时代，教育之职司既如彼，平民之意义又如此，杜氏之书，以《平民与教育》，名意在斯乎。

二义既明，乃可进述杜威氏之教育之界说，其言曰："教育之历程，舍教育外，别无其他之目的，教育之目的，教育而已，教育之历程，继续之改组、改造、改变而已。"（五九页）又曰："教育者，经验之改造，一方增加经验之意义，一方增加个人指导后，此经验之能力者也。"（八九页至九零页）盖其以生命为生育长养，生育长养在群即传递经验，在已即改造经验，教育之职，惟在于此。而人之经验，以人与群之关系为多，当其改造经验时，传递经验即在其内，故杜氏唯言改造经验，而教育之的，惟在教育也。氏之言曰："人生之活动，其始也为盲目之冲动，不知此动作与他动作之关系，苟加以教导，则可以见前所不能见之关系，而既由一动作能知所引起之其他动作，必将预先审度其他动作之利害，以定此动作之为否。"（九〇页至九一页）前者为经验意义之增加，后者为个人指导后此经验之能力之增加，经验之改造，具有此二方面。人生之要图由世法言，亦首唯此是务，杜威以是立教育之义界，前所谓有不可磨灭之真价者此也。

教育既为改造经验矣，顾经验为人与环境之关系，环境予人以刺击，人受之而反应，始有经验，故改造经验，当自改造环境始（此完全为杜威之意，余之见解异是见后)。杜威之论环境也,谓:“凡外缘对于生物之特殊动作,足以改进之或阻碍之,兴奋之或禁止之者,是曰环境。”(一三页)其意当兼自然环境与人为环境而言,然其书于自然环境,置之不论于人为环境,则言之甚详赡,而皆以能改造经验为准。如论社会之环境,则重正当之交际,共同之兴趣诸端,论家庭之环境,则重延长婴儿,养成礼貌诸端,此犹为广义之教育也,至其论学校,则曰:“学校之职,在设一环境,在此环境内之游戏与工作,可以引入良好之精神的与道德的生长。”(二三〇页)论教师则在供给学生以境况,引起其疑难(一八二页至一八三页),论教法则注重四种态度之养成,曰客观,曰大公,曰专心,曰负责(二〇四页至二一〇页,此段立言甚善,又二六二页言养成态度之要,亦甚精),论教材则史地以知人事与自然(二四六页),科学以解放尊崇习尚之胸怀,而建设系统精进之新的(二六一页),氏之言曰:“教育为供给境况之事业,此境况不问学生年岁之如何,足以担保其长养或适合其生育者也。”(六一页)氏之教育哲学之精义在是,其于教育上之贡献亦在是。

虽然,杜威以教育为经验之改造则然,而其所言经验之内容,则似有可议,斯宾塞尔有言:“教育者,求完全生活者也。”斯氏所谓完全生活之内容,今学者虽多异辞,惟其完全生活一义,则咸奉为圭臬。表以杜威之语,即求完全之经验,人生之经验,繁赜复杂,势难尽言,举其要者,则有科学的焉,有社会的焉,有美术的焉,有宗教的焉,此四者虽可以主观见解之不同,轻重其间,然人苟于此缺一,其非完全生活。殆可断言,杜威之书,于前二者固详者乎其言之,乃于美术,则仅于论教育价值时略一道及,于宗教,则竟不着一字,此实令人大惑不解者。所贵乎哲学者,谓其有普遍之见解也,即杜威言哲学之对象与方法,亦谓皆须完全(totality)普遍(generality)与究竟(Ultimateness)矣。(三七八页)然试问人生经验中,除去美术与宗教二者,是果足谓为完全普遍与究竟否耶。美术宗教者,情之事也,自凭德分人之心理为情知二作用以来(冯氏谓意为两情之冲突),言教育者,大都情知并重,即杜威亦屡言培养者之品性与情之品性(intellectual and moral disposition)为要矣。然何以仅略言美术而不兼言宗教耶,不仅此也。宗教一端,在杜威哲学中本无其位置(此其失灼然,易见兹不论),故其教育哲学亦不言宗教。至于美术,杜氏一则曰:“文学音乐绘事等,在教育上主要之功用,即其因欣赏而使质有增加,且能诉诸日常之经验,融合无间,而享受之者也。”(二七八页至二七九页)再则曰:“彼等(文学等)作教育之耗费品,乃正使任何教育成为有价值之着重的表示耳。”(二七九页)是则美术在教育上之价值,初不下于史地科学也。然其论课程也,于史地科学,皆有专章,言之惟恐不尽,于美术则仅有页余附诸教育之价值,且曰:“美术在课程中之位置,前文毫不明白言及,此种省略实出有意。”(二七八页)叩其所以,则曰:“实用的或工艺的物品与美术品,初无斩截之划分。”(二七八页)一若美术之经验,皆可于习工艺时得之,无待另论者,柯罗齐(Benedetto Croce)曰:“美术者人心之基本的、主要的及永久的机能也,美之自体为本原的,故有独立性,不能纳诸他物。”(见氏著《美术与教育》*Aesthetics and Education*)如杜威言,不将美术纳诸工艺,而取消其独立性也耶。柯氏又详论美学上之邪说,谓世人言美者多,真义未明,邪说纷起,或将美归诸快乐,或将美纳诸道德,或将美附诸科学,美之主要与特殊之功用,于焉尽失,美育遂亦不成为哲学上之问题(同上),不谓以杜威之明,竟陷于邪说之中而不克自拔也,抑美术之特性,在超脱物质之功利,在代表高尚之人生,在予人以精神上之安慰,在自体有不朽之真价,凡此皆美术之所以为美术,而非工艺实用品所固有。杜氏乃竟将二者比而同之,余今请得而问之曰,苏封克里(今译索福克勒斯)(Sophocles)、莎士比亚之剧,但丁、歌德(Goethe)之诗,与一毛织物、一锦制品有别否乎,费笛亚(Phaedias)、裴克什里(Praxiteles)之雕刻,廖那多(今译列奥那多)(Leonardo de Vinci)、拉飞叶(今译拉斐尔)(Raphael)之图画,与一石印机一铜版有别否乎,如其无也,则予欲无言,否则诚令人难为之解矣。

复次,杜氏此书所用之方法,亦各有其优劣。大体观之,全书俱用科学条例组成,分厥三部,叙次井然,结构亦称谨严,可无置言。惟余就全书反复按之,则觉此书常用二法,曰历史,曰调和。历史法为进化论应用于哲学之结果,究一学理与事物,皆以其由来与发展为出发点,而特注重其产生与历史。杜氏之书,叙述各种学说,亦每用此法,如言展开说则及黑智儿(今译黑格尔)Hegel,言形式训练则及洛克(Locke),言型成说则及海尔巴德(今译赫尔巴特)(Herbart),溯教育观念之变迁,则及希腊之柏拉图,十八世纪之个人主义及十九世纪之国家主义,论自然发展则详述卢梭之类,不胜枚举。而自十九以下诸章,论工作与暇逸之分实利与文教,经验与知识之分,及人文课程个人主义等,皆上溯希腊,原原本本,虽其所论多有所偏(论黑智儿为最甚),然其从历史方面着眼期以明来源而定是非,实则历史法之精义,而为本书一大特色。调和法意指糅和诸说,一以贯之,为反对二元论之哲学家之惯技。盖其中心希望统一,而睹各方面之论调,多相冲突,取一舍余,既惧落旁际,兼收并述,又分而不一，遂折衷而道，谓诸说皆相通而不相背，其长则搜罗宏富，其短则牵强附会。杜威反对二元论者也，既破除二元论，代之以连续（三八八页），所有心与身、人与自然等区别，皆扫荡净尽，谓"自生理学心理学进步以来，相互印证，已明示心理作用皆与神经系统有关"（三九页），"人寓于自然，人之目的，赖自然之境况而实现"（三三三页）。影响所及，全书几充满调和之精神。举其大者言之，如目的与历程之调和，谓"活动进行之经验，占有时间，其后一步补足其前一步，前此所不觉之关系，因以明白，若然后此之结果，表示前事之意义，此等全体之经验，足以养成趋向含有此种意义之事物之惯性"。（九一页至九二页）如社会效率与文教之调和，谓"所谓文教，所谓人格之完全发展，苟注意于个人之特长，则其结果，实与社会效率之真义相同"（一四二页），如兴趣与训练之调和，谓"即在纯粹知力之训练，亦不可无兴趣"（一五二页），如游戏与工作之调和，谓"教者之问题，即使学生从事于此等活动，一方面获得手艺与专门的效率，同时即于此工作内寻见目前之满意"（二三一页），如自由教育与实业教育之调和，谓"人苟仔细分析文教与实用之意气，则建设一种课程，使自由与实用同时达到为事甚易"（三零二页），如知识与经验之调和，谓新哲学之建设，谓经验所以控御行事，防患未然，示途多端，试其利害，择其善者而从之，与纯理之知识及解释，不再立于冲突之地（三一九页），如人文课程与科学课程之调和，谓"在真正之平民社会，二者永不能分离"（三三八页），以及职业教育章之调和，职业教育与文雅教育，知识论章之调和，经验与理性，个体与共相，主体与客观，主动与被动，理知与情感，道德论章之调和，主内与主外，义务与兴趣等，所在皆是。即前言氏不特论美术，以"实用的或工艺的物品与美术品初无斩截之划分"，亦即调和二者之意，说者谓杜氏之书，系教育学说之熔炉，任何相反之论调，一入其间，或消失，或谐合，非过言也。

虽然调和众说，固见哲学家之大，而因目的惟在调和，故常有在事实上不能调和者，亦从而依违其间，遂不免削踵适履，陷于纰缪，如前所讥调和美术品与工艺品，即其最显著之一例。又如调和文教与社会效率，在流俗庸众，原有可说，然如歌德、黑智儿辈，旷然高超，不汲汲于目前，不切切于功效，脱然无关无罣，为万世之伟人，一洗狭隘之国家社会之束缚者，其个人之文教，吾诚不知如何与社会效率相遘通。又如调和兴趣与训练，游戏与工作，此在一小部分之范围内，原属可能，然如前清朴学之熟诵《仪礼》，西方学生之读希腊、拉丁，纯为严格之训练，实无何种兴趣之可言，而受此训练者，其人即能辛勤耐苦，其思想即日趋缜密，不仅较之朝三暮四，随兴趣为转移者，相去不可以道里计，即在素善科学之士，亦对之有惭德（美国卜林斯顿大学教授穆尔先生批阅学生卷本，谓专考科学者，其文多紊然无叙，较之已诵古文者，有上下床之云）。至其校勘旧籍，考证史迹，于己甚劳，而为人则甚忠，竭毕生之精力，以供后人之取携，亦属纯粹之工作，无何种之游戏于其间。纵此等事非人人所能，然世既已有此，吾人断不能一概抹杀，付诸不问，而人世价值之高下，本不在量之多寡，而在质之如何。学者衡事尝就其本体估定其价值，以其价值之高下为立论之准绳，绝不宜以多数少数取决致蹈以流俗为标准之讥也。杜氏不此之知，遂至谬误百出，殆所谓井蛙难与语海者非耶。

杜氏一书，大体已略如上评，其他可訾议者尚多，兹试择其要者言之，则以愚所见，尚有下列四点之失。

一则重视环境之太过也。杜氏以人为反应之动物，有如何之环境，生如何之反应，故其论教育极主环境之改造，此原未可厚非，然苟以环境解释人生一切之行为，则实不免太过，如曰："人常以环境之故而坚持某种之信仰，舍弃其余，以求得人之赞许。"（十三页）又曰："人之行为与其所能为者，常视他人之希望需要赞许及疾恶而定，盖人与人相处，苟不顾他人之行动，则其己身之行动亦不能施也。"（十四页）此在常人有然，在圣贤则否，孟子之论大丈夫也，谓富贵不淫，贫贱不移，威武不屈，黑智儿之在耶拿（Jena）讲学也，法兵入城，犹继续如初，此岂以环境而改易其行为哉？世之进也，常有赖于先觉，先觉者不受现前环境之拘束，别有久远之理想为行事之南针，非惟随俗转移而已，且将宣传其义以牖民觉世，其从之，则世之福，其不从，则独善其自身。真正之教育，当注重此等人格，世界方有改进之望，如杜氏言，则人人依从环境，苟环境一坏，尚岂有毫发之希冀乎。

二则立论标准之失当也。往昔教育家以成人为立论之标准，其弊为成人专制，无儿童之位置，时人类能言之，近今教育家矫枉过正，以儿童为立论之标准，遂由成人专制易为儿童专制，其失不惟不与前者等，且将超前者而上之。盖成人富有经验，其专制也犹有目的，若儿童之专制，则直无规则之乱动耳。余于教育主各得其所，任取二者之一为标准，皆所不许，而恶儿童标准则尤甚，杜威之平民与教育，则又适蹈此弊者也。全书所述，除少数抽象之原理，及历史上之沿革外，大都就小学儿童立论，中学已少言及，大学则几不着一字。夫是书为教育哲学，非专论小学教育者也，哲学贵完全普通与究竟，宜如何放大目光，方足名副其实，岂可以小学儿童为标准者？纵云此为教育之始，舍是将无从立说，然教育之始固不足以概教育之全也。杜氏惟以小学儿童为标准，故其言经验则以具体为主，若代替之经验（Vicarious experience）则存而不论，其言训练工作，则以轻微者为主，而与兴趣游戏相杂糅，若成人之严厉的训练与工作，又弃而不言，此又庄生所谓蔽于一曲者也。

三则攻击对象之失实也。哲学中有所谓大陆之纯理派者，常幻设一境，为立论张本，不知根据实事，平心下断。名理真者，既难免幻觉，名理一假，更淆乱听闻，惑人匪细。杜威为实验派学子，其学以试验自矢，宜与此根本不相为谋矣。然其书中之攻击旧教育旧学说也，常假一子虚乌有之谈，尽情诋毁，如谓"海尔巴脱之型成说，关于学生学习之特权，几闭口无言"（八三页），不知在教师为型成，在学生即属学习，何得谓关于学生学习之特权，几闭口无言，且几见有教师而丝毫不顾及学生之学习者乎。又如谓教法苟独自存在，则教法自教法，毫无教材附丽于其上（一九三页），不知无论教法若何腐败，其用之也必有教材，天下固无无教材之教法也，举一反三，可以类求，所贵乎实验派者，谓其能实事求是，凡有立说，皆须根据实际之经验，而即以实际之经验为范围也，今因指摘之心切，遂不惜假托事实以遂其诋毁之素衷，无论其缚草人而射，今识者笑其徒劳，而以身为哲学家者，胸怀之狭隘，一至于此其修养亦可观矣。

四则不知自然之贵族也。杜威之书，以平民名，表面视之，似与贵族相冲突，然所谓冲突者，特制度之贵族耳，至于自然之贵族（Natural aristocracy）则不唯不相冲突，且相得而益彰。制度之贵族，以世袭之特权而为贵族，故常有智力卑下，盘踞要津，而为人群之蟊贼，其为主张平民者所宜反对，固也。若夫自然之贵族，其初多为平民，其地位与其他平民无殊，只因其智能之过人，一旦锥破囊中，脱颖而出，遂如鹤立鸡群，尊为贵族，此其依赖自力不假外势，与平民毫无抵触，盖平民之真诠即为依赖智慧（democracy depends upon intelligence），非齐其不齐之斯为平也。杜威于此等常识，似有未明，故书中一言及贵族，即为贬辞之代名，一若凡属贵族，皆为万恶渊薮也者。如论文教、论暇逸、论人文课程等，率谓为贵族之产品，难见容于平民社会，夫此等中固有制度之贵族，然如苏格拉底、柏拉图辈，即属自然之贵族（柏拉图亦系出名门，然在历史上之位置，不以其家世，而以其学术，故仍为自然之贵族），西洋文明之有今日，西洋文明之所以为人尊视，且躬食此等贵族之赐矣，是尚可以訾议者乎？亚里士多德有言，平民政治之流弊，为暴民专制，谓其以流俗为标准，而贤人君子不见容于世也，若杜威之攻击贵族，而于自然贵族不加别择，其何以免斯之讥。

综上所论，《平民与教育》一书，虽有种种优点，亦有种种劣点，优劣相较，实属瑜不掩瑕。西土关于教育哲学之著述，著者不下数十种，若此书者，充其量不过代表一种学说，其距理想之教育哲学，相差犹远。奈何今吾国之以新教育家自命者，既不能自创新说，又不能别择西说，惟奉是书为圣经，为最完满之教育学说，兹文之述，其能已乎。

葛兰坚论学校与教育*

张荫麟 译

[按]葛兰坚先生(Charles Hall Grandgent)之为人及其著述,已详见本志第六期"葛兰坚论新"篇首按语,兹所译者,原题为"School"亦其《新旧杂识》(*Old and New*: *Sundry Papers*,1920)书中之一篇。虽所论者为美国学校情形,而于教育之精义,人生之原理,多所发明,且吾国近今教育,专事摹仿美国,而美国教育之流弊及其缺点,早为识者所共见。葛兰坚先生此篇慨切言之,则在吾国人读之,亦可作药石针砭也。

编者识

盎格鲁撒克逊民族(英美人)与拉丁民族(法、意、班及罗马尼亚人)之异点,以其追思少年就学时感情之不同为最著,试取《汤姆卜朗》(*Tom Brown* 乃英人 Thomas Hughes[1823—1896]所著,自叙就学之经历,共二书,一曰 *Tom Brown's Schod-Days*[1857]二曰 *Tom Brown at Oxford*[1861])及《小物件》Clepetit chose 法国文学家都德 Daudet[见本期插画第二幅]所著小说,自叙少年在学校之情形。此书已由李劼人译为中文,列入少年中国学会丛书。中华书局发行。)二书并读之,则可见英国法国文学之取径各别,而予以知两国国民性之大较焉。夫人一生之性行,莫不养成于其就学时代,故因此而有终身喜奔

* 辑自《学衡》1925年6月第42期。

走野外者，亦有终身喜蛰居室内者，有能熟察鸟兽草木之形状者，亦有竟不识鸟兽草木之名者，甚矣，其不齐也。法国学校近年颇有改变，然仍与英国之学校截然不同，而与美国学校相去尤远。法国人士有来美国考察学校者，见讲堂上满饰以塑像及图画，据云皆系某某级毕业生所捐赠也，又见校内壁间悬挂老教师之巨幅真容，目灼灼下视，据云其遗爱深入学生之心，故学生为垂纪念也。又见图书馆实验室钢琴留声机器等，据云皆毕业同学会之爱母校者所赠捐也，此法国来宾则不胜其惊讶，以为天下竟有爱学校如此者，岂非丧心病狂之人耶？又见不特私立学校如此，即普通各级之公立学校，以人民所纳税为经费，而学生来学亦出自法律强迫者，其学生爱校之心理亦莫不皆然。嗟乎，吾（葛兰先生自称，下仿此）每年必接到某某市立高等小学毕业同学会（或译称校友会）年会聚餐之请帖，措辞极为恳切，盖予会毕业该小学，然该小学已停办四十五年矣，予终未赴约，其日适值予一年中事务最繁之时，然予仍拟他年赴会一次，以答旧同学之美意，使在会得遇昔日总角同窗乔治约翰诸友，予更何靳一往哉，呜呼，此诸人者，未知其尚在世间否耶？（予作此文后曾往视之，知其尚存。）

吾所叙之法国来宾，乃实有其人，非若寻常著书者，假托为自异国远来之子虚乌有先生，以自明其意旨者，吾试以吾兹所感喻彼法国来宾，彼聆吾语，重思之，因自言其童年在学校所经历，实不堪回首，纵非有如恶梦，而所受艰苦，实不灭于市肆之学徒。彼于旧日同学中，固亦有至今犹相爱念者，然其爱也，盖由同病之相怜耳。于旧日师长中数人，固未尝不德其春风化雨之培育，而感激不忘，每忆旧日之嬉游，固未尝不哑然失笑。然就其所经历之全体而论，实彼所不欲再留于脑海者也。欧洲大陆诸国，如德法意班，其人民之心理，大都如此吾习遇而知其然，由小学中学而进大学，其于此辈，正如囚人之出牢。盖卒然由暗昧而入于光明，由压迫而入于无羁绊之独立也。

此法人惊愕既已，旋问予以此校诸生智力之施展，吾首示以校报一，最近校中音乐会秩序单一，下次跳舞会通告一，未几校中有戏剧表演，亦邀之往观焉。季春校中将开展览会，惜彼不能久留，未及一睹其盛，幸而体育比赛，校中不时有之，盖足球、篮球、棒球、田径运动等游戏，因季异宜，岁无虚日也。此各种学校事业出其意表，五光十色，杂然并陈，使彼目为之眩不复，遑问校中课程矣。课程固彼所特为注意者，然当时竟无人提及也。其后吾告之曰，吾国人（指美国人，下仿此）犹古希腊人然，其视体育之重，不亚于智育，彼于原理上亦赞成此主张，吾乃更为指陈，谓体育竞争，足以鼓励自信、敏捷、互助诸美德，关于戏剧及跳舞，吾又为之说，明乎吾国人心目中以学校为公民生活之中心地Civic Centre，欲使学生自愿居留学校，而不以勉强居此为苦，吾更不自揆量其社会学根柢之浅薄，进而昌言曰，吾美国一般中学学生，虽甚浅薄，然其教育之程度，已远较其父母辈所造诣者为高。彼为父母者，亦自知与后辈相形见绌，故俛然赖后辈为社会之引导，举社会各事，委诸其肩，而奉子女为教化之圭臬焉。吾末复言曰，是故凡为父母者，苟欲使其子女安适尊荣，则当加意于其游戏之成绩，而不必严责以学业。盖学业一途，彼父母辈固无暇及此，而亦无心及此也。

凡事反观易得其平，不旋踵，吾乃身在法国考察教育矣，语其实，吾固非初入法国之境者，吾髫龄久居法，少年时亦尝再往，若以身历学校之多寡为教育程度之标准，则吾在所识朋辈中，可谓为受教育最深者也。吾童年身经八校，其七公立，其一则私人捐资所办，既长，复尝肄业于三大学，一在美国，一在法国，一在德国，其后七年，又以视学为业，更遍举之，吾又尝任大学教授于美国及法国，吾之述此，盖欲以明予下文所比论者非无根之谈云尔。

以一美国人而入法国学校，首发其深省者，即气象之冷肃，其建筑虽颇美观，然入其内，绝少安逸之感觉，其校舍朴素严穆，无可供奢靡之享乐，若观者稍留片刻，便觉其学生异常用功，恹恹欲睡之态绝无，旁皇他顾之举极少，而斯二者，在美国学校教室中，固司空见惯者也（吾中国之学校则何如，愿读者思之）。彼法国学校，其教员乃真正教书，而非徒听课（谓听学生复述者也），其学生乃真正学习。且也，彼间学生所学，若以吾国人眼光观之，皆过于高深，而远非其年龄之所宜者也。更进而察之，益足征斯言之不谬，吾侪试一滋法国儿童受教育之程序，一观其在家在校之所行所为，一与之交谈，以觇其思想之程度，则知其自始至终实超越于美国儿童不可以道里计，则不得不谓法国十七岁之中学毕业生，方之美国二十二岁大学之学士，纵不能恰相齐肩，亦庶几也。吾所谓相齐肩之者，谓其学识之丰富相称也，判断之敏确相等也，理解之成熟相均也，致用能力之大小相若也。由是观之，就智育上言，法国儿童之程度视吾美国儿童盖高出五年，就体育上言，亦不相弱，彼固劬学，而亦居处有节，玩息足度，法国学生固不以运动游戏而荒学业，而亦乐此不疲。苟吾之观察不谬者，法国游戏种类之繁，实与美国埒，而身习者较之观望者为多，尤有进者，彼思想较简单之美国儿童所视为琐碎幼稚而不屑为之玩乐，法国儿童反于其中得有益身心之消遣，课余行之，迅得休憩，而不必加大规模运动之多费转折焉。

善为教育者，当思所以使学问之造诣与乐群之训练并行不悖，使学生致力于功课，而同时亦喜爱其学校。若斯之情形，岂不能实期者耶？夫使吾侪美国人而仅自相比竞，则吾侪之受教育与否无足介意，何也？以吾侪皆在同等也。今也，吾国乃世界列强之一，长足善走，而与我相角逐者，肩摩而踵接，故吾侪必须勉自淬厉，不然，则瞠乎其后矣。然吾侪无论处学校及社会，在在乃不欲弃其平日酣嬉优游之道，夫即使外无对峙之邦，此道亦岂能长守耶？时至今日，吾国生齿蕃足，社会集凝，非复往时之宝藏四溢，无论智愚勤惰，皆可予取予携也。昔也目不识丁之稚子，囊二十钱，跣足而入都市，瞬息间即可成百万富翁，今则此时已过，吾侪不复敢谓一人一事精者，百事亦必精矣，不旋踵，彼不学无术者，将无立足地，彼学通半术者，亦不易得一位置。盖内竞既烈，则合格之标准必提高，其在法国亦既然矣，不苦人之教育，不久将成陈迹耳。

质言之，吾所谓牺牲儿童之快乐，或未免言过其实，即吾侪今日宽和之教法，亦非尽不苦人者也。世之儿童，谁有自愿负笈于学校之门者，谁有自愿居留其地者，强迫与镇压，至今犹为吾国学校之常径，爱校之心非生于在校之时，盖出校后之感想耳无论如何以娱之适之，一日在校终是苦多乐少，惟过后追思，始觉其乐而忘其苦耳。教员中固有诲人不倦者，至于学生，虽最优者，苟无羁勒，亦将去学校如敝屣矣。欲造成大器，必须使儿童伏案枯坐，潜心一物，日历若干时，而儿童未有不恶久用其心，未有不恶静坐者也。故教育无论如何宽和简易终是苦人不然，何其需用机械(指学校行政手续)之繁多也。而此机械，且日趋于紧严，日趋于复杂，使火星上有研究效率之专家，将美国大学及宏大而时式之学校(指小学及中学)中一切事项而统计之，其所得结果，当为管理百分之五十五、教授百分之三十五、学习百分之十，夫使学者能深思勤习以求所学事物之真意义，则兴趣自油然而生，而研习之苦自蠲，但事效颦逐末，何如真正用功之为事半功倍，使能约束顽惰者之身心，不使流于恣纵，则管理之功，甚可酌灭而无害也。

虽然，吾侪所亟欲考求者，即如何而能兼备二者之长，以法国学校之能造就实学，与美国学校熙熙怡怡之风气，融合为一，趋此有道焉。举群学生而善为班别之，每班毋使人类太众，毋使程度太参差，夫考试所以甄别学生智德之高下优劣，故考试结果，必须厉行赏罚黜陟，否则无所用其考试。近日教育界风气，永不开除学生，下至造就无望者，亦皆留校，岂惟如是，更令所有学生皆按时升级，虽明知不能上进者，亦任其滥竽。夫谓学校为全体人民而设，受全体人民之供给，是以当为全体人民之子弟着想。此固甚合理，谓虽下材亦不当弃，惟当如其资质而培育之，此言亦深契乎人道，然若良莠不辨，高下不分，聚四五十赋性顽劣，程度参差之幼童于一堂，而命一可怜之女教员教授之，此又岂合于理而契乎？人道耶？夫如是则为教员者，只能每日上堂奉行故事，兢兢妨止学生，毋为十分暴乱之举动，其他非所敢问，于是学生之蠢者愈蠢，而慧者亦无从施展其天才，教员疲于奔命，生气凋残，有百害而无一利焉。苟社会而欲其儿童真受教育，则必须广设班级，数足敷用，苟社会而欲其低能儿童亦受教育，则必为此辈另设专校，另开班级因其所需而教导之，若牺牲才者以就不才，弃将来社会之中坚，以成就将来社会之赘瘤，此岂所以为义、岂所以为爱国哉？夫以最劣学生之最劣成绩为教授标准，而欲养成领袖人才，难矣。岂惟领袖，即求明敏循良之人，能任小事者，亦不可得也。

数年前，乌托邦(Utopia 一字，严译为乌托邦，乃子虚乌有之义也。英人巴特拉 Samuel Butler[1835—1902]著 *Erewhon Visited*、*Erewhon Revisited* 二书亦描写子虚乌有之国土，意在表明机械过度之害，并攻斥达尔文天演淘汰之说。其国名 Erewhon 者，盖以英文 No where 二字，颠倒字母之次序而成者。今此处借用该地之名，无非乌托邦之意，然作者实指陈美国名地之实在情形也。)新任一视学员某，其人乃教育界当道所交誉者也，彼实为著名之统计家，于教育学最新之学说，无不熟知，彼视学生与教员，仅为统计表格中之数据，而不以人视之，于其行为，毫不经意，且雅不欲与之交谈接触，惟日日梦想(彼固一理想家也)，冀于全国视学员大会时，得挺身展布其统计表，以冠绝同曹。当其下车未久，即实施新猷，通令嗣后评定教员成绩之高下，全视其所授学生中升班者之多寡为断。最良之教员，即能使其全班学生皆升级者也，倘其学生中有百分之二十须留级者，则该教员之地位有动摇之惧矣。于是练达忠直之教员，毕生以灌输真知、奖掖勤笃为职志者，乃愕然大骇，惟碌碌无能，胸乏主宰者，独眉飞色舞，盖彼辈既不能以智识诲人，又不能使愚惰之生徒端其视听，自知不见重于世，日惧其位置之不保，至是为要誉于学生及其父母计，乃宽予分数，使人人皆列优等，而按之某视学员之新政，此辈皆为上选遂，标举以为教师真材之榜样。不宁惟是，某视学员更命此辈窥察其他教员，凡有不以此法为然，而窃窃私议者，随时禀报，此倒行逆施之举一出，教育界乃大起恐慌，行之逾时，诚愿之教员惟有吞声忍痛，若偶出怨言，或略明真理，皆足立致重惩。盖某视学员乃狠毒之徒，其任性妄为，残忍专断，不殊古之暴君，其害尤有甚者。此政令一入于儿童之耳，于是各校生徒互相传语，咸谓在新法之下，无论勤惰，皆一律升级，一律毕业，吾侪奚孜孜自苦为，此其为效，可想象而得矣。噫嘻，洪荒草昧之世乃复至矣，（Saturnia 相传为 Saturn 所建之国，乃罗马立国之始，此以草昧初辟，教育荒落、喻当时乌托邦[即今之美国]之学校也。）黄金时代乃复睹矣。昔者卢梭幻想初民之情况，谓其獉獉狉狉，无学术之污其天真，无思想之败其坚璞，不图此状乃将实现于尔时之乌托邦矣，幸尚未及此时，某视学员已因积功擢拔，升任实有国（Erewhemos 乃 Some Where 一字颠倒其字母之次序者，意云某地，实有其地，今本乌托邦之义，译为实有国）某职此缺较优，某遂居之不疑，而乌托邦之学校乃得复返于文明之域焉。

良劣同升，世所谓合于"德谟克拉西"之举也，苟以毕业证书予斐然有成之学生，而于怠惰无成者靳而不予，则贤不肖之别昭然，而竞争之精神因而奋起。据卢梭之意，竞争精神乃智力初启时之第一恶果，卢梭谓古之野人，散处林莽，终身鲜相通问，及其相遇相撄，苟非适逢其会，矜悯心兴，则虽致敌于肝脑涂地亦所不惜。夫谓矜悯心为学童所特具，既难言之成理，而欲令学童相隔，使其行动各不相知闻，亦势所不能。今有甲乙丙三学生于此，甲乙勤而丙怠，此事必三人所共知也，吾侪于此，乃有一难题焉，其将辨别勤惰，授甲乙以证书，使丙向隅，而不顾甲乙之骄乐、丙之怨望欤？抑将使证书之赉，溥如甘霖，不分良劣，均沾其惠耶？由后之说，则证书失其表彰之效，而毕业云云，直等于霢霂之濡裳矣。语云：庸人尽显达，谁复见真才。今之大学中学以至小学，其有验于斯言者，亦不云寡矣。在此等学校中勤惰既不分，学生遂相率而趋于惰。毕业证书之值既等于零，则以学业市之者，其所出代价亦皆等于零。盖有常见之者矣，神气清爽之人，幽之癫狂院中数年，则竟与同居之疯人俱化。惟学校亦然，每有前途无量之少年，不幸而入于所谓"德谟克拉西"式之学校，于是高举之雄心、求知之大欲（亚里士多德谓人皆有此欲）日渐消磨，至束书辞校时，其庸拙麻木，已不减于其顽劣浑沌之同学矣。

彼迎合群众、巧言惑世者流，无论在政治界或教育界，其所行所为，皆出一辙，彼辈以娼嫉之心动人，以为同是人类，何以某也独当敏慧多闻，众既昏昏，则不容独有昭昭者在，充其说必致贼智以齐愚，而举世遂日趋于退化。在昔美国之初办教育也，原为可教者而设，原以造就良材，厥后学校日多，学生日众，而就学者之流品亦愈杂，世之妄人不思鼓励全体，使之努力上进，惟事贬教材、降标准，以便低能者，惟知日日昌言曰：“盍与此鲁钝之儿童以学习之机会。”一若彼聪慧之儿童则不应有学习之机会者，夫处今日讲求效率之秋，尤不当使人材耗废，任何才技悉当滋养栽培，凡属资质特优者，所学悉当满其量，犹之身健者必需饱食，所谓“德谟克拉西”者，非以蠢相齐之谓也。如其然，则德谟克拉西之国必不能久存。夫敏锐者必当为鲁钝者之先导，不然则无进步可期，而不进则退矣。欲使敏锐者识途趋正，指引得宜，则必先循其敏锐之天资以教之，必须使其天才得自由发展。苟敏钝者将为不才而牺牲，则岂独其自身之不幸哉？抑亦凡仰其指引者之不幸也。

凡上所言，皆以明乎苟欲将吾美国儿童程度提高五年，使与法国儿童并驾齐驱。苟欲厕吾美国于先进诸国之林，则必付相当之代价，现行制度中，所亟宜改善者，厥为班级之分配每班人数，须求其少，使教师得严别慧钝勤惰，视各生进步之迟速，而随时黜陟之，察各生之习性而特别教导之，资质鲁钝者固当扶助鼓励，然切勿因此而置领袖人才于不顾。领袖人才者，国运前途之所系也，某地有宏大之商业学校一所，其校务之设施，吾两年来所细察而稔悉者也，此校举办之初，既无所谓理想，亦非所以市惠，直一牟利之机关而已耳，直一工厂而已耳。然其为工厂也，出品优良，销路畅盛（出品谓该校造就之商业人才，销路谓该校毕业生在各机关易得位置），斯校优点颇多，吾窃愿世之堂皇赫奕之学府能效法焉。其学生之初来也，校中职员一笑迎之，将该生所需之学程，立即测定，新生抵校不一二小时，即可挟书而入讲堂矣，以视其他学校，每新生入学，不知经几许延宕留难，其间孰得孰失，岂待吾之辞费耶？然此校尤可贵者，即以注重学业为首务。各班学生每经两星期或一星期，皆有升班之机会，惟必须成绩去百分不远，始得预升擢之选，苟未达此的，则仍习旧课，故步长封，日受教员之诱导激励，其学费颇昂，故学生不得不以迅速升班为务，然必处处细心，成绩优异，始能及此焉。昔者我国与西班牙战（一八九二年），有一西班牙兵舰，遇我军炮击而沉，吾友某君实事求是之人也，顾而言曰，行事不中绳尺，其祸乃至于此耶？嘻，庸讵知按之今日教育界情形，学生自入小学，以至挟学位文凭出大学之门，而始终未尝行一事中乎绳尺者，比比然矣。盖彼为之师者，从不以正鹄相责，不中不远，斯亦可矣。其所以如是者，又非因学生才有不逮，力有不足也，苟且敷衍既可塞责为学生者，何乐而不出此，然及其离学校之卵翼而投身仕途，则前此所种之恶果，一一毕现矣。今吾国学校之常规，凡学生能习其课业三之二，而于所习中又有三之二中绳尺者，辄可循序升级，试思倘以此标准施于银行之管库人，施于市肆之司帐者，或施于升降机之夫役，其结果当何如耶？今有司票据之书记于此，每星期仅办事四日，四日中所书券，不讹者居三之二，则其人苟非该公司总理之子侄，必将以溺职而遭开除矣。噫，教育云云，乃如是耶，更有一言，欲为世之言教育者告曰，凡学生之成绩，苟未尽其力之所能，毋以为满足，凡学生学习之事物，必以其能尽力而获实益者为标准也。然则所当使学生研习者，果为何种事物耶，此实极难解答之问题也。近五十年来，科学大明，其繁难倍蓰于畴昔，况在美国，外人迁入，众族杂处，尤纷纭不易理，夫民既不齐，当思所以因材施教，职业教育实为首务，科学当注重，而亦当求毋顾此而忘他。且也，新兴之教育原理，与根据近今教授经验而生之主义，又风起云涌，杂陈于前，吾侪当思所以鉴别而去取之，数年前，吾常闻之绩学者曰，英文 education（教育）一字，源于拉丁文之 educo。训为“我引出”。意即将天赋之智能，引之使出，育之使长之谓也。今日者，此天赋智能，似深韬固藏而不欲出矣（意谓虽极力引出，而学生殊未表现若何之天赋智能也）。吾近尝殷然与一精拉丁文者谈，彼告予曰，educare 一字，不作引出解，而教育之方式又一变矣。方吾之初掌教席也，启发式之教授法（即以引出天赋智能为务之教授法）正盛极一时，吾亲见某教授善用此法而颇见效，乃决试用其法，吾所授者为法文，班中有一惰童，坐前列，瞪目而睨予，貌恹恹似欲睡，吾呼而命之曰，盍发言乎，但张尔口，鼓尔唇，罄尔心中所有，此非难事，汝必能之，其速言，彼目光更炯于前，徐张巨口作声，语紊杂而含糊，喧嗥如法拉利斯 Phalaris（法拉利斯者，古西西里之暴君，凶残好杀，嬖人为造铜牛，每杀人则投其人于此中而焚灼之，后为乱民所杀。其在位之年，为纪元前五七〇至五六四年）之铜牛。自是以后，吾乃尽弃前策，乃知胸既无物，安从而引出之耶？乃知是空空者，必当思所以充而实之乃可。昔有一学生，于考试物理时，大书卷端曰：“真空者，乃空虚之地，教皇之所独居也。”呜呼，学生之腹笥空虚若此，为之师者不亦难乎。

贮糈粮以实空廪，诚教育中当务之急且重者矣，然使廪破不完，则榖麦必东入而西出，善乎但丁之言曰：“领悟而不记忆，不可以为知。”故学生之记忆力必须常加振励而滋培之。今之教育学家曰，记忆力不能培育而滋长，其为物也，禀自天然，生而即备，不可以人力渐增，此辈教育学家恒不顾其言之违背人类经验，例如艺成之伶，其习一剧，速于初学者十倍，此事实之昭著者，而教育学家不屑措意也。然吾侪则不能不分辨，夫教育学家所持之原理，不出二种，其一，旷观人心之良能，妄加悬测，由所悬测而演绎之于是原理出焉。其二，取名特殊试验所得之结果，会合以观其通，于以构成原理焉。就前者言之，则凡论证及实据，皆足以摧破其说，就后者言之，则其说恒因实验而改变，故关于人心记忆力之理论，彼教育学家或将缩小其断案之范围，而昌言曰，专习某类事物，久之，则其记忆此类事物也易而速，惟泛记各种事物，则无此效云云。此所持论，欲使细心体察之教员悦服，亦已难矣。盖据彼之经验，凡学生之习于博闻强记者，每遇一事物，辄一目了然而不忘，惟习于怠惰者，虽强之，亦非反复数四，必不能使之记忆。尤有进者，使此细心体察之教员，而已执教鞭三十年，吾知其必当谓，自近世教育学说经人采用以来，学生之记忆力，大为减少，愈趋愈下，大多数学生，虽极用心，亦不能记一事至三日不忘，至于四日不忘，则鲜有能之者矣。此类学生日多一日，诚可为教育前途忧也。昔吾在髫龀时，酷爱蝉，取以为玩，尝见一蝉断足，知此蝉断足，知此蝉若委置草野，必不能生，乃构一小屋处之，中备野草羊齿，凿穴二，池一，以贮清水，凡可以为蝉居处之安者，无不悉具，吾又乞诸父，得烟叶一小束，置之小屋中一隅。盖蝉体能放深褐色之液，儿童谓之烟汁，吾遂肄蝉或需烟以成此液也，此蝉一若知吾劳而感吾德者，苏息有间，吾为遣其暇日计，乃教以其弱胫所能胜任之小技，既终朝，小有成一若以酬吾之烦劳与慈惠者，然至明日，又须重新训练，前此所教成者，已无踪迹遗留矣。近年吾常觉所教学生不啻一班小蝉，其生命日日新，不复知有昨日事者。

从吾侪记忆之经验征之，当得所以利用儿童记忆力之道，夫事物之存于吾侪记忆中者，必其所遗之心影最明晰者也，此尽人所知也。吾侪当孩提时，正如一白石板，凡入于感觉中之事物，一一记载。及龆龄，苟石板上尚有余隙甚多，则所见所闻，大抵录存，惟其字迹不免有上下重叠而朦混不清耳。自此以往，所书愈模糊不易辨，仅事物之象与前此所记悉截然不同者，始依稀可认，此不易之例也。爱丁堡，吾童时尝一莅其地，至今记之甚清，倘得再至斯城，犹当认其街衢路径，其于路易斯顿（Lewiston 在美国曼恩 Maine 省）及齐斯特（Chester 在美国本薛文尼亚 Pennsylvania 省）也亦然，惟必须该地旧观未大改乃可。至于壮岁曾一游之哥伦布（Columbus 城名，在美国 Ohio 省）、纳溪城（Nashville 城名，在美国 Tennessee 省）、鲁斯安吉利斯（Los Angeles 城名，在美国 California 省）诸城，其遗影虽足娱我，然已全漫漶矣，惟加克桑城（Carcassonne 在法国南部）独不尔，其风土特殊也，吾之游此城虽在中年以后，而其景物今犹不能忘。伦敦、巴黎、罗马、费拉得尔费亚，吾自童年以来，尝屡驻足其间，今追怀曩踪，其最先展现目前之影像，厥为初游所见者，然已为后来之印象所覆叠而略带朦胧矣。吾童时迁徙靡定，凡至某地读某书，至今思之，犹历历如隔日事，每言多且斯特（Dorchester 城名，在美国 Maaschusetts 省），辄念及《天路历程》（*Pilgrim's Progress* 英国彭衍 John Bunyan 所著小说）及 *Barnaby Rudge*（英国狄更斯 Dickens 所著小说）二书，盖六七岁时在其地所读者也。九岁时尝居吴斯德（Worcester 城名，在美国 Massachusetts 省）之某山，每思其地，辄忆及儿时所读之 *Adam Bede*（伊略脱 George Eliot 所著小说）。吾之读巴能（P. T. Barnum）氏《奋斗与凯旋》（*Struggle and Triumph*）一书，盖在佛芒特（Vermint 美国一省名）之一小村，读时几疑身入书境，今此小村之名，已忘之矣。又忆及巴黎之域利叶路（Avenue de Villiers），仿佛尝从其地偕欧露世（Jules Verne 按此人系法国文学家[1828—1905]所著小说重要者有二种：一曰《海底旅行》Viugt mille lieues sous les meis，会由红叶生译出，登载二十余年前之新小说日报。二曰《环游月球》Dela Terre à la lune。今此句云云，即指环游月球一书也。）作月中之游焉。凡吾少年时最初游心之典籍，其影像独留于今，吾觉此中人物情节之栩栩迫真，虽生平所遇所友之人，无以尚也。三十岁以后所读书，除少数迥异寻常者外，今几尽忘之矣，即就小说而言，如 Adam Bede 一书，壮岁曾再读，然今试追思书中情事，其涌现目前者，皆初读所得者也，第二次所读，仅使前影漫漶而已。是故吾敢断言曰，凡人无论年寿之修短何如，过十五岁，则一生已去其大半矣。由此观之，儿童之向学愈早愈佳，知识之所关甚巨者，尤当早获且也吾侪苟欲留历久不磨之记号，则必当择石板之洁净处施之，不然，则笔书必须麤大、使能识别，至于初次之记录，尤当正确。盖初次所留之印象，无论正讹，皆将永存，吾侪更须慎防后来之讹像，勿使蒙蔽最初之真容也。

今之评论学校者，每病其以书中事实灌充儿童之心胸，而不思发展其智力，凡兹谰言，与启发式之教育学说，恒相为表里。夫使在昔日吾尚未生世之时，而为此言，或当不谬，今则不然矣，方吾为学童时，灌注事实之教法已大弛，至于今日已尽废止，衡以今日教育之成绩，而知其然也。近今初进大学之学生，腹笥极为空空，教员虽欲竭力探察其中所储者为某种物料，亦不能得，然而以灌注事实为病之陈语，竟成为世人之口头禅。由一代而贻于他代，一若祖传之家具，因其用久而宝之，夫昔之学生，朝夕研诵其所茫然不解之事物，固非长策，至于今日吾正患学生之寡学耳。今日美国人民之所急需者，厥为真实之智识，盖吾国实不学之国也。善为教者，固当启发儿童之心思，然使无以为思，则将何从思起乎(《论语》云："思而不学则殆。"? 推论多矣，而毫无根据，逻辑深矣，而缺乏前提，果何益哉? 笛卡儿以为理智之禀赋，人人惟均，多学博闻者，自能施之于用，不学无识者，惟有坐废此种良能，知识者，发动机器所需之汽油也，非燃汽油，则机器不能动转，虽知汽油之产地，何益? 故知识必须为我之所实具，但知由何处取得知识，犹不足也，譬如吾今需八乘九之积以入算，设吾不之知，而有人告我曰，某处书架上层左偏有一书，名算术者，其中有九九数表可供参考，嘻，是岂不等于画饼充饥乎。昔有一人，博学而能著述，逮中年，乃从事编制一书目，聚纸片为之，每语及此，辄洋洋自得，谈吐所及，舍此外无他物也，每遇二三浅见之友朋，必引之往观，以炫其数量之宏、增益之速，然自是以后，彼不复有只字问世，彼镇日向书目中讨生活，已无暇思索研考矣。夫吾侪当将所必读或欲读之书名，录置左右，以备遗忘，此自不待言，然饮学海之一瓢，固远胜于拥汗牛之书目也。吾国近今风气治国学者，亦不悦读书，教者但开各种目录示人，学者亦竞相传钞，书目出而学问亡矣。

昔当欧战时，有吾邻居之少女言于人曰："吾阅报，知法国已夺取德国阵地三百米突，吾希望此施用毒气炮之大战，可从此息矣。"予所以引此邻居少女之言者，以彼甚足表见近世教育之成绩也，观其言，此少女心中之逻辑步骤未尝误也，彼未尝无推理力也，惟惜乎胸无材料耳，使彼而略知米突制度，而略闻攻战之方法，吾知其当不作此谬论。(三百米突折合不及百丈，得此区区阵地，实不足为法军庆，安能即决两军之胜负，且美国报业消息如此，正可推知法军并未得利也。使其胜则大铺张矣，岂仅云三百米突哉。)不宁惟是，更当能想象此役之情况也，夫事实有两重价值其一，供吾人以正确思想之资料，其一能刺激吾人之想象。盖想象正犹推论焉，无智识以为之资，则凝滞不动，而判断力也，想象也，智识也皆当由良善教育以养成之也。辜较言之，吾国政客之所以主张悖谬，非由其赋性愚拙，或有意欺诈，而由于其判断力、想象力、及知识之缺乏，其言之所以能动众者，正因世人一如政客之暗昧无知、不别黑白耳。坐是之故，世人每懵然吞咽伪宗教家、伪科学家之甘饵，而受其欺，盖账本既缺，则无从审核计算之正论，无从悬想事物之本来面目，以明非之为非，此伪教育家之害也。

真正教育家其最有效之方法在启发学生之想象，兹试从两方面分别言之。

其一,学生多闻则思远,思远则足以窥知其所学之终必获益,用能立志勤苦为学,逆睹将来当有收果之一日,凡行而无目的者,其行不足尚,而为学之目的,又非坐井观天者之所能梦见也。其二,想象足增为学之兴趣,能想象则生同情,则能领悟,则能创新、能进步,倘吾侪心目中不复觉有出乎己上者,则决不能有所进益矣。或言据欧战之证验、凡曾受大学教育之青年,较之恒人,更善于应变、易于教练、富于策略,倘此事而确必因大学学生平日濡染于文艺。文艺者,最足以引起创新之想象者也,凡平日以奉行故事为能之人,设一旦处于无前辙可循之地位,逢意料所不及之急事,则必无所措手足,惟赖习于遐思远虑之人,来作救星而已。改革也,发现也,创新也,皆非彼长日碌碌,依样画葫芦,以谋衣食者之所得梦见也(出于偶然者不计)。惟参彻人生万物之潜理者,始能为之。当欧战时,有某高级工程师,受政府之委托,选择人才以为各种制造事业之领袖,彼告予曰,大抵各种实业中,其堪充领袖之人才,类皆前此未尝委心致志于一种专业者也。彼专门家,自其始业即习于不用想象之手艺,故恒注意具体之细节,而不明抽象之通义,于彼目所及见者外,不复能高瞻远瞩,亦且不欲为此,凡根本改革之建议,自彼观之,皆荒唐不经,河汉无极,不能得彼之赞同,亦不能邀彼之反对。以吾所闻,此实美国科学专门学校之大缺点也。此等学校所养成之学生,不啻从机器造出,而亦无异于机器,只能为一事,此辈学生,正如吾国株守故辙之"实利派政客"然。在今日普通中小学校中,此种机械式之训练,蚕食人文教育,日甚一日,而人文教育之足以开拓领悟力,启发创新才,据实验所示,固已昭然若揭矣。

国家之施行职业训练,当至若何程度为止,此乃一政治上之问题,而与社会主义之大问题在在关连者也。吾确信专门职业教育,倘能行之得当、言之坦白,则虽掌自政府,亦或当有利。所谓"行之得当"云者,谓此种训教育,能于甚短之时间内,将社会中分利之人,悉化为生利之分子,而曾受此种教育者,其生利之力量又须非他途出身者所可及。所谓"言之坦白"云者,谓当远此种教育之本来面目,以艺徒训练视之,而不可以替代普通学校原有之课程。今日教育上之大误,即在缘饰此种艺徒训练以为学校教育,而欲以一矢贯双雕。就吾所观,此调和并骛之结果,乃产生一无能名之杂种,既非艺术,亦非手技,又非学问。其为物也,渺漠而无价值,板滞而不足以适应心灵之巨需。然职业教育未尝无用,其用正如游戏,吾侪固不当使儿童长对书本,或久游心于抽象之境,必须劳其手足,运其意识,必须使之实习具体之事物而中乎绳尺,此类实习,昔之儿童已得之于各种游戏，如运动、手工、印刷、木工、科学试验、无线电、脚踏车、小舟、自动车等，今之儿童亦有幸而得之者，乡村之儿童则更有田间之经验，女童则有缝纫及家事操作，而今日男童之游戏，女童亦率皆行之。虽然，今之幼年男女，其能获益于游戏中者，为数已不多，吾侪所当教育者，不仅上流社会之子弟而已也，尚有外国移来及劳工社会之儿童，蚁聚蜂屯，无游戏之地与机会，故素不知所谓游戏，操斧凿，乘脚踏车。自彼观之，其艰难直不减于几何学。吾侪于此等儿童，必当求所以匡其短，故木工、铁工、及其他手艺，为学校副科所不可少，然此诸技艺乃以替代游戏而非替代学业，当视之如消遣之具，但分暇晷为之，毋以占诵习之时间，况手工技艺而外，尚有游戏及体操，合之已足消靡一日光阴之大半，今所划归读本、作文、算术、希腊拉丁文、科学功课之时间，本已不足，不当再以手艺侵占而减削之，且亦无需如此也。今日学校中正式功课所占时间之少，常人每不之觉，实则以一年平均计算，不过占每日二十四小时中之二小时许耳。

约略言之，智识可分二类，曰人，曰物。以言乎人，吾人之智识，自古希腊迄今，未尝有若何可睹之进步；以言乎物，则吾之智识及控制之能力，其发达大有一日千里之势，而近百年来为尤甚，且继今以往，更方兴未艾。是故关于人之学问，当较为固定不变，而关于物之学问，则宜改变而增广之，此自然之势也。免除荒耗，固能增加研习之时间，然一日之晷刻终不可以延长，然则此两类学问，其所占之时间，将如何分配耶？夫教育之目的不当仅予学者以充分之智识，以为专门工作之预备而已也，亦以使之能作全人之生活，能善遣其暇日，能为良好之公民，能乐群而善与人相处。自今以往，劳动阶级（专指劳力者言）休暇之时间将大增于前（减小工作时间故也），彼辈将来所以消遣此暇日之道，其影响于社会道德及社会状况者当不少也。欲使彼辈不致成为工作时之机械，而闲暇时之暴徒，则必须令其知人生舍纵欲求乐而外，尚有更优之境必须教以“人”之智识（所谓人之智识者，如全世界人类之所思所为及历代人类概况，与夫前人所思所行之迹是也），又必须引起其对于人生重大问题之兴趣，必须激发其想象。有一种想象如奇异之感觉，自然科学之探索足以启引之，而吾人于所居之宇宙，亦当有明了之观念，此其故极浅显，不待言也。应用科学足以操练判断力，即不然，其于近世人类生活亦至为重要，故吾人不容置之不问。应用科学中以数学为最不可少，数学之本身，已为益人心智之训练，以学数者须力求聚精会神也，以数学示人以是非正误之辨极严且确也。然无论男女，苟欲具为人之德，则于之斯数者而外，更有尤当究心者焉，人之研究是也。夫以人类为立足点而观之，人实宇宙之中心，万物之存在悉与人有关，欲领略吾人之邻境，欲了解当今之世事，欲善尽吾侪在世事中之职任，欲使胸有可以无忝于人类尊严之思想，则必须具有判断与想象之能力，欲获此能力则必须熟察乎人类之本性、人类之行为、人类之礼俗、人类之现状，以及人类前途之希望，溺于物而不知人，此世界之所以陷于龙血玄黄之境，其祸今始稍息而未已也（按此指欧洲大战，作者撰此文时，欧战方告终也）。昔者希腊之国，其于科学（关于物之学）所知甚浅耳，然其文化独能炳耀数百年，以迄今日，凡有国者莫不钦思景慕，此其为故，可深长思也。

人之本相，可于历史中求之，而于文学中求之则尤善，若如今日学校所教授之历史，已大失其本来之感动力矣，夫专门史家以求正确之真相为目的，凡点窜附会之谈、足以娱人耳目而蒙蔽史事之真相者，皆当一廓而清，此尽人所晓也，然经此抽剥后所得之真相，每华彩尽丧令见者生厌，夫以一稚童，于一年内，上下古今自亚当至霞立曼大帝（今译查理曼）Charlemagne 之时（霞立曼於纪元后八百年即位为神圣罗马皇帝）之往事，而其中动人之情节又悉数略去，此岂所以鼓励儿童多读史籍之道乎？使于此一年内，专教以一时代或一国家之历史，而谓儿童于世事之变迁独不能得一明白之观念乎，而谓儿童将不更求益乎？儿童最富于浪漫性，而亦本应尔也，吾侪曷不投其浪漫之嗜好而因势利导之乎？窃以为供儿童诵习之历史当带浪漫性，而昔之历史固如是也。威谦特尔 William Tell 及其苹果之事迹（相传当瑞士臣属于奥时，国人有威廉特尔者独抗命，见竿头悬加斯勒之帽而不肯屈膝展拜，遂并其子遭擒，奥国镇将加斯勒命威廉以苹果置其子顶上射之，中则并赦之后果中。德国大诗人许雷 Schiller[见本期插画第一幅]尝以威廉特尔之事，为剧本，名 Wilheim Tellg 胡适君译为中文载《大中华杂志》），较之加斯勒（Gessler）所镇守之瑞士之经济情形，不独更为动听，且更有历史价值。盖数百年来，威廉特尔之名，已脍炙于欧美人之口，引动人心之情感，激起世事之潮流，而加斯勒所镇守之瑞士之经济情形，远自尔时迄今，未尝有任何事受其影响、任何人为之感动也。夫某时代曾有某某事出现，无论其事尽属实与否，而为众所共信，且传之久远，足以影响后人之言行，则此传闻之事不容忽视，吾意非谓虚言当视作信史，惟以为当用适宜之方法，将相传之故事、启示儿童视之为人类产业之重要部分，吾侪不当任流传已久之故事沦于湮灭，不当专取索然无味，读之生厌，过耳辄忘之史迹，而屏弃可泣可歌之故事也。

法朗士(Anatole France,1844—1924)(见本志第三十六期插画)所著动人之自传,名《小彼得》(*Le petit Pierre*)其中所叙,有杜巴(Dubois)者,既聆当时少年英雄之故事二则,其事不无铺饰,乃作而言曰:“凡此义行壮语,皆子虚乌有而已,今有良朋聚会,暇豫从容,专心致志,而群中诸人之所云所为,传述于外,犹不免失真女士乎,而谓于战鼓喧阗中之一言一动,独能历历如数米盐耶?先生乎,若所述轶闻二则,吾所以不之慊者,非以其虚造无根也,以所设想太不精巧,太不自然,而与历来所承认之信史相差太远耳,此所以宜委之一听与时俱湮也。历史之真相,与彼口碑所传,历年经祀之英雄遗迹,绝不相涉,此等传说,乃诗与艺术之产品耳,世传邵安(Chouans)命巴拉(Bara)若肯呼皇帝万岁,则贷汝一死,而巴拉不屈,大呼共和万岁,遂身受二十枪而死(按此系法国大革命时事)。夫此事之信否吾不知,而亦永无从知,然吾确知此为自由而舍身之童子(指巴拉),其影像犹足以泪人之目、热人之心也,其牺牲之精神,自生民以来未之有也,今一睹雕刻家大卫(David)(注见本志第二十一及二十三期柯克斯论文)所作此童之石像,观其袒裼而立,纯洁可爱之相犹可想见(原文云:不殊教皇宫中之可马森像[注均见本志第二十七期]今略之)。观其扪帽徽于胸际,握鼓桴于手中,恬然奋身就死,而知此震铄古今之奇事毕矣,此顶天地立地之英雄成矣,嗟哉!巴拉长存巴拉永不死。

杜巴之言如是,要之,此类故事乃文学之正当材料,文学者遣闻掌故之宝库也。小说传记中之人物,其栩栩欲活,迥非正史中角色所可几及,盖此中人物,作者既已周知熟悉,须眉毕现,复笔而出之,使读者身入其境,亲与把晤,故虽环我而处之人,吾知之,反不若知小说传记中人物之深且切也。吾所言者,乃指文学上之巨著、名家之大文、历时而不朽者也,人类之真模型,必当于此中求之,吾人舍亲近戚属及十数友朋而外,自余与吾并世而处之男女,其留存吾心之影像,远不若吾少年时所读书中人物之影像之明且晰也。予非孤高遁世之人也,予生平居处多所迁徙,而于四周之人情世故常喜留心,然吾所耳闻目睹之人物,从未尝有如书中人物之式相纷殊也,如书中人物之能令人见其肺肝也,如书中人物之荣名辉映也,如书中人物之巧相对照也,如书中人物之表现、络绎相连也。

文学非仅以增见闻、愉性情而已也,亦为联系人类之具,所以使吾人与全世界中同读此书之人,互通声息也,譬犹素昧生平之人,而有共同之朋友者然,以是文学能增进人类之同情，而使相互了解，其效纵不能由中国而达于秘鲁（英国约翰生博士 Dr Samuel Johnson 所作 Vanity of Human Wishes 诗之起句云：Let observation with extensive view, Survey mankind from china to Peru 为此句所本由中国达秘鲁谓全世界也），至少亦能由伦敦而达于旧金山（谓英美同文之国也），如兼通外国文字，则所达更远，学习外国文之价值即在此，以其助吾侪周知异域之人情世俗，用能于人类之事，所见更广博也。吾昔乘一法国轮船，时值严冬风厉，同船有一希腊人，吾偶悉其曾读 *The Mill of the Flass*（英国乔治·艾略特 George Eliot 所著小说）一书，彼此遂不啻为同邦人焉。且岂惟今人之生存者为然，即往古之人，亦奚不可为书中之伴侣，结文字之因缘者，吾侪读弥儿顿（Milton）之作，则昔之初读弥儿尔顿之诗者皆吾友也；吾侪读莎士比亚之剧本，则昔之始观莎士比亚之剧者，皆吾友也；使吾更通希腊文及拉丁文，则昔之曾聆西塞罗（Cicero）及德摩西尼斯（Demosthens）之演说者，皆可引为相识矣。凡此诸先哲，其白石晶莹之躯干，沉默威严之态度，犹可于美术博物院中瞻之，以一稚童游巴黎博物院或教廷博物院，于廊庑间睹诸贤之丰采，则中心生无限感想，恨不得与之并世、与之周旋者，盖有之矣。信然，诚如此也，古之人，实最浪漫之民族也，其所述作，最足使人读不忍释者也。吾尝读《罗马人列传》（*Viri Romae*）一书，迄今犹常想见其中爱国之士，严正之人格，辄渴欲一睹其音容，一视聆其谈吐，吾尝怪儿童奚为厌苦拉丁文，此或由于儿童日习文法，而习读本过迟，忆吾幼时，习字形变化尚未卒业，即已受拉丁读本矣，又或由于无悦目之图书及动人之故事以诱导儿童，吾去年参观一学校，其最低班以希腊小史为英文课本之一，书中多插美丽之图画，学生先读此，则次年研习希腊拉丁文，自觉津津有味矣。

《小彼得》（*Le pepit Pierre*）书（见前）中，自叙初读古文学时之乐趣，与吾不约而同，请再引其言，以殿斯篇，当小彼得（按即法郎士）之初入学校也，校师误置之于一拉丁文班中，彼是时于任何种文法皆未问津，于拉丁文亦不识一字，彼自述曰："校师 Grepinet 先生和蔼可亲，循循善诱，吾上彼之课而获益有限，非彼之过也，所授书名 De Viris，吾尔时但见字画参差、茫然不识，然一聆师言，忽睹引人入胜之景，一若为魔力所造，从书中幻出，书叙一牧人于泰拔河（在罗马城外）岸芦苇丛中发现二婴孩，一母狼乳之，乃携归茅屋中，其妻抚育之成人，使之商业，不知此二学生儿乃神灵与帝王之遗裔也，此故事中之主要人物，即二孪生儿，一名 Remus 一名 Bomulus（按此二人乃罗马民族之始祖）。

以及其他王侯英俊，校师诵其名，则若自黑字之课本中跃起，吾历历若真见之。之斯奇迹，使我心醉，其命名之雅丽，益吾美感，当尤士丁 Justine（当为家中女仆）来伴吾归家时，吾将二孪生儿及母狼之事语之，后又告以此故事之始末，是日伊适受卖煤人伪币一枚，值二法郎，心中怀忿，苟非如是，伊必当乐闻予所述也。”噫，奇迹美谈，意亦受经济之困窘，威廉特尔故事之命运（见前）又见于此矣。

学校考试与教育前途*

向绍轩

不佞草此文,第一申明废考试问题不在本文讨论范围之内;第二,本文中所论,系根据事实并非捕风捉影之谈,但亦不敢以所见所闻,遂谓国中学校一概如是,若曰国中教育有此种情形,吾人不可不思有以救之而已。

学校所以必有考试者,其理由有二:一曰以验学子读书之勤惰,因而鼓励之、督促之,使勤者显而惰者亦奋,故考试必取严格主义。盖不严则勤者无以自见,惰者且得以自欺者欺人,如此则不独失学校行考试之本旨,且有破坏青年德性之害。二曰以别学子天赋之高低,因材施教使愚者有进于明,柔者有进于强之机会。盖天禀低者与天禀高者,求学之功,相去甚远,教师藉考试以觇其相去之程度,因得于日常教授之间,寓扶植调剂之道,使天禀低者苟不甘自弃,人一己百,人十己千,亦断无不能成学之事。是故考试者,学校促进青年成学之一种方法也。在办学者与教师,一方面固当注重增高青年进学之兴趣,他方面更当注重防闲青年过激之竞争,万不可以铺张文饰为成绩,引起青年虚荣心,使之相习于作伪,则所以作人者,乃所以贼人也。

国中中等以上学校,有主废考试者,无庸论矣。然有不废考试而试题预告学生,俾先期答好,临时照本宣科,甚至有将试卷亦先期分给学生者,如此考试,尚不如废考试之为痛快也。盖废考试之弊,在放任太过,使青年荒忽学业,

---

* 辑自《学衡》1924 年 5 月第 29 期。

然无害无德性也。至为此有名无实之考试，则直是教学生作伪，国家培植元气造就人材之地，而以作伪导青年，其可言乎。

或者曰：国中学校问题亦多矣，如经费问题、设备问题、学科问题，皆为根本极重要者，至如考试不过为督促学生进学之一端，苟经费无着、设备不完、教科不良，则虽有严格主义之考试，亦岂足言教育。今不于诸根本问题，为久远之规划，而汲汲焉惟区区考试之是忧，非所谓不求其本而齐其末者耶？曰：诚然，然不知所谓本者果何在。国家广建学校，将以土木建筑之美为本耶？将以图书之富、标本仪器之备为本耶？将以东西洋教员之多为本耶？抑以养成人材为本耶？如以养成人材为本，则恐不佞之所忧，乃真正根本问题，于教育前途关系綦大也，请分晰言之。

一曰障碍学术进步。在学校未兴以前，吾国学术之枢纽，操之于书院。书院既废，学术之柄，转于学校，任何国家必其办学者与求学者均具有勇往直前丝毫不苟之精神，而后其国之学术有日新月异发挥光大之盛。今办学者既以学校考试，为可敷衍了事，则求学者自以学校功课，为可随便过去，办学者多暮气，求学者安苟且，办学者欺人，求学者自欺，如此办学，如此求学，尚可望学术进步乎？且学校功课，即在专门大学，亦不过为研究学术立基础开门径而已。今并此基础门径而亦无志求之，更何望于深造，此不佞之所以惄焉忧者一也。

二曰破坏青年德性。当书院时代，入院读书者，成年居多，德性之陶成，已具于家庭，学校既兴，就学者概属髫龄，在学校之日多，在家庭之日少。故办学者与求学者之关系，不独对于读书方面负有严师之责，即于其日常行己，亦当兼尽父兄之道，一面督促其修学，一面砥砺其进德，庶为不负主持教育之责。夫闲邪莫先于有诚，行己莫贵于有耻，不独吾国圣贤之教如此，即西人德育，重信戒诳，亦莫非此旨。今办学者平时不能尽严师之责，临事则出于文饰一途，是自以不诚示学子也，“知之为知也，不知为不知，是知也。”今必欲假不知以为知，在办学者对外则不免欺官厅、欺社会，对内则直为欺学生，在求学者，对人则不免为自欺，行己则难言有耻。办学者不能以身作则，率学子于仁义之途，而以堕诚败耻诏青年，德育安在哉？且世道人心之责，重在士大夫，今办学与求学，竟有如此者，世道人心，尚可问耶，此不佞之所以惄焉忧者二也。

三曰流毒社会无穷。今日社会之坏极矣，间尝默察社会情状，觉作伪为一种通有之恶现象（参观《太平洋》杂志，拙著《今日教育之责任》）。夫社会恶习全恃教育改良，若教育亦随社会潮流卷入漩涡，则恶习与年俱深，世道人心将永劫不返矣。就中等以上教育言,如专门、如大学、如高等师范,卒业者非执教鞭,即分入政商各界,即以中学及初级师范言,其卒业者,亦多不能继续升学,而散就各地方教育机关服务,使学校教育完全屏去社会恶习,则学校出一卒业生,即社会中添一分正气,然犹惧社会恶习太深,教育之力不足以挽之也。今以万恶之社会,又逐年增加恶教育养成之无数学子,以恶传恶,流毒社会,其有既乎,此不佞之所以惄焉忧者三也。

上述三者,至为浅近,稍具常识者,类能言之,国中中等以上教育当局,不宜反昧于此,所以然者,厥有二端。(一)近年来饭碗问题,竞争剧烈,不独政界军界,各以保位置固地盘为惟一妙谛,即学界清流所在,亦往往有视校长位置为优差,角逐经营,骇人听闻,既得之,复患失之,于是有敷衍教部、敷衍地方官厅、敷衍本堂教职、敷衍本校学生种种举动,其对于考试一事,不惜牺牲学生之人格,以成其铺张粉饰之私,实即其保全位置,敷衍各方面手段之一端,此办学者之过也。(二)自近年文化运动以来,青年学子,心理日趋浮竞,不复知有苦学之事,其在学校,大抵开会之时多,读书之时少,为人之事多,力己之功少,对于教师平时所授学科,搁置不习,等于旧日之高头讲章,对于报纸所记,东鳞西爪,往往奉为至理名言,牢记袭取,以相夸诩,所知所言者,非其所习,而所习者,不尽能知能言。夫考试者,考试其所学之谓也。今骛于所不学,而荒其所已学,则其视考试为畏途也固宜。然国中方以过激党为戒,废考试之论,其新奇直为顽固者所目为过激派之主张,则学校考试之不能废也,亦事势之当然,学校不废考试,学生不能考试,于是而有办学者于不能之中求其可能,使学校无废考试之名,学生有受考试之利,此固青年学子所欢迎者,始犹视为偶然继则视为固然,积久成习且不复知,其欺人自欺之非矣,此求学者之过也。

尝以现时国中教育状况,与前清光绪间初办学校时比较,觉有三胜一不如。何谓三胜?曰学校及卒业生数目比前多,学校设备比前好,教科比前完备,此三胜也。何为一不如?曰办学者与求学者之精神不如从前之坚强。当初办学校时,办学者与求学者全是朝气,现则办学者与求学者咸多带暮气。当初办学校时,办学者与求学者殆无不存一种振刷精神,现则办学者与求学者各带一种苟且意思。虽不能以此概视全国,然国中教育,实有此状况,则无庸讳也。不佞书至此,更当申明,既无攻讦之意,亦非影射之文,特以教育前途攸关,率笔直述,深冀办学者与求学者,回头一省,知我罪,我不遑计也。

沃姆中国教育谈*

吴　宓　述

英国人沃姆(G. N. Orme)先生者，昔由牛津大学出身，精研希腊文学，来吾国已二十余年，任香港英国高等审判庭推事，兼香港大学伦理学教授，并授希腊文，平日极留心中国文化，而于近年吾国少年之所为，尤深致憾。盖若辈弃旧从新，专务学习西洋物质文明，所取者实皆糟粕土苴，而于本国之精神文明，则吐弃不屑，咸且妄肆攻诋，先生睹此，恻然忧之，以为中国之精神文明若听其破灭，不特非中国民族之福，而亦世界之大不幸也。先生对于西方文明之见解及教育之主张，与本志历述白壁德、葛兰坚诸先生所持论，在在符合，先生以为物质功利决非彼土文明之真谛，西洋文明之精华惟在希腊之文章、哲理、艺术，此为中国学生所首应殚力研究者，不此之图而远涉旁骛，纷纭杂陈，徒致心思之淆乱与精神之丧失耳。呜呼，君子爱人以德，若沃姆先生者，诚可为能爱中国之人矣。本年五月，先生将归英国，以本志同人之议论尚异流俗，特过访同人于南京，谈叙极为欢洽，同人承先生之教益奖勉，心感靡既，又见先生之诚恳坦荡，温温大雅，深为敬佩，以为如此方为人文学者与"君子人"，而足代表牛津之宗风与希腊精神之陶镕者也。以较近年自美国聘来之政客市侩式学者，即不论学问，其态度已相去天渊，独惜吾国学生闻先生名者极少，而亲就先生受希腊文学者，更几于无其人也。先生五月间到此时，以诸人之怂恿，乃在

* 辑自《学衡》1923年10月第22期。

东南大学演讲二次,第一次所讲题为教育之要议(The Essentials of Education),余为口译,演稿由学生卫君士生记录,登载五月二十八日《东南大学日刊》,卫君所记甚简略,兹就一己记忆所及,为增补如下。

(上略)教育之要议,可分二种:一为普通,即根于生人之本性及事物之常情,而为各国各时所同者也;二为特别,即系乎种族历史之异点,而仅适用于某国某时者也。今先言特别,更先言西洋,西洋文明创自希腊,前此无大关系,希腊人以山川气候之佳美,人种之优秀,外敌之刺激,约当中国孔子之时,造成一种极高尚完备之文明,为西洋文明之祖。希腊人尚美乐生,爱真求智,重自由而兼取节制,喜进步而能用中和,故其文明以人生为本,而最擅长者为文章、哲理、艺术,又希腊人思想深邃,事业繁多,然其生活则极为纯朴,其所以能造成文明者,亦由此也。其后继起而承受希腊之文明为罗马,罗马人最重公平之义,又善组织,整饬纪纲,遵守秩序,乃其天性,故其最擅长者为法律政治,而尤以其所创造之帝国,规模宏备为后世治理大国或宰制世界者之模范焉。罗马衰亡,而欧洲大乱,北方蛮族乘机侵入,占有欧陆。此等蛮族,属条顿种,大率强悍善战,富于冒险及进取精神,或驰突大陆,或剽掠海上,以自卫为天职,视战争为常事,保存其部落酋长之旧规,故国家之观念甚为强固,且有人我不并存之意,而以竞争侵略为惟一之正事。又其人备历艰苦,饱经忧患,故多重实际,主功利,绝玄想,轻道德,但善能牺牲小己,尊受约束,绝对服从,同心协力,以求国家团体之胜利,个人借以托庇其下,凡此皆由艰难搏战之经验中得来,非偶然也。与北方蛮族之性质适相反对者,则有由犹太传来之基督教。该教之教义,多本于犹太人之国情民俗,与其种族之遗传及历史之陈迹,故重家族生活,重伦常道德,主内心自由,主世界大同,教人以相亲相爱,能忍能认,与中国之旧俗甚相类似。综上所言,今世西洋之文明,实由以上四种原素所合成,即(一)希腊之文明(二)罗马之文明(三)北方蛮族之性行(四)基督教之教义是也。惟细察之,则(四)基督教之势力甚微,而(三)北方蛮族之性行所关最巨。故近世欧洲人之好战喜争、进取冒险、拥护国家、善结团体、尚功计利、灭人肥己、严约束而绝自由、重个人而轻家族,又种族之观念甚深,而鄙弃世界大同之说,凡此实非偶然之因,盖以彼北方蛮族为其嫡亲之祖先之故,种族之遗传与历史之陈迹所关,诚大矣哉。此言教育者所当知也。

至若中国其情势与此适成相反,中国文明发达极早,西洋人犹在榛狉时代，黄河流域即已文明蔚起，惟中国文明发达之迹象与西洋大不同。(一)者西洋之文明起于交通，而中国文明则纯由闭关自造，与外界全无关连，虽有谓上古时亚洲之东北与美洲陆地相接，然其时亦必甚早，故实无关系。(二)者西洋之文明成于战斗，自希腊罗马以迄，近世皆然，中国文明初启时，似无多战争之必要，情境宽舒，故中国人天性爱好和平，而其文明亦成于和平。中西人以种族历史情形不同之故，各行所是。降及近世中国人民之处事接物，遂与西洋人相反，约举之中国人道德观念极强固，常凭理性以判是非、审曲直，而时盲于远大之利害，西洋人则重在卫护一己，力求保其权利，不畏战争，故常忽略道德，而惟安全利便之是图一也。西洋民族抱个人主义国家者，个人权利生命之所托，爱国即为自卫，而国与国间之互不相容，极端争攘，固犹是个人主义之稍稍推广者耳。中国人则最重家族之生活，明于伦常之关系及道德，又常抱世界大同主义，民胞物与，而不知有国家二也。西洋人守法律，喜干涉，办事精敏，条理分明，易为实事上之成功，故其物质文明异常发达，生活高贵，而一切组织皆极完备。而有系统中国人则酷爱自由，不愿人之来干涉，而欲自乐其乐，遂常颓惰放任，委靡自足，而物质生活遂无进步，又因其以家族为主体，虽能为家庭牺牲个人，而不能越过家庭之范围而结更大之团体，故其政府日益腐败，官吏弄权，人民纵受其虐，亦漫不思干涉，不事抵抗，且不图群起而改善之，又以家庭伦常骨肉之间宜重礼让，故中国人乏竞争心，毫不知自卫，不能自保其权利，而坐听人之劫夺，三也。以上乃中国人之性行，及其文明异于西洋人之处，而亦由于种族之遗传与历史之陈迹也。

晚近东西交通，中国乃忽与西洋民族接触，细准上言之情形，则其结果可逆睹矣。其时西洋各国海陆军精强，炮械坚利，灭国攫地，兼弱攻昧之术，异常讲求，又政制修明，财源富裕。夫西洋之情形如此，而中国千年养成之实况又如彼，毋怪乎中国之屡受欺侮，几遭败衄，割地赔款之余，且岌岌有不能自存之势，凡此皆理与势之所必至也。中国人新受惩创，触目惊心，群起号呼奔救，其主张计划，亦皆所谓持之有故，言之成理者也。虽然西洋亦自有其不了之局，中国即灭亡，于西洋亦何益，今日最重要之问题乃如何而使全世界之人同享和平快乐之幸福也耶。今中国之学生，莫不谓中国急宜效法西洋发达其物质文明，然如何而发达中国之物质文明，同时又于人生最高尚最尊贵之精神事业毫无损伤，转言之，即如何而采取西人之长而不铲灭己所长，且进而以己之所长补救西洋之所短，此则尤重要之问题也。夫物质生活，固极重要，于一身一家一国，均为助成幸福康强所必不可缺者，然精神生活尤宜重视苟废精神而不讲，则凡人偏重物质，漫无凭制，国家社会且随之而堕落覆亡矣。故今为全世界之和平快乐计，则如何而维持中国人之精神生活，保存其旧有之美德，此则今日教育之所有事也。

吾以为中国教育中首要之事，即注重道德精神，此与今日所急宜发达之物质生活，及夙昔所最宝贵之个人自由，二者均无妨碍。道德精神之根本要旨乃东西文明之所共具，无古今，无中外，若苏格拉底、若耶稣基督、若孔子之所教均相同，若合符节，随在取而受用之，无所用，其分别疑惧也。若详析言之，最要者三义，一曰纯朴之生活，二曰牺牲一己，三曰节制，凡此皆不可须臾离之物，乃人生最高生活之实现，而真善美三者之归宿也。吾人在世非可但求增加需要驱役物质以充满之，而在如何而能减少我之欲望，使精神安宁快乐，此为中西哲人所共提倡者，吾所谓教育之要义者此也。

虽然物质生活与精神生活，实互不相容者也，希腊人之生活至为简单纯朴，其后物质生活日益奢靡，而精神遂致灭绝。今中国教育固应取西洋之物质文明，学习之，享受之，然若因此而一改故辙，将精神生活全然抛弃，则实得不偿失，而大可悲痛之事也。例如体育中之各种操练运动，使人身体坚强活泼，其目的无非发达人性中与兽类共同之部分，若乃专务体育，而于为人之道，缺焉不讲，此种教育可谓之倒行逆施矣。又如美术亦与人性之陶冶最有关系者，予（沃姆先生自称）此次到南京，浏览各古迹名胜，多颓废埋没，剥落荒芜，重堪嗟惜，其最不满人意，见之欲呕者，即满街粘贴之纸烟广告，奇丑不堪，使予觉西洋文明之劣点，业已传染至中国，其形式既粗恶，而亦足见人民精神之腐败焉。吾以为中国人民处此时会宜毅然看定精神文明，坚抱不释，竭诚以赴之，而如何确立标准，明白指导大声疾呼，勇敢直前引众人于正途，此则教育家之责任也。

吾今更简单明白，以为中国之教育家及学生正告曰：（一）中国古来之思想家，其对于人生道德之理解实最高尚而完备，为世界各国所莫及，此种精神之教训，乃千年储积之智慧，故决不可抛弃之；（二）中国之美术造诣敻绝，实为世界之冠，此言或似过当，然苟深通中国之美术，而按之以美术之原理，必见其然，故宜务为保存而发扬之。以上二者（人生哲学及美术），匪特为中国之光辉，且亦世界中公有之珍宝，中国人对于世界宝负有保存贡献之责任。然欲保存贡献，则非继续研究不为功，故吾意以上二者在今日中国之教育中必须估最要之位置也,须先通中国之文明,而后及于西洋文明。吾于出洋留学,固认为有益,然吾意留学生研究西洋文明宜直取其精华,即求得其中最高之智慧与所以为人之法最要者:(1)希腊之哲理文章,再则(2)耶教之圣经(新旧约),此二者至须着重研究,至于科学,固亦有其长处,如数学可以训练心思,使之精密正确,然皆与精神生活无补,略而不讲,殊无妨也。昔之希腊人尝崇信科学,专务物质,其结果至不良苏格拉底乃起而提倡内心生活,注重精神,可为借镜。总之今日中国欲创造新文明。切不可斩断旧文明。宜取旧文明为根据。以享受西洋之真文明也。

[按]沃姆先生第二次在东南大学演讲,题为《希腊文学中之理想》(Ideals in Greek Literature)其所述希腊人理想之见于文学者,虽亦谓为今世人所宜取法,然究与中国教育无直接之关系,故今略而不述。沃姆先生回国后,复于七月七日伦敦寄来一书,兹节译其书如下。

别后久拟作书,一以谢诸君招待之盛惠,且欲乘此闲适宁静之时,将(仆)平日对于中国教育之意见,笔而出之,以补前言之所未尽。(仆)谓今日中国之为教师及领袖者,其所当为之事至简且易,而世界各国中,独中国能有此机会也,盖今世界各国中,其尚未为浅陋之新说所蒙蔽,保其聪慧,足以遵从古昔智慧及经验之教诲者,恐独中国耳。方今之时,西方流行之说,甚嚣尘上,召人以物质之福利,共趋科学及进步之途,莫可逃避,而智慧及经验之教诲,为其所掩,几于汩没无闻。然(仆)此次行经美国,与其国明达贤俊之人士多次叙谈之后,乃知众人之所同感者,厥为彼科学进步之途,实不能导人群于福利,即彼西人亦无从得好处,此以告慰足下者也。西人之所患,在彼潮流所趋,其势莫当,为所卷覆以去,欲砥柱中流,或因势利导,均有所不能耳。今日中国之所急需者,非西方物质之富,丝毫不系乎。此中国人民欲求自身之幸福及改良,但当返求之于己可矣,若旁骛外求,是自取败亡也。中国欲凌驾欧西之上,其法不当效,日本之模仿西方亦步亦趋,而当自行造出一种高尚完美之生活,使西方今日所受之病患无从施其技俩,中国人苟能以此教导西方,乃足自豪耳。中国今日之所以情见势绌,岌岌不可终日者,非由其国物质富源之不足,实因其人民缺乏自信力而渐染西方之病,以安乐放纵为目的也。中国之青年,见西方事物之灿烂谲奇,于是蜂从而蚁附之,此乃人情之常,不足深怪,然施以援手,导之于正途，则凡有识之士，身为父母师长者之天职矣。

吾之所见，以为中国之国立大学，应设于山林之中，与自然景物密接，由此而教师及学生，乃得根据本国之前史及彼自然之召示，而造成一种人生方法，以为世用。此种人生方法，不以效颦追步西人为能。盖西方流行之生活，昔尝以其能满物质之欲，为人所称道，至今则主张此种生活者，其心亦已厌倦之矣。若中国人欲了悟西方之智慧及其病患之所在，惟当精研希腊之艺术文章，而不必从事于近世之艺术思想文章，如是必至如飘浮大海，渺茫而无所归宿。且近世之作，其可传后者绝少，恐大都过顷即无人取读耳，足下可往见郭斌龢君，与之商量在中国学校添设希腊文一科，不知能否办到，(仆)意中国学生须研究中国文化之各方面无所遗漏，而当以希腊文为之补助，郭君应赶一二年内编成初级希腊及中国文字典，又中文之希腊文法，各一部，则中国学生诵习希腊文者，入门之能事备矣。

(仆)现与芮满(A. E. Zimmern 著述甚多，最知名者为 *The Greek Commonwealth* 一书，牛津大学出版)君同舟返英(按沃姆先生此函系在海角中所作)，芮满君明年或可来香港，君为西方现今希腊学者中之翘楚，亦为极不可多得之良教师，如其果来，则于中国真正教育之前途，必大有所补益也。中国向未得西方真正之学者与良教师前来讲学，今可望得其一人矣。(中略)今西方之教育疲靡如此，故每年所出之书籍盈千累万，而可读者绝少。因之，教育之程度与众人之智识理解，乃益趋于浅薄鄙陋矣。(下略)

自由教学法*

柳诒徵

学校教育之进展，恒有由束缚而趋于自由之势。吾国由三舍积分变而为书院讲学，他国由年级制变而为选科制，皆此义也。今日病学校之拘束而思有以革新者，颇不乏人。不佞于数年前妄与友好私议一法，谓似适于今之趋势。怀之胸臆者盖久，未敢以楮墨传布。知之者病其懒惰，谓无论其当否，宜竭其一得之愚，以求教于海内外之教育家。适社友责撰通论，遂草此以塞责。

学校所以教人也。而今之学者乃多患学校之不能施教，限以时间，制以科目，裁以单位，囿以一学期或一学年。吾有心得，或片语可罄，或二三小时不能毕，乃皆限之以五十分钟。不足者强益以卮言，未罄者或期以异日，此已大不自由矣。揣摩心理，引起兴味，我求童蒙，而非童蒙求我。教师去留，至听学生为政，强颜以传道授业解惑自居，实则以谋生而不惜贬损其人格。未试而叩范围，已试而求通过。或评骘而肆揶揄，或拥戴而希介绍，怪幻百出，恶能直言正色以讲学。又其甚者，某校为某系，某校为某派，非其系若派者不能插足其间，则有学术而无地位以教人者，不知若干焉。海上归来之博士，成功毕业之学生，非有徒党奥援，亦复怀才莫试。故昔之学者可以隐居讲学，开门授徒，今则不能自由称师，此就教者方面言也。

学者方面，亦感痛苦。所欲学者，或少予而靳之；所不愿学者，或强迫而聒

---

* 辑自《学衡》1931年3月第75期。

之。兴会未至，必振襟危坐而听，问难未终，则联袂闻钟而去。算草甫演，继之以国文。化学才试，扰之以音乐。时间之支配，学分之填凑，非功令所限，即课表所拘，学生习焉，固不以为非。第熟思之，则耗时与失效，均所不免矣。天资有高下，体质有厚薄，或短期而已了，或长年而莫殚。今乃强履同价，断鹤续凫。驱一级以偕升，期数门之并毕。于是敏者制其超轶，钝者迫其追随。虽行选科制者，亦不能尽革斯弊，而年级制无论矣。往尝谓今之学校，既无以发天才，又无以助下驷，独可为中材迁就。然就中材而论，亦幸而学校考校不严，督责不遍耳。使如今之所定课程标准，一一希望学生实得而兼优，则生吞活剥，兼营并骛，大足以伤脑力而促其生。故好学者往往孱弱多病，而康强逢吉者，课程大率平平。束缚驰骤之害，中于优秀分子，非施教之本意也。至若群盲翕集，独见莫伸，裹胁而闹风潮，挟持而易师长，则不自由。学额有限，考生孔多，虽竞争不能录取，欲重试必待明年，则不自由。家贫费绌，疾病大故，借贷穷而必须缴纳，假期多而莫获补修，则不自由。凡此种种，尤更仆难罄。

校长者，师也，而其实不过师若弟之媒介。延师而授以徒，招生而属之师，如是已耳。由是媒介，而师若弟无直接之关系。生徒渴望之良师，校长不之聘请；生徒反对之劣师，校长为之保障，则无法以处之。教员已担任之某级，校长改属某师；教员不愿担任之某级，校长强属此师，则亦无法以处之。构成风潮，往往由是。譬之工厂，校长为经理，为工头，教师则工头所辖之工人，学生则厂中定制之货物。一格以机械之方式，而感情道义为人类联系之元素者，转由此而消沉。弟所从之师，非其所心悦诚服也；师所教之弟，非其所乐育之英才也。不过工厂中偶然相值，工欲得其劳资，货欲得其售价，而为短时间之接触。且以杂出众工，非由一手，工不识货，货不感工，泛泛然若路人，不加仇视已幸，何从发生感情道义哉。

虽然，校长之办学校，亦至难矣。草创新立，或可自由。而接办已成之学校，则必不能径行其志。教员有固有之系统，学生有已成之风气，易甲则乙怒，去赵则钱哗，形格势禁，有一筹莫展者矣。即使委蛇其间，渐能䜣合，而教员之来去，生徒之进出，理想与事实，往往相左。此校之名师，为他校所钩致，而他校之师，不能为我所礼罗，则得人难。悬格以求学生，而应试者之程度逐年低落，不得不勉强充数，则招生难。中等者以升学为虞，高级者以谋事相责。广求位置，造成系派，则人以学阀相讥。第知学问，孤立无援，则人以无能为病。以故野心者争为校长，而高尚者恒不乐为校长。

吾所胪举者外，尚有最大之困难，则经费是也。学生与日俱增，经费不能与年偕进。由县而省，由省而国，学校不能不增级，学生不能不升学，教师之待遇不能不加，一切之设备不能无款，而计及财政，则无论紧缩之时，无可为计，即使幸而宽舒，而平均支配，仍不免削足适屦，捉襟见肘之虞。遂使办教育者，他无所图，穷年累月，惟是奔走呼号而争经费。政府当局，何尝不曰宽筹教育经费，何尝不曰保障教育经费独立。然由今之道，无变今之为。以学龄儿童与赋税收入对勘，其增加之比例，则需要与供给之不能相应，殆有年甚一年之势。换言之，即求学而无学校以容之者，必有年甚一年之现象也。

语曰：穷则变，变则通。穷而不知变，非计也。今之言教育者，或注重于整顿学风，或殚心于改革学制，或提倡职业而谋变更课程，或注重经费而争分配赔款，皆穷而思变之象。然头痛医头，脚痛医脚，无彻底改造之计画，徒从局部着想，未能大有裨益于各方面也。欲求各方面之自由，而教者与学者各得分愿，殆必放弃今制，参酌古今中外研究学术之成法，而扩大其范围，庶几可达自由之目的乎？

按教育之原则，小学教育，为国家对于人民必须赋予之国民教育。外此则人才教育，非国家所必须担负，而可听人民之自谋者也。人民无能力自谋，故有赖于国家之提倡。使人民自知向学，且竞争向学，而富于学术足胜师资者，又日见其多，则国家对于所教所学，第须指导规定，不必一一经营而隐若有所限制也。由此前提，而知教学之可以自由，而择地立校限额授徒计时按年之为，殊属无谓。不妨一切改革，别开一新途辙，而其效可与学校相等，且有过之无不及者。此非无稽谰言，盖就学理与事实双方观察，有此改革之可能也。

曷为而立学校，以无师资故。使为之师者既已孔多，且有学校不足以容之之势，则国家不必代人民求师矣。师之教人，曷为而必于学校，以无设备故。然自理化生物必须设备者外，其他多恃书本授受，非必学校以内有此书，学校以外即无此书也。明乎此，则书本教育，必麕聚于一校一室，亦可谓多事矣。学有难易，人有好尚，交互错综，使之调剂平均，固亦有联络调和之妙。然古之学者，春秋教以礼乐，冬夏教以诗书，以此为时习之限数，已不至于偏倚。何必一时而易一课，一日而习数科。假定某级学生，应习国文、历史、算术、音乐、物理、生物各若干时，听其自由专习国文若干日，专习算术若干日，其获益何尝逊于规定某时以各科相间者乎？今人所盛称之道尔顿制，即已打破钟点制，而渐趋于自由学习矣。惜尚未能放弃一堂并习之旧制，而更谋各个之自由，故其法犹未彻底也。

基于上述之原则，而知学校之利有三：曰师资、曰仪器、曰图书。而学校之病，在束缚驰骤。使具此三利，而尽去其束缚驰骤之弊，不更愈于今日乎。故吾所私拟之自由教学法，即根据此义而分疏之。

一、课程　由教育部制定，某种学生必习若干科目，且学至若何程度，颁行国内。使知画一。其某时学某科、某年学某科，不必规定。敏者一年或数月了之，可也。钝者积若干年始获学完，亦可也。

二、师资　不必延师于学校，第由教育部检定师资，某人可胜中学某某科教员，某人可为大学某某科教授，予以凭证，使其自由授徒。凡授某科学术者，得予学生以某科修业完了之证。

三、学生　自国民小学毕业后，听其自由求师，从甲习国文若干日月，从乙习算数若干日月，悉听其便。或一日而从数师，可也。或经年止从一师，亦可也。其习一学程，束修若干，由教育长官规定，听学生直接纳之于师。弟愿加丰者听，师愿减免者亦听。

四、仪器　国家停办学堂，以其经费设立科学仪器馆于都省市县适中之地（或一地设立数所），凡经检定认可之教师，得率其徒来馆实习。实习费若干，由学生直接纳于馆员。

五、图书　都市省县亦立图书馆一所或若干所，任师若生自由阅览，不收费。但有损失，则责令赔偿。

六、音乐美术及体育　都市省县亦立音乐院美术院，如科学馆。师生得就此教学，纳费准之。设体育场，准图书馆，不收费。

七、考试　学生从师学毕某级学校之必修学科，得应某级学校毕业考试。其考试由考试院及教育长官主之。某某科及格，某科不及格，得令重习某科，声请补试。胥及格者，予以毕业文凭。

八、职业　职业教育，不必习普通科目，惟重实习。由国家指定若干农场、工厂或公司银行。学农者师农，学工者师工，学银行者师银行员。其理论学科，听各求师。欲应试者，试之如普通学生。

如右所述，其利有六。

一、节省时间　教者与学者，皆可切实从事，无虚耗之光阴。

二、节省经费　以教育经费，直接使学生父兄负担。一切学校中之职员薪工，皆可省去。

三、免除风潮　弟自择师，必所愿从，自无风潮。

四、杜绝学阀　野心家不能利用教师学生。

五、提高学术　教师必以实学授徒，使无实学，自无人来请业。学生必以实学应试，使无实学，自必不能及格。

六、增进道义　学生由此敬学亲师。为师者不干人求馆，不媚徒固位，人格自然高尚。

或虑各地风气不齐，人才多寡不一，准此法行之，必有某地师资太多，某地教师缺乏之虑。又或习某科者太多，教某科者绝无，则供求未必相应。不知此无足虑也。人自为谋，则盈虚消长，有如货物之息耗。甲地教算数者多，乙地授算数者少，则为数算教师者，自知赴某地设帐，不必为之过虑。今日营营扰扰求馆谋事者，曷尝拘守一地哉！至如天文人类等学，国内近乏专门之人，不妨由国家提倡，专招有志斯学者，游学外国，归而教人。其数不敷，则使之流转教授。学生闻风而来，亦必不惮负笈以求此一科之专师也。

或虑学生分求多师，所费不赀。不知有力之家，固愿为子弟供费，贫苦无力者，因子弟之按年求学，负担殊不易易。今不拘以学年，而惟试其及格，则青年子弟，尽可别治他业，从容求学，以分父兄之负担。如必须三年毕业者，此生以半日谋生，半日从师，可以学至五六年，则正予寒士以方便，不必虑学者之无力也。至于疾病大故，中途辍学者，更可得益。不必计较年限，抱病入校。或舍弃亲故，惟知自利。其为自由，岂不溥哉。

或谓斯制固善，奈他国未有行之者何！曰外国学校，时时改良。杜威、道尔顿等，固皆病学校之絷缚，而思予人以自由，第因未尝计及悬格考试，故不能充其学说。兹幸吾国实行总理遗训，厉行考试制度，何妨自我国倡之，而令他国仿效乎。

道德教育说*

陈黻宸　遗著

立国之道二，曰政治，曰教育。教育者，政治之本。道德教育者，又教育之本也。清之亡岂不宜哉，诗人所谓本实先拨者也，罗仲素曰：教化者，朝廷之先务，廉耻者，士人之美节，风俗者，天下之大事。朝廷有教化，则士人有廉耻，士人有廉耻，则天下有风俗。悲矣夫，当清季光宣之世，人尚权利，是丹非素，四维不张，靡然成习。我以谓神州古族，三皇五帝之所涵育，孔墨孟荀之所遗贻，六籍犹存，典型未坠，意必有心知其故，守古人之道，修之于家庭，为当世模范。以冀系一发于千钧之垂者，而求之于下，则空谷寂寞，跫足无音，求之于上，则重货贿而轻礼义，崇奔竞而贱恬抑。安其禄而立其朝，充然不知羞恶为何物，奸伪盈廷，怨咨积野，鬼魅昼见，天日闇色，武汉一呼，天下遂并起而亡清族矣。夫自古亡国之速，未有如清之甚者也。地非不广也，在位非不久也，而惶惶以求致媚悦于四邻，罄所藏而不惜，外交不可谓不固也，灾沴昼闻，蠲赈夕下，文告旁午，娓娓动听，内治又不可谓讲也。我观自昔易代革命之际，兵连祸结，往往历十年或数十年不解，乱徒四起，万里赤立，国君死社稷，大夫死郊垒，前者既仆，后者复继，驱赤子于锋镝，觊神器以力争，造物不仁，言之股栗，古史盖班班可考也，而清之亡也，风激雷驰，天牖其智，五月之间，下阶而走，其上非有桀纣、杨广、朱温残杀无复人理之君，其下非有赵高、曹节、魏忠贤、崔呈秀芟锄士

---

* 辑自《学衡》1925 年 9 月第 45 期。

类，淫刑以逞之臣，而为之民者，又未有黄巢、张献忠之徒，逞暴戾恣睢之欲，肆残毒于斯民，久乱而后思治，为代兴者驱除，然而乾坤改色，朝市解体，带砺山河，敝屣等弃，斯岂无故而然哉。虽曰以民兴国，名正言顺，然亦清之上下相蒙，人道沦丧，朝廷无教化，士人无廉耻，天下无风俗，浸淫迁移以至于此。呜呼，哀莫大于心死，岂不然哉。共和建始，陈义高远，四海喁喁，引首以望太平，我国数千年未有之盛事也。夫自古成败兴亡之迹，其机不可遏，而其来必有自，故必知清之所以败且亡者，而后知民国之所以成而兴，六马不惊，朽索在手，稍纵即当逝矣，祸患之伏，宁有终日，《诗》曰："殷鉴不远，在夏后之世。"清其今日之殷鉴也，志士攘臂大呼，嚣嚣然以号于众曰：兴教育。虽然，此人之恒言也。又嚣嚣然以号于众曰：重道德教育。虽然，此又人之恒言也。夫教育非徒务其名，而以设一校，置一科，为尽职，可告无罪也，非袭欧美已然之迹，窃东人之遗，贵耳贱目，以为国本可固，人心可转移也，必在上有缠绵悱恻之心，在下有鼓舞更新之象，于己无矫伪涂饰之见，于人有匡救督责之权。今之言教育者，我亟闻其语矣，曰："共和国所恃以维系而巩固者，在国民道德之相当与否，中国不讲教育非一日，我民道德之衰也极矣。"是可为共和他日虑者也。斯言也，吾窃谓其诬我民实甚，今日之民非他，固自我伏羲、神农、黄帝、尧舜辟草昧，殚思虑，数千载所万方经营以有之，周公、孔子、游、夏、曾、孟之徒，所相与发明推阐，以陶冶而成之，而又得汉唐宋明诸先哲、董仲舒、司马迁、王充、王通、周茂叔、程明道、陆子静、邓牧心、王阳明、黄梨洲、顾亭林、李二曲辈，于举世皆非之日，藏名山而传其人，著书以遗后人所相兴涵濡渐渍，以扶而助之，而乃有今日者也。莽莽神州，哀哀黎首，茫然四顾，泪如雨坠。呜呼，直道斯民，古岂我欺，民亦何罪于世，而谓民不可与于共和，我辈亦何仇于民，而谓民之道德犹未适于共和之治，宁非冤哉。夫天下惟民最贵，亦惟我中国之民最可爱，吾见教育者之弃其民，而未见民之自弃教育也，故言共和之必首重教育，不待言矣，重教育而必首求道德之教育，不待言矣。我独惧人以无教育责民，而不知自责也，我尤惧人以道德未适于共和之治咎民，而不知自咎也。孟子曰："禹思天下有溺者，由己溺之也。稷思天下有饥者，由己饥之也。"呜呼，今乃率民而出于不教之途，视饥溺若何言念及此，有不汗流浃背、自容无地者，非人情矣。夫此非我一人之愤言也。夫使古无教育，人类之绝久矣，上世书缺有间矣。《尚书》独载尧以来，当唐虞三代之盛，君皆神圣，与民共和，故以禹之明德可及于万世。而其孙太康因民弗忍而去位，以厉王之暴，能监谤于民，而不能禁民不为彘之流，与共和二相之戴，是时民气固大伸也。至春秋而世族专横，抑民实甚，孔子鲁大夫也，老子周大夫也，墨子宋大夫也，三子皆在位之徒，稍稍能著书立说，为当世法。夫使孔子生于田间，非宋鲁故族，则虽终其身为不识字之农夫可也。是故伯鲁废学，伊川被发，前识之士，慨然有不能终夕之虑，是人道绝续之一时也。然而孔子以师儒之席，与国君抗礼，其徒继之，遂以撤贵贱之大防，齐君臣而同等。子夏讲学于西河，子思为师于鲁穆，教益尊而道益盛。至战国之世，此风遂以大行，往往执鞭而前，长跪请教，以王者之威重，而下屈于匹夫，故虽处士横议，不免矫枉而失其正，然吾观于祭酒大师之称，与夫雪宫之见，稷下之聚盖其维世道于衰敝不振之余。自鲁定哀以后二百年，政废于上，而教犹行于下，故以七国之强，群诸侯之暴戾，视下民如草芥，芟夷蕴崇无余地，而犹有畏于陈说仁义之士，遂令善战箝口，从横夺气非儒者之功，其孰能与于斯哉？嬴秦无道以得天下，始皇帝奋其私智，为子孙万世之计，知非废儒者之说，无以愚黔首尊朝廷，故坑儒燔书之祸起，以吏为师，有政无教，是又人道绝续之一时也，然而孔鲋一鲁亡人耳，守其先人礼器，伏处不出，以俟天下之讨秦，陈涉一呼，四方响应，鲋遂奔涉，为其博士，太史公以为发愤而然，信矣。项羽之死也，沛公徇山东各郡县，独鲁为羽守城不下，汉兵薄鲁城，犹闻弦歌之声，故以沛公之力，能胜项羽百万之师，而不能有加于鲁卞里之城者，教化之足以系人心也。故当其衰也，虽以涉六月之王，孔鲋不惜为之死，当其盛也，以汉高帝数万里之地，天下贤士之辅者众，而鲁城不下，鲁两生不从，彼盖以我道之存亡为进退。故孔鲋可死，两生不可仕，我谓秦不三世而亡，非山东豪杰之功，鲁诸儒之力也。汉兴，承秦之敝，迄百年古书始稍稍复出，师儒虽盛，然所传习者，皆经师一家之传，故义深奥，学官藏其书，而民间鲜通其说。至元成以后，而学者浸广矣，东京之始，光武尊崇节义，敦厉名实，所举用者，莫非经明行修之人，明章继之，教化大昌。自三代以降，俗尚之淳美，人心之敦厚，未有盛于此时者，顾亭林曰："我闻范晔之论，以为桓灵之间，君道纰僻，朝纲日陵，国隙屡起，自中智以下，莫不审其崩离，而强权之士，息其窥盗之谋，豪俊之夫，屈于鄙生之议，所以倾而未颓，决而未溃者，皆仁人君子心力之所为，可谓知言者矣。使后代之士，循而勿革，即流风至今，亦何不可。而曹孟德既有冀州，崇奖跅弛之士，观其下令再三，至于求负污辱之名，见笑之行，不仁不孝，而有治国用兵之术者，于是权诈迭起，奸逆萌生，故董昭太和之疏，已谓当今年少，不复以学问为本，专以交游为业，国士不以孝悌清修为首，乃以趋势求利为先。

至正始之际，而一二浮诞之徒，骋其智识，风俗又为之一变。夫以经术之治，节义之防，光武明章数世为之而未足，毁方败常之俗，孟德一人变之而有余，后之人君，将树之风声，纳之轨物，以善俗而作人，不可不察乎此矣。”痛哉亭林之言，彼盖有感于魏晋嬗世，士行不修，主气无权，贼攘其座，刘石大嗥，典午之祚遂中绝，当是时，名士风流，形骸放荡，视其君颠危流徙，青衣行酒于虏庭，冠履倒置若充耳。以视东京之末，党锢大张，独行之士，依仁蹈义，舍命不渝，而相继以起者，趾不绝于道路，淳浇厚薄之不同，必有能辨其故者。夫当东晋之际，又人道绝续之一时也，五胡盛而六艺绝，十六国兴而世教微，我观于戎羯入关，中原沦陷，礼乐衣冠之族，荡然无孑遗之望。所谓仁义充塞，率禽兽以食人肉者矣，然而以门望相高，海内相蒸为风俗，严婚姻之礼，士族不失其尊严。纪僧真谓齐世祖曰：“臣出自本县武吏，遭逢圣时阶荣至此，无所须，惟就陛下乞作士大夫。”世祖曰：“此由江斅谢沦，我不得措意，可自诣之。”僧真承旨诣斅，登榻坐定，斅顾命左右曰：“移我床远客。”僧真丧气而退，以告世祖。世祖曰：“士大夫故非天子所命，呜呼。”我闻僧真就陛下乞作士大夫，与世祖士大夫故非天子所命之言，辄怦怦然有动于中曰：有是哉，自晋迄隋数百年，一线华胄，绵延不坠，以至于复兴，宁非士大夫表率之功哉，故社稷可夷，人心不可殁，当此之时，朝廷无法揆，而草野有流品，一玷清议，终身不齿，一介之守，重于百万之师，故虽以秦魏之强盛，不能与中原争文献之传，而歆慕华风，有时辄化。魏道武帝问博士李光曰：“天下何物最善，可以益人神智？”光对曰：“书籍。”帝命郡县大索书籍，送平城。当时太学生徒满六千人，人争砥砺，儒术大振。至孝文帝兴，益讲求明堂辟雍之礼，兼复诏求天下遗书，秘阁所无，有裨时用者，加以厚赏，于是北魏文学之盛，彬彬可观，郁然有周汉之遗治，教化之所系亦大哉。北齐得国既不正，而暴君代立，无伦理可言，然其上有师保疑丞之秩，其下有博士授经之官，学者犹不失其故业，宇文周爱士好古，尤冠北庭，我读周书儒林传，以谓天下慕向，文教远覃，衣儒者之服，挟先王之道，开学舍，延学徒比肩，虽遗风盛业，不逮魏晋之辰，而风移俗变，抑亦近代之美也，斯亦懿矣，东南一隅立国，既能维持文物于不敝，而其地之沦于异族者，又能守礼励节，辗转于左衽鸟语之俗，百变不移，遂令夷狄革心，奋然尽更其旧制，若此者，可谓之亡地，不可谓之亡国。颜氏家训曰：“齐朝一士夫，尝谓吾曰：‘我有一儿，年已十七，颇解书疏，教其鲜卑语及弹琵琶，稍欲通解，以事公卿，无不宠爱。’吾时俯而不答。异哉，此人之教子也！若由此业，自致卿相，亦不愿汝曹为之。”颜之推于是有余痛焉，然益以此见当时贤者家庭之教。天下所以由乱而复治也，隋人继周而起，遂有四海。牛弘刘炫之徒，蔚然称当代人师，开皇三年，弘请遣人搜访异书，每书一卷，赏绢一匹，校写既定，本即远主。于是民间异书，往往间出，平陈以后，经籍益盛，其传经之士虽鲜显者，然海宇自此闻风矣，隋炀帝之无道，自古所罕有也，然炀帝故喜书籍，是时秘阁所藏，璀璨陆离，烂然满目。方领矩步之士，又能贯彻南北之学，为一家之说，以传世而垂后，河汾讲席，抗颜作公卿师，迄于唐太宗之世，化行治美，骎骎乎有三代之风矣。夫以我中国六籍圣人之教，火于秦，刑名于汉初，夷狄于魏晋之后，废顿迁徙，而犹留千万什一之遗于师徒之业，在野之守。太宗以降，至于明皇，昔之猾夏用夷，干戈所不能慑，六师所不能征者，东西三万里，南北万余里，无不服教畏神，奉冠带，遣子弟入学，由是我中国文化之行，稍稍及于海外矣。汉之东京，唐之贞观开元，可谓极千载一时之盛，率是道不变虽万世可也。文吏骫法以作奸，而盗贼之乱兴，武夫拥兵以抗命，而藩镇之祸作。自中唐以后，天下大扰，桀黠之徒，哗然各有帝制自为之意，安史倡于始，朱温李克用承其末，天下有武力而无文德，唐既殄其社稷，而学士大夫亦嗒然尽丧其学，五季之乱，又人道绝续之一时也。然天下之祸变已亟矣，而南唐南粤二贤主，犹能保全境内，重文章之士，中原学者多归之。当是时，抱残守坠之儒，遗经独负，恸哭名山，名湮没而不彰矣。有宋崛起，其学始稍稍显于世。夫以彼强藩专命，海宇瓜分，大者数千里，小者亦千里，岂遂乏制治济世之才，而纪纲废坠，杀机滔天，荆榛四望，凄然在目。盖其君皆起自兵间，为骄将悍卒所拥戴，鲜道义之气，案牍积几，瞠目不视，袒腹兀胸，状若搏人。于斯时也，天地闭贤人隐，中原无主，外族得承间以修其政，自辽而金而元以迄于清，皆斐然有奄万国而抚元元之意，彼固毡裘君长，未娴教训，而知我中国之民不可以力胜而定也。因复假应天顺人为名号，诏书四逮，网罗人望，使群黎习而安之，虽其间递振递蹶，而以语言不通、嗜欲不同之族，俨然与我民角区宇而竞生聚者，盖千年，皆五代为之祸始也。赵宋初兴，人才不如汉唐，盖其被摧残而沉灭者，非一日矣。道学诸儒，慨然修孔孟之学，于举世不为之日，泰山安定之徒，非有朝廷强有力者为之提倡而鼓舞也，又非以邀一代之名，范围曲成，相激励而后为此也。当夫雍容讲肄，从者如流，及门之盛，庶几邹鲁，其后讲学之风益盛，虽或家异言而人异旨，要其归，皆以正人心，维风俗为本。读宋元明诸儒学案，辄为之俯仰叹息，掩卷而起曰：夫儒术之为时诟厉久矣。然而操行不疚，洁清自爱，激发羞耻，为后学先，此亦乾坤正气，一息所存，而不可磨灭者也。向使非族浸盛，国耻不振，无讲道谈艺之士，天下皆薾然不复知有亲亲敬长之义，父师之训，荡检踰闲而不恤，我未知其迁流所底又何如矣。然自宋以降，名教严重，人尚端方，乡议毁誉，甚于衮斧，故学者不以致位公卿为尊，而以得为人师为贵，不以禄膴万钟为乐，而以皋比一日为乐，凡此者皆所以表率导民之具，而维教化之本源也。宋明之亡国，其仗节徇义之士，临难不屈，含笑从容，率妻子家人辗转以就于死地，背项相望于道旁，而为旷昔所仅见者，盖其故有所由来矣。当是时，朝廷畏其笔舌，箝制之术时闻，朋辈恣为门户，攻击之风斯炽，陆务观感怀诗曰："在昔祖宗时，风俗极粹美，人材兼南北，议论忘彼此，谁令更植党，更仆而复起，中更金源祸，此风犹未已，倘筑太平基，讲自厚俗始。"呜呼，此古今有心人所蕴结而同慨也。夫以诸先生修道尚义，与民励化，果何辜于世人，然其时狂暴不驯之夫，斥为迂疏，指为诬民惑世，欲杀欲辱，必欲得之而后甘心者，比比也。抑且列碑载道，爰书定名，牵率朋类，负罪入狱，遂令弟子易籍，乡人相引以为戒，而犹未能满忌者之意。我观于南北宋党锢伪学之祸，与夫明季东林复几之事，为流涕不能自已也。故论世之士，谓北宋之亡不亡于金，而亡于章惇蔡京，南宋之亡，不亡于元，而亡有何澹韩诧胄，明之亡，不亡于清，而亡于魏忠贤。盖恶其诛戮贤人，塞道德之途，以至于人物凋丧，民乏则效俗尚卑靡，人类垂尽，而无所救止也。然而节义之士，万仆更起，笃守一先生之说，一家之传，空山歌泣，如闻其声，自清之世，讲学悬为厉禁矣。而私室传经，家弦户诵，往往甘受夷灭而无悔。至于著书独坐，显犯忌讳，逃爵禄，深自晦匿，而但冀百代之下，犹有戚然于灭国亡家之祸，读书而为之兴起者，朝虽易位，而去思不衰，鼎虽更新，而念旧愈笃，若此者，可谓之亡国，而不可谓之亡民。夫当世衰道微之日，古圣贤砥砺廉耻，嬗君臣之义，为师弟子之教，自孔子以后，其流不衰，其源不绝，岸然与朝廷争兴坏存亡之大局，回狂澜于既倒，汇万川而同归，焦唇敝舌，万折不移，历二千余年，无百年无内乱，无二百年无外患，而礼教相承，率循旧物，干戈不能夺，刑戮不能威，夷狄不能猾。由嬴秦而下，变乱相因，递分递合，虽有慕容苻姚之祸，契丹金元清之变，大鼎屡移，而终不能夺天下人一日爱国之心。国虽亡而民不亡，故当其无事，循分乐业，兢兢守法度，供租税，歌颂耕稼，以奉其上，陆贡而海输者，达万里。一旦国家有难，君殉于上，兵溃于下，死丧流离无宁日，而草茅之夫，蹈义以归，存故腊于先人，念高曾之规矩，誓九死以不惧，无亡城降子之辱，民亦何负于天下哉？然则谓天下惟民最贵，惟中国之民最可爱，岂溢誉欤？呜呼，教育之于人大矣哉，我独悲夫今之世，上下相忘于义理志节之大闲，以伪相取，以奸相讦，以名相轧，以利相市，忽公义而急私计。坐令我中国古昔开辟之始，所以辅翼匡直，而惜民之沦于戎夷，陷于禽犊，历数千百年竭心力百计以争之，而犹苦未足者，至今日而澌灭殆尽。呜呼，我于中国之教育无望矣，我于中国之道德教育无望矣。虽然，此岂民之罪哉？我且为言教育者告曰："今之教育，毋徒张大其辞，以为我共和之民，非可以昔日之事泥也。"夫不求所以立国之本，而率不教之民，治以不教之官，放任无主，吾见救经而引其足，亦只速其死而已矣。故必上有学而后下有教。自今言教育，毋遽责备于我民也，所由变化人心荡涤污俗，以庶几中国之幸存者，必自任教育者始。而任教育者，又非徒责之学校之师，与夫教育行政有职司之徒也。人人皆有教育人之责，而必自教育其身始，不然，即令列校如林，附学如蚁，尽人皆读书识字，而习俗如故，人心如故，于我中国又何救哉？诚如是也，我宁黜而聪明，墮而肢体，标枝而处，野鹿而居，浮游不知所往，以从彼浑噩氏之教。

论教有义方*

聂其杰

古之教子，贵有义方。今之新教育家亦竞言教育方法，方者，事之宜也。书册所载古哲所训理有可证情之所安，则吾辈率循之以律身行事，以教训子弟所率循者义方之谓也。世人鲜明此义，故其教子弟读书，惟以取功名博升斗为目的。昔作制艺今习科学，同一用意，此外无学问焉，无教育焉。吾观所谓士大夫之家，其能以德义教子弟者盖鲜矣。亦有耆儒硕学之家，而子弟放荡，帷薄不修者，岂非教之无方之咎哉。予尝思义方之旨，而以为家庭教育，有应具之方法数端。其一教有常时。家人聚居，虽若随时可以施教，实则不然。苟不特定集会训话之时与地，则必散漫无序，或即忽略过去，终等于无教也。陆象山教家，每晨揖三挝鼓，子弟一人唱云："听听听"。劳我以生天理定，若还懒惰必饥寒。莫待饥寒方怨命，又云"听听听。"衣食生身天所定，酒食贪多折人寿，经营太过违天命。柳公绰教，家每平旦，诸子束带省于中门。与弟公权及群从弟再会食，皆不离小斋。烛至，命子弟执经史诵读请益，乃讲说居官治家之法，或论文或听琴。人定然后归寝，诸子复昏定于中门，凡二十年如一日也。陈了翁教家，日与家人会食。食毕，必举一话头令家人答。一日问曰："并坐不横肱何也？"孙女方七岁答曰："恐妨同坐者，此古人有定时施教之法也。"

其二明定宗旨。大抵世人亦多以师资自居而好教人者，彼固以是为有利，

---

* 辑自《学衡》1926年4月第52期。

为至善，然其认为善为利者，未必其果然也。故吾辈必慎思明辨，察其是非利害，以为教家人子弟之取则焉。例如宗教家教人为善者，而必毁宗庙神主，废祭礼，薄视其亲，以求其所谓道者，彼曷尝不自以是为至善也。新学家教人废伦理，弃礼教，以求其所谓解放，发展个性，尊重权力，崇尚恋爱。彼亦以是为能利人也。科学家认科学为世界惟一救星，艺术家认美术为世界第一学问。今日之青年出门所闻见，书报所浏览，此等一孔之说，居最大多数。更有进者，叔季社会养成一种轻薄诡随、模棱龌龊之风习，曾文正公所谓"达官贵人，优容养望，在下者软熟和同，养成不黑不白、不痛不痒之世界"者，孟子所谓"非之无举，刺之无刺，同乎流俗，合乎污世。居似忠信，行似廉洁，众皆悦之。自以为是，是为德之贼"者，今滔滔者皆此类也。故大猾巨慝，充塞社会之上，己固不惭，且复有人从而顶礼赞颂。所谓是非之辨，羞恶之心，今殆无其事矣。青年入世，所习染熏陶者如是，欲其向善也得乎。故吾人不可不具清明之眼光，确切之去取，以为一家之指导，又必自正其身始，盖未有其身不正而能正人者。古之圣贤教人，大抵不仅恃言说，而必以身先之。空言而无实，是谓自欺。外人犹能见其肺肝，况习近之家人子弟乎。故大学言齐家必先正心修身，尤必先诚其意。故谓明定宗旨者，不独定教家之旨趣，尤宜先决自己之志向也。苟不能立志奋发，刻苦自励，从隐微处勘察，慎独以去欺，从难行勉强，克己以复礼，而惟是希望家人子弟之率善，是南辕而北其辙也。求其有济岂可得乎？

其三善立方法。颜渊称孔子循循然善诱人，盖圣贤教人不独空谈理义，而必有其法则焉。其法则之可见者，如孔子曰："里仁为美，择不处仁焉得知。"又曰："工欲善其事，必先利其器。居是邦也，事其大夫之贤者，友其士之仁者。"又曰："益者三友，损者三友。友直、友谅、友多闻，益矣。友便辟、友善柔、友便佞，损矣。"曾子曰："君子以文会友，以友辅仁。"此以择交辅善之法则也。如孔子曰："君子务本，本立而道生，孝悌也者。其为仁之本欤！"曰："爱之，能勿劳乎？忠焉，能勿诲乎？"曰："志于道，据于德，依于仁，游于艺。"曰："博学之，审问之，慎思之，明辨之，笃行之。"此盖以孝弟立本，服劳为诲，学问思辨礼，乐六艺为导善之法则也。二者皆施教之法，不可缺一者也。今之教育，趋重学校。然社会之风习既坏，学校先承其弊。择友辅仁之事宜先从选择学校始，其次则慎己之交游并严察子弟之习友而为之指导警告，庶近益而远损也。至于选择学校专科，预定将来职业亦成败得失之所关，不容轻视者。大抵今日学校，课目繁多。务悦观听为营业计，不顾学生之实际受用，迄于卒业无能谋生，则不得不出于政治一途，以蠹蚀社会，为害人群。犹复放言高论，谓是所以福民利国，卒之人受其害，己亦终败，推原祸始，学校实尸其咎，故择校、择科、择业不可不慎也。学校教育之外，家庭训练实为尤急。大抵学生旦晚课余，星期休假，人所视为游戏宴乐之时，为父兄者，正当格外注意。例如损友招邀旅馆、总会、游戏之场，放荡邪辟者无论矣。至于影戏剧曲，今人所提倡，认为高尚艺术者，诲盗诲淫之影响，视艺术之高致入人为深。今请问唱高调之教育家，彼学生青年与一般社会入剧场之观念与目的，是否与教育艺术家之所得于心者相同。若其不同也，其利害之影响为何如哉。吾非谓青年之不应有娱乐游戏也，吾有见夫人家大抵有种种不正之娱乐游戏，导子弟于恶，而为家长者，绝无方法以导之于善，或竟毫不措意焉，甚可怪也。吾以为宜推古人游艺之意于礼、乐、射、御、书、数之事，变而通之以适于今日之用。为家长者，于旦晚暇刻，集家人于定处，仿柳公绰之法，以琴歌书画或他种正当之游戏为乐。于斯时也，得随时讲论居家为人求学之法，且以渐导以服劳操作之事。又或考其学问闻见，察其交游行事，指抉其不正当之知见、思想、嗜好、趋向，而导之使归于正。以上数端苟家长能行之，庶几使家人子弟日进于善而渐远于恶乎。近人之教家有法而可师者，曾文正公为可称焉。文正值军务倥偬，簿书旁午之际其训课子弟，日有定时。乃至妇女纺绩手工，定有常课，验其成绩。而每日进馔，必今女手作。盖皆寓定时教课之意焉。又推其先德教家之意，以考宝早扫书蔬鱼猪八字，定为教家法则。盖其教家之宗旨及方法，咸具于此八字焉。又衍其意，立治家八本，而其家书中，训诸弟子侄居家为人之道，在在可见。大抵提纲挈领，示人以简而易守之途径，可谓循循然善诱人矣。大抵一家之中，赖有家长为家人思想行事之指导，家运之将兴，则家长必能尽其职责，以教导家人，使之悦服。及其衰也，必其家长缺乏是种之设施与思想者也。或欲教而无其道，故效不可得见也。或空言教责而不以身先之，故虽教而不从也。人莫不望其家之兴，与其子弟之向善，而结果或适得其反，可不深思其故哉。

与刘文典教授论国文试题书*

陈寅恪

叔雅先生讲席，承命代拟今夏入学考试国文题目。寅恪连岁校阅清华大学入学国文试卷，感触至多。据积年经验所得，以为今后国文试题应与前此异其旨趣，即求一方法，其形式简单而涵义丰富，又与华夏民族语言文学之特性有密切关系者，以之测验程度，始能于阅卷定分之时有所依据。庶几可使应试者无甚侥幸或甚冤屈之事，阅卷者良心上不致受特别痛苦，而时间精力俱可节省。若就此义言之，在今日学术界藏缅语系比较研究之学未发展，真正中国语文文法未成立之前，似无过于对对子之一方法。此方法去吾辈理想中之完善方法固甚辽远，但尚是诚意不欺、实事求是之一种办法，不妨于今夏入学考试时试一用之，以测验应试者之国文程度。略陈鄙意，敬祈垂教，幸甚幸甚。

凡考试国文，必考其文理通否。而文理之通与否，必以文法为标准，此不待论者。但此事言之甚易，行之则难。最先须问，吾辈今日依据何种文法，以考试国文？今日印欧语系化之文法，即《马氏文通》“格义”式之文法，既不宜施用于不同语系之中国语文，而与汉语同系之语言比较研究又在草昧时期，中国语文真正文法尚未能成立，此其所以甚难也。夫所谓某种语言之文法者，其中一小部分属于世界语言之公律。除此之外，其大部分皆由研究此种语言之特殊现象，归纳为若干通则，成立一有独立个性之统系学说，定为此特种语言之

---

* 辑自《学衡》1933 年 7 月第 79 期。

规律。并非根据某一特种语言之规律，即能推之以概括万族，放诸四海而准者也。假使能之，亦已变为普通语言学、音韵学、名学或文法哲学等等，而不复成为某特种语言之文法矣。昔希腊民族武力文化俱盛之后，地跨三洲，始有训释标点希腊文学之著作，以教其所谓"野蛮人"者。当日固无比较语言学之知识，且其所拟订之规律，亦非通筹全局及有统系之学说。罗马人又全部因袭翻译之，其立义定名，以传统承用之故，颇有讹误可笑者。如西欧近世语言之文法，其动词完全时间式而有不完全之义，不完全时间式转有完全之义，是其一例也。今评其价值，尚在天竺文法之下，但因其为用于隶属同语系之语言，故其弊尚不甚显著。今吾国人所习见之外国语文法，仅近世英文文法耳。其代名词有男女中三性，遂造她它二字以区别之，矜为巧便。然若依此理论，充类至尽，则阿剌伯（今译阿拉伯）、希伯来等语言，动词亦有性别与数别，其文法变化皆有特殊之表现。例如一男子独睡为男性单数，二男子同睡为男性复数；一女子独睡为女性单数，二女子同睡为女性复数；至若一男子与一女子同睡，则为共性复数。此种文法变化，如依新法译造汉字，其字当为"㑷"。天竺古语，其名词有二十四啭，动词有十八啭，吾中国之文法何不一一仿效，以臻美备乎？世界人类语言中，甲种语言有甲种特殊现象，故有甲种文法；乙种语言有乙种特殊现象，故有乙种文法。即同一系之西欧近世语，如英文名词有三格，德文名词则有四格；法文名词有男女二性，德文名词则有男女中三性。因此种语言今日尚有此种特殊现象，故此种语言之文法亦不得不特设此种规律，苟违犯之者，则为不通，并非德人作德文文法喜繁锁，英人作英文文法尚简单也。欧洲受基督教之影响至深，昔日欧人往往以希伯来语言为世界语言之始祖，而自附其语言于希伯来语之支流末裔。迄乎近世，比较语言之学兴，旧日误谬之观念得以革除，因其能取同系之语言，如梵语、波斯语等，互相比较研究，于是系内各个语言之特性逐渐发现，印欧系语言学遂有今日之发达。故欲详知确证一种语言之特殊现象及其性质如何，非综合分析、互相比较以研究之不能为功。而所与互相比较者，又必须属于同系中大同而小异之语言。盖不如此，则不独不能确定，且常错认其特性之所在，而成一非驴非马、穿凿附会之混沌怪物。因同系之语言，必先假定其同出一源，以演绎递变隔离分化之关系，乃各自成为大同而小异之言语。故分析之综合之，于纵贯之方面剖别其源流，予横通之方面比较其差异。由是言之，从事比较语言之学必具一历史观念。而具有历史观念者，必不能认贼作父，自乱其宗统也。往日法人取吾国语文，约略摹仿印欧系语之规律,编为汉文典,以便欧人习读。马眉叔效之,遂有文通之作,于是中国号称始有文法。夫印欧系语文之规律,未尝不间有可供中国文法之参考及采用者,如梵语文典中语根之说是也。今于印欧系之语言中,将其规则之属于世界语言公律者除去不论,其他属于某种语言之特性者,若亦同视为天经地义、金科玉律,按条逐句,一一施诸不同系之汉文,有不合者,即指为不通。呜呼,文通,文通,何其不通如是耶!西晋之世,僧徒有竺法雅者,取内典外书以相拟配,名日"格义",实为赤县神州附会中西学说之初祖。即以今日中国文学系之中外文学比较一类之课程言,亦只能就白乐天等在中国及日本之文学上,或佛教故事在印度及中国文学上之影响及演变等问题互相比较研究,方符合比较研究之真谛。若不如此,便是"格义"之学。盖此种比较研究方法,必须具有历史演变及系统异同之观念。否则,古今中外人天龙鬼无一不可取以相与比较,荷马可比屈原,孔子可比哥德,穿凿附会,怪诞百出,莫可追诘,更无所谓研究之可言矣。

比较研究方法之义既如此,故今日中国必先将国文文法之格义观念摧陷廓清,然后遵循藏缅等与汉语同系语言比较研究之途径进行,将来自可达到真正中国文法成立之日。但今日之吾辈,既非甚不学之人,故羞以格义式之文法自欺欺人,用之为考试之工具;又非甚有学之人,故又不能即时创造一真正之中国文法,以为测验之标准。无可奈何,不得已而求一过渡时代救济之方法,以为真正中国文法未成立前之暂时代用品,此方法即为对对子。所对不逾十字,已能表现中国语文特性之多方面。其中有与高中卒业应备之国文常识相关者,亦有为汉语汉文特殊优点之所在,可籍以测验高才及专攻吾国文学之人,即投考国文学系者。略分四条,说明于下:

(甲)对子可以测验应试者能否知分别虚实字及其应用。

此理易解,不待多言。所不解者,清华考试英文,有不能分别动词名词者,必不录取,而国文则可不论。因特拈出此重公案,请公为我一参究之。

(乙)对子可以测验应试者能否分别平仄声。

此节最关重要,乃数年阅卷所得之结论,今日中学国文教学必须注意者也。吾人今日当然不依《文镜秘府论》之学说,以苛试高中卒业生。但平仄声之分别,确为高中卒业生应具之常识。吾国语言之平仄声与古代印度希腊拉丁文同,而与近世西欧语言异,但其关于语言文学之重要则一。今日学校教学英文,亦须讲究其声调之高下,独国文则不然,此次殖民地之表征也。声调高下与语言迁变、文法应用之关系，学者早有定论。今日大学本科学生有欲窥本国音韵训诂之学者，岂待在讲堂始谓平仄乎，抑在高中毕业以前，即须知天子圣哲、灯盏柄曲也？又凡中国之韵文，诗赋词曲无论矣，即美术性之散文，亦必有适当之声调。若读者不能分平仄，则不能完全欣赏与了解，竟与不读相去无几，遑论仿作与转译。又中国古文之句读，多依声调而决定，印欧语系之标点法不尽能施用于中国古文。若读者不通平仄声调，则不知其文句起迄，故读古书往往误解。《大正一切藏经》句读之多讹，即由于此。又汉语既演为单音语，其文法之表现，即依托于语词之次序。昔人下笔偶有违反之者，上古之文姑不论，中古以后之作，多因声调关系，如“听猿实下三声泪”之例。此种句法虽不必仿效，然读者必须知此句若作“听猿三声实下泪”，则平仄声调不谐和，故不惜违反习惯之语词次序，以迁就声调。此种破例办法之是非利弊，别为一问题，不必于此讨论。但读此诗句之人，若不能分别平仄，则此问题于彼绝不成问题。盖其人读“听猿实下三声泪”与“听猿三声实下泪”皆谐和，亦皆不谐和，二者俱无分别。讲授文学而遇此类情形，真有思惟路绝、言语道断之感。此虽末节，无关本题宏旨，所以附论及之者，欲使学校教室中讲授中国文学史及词曲目录学之诸公得知，今日大学高中学生其本国语言文学之普通程度如此。诸公之殚精竭力，高谈博引，岂不徒劳耶？

据此则知平仄声调之测验应列为大学入学国文考试及格之条件，可以利用对子之方法以实行之。

（丙）对对子可以测验读书之多少及语藏之贫富。

今日学生所读中国书中，今人之著作太多，古人之著作太少，非谓今人之著作学生不可多读。但就其所读之数量言，二者之比例相差过甚，必非合理之教育，亟须矫正。若出一对子，中有专名或成语，而对者能以专名或成语对之，则此人读书之多少及语藏之贫富可以测知。

（丁）对子可以测验思想条理。

凡上等之对子，必具“正”、“反”、“合”之三阶段。平生不解黑智儿（一译黑格尔）之哲学，今论此事，不觉与其学说暗合，殊可笑也。凡对一对子，其词类声调皆不适当，则为不等，是为下等，不及格，因其有“正”而无“反”也。若词类声调皆适当，即有“正”又有“反”，是为中等，可及格。此类之对子至多，不须举例。若“正”及“反”前后二阶段之词类声调不但能相当对，而且所表现之意义复能互相贯通，因得综合组织，别产生一新意义，此新意义虽不似前之“正”及

“反”二阶段之意义显著于字句之上，但确可以想象而得之，所谓“言外之意”是也。此类对子既能备具第三阶段之“合”，即对子中最上等者。赵瓯北诗话盛称吴梅村歌行中对句之妙，其所举之例，如“南内方看起桂宫，北兵早报临瓜步”等，皆合上等对子之条件。实则不独吴诗为然，古来佳句莫不皆然。岂但诗歌，即六朝文之佳者，其篇中警策之俪句亦莫不如是。惜阳湖当日能略窥其意，而不能畅言其理耳。凡能对上等对子者，其人之思想必通贯而有条理，决非仅知配拟字句者所能企及，故可借之以选拔高才之士也。

昔罗马西塞罗(Cicero)辩论之文，为拉丁文中之冠。西土文士自古迄今，读之者何限，最近时德人始发现其文含有对偶。拉丁非单音语言，文有对偶，不易察知，故时历千载，犹有待发之覆。今言及此者，非欲助骈俪之文，增高其地位，不过藉以说明对偶确为中国语文特性之所在，而欲研究此种特性者，不得不研究由此特性所产生之对子。此义当质证于他年中国语言文学特性之研究发展以后，今日言之，徒遭流俗之讥笑。然彼等既昧于世界学术之现状，复不识汉族语文之特性，挟其十九世纪下半世纪“格义”之学，以相非难，正可譬诸白发盈颠之上阳宫女，自矜其天宝末年之时世装束，面不知天地间别有元和新样者在，亦只得任彼等是其所是，而非其所非。吾辈固不必、且无从与之校量也。尊意以为如何？

说今日教育之危机*

胡先骕

中国教育之改革，其动机由于西方文化之压迫，此盖人所知者也。中国在未有新式教育之先，未尝无教育。旧式之教育虽无物质的科学，与夫曾经用科学方法所组织之社会科学，然人文主义之学问，如经学、文学、史学等，固不亚于欧洲中世纪之时也。自清季国势学浸衰，外侮日至，国内执政者，渐知吾国物质教育之缺乏，于是曾文正始有派遣幼童出洋留学之举。然当时犹以为吾国所缺者物质科学耳，造枪炮、建战舰耳。至戊戌庚子以还，言新学者，始昌言政治之改革，于是纷纷赴日本习法政，国内学校亦逐渐成立。然习新学者，犹信中学为体，西学为用之说。在国内政府设立之学校，舍西方之科学外，犹极重视固有之旧学。赴日留学者亦多素有国学之根底，而学政法者，以欲归国后为显宦，居高位，故亦不敢放弃旧学。当时教会所立之学校，在科举未停时，甚且授学生以八股文。至彼不通国学之欧美留学生，亦惟有自认其短，但求充技术人员、外交人员而已。至宣统元二年，美国退还庚子赔款，赴美国留学者乃骤众。而留日学生之政治革命、种族革命之运动，亦以成功。清室以之颠覆，政府以功名羁靡人士之法亦废。最后至民国六年，蔡孑民先生长北京大学，胡适之、陈独秀于《新青年》杂志，提倡“新文化”以来，国人数千年来服膺国学之观念，始完全打破。于是由研究西方物质科学、政治科学，进而研究西方一切

---

* 辑自《学衡》1922 年 4 月第 4 期。

之学问矣。吾国二三十年来提倡“西学”之目的，至是始具体得达。自表面上观之，新文化至是始有切实之进步。自兹以往，普及教育，发达物质学术，促成民治，建设新文化，前途之希望方且无量。孰知西方文化之危机，已挟西方文化而俱来，国性已将完全澌灭，吾黄胄之前途，方日趋于黑暗乎。吾非故作骇人听闻之言也，吾非反对西方文化也。吾即亲受西方教育，而并深幸得受西方教育之人也。今日西方文化最受人攻击者，厥为过重物质科学，而吾又适为治物质科学之人也。然竟作此危言者，则以吾人之求西方文化之动机，自曾文正派遣幼童出洋留学以来，即不正当。美国哈佛大学文学教授白璧德 Irving Babbitt 以为欧洲文艺复兴运动之鄙弃古学，不免有倾水弃儿之病，吾则谓吾人之习西方，亦适得买椟还珠之结果。不但买欧人之椟而还其珠也，且以尚椟弃珠之故，至将固有之珠而亦弃之，吾国教育之危机可想见矣。

吾国为世界一大文化之中枢，而为惟一现存文化发源之古国。五千年来，虽屡经内乱，屡为外族所征服而至今巍然尚存，此非偶然之现象也。梁任公以为吾民族之成绩，为能扩张版图，同化异族，使成为一大民族。此但就表面观察而言，至吾族真正之大成绩则在数千年中能创造保持一种非宗教而以道德为根据之人文主义，终始勿渝也。中国二千六百年来之文化，纯以孔子之学说为基础，尽人能言之。孔子之教则正心、诚意、修身、齐家、治国、平天下，克己复礼，以知仁勇三达德，行君臣、父子、夫妇、昆弟、朋友五达道者也，又以中庸为尚，而不以过与不及为教者也。其学说自孟荀光大、汉武表彰以来，加以宋明程朱陆王诸贤之讲求，已成中国惟一之习尚。虽思想以学定一尊，而或生束缚，然国民性之形成，惟兹是赖其教义之深入人心，至匹夫匹妇每有过人之行，惊人之节。白璧德教授以为中国习尚，有高出于欧西之人文义者，以其全以道德为基础。故询知言也。

夫教育之陶冶人才，当有二义：一为养成其治事治学之能力，一为养成其修身之志趣与习惯。如昔时所谓之六艺与文章政事、今日之学术技艺属于前者，之所以造成健全人格使能正心诚意修身齐家者则属于后者。二者缺一，则为畸形之发达。欧西文化在希腊鼎盛之时期，苏格拉底、柏拉图、亚里士多德诸贤讲学，咸知二者并重。至中世纪，则基督教亦能代希腊文化，以教人立身之道。在中国，则自孔子同时主张博学笃行以来，知行合一，已为不刊之论。泛观欧西近世学术史，每觉有博学明辨与笃行无关之感，于是知中国文化之精美，而能推知其所以能保持至于今日之故也。

在今日物质科学昌明之时，吾国之所短，自当外求。曾文正之送学生出洋，立同文馆、制造厂、译书局，其宗旨归在求此物质科学也。然以当时不知欧西舍物质科学外，亦自有文化，遂于不知不觉中，生西学即物质科学之谬解，浸而使国人群趋于功利主义之一途。彼旧学家，一面既知物质科学之不可不治，一面复以人文主义之旧学不可或弃，乃倡中学为体、西学为用之说。然一般青年，则认此为旧学派抱残守阙者之饰辞，而心非之，以为既治西学，则旧日之人文学问必在舍弃之列。虽清季学校尚极重视旧学，然一般青年只认之为不得不遵循之功令，初无尊崇信仰爱重之心也。以吾自身在学校之经验言之，同学中以意气相尚者有之，以文学相尚者有之，以科学相尚者有之。或欲为实业家，或欲为政治家，或欲为学问家，高视阔步，自命不凡者，比比皆是。独无以道义相砥砺、圣贤相期许之风尚，盖功利主义中人已深矣。至美国退还庚子赔款，以为选送学生赴美留学之资，国人亲承西学之机日众。民国以还，留学考试既废，已不须国学为猎取仕进之敲门砖，功利主义之成效，亦以银行交通制造各事业之日增而益著。其不为功利主义所动者，又以纯粹科学为其最高洁之目的，盖不待新文化之狂潮，旧日之人文学问已浸趋于灭矣。

吾当细思吾国二十年前文化蜕嬗之陈迹，而得一极不欲承认之结论，则西方文化之在吾国，以吾欧美留学生之力，始克成立。而教育之危机，亦以吾欧美留学生之力而日增。吾国文化今日之濒于破产，惟吾欧美留学生为能致之。而旧文化与国民性之保存，使吾国不至于精神破产之责，亦惟吾欧美留学生，为能任之也。其所以然者，亦种种因缘以酿成之，上文吾曾云，教育常包有治事治学与修身之二义，今试以西方之教育而论，二者亦并不偏废也。在欧美各邦基督教义，已成社会全体之习尚，其认道德与基督教义，几为一物。亦犹吾国之认道德与孔子教义几为一物也。欧美诸邦，信基督教者，十居其九。彼孩提之童，自喃喃学语以来，父母即朝暮教之祷祝。至束发受书，圣经乃与一切学问，同时并授其社会上历史上之模范人物，莫非基督教义最高尚之表现，其文学之作品莫不包涵基督教与希腊哲学之精神。至学校之教育，除物质科学外，人文学问亦极重视。故其教育所陶冶之人才，除有治事治学之能力外，修身之志趣习惯，亦已养成之。此种修身之教育，吾国旧学固已备具。苟国人诚知保其所长而补其所短，宁非幸事。奈一般青年，误认治事治学为教育之惟一目的，对于正心修身之旧学，常弁髦视之，甚或鄙夷之为迂阔。又吾国人宗教观念素称薄弱，而基督教又为异教，故虽或貌为皈依，然信之终不能如欧美人民之诚挚。及至留学之日,对于欧美之人文学问,又以身为外人,浅尝辄止,以身为外人之故,而复能得学校教师之原谅。且以身羁异国,日力不给,吾国所需者为专门家,故以全力治专门学,而无暇顾及他人之文学问。即或治此种学,然亦以专门家之眼光视之,结果亦不过成为一种专门学而已。初不求借镜之以为修身之轨范,故欧美留学生多有专门之学,能胜专门之职务,而甚少可称为有教育之人,及其返国而为社会服务也,其弊乃立见。就其最佳者而言,亦只能以其专长供社会之用,不为社会之恶习所濡染,不失为洁身自好之士而已。再进则亦仅能热心研究提倡其专门之学,引起国人重视此项学问之心而已。至于立身,则以无坚毅之道德观念,故每易堕入悲观,进退失据。若不得志,固不免怨天尤人。即处境较佳,则又因物质欲望之满足而转觉人生之无目的。盖此类学者,其求学时代之惟一愿望厥在名成业就,及此目的已达,则惟一之精神刺激已去,乃渐觉其十数年来学校中胶胶扰扰之生活,为无意义矣。此纯粹之知慧主义之流弊也。若再遇一二拂逆之事,精神将益委顿,结果则惟抱混世主义,其下者,乃浸为社会恶习所软化,否则抱厌世观念,甚或至于风魔与自杀矣。其次者,则纯为功利主义之奴隶,其目的惟在致富。苟能达此目的,不惜牺牲一切以赴之。对于家庭、社会、事业之责任,咸视为不足重轻。故任教育之责者,但图一再兼职,以求薪金无限之增加。为医士律师者,则视病家及当事者之肥瘠,以为敲诈勒索之标准。任工程之责者,不惜随腐败之官吏为俯仰,以为巩固地位之方法。对于其职责之良窳,初不置意,其最不肖者,在求学之初,即无高尚之目的,一入社会则随波逐流,沉溺不返,社会恶习无一不染。无论所任何事,其腐败皆可较今日最恶劣之官吏而过之,此皆畸形教育之害也(吾非谓全体欧美留学生皆如此然,此种欧美留学生实居多数,则可断言者也)。

即彼自命为新文化之前锋者,亦与上举之人物无别。其求学之时,惟一之愿望为在社会上居高位、享盛名。自来既无中正之修养,故极喜标奇立异之学说,以自显其高明,既不知克己复礼为人生所不可缺之训练,故易蹈欧西浪漫主义之覆辙,而疾视一切之节制,对于中西人文学问,俱仅浅尝,故不能辨别是非,完全不顾国情与民族性之何若。但以大无当之学说相尚,同时复不受切磋,断不容他人或持异议。有之则必强词夺理以诋諆之,结果养成一种虚骄之学阀,徒知哺他人之糟,啜他人之醨,而自以为得,使中国旧有之文化日就澌灭。欧西偏激之学说风靡全国,皆此种学者之罪也。

此种崇尚功利主义之习，固不但欧美留学生为然，而吾独归罪于欧美留学生者，则以欧西之功利主义，惟吾欧美学生为能代表之，吾国固有之文化，惟吾欧美学生为敢诋毁之也。尝考吾国之提倡物质科学也，国内学校，虽施有科学教育，然仅浅尝，未能见之实施也。至留学日本者，又多习政法，其习物质科学者，亦多未能深造，故国人对于功利主义之信仰，不以国内学生或日本留学生之成绩而加坚。至欧美留学生，则亲承欧美物质文明之陶冶，而具有充分之技能，泛观今日国内之铁路、机械、化学、矿冶工程师，大多数为欧美留学生也。各种高深之科学家，大多数为欧美留学生也。加以欧西之文学哲学，亦以亲炙其教之欧美留学生言之较详，他人亦以其亲炙其教，而不敢或疑其语为诬枉在社会一般之眼光，已见其物质文明之成绩如彼，复闻其精神文明之议论如此，自不免为之潜移默化。加以任最高教育之责者，复为欧美留学生。国内学生之愿望，亦为他日得为欧美留学生。故以欧美留学生而提倡功利主义，诋毁旧学，自不难有风行草偃之势，即有二三老辈，偶一答辩，社会亦惟嗤之为顽旧而已矣，夫如是吾乃不得不谓吾国固有文化今日之濒于破产者，惟吾欧美留学生为能致之也。

吾人今日皆知痛诋政府官僚之腐败，而鲜察国民道德之堕落，已至何等程度，复不知政府之所以腐败，国民道德之所以堕落，完全由于崇尚功利主义之故，尤不知挽救今日政治腐败之法，厥维提倡已视为腐旧而以节制为元素之旧道德。今日中国之现象，固不仅上无道揆，下无法守已也。人欲横行，廉耻道丧，已至于极点，洪宪党人之阿庚袁氏，固已丑态百出，然今日之堂堂国务总理，即洪宪罪魁也。苟非以武人之反对，则此洪宪罪魁，且继续居总揆之地位矣。当彼未登台之先，海内方且以整顿财政之重任而属望于此公矣。又彼号称为清室忠臣之张动，既已旗帜大明，为清室复辟之谋主，则失败之后，宜若不再为民国服官，以全其臣节也，然已为林垦督办。且更有大欲，而谋为督军巡阅矣。洪宪时代阿媚取容之人，至今日又可高谈民治主义，而为人力车夫会长矣。以革命之首功，乃可为洪宪罪魁，又更为西南义军首领矣。在昔曰士君子苟有一二较此为小之失德，即足使至友绝交，社会不齿，在今日不但友人不加深责，即社会亦漠然视之，以为官吏之固然，宁非国民之社会观念，日趋于退化乎，不但素以腐败著称之官吏，腐败至于此极也。今试观一般之社会，金钱之崇拜，投机事业之发达，拐骗欺诈罪恶之日增，诲淫诲盗之戏剧小说之风行，据书业中人言，今日最流行之出版物，厥为某名流赞为写实小说之《黑幕大观》

《妇女孽镜台》《中国恶讼师》等小说。即有识者所视为不中正而富有流弊之新文学书报，销行亦初不广。凡此皆为国民道德堕落之证也。不知者以为此种现象，首先由于袁世凯之任用佥壬，至有上行下效之影响；再由于民治主义不发达，法治之习尚不立；至国民无监督政府之能力，实则崇拜功利主义鄙弃节制的道德有以酿成之也。吾尝考鄙弃节制的道德之运动，已与功利主义之运动，在清光绪间同时发轫。政治之腐败，在李文忠当国时，已启其端，至袁世凯，乃广植私党，汲引佥壬，逐渐造成今日之政局。而社会一方面，戊戌维新之时，即有矜奇炫博之习，如康南海之创孔子改制、春秋三世、小康大同，抑荀扬孟诸学说，谭浏阳之著仕学。梁任公东渡后，国内外言诗则主龚定庵，言佛教则尚大乘，言理学则尊阳明。放言高论，不一而足，此皆欲脱离昔日节制的道德之动机也。且当时之言新政，亦以输入物质文明为主旨，彼时之维新教主康南海，日后非著有物质救国论乎。故虽辛亥革命，与夫今日之极端唾弃旧学，崇尚功利主义，为康南海所不及料，然其破弃旧习之新异学说，实其滥觞也。破除旧习，疾视节制，崇尚功利主义之风，自此日甚一日，至有今日廉耻道丧。人欲横行之现象，苟不及时挽救，则日后科学实业愈发达，功利主义之成效愈昭著，国民道德之堕落，亦将愈甚，而吾数千年之古国，或将有最后灭于西方文化之恶果矣，可不惧哉。

近日之新文化运动者，虽自命提倡艺术哲学文学，骤视之，似为今日功利主义之针砭，实则同为鄙弃节制的道德之运动。且以其冒有精神文明之名，故其为害，较纯粹之功利主义为尤烈焉。今日社会主义共产主义诸运动最重要之特征，厥为认物质的享用为人类一切文明之根本，苟经济之分配能得其平，则太平可立致。马克思之唯物历史观，即此思潮之代表也，其求达此郅治之方法，不在节制的道德，乃在阶级之相仇。某旧学家尝有言，欧洲美德中无一让字，吾闻其言深许其能切中西方文化之症结也。今日资本主义之弊害，正为不知节制物质之欲望，故贪得无厌致酿成今日贫富悬殊之现象。同时社会主义家救济之方法，乃不求提倡节制的道德，而惟日日向无产阶级，鼓吹物质的享用为人生惟一之幸福之学说，而嗾其仇视资本阶级，虽暴动残杀，亦许之为正义，此以暴易暴之道也。今日新文化所主张之文学哲学之精神，亦正类此，非极端之写实主义、自然主义，即极端之浪漫主义、象征主义，绝非中正和平涵养性情之作品，不求正心诚意，而高谈博爱，不能修身齐家，而肆言互助。己不立能立人，己不达能达人，天下有此理乎？吾徒见其引导青年于浮嚣虚骄之习，而终无补于世道人心耳。

今日中国社会之领袖，舍吾欧美留学生莫属，此无庸自谦者也。吾辈既居左右社会之地位，则宜自思其责任之重大，而有以天下为己任之心。切宜自知偏颇教育之弊害，庶于求物质学问之外，复知求有适当之精神修养，万不可以程朱为腐儒，以克己复礼为迂阔。一人固可同时为牛顿、达尔文、瓦特、爱迪生与孔子、孟子也。对社会，亦宜提倡节制的、道德中正的学说，使一般少年不致为功利主义浪漫主义之奴隶，庶几物质文明与精神文明，得以同时发达，则新旧文化咸能稳固。社会之进步，政治之修明，虽目前未能实现，二三十年后，终能成也，斯乃吾欧美留学生与一般社会学者、教育学者之真正使命。苟不漠视，则中国其庶几乎。

今日中等教育界之紧急问题*

刘永济

余草此文，盖本之平时之观察及历年之经验，藏之中心，如鲠在喉，久欲吐之而未能，虽语涉于狂而旨近于切，要皆发于中之不忍。不得已于言，罪我非敢辞，谅我非敢望，如以为所言尚不失为千虑之一得，狂言而圣取则庶几私心所祷祝者矣。

余之所谓紧急问题而属于中等教育者，此问题当中等教育而最紧急也。中等教育，上承大学而下接小学，为教育成败之中枢，为学生优劣之关键，为世运隆污之机纽，为文明兴衰之管钥，为国家治乱之权衡，其地位与时期至重要。故其间之问题亦至紧急，非谓大学小学中无此问题，亦非谓大学小学中有此问题而不紧急也。

余之所谓紧急问题而属于今日中等教育者，此问题当今日而最紧急也。今日为何日，凡有血气者，无不痛哭流涕道之矣。今日为何日，凡有血气者，无不腐心摧肝疾之矣。今日为何日，凡有血气者，无不声嘶力竭奔走之矣。今日为何日，凡有血气者，无不彷徨战栗恐惧之矣。然则今日之中等教育，其重要为如何，其问题之紧急为何如。

余之所谓今日中等教育界之紧急问题者，此问题所关，及于一国之存亡治乱，而皆本于今日之中等教育也。非谓中等教育之于智识有未高深也，此问题

---

* 辑自《学衡》1923年8月第20期。

不先决，则智识虽高深，而结果适足以阶乱。又非谓中等教育之于道德有未精详也，此问题不先决，则道德虽精详，而结果特等于奇零。又非谓中等教育之于体力有未强壮也，此问题不先决，则体力虽强壮，而结果驯至于戕贼。智识、道德、体力之在中等教育，其问题之多、方法之密，固早已为教育家所留心而研究者矣。其关系为恒久与普遍之事，固已非可谓为一时一地之紧急问题，更何待余之呶呶辞费哉。且试观今日之国中，智识高深者有之矣，道德精详者有之矣，体力强壮者，更所在皆是矣。教育之方法，或效之日本，或取之美利坚，或师于杜威，或学于道尔顿，其言则盈野盈庭，其书则汗牛充栋，然而今日为何日，何以痛哭流涕腐心摧肝声嘶力竭彷徨战栗者如此其多，而国事蜩螗如沸如羹，如此其甚也，此其中必有故焉。余不知当世之人其亦曾留心及此否也，当世之教育家其亦曾一思及此否也，又不知思之而已得见其症结，而有以补救之否也，其症结要不可谓无，症结惟何，则余之所谓紧急问题也。

虽然问题之生也，必有其因，其发也，必有其象，亦犹症结之起必有其原，而其成必有其状也，此问题为何，其生何因，其发何象，即余今日之所当论者矣。循其象，探其因，而后可以言补救之法，而后可以收完善之功，而后可以了教育之责，而后可以质诸天地鬼神而无愧，而后可以不负于古人、不羞于来者，而后五千年声名文物之古国可以不亡，四万万羲农黄帝之神胄可以不灭。

盖尝闻之曰："治世之音安以乐，其政和；乱世之音怨以怒，其政乖；亡国之音哀以思，其民困。"岂民之音声有以异哉？世之治乱，政之和乖，感召于无形而后发以成象也。又尝闻之曰："其哀心感者，其声噍以杀，其乐心感者，其声啴以缓，其喜心感者，其声发以散，其怒心感者，其声粗以厉，其敬心感者，其声直以廉，其爱心感者，其声和以柔。"六者非性也，感于物而后动，是故先王慎所以感之者。此先儒论乐之精义，而余述之者，以见治乱之世，和乖之政，其感召切于人心有如是也。又以见留心世变者，当由音以察心，而后可以转移国运也。当今朝野明达之士，其莫大之宏愿，岂非欲以教育为转移国运之具哉？然则今日人心之所感，在所当察矣，今日之所以感人心者，亦在所当慎矣。国家无生命，以其国之青年为其生命；国家无精神，以其国之青年为其精神。质言之，国家无心，以其国之青年为其心，中等学校者，全国青年所经之要路也，青年之生命养于是，青年之精神培于是，青年之心维护发育于是，青年之心而啴缓发散直廉和柔则国家安乐，青年之心而噍杀粗厉则国家危苦。率全国啴缓发散直廉和柔之青年以从事于学问事业，则其学问事业必光大而久远，率全国噍杀粗厉之青年以从事于学问事业，则其学问事业必浅薄而偾败。此又理之所必至，事之所当然者矣。是故青年之心，实系国家之治乱存亡，而教育青年之人，所当调护爱惜者矣。

试观今日之执政柄者，其所举措，有不足以使国人噍杀粗厉者乎？今日之倡言论者，其所指陈有不足以使国人噍杀粗厉者乎？今日之国人，其所见所闻，何莫非使其心噍杀粗厉者，是则人心之所感，与所以感人心者，固无一不足以致危苦矣。危苦之极，则必致怨以怒，怨以怒久，则几何而不哀以思哉？余闻俄之将乱也，其青年愤执政之专横而怒者皆是也，俄之方乱也，其国之青年，转而入于荒淫放诞纵情恣乐于一时者日多也。余又征之于历史，六朝之祸乱相寻也，则其时风气纵轶于礼法之表，五代之残杀相仍也，则其时世俗颓靡于文教之外，凡此孰非感召之自然相成者哉。小学学生，情识未臻发达，固无论矣。大学学生，年事较长，学识较高，亦无论矣。独中等学校之学生，识未尽充而情正炽烈，更事尚少而遇事勇为，涉世未深而救时心切，使当平世，尚不至于横被冲荡以失其平衡发展之程序，乃不幸当此危苦之极时，于是秉其炽烈之情，辅其未充之识，本其救时之心，鼓其勇为之气，虽无有激动之者，已尝觉其怨以怒矣。一旦遇国家有内忧之患之事，报纸以漫无限制之文字为鼓吹，教员以慷慨激昂之言论相激荡，于是宁废学业舍生命以赴之，以为此而不争，学业将何为？此而不争，生命将何用？使其所为而幸成，则又以涉世浅更事少之故，必将谓天下事固易为，吾何事而不可为，是则长其骄慢之习，使其所为而不成，则亦以涉世浅更事少之故，必叹息天下事不可为，则将痛恨人世为万恶。是则挫其英迈之气，于是强者必至于嫉世，而懦者必至于厌生，嫉世之极者间接足以杀人，厌生之极者直接将以自杀。即令教者学者，同出于纯白之心，无丝毫利名之见，其结果之不堪设想已如此，岂不大可哀乎？夫致全国青年以日至于杀人自杀之途，是谓杀人以教。杀人以教，则其与教育之本旨相去何止万里，天下问题之紧急者，孰有甚于此？

然而推寻其所以至此之因，盖未熟察其心之所感，与慎择其所以感其心者耳。人莫不有情，而青年之情尤富。富于情者，其感于外也尤易，人情有所拂郁，有所激荡，则耳目手足失其度。当此之时，虽有高深之智识，亦无以平躁急之气，且或以滋横决之祸。虽有精详之道德，亦无以安杌臬之象，且反以为迂阔之谈，虽有强壮之体力，亦无以资进业之用，且卒以助血气之暴夫。至于智识、道德、体力俱失其用，则其教育之力亦微矣，安望其转移国运哉！天下问题之紧急者，孰有甚于此？

或曰：如子之言，必将使全国之青年，日入于麻木不仁之域，视国家之危苦如不见闻，一任彼佥任之徒，弄权窃柄，丧地辱国，而漠然无动于衷，然后可以兴教而立国乎？曰：不然。今日何日，余岂独不知，亦忝为人，余岂独无情？余特不忍今日之青年之噍杀粗厉，以怨怒，以哀思，而后发为此言也。余固言教育青年之人，当调护爱惜青年之心也。余固思所以平其躁急之气，安其杌臬之象，而后可望其进业也。如有惑于余言者，请诵孟子之言以告之，孟子处战国祸乱之时，而其所以自勖者，则曰："天之将降大任是人也，必先苦其心志，劳其筋骨，饿其体肤，空乏其身，行拂乱其所为，所以动心忍性，增益其所不能。"又曰："入则无法家拂士，出则无敌国外患者，国恒亡，然后知生于忧患而死于安乐也。"又其诏告子曰："持其志无暴其气者，何也？曰志壹则动气，气壹则动志也，今夫蹶者趋者是气也，而反动其心。"又曰："我善养吾浩然之气。"孟子持以抵御环境者，浩然之气也。其志趣何其坚定而力量何其雄厚，安危苦乐安能乱其心哉？且以安危苦乐而乱其心者，其结果有不至于余前之所云者，盖亦希矣。此固年来之真相实情也，余岂好为此危悚之言以骇世之人哉，如有仍惑于余言者，请更征日本之事以证之。日本当明治维新之初，其国人亦尝有怨怒者矣。其国人之所感，亦尝有噍杀粗厉者矣。然而政治家如伊藤博文、教育家如福泽谕吉，下而至于尊皇攘夷之民间青年志士，无不以日本决不至亡，彼等青年决可挽救其危，为唯一之帜志，为不刊之信条，故其国家能转危为安。盖青年心力实有可以致国家治乱存亡之功，苟率全国之青年皆以国必不亡为心，皆以己力必能挽救为志，则其志定为虑明志定，而虑明则其学问可成而事业易就，无呼号奔走之劳，无倒行逆施之举，而收转移国运之功甚大，岂若挟泰山超北海之难为哉？古人所谓多难兴邦者，盖无有不用此道者，国之青年果能内师孟子养气之功，外效日本维新之智，亦安用余为此危悚骇世之言哉？余所谓补救之法，要以此为准的也。

或曰：中等学校之青年，诚有如子所言者矣，然而其智识固日新而月异者也。即使一时激于情，而从事于呼号奔走，安见其不自省悟于异日，奚用为之偲偲过虑哉？曰：然，余之发为此论，固非以之责青年也，又非敢断其异日必无进步也。特以今日之青年，即为将来国家重要之人物，中等学校之时期，又为青年一生重要之关键有教育之责者，自当调护爱惜之。未可使其纯粹健全之精神，稍有损伤，致误其平衡发展之程序，且妨害其他日之学问事业也。余之为此言，固为教人者劝耳。且余尝见之矣，青年当激刺之来，既不知所以堪忍，又于其是非利害，未易加以辨别，于是闻人有叹息国势之阽危者，则必以为亡在眉睫；闻人有痛恨政治之窳败者，则必以为祸在旦夕；闻人有指斥社会片面之黑暗者，则必以为全社会皆毒螫；闻人有嗟悼人生少数之疾苦者，则必以为全人生皆汤镬；甚至闻人有怨其父母者，亦将以为一国之父母皆若是；闻人有怒其兄嫂者，亦将以为一国之兄嫂皆若是；闻人有诋諆先儒之礼教古代之典籍者，亦屏营迷罔而莫知所适从。于是一若天地不仁，置万劫不返之罪恶黑暗于其一肩者然，其所感之痛苦，大足以损伤其精神。此今日之青年所以多烦冤沉闷也。及其识日长，学日进，而阅事亦日多，虽有翻然觉其往日之误者，而精神以激刺过甚而病者有之矣，身体以怫逆过久而弱者有之矣，其妨害他日之学问事业为何如乎？有教育之责者安可于此漫不经心哉。今有人于此，见人有陷者，乃曰："彼力既足，则将自拔"，见人有溺者，乃曰"彼时既久，则将自拯"，人必谓斯人非愚即罔矣。今见青年入于怨怒哀思精神乱营之境，乃曰："彼识日增则将自悟，则何以异彼哉？"故余之为此言也，特循其已然之象，而设为未然之计，以为有教育之责者劝也。

夫今日之国势政治人心风俗，其阽危窳败黑暗疾苦，自非可以讳言。吾人生逢此时，诚不免怀兔爰诗人之叹然而今后之国势政治人心风俗，究未可必其永无振新之机。要视全国之青年，果能养其浩然之气，堪其困乏之苦，以增益其所不能与否也。教育青年之人，果能平其躁急之气，安其杌臬之象，以促其孟晋于学问与否也。教者学者，果能同有中国决不至亡，我辈决能挽救之之志与否也。毋徒事痛哭流涕腐心，摧肝声嘶力竭彷徨战栗以为嫉世厌生之人，庶几怨怒哀思可以易为安乐，而噍杀粗厉可以变为啴缓发散直谦和柔，率全国健全之精神，坚强之志气，以从事于此，则教育之成败可睹，而国运之转移可望矣。《淮南子》之言曰："精神志气者，静而日充者以壮，躁而日耗者以老，是故圣人将养其神，和弱其气，平夷其形，与道沉浮俛仰，恬然则纵之，迫则用之。其纵之也若委衣，其用之也若发机，如是则万物之化无不遇，而百事之变无不应。"余之为此言也，盖欲国之青年留此精神志气，以应他日之变化，不欲其日耗以老也。果余言而有当，则虽负过虑之诮，而得窃附于古之狂直之末，或亦余之幸，而明达者之所许乎。

现时我国教育上之弊病与其救治之方略*

汪懋祖

今我国教育者，辄喜夸谈欧美之学制，而不究国民根本急需，务迎合世界教育之潮流，而不知国内教育之病象。国外之学说新法，输入未为不多。然介绍者多采零碎贩售之术，施行者乃有削足适履之苦，往往有介绍此说者，已亦不求甚解，而彼说又唱高调，趋时之徒，莫名其妙，以为后者必更新于前，自必弃旧从新，不知某种方法每为应付某种情境之问题，而产生各有其主要之功用及适用之限界。我国人不此之求，而徒附和标榜，应声雷同。胡君适之云："今日中国教育界的大毛病，在于不能先求原理之系统的了解，而往往妄趋时髦，胡乱采用偶然时髦的方法。今天你来谈职业教育，明天我来谈设计教育，今天你来谈蒙铁梭里，明天我来谈道尔顿。"夫蒙铁梭里教育法，在今日已鲜有人讨论，设计教学法声浪亦渐低，趋时教育家之口头禅，厥为道尔顿制。彼各有其主要之功能及适用之限界，而我国人稗贩一说，往往沾沾自喜，以为非此不足以言教育。是则我国之教育，直为稗贩西来方术，而胡乱采用之耳。

虽然，国外之学说方法，尚有人为之转输。至于本国教育上之弊病，罕有人焉殚精镕思，彻底研究，以谋疗治之方。盖据商业的效率而观，则与其穷日力于此，远不若不求甚解，零碎贩售西说之转可以博名与利也，以商业眼光而求学术而谋教育，则学术与教育罹于厄运至可痛已。窃不揣谫陋，以为今日我

---

* 辑自《学衡》1923 年 10 月第 22 期。

国教育上之大病，概有四端，曰模仿之弊，曰机械之弊，曰对外骛名之弊，曰浅狭的功利主义之弊。

模仿为人类本能之一端，文化之所以传递，教育之所以可能，多倚于此。然徒模仿而不于模仿之外有所创辟，则凡遇有无从模仿之事，将见束手无策。职此之由，我国兴学二十年，问题不为少，而竟未能独创新理。往者我国教育尝仿日本矣，日本袭军国民主义，而我学校中亦加兵式操。所谓兵操者，不过肩荷败枪。铁生锈作金黄色，时人至称之为金洋枪队，是其所模仿者，尚不能及其形式，直不过形式的符号而已。今日民主趋势，师法美国，固亦必至之途径，凡彼国所为，我则一律欢迎，丝毫不敢苟异。如中学必采三三制而不用二四制，彼国所无，我亦不能自作，即欲偶创一说，亦必称引彼国以自固。昔之依傍古人者，今则依傍外人，而竟有人谓我国教育不容取法乎古，则必仿效今日之欧美，犹弟子之效学其师审如是。则教育之义，可以模仿二字赅之，恐久而成习创作之本能必为模仿性所抑没。即欲自启新理，自辟新制亦为西来学说所压服，此诚教育上之大病也。

自科学进步以来，机械之为用甚大，而人亦不免为机械之一部分，教育上如心理测验、各种行政制度、统计，皆教育的机械也。机械之用在人不善用机械，则为机械所用。虽有良法，不机械亦变为机械的而已。故昔之用海尔巴脱五段法、蒙铁梭里教学法者，其应用多成为机械的。今日国语教学之测验，是否可将外国现成之标度，抄袭应用。而目不识丁之徒，乃欲抄袭美国测验语文教学之表度，以制造国语教学之测验标准矣，以改良国文教学法矣。是以机械为万能，未有不为机械所牺牲者也。心理测验固为教育之一助，要亦有其适用之限度，美国大教育家巴格莱等，直斥之为定命主义。而我国新教育家乃以为非此不足以办教育，除二三提倡者外，无不依样葫芦，标旁新奇，岂不危哉？然而现代盛行之心理学说，解释人类生活为 S-R 变化之总和，则人类生活，固为一复杂的机械而已。

今之办学者，博取时誉，无不借宣传广告外交之力。广告愈远，招来愈多。苟得外国博士一言之褒，则宠若华衮，而声价顿增，众人以耳为目，遂获名过其实。而地方热心办学者，以不善宣传之故，反致无人过问焉。宣传固非恶事，但取商业广告之术斯为下矣，此其影响所及，足使学子不求实际徒惊声华，又岂教育之幸哉？

自十九世纪科学昌明，工业革命以来，功利之说大盛，其流毒为浅狭的功利主义。今之教育莫不尚兴趣，兴趣说与勉力说，虽经杜威氏圆满调解，而一般言兴趣者，凡以能满足学生此时此情景中之心理状态，为训练之惟一手段。感觉偶有不快，则反抗现于词色，无复丝毫之自制之能力矣。质言之，可简括为肉感的现象的快乐与痛苦之一式。教育当达乎精神之上层，岂可以外感之快乐为引起兴趣之妙诀哉？夫死为至可痛之事，然“自古皆有死，民无信不立”，“失节事大，饿死事小”，古人之为此言，见乎人类生活上更有重于生死关系者在也。今人谈人生观，视死为莫大之痛苦。对于程子之格言，攻击不遗余力，是其解释生活为生命之保存已耳，倘使能发挥斯言之真理，则何至有卖身求富之议员，朝秦暮楚之政客。国中非无人才而无人格，即有受高深之教育，具绝伦之智慧，亦甘于自毁而不惜。盖皆以外感现象之快乐为前提，宜乎个人与个人间，利害相同则携手，利害相冲则争乱，此则狭浅的功利主义之流毒也。

由上所述，现时教育上之病源，既已得之矣，欲求根本救治之方，则师范教育机关，为全国师资之母，责无旁贷。而师范大学，师资更属重要。吾且分别师资之种类，以明今日教育之等位及其急需。

教师有讲师、技师、人师之别，讲师者以其所有之智识见闻，借笔墨以传授之于学生。今日讲演式之教师，皆讲师也。技师者以其所有之技能，由训练以传授之于学生，如各种实科（农工商医）、音乐、图画讲演，以至政治教育、心理测验，统计诸科，凡所以应用于人事界、自然界之技术，其师皆技师也。至于人师固不能脱离二者之功能，而徒为偶像。然今日之讲师、技师，其兼有人师之资格，吾不敢谓其必无，要亦绝少，即有之，而其影响亦未大显。昔汉之经师，设帐授徒，如郑康成弟子万人，楼望九千人。宋明讲学，程朱陆王，乃至湛甘泉、顾宪成、高攀龙辈，亦皆弟子数千，其门下成德达材，移风易俗，贤人硕儒，群起辈出，或不畏强御，立功当时，或苦志笃行，乡里矜式，当其从师受学之际，并无所谓管理员或训育主任。今人自入学以至毕业，所受业之教师无虑数十又有管理员训育主任，其所成就，乃不及一大师之所熏育。探其故有二。一因今日学科繁多不得不分门别类，为鸽巢式之课表所束缚，闻铃出入如听戏，然一幕又一幕，即有高尚之人格立于其前，而学生无中心统一之观念，课余少亲接问业之机会，徒以传授智能，而不足以鞭辟其志行。杜威、孟录，非我国人仰望为大师者乎。彼留学于哥伦比亚大学者，能稗贩其学说者多矣，而能师法其精神者何少也。二因我国社会恶势力之风靡，即使学校环境甚善，而一入大社会中，则数年教育之功如汤沃雪。故有留学外国，受极高等之教育，为时人所属望，亦且不能自持，甘于堕落，教育移易环境，斯其功能乃大。今日我国之教育，苟能抵抗社会恶势力之侵入，已为可贵矣。

我国昔日之教育，全在内心上做工夫，讲求存养省察之功，其历程为养内以对外，即由上层管理下层。欧西自卢梭以来，教育上注重训练感官，利导本能，其历程为修外以充内，即由下层整理上层。然欲利导本能，必先改良环境，此言亦为教育家所公认。何以能改良环境与恶势力相抗不为所披靡，吾知其非于内心上做工夫，无能为力世有人师，必能审择其历程。今言教育者，于理想主义之人格教育，尚鲜论及。不揣谫陋，匆匆草成此文，就正有道，至于哲理上之辨析，容俟异日。

欲救中国当速养成悃愊无华埋头执务之人才说*

杨成能

共和国家，崇尚自由，才能发展，人人机会均等，士无遗逸之忧，政有众擎之效，孔子才难之叹，应无用为今日之中国发矣。乃起观域内，沃野匀匀，大荒不治，问何以故，曰无人垦辟之也。河川淼淼，水利未兴，问何以故，曰无人浚渫之也。民众莘莘，混沌未启，问何以故，曰无人教育之也。货宝累累，日呼贫匮，问何以故，曰无人以运用之也。乃至国家之政治，社会之事业，或则步盛轨于唐虞，或则效成规于欧美，宏纲细目，繁然并兴。乃在他人行之，无在不卓著其效，而在吾人行之，则无在不重滋其弊，问何以故曰，无人以董理之也。夫以中国人数号称四万余万，谓之无人，岂非滑稽之甚？故今中国人口头所谓无人者，非真无人也，乃无人才耳。则更与观之官厅宴会席间，会场演说坛上，轮船一等舱内，车站贵宾室中，若者为政法之名家，若者为外交之老手，若者为工程之巨擘，若者于经济有特长，若者经半生之戎马，军事专门，若者负一世之盛名，文章魁首，若者识世界之潮流，而热衷改造，若者知民生之原本，矢志更新，自此而外之怀刺候门，自炫所学，上书要路，莫展厥长者，尚难偻指数。由是言之，居今日中国，而曰无人才可用，亦岂意料所及乎？噫，吾知之矣，中国今日之所谓无人才者，乃仅有周旋酬酢宣传奔走之人才，而无悃愊无华、埋头执务之人才耳。于是言政法，则仅知高谈法理，而于判例成案，则罔知究心。言外

---

* 辑自《学衡》1926 年 4 月第 52 期。

交，则仅知宴会跳舞，而于条约章程，则索之高阁。言工程，则仅习于说帖条陈，而于机械土木，则不知应用。言经济，则仅知搜款借债，而于节流开源、勾稽综核之烦，则不暇措意。言军政，则仅习于要挟叛变，而于逻侦攻守，步骑炮工之术，则无所用心。言文章，则仅知源流派别，而于书牍笺启、庄谐骈散诸作，则不能秉笔。乃至言改造，倡革新者，亦仅习于开会演说，行列示威，而于实际工作，进行步骤，则更不复问讯。夫使言政法而仅在高谈法理，则阅法学通论一编，而人人俱可坐曹矣。言外交而仅在宴会跳舞，则阅西礼须知、跳舞大观数册，而人人俱可出使矣。言工程而仅需说帖条程，则阅策论全编、民国新文牍一二卷，而人人俱可充工程师矣。言经济而仅在搜款借债，则阅滑头现形记、江湖骗术三四帙，而人人俱可以长财政、司征权矣。言军政而仅在要挟叛变，则阅海上敲诈术、山东响马传诸书，而人人俱可统师旅矣。言文章而仅在源流派别，则阅文章流别、文字源流若干种，而人人俱可作文学讲师、文牍主稿矣。言改造创革新，而仅在开会行列，则阅日报新闻、月刊附录，而人人俱可作华盛顿、林肯、马丁路得、福泽谕吉矣，夫何必历险犯难，锻炼人格，靡财费日，进增知识，以深其造就哉？噫嘻，此中国近二十年来，所以新政繁兴新潮迭起，胶胶扰扰，每下愈况，寸效未收，而百弊丛集也。

今之中国，教育事业虽云未盛，而大中小学，固已遍布境内，留学者虽云不多，而文法理工，岁有归自国外，设宗旨无定，趋向不明，吾恐每岁费掷巨帑，以举育才事业者。其结果也，从消极方面言之，适足以为国家戕有用之青年，为家庭贼佳良之子弟。从积极一方面言之，亦只足以为官厅宴会席间致食客，为会场演说坛上增讲员，为轮船一等舱，车站贵宾室内添主顾耳，于国于民何补哉？

或且诘之曰：周旋酬酢者，处世之所不可免，宣传奔走者，处事之所必应有也。若概予屏斥，是诚因噎废食，固执不通之甚矣，是乌可者？曰：是有说譬之。肴核，以鱼蔬为之基，以姜椒为其饰。彼周旋酬酢、宣传奔走之人才者，犹肴核之有姜椒也，悃愊无华、埋头执务之人才者，犹肴核之于鱼蔬耳。以鱼蔬为本体，而饰之以姜椒，固无伤其为肴核也。倘胥鱼蔬而尽变为姜椒，吾恐食之者，不但不能得滋养之益，且将戟喉伤胃，而致噎呕之病矣。以人之所以食者在鱼蔬，而不在姜椒也。譬之酒醴，储材于粳秫，而诱引以曲蘖。彼周旋酬酢、宣传奔走之人才者，犹酒醴之用曲蘖也。悃愊无华、埋头执务之人才者，犹酒醴之需粳秫也。以粳秫为本体，而媒之以曲蘖，固无伤其为酒醴也，倘去粳秫而尽易之曲糵，吾恐饮之者亦将停杯投箸，相与不欢而散矣，以酒之所以成者，在粳秫而不在曲糵也。吾观今之育才者，除恳亲、展鉴、庆贺、追悼、欢迎、欢送外无课程，除游行、会集、讲演运动外，无训练，推其极，殆将胥天下之人才，而使之尽为姜椒，尽为曲糵也乎。夫能厌饫人人而令其醉饱者，粳秫也，鱼蔬也。今乃不顾人之戟喉伤胃，不顾人之停杯投箸、不欢而散，而悉供之以姜椒曲糵，而谓其于烹调酿造之责任，能尽也得乎。夫能服役社会而成就事功者，悃愊无华埋头执务之人才也。乃所需者在此，而所供者若彼，谓其于育才之责任能尽也得乎？或曰：天下汹汹，谁知本计，周旋酬酢，宣传奔走者，正时代所需之人才，视其所需，而谋其所供者，正育才者当务之急也。曰：恶是何言？夫天下汹汹乃一时之现象，倘率是不改，国以永祚者，历史上无此创例。有心之士，苟有藉手之途，允宜谋所以矫正移易之道，否则亦宜退处讲学，预储适用之人才，以待世运之迁流而及时供应。倘依阿随俗扬汤止沸，是与投机一时之猾贾何异？乌足以膺育才之鉅任哉！

今日吾国教育界之责任*

（录《太平洋杂志》）

向绍轩

吾尝冥思静索民国以来之历史，得有四种现象。一曰争。有军阀之争，有财阀之争，有军阀与财阀之争，有财阀附于一军阀与他军阀之争，有民党异同之争，有官僚新旧之争，有民党与官僚之争，有民党附于官僚与他民党之争。尊至元首，万民所俱瞻，可以争而得，重若方岳，一方所托命，可以争而受，位微如县令局吏，非有争之力，则位不能安，职清如教厅校长，非有争之力，则职不能守。环顾国中，几无事无地不有一争之现象存，争不止，则乱亦不止。殷鉴不远，未知后车何如也。二曰伪。政府曰为国为民，伪也，为其所亲所私而已矣。官吏曰守土子民，伪也，守其禄位、子其亲故而已矣。武人曰保国卫民，伪也，保其地盘卫其家室而已矣。政客曰谋国统一，伪也，谋升官发财而已矣。学者曰提倡某新主义，伪也，提高其某种社会地位而已矣。商人曰为东家或股东谋利益，伪也，为其知市面上谋活动而已矣。社会中耳所闻目所见，殆无一不含有作伪之情在，伪之情见之于事实，伪之根起源于人心，人心之伪根未去，则人世之伪习难除，伪习愈久，则伪根愈深，此世道之忧也。三曰贪。总统年限岁俸，皆有法定数目，而为总统者，家资乃有积至累千万者，非贪何以得此？巡阅使督军地位较总统卑，岁俸亦大减，然巡阅使督军家资大者积至数千万，小者亦动称数百万，非贪何以得此？师长、旅长地位又卑，岁俸益少，然家资积

---

* 辑自《学衡》1924年5月第29期。

数百万者数见不鲜，而十数万以上者则皆是也，非贪又何以得此？推之于各部总长、各省厅长、各关监督，或一跃而为财阀，或小试而称富翁，非贪之故，又何以至此？更推之于公司经理、银行要人，每月薪资不过数百，每年红利多不过万，而一赌之掷，动以千计，一寿之祝，动费万金，非贪之故，又何以至此？国人日相习于贪之中，故不复知以贪为怪，贪则必争，争则必乱，争不止，乱故不止，贪不止，争犹不止。然则贪者又争乱之源也，孟子曰："上下交征利而国危矣。"此其时也。四曰污。父母者人之亲而无上者也，然苟可以得富贵，则有谓他人父母而不恤者矣。妻妾者人之爱而有别者也，然苟可以图利达，则有与他人共而无憾者矣。友朋者人之相期以共患难者也，然苟可以要功名，则有落井下石而不辞者矣。盗贼者人之羞与为伍者也，然苟可以增势力，则有订兰谱、呼兄弟而不讳者矣。卑污之习，溺及人心，积非胜是，举国若狂。孟子曰："人之所以异于禽兽者几希"，时至今日，人禽之辨，吾诚不知其何如也。

或曰四种现象，诚有如上述者，然何以至今日而特著，曰吾国数千年立国之本，在于管子所谓四维，定社会之秩序以礼，立个人之人格以义，严物我之防闲以廉，杜卑污之途经以耻。其谓之维者，则以国家之大本，全恃四者维系人心于不坠也。本是四者以教人民，其有背之者，则以政刑随其后，教诱之于前，而刑迫之于后。是以人咸知崇礼而贵义，尊廉而尚耻，故曰礼不踰节。不踰节，则人各安其分，而争夺之祸息矣。义不自进，不自进，则人咸知自爱，而作伪之事寡矣。廉不蔽恶，则人各洁其身，而贪婪之路绝矣。耻不从枉，不从枉，则人不苟行己，而污秽之途塞矣。今试反观民国以来则何如者，政体骤更，国人怵于君主专制与民主共和之异同，愿者噤不敢声，黠者则用打破专制旧习之名，摧残礼教。一若数千年来制礼之意，专为君主而设者，不知欧美为国以法，学者惧其法之过也，故倡为自由平等之说，以防法之敝，亦吾国刑礼相济之意。吾国素以礼为本，以刑为辅，今首先废礼，而又无欧美信赏必罚之法以易之，且自由平等之说在吾国更多误解，故自民国以来，人心浮动，政治不上轨道，非偶然也。礼之用在和，礼之本则在正名，名正而后分定，分定而后民和，今天下之患不在不和而在不安分，不安分故争，此礼失之过也。人既各不安分，则忠信之本已拨，忠信者义之体也，忠信拨则义失，义失则人各急于自进，人急于自进，则务以巧相尚，以诈相高，巧诈者得志，人民乃竞趋于作伪之途矣。是故礼失而民争，义失而民伪，皆相因而至者也。于斯时也，有法焉，彰善弹恶以匡救之，则犹有豸，然人民既习于争夺，安于作伪，其在上位者，非属强暴者流，即为矫诈之辈。强暴矫诈者，均非能守法者也，以不能守法之人而居上位，则舞文可以弄法，黩货可以蔽恶，法有所弄，恶有所蔽，则廉隅破矣。廉隅既破，于是身自好者不能上达，利争货竞者皆登显庸，上以利求，下以利应，贪婪之毒，中于人心，庸常者流，类难自拔，岂不悲哉？清季礼教虽衰而未废，正义虽淹而未绝，廉隅虽坏而犹有法，然无耻之徒辈出，或结阉寺以进身，或阿亲贵以固位，然犹黑夜夤缘，畏人弹劾，羞恶之心未尽泯也。民国以来，礼义廉三字既绝于人心，羞恶之良，因之亦全汩没，故举凡前清佞臣污吏所不能为者。今日之游士政客俱坦然行之而不惭，盖人至于无耻，则无所不至。管子曰："国有四维，一维绝则倾，二维绝则危，三维绝则覆，四维绝则灭。倾可正也，危可安也，覆可起也，灭不可复错也。"是故今日之患不在南北之分裂，不在军阀之专横，不在财政之紊乱，不在外交之困难，而在人心之倾危覆灭，正其倾，安其危，起其覆，而使不至于灭，以维系人心者，维系人国此教育家之责任也。

昔孟子欲救战国之乱，首以正人心为己任。今日之乱，甚于战国，四维之绝，深及人心，然国中任教育者颇少注意及此。夫教育之目的，不外教人做人，做人之道，知行一贯，非知无由得行，非行不能言知。今之学校教育，似偏重知一方面，如科学教育，如职业教育，如文化教育，如哲理教育，皆属知一方面，其关于行一方面之训育，如伦理，如修身，大多视为随意科目，授者既无精神，听者更少兴味，至若举礼义廉耻为四维以垂教者，则遍国中学校未之或遘也。虽然任教育之责者，当为良心上之主张，不宜与时俯仰，窃意礼义廉耻，学者立身之大本，科学知识特其用具，于学校之中，立其大本，则异日置身社会，一切用具皆有所丽，若大本未立，用具虽备，在社会中，即能依附迎合博取富贵，亦终无补于时。故吾意今日有教育之责者，当从根本地方着手身体力行，大张四维于学校之内，由寡以及众，由近以及远，其道虽迂，其效甚远。窃计数十年之后，拨乱反正之功，在此而不在彼也。

虽然，言之非难，行之实难。当兹环球交通之日，学杂言庞，各神其说以相夸耀，青年骛于新奇，耳震目眩，村学堕入潮流，心悸口噤。于斯之时，欲张四维以迴逆流。窃谓宜有三戒。一曰戒好名。三代以下人恐不好名，谓其好名则可引与为善也，然在主持教育者，则决不可有名之念存。盖一存命之念，则有两种妄相不能破除，一虚荣心，二作伪心。此两种妄相不去，虽日日言尊礼崇义而坏礼失义必自我始，日日言重廉贵贱耻而丧廉堕耻必自我始。何也？存一好名之念而尊礼，则尊礼之意在求人知，而礼即坏于人不我知之时；存一好名之念而崇义，则崇义之意在冀人传，而义即失于人无可传之地；存一好名之念而重廉，则重廉之意在使人见而廉即丧于人不我见之事；存一好名之念而贵耻，则贵耻之意在畏人议，而耻即堕于人不我议之顷。故欲张四维，而不能绝好名之念，而犹八股时代，以四书文课士，代孔孟立言，所以尊之者适以侮之也。二曰戒近利。君子喻于义，小人喻于利。利字关头，乃人生一鬼门关，打破则升天堂，不打破则堕地狱。今日社会中四种现象，皆活地狱也，堕其中者，皆由不能打破此关之故。欲度众生，先度我，我不能打破此鬼门关，何能自脱离此四重地狱乎？三曰戒蹈空。当兹科学竞争之世，若空谈性理，不切实用，则徒为识者所笑。自宋以来，理学为人诟病，即在于此。明王阳明深知其蔽，故倡知行合一之说以矫之，正兴西儒不行非真知之说同。日本传其学，明治维新，一时宰辅，多本阳明之学，以行欧西之治，国基大定，于今为烈，虽其国小易治，未可为例。然其改革之际，审于国情，明于体用，不失其本，其故可思也。吾国数千年立国之大本在礼义廉耻，今欲张此四维不可视为门面语，惟本阳明知行合一之旨，以身为则，以诚相见，不在使学生能为礼义廉耻之言，而在率学生习于礼义廉耻之行，不求近效，不避时评，守之以定，持之以恒，庶几不致以空谈为人所诟病也。

吾述上文毕，自觉所见皆极浅近、极平常，知必有读之而目为卑之无甚高论者，虽然天下事惟极平常、极浅近者，往往为人所忽略，能让千乘之国，而不免变色于箪食豆羹，明察秋毫，而不能自见其睫，天下类此者正多，吾宁就其常者、近者言之，以自勉者与人共勉，而不忍举其高者、远者，以炫人者自欺也。

论今之办学者*

柳诒徵

我所最不解之一事，即办学堂者。以舞弊赚钱为通例，举世莫之非，而号称教育家者，亦未尝议及杜其弊而惩其恶之法也。

为朝奉，赚钱可也；为小贩，赚钱可也；为买办，赚钱可也；为西崽，赚钱可也；为水手、为茶房、为苦力，赚钱可也。读书讲学号为士大夫，而赚钱，而志在赚钱，而舞弊作奸以赚钱，不可也。

即降而言之，读书讲学，号为士夫，而赚钱，而志在赚钱，而工于舞弊作奸以赚钱，为官吏可也，为幕僚可也，为议员可也，为政客可也，为督军、为巡阅使，亦无不可也，区区之愚独以为此不可以办学堂。

朝奉也，小贩也，买办也，西崽也，水手也，茶房也，苦力也，官吏也，幕僚也，议员也，政客也，督军也，巡阅使也，皆不讲人格者也，办学堂非讲人格不可者也。人格与赚钱不容并立，而办学堂者曰："吾口讲人格，而心在赚钱。"是恶乎可。

不能为巡阅使以赚钱，不能为督军以赚钱，不能为政客以赚钱，不能为议员以赚钱，乃至不能为幕僚、为官吏、为朝奉、为小贩、为买办、为西崽、为水手、为茶房、为苦力以赚钱。惟有藉一纸文凭、恃两字头衔，运动官吏、勾结议员，窃取一学堂，敷衍一学期、一学年，乃得开一纸花账，赚取巡阅使、督军、政客、

---

* 辑自《学衡》1922 年 9 月第 9 期。

议员所剩余不屑取之小钱，夫亦大可悲矣！

然而学堂必请教员，教员之束修可赚也；学堂必用校役，校役之工食可赚也；学堂必需图书，图书之费可赚也；学堂必需仪器，仪器之费可赚也；学堂必需试验品、消耗品，试验消耗之费可赚也。学生有膳费、宿费、学费、衣服费、旅行费、医药费，膳费、宿费、学费、衣服费、旅行费、医药费，无一不可赚也，其最美者，则建筑费。但能吁请于官署，力争于议会，而办学堂者一生吃著不尽矣。

然而有教员而赚教员之束修，犹可言也；有校役而赚校役之工食，犹可言也。世界进化，办学堂者亦进化，乃至于无此教员，仅有此教员之名，以开支束修矣，无此校役，仅有此校役之名，以开支工食矣。我不解而叩之人，有解者告我曰："此督军、巡阅使、师长、旅长吃空名之法也。"呜呼！督军、巡阅使、师长、旅长吃空名，办学堂者亦吃空名。

然而吃空名者，犹非买卖也。办学堂者自失其人格，而犹未使他人亦失其人格也。世界进化办学堂者亦进化，乃至于因招考而出卖学额，因保位而收买学生。卖固赚钱，买亦为赚钱。卖固使人失人格，买亦使人失人格。我尤不解而叩之人，有解者告我曰："此选民卖议员，政府买政党之法也。"呜呼！选民卖议员，办学堂者亦卖学生；政府买政党，办学堂者亦买学生。

我向以为中国万恶之薮，惟老旧之官僚，苟非老旧之官僚，必无老旧官僚之恶习。而今乃知其不然，中国学生也、日本学生也、欧美学生也，未尝无老旧之官僚也。他不具论，即以我最近之所闻言之：某某以办电灯而亏空，避匿不见矣；某某以吞书款而被告，赔偿了事矣；某某以一寒士，办工业学堂数年，遂有值数万金之洋房，而其学堂账目之无从交代者，逾四万金矣。此皆美国、日本之留学生也，而毕业于中国之学堂之学生之办学堂，吃空名、卖学额、赚教员束修、赚校役工食者，更不足论。

我不解办学堂者何以如是，或有解之者曰："是环境坏故，是积习深故，是生计艰故，是俸给薄故，是应酬众故。"然未闻有人解之曰："是无人格故。"

凡百学堂，校址不宏，可拓；校舍不广，可建；设备不完，可增；规则不善，可改。推之科学不进步，可学；训练不合法，可商。独至办学堂者无人格，则此一学堂必不可救药。

此学堂不可救药，他学堂亦不可救药。于是舞弊赚钱成为通例，无人可以非之。偶有一二不通时务、不知其故者，从而非之。闻者不曰泄私愤，即曰争党派；不曰夺位置，即曰霸地方。纵不从而为之词，亦必一笑置之曰："此书呆子之议论。”

一赚钱者去，一赚钱者来，无人非之者，固有恃无恐而进行。有人非之者，亦明目张胆而自若。而我清洁纯白之青年子弟，日日年年受此等办学堂者之陶镕薰染，咸晓然曰：“吾辈所缺乏者：英文不熟耳、算学不精耳、无文凭耳、无资格耳。苟有之，吾亦可以若今人之办学堂，讲求人格何为者。”

质之官厅，官厅为之保障；质之议会，议会为之护符。叩之社会，社会与之表同情；叩之学生，学生视之为通例；叩之教育家，教育家曰：“吾方讨论新学制，提倡新文化，不暇及此。”

呜呼！我尚何言？

教育之最高权*

柳诒徵

今之言教育者，率不知中国历史，惟知诵法欧美，庸陋者自比劳工，惟计利人，索薪争款，逐逐不皇，昌言饭碗问题，与欧人面包问题相若，固不知所谓师道。稍高者亦惟曰欧美社会尊崇学者，某某博士之言论可以左右政局，某某教授之思想，可以影响国交，而吾人之地位，乃迥不之及。欲以学术议论，鼓吹国民，造成势力，而初不知中国之讲教育者，固有至高无上之权，彼欧美之教育家学术家所居之地位、所受之待遇，较之乃相去甚远也。

今之教育，为国家及地方行政之一部分，问其所以必具此一部分，则曰此行政之所不可少。易言之，则欧美各国无不有教育，且甚重视教育，故吾国不得不然。假令欧美各国不若是，吾国尽可束之高阁，并此一部分亦不必疣赘于其间矣。此乃中国人不知自立自主惟是崇拜外人之心理，而教育上惟一之根本谬误，即在于此。苟一反省，吾国自唐虞三代以来，未尝有国际竞争，亦未有他国可为吾之模范，而吾国即甚注重学校。所谓古之王者建国君民教育为先者，果基于何种理由，则知讲教育而必以欧美成例为前提者，不足与语教育也。

人何以须教育？国家何以须学校？此甚浅之问题也。然执此问题以叩人度能，举一正确之解释，而不曰他国尔尔吾国不得不尔尔者，殆不过千百中之一二。此何以故？以其不知人故也。今人不知所以为人，故亦不知所以须教

---

* 辑自《学衡》1924 年 4 月第 28 期。

育。第执圆颅方趾能言能食能行能卧者，即为完全无缺之人，所缺乏者，惟知识技能及外国之语言文字，故纷纷然以此为教，舍此无他道也。吾国古先圣哲之言教育，则大异于是，以为人之具有圆颅方趾能言能食能行能卧者，初不足为成人，非有教育不可。故《学记》曰："玉不琢，不成器；人不学，不知道。"《吕览·尊师篇》曰："天生人也，而使其耳可以闻，不学，其闻不若聋；使其目可以见，不学，其见不若盲；使其口可以言，不学，其言不若爽；使其心可以知，不学，其知不若狂。故凡学非能益也，达天性也，能全天之所生而勿败之，是谓善学。"盖今人所执为人者，皆古先圣哲所目为聋盲爽狂之类，苟不学所以为人之道，虽天性甚善，不惟不能自达，且将为其见闻习俗所败。审知此议，则教育之重要为何如乎！

以原人为成人，固误矣。即知原人之非成人，而有待于教育，然必区其年龄焉，限其等级焉，谓若者为受教育之时期，若者已过受教育之时期，其见地依然谬误。盖人之有待于学与教，不当以年龄地位为标准、为便利计。自以童稚及冠而壮者为可专心于学之时期，然非谓后此之无待于学、无待于教也。《学记》引《兑命》曰："念终始典于学。"盖学无止境，教亦无止境，故终始典之。今人但知其始，而不知其终，故学校惟以教青年，而年长而任事者，不在受教育之列，此其所以与古义大相刺盭也。

假令吾人居今日忽建一议曰：吾国国立大学，应令总统总理以下皆来听讲。闻者必骇为奇谈。骇之之理由有三：一则欧美各国无此成例也；一则学校以教青年，非以教年长者也；一则教育在行政范围之内，不得执行政之人而使之受教也。吾固知此三种理由，而忽然作此幻想者，以吾国君主时代，其视教育乃过于今之民主时代远甚，以为吾人欲知教育之最高权，必先设想及此，然后可以知吾国古代之重教育，匪惟今之中国不及，即今之欧美各国，亦尚未能跂而望之也。

吾国古代圣哲之理想，盖主张由教育发生政治，而不使政治之权驾乎教育之权之上。故一国之中惟教育之权为最高，自天子以至于庶人，自成年以至于幼稚，无不范围于教育之内。天子与庶人不过政治上分别阶级之名词，其于受教讲学，则平等而无区别。至于年龄，虽有所谓八岁入小学十五入大学之说，然为天子者，年年至大学受教，公卿大夫亦然，明其不以年龄为限也。是故欧美各国所谓大学只以教青年子弟，或年长而未置身于社会、服务于政界者，而吾国古代之大学，则首为天子而设。《大戴礼记·保传》篇引《学礼》曰："帝入东学，上亲而贵仁，则亲疏有序，而恩相及矣。帝入南学，上齿而贵信，则长幼有差，而民不诬矣。帝入西学，上贤而贵德，则圣智在位，而功不匮矣。帝入北学，上贵而尊爵，则贵贱有等，而下不踰矣。帝入太学，承师问道，退习而端于太傅，太傅罚其不则，而违其不及，则德智长而理道得矣。”据此文，似东西南北四学，虽时时有帝者之踪迹，尚未必即为天子考道问业之所。至于太学，则明明为帝所专立，太师太傅之类，所以淑其德智者，与平民之师弟子无异，尊师重教，而一切政术治法，悉出于师傅。故教育之权，他无可以匹敌者。吾国之人，五尺之童无不读《大学》者。《大学》首章即曰：“大学之道在明明德，在新民，在止于至善。”又曰：“自天子以至于庶人，一是皆以修身为本。”盖大学学生从天子起，故其言修身新民，皆为天子说法，以次及于庶人，并非对庶人而语以天子之道也。

阶级制度，世所痛诋也。曰帝，曰天子，是阶级制度中最高之一阶级也。然考之古书，则曰帝曰天子者，尚非最高之一阶级，其上尚有一阶级焉曰师。故中国古代所谓师者，至高无上，不受制于任何富贵权势之人者也。何以证之？一证之于《学记》，《学记》曰：“凡学之道，严师为难。师严然后道尊，道尊然后民知敬学。是故君之所不臣于其臣者二：当其为尸，则弗臣也；当其为师，则弗臣也。大学之礼，虽诏于天子，无北面，所以尊师也。”一证之于《吕览》，《吕览》曰：“神农师悉诸，黄帝师大挠，帝颛顼师伯夷父，帝喾师伯招，帝尧师子州父，帝舜师许由，禹师大成贽，汤师小臣，文王武王师吕望、周公旦，齐桓公师管夷吾，晋文公师咎犯、随会，秦穆公师百里奚、公孙枝，楚壮王师孙叔敖、沈申巫，吴王阖闾师伍子胥、文之仪，越王勾践师范蠡、大夫种，此十圣人六贤者，未有不尊师者也。”夫天子诸侯国之至尊者也，而皆尊师，然则古之所谓师者，岂后世之教书匠自比于劳工者所可同日语哉？然而古之帝王诸侯所以尊师之故，不可不考也。政权在我，臣属亿兆，生杀予夺，罔不可以自专，何待于学？何待于教？且所师者，或韦布穷儒，或殿廷臣仆，非有宗教之关系，非有群众之运动，彼又何畏何慕而欲尊之？呜呼！此教育最高权者人权也。师也者操成人之权者也，贫贱书生，知为人之道，则尊富贵君主，不知所以为人之道，则卑。故古之帝王之尊师者，尊人权也，尊人道也。知尊人权，知尊人道，然后知所以尊教育。今之为师者，自其身已不知所以为人，其所执以为教者，亦与增进学者之人格无与，是真教书匠，是直劳工，其不尊宜也。

古之帝王，亲受教于学校，故视学校教育，极为重要。时时视学，养老乞言，而《王制》所言感化不率教之学生之法，尤为世界教育史上所绝无而仅有者也。《王制》曰："乐正崇四术，立四教，顺先王《诗》《书》《礼》《乐》以造士，春秋教以《礼》《乐》，冬夏教以《诗》《书》。王大子、王子、群后之大子、卿大夫元士之适子、国之俊选皆造焉。凡入学以齿，将出学，小胥大胥小乐正简不帅教者以告于大乐正，大乐正以告于王。王命三公九卿大夫元士皆入学；不变，王亲视学；不变，王三日不举，屏之远方，西方曰棘，东方曰寄，终身不齿。"以一大学不帅教之学生，轻则训诫，重则黜退可矣，何必告于王？即告于王，何必命三公九卿大夫元士皆入学？三公九卿大夫元士皆入学，为之模范，而斯人之顽梗，犹不能变，则径黜之可矣。而王犹必为之亲自视学，以感化之终不能变，始加屏斥，而王为之三日不举，若引咎自责者然，此其主张感化主义，直是登峰造极，无以复加。世界教育学书中，有此等方法此等学说乎？推其所以如此，亦即本于《大学》所谓自天子以至于庶人壹是皆以修身为本之意。自政治上视之，一大学不帅教之学生，去一国之王，阶级甚远也，然学生一人也，王亦一人也，其有待于受教以成人，等也。故当时立法，使知贵为天子，尚不可以不帅教。苟不帅教，则不成人，一国之大学，而有一不成人之学生，其玷污大学何如？其玷污王者所躬受教之大学何如？此其所以自责其感化之不良，而三日不举也。今之政府动曰学风不良，学生嚣张，应加惩戒，其亦知吾国对于不良学生之处理之法耶？

吾国古代尊师重教，视为天经地义，举凡内治外交年事财政，无一重要于此者，故吾谓世界各国之重教育，莫中国若也。讲教育而不本之中国古义，徒执欧美近事以为法，洵所谓弃家鸡而宝野鹜矣。吾尝博考世界史乘，各国帝王亦各有所尊敬，如耶教之教皇，如佛教之僧正，其权力往往驾乎行政元首之上。取以与吾国帝王之尊师比，则彼为迷信宗教，此为尊崇人道，其明闇之相去奚若也；彼为加冕行礼，此为视学乞言，其浮实之相悬奚若也；吾因此益知吾所谓他国重宗教吾国独重人伦之谊，为任就何事观之皆有征验也。古代事实，虽经历朝之嬗替，多致名存实亡，然自汉唐以来，视学养老，临雍讲经之举，史不绝书。而儒者之自命最高者，则曰为王者师，以故亘古相承，政治之权不能压倒教育之权。虽至清代，祭酒学官，号为冷署，然其地位犹极清高，与鞅掌簿书之官僚，奔走风尘之俗吏有别，而巨室世家，以至穷乡僻壤，尊礼师儒之习，亦相沿而未艾。至于新教育新学校兴，然后校长教员，出于运动，仰望官吏，求其委任，人不之礼，身亦不尊。降而至于今日，则惟奔走索薪、呼号固位为事。其巧猾者，则假教育为名高，阳以取青年学子之尊崇，阴以弋军阀商贾之贿赂，人格扫地，师道陵夷，本实既拨，虽日取新说以涂饰耳目，终无所补。任毫无教育毫无人格者，盗窃高位，坏国权而贼民命，不但不能加以教诲，且或发电以崇之，上书以媚之，画策以左右之，而谓吾国之急需教育者，惟此无职业之平民。此吾所为读书怀古，不禁潸然涕下者也。

罪　　言*

柳诒徵

以教育为生活罪也，以生活诱人使受教育罪也。以生活诱人使受教育，而生活于教育者所悬之的，乃溢出于教育之外，所食之利乃溢出于生活之上，尤罪也，以教育为生活卒至以生活而贼教育，尤罪之罪也。

曷言乎以教育为生活罪也？生活非罪，不能执其他之一业以谋生，独恃此抗颜为师之一途，谓是亦一职业，其初非罪，其久必入于罪矣。何则？人之有劳力于人者，莫不当得劳力之报酬，苟非不劳而获，固无论其操何职业，而得相当之报酬，皆为仰不媿天俯不怍人之事。即执业于教育界者，亦何莫不然？然而事有难言者，有旧式之教书匠，有新式之教书匠。其执业于教育界者，本无教育人之思想。第以谋生无他术，徒恃其书本、文凭、头衔、口舌及其所一知半解之学术，为其一身及家人谋温饱，言之岂不可羞，故同一途术也。行之者之动机不同，其极必至于大相背戾。以教育人为职志者，得相当之报酬可也，不以教育人为职志，徒窃教育人之名，而取得不相当之报酬，其行已可羞矣。侵假而徒计报酬之丰啬，以为去就，侵假而窃患报酬之得丧，而肆竞争，一念之歧，万恶毕集，攻击他人，纠结徒党，夤缘权要，倾轧孤弱，逢迎当局，揣摩风尚，凡可枉己以徇人者，靡所不为。而所谓教育，所谓学术，罔非涂饰人之耳目之具，但挟其所教之一科一目，可以哗噪于讲堂，颉颃于侪偶，欺生徒而混修脯，

---

*　辑自《学衡》1925 年 4 月第 40 期。

无他图矣。修脯以年月计，则所教惟患其不少；修脯以时间计，则所教惟患其不多。安居无事，则自教课之外，惟酒食征逐或狭邪赌博为娱乐，一失其所，则惨沮无聊，乞人为谋位置，甚至为一书记抄胥而不能。呜呼！此晚清以来一般以教育为生活者之现象也，然而此犹专就教员而言，实则生活于教育界者，初非只教书匠一项，凡不能为教书匠而生活于教育界者，自校长以至书记，统曰职员，其位置有高下，其薪金有多寡，其惟以生活为目的，尤甚于教员。民国初年，南方各校，标举双方之名，每曰职教员。嗣有人訾议及之，始渐改曰教职员。以教育论，教员为主；以势力论，职员为优。凡以职员主学校者，其无当于教育，盖可决也。吾为此文，雅不欲抹煞一切学校校长，然以所见校长论，有操笔不能为一短简者，有寻常之字读之大误令人喷饭者，苟令若辈为教员，而遇有严明尚学之校长，在所必斥。然而若辈自知不能为教员，乃不得不以校长为其生活之法，或行贿赂，或藉奥援，或结议员，或联绅士，或恃乡党学生为爪牙，或倚亲故职员为羽翼，组织吃饭公司，强颜曰某某学校。其中黑幕，几难罄述，述之亦徒污吾笔墨耳。

曷言乎以生活诱人使受教育罪也？青年学子受教育数年或十数年，而不能持所学以生活于斯世，此教育者之罪也。然其患不在所学之不能适用于世已也，患在教者之不能使学者实得所学。学文数年，不能作扎，学算数年，不能计账，岂所定之科目非乎？以授此科目者，敷衍粉饰，不肯认真，徒误子弟之光阴，而又养成学校之恶习。于是毕业于学校者，乃成社会之弃才，而社会各事，又无进步，第见毕业生之增加，而不计增加此容纳毕业生之所，此学生之不能生活之大原也。论者不察，第曰此教育之宗旨谬误。救敝之计，须以学生能生活于社会为标准。斯义一倡，而学者之志日卑，教者之言亦日陋，速成苟进，无所不至矣。语曰："取法乎上，仅得乎中；取法乎中，仅得乎下。"言人所悬之鹄，与所得之果，不能得同一之分量也。使学者咸有志于大国民大人物，降而执一业以为生，此法上而得中之说也。使学者但志在生活于世，求得一啖饭之技能，此法中而得下之势也。矧以近世世界交通、经济发达，人民习于奢侈，欲望与生活同时加高，一般人之心理，率以贫富为其人贤否智愚之衡，而摧挫人之志气，抑压人之节操者，十百倍于曩时，教育者又从而扬其波，孰不望风而靡乎？故吾尝问学者为何事而来学，率嗫嚅不能对。吾为代答曰：进小学，求小学毕业，升中学也；进中学，求中学毕业，入大学也；进大学，求大学毕业，出洋也。出洋何为？求出洋而归以学位谋生也。此贵族富家之子所挟最大之希望也。其中家寒士之子弟入师范习实业者，则曰：吾无以为生，习此以为生也。自上及下，同一目的，故人格也，道义也，学术也，理想也。苟无关于吾之生活，举不足重，独重毕业，以毕业而后生活可图也。教者翘此以为招，学者准此以为范，学风愈敝而民德遂亦愈衰。阘茸无耻，则曰适应环境；苟且徇俗，则曰随顺潮流。明知其为正义所在，然以顾虑生活而不敢为；明知其为公理之所斥，然以保全生活而不敢背。在学校则争分数、计单位，巧取苟得，有可以媚师长挟师长者，公然行之而无所惮；出学校则谋事务、计俸给，争多舍寡，有可以便个人欺公众者，亦悍然行之而无所羞。其稍稍狷介廉洁迈往亢直者，率为大多数庸劣奊诟之徒所沮抑，而不获伸其志。故在今日，外侮侵凌、军阀横恣、国权沦丧、政局泯棼之时，所稍可希冀者，惟望未来之青年，可以负起衰拯敝之责。然以教育家溺以生活之说，促其眼光束其心量，左其行径，乃致痿者益痿、盲者益盲焉。此非青年之罪，实教育者之罪也。

曷言乎以生活诱人使受教育而生活于教育者所悬之的乃溢出于教育之外所食之利乃溢出于生活之上尤罪也？国民性之弱点本在生活困难，教育家以能生活招之，其为大多数所信仰可必也。教育家挟地方及学校之多数人，上可以抗中央政府，中可以制地方政府，下可以欺乡里之小民，于是以教育为的者，其行为乃溢出于教育之外。议会也，自治也，财政也，实业也，市政也，举可为教育家所垄断。又进而勾结军阀，参与战争，吸生民之膏血，保个人之权利。甚至赠权外人，肆恶租界，分洋烟之润，觊赔款之余，至于冰山已倒，欲壑未餍，犹欲怙其余威，逞其私见，藉言论之机关，掩天下之耳目。问之教育家，按之教育学书中，其有合于教育原理否耶？至若食利溢于生活，其法尤难缕计。彼生活于薪资者，即报酬逾于义务，虽亦不可谓之非罪，然其罪犹少也。最大者第恃办学为名，或以扶助学校为名，而囊括厚利，行其幻术。若购仪器，若置书籍，若建房屋，若圈地亩，胥为教育家无上之财源，而以建筑为尤甚。官厅之批准，议会之承诺，工匠之投标，员司之监督，方面孔多，朋分至秘。而又有此四者之外之无与于建筑者，亦可以坐异地而得其报效，以供妻孥豪赌商业投机焉。彼可怜之教职员，乃仰之如神明，敬之如天帝，以为是不可侮，侮之且失其啖饭所。悲哉！教育界之沦陷，至于此极，竟无人伸其吭而诉之天下，而犹侈然自诩曰教育救国。以如此之教育而能救国，国安得不乱乎？

曷言乎以教育为生活卒至以生活而贼教育尤罪也？综右所陈，□以生活为里、教育为表，当其表里平均之时，已足贼人子弟。至于发生事会，表里冲突，则取决于良心者恒少，而牵制于生活者恒多。其为教育而戕贼教育，乃为势所必至，颠倒是非，混淆黑白，使学者失其理性，茫然惟情感之是从，甚则暴行妄作，极下流无赖之状态，敢于行之庄严神圣之学校，内背良心，外抗舆论，取快一时，流毒无既。呜呼！吾书至此，吾不忍言，吾但可曰此罪言耳。

学潮征故*

柳诒徵

古无所谓学潮也，然学校诸生伏阙上书、捲堂大散等事，颇类于今之所谓学潮。其风始于汉而盛于宋，得失互见，不可概目为非，亦不可悉以为媺也。学潮始祖，当推西汉济南王咸。

《汉书·鲍宣传》：宣坐距闭使者，亡人臣礼，大不敬，下廷尉狱。博士弟子济南王咸举幡太学下，曰："欲救鲍司隶者会此下。"诸生会者千余人，朝日遮丞相孔光自言，丞相车不得行。又守阙上书，上遂抵宣罪减死一等，髡钳。

其救鲍宣，纯为激于义愤，无师友、党援之关系也。东汉之季，宦寺祸国，学者非之，激扬清浊，于是有党锢之祸。

《后汉书·党锢传》：流言转入太学，诸生三万余人，郭林宗、贾伟节为其冠，并与李膺、陈蕃、王畅更相褒重。学中语曰："天下模楷李元礼，不畏强御陈仲举，天下俊秀王叔茂。"又渤海公族进阶、扶风魏齐卿，并危言深论，不隐豪强，自公卿以下莫不畏其贬议，屣履到门。河内张成以方伎交通，宦官，成弟子牢脩因上书，诬告膺等养大学游士，交结诸郡生徒，更相驱驰，共为部党，诽讪朝廷，疑乱风俗。于是天子震怒，班下郡国，逮捕党人，布告天下，使同忿疾，遂收执膺等。其辞所连及陈寔之徒二百余人，或有逃遁不获，皆悬金购募，使者四出，相望于道。

---

* 辑自《学衡》1925年6月第42期。

然当时太学诸生三万余人，仅于事前标榜议论，至逮捕党人之时，未闻有公然集会抗争之举。惟蜀郡景毅不讳其子之录牒，卓然有君子之风。《后汉书·李膺传》：诣诏狱考死，妻子徙边，门生故吏及其父兄并被禁锢。时侍御史蜀郡景毅子顾为膺门徒，而未有录牒，故不及于谴，毅乃慨然曰："本谓膺贤，遣子师之，岂可以漏夺名籍，苟安而已。"遂自表免归，时人义之。

视今世为人父兄者，闻子弟因学校风潮为师友所累，辄规避免，或徒教以媕婀苟容者，相云远矣。

自汉以后，学校衰替，故亦无所谓学潮。李唐之世，学校稍盛，观柳子厚文，殆常有学校内部之风潮，致豪杰之士耻与为伍。

柳宗元《与太学诸生喜诣阙留阳城司业书》：始仆少时，尝有意游太学，受师说以植志持身焉。当时说者咸曰："太学生聚为朋曹，侮老慢贤，有堕窳败业而利口食者，有崇饰恶言而肆斗讼者，有凌傲长上而谇骂有司者。其退然自克特殊于众人者无几耳。"仆闻之恼骇怛悸，良痛其游圣人之门而众为是沓沓也。遂退托乡闾家塾，考属志业，过太学之门而不敢蹰顾，尚何能仰视其学徒者哉！

而何蕃、季偿、王鲁卿、李谠等守阙留阳城之事，赫然为世所重，

《新唐书·阳城传》：迁国子司业引诸生告之曰："凡学者所以学为忠与孝也。诸生有久不省亲者乎？"明日谒城还养者二十辈，有三年不归侍者，斥之。简孝秀德行升堂上，沈酗不率教者皆罢。躬讲经籍，生徒斤斤皆有法度。薛约者，狂而直，言事得罪，谪连州。吏捕迹，得之城家。城坐吏于门，引约饮食讫，步至都外与别。帝恶城党有罪，出为道州刺史，太学诸生何蕃、季偿、王鲁卿、李谠等二百人顿首阙下，请留城。柳宗元闻之，遗蕃等书曰："诸生爱慕阳公德，恳悃乞留，辄用抚手喜甚。诸生之言非独为已也，于国甚宜。"蕃等守阙下数日，为吏遮抑，不得上。既行，皆泣涕，立石纪德。

何蕃节行尤荦荦。

注·《新唐书·阳城传》：蕃，和州人。事父母孝。学太学。凡五岁，慨然以亲且老，不自安，揖诸生去，乃共闭蕃空舍中，众共状蕃义行，白城请留。会城罢，亦止。初，朱泚反，诸生将从乱，蕃正色叱不听，故六馆士无受汙者。蕃居太学二十年，有死丧无归者，皆身为治丧。

盖必有阳城之师，然后有何蕃之徒。城以党有罪贬，其迹似不能无疵，然其反抗裴延龄之节行，有以取信于人。而蕃等不为朱泚所污，尤足明其守正不阿。为守阙留师，初非徒徇私情，张太学之势以抗政府。此辨学潮之是非者，

所当先决之义也。宋代学校,始于苏湖,胡安定之学规,世所称也。然稽其始,则安定之立严格,学生未始不起风潮。幸范文正使其子纯佑身先率行,诸生始不敢犯,是则消弭校内部风潮之良法也。

《宋元学案》:范纯佑,字天成,吴县人,文正公长子也。文正守苏州,首建郡学,聘胡安定瑗为师。安定立学规良密,生徒数百,多不率教,文正患之。先生尚未冠,辄自入学齿诸生之末,尽行其规,诸生随之,遂不敢犯。自是,苏学为诸郡倡。

熙丰以降,学校大兴,其发蔡京之奸者,首推太学生陈朝老。

《宋史·蔡京传》:大观三年,太学生陈朝老追疏京恶十四事,曰渎上帝、罔君父、结奥援、轻爵禄、广费用、变法度、妄制作、喜导谀、箝台谏、炽亲党、长奔竞、崇释老、穷土木、矜远略,乞投畀远方以御魑魅。其书出,士人争相传写,以为实录。

然止于个人之清议,非团体运动也。至于靖康,有以士无异论为太学之盛之证者,

《续资治通鉴》:靖康元年六月丙申朔,右正言崔鶠上疏曰:"诏书令谏臣直论得失以求实是。臣以为数十年来,王公卿相皆自蔡京出,要使一门生死则一门生用,一故吏逐则一故吏来,更持政柄,无一人立异,无一人害己者,此京之本谋也,安得实是之言闻于陛下哉!而谏议大夫冯澥近上章曰:'士无异论,太学之盛也。'澥尚敢为此奸言乎!王安石除异己之人,著《三经》之说以取士,天下靡然雷同,陵夷至于大乱,此无异论之效也。京又以学校之法驭士人,如军法之驭卒伍,一有异论,累及学官,若苏轼、黄庭坚之文,范镇、沈括之杂说,悉以严刑重赏禁其收藏,其苛锢多士,亦已密矣,而澥犹以为太学之盛,欺罔不已甚乎!"

然陈东率诸生伏阙上书,请诛六贼用李纲,乃为有史以来第一盛事之学潮。

《续资治通鉴》:宣和七年十二月甲子,太学生陈东等伏阙上书,乞诛蔡京、王黼、童贯、梁师成、李彦、朱勔六贼。大略言:今日之事,蔡京坏乱于前,梁师成阴谋于内,李彦结怨于西北,朱勔结怨于东南,王黼、童贯又从而结怨于二国。败祖宗之盟,失中国之信,创开边隙,使天下危如丝发,此六贼异名同罪。伏愿陛下擒此六贼,肆诸市朝,传首四方,以谢天下。

又:靖康元年正月壬申,太学生陈东上书曰:"臣窃知上皇已幸亳社,蔡京、朱勔父子及童贯等统兵二万从行。臣深虑此数贼遂引上皇迤逦南渡,万一变

生，实可寒心。望速追数贼，悉正典刑，别选忠信可委之人，扈从上皇如亳，庶全陛下父子之恩，以安宗庙。"帝然之。

又：甲午，太学生陈东言："昨闻道路之言曰：高杰近收其兄俅、伸等书，报上皇初至南京，不欲前迈，复为蔡京、童贯、朱勔等挟之而去。迨至泗州，又诈传上皇御笔，令高俅守御浮桥，不得南来，遂挟上皇渡淮以趋江、浙。斥回随驾卫士，至于攀望恸哭，童贯遂令亲兵引弓射之，卫士中矢而踣者凡百余人。群贼之党，遍满东南，皆平时阴结以为备者，一旦乘势窃发，控持大江之险，东南郡县必非朝廷有，陛下何为尚不思于此？得非梁师成阴有营谋而然耶？"乙未，诏暴师成朋附王黼之罪，行至八角镇，赐死。

又：二月己亥，太学生陈东率诸生数百人伏宣德门下，上书乞复用李纲而斥李邦彦等，且以阃外付种师道，宗社存亡，在此一举。书奏，军民不期而集者数万人。会邦彦退朝，众数其罪，嫚骂，且欲殴之，邦彦疾驱以免。帝令中人传旨，可其奏。有欲散者，众哄然曰："安知非伪耶？须见李右丞、种宣抚使复用乃退。"吴敏传宣云："李纲用兵失利，不得已罢之，俟金人稍退，令复职。"众犹莫肯去，方挝坏登闻鼓，喧呼动地。开封尹王时雍至，谓诸生曰："胁天子可乎？胡不退！"诸生应之曰："以忠义胁天子，不愈于以奸佞胁之乎？"复欲前殴之，时雍逃去。殿帅王宗濋恐生变，奏帝勉从之，帝乃遣耿南仲号于众曰："已得旨宣李纲矣。"内侍朱拱之宣纲后期，众脔而磔之，并杀内侍数十人。纲惶惧入对，泣拜请死。帝即复纲右丞，充京城四壁守御使，纲固辞，帝不许，俾出外宣谕。众又愿见种师道，诏促师道入城弹压。师道乘车而至，众褰帘视之曰："果我公也！"始相率声喏而散。

当群贼罪状昭著之时，宗社危如累卵之日，奋袂一呼，士民云集，斯真义声震天地矣，然欲殴李邦彦，未之殴也，欲殴王时雍，未之殴也，其为轨外之行动者，则脔杀内侍朱拱之等数十人耳。然其为太学诸生所为，或不期而集之军民之所为，尚不可知，而为首者且置重典。

《续资治通鉴》：壬寅，诏诛士民杀内侍为首者，禁伏阙上书。王时雍欲尽致太学诸生于狱，人人惴恐。会朝廷将用杨时为祭酒，遣聂昌诣学宣谕，然后定。

未闻东等以袒此脔杀内侍之罪人而再起学潮也。其后，蔡京等先后窜死，陈东命官赐出身，则不拜而归。

《续资治通鉴》：靖康元年三月甲午，命陈东初品官，赐同进士出身，东辞不拜而归。

至高宗以黄潜善、汪伯彦之谮杀东，则黄、汪自肆其奸，非为蔡、童等报复。东以乞留李纲为死，然其初故未识纲。视今文学潮倚伏万端，为政党之作用者，不亦有天壤之判哉。

《宋史·陈东传》：高宗即位五日，相李纲，又五日，召东至。未得对，会纲去，乃上书乞留纲而罢黄潜善、汪伯彦，不报。请亲征以还二圣，治诸将不进兵之罪以作士气，车驾归京师，勿幸金陵，又不报。会布衣欧阳澈亦上书言事，潜善遽以语激怒高宗，言不亟诛将复鼓众伏阙。书独下潜善所，府尹孟庾召东议事，东请食而行，手书区处家事，字画如平时。已，乃授其从者曰："我死，尔归致此于吾亲。"食已如厕，吏有难色，东笑曰："我陈东也，畏死即不敢言，已言肯逃死乎?"吏曰："吾亦知公，安敢相迫!"顷之，东具冠带出，别同邸，乃与澈同斩于市。四明李猷赎其尸瘗之。东初未识纲，特以国故，至为之死，识与不识皆为流涕，时年四十有二。潜善既杀二人，明日，府尹白事，独诘其何以不先关白，微示愠色，以明非己意。越三年，高宗感悟，追赠东、澈承事郎。东无子，官有服亲一人，澈一子，令州县抚其家。及驾过镇江，遣守臣祭东墓，赐缗钱五百。绍兴四年，并加朝奉郎、秘阁修撰，官其后二人，赐田十顷。

自两汉至两宋之际，其学潮间作，不闻赓续累年，且其性质多纯洁，无私人恩怨及贿赂运动等事。至南宋之末，学潮迭起，虽多主持正义，然间有党奸受赂者。士习之衰，足资鉴戒矣。《宋史》载太学生言事者至多，其最著者，一为论救赵汝愚事，

《宋史·徐范传》：入太学，未尝以疾言遽色先人。丞相赵汝愚去位，祭酒李祥、博士杨简论救之，俱被斥逐。同舍生议叩阍上书，书已具，有闽士亦署名，忽夜传韩侂胄将置言者重辟，闽士怖，请削名，范之友亦劝止之。范慨然曰："业已书名矣，尚何变?"书奏，侂胄果大怒，谓其扇摇国是，各送五百里编管。范谪临海，与兄归同往，禁锢十余年。

二为史嵩之起复事，

《续资治通鉴》：淳祐四年九月癸卯，右丞相史嵩之以父弥忠病告假。乙巳，弥忠卒。丙午，起复嵩之。太学生黄恺伯、金九万、孙翼凤等百四十四人上书曰：嵩之不天，闻讣不行，徘徊数日，率引奸邪，布置要地，弥缝贵戚，买属貂珰，转移上心，夤缘御笔，必得起复之礼，然后徐徐引去。大臣佐天子以孝治天下。孝不行于大臣，是率天下而为无父之国矣。且嵩之之为计亦奸矣，自入相

以来，固知二亲耄矣，旦夕图惟，先为起复张本。近畿总饷，本不乏人，而起复未卒哭之马光祖；京口守臣岂无胜任？而起复未终丧之许堪。故里巷为十七字之谣曰：“光祖做总领，许堪为节制，丞相要起复，援例。”夫以里巷之小民，犹知其奸，陛下独不知之乎？窃观嵩之自为宰相，动欲守法，至于身，乃佚荡于礼法之外。五刑之属三千，其罪莫大于不孝，若以法绳之，虽加之𫓧钺，犹不足谢天下；况复置诸岩岩具瞻之位，其何以训天下后世耶？臣等与嵩之本无夙怨私忿，所以争进阙下，为陛下言者，亦欲挈纲常于日月，重名教于泰山，使天下后世为人臣、人子者，死忠死孝，以全立身之大节而已。孟轲有言：“学则三代共之，皆所以明人伦也。”臣，此而不言，则人伦扫地矣。惟陛下裁之。武学生翁日善等六十七人，京学生刘时举、王元野、黄道等九十四人，宗学生与寰等三十四人，建昌军学教授卢钺，相继上书切谏，皆不报。

《宋史纪事本末》：诸生榜于太学斋廊云：“丞相朝入，诸生夕出。诸生夕出，丞相朝入。”时范钟、刘伯正暂领相事，恶京学生言事，谓皆游士鼓倡之，讽京尹赵与欢逐游士。诸生闻之，作《捲堂文》，辞先圣以出，曰：“天之将丧斯文，实系兴衰之运，士亦何负于国，遽罹斥逐之辜。静言思之，良可丑也。慨祖宗之立国，广学校以储才，非惟衍丰芑以贻后人，抑亦隆汉都而尊国士。肆惟皇上，克广前猷，炳炳宸奎，厘为四学，戋戋束帛，例及诸生。蒙教育以如天，恨补报之无地，但思粉骨，宁畏触鳞？尽言安石之奸，共惜元城之去，实为、惟公议，不利小人。始阴讽其三缄，终尽打于一网。不任其咎，咎归于君，是诚何心，空人之国！昔郑侨且谓毁校不可，而李斯尚知逐客为非，彼既便已行之，吾亦何颜居此？厄哉吾道，告尔同盟？毋见义而不为，当行已而有耻。苟为饱暖，忍贪周粟之羞；相与携持，毋蹈秦坑之惨。斯言既出，明日遂行。”京尹遂尽削游士籍。

三为徐元杰暴卒事，

《续资治通鉴》：淳祐五年六月丙戌，兵部侍郎徐元杰暴卒。史嵩之既去，元老旧德，次第收召。及杜范入朝，复延元杰议政，多所裨益。会元杰将入对，先一日谒范钟归，热大作，夜四鼓，指爪忽裂以死。三学诸生相继伏阙上言：“昔小人倾君子者，不过使之死于蛮烟瘴雨之乡，今蛮烟瘴雨，不在岭外而在朝廷。”诏付临安府鞫治，然狱迄无成。刘汉弼亦每以奸邪未尽屏汰为虑，先以肿疾暴卒，太学生蔡德润等七十三人叩阍上书讼冤。

四为丁大全逐右丞相丁槐事，

《宋史纪事本末》:宝祐四年六月,丁大全逐右丞相董槐。槐自以为人主所振拔,可以利安国家者无不为。大全怨之,上章劾槐。章未下,大全夜半以台檄调隅兵百余人,露刃围槐第,驱迫之出,绐令舆槐至大理寺,欲以此胁之。须臾,出北关,弃槐,嚣呼而散。槐徐步入接待寺,罢相之制始下,物论殊骇。三学生屡上书言之,乃诏槐以观文殿大学士提举洞霄宫。大全既逐槐,益恣横,道路以目。太学生陈宜中、黄镛、林则祖、曾唯、刘黼、陈宗六人上书攻之,大全怒,使御史吴衍劾之,削其籍,编管远州,立碑三学,戒诸生勿得妄议国政。士论翕然称宜中等,号为"六君子"。

《宋史·陈宜中传》:既入太学,有文誉。宝祐中,丁大全以戚里婢婿事权幸卢允升、董宋臣,因得宠于理宗,擢为殿中侍御史,在台横甚。宜中与黄镛、刘黼、林则祖、陈宗、曾唯六人上书攻之。大全怒,使监察御史吴衍劾宜中,削其籍,均管他州。司业率十二斋生,冠带送之桥门之外,大全益怒,立碑学中,戒诸生毋妄议国政。且令自后有上书者,前廊生看详以牒报检院。由是士论翕然称之,号为"六君子"。宜中谪建昌军,大全既窜,丞相吴潜奏还之。(《宋史考异》:按《癸辛杂识》:开庆六士陈宜中、曾唯、黄镛、刘黼、陈宗、林则祖皆以甲辰岁史嵩之起复上书,时人号为"六君子"。而本传则以丁大全事上书,号为"六君子",彼此互异。)

五为洪天锡去国事,

《宋史·谢方叔传》:淳祐十一年,授知枢密院兼参知政事,寻拜左丞相兼枢密使。属监察御史洪天锡论宦者卢允升、董宋臣疏留中不下,大宗正寺丞赵崇璠移书方叔争之。翌日,得御笔,授天锡大理少卿,而天锡去国。于是太学生池元坚、太常寺丞赵崇洁、左史李昂英皆论击允升、宋臣,而谗者又曰:"天锡之论,方叔意也。"及天锡之去,亦曰:"方叔意也。"方叔上疏自解,于是监察御史朱应元论方叔罢相,既罢。允升、宋臣犹以为未快,厚赂太学生林自养上书力诋天锡、方叔,且曰:"乞诛方叔,使天下明知宰相、台谏之去,出自独断,于内侍初无预焉。"书既上,学舍恶自养党奸,相与鸣鼓攻之,上书以声其罪。

六为攻击贾似道事,

《宋史·贾似道传》:有太学生萧规、叶李等上书,言似道专政。命京尹刘良贵捃摭以罪,悉黥配之。

《元史·叶李传》:贾似道骄肆自颛,创置公田关子,其法病民甚,中外毋敢指议。李乃与同舍生唐棣而下八十三人伏阙上书,攻似道,其略曰:"三光舛错,宰执之愆。似道缪司台鼎,变乱纪纲,毒害生灵,人神共怒,以干天谴。"似道大怒,知书稿出于李,嗾其党临安尹刘良贵诬李潜用金饰斋匾,锻炼成狱,窜漳州。似道既败,乃得自便。

七为攻讦陈宜中事。

《宋史·王爚传》:德祐元年,进少保、左丞相兼枢密使。六月庚子朔,日食,爚乞罢黜以答天谴,不许。寻进平章军国重事,辞,不许。或请:"出陈宜中或留梦炎出督吴门,否则臣虽老无能为,若效死封疆,亦不敢辞。"诏三省集议,乞罢平章事,不许。京学生上书诋宜中,宜中亦上书乞骸骨。初,宜中在相位,政事多不关白爚,或谓京学生之论,实爚嗾之。

又《陈宜中传》:德祐元年,宜中为左丞相,上疏乞行边。事下公卿议,不决。王爚子某乃嗾京学生伏阙上书,数宜中过失数十事,其略以为:"赵溍、赵与鉴皆弃城遁,宜中乃借使过之说,以报私恩。令狐概、潜说友皆以城降,乃受其包苴而为之羽翼。文天祥率兵勤王,信谗而沮挠之。似道丧师误国,阳请致罚而阴佑之。大兵薄国门,勤王之师乃留之京城而不遣,宰相常出督,而畏缩犹豫,第令集议而不行。吕师夔狼子野心,而使之通好乞盟。张世杰步兵而用之于水,刘师勇水兵而用之于步,指授失宜,因以败事。臣恐误国将不止于一似道也。"书上,宜中竟去,遣使召之,不至。其后,罢爚,命临安府捕逮京学生,召之亦不至。

夫论救赵汝愚、攻击史嵩之、讼徐元杰之冤、斥丁大全之奸,皆公谊也。至林自养受宦寺之赂,则太学之败类矣。王爚之子所嗾使之京学生,未知何名,而以学生受政府要人子弟之嗾使,为之攻逐异己,虽非受赂,亦大失学者之人格矣。学生之论国是,首宜严辨义利。义利之辨不明,徒冒气节之名,而行污贱之事,贻讥史策,不亦大可痛哉。然如徐范著名不变,叶李具稿受祸,临难毋苟免,其风有足多者。至陈宜中为学生时攻执政,为执政时复为学生所攻,亦可见言易行难,而青年意气与晚节委蛇,正不容相掩矣。宋代太学规制极严,有关暇、迁斋五等之法,

《癸辛杂识》:学规有五等,轻者关暇几月,不许出入,此前廊所制也。重则前廊关暇,监中所行也。又重则迁斋,或其人果不肖,则所迁之斋亦不受。又,迁别斋必须委曲人情方可,直须本斋同舍力告公堂,方许放还本斋,此则比之徒罪。又重,则下自讼斋,比之黥罪,自宿自处,同舍亦不敢过而问焉。又重则夏楚屏斥,比之死罪,自此不与士齿矣。

至于临时发生风潮，则有罢遣游士(见前)，勉令肄业之举，

《续资治通鉴》：淳祐十一年闰十月丁巳朔，召程公许权刑部尚书，时罢京学类申，散遣生徒。公许奏："京学养士，其法本与三学不侔。往者立类申之法，重轻得宜，人情便安，一旦忽以乡庠散选而更张之。今士子扰扰道途，经营朝夕，即未能尽复旧数，莫若权宜以五百为额，仍用类申之法，使远方游学者得以肄习其间。京邑四方之极，而庠序一空，弦诵寂寥，遂使逢掖皇皇市廛，敢怨而不敢议，非所以作成士气也。"

又：淳祐十二年六月癸酉，帝曰："近日学校之士，本起于至微，不谓其相激乃尔。若纷纷不已，恐非美证。"先是，三学诸生叩阍言临安尹余晦，相率出学，帝令学官勉入斋，故因辅臣奏事复及之。

又：宝祐四年七月丙申，诏曰："进退台谏，权在人主，若由学校，万无此理。且非大臣所得进退，学校可得而进退乎！叩阍缕缕，更无已时。可令学官先论三学诸生，可安心肄业，以副朕教育之意。"

罢遣犹今之解散，勉学犹今之诰诫，盖视事之轻重，而为宽严之准也。《癸辛杂识》谓淳祐、景定之际，人畏三学生如狼虎，至贾似道作相，度其不可以力胜，则以术笼络之，盖有前之暴横，斯有后之腐败。始之热心国事不畏强御者，不过少数魁杰之士，及号君徒众，浸成风气，已不免于虚骄，又久之而为人所利用，则挟势以利私图，亦势所必至也。

《癸辛杂识》：三学之横，盛于淳祐、景定之际。凡其所欲出者，虽宰相、台谏亦直攻之，使必去，权乃与人主抗衡。或少见施行，则必借秦为谕，动以坑儒恶声加之，时君时相略不过而问焉。其所以招权受赂，豪夺庇奸，动摇国法，作为无名之谤，扣阍上书，经召投卷，人畏之如狼虎。若市井商贾，无不被害，而无所赴愬，非京尹不敢过问，虽一时权相如史嵩之、丁大全，亦未如之何也。大全时极力与之为敌，重修丙辰监金榜之三学，时则方大猷实有力焉。其后诸生竭力合党以攻大全，大全终于得罪而去。至于大猷，实有题名之石，磨去以为败群之罚。自此之后，恣横益甚。至贾似道作相，度其不可以力胜，遂以术笼络，每重其恩数，丰其馈给，增拨学田，种种加厚，于是诸生啖其利而畏其威，虽目击似道之罪，而噤不敢发一语(诒按，此亦不尽然，叶李、萧规等已见前，《宋诗纪事》称吴大有宝祐间游太学，率诸生上书言贾似道奸状不遂，退处林泉，与林昉等以诗酒相娱，是似道当国时，太学生亦多有反对者)。及贾要君去国，则上书赞美，极意挽留，今日曰"师相"，明日曰"元老"；今日曰"周公"，明日曰"魏

公”，无一人敢少指其非。直至鲁港溃师之后，始声其罪，无乃晚乎。盖大全之治三学，乃慫嵩之之不敢为；似道之不敢轻治，乃监大全之无能为。至彭成大之为前廊，竟摭其平日之赃，决配南恩州，学舍寂不敢发一语，此其术亦有过人者。

元明以降，寂无学潮，盖蒙古学校不盛，明初国学规则极严。太祖以方兴之国，厉行专制，至有枷镣、禁锢、杖责、枭首等野蛮残酷之法以禁学潮（见本志第十四期五百年前南京之国立大学），故学者劫于积威，不敢干与国事，终明之世，惟正统中因王振枷责祭酒李时勉，监生李贵等千余人诣阙迄贷，呼声彻殿庭，斯则救护师儒之所应为，而非宋季三学横恣之比也。

《明史·李时勉传》：正统六年，代贝泰为祭酒。八年，乞致仕，不允。初，时勉请改建国学，帝命王振往视。时勉待振无加礼，振衔之，廉其短，无所得。时勉尝芟彝伦堂树旁枝，振遂言时勉擅伐官树入家，取中旨与司业赵琬、掌馔金鉴并枷国子监前。官校至，时勉方坐东堂阅课士卷，徐呼诸生品第高下，顾僚属定甲乙，揭榜乃行。方盛暑，枷三日不解，监生李贵等千余人诣阙乞贷，有石大用者上章愿以身代。诸生圜集朝门，呼声彻殿庭，振闻诸生不平，恐激变。及通政司奏大用章，振内惭。助教李继请解于会昌侯孙忠。忠，皇太后父也。忠生日，太后使人赐忠家，忠附奏太后，太后为言之帝，帝初不知也，立释之。

呜呼，学潮非美事也。造成学潮之因，不外权奸误国，宦寺擅权，外侮凭陵，内政腐败，黜陟用舍之非其人，致读书明理之士奋不顾身，欲为国家社会定大计、抗外祸、辨贤奸、明伦理。御之之法，亦惟先去其因，使无所藉以恣肆，而如贾似道之笼络，明太祖之严酷，皆非处理之正也。然旧史所载，学生上书言事，伏阙力争者多有极钜之关系，而争之之动机又必一本热诚，置死生利害于不顾，而不稍涉于私，然后史策传为美谈，当时目为魁杰。苟不然者，则堕窳败业，祟饰恶言，凌傲长上，谇骂有司，转为有识者所唾弃。故学生能主持公论，而学生之外亦有能主持公论者以监视之，观于柳子厚、周公谨之言，则凭势怙众以为世莫敢非者，亦可憬然悟矣。抑吾犹有进者，上下数千年，因学校内外之事发生风潮者不知凡几，而吾综观史籍，独无殴辱师长一举，此何故欤？吾谓史策无此事，实固征民德之优，推其原因，则尊师重道之说，固自古以来为学者及其父兄戚友共守之信条，而法律之严，亦有所以辅成教育之基础者在。吾观《唐律》杀受业师者在十恶大罪之第九条不义之目中，而殴受业师者亦较殴平人加等。

注:《唐律》:殴见授业师无品博士者杖六十,殴九品以上授业师杖八十,殴五品上以授业师徒一年。

其法至清犹然,此其故可深长思矣。

《清律》:凡殴授业师者,加凡人二等。

论 学 风*

刘伯明

比年以来，吾国学风日趋败坏，学潮之起，时有所闻。考其原因：(一)由于前之办学者滥用权威，事事专断；继之者，则放弃权威，仅知迎合学子心理，冀扩张个人之势力，巩固一己之地位，而年少无知之学子日受其蛊惑而不知，其用心之可诛，品行之卑劣，以视滥用权威者，不可同日而语。其为人也，酷肖煽动群众之奸雄，苟能博民众之欢心，虽背弃天良，亦所不惜。此原因之由于学校内部者也。(一)缘于政治未入正轨，致舆情时甚激昂。欧洲大学自十三世纪以来，因宗教政治之压迫，内部亦时发生变动，停课之举亦偶有之。吾国东汉之党锢，明之东林，考其性质，殆亦类是。顾欧洲大学，在发达之初期，虽亦偶因细故发生风潮，其后则致力于学理之阐明，及政治宗教之改进，从无以一党一系之争牵入其中。其在吾国，则守正不阿，崇尚节义之精神，皎如日月，历久不渝。方之今之学潮，往往判若霄壤。此原因之缘于政治社会状况者也。有是二因，则学潮之起无有已时，而学风缘以败坏。今欲改良学风，导入轨范，必于上述两因详加考察，然后辅以其他要素，庶几吾国学潮得以消弭，而学风亦缘以稍有改进之望焉。夫办学者之滥用权威及放弃权威，其失维均，吾已言之。今欲折衷于二者之间，舍协商以外，殆无他道。吾所谓协商者，即所谓共和之精神之表现也。二人遇事协商，则惟理是从，一取一予。滥用权威者，予

---

* 辑自《学衡》1923年4月第16期。

而不取，近于专制；放弃权威者，取而不予，近于谄谀阿匿。吾常谓有理性者相处，无事不可解决，所恃者即协商也。特协商一事，非不学而能，必经长期之训练而后能为之。苟办学者，秉大公至正之精神，与学子相周旋，其意之可采者采之，力求融洽；其不可采者告以不可采之理由，其真固执己见而不可以理喻者，则虽驱逐之不与共学，可也。惟于此彼办学者，须具有坚决之意志，守正不阿，与其迁就苟安，不生不死，宁可决然引去，反不失为有主义之办学人也。审如是，则因循敷衍、漫无标准之学风，或能为之一振。特为人师者，又必具有相当之道德学识而后可耳。

至缘政局之不靖，而发生学潮一节，鄙意政治一日不入正轨，学子之心一日不能安宁，此殆势所使然不可避免。昔海羯尔（今译黑格尔）在耶那讲学，适值拿破仑亲率士卒蹂躏该邑，常人于此，皆必为之震惊，海羯尔则喻诸生勿躁，此或仅超绝如海羯尔者能为之。以此责诸常人，非人情也。夫学校固为研究学术之地，大学尤甚。顾环境不宁，则精神不专，而潜思渺虑，势所弗能。然吾国政局如漫漫长夜，不知须俟诸何时方能睹一线曙光，一波未平一波又起，为学者如随之而转移，则求学如读日报，零星琐碎，漫无律贯。此虽有教育之形式，言其实际则已无存，谓之教育破产可也。无已，则又惟有折衷于二者之间。一方求学，一方关怀政治社会情况。但于此则中等学校及专门大学似应有区别，中等学校学生年龄稍幼，学识经验亦较浅薄，急宜致力于学不宜骛外。惟政治社会状况则宜留意及之，此皆公民之所应知。而凡自治及共和之训练，又当于学生自治三致意焉。若专门大学学生，则其责任较重，凡政治社会问题之关系较大者，宜本学理之研究，发为言论，其心廓然大公，不瞻徇任何党系之私意，惟以高贵之精神，崇伟之心理，与国人相见，斯真高尚之学风也。若夫罢课一事，鄙意非绝对不能为，惟须慎重考虑，且仅能偶一为之，不可视为常经，其目标又至正大，而系夫全国之安危，而于其结果，又应稍有把握。若仅激于一时之意气而率尔为之，外部偶有刺激，则学校内部以罢课应之，刺激无已时，罢课亦继续无已时，长处于扰攘纷纭之中，其思想亦被其影响，散漫无规则，以如是之学生，继前人未竟之业，而望其致国家于富强之域，吾恐如缘木求鱼，不可得也。

学生智识较为发达，国家有事反应较速，以视常人，可称先觉。夫先觉者，感人之所同感而较深切，其表见也又较著明，不若常人所感之暧昧含混，惟其如是，故应本所感者发为文辞，播诸民间，为诗歌可也，为报章言论可也，如布种然，使之潜滋暗长，历时既久，动机自生。历观中外大改革其发动之机，胥在是也。若罢课，则仅限于学校，国人或视之若无睹，未几而灭。五四之举，幸有工商界为之声援，否则其结果必不美也。吾举此例，意谓救国之事，全国之人应共负其责，特教育界可为之先导，而又必有充分之准备，循序为之，持之以恒，不凭一时含混之热诚，此救国之代价，而吾人所应偿者也。

吾于以上所述，凡涉及教职员者，皆未道及，非以其无关紧要而阙略之，正以其关系重大，将欲分论之也。今之学生，愤国事之日，非常有越轨之举，虽常为意气所驱使，然亦教职员多所顾忌而不负责有以致之。故愚意欲消弭学潮，教职员方面亦应深自反省，而憬然觉悟政治社会方面责任之须共同担负，以此责诸学生，致令牺牲学业，而己则坐观成败，谓之不仁。瞻徇顾忌，裹足不前，谓之不勇。不仁不勇，岂能为学子之楷模乎？或谓为教员者，各有专业，彼方致力于学，自无暇关心政治社会事也。愚谓教员中，其专心致志于学问之研究者，洵不乏人，其忘情于政治，虽不可为表率，但情尚有可原，其他之以无暇相推却者，试一观其日常所为，则赌博者有之，冶游者有之，凡此有暇而独于注意国事无暇，谁其信之？不知政治社会之事，教员分内事也。教员不问，故受教育之学生出而问之，是教员放弃其职责也。

教员之责，以中等学校以上者为尤重。欧洲古来大学，其有贡献于当时之政治社会者，以德国大学为最。十六世纪之宗教改革，集中于伟登堡大学，而为之原动力者，即该大学教授马丁·路得也。十九世纪初叶之德意志，为数百诸侯所割据，互争雄长，迨拿破仑占据柏林，国民因处于积威之下，为日已久，相安无事，耶那大学教授菲希脱（今译费希特）愤国人之不知发愤，起而忠告国民，示以德国民族之历史及其责任。当时国民精神为之一振，一洗顽懦苟且之风，而德国民族之统一亦因之促进。未几（一八一〇年）柏林大学成立，专以培养爱国精神为宗旨，菲氏即往充教授，迨一八一三年战事发生，除二十余人外，全校学生俱往参战，此又菲氏讲学之效果也。

以上所述，不能尽学风所涵之义，尚有其他要素，姑就其荦荦大者，而略论之。

吾国古来学风，最重节操，大师宿儒，其立身行己靡不措意于斯，虽经贫窭，守志弥坚。汉申屠蟠所谓安贫乐潜味道守真，不为燥湿轻重，不为穷达易节，最能形容其精神也。洎夫叔世，士习日偷，益以欧美物质文明自外输入，旧有质朴之风，渐已消灭。其留学归来者，又率皆染其侈靡之习。昔之所重者曰清苦自立，今则重兴趣与安乐矣。前之自尊其人格者，深自韬晦，耻于奔竞，而今则不以奔竞为耻，其愈工于此者，往往愈为社会所推重。于是政客式之教育者出现于世，其所重者曰办事之效率，曰可见之事功，凡涉及精神修养高洁操行者，皆其所弗能欣赏，或且斥之为无用，不知其害之中于学子之意识者至深且巨。盖其估定价值，品第高下，即将据以为准。易言之，其人生观即于是养成也。今之学子，好高骛远，尊重名流，以为校长非名流不可为，主任非名流不可为，未始非上述之人生观有以致之。夫学校既为研究学术培养人格之所，一切权威应基于学问道德，事功虽为人格之表现，然亦应辨其动机之是否高洁，以定其价值之高下。若通俗所重之名利尊荣，则应摈之学者思想之外。老子曰："虽有荣观，燕处超然。"此从事教育者应持之态度，而亦应提倡之学风也。

学校中有两种最难调和之精神，一曰自由，一曰训练（或称负责）。不惟管理方面有此困难，即学业上亦有之。兹就学业方面而申论之。旧有小学，偏重训练，所用教本，基于成人心理，儿童需要，概置不问。今则反是，偏重自由活动，而思想如何使之细密，精神如何使之集中，则不暇顾及。此重自由而轻训练之教育也。由此而至中学，以及中等以上之专门大学。昔之用年级制者，今则纷纷采用选课制、学分制，前者邻于训练，后者毗于自由。受年级制之裁制者，对于所学，索然无兴趣，其个性不易发展。而在选课制、学分制之下者，则能选性之所近者以习之，但人性避难趋易，益以所选范围漫无限制，则任性之弊随在可见，其所谓性之所近。或即一时之好恶，故又偏于自由。愚意偏重自由，其害或较偏重训练为深且巨。以其使人任性而行，漫无规则，而真正受教育者，即其心之曾经训练者也。

即有时选课之际加以指导，或规定范围，俾其遵循冀于自由之中参以限制。然考之实际，亦往往失之过专。专门大学之中，科中分系，中学之采用三三制，皆取其有伸缩之余地，而使学生任选一种以修习之。以为如是，则免浮泛空洞之弊，而人人可有专业，不知此仅养成有职业之人，其所修学仅能发展局部之我，其他方面概未顾及。其与真正之自由人性，全体之解放，相差甚远。此弊不惟见于专门大学，自六三三制风行以来，亦且见于中小学矣。

吾人苟欲致负责之自由，愚意不惟年级之观念应行打破，即计算学分之机械方法，最好亦能废除。此皆图行政上之便利，不可据以估计学业上之深浅也。惟于此，中学及专门大学似应分别论之。中等学校，无问其为升学，或为培养职业人才，一切教育俱应从人性之全部着想。教育目的在学为人，凡学为人，必使人性中所具之本能，俱有发展之机会，而学谋生不过发展人性中之一部分，以一部分而概全体，非人的教育也。是故新学制之中学，虽可施以职业教育，但同时须顾及全部之人性，凡涉及人文及自然两方面之科目，皆应明白规定，使选习之，即有伸缩，亦应限于确定范围以内。修习之际，则与以自动机会，勿使仅读讲义，使之自由参考书籍，躬自试验观察，如能不限以学分，或悬固定之格，则尤为近于理想。但此事，吾恐不易实行于中学校也。至于专门大学，则其事较易实行。愚意大学课程，前二年可使学普通科目，第二年终各生须认定一门以专治之，惟其有无专治一科之资格，须经各学系审定，其经审定及格者，则使之自由研究，不使受学分制之制裁，其上课与否，悉听其便。迨二年终了，苟欲得学位，则仿德国大学制，予以极严之考试，或用其他方法，审核其学业上之成绩，如两年内确有心得，则径授予学位可也。如是，则一方与以自由，不使受机械之束缚，而一方又使之负责研究，其法如善用之，当较现行之制为妥善也。

二十世纪，商业最盛，其影响所及至广且巨。最不幸者，即今之学校，亦且受其支配。前所述之学分计算，即其一例。其他若管理上之重阶级，教员之按时计薪，展览成绩以相矜夸，登载广告冀增声誉，凡此皆商业原理应用于教育之明证也。然此犹可视为不得已之办法，若其视智识为出卖品，一仿希腊第四世纪之哲人之所为，或视学校为出卖知识之交易所，则最足令人痛心。试观今之学校，其能免此弊者，究有几所。而最近之种种私立学校，其发生之速，有如地蕈，试一察其内容，则鲜不以营业为目的。学生愈多，则营业愈发达，苟纳学费，靡不收受，入校以后，仅授知识，其性行如何，不暇过问。呜呼，此岂学校之本旨哉！美国社会学家华尔德有言，社会事业其不基于商业上供求原理者，只教育一种而已。而美国学者菲伯伦数年前著美国高等教育一书，于商业原理施诸教育之为害，又慨乎言之。不意吾国学校，适犯此病也。愚意学校精神存乎教师学生间，个人之接触，无论修学息游，为人师者，应随时加以指导，于以改造其思想而陶冶其品性，不仅以授与智能为尽教者之职责。准是以观，则设备建筑仅必须之附属物也。即推广事业，亦仅此精神之表现也。诚以根柢深固枝叶自茂，不此之务，而以旁骛横驰为得意，吾恐范围愈扩大，其距爆烈之时期亦愈近也。反是而致意于个人之感化，精力之涵养，弸于中而彪于外，君子之道暗然而日章，小人之道的然而日亡，此之谓也。

以上所述，不佞以为乃真正学风应涵之义，而又自信可以救吾国学风之弊。如当代教育同人，以为尚有脱漏之处而弥补之，则亦不佞所欢迎者也。

共和国民之精神[*]

刘伯明

国民品性，非自始已然，盖基于制度，犹埴之受范于埏，虽其间不无主动受动之殊，然二者之能受变化则同。此社会心理学家之言也。顾制度易变，而品性则以历时过久，不易猝更，此由狃于习惯，通常谓之惰性。故以改造社会自任者，于此应特别致意，否则操之过急，期成于旦暮之间，未有不失败者也。余非谓世事可任其自进自退，不须智力之制驭，此委心任运之陋习，非余之意也。余谓既知品性，原于积习，则取而矫正之，亦须历长时期之训练。而此则须有系统之计划，非有所望于卤莽灭裂之方法也。

吾国自改建共和以来，仅历十稔，以视昔之专制时期，不过一与三百之比。十年之间，又因战祸相寻，教育事业，未遑顾及。于此而望真正共和之产生，犹持豚蹄而祝满篝，虽三尺童子，亦知其不可也。夫今之所谓德谟克拉西，非仅一种制度之称号，实表示一种精神也。德谟克拉西之形式，在吾国已略具矣，然求其精神，则渺不可得。兹篇之作，所以示国人以共和精神之所在，于今之注意社会改造者，或不无裨益乎。

吾国政治，自古以来，崇尚专制，虽其间有王纲解纽，制裁稍弛之时，然就其大体言之，则恒为专制也。生息于斯制之下者，乏直接参与政事之机会，即有此机会者，亦限于极少数之人。若辈又抱兼善天下之笼统思想，而彼最大多

---

* 辑自《学衡》1922 年 10 月第 10 期。

数，则不与焉。此最大多数，其中不乏聪明智慧之士，既不能于社会方面发展其才，则退而暗修，而主观之道德，缘之以起，曰正心诚意，日惩忿窒欲，皆此主观之道德也。虽此外尚有治国平天下、推己及人之语，然治国平天下既嫌空泛，而推己及人，又往往限于五伦之间，以视今之社会精神，其范围固有广狭之殊也。又有所谓山谷之士，肥遁鸣高，日处闲旷，而以野鹤闲云自况。此其为人，超然于公民之外，就政治言，谓之非人可也。夫正心诚意之事，诚吾国人生哲学之特色，其价值无论社会进至若何程度，必不因之稍减。今人之虞诈无诚，谲而不正，大可以此药之。惟余谓正心诚意，必有所附丽，非可凭虚为之。而从事社会事业，正即正心诚意实施之法，此古代精神有待于近今思想之弥补者也。至所谓山谷之士，离世异俗，就其自身言之，非不高尚。东西贤哲，自觉不囿于时，不拘于墟，而以己身属诸万世。其崇伟之精神，令人起敬，但此则限于极少数之人，非所望于人人，更非可视为教育之目的也。

以上所述，所以示国人阙乏共和精神。盖共和精神非他，即自动的对于政治及社会生活负责任之谓也。数年以来，国人怵于外患之频仍，及内政之日趋腐败，一方激于世界之民治新潮，精神为之舒展，自古相传之习惯，缘之根本动摇。所谓五四运动，即其爆发之表现。自是以还，新潮漫溢，解放自由之声，日益喧聒。此项运动，无论其缺点如何，其在历史上必为可纪念之事，则可断言。盖积习过深之古国，必经激烈之振荡，而后始能焕然一新，此为必经之阶级，而不可超越者也。在昔法德两国，亦经同类之变动。今日吾国主新文化者，即法之百科全书派也，今之浪漫思潮，即德之理想主义运动也。其要求自由，而致意于文化之普及，藉促国民之自觉，而推翻压迫自由之制度，则三者之所共同。惟今日之世界，民治潮流，较为发达，其影响之及于我国者，亦较深且巨，斯则同中之不同也。

由是观之，新文化之运动，确有不可磨灭之价值。第前之所谓自由，足以尽德谟克拉西之义蕴欤？抑仅为其初步，此外尚须有所附益欤？自余观之，自由必与负责任合，而后有真正之民治。仅有自由，谓之放肆，任意任情而行，无中心以相维相系，则分崩离析，而群体迸裂；仅负责任，而无自由，谓之屈服，此军国民之训练，非民治也。世界军国民之教育，当以德意志为最著。欧战以前，德国组织，堪称完密，全国如有机体然，身之使臂，臂之使指，或如机械，其中诸部，钩联衔接，各尽厥职，无一虚设。若论效率，至矣尽矣，蔑以加矣。然其国民乏自动应变之能力，仅能唯唯听命而已。欧战以后，论者以为曩昔训练，或将消灭。然此项训练，由来已久。德国民族，渐渍于康德等之学说，历百余年之久，加以多年之教育，虽欲一旦弃之，势所不能，且亦不应尔也。盖民治政治，虽重自由，然其自由必附以负责之精神，故前之价值，不应任其消灭，特必于旧有者之外，加以自由之新精神耳。

真正之自由与负责，审而观之，实同物而异名。惟负责而后有真正之自由，亦惟自由而后可为真正之负责，今用两名，特从通常之释诂耳。邃古以来，或尚自由，或尚裁制(此即似是而非之负责)，其能兼具之者，当推纪元前五世纪之雅典。尔时雅典市民，约计五万人，而参与国家事业者，有二万人之多。其余或劳力，或劳心，或慷慨输金，或发抒技艺，凡个人所具之心思才力，靡不贡献予国家，而其贡献又出于自动。当时雅典文化，灿然美备，未始非此自由贡献之所致也。然此仅得历数十年之久，其所以泯灭者，则由个人主义，日渐曼衍，驯至各任己意，而群体涣散矣。自是而后，雅典国家，不复存在。虽亚里士多德犹谓人为政治之动物，(Political 一语源于希腊文之 Polis，译云城市。所谓人为政治之动物者，实即人为市民也，盖雅典国家乃城市之国家，包举社会与国家两义，此其与今人言政治不同之处也。)然亚氏视政治及社会之生活，仅为常人生活，哲学家则超然于公民之外。此其所言，实反映当时社会情形。而主观及超绝之人生哲学，即由是而日盛也。

是故欲求真正共和之实现，必自恢复前所谓自由贡献之客观精神始，此项精神一日阙乏，则共和一日不能实现。专制时代，一国政治，属之最少数之人。此少数之人，苟为贤能，则其国治，其余则漠不关心，所谓不在其位，不谋其政是已。共和政治，则为多数之治，人人利害与共，故不应漠然视之。其盛衰隆污，权自我操，前所谓负责之自由，亦惟于此有实施之余地。其生存于斯制之下者，本互助之精神，共谋进步，一方治人，一方受治于人，不相倾轧，惟理是从，斯乃共和国民之精神也。试先就互助而申论之，夫所谓互助者，与侵略对。侵略之人，日思逞其私意，其视他人，仅有工具之价值，以为增高自己声势之阶梯而已。而具有互助之精神者，则自处于隐微，或至多从旁指导，俾他人各尽所能，而发挥其异禀。又富于社会同情，关怀地方事业，凡己力之所及者，无不为之，且各有各身之职业，而此即其对于社会之最大贡献。否则寄生于社会，非有效率之公民也。顾其一方虽有职业，而一方于职业之外，尽其为公民之职责，不敢稍懈。盖凡求共和之实现者，不惟须牺牲金钱，且须贡献时间，及聪明才力，此皆共和之代价也。由是观之，共和者，人格之问题，非仅制度之问题也。有自由贡献之共和人格，则共和制度有所附丽，否则仅凭一二人之倡导于前，而多数漠不关心，必无以善其后也。余前至某地，该处道尹颇以植树为重，一时城墙四周，遍植树木，既而解职他往，居民则荷斧而争斫之。此所谓人存政举，人亡政息。而世事所以一进一退，必赖有不世出之人才，而后始有一时之进步者，其故即在是也。

共和国民，不惟负责而具有贡献之精神，亦须能屏除私见，而惟理性之是从。此二者固有密切之关系，然亦可分论之。夫所谓理性者，非仅凭空思考，不顾事实，此抽象之理性，非余之所谓理性也。真正理性见于协商，一方虽有一己之好恶，而一方能参酌其他方面之意见。其心廓然大公，如衡之平，能取各种不同之意见，而折衷之，使归平允，如是则面面顾到，无党派之私见，以萦其心。共和国家之有议会，其精神即应如是，否则党派倾轧，各逞野心，谓之暴民政治则可，非共和之政治也。斯二者，就形式观之，其间不可以寸，而自精神言之，则判若霄壤矣。间尝论之，专制时期，苟有贤者在上，一切设施，出自少数人之裁夺，则事易举，即须协商，亦不困难。若集数百人于一处，此数百人又各怀党见，此以为是者，彼或以为非，而所谓是非，又非有共同之标准。于是，意志倾轧，是非淆乱，求其屏除私见，共商国家大事，必不可能也。

由上所述，共和之实现，有待于共和之精神其理灼然易见。然无共和之制度，则共和之精神亦无由产生。斯二者相须如是，几将陷于名学所谓循环之谬论矣。自余观之，吾国共和，虽不能谓已实现，而教育亦去普及尚远。然教育中所涵储能，其足以培养共和精神者，尚未尽量利用。苟充其量而利用之，使今之学校，自小学以迄高等大学，凡其为教师者，俱有彻底之自觉，了然于教育之以造人为目的，非仅授与智识技能，则人性中之储能，可以变更，俾适应共和之制。近者科学发达，渐知择种留良之术。养猪养牛者，皆冀择其良者，使之生殖。吾人似亦可仿此而行，苟取此法而施之于人，则人之种，似亦可日渐改良。特吾之所谓种者，指其精神心理方面而言，非谓形质也。在昔专制时代，常以民为无知之代名词，故孔子曰："民可使由之，不可使知之。"此所谓不可，盖不能之义。意谓即欲使知之，亦以限于禀赋，不能使知之，证以民者瞑也之说，其义益为可信。此其等第人性，虽不无生理上之基础，然教育未施以前，妄分等级。是以事实上、人为上之差别，为自然之差别，而维持专制于不敝，非共和教育之本旨也。

论大学生之责任*

柳诒徵

其途愈隘，其地愈高，其名愈尊，其责亦愈重，此在世界各国皆然，而今日吾国为尤甚。以中国三千五百数十万之方里，四五万万之人口，仅得国立大学二三所，学生之数至多不过数千人。平均计之，大约十万人中乃有大学生一人，古称千人为英，万人为俊，至于十万人中之一人，直无此十百倍于英俊之名词以名之。学者试思，吾之地位与其他之十万人相若也，而其他之十万人纳捐税，竭脂膏，以充国用，以立大学，以建校舍，以购图书，以置仪器，以延师儒、以教吾一人，岂徒为吾一人无学者之头衔，无博士之徽号，不能活动于社会，不足光宠其宗族，故不惮牺牲十万人之乐利，以奉我一人乎！由此思之，大学学生之责任为何如，以余所见，当分三部论之。

一则对于今人之责任也。大学学者对于今人之责任，约有二事：一曰改革，二曰建设。今日吾国之当改革，尽人所知，无待余言。然余以为数十年来倡改革者，不一其人，而愈改革愈纷乱愈腐败者，以改革之不得其道也。徒从外面责人以改革，不从根本责己以改革也。今之腐败之徒，固有多数非学者之督军总长议员绅士，然如杨度、权量、曹汝霖、陆宗舆、陈锦涛等，非皆学者而以改革自命者乎？结团体，发电报，争国是，攻政府，皆彼辈所优为。而今日学者之老师也，一经权利之场，顿背向来之志，而攻人者一转而为人所攻矣，故吾谓

* 辑自《学衡》1922年6月第6期。

今日之患，不患在多数非学者之督军总长议员绅士，而患在一般号称志士之学者亦不可靠。督军总长议员绅士无学问无知识，转瞬即成过去之人物，无足虑也。一般号称志士之学者，有世界之知识，有崭新之学问，以助其竞争，权利自便，私图之力，其为祸尤毒于无学问无知识者。不观今之经营财政办理银行者乎，以外国之新法，助其虐民之具，操纵市价，吸收货币，国与民交困，而银行学者高车驷马，华屋美妾，拥资千百万或数十万，漠然不知民生疾病为何事也。中国旧法若刀斧，欧美新法若机关枪炮，以刀斧授之，恶人所杀伤者数人已耳，以机关枪炮授之，恶人则其所杀伤不可胜计矣。故论法之当改革刀斧，诚不如机关枪炮之精利也，然用此机关枪炮者，不从御敌复仇着想，而转杀其同胞，则非议改革者所及料矣。中国大多数之人，虽无意识，然以数千年文化之影响，其于道德观念，实深于知识，故对于主持改革者，不观其言而观其行，其言文明，其行腐败，则对于文明之言亦视若腐败而无价值。辛亥以来，多数之人未尝不趋向改革也，只以主持改革者所行不能免于腐败，结党争权，敛金据位，与其所持国利民福之帜，相背而驰，而一般人始灰心失望，谓此辈无异于旧官僚，与其慷慨激昂，为改革家所利用，结果不过造成少数人之名位权利，无宁伈伈伣伣蹈常习故，惟旧官僚之命是听，故守旧者之得势，非守旧者造成之，实革新者造成之也。今日人民已富有此等经验，则未来之改革家即当力鉴前辙，谋根本之改革，毋先谋革他人，须先求革自己。今日在学校以得文凭取学位为目的，即他日在国家争地盘猎高位之根本；今日在学校以占便宜出风头为手段，即他日在社会为党魁欺国民之根本。中国社会之腐败，如烈火炉，非百炼之精金，一入其中，即行镕化。故在求学之时，满贮爱国之热忱，确乎其为高尚纯洁之士，至于投身社会，尚难免不为外物所诱而有动摇，使在学之时，根本已不坚定。或已习于社会巧诈之法，知责人改革者，往往名利兼收，而从自身彻底改革者，其处世无往而不艰困，因之避难就易，醉心于社会之名人而仿行之，则异日更不堪问矣。吾为此言，非好为苛论，薄待学者也。今日国家社会之败坏，已如洚水横流，滔天绝地，非有志士仁人，具大愿力，不能挽此沉沦，而其他社会中人，万无可望。止此，大学学生尚为国家一线生机，以过去之学生劝现在之学生，故不惮言之痛切如此。以前文论之，十万人中得一高尚纯洁绝无自私自利之心之学生，为改革社会国家之根本，其势仅如十万枯株中有一树发荣滋长，其多寡之相悬若何？使并此一株之根本，尚不坚牢，其现象不知若何矣？

心地改革之后，必须负第二步建设之责任。旧社会之学者，清廉自矢不忮不求者，亦未始无人，然束缚于旧观念，一事不为，徒自鸣其高尚，纵有消极之效，绝无积极之效也。学者须知，今日之中国虽亦号称国家，而以较并世列强，则此泱泱大地尚属洪荒草昧，在在皆须开辟之时。且洪荒草昧有天然之阻力，无人为之阻力，其开辟尚易为功，惟此等准洪荒草昧之国家，已有种种旧习惯旧思想为建设之阻力，其开辟乃更较羲皇黄帝以前之洪荒草昧为难。吾侪生丁此时，遂不得不负此重大无伦之责任。今日号称民治矣，究其所治者几何？他勿具论，即吾所称三千五百数十万之方里，有精密之地图乎？四五万万之人口，有精确之统计乎？欲造成此三千五百数十万之方里之精密地图，四五万万之人口之精确统计，须几何人几何时乎？抑一切不问，待彼皙肤黄发深目高鼻之人为我为之乎？往者事由官举，则以吾之理想，但得一千八百有思想有知识有能力之县知事，即可责令同时举办。今则非其时也，官权既不可行，民复不知所以行使其权。所谓自治者，相率以自乱耳。故在今日，必须有数十百万真能了解自治之义之学者，散布于各省各区域之县市乡镇，平心和气，吃苦耐劳，愿尽其一生之心力，测量其田土、调查其人口、修浚其河渠、开辟其道路、经营其实业、推广其教育，始可稍稍具有民国之基础。而今之数千大学学生，实属不敷分布。假令此数千大学学生，复不愿担负此艰苦之责任，惟麇聚于各都大邑，求其高位多金，则此数千万方里直不知须至几百年后始可开明发达与欧美日本相等也。且各地方之自治，有旧人物旧习惯以为之阻者，特就内地言之耳。其边远各地，文教所不及，民智尤鄙僿，而利源之富、形势之重，又为外人所醉心，有已经席卷囊括为其外府者，有方在经营规划行即割据者，吾辈学者不能诿为不知，任其若存若亡也。果有志士，必须率吾边氓，兴吾地利，固吾疆圉，保吾主权，其辟草莱，垦硗确，化榛狉，通瓯脱，固艰于内地千百倍。而外人之挟势以陵我者，必不容吾发展而有反客为主之势。其龁龇咋噬甚于内地之土豪地痞千百倍，则负此责任者又当若何乎？今之学者，恒患无事，吾则谓今之中国，特患无人，无人则无事可为，聚千百万之口，若指以争食于一二都市；有人则全国待兴之事何限，全国需用之人何限。以人兴事，以事养人，无一事不需若干大有用之人才，亦无一地不需若干大有用之人才也。又如各国之于外交，皆恃舆论为后盾，不独主持于国内，兼以鼓吹于异邦，不独宣传于临时，兼凭议论于平日。我之二十一条交涉及巴黎和议、华府会议种种失败者，固由外交官吏海陆军人不能卫国，要亦舆论无所凭藉，缺乏对外之力之故。国中新闻记者，仅以短浅之目光，作滑稽之言论为能事。对于大政治大交涉，已不能上督政府，下阎民意，而对外时之职务，尤非所知，组织新闻团，偶涉异邦，即自矜诩。初无常驻之机关，养成中国言论势力于平日，其不能敌各国，固不待交涉结果而后决也。吾意今日欲立国于世界，必须有多数有学问有道德之新闻记者。大兴吾国之新闻事业，其散布国内各地者，固需数千百之大学学生，以高尚之学识，发弘正之议论，不为党囿，不为利屈，专一唤起国民监督政府，而自治其全境。而对于欧美各国，尤需有数千百人散布各国之重要都市，常年发行新闻纸，以表示吾国之意见，发皇吾国之民德，遇他人之诬蔑则辩护之，遇他国之排斥则预防之，刺取各国政府之消息，联络各国党会之首领。在在以国家为心，不为一党一派一团体或一地方之人所利用，尤不为他国政府或团体所利用，如此始可谓之国有人焉。若徒稗贩外国之报章杂志，沾沾自喜，或遇大事之来，徒为叫嚣呼号之论调，事过则又忘之，岂得谓之学者？是故大学学者，不必谓吾异日为外交官，然后负国家外交之责任也。吾即从事于言论界，亦负有国家重大之责任。负此责任者，其人愈多，其于外交始愈有力，非少数人所能为功也。虽然，内治外交之责任，皆其大且要者也。吾以为凡百小事，亦皆须大学学者建设。吾民以外交之失败，尝齐心同声，抵制劣货（疑为“敌货”之误——编者注）矣，究其成效如何，则抵制一次，徒以坚劣货之信用一次。例如学校所用油印之蜡纸，未尝无国货也，而劣货则经用而透墨，国货则易裂而不透墨，抵制之声浪一歇，劣货之使用依然。此凡在学校中人，当皆知之。夫蜡纸，一微物也，吾国亦未尝不能制也，而较之劣货则优劣正成反比例焉。以是知吾国之工商，仿造外货，第能粗具形模，即以充用，初不求其精善，可抗劣货而上之。推之一火柴之药品，一牙粉之原料，以至包牙粉之纸，制火柴之杆，大抵取给于外人，徒以集合攒凑，出自国人之手，遂大张其广告曰国货，以此制人，宁不羞死？然而欲图改善，则非大学学生发愤研究，殚心制造不为功。彼普通之工人或商人，固不能有极深研几之力也。故吾谓大学学者之负建设之责，不必皆趋于大且远者也，即最小最近之事，亦当引以为责，分头并进，各殚所能，总期吾国无一物仰给于人，且令他人仰给我焉，则学者始可谓能尽其职矣。

二则对于前人之责任也。大学学生对于前人之责任，亦有二义：一曰继续，二曰扩充。凡吾所谓改革建设者，对今人而言也，易言之，亦即为对于前人继续扩充其事业。盖人生之真义，即为绳绳相续，以赴最后之所期，而一时代之人物所持以为建设之具者，无非袭集前人种种之遗传，变化改良以扩充其境域而已。吾国国境之广，年祺之长，均前人之所开辟遗留，以为后人之根据，吾辈之承其后者，亦必继续扩充前人之事业，复以遗于吾辈之后人，斯即吾辈一生责任之所在也。夫吾前人所以能开辟留遗此土地胤姓者，非惟野心武力也，非惟侥幸饰伪也，其所恃以抟结维持此广土众民者，有其精神焉，有其学术焉。晚近之人，惟失其精神学术，故不能自立于大地，而前人之业垂尽于若辈之手。故今日大学学生，欲改革今日之腐败，建设未来之新国，仍当导源于前人之精神学术，以拓此日进无疆之基。若徒恃一时之人之智力，谓昔之人无闻知，是犹童稚自绝于父母师长，逞其孩气，徒塞其智德之源也。近之学者，多持整理国故之说，于继续前人之精神，则罕言之，其实整理国故者，即继续前人之精神之一法，而其昭然卓著之义，无俟整理者，则惟待后人之继续进行。例如，孔孟之言忠恕仁义，程朱之讲居敬穷理，阳明之言知行合一，此非隐埋晦塞残缺不完之说，非后人整理不能得其途术也，惟后人视为口头禅，或视为陈腐迂阔之谈。一若无关于学问，而学问者乃成为身心以外之学问，孜孜考据者虽日出而不穷，而前人之精神乃徒留于纸面，不复见于今日之中国矣。故余谓今日学者，第一要务，在继续前人之精神。不可徒骛于考据校勘之事，奉考据校勘片文只字之书，为中国无上之学，而于圣哲所言大经大法，反视若无睹，甚至颠倒其说，谬悠其词，谓忠恕为推知，谓乞丐为墨学，炫奇立异，以夸于众，是岂得谓善读古书乎？往者学校阶级未严，课程未尽画一，学者不待入大学，已多诵习前人之书，一知半解，犹略有得。今则编制益精，分析益清，普通中小学校所欲造成之人，只期其能得生活上之知识技能，绝不知有所谓前人之学说，纵画分若干钟点，为教授数小册之中国历史、数十篇之中国文章，其于前人立身处世之精神，真如风马牛不相及矣。故继续前人之精神，仅有大学学生可负此责外，此必不能望之于一般仅识之无之国民。然今日学者，对于前人之文字，颇有视为具有研究之价值者，独于前人立身处世之精神，不惟不愿继续，且有极口痛诋，以为不适于今日之世界者。夫不适于今日之世界者，独今日中国争权夺利欺诈苟偷赌博腐败吸食鸦片之类耳，不此之责，而因今人之腐败迁怒于前人，吾不知从古圣哲所言何常不适用于今日。例如，《大学》所言絜矩之道，是否为人类所必须，岂今之世界不同于古而人皆愿受己之所不欲乎，此则余所百思不解者也。大学学生，即将来全国之领袖，于前人之言行，能实践焉，于前人之哲理，能精研焉，则造成风气，当不徒欧洲文艺复兴之比也。

虽然，继续前人之精神，非谓对于前人之责已尽也。恃此精神，方可为扩充之用，群德个性，交策并励，而前人未竟之业，尚须继续开拓焉。以余之理想，觉中国之事业，在在需人进行，即中国之学术，亦在在需人开拓。姑以文字历史而言，苟欲加以整理，亦非合多数人之力，扩充其研究之范围不办。例如邃古地质、原始人种，皆求之于书籍不得要领者也。他国之人，言之凿凿，吾国独恃搬演周秦以来真伪不明之书，此则吾辈无以对今人，亦无以对古人者也。世称苗族为吾国土著，而汉族乃自巴比伦昆仑而来，则研究苗族之言语文字历史习惯以及考究莎公巴克之遗迹，亦吾学者分内事矣。吾国先民势力之伟大，不徒著于今之国境也，东自北美、日本、朝鲜、琉球、菲律宾、苏禄，南迄亚齐、三佛齐、爪哇、马六甲、胥壶、彭亨、暹罗、缅甸、安南、柬埔寨，西暨波斯、大食、五印度、帕米尔，北极里海、黑海、阿速海、贝加尔湖之外，皆吾民历史区域。吾人欲发挥先烈，表彰国徽，必须分任此调查研究之责，寻其遗物，搜其金石，习其语言，稽其风俗，沟通其史籍，比勘其踪迹，推究其族姓迁流之始末，而吾国民之过去事实乃可渐成为完史，否则仍踽踽而不备也。然此事业，须若干人若干岁月，非吾所能断言，而此责惟大学学者任之，则吾可断言也。即不远及域外矣，今日我族之中，如满蒙回藏之语言文字历史不可不知也，居庸关之石刻，掌中珠之译文，无圈点之老档，其待研究者又不知凡几矣。今人徒存势利之见，但习一二种现行文字，以为天下学问尽于是，不复他求，余谓中国学者苟有志于负学术上之责任，则其区域之广，正不容画畛以自封。不观于各国学者乎，梵文者，已死之文字也，而罗臻路、脱外巴、米由拉等，竭毕生之力以治之；赫泰书者，亦已死之文字也，而郝更黎、舍斯、高留等，亦竭毕生之力以治之，伯希和读吾敦煌竹简，毛理斯读吾西夏佛经，则更可谓斯事与彼漠不相涉矣，而渠等之志趣兴味若何？吾侪席先民之遗产，承诸族之远源，乃不知发愤讨求，表章其内治外竞之勋，宁不可羞？此吾所以谓学者对于前人当负扩充之责者也。

三则对于世界之责任也。今之学者，对于世界应负之责任有二：一曰报酬，二曰共进。何以谓之报酬，即学术上之贡献是也。吾人今日所治之学术，自得之于中国先民者外，皆食世界各国学者之赐也。远自哥白尼、培根、牛端①，近至爱迪生、倭铿②、柏格森诸人之学说，络绎委输，以启吾族，吾族所以对之者，其仅仅尽量吸收翻译仿效而已乎，抑将有以为之报也？以商业论，入

---

① 今通行译法为"牛顿"，编者注。
② 今通行译法为"奥伊肯"，编者注。

口货多，出口货少，则其国必为他国经济上之奴隶。然吾国自晚清以来，虽曰输入恒超过输出，而其实际尚可以丝茶豆麻诸物为彼煤油纱布之报。独至学术界，则输入之与输出几乎无比例可言，何吾人但食人之赐而不思还以一席也？然昔日可诿曰，中国初事教育，普通学生学术幼稚，如乳儿之于乳母，有食之而已。今则学术渐进，崭然以学府著者，为世所耳目矣，则吾人于科学上所发明，于社会上所研究，于文学上所创造，皆当尽其量以谋贡献，不可徒如敝帚自珍也。近人谓华府会议，无中华民国之名词，仅有支那之名词，是诚可耻之事。然支那之名词，果有非常之学者未常不可使之增重也。个人之力初不必藉国力以为援，如太谷儿①之哲学文学，有震动世界之力量，则印度不足为太谷儿羞，太谷儿实足为印度荣矣。假令吾国在国际会议席上，固赫然与世界强国平等，然一翻世界之学术史或教育宗教文艺美术诸史，阒然无一支那人名，或有之亦不过过去之老子孔子玄奘杜甫诸人，则此国乃诚虚有其表耳。今之强国，固恃有无畏战舰、弩级战舰、坦克大炮，以壮其门庭。然按其内容，则靡国不有殚精竭虑以求裨补世界文化之人，纵令毁其武装，摧其外交，灭其资本，而其发明家磊磊天地间，不随其武装外交资本而去也。反观吾国，则其他之数种既不逮矣，其可自致于精神者，乃亦同其沉寂，岂吾族之脑力皆出白人下乎？吾意食人者恒愚，食于人者恒巧，查礼士好年之制橡皮也，荡其财产，罄其器物，负债累累，受万众之毁骂揶揄，经若干之失败挫折，而查礼士好年秉其愚忱，独从事于一物，而其功遂广被于五洲。吾人惟不及其愚，故不愿趋入此途，使吾独苦而锡世界以福。不惟制造物质，推之研究哲学文学美学名学社会经济，无不皆然，人持此说，吾从而推扬之，尽可名于一时，乐其一生，何必更自苦者。然吾愿未来之志士，务戒此巧，而不惮如白人之愚，变销场为产地，则世界将引领以望吾矣。

复次，则共进之义，视报酬为尤重。今日中国之有待于改革固也，而世界各国之有待于改造，特视吾国情形不同，未必无商量之余地也。盖就文化上言之，白人之大有造于世界者，吾诚敬之重之，而就国际上言之，则白人之为祸于世界者，吾亦不能为之讳也。欧战以来，获胜之国莫不标举人道正义，以饰其佳兵矣，然而埃及印度之叛乱，踵相接也，安南菲律宾之羁轭，势自若也，世无伟人，故亦不敢助之张目。然而冤愁愤抑无所控诉者，岂独吾

① 今通行译法为“泰戈尔”，编者注。

最邻近之一朝鲜乎？今之世界，无所谓人道正义则已，有之，则必放诸四海而皆准，不得谓彼不可如此，我独可如此也。以吾国之积弱，自谋不暇，何能更为越俎之谋。然吾常熟思之，世界之上不利人之国家，不夺人之土地，对于异国，殚国力以扶助，并不为经济上之侵掠者，独吾中国耳。吾国有此历史，吾民即有此美德，吾国大学学生即应倡此美德以指导世界。世界者，人所共有，何独让他人之指导？而吾辈不能一伸其喙乎？今之欧人，以大战之恐慌，亦汲汲然虑西方文明之破产，而欲求东方文明，以供其参考而为救济之剂矣。吾东方人不惟不敢自任，且退然自克曰，吾东方无文明，所有者皆舶来品耳。吾意一国一族之精神学理，虽经异国人之研究译述，必不能如己族之自得自觉之深，故东方之文化所附丽之文籍，未尝不见于世界之文库书楼，而其独到之精神，则仍须国族之自行传播。吾即让步曰，彼如五都之市，百物皆备无须野叟之献芹，然以昔之天主教东来为比例，当时吾亦无须乎彼，而彼强聒不舍，遂积渐而有今日遍布全国之伟观。吾曹学者，何不效彼所为乎？且墨翟、宋牼，皆吾先哲之卓有思想者也，吾辈诵述其说，岂仅对于国内而已乎？昔之世界，交通不便，视齐楚犹今之欧亚也；今之世界，交通日盛，万里户庭，则齐楚欧美焉，亦法先哲者所常有事也。吾尝独居深念，感国际之不平，辄憾今之出席华盛顿会议者，何其目光如豆乃尔，抱定一山东问题，并香港亦不敢齿及，而世界之亡国，更非脑筋之所系属。既而思之，未来之世变无穷，今日初非定局，吾辈学者但须励精淬志，先整顿其国家，后推及于邻属，则待吾辈翼之以共进者，机会甚多，惟恐学者无此志耳。且国际道德，犹其涉于外者也。更进而求其内部，亦未必尽善尽美，无俟乎改进也。资本家劳动家之轧铄，靡国不然，而其积习之奢淫野蛮，非吾礼教之邦之人所敢钦服者亦不胜偻计。例如大学旧生欺压新生，有种种野蛮举动，甚至以相斫为能，非负伤痕若干者，不足为豪杰之士，而女子之事惟游荡跳舞，争奇斗靡于衣饰，致令男子以负担之重不敢有家室，而离婚苟合堕妊等事，相因以生，似皆不得谓之文明也。昔人曰：心诚怜，白发玄，情不怡，艳色媸。今人为各国富强所震撼，往往视其白发亦如绿鬓青丝之可羡，恨不令吾国相率而白焉，苟平心观之，吾国固须取人之长，亦未尝不可药人之短，相携并进，以同造未来之尽善尽美之世界，则大学学者之责任，益无既矣。

总右所举三目六项，皆对人之责任也。对人之责任明，而对己之责任不待言矣。曾子曰：士不可以不弘毅，任重而道远。仁以为己任，不亦重乎？人惟不仁，方视世界国家于己无异，而惟汲汲焉以个人之生计问题、职业问题、婚姻问题，为须取得大学学者之资格而后解决。否则广宇长宙之重责，皆在一身，惟有努力强学，开拓万古之心胸，以肩其任，而个人之问题不暇计矣。吾国学者恒言：平生志不在温饱；又曰：先天下之忧而忧，后天下之乐而乐。是虽迂儒之言乎？然鄙见以为今日吾民族生死存亡之关头，即在此迂阔之谈能否复见于学者之心目为断，吾大国民、吾大学者，勉之！勉之！

致　知*

柳诒徵

今人恒言，知识愈进步，道德愈退步。一若今世之败坏，咎在知识之进步者，按其实殊不然。知毒者不饮酖，知溺者不投河。其不得已而饮而投者，必其所避有甚于毒与溺者，否则莫之轻试也。今之甘于饮酖投河者，仍蔽于不知而已。

今人所谓知识，恃口耳之剽窃，无真知识也。口言和平，躬行杀伐，口奖道义，心恃谖诈，口侈廉洁，阴肆贪污，是所知者口耳之剽窃，未尝真知其中之因果也。真知其中之因果，则其私欲之萌，必有所警惕而不敢逞，故口耳之剽窃，非知识也。

善言知者，无过《学》《庸》。《大学》曰："欲诚其意者，先致其知。"《中庸》曰："好学近乎知，力行近乎仁，知耻近乎勇。知斯三者，则知所以修身；知所以修身，则知所以治人；知所以治人，则知所以治天下国家矣。"旨哉言乎！

知何以必曰致，以事理非一览可得，必由浅而及深，由粗而及精，非致力以求之，不能知其所以然也。如游各国之都市，自其表面观之，知其繁盛，知其谨严，知其壮丽而已。苟致其知，则必求其市政之若何组织民德之若何养成，富力之若何开发，学理之若何运用，非一语所能罄也。同一游都市者，或致或否，而世第以其游都市同，遂谓其知识同，此非至可笑者耶。

---

* 辑自《学衡》1925年11月第47期。

以留学生言，学日本之陆军者，与日本学生所受之学科同也。日人学之则以攘外，吾人学之则以讧内，非不知学也，知学而未知致其所以学之故也。学日本之法政者，与日本学生所受之学科同也。日人学之则以兴邦，吾人学之则以祸国，非不知学也，知学而未知致其所以学之故也。推之学于欧美者亦然，故其患在于不致其知。

今之学者，亦知讲学术，亦知言国耻，盖自极少数之人之外，吾则概目之为不知。何则？知欧美人之讲史学矣，而未尝以欧美人治欧美之史者治吾之史，是不知也；知欧美人之讲文学矣，而未尝以欧美人攻欧美之文者攻吾之文，是不知也。其言国耻者亦然。耻为英所制矣，而不务知英之所以为英，与吾人自力于内治外交海陆军备必与英等，是仍不知也；耻为日所朘矣，而不务知日之所以为日，与吾人自力于内治外交海陆军备必与日等，是仍不知也。吾尝语某学生曰：英人日人，调查吾国之事状，洞若指上螺纹。子诋英日者也，曷语吾以英日之海军力若何？政党势力消长若何？外交人才若何？此热血爱国极诋英日而恨不杀身以雪国耻之学生，瞠目不能答也。呜呼！此即不知好学、不知力行、不知知耻之现象也。

今人猥曰知识日高，道德日低。若民智已进于前，而民德有逊于昔者，吾曰不然。今人之知识，固未进于清之末造，其道德亦未下于清之末造，特因环境之变迁，表现其恶之加甚耳。清季贪黩者，积资数十万、数百万。民国贪黩者，积资数百万、数千万，非其知识之高也，货币数目之增益耳。清之盗贼，窟穴于山林，今之盗贼，起伏于县省，非其知识之高也，机会时运之变化耳。外此则清人以八比试帖博名位，今人以文凭学位求官禄，所知胡异焉？运之以火车，载之以轮船，辅之以方言，饰之以西服，而其中之所知者未尝变也。是故搭截大观小题文选，与心理测验白话文存，其名不同，其实则等，其无与于知识一也。

吾言及此，吾将正告今人以改革中国之法，曰：惟致知。农之力穑也，知种之有获也。女之务蚕也，知茧之为纩也。今人不务纳中国于正轨者，以不知所以为国也。不知所以为国者，一误于从前之塾师，二误于今日之教员。盖昔之塾师，不知致学生之知。今之教员，似乎知致学生之知，而仍是浮光掠影皮毛口耳之知，而不能启学生之真知，使循途轨以致之。故其所学一概与其身、其地、其国无关系，不过敲门之砖，致身之阶。故即置之欧美、日本，与其国民杂处，与其学者接触，而以其知之初未尝致，即欲致而无由。而其余之散处国内者，一出学校入社会，必尽捐所学而惟社会是从，重以兵乱相仍，苟偷无已。报章所载，无非污浊秽乱之新闻。交际所谈，大半赌博冶游之事实。一般国民所知者，如是已耳。以此言知识高，吾真欲为此数万万人脑海中潜伏之知识之本能呼冤无既也。

孟子曰："行之而不著，习矣而不察，终身由之而不知其道者多也。"此言虽高，可以小事为喻。如吾内地之接近租界者，其污洁肃扰之不同，一望而知也。然处其地者可数十年相习而不以为怪，绝不知求其何以不相若之故。吾以是知之异域者无异于之租界也。知其为某国，知其为某国之租界，如是已耳。而吾之可以治吾地若彼，则固不知或稍知之，亦未尝真知其缔造之方、组构之道，姑为崇闳，以饰观听，而实际仍相去甚远。呜呼！举一以概其余，则吾民之知识低下之程度何若，尚侈言知识日高哉！

自立与他立*

柳诒徵

人类心理，喜得人之同情，而一切动作，又各有相互之关系。其所发现于事实者，往往有若干成分之自力，亦必含有若干成分之他力。例如一个人之思想言论，可谓完全由其心理所发动，而细考其动机之来由，则仿效他人之成分实占大多数，甚或可谓其全部分皆得自他人，惟以自力判断抉摘而施用于其适当之空间与时间，此则各个人之思想言论之中所含自力之成分耳。虽然，此至少之成分亦即其人所以成为万物之灵之要件，使其人冥然无所决择。闻他人之言，即矢口仿效，或一切待他人之命令而后行，则其人决为无意识之人，无独立资格之人，此极浅之理，尽人所能知者也。

惟国亦然。国与国有相互之关系，在古昔交通未便之时，已不乏仿效吸收之先例，至于近世交通发达，影响所被，尤有天涯若比邻之概。一国之人之言论思想事实，详加分析，亦可得其所受于同时各国国家、各国国民所传播之成分。简言之，即今世所谓潮流是也。潮流所趋，万里响应，唱者喜人之同情，而谓为公理，应者亦喜人之同情，而恃为后盾。使有逆此潮流者，世且不直其所为，此实一个国家与一个人相同之点也。然吾以为国家与国民程度之高下，亦必以其自力之成分所表现之强弱之度为断，其吸收仿效者，虽占百分之九十，然决择而运用之，苟有其国民共同之意识，及其国民先觉之遗传性与独得之经

---

* 辑自《学衡》1925 年 7 月第 43 期。

验，为权衡称度之中枢，则此等国家与民族，决不媿为独立之国家、独立之民族，否则亦如无意识之人，无独立资格之人。一切惟他人之明令暗示是从，则此种国家此种民族，吾无以名之，名之曰他立之国家，他立之民族。考吾国历史，自邃古以来，所由构成家族社会国家思想者，一出于自力，而非由邻近之国族转贩而得。其自力之何由发动？可以易之论伏羲证之。《易》曰：仰则观象于天，俯则观法于地，观鸟兽之文，与地之宜；近取诸身，远取诸物，以通神明之德，以类万物之情。是吾国民族之有哲学论理政治教育种种思想，纯然不假外求，专以其所得，于自然之规律及引申触类之作用，为立德立功立言之基础，此不可谓非吾民族有特殊之智慧，故能首出庶物，发挥理性，创造此师人而不师于人之大国。近世浅人，不识其源，乃造为民族西来，凡我文化，一出于巴比伦亚西里亚之说，然亦羌无确证，不足成为信谳也。秦汉以降，国势日恢，乃有印度之思想与吾国固有之思想结合。而波斯大食犹太之教理，以迄近世意大利、法兰西、荷兰、葡萄牙之文物，亦时时缘水陆之交通，直接间接邮递于中土，然以国族强大，其吸收而决择者，仍一秉自力，不至为他力所牵曳而颠倒也。

吾国民族之思想言论事实，纯出于他国之影响，浸淫而为他力所颠倒，细析之，几邈不可见自力之所在。其惟晚清以至于今日之时代乎，首曰洋务，次曰富强，继曰西学西政，乃渐构成立宪革命两派。至于今日，吸受愈多，影响愈捷，流别愈岐，五光十色，如杂货肆，如叫卖场，唱者莫知其所以然，和者亦莫知其所以然。然试一以冷静之头脑，细析其动机之枢纽，则固可以一语断判之曰：皆他力也。讲求法制，他力也；迷信武力，他力也；提倡白话，他力也；高谈哲学，他力也。乃至讲世界主义之教育，固他力也；讲国家主义之教育，亦他力也。主张欧美之大工厂大商业者，固他力也；主张限制资产、平均地权、以劳工劳农为神圣者，亦他力也。推翻帝国主义、收回租界、取消治外法权等等主义，纯乎民族自决自主之精神，然一考其思想之所由来，则罔非今世某一国族某一部分之潮流所鼓荡，而其尤可耻者，则自袁世凯以来，所抱持之中国不亡之乐观，专恃各国牵制之势力，以为苟且图存之计，一转而有列国共管之说，又一转而有九国远东公约，而收回胶澳、收回旅大、退还赔款等事，国民闻之，且欣然色喜，谓吾国势且将由此隆隆日上焉。呜呼！以不自力之国民造成此他立之国家，而犹恬不知耻，吾每一念及，不禁涕泗横流，哀吾炎黄胄裔之堕落，何以至于斯极也。

虽然，吾非谓一国国民应闭聪塞明，孤行一是，而立国者亦不必观察世界之大势，以求适宜之应付，而惟是顽强不屈，善守其故步已也。择善而从，古有明训，惟其区别自力与他力之界限，则在本身之择之者奚若。今人恒谓国家为有机体，譬之一人之身之集合各种官能，而其动作言思，则必有互相关连运用一贯之妙。使此一人之官能，纷然仿效他人之运动，初不能由其自力，有所判别，有所制裁，则所仿效者虽极天下之至美，要不过西子捧心东家效颦之比。矧此同时之仿效，眉则西子，目则庄姜，而又杂以籧篨戚施之肢体，则观者谓之何如人，惟一人一身之现象，由于仿效他人而自相矛盾者，人必骇怪，而一国国民之现象，由于仿效他人而自相矛盾者，人则习焉不察耳。今日中国之病，即在杂采他国新旧彼此龃龉舛戾之理想事实，而自身毫无判别去取折衷至当之能力，决诸东则东，决诸西则西，而真正中国人自求多福之道，邈乎不可睹也。

人之家居也，有戚友之往还，有时世之风尚，购物则新上市之珍，制衣则甫人时之样，不必拘于一定之界限也。然其生活居处，及所持以为进行之准的者，有其祖宗父母之遗传，有其妻子弟兄之协议，有其职业之所当为，有其经济之所可致，有其志趣之所希冀，有其规画之所未能，则时时发现其自力之作用焉。若东邻尊祖，则从而祀先，西舍放奴，则从而释获，戴张氏之冠，着李姓之履，俄而束带迎宾，俄而闭门逐客，联乙丙而忘甲，倚赵钱而詈孙，信闾里所平章，纵儿童使哗叫，至于水溢于堂，火突于栋，亦惟冀远道之声援，幸雠怨之怜悯，则此一姓非夷为乞丐饿莩，必流为盗贼娼优，以其家人不自求所以治家兴业训子谋生之道，而惟拾人之牙慧，仰人之鼻息，而又纷纭交错，无一定不移之见解也。纵令环而居者，无觊觎其财产之思，无蛊惑其子姓之计，初非以甘言秘术，图操纵其家人，使抵制其仇寇，然已危险万状，矧与之洽比者，阴开阳阖，送媚献勤，各有所图，而幸其所愚者之一无意识乎，为家人者，起积衰抗万难，光祖业贻孙谋，非天牖其衷，自立自重无他道矣。

自立自重若何？曰：宜先知中国与他国之同异。往事之可睹者，中国自有中国之历史，非日本之岛国比，非合众国之新辟地比，非印度之笃信宗教比，非俄罗斯之极端专制比。明于此，则知欲举中国一切师法日本，不可也；一切师法美国，不可也；一切师法甘地、一切师法李宁，亦不可也；杂采日美印俄之法，一律施之于中国，尤不可也。有过去之中国而后有今日之中国，而过去之中国之方法可以遗留利若害于今日，而又非一切反之过去之中国之方法，遂可解决其利害。故今日之中国，必须今日之中国人自求一种改造今日中国之方法，不能无所因袭，而又不能全部因袭，此先决之问题，所宜共同了解者也。复次则宜采择各国适应于今日之中国之方法，而实力行之。如土耳其之战胜欧人，印度之不合作主义，二者皆适应于今日之中国乎？抑一种方法之中有若干成分适应，有若干成分不适应乎？由此适应之法，必有若何之准备，而全国悉力以赴之，非可徒恃空言及一时虚矫之气所能成也。弭内争、捍外侮，固也，而经济之整理，军备之扩张，研习新战术，使用新利器，尤必需之以时日，则持之以久而不懈之精神，毋使此时日浪掷于空言者，即吾民之实力所表现也。倡国货、塞漏卮，固也，而工商之协助，政法之提挈，备一切日用必须之物，虽不能完全无求于外，亦必有可抵者在十分之八九，此又非假之时日不可，而持之以久而不懈之精神，毋使此时日浪掷于空言者，又吾民实力所表现也。准此以思，经纬万端，一一皆恃实力以赴之，而徒为他人之应声虫，徒为他人之傀儡，或不反求之于自力，惟幸某国某党之声气相通者，决非适应于今日中国之方法也。

复次则学术思想，皆宜有崭然独立之志，不可徒以诵述他人之学业，为已尽吾侪之责也。夫广益多师，咸以虚受，固国族及个人进步之阶梯。今之所患，在未识其阶梯者之多，而于得其阶梯者，自不能再加以责让，然登高览远，旷然有遗世独立之思者，决不行于阶梯之中，傲其下之人之莫已若也。今人乃无此志，惟以尽量吸收为已足，而其所努力从事者，又必举某某先例为护符。倡新说者，固必证以外人之言，治旧闻者，亦必传以某国之说，几有十九于不知不觉之间，时时流露其学术思想之奴性。夫我自树我之学说，我自标我之思想，纵使前无所援，旁无所诠，亦复何害？而忍使心量为时流所梏，不能自张其麾帜，是亦所谓他立也。市民之与耕夫，其价值何以区别，以市民止能食耕者之所成，而耕者则能自食而食人也。世有豪杰之士当不河汉予言。

我之人生观*

吴 宓

绪 论

所谓某之人生观者，即其人立身行事之原则也。凡此人对于人生之权利义务，一己与他人及国家社会之关系，人与人相接之道，以及是非利害，得失轻重，贤愚高下，悲欢苦乐，恩仇亲疏，祸福荣辱等种种见解，集合而总称之为其人之人生观。然人生观者，(一)非空想而不见之行事者，譬彼身居草野而心羡富贵，日言闭门退修，而结交官场，馈送请托，不遗余力，则其人之人生观仍为热忠求仕，而非恬淡隐逸也。(二)非一家之学说，一宗之教理，而不尽合于此人者。譬如信耶教者，一国之中，凡若干万人，其人生观实千差万别，而不能谓皆遵奉耶教之人生观也。又如有笃好墨家之学说者，然虽主兼爱矣而未尝薄葬也，虽主息战矣而未尝非乐也，则此人之人生观不能以墨家二字赅之也。(三)非一时之感慨而过顷即改变者。譬有丧其慈父，丧其爱妻，丧其良友者，一时痛不欲生，念己身之孤独寡欢，恨不相从于地下。然数月或一年之后，乃复兴高采烈，热心所事。若此人者，不能谓为悲观也。又如有留学生，痛骂政府，立志欲献身社会，用其所学。及归国，则亟亟于部院衙署，谋一位置，效彼中人之所为，自食前言。若此人者，不能谓为热心社

---

* 辑自《学衡》1923 年 4 月第 16 期。

会服务也。以上三者皆不足为人生观。必也,能见之透彻,深信不疑,持久不变,而又能身体力行者,始可定为其人之人生观。有时不自知其人生观为何等,而他人则可从旁察之,又不于其所言,而于其所行定之。凡评前人之诗文著述者,每曰其人生观如何云云,此特就其诗文著述中所表现者而言,非谓其人立身行事亦如此也。故凡欲自审其人生观者,惟当求出之以诚,不取高尚,不涉玄渺,不趋新异,要必为己之所确信而愿勉力躬行之者,夫然后始可免于虚骄自欺也。

人生观之构成,厥由五事:一曰天性,谓生来之所禀赋。人与人各不相同之处,即今人所谓个性。二曰境遇。例如农家子以勤俭力作为天职,官场中人以结纳奔竞为能事。三曰时势。例如生于欧洲中世,则不欺然而崇信耶教。生于十九世纪后半叶,则信物竞天择之说。四曰读书(即学理)。例如读毕叔本华(Schopenhauer)之 *The Metaphysics of the Love of the Sexes* 及托尔斯泰之 *Kreutzer Sonata*,则以为男女夫妇之结合纯由体欲,无殊禽兽,而无所谓礼教与爱情。而读毕亚里士多德之《伦理学》者则以中庸为正道,而德行成于习惯,故以训练与修养为要务。五曰涉世(即经验)。例如一生安乐丰裕者,则好行慈惠。受贪官污吏之逼虐者,则走而为游侠寇盗,劫掠残杀,肆行报复。以上五者,有由于内者,有由于外者,有出之己意者,有因事之偶然而不自知,或即知之而非吾力之所能控御矫正者,未可一概论也。虽然,比较言之:(1)彼顺天性之所适,恣意行事,不自省察,不加训练,不事补偏救弊。或(2)惟就己之身分地位,俯仰随人,不自树立,在官言官,在商言商,为学生则言论行事悉准于当时大多数之学生。又或(3)因一身之遭遇,片刻之愤慨,而断定千古人性及道德之标准。吾适贫困,则谓世间财产悉由攘夺。吾受欺骗,则谓信义皆奸宄乡愿之托词。又或(4)仅读一家之书,受一人之教,观察一国一地之习俗,而即盲从坚附,奉为天经地义,以为舍此更无些须是处。以上四者,其人生观必不能为正当。若乃有人焉,既能勤于省察,勇于改过,又能慎于抉择,明于辨析;遍读古今各家之书,一一理解而领会之,历行东西各派之教,一一辛苦而体验之;又曾涉历种种生涯,荣枯升沉,悉所身受,哀乐悲欢,悉所心感。然后静思熟计,融贯归纳,而作成一种人生观,则其为纯正健全必无可疑。常人即不能致此,苟仿其意而为之,虽有小大精粗之别,然所得者,必高出于上言之四种,而要为略有价值之人生观也。

本志第一期初出版之时,京沪之诸报之侈谈学术文艺者,多为文攻诋甚至。独上海《中华新报》曾著社论(题曰《读＜学衡＞书后》署名一章,民国11年1月19日)赞成本志之宗旨,而更进一义以相勖。略谓,年来吾国青年思想解放,顿觉旧有全非,乍入于一种精神的无政府状态,此非仅求智问题,乃人生观问题。所望该杂志诸君,能努力奋斗,为举国青年下一正当解决云云。此诚为卓见之言。虽然,学术思想之淆乱,精神之迷离痛苦,群情之危疑惶骇,激切鼓荡,信仰之全失,正当之人生观之不易取得,此非特吾国今日之征象,盖亦全世界之所同也。孟子曰:"天下之生久矣,一治一乱。"西儒谓通观前史,"精约之世"(Age of Concentration)与"博放之世"(Age of Expansion)常交互递代而来。不惟疆域之分合,政权之轻重而学术思想,忽而归于一致,忽而人自为主。精约之世,趋重克己与潜修;博放之世,趋重服人与任情尚气。当精约之世,众之人生观皆同,而精神安定;当博放之世,众之人生观各不相同,而时刻变转,遂致精神迷惘,无所依归。大凡精约之世,宜以博放之精神济其偏;而博放之世,则须以精约之工夫救其乱。近人有谓博放之世必胜于精约之世者,实未尽然也。希腊邃古,精约之世也。纪元前四、五世纪,苏格拉底、柏拉图所生之世,博放之世也。罗马帝国与中世,精约之世也。文艺复兴与宗教改革,博放之世也。近世若十七世纪之法国,精约之世也。而自十八世纪中叶以迄今日,则全欧洲(美洲同)皆在博放之世也。其在吾国皇古,初亦精约之世。至春秋战国、孔孟所处之时代,则博放之世也。二千年来,精约之时多,而近今则为博放之世,为前此所未有者。不惟欧西二千余年历史之变迁,一旦降临于我前,归我承袭,且又当东西洋交接方盛之会,于是学术思想之淆乱,精神之迷惘,至今日中国而极矣。(惟然,故吾国孔孟之时代,西洋苏格拉底、柏拉图之时代及十七世纪以还之学术思想,亟须研究了解。以此三者皆为博放之世,可为吾国今日之取法及借鉴也。)欲求解决之方,不亦难哉!彼西土之贤哲高明,如有能知往察来,造成一种纯正健全之人生观,为举世之受用,则自当径往取法,而介绍于我国人,其事甚易。更新我国历史及国情民俗,斟酌变化而用之,是亦不难。所可痛者,所谓正当之人生观,求之西方亦不易得(参阅本志第十四期《安诺德之文化论》及《英诗浅释》篇),纵有二三贤士致力于此者,其影响亦尚未著,则其业之艰巨可知。而况西方之人生,向为耶教所支配,迄今犹有绝大势力;东洋则有佛教。又西洋旧日之学术文艺,以希腊罗马之文化为基本、为渊源;而我国则有孔子之儒教。故虽在同时,而为实用裨益计,则所求之人生观,亦当有别也。为中国计,为东洋计,似宜以儒教、佛教为基本而新造一人生观，比之以耶教及希腊罗马文化为基本者，较为势顺而易行，然此犹待决之问题也。总之，创造正当人生观，固为急务，而其事至难，虽云人人有责，而吾自惭菲薄，为己身谋之不暇 敢言救世。若论今世思想淆乱，精神迷惘，信仰丧失，行事无所依据之苦，吾本身即为感受最深之一人，常愿得明师高人，尽弃其所学而从之。或归依一教，虔心壹志，遵依崇奉，不用思想，而卒未能。且夙昔行事，所悔已多，虽崇奉人文主义，而浪漫派自然派之思想言行，吾皆曾身历而躬为之。综吾成童以来思想行事之变迁，苟按其步骤迹象而详记之，亦可成为代表世变国情之小说。若是乎，吾生之迷惘也。兹吾正届三十而立之年，岁暮有暇，略自省察，将吾中心所确信而愿，终身奉行者，条列出之，是为吾之人生观：大雅君子，有能进而教之者，是吾师也，愿输诚以学焉。其有素志相同，喜所见之契合者，是吾友也，愿共切磋焉。若不以兹所条列为然者，必有亿万人，则当各行其是而已。非敢谓以吾之人生观劝他人之同之也。

第一节　宇宙事物不可尽知

宇宙间之事物，有可知者，有不可知者，可知者有限（Finite），不可知者无穷（Infinite）。故须以信仰及幻想济理智之穷，而不可强求知其所不能知。（庄生曰："吾生也有涯 Finite 而知也无涯 Infinite，以有涯随无涯，殆已。"）又须以宗教道德成科学之美，而不可以所已知者为自足而败坏一切。（孔子曰："知之为知之，不知为不知，是知也。"）

注：例如吾固确信各种科学之所主张，然试问太阳系及目所能见之恒星以外，是否更有星球，有之，则如何排列，如何钩挂，果从何生，果如何灭，地球冷灭以后，是否另有人类所居之星球出现，诸如此类，皆非天文学所能解答，而若纯凭科学以定人生观则所得者为物本主义而已。

第二节　天人物三界

宇宙间之事物，约可别为三种。有在理智之上，而为人之所不能知者，是曰天。有适合于人之理智，而为人之所能尽知者，是曰人。有在理智之下，而为人之所不能尽知者，是曰物。此三种各自存在，不得抹杀其一。

第三节　三种人生观

人生观(即立身行事之原则)约可别为三种。一者以天为本,宗教是也。二者以人为本,道德是也。三者以物为本,所谓物本主义(Naturalism)是也(参阅本志第四期《论新文化运动》篇第十九至二十二页)。处今之世,以第二种之人本主义即人文主义为最适,故吾崇信之。

第四节　观念皆一,长存不变,浮象反是

吾信有各种绝对(又曰纯正)观念(Absolute or Pure Ideas)之存在,但必附丽于外物实体,而后吾人能知之。例如白者观念也,无始无终,固常有之。吾见白马白玉白纸等,而后知有白。然当吾未见白马白玉白纸之时,即已有白,特吾未能知之耳。彼时既非吾之所能知,故亦不必辩定绝对观念究栖止于何处(如柏拉图谓其各占一星,由星生前以入人心之类)?但宜信其有,即已足矣。惟然,故吾信世间有绝对之善,绝对之恶,绝对之是,绝对之非,乃至绝对之美、之丑,由是类及。盖善、恶、是、非、美、丑,皆观念也。仁义礼智,慈惠贞廉,亦观念也。乃至酸甜苦辣,强弱高下,亦观念也。此诸观念所附丽之实体,所藉以表现之外物,则千差万别,时刻转变。常人只能见此实体外物,而由是间接以知观念,故每感其繁杂淆乱,迁转靡常,遂堕于迷惘,甚或悍然曰:世间无所谓善恶是非美丑也,从人之所好,设词以强欺而已。此其误,正如见黑马,或告之曰:此白马也。又见斑马焉,又见灰色马焉,又见白马而黑其鬣与尾者焉,遂断曰:世间无所谓白马,固安得有白哉!彼因惑于各世各邦各族风俗制度仪节之不同,而遂于道德礼教等一概屏弃。甚且强指不道德为道德,礼教力之所不及者为礼教之目的及结果(例如以多妻诋孔子,或以白起之坑降卒四十万于长平为中国古圣贤之影响者是),固与前者同一误也,皆因未信或未究道德礼教等之本体(即观念),而但就实例外物,为片段之研究,径肆为攻诋也。不特道德、礼教然也,即文章之美、诗词之美、图画之美,等等亦同。文章虽有中文、英文、希腊文、法文、俄文之不同,而其中要必有绝对之美焉。智者为求真理,即在研究如何而得此绝对之美,纵不能得,亦当得其比较而为最美者,以

为标准，而为美之观念之不完全之影像。总之，观念为一，千古长存而不稍变；外物实例，则为多到处转变而刻刻不同。前者为至理，后者为浮象。吾惟信此原则，故信世间有绝对之善恶是非美丑，故虽尽闻古今东西各派之说，而仍能信道德礼教为至可宝之物；故虽涉猎各国各家各派之文章艺术，而仍能信其中有至上之标准为众所同具；故虽处今百家争鸣、狂朝激荡之时，而犹信吾可黾勉求得一纯正健全之人生观。故虽在横流之中，而犹可得一立足点；故虽当抑郁懊丧之极，而精神上犹有一线之希望。此中之关系，亦可谓极重大也矣。虽然，吾虽信绝对观念之存在，而吾未能见之也。吾虽日求至理，而今朝所奉为至理者，固犹是浮象，其去至理之远近如何，不可知也。吾确知他人之误矣，然吾亦不自知其无误也。吾研究所得之道德礼教之定义及文章艺术之标准，究否正当完美，吾亦不能自断也，于此则须虚心，则须怀疑。然徒虚心怀疑而无信仰，则终迷惘消极而无所成就而已。故吾须兼具信仰（Belief）与怀疑（Scepticism）二者，互相调剂而利用之。重叠言之，即应信彼为一常存之观念（Ideas），及为多常变之浮象（Appearances，or Illusions），二者共存而不可偏废也（参阅本志第四期《论新文化运动》篇第三页）。

第五节　宗教之本体惟一，旨在谦卑

今就上言之义而论宗教，吾以为今之诸种宗教，如儒教、佛教、道教、回教等，及其支派如耶教之分为希腊教、天主教、基督新教之各宗等，纷纭扰攘，各树一帜，皆宗教之浮象也。或曰昊天，或曰上帝，或曰明神，或曰佛（指大乘末流之佛），或曰梵，或曰耶和华，或曰 God，皆神之浮象也。浮象之下，本体（即观念）存焉。本体为何，可言之如下：神者，超乎理智之上，为人之所不能知，而为宇宙间至完善者（the most perfect Being）是也。宗教者，信奉此神，而能感化人，使之实行为善者也（安诺德谓宗教乃道德而加以感情者 Religion is morality tempered with emotion）。如此之神，吾信其有而崇奉之；如此之宗教，吾皈依而隶属之。原世间只应有一种宗教，而乃有耶佛回诸多名目者，由于信条及仪式之分歧，本应和谐，岂特互相容忍（Tolerance）而已。而乃至于相攻，至于仇视，至于残杀，至于血战，此乃各教信徒之胡行妄为，然非宗教之本体之过也。夫宗教之信仰，应视乎人心自然之机，非可以力逼势屈，尤非可以财诱利取。其实一教得盛行，亦即他教之福，而各教之相争相仇者，则多缘以他事

(如政治等)混入宗教之故。彼世间之各教,自有信心者观之,谓其皆真可也;自无信心者观之,谓其皆伪可也。然则将何所趋择乎?曰由二法:一曰事之偶然,二曰先入为主。例如某人生于英国,而先世皆遵从英国教会,则此人果有信心,径遵用该教会之信条仪式可也。另有人生于日本,其先世皆奉日莲宗之佛教,则此人果有信心,径遵用佛教之日莲宗之信条仪式可也。其后更与他教如天主教回教等相遇,仍宜坚守原信,不必迟疑,尤不必改投他教,此吾所谓真能信教与真能信教自由者之所应为也。若吾之一身既生于中国,先世所奉者为儒教,吾虽曾略研究耶教之教理,然耶教之历史之环境,与吾之生涯相去太远,若风马牛不相及,且耶教派别如是之多,吾诚不知所择。至若佛教,吾闻人言其教理之高为各教冠。然吾于佛书未尝研读,而自吾有生有知以来,长读儒家之书,行事待人,亦常以儒家之规训自按。故无论世人如何辩论,然吾过去之生涯,固已合于儒教,此所谓事之偶然,此所谓先入为主,吾将终身仍依儒教,而决不作归佛归耶之想矣。由是言之,吾信神之本体,常奉宗教之本体,此吾之真信仰也,而遵依儒教之规条与仪节,则由事境之偶然者也。

今人之谈宗教者,每多误解。盖宗教之功固足救世,然其本意则为人之自救,故人当为己而信教,决不当为人而信教也。宗教固重博爱,然博爱决不足以尽宗教。(Charity 者 Love of God 之意也。)宗教之主旨为谦卑自牧,真能内心谦卑者,虽不焚香礼拜,或诵经祈祷,吾必谓之为能信教者矣。格言有云:人当傲以视人,而谦以对神(We should be proud towards men, but humble towards God)。其意谓如有人于此,智仁勇兼备,富贵不能淫,贫贱不能移,威武不能屈,其文章功业,又足盖世,人皆视为天人。而此人则中心常觉有所慊然不自足,冥冥孤独之时,觉另有监临于我上,而来与我问答者,世人之不及我远甚,然我之缺失多端,独此公知之而我自知之,我何敢骄哉!惟内心谦卑之人,为能克己。人不能克己,则道德必无所成(详下节)。谦卑为宗教之本,克己为道德之源。此所以宗教实足辅助道德,而若宗教全然熄灭,则道德亦必不能苟存也。

第六节 人性二元,为道德之基本

吾确信人性二元之说,以为此乃凡百道德之基本。主此说者,谓人性既非纯善,又非纯恶,而兼具二者。故人性有善有恶,亦善亦恶,可善可恶,西方柏拉图、亚里士多德即主此说，而吾国先贤亦同（参阅文哲学报第二期缪凤林撰《孟荀之言性》篇）。盖皆见之真切，最合事实者也。彼主张人性一元者，约分二派：(1)为昔之宗教家，如耶教之圣奥古斯丁以下，以及十七世纪法国之Jansenists，又十八世纪美国之Jonathan Edwards等，皆谓人性纯恶，其原因则缘昔日人类始祖亚当夏娃犯罪之故。人生乃与罪恶俱来，故所行常趋卑下，且罪孽深重。虽毕生虔敬修持，犹未必能赎其罪，死后将入地狱受苦，惟遇上帝怜悯而特赐恩典（Grace）者始可获免而得福。然何人能得此恩典，无或能知，亦无凭准，惟视上帝之权衡。(2)为近世（古亦有之，然人数少而影响不著近世、十六世纪始发其端而以十八世纪为大盛）之浪漫派及自然派，以卢梭为最著，谓人性纯善。而其所以陷于罪恶者，则由于社会之环境驱使之，逼迫之。故当任先天之情，纵本来之欲，无所拘束，无所顾忌，则所为皆合于善。若为礼教制度、风俗习惯所阻碍，即不得不转而为恶。且人当冥然无知，直情径行，苟自用思想，计较是非，则成为下等之禽兽矣（此乃卢梭之言）。以上二派之主张，本不合于事实，而其弊病之尤著者，则为信偶然之机（Chance），主命运之说（Fatalism），谓万事前定（Determinism），而使人废然堕于悲观。(1)派之用意甚善，然危词耸听，使人震惊忧惧，或至疯狂。且上帝之赏罚既不视一生行事之善恶功过为定，则其所谓权衡者，从其心之所欲（Capric）而已，是亦偶然之机也。(2)派设词之诡，害世之深，彰明较著。一察欧西近二百年之历史，及现今之世乱，即可知之。此乃极端之利己主义，人于其所为，不自负责，而归罪于环境。然环境乃虚空渺茫之物，且人若全为环境所制，不能自脱，则环境固亦偶然之机也。二派虽分高下，然其信偶然之机同。凡信偶然之机者，必怠惰萎靡，不能精勤奋发。又世事既无定准，则亦无所谓是非功过，而人各宜纵恣，肆行损人利己矣。[(1)派尚有畏惧上帝之心，足以箝制之，驱策之。(2)派则诚所谓率兽食人，毫无顾忌。然其说今方盛行，此人心世局之大忧也。]

若夫主张人性二元者则反乎是。吾之所以确信人性二元者，非因其理论之动听也，非因其与吾国先圣先贤偶合也，亦非因其说之足以扶植道德也，实因吾曾取一元及二元之说，一一体验之，躬行之。又沉思默察，内观反省，积之久，见之明，乃知一元之说，实不合于事实。而人性二元，则为吾体验反省所得之结果，虽欲不信之而不能也。窃谓道德乃实行之事，苟但遵父师之教，读古人之书，虚爱道德之高之美而行之者，必不能坚，必不能笃。惟若自行体验，少年之时，依从上言(1)(2)等各派之教，自放于不道德，一一涉历之后，深知其中之利害苦乐，然后幡然改途，归于道德。视道德为至真为至乐，如衣食生命之不可须臾离者，彼人之于道德，始能坚而能笃也。

主张人性二元论者，以为人之心性(Soul)常分二部，其上者曰理(又曰天理)Reason，其下者曰欲(又曰人欲)Impulses or Desire，二者常相争持，无时或息。欲为积极的，“理”为消极的，“欲”常思行事，而“理”则制止之，阻抑之。故“欲”又称为 Innercheck 或 Will to. Refrain(苏格拉底所谓灵几，常“戒余毋为某事于欲为之顷，而未尝诏余当为何事”，灵几即理也。见本志第三期《苏格拉底自辨篇》第一七页第一行，又第二三页第十一至十四行宜取读)。彼“欲”见可求可恋之物近前，则立时奔腾激跃，欲往取之。而“理”则暂止之，迅为判断。如谓其物而合于正也，则任欲之所为而纵之；如谓其物之不合于正也，则止欲，使不得往。此时，欲必不甘服，而理欲必苦战一场，“理”胜则“欲”屈服。屡屡如是，则人为善之习惯成矣。若理败，则“欲”自行其所适，久久而更无忌惮，“理”愈微弱驯至消灭，而人为恶之习惯成矣。其关系犹御者之于马(西语谓“The bridle and the spur”，盖鞭马使之前进，而衔勒则所以止之，二者相济为用，柏拉图语录中常有黑白二马共曳兵车之喻)，“理”所以制“欲”者也。或疑所谓“理”者，太过消极。不知理非不许欲之行事，乃具辨择之功，于所可欲者则许之，于所不可欲者，则禁之而已。犹之御者不使马之越沟跳涧，践踏禾苗，俾其遵道而驰。方向既正，则达其所往之地亦愈速也。人能以理制欲，即谓之“能克己”而有坚强之意志。不能以理制欲，则意志毫无，终身随波逐流，堕落迷惘而已。故曰：“人必有所不为而后可以有为也。”(制欲使之有节，故与完全禁欲 Asceticism 不同，此其一。而与卢梭之徒视欲为纯善、丝毫不加禁制者又不同，此其二。二者皆极端而制欲之说，则归本于中道，故最可取也。)又曰：“人之所以异于禽兽者几希。”所谓“几希”者，即心性中之理也，即以理制欲之“可能性”也。

何言乎人性二元之说为凡百道德之基本也？曰：道德者何？行事之是非也。如前所述(1)(2)两派人性一元说，一切成于偶然之机，人无力于其间，则行事安所谓是与非，又从何处得道德乎？(譬之近火而热立雪则寒彼热与寒之感觉皆非人之所自取则固无所谓是与非矣。)若从人性二元之说，因人遇事用理为判断，自行抉择，故于其结果自负责任，善则我之功，恶则我之罪，一也。环境固非一人之力之所能制，然人各有其意志之自由(Freedom of the will)，易言之，选择之结果，为善为恶，为祸为福，固非吾所能前知，亦非吾所能转移、所能补救。然当选择之顷,则吾有全权自由决断,舍生而取义可也;去膏梁文绣而趋鼎镬斧锯,亦可也。吾诚欲之,无人得而阻之,或强吾以所不欲为也,二也。[除前所述之(1)(2)两派外,尚有主张人性一元之一派,即近今心理学之行为派 Behaviorism 是此派视人之心性全为机械,由是则善恶是非皆物质之作用。此为科学之极端,而其归于机会命运,则与前二派同也。]正惟人有意志之自由,而于其所行事自负道德责任,故世事乃有因果之律,而人生关系乃明了,非浑沌冥漠,混乱杂糅也。因果之律明,人我之关系显,然后是非功过乃可究论也。详言之,既信意志自由与道德责任之说,则所谓环境者,皆可分析之为(甲)天命、(乙)人力、(丙)物性三事,合此三者而成环境。天命信者甚少,物性殊易探察,其所余者必为人力,显而易见。故凡大小罪恶过失,无论环境如何之不良,其中要必有由于人之自取而甘愿为之者。易言之,环境固可减轻罪名,然不可委其全责于环境,而直云世间无所谓罪恶也。近今论事论人者多犯此病综上所陈,非共确信人性二元之说,则道德直不能言也。

第七节 实践道德之法

道德之基本既明,请进而论实践道德之法。道德者何?行事之善,而合于正道(Justice)者之谓。而所谓正道者,又就人与人间之关系而言。道德浑涵,不易确定其旨义,然欲实践道德,则吾确信,首宜奉行下列之三条:

一曰克己复礼。克己者,并非容让他人,损失我之权利之谓,盖即上节所言以理制欲之工夫也。能以理制欲者,即为能克己(Exercise of the Inner Check),故克己又为实践凡百道德之第一步矣。或疑克己过于消极,不知人必有所不为而后可以有为,此理已详阐于前节。彼日日训练,将能大有建树,何消极之可讥哉!且克己者,诚也,不自欺之谓也。能常以理制欲,则能勤于省察而见事明了。世固有因一己所受之私愤怨毒,其后乃大倡平等之说,为工党平民之领袖,而煽起政治社会革命之风潮者矣。在彼固诚心为是,毫不自知其有恶意,即人亦无以泄私愤疑之责之者,然而冥冥之中已害世不浅。若彼昔日能克己,则不至有是也,此其一。世又有因一己所见他人之妻之美,求纵其欲,乃大倡婚姻废弃、恋爱自由之教者矣。即在彼诚心诚意,以为前后两事各无关系,而他人亦无并为一谈者,然而冥冥之中已害世不浅。若彼昔日能克已,则不至有是也,此其二。世又有以攘财取利而肆言爱国者,又有因好名心急而命笔作文者，虽自信其无是心，而不知早为感情物欲所蔽，对人无私，对己则不诚，于是冥冥之中害世亦已不浅。若彼昔日能克己，则不至有是也，此其三（参阅本志第七期《钮康氏家传》篇第十六页第四至十二行）。其他可以类推。要之，法律道德，皆不能全然略迹原心（盖因事迹有定而可寻，人心微渺而难测也）。易言之，即吾人作事，目的虽正，而方法亦不可有疵瑕（西语云 The end does not jusify the means），若此惟克己者能之。且举事立言，关系愈重，影响愈远者，则愈当慎之于始，不可因一时快意之故，轻于发动，而自贻后悔。近世重热心，尚急功，故其中之贤者，尚不免有犯此病，而惟克己者为能免之。由是亦可见克己非仅为对己之私德，而亦对天下国家后世之公德之基础也。

复礼者，就一己此时之身分地位，而为其所当为者是也。易言之，即随时随地，皆能尽吾之义务，而丝毫无缺憾者也。故对父母则孝，对兄弟则友，对师长则敬，对邻里则睦，对贫弱则悯恤。素富贵行乎富贵，素贫贱行乎贫贱。交际酬酢，则蔼然如春，无人能比其温雅；遇国有大事，则执干戈以卫社稷，凛如霜雪，屹如金刚，无人能及其勇武。若而人者，可谓能有礼矣。《易》曰："大人虎变，君子豹变，变亦礼也。"故礼（Decorum）者适宜 Proprigy 之谓，乃精神上行事做人之标准（The inner principle of Decorum），而非形式上步履饮食之规矩也。此等繁文缛节之属于形式者，可名仪注。昔尝以礼名之，实仪注之意，要当分别也。虽然，精神上之标准，可意会身体而不易言宣。故古之圣贤教人，每举外形实物或某人某事以为例，然吾侪当通其意，不可自为拘泥，或反而攻击礼之本体也。仪注（Etiquette）者，琐细之规则（Rules）也，故随时随地而异，礼（Decorum）者，通达之原理也（Principle），故能应万变而无穷，阅千时而不废。且由上述之定义，则今日凡人应行复礼，尚何疑哉（礼教为今之时流所痛攻者，礼之义已略释于此。至教者，教化也，教育也。今人固日言提倡教育与文化，彼攻击者是乃狂人不足措意也）？

人性二元，亦善亦恶。克己者，所以去人性中本来之恶；而复礼者，所以存人性中本来之善，合而用之，则可使人性企予完善。而积极消极、为公为私之道德，皆可彰明完备矣（道德本不能有公私之分，试问公私之界限从何而定？以己为私，对家则公矣；以家为私，对国则公矣；以国为私，对天下则公矣。将以国家主义，抑以世界主义为标准乎？且即以今人之所谓公德，私德言之则以吾之所经验。凡公德美者，其私德未有不美，而私德无亏者，公德亦必可取，绝少有其一而无其二者。试举一例，学生之中未有一身挥霍奢侈而能多捐赈多助友者也。)。

二曰行忠恕。尽心之谓忠,有容之谓恕。忠以律己,恕以待人。忠恕者,严于责己而宽于责人之谓也。“忠”者自爱极笃,故自视极重,做事不容丝毫苟且,精勤专一,黾勉奋发,竭尽心力。事前须预为筹划,事中当全神贯注,事后更力图补救。且无论事之大小,皆当如是,所谓搏兔搏狮皆用全力。至若团体之中,多人共事,虽云各有职责,要当视公事之重要逾于私事。无论他人之勤惰若何,有无异心,吾之一身心精勤不改,即明知事已无济,亦须使其事不因我而败,自问可以无疚予心,则视不成犹成功也。“忠”者,知人类共有之优点(即长处)而欲发达之于己身,纯恃克己之力。而“恕”者,则知人类共有之弱点(即短处)而能怜悯之于他人,全凭修养之功。二者相资为用者也,躬自薄而厚责于人,又或己所不欲而施于人,固不恕之甚者也。即一己之所能,亦不可望之人人,而强责之于朋友侪辈。盖一则所见不同,未必我是而人非,二则即使我是人非,深责无益,徒自忧伤气愤,于我于事皆无补,故须行宽恕之道,具斩钉截铁之手腕,而济以光风霁月之精神,斯为上矣。

更就人我之关系论,则忠恕者,宁使天下人负我,不使我负一人之谓也。圣贤与奸雄盗跖之分在此,故当力学之。易言之,忠恕者,视我之义务甚重,视我之权力甚轻,而视人之义务甚轻,视人之权力甚重之谓也。由此义以言,苟凡人能行忠恕,则国家未有不富强,而天下未有不平治者也。无如世人之行事,大都适得其反,中西皆然。西国古昔之宗教哲学,亦固重忠恕之道,而近世之新说,则皆教人轻视义务而重视权力。始也谓已尽义务者,必须享相当之权利。如十三世纪英国之“大宪章”(一二一五年)及十七世纪之“权利请愿”(一六二八年)是也。终则谓天赋人权,众生平等,不问各人之才力智德如何,曾尽何种义务,而惟嚣嚣然、蜂蜂然,惟权利之是争是求,如卢梭之政治学说及法国大革命是也。今世尤为不忠不恕之时。吾国少年之效法欧美者,每以其权利相号召,而不及其中人之义务。仅举一端,学生倡读书神圣之说,强父母供给学费,而不念其父母为辛苦之农氓,终年所得,不及美国工人一星期之多,顾安所得资,而学生何不效美国贫儿之半工半读耶?又如少年注重婚姻问题,而不知西国非能自立赡家者不敢言婚姻。又如半生用父母之钱,受其鞠育,及己身成立,则倡分家异产之说,不以锱铢供父母。夫道德本不校报施,然今即不言孝,若今日少年之所行,有悖于忠恕之义多矣。又如内地中学之学生,不屑与乡间之女儿为婚,已婚则弃之;留学于京沪等处之高等大学者,则又不屑与内地中学师范毕业之女学生为婚，已婚则弃之；而教会学堂及其他高等大学之女生，必须得留学欧美者为夫婿；而留学于欧美之女生，则于普通一般留学于欧美之男生，已不屑嫁之；乃彼留学欧美之男生中之所谓出类拔萃者，又欲娶得西国妇女为室矣。坐是相凌相傲，各跻各攀，于是婚姻难成，空闺独老，仳离脱辐，怨耦綦多，而奇情惨剧又时有所闻，此皆由于不忠不恕之故也。窃尝谓道德人事中之权利义务，犹经济实业中之消费与生产也。吾国国民，能消费而鲜能生产，进口之货多，出口之货少，故我国日贫而外人则富。吾国国民徒言权利，而不讲义务，故政局分崩，民生疾苦，裁兵理财，徒资虚说，教育实业，未收大效，而江河日下，虽欣慕外人而不能效之也，吾以为吾国可忧之事莫甚于此层。故忠恕之一端，既足察人品之高下，亦能定国家之祸福也。

三曰守中庸。中庸者，中道也，常道也，有节制之谓也，求适当之谓也，不趋极、不务奇诡之谓也。过与不及，皆不足为中庸（西谚有云："善者两恶间之中点也。"）。恶事不必论，为善而过度，而失中庸，则亦非善矣。（如用功过度而因疾废学，热心过度而忧愤自杀。）故中庸者，实吾人立身行事，最简单、最明显、最实用、最安稳、最通达周备之规训也。中庸之义，吾国古圣贤多言之，而亚里士多德讲论尤详（参阅本志第十四期夏崇璞译《亚里士多德论理学》卷二），故今不须诠释。总之，凡道德皆为绝对的，以质定之（Qualitative）；而中庸则为比较的，以量定之（Quantitative）。子曰："执中无权，犹执一也。"中庸易言而难行，盖遇事以何者为适中之标准耶，此未可以一言赅括。亚里士多德之说，可以详细揣摩。大率所谓中道者，随人之学识经验而转易，故只当随时竭诚输智，以求所谓中庸而履行之也。惟中庸在今世颇为人所忽视，如前（第六节）述之（1）宗教家（2）浪漫自然派，皆各趋一端而非中庸。盖一重天命而专务敬神灭罪，一重物性而徒事纵欲任情，漫无止所，故结果不良，而惟其间之人文主义，犹笃信中庸之道也。

第八节　事业及出处进退

道德者，理想之生涯也。如何而能以此理想见之实事，使不遇挫折，不遭困厄，不至途穷而改节，不因感愤而陨身，此极要而亦极难之事也，此其一。人有志业抱负，少年之时，莫不热诚喷溢，思欲用世，乃不幸生当末世，群俗汶汶，众人嚣嚣，莫或予知，莫或予助，莫或予用，甚且处处齮龁，着着阻难，如在名利竞争之场，尤有杀身灭门之祸。即能忘却一己之利害祸福，然时局国运，江河日下，人力难挽，终于不救，天荒地老，奇恨茫茫。处此之时，我当如何？此其二。宇宙间事物，不可知者多(见第一第二节)，故生涯一幻象(Illusion)耳。究极论之，道德理想功业，无非幻象。人欲有所成就，有所树立，亦无非利用此幻象。所谓弄假成真，逢场作戏而已。虽然，既有幻象，必有解脱(Disillusion)，如影随形，相伴而来。解脱之时，则一切破灭，顿成空妄。昔之视为极重要者，今则谓为无关得失；昔之视为最高尚完美者，今则谓其卑陋浅薄，略无价值；昔则热中如焚，今则冷怀若冰。强弱倏判，苦乐顿殊。幻象与解脱，前起后仆，相生相灭，为人生所不能免，故末路常堕于浪漫派之悲运。然则如何运用之，而使幻象与解脱，得以相反相成！由百千解脱而更生幻象，则其幻象始颠扑不破，知幻象之必有解脱，则其幻象可免迷惘依恋，如此则岂不善哉！此其三。由是三者，而事业及出处进退，为凡人生涯中极重要之问题，盖可知矣。

吾对于事业及出处进退问题，有三种之解决答案，而以其二为尤要。分列如下：

一曰穷则独善其身，达则兼善天下。今人偏重进取，专主热诚与积极。故与孟子此语，讥为消极与自私，此实大误。盖二语并举，不可分离，所言者乃是一事，并非截然二事。意谓在我应练习成就一种才智道德，凭此资格，以俟外境。至若穷达，非吾力所能控御。但以吾已有之资格，处穷固能独善其身，处达亦能兼善天下也，又何消极之足讥乎！彼以作官为进取，以弋名获利为积极，只求私欲目的之得达，而不计方法之谬误者，固难与语此也。孔子曰：“邦有道，危言危行，邦无道，危行言孙。”苏格拉底临死之言曰：“余果为政，则其死已久。将无以善君等，且善其身矣。实言之，人而抗众恶，犯众怒，于其国事，鲜有不丧其生者。苟欲稍延残喘，以维正义者，当从事于私家，不入公门也。”(见本志第三期《苏格拉底自辨篇》第十七页)呜呼！苏格拉底从事于私家教育，而犹不免于刑戮，则生当乱国末世者，其亦知所自处矣。且不入仕途，不求功名，不争权位者，不惟为保身计，即为行道计，亦当如此也。苏氏为希腊古圣，受人敬仰，固远在贝里克里(今译伯里克利)(Pericles)之上矣。莎士比亚，一伶工耳，而当时英国乐部尚书(Master of Revels)以及戏园主人之名，几人能道之乎！安诺德之文章，足以益世，昭昭在人耳目，使彼身为英国之教育总长或牛津大学校长，其于英国之教育，果能加倍改良乎？他人能为此者，亦必不王。而能作 *Essays in Criticism* 者，固只安诺德一人也。由是言之，人生之幸与不幸，不在其名位之隆，声望之崇，而在其所居之职，所办之事，是否适足以用我之所长，而行我之所志。故志士之所谓穷达，异乎俗人之所谓穷达也。吾以穷则独善其身，达则兼善天下之义，求之于泰西，得柏拉图。柏拉图之时势与怀抱，与孔孟最相近似。其三次赴西西里岛，急于择君行政而济世，与孔子同。乃不旋踵而败，几蹈死机，为人掠卖俘囚，亦可哀矣。其《理想国》（*The Republic*）一书中，叙所谓圣贤而兼王者（The Philoso-Pher-King）得志而为君，则能使寰宇澄清，与民共为善（且曰：非斯人为政，则政治决难望修明，国家决难望平治）；若其不得志也，则行其所谓天下无道则隐者。

> 若斯人者，殆如天民之下而与鸟兽同群，既不能同流合污，效众人之所为，又不能只手障澜以救其失。自念生无益于国与友，而死又将轻如鸿毛，与己与人皆无裨也。于是默尔而息，掉首自去之，有如风狂雨骤飞砂走石之时，独来栖身于岩墙之下。苟吾能自善其生，终不陷于不义，而易箦之顷，心平气和，企向光明，则已足矣。[*The Republic*，496A]

此非穷则独善其身，达则兼善天下者耶。

二曰行而无著。吾昔年尝患感情思想之杂乱，心境之不宁，思欲得一简明之原理或格言旨训，俾用为吾生之轨范，遵依行事，而精神有所安顿。吾非出世逃世者，故所求者，乃为入世用世之方法，而须能满吾意者。久后读古印度《神曲》（*Bhagavad Gita* 吾所读为英文译本非梵文），得此格言："行而无著"（Work without Attachment），甚喜之。私意若无更善于此者，则当终身奉之为圭臬矣。至此格言之由来及其义旨，美人穆尔先生（Paul E. More）于其文集卷六（Shelburne Essays，6th Series，*Studies of Religious Dualism*）中曾详言之，兹不引述。约而论之，所谓"行"者，谓人每日须有所为，又针对袖手旁观、逃虚遁形者而言也。每日作事，所以顺天命，所以尽人力，所以安吾心（俗谚云：人不可一日无事。西语云：怠惰为万恶之母）。纵云世事皆不满吾意，皆无可为，然吾既在某职，既居某地，即当勉尽其责任，勤勤孜孜，竭尽心力。但同时须下"无著"，此层最关紧要。盖"行"与"无著"之二义，所谓合则两美，离则两伤，相资为用，不可须臾分判者也。"无著"一语，粗释之，中含三义：(1)作事须尽力，而勿问其结果如何，即不计此事之成败利钝，又不问其及于吾身之利害祸福苦乐。易言之，吾之于事也，尽心焉耳矣，既尽吾心，他非所虑及。事成吾不喜，事败吾不惊，吾于事固极热心，而吾则淡然自忘矣。董子曰："正其谊不谋其利，明其道不计其功。"曾文正曰："不问收获，但问耕耘。"诸葛武侯曰："鞠躬尽瘁，死而后已。"胥此义也。其在欧西，则古之斯多噶派（Stoicism）与此为近。斯多噶派与伊壁鸠鲁派（Epicureanism），皆衰世之宗教，即孟子所谓"畏天者与乐天者是也"。然二者相较，则吾宁取斯多噶派矣。至于近世，卡莱尔（Carlyle）之主张颇似之，其所著 *Signs of the Times* 书中，有诗一首，吾夙爱诵之。今录如下：

Knowest thou YESTERDAY，its aim and reason；识昨日之因果

Work'st thou well TO-DAY，for worthy things？行今日之正事

Calmly wait the MORROW's hidden season，待明日之潜流

Need'st not fear what hap soe'er it brings. 夫何惧兮何忧

（2）惟是为归，而无党见。盖谓作事须有正当目的，正当方法，不必专附一人，不必永在一党。合则留，不合则去，无所拘泥，无所顾恋。吾现与甲乙丙丁共事，特在此局中则为同道耳，不必求种种之相合也。此局以外，各行其是，不必其所为吾皆须赞助之也，若是则私矣。吾与子丑寅卯相抗，特于某事，各持异义，或方针相背耳，不必其处处皆为敌也，若是则偏矣。公义私交，要皆分别，事之成败与人之恩怨无关，为事择人，而不因人成事也。（3）为事作事，非为人作事，亦非为我作事。盖谓吾作此事，实因其中有正当重大之目的，故勉力为之。非为见好于某人，或助其成功，又非为我树立声名，培植势力，攫取金钱。故事不必需人知，功不必自我成，而后一切计划措施决断，始能专心为事策万全也。

合上三者而观之，则"行而无著"之义略见。苟能本此以行，既不怠又不溺；既用世而又不为世所用；既缘幻象又得解脱。但能今日之光阴不为浪掷，今日之生涯不为错度。今日吾曾竭吾诚，尽吾力，以行吾之正事，入夜自省，念此吾乃大乐，凡百不足苦我，此种无上愉乐之感情，即吾辛苦之报酬也。

三曰职业与志业之别。由上言之，人必当作事，固矣。然所作者为何事乎？窃尝谓人生所作之事，可分为二种：曰职业，曰志业。职业者，在社会中为他人或机关而作事，藉得薪俸或佣资，以为谋生糊口之计，仰事俯畜之需，其事不必为吾之所愿为，亦非即用吾之所长。然而为之者，则缘境遇之推移，机会之偶然。志业者，吾闲暇从容之时，为自己而作事，毫无报酬（纵有报酬，亦自然而来，非语之所望或措意）。其事必为吾之所极乐为，能尽用吾

之所长，他人为之未必及我。而所以为此者，则由一己坚决之志愿，百折不挠之热诚毅力。纵牺牲极巨，阻难至多，仍必为之无懈。故职业与志业截然不同，职业较普通，志业甚特别。职业几于社会中人人有之，志业则仅少数异俗奇特之人有之。有职业者不必有志业，而有志业者仍不得不有职业。职业之功效有定，而见于当时，志业之功效无限，而显于后世。职业平淡而必有物质之报酬，志业难苦而常有精神之乐趣，皆二者之异也。职业与志业合一，乃人生最幸之事。然而不易数觏，所谓“达”者即此也。有志业者，其十之九，须于职业之外另求之，二者分离，所谓“穷”者即此也（穷者不必贫困冻馁，凡职业非具志业即为穷）。昔孔子尝为委吏矣，曰：“会计当而已矣。”尝为乘田矣，曰：“牛羊茁壮长而已矣。”此孔子之职业也。而删诗书，定礼乐，作春秋，设教于洙泗，德及于千古，则孔子之志业也。杜工部曾为左拾遗，为华州府椽、为严武幕宾，此杜工部之职业。而“语不惊人死不休”，作成诗集一部，则杜工部之志业也。英国小说家李查生与斐尔丁（见本志第一期《钮康氏家传》译序），以印刷及检察官警厅长为职业，而以著作小说为志业。安诺德以视学为职业，而以文学批评为志业。由上诸例察之，可知吾侪之职业与志业，殆不能不分而为二。于己之职业，应求充分尽职，无负所得之报酬而止。此外则应聚精会神，努力费时于己之志业，望其成功。此为中道，亦是正道。世固有自负卓志，别有所经营，而于一己之职业，因意所不屑，完全旷废者。又有溺于俗务，尽心于职业，而于平生之志愿之抱负，淡焉忽焉久而尽忘之者。斯二者皆一偏，义有未尽，皆吾之所不取也。

结　论

以上粗述吾三十之年之人生观，盖由读书阅历、又经几多之变化之痛苦而得者也。此后如无更善于此者，取而代之，则愿终身奉行之矣。惟兹有申明者：（一）人生观必求其至善至美而惬于心者。故以上所陈，乃吾之理想，所悬之鹄的，虽不能至，心向往之，非谓吾已皆能实行之也。（二）以上所述之意旨，散见于群书，吾逐渐融合吸收，而造成吾之人生观。故亦不能一一分析，而著其来源，且亦不必为此。其中亦有吾由阅历感触所得，自造之意思，不能辨别也。（三）人生观只能著吾生最普通之见解、最主要之方针、基本大纲，凭此以御事接物，故吾对于诸种特别问题（如婚姻问题及教育宗旨等）之主张，不能述于此篇(应俟另论)。(四)以上所条列者,仅为吾一己之人生观,并未能将各种人生观(如浪漫派及功利派及悲观等派)比较论列,而详其得失短长也。(五)今兹自著其人生观,非敢有强人同我之意存,此层已声叙于前矣(见绪论之末)。

人生哲学序论*

景昌极

[按]今之中国,今之世界,所最需要者,为一种正确完美之中心思想及人生观,以为社会治理设施及个人修养行事之标准及指归。而此中心思想及人生观,又必根据于博大精深之哲学。欲从事哲学,须具以下之资格,其成绩方有可观。(一)有哲学之天才,具澄明敏锐之理智,长于思辨推考及评判。(二)遍读东西古今各派哲学之书,而能明其旨、识其要,不但西洋古今哲学,即中国之哲学理学道学,及印度之六宗佛法唯识之教,亦在其范围中。(三)进而能理解会通,于各种问题事物,均能明见其相互之关系,而言之悉得其真,不相糅混,不稍含糊。(四)终乃创造其一己之哲学,即直接以己之所思所考者为根源,以一贯之道理,解释万有事象,而无隔阂,无矛盾,不专以述说依附他人之学说为能,此外尚需两种资格,即(五)多识人世事理,富于常识。(六)文字简当,说理明晰,而不以艰晦自饰浅陋,或以术语及专门名词充塞满纸以炫人。以上资格,具之者当必极少,然据此数者为标准,以观并世哲学家论辨述作之成绩,思过半矣。景君昌极,现任国立成都大学哲学教授,所著"哲学论文集"(中华书局出版)内容凡八篇。(一)序论(即本篇);(二)苦兴乐(见本志第五十四期);(三)自利与利他(原题目为《评进化论》本志第三十八期);(四)论心与论事(第六十二期);(五)性与命(第六十七期);(六)礼与乐(原题曰《消遣问

---

* 辑自《学衡》1929 年 5 月第 69 期。

题》本志第三十一期);(七)道德与社会革命;(八)实践与玄谈(第五十七期)。其中除第七篇外,均已在本志中刊登。

编者议

余年来所作文,以关于伦理学或道德问题者为多,纵论所及,该摄人生哲学上诸根本问题略尽,顷为成都大学教育哲学系讲人生哲学,因集旧稿为讲义,而冠以序论,以明其条贯而补其缺略。

一、人生哲学之性质

人生哲学应以总论人生价值问题为主,故亦称价值论或价值哲学,与形上学、知识论鼎足而三,并为哲学重镇。

价值与事实对(或称当然、标的、理想等),而价值判别之自身亦为一种事实。价值论云者,谓为研究价值判别之事实之学可也。

价值论研究之其他事实,亦莫不与价值判别之实事有关,其着重其他事实者,则有其他各种哲学科学。

人生与宇宙或自然对,以故昔人每以宇宙观或自然哲学与人生观或人生哲学对,然人身亦宇宙全体之一支,宇宙实众生心境之综合(说详他篇),其间有不可强为划分者,明夫人生哲学之研究以价值问题为主,而非泛论与宇宙相对之人生,则学术之分野可以了然。

哲学与科学对,其差别如总论之于分论,根本之于支节,唯然,人生哲学中应包有探求根本问题之道德哲学(即理论伦理学)、社会哲学、政治哲学、法律哲学、经济哲学、教育哲、历史哲学、宗教哲学、艺术哲学等,而略去支节,以让之实践、伦理、社会、政治、法律、经济、教育、历史、艺术等专门科学,其在上举各种哲学中,又应以道德哲学为主以道德价值为人生最高众之价值,抑亦其余各种价值之所归宿故(说详下)。

读者苟一反省其日常之所思所行,几于无时无处不有价值判别之作用,美丑、贵贱、善恶、智愚、是非、真伪皆是,价值哲学本身之价值或重要,归此可知,谓为一切学问之归宿,不亦可乎?

二、人生哲学(或价值哲学)上之问题

(一) 价值之发生(或所由发生,或所以然)问题

一切价值之发生,皆由人心或众生心,对种种境有种种好恶苦乐之作用故,说详《苦与乐》篇。

(二) 价值之种类问题

此问题向为世人所不详,略以一己思辨所及分析如下。

(1) 个人的价值与社会的价值

社会的价值者,集一社会上大多数人相同或公认之价值,因以为一社会上各个人之标准者也。口之于味,有同嗜焉。斯易牙之味,为有社会的价值,至于嗜痂者之以痂为有价值,则为个人的。前者谓之社会的主观(对个人之主观言)或社会的客观(对纯客观言),后者普通所谓纯主观也(亦见《苦与乐》篇)。

复次,经济的价值(即俗所谓值钱多少,亦即贵贱二原之本义,以其皆从代表古代货币之贝也)由人与人交易而起,地位的价值(即社会上地位之高下,名声之隆污,贵贱二字之伸义也)由人与人之相统属相比较相毁誉而起,道德的价值(即善恶贤不肖)由于人与人之自动的相利相害而起(说详《苦与乐》《自利与利他》《道德与社会革命》篇)。其在单独之个人,直无价值可言。

(2) 自然的价值与人为的价值

不待加以人力而有利用厚生之价值者,其价值为自然的,如自然界之水与气是。各种农产物制造品等,其价值为自然的而兼人为的,二者所占分量之多少,种种不一。至如人类创造之文学科学等,则其价值几于纯人为的。

服膺社会主义之经济学家,为提高劳动价值计,往往谓一切价值莫非劳力之产物,观于上段之分类,似其说不尽然。然若以佛法唯识之说解之,所谓自然界者,亦不过众生无始以来,集积业力之所共感,其价值之增减变化,始终随众生业力为转移。自然与人为之分别,为先后的、相对的,而非绝对的,斯又最圆通之说矣(说见《自利与利他》暨余所著知识哲学中关于唯识诸篇)。

以上所谓人为的价值,指人力之产物言,至于人力之本身自有其价值,更不待言。此中又可分为(1)技艺的价值(工艺游艺体力等),(2)智慧的价值(文学科学等),(3)德行的价值三种(个人精神上之修养,与无所为而为之利他无

我,二者皆是。所谓宗教,则兼此二者),人力为其产物之价值之“现实因”,产物为其人力之价值之“得名因”。此二因之名,为作者所创,盖有见于历来玄学家往往以不能分别斯二者,动淆因果之实也。如父子之间,就得名因言,可谓互为因果。就现实因言,则父为子因,而子非父因,不可不辨。

(3) 直接的价值与间接的价值

饮食衣服之类,人所直接享受者,其价值为直接的。财利权势等享乐之资具等,其价值为间接的。间接的中,远近之差,亦至不齐(如不动产较动产为远)。又以人类心类心理上之“联想力”或“代替反应”,故间接的每变而为直接的,人之嗜财利如嗜好味、好德如好色是也。

(4) 感觉的价值与意识的价值

感觉的价值,谓由五官(眼耳鼻舌身)之苦乐好恶而生者。意识的价值,谓由想念之苦乐好恶而生者,说见《苦与乐》篇。

(三) 价值之高下问题

价值之有高下本亦由主观之比较而生,集一时多数主观之比较,其相同或公认者,遂成为一时社会上之准则或常识,常识者,固一切准则最后之准则也。

惟是各种常识,普遍之程度迥异,且矛盾百出,有学者兴,取最普遍之常识,以修正其不甚普遍者,去其矛盾而使成系统,于是乎有科学哲学上各种准则出。其真能成为学问上之准则者,必其根据最普遍之常识推阐而成,虽与普通常识或相违异,而高乎有以不拔者也。请即以今之问题为例。

世人每以经济价值(或交易价值),为一切价值之准则(如曰“千金易得,一将难求”,曰“寸金难买寸阴”之类),此一常识也。然经济价值,每以供求之比例而变异(如寸金有时固难买寸光阴,寸光阴有时亦难买寸金。千金有时难易一将,一将有时亦难易千金),而供求相应之价值实不足为一物价值普遍之准则(如使黄金与空气等量,则黄金之价值将远逊于空气。孟子本薪与羽之喻甚佳),必使其量相等而更比较之,其结果乃为公正,此亦一常识也。此常识之普遍甚于前者,于是学者乃得以后之常识,修正前之常识。

世人每以肉体上快乐之价值,高于精神上快乐之价值,故逐物而不知休,此一常识也。然世人实仅知肉体上之快乐而已,其于精神上之快乐,实多未尝亲受。一人欲比较两种快乐之高下,必两皆亲受而后可,否则其意见不足恃(如有人仅曰食肉,而从未食鱼遂谓鱼味远不如肉,徒见笑于大方耳,必也。其人兼食各种鱼肉，而品其味之高下，其意见乃有供考虑之余地)，此亦一常识也。此常识之普遍甚于前者，于是学者乃得以后之常识，修正前之常识。

人之初，鲜有不以损人利己为是者，此一常识也，鲜有不以人之损己为非者，此亦一常识也。此二常识，在理论上相矛盾，在事实上每致人己交受其害。于是有明理达务之士，倡为各守职分公平交易之消极道德，与自动的损己利他之积极道德，在理论上既甚圆通，事实上又每致人己交受其利，遂自成一种道德常识，与前二种常识，各于人心中占一部分势力，此犹科学之常识发达后，迷信之常识，仍于社会上占甚深势力，不足为怪。其最后之胜利谁属，视人类之是否安于矛盾、甘受苦害为转移，吾侪固不妨悬为努力之标的，以收化民成俗之效也(康德所谓实践理性，孔子所谓忠恕，一以贯之，实即指此种道德常识言，可参各篇)。

要之，学者所恃以修正常识、整齐常识者曰理性，而理性之公认其自身实为最普遍之常识，理性之所根据曰事实，而事实之公认其自身实亦最普遍之常识，此之谓常识之准则，为一切准则最后之准则，非谓一切常识咸有同等之价值，亦非谓学者能于一切常识之外，别为准则也。且即最普遍之常识为最后之准则一语，仍不外从最普遍之常识，即理性与其所根据之事实，如上述所举例证是得来，以心知心，以理明理，以常识治常识，其详当别于他日撰“知识之准则问题”文论之，姑发其凡于此。

然则人生各种价值中，果以何种为最高、且何从而知其为最高耶？曰：以理推征、无我利他(或称“人我一体”“大我无我”)之德行，平等一如(或称“至乐无乐”“至善无善”)之境界，其价值为最高，以其可以拔根本苦得究竟乐故，说详《苦与乐》篇。个人精神上与身体上之修养次之，各种文章美术技艺又次之，亦视其与最高价值关系之疏密而定。五官及意识，各有其美术，其价值在以淡泊寡著且不易启争端之快乐代替浓烈逐物且易启争端之快乐，康德谓美术之要，在于“感而无欲”(Disinterested feeling)。其实所谓无欲者，即寡着之谓，抑亦程度之差非真能到无欲之境界也。世俗之沉迷古董或古字画至以身殉者多矣，其与殉名殉利者奚别(参见《苦与乐》一篇，《礼与乐》篇“论美术”段)。以上惟就人力之自身关系修行最大者言之。至于各种品物价值之高下，则世俗专门家之事，治哲学者不问可也。

(四) 价值之持续问题

人生问题之反面，有一根本问题焉，曰人死问题。假令人死而一切精神作用断灭，则上言种种价值上之差，亦将随以断灭。智愚贤不肖，咸与草木同腐。平日种种高下大小之分别，至此乃殊见其无谓，消极颓唐，苟且偷安，恣睢任情，遂为断灭的人生观必至之趋势。以故古今以积极努力修行不懈的人生相号召者，莫不致意于价值持续之说明。大别之有下列数说，一曰子孙持续说。谓子孙承父祖之遗体，即不啻父祖之化身。吾国一般社会最重嗣续，实即此种心理之明征。二曰社会嗣续说。其中又可分为立德立功立言三者，古所谓三不朽，是意谓个体虽灭，而其功业之影响则永存于社会。今欧美哲人，亦多以此自解者。三曰精神嗣续说。谓众生随其业力，死此生彼，种因既异，获果亦然。夫然则上所言价值之差，几于终古不绝矣。斯说在古代为大多数人所共认，然其共认也，依于武断的玄想的宗教而共认之，未尝有事实上之证明或学理上之说明。迨及近世，则又几于为大多数人所否认，然其否认也，依于武断的玄想的唯物论而否认之，亦未尝有事实上之证明或学理上之说明。余谓当今之世，第一、第二二说，已有聊以解嘲之概，至于第三说，则亟有待于学者之探讨。因不惮反复取佛法唯识之义，与今生物学上之进化说，辗转推寻，以求一是。《自利与利他》篇后半，即以此问题为中心。

上四为价值论一般问题，下四为道德哲学问题。

（五）道德之准则问题

道德裁判，所以裁判者何，或是非善恶之准则若何，为道德哲学第一重要问题。《苦与乐》《自利与利他》二篇，凡四五万言，皆以此问题为中心。

（六）道德之对象问题

道德裁判所裁判者何，或是非善恶之辨对何而施，为与上问题联带发生之问题。《论心与论事》一篇，即所以解决此问题者。

（七）道德之由来问题

此问题讨论道德心、道德律起自先天抑后天，一成不变抑与时迁移，其在古代为玄学史上甚要问题。及至今日以正确逻辑为之辨析，纠纷立解，说详《性与命》篇上半论性诸章。

（八）道德责任问题

此问题讨论因果是否前定，意志是否自由，兼为一般人生哲学玄学乃至科学上重要问题，说详《性与命》篇下半论命诸章。

（九）其余艺术哲学、宗教哲学、历史哲学、政治哲学、教育哲学等诸根本问题

其余问题大体均以以上诸问题为依归，普通多列为专科，兹不得而详。《礼与乐》《道德与社会革命》二篇，颇有泛论政治教育艺术处，又余别有《历史哲学》《知识哲学》《玄学》等书，陆续印行，可并读之。

三、人生哲学之流别

（一）神学的或武断的人生哲学

耶回诸教之人生观等属之，其解释人生之真相与当然，以神旨或天心为主，其所示人生各种当然之轨范，多有与科学的人生哲学不谋而合者，然其理论之不充，终不可以掩。

（二）玄学的或臆想的人生哲学

其特色在以臆想或玄理说明事实，而不问事实上能证明与否，以故其理论每难以自圆，如古来天理良知诸旧说是，其所示言行之轨范，多有与科学的人生哲学暗合者，亦与神学同。实则神学亦可谓为玄学之一种。武断与臆想，每相因而至，未可以强分也（参《实践与玄谈》篇）。

（三）科学的或实证的人生哲学

其特色在不以事实迁就臆想，不以臆想遽为定论，求人生各种价值轨范之概然，而略其偶然。世之作者固莫不以此自期，究之孰为能达此鹄，或较近此鹄，读者可自判之。世有谬以科学的人生观为不通者（近如张东荪、张君迈辈），其理由为人事因果，无必然之种类单位与范围，实则科学之于因果，本惟求其概然。自然现象，既可以科学方法治之，人事又何独不然。人生哲学或道德之指导人心，盖犹卫生学医学之指导人身，各人之身不尽同，而无害于概然之卫生学与医学，亦犹各人之心不尽同，而无害于概然之人生哲学或道德（详《性与命》篇，论因果段）。诚如所言，人生理想，不可以科学方法懂理，假令有数不同之理想于此（如一为杀人越货，一为白日升天，一为笃志学问，一为狂嫖浪赌，一为利他无我之类），吾侪势

且不能判其高下，斯一切关于人生之哲学科学，根本不能成立，其违反事理(即所谓最普遍之常识)，为何如乎？

自具科学态度者观之，则不然，有一理想于此，必视其能实现与否，视其能为大多数人所实现与否，视其实现之难易，视其实现后影响于大多数人之福利者若何，根据种种最普遍之常识，穷究其性质与意义，而后有以判其概然之价值，斯则与良医之诊断、天文家之测算，奚以异哉？

四、修行要旨

古今来论修行之术者亦多端矣。《苦与乐》篇，已列其大纲于末。今更列数义如下，大抵为补偏救弊计也。

（一）心身双修

健全之精神寓于健全之体魄中，此理至近代生理心理学进步而益明。世有专务屏绝嗜欲而摧残身体，或专务发达智慧而忽视身体者，其能有成者几希。吾国今日一般读书人，尤多衰病之憾，反之，一般专事体育者，又多不学无术，见轻于世，能多瞰饭而已。此皆畸形发达之所致也。

（二）动静双修

宋儒以"半日读书、半日静坐"之修行法，见嗤于颜习斋，今人恒乐道之。实则动静各有所当，心不可不用，亦不可过用，身不可不勤，亦不可过勤。至于静之别义，每指心之安适或心之专一言，则与普通所谓动静无甚关系，误会其旨者，习静则为怠时厌事之静，习动则为逐物不休之动，均之失也。

（三）知行双修

敏慧多闻与笃志强行二者，每不能两全。佛法所谓有目无足与有足无目皆不能到清凉池者也。求其两全，斯吾所谓知行双修(王阳明氏知行合一之义，及知行之关系详《论心与论事》篇。)。

（四）本末双修

文人哲士，每于世俗工巧一无所能，以无用坐食见嗤于世。反之，所谓各种专门家者舍其所专之业外，于人之所以为人之道、生活之意义等问题，茫无所知，俨成一具饮食男女睡眠工作之机械，二者皆非社会上理想人物。必也。使人文教育与职业教育相辅而行，斯吾所谓本末双修也已。

外此修养节目，先贤之嘉言懿行可资模范者，世多有其书，兹不赘云。

学识与技能*

杨成能

知行合一者，惟道术为然。外此则凡百人事，俱有二种之要素，虽不可绝对相离，亦不能漫然淆混，此何也？此即所谓学识与技能是也。学识何由而得？得之于有意识之钻研，技能何由而成，成之于无意识之复习。学识之收储在大脑，技能之养成由小脑。学识之记忆系明了的，技能之记忆系不明了的。读过一种学识之书，即可为已具此种学识。习过一种技能之事，不能谓已擅此种技能。故学识者人也，技能者天与人参者也。吾非狃于迷信而猥以杳冥不可知之天欺人也，亦以技能之事，既穷于言语剖释，心灵体验，姑曰天焉，则足其说而已。故有学识而无技能，则坐言而不能起行者也，有技能而无学识，则行之而不知所以者也。粤稽吾国，唐虞万几之治，只以十六字为心传。孔子以诵诗三百不达于政为无益，此古人于经国大端之注重技能也。庄子称丈人承蜩，以神会而若掇，没人不习，以入水而即沉，此薄物细故之注重技能也。外此若农工商贾疡医针灸之业，画绘音律之事，传之于家人师友之间，其以言语文字相教告者，寥寥无几。而工力所至，往往能出奇制胜，以奏殊绩，则其注重技能更可想见。章实斋有言曰："事有实际，理无定形。古人不著书，古人未尝离事而言理。"此可谓深知中国民性之特点，亦即可谓深知中国文明之真精神者矣。乃自两汉诸儒，缘饰经术，以逢迎时君，笺疏之学，于是发端。公孙弘、杨

---

* 辑自《学衡》1926 年 2 月第 50 期(22—26 页)。

雄、刘歆之伦，是中之卓卓者也。自是厥后，除农工商杂艺诸人，仍其故服，一以工力制胜外，凡文人学士之事业，遂于词章道艺之外，别衍为考据一派。但自魏晋迄明，兼途并进，其势互相颉颃，无分轩轾。至清初而考据派之势力骤盛，张其帜曰汉学。一时心思灵敏之士，闻风趋附，穷老尽气，以从事于钩稽考订，而著述日以繁多。夫考据者，学识之事也，词章者，技能之事也。西风之渐被于禹域也，不幸而承此考据势焰大张之后，以其性质之所偏，遂于西方文明重要之部分，如农工商贾制造工艺之学之吸收，成绩俱不能良好，以其侧重于学识之收取业已成为习惯而不注意于技能之淬励也。（详见《东北文化月报》第六卷第六号拙著《学者心理学》十四节）

而中国固有之农工商贾者流，又狃于私家独得之秘，沾沾自足。于外来之农工商贾制造工艺诸学，须经历久远年限之书案工夫，又加以久远年限之筋肉锻炼，而始臻完备者，不肯贸然问津。于是对于一时震慑之西方文明，亦只猎其皮毛而止。近数年来，吾国青年，留学东西洋卒业专门之学以返国者，不可谓不多，而国内之农商实业，规模较大，参以新知识新人物而经营者，往往多归失败，职是故也。试更就文学一事言之，中等学校之生徒，执笔为短篇应用之散文，尚疵病百出，而讲堂之所课授者，如周秦诸子文章之派别也，初中盛晚唐诗学之异同也，宋元词典之变迁也，无不孜孜讲贯，一若不习此，不足以为短篇应用之散文也者。而一般学生，平时对于讲贯之时间，莫不欣然前趋，对于作文之时间，莫不惴惴思避。设有某教师讲堂教授，原原本本，口若悬河，则其援笔为文，虽极拙劣，乃至竟不能为便简亦无不受众情之所欢迎。脱于讲授课程未能欣动众听，而独于学生课作，则斤斤不肯宽假，则能免生徒之白眼者鲜矣。噫，中国学风之趋势至于如此，其能不亟亟谋所以补救哉！不观夫射乎，弯弓彀率者，可以言语相教告者也。百步穿杨而贯虱者，非言语之所能教告者也。非特不能以言语相教告，即自扣内心，亦有不能独喻其所以然者矣。开口出声则宏，嘬口出声则纤者，可以图绘相指示者也。江湖之民，有善口技者，能侈敛夫口中之软膜，以效金石丝竹百禽百兽之音，而无不毕肖者，其侈敛之状，极乎几微，非特不能以图绘指示，即叩之内心，亦有不能独喻其所以然者。今更就中国最显之事例以明之。火车之驶行于境内也，已数十年矣，然设有某铁路公司中，将管理驾驶之责，悉以畀之国人，吾恐一月之中，先时迟刻，出轨碰车，积压货物，迟误行旅之事，必层见叠出矣。飞行机者，世界最新发明而入于中国才数年耳。然自近年各省仿办以来，其驾驶中途，损机殒命者，多出于外籍技师，而出之华籍人员者绝少。何则？铁路公司所跨之地域纷歧，所辖之机关繁伙，其主要点，在线路分合，时间编配之确然不移，各机关规则之联络应用，但能应用规则，严守时间，则管理铁路之能事已毕。其倚重技能之事，惟经始时有之，已成之后，用者颇少也。飞行机者，构造简单，领域窄小，少则一人，多则二三人，便可驾驶一机。茫茫太空，无规则，无定时，而自无出轨碰车之患，而所要者，为空气之稀稠，风势之顺逆，安危判于须臾，死生决于俄顷，巧算不及推，耳目不能察，全凭心手之调娴，技术之精敏，以相从事，固吾国民性所特长也。又如印刷术，黑黄苍赤，析之至十余层，套之至十余板，而层层相因，不移圭黍，以成完品者，西人之所长也。执芒针一枝，穷日月之力，镂镂一钞币模型，真与化学所制之凸板凹板写真胶板相埒，而不辨真赝者，中国人之所长也。教训十年，成师百万，使步骑砲工，表裹相辅，飞机无电，脉络贯通，合百万人为一有机组织，合百万器物为一大型机械者，西人之所长也。奇兵突阵，人自为战，隘巷丛林，以少袭众，每发一弹，不用标测，不必目视，欲贯颅者必不及脰，欲挫毫者必不损肤，如庄子所载郢匠之斩鼻垩，垩尽而鼻不伤者，中国人之所长也。且夫知识之钻研，技能之淬励者，世界文明进嬗之二要素也。其中如知识之钻研者，中西人士共同之所长也。而技能之淬励者，中国人之所长，而西人之所短也。善学人者，窃人之所长，益以成己之所长，不善学人者，弃己之所长，而贸然竞人之所长，其败也，可操券而待矣。故为今之计，能于亟亟收储日新学识之上，更加以国民性特长之技能淬励，以求制胜者，上也。各就其志之所在，或孜孜于学识之收储，以植将来创作之基，或孜孜于技能之淬励，以为现在制胜之计，分途并进，毋俾偏倚者，中也。工焉而不习斫削，农焉而不沾泥淖，商焉而徒知诵说世界贸易之盈虚，英美托辣斯（今译托拉斯）规模之完备，而授以资本辄折阅。医师焉而徒夸欧西病理诊断药物之学之宏博，而治病辄不愈。文士焉而徒知剽窃夫古今文派之变迁，音训之讹正，中外文风之异同。人人以著作家自居，人人以革新派自命，倘令其握管为之，于说理文，则迹混斗兽，不能轩畅以达旨，于表情文，则味同嚼蜡，不能斐娓以动人者，下也。噫，晚近学风之偏徇学识也，十九而是，顺风推舟，其势将不知所届，因拉杂书其所见如此，愿世之从事作人者，有所取焉。

布朗乃尔与美国之新野蛮主义*

乔友忠 译

［按］美国之新人文主义，近年势力日大，推行益广，本志已迭有纪述。本篇作者马西尔（Louis J. A. Mercier）君，法国人，任美国哈佛大学法文教授，距今约十年前，曾撰"白璧德之实证人文主义"一文，载法国"星期杂志"，以白璧德先生之学说，撮要陈述于法国人之前，译文见本志第十九期，一九二八年，马西尔君又著《美国人文主义之运动》（*Le Mouvement Humaniste aux Etats-Unis*）一书，将此运动为详细及具体之介绍，该书所叙列美国人文主义之大师及此运动之领袖凡三人，（一）布朗乃尔（William Gary Brownell，1851—1929）先生、（二）白璧德先生、（三）穆尔先生。该书之第一章题曰"独立之人文主义者布朗乃尔及批评家之责任。"可与今篇互相发明，又译布朗乃尔所撰"爱玛生论"为法文，入附录中，乃马西尔君之书甫出版，而布朗乃尔先生遽于去年溘逝，马君遂以英文撰"W. C. Brownell and our Neo-Barbarism"一文。刊登美国"论坛"杂志（*The Forum*）第八十一卷第六号（一九二九年六月份）。即兹所译者是也，此篇可谓为布朗乃尔先生之简略评传，余俟另详。

编者识

---

* 辑自《学衡》1931年3月第74期「第14—30页」。

第一节

“当代文学批评家之巨擘，已溘逝矣。”此华顿女士(Edith Wharton)最近论布朗乃尔之言也。硕学之士，必多同情女士之言，然布朗乃尔著述之要旨，则吾人尚未能尽领会也。

布朗乃尔生时，在斯克勒(Charles Scribners)书店，潜心工作，凡四十余年，卒时年七十七。幼年曾于爱玛生(Emerson)门下听讲，其论爱玛生之言，适可形容其自身。“爱玛生绝对属于吾人，完全属于吾人。彼纵非全体美国人之代表，至少亦表现美国人之特性，其他国家决不能产生之。”布朗乃尔死前二年之中，与余通信十数次，此实余之大幸。信中所言均与余所编《美国人文主义之运动》一书有关，余拟选彼之文，译入此书，彼乃指定所著《爱玛生论》，命余译之。

布朗乃尔笃信美国民治之将来，此实与爱玛生极相关连，彼生平无时不与群众同情，然此决非与村俗蛮野卑琐妥协之谓，亦犹爱玛生，此种同情乃以其信仰为基础，布朗乃尔以思想之高超得有其卓越之位置，实则有志上进之士，均能达此位置也(盖谓凡人皆有为圣贤之资，然圣贤决不同于凡人，编者注)。

布朗乃尔承爱玛生之说，继而前进，探求美国理智生活之合理发展。美国与欧洲文化之一切遗传关系非恢复不可，否则必将陷于野蛮，而美国理智终不免幼稚。爱玛生已将德国之理想主义(German transcendentalism)输入美国，然彼之哲学，宗于直觉，无批评之精神，布朗乃尔则过此而前进，爱玛生得直觉“纯朴之质，而其门人所得，乃其空幻之质。自亚里士多德点明直觉须经判断以来，利用直觉，范围之广，无有过于爱玛生者”。是故布朗乃尔虽尊此名贤，然于爱玛生之过信直觉，则颇不谓然。

布朗乃尔生前未至德国留学，而至法国，诚为幸事。法国文学批评之精神甚富，对于人性则研究不已。最堪注目者，乃十九世纪法国之批评家均为理智生活之开山祖师，罕有能与对立者。而此种理智生活包罗广狭又甚适中，无论希腊罗马中世纪近世各传说，彼等均知之甚审，人生态度能为人类采取者，或已为人类所采取者，亦均在彼等经验之中，故决无误以退步为进步之谬举，彼等乃人类思想之可靠桥梁。布朗乃尔即发现此桥梁，献与美国，彼且不断的利用之，彼吸收安诺德，同时亦吸收圣伯甫之学说及精神。

法国批评为思想界之桥梁，而法国亦犹一桥梁，文化由地中海经此以达北方诸地，即欧洲历史，亦可于此重新窥得其真相。布朗乃尔一八八〇年到法国时，即已认清此点，其所著《法国人之特性》(*French Traits*)一书，乃一深入法国人灵魂之研究，难得其匹。然此书之价值，尚不止此，其唤醒美国人自觉其欧洲遗传之处，始其不朽之处也。

布朗乃尔认明一真实之社会，存于法国国民之间，一共同之性格，合此国民为一体，一至高无上之权力，统辖之成一理想，此种权力，使个人与社会相融洽，团体精神得发展，真纯友爱之情得滋生。盖人人信仰相同而又群策群力，以期与外在标准相合也。此共同标准，实由法国之中世与其四百年中所受罗马文化之影响而产生。了解个人国家以及人类生长之途程。布朗乃尔于此得其关键，吾人纷争不已之一切问题，其症结即在此。无论其属于美学社会道德宗教，试问人之本身以外，有无一定之标准。人类不能达此标准，能否满足其生存之律，社会团体不能达此标准，能否尽其功用，使其生存合理，艺术表现不能达此标准，能否成为表现美与真之适宜工具，凡此皆应深长思者也。

西方文化已往之发展即采取外在标准之哲学，个人必依此标准衡其生活以期及于开化之涂此乃历史事实，无可争论。古人暗中摸索得此哲学所历甚苦，柏拉图得之以直觉，亚里士多德得之以理智，而希伯来思想，使直觉发展或真得一神之默示，或真得超越之心志，以为其正义之标准惟一来源，则更章而显矣。此外在标准，或外在鹄的之哲学，自耶稣降世以后，益甚显著。盖凡人依神意尽其所能，即能达到此标准或鹄的也。此种哲学，初以柏拉图之学说组成之，继以亚里士多德学说分析之，最后在罗马帝国之行政组织中，立为宗教。当古代之末与中世之始，天主教会中之主教，皆诚信不疑，认定此宗教乃迟候野蛮民族之来者，而其结果，遂构成所谓近世文化，即希腊罗马文化与耶教文化之集合体也。

法国为欧洲西部之桥梁，既如斯确切，则研究法国历史，即可知其经过状况，法国土地，实乃三派思想会集之点。三派者，一曰地中海诸派哲学，二曰耶教建立外在标准以为人类奋力即达之目的，三曰北方野人未被征服之无政府个人主义。佛兰克(Kuno Francke)氏分析北方野人之性格，描写其克服罗马时，如何需要文化之陶镕，笔致极佳，兹录如下：

> 激动野人活动之最强外因，似为一种初民对强权之爱，一种难以抑压之生存欲，一种奢望过甚之野心，此至少可由其领袖中窥得之。初民时期之编年史，贪婪欺诈顽强之事，满纸充斥，吾人读此记载，即可领悟此时人之普通性格，个人丝毫不受社会之约束，而人皆充满兽性生命之力与兽性之感受性，脑聪目敏，毫无道德观念，任一时冲动所支配，己身以外，更无再高之理想，至破坏之心，则无时或已。

但组织完满之耶教，卒使此顽强之个人主义者承认外在标准而近世文化得以前进无阻。克鲁维(Clovis)王遇圣莱米(St. Remi)于莱姆斯(Rheims)，遇圣吉尼维夫(St. Genevieve)于鲁得西亚(Lutetia)塞纳河(Seine)旁之一山上，王不能克制身中诸欲，然终悦服外在标准之哲学，圣莱米以焚化所爱之请以试其志，而王则俯首承诺，且应圣吉尼维夫之请，建修道院于山上。

布朗乃尔重新发现此承认标准，得由野蛮进于文明之真迹。常人误解黑暗时代之实况，或将中世二字用之失当，遂多不能窥得此中变化之真际者。布朗乃尔分析其所发现，意趣横生，以最精细之观察力，探得罗马帝国与天主教会之双重遗传，在法国国民性格上之影响，法国国民早已具有共同性格而承认切于实用之共同标准，复使之成一真正民治国家。此标准之承认历千百年之久，使之成一有机社会，而一共同之潜意识复能和谐表现之法国社会固有等级之分。然耶教大同之爱，与国人之合作精神，使诸阶级连为一体，农民工匠中产阶级与贵族，均一致承认，联合诸阶级，为全体而努力，始能各尽职责，自中世之初，法国国基即已逐渐奠定。法国革命与俄罗斯革命亦不相同，乃法国历史久远之合理演进之最高表现也。

布朗乃尔目中之法国到处均有轻快之表现，盖其仪礼恭而不苛，其思想博而不迂，其情感富而不激，且严肃之中充满理智也，简言之，个人努力均以社会利益为鹄的而鉴别力佳，常识丰足又使个人与社会相趋一致，规矩与合宜之感觉无人无之，此均承认标准，约束个人不致永为野蛮，而成开化人之良好影响。法国艺术辉映千古，布朗乃尔认为即此和谐生活之表现，至若巴黎之建筑，配置合宜，斑驳陆离之中，见辉煌秀雅之致，尚不过其悦目夺魂之象征耳。论法国此类事实者，以布朗乃尔所著《法国人之特性》一书为最佳鲜有能及之者也。

第 二 节

布朗乃尔既由欧洲归国，居纽约，乃不禁一惊。社会之中，绝无接受外在标准者，共同本能因而不能产生。巴黎社会，每一阶级，均如交响乐中之节段，互相连属，而纽约社会，则人人相抵，追寻新奇，拒斥古旧，怪异之见解，每足动众，离奇之思想，常受欢迎。布朗乃尔早于法国与英德两国之间，窥见此种分别。此乃极为重要，彼曾有言“信奉耶稣新教之人，去法国时，无论取道荷兰英吉利或法国东北部，必能觉察法国与新教国家之间，有一最明显之分别。此即有无一致的社会本能是。”宗教改革所持奉之原则，乃个人对宗教标准之反抗，此实非出于偶然。盖新教之兴，可谓一种新哲学之兴，禁止以标准加于个人者也。此均有历史事实，可资凭证。宗教改革以前，由公共教会定标准，使个人遵守之，欧洲遂成一统一之耶教国家。宗教改革之后，欧洲四分五裂各成独立团体，此诸多团体虽假宗教信仰，力求统一，终以私人判断（即思想自由）之原则与离心之力过强致每团体之信仰愈形分歧，莫衷一是。而布朗乃尔在一八八零年所召示吾人者，尚不过此种影响之未来势力，今则反抗之风大炽，一切标准无有不遭摧毁者矣。

幸哉，文艺复兴重起古学向心之力，否则反抗标准之普遍革命之起必更早。文艺复兴不但恢复古代之文章艺术，抑并恢复古代之抑制（约束）哲学，而误认文艺复兴为重新解放人类者，至今尚不乏人。近世之人有种种成见，其结论乃甚奇，以为中世“快乐之英格兰”与“快乐之法兰西”均被威权所压伏，致无生气，实则即以宗教论耶教诸国中之精神生活，亦以中世为最自由。近世所远不及者，至艺术表现则英雄神勇之诗，宫廷狂乐之曲，以及中等阶级之诙谐剧，非但未遭抑压。中世之创造力，实乃甚强，例如《蔷薇艳史》中所写大将 Lancelot 与王后 Guinevere 之爱，与爱神麾下之军，倘见于文艺复兴时代拉白雷（今译拉伯雷）（Rabelais）书中所描叙之塞雷玛寺（Abbaye de Thélème）中，亦将为寺中人目为丑事矣。当时艺术虽已趋重理想，渐守古典之法，然宗教剧之富丽，峨特式建筑之辉煌中世纪之享受仍极广多。夫欧洲古典的标准，至孟德恩（今译蒙田）（Montaigne）以后始成立，而严肃之斯多噶主义之再兴，后来合于英国清教及法国冉森教派（Jansenism）者，其为时更迟，尚不论也。

然日耳曼宗教改革之原理，并非永存不朽。十七世纪之末，各派信徒纷争不已，结果英国之自然神教者(deists)起，且以“自由思想”代“个人判断”此亦必然之势。夫十八世纪之开明时代又曰启蒙运动犹一野火，自然神教之徒，竞夺取乃祖乃父所虔诵之圣经，投此火中，福禄特尔乃以冷酷之意，欣然大笑于其旁。由斯而后，此野火燃烧之势焰日烈，浪漫主义卒乃以文艺复兴之标准亦投入火中，科学时代，自谓理足，更以耶教最后辩辞亦纳入焚之无余。吾人至今犹错怨欧战，以为各国之人忽视标准，致使目前西土文化沦于危境，乃欧战之咎，此均不谙历史真迹而生之误解。夫欧战本身，乃耶教之统一破裂以后，不负责之个人主义而代之，以及国家主义嚣张无度之自然结果也。是故欲明目前之大势，非先知数世纪前之历史真相不可矣。

布朗乃尔既由法国得此历史真相，美国之病根遂了然可见，标准问题乃目前之急切问题，布朗乃尔欧洲之游，对于欧洲历史得一实际观察，因而确信除耶教标准外，他种标准均无历史证其真价。惟此，耶教标准能直接感动吾人意志，能使北方野人知有文化理想高超如柏拉图与亚里士多德尚不能拯救古代野蛮世界，至斯多噶主义，更勿论矣。吾人既将耶教渐次拒斥，吾人处境实甚危险，因人乃生而野蛮，遗传并无补益，非每人均受教育，不得开化，非如此教育之，必将永为野人，至其子子孙孙不知文化为何物也。

第　三　节

是以标准之哲学，必须于此时寻一新基础，如其宗教基础已倾陷，其新古典的依凭已毁灭，则此问题须由根本重新审察之。布朗乃尔于一九一七年著《标准论》(*Standards*)一书，题名甚为切实，其所探讨即此问题。

虽然，此时布朗乃尔已非孤立独存，彼“自然派”之党徒，恒击鼓挥斧，以彼之名与其他学者相接连。布朗乃尔之心得，实与此诸学者之心得相合，布朗乃尔本其“法国人之特性”欲求一挽回标准之方，深思不已。当此之时，白璧德(Irving Babbitt)与穆尔(Paul Elmer More)两先生，已将所集东西经验著作成书，且指告世人，欲求外在批评标准，细察此所收集之经验即可知外在标准历史上早已有之，而反对之者，殊为无稽也。

此诸学者与思想家，已阐明真理乃客观的真理在吾人身外，且高于吾人，宇宙依定律而行动，然爱玛生之言则尤精到，谓宇宙之间有“人律”与“物律”。存焉超越物质之元素，与选择指导之能力，本为人类所具有，且赖此以区别价值，定生活努力之方向，组织其生活铸造其环境，使与外在标准更相调谐。此即宗教所断为神旨，而柏拉图所期求之"概念"是也。夫人生乃一大探险，而目的即在求此真理。默示已将神意之一部，启示吾人。上帝原以彼此之恩惠使吾人心愿与彼相合。凡此种种，吾人信之与否，并无关系，吾人之目的则永远不变，即不为"暂时之冲动"所左右，具有"高于自身之理想"以求"人律"与"物律"。

如斯宗教科学与人文主义，未尝不可趋于一致。盖三者乃珠途而同归，均所以求达到客观真理也。须知三者之发现，乃相依为用，有此发现，吾人始能得真自由，亦惟此发现，能使吾人真自由。盖寻求标准对于人类经验诚意信服，不但无奴隶原则存于其间，且以解放为原则也，愚昧之个人主义与合作之精神分，吾人因永沦野蛮状态之中，衰颓不振，常处于空幻虚构乖僻无理之境。

布朗乃尔之《标准论》小册，研求今日刻不容缓之问题，与白璧德、穆尔之著作相较，范围实乃甚狭，然其书之见解甚高，又皆中肯。此书乃集全力于此问题之中心，就其最要部分下手，时代不同，风俗习惯固应不同，然事之重要者，乃分别习惯真理与客观真理也，客观真理方为永久价值之标准，例如国际交往，无一定之标准以防战争，则人类必将自相残杀以至灭绝，此乃甚显。吾人即但求苟安不死，亦不可无标准，因吾人倘屏除切于实用之旧有行为，必不免有生活混乱，与不负责之疯狂状态也。理性生活乃惟一之出路，实验的行为必须受理智之判断。

吾人即不再期求上苍以一伦理标准，默示吾人，而欲求沉沦下降，低于禽兽，亦必不可得。鲍德莱尔(Baudelaire)谓人之所以高于禽兽者，在其有犯罪之能力，此言甚是。盖禽兽并无猥亵主义(Sadism)，只于盲目之中，尽其天职，而人不但能逆其理性，且可悖其低下本能，吾人即无具有组织之德行，仍必有具有规则之罪恶。不论吾人爱之恶之，吾人绝不能无标准吾人所须研究者，乃此标准之原质若何，能使吾人享受人生，抑奴隶吾人，使之沉沦灭亡也，是以成立标准虽难，然吾人不可畏难而退。

第　四　节

标准如何始可成立乎？吾人所需要乃一完善之批评方法，此甚明显。布朗乃尔已在其所著《批评论》(*Criticism*)(一九一四年出版)中，答此问甚详。《法国人之特性》出版以后，布朗乃尔因比较旧法国与新美国，深谙文化发达之历程,其所著书均显示其思想已成熟。而其学说,已可于其所著《法国艺术论》(*French Art*)(一八九二年出版)、《维多利亚时代之散文家》(*Victorian Prose Masters*)(一九〇一年出版)、《美国之散文家》(*American Prose Masters*)(一九〇一年出版)诸书中,窥得端倪。"批评论"与"标准论"同并非巨制,然对其欲解答之问题,所论均极精深。

欲在创作潮流之上,建立标准之"批评"与"评论"决不相同。所谓评论,不过记录创作潮流即足,批评则不可无判断何为判断之对象。曰艺术家所欲表现者之价值,及其表现之成功如何,均为判断之对象,批评家不可越此范围,如艺术家所选之技术,彼即无权议论之。然此技术是否适宜,艺术家之表现是否如其心愿,批评家均应加以审察,而对于艺术家之所召示,尤应本该艺术已经成立之价值,加以判断。

职是之故,已往之传说、普通史、社会史各类艺术之审美学以及过去之理想,批评家均应娴知,而尤应具有一标准。此标准应何似乎? 曰:非个人之印象,非个人之嗜好,因其易出于一时之谬见或竟无根据也,批评家之标准,乃所以判定个人印象及嗜好之是否正确,则其应高于个人印象与个人嗜好可知,此标准应合于理性而批评又须为理性考验之应用鉴赏与传说,真写实主义与伪写实主义,虚幻与理想,均有分别。

然惟理性方能辨识无误,直觉能达更为高超之境,此固理性所承认,然理性决不放弃其分析直觉之权,直觉为永久不变之真理者暗示欤,抑无规则之想象入于非非者欤,此理性所欲分辨之也。

健全之批评,由于理性之细心应用,故能确乎不拔,吾人今已有落入新野蛮主义之危险,健全之批评能拯救吾人出此险而重建标准。布朗乃尔默息七年之后,乃于一九二四年出其《作风之精神》(*The Genius of Style*)一书以问世,亦使人趋于健全之作也。

个人社会团体,以及艺术表现,所以异于野蛮混沌者,以其具有"作风"也。布芳(Buffon)曾有作风之定义,谓"作风即其人"。误解此定义之人甚多,亟应匡正,实则作风之真义,正非其人。初民必须苦心经营始得达于人境,获得秩序,此秩序者即建立"作风"之本。布芳另有一作风之定义较为确切,谓作风乃"思想表现中所见之次序与节奏",可知作风绝非个性之自然表现,乃和谐之智慧与和谐之意志以形式加于内容之上者,作风乃组织之义。文章各部以全篇为主,使之成一调谐之单位,凭技巧及天才,均不能产生作风,非模仿各派名家之作而苦心练习不可也。

作风之抽象的特性，确能受个性之渲染。惟此乃“笔法”，并非“作风”。新野蛮主义特征之一，即将此两者混而不分。而此混淆，遂使(1)普遍方面之次序及节奏(所谓作风)与(2)特殊方面之个人表现，二者常畸轻畸重、不得平衡。在此新情形之下，无拘无束之个性可自由发露，至其思想及表现之有无次序、或匀称与否，则置之不顾，于是村俗愚蠢之思想则习见不怪，非法凶暴之行为则目为普遍，怪诞不经、违理悖性之事，与粗俗之物质主义、卑下无节制之自然发泄相率而来。旋即朽腐衰败，更不谐和之虚幻遂油然生焉。夫个人表现欲得客观价值，必先使自身确有表现之价值，且能适当表现之，惜乎今之新野蛮人不知此也。

此所言并非破坏原则用以沮抑天才者，实乃本诸人文标准，集天才而利用之。薛尔曼(Stuart P. Sherman)曾以布朗乃尔之名置于“自然派”与“人文派”之间，以为钩联二派之人，因布朗乃尔之著述，给予艺术一适当的进步公式故也。艺术家欲免陈旧雷同之病，非审知一切传说不可，不可只以机械方法利用传说，又不可因得力于传说而满足，必须视传说犹资本，向之借取不已，且以个人天才所生之直觉，加于其上，无论关于已往或现代应使全体合于新时代之环境与要求也。如斯乃可由古旧之中，生无数新鲜可贵之作品，菲底亚斯(Phidias)、丹那德罗(Donatello)与罗丹(Rodin)均如斯而成功。布朗乃尔即以此法，解决“古今学派”无穷之争。青年作家不但无见彼生畏之必要，且应对其高深之见解予以相当之注意也。

第　五　节

布朗乃尔之理想，承受者方日见增加，而彼即亡，未得目睹其盛。此盖先知先觉之通连，发现新理，或以更深远之眼光，重见古有之真理，欲其完全为人承受，实乃大需时日。然先知先觉之工作，经时愈久，则愈新颖，是又并非杳无酬报矣。社会之拒斥，以至盲俗之误解，均不能摇布朗乃尔之志。倘吾人能于布朗乃尔之末年与之相处，则可对其清高恬静之致，得一亲切之了解，此实罕有之经验，布朗乃尔曾苦心孤诣、自明其作风确有抽象过分、难以匡正之势。盖彼常极力欲将其深奥精微之思想表达清晰，惟恐不及，故而致此，然亦不屑自为辩解。至布朗乃尔初未尝以领袖自居，彼乃兢兢自持，对己之工作不时表示谦让之意，弥可敬也。

更可称者，乃其通信之中对于未来笃信不疑，一种英气勃勃、不可动摇之意态充溢其间。布朗乃尔觉己之工作行将告终，然深知少年作者必将继彼而起，希望无穷。薛尔曼离学者隐遁之生活而入新闻界，布朗乃尔引为深忧，然亦表同情。布朗乃尔常谓今世作家天才虽富，然“皆主革命而不主进化”，故甚轻视之。然对薛尔曼之专作“有生气之文”，则亦颇赞许。彼以晚岁所著《美国民治之特性》(*Democratic Distinction in America*)一书献与薛尔曼，以纪其死，职是故也。而其对于美国民治之文化的将来具有长远之信仰，于此亦可得见。布朗乃尔之意，拟以此书作其身后遗言，今则已成事实矣。或谓布朗乃尔似太乐观，彼对于真纯美国文化之发展，分析其进步要因，曾断言曰：“吾国文学之平均基础，虽因人种复杂不能与其他国比，吾国之文化成就虽较他国为低，然吾国之普通文化，其普及之程度，似较他国均高。证之各方，则将来必更为普及，且有提高之希望。”然布朗乃尔之结论，终乃得一知音，即法国学院(French Academy)之谢韦朗(Andiè Chevrillon)是。此法国批评家，早即认清布朗乃尔之价值。谢韦朗昔曾来美国，最近复来游，相距已三十年。此次谢韦朗乃觉察“一种趋势向有机与和谐之途发展，趋向作风乃其直接结果，美国最近建筑即一实例”。此卓越之法国批评家，乃引用布朗乃尔分析进步之言以表达布郎乃尔之希望，生平之努力，已有成功，诚堪惊喜也。

或以美国人种复杂，难言道德精神之谐和，故未可乐观者，然苟读吾美国批评家之领袖布朗乃尔先生于其天年将尽之时，苦心奋力，所著成最后之一书，亦当欣慰。书中谓吾一生所辛勤提倡之“和谐及向心力”。今在美国，渐能战胜彼新野蛮主义。又谓吾自游法归来，居于纽约，吾之惟一目的，即欲将在法国所得之理想，实现于美国。彼法国民族之精神统一，循久已发达而众所共尊之标准，同向真美之途而趋。今日者，吾美国亦已渐进于此境，此实吾所深喜者也。

关于标准问题，布朗乃尔分析固已精细。然青年作家欲求范围较广之讨论，及人类经验与此问题有关者，则非研读白璧德与穆尔两先生之书不可，以两先生之学力较深，而其根据尤可凭也。虽然由爱玛生至现代止，布朗乃尔在美国文学史上必自有其地位。薛尔曼曾明言，爱玛生以后，追求光明之美国学者，必须求之于欧洲之安诺德、圣伯甫、但因(Taine)、罗斯金(Ruskin)、裴德(Pater)，直至布朗乃尔方可于本国有所取资也。美国笃信个人发展之可能，此原则乃使美国今日富强无比，世界各国之注意因而集中美国。自昔日美国鄙处一隅，至今日美国为世界中心，此其间之进步，悉可于布朗乃尔之一身寻出线索。布朗乃尔得其信仰于爱玛生，加以法国之游，使其所信愈坚，且沉静勇敢、终生努力，以求实现此信仰。布朗乃尔不但为美国文化努力，且以己身证明美国文化可进于精美。此布郎乃尔不但以优越之道教世人，且能以身作则。美国纵不免有其新野蛮人，然能产生如布郎乃尔者宁非可喜之事耶？

第五编　治学与方法

学者之精神*

刘伯明

吾国近今学术界，其最显著之表征，曰：渴慕新知。所求者多，所供者亦多，此就今日出版界可以见之。此种现象，以与西洋文艺复兴相较，颇有相似之处，实改造吾国文化之权舆也。然其趋向新奇，或于新知之来，不加别择，贸然信之。又或剽窃新知，未经同化，即以问世，冀获名利。其他弊端，时有所闻。凡此种种，衡以治学程准，其相悬不可以道里计。窃目击此状况惄焉忧之。爰不揣浅陋，就管见所及，草拟是篇，窃原与吾国学者共商榷之。

学者之精神，究其实际，实为一体。但若不得已而强分之，其中所涵，可分五端。

一曰学者应具自信之精神也。美国学者哀美苏十年前对一学会讲演，题曰《美国之学者》，略谓学者为百世之师，其思想感情，超然于一时之好尚，故能亟深研几，毅然自持，而不求同乎流俗。世人虽蔑视或非难之，而中心泰然，不为所动。盖其精神已有所寄托也。

二曰学者应注重自得也。吾国古代哲人，论求学之语，愚以为最重要者，则谓吾人求学，不可急迫，而应优游浸渍于其间。所谓资深逢源，殆即此意。自得者为己，超然于名利之外；不自得者为人，而以学问为炫耀流俗之具。其汲汲然唯恐不售，真贩夫而已。前者王道之学者，而后者霸道之学者也。荀卿

* 辑自《学衡》1922年1月第1期。

有言："君子之学也，入乎耳，著乎心，布乎四体，形乎动静；小人之学也，入乎耳，出乎口，口耳之间，则四寸耳，曷足以美七尺之躯哉！古之学者为己，今之学者为人。君子之学也，以美其身；小人之学也，以为禽犊。"故真正学者，其求学也，注意潜修，深自韬晦，以待学问之成，而无暇计及无根之荣誉。东西学者，方其于冥冥之中，潜研深究，莫不如是。此读其传记而可知者也。

三曰学者应具知识的贞操也。夫死而女不嫁者，通常谓之守贞。然坚强不变，亦谓之贞。所谓贞木贞石，皆涵此义。而道德上守正不阿，亦谓之贞。《抱朴子》云："不改操于得失，不倾志于可欲者，贞人也。"张衡赋曰："伊中情之信修兮，慕古人之贞节。"皆此意也。然尚有所谓知识的贞操者，此谓主持真理，不趋众好，犹女子之贞洁者，不轻易以身许人。顾亭林自读刘忠肃"士当以器识为先"一语，即谢绝应酬文字，凡文之无关于经术政理之大者，概不妄作。此其所为，虽近于矫枉过正，而其视文学，或亦失之过狭，然其谨敕不滥，不求取悦于人，亦今人之漫无标准汲汲于名者之所宜则效者也。

四曰学者应具求真之精神也。常人之于事理，往往仅得其形似，或仅知其概略，苟相差不多，则忽略过，以为无关紧要。方其穷理论事，亦往往囿于成见，或为古义所羁，而不能自拔。此皆缺乏科学精神之所致也。吾人生于科学昌明之时，苟冀为学者，必于科学有适当之训练而后可。所谓科学之精神，其首要者，曰唯真是求。凡搜集事实，考核证据皆是也。科学之家，方其观察事实，研究真理，务求得其真相，而不附以主观之见解。明辨之，慎思之，其所用种种仪器，皆所以致精确而祛成见之工具也。科学之家，不惟置重于精确辨析，其惟事实真理之是求，若出于自然，动乎其所不知。昔柏鲁罗主世界无限之说，与当时教会所信者舛驰，尝谓其趋向真理，不得不尔，犹灯蛾之赴火然。此即求真之热诚也。惟其求真心切，故其心最自由，不主故常。哥白尼之弟子罗梯克斯回忆其师对于往古畴人之关系，因有所感，乃曰："凡研究者，必具有自由之心。"盖所谓自由之心，实古今新理发现必要之条件也。

五曰学者必持审慎之态度也。吾人求真，固应力求精确，不主故常，然方其有所断定，必以审慎出之。杜威谓真正反省，即使吾心中悬，而不遽下断语；即使有所断定，亦仅视为臆说，姑且信之，以为推论之所资。其与武断，迥不相同。吾人稍知"天演论"者，咸知达尔文《物种由来》一书，出版于1859年。但据达尔文所自述，其创此说，实在20年前，其言曰："1838年10月间，予偶读麦氏《人口论》，因前已知动植物中，生存竞争，至为剧烈，自忖曰：物既争存，则适者当存，不适者当灭，此即新种之所由来也。吾在当时惟恐为成见所羁，不敢自信，故即其大纲，亦不写出以示人。至1842年4月，予始以铅笔将吾说之概要写出，所占篇幅，计35页。至1844年，始取此稿扩而充之，成230页。但其发表日期，则在十余年后也。”即此观之，真正学者，不敢自欺欺人，必俟确有把握，而后敢以问世。此种精神，吾无以名之，名之曰知识的良知。此亦吾人当以自勉者也。

以上所述，皆学者精神中之荦荦大者。其他诸德，如谦虚等，愚意皆可概括其中，或可连类及之，故不赘述。

再论学者之精神*

刘伯明

吾于本志前期，论学者应具之精神。其中所述，皆偏于知识一方面。此篇付印后，复细思之，恐读者误会其旨。以为苟能闭门暗修，专心学问，则社会方面之事业，可不过问。其意以为此皆渺不相涉，而无劳关怀者也。夫学者研究学问与参与社会事业，二者性质不同，固当有别。顾若以为其间有截然之界线，则为妄见。吾人之心，不可划为数部。或司思想，或主实行，间以墙壁，不使通气，狭隘专家，其致力于精深之研究，非于学术毫无贡献，第如以此为目的，而于所研究者，不问价值之高下，视为等同一齐。其汇集事实，一如收藏家之征集古董，其所得虽多，吾恐于人生无大裨益也。岂惟于人生无大裨益，即其所汇集之事实，在学术上恐亦无大价值。其所征引，纵极详博，然失之繁琐，令人生厌。所谓德国式之学者，其流弊即在是也。德人研究学问，专攻一门，不厌精详。而学理与生活，往往析为两事，故其头脑囿于一曲，不通空气。其结果则究学理者，仅凭冥想而不负责；而偏于应用者，则唯机械效率是求，而与理想背驰。所谓德国之 Kultur 即其弊也。（见杜威之《德国哲学与政治》）若夫英国式之学者，则异于是。英人富于常识、重实验，而漠视系统及逻辑的侔称。英国诗所以发达，亦以其喜用具体的意象也。英国学者大抵关怀当时之政治社会问题，非可以狭隘专家目之，其所产生之哲学家，自培根洛克以降，率

---

* 辑自《学衡》1922 年 2 月第 2 期。

皆躬亲当时之政事，而著名政治家之兼学者资格者，为数亦不少也。

愚意专门研究，虽甚紧要，然社会生活方面之事，同时亦不妨注意及之。盖如是而后其所研究者之社会的意义，始能明了。因世无离人生而孤立之学问，而学问又非供人赏玩之美术品也。吾人研究学问，固不宜希望收效于目前，然其与人生之关系，不可不知。某君专究昆虫学，尝谓予曰："人所最蔑视而以为无关重要者，莫过一虫身上所生之毛，然其形状长短等，所系甚巨，不明乎此，因致虫害。农民损失，不胜计焉。故吾人治学，宜有社会的动机也。"又学校卒业生，因求学心切，卒业后，仍思继续求学，常以此就商于予，予恒语之曰："求学与服务社会，非截然两事，学校中之所学者，经应用后，其意益真切而益坚，且可由之得新经验新知识也。"

或谓人类进化，趋重分业，学者治学，亦其职业所在，何必强其预闻社会之事耶？吾谓此狭隘职业主义之为害也。愚意人生于社会，除专门职业外，尚有人之职业。为父、为母、为友、为市民、为国民、为人类之一分子，皆不可列入狭隘职业之内。故吾以为与其称为职业主义，毋宁谓之曰作人主义。盖人而为人，必有适当之职业也。社会中专门学者，固甚重要，然亦有学者非人，其无人情，唯分析的理知之是从，徒具人之形耳。曩者吾草一文，刊于《新教育》，其中论及此项狭隘职业之害，并举一事以证之。其言曰：某甲与某乙夙同学于某校，在校时，交甚挚。某乙卒业后，即赴英留学，肄习法律，学成返国，在沪当律师，所入甚丰。某甲一日因事赴沪，忆及某乙，乃往访之。寒暄未毕，某乙即出时计视之，谓其友曰："吾之时间甚贵重，每小时值洋伍元。君有事，请速言之，勿作无谓之周旋也。"就其职业言之，某君诚大律师也，然其毫无人性人情，不得称之为人也。他如学化学者，毫厘之差，亦必计较。迨他日与人往来，亦必较量锱铢，一如试验室中之精确，此可谓之化学化矣。

故吾以为真正学者，一面潜心渺虑，致力于专门之研究，而一面又宜了解其所研究之社会的意义，其心不囿于一曲，而能感觉人生之价值及意义。或具有社会之精神及意识，如是而后始为眞正之学者也。

评提倡新文化者*

梅光迪

国人倡言改革，已数十年。始则以欧西之越我，仅在工商制造也。继则慕其政治法制，今且兼及教育、哲理、文学、美术矣。其输进欧化之速，似有足惊人者，然细考实际，则功效与速度适成反比例。工商制造，显而易见者也，推之万国，无甚差别者也，得其学理技巧，措之实用，而输进之能事已毕。吾非谓国人于工商制造已尽得欧西之长，然比较言之，所得为多。若政治法制，则原于其历史民性，隐藏奥秘，非深入者不能窥其究竟。而又以东西历史民性之异，适于彼者，未必适于此，非仅恃模拟而已。至于教育、哲理、文学、美术，则原于其历史民性者尤深且远。窥之益难，采之益宜慎。故国人言政治法制，垂二十年，而政治法制之不良自若。其言教育、哲理、文学、美术，号为"新文化运动"者，甫一启齿，而弊端丛生，恶果立现，为有识者所诟病。惟其难也，故反易开方便之门、作伪之途，而使浮薄妄庸者，得以附会诡随，窥时俯仰，遂其功利名誉之野心。夫言政治法制者之失败，尽人皆知，待余之哓哓。独所谓提倡"新文化"者，犹以工于自饰，巧于语言奔走，颇为幼稚与流俗之人所趋从，故特揭其假面，穷其真相，缕举而条析之。非余好为苛论，实不得已耳。

一曰：彼等非思想家，乃诡辩家也。诡辩家之名（英文为 Sophist）起于希腊季世，其时哲学盛兴，思想自由。诡辩家崛起，以教授修词，提倡新说为业，

---

* 辑自《学衡》1922 年 1 月第 1 期 16—23 页。

犹吾国战国时谈天雕龙、坚白同异之流。希腊少年靡然从风，大哲苏格拉底辟而辟之，犹孟轲之拒杨墨，荀卿之非十二子也。今所传柏拉图语录（The Dialogues of Plato）多其师与诡辩家驳辩之词也。盖诡辩家之旨，在以新异动人之说，迎阿少年，在以成见私意，强定事物，顾一时之便利，而不计久远之真理。至其言行相左，贻讥明哲，更无论矣。吾国今之提倡“新文化”者，颇亦类是。夫古文与八股何涉？而必并为一谈。吾国文学，汉魏六朝则骈体盛行，至唐宋则古文大昌，宋元以来，又有白话体之小说、戏曲。彼等乃谓文学随时代而变迁，以为今人当兴文学革命，废文言而用白话。夫革命者，以新代旧，以此易彼之谓。若古文白话之递兴，乃文学体裁之增加，实非完全变迁，尤非革命也。诚如彼等所云，则古文之后，当无骈体，白话之后，当无古文，而何以唐宋以来，文学正宗与专门名家，皆为作古文或骈体之人？此吾国文学史上事实，岂可否认，以圆其私说者乎？盖文学体裁不同，而各有所长，不可更代混淆，而有独立并存之价值，岂可尽弃他种体裁，而独尊白话乎？文学进化至难言者。西国名家（如英国十九世纪散文及文学评论大家韩士立 Hanlitt）多斥文学进化论为流俗之错误，而吾国人乃迷信之，且谓西洋近世文学，由古典派而变为浪漫派，由浪漫派而变为写实派，今则又由写实派而变为印象、未来、新浪漫诸派。一若后派必优于前派，后派兴而前派即绝迹者。然此稍读西洋文学史，稍闻西洋名家绪论者，即不作此等妄言，何吾国人童呆无知，颠倒是非如是乎？彼等又谓思想之在脑也，本为白话，当落纸成文时，乃由白话而改为文言，犹翻译然，诚虚伪与不经济之甚者也。然此等经验，乃吾国数千年来文人所未尝有，非彼等欺人之谈而何？昔者希腊诡辩家普罗塔果拉斯（今译普罗塔戈拉）（Protagoras）力主真理无定，在于个人之我见。苏格拉底应之曰：“既人自为真理，则无是非贤愚之分。”然则普罗塔果拉斯何以为人师，强欲人之从己乎？今之主文学革命者亦曰：文学之旨，在发挥个性，注重创造，须“处处有一个我在”，而破除旧时模仿之习。易词言之，则各人有各人文学，一切模范规律皆可废也。然则彼等何以立说著书，高据讲席，而对于为文言者，仇雠视之，不许其有我与个性创造之自由乎？

二曰：彼等非创造家，乃模仿家也。彼等最足动人听闻之说，莫逾于创造。新之一字，几为彼等专有物，凡彼等所言所行，无一不新。侯官严氏曰：“名义一经俗用，久辄失真。审慎之士，已不敢用新字，惧无意义之可言也。”彼等以推翻古人与一切固有制度为职志，诬本国无文化，旧文学为死文学，放言高论，以骇众而眩俗。然夷考其实，乃为最下乘之模仿家。其所称道，以创造矜于国人之前者，不过欧美一部分流行之学说。或倡于数十年前，今已视为谬陋，无人过问者。杜威、罗素，为有势力思想家中之二人耳，而彼等奉为神明，一若欧美数千年来思想界，只有此二人者。马克思之社会主义，久已为经济学家所批驳，而彼等犹尊若圣经。其言政治，则推俄国；言文学，则袭晚近之堕落派(The Decadent Movement，如印象、神秘、未来诸主义，皆属此派。所谓白话诗者，纯拾自由诗 Verslibre 及美国近年来形象主义 Imagism 之唾余，而自由诗与形象主义，亦堕落派之两支。乃倡之者数典忘祖，自矜创造，亦太欺国人矣)。庄周曰："井蛙不可以语海者，拘于虚也。"彼等于欧西文化，无广博精粹之研究，故所知既浅，所取尤谬。以彼等而输进欧化，亦厚诬欧化矣。特国人多不谙西文，未出国门，而彼等恃者，又在幼稚之中小学生，故得以肆意猖狂，得其伪学，视通国若无人耳。夫国无学者，任伪学者冒取其名，国人之耻也。而彼等犹以创造自矜，以模仿非笑国人，斥为古人奴隶，实则模仿西人与模仿古人，其所模仿者不同，其为奴隶则一也。况彼等模仿西人，仅得糟粕，国人之模仿古人者，时多得其神髓乎！且彼等非但模仿西人也，亦互相模仿。本无创造天才，假创造之名，束书不观，长其惰性，中乃空虚无有。彼等之书报杂志，雷同因袭，几乎千篇一律，毫无个性特点之所言，与旧时之八股试贴，有何别异？而犹大言不惭，以创造自命，其谁欺哉！

三曰：彼等非学问家，乃功名之士也。学问家为真理而求真理，重在自信，而不在世俗之知；重在自得，而不在生前之报酬。故其毕生辛勤，守而有待，不轻出所学以问世，必审虑至当，而后发一言；必研索至精，而后成一书。吾国大师，每诫学者，毋轻著述。曩者牛津大学学者，以早有著述为深耻。夫如是而后学问之尊严，学问家之人格乃可见。今之所谓学问家则不然，其于学问，本无彻底研究与自信自得之可言，特以为功利名誉之念所驱迫，故假学问为进身之阶。专制时代，君主卿相，操功名之权，以驱策天下士，天下士亦以君主卿相之好尚为准则。民国以来，功名之权，操于群众，而群众之知识愈薄者，其权愈大。今之中小学生，即昔之君主卿相也，否则，功名之士又何取乎白话诗文，与各种时髦之主义乎？盖恒人所最喜者，曰新曰易，幼稚人尤然。其于学说之来也，无审择之能。若使贩自欧美，为吾国夙所未闻，而又合于多数程度，含有平民性质者，则不胫而走，成效立著。惟其无审择之能，以耳代目，于是所谓学问家者，乃有广告以扩其市场，有标榜以扬其徒众，喧呼愈甚，获利愈厚。英谚曰:美酒不需招牌(Good wine needs no bush)。酒尚如此,况于学问乎?彼等既以学问为其成功之具,故无尊视学问之意,求其趋时投机而已。杜威、罗素之在华也,以为时人倾倒,则皆言杜威、罗素。社会主义与堕落派文学,亦为少年所喜者也,则皆言社会主义与堕落派文学。而真能解杜威、罗素、社会主义与堕落派文学,有所心得,知其利弊者,有几人乎?学问既以趋时投机为的,故出之甚易,无切实探讨之必要。以一人而兼涉哲理、文学、政治、经济者,所在多有。后生小子,未有不诧为广博无涯涘者。美国有某学者,曾著书数百种,凡哲理、算术、文学、科学及孔佛之教,无所不包,论者以无学问良知訾之,不许以学者之名。此在美国,有甚高之学术标准,故某学者贻讥当世,不能行其博杂肤放之学。若在吾国今日,将享绝代通儒之誉矣。东西学者,多竭数年或数十年之力而成一书,故为不刊之作,传之久远。今之所谓学者,或谓能于一年内成中国学术史五六种;或立会聚徒,包办社会主义与俄罗斯、犹太、波兰等国之文学;或操笔以待,每一新书出版,必为之序,以尽其领袖后进之责。顾亭林曰:“人之患在好为人序”,其此之谓乎?故语彼等以学问之标准与良知,犹语商贾以道德,娼妓以贞操也。夫以功利名誉之熏心,乃不惜牺牲学问如此,非变相之科学梦而何?

四曰:彼等非教育家,乃政客也。近年以来,蒙彼等之毒者,莫如教育。吾国政治外交之险恶,社会之腐暗,教育之堕败,固不能使人冷眼坐视。然必牺牲全国少年之学业道德,不为国家将来计,而冀幸获目前万一之补救,虽至愚者不出此,不谓号称教育家者,首先创之。五四运动以来,教育界虽略呈活泼气象,而教育根本已斲丧不少。人性莫不喜动而恶静,乐趋乎呼嚣杂、万众若狂之所为,而厌平淡寂寞、日常例行之事,少年尤然。聚众罢学,结队游之乐,盖胜于静室讲习,埋首故纸万万。又况有爱国大义以迫之,多数强权以扶之哉!其尤捷黠者,则声誉骤起,为国闻人。夫人才以积久陶育磨炼而后成,否则启其骄惰之心,易视天下事,终其身无成矣。至于学校内部,各种新名词亦乘机而兴。如“奋斗”、“学生自动”、“校务公开”,意义非不美也,而以置诸中小学生之简单头脑中,鲜有不偾事者。美儒某氏曰:“授新思想于未知运思之人,其祸立见。”故今日学生,或为政客利用,或启无故之衅,神圣学校,几为万恶之府矣。然则当世所谓教育家者,其意果何居?曰:利用群众心理,人性弱点,与幼稚知识之浅薄,情感之强烈,升高而呼,如建瓴而泻水,以遂其功利名誉之野心而已。或又曰:子之言亦太苛,教育界现象,岂彼等始意之所料,且彼等已知悔过矣。子不闻“提高程度”“严格训练”之说，又顺时而起，以为补救之策乎？应之曰：扬子云有云，无验而言之为妄，彼等据教育要津，一言之出，举国响应，乃不顾是非利害，不计将来之效果，信口狂言，以全国天真烂漫之少年，为其试验品，为其功利名誉之代价，是可忍，孰不可忍？彼等固敏捷之徒，其最所服膺者为“应时势之需要”一语。今则时势异于数年以前，其数年以前所主张，已完全失败，故悔而知返，认目前时势之需要，为“提高程度”“严格训练”矣。然责任所在，乌可既往而不咎也。军法：战败者以身殉，否则为戮。西国航海家遇险，船亡则与之俱亡。惟言说之士，以其主义祸人，无法律以绳之，只有舆论与良心问题而已。故就舆论与良心问题而论，彼等言而不验者，已无再发言之资格，而犹觍颜曰：“提高程度”“严格训练”，亦已晚矣。

夫建设文化之必要，孰不知之？吾国数千年来，以地理关系，凡其邻近，皆文化程度远逊于我。故孤行创造，不求外助，以成此灿烂伟大之文化。先民之才知魄力与其惨淡经营之功，盖有足使吾人自豪者；今则东西邮通，较量观摩。凡人之所长皆是用以补我之短，乃吾文化史上千载一时之遭遇，国人所当欢舞庆幸者也。然吾之文化既如此，必有可发扬光大，久远不可磨灭者在，非如菲律宾、夏威夷之岛民，美国之黑人，本无文化可言，遂取他人文化以代之，其事至简也。而欧西文化，亦源远流长。自希腊以迄今日，各国各时，皆有足备吾人采择者。二十世纪之文化，又为乌足包括欧西文化之全乎？故改造固有文化，与吸取他人文化，皆须先有澈底研究，加以至明确之评判，副以至精当之手续，合千百融贯中西之通儒大师，宣导国人，蔚为风气，则四五十年后，成效必有可睹也。今则以政客诡辩家与夫功名之士，创此大业，标袭喧攘，侥幸尝试，乘国中思想学术之标准未立，受高等教育者无多之时，挟其伪欧化，以鼓起学力浅薄、血气未定之少年。故提倡方始，衰象毕露。明达青年，或已窥底蕴，觉其无有，或已生厌倦，别树旗鼓，其完全失败，早在识者洞鉴之中。夫飘风不终朝，骤雨不终日，势所必然，无足怪者。然则真正新文化之建设，果无望乎？曰：不然，余将不辞愚陋，略有刍荛之献。惟兹限于篇幅，又讨论建设，似不在本题范围之内，请以俟之异日耳。

评今人提倡学术之方法*

梅光迪

吾国今日国民性中之弱点，可谓发露无遗，为有史以来所罕睹。投身社会与用世之士，愈能利用其弱点者，则成功愈速。盖彼志在成功，至所用以成功方法之当否，则不计及也。循此不返，吾恐非政客滑头之流，不能有所措施于社会，而社会也为彼等之功利竞争场。其洁身自好温恭谦让之君子，惟有遁迹远飏，终老山林，或杜门不出，赍志以没，久且以社会之不容，无观摩继续之效，潜势消灭，此等人将绝迹于社会，而吾民族之真精神，亦且随之而亡，思之宁不悚然？夫不当之方法，用之于他种事业犹有可恕，独不解夫今之所谓提倡学术者，亦不问其方法之当否，而惟以成功为目的，甘自侪于政客滑头之流。吾于前期《评提倡新文化者》一篇中，已多及此，今兹再论之，亦欲继前期未竟之言也。

夫今之所谓提倡学术者，其学术之多谬误，早为识者所洞悉。青年学子，无审择之能，受害已为不少。若有健者起，辞而癖之，亦苏格拉底、孟轲之徒也。然其学术之内容，非本篇所可及，故且言其提倡之方法。盖其学术与其提倡之方法，实有同等之缺憾，欲为补救，二者难分轻重。或曰：惟其学术不满人意，故其取以提倡之方法，亦多可议之处，然则纠正其方法之失，宁非今日急务乎？

---

* 辑自《学衡》1922年2月第2期(16—24页)。

彼等固言学术思想之自由者也，故于周秦诸子及近世西洋学者，皆知推重，以期破除吾国二千年来学术一尊之陋习。然观其排斥异己，入主出奴，门户党派之见，牢不可破，实有不容他人讲学，而欲养成新式学术专制之势。其于文学也，则斥作文言者为"桐城谬种""选学妖孽"，又有"贵族文学"与"平民文学""死文学""活文学"之分，妄造名词，横加罪戾，而与吾国文学史上事实抵触，则不问也。某大学招考新生，凡试卷用文言者，皆为某白话文家所不录。夫大学为学术思想自由之地，而白话文又未在该大学着为功令，某君何敢武断如是？彼等言政治经济，则独取俄国与马克斯；言哲学，则独取实验主义；言西洋文学，则独取最晚出之短篇小说、独幕剧及堕落派之著作，而与各派思想艺术发达变迁之历史与其比较之得失，则茫无所知。钱斯德顿(今译切斯特顿)(G. K. Chesterton)，今之英国论文大家也，其评未来派与新思想，有言曰："可悲者，此等怡然自得不用思力之人，初本有一思想。然此一思想，既入此辈脑中，则永远盘踞，无人能打破之，亦无人能加入他种思想。"(The tragedy is this: that these happy, thoughtless people did once really have a thought. This one isolated thought has stuch in their heads ever since. No body can get it out of their heads; and nobody can get any other thought into their heads.)故彼等对于己之学术，则顽固拘泥，偏激执迷。对于他人学术，则侵略攻伐，仇嫉毁蔑。若假彼等以威权，则焚书坑儒与夫中世纪残杀异教徒之惨祸，不难再演，而又曰言学术思想自由，其谁信之？彼等既不能容纳他人之学术思想，他人也不容纳彼等之学术思想。语曰："以子之矛，攻子之盾。"又曰："天道循环，无往不复。"彼等待人如是，人亦可如是待之耳。

彼等不容纳他人，故有上下古今，惟我独尊之概。其论学也，未尝平心静气，使反对者毕其词，又不问反对者所持之理由，即肆行谩骂，令人难堪。凡与彼等反对者，则加以"旧""死""贵族""不合世界潮流"等头衔，欲不待解析辨驳，而使反对者立于失败地位。近年以来，此等名词，已成为普通陷人之利器，如帝王时代之"大不敬""谋为不轨"，可任用以入人于罪也。往者《新青年》杂志，以骂人特着于时。其骂人也，或取生吞活剥之法，如非洲南洋群岛土人之待其囚虏；或出龌龊不堪入耳之言，如村妪之角口。此风一昌，言论家务取暴厉粗俗，而温厚慈祥之气尽矣。其尤甚者，移学术之攻击，为个人之攻击。以学术之不同，而涉及作者本身者，往往而有。欧洲文艺复兴时代，士习至为蛮野，其涉及作者本身举动，非但形之于文字，亦且施之于身体。狭路伏伺，黑夜袭击，乃习见不鲜之事。自十七八世纪法人提倡社交，以学者与君子合一(Scholar and gentlemen)，欧洲士习，渐趋礼让，再防之以法律(凡涉及作者本身，作者可向法庭起诉)。故今之欧美学术界，涉及作者本身者固无，即谩骂者亦绝迹也。而今之吾国提倡学术者，方以欧化相号召，奈何不以今之欧美学者与君子合一者为法乎？

拉罗许弗科尔(La Rochefoucauld)，法国十七世纪道德学名家也，其言曰："真学者与君子不借一事以自夸(The true gentlemen and scholar is he who does not pride himself on anything)。"爱谋孙(今译艾默生)(Emerson)，美国文学史上第一人也，其《文化论》中有言曰："社会之疢疾，乃妄自夸大之人(The pest of society is egotists)。"吾国学者，素以自夸为其特权，乡时学究，咿唔斗室，其自许亦管乐之流也，文人尤然。今试取二千年来之诗文集观之，其不染睥睨一世好为大言之恶习者，有几人乎？至于书札赠序及唱和诗词，则多年牢骚抑郁感慨身世之语，而尤反复于友朋之际，以为世不知我，知我者乃高出一世之人，于是己之身份，乃由友朋而更重。今则标榜之风加盛，出一新书，必序辞累篇，而文字中又好称"我的朋友"某君云云。夫引证朋友，称其名已足，何须冠以"我的朋友"数字？盖其心理，一则欲昡其交游之众，声气之广，与其所提倡者势力之大；一则欲使其朋友有可称述价值，博魁儒大师之名，而己更藉以自荣。昔之学者，借朋友以自鸣其不得意；今之学者，借朋友以自鸣其得意。前者无病呻吟，有寒酸气；后者耀威弄势，如新贵暴富，有庸俗气，二者皆真学者与君子所不取也。《语》曰："君子不称己。"欧西自卢梭以来，文人所作自传甚多(供词之意，Confessions)，识者病之，谓为自登广告，自开展览会，有伤于雅。今之吾国学者，于己之交游琐事，性情好恶，每喜津津道之，时或登其照象，表其年龄，如政客娼优之所为。夫学术之目的，在求真理，而真理乃超脱私人万众公有之物，与求之者本身无关。学者阐发真理，贡献于世，世之所欲知者，乃其真理，非其人也。后之人追怀前贤，因其学以慕其人，故于其生平事迹遗像，多有起而记载保存之者，此乃社会报恩之意。若有学者自为之，则非但伤雅，亦于义无当矣。

今之学者自登广告之法，实足令人失笑。彼以照片示人者，盖谓我乃风采奕奕之英俊，或雍容尔雅之儒生，可使人望而生爱敬之心，不愧为领袖人物也。彼以年龄示人者，盖谓我乃如许青年，而成就已若此，乃不世出之人才也。自古帝王及草泽英雄之兴，多假借于神鬼，以倾动愚众。今则科学昌明，神鬼之威权已失，然群众心理，对于特出人才，犹存一种神秘不可思议之观念。于是以特出人才自命者，仍欲利用此等心理，以神道设教。今之西洋所谓超人天才，不过昔日“龙种”“妖精降生”之别名耳。浪漫派文学盛行之时，文人皆以超人天才自居，一切求与恒人异，往往行踪诡秘，服色离奇，法人谓其意欲震骇流俗(Epater le bourgeois)，使以超人天才目之。吾国近年以来，所谓“新文化”领袖人物，一切主张，皆以平民主义为准则，惟其欲以神道设教之念，犹牢不可破，其行事与其主张相反，故屡本陈涉、宋江之故知，改易其形式，以求震骇流俗，而获超人天材之名。有自言一年能著书五六种，以自炫其为文敏妙者；有文后加署“作于某火车中”，“某日黎明脱稿”，以显其精力过人者。夫著述之价值，视内容而定，初不关于如何脱稿，曾需几何时日也。昔人有惨淡经营数十年而成一书者，有非静室冥坐清晨脑健不能构思者。若果为不刊之作，世人决不究其成书之迟速与起稿时之情形也。彼等又好推翻成案，主持异议，以期出奇制胜。且谓不通西学者，不足与言“整理旧学”，又谓“整理旧学”须用“科学方法”，其意盖欲吓倒多数不谙西文未入西洋大学之旧学家，而彼等乃独怀为学秘术，为他人所不知，可以“大出风头”；即有疏陋，亦无人敢与之争。然则彼等所倾倒者，如高邮王氏之流，又岂曾谙西文、曾有入西洋大学者乎？幸彼等未读西洋浪漫派文学史也，否则，其以神道设教之术，更当汇出不穷矣。

彼等以群众之愚昧易欺也，故一面施其神道设教之术，使其本身发生一种深幻莫测之魔力；一面揣摩众心理，投其所好，盖恩威并用，为权谋家操纵凡民之秘诀。古昔开创帝王，一面假托神圣，一面与士卒同甘苦；近世西国政客，一面居伟大英杰之名，一面取悦平民，丑态百出。于是乃使人颠倒迷惑，堕其术中，而己则为所欲为，玩人于股掌之上矣。今之学者，以神道设教，已如上段所述，其所主张鼓吹，有一不投时好，不迎合多数心理者乎？吾国近年以来，崇拜欧化，知识精神上，已惟欧西之马首是瞻，甘处于被征服地位。欧化之威权魔力，深印入国人脑中，故凡为“西洋货”，不问其良窳，即可“畅销”。然欧化之真髓，以有文字与国情民性之隔膜，实无能知者，于是作伪者乃易售其术矣。国人又经丧权失地之余，加以改革家之鼓吹，对于本国一切，顿生轻忽厌恶之心，故诋毁吾国固有一切，乃最时髦举动，为弋名邀利之快捷。吾非言纯粹保守之必要也，然对于固有一切，当以至精审之眼光，为最持平之取舍，此乃万无可易之理。而今则肆行破坏，以投时俗喜新恶旧之习尚，宜其收效易而成功速也。凡真革命家，当有与举世为敌之决心毅力。故或摧折困辱以死，苏格拉底、孔、孟、耶稣之徒是也；或为世非笑，久而后成，科学发明及宗教改良家之类是也。即文学革命家如韩愈、华茨华斯（Wordsworth为英国十九世纪初期诗界革命家），亦俟至数十或数百年，始见成功。若今之言文化或文学革命者，乃高据学术界之要津，养尊处优，从容坐论，有何一意孤行、艰苦卓绝之可言乎？此等无骨气、无壮志之懦夫，同流合污之乡愿，而亦自居于革命家，真名不副实也。盖彼等之目的，在功利名誉，故其所取之方法，亦以能最易达其目的者为美。彼等之言曰："顺应世界潮流"、"应时势需要"，其表白心迹，亦可谓直言无讳矣。豪杰之士，每喜逆流而行，与举世为敌。所谓"顺应世界潮流"、"应时势需要"者，即窥时俯仰，与世浮沉之意，乃懦夫乡愿成功之秘术，岂豪杰之士所屑道哉！今之"世界潮流"、"时势需要"，在社会主义、白话文学之类，故彼等皆言社会主义、白话文学。使彼等生数十年前，必竭力于八股与"皇帝尧舜"之馆阁文章，以应当时之潮流与需要矣。夫使举世皆以"顺应"为美德，则服从附和，效臣妾奴婢之行，谁能为之领袖，以创造进化之业自任者乎？

彼等既以功利名誉为目的作其新科举梦，故假学术为进身之阶。昔日科举之权，操于帝王，今日科举之权，操于群众；昔之迎合帝王，今日之迎合群众。其所以迎合者不同，其目的则一也。故彼等以群众运动之法，提倡学术，垄断舆论，号召徒党，无所不用其极，而尤借重于团体机关，以推广其势力。彼等之学校，则指为最高学府，竭力揄扬，以显其声势之赫奕，根据地之深固重大。甚且利用西洋学者，为之傀儡，以便依附取荣，凌傲于国人之前矣。昔日王公大人，以宏奖风雅，主持学问自任者，名位交游，倾动一世，而后人有知其名者否？若王船山辈，伏处穷山，与世不相问闻，而身后之成功如何？盖学术之事，所赖于群力协作联合声气者固多，所赖于个人天才者尤多也。天才属于少数，群众碌碌，学术真藏，非其所能窥，故倡学大师，每持冷静态度，宁守而有待，授其学于少数英俊，而不汲汲于多数庸流之知。盖一入多数庸流之手，则误会谬传，弊端百出，学术之真精神尽失。今日言社会主义及他种时髦学说者，只熟识几十新名字，即可下笔千言，侃侃而谈，然究竟此种学说之真义安在，几人能言之乎？杜威、罗素，无论其能代表今世西洋最高学术与否，故有研究之价值者也。然一至吾国，利用之徒，以群众运动之法，使其讲学，其学愈以流行而愈晦。杜威、罗素之来吾国，杜威、罗素之不幸也。

今之学者，非但以迎合群众为能，其欲所取悦者，尤在群众中幼稚分子，如中小学生之类。吾国现在过渡时代，旧知识阶级渐趋消灭，而新知识阶级尚未成立，青年学生为将来之新知识阶级，然在目前则否也。而政客式的学术家，正利用其知识浅薄，无鉴别审择之力，得以传播伪学，使之先入为主。然青年学生，最不可恃者也，以其知识经验，无日不在变迁进化之中。现时所信从之学说与人物，数年以后，视如土苴矣。京、津、沪、宁，为全国文化重点地点，其学生亦为全国学生领袖。三四年前，首先附合各种时髦学说者，京、津、沪、宁之学生者，今则知识经验较深，已不似往年之盲从。且各处学生中，其学级愈高者，其盲从愈少。故彼等时髦人物，至今已不得不望诸接触较近之内地学生，与夫知识浅薄之中小学生矣。吾料再俟数年，全国知识增高，所谓最新人物，已成明日黄花，无人过问。然则提高其自身之程度，急起猛追，与青年学生以俱进，殆为彼等不容缓之事乎？

彼等固谓人生随时代而异者，故人生一切事业，皆无久远价值，只取一时便利而已。《旧约》中有一语曰："吾人且及今醉饱，明日将死矣"(Let us eat and drink; for tomorrow we shall die)。彼等之人生观，直可以此语括之。故彼等以推翻前人为能，后人亦当以推翻彼等为能。人之所以特立独行，落落难合者，以有不朽之念存乎于中耳。今既挟一与草木同腐之人生观，则惟有与世推移，随俗富贵耳。又奚必众醉独醒，众浊独清乎？

夫国人谈及官僚军阀，莫不痛心疾首，以为万恶所从出。独对于时髦学术家，无施以正当之批评者。然吾以为官僚军阀，尽人皆知其害，言之甚易动听。若时髦学术家，高张改革旗帜，以实行败坏社会之谋，其害为人所难测。即有知之者，或以其冒居清流之名，不忍加以苛责。或以其为众好所趋，言之取戾。然终不之言，则其遗害日深，且至不可挽救。吾愿国人无为懦夫乡愿，本良知毅力以发言，则此代表国民性中弱点之学求界，庶有改造之望耳？

论今日吾国学术界之需要*

梅光迪

吾国现在实无学术之可言，然犹曰学术界者，自慰之语也。往者旧学，以有数千年之研讨经验，与夫师承传授，固亦常臻优绝之境；通人大师，相望而起，学术之标准，亦操诸其手，享有特殊威权。于是门外汉及浮滑妄庸之徒，无所施其假冒尝试之技，冀以侥幸成功于一时。自欧化东渐，一切知识思想，多国人所未尝闻，又以语言文字之阻隔，而专门名家，远在数万里外，故今人为学者苦求师之难，盖百倍于往昔。所谓学术界者，遂成幼稚纷乱之象，标准未立，权威未著，不见通人大师，只见门外汉及浮滑妄庸之徒而已。而社会一般之人，更迷惶失措，如坠五里雾中，任彼等之作福作威而无可如何。长此不改，恐吾文化将退返于原人草昧时代，吾民族之阨，曷有逾于此者。故今日第一需要，在真正学者。此乃尽人所公认，不待明哲而知之者也。

真正学者，为一国学术思想之领袖、文化之前驱，属于少数优秀分子，非多数凡民所能为也。故欲为真正学者，除特异天才外，又须有严密之训练，高洁之精神，而后能名副其实。天才定于降生之时，无讨论之余地。若其训练与精神，则有可言者。训练之道多端，而其要者有二：曰有师承，曰有专长。至其精神方面，亦有二者最足以概之：曰严格标准，曰惟真是求。请得依次讨论，使吾人对于真正学者，得一确当之观可乎？

---

* 辑自《学衡》1922年4月第4期。

为学须有师承,中西学者皆然。往者吾国一学之倡,皆有人为之大师授徒讲学,故有所谓“家法”、“心传”者,否则为“野狐禅”,不与于通人之列。近世西洋学术思想自由,往往一学之中,派别杂出,初学迷惑,莫知所宗。某书某家之优劣,与其发生之前因后果,非有名师指解,则事倍功半,难期深造,或误入歧途,终身莫救。世固有私淑成学,或法已往古人,奋起于千载之后者。然此或因并世无师,或有之而无亲炙之缘,其艰苦自不待言,非一般学者所乐为也。吾国最初以西洋学术思想号于众者,大抵速成之留东学生,与夫亡命之徒。前者急不能待,后者奔走于立宪或革命运动,无暇入彼邦高等以上学校,执弟子礼于名师之门,故于学术中各家之原原本本,长短得失,皆凭其未受训练之眼光以为观察。而又以唤醒国人刻不容缓,加之国人程度低下,无需高深,故彼等一知半解之学,亦聊胜于无。犹饥者易为食,渴者易为饮也。近年以来,留学欧美者渐多归国,其中虽皆曾受大学教育,而为时太促,尚未能于学术界上有重大之贡献。而少数捷足之徒,急于用世,不惜忘其学者本来面目,以迎合程度幼稚之社会,而“老不长进”。十余年前之旧式改革家,亦多从而和之。故今日所谓学术,不操于欧美归国之士,而操于学无师承之群少年。若有言真正西洋学术者起,其困难又当倍加。盖须先打破彼等之“野狐禅”及其“谬种流传”,而后真正西洋学术,乃可言也。

凡治一学,必须有彻底研究。于其发达之历史,各派之比较得失,皆当悉其原委,以极上下古今融会贯通之功,而后能不依傍他人,自具心得,为独立之鉴别批评,其关于此学所表示之意见,亦足取信于侪辈及社会一般之人,此之谓学有专长。今日吾国所谓学者,徒以剽袭贩卖为能,略涉外国时行书报,于其一学之名著及各派之实在价值,皆未之深究,即为枝枝节节偏隘不全之介绍。甚或道听途说,毫无主张,如无舵之舟,一任风涛之飘荡然。故一学说之来,不问其是非真伪,只问其趋时与否。所谓“顺应世界潮流”者,正彼等自认在学术上不敢自信,徒居被动地位,为他人之应声虫之宣言也。昔之冬烘,开口仁义礼智,尧舜周孔,而实则一无所知。今人亦开口社会主义,及各种之时髦学说,亦实一无所知,非新式之冬烘而何?京沪各地,无聊文人,盈千累万,所出之丛书杂志,以包办其所谓新文化者,无虑数十种,而究其内容,无非陈陈相因,为新式之老生常谈。以彼等而言提倡新文化,岂非羊蒙虎皮乎?

学术为少数之事,故西洋又称知识阶级为知识贵族。人类天才不齐,益以教育修养之差,故学术上无所谓平等。平民主义之真谛,在提高多数之程度,使其同享高尚文化及人生中一切稀有可贵之产物，如哲理、文艺、科学等，非降低少数学者之程度，以求合于多数也。吾国昔日学者，常孤介绝俗，不屑于众人之知，西洋学者亦然。故其为学也，辨析至当，而后发为定论；积年累月，而后著为成书，其刻苦谨严之功，非常人之因事敷衍者所能梦见。夫文化之进，端在少数聪明特出不辞劳瘁之士，为人类牺牲，若一听诸庸惰之众人，安有所谓进乎？学术者，又万世之业也。故学者之令名，积久而后彰，其所恃者，在少数气味相投、不轻许可而永久继续之知识阶级。若一时众人之毁誉，则所不计也。今日吾国所谓学者，妄以平民主义施之于天然不可平等之学术界，雅俗无分，贤愚夷视，以期打破知识阶级。故彼等丛书、杂志之多而且易，如地菌野草。青年学子，西文字义未解，亦贸然操翻译之业，讹误缭乱，尽失作者原意。又独取流行作品，遗真正名著于不顾，至于摭拾剿袭，互为模拟，尤其取巧惯习，西洋学术之运，未有甚于在今日中国者。夫彼等之所以如此，亦取其成功一时，以遂其名誉金钱之欲望耳。近世西洋文家，渐多趋于营业一派，以迎合众好，著术风行者为能。如韦尔斯（H. G. Wells）、薛伯纳（今译萧伯纳）（Bernard Shaw）之徒，皆已成书五六十种，每岁收入，比之大资本家，而其思想之卑谬，文章之浅陋，为识者所深恶痛绝。乃今日吾国少年，亦盛称之，“委蛇蒲服”于前不暇，盖慕其“位高金多”也。故彼等以倡言“平民文学”而利市十倍者，往往有之。昔弥儿顿（Milton）以十年而成《天国之丧失》（今译《失乐园》）（*Paradise Lost*），仅售十金榜。其他中西作者，亦多尽毕生精力，只成诗文数种，且穷愁挫折以死。较之韦尔斯、薛伯纳及现时国中“平民文学”家，盖不可同日语矣。新约中有一语曰：“尔不能并事上帝与财神（You cannot serve God and Mammon）。”其意谓上帝与财神，绝不相容，无同时并事之理也。高格之文人学者，遗世独立，虽遭困辱而不悔，而身后享不朽之名，千载下得其学说著述者，奉为金科玉律。时髦之徒善伺众意，显赫一时，而死则与草木同腐，无人过问。两派之实在价值不同，故其所得报施，亦正相反耳。夫无严格标准，而以学术为多数及一时之事，其流弊盖有不可胜言者矣。

近世西洋学者，本所谓科学方法之求真，而首倡之者，实为培根。其自道生平有言曰：“喜于研究，忍于怀疑，乐于深思，缓于论断，勤于复议，慎于著作。”细玩其意，盖为真理之法，在审慎与客观二者，审慎则考察事物，务统观其全体，是非利害之真相，皆折中至当，而后发为定论，非潦草塞责，卤莽灭裂者，所能为役也。客观则不参成见，不任感情，而以冷静之头脑，公平之眼光，以推测事理。培根谓人之爱妄说，乃其天性。西洋学者，谓恒人观世，如带颜色眼睛者然。又谓人生哲学，多倡之者假托以饰一己之短，而徇私取巧，以消其苟且安逸之数十年生涯，乃世人通病，则客观之难可知矣。今之国中时髦学者，亦盛言科学方法，然实未尝知科学方法为何物，特借之以震骇非学校出身之老儒耳。故其为学也，毫无审慎与客观之态度。先有成见，而后援引相合之事实以证之，专横武断，削趾就履。彼之所谓思想，非真思想，乃诡辩也；彼之所谓创造，非真创造，乃捏造也。又以深通名学，自夸于众，然其用归纳法，则取不完备之证据；用演绎法，则取乖谬之前提。虽两者所得结论，皆合于名学原理，而其结论之失当，无可免也。牛门（今译纽曼）（C. Newman，英国19世纪宗教家及散文家）有言曰："名学家喜其结论之合法，逾于正当之结论。"约翰亚当斯（J. Adams，美国大政治家及第二任总统）亦曰："人乃运思之动物，非运思合当之动物也。"故彼等挟其名学，凡宇宙一切事理，苟为彼等所欲证明者，皆可证明之，以自圆其说，而倡其根据成见不合真理之伪学。如用演绎法，可得一三段论法之公式如下：

文言文学为死文学，
古文与选体皆为文言，
故皆为死文学。

惟吾人所当究者，非其结论果依名学方法而得与否，乃其假定之大前提，所谓文言文学为死文学者，果为正当与否也。彼等又托庇于实验主义，其所奉之大信条，则为真理无定，随时地而变迁。夫真理之不能绝对有定，万事无异，固尽人所当认。然其中所含之永远性质，亦不可完全忽略，视之无足轻重。而凡一真理之价值，尤以其中所含永远性质之多寡为比例。否则对于一己之议论思想，可任意矛盾，不求一致，朝三暮四，出尔反尔，毫无标准及责任心之可言，实苏张派之纵横家也。而彼等乃曰："此正吾人进化之证也。"夫藉口进化之论，而窥时俯仰，以顺应"世界潮流"与"社会需要"，无论何时何地，终可矜称时髦，攫得"新"之头衔。"识时务之俊杰"无过于此者，然如知识贞操、学问良知之责备何？

夫真正学者之训练与其精神，既如以上所述，而吾国今日所谓学者，乃适与之相反，故不得谓之真正学者，实门外汉及浮滑妄庸之徒而已。或曰："彼等为时代之产物，一般国人程度如此，故有如此之学者。”应之曰：“所贵乎学者，正以其能超越时代，为之领袖。”十余年前之改革家，以今日眼光视之，固觉其浅薄可笑。然在当年，实能为时代之领袖，其知识学力，有高出寻常者。若今日所谓改革家，仅能迎合幼稚与流俗之人。而少数曾受高等教育，有知识阶级之资格者，莫不鄙夷之而不屑道。特此知识阶级，为国中极少之数，又未尝有所团结，协力以负学术之责任，对于彼等门外汉及浮滑妄庸之徒，施以正当之批评监督。而出版界，又为彼等以政党手段，金钱魔力所垄断耳。故以今日所谓改革家，与其前辈较，实一代不如一代也。或又曰：“今日吾国学术界之最大需要，为真正学者，既以闻命矣，其所以应此需要之法维何？”曰：“为目前计，宜唤起国中已有学者之责任心，使其不仅长吁短叹，发起牢骚于静室冥坐，私人闲话之际，必须振起其牺牲颈力，与其耿耿之义愤，以拯国家，以殉真理，则日月出而爝火将无光也。若为久远之计，则当建立真正之大学数处，荟集学者，自由讲习，以开拓少年之心胸，使知世界学术，广博无涯，不能囿于一说，迷信偶像。同时又多延西洋名师，而派别不同者，来华讲学，待以学者之礼，使其享幽闲高洁之生涯，不可再以群众运动之法，视为傀儡而利用之，到处演说欢迎，万众若狂，如西国政客之选举竞争然。夫如是，乃能真正学者辈出，以养成深闳切实之学术界，而建设灿烂伟大之新文化也。”

论批评家之责任*

胡先骕

今之自命新文化学者，每号召于众曰："中国学术所以陈旧无生气之故，厥为缺乏批评。无批评则但知墨守，但知盲从。吾人之责任，在创立批评之学，将中国所有昔时之载籍，重新估价。"此言一出，批评家之出产，乃知野菌之多。对于国学，抨击至体无完肤。同时所谓新创作之出现，亦如细菌繁殖之速。然细寻绎之，不但有价值之创作固鲜，即有价值之批评，亦如凤毛麟角。其故何哉？盖批评创作，极非易事。就创作而言，天才极为难得。有天才矣，而知识界之风尚，学术界之精神，其足以转移天才之趋向者，正在颠危之中，致使天才失其发展之依据。此现象不但于中国为然，无论在何国文学史中皆常有之也。至于批评，则吾国文学界之往史，略与英国同，皆长于创造而短于批评者。且吾国人富于感情，深于党见，朱陆之异同，洛蜀之门户，东林复社，屡见不鲜。加以舶来之偏激主义，为之前驱。遂使如林之新著作中，舍威至威斯(Wordsworth)所诋为"伪妄与恶意之批评"外，殆无他物。流弊所届，至使故有文化，徒受无妄之攻击。西欧文化，仅得畸形之呈露，既不足以纠正我国学术之短，尤不能输入他国学术之长。且使多数青年有用之心力，趋入歧途，万劫不复，此大可哀者也。欲救其弊，厥为改革命今日之批评，标明批评家之责任，使知批评事业之艰巨，不学者亟宜敛手。即堪任批评之责者亦宜念社会付托之重，

---

* 辑自《学衡》1922 年 3 月第 3 期。

审慎将事,不偏不党,执一执中,则半稘之后,不但批评学可在吾国开一纪元,既新文学之前途,亦庶乎有豸矣。

就今日批评界之缺点观之,批评家之责任,亟宜郑重揭橥者,有下列数事:

(一)批评之道德。批评家之责任,为指导一般社会,对于各种艺术之产品,人生之环境,社会政治历史之事迹,均加以正确之判断,以期臻至美至善之域。故立言首贵立诚,凡违心过情,好奇心异之论,逢迎社会,博取声誉之言,皆在所避忌者也。今之批评家则不然,利用青年厌故喜新,畏难趋易,好奇立异,道听途说之弱点,对于老辈旧籍,妄加抨击,对于稍持异议者,诋諆谩骂,无所不至。甚且于吾国五千年文化与社会国家所托命之美德,亦莫不推翻之。夫孔子之学说,为全世界已往文化中最精粹之一部也。今不闻有批评柏拉图、亚里士多德、释迦牟尼、耶稣基督之言,而对于孔子,乃诋之不遗余力,甚且谓孔子学说与民治主义不相容。岂非利用青年厌故喜新、好奇心异之弱点乎?又如中国文言之别,决非希腊拉丁语与英法德语之别也,必牵强引为一例,以证明古文为死文字,语体文为活文字。宁非利用青年西学根柢浅薄之弱点,故作此似是而非之言乎?又如钱君玄同,中国旧学者也,舍旧学外,不通欧西学术者也,乃方中国学术无丝毫价值,即将中国载籍全数付之一炬,亦不足惜。此非违心过情之论乎?胡君适之乃曲为之解说,以为中国思想界过于陈旧,故钱君作此有激之言。夫负批评之责任者,其言论足以左右一般青年学子,岂容作一二有激之言乎?其父杀人,其子行劫。钱君国学尚有根柢者,犹作此言,则一般青年,不知国学门径,但以耳闻目睹,其言之不将犹甚耶?又如林琴南之译小说,固亦有短处,其长自不可掩,其文辞之优,尤不待言。乃寻疵摘瑕,至詈之为不通,继复劝中学学生,读其早年所译之小说,以为作文之模范。批评家之言论,何前后不符如此之甚也。又如胡君适之,创白话诗者也,抨击旧体诗不遗余力,认一切诗之规律,为自由之枷锁镣铐者也。曾几何时,又改作旧诗,且谓惟旧体诗为能有风韵。夫旧体诗之能有风韵,胡君在美国作旧体诗时,宁不知之?而于主张白话诗时,何一不言及,直至今日始标明之乎?若前此果不知也,则是所造浅薄,见解未定,乃敢遽操批评之工具,以迷惑青年之视听乎?又如沈君尹默之新诗,其格调众目共睹,而尤为胡君适之所深悉者也。而李杜苏黄之诗之优美,亦胡君所知者也。胡君在《北京导报》纪念册中,论中国文学之改革,乃云:“新诗内容之精美丰富,远在旧体诗之上。”其欺西人不通中文,不能读李杜苏黄之诗耶?抑果信沈君鸽子三弦等诗,胜于杜之《北征》

《石壕吏》、李之《古风》《蜀道难》,韩之《秋怀》、苏之《和陶》等诗耶？要之,修辞不立其诚耳。法国19世纪大批评家圣钵夫(Sainte Beuve)之言曰:“吾法国人所重视者,不在吾人是否为一种艺术或思想之作品所娱悦,亦不在是否为其所感动,而在吾为其所娱悦,为其所感动,而称赞之是否合理。”安诺德(M・Arnold)谓法人对于知识事件,有一良知,对于文学,有是非区别之信仰,深信其对于是者,必须崇仰皈依之,而附于非者,实为大耻云云。盖谓对于艺术之感动,尚须加以理性之制裁也。然则对于吾国批判家利用人类弱点,故为违心之论,以博先知先觉之虚誉者,将何如乎？此吾立论首先揭橥批评之道德也。

(二) 博学。批评之业,异于创造。创造赖天才,故虽学问不深,亦能创造甚高之艺术。至批评家则须于古今政治、历史、社会、风俗以及多数作者之著作,咸加以博大精深之研究,再以锐利之眼光,为综合分析之观察。夫然后言必有据,而不至徒逞臆说,或摭拾浮词也。故在今日,欲以欧西文化之眼光,将吾国旧学重行估值,无论为建设的破坏的批评,必对于中外历史、文化、社会、风俗、政治、宗教,有适当之研究。而对中国古籍,如六经、诸子、史、汉、魏、晋、唐、宋、元、明、清诸大家著作,西籍如希腊、拉丁、英、德、法、意诸大家文学及批评,亦皆加以充分之研究。苟觇缕之,即以文学论,在中国舍经史子外,至少应浏览屈原、贾谊、司马相如、司马迁、班固、曹植、阮籍、陶潜、谢灵运、鲍照、庾信、徐陵、陈子昂、李白、杜甫、王维、孟浩然、韦应物、白居易、韩愈、孟郊、李贺、张籍、柳宗元、李商隐、杜牧、温庭筠、李后主、欧阳修、晏殊、梅尧臣、王安石、苏轼、柳永、黄庭坚、陈师道、周邦彦、陈与义、范成大、姜夔、陆游、辛弃疾、吴文英、王沂孙、张炎、史达祖、吴激、元好问、虞集、高启、刘基、归有光、阮大铖、王夫之、黄宗羲、钱谦益、魏禧、吴伟业、王士祯、朱彝尊、吴嘉纪、方苞、纳兰性德、姚鼐、恽敬、郑珍、蒋春霖、陈三立、郑孝胥、王鹏运、文廷式、朱祖谋、赵熙诸家之集,再及传记、小说、笔记、诗词话等杂著。在欧西文化,至少须浏览 Homer, Aeschylus, Sophocles, Plato, Aristotle, Plutarch, Cicero, Dante, Chaucer, Spenser, Shakespeare, Milton, Dryden, Defoe, Swift, Akdison, Pope, Fielding, Gray, Goldsmith, Burns, Johnson, Wordsworth, Coleridge, Byron, Shelley, Keats, Scott, Carlyle, Macaulay, Dickens, Thackeeray, George Eliot, Tennyson, Browning, Arnold, Ruskin, Irvying Babbitt, Paul Elmeer More, Montaingne, Corneille, Moliere, Racine, Bossue, Voltaire, Rousseau, Chateaubriand, Lamartine, Hugo, Balzac, Dumas, Sainte-Beuve, Renan, Lessing, Schiller, Goethe,

Heine,Tolstoy,Turgenev,Ibsen,Brandes 诸家之著作。以上所举,几为最少甚且不足之限度。若欲仅周览一过,已非十余年不能蒇事,若更欲稍加博览,则至少加一倍之数。今方涉猎一二家当代作者之著作,或一国一派之文学,甚而食人唾余,略知名字,便欲率尔下笔,信口雌黄,几何不非诬即妄也。吾知有在学校英文未能及格,从未得见《两周评论报》(*Fortnightly Review*)所登托尔斯泰批评莎士比亚原文之学生,竟率尔攻击莎士比亚文学上之地位矣。吾知有翻译英文会客室(Drawing room)为图画室之学生,亦批评讪笑他人之文矣。此等少年矜躁之习,在今日学术销沉之时,固不获免。然苟真欲在吾国立批评之学,将中国固有之典籍重行估价,则必非近日所谓新文学家所能胜任也。故吾谓今日批评家之责任,在博学也。

(三)以中正之态度,为平情之议论。吾国文人素尚意气,当门户是非争执至甚之时,于其所喜者,则升之于九天;于其所恶者,则坠之于九渊。汉宋之争、今古文之争、朱陆之争,洛蜀之争、古文选体之争、唐诗宋诗之争,几何非独擅其场,不容他人置喙者耶?且每因学术之相排,而攻及个人;或以个人之相非,而攻及学术。如孙觌之诗,在宋人之中,当首屈一指者也。而徐问曰:"觌有罪名教,其集不当行世。"严嵩、阮大铖之诗,不但为有明一代所未有,且为中国诗家有数之著作也,乃以其人品之卑劣,遂使其集不能流传。《钤山堂集》犹有刊本,《咏怀堂诗》则仅有传钞之本矣。又如魏晋六朝之文固尚骈偶,骈偶固不可为一般文章之准则,桐城固时嫌过于严谨,是或枯窘,然未必即为谬种,为妖孽也。又如写实主义,固有一日之长,然不得以《金瓶梅》《黑幕大观》等小说,偶具有写实主义之外貌,便赞美宏奖之也。在真正之批评家则不然。培根大哲也,马可黎之评之也,一方面固极力推崇其学术,一方面复不能不訾议其道德。格兰斯顿之宗旨政见,与马可黎异者也,马氏之评之也,一方面固极非议其见解,一方面复加以相当之赞美。威至威士(Wordsworth)固为辜勒律己(今译柯尔律治)(Coleridge)之好友也,辜氏之文学传纪 *Biographia Literaria* 中,乃极评骘其议论见解之非,同时复赞美其诗不遗余力。托尔斯泰固莫雅(Paul E. Mare)所大加讥弹者也,然同时承认其为大艺术家。盖好而知其恶,恶而知其美,批评之要件也。

今之批评家,犹有一习尚焉,则立言务求其新奇,务取其偏激,以骇俗为高尚,以激烈为勇敢。此大非国家社会之福,抑亦非新文化前途之福也。夫家庭制度,数千年社会之基础也,父慈子孝,人类道德之起点也,乃不仅欲祛除旧家庭之缺点，竟欲举家庭制度根本推翻代之。极端自由恋爱、儿童公育之言，已连篇累牍，甚且谓父母之育子女，为贪恋色欲之结果，故无养鞠之恩可言。国家财产，为人类数千年因袭之制度，直至今日，尚未能证明可以全废者也，在中国代议制之民治主义尚未成立之时，乃高谈共产无政府。中文字初不艰深，亦极完善，不至为教育科学文化进步之梗者也，乃必强谓之为艰深，为死文字，为足梗阻教育文化之进步，而主张以一种语体文化之。中国诗体格优美，宗旨中正，备具韵文之要件者也，乃必因其不尽用俗语作诗，便极力非诋之，而主张以全无美艺性质，完全破弃韵文原则之白话诗以代之。唐代之诗，盛中远出晚季之上者也，乃必以应用俗语之多寡，而遂认唐诗之衰败为进步，而以晚唐之诗为三唐之冠。凡此种种，皆务求新奇偏激，以炫众沽名，大背中正之道者也。孔子曰："天下国家可均也，爵禄可辞也，白刃可蹈也，中庸不可能也。"中庸果不可能乎？毋亦不为耳。

（四）具历史之眼光。人类，有历史之动物也。此历史当自广义言之，凡自太古以来，风俗习尚、环境之影响、政治、教育、宗教之陶熔，皆如遗传性然，子女自先天已禀之于其父母，无以摆脱之者也，必其可用后天之教育以更变之者，始得议其更张，否则惟有顺其有机性自然之蜕嬗以演进之耳。故往往理论上所訾议者，实际上乃极有功用，理论上所赞论者，实际上或不能通行。甚或此邦可行者，在他邦或不可通。此时代之视为善政者，他时代或视为罪恶。故作批评也，决不宜就一时一地一党一派之主观立论，必具伟大洞彻之目光，遍察国民性、历史、政治、宗教之历程，为客观的评判，斯能公允得当。故如井田制度，昔日所能行，而儒家所视为太平盛治者也。然自秦人开阡陌以来，井田终无再兴之一日。盖人类固有之天性与社会发展之程序使然也。又如王荆公之行新法，识见卓越，迥出侪辈，且非仅放言高论，其雇役、常平、保甲诸法，皆后世所遵行不替者也。就中雇役一法，尤为中国政治界最大之改革，常谓其重要不在破坏井田封建之下焉。即其青苗一法，号称病民，然实为农工银行农业贷貣团之先声，至今各国所极力提倡者也。然时机未至，遂至新法为病民之政，而为一般贤士大夫所诟病，至司马温公复相时，虽最佳良之雇役亦罢之。其故何哉？盖当时社会安于千百年来之故习，一般人民无此改革之要求，故虽良法美意，亦视为虐政也。又如民治主义，固政治之正轨，而无治共产主义，尤为政治思想上之极则也。然在英国，以查理第一之昏庸，克伦威尔之刚毅，汉浦登、弥儿敦诸人之道德，一般社会之趋向，宜若推翻帝制，建立共和，为因时利导矣。曾几何时复辟之议兴，彼功首乃一变为罪魁，至悬尸市朝，而帝制巍然尚存于今日也。彼盎格罗撒克逊民族者，非一般社会学家所认为最宜于民治主义之民族，而英国民治主义之甚，且远在法兰西共和国之上乎？又如在理论上、实际上，路德所创之新教，非愈于旧教乎？乃自 The Society of Jesus 创立以来，新教之势力遂成弩末。至于今日，新旧两教，各据西欧之半。何也？无亦拉丁民族之性质，有异于条顿民族乎？故自人种学观之，人类为习惯的动物，而非理性的动物，至少非绝对理性的动物。故在欧人以脱帽为敬，吾人旧习乃以著帽为敬。吾人以起立为敬，在长上之侧，可侍立而不敢坐。在某岛土人，则长上宴坐时，卑幼决不敢直立其侧。人种学家甚谓欧西重视妇女，非果真有男女平权之见解，不过为中古武侠之遗风耳。故虽小至于一燕尾服、一手套、一马蹄袖之微，咸有其历史在，必知其往史故俗，以论人论事，方能得其真相，而批评方有价值也。

法人裕钵特(今译朱伯特)(Joubert)有言曰："强力与正义为治斯世之要件，在正义未立之先，则仍须强力。"英人勃克(Burke)有言曰："若人事须有一种大改革，必吾人之思想已与之相合，大众之意见与感情咸趋于该途，每一恐惧，每一希望，皆足以扶植长养之。"诚如是，则彼必反抗此人事大潮流者，不啻反抗天意，此种人不得认为强毅有定见，而成为顽固矣。今日之思想家、批评家乃不然，但图言之快意，不问其是否契合社会之状况。故在中国建立共和，即时机未至也。以其未至，故如梁任公所言，革命运动不能自人民发动，而必运动军队。其结果则十年以来，未能创立真正之共和，而徒养成军阀之专制，且时有帝制复兴之隐患。在今日共和既立，复辟称帝，自非吾人所欲。因之吾人之责任，务必以全力，使民治主义遍布于一般无识之平民，使其"意见与感想咸趋于该途"，则共和之基础方能稳固。今乃不知于此处用力，但放言高论无治主义、共产主义、社会主义等等大而无当之学说，不观乎彼苏维埃俄罗斯国中为农之百分之八十五人民，不赞助共产主义，至列宁亦不得不认资本主义必为共产主义之前驱乎？凡一种之改革时机未至，必有莫大之牺牲。同一共和政体，在美国立国之初，则因利乘便。在法国革命，则几经莫大之牺牲，始克成立。今日之苏维埃俄罗斯，又以时机未熟而试行共产主义，而横被莫大之牺牲矣。不但政治之往迹然也，宗教、社会、艺术、文学之往迹，亦莫不然。不知此义而冒昧行之，其害可立待。此批评家不可不有历史的眼光也。

(五) 取上达之宗旨。今日一般批评家之宗旨，固为十八世纪鲁梭(今译卢梭)学说创立以来,全世界风行之主义之余绪,既无限度之民治主义也。有限度之民治主义,固为一切人事之根本。无限度之民治主义,则含孕莫大之危险。主张此种学说者,以为人类根本上一切平等,智慧、才能、道德,无一不相若。彼知识阶级之所以优秀者,非其禀质异乎常人,不过因其处于优越地位,能得完备之教育,以充分发展其智慧才能耳。苟一般平民得同等之机遇,其才智必不在知识界之下,故遇事皆须为一般大众着想,而不宜仅顾少数知识阶级也。即道德亦莫不然,甚且谓知识阶级之道德,为文化所濡染,反不如一般之平民。至一般一民之罪恶,初非为道德较为低下,而为环境逼迫濡染之所致也。此种论调,犹为较和平者。其甚者竟谓文化为不祥之物,不如绝圣弃智,返乎自然,凡一切文化为平民所不需要不能了解者,皆为无益有害之物,故文化须尽力迁就平民云。殊不知人类之天性绝不相齐,虽父母兄弟子女,亦不能一一相肖。盖不齐者生命之本性,无论其旅进旅退,决无或齐之一日也。且人类多原,已成一般人种学家之定评。澳洲土人之脑量与吾人相去远甚,即其明证。今试思世界十六万万人类中,老子、孔子、释迦牟尼、耶稣基督、苏格拉底、柏拉图、亚里士多德、尧、舜、所罗门、李白、杜甫、但丁、莎士比亚、康德、牛顿、达尔文、巴士脱、瓦特、爱迪生、爱因斯坦共有几人?若以有历史以来七八千年全数之人类计之,则尤可见大智慧者之如凤毛麟角也。然一大智慧者之功德,百千万平民不能及之,今日人类物质上、精神上之幸福,莫非根据于少数大智慧家之学说,历史上之往迹,亦随少数领袖人物为转移。最显明者,如瓦特之发明汽机,法拉德之发明电学,巴士脱之发明细菌,爱迪生之发明电灯,吾人物质文明之受惠于此诸哲者,宁有涯也?近日飞机已成通常运输之工具矣。极不可思议之无线电报、无线电话亦已为日常可见之物矣,近日发明科学的延年医术矣,岂此等文化为不足珍耶?抑无论谁何皆能有此发明耶?即以此物质文明为不足珍惜者,试思彼大哲学家、大文学家、大政治家之影响于吾人何苦?彼哥白尼、格里辽、达尔文、赫胥黎、弥儿敦诸贤改革吾人思想之功,宁有既耶?即此极端平民主义之前锋,如鲁梭、马克思、克鲁巴金、托尔斯泰,亦知识阶级也。即予以同等之机会,充分之教育,彼一般平民亦不能尽为鲁梭、马克思、克鲁巴金、托尔斯泰也。上下数千年,纵横数万里,已死与现存之数十万万人类中,亦仅有此有数之鲁梭、马克思、克鲁巴金、托尔斯泰也。若以多数人所不能企及之学问艺术为不足取,则世界将有所谓领袖人物者,尚何能望进步乎?

不但不能进步也,结果必将愈退愈下,直至返于原人之状态为止也。盖吾之治生物学者，知生命之现象，常在无形之变迁中者也。此种变迁或优或劣，惟在天择人择选择之方法如何耳。故将人类之禀赋，分为若干元素，则大智慧、大才能、大勇敢、高深之道德、文学、哲学、政治、数学科学之特长，与夫低能、神经衰弱、犯罪性、半犯罪性、贪狠残忍、卑鄙、癫痫、残废各性质，在遗传性中皆森然并列，同依门德尔津(Mendel's Law)而遗传。至何等性质在遗传中占优势，则视社会中一切无形之天择人择之方向如何。故自社会学家观之，乱世奸人多贵显，在社会上多握政权，据高位。其所以然者，处乱世之环境，此等人于生存竞争中，实有优胜之处，亦犹治世则贤人多居高位，备受尊荣也。若果一切文化，迁就知识卑下之阶级，则浸成一退化之选择。盖优美之性质已不足尚，而不为一般社会上之天择人择所取，而得留存而繁衍，彼下劣之性质，则不但不为社会上天择人择所淘汰，且反因社会迁就下劣之故，而倍易繁衍。则将非退化至澳洲之土番、南非洲之侏儒不止也。

夫批评之主旨，为指导社会也。指导社会，纯为上达之事业也。上达之宗旨，固丝毫与民治主义不悖。民治主义固为在法律、政治上，无论贵贱皆得同等之待遇，在社会上皆得同等之机会也。在今日之现况，一般平民在政治社会上未能得此同等之待遇、同等之机会，固无待言，几能除去此项不同等之待遇者，吾人固皆宜极力赞助之。然须知即使此种目的得达，人类之禀赋之不平等，仍如曩昔，彼平民者，固以教育普及社会选择之故，日进于优美之域；然彼素有优秀之禀赋者，亦将以教育与社会选择之故，而更加优美。以生物学之趋势而论，殆永无不能进步之时，此进彼亦进，亦即人类之禀赋永无平等之时也。然社会与人类全体，日趋于上达之路，人类之幸福自不言而喻矣。彼批评家之责，首先认明上达之必要，姑毋求不能得之平等，而日促人类返于昔日之蒙昧。要须秉民治主义之准则，以日促文明于上达，斯不愧为先知先觉矣。

(六) 勿谩骂。上文于批评家之责任，已举其荦荦大者。今所言者，惟一小节。在批评学发达之国家如德法者，固尽人皆知，不待申言。不幸吾国批评家乃有此可悲之缺点，故不得不为之提撕警觉，即谩骂之习是也。夫他人之议论，不能强以尽同于我也，我之主张，恐亦未必全是也。故他人议论之或不当也，尽可据论理以折之。且彼与我持异议者，未必全无学问，全无见解，全无道德也。即彼所论或有未当，亦无容非笑之、谩骂之不遗余力也。故如林琴南者，海内称其文名，已数十年，其翻译之说部，胡君适之亦称为可为中学古文之范本矣。庸有文理不通之人，能享文名如是之盛者乎？即偶有一二处违文法，安知非笔误乎？安知非疏于检点乎？乃谩称之为不通，不已甚乎？尤可笑者，陈君独秀，非彼所谓新思潮之领袖，而新潮社诸青年所师事者乎？即不论其人品学问究竟何苦，以渊源论，以年事论，固近日所谓新青年者之宗师也。乃易君家钺以其言略损及其令誉，便痛詈之如雠仇，至比之于狗彘不若，此老妪骂街之习，士大夫羞为之，不谓曾受高等教育，乃如此也。然此种风气，陈君独秀辈，实躬倡之，彼答王敬轩书，亦岂士君子所宜作也。甚有人谓世无王敬轩其人，彼新文学家特伪拟此书，以为谩骂旧学之具。诚如此，则尤悖一切批评之原则矣。流风所被，绝无批评，但有谩骂。无论他人之言是否合理，他人之学是否优长，苟与一己所持之片面理由不符，则必始终强辩，强辩不胜，则必谩骂，法人称英国言论界之野蛮(brutalite des journaux anglais)，中国言论界之野蛮，将不百十倍蓰于英人耶？吾甚原吾国批评家引以为大戒也。

以上于批评家积极消极之责任，言之详矣。兹总而论之，则批评最大之要件，为博学，为无成见，为知解敏捷，为心气和平，为有知识上之良知，为有指导社会上达之责任心。苟能如此，行见将来世界交相赞誉中国之圣钵夫、芮囊、葛德、勒新、安诺德、马可黎、勃兰德士、莫雅、白璧德矣。批评界之前途，宁有量耶？

批评态度的精神改造运动*

胡稷咸

自　序

再造庚午，余在中央大学授佉卢文，与诸生讲诵之余，每谈人生之意义与价值问题，则有所发挥。并对时下学术思想界之流行病，痛下针砭。诸生中之能深思笃行者，闻其言之平正精透，不随流俗俯仰向背，颇乐而慕之。每以平日之零谭碎论缀成一文为请，余亦以为当兹异议横流，汎澜而无归宿之世，苟能以不偏不颇之精神，博大精深之眼力，辞而辟之，或可斩荆莽而开大道，拨云霾而见天日也。故抽授课之暇，撰批评态度的精神改造运动一文，自春徂秋，始获脱稿。今付诸梨枣，藉答诸生之雅意。苟国内莘莘学子，能得吾说而存之，或不无微助云尔。

明旨第一

在过去十数年中，有所谓白话运动、五四运动、新文化运动及标语口号运动。吾人苟细察其对于社会所生之影响，则知此数运动虽足轰震一时，然不旋踵即云消雨散，而未能留深刻之印象于人脑海中。推原其故，盖因首倡者皆有

---

* 辑自《学衡》1931 年 7 月第 75 期。

所为而为。附和者激于一时之意气，以盲目之情感，而推波助流。方其汹涌澎湃也，颇有将举国之人卷入漩涡之势。及首倡者私人之目的既达，附和者之热力渐消，则其运动亦遂如时鸟候虫，自鸣自止。试问白话运动之结果，除产生满纸"的啦吗呀"之小说及散文诗外，更有何其他成绩可言耶？试问五四运动之结果，除曹汝霖、章宗祥被殴外，更有何其他爱国影响耶？试问新文化运动之结果，除造成蔑视一切之怀疑派，纵欲任性之烂漫派及摹欧仿美之慕洋派外，更有何其他贡献耶？试问标语口号运动之结果，除养成互相诬蔑、诋毁、谄媚、标榜之风气外，更有何其他功效耶？故以此数运动所生之客观的效果而批评之，则可断言其无甚意义与价值。

中国大从数人之思想行为，一言以蔽之，皆为鼠目寸光利我主义之表现。以做官为发财之快捷方式，以住洋房、坐汽车、纳姬妾为人生之目的。苟有官可图，则多方夤缘奔走，献媚乞怜，以求达官贵人之介绍提拔。若官甚高、禄甚丰，此惯常钻营之手段，不足动达官贵人之心，则或以金钱相贿赂，或以妻女姊妹作牺牲，务必达做官发财之目的而后止。要之官之数有限，财之量亦有限。以有限之官与财，供人无厌之求，势必纷争攘夺，而演成残忍刻薄欺骗刁狡之象。苟此风不剪，则中国人必如膏油之自相燃煎，同归于尽。

吾人鉴于过去各运动之无价值、大多数人生活之无意义，故毅然决然敢以批评的态度开创精神改造运动。据吾人之观察，中国人之病症乃为精神上之病症。以前之腐儒学究，盲从传说，而不知老庄孔孟之精义。不知其精义，则其信仰不坚。信仰不坚，则一遭攻击，即弃甲曳兵而走，放其捍卫之责。近来西洋归来之留学生，欲表其博士硕士之头衔，实有新知奇见为之里，大肆其簧舌，挥其毛锥，以提倡其欧化。举中国旧有之道德文化，不问是非皂白，掊击之使无完肤。青年学子，喜其说之新颖奇诞也，盲从附和之。始则唱者人少，和者犹从风而靡。继则唱者之曲调渐多，和者适从无所。今者唱者复杂紊乱，则听者亦惟有怀疑观望而已。当此新旧不接，异说蛙鸣之时，无怪青年学子，大都均无理想，无所尊信，而流入及时行乐之堕落的浪漫生活也。故欲挽救中国之隳风，必采取批评的态度，将东西文化思想，筛剔提炼，留其精粹去其粃糠，然后再以博大深远之眼光，探究人生之意义，而另立真正价值之标准，以为解决政治社会问题之指针。换言之，必用批评的态度，将大多数人之思想加以改造，然后方可有起中国于沉疴之希望也。

何为批评的态度，试申说之。批评的态度者，用纯粹理性之能力，思索事物之是非屈直善恶邪正，而定可否，从违之意志的状态也。批评的态度之劲敌，为执拗为盲从，与批评的态度相似，而偏于消极者，则为怀疑。究极言之，怀疑仅为批评之初步。由怀疑进至思索推想，而有积极之判断，方为批评。故拘执老庄孔孟之糟粕者，不足言批评。奉欧美之思想习俗为圭臬者，亦不足言批评。存门户之见，守一先生之言者，不足言批评。我见甚深，随处皆欲自作聪明，创为异说者，亦不足言批评。盲从奇说怪论者，不足言批评。一味怀疑，而毫无信仰者，亦不足言批评。对人之言行举止，妄加武断者，固不足言批评。对己之偏意成见，不加反省者，亦不足言批评。故真正批评的态度所下之判断，必有客观的标准。持批评的态度者之对事物，惟求其是、求其真。苟其是也、真也，不问其古今中外，皆当采取。苟其非也、伪也，不问其新旧彼此，皆当摒弃。此运动之目的，即在以批评的眼光，采集东西文化中人生之智慧，以作人类向前进展之向导，故其作用为积极的。易辞言之，本运动之目的，在用理性之能力，建立新信仰，再因信仰所生之毅力，而改造中国、改造世界，使其愈进光明灿烂，而渐达理想之境也。

哲学的基础第二

人类思想发达史，即其理性发达史。曩者法国哲学家孔德，分人类思想发展之历程，为神学时期、玄学时期、实证时期三阶段，大致颇称允当。原始人类理知力甚为薄弱，其解释宇宙中现象也，大都以自己之意志行为之关系为准则。当其喜也则有赏，当其怒也则有威，故应用此准则以解释自然现象，则迅雷疾电以为神罚，和风甘露以为神恩。在此时期中，人皆慑服于神灵之作威作福，而用享祭歌舞以取媚之，故无往而不以神道设教。吾人苟读希腊诗人荷马之两大诗史，与爱斯克拉士（今译埃斯库罗斯）、苏弗克里斯（今译索福克勒斯）、游里匹底斯（今译欧里庇得斯）之悲剧，则可知初民对于神灵之态度矣。及人类观察自然界之经验渐积，渐有通观合览之精神，于是遂欲求一抽象的玄学的原理，以说明纷纭杂错之万象。西洋哲学史，自希腊哲学开创时代，以至近世之开始，皆可谓之玄学时期。迨培根首倡归纳法，主张研究自然现象因果之关系，而设法驾驭控制之，以为人用，于是人类之理知，始自觉其有极大之能力。机械因果律之应用，遂遍及于各种自然科学。职是之故，各种科学，皆重事实之观察与试验之实证。故当此实证时期，乃为理性最发达时期。前此神学时期之幻想、玄学时期之臆测，皆不足为解释自然现象之工具。十九、二十世纪科学之长足进步，全仗用理知所发现之机械因果律为不二法门。批评的态度，即为理知之产儿。然理知发达至极，其作用不仅向外以解释星罗棋置之事象，并且向内以批评其本身。首提出理知之能力范围问题，而加以批评的讨论者，厥为康德。其不朽之著作《纯粹理性之批评》，即为研究此问题而开创思想史上新纪元之杰作。据康德研究之结果，理知之能力究属有限，自由意志问题、上帝存在问题、灵魂不朽问题，皆非理知能力所可解决。故理知所不能穷者，惟有归诸信仰而已。当代哲人博格森亦觉理知之能力有限。理知仅可用以说明静止之物象，用理知所摄取事物之印象，恍如活动影戏之无数静止的影片而已。若夫时时变动如川流不息之生力，则非理知所可捉摸。能捉摸常变之生力者，惟有直觉。综上孔德、康德、博格森三哲之说，吾人可知理知对于批评的态度之重要。博格森虽认除理知外，尚有把捉生力之直觉，然直觉之发现亦由理知能自批评，而知其力有穷耳。

近代哲学史中，虽有一元、二元、多元、唯物、唯心之争，然吾人苟不存成见，而以批评的眼光观察研究自然界及生命问题，大都均认唯心论解释之力最大。即普通认为无生命之物质，恐亦为精神之现象的存在耳。据物理化学家分析研究之结果，所谓物质者，乃为无数极微细不可目见之电子组合而成。若叩以电子究为何物，彼将答云，电子者乃运动不息之一束能力耳。夫所谓能力者，乃非物质的精神之表现。至精神本身若何，则有赖于直觉之直接觉察，非精神所产生之理知所可探索者也。故以理知研究物质，与以直觉觉察生命之结果，皆认世界之本体为精神。

既认世界之本体为精神，则世界上之山川、泉石、花草、鸟兽、虫鱼以及最灵之人，皆同为此精神之表现，不过其进化之阶段微有不同耳。古今来之宗教家、哲学家、文学家，大都皆认此思想为颠扑不破之真谛。释迦牟尼亲证灵魂在六轮回之痛苦，故戒杀生，又见尘世之生老病死之惨，故发大慈大悲之宏原以普渡众生。孔子根本之教为仁，仁者以天地万物为一体，故论语曰："夫仁者，已欲立而立人，已欲达而达人。"其政治之理想，则为博施于民而能济众。耶稣则主张博爱，四海之内，皆为兄弟。兹数教主者，皆觉尔我同为精神之表现，故极力扫除尔我间之阻隔障碍，因此其同情之心，遂发为博大仁慈之浩气，直欲将宇宙间之万有尽包举之，吾人苟将佛典、四书、圣经细加思索玩味，未有不惊叹其顶天立地之品格气象也。哲学家之思想，主张精神一元者，指不胜屈。张横渠《正蒙》曰:“太虚气之体,气有阴阳屈伸相感之无穷,故神之用也无穷。其散无数,故神之应也无数。虽无穷其实湛然,虽无数其实一而已。”观此可知张子以为宇宙界之万象,乃为此太虚一元气之聚散离合耳。故其《西铭》曰:“天地之塞吾其体,天地之师吾其性。民吾同胞,物吾与也。”程明道则认天地人三体为一体,人之心即天地之心,故人能至仁,则可与天地浑然为一。其《识仁篇》曰:“学者须识仁,仁者浑然与物同体。”至西洋哲学家,如叔本华之主张意志,哈脱门之主张无意识,博格森之主张生力,虽有所生之名词各不相同,而其认世界中之万有,同为一种精神之表露,则初无二致。若夫文学家歌咏山湖风月之形、花草禽鱼之趣,尤须忘其自我,藉同情心所生之直觉与幻想力,以把捉所描摹事物之生命。昔苏东坡《咏文与可画竹诗》云:“与可画竹时,见竹不见人。岂独不见人,嗒然遗其身。其身与竹化,无穷出清新。庄周世无有,谁知此凝神。”殆可谓深知艺术之神奇者矣。故文学家根本之假定,认山之幽、湖之媚、风之和、露之润、月之皎洁、落日之可爱、清泉之潺湲、怪石之峋嶙、花色之娇艳、鸟声之柔脆,与乎天地间可泣、可歌、可怨、可诉、可喜、可爱、可怜、可愤、可感、可慕、可惜、可妒之感情事物,无一而非此精神变幻所生之化境。而文学家必具之能力,即苏东坡所云遗其身,而复返于大化之源泉。能如是,然后我即是物,物即是我,而我所描写之风情姿态,即物之风情姿态,译成语言文字耳。是以英国诗人华茨华斯在《亭台寺诗》中有句云:“体气几已息,脉搏若已停,躯壳已入睡,惟余活性灵。放开双慧眼,参透物精神。”至其他诗人,如薛蕾、摆伦、白朗宁、丁尼生、席勒、歌德等之作品中,无往而不表现物我有同气连枝之感。

夫宗教、哲学、文学为人类知情意之最高尚之表现,过去教主、文人、哲士所启示吾人者如此,吾人可知精神为贯串万有之原则,精神改造乃人类继续不断根深蒂固之要求,同时亦可知精神之力无限伟大,古人称为金石为开也。吾人之所以不惮辞费,胪举古今宗教哲学文学思想者,一则使读者明了本运动之发轫,乃根据于极坚实稳固精神一元论之哲学的基础,非凭空杜撰臆造荒谬之伦。一则使读者自觉其精神之磅礴浩瀚,有不可思议之力,益以坚读者之信仰而促进此运动之影响,扩大此运动之范围也。

要 义 第 三

既知本运动极端主张合理性的批评,及其精神一元之哲学出发点矣,吾人更进而讨论本运动主要之教义。吾人以博大精透之眼光,敢言世界将来之文化,必集东西文化之精髓而杂糅之。就大体而言之,东方文化之光彩,乃在其对于人生所有之智慧。西方文化之结晶,乃在其进化之理想与科学的精神。佛老之出世主义、孔孟之入世主义(希腊哲学家如苏格腊底、柏拉图、亚里士多德以及近代散见文学哲学著作中之思想,吾人亦认其与孔孟之教有相似者),皆人类最高无上之智慧。哲人之坚信进步,与其脚踏实地之科学的精神,亦为改造人类必须之要义。本运动所努力之方针,即欲使人多数人(或更进一层而言,使世界上所有之人)能将出世、入世主义、进化理想、科学精神,尽萃于一身,而使理想之天堂,得实现于人间也。或者曰,子之理想,高则高矣,其如不能实现何?余曰唯否不然。人之精神无限,其能力所可及者亦无限。观过去之史迹,古人认为不可能者,今人竟使其见诸事实。安知今之认为不可能者,不实现于异日耶?纵使理想过高,难期实现,要知最高尚人格之表现,即在专心致力于不可能之事。昔者晨门评孔子曰:"是知其不可为而为之者与!"是殆深知孔子者也。布朗宁有诗云:"志高虽不达,亦足以自慰。"亦可谓深悉犹太牧师腊贝滨爱士拉之志趣者矣。

佛老之出世主义、孔孟之入世主义、西洋进步之理想、科学的精神,既认为本运动之要义,吾人当更进而详究其实质,与对于人生之应用。现请逐一讨论之。

佛法千端万绪,而归根于三界唯心、万法唯识二语,认宇宙间之大地山河,皆非实有,而为缘识而起之顿生顿灭之幻象,恍若活动影片之忽断忽续耳。大地山既不以为实有,则此六尺之臭皮囊,亦不得妄自固执,以为自我。苟能不存我见,则可一丝不挂,四大皆空。老子之教,在见素抱朴,少私寡欲。故曰:"五色令人目盲,五音令人耳聋,五味令人口爽,驰骋田猎令人心发狂。难得之货,令人行妨。"其高尚之理想,即为清静恬淡无欲不争之圣人。吾人苟能以佛老之思想为体,看穿一切,则世界上之金钱、势利、禄位、声色、成败、利钝、荣辱、得丧,皆视为梦幻泡影,俱不足萦扰吾之心志,则吾精神上自无牵无挂,独往独来,而吾之魄力,自伟大雄健。今也人欲横流,权势货利,熏其心,眯其眼。事物之来,全以个人窄狭短浅之眼光,观察其与己一身之利弊得失。而事物本身之是非屈直,遂为我见之烟雾所笼罩,暗而不明。是何异御黑色之眼镜,而遂觉天下皆黑也。夫人之精神之价值无限,金钱之价值有限。苟有一人焉,贿以百金,则彼可出售其人格,而为吾用,其人之价值,不过百金耳。苟更有一人焉,贿以千万金,则彼可出售其人格,而为吾用,其人之价值,亦不过千万金耳,皆有限也。今有一人焉,欲以不合理之事相干,举举世之金珠财货,而尽贿赂之,亦毫不为动,则此人之价值,为无限量。乃天地之正气,偶赋形骸,而寄迹人间耳。呜呼!“舍却自家无尽岁,沿门托钵效贫儿。”抛无价之宝,以求有价之宝者,何滔滔如是其多也。本运动为谋精神改造,故以佛老看空一切为第一要义。

孔孟之思想,切乎人生实用,常人比之为布帛菽粟,其精深周密,固不及佛法远甚。然从人之立足点观之,则其通辟条贯、平庸简易、活泼蓬勃之生机,则又非佛法所可比拟。故孔孟乃为人文主义之开山祖,其思想之精粹,即本仁爱之精神,努力奋斗以求远大同之治。其所用之方法,为政治与教育(严格言之,古代政教不分,政治之领袖,即为教导全国人民之师长。故曰,作之君,作之师)。在政治方面,孔孟皆以尧禹汤为模范,而极端推崇之。《论语》曰:“大哉尧之为君也!巍巍乎,唯天为大,唯尧则之。荡荡乎,民无能名焉!巍巍乎,其有成功也!焕乎,其有文章!”又曰:“巍巍乎,舜禹之有天下也而不与焉。”又曰:“禹,吾无间然矣。菲饮食,而致教乎鬼神。恶衣服,而致美乎黻冕。卑宫室,而尽力乎沟洫。禹,吾无闲然矣。”《中庸》曰:“舜其大知也!与舜好问而好察迩言,隐恶而扬善。执其两端,用其中于民,其斯以为舜乎!”孟子曰:“舜明于庶物,察于人伦,由仁义仁,非行仁义也。”又曰:“禹恶旨酒而好善言。汤执中,立贤无方。”至尧舜禹汤之政绩,则散见四书五经中,彰彰可考,吾人无须缕述。在教育方面,则注重格物、致知、诚意、正心、修身以立己。然后本仁爱之心,扩而大之,以齐家、治国、平天下。其所教者为孝、弟、忠、信,而所求者为智仁勇。孔子曰:“知者不惑,仁者不忧,勇者不惧。”朱子注释曰:“明足以烛理,故不惑。理足以胜私,故不忧。气足以配道义,故不惧。”其教最后之目的,即务使天下之人,皆达于至善之境。孟子生当战国之世,异说鼎沸,纵横捭阖之士,均以功利主义干其主。孟子挺身而出,独扶仁义。本其鲲鹏之志趣,发为龙马之精神。障百川而东之,挽狂澜于既倒。其雄健俊迈之气,民胞物与之怀。千载之下,读其书者,自可于字里行间得之。其言曰:“穷则独善其身,达则兼善天下。”又曰:“当今之世,舍我其谁哉!”又曰:“富贵不能淫,贫贱不能移,威武不能屈,此之谓大丈夫。”又曰:“天之将降大任于斯人也,必先苦其心志,劳其筋骨,困乏其身,行拂乱其所为。”综上观之,孔孟之教,意在用世尽一己之聪明才力,为人群谋福利,牺牲奋斗,百折不挠。故曰:“以先知,觉后知,以先觉，觉后觉，余天民之先觉者也，非余觉之而谁也。”非若近世狡黠之徒，用其小智小慧，假仁假义，作攘夺争之具也。本运动为精神改造，故以孔孟努力救人为第二要义。

既有看空一切之大觉悟，与努力救人之志趣，并悬至善为人生之鹄的矣。吾人必采取西洋进化之理想，以鼓勇往迈进之气，与其科学的精神，以植物质的基础，俾得循序渐进，以免蹈迂阔凿空之失。西洋进化之理想，乃为近代之产物。当中古之世，宗教思想，弥漫欧土。教会最高之理想，求人之灵魂与上帝合而为一，故宗教中人，终日祷祝膜拜，戕贼体肤，以求灵魂超脱肉体之束缚，而复返于天国乐园，至尘世之福利，则漠不关心。迨东罗马帝国灭亡，拜占庭之希腊学者，挟其古代留传之希腊哲学文学著作，逃窜西欧各国。于是意大利、法兰西、英吉利学者得希腊爱斯克拉士、苏莆克里斯、游里匹底斯、柏拉图、亚里士多德等之著作而读之，如获至宝。风会所至，遂酿成文艺复兴。文艺复兴，对中古宗教思想，可谓一反动。中西世纪之着眼点，为上帝与天国。文艺复兴之着眼点，则为世界与人。对世界发生兴趣，故渐从事研究发明。是为近世科学发展之先河，对人发生兴趣，故人之喜怒、爱憎、成败，皆思描摹之、歌咏之、推究之。是为近世绘画、雕刻、音乐、文学、哲学之发轫。自十六世纪以还，科学之思想与发明继长增高，人类驾驭自然之能力，逐渐涨大。因此人类之物质生活，亦遂逐渐改良。加以兰马克、达尔文，进化学说之散播，故进化之理想，遂深印入欧人脑海中。顾欧人虽惯用进化之名词，而了解进化之真义者，恐尚属少数。多数人之概念，恐即以花样翻新不宁之变易为进化，如英人罗素所讥者（见罗素作《东西文化之比较》）。

进化之意义，通常所知者，略有二种。（一）自原始生物之单细胞渐变而为组织极繁复之人，斯宾塞曰：“进化者，有机体由单纯而变为复杂之趋势也。有机体为适应环境起见，受外界性质不同之刺激不得不起分化作用，以保其生命之持续。既分化为各种系统，以便作适当之反应矣。苟此各系统，不相合作，不相联络，仍不能达保持生命之目的，故合整尚焉。”有机体藉分化合整两作用，始可秩序进化，此为生物学上进化之意义。（二）自太古之野蛮，渐变而为近代之文明。原始人类浑噩獉狉，巢居穴处，饮血茹毛，器皿笨拙，语言简陋。迨人之语言，形成文字，人类之经验，始渐累积。然后知宫居而粒食，置裳冕，造舟车。政治教育之制，冠婚丧祭之礼，道德法律之用，音乐、绘画、雕刻、陶冶之艺，渐趋周备。若至近世，则有轮船火车之奇，电灯电话之巧，潜水有艇，飞空有机。至工业、商业、农业、政治、法律、路政、卫生等，皆有精确之专门研究。较之太古之愚鲁，奚啻云渊。此为文化上进化之意义。

以上所述两种进化之意义，皆为说明以往进化之事实，而非解释将来进化之理想。吾人苟细紬理想之意义，则知理想必为一标准，必为一鹄的。人类之各种努力，必欲使人事距此鹄的渐近，始得谓之进化。假有一人焉，目的地尚未择定，即疾行如飞矢，可谓之有进步耶？从古今来东西哲人之眼光观之，人类最高尚之理想，为真、为美、为善，搜求真理，创造或欣赏美术，穷则独善，达则兼善。此乃人类最高无上之精神的要求，吾人必看准此鹄标，努力牺牲奋斗，然后可有进化之可言。惜哉大多数之人，为气禀所拘，物欲所蔽，歧路徘徊，仅见其小者近者，而远大之三峰插天之真美善，则未尝一瞥其轮廓焉。本运动为谋精神改造，故其第三要义，则悬真美善为进化之理想。

复次，请讨论科学的精神。科学之根本思想，认机械因果律绝对有效。任何科学研究之对象，皆求其因果之关系，不仅求因果之关系已也，并求因果间数量之关系。故最精确之科学，如物理、化学，其所研究之对象，皆求以数学的公式表明之。物质科学固如此，即精神科学，如心理、教育等亦能达数学的精确为其极致。科学之步骤，为怀疑、观察（或实验）、假设、推证、定律科学之作用，为驾驭自然，使就人范科学之目的。其纯粹者，为搜求宇宙间之真理；其应用者，则为解决人生切要问题。科学之精神，为实事求是，循序渐进，严密精确，重分析，重批评，重客观。

中国人思想之通病，为含混、为拢统、为抽象、为泥古、为盲从、为肤浅，间尝细推其故，觉我国文字文法之不谨严，对思想所生之影响甚大。例如动字之不表时间性，主词、宾词之无变化，名字、动字、形容字可交换应用，而无定则，名词意义之不确定。再如古书不加读点，故同一句也而注释各歧，同一篇也而讲解互异。思想含混、拢统、抽象之弊，皆由此而生。若夫泥古、盲从之病，则古来政教之制，与过重师承之习，实为历阶。至肤浅之失，则与思想之含混，笼统为因果，又受文人喜以艰深文浅陋之流毒焉。吾人谋改造人之精神，必先谋刷新其思想。向之思想上之通病必摧荡廓清之，而代以科学的精神。

中国政治、经济、教育、工商、农矿、交通、卫生，诸重大问题，皆宜本科学的精神，以谋解决之方法。上已言，科学重实事求是、循序渐进，故空悬一高尚之理想，欲一蹴而几，不顾目前之事实，是削趾适屦之蛮策。行将见屦未适之前，而其人已因流血则死矣。夫理想不可不高，而达此理想之方及步骤，则不可不渐而稳。故科学的精神,为本运动第四要义。

目的第四

吾人旷观今日学术之淆杂,思想之堕废,政教之腐恶,人格之卑污,不能不怒忧惶恐。怒忧惶恐之不已,不得不登高峰而大声疾呼,以祈发聋震聩。赤子入井,稍有恻隐之心者,皆思援救之。今天下滔滔者,皆入井之赤子也。吾人安忍袖手旁观,见人之死而不救耶?夫学术思想之不正,其为害之烈,较毒蛇猛兽梃刃斧锯甚千万倍。其流风之所扇,不仅当代之人,蒙其祸殃,即将来之青年士女,受其谬种流传之毒,亦将中风狂走,莫名其妙以死也。今之一知半解之青年,不曰烦闷,即曰人生无意义。不腐化浪漫,即走险行凶,不隳废自弃,即厌世自杀。细推其故,皆因其所研究之学术,所吸收之思想,所观察之政制、行为、习俗,均冲突、矛盾、凌乱、庞杂,无系统、秩序、条理,贯串之可言为之教师者,亦无一贯之思想,可为之引导,故其精神上不得和谐完整,而呈偏激变异之态。吾人本擒贼王之意,必先求其病根之所在,而思所以拔除之。故本运动称为精神改造也。

本运动所揭橥之要义,体用兼赅,本末一贯。以东方文化为体,西方文化为用。而体用之中,又各有其体用。佛老之出世主义为体中之体,孔孟之入世主义则为体中之用。进化之理想为用中之体,科学的精神则为用中之用。既有精神一元之哲学的基础,满足理性之要求,又有真善美之理想,为奋进之鹄的。本运动所欲达之目的,近则指示中国青年应遵循之康庄大道,远则为谋世界将来之灿烂光明。夫一国之青年,乃一国之中坚人物,而一国之命脉系之。青年人而烦闷、隳废、卑污、自弃,则其国魂已丧,尚何振作之足言哉?必也青年有批评的态度,合理之信仰,豪迈之英气,坚定之操守,高尚之志趣,奋斗之精神,然后可大张吾军,率我健儿,与世界上一切恶势力相搏战,如是则中国之大不足治,世界之大不足平也。方今欧美各邦,受物质发展之影响,已有精神为物质所役使而不能控制驾驭之势。苟无较博大高尚之理想以作物质进化之指导,则所谓物质文明者,不过如渐涨之皂泡,终归爆裂。此吾人敢断言者。故本运动之开创,不仅为此时此地说法,亦且为他地将来说法也。吾人根据精神一元哲学,深信人类之精神,不问其古今中外,皆息息相通。古来圣哲仙佛所诏示吾人者,吾人当择精保守之,使勿稍失。然古人受彼时境知识之限,决不能预料此时此地所发生之问题，而思解决之方。故吾人除采择古人之智慧外，必以一己之聪明才力思考奋斗指示现象之迷途，开创未来之新局。要知将来人类精神之死活，全视今日人类之如何努力以为断。苟人类似犬之俯首向地，惟觉臭肉烂骨以自饱，则世界之文化，必渐趋衰落灭绝，如德国斯宾格勒所隐忧者。反之，吾人苟发济世度人之宏愿昂首向天，而思援梯以登之，则精神感召之所至，自可纳人类于正轨，而将来最后之胜利，定属吾人也。

王观堂先生挽词(并序)*

陈寅恪

或问观堂先生所以死之故。应之曰:近人有东西文化之说,其区域分划之当否,因不必论,即所谓异同优劣,亦姑不具言;然而可得一假定之义焉。其义曰:凡一种文化值其衰落之时,为此文化所化之人,必感苦痛,其表现此文化之程量愈宏,则其所受之苦痛亦愈甚;迨既达极深之度,殆非出于自杀无以求一己之心安而义尽也。吾中国文化之定义,具于《白虎通》三纲六纪之说,其意义为抽象理想最高之境,犹希腊柏拉图所谓 Idea 者。若以君臣之纲言之,君为李煜亦期之以刘秀;以朋友之纪言之,友为郦寄亦待之鲍叔。其所殉之道,与所成之仁,均为抽象理想之通性,而非具体之一人一事。夫纲纪本理想抽象之物,然不能不有所依托,以为具体表现之用;其所依托表现者,实为有形之社会制度,而经济制度尤其重要者。故所依托者不变易,则依托者亦得因以保存。吾国古来亦尝有悖三纲违六纪无父无君之说,如释迦牟尼外来之教者矣。然佛教流传播衍盛昌于中土,而中土历世遗留纲纪之说,曾不因之以动摇者,其说所依托之社会经济之制度未尝根本变迁,故犹能藉之以为寄命之地也。近数十年来,自道光之季,迄乎今日,社会经济之制度,以外族之侵迫,致剧疾之变迁;纲纪之说,无所凭依,不待外来学说之掊击,而已销沉沦丧于不知觉之间。虽有人焉,强聒而力持,亦终归于不可救疗之局。盖今日之赤县神州值数

* 辑自《学衡》1928年7月第64期。

千年未有之巨劫奇变。劫尽变穷，则此文化精神所凝聚之人，安得不与之共命而同尽，此观堂先生所以不得不死，遂为天下后世所极哀而深惜者也。至于流俗恩怨荣辱委琐龌龊之说，皆不足置辨，故亦不及云。

汉家之厄今十世，不见中兴伤老至。
一死从容殉大伦，千秋怅望悲遗志。
曾赋连昌旧苑诗，兴亡哀感动人思。
岂知长庆才人语，竟作灵均息壤词。
依稀廿载忆光宣，犹是开元全盛年。
海宁承平娱旦暮，京华冠盖萃英贤。
当日英贤谁北斗，南皮太保方迂叟。
忠顺勤劳矢素衷，中西体用资循诱。
总持学部揽名流，朴学高文一例收。
图籍艺风充馆长，名词愈野领编修。
校雠鞮译凭谁助，海宁大隐潜郎署。
入洛才华正妙年，渡江流辈推清誉。
闭门人海恣冥搜，董白关王供讨求。
剖别派流施品藻，宋元戏曲有阳秋。
沉酣朝野仍如故，巢燕何曾危幕惧。
君宪徒闻俟九年，庙谟已是争孤注。
羽书一夕警江城，仓卒元戎自出征。
初意潢池嬉小盗，遽惊烽燧照神京。
养兵成贼嗟翻覆，孝定临朝空痛哭。
再起妖腰乱领臣，遂倾寡妇孤儿族。
大都城阙满悲笳，词客哀时未返家。
自分琴书终寂寞，岂期舟楫伴生涯。
回望觚棱涕泗涟，波涛重泛海东船。
生逢尧舜成何世，去作夷齐各自天。
江东博古矜先觉，避地相从勤讲学。
岛国风光换岁时，乡关愁思增绵邈。
大云书库富收藏，古器奇文日品量。

考释殷书开盛业，钩探商史发幽光。
当世通人数日游，外穷瀛渤内神州。
伯沙博士同扬榷，海日尚书互倡酬。
东国儒英谁地主？藤田狩野内藤虎。
岂便辽东老幼安，还如舜水依江户。
高名终得彻宸聪，征奉南斋礼数崇。
屡检秘文升紫殿，曾聆法曲侍瑶宫。
文学承恩值近枢，乡贤敬业事同符。
君期云汉中兴主，臣本烟波一钓徒。
是岁中元周甲子，神皋丧乱终无已。
尧城虽局小朝廷，汉室犹存旧文轨。
忽闻擐甲请房陵，奔问皇舆泣未能。
优待珠盘原有誓，宿陈刍狗遽无凭。
神武门前御河水，好报深恩酬国士。
南斋侍从欲自沉，北门学士邀同死。
鲁连黄鹞绩溪胡，独为神州惜大儒。
学院遂闻传绝业，园林差喜适幽居。
清华学院多英杰，其间新会称耆哲。
旧是龙髯六品臣，后跻马厂元勋列。
鲰生瓠落百无成，敢并时贤较重轻。
元祐党家惭陆子，西京群盗怆王生。
许我忘年为气类，北海今知有刘备。
曾访梅真拜地仙，更期韩偓符天意。
回思寒夜话明昌，相对南冠泣数行。
犹有宣南温梦寐，不堪灞上共兴亡。
齐州祸乱何时歇，今日吾侪皆苟活。
但就贤愚判死生，未应修短论优劣。
风义平生师友间，招魂哀愤满人寰。
他年清史求忠迹，一吊前朝万寿山。

评今之治国学者*

孙德谦

谓中国无学术乎？吾不敢言也。谓中国而有学术乎？吾又不能言也。夫以中国地广人众，贤杰代兴，至今日而遂无学术之可言，不亦轻天下羞当世之士哉？然人之为学，相率而出于无用者，比比皆然，特无有默观而细审者耳。如使默观而细审之，盖有约略可尽者焉。昔钟嵘品诗，分为三等，吾谓今之治国学者，试一加评品，亦不能越乎三者以外。三者维何？曰好古，曰风雅，曰游戏，如斯而已矣。圣人有言曰："信而好古"，又曰："好古敏以求之"，是好古诚学者所有事也。然昌黎不云乎，所志于古者，不惟其辞之好，好其道焉尔？夫道成而上，艺成而下。今之好古者，非好其道也，艺也。是故得一古器焉，晨夕摩挲，诠释文字。若殷之龟甲，周之毛公鼎、散氏盘，以及汉镜晋砖，且视经典为贵矣。得一古碑焉，详其舆地，考其职官，有为前史所要删者，谓可订史文之阙误矣。墓碑之作，中郎不能无愧，韩子称之为谀，则非所问也。得一古籍焉，宋刻元刊，计其行款，辩其纸色，倘编次部目，极至藏弃之源流，亦必据图印以为证，而于此书之意指，则无所知也。如此以好古，不几玩物而丧志乎？不宁唯是，彼方谓自我取之，不妨自我去之，于是韫匮而藏者，往往善贾而沽。则其所以好古者，直世之所谓骨董家矣，然人多以好古推之。今之治国学者，此一流也。《诗》有六义，风雅居其二。自汉而后，诗人踵起，故班志《艺文》，以诗赋

---

* 辑自《学衡》1923 年 11 月第 23 期。

自为一略。及唐而设科取士，诗家由是为极盛焉，迨至有宋，则又一变而为词。词固诗之余也，然则诗词二者，皆为风雅之遗矣。吾观昔之为诗词者，吟咏性情，长于讽谕，有风人陈古刺今之意。即论近世，其一二名家，要不离乎是。然而不多得也，或良辰佳节，或登山临水，莫不出其篇章，以自命乎风雅。甚者，趋承显要，而借以交联声气，下至倡优卑贱之人，公然投赠而不之顾。有识者在旁，从而嗤鄙之，彼且诩诩焉，以为此风雅之事，无伤于行诣矣。又有少不知书，平昔未一握管，并诗词而不能为，特其处境丰裕，一室之中，罗列珍笈，法书名画，亦复藏之箧衍，以备美观，若而人者，盖又窃附于风雅之林矣。今之治国学者，此又一流也。昔司马子长作《史记》，有《滑稽列传》，而刘彦和《文心雕龙》，则别撰为《谐隐篇》。文人游戏，偶焉为之，何足深责？然刘向父子，著《别录》《七略》，其部次诸子，则以小说列其末。史书经籍志，不但辞曲一家，置于诗文集后，名不雅训者，且削而不录也，可见小说、辞曲非学之先务矣。今则不然，能文之士，乐为小说。烟墨不言，任其驱染，而诲盗诲淫，在所不计。不知以吾一时游戏之作，其间败坏风俗而贻害人心者，何可胜言？昧者不察，犹谓小说之书感人最易，岂不悖乎？曲始于元，其时张小山辈，特造为新声，以补词之不足耳，顾以其可被诸管弦，久目为游戏之具。近虽有识其渊源、校其音律者，然不加考索，善于歌唱，滥吹其中，此类为多，亦以此本游戏之事，非关学问也。乃明知其为游戏，偏欲夸大其事，谓曲者国粹之所存。夫国粹固若是其小乎？他如悬灯而作隐书，叩钟而声联语，瘁其心力，以炫思虑之奇巧，作此游戏者，时有所闻。今之治国学者，此又一流也。由是而观，名为学者，而足以三途概之。吾中国之学术，犹得以昌明乎哉？或曰：今之世，将一无研治国学者乎？曰：彼以汉学家言，而谓合于科学方法者，则考据之学是也。虽然，言乎考据，何得即称为国学乎？夫考据亦綦难矣，非通乎小学，识其字方形声，而尤洞悉乎六书假借之义，则释解为有时而穷。余往昔亦尝治此学，久之而病其烦琐，故决然去之。但考据之弊，则知之实深，其弊若何？求之形声，而用假借之法，已不免穿凿而附会，乃又专辄臆断，不曰衍文，则曰脱文，无可如何，则归之传写者之误。审如是，读古人书，一任我之所为，殆无难矣。吾非欲废斥考据也，以此不过为学之初径耳。况其一字一句，或尚怡然理顺，而旁审上下，则不能贯澈，犹失之小焉者也。若务为新奇，而不守旧说，必与前人立异，于是春秋之邹氏，班孟坚言其无师者，可强合于战国之邹衍。而阴阳五行，一若有口说之流传矣。作大篆之史籀，或不借其为字体，谓当从本文说，训为讽诵，而许叔重籀文之言，从此可破矣。《鲁论》所云多闻、阙疑、慎言、寡尤之道，则无人能明之。不特此也，为考据者，必取于征引之富。治群经也，孔子已删之《诗》《书》，未修之《春秋》，势所不可得者，而思有以见之。以史部之材料，不足供我甄采，注意于地下之发掘，期其有如敦煌石室者，再显出于世。读所未见，则彼心为之始快。窃尝譬之，吾国良田充积，苟天时无愆，人力勤于耕种，蒸民粒食，取给无虞。今必舍而不芸，悬想荒土而重谋开垦，且无论事之难易，万一成熟难期，岂非劳而少功乎？夫考据家之实事求是，苟善为之，学者何尝不可从事于此？当乾嘉时，治考据者，亦云盛矣，诂经而外，兼及子史，音韵校雠，确有心得，洵可与宋学之迂疏，别树一帜也。然如东原怀祖诸贤，吾极受之敬之，惟戴氏之于书"光被四表"，必易"光"为"横"，王氏之于老子"夫佳兵者不祥之器"，必改"佳"为"隹"。其说虽持之有故，言之成理，由吾论之，书"光被四表"，是甚言其德之远播耳。老子"佳兵者不祥之器"，是欲人不可以黩武耳。其义皆皦然易知，不待一辞之赘。姑援二者以为例，凡有志于学者，当探索其义理。而寻章摘句，繁称博引，要为不贤识小。所贵乎考据者，岂詹詹在此哉？乃世之崇尚考据者，奉高邮为大师，如既得其门，不必升堂而入室，侈然号于众曰："国学之止境，在于是矣。"夫国学而仅以考据当之，陋孰甚焉。今夫学亦求其有用耳，宜圣赞述六经，为万世治术之本。即周秦道墨诸家，亦何尝空言无用，不足见之行事哉？呜呼！今天下之乱至矣，彼非圣无法者，日出其奇谬之学说，以堕弃纲常，铲灭轨物，世风之愈趋而愈下，正不知伊于何底？然悠悠者不识国学为何事，则亦已耳，使果于国学而深造有得好古三者之失，宜力戒而弗为支离破碎之考据，亦无事疲耗其精神，有可得时则驾，惟本此经世之志，以措之事业，倘终其身穷老在下，守先待后，砥柱中流，庶几于名教有所裨益。若徒硁硁自好，处此儒术既绌，而不能为孟荀之润色，纵使著书立说，未始非潜心国学者，而识量褊隘矣。吾之为此评也，吾盖怿然尤有望于世之深于国学者。

历史之意义与研究*

缪凤林

昔班孟坚有言曰:“尧舜之盛,必有典谟之篇,然后扬名于后世,贯德于百王。故采纂前记,缀辑所闻,以述汉书。”(《汉书·叙传》)此以历史为过去事实之记载,实古今史家同具之观念。然细加审察,似其所言,仅指组织成书之史,而非史之本体。质言之,乃史书而非即史也。盈天地间层迭无穷流行不息之现象,生灭绵延,亘古亘今,是名曰史。有人焉,择是中一部分之现象,以一己之观察点,考察其因果关系,笔而出之,是曰史书。史书之描述,于事实纵极逼真,栩栩欲活,要为事实之摹本,非即事实之自体。故凡昔贤之所著述,与夫吾人之所诵习者,惟为史之代表(或名曰史之史)。真正之史,则非吾人所得而知。汉人之生活,史也。《汉书》者,记载汉人一部分之生活者也(此就多分言,亦有记载汉以前事者)。谓《汉书》为汉人一部分生活之写真,可也。谓《汉书》即汉人之生活,不可也。

明乎史与史书之辨,然后可知史为动而非静。明乎史为动而非静,然后方可与言史之意义。盖如上所明,所谓史之自体,即人类之活动。人类活动有何意义乎?能解释此问题,则于史之真谛思过半矣。

人类之活动有多面,解释人类活动者,亦有多说。各种史观之不同,即基于解释人类活动之歧异。谓人类之活动,悉源于前定之天意(神之意志),是曰

---

* 辑自《学衡》1923年11月第23期。

宗教史观。谓人类之活动，悉有道德观念为之前导，是曰伦理史观。谓人类之活动，一以政治事业为主体，是曰政治史观。谓人类之活动，乃绝对理性之发展，是曰哲学史观。谓人类之活动，悉受伟人势力之支配，是曰个人史观。谓人类之活动，悉以人群意识为动力，是曰社会史观。谓人类之活动，以物质需要为唯一之原因，是曰经济史观（或称唯物史观）。谓人类之活动，悉随自然环境为转移，是曰自然史观（或称地理史观）。凡此解释，或失之一偏，或则无当事理。若前定天意，若绝对理性，皆凭私意计执，毫无客观真实。若道德观念以至自然环境，亦皆仅足解释一部分之现象，而断不足概人类活动之全体。夫圣人之行而思为天下法，动而思为天下则，谓有道德观念，犹可言也。然庸人之营营不息，非所语于此矣。谓社会之事业，每与政治有关，吾人固不能反对某说，然政治状态，已属外象，造成原质，要别有在。而如学术之创造，人群之风俗，又非政治所能解释矣。伟人虽为人群之明灯，然无意识之群众，每于无意识中呈其势力，虽伟人亦未如之何（喻如铁工制舰，误用劣料，后舰临阵，水入不行，虽有勇将猛卒，歼败必矣）。反之，社会势力虽伟大，然个人自有本真。其所受固有非得之于社会，其所为亦有一脱群众之窠臼者。至言物质需要、自然环境，似足动人听闻矣，然谓据此即足解释人事之变更与发展耶？印第安群岛之气候与澳洲同也，然居民之种族则异，文化则殊矣。北美之气候土壤，数百年来未尝变也，然今日白人之文明则非土某物民能梦见矣。起于物质需要之活动，诚不可以缕计，然活动之起于精神需要者，又何可胜言？若埃及人之建石陵，若希腊人之筑神庙，若老子之着五千言，若孔子之设教杏坛，唯物史家遇此，惟有结舌不知所对而已。

诸家所陈既多未当，然则人类活动，究有何意义耶？曰人类活动因需要活动而活动。凡人天性，莫不欲乐而恶苦。虽其所欲所恶，未能尽同，然所欲为乐，所恶为苦（有所欲而后谓之乐，非乐本乐，而后人欲之；有所恶而后谓之苦，非苦本苦，而后人恶之），欲欲恶恶，靡不皆然。凡人恒情，大抵以有生为乐，故乞丐宁忍求食之苦，遂其有生之乐；盗贼宁忍桎梏之苦，遂其有生之乐；壮士宁忍断腕之苦，遂其有生之乐；鳏寡孤独宁忍鳏寡孤独之苦，而遂其有生之乐。彼取义舍生与夫不能忍其苦而轻生者，则为极少数之例外（其欲乐恶苦仍同）。人性莫不欲乐恶苦，而又大抵以有生为乐也，故“智之所贵，存我为贵”。（《列子·杨朱篇》语）人类一切活动，亦大抵起于保生之需要。原人迷信神力，崇拜鬼神，以何而然？求有生之乐则然。制造工具，猎取禽兽，以何而然？求有生之乐则然。杀人夺货，相互争攘，以何而然？求有生之乐则然。一人一家之力孤，不足保其生，乃有部落。部落之势薄，不足保其生，乃有国家。政治之活动，起于保生之需要者也。游牧之所获，有时而竭，不足保其生，乃有耕稼。耕稼之所获，未能尽保生之用，乃有商贾。经济之活动，起于保生之需要者也。政治之组织，剥夺自由，经济之活动，辛勤终岁，固未尝不苦也，然而不如此，则不足以保其生。以前者之苦较丧生之苦为可忍也，宁忍其较可忍之苦以遂其有生之大乐。第人之天性究为欲乐恶苦，凡可以避苦者，无所不用其极。故其适应保生之需要也，莫不向阻力最小方面进行，而期求得其最大之快乐。又常人莫不苟安性成，各种活动忆足保其生命，或可苟延残喘，则蹈常袭故，鲜原有所更张。智者则否矣，充其欲乐之天性，不以有生之乐为已足，更进而求其乐生，用其心力从事其他之活动，思得有生以外之大乐，冒万难，忍万苦，勇猛精进，死而后已。较之前之忍保生，殆有过焉。道德家之践仁履义，求得其良心上之乐也；哲学家之探索真理，求得其精神上之乐也；科学家之穷验博征，求得其理智上之乐也；美术家之构造幻境，求得其情感上之乐也。政治家之设施事功，则以遂其功名之乐；资本家之覃心经营，则以遂其富有之乐。他若豪杰志士、奸雄草寇，亦莫不各事其活动，以冀遂其所欲之乐。所乐非一端，活动非一途。智者行于先，忍苦以求乐。凡者见其乐之已得，而有所歆于中也，靡焉从于下。智者又更进而从事其活动，以求更得其大乐。循环往复，进行不已。而其苦乐之大小，与夫乐之能得与否，即幸而得乐，究足以偿其所忍之苦与否，则往往不之计焉。人之活动，至此由保生而至乐生，人世之现象，遂繁复而不可究诘。是则宗教也，美术也，政治也，经济也，学术也，伦理也，皆人类之活动，起于保生乐生之避苦求乐之需要者也。人类之活动即史之自体。人类活动之意义如是，史之意义亦不外乎是。

已明史之意义，当明史之研究。史为人类之活动，人类各方面之活动，皆起于适应保生乐生之需要。研究历史，亦不外乎研究人类保生乐生之活动，见于宗教、美术、政治、经济、学术、伦理等方面者，了解其意义而已。于此首当致问者，人类活动之发展，果有一定之公例否耶？避苦得乐之为公例，保生乐生之为公例，上已言之矣。然舍是二者尚别有在。活动性质，等流绵延。前代之人，以未完之业遗诸后代，后代袭其遗产，继长增高，递遗递袭，渺无穷期。个人之生命虽有休止，而活动则亘古亘今，是曰赓续公例。活动性质，新陈代谢，前望于后，发展蝉脱。旧未全灭，新者已兴，新者虽盛，旧尚有存，而新之于旧必有差异，绝无尽同，是曰蜕变公例。由前知史事皆属相关，无有孤立，研究历史，当探索其赓续之关系，而不能如自然科学家之任意分裂其研究之对象。由后知史事皆属唯一，无有重复，研究历史，当详考彼此相异之度，而不能如自然科学家之一味求同。研究人类赓续蜕变之活动，而求其相关相异，是曰研究历史。复次，人类之活动，可分为二，曰活动之情态，曰活动之产品。产品者，活动所得之结果也，人类表显于外之行为属之。情态者，活动之所以出也，人类蕴藏于内之情思属之。如夏禹之治水，周公之制礼，始皇之一统，王莽之篡汉，皆行为也。至治水之思虑，制礼之思想，一统之计划，篡汉之谋略，则为情态。情态为行为之母，治水等之行为，皆治水等之思虑有以产生之。然因情态而产生行为，因行为之产生，又每足以引起其新情态，由此新情态又产生其新行为。若夏禹等治水后、制礼后、一统后、篡汉后之设施，要由治水等行为引起其新情态而产生也。此情态史学家名曰史心，此行为史学家名曰史实。史心史实，互为因果。人事之日繁，历史之演化，胥由于此。研究历史，即所以探索二者因果之迹，了解人事赓续之真相。然情态顷刻即逝者也。古人往矣，其情态随之俱往。古人不可复见，则其情态终不能复窥。其所留饷后人者，不过其显现于外之行为而已。幸也，行为自情态而出，由此行为，每可窥见其所自出之情态。行为又所以促发新情态，由此行为亦可推见其所引起之情态。如是，古昔人群内蕴之情态，今虽无有，仍不妨据外现之行为以窥考。此据史实（行为）以窥史心（情态），明了二者之相互关系，是曰研究历史。

于此有问题焉。如是研究历史，其目的何在耶？曰无他焉，史为人类之活动，研究历史，明白人类之活动而已。人类之活动，递遗递袭，赓续蜕变，情态行为，互为子母。核实言之，不外一因果关系。研究历史，了解因果之关系而已。因云果云，皆相对名辞。同一史实，以其承前事而来，对前称果，果为前事之果，以其能引生后事，对后称因，因为后事之因。而此因果，其道多端，至复颐而难理。或则彰显而易见，譬犹澎雨降而麦苗茁，烈风过而林木摧。或则细微而难窥，譬犹退潮刷江岸而成淤滩，宿茶浸陶壶而留陈渍。或则多因而生一果，如清末政治之腐败，思想之激荡，排满之狂热，志士等奋发等无量原因，引生一革命之果。或则一因而生多果，如即此革命之一因，引生十数年来无量史实。其尤俶诡陆离，不容思议者，则为异熟果。异熟之义有三：一者异时而熟，谓种因在昔，果熟则在后。二者变异而熟，谓种因如此，果熟则如彼。三者异类而熟，谓种因此类，果熟则彼类。如汉攘匈奴，匈人徙居欧洲而为芬族，役属东西峨特人。后芬族起而攘峨特人,遂引在日耳曼蛮族之大转移,西罗马沦亡,欧洲为黑暗时代。种因在汉世,其果之熟则至数百年后,所谓异时而熟也。种因为中土之攘夷,其果则为乱欧,所谓变异而熟也。种因为匈奴之被逼而徙,果熟则为西罗马之沦于异族,所谓异类而熟也。因虽已具而不显,待果彰而始显。果虽由因出,而其前进实不可预测。且其前进也,常以他事为缘而定其方向。外缘至无定也,则其果亦至无定(如上所举例,设峨特人能制芬人之活动,或罗马人保持早年之雄风,虽同此因,其果则全改观矣)。历史上之因果,大抵皆此类也。由果溯因,明其因兼明其果。研究历史之目的岂有他哉?明白若斯之复杂因果而已。

于此又有问题焉。明白因果,有若何之效用否耶?曰讲学以明真也,非所以言用。研究历史而明白因果,至矣尽矣,高矣美矣,尚何用之足言?然虽不言用,而其用之随而自至者,亦可得而言焉。现在史实,承前而来,不明过去,无以了解今兹。

班达论知识阶级之罪恶*

吴　宓　译

[按]法国著名文人班达氏(Julien Benda)于1928年春间著《知识阶级之罪恶》(*La Trabisondes Clercs*)一书。立论精奇,震惊一时。书系巴黎Grasset书店出版,售价12佛郎。其英文译本,出奥丁顿君(Riehard Aldington)之手。在英国出版者书名题曰《溺职之大者》(The Great Betrayal)。而在美国出版者题曰《知识阶级之罪恶》(*The Treason of the Intellectuals*),纽约William Morrow书店发行,定价美金二圆五角。此英译本出版后(时在1928年冬)美国贝尔江君(Montgomery Belgion)曾为文评之,题曰《今世之一思想家》(*A Man of Ideas*),登载纽约《星期六文学评论》(*The Saturday Review of Literature*)第五卷第十四期。述班达所著各书及其学说之大概,即今所译者是也(白璧德先生亦有评论班达一文,并译登本期,读者可参阅)。班达《知识阶级之罪恶》书中大意,谓昔日各国政治之施设,乃以政治之理想运用之。而今则纯为政治之感情所操纵,此种变迁固由积渐而来。然以入20世纪后为最著,感情夸张,则盲于事理,不察实情,于是从事政治者,所行专趋暴烈偏激,但以鼓吹宣传煽起各国各族各党派各阶级互相忌嫉仇恨之心,以求达其政治之目的。于是危机四伏,国际之战争,社会之骚乱,益不可免,推原其故,则所号称知识阶级之人士不能辞其责。盖知识阶级本以独立自尊拥护理性研究学问,主张义理为天职,

---

* 辑自《学衡》1931年3月第74期。

而今之知识阶级则多醉心实利，于是纷纷违反一己之理性，舍弃其平日之所学，而发为种种离奇谬妄之议论，以迎合当政者之心理，助若辈张目。彼利用人类之弱点，以感情操纵政治者，乃得取知识阶级之学说及言论为其行事之根据及辩护之资料，所谓知识阶级之罪恶者此也。若法国之哲学家博格森、英国之诗人吉百龄、美国已故哲学家詹姆士等，皆在其列。为今之计，知识阶级亟宜反省，应专以虚空之义理及纯粹之思想为己事，勿再参与政治，勿多时论实际之问题，庶可免耳云云。

评此书者曰：班达君所观察者固是矣，而其所主张者则非也。今使知识阶级均束身自好，缄口无言，专心学问，不谈实事，则政治社会之前途不更黑暗乎？不更完全沉溺于感情乎？此所谓因噎而废食也。古今圣哲，莫不以政治与道德合一，莫不主张以理性运用政治，而莫不热心行道救人治国济世，政治固产生学者所有事也。惟是知识阶级之主张，应本于一己之良心及理性，以是非真伪为归，而不以己身之成败荣枯为意，然后竭力推广，希望己之学说理想能得实现，而决不迁就一己修改学说，以媚人而求容，或阿谀以图利。此中界限及所趋之方向，固须明白割分也。

班达氏又著《自誓》(*Mon Premier Testament*)一书，出版于1910年，而读者不多，近因《知识阶级之罪恶》风行一时。巴黎《法国新评论》社乃将《自誓》重印发售，定价6佛郎。班达生平立说之大旨，于此书中早已确定，大意谓人世为感情所宰制而理性不足重视，常人对于宗教及政治之主张，既不缘推理论证，更不计利害得失，只以感情之趋向为依归，特为之者不自知耳。即如法国人之虐待犹太种人，非由研究犹太人之性质其国家之往史而觉其可憎厌，实缘常人之感情中必需有所嫉恶，姑以犹太人为嫉恶之目标而已。是故凡政治上之信仰及行事皆感情所使，非由理性彼极端保守，主张复辟以及极端趋新主张革命者，同为感情之奴隶也。至其所以致是，盖由私人生活中常有不满意之事，如婚姻配偶之失宜，金钱事业之亏折，名誉志愿之阻挫，身体精神之衰弱等，皆足以刺激其感情，使之暴厉偾张，无所发泄，乃用之于政治之中焉。试观吾人日常与人相处，为仇为友，相争相爱，行为飘忽，岂缘理性。呜呼！吾今乃恍然大悟"而今而后，吾不更望彼恨我者能以公平之心认识我之长处，亦不复忧彼爱我者惧蹈阿私之讥而遂不颂誉我至于溢量"。盖恨者自恨，爱者终爱，皆不求体察我之真相也。以上为原书之上编，其下编分析各种感情足以支配人之行事主张者，如仇恨同情骄傲等等。班达氏新作之定义曰："骄傲者，察见我与人之不同而所起之惊异之感情也。”其结论有云，由上所言，支配敌对之党派及相反之政见者，乃同一之感情，初无二种，反对天主教会与反对犹太人，迷信基督教与迷信革命，服从军阀之命令与服从教会之信条，泛爱民众与仇视知识阶级，提倡全民平等与鼓吹无政府主义，事虽相反，所以激动之之情则一。吾之揭明此理，初非于实际政治会中某方面有所偏袒或讽刺也云云。班达氏最近又著《永久之终极》(*La Find' Eternel*)一书。此篇未及叙述，容后另详。

译者识

距今数月前，白璧德先生(Irving Babbitt)发表于一文，题曰《批评家与美国之生活》(*The Critic and American Life*)，登载《论坛杂志》(*Forum*)第七十九卷第二期(1928年2月出版)，谓美国于浴盆之制造及卫生水管汽管之装置，常能有所创造发明，使欧洲人咸来取法，而于文学及艺术之风尚及格调，则恒步欧洲人之后尘。新见于欧洲者，必经过五年乃至四十年之久，方能传至美国云云。又曰“现今法国文学及批评思想中有一极新之运动，虽尚未十分显明，然其所主张乃与十八世纪以来之主要思潮相反，而就某某方面论之，直与文艺复兴以来之主要思潮相反，而谋所以变革之解救之，此新运动吾美人今尚未悉，不久或当闻知之也”。据白璧德先生所举，此新运动之最著名人物凡五。(一)马吕丹(Maritain)，(二)毛拉 (Maurras)，(三)拉塞尔(Lassere)，(四)塞里尔(Seilliere)，(五)班达 (Julien Benda)是也。([按]关于拉塞尔，祈参阅本期拉塞尔《论博格森之哲学》篇。余人容后一一介绍。)然则班达与其著作之重要，亦可知矣。

班达氏《知识阶级之罪恶》一书，虽系虚空说理，又系件时直言，乃出版后在法国大为风行，人争取读。迄今尚未满一年，其英文译本已出现于美国，可见班达之重要，实如白璧德先生之所推崇。而白璧德先生美国思想较法国落后五年乃至四十年之久之说，则殊嫌过刻，此次幸而言不中矣。虽然班达氏今年六十有一，昔当1910年，班达尔始著成其第一部书，名曰《自誓》(*Mon Premier Testament*)为裴达 Charles P'eguy 之书店所印售之禁书五十种之一。该书店设于巴黎城中国立大学路八号，颇有名，班达由是得以笔墨与世人相见。时班达氏思想业已成熟，前此不轻著作，至是一鸣惊人。他人为著作而勉求思想，彼则以具有思想故不得不从事著作，蹊径固异，彼颇以此自豪云。

使班达不得不深思而放言者，厥为十九世纪最末数年中法国之两大事件。

(一)为杜莱夫少尉(Dreyfus)审理受屈案。(二)为博格森被选入法兰西学会是也。班达氏赞成批评家 Renouvier 氏,而反对博格森之学说。班达氏与杜莱夫少尉同为犹太种人,因此案益感种族上法律待遇之不平等,遂断定普通人之行事不由理想而由感情,其坚抱深信某种政治或宗教上之见解主张者,并非信其理之真,乃取其与己之情感适合而已。即如世人之卑视虐待犹太种人,岂缘历史之研究或个人之经验使彼深知犹太人之为卑劣耶?盖因仇恨欺凌乃生人本性,此类感情必须有发泄之机会。犹太人不过偶然相遭,遂作无辜之牺牲而已。是故思想非理性之结果,乃感情之产物,感情每欲藉理性以自圆其说,故专造作或攫取合于此种感情之思想。犹太人之到处见嫉,职是故耳。班达续谓现今所有之各种政治宗教思想,可视其与某种感情为缘,而分为三类。(一)第一类为由于仇恨嫌疑者,(二)第二类为由于骄傲心及占有欲者,(三)第三类为由于人心之好奇而喜变者。此三类皆班达所反对者也。

以上乃班达《自誓》书中之大旨。阅二年(1912 年)其所著《博格森主义》(又曰《动之哲学》,*Le Bergsonisme on Une Philosophie de la Mobilite*)一书出版,其结论谓博格森主义不外以嗜好为理想,以感情代替理智而已。前书谓一般世人以合于己之感情者尊为理想,博格森学说则将理想完全消灭,但留感情使其横行而无忌,故比一般世人尤为错误云。

班达氏次撰《博格森主义之成功论》(*Sur le succes du Bergsonisme*)细究博格森之学说何故为法人崇拜欢迎至于此极。其答案曰,盖由今日法国之人专尚感情,其他皆非所重故耳。欧战甫毕,班达氏乃著《恶魔》(*Belph'egor*)一书,痛诋法国社会(指统治阶级,即有学问而闲暇之人。非指一般人)美术标准之堕落,谓法国人士,既厌恶一切合乎理性者,又具有一种专喜神秘奇诡之感情。其实玩艺术作品,非为求理智上之快乐,只求感情之激动与奋兴而已。今之艺术家,竞欲本其纯粹之爱之艺术之心,竞欲以其良知与同情,来直接表现事物之本真,谓艺术应兴事物合为一体。艺术应攫得事物活动及生命之原理。不但艺术为然,即哲学、科学(生物学)、文学批评历史等皆当如此。班达氏以为法国上流人士态度之骤变者,乃(1)由一般文化程度低降之故;(2)由今日文艺心智之事均操诸妇女之手,而妇女对于男性精神之态度顿改昔常尊敬,此精神今则卑视之所以有异云([按]男性精神指阳刚、正直、庄严、伟大诸德,其源出于意志及理智。女性精神则以同情及了解为主,其源出于感情。法人 Jean Carrere 曾著一书,名曰 *Les Mauvais Maitres*,一九二一年出版有英文译本,名

Degeneration in the Great French Masterso，一九二二年出版。大意谓近百年中法国文学之衰降，即由男性精神衰而女性精神盛之故，与此处互相发明，可参阅）。《恶魔》（*Belph'egor*）一书出，甚受欢迎，热心信徒班达氏之说者颇有其人，班达氏还遂为今世著作思想界之一名人，其影响且及于外邦焉。伊略脱君（今译艾略特）（T. S. Eliot，美国人而久居英国，现为 The Mouthly Criterion 杂志总编辑，此乃今日以英文印行之杂志中之最有价值，不可不读者）谓班达君所言法国社会衰败堕落之情形，英国正复相同，即美国亦不异是，盖今日世界之通病也。外国作者之受班达氏之影响最深者，莫如英人路易斯，其《西方人与时间之观念》书中（参阅本期专论），固已言之不讳矣。

由上所述，可进窥班达氏悉心结撰之《知识阶级之罪恶》一书之内容，此书之译名易滋误解，盖所谓罪恶者，只不过责任未尽之意。而犯此过失者，亦非尽世之所谓知识阶级。班达氏谓政治感情之偏激，今比昔日为甚，今日每一个人对其所隶属之团体（种族、阶级、国家）悉为宗教式之热烈崇拜，实则妄视自己之感情为神圣耳。近顷政治感情表见于外之尤激烈者，举例如下：（一）犹太人之国家主义，（二）博格森主义，（三）法西斯主义（一译汎系主义）。且事之尤关重要者，每一个人对于其所隶属之政治运动必以学理为之解释辩护，或曰循进化之正途，或曰由历史之启示，其说不一，各极动听云。次论政治之感情，可分二种。（甲）为求得某种利益，（乙）为求满足个人之虚荣心，实乃各人自谋实在生存之欲望之两方面耳。故今日政治之感情趋于激烈，同时则全人类皆欲为自己求得实在或实际之生存，异于无私心或玄学上之存在。易言之，即视本国本县本阶级为神圣，而不信有上帝（理想价值之结晶）之存在焉。班达氏谓普通大多数俗人，如工人、如市民、如帝王、如宰相、如政客等。总之，以此世中之事业利益为重之人，自昔常如斯，固无足怪，惟此外有所谓知识阶级（Cleres）者焉，不以实际之利益为目的，而由艺术科学或玄想中求得无上之快乐及安慰。此知识阶级昔亦有之，而在距今约五十年前，则扫荡消无存。此阶级所奉之旨训，可借取耶稣基督"我国不属乎世"之言（《新约·约翰福音》第十八章第三十六节），以有此阶级之故。二千年来，世人虽为恶而尚能志于善，对善事常加尊敬，乃至十九世纪之末情形顿变，所谓知识阶级者，乃亦不甘寂静，出而与世合污同流，周旋于政治之感情之中。知识阶级忽自抛弃其超离现世之种种理想价值，此知识阶级不能尽其责任之处，此即知识阶级之罪恶也。

白璧德先生所以称班达氏等人之见解主张"与十八世纪甚或文艺复兴以

来之主要潮流相反”者，盖以其注重超离现世之理想价值耳。许穆（T. F. Hulme）氏于其 *Speculations* 书中，谓中世之人深信（1）有超乎人类之上之绝对的价值，（2）人性终非完美，此二者视为事实，不视为理想，至文艺复兴而大变。众共信（1）万事无一定之标准，随人而异。（2）价值均在现实世界中，外此无之。此二者亦均视为事实，不视为理想，至十八世纪而又变。有所谓“高贵之野蛮人”出，而人之欲望本能乃成为评判一切之标准矣。附言者，白璧德先生似谓美国之理想均须取自法国者，予殊疑之，即如超离现实世界之价值，英国唯实派哲学之复兴运动实提倡之。而美国哈佛大学哲学教授 G. E. Moore 亦尚有学生热心信从之者，故知此事不必专求之法国矣。白璧德先生所举五人中，惟马吕丹及班达二人攻诋文艺复兴以来之思潮。余三人则仅不赞成十八世纪以后之新说耳。马吕丹崇奉圣妥玛（即圣亚规那）（今译阿奎那）之学说，欲恢宏而重兴之。班达则不以为然，谓彼仍是太偏于特殊，谓欲求切实而分明，固仍是今人力图实在生存之欲望之表现耳。班达谓马吕丹君虽以存在与变化相对立，但仅以其新妥玛派之一党为存在之代表，犹号于众曰：“我等数人为人，余人皆猪狗耳”，不亦太一偏而狭隘乎？白璧德先生论究人文主义与人道主义之区别，至极明晰。班达之说与之相合。班达氏固系反对人道主义而提倡人文主义者，顾以为毛拉及拉塞尔二氏所倡之人文主义则不足取，以其不以超离现实世界之理想价值为基础（有若白璧德先生之所持），而反谓理想价值本来无有，不营私不求利者世无其人，只可以威权压抑一切管理一切，以图世界之治理耳。此主张则班达氏与白璧德先生皆所不许者也。

此书译笔极佳，虽小有缺略，不足为病。惟原书所引论者多法国之著作，吾美国人皆不甚知晓。苟吾国有能细读班达氏之书而融会贯通，于是自为专书，述其大旨，为美国人说法，则比之翻译原书，裨益读者当较大也。虽然今之西洋，今之世界，文化精神之问题同一而普遍，欧美彼此休戚相关，不能以此书原为法国人士而作而遂乃漠视之也。班达氏书中曾论及詹姆斯、杜威之实验主义，惟在美国其情形殊奇异，盖近三十年中，理想（知）与实行（行）互易其地位。在昔年清教之教旨盛行全国之时，众谓世人共知某事为恶则决无一人为之者，其实绝非如此（为恶者常甚多），乃自欺而伪善之说也。易言之，知之而不能行，理想高而实践不能上比理想是也。若今则大相反，今日者，不但美国之人皆明目张胆为自私自利之行事，为求货利，于手段方法无所择。且一种新道德口吻（或论调）业已成立，迳谓凡此恶行为均属正当（不但行恶，强说恶是善)。此乃害心蔑理之言,而人人奉行之。易言之,既不能行又不能知,行为卑劣,又强抑理想使下降于卑劣,以求所谓知行合一,此则实验主义之为害也。是故欧洲与美国今日其道德之堕落、风俗之败壤同,而原因有异,在美国则由于实验主义之哲学。此层班达氏似未能详确言之,故为补充如右。([按]此处所言情形,在中国亦同。而杜威一派实验主义之哲学,在中国亦因提倡有人,盛为流行。读者试就此而深思细考,或可略知学术与人心风俗政治社会之关系,而不以哓哓辩究学说道理者,为日为无益之事,为不爱国,为不热心世局乎? 是则译者之敬意已。)

韦拉里论理智之危机*

吴 宓 译

[按]韦拉里(Paul Valery)为法国现今最负盛名之文人,生于1871年,现年50余。所作有诗小说及批评论文集等,均风行一时。每书重印至数十版,发售预约立尽,远道购之不易得。韦拉里初未知名,弱冠至巴黎,时为1892年。适当象征派(Symbolistes)之纯粹诗(La poesie pure)之运动正盛之时,韦拉里亦出其所作,为时所重。顾韦拉里乃舍是而弗为,不求世誉,退隐潜伏者二十余年。此二十余年中一意博学精思,尤注重心智之问题,终乃造成一定之态度,使己之心智可以了解分析处置极复杂极繁难极纷乱之问题而不惑不乱。韦拉里具此久经训练陶冶之心智,譬锋利刃,磨砺以须,及锋而试,其再出遂不可当。凡所评论,精锐而深彻。此在今世为尤难能而可贵也。1917年,韦拉里刊布其诗集《司命女》(*La jeune Parque*)又续刊其他之诗,名骤起,一时法国诗人共推为当世第一作家。顾知者犹少,及1924年冬,法郎士(Anatole France)死,法兰西学院(Academie)推选韦拉里为会员以补其缺,名乃大噪,尊之者至于狂热崇拜。法郎士以讥讽谩骂为能,对于世间万事,轻鄙不屑。虽长于文才,而实不能代表法国之国民性。盖法国西人长于运思,善于推理,以心智为事业及文明之基础。其思想言论之正确明晰,匪异国人所及,而韦拉里即最能发挥此特长者也。韦拉里以为理智乃欧洲文明之原动力,亦为一切文明

---

* 辑自《学衡》1928年3月第62期。

之要素，而在今有汩没堕废之忧，故理智至应保存而澄明之心性急须拥护。即以今世之文学论，若崇信弗洛德之心理学说，以性欲解释一切；若浪漫派之末流，谓诗为一种无目的之迷梦；若极端之写实派，以机械印版纤悉毫末之刻书描摹为能。若 Sherwood Anderson 及 D. H. Lawrence 一派之小说家，专主消灭意志而听从欲望及本能之驱遣；若行为派之心理学，以物质机械解释人生，而不容有道德意志之存在；若社会学家之艺术观念，谓艺术乃由社会经济之环境及势力之造成，有此环境及势力，不难制造出百千之莎士比亚于今日。若各种之定命论之人生观，若斯宾格勒等之妄说，谓近世文明行将覆亡，无法挽救，只有求财纵欲而已。又若轻取东方老庄等人之学说，不求甚解，但以消极悲观厌世无为为修养之鹄的，其结果惟造成颓废怠惰之人物，而益增迷惘激躁沈郁之精神痛苦。凡此种种皆理智之敌，又皆文明之患，而人类进步之障也。又今世思想学问事业过于繁杂，人各治专门之学，其结果，人之才性日益偏狭。而人与人间分别部居，划成町畦，各不相通。治专门之学，操专门之业者，误认其中片段之道理及假定之学说为全部永久之真理，以其一偏之见解武断一切，于是科学家与科学家争，科学家又与宗教家文学艺术家各各互争。争益乱，争益盲，于是真理益晦，理智益汩，而无复心性之可言矣。是故欲救今世之弊，惟当尊崇理智，保持心性。但此理智及心性之力至须伟大，须能了解今世极繁杂之各种学问思想事物，兼牧业蓄而归纳综合之，由极繁以致极简，乃为有用。细观古今伟大之科学家、发明家及伟大之文学艺术作者，盖无不具有此种包举一切而能行归纳以致综合之理智心性者。万物既皆备于我矣，吾道又一以贯之。此种理智，此种心性，此种人物，正今世所急需，正即韦拉里一己所致力以求得而勉为之者，而亦即韦拉里所认为欧洲文明之精华而今须拥护者也。吾人之以韦拉里之学说介绍于国人，其用意与希望亦在是矣。韦拉里思想深邃，其文则艰深不易读。其见知于普通人士，始于其批评论文集《杂俎》(*Variete*)一书，1924 年出版，直至 1927 年始有 Malcolm Cowley 之英文译本，美国纽约 Harcourt Brace & Co. 书店发行，此册中最重要之作，为 1919 年 4 月 5 日韦拉里所作与人书二通。其后题曰《理智之危机》(*La Crise de I' Esprit*)，又 1922 年 11 月 15 日韦拉里在瑞士国修内希(今译苏黎世)(Zurich)大学之演讲稿，改题曰《附记》(Note)，盖续阐前二函中未竟之义者。韦拉里生平立说之大旨，具见于此三篇中。故今逐一译出，以谂国人。

译者识

第　一　函

近世文明亦将不免于死亡，此吾人所已知也，古之埃及亚述巴比伦等，强盛之帝国，炳蔚之文明，璀璨之政教学术典章文艺，久已荡然无存，埋没于荒原之中。譬犹巨舟载货，沉沦大海，泯然无迹。然此犹可曰其时代去吾人甚远，于其生灭，毋须措意，至若法兰西英吉利俄罗斯等，则吾人所不能恝置者，而今者事变所趋，全世有覆没之忧，文明呈危亡之象（指欧洲大战），但观日报所纪载者即可知之矣。

由吾人当前之经验，知世间最古、最美、最可宝贵之物，以一时偶然之机，悉遭毁灭（如欧战中 Rheims 礼拜堂之损毁是）。不宁惟是，其在思想感情常识界中，极奇特、极矛盾、极不合情理之事，乃亦层出不穷。即如德意志人之勤敏果敢，奉公守法，研究学术，为世所称，然非是则德人所酿之祸、所造之孽何至如此之大？科学能杀人固矣，道德亦能杀人，知识也，义务也，其果有益于人群乎？

是故近世文明之精神与物质同遭破毁，前途岌岌可忧，而当此际欧洲之思想界乃极萎靡而纷乱，以前此千百年特出人物之才智精力与地理人种历史环境事实所共造成之欧洲人之理智，今将汩没而不存，危疑彷徨莫知所措，因而倒行逆施杂药乱投，有主复古者，于是欧战方酣之时，人乃争读古书，又虔心祈祷，乞灵于古之宗教。古之英雄圣哲诗人学者，一一奉为偶像，资以鼓吹。一若行其所言世即可救者，而极奇僻极矛盾之学说及教理，各皆有人提倡，有人信从，此兴彼仆，盛行一时，陆离光怪，莫可名状。此种纷乱而复杂之情形，适足见欧洲精神之悲苦。其时几多科学家、发明家，方绞脑回肠，细读古昔战史，精为科学实验，以破电网，毁潜艇，修空中之战备。而所谓精神界思想家者，则颠倒错乱，妄信各种离奇之学说及预言，于古书、古人、古事中，强行搜索安心立命之道理及方法，无殊迷信符箓祈禳之术者。凡此皆忧虑过度之征，盖由神思昏乱，故徘徊歧路，莫知所可。忽而趋重事实，忽而沉溺幻梦，实则初无一当也（[译者按]中国近今情形正是如此，读者自行比较推考可矣）。

战事虽已终局，经济问题方待解决，而理智之危机尤为迫切，以其隐微深秘，故甚不易测。文学、哲学、艺术，若者将存，若者将亡。异日新发见者或复兴者又为何种思想、何种材料，孰能言之？吾人固可具满怀之希望，然而事实不容否认。欧战中，各国聪明才智之文人学者多死于疆场，此其对于欧洲文化之损失何限。科学但成杀人利器，理想主义虽似战胜，岌岌未能自存，实在主义大遭挫折，罪恶为人所指，贪既不可，廉又不能。耶教徒与回教徒麕聚一处，同奉一教者互相残杀，而诸教之人同隶一军，睹此情形，即怀疑者亦不敢复有所疑。盖事实之纷乱，不容思想前来整理，无人更敢作导师矣。

1914年欧战将起时，欧洲知识界之情形究为何等，殊不易言，以其内容极复杂而考史之难无殊预言未来事也。惟当时人士所研究之学问，所出版之书籍，吾今尚能约略记忆，其内容固极丰富，然言其全体之印象，则空洞若无一物。譬犹强光触眼，则于纷纭万态之物，只觉其浑然毫无所见。盖此类之事所谓平等者，实完全无秩序之谓也。欧洲人之心智何以纷乱无秩序，则因知识界每一人之心中，乃有极不同之思想，极矛盾之人生观，极乖忤反悖之学问道理同时存在，若不相妨也者，所谓"近世"之特征，盖即此耳（[译者按]今日中国知识界之人，其心理亦正如此。但云新旧冲突，尚系肤泛之论也）。

由上之定义，所谓"近世"，非仅今日古昔凡具此同一精神同状况之时代，皆可谓之近世。如上古特罗央帝（Trajan）治下之罗马，及多禄米王朝（the Ptolemies）之埃及（亚历山大城）皆近世，以其与吾人当前之情境相同也。而其后世种族文化风俗习惯思想行事统一之时代，反非近世矣。

此种近世之特别情况，至1914年之欧洲而极，其时每一人之心中具备各国各派之思想，每一思想家皆为世界思想总汇之地。其时之著作包含矛盾纷歧之观感，有类当时伦敦巴黎等不夜城中之电光，使人目眩而神疲。呜呼！以此为盛治，以此为智慧之精华人道之极轨，其所需之材料工力心计历史人命之多为如何耶？（意谓欧洲大战，实为此种心智状态之自然结果）

取当时所出版之某书观之，则可见作者会受以下各事之影响。（一）俄国之跳舞；（二）巴斯喀尔（今译帕斯卡尔）（Pascal）庄重之文体；（三）弓枯尔（今译龚古尔）（Goncourt）之印象；（四）尼采；（五）乐补（今译兰波）（Rimbaud）；（六）画家之言谈；（七）科学论文；（八）所谓英国精神等等。而此每一事又有其复杂之成分，其全体之复杂更不易分析矣。

今日者，据欧洲中原，横亘德法比各国之境，莽莽战场，白骨如山。欧洲人之理智，对此景象将作何解？智士之所思者盖为真理之生死问题。吾人今所斤斤争辩之种种理论，得毋虚幻耶？吾人今所认为光荣之种种功业，得毋可惜耶？发明愈多，学问益繁，至令人不能驾驭，不能负荷，无限之心智工作，疲精耗神，欲进不能，欲止不可，将何所适耶？取古史中繁琐干枯之事，一一研究整理,得毋令人厌苦耶?凡所著作,必矜自创,不肯因袭前人,此非愚蠢之极者耶?欧洲之智士对此种种,无穷疑惧之心生,且又徘徊于“有秩序”与“无秩序”之两极端之间,知二者今皆为世大害,如左右皆危崖深渊,而无中道之可循。已矣夫,将如之何而可哉!

取冢中枯骨而研究之。(一)古之人有廖那多(今译列奥纳多)(Leonardo de Vinci)者,尝思制造飞艇,夏日由高山取雪,以洒布城市,使成清凉世界。而今则飞艇用于战争矣。(二)古之人又有莱布尼兹(Leibnitz)者,梦想世界大同,弭兵息战,而今而何如?(三)古之人又有康德。(四)康德生海格尔(今译黑格尔)。(五)海格尔生马克斯。(六)马克斯更生某某等。欧洲之智士茫然不知所为,将尽弃此诸枯骨而不问乎?则不成其为欧洲之智士矣。于是智士乃以其冷静澄明之心性,观察战后全世之情形,则其激扰不宁之危险状态更甚于前,智士废然叹曰:“人类互相仇视之心,乃自天生,见之于创造,则曰平和之时,见之于破坏,则曰战争之时。今世仍相劲竞于科学发明,造舰制器,为备战耳。以吾之理智用之于科学发明,其功效已大见,尚何汲汲为?然则,吾之理智将何所用之?将为大报馆之主笔,顺应潮流,以阿世取利乎?将投身航空事业,果敢效死乎?将从俄人之后,推行赤化乎?唯唯否否,凡此种种虚妄之事,皆非世所需。世亦不需理智,世以精确之科学方法号为进步,是并生死为一谈,爱之适所以杀之也。今固一切混乱,然过顷云雾既消,真相可睹,则知在吾眼前足下者,非他,乃一纯然禽兽之世界,乃一完全而终古之蚁穴而已。”

第 二 函

如前函所言,平和之与战争,犹生之与死,故较为复杂隐秘,而以平和之初步为尤甚。亦犹生机之萌蘖,比之幼孩之成长,为更不易窥察也。此种复杂之情势,今人靡不知晓。于是有自谓身在局中者,有侈言未来事者,若吾则异是,吾之观察世事,仅求其与理智之关系,谓吾视理智为偶像,吾亦无憾,但凭理智以观察世事,容或有误,然他种办法更不足恃也。

吾人所谓文化知识等等,皆不离“欧洲”之观念,自古已然矣。世界各地亦尝产生盛大之文明,然地理上从无如欧洲地位之优越者,盖欧洲兼具极强之放射力与极强之吸收力,输入输出文明,其事均极盛也。

试问今后之欧洲能长为各种事业之领袖乎?今后之欧洲(一)其将降为实

际之欧洲，即仅为亚洲大陆之一岬角乎？抑（二）仍为理想之欧洲，即为大地上最可宝贵之区域，文明之所萃、智慧之所积乎？欲答此问，披阅地图，则见全地球可分若干区，每一区中，各有人口稠密而民族资性优越之地。其地又必壤土肥沃，有灌溉之利与运输之便，然后统观全史，则知在任何时代世界之大势，可以此诸特别地域互相悬殊之程度定之，而由其畸轻畸重之处，可预测未来之世变。今试以此理征之实事，则世界之特别地域首推欧洲。欧洲面积最小，壤土非肥沃，矿产非富饶。然千百年来，欧洲常为世界之主宰。所以能致此者，当由其民族资性之优越。以印度之大而隶属于英伦三岛，是其显例。是故此中之不平可谓甚矣。而由此可以预知，今后之变迁，必将反其方向，扬此抑彼，使不平者归于平衡，前此欧洲人之特性，约略言之。则为（一）强烈之欲望，（二）热烈而不为实利之好奇心，（三）想象力与精确之推理力同时并具，（四）怀疑而不悲观，（五）神秘而不颓丧等等，所谓欧洲之精神如此而已。

欧洲精神之最重要之例，即古希腊人之创立几何学是也，此其影响至为深远。盖埃及迦勒底中国印度之人，智力均未及此，而几何学之发明乃至难至险而至多趣味之业也。盖从事于几何学，须有专一勇往之心智，不为思虑所扰，不为印象所诱，不以前题之简单而疑难沮丧，不以推论之繁复而纷扰无归。彼多情感而无恒心之人黑种人，与喜神秘而趋空冥之瑜伽派，皆不能治此学也。几何学以详确之理解施之于日常之言语，实极精微而难成之事，又分析人之动觉视觉之作用之极复杂者，而使一一合于文法及语言学上之规则。但凭言语文字，于广漠之空间之中，构造种种，设置种种，而空间之性质历久愈明，厥后欧人之思想愈发达，而几何学之用愈显。由其初步之神秘虚空，蔚为精确实在之学问，具备种种公理定义问题证明等，于以见理性能力之伟大，而此学足为凡百思想学术之规范矣。此事非片言可尽，然几何学实足表见欧洲人天才之所长则无可疑也。

几何学之功用既显，其势力亦历久而愈大。各种研究，各种经验，莫不仿效几何学中方法之精确，材料之经济，概论之自生，例证之细巧，步骤之谨严与目的之夐远。是故近世之科学，实由几何学之教育所造成者也。然既经施于实用而著功效，科学乃成为强权实力之器械，乃成为致富殖产之方法，乃成为贸易兑换之价值，而失其昔日不为实利之目的与艺术活动之性质矣。以知识施之实用，遂使科学变为一种货物、一种商品，非少数卓越优秀之士之所专企，而为凡夫俗子人人之所共羡共求者矣。于是科学之知识，亦如凡百货物商品然，不得不特别制造，美其形式，便人取携，以售诸千万之顾客。既成营业，不能专利，于是大地之上，到处模仿制造，利愈薄而价愈廉矣。其结果，则向日欧洲所藉以雄观全世者，概消灭而不复存。举凡应用科学，工艺技术，战争平和各种利器之制造，今后将非复欧洲人之专有，而全世界之民族皆能之。既经此变，昔日不平之状态归于平衡。于是世界中各区域盛衰强弱之形势，将纯以（一）面积之小大；（二）人口之众寡；（三）资产原料等统计之多少定之。欧洲昔日以质胜人者，今后以量，则反相形见绌，由盛变衰，由强转弱，不卜可知。上文所谓不平之状态顿失而将变其方向者此也。愚哉，欧洲之人！使力与质量为比例（即不论质而论量），卒乃举利器以资敌，以所长者自害，自身铸此大错，尚何言哉！

今世各国国内之形势，亦与全世界之大势同，即教育之普及与知识之推广是也。此其结果使人间万事不论质而论量，文明程度恐将为之低减，此为至可研究之问题。倾瓶水于盘，盘中之水必不能如瓶中之高，然而人非物质之分子，人事与物理有同有不同，不能尽取以为喻也。以一滴之红酒入水，过顷酒散，则全皿之水皆白。一若不含酒者，求纯酒与纯水，均不可复得，此物理也。然在教育普及知识推广之后，或仍可见渊博之学者深邃之思想家，不平等之现象仍存，此则由于人类之天才不能以外境限制之也。

是故如前所言，则欧洲与他洲之间不平衡之状态存立甚久，不随轻重为转移。由今所言，则文化普及之后，仍可变浑然一体之同为厘为等差之异。高深学术，优秀天才，仍可卓然独立自存。此二现象。似甚离奇，然合而用之，则正可说明一万年或五千年来世界史中理智之功用及能力，至简单而至确切也。或问曰，欧洲理智之精华究否能普及于全世乎？世界之开发及拓殖，技术工艺之划一，民主政治之建设，此类现象，皆足使欧洲失其所凭借之权力及其优越地位，然欧洲岂逐不可救乎？吾人更无术以转变潮流挽回机运乎，则应之曰：姑勿论其能否，苟勉强致力焉。或可能之，欲得其道，应舍欧洲与他洲之关系，而先研究今人思想中个人生活与社会生活之冲突。（原文至此未完，其所欲阐明之意，则见于韦拉里氏 1922 年 11 月 15 日在瑞士修利希大学之演说稿，题曰附记，见下。）

附　记

大战既已告终，而群情犹危疑惶骇，不可终日。盖欧战之所损失，有终不能偿补而恢复者，理智之损失即是也。知识界人士之烦苦若此，吾今得而论之。

人之所以异于凡百动物者，以其有梦想之故。人之梦想，既强且密且杂，足以转移人性及环境。人当以世间所无与世间所有者相对此，力求其梦想之实现而谋百度之改良。凡百生物，但求适应环境以自生存，若非外力压迫，断无舍此而谋他迁者。苟安而知足，不求更善于此，惟恐不能保持现状。若人则异是。人以具有理智，故虽饮食生活一切充足，而内心乃若有激动驱策指导之者，其需求无限，常感不安，而不惜破坏目前之环境。人之理智对于各种事理常起疑问，常以去来今及虚实真幻互相对比，人之智理能立意亦能实行，能建设亦能破坏，能趁机亦能定策，以有为无，由无生有。而人之理智实生梦想，世界之文化学术皆梦想之已得实现者，皆理智之产物也。试读《旧约创世纪》及以下各篇，即知远古之人之所梦想者为知识，为长生不老，为世界一家同文同轨，为效鱼类浮游之潜水艇。希腊之英雄，力能排山倒海，驭气行空，不特制伏猛兽，且以音乐之美而移转砖石建筑城寺（[按]此类理想，吾中国古人皆有之，亦可荣幸之事，不得以神话荒唐抹杀古籍也）。至于今人所梦想之多，尤为无限，点铁成金，奔星入月，缩地航空，视听及远，预知未来，长生不死，久动不息等等。一部人类之历史，即合此诸多梦想而一一谋其实现者，所谓文化进步科学艺术等，皆人欲征服一切而改变人生环境所得之成绩也。人为动物之灵长，人之生活范围时时扩大而益趋繁杂，人之每种梦想，皆图破除其生活中之一种限制者。今试将人类前此所有之梦想列为一表，于每条之下分别注明此种梦想已否实现。如已实现，系何人大力所致，然后细察之，则知如圆内容方及新生势力等梦想早已失败，且决无成功之望者外，已经实现之梦想已不为少。此中之大多数，其最精微奇妙者，均出欧洲人之力，均为欧洲理智之产物。而欧洲之面积人口乃仅占全世界之一小部分，此至可异之事也。夫以地理论，欧罗巴仅亚细亚洲面西之一小半岛而已。其南有地中海，实为上古各民族聚会混合之地，为商业文化交通之中心。埃及、腓尼基、希腊、罗马、西班牙、亚拉伯人递代而兴，各以其语言文字风俗习惯学术于此中互易融洽，厥后条顿斯拉夫各民族亦皆由远道而至，群趋此处，若磁石之引铁。于是人类之经济政治宗教艺术知识生活，莫不集中于地中海区域，在此积极发达，而近世之欧洲乃以形成，且使世界之上厘然分为二部。其一为欧洲以外之各洲，占世界土地之大半，而一切久久无进步。其二则为欧洲本土，其人活泼而喜创获，互换知识，勤求学问,无事不谈,无理不究,故其权力及实用知识远出他洲之上。均平之势既破,如水之由高趋下。欧洲之势力乃奔放横溢,弥漫全世。而在蕞尔欧洲之本土,则各种知识思想主张统系宗教等,莫不于此互相竞争,互相切劘,互相摩荡,互相比较,资人谈说评论,或赞成而立见施行,或攻诋至不留余地。亚非澳各洲皆遣人来欧洲受学,以变化其气质,而东方之文明及哲理,亦输入欧洲,供此间睿智之士之采择受用。至是,欧洲不特为工业之中心,且为制造知识之大工场,吸取各地之原料,分配于各种机器,而整理调和之。其间有主激烈而务急进者,有重过去而倡保守者,思想之归宿,当为折衷于两极端之间,而成于严正之批评态度。过度之整饬固非佳象,而过度之凌乱尤足召祸。其卒也,全欧洲乃如一大城市,具备图书馆、博物院、实验室、研究所等,科学艺术并极发达。欧洲疆域虽小,不足重轻,然实具备各种气候风土及景物,无太过,无不及,最适于人之生活者也。以此种种环境,乃产生吾所谓之欧洲人,其人既皆富于经验,具有雄心,渴慕知识,而亦好货贪财,傲睨自尊而多希望,即或偶尔悲观,亦必藉诗歌文艺以陶写情感,而不至堕神丧志,且以悲观而志愈强,行愈笃,胆愈壮也。

"欧洲人"之定义如何,极不易言,顾吾征之往史,欧洲人皆尝受(1)罗马文化,(2)基督教,(3)希腊精神之影响。故凡曾受以上三种之影响者,皆可谓之欧洲人矣。更析言之,(1)罗马为组织巩固之权力之永久模范,罗马帝国之统治,乃合法律军事宗教礼仪之精神而一之。对于所征服之民族,宽仁施政,抚驭得宜,实由罗马开其端也。(2)基督教传布之范围与罗马帝国同大,愈推愈广,罗马帝国以统御世界为目标。语言文字宗教习俗各各互异之诸多民族,无不纳入范围,兼蓄并收,以法律政治齐一之,而致同文同轨之盛,此实政治上一大发明。基督教即依照而依附之。教会之组织,全仿罗马帝国中央地方之官制。立罗马城为首都,采用拉丁文字。以受洗之典礼及基督教徒之资格,使全世之人平等,蔚成世界之宗教,二者相得而益彰,猗欤其盛也。罗马帝国之统治,仅及人之形体动作,基督教则感化及于人之心性及道德。基督教最大之功绩,厥为唤醒各人良心之觉悟,造成以个人为本位之主观的道德,于是道德亦归统一,而与罗马法律内外相维,合为一体矣。以基督教之故,欧洲人之精神生活乃益丰富,心性理智乃大发达,诸多幽深玄渺之问题,如理智信仰感情行事之关系,自由平等博爱之意义,宇宙人天之来源,安身立命之正道等等,无不深思明辨博征详考。而运思治学之方法,如典籍之校勘,证据之推审,立论断案之精密无懈等，亦渐次发明，传为圭臬。故夫启发心性、阐瀹理智、树立治学方法，实基督教对于欧洲之大贡献也。(3)希腊之精神亦由罗马帝国而传布久远，欧洲人心智之训练，一切行事之企求完善，宇宙人生万事万物间之正确关系，谐和平均等之人生要义，屏绝冥漠偏激之幻想，而以理性为归，厉行格物致知求真求备之工夫，凡此种种，无不得自希腊欧洲人之所以为欧洲人而异于他洲之人者。其故实在于此，惟然，故惟欧洲人能创立科学。科学乃欧洲之特产，而欧洲人理智最高之表现也。他洲之科学渺不足称。科学之能发达于欧洲，实以有几何学为之基本为之模范。而几何学固希腊人所发明者也。几何学之价值及功用，前已述及，兹不复赘。简言之，几何学乃欧洲人理智之模范，治此学者，需有坚强之意志，锐敏之想象，精密之理性，具备实行家、艺术家、思想家之天才于一身，非是则勿能。人莫不知希腊神朝建筑之完美，以其全部谐和，而每一砖石花纹各有其用，位置得宜，似简实繁，精密无间。几何学之性质正与此同，实希腊精神欧洲精神之所寓也。

由上所言，凡兼受(1)罗马文化；(2)基督教；(3)希腊精神之陶冶者，乃可谓之欧洲人，三者缺一，此名便不能假欧洲人之可贵。非以其种族，非以其地位，非以其权力及事业，乃以其独具此种特别之理智也。故即在今日，以知识学术论，欧洲犹远出他洲之上。凡欧洲精神所到之处，其需要工作资本赢余野心权力，以及征服自然改造环境，种种交易、种种关系，无不立见增加而繁多至极，欧洲之盛，由其人性质之特别，其人欲望多而意志强，而理智之完美，尤非他洲之人所及也。虽然(原文至此未完，然以此篇与前二函合而读之，则韦拉里氏之意固已大明矣)……

实践与玄谈*

景昌极

尝谓孔佛诸教之始，大率不外修身之道、伦常之要。所谓玄谈者盖寡，即偶有一二语，为后世玄谈所取资者，其初亦鲜不与实践有关。后之人从而发挥之，附益之，争辨日繁，而原义或浸失。虽有思当于理，足补前人所未及者，而其发挥附益之迹，终不可掩，试言其著者。

（一）《论语》称"夫子之言性与天道，不可得而闻。"《中庸》记夫子之言曰："索隐行怪，后世有述焉。我弗为之矣。"佛经亦载外道以"世界有边无边"等十四问问佛，佛默然不答，旋复喻以修身为要，诸问无益。如鹿负箭，当先求止痛，岂遑其他云云。孔佛之所不言者，后之人乃畅言之，而一以归之孔佛。

（二）孔子作《春秋》，假史事以别是非，有所谓微言大义者，义即道理之别名。《春秋》所寓义，如世所称拨乱反正等，皆修齐治平之大道，与《诗》《书》等所寓义不异。复以《春秋》中事，多有涉及时君及其先君者，惧招其忌以陷法网，故不得不微婉其言辞以自全。凡《春秋》之言，皆微言也，所寓之旨，即大义也。后之儒者，误解微言为微妙之言，乃至别求微言于大义之外，而春秋之说棼棼矣。

（三）孔子赞《易》，假卜筮之书以寓道德。取凡天然现象中可以启人道德之思者，着以为彖象之辞，以相警策。如观于天之健而有自强不息之思，观于

---

* 辑自《学衡》1926 年 9 月第 57 期。

地之厚而有厚德载物之思，观于山下出泉，而有果行育德之思，观于潜龙而有遯世无闷之思，观于见龙而有进德修业之思，皆是。夫卜筮之书，本以少数符号代表多数事物为原则，人事日繁，则符号代表之事物亦益多。并符号亦有增加更易之必要，如乾卦表天，又可以表龙，离卦表火又可以表电，乾卦之初爻表潜龙，二爻表见龙等。此周易上卦爻所表之事物也。后人触类而推，则可以卦爻之数，与时辰、方向、音声、地点、身体、禽兽、草木等事物，任意相配而代表之。此以八卦配九州，彼曷尝不可以八卦配十八省。此以八卦配八音，彼曷尝不可以八卦配七调。此以八卦配金木水火土五行，彼曷当不可以八卦配地水火风四大。此皆约定俗成则不易，初无一定之是非。故曰：人事日繁，则符号所代表之事物亦益多也。由八卦而六十四卦，而三百八十四卦（如《焦氏易林》）为符号之增加。昔之灼龟揲蓍者，今易为金钱牙牌等。《周易》之阴阳，扬雄《太玄》则易为“方家部州”，司马光《潜虚》则易为“原本丱基委焱未刃豖”，为符号之更易。此皆卜筮之变化所宜有初无与于孔子，然而后之言阴阳术数者，如董仲舒京房之流，莫不自托于孔子之易（假春秋言灾异亦然）。

复次，孔子弟子集孔子之语，杂以已意，以为《易传》（即今《系辞》等）。其中所论，大抵释卦爻之用，赞卜筮之神者为多。宋儒则附会为无稽之玄谈，而自诩为独得古圣不传之秘焉。如《易传》曰：“易有太极是生两仪，两仪生四象，四象生八卦。”“太极”犹言“最初”，两仪谓“一”、“⚋”，四象谓“二”、“⚏”、“⚎”、“⚍”。八卦谓“三”、“☷”、“☴”、“☶”、“☱”、“☳”、“☶”、“☱”。此谓画卦时由简而繁之次序，初无深意。周濂溪氏则取以为“无极太极”之说。以太极为先天之天理，能生气质，而寓于气质之中焉。又《易传》曰：“易无思也，无为也，寂然不动，感而遂通天下之故。”又曰：“易之为书也不可远，为道也屡迁，变动不居，周流六虚，不可为典要，惟变所适。”此论易之妙用，犹乡人祀狐仙，所上“诚则灵”、“有求必应”之匾额也。宋儒则以之言心性，又《易传》曰：“神无方而易无体，一阴一阳之谓道。继之者善也，成之者性也，仁者见之谓之仁，知者见之谓之知，百姓日用而不知，故君子之道鲜矣。”正谓易之阴阳两种符号，本无所定指，百姓日用以卜筮而已。圣人则于是中发生仁智之道德观念，而遂以阴阳为道德观念之符号，而继之成之。继之成之者，继卜筮之易，使成道德之易也。圣人所以能继成其事者，其善其性，实使之然。仁与智，其善其性也，见而谓之仁谓之智，所以继之成之也。此论古圣赞易之用意，何等切实。宋儒则假以论“善之先天后天”、“气之为道非道”焉。又《易传》曰：“形而上者谓之道，形而下者谓之器。”此所谓形而上，指阴阳等抽象之符号；形而下，谓此符号所代表之诸事物。宋儒则以道为太极，为天下理，以器为阴阳，为气质，而有阴阳为道非道之争焉。若是之类，不可偻指。谬种流传，虚辞日益。久假而不归，恶知其非有也。

（四）佛令人观空、观幻、观无常以入道，故世人号佛门曰空门。其所谓空，盖针对我爱执着而言，不爱不着，虽有而空。如孔子曰：“不义而富且贵，于我如浮云。”谓孔子已能空不义之富贵可也。杜甫诗云：“儒术于我何有哉？孔丘盗贼俱尘埃。”谓杜甫已能空儒术可也。老子云：“生而不有，为而不恃，长而不宰，功成而不居。”不有不恃不宰不居皆空之义也（儒家以弃世高蹈为释老之虚无寂灭，似是而实非。弃世高蹈，惟佛家之小乘则然，老子曰：“圣人无常心，以百姓心为心。”大乘菩萨“以他为自”，一皆非真弃世者，其所谓虚无寂灭，皆对私欲爱着言，无者无此，灭者灭此，与宋儒所谓“无一毫人欲之私”者正同）。爱之着之，虽空而有，如眼见空华，华虽空而有害于眼。病逢恶梦，梦虽幻而能增其病，此我佛说空说有之本义也。其于世界真相之空间为空为有，殆未尝措意，后之人推衍其说，则有倡真空之空宗，倡妙有之有宗，则有“非空非有”、“亦空亦有”、“真空俗有”、“俗空真有”等说，杂出于其间，虽其言亦颇有理致，而去实践乃愈远。

（五）佛深知自私自利为苦之根本，故以“无我”倡，虽亦略以缘生义，从学理上证我之非常、非一。而其所叮咛致意者，则在“苦”与“我”之关系。惟然，故佛弟子等在实践上无敢以自私自利为倡，而在学理上，仍不乏昌言有常一之我者（如犊子部是）。后大小诸论，发挥无我之学理，可谓尽致。我前所谓“足补前人所未及者”，此类是也。

（六）佛除令人破我执外，复诃“法执”。惟所谓法执，盖爱着其见与人斗净求胜之谓。苟有人焉，虽有一定主张而不强他人以信徒，誉之不为喜，毁之不为怒，斯为已破法执，非一无主张，乃为无法执也。后之人误以为凡有主张皆是法执，高倡“一法不立”之玄谈，设为模棱两可之谬论，而真理愈晦，使人茫然莫得其指归而后已。

（七）佛言唯心，其意在使人知一切境果皆自作自受，不得怨天尤人，又使人知心能转境，故以境为苦者，要在修心。又使人知心量广大，人故不可自小，坐伤一之仁。后之唯识学派，乃始从认识论上详阐知觉之重要，立“相不离见”、“种现熏生”、“八识持种变质”诸义，以圆其说，其中有精确不拔处，有尚待讨论处。吾于他篇多所论及,而其非释迦之旧说,则无可疑。

外此若儒家之“二气”、“五行”、“先天图”等,佛家之“三身”、“九识”、“四分”、“四重二谛”等,乃至耶教之“三位一体”等,道教之“清虚太一”等,皆羌无故实、厚诬其教主之谈,虚耗学者精力不知几许,其患在一二思致不清,践履不实之士,辄欲貌为玄秘,摭拾古人一二常谈,缴绕其辞,含糊其旨,以转相眩惑,而莫有发其奸者,余深悯焉。将以次分疏其说,批斥其谬,而发其凡于此。(此后拟作“一与异”、“有与无”、“动与静”、“体与相用”、“理与气”、“性与命”、“时与空与数”、“因与果”等编,与前所作“信与疑”、“苦与乐”、“意识与行为”、“生命与道德”、“礼与荣”等篇,合为一书,期一扫思想界含糊缴绕之玄谈,而归之切实。善夫梨洲先生之言曰:“此非末学一人之事也。”)亦欲使学者咸晓于古圣之说,简易切实。本无所用其玄秘而玄秘之谈,大抵生于名之不正,辞之未析,曾不足当逻辑之爬梳云尔。

丙寅九月草于奉天东北大学

信 与 疑*

——真伪善恶美丑之关系

景昌极

世俗谓否认曰不信，谓不信曰怀疑，因谓否认曰怀疑。夫谓不信曰怀疑，犹可，谓否认曰怀疑，则不可。今世骛新之士，恒喜斥笃旧者以迷信，而自号曰怀疑。夷考其实，则笃旧者，惟信旧而不信新；骛新者，亦惟信新而不信旧，决然相持曾无犹豫自反之态。迷与不迷，均之信耳。乌睹其所谓疑，必以骛新者为怀疑，其有彷徨于新旧之间而莫决所适者，又将何以名之？

请为之说曰：人而对于一事一理，决然认为可者斯曰信，决然认为不可者斯曰不信，徘徊于可否之间而莫决者斯曰疑。信与不信之于疑，盖由此端彼端之于中间。此端与彼端相对，合两端然后与中间相对，信与不信相对，合信与不信然后与疑相对。

同一事理，吾决然信其可，即决然不信其不可。决然信其不可，即决然不信其可。信与不信，因可否而异，而其决然之态度则同。斯则信与不信，均可谓之信，亦犹可决否决均可谓之决，此端彼端均可谓之端矣。

由是当知，信与不信，似异而实同，疑与不信，似同而实异。人而对于一事一理有决然之态度者，无论可否，皆谓之信，反是者谓之疑。其在心理学，谓为二种心理状态。其在佛法，谓为二种心所有法，或曰心所。复次，世俗又谓深信而不疑者曰笃信，否则谓之将信将疑，是亦足以淆疑信之实，不可不辨。信

---

* 辑自《学衡》1925年11月第47期。

实无浅深，而疑则有所偏向。正名定义，必笃信而不疑，然后可谓之信，否则均谓之疑。将信将疑，正吾所谓疑。此犹近端之处，人亦每谓之端，正名定义，则必两极端然后可谓之端，其余均谓之中间也。怀疑之际，或偏向于信，或偏向于不信。亦犹所谓中间者，或近于此端，或近于彼端也。

其有始信而终疑者，则以终疑之有无，定始信之深浅，亦世俗之所共知也。如二加二等于四，世人对之，终无有疑，亦不能有疑，则其信深。昔信有上帝，而今则疑之，则其信浅，此亦似是而实非也。当其始尚未有疑时，其笃信上帝与二加二等于四何异。及其自知上帝之可信，不若二加二等于四之可信，已为由信而人疑矣（论理学中有必然、实然、盖然三种心态之分。必然如对于教学上之理论，实然如对于自然科学上之事实，盖然如对于各种推测。惟此中必然者人不必信，如不明教学者对于教学上之结论亦每致疑是。盖然者，人亦不必疑，如教士笃信其宗教上之推测而不疑是。实然者同此）。要之，一时中疑信不并立。既有疑，则不得谓之信。未有疑，则无所谓深浅。

疑信之名既正，请进论其真伪善恶之辨。

一、真伪问题

（一）“信”有真伪，其真其伪，以是否与事实相应为判。如古人信日绕地球则伪，哥白尼信地球绕日则真。此不烦言辨者（真伪之标准，可参拙著《佛法浅释》导言章。见本志第二十九期）。

（二）“疑”无真伪，然以其有所偏向故，则亦每以其所偏向之真伪为真伪。如屈原《天问》云“太古之初，孰传道之”，其意偏向于以太古之事为伪，若世俗所传太古之事而果伪也，则其疑可假名曰真，否则其疑可假名为伪。司马迁《伯夷列传》云“傥所谓天道是耶非耶”，其意偏向于以天道为非。若天道而果非也，则其疑可假名为真，否则可假名为伪。

二、善恶问题

（一）疑与信，无关于人己之苦乐利害者，无所谓善恶。如此人信千百年后某恒星将裂，而彼人疑之是。然实际上纯然不与苦乐利害相连之疑与信殆鲜。（前人有以疑神之存在为大恶者，盖其心中以为如是则犯神之尊，触神大怒，且丧失一己之幸福耳。若果无所犯触，无所丧失，尚何恶之足云。）

（二）疑与信，惟关于一己之苦乐利害，而无与于他人者，则自“以自利为本之道德家”观之，已有所谓善恶问题，致乐利者为善，反是则为恶。然自“以利他或两利为本之道德家”观之，此惟有苦乐利害问题而已，尚无所谓善恶问题（前种道德观之不可通，以及善恶之正鹄等问题，可参拙著《评进化论篇》。见本志第三十八期）。如乐天者信天道而乐，穷愁者疑之而悲是。然人类社会关系綦切，苦乐相感，利害相衔。故实际上一己之苦乐利害，纯然无与于他人者殆鲜。

（按：美术以美丑为衡。美丑者好恶苦乐之别名，惟系于己，不及他人者也。一涉及他人，则由美丑问题转为善恶问题。后论文章段当重论。）

（三）疑与信，发而为言行，影响及于人己之苦乐利害者，则有所谓善恶，利他或两利者为善，害他或两害者为恶。如尧信舜疑丹朱而天下受其利，夫差信太宰嚭疑伍子胥而吴国受其害是。后当详论，女古止于此。

三、真伪与善恶之关系问题(美丑与善恶之关系仿此)

（一）若无其他苦乐利害相伴而生，则真者可名为善，伪者可名为恶。以人皆好真而恶伪故，前谓实际上纯然不与苦乐利害相连之疑与信，殆鲜即指此言。如云：“此人信千百年后，某恒星将裂，而彼人疑之。”至千百年后，而某恒星果裂，吾人未始不可谓此人善与彼人。然以其关系人己之苦乐利害甚鲜故，虽谓之无善恶亦可。

（二）若有其他关系人己之苦乐利害相伴而生，则真者不必为善，伪者不必为恶。二者要不可以相掩，有所信真而亦善者，如人信酗酒易于害事，因而戒酒事。有所信真而非善者，如人信贪赃可以获利，因而贪赃事。有所信伪而亦恶者，如信杀人祭天可以获福，因而杀人是。有所信伪而非恶者，如病人迷信求神可以告痊而病遂痊是。

（三）上来所举列证，所信仰者皆真伪问题（即某事“是”如何如何）故与所生言行之善恶不必一致。若所信者即善恶问题（即某事“应”如何如何）则真伪已与善恶合一。其所信为善者而果善也，斯其信真，否则为伪。如有人信为子者当孝父母，父母而果当孝，则其信为真是。实则此种真伪，既为善恶之别名，虽谓之无真伪亦可。（疑本无真伪，但有善恶，故兹不论。其善恶，下当详论。）

复次，信为真信为善者，世俗每谓之曰信。如曰“汤信伊尹”，其意实谓汤信伊尹为善，其非信伊尹为恶，从可知也。如曰“殷人信鬼神”，其意实谓殷人信鬼神为真，其非信鬼神为伪，从可知也。反是而信为伪信为恶者，世俗每谓之曰不信。如曰太甲不信伊尹，纣不信鬼神是也。此虽随顺世俗，未为不可，然不害吾前所言，信与不信似异而实同。

复次，世俗既恒以疑与信对，故所谓疑某人疑某事者，其意亦谓某人某事为恶为伪。如曰二叔疑周公，刘知几疑古是也。如是之疑，恒偏于不信，有时乃与不信同其意义。此虽随顺世俗未为不可，然亦不害吾前所谓疑与不信似同而实异。

以上总论疑信之性质及其真伪善恶之差别。以下将就世人之疑与信，而辨其孰真孰伪孰善孰恶。其所辨，皆荦荦大者，委琐者不与焉。

昔希腊大哲苏格拉底，尝感于当时极端怀疑派之猖獗，而论其所以然，批却导窾，精辟绝伦。余尝迻译其词曰：“盖世有所谓厌世派，以人类为可恶者。即亦有所谓厌理派，以理论为可恶者。二者同出于一源，或于两间之真相使然。知之不精信之太过，而厌世起焉。假令吾今推心于一人，以为真诚尽善，不久而察其鄙伪。历试他人，亦复如是。如是者既屡，始而相较，进而相訾不已，而于所最亲信之友特为尤甚。夫然后彼有不尽人而恶之，且自以为天下不复有稍具一善之人者乎（刘孝标《广绝交论》可为代表）？此其行之非是，亦明甚矣。其故非他，一人与他人交，而不明乎人之情耳。苟明乎人之情者，善人甚少，恶人亦甚少，蚩蚩者氓，则大都介乎其间耳。（中略）常人之不具辩才者，轻信一论以为真实，既而悔之，以为虚伪。其虚伪之诚为虚伪与否，固亦无择。如是者而再而三，斯人之视世间乃不复有可信之事。于是有擅群辩之才者，进而思惟，遂有以为人间最智之士，莫过于己，以惟彼辈为能见一切理论之绝不足恃故。（中略）夫世岂一无所谓真理正智之事哉？彼其轻信似是而非之论，少慧被恼，不知自反，终乃恬然以其所当责己者，转责一切理论，而遂恨而疾之而失正知正见者，抑亦可悲也已。”（见本志第二十期拙译柏拉图语录《斐都篇》）

以极端轻信始者，恒以极端怀疑终（此所谓极端怀疑，实即极端不信，而非真疑。其辨已见上）。矫枉过正，势有必然。余以为非徒一人如是，一世亦然。有三代之则古称先，而后有战国之百家众说。有自汉迄清之专制迷信，而后有今日之新潮横议。其在西土，则上古之于古代，中世之于近世，亦莫不然。历来新旧之争，各有所偏者，皆此所谓过信过不信，有以致之。

世人知识经验，十九皆自社会得来。故此所谓过信过不信者，均系对于社会上之学问文章道德制度等事而言。此中学问之鹄为真伪，文章之鹄为美丑，虽皆不无影响于善恶，终不及道德及制度之专以善恶为鹄者影响之切。今当详论过信过不信及疑之当与否，且先道德制度，次及学问，次及文章。

（一）道德制度

道者，导引也，导人由不德以入于德也。制者，裁制也，制人之无度使有度也。古今来之道德制度，虽千变万化，未始有极，或各适其所适，或各不适其所不适，而其信人之不可纵情恣欲，必有待于导引裁制则同。过信者，拘执一时一地之道德制度，而莫知通则。以先入为主，而莫知抉择。其弊也，往往执古以概今，执彼以概此。先秦法家论之详矣。其言曰："圣与俗流，贤与变俱。以书为御者不尽于马之情，以古制今者不达于世之变。故循法之功，不足以高世，法古之学，不足以制今。"曰："今有构木钻燧于夏后氏之世者，必为鲧禹笑矣。有决渎于殷世之世者，必为汤武笑矣。然则今有美尧舜禹汤武之道于当今之世者，必为新圣笑矣。是以圣人不务循古，不法常可。论世之事，因为之备。"此固今之以新自命者所最原闻，吾亦无所訾议。虽然，时之不同，固不可以为楷则。地之不同，何独不然？前人不言乎？宋人资章甫而适诸越，越人敦髮文身无所用之（见《庄子·逍遥游》）。"广谷大川异制，民生其间者异俗。刚柔轻重，迟速异齐。五味异和，器械异制，衣服异宜。修其教，不易其俗，齐其政，不易其宜。中国戎夷五方之民皆有性也，不可推移。"（见《礼记·王制篇》）余独怪今之革新者，于同地异时之周孔，不惜一切排斥，而于同时异地之欧美，乃不辞一切容纳。其于拘执周孔以非欧美者，不乃如二五之于十一乎？信曰：欧美之与中国，有其异亦有其同。地则异，时则同。故虽不尽可采，亦非尽不可采。则夫古代之于今世，时则异地则同者亦何以异。此理极寻常，人尽知之。然而当其论世接物，有不期于偏信而偏信者，则先入之见为之也。

法家之弊，在知古今之异，而不知其同。惟然，故李斯用秦而有焚书坑儒之举。此与欧洲中世之焚异端而火其书者相较，一则以古非今，一则以今非古，而其流弊乃如出一辙。此则过信之弊也。

过信社会上之道德制度，其流弊如此。然则一切不信若何，曰：其流弊有甚于此者，既于社会上一切道德制度而皆不信。斯不啻信一己之行事，毋待于导引，无待于裁制。既不信他，势必信自，纵情恣欲，将无忌惮。人各纵其情，各恣其欲，悍然不受任何导引与裁制，天下尚可以一朝居乎？故曰：恶法犹胜于无法，过信犹胜于过不信。

世之反对一切社会上道德制度，主张顺乎人性之自然者，在昔有老庄，在今有卢索（今译卢梭）派之自然主义。老庄误以少私寡欲为自然，以为去社会上一切道德制度，而人自能少私寡欲。其方法虽不可取，其目标则与一般道德家不异。如曰“辅万物之自然”。曰“化而欲作，镇之以无名之朴”。辅与镇亦导引裁制之别名耳。至于今之自然主义，则固以纵情恣欲为自然者。（《列子·杨朱篇》之主张亦然）充其说，不至于亡国灭种不止。说详他篇，兹不赘。（可参拙著《消遣问题篇》。见本志第三十一期。）

希腊诡辩家普罗塔果拉氏（今译普罗塔哥拉）(Protagoras)有言曰：“个人为万物之权衡”Man is the measure of all things 可为此派主张之代表。彼以为同一事也，同一物也，而其真伪、美丑、善恶，乃随时随地随人而异。是事物无权衡，随人之主观为权衡也。斯说为破坏一切道德制度之根本，不可不辨。

辨之曰：真随个人之主观为权衡者，惟美丑惟然耳。《庄子·齐物论》所称“民湿寝则腰疾，偏死鳝然乎哉！木处则惴栗恂惧，猿猴然乎哉！三者孰知正处，民食刍豢，麋鹿食荐，蝍且甘带，鸱鸦嗜鼠，四者孰知正味？猿猵狙以为雌，麋与鹿交，鳝与鱼游。毛嫱鹿姬，人之所美也，鱼见之深入，鸟见之高飞，麋鹿见之决骤。四者孰知天下之正色哉！”皆美丑之类也。美丑本生于主观之好恶故尔。

至于真伪，则不然矣。二加二等于四，孔子生于亚洲，于一人为真，于天下人为真，于天下众生亦皆为真。二加二等于五，孔子生于欧洲，于一人为伪，于天下人为伪，于天下众生亦皆为伪。不随主观为权衡，不若美丑之于彼人为美而于此人为丑也（真伪之标准详他篇）。

至于善恶，则更不然矣。同一事也，利他或两利者为善，害他或两害者为恶。（利他者必归于两利，害他者必归于两害。说详拙著《评进化论篇》）果其善也，不以人之谓恶而遂谓恶。果其恶也，不以人之谓善而遂谓善。杀人之多如黄巢张献忠，可谓罪大恶极。然黄巢张献忠，未尝不自以所行为善，然则世人亦将从而善之乎？

至于异时异地之事，可善恶互异，本不足怪，以既异时异地已非一事故。吾昔曾为之说曰：“论某一时某一地之某一事之当于道德律与否，则或当或不当不能并立，果其不当，则不以人之谓当而遂谓当。如某野蛮民族之杀人，可断言其不当。不以野蛮民族之谓当，而遂谓当。亦犹野蛮民族信风雨有神，不以野蛮民族之谓是而遂谓是也。论异时异地之一事或异事，则可俱当，可俱不当，可一当一不当，亦不得以人欲增损于其间。如忠贞服从，与自由独立，盖各有所当。而婚姻制，则独以一夫一妻制为当。亦犹有人谓欧洲中世纪黑暗，有人谓欧洲近世纪文明，盖各有所是。有人谓火燥水燥，则一是一不是耳。"嗟乎！时流之为此说所惑者多矣，吾故一再申辨之如此。

或曰："子之所谓善恶者，徒斤斤于人己苦乐利害之间耳。"然而庄子曰："至乐无乐。"（见《至乐篇》）又曰："啮缺曰：子不知利害，则至人固不知利害乎？王倪曰：至人神矣！大泽焚而不能热，河汉沍而不能寒，疾雷破山风振海而不能惊。若然者，乘云气，骑日月，而游乎四海之外。死生无变于己，而况利害之端乎？"又曰："圣人不从事于务，不就利，不违害。"如是者，且不知苦乐利害之辨，又焉有善恶之足云。

应之曰：是不可以辞害义。至乐无乐者，谓无所往而不乐。不知利害者，谓无所往而不利。彼至人则能之，非谓世间皆能无苦乐利害之辨，因而无善恶之辨也。彼至人固能外死生矣，岂遂谓杀人非恶而活人非善乎？吾佛亦说苦空乐空，亦说苦乐利害唯心所造。然终不害救拔众苦利乐有情之为善者，以众生尚未能尽空苦害耳。必世间众生尽不知苦害，然后无恶尽不知利乐，然后无善，然而非事实也。

过不信之流弊（有流弊即不善）及其不可通（不可通即不真），已如上说，然则吾人于社会上一切道德制度，勿遽信，勿遽不信，终徘徊于信与不信之间而为疑，则可乎？曰不可。道德制度，所以导引制裁吾人之日常行事。日常行事有不得不行，不行而大祸立至者，如之何其可终于疑也。饥不得不食，寒不得不衣，处世接物治国齐家，必有常德常度，不可以须臾苟免。焉得闭耳目，束手口而终于犹豫耶？且非惟徘徊二者之间而终于不行为不可，即行矣，而所信不定，或此或彼，亦每每害事。语曰："疑行无功，疑事无名。"盖谓此也。（法人黎朋（今译勒庞）著《群众心理》，亦谓"大抵群众之指导者，与其谓为思想家，毋宁谓为实行家。若辈本非具有深思远虑，抑且虽欲具之而有所不能。何以故？凡属深思远虑之徒，动辄怀疑而陷于不活泼之状态故。"）

或曰：道德制度以适应时地而进。其进也，端赖尝试，而尝试起于怀疑。如子之说，禁人怀疑，社会一切不将永停滞而不进乎？应之曰：非禁人怀疑也，但不可一切怀疑。非禁人尝试也,但不可轻于尝试。盖道德制度之于社会,犹医药之于病人。古之医药固非尽当,亦必非尽不当。以其积累经验,着有成效故。新造之药,非不可尝试,特试之不慎,恐将杀人。且医药之进,亦鲜有尽翻从前之成法,而以人命为孤注者。奈之何,今之一知半解,高谈种种新主义者,动辄推翻千古成法,而以国家为孤注哉?孔子曰:“殷因于夏礼,所损益可知也。周因于殷礼,所损益可知也。其或继周者,虽百世可知也。”班固《艺文志》赞儒家曰:“孔子曰:如有所誉,其有所试。唐虞之隆,殷周之盛,仲尼之业,已试之效者也。”此“信而好古”之所以为得欤?

怀疑犹喜怒也。其来不可止,其去不可留。易可以理喻,难可以意强。意之所能者,虽有疑而制之,使不遽见诸言行,亦犹意之遏喜怒而不使遽见诸言行也。怀疑饭之应食与否,可也,而遽不食,不可也。怀疑旧道德,可也,而遽废之,不可也。必几经研究,确见其可废,然后废之,庶合孔子“多闻阙疑则寡尤,多见阙殆则寡悔”之旨耳。

过信过不信与过疑之不善,已如上述。然则奈何?曰信其所当信,疑其所当疑。不信其所当不信,此众人之所能言。然当与不当,何可以仓卒立辨?是仍空言耳。吾得为之说曰:以道德制度论与其过疑与过不信也,毋宁过信。

(二) 学问

学问之途实繁,而其大旨皆在辨事物之真伪。自其间接影响人类之苦乐利害言,则有所谓善恶,如形而上学、伦理学之影响道德,政治学、法律学、社会学之影响制度,物理、化学之影响人生日用是也。

世有过信自古传来之说为真者,如世俗所传种种迷信是,由迷信而发为言行,浸成武断。深闭固拒,排斥异己。其为不真不善,毋待赘述。复有过不信古说,因而谓一切学说皆不足恃者。(此派又号怀疑主义,而实为不信。)此其说之不可通,前人多能言之。如《大智度论》卷一载《舍利弗本末经》中说:“长爪梵志见佛,问讯讫。一面坐,作是念,一切论可破,一切语可坏,一切执可转。是中何者是诸法实相?何者是第一义?何者性?何者相?不愿倒,如是思惟,譬如大海水,欲尽其涯底,求之既久,不得一法实可以人心者。作是思惟已,而语佛言。瞿昙,我一切法不受。佛问长爪。汝一切法不受,是见受否。佛所质义。汝已饮邪见毒,今出是毒气。言一切法不受,是见毒。汝受否?尔时长爪梵志,如好马,见鞭影即觉,便着正道。长爪梵志亦如是。得佛语鞭影人心,即弃捐贡高,惭愧低头。如是思惟。佛置我着二处负门中。若我说,是见我受,是负处门粗,故多人知。云何自言一切法不受,今言是见我受。此现前妄语,是粗负处门。多人所知。第二负处门细,吾不受之。以不多人知故。作是念已,答佛言。瞿昙,一切法不受,是见亦不受。佛语梵志,汝不受一切法,是见亦不受,则无所受。与众人无异。何用贡高而生乔慢,如是长爪梵志,不能得答。自知堕负处,即于佛一切智中起恭敬,生信心。自思惟,我堕负处。世尊不彰我负,不言是非,不以为意。佛心柔软,是第一清净处。一切语论处灭得大甚深法,是可恭敬处。心净第一,无过佛者。(中略)长爪梵志便出家作沙门。"又如《墨辩》云:"以言为尽誖,誖说在其言"

按《墨辩》此言,恐是对名家而发。先秦显学儒道墨诸家,皆托古以自重,惟后起之名法二家不然。法家之说已见前。至于名家之主张,不但于古无所本,且十九皆攻击当时成说者。《庄子·天下篇》叙当时学说,自墨翟至庄周,皆有"古之道术,有在于是者,某某闻其风而悦之"之句。独惠施、公孙龙等无之,可为无所本之确证。至其说,今虽残缺,吾尝仔细研求,处处见其攻击他派之迹。如鸡三足,臧三耳,坚白白马指物诸论,系攻击墨家及他家,物体物相之说(名墨相訾,余于民国十一年作《中国心理学大纲》一文时,已详论之,此文载在本志第八期。后二年,章行严氏有名墨訾应之论)。"大一""小一""今日适越而昔至"等,系攻击道家所谓"太一"及"未有天地以固存"等说,皆其彰明较著者(凡此类悖乎常理之说,多系攻击他人,而非自立主张。除鸡三足等说,前已为文论之外,吾又于《庄子》得一确证焉。《齐物论》有曰:"未成乎心而有是非,是今日适越而昔至也。"吾人遂谓庄子主张今日适越而昔至,而以种种方法,为之附会可乎?今之附会名家者,皆坐此病)。他日当更为文详论之。又自汉而后,名法二家俱衰,亦非偶然。法家之衰,盖由秦政之虐,焚书坑儒之暴,其不善彰彰在人耳目,后遂鲜有敢以其言为尝试者。名家又分学者与政客二派。《淮南子》云:"公孙粲于辞而贸名,邓析巧辩而乱法",是其异也。前者以诡辩乱法律,固无怪其见訾于当世。(邓析之为人,盖与希腊诡辩家同。《吕览》谓邓析"与民之有狱者约,大狱一衣,小狱襦裤。民之献衣襦裤而学讼者,不可胜数。以非为是,以是为非,是非无度,而可与不可日变。所欲胜因胜,所欲罪因罪。"又谓洧水甚大,郑之富人有溺者,人得其死者。富人请赎之,其人求金甚多,以告邓析。邓析曰:"安之,人必莫之卖矣。"得死者患之,以告邓析。邓析又答之曰:"安之,此必无所更买矣可证。")后者以怀疑究奥理,而无与于世间之善恶。虽弥可贵,然以吾国国民性偏重实践,蔑弃玄想,遂亦鲜有注意及之者。《荀子·儒效篇》曰:"若夫充虚之相施易也,坚白同异之分隔也,是聪耳之所不能听也,明目之所不能见也,辩士之所不能言也。虽有圣人之知,未能偻指也。不知无害为君子,知之无损为小人,工匠不知无害为巧,君子不知无害为治。王公好之则乱法,百姓好之则乱事。"此言可以代表一般人之态度。

欧人之诘极端怀疑主义者,恒谓何不对于怀疑主义而亦疑之,亦即此意。实则彼自号曰极端怀疑者,言行必不能相符。试叩以"二加二等于四"、"孔子生于亚洲"、"饭店食否"、"衣应着否"等问题,将见彼之虽欲疑而不得也。

虽然,以学问论吾必曰:与其过信抑过不信也,毋宁疑。学问不必发而为言行,故疑虽不当,犹可以无大过。古今来学问之不进,特患人之不能疑耳。日常共见之事物,普通人认为绝无问题者,自聪明卓识之士观之,则每每有疑生,疑生而学问生焉。牛顿见苹果落而有通吸律之思,戴震读大学而有朱说何本之问。此岂学而不思之徒所能望其项背者耶?

(三)文章

五官及心之所好,皆可谓之文章或美术。然以五官中惟目与耳为发达,故所谓文章或美术者,大抵指耳目之官及心官所好者而言。其以声韵之美胜,而属于耳者,曰音乐。以形色之美胜,而属于目者,曰图画建筑雕刻。以意义之美胜,而属于心者,曰文学。其以声韵之美形色之美胜者,亦兼有意义之美(音乐之有意义,如伯牙弹琴,志在高山,志在流水之类。其余三项之有意义,人尽知之)。以意义之美胜者,亦兼有声韵与形色之美(文学之声韵色泽结构,兼有他美术之长),此其大较也。

文章之美,虽得之直觉,而不能不有待于知识。见之明,而后觉形色之美;闻之晰,而后觉声韵之美;理解之透辟,而后觉意义之美。夫然,故聋者无以与夫钟鼓之声,瞽者无以与句夫黼绂之观。字句未解,典故未通,而未得夫古人之用心者,无以与夫文学之妙。曰见、曰闻、曰理解,皆知识上事也。若夫既见矣,既闻矣,既理解矣,则耳之于声,目之于形色,心之于意义,有同嗜焉,有同好焉。美术家文学家之欣赏所得,无以异于常人也(信曰有异,则亦各美其所美,他人无可轩轾于其间)。

夫如是,则吾人之于文章,欣赏之而已矣。胡信胡疑,胡争议之足云。胡此主义彼主义、此宗派彼宗派之纷纷然相轧而不已哉。曰:是有故,世人之于文章,非徒赏其美而已也。又视其与事物相符与否而判其真伪焉。如于史公文而考其与古代史事相合与否,于山水画而视其与实际山水相全与否,于是有真伪之争。有真伪之争而疑信起焉。此其一。

世人之于文章,非徒赏其美而已也,又视其影响世道人心之何若,而判其善恶焉。放郑声,毁淫词,为文以载道,于是有善恶之争。有善恶之争而疑信起焉。此其二。

世人之于文章,非尽能理解,且虚心以欣赏之也。或以耳代目,或以偏概全,或以已强人,或以成见代嗜好,或以门户之见,而作违心之言,于是并美术而亦有争。美术有争而疑信起焉。此其三。

虽然,此三者皆美丑以外之事,非美丑之事本可有疑信争论于其间也。(美丑与真伪善恶不同,实以个人为权衡者,前引《庄子》一段可参。)于文章中求真伪,则其所争者非文章乃学问也(如于《史记》求真伪,是以《史记》为历史;于山水画求真伪,是以山水画为地图)。于文章中求善恶,则其所争者非文章乃道德也。至于以耳代目,以偏概全之类,其为不当,更无待烦言。昔人有“诗话作而诗亡,文评作文亡”之语,亦慨乎有见于此矣。

夫文章者,当以美为主,而以善为辅,真则可置不问。吾得为之说曰:“以文章美恶论,本无所用其疑与信。惟以善之于人较美尤要,则有时吾人不得不以疑信道德制度之标准,从而疑之信之。”盖美者一人一时之善,善者多人多时之美,多人多时者,自较一人一时者为尤要耳(苟无他人他时之苦乐利害相伴而生,则美即为善,丑即为恶。其于善恶之关系,与前言真伪于善恶之关系同)。

以上略论世人之疑与信竟,大抵天资聪明而志行薄弱者,易偏于疑,志行敦笃而资质鲁钝者,易偏于信;见闻既广,博学诸科者,易偏于疑;见闻太狭,专精一科者,易偏于信。其得失互见,功过相错,盱衡宇内之士,中立而不倚者殆鲜。得吾说而存之,庶几砉然而四解欤?

迂阔之言*

刘永济

上

自世衰学废，黠者往往倡为怪诞奇谲之言，以訾议古人，而文饰其浅陋不学之病，反因是而膺荣名、享厚利。其徒与人之闻其风而兴起者，喜其说之便于己而为之也易，更扬其波而扇其焰，于是一概毁弃，务涂抹粉饰以欺当世。而世之谨愿之士，震詟于所未闻，心不谓然而口不能非。其廉洁自爱者，既不欲轻言招忌，而明义礼、识根源之君子，复鄙夷之，以谓不足道，或且以之供笑噱而娱宾客。其激切者视之，则且曲为之恕，以谓当今怙恶积暴于上者殆不可数。此其人之所为，毒害于国家之深，且十百倍于是，更何暇以责彼一二弄文墨、击唇齿之腐生陋室哉！其宽绰有容者视之，则且许其言或足以摧豁震荡往者之锢蔽，以陈涉吴广等夷之，以谓是世会所当然，不足以为异特。然而深识远虑之士，方蹙然忧之，以谓其毒害之中于人心者，尤甚于暴吏苛政水火盗贼也。于是相于淬厉同志，奋笔伸纸与之辨明，俨然若坐廊庙而辨礼乐之得失，列庠序而论朱陆之异同，是又不啻自承此其人之所涂抹所粉饰者，乃道也学也。特以其道有未莹、学有未至，方有待于辩论以明之耳。呜呼！古人讥对犊鸣琴者，非以其尊犊而自污其琴也耶？今之所为，殆毋类是。

---

* 辑自《学衡》1924 年 4 月第 28 期。

且夫真理而不存也，则亦已耳。如其果存也，则其精详宏阔，又岂易以口舌笔墨相争夺哉？好学深思笃行明辨之君子，自能得之于方寸之地，毋论黠者之不足以荧惑震荡。即有权奸未必便为所夺，古今史册所载，岂不多有，人道之不至沉沦者，赖有此也，岂区区口舌笔墨之功哉？若举国之人皆不学，则其怪诞奇谲，且将十百倍于今日，其言之昌也，谁得而非之？不特不得而非之，且将奉为金山玉律而莫之敢犯矣。此屈原之所以悲独醒，而列子之所以叹众迷也。是非人理断灭，极乱之世，曷至有此哉？

夫至治之世不可得而至，极乱之世亦未易一遇。世果有举国之人皆不学如前之所言，而犹能立于天下者乎？执途人而问之，未见其可也。昔袁粲尝谓周旋曰："古有一国，国中一水，号曰狂泉，国人饮之皆狂，其君独穿井而汲，得以无恙。国人既皆狂，转以君为狂，共絷而灼之。其君苦之，饮水而狂若一。"粲之言，虽三尺之童子知其为寓也。然则今之深识远虑者之汲汲惶惶，不几类于杞人之忧天乎？是又不然。夫穿井而汲，得免于狂，独不念饮水而狂者乎？独不欲饮水而狂者之易而汲天井乎？充是心也，亦仁者之类矣，乌得而非之？然则将任此两者之自相终始乎？抑攻者之义必晓然于世邪？是又未易言也。然而前无千古，则攻者之义，或将无以自明。后有千古，则倡者之言，必将不攻而自败。倡非者之败可必，而功不必在攻者，攻非者之言纵辩，其持论纵高，以与倡者同处一代故。不但其义不晓然于世，或且淹没抑塞而不得通，此非征之往籍而验者乎？故曰：未易信也。

或者问曰："子之言诚漫衍而无所稽止矣。攻之无功，而不攻既不可，吾未得其当而滋疑焉。"应之曰："攻者近乎仁，不攻者近乎智。然而有勇者焉，勇不在乎能攻人而在乎能自强，能自强则无所用其攻。以自强为攻者，其势顺而效大，效立功见，常及于身后。今之世，吾未敢必其无是人也，然而不数数觏也。勇之义，一言可尽，而行之之道，则万其端焉。"此世之所以不常有欤？其义维何？曰："力足以使读书种子不绝于世者，斯可谓之大勇矣。"读书种子不绝，则后有千古矣。是非可以欺当世，不足以欺后世。今有人焉，力能使后有千古，可谓之大勇矣。读书种子不绝，则好学深思笃行明辨之君子日益多，而真理之在人心者日益明。虽有力过贲育、诡超衍奭者，将无所措其手足、摇其唇舌矣。是岂与人争一言之巧拙、一日之长短者，可得而方之邪？然而其功效常见于身后，而淹没抑塞，常及其一身。此所以难能而可贵乎。余因感夫今世新旧之说，纷纭淆混，有足以蛊惑一世之耳目，乃有是迂远空阔之见，以为芟落枝叶，直寻本根，其端固在此而不在彼也。爰著于篇，曰“迂阔之言”。

下

或有闻余言而叹者曰：“甚矣，好恶之私足以害公也。子恶其言之倡披，而为是激切之论。恶之甚，遂不顾其言之或偏颇，则又何异于彼人哉？且今之人岂真不学如是邪？子乃一概吐弃之，吾未见其能公允也。”余曰：“然！言固不可以无征也，圣人已言之矣。今请举征以验吾言而释子之疑焉。虽然，余固不欲暴人之过也。无已，为发其大凡于此，而后知余言之诚公也可矣。”

请先明读书之义。读书者，岂兀坐陈书而讽籀不辍之谓乎？贵能通知立言者之心，读其书而知其书之外有书焉，言之外有言焉。吾由其已书已言者而窥见其未书未言者焉，由其一端而反其三隅，由其微而推之大，由其著而抉之隐焉，如此而后可以谓之读书也。及夫博究古今理道之全，于其通别纯驳、大小、深浅，醰醰然有味于中。然后吾之行事立言，得中程度，而无离反变乱之失，如此而后可以谓之善读书也。若兀坐陈书而讽籀不辍，斯可谓之读书，则今之人学于国内，学于国外者，无虑千百，而可谓之未尝读书邪？今之人固尝有论孔老、评杨墨，而指摘百家之书者矣；固尝有是非李杜、驳诘八家、目文选为妖孽、罪桐城为流毒者矣；固尝有校勘诸子文字之异同、考证说部作者之名氏者矣；固尝有类列群籍、作为目录、以读书为国人倡者矣；固尝有排比文字、号为新诗、以咏以叹者矣。今之时，诗人盈谷，文人盈坑，著作汗牛而充栋，孰谓不读书而能之乎？然而不害其未尝读书也。盖不得见古人之用心，不足以知书外之书，味言外之言，不足以反三隅，不足以推其大、抉其隐，则必以一端掩全体，以鱼目混明珠，以糟粕弃精华，以假说伤真义，以私智变公理，以好恶定是非，以巧伪饰邪罔，以新奇文固陋，其为害于学术至深。是人也，且不可得比伦于枯蠹，更何足以称读书之人哉？

次请举征，今之人莫不以科学方法相号召，故其治文哲学也，一若治科学者，先搜集物类，从而归纳之、论断之焉。故其论孔子之道也，类列《论语》一书论孝之文，而后从而论断之。曰：“孔子之道如是如是。”不知圣人之见道，周偏无碍。凡其所论，特因问者之不同而答之也。所谓教人无方，因类而施者，此也。故孔子之设教，问者十人而答以十义，问者二十人而答以二十义，遂执此十义二十义而断之，曰：“圣人之义如是如是。”则设又有一人，其不同又异于前之十人二十人，庸讵知孔子之答之也，不又异其义乎？今之治孔学者其论孔子言政言仁言礼，悉如是以求之，遂以为得孔子之真义。其治他家之学，亦悉如是以求之，遂以为得某家之真义。于是顺者自诩为某氏之徒，而逆者即此亦相攻，是何异于盲人之摸象耶？使即此遂足以成学名世者，则虽粗识文字之人，告以此法，使之徧翻百家之言而类列之，然后吾从而一一论断之，则所谓董理国故，为之从新估价之事，不过旬月之力可毕矣，又奚待读书为哉？虽然，余非谓此法不可以治学也。特仅知此法，仅恃此法，有未足以尽一学而精诣于通博之境也，亦犹梓人知尺度斧斲之未必为良梓也。孔子之教人也，曰："学而不思则罔，思而不学则殆。"荀子之劝学也，曰："真积力久，则入；学至乎没而后止也。"世果有真学者，必服膺此言矣。

古之人为今人所诋諆轻蔑者多矣。今之人果真读尽古人之书，皆已得见其用心、领略其旨趣、洞悉其隐微乎？己之学力识见，果皆已足以尽知古人之用心、古人之旨趣、古人之隐微乎？此非读书者所当内自省者邪？今之人于古人之一书一言，见其误而非之，不误而是之，宜若可矣。庸讵知吾之所谓误者非误，而不误者之误乎？果且古人之误邪？果且言古人误者之误邪？又谁得而知之哉？今之人固尝有自命为善疑古者矣，疑唐宋不足，又疑秦汉，疑秦汉不足，又疑三代、疑五帝，疑三代五帝不足，必将疑造物之始、二仪之初。几于凡古皆在可疑，凡疑皆无不当，惟独于一己之学力识见，则必深信而不疑。事之可骇怪者，孰有甚于此哉！夫信古太过，其弊也拘，信已太过其弊也犷，二者皆非读书者所当有。乃今之人独知信古之非，遂转而蹈信己之弊，是又理之所不可通者矣。余尝闻有诋桐城文家撰碑文墓志为谀墓者矣，余又尝读望溪方氏之书，见其于作墓志墓表不当溢美之义，往复言之不能已。（如《与孙宁书》《答乔介夫书》《与程若韩书》《葛君墓志铭》《同知绍与府事吴公墓表》《内阁中书刘君墓表》，皆于此义，三致殷勤。前此知欧阳公、王介甫、苏子瞻，皆于此体？独极严审不妄作。若顾亭林之论，特以施之于蔡中郎耳，未可以论此数人也。今人则以之概桐城文家，岂可子托于顾氏之论以为高哉？）而今之人非之，然则非之者之未尽读桐城家之书，于此可见矣。余又尝闻有捃摭杜工部一二句而訾其不通者矣。余尝试即其所谓不通者而思之，则古人之意固别有在，而訾之者未尝知也。吾又于此见今之人未能通知古人之用心，未能领略其旨趣，洞悉其隐微矣。（杜诗二句，见本志第二十一期吴芳吉君《再论吾人眼中之"新旧文学观"》一文中，兹不再及。）若夫以西方文法律国文，见其不合而非之；以今日语法律古文，见其不合而非之；以散文文法律诗歌，见其不合而非之；以论理方式律抒情摛丽之文，见其不合而又非之者，其读书之粗浅卤莽，更不足论矣。凡此者岂可以其亦略识字而遂以曾读书许之乎？其所以致此之由，为好荣名邪？为好厚利邪？固不必深究，独其率国内之人皆出于不读书，务以新奇相高，则其极必至于车裂古人、囊扑文化而后已。此则不可不辨者也。余岂好为此道讦忤世之言，亦岂可谓真能读书之人，特迂阔之见，以为知欲为国家留读书种子，必于此而不于彼也。姑出其言如此，以与世之好学深思笃行明辨之君子以商榷之云尔。

罪 言 录*

邢 琮

一、学 术

学术关乎士风，士风关乎国运。始乎甚微，而终乎不可御者也。是故贤者论人，责备甚恕。至于论学，则不宽假毫厘。诚恐一误其旨，则学者视为标的，生心害政，而天下或受其荼毒也。杨墨贤人也，老子释伽贤人也，其为人类皆有出入之智，存救世人之心。以论人岂不为天下所敬重者，然圣人辟其学乃不遗余力焉。诚预知虚无寂灭无父无君之必为后世害也。数贤之学，苟取其正，而舍其偏，持身处世，实一生用之不尽。若以是范天下，则吾自固有孔孟光明正大之礼教百世不改者在矣。荑稗非不足以充腹，今有菽粟，则取菽粟乎？抑取荑稗也？吾知智者有所不取也。贤者非有意攻人，惴惴焉惟恐天下后世而已。后人不明共用心，以贤者之言为非是，复从而张大之，无乃不可乎？天地生民，父母兄弟夫妇之伦不能外也。君统治而臣佐之，夫如是有君臣之伦。朋友以是四者相责善，夫如是有朋友之伦。吾人不能外此以为人，无所别于古今中外也。人生一日不绝，孔孟之道与天地同归。孔孟之学无他，求不失为人斯已矣，故曰若大路然。余少时不知读书，冠后始知从事于圣贤载籍。窃尝涵泳古人立气象，其谆谆不辍，爱念后人之意，如恐不及。乃爽然若失，悟为学之

---

* 辑自《学衡》1925 年 7 月第 43 期。

道，固当如是也。守此即不能泽人，亦足以不大背为人之道。圣贤岂欺我哉？圣贤之为后世，心念至矣。若父祖之为我子孙置田产教诗书，惟恐吾子孙受饥寒，无礼义也。吾子孙非父祖之训，反父祖之道，渐致不能立身，此吾父祖之所痛也。圣贤之为后世，亦犹是耳。今乃曰：昔之人无闻知，六经群唾为故纸。有读古书、言古事者，便相率而指目之曰顽固，曰是何踽踽者。生今之世，顺今之时也。佛老耶回平等自由之说，士大夫既倡之于前，而非圣无父恋爱小说诸足以堕丧青年道德者，又盛行于下。立言者乃美其名曰新文化运动，纷立主义，惟逞其说以取快一时，攫取版权，类于垄断。孰知祸害之至于此极也，浸渍学术坏而士风随之。国事日非，民生日困。是果谁人之罪欤？是果谁人之罪也？夫前圣亦既为吾芟荆棘而为康衢矣，奈之何舍是不由，甘入歧途而躬蹈陷阱也。

二、学　　校

学校，教育人才之地也。吾以为今日学校之树才，无异农民之树木。树木者多为之地，限年而可以成材也。人固木若哉，以树木之法而树人，是蔽才也，徒使纨绔子成资格而已，吾未见其能真有才也。中学之费，岁达百金。中人之家，数人之衣食也。大学倍之，留学则更倍蓰矣，贫者能之乎？世之有德慧术智者，恒存乎疢疾。才者每出于贫困之中，而今寒贫之士无由进矣。学校愈多，而才愈蔽。积势所致，非虚语也。徒声为林立，粉饰太平之具而已。且也古之为学苦，今之为学乐，乐则逸心生。居则大厦，食则四簋，所以适其身者，莫不逸其心者也。古之为学专，今之为学杂。杂则无所成，英日法不胜习也，声光电不胜精也。以一人之身，而一切之为备，所求于人，人无定择也。古之为士少，今之为士多。多则杂而人轻之，少则真而人重之，人亦知自重。村有校，邑有校，商有校，工有校。一入于学，便命士人。徒衣冠而衣食于人者，举国皆是也。古之为学朴，今之为学奢，奢则用不足而不能无为非矣。服御务精美，器用务雅观。日本货，农民未尝用也。西洋货，农民未尝用也。利源之溢，多属于士。其他为病，不遑枚举。今之学校，岂非是欤？树才乎？养骄也。树才乎？病民也。国富何在？兵强何在？试观国内之景象，岂特痛哭泫涕哉？为今之计，莫若捐之汰之，其不才者反之归南亩，尊经礼师、道圣贤之学而学焉，开取士之路以求天下之后秀。工商制作者得专利，设奖金、授爵以荣之，世其业无使混于学，则学校少而费省，真才之士得以为世用，庶乎有补民生国事乎？

三、师　　说

曷言乎师？教吾为人之道也。曷言乎从师？学吾为人之道也。世未有不从师而可以成完人者。曾颜之于孔子，孟子之于子思，二程之于濂溪，晦庵之于冰壶秋月，不就有道，能若是乎？生我者父母，成我者师傅也。殁而为之服心丧三年，此盖自有不能已于怀者。故七十子于夫子也，若戴父母。今也相处若路人然，来云则来，去云则去。为师者志在俸金，为学者专在资格，年满而资格具，学者即师矣。为师即可以取偿，畴昔之所费而倍蓰之矣。得之则喜形于色，不得则日夕候势者之斗乞怜而求与焉。及共已与焉，则又虑旁者之夺之也。而视颜色于弟子，偶不适其意，则群起而逐之。负气者舍之以他求，懦者伣伣伈伈以自固。叱之若隶仆，彼不羞也。此余所以每论学潮之事，而不觉伤心隐痛者也。夫师道不立则学失，学失则乱是非，是非乱则上下无所措手足，而国事日益不可为，可不悲哉！吁圣或不得见，濂洛关闽者谁欤？假令当今吾知其人所在，余岂惮千里之途而不往从之也哉？

四、士

始吾尝疑士，夫士无所事也。农任耕殖，工作器用，商懋迁有无化居，士无所能也。无所能，何以为士？识字知书未足为士也，工文善赋未足为士也。能为天下示正道明大伦安老怀少，使斯民得享安居乐业之福者，则是士之任也。稷思天下之饥，犹已饥之也。禹思天下之溺，犹已溺之也。伊吕之经营，孔孟之游历，莫不以是心为心也。伊吕得行其志，则泽及斯民。孔孟不遇其时，则垂教后世。虽幸有不幸，存仁任重，无以异也。余尝读古人之书，考古人之事，推古人之心，凡命为士，莫不以斯为己任。以言今日，异乎昔所闻矣。男亦士也，女亦士也，农工商贾均之士也。于是乎士半天下，而国事一至于斯。士少则天下治，达哉袁子才之言夫。舜有士二十二人，武王有士十人。举当时一代，而仅此数十人，或十人焉。士固如此其难也，士固如此其少也。元书有九儒十丐之目，昔者余尝异之，吾乃今知彼或有所自取也。

五、才

经邦济世之谓才。才也者，求之于一世之中而不一二觏者也。其为人也，通古今之变，洞治乱之源，能因祸而为福，能转败而为功，能以一身而系万民之安危。国家之兴替，彼固以时人耳目自任者也。学通坟典，博也，非才也。工文善赋，艺也，非才也。驰骋口说，辩也，非才也。趋承圆滑，佞也，非才也。惟是才也，有其人则民安，无其人则国乱。故举天下莫不思得其人也，上者为之尊师慎学以造就之，为之多方辟举以求之。贤君以得其人为喜，大臣以得其人为贺，百姓以得其人为欢忭。君不求其人，则君非其君。臣不荐其人，则臣非其臣。师不教其人，则师非其师。学不学其人，则学非其学。曾颜十哲，学此才也。孔孟程朱，教此才也。皋夔稷契、伊尹周公，展此才也。成汤于莘野，昭烈于草庐，求此才也。诗云："一人有庆，兆民赖之"，其斯之谓欤？

六、选　举

士子平居究先圣之术，考当世之务，砥学修行，欲将以有为也。人不知则守死善道，伏农野以终其天年，士无求人，人求于士也。昔者贤君自以为天下重任所寄托，非一人之力所能胜。故为百姓求才以自辅，聘以玉帛，亲造其卢，汲汲惶惶，民生而已，忘其为至尊也。士亦知可与有为也，故不惜其身而乐为之用。岂若后世贪爵禄干进自卫者比哉！然有为之主，不以败类者轻士也。对策求贤良，举方正，察孝廉茂才，虚已以听，惟恐有遗才为憾。两汉制诏，其谆谆求贤之诚，语颇自屈。一章之中，三致意焉。其后九品中正，流弊至于上品无寒门，乃一变而为科举，以言取人，而怀才之士，亦得因是而拔之。乃叔季风嚣，士不自重，揣摩文词以求侥幸。士始杂而上之待士也始轻，糊名围棘，若防贼。有志之士，始不屑矣。故曰非科举累人，人累科举也。然历代以来，莫之或废。冀拔十得一，舍此无以开贤路也。犹虑遗才，多方引拔。有以辟举，有以上书，有以隐逸，有以延誉。不拘于常，以求其达，士无由终其为独善也。自古叔季之世，士习鲜不嚣张，然有为者从而振作之，未有不焕然一新者。清末士气萎靡，执政者乃屏前朝之成法而一切委弃之，独取限年之制以造士，富者进取，贫者无能为也。国无其人，谁与兴理。此余所以尝为普天下有才者惜，而又悲夫长困于涂炭转乎沟壑者之无人为一援也。

七、富　　国

富国之道，尽于《大学》生财之一章，生众为疾，开源也，食寡用，舒节流也。不开源则无以生，不节流则无以蓄。吾以今日之急，患在流之不节而非患在源之不开。自平等自由之说行，于是乎人逃于农，而服用无制。昔者制节谨度以防奢淫，衣服有制，器用有别，非其所服，虽富不改僭。今也冠昏丧礼无定制，优伶胥役可拟王侯，冠履衣裳，上下无别，力所可措。无富无贫，丝履锦衣，道路相望，庆享酬酢，动辄珍羞，习俗相移，奢侈无度，财安得不匮，民安得不穷。古无九年之积为贫，无三年之积则国非其国矣。以言今日，国之不国，为何如哉！古有夫布之征，所以然者，减游民也。优伶台仆，人皆贱之。今也信教自由，人人平等。佛老无禁，娼优不羞。不耕而食，不织而衣。游手满街，谁为禁止？通都大邑，游食犹多，日夜为非，报不胜载。夫奢侈，天下之大贼也，游惰，天下之大残也。残贼公行，莫之或止。以言富国，不亦背乎？且不仅是也，酒者祭祀会享之所需，非三餐之不可缺也。乃今为酒醪而夺民食者，吾不知共凡几也。烟者饥不可以为食，渴不可以为饮者也。乃今三尺孩提，满道吐吸。因此而夺民食者，吾又不知其凡几也。天下不能养，地不能长，生之甚少，糜之甚多，天下财产，安得不蹶？呜呼！当今之时，百税繁兴。迭年水旱，农已病矣。工无法度，淫巧相尚，工已病矣。尊重商贾，逐利者多，商已病矣。以吾目今之所见，垦山种植，而民无蓄积。童山濯濯，而斧斤不时，川泽无鱼，而数若不禁。都邑劫掠，而歌馆喧天，盗农满野，而迎神赛会。上无制，下无度，根本日益枯，游食日益盛。如是相承，其何能国？吾窃虑将来之人相食也。嗟夫！假令无平等自由之说为护符，尊六经使人略知先王之教训，景象当不至若是其危且险也。

八、风　　俗

孟子曰："君子之德风也，小人之德草也。草上之风必偃，风俗者由上而及下也。上行下效，速于响影。"故曰："挠万物者莫疾乎风。"尧舜帅天下以仁而民从之，桀纣帅天下以暴而民从之。上有所好，下必有甚焉者矣。吴王好剑术，百姓多瘢痕；楚王好细腰，宫中多饿死。此言虽俚，实寓至理。口之于味也，目之于色也；居处之于华厦也，服御之于锦绣也。天下之人，有同好焉。贤君非反民之好而夺之，惧极乎所好者。生物有数，而不足以供人之需求也。尧居茅茨土阶，非力不足于宫室也。汉文惜百金之台，非力不足于亭榭也。隋文非燕享不过一肉，非力不足于珍馐也。明太祖衣梭布之衣，非力不足于锦绣也。所以若此者，为百姓先，为天下惜物，使同归于俭而有余。有余则知荣辱，而教化行，人心正，风俗厚也。今也耳目口体之奢，得尽人之所欲。上为之而不以为寄，下效之而不以为怪。峻宇雕墙，平民而昔日君王之宫殿也。歌楼舞馆，平民而昔日君王之教坊也。锦绣罗绮，平民而日君王之华衮也。食前方丈，平民而昔日君王之尚食也。无贵无贱，无富无贫。苟爱奢侈，惟力所及。在上者不以沦溺为己忧，为士不以廉耻为己任。制度既隳，习俗大坏。滛奢无度，民力日穷。寡耻鲜廉，在所不恤。萑苻偏地，盗贼满城。杀掠焚劫，刑不足畏。狱庭如市，囹圄为盈。此果何故哉？为非由于不足，不足由于奢侈。习俗之移，乃至于是。岂非士君子之大忧乎？而在上者方将道人以利，道人以淫，道人以无耻。总统可买，议员可买。罪重而有钱可赎，品劣而有钱则尊。节妇贞嫞为束缚自由，苟且恋爱为天真烂漫。优伶娼妓，为自由职业。淫辞小说为出于自然，父子对簿为法律平等，师生扮唱为教育进步，牝鸡司晨为男女平权。何以为贵，曰有财多金。何以为荣，曰钻营官。何以为能，曰善于趋承。何以为才，曰口辩给捷。奢风既长，礼教又衰，风俗如此，人心可见。亭林先生言目击世趋，方知治乱之关，必在人心风俗。而所以转移人心，整顿风俗，则教化纲纪为不可阙哉，当国者其何以处之。

论事之标准*

吴 宓

吾前作《我之人生观》一文(载本志第十六期)以著个人立身行事之原则。今此文,则以表明吾对于人生社会诸种问题之态度,及立论之根据也。兹所谓事者,乃指此时此地,各种实际问题而言,如政治教育道德风俗等。夫论事与论学绝异。论学以真为归,惟理是崇,遵道而前,任其所之。只知有是非,而不容以利害苦乐人我今昔之见,扰杂其间,无所用其惶惑顾忌。惟然,故论学之标准,甚简而易明,只能有一,不能有二。若夫实际问题,则千变万化。此牵彼掣,表里判分,因果淆杂,至为繁复紊乱,不可捉摸。论事者所下之判断,所立之主张,不惟为我心之所欲言,尤必准酌实情,体察环境,使社会国家世界行吾之言而必能受益。吾之议论,既求不悖吾之良心,且须适宜于今之时势,必极审慎精熟而后出之。惟然,故论事之标准,甚繁而不易立,随时随地当有变更,然其重要固不下于论学之标准也。何以言之?试一观今日中国之立论互辩者,殆不出以下之数种:(一)举国所尊敬之名流,所称为知识界之领袖者,其为论辩也,惟事寻章摘句,互相诋之谌,不惟无充满之学识,为之根据。且直抛弃本题,对人射矢,俚语村言,秽词恶谑,层见迭出。甚或征引小说中之故典,咬文嚼字,以相讥骂,极其所能,不过表示一己之小聪明,善于掉转笔尖,效彼顽童小女,说俏皮话之技俩而已(谓余不信,请取近顷出版风行之《人生观之论战》二册读之。其

* 辑自《学衡》1926年8月第56期。

中所录，大抵然也）。此其论辩，于读者何益，于国家社会更何益哉？（二）另一派人，专就一己之身份位及利害关系以立言，以文章议论，为一己成功之器具，为敷衍他人之礼物，为一党会、一机关、一主张、一事业、一运动之宣传之铺张、之点缀，为兵战政争以及其他巧取豪夺之事之前驱、之后盾、之羽翼。彼其所重本不在文章议论，故其文章议论，亦皆空疏陈套之门面语，或堆积词藻，运用典故之晦涩文。其间即有警辟切当之议论，使读者心服意满，然仍疑发言者之别有作用，未必言行如一，始终若此。故以修辞不立其诚之故，且害及其文章，贬损其议论之价值焉。（三）更有一派，学生多属之，其意甚诚。然立论多凭感情，每以一己之好恶、一时之激动，发为议论，一偏过当，而持之甚坚。闻者即知其误，欲与之辩，而亦不能辩。计惟有以我所已读之某书某书，使彼尽读之，举我所知之某事之内容，某地之情形，悉告彼得知，然后始可相喻，而此又必不能行之事也。综上三者，名流之谩骂，政客之宣传，学生之感情表示，皆不足为有价值之议论。（此就其大部而言，非谓今之立论者无一中肯者，亦非谓为世无稳健精当之言论家也。）以其中实无标准故耳，无标准、无根据之言论虽偶有精警中肯之处，然推阐未明，思虑未周，态度不定，信仰不坚，故不足为建设之思想(Constructive thinking)，而国家社会难受其益也。

论事必有标准，而后对己可以立诚，对人言不妄发，辩论乃有归宿，问题始可解决。与其执一词一意、就一事一题为枝枝节节之辩论，诚不若就标准以立言。标准是，则其应用此标准而得之论断必不误；标准非，则其引申之绪论都非。标准合，则自成沆瀣；标准不合，则终必径庭。今日中国思想言论之淆杂可谓极矣，遇有意见不合之人，彼此肆行辩论，必无结果。且一极小问题，亦将愈辩而愈纠纷。盖不采源立极，寻根觅底，举一以反三，执简以驭繁，则虽他人无有误会，在我亦累千万不能尽意也。吾对于中国今日政治教育道德风俗各种问题，久欲有所陈述。然常觉其冗繁牵掣，有言之不能尽之苦。既细思之，莫如将吾国人论事之标准表而出之，说明此标准之何以成，更举例以示此标准应用于各种问题之情况。如是则吾对于各种问题之态度，不待言而自明，而所以持此态度之故，必为人所谅矣。此本篇之所以作也。

一 在 定 静 绝对 普遍(通) 合 久 质 实在(真如) 体(原理) 本 精神
多 成 变 动 相对 特殊(专) 分 暂 量 浮象(幻觉) 用(应用) 末 物质
内质 真理 综合 领悟 信仰 等等
外形 意见 分析 观察 知识 等等

吾之论事标准，至为简单。其起点为本质论之二元说，如右表示。(一)吾信有“一”与“多”之存在，相互对立，不得抹杀其一推而衍之。则“一”之变形，为在定静绝对普遍合久质实在等。“多”之变形，为成变动相对特殊分暂量浮象等，各成对偶而同时并存。观右表自明。(二)凡论人事须于“一”“多”两类同时并重，苟摈绝其一而不计及，则理论不能圆满充实。(三)然常人之心性，有偏于“一”类者，有偏于“多”类者。因之，于不知不觉之中，各人之思想见解亦各有所偏重。一时代、一社会之趋势，由其中大多数人之所偏重者定之，故有偏于“一”类之时，有偏重“多”类之时。大率精约之世(参阅本志第十六期《我之人生观》篇)，为偏重“一”类者，博放之世为偏重“多”。类者(四)今世为博放之世，故一般之趋势，多数人之思想，皆偏重“多”类，而欲调剂其偏，救正其失，则持论立言，宜偏重“一”类始能近真而有裨云。

更自另一方面言之，宇宙间之事物有天人物三界之列(天者近乎“一”，物者近乎“多”。若人性本二元，兼备“一”“多”。详《我之人生观》篇)，不得抹杀其一。然世人每有所偏重，按之历史，则西洋上古(希腊罗马)为偏重人之时，中世为偏重天之时，近世(自文艺复兴以迄今日)则为偏重物之时。趋于一极端之弊，显而易见。今欲救之，而又不欲趋彼极端，则当提倡偏重“人”之义。其法在扶植人性中高尚之部分而抑制人性中劣下之部分(详见《我之人生观》篇)。易言之，即今日救时之道(指全世界不仅中国)，端在不用宗教而以人文主义救科学与自然主义之流弊也。(吾师事美国白璧德先生，崇奉其学说。见本志第十九期《白璧德之人文主义》篇。白璧德先生固系提倡人文主义者，然吾之论事标准，非皆由白璧德先生之教，读者幸察之。)

综上所言，吾之论事标准，为信“一”“多”并存之义而偏重“一”，且凡事以人为本，注重个人之品德，吾对于政治社会宗教教育诸种问题之意见，无不由此所言之标准推衍而得，宗教与人生观二事已详前篇。今后当就新旧、礼教、政治、教育诸端，按上言之标准，而阐明之。

[按]此文作成于三年以前，以其中说理空疏，自视多缺失。故抑置至今，原拟另补材料，大加删改。旋以今来思想系统与前未可强合，遂决另作专篇，而先以此篇供读者之质正焉。

论心与论事*

——知行合一与义利不二

景昌极

欲论人之行为，必进求其动机，所谓“论心”者是。欲论人之志向，亦必兼观其实效，所谓“论事”者是。论心不论事不备，论事不论心亦不备。知行本自相须，义利岂真异趣。此皆世俗之所知，而学者转多昧昧。昧于心而论事者，有所谓狭义之功利论或正鹄论。昧于事而论心者，有所谓狭义之形式论或动机论。后者主知主义，前者主行主利。今将阐明知行合一义利不二之说，以通其惑而解其纷。

道德裁判“所以”裁判者何？易言之，吾人所用以判别孰善孰恶之“准则”若何，此为伦理学上第一中坚问题。应之曰：利他者为善，害他者为恶，何以故？以利他者“每”致两利，害他者“每”致两害故。然而利他者未必即能两利，害他者未必即能两害。利中未必无害，害中未必无利。利或转而为害，害或转而为利。利则又何以判之？应之曰：道德律与法律有相似者，论其概然而遗其偶然，论其大同而遗其小异。苦乐利害乃至善恶之判，莫非就其大同概然者言之。苦中未必无乐，乐中未必无苦，苦或转而为乐，乐或转而为苦。然而吾人终不能无苦乐之判别，斯不能无利害之判别。斯不能无善恶之判别，其详别具《苦与乐》《生命与道德》二篇（见本志第三十八期及第五十四期），以与本问题关系基密，故先论之。

---

* 辑自《学衡》1928 年 3 月第 62 期。

道德裁判"所"裁判者何？易言之，吾人善恶之判别对何而施？其"对象"为何？此为伦理学上第二中坚问题，亦即本篇所从事者。应之曰：善恶之对象是行为，是生物之行为（别于无生物之移动）。曰：犹未也。善恶之对象，是出于意志之行为（别于呼吸消化等机械动作），或虽非直接出于意志而事先或事后可以意志操纵之行为。（如醉酒时之恶行，无所逃于道德之裁判。以事先可以意节制，而未加节制故，又既受裁判，庶几事可豫为节制故。后）曰：犹未也。善恶之对象，是既出于意志而又可以利他或害他之行为（别于绝不能利他或害他，亦即无所谓善恶之行为，如人坐久偶起散步是），曰：犹未也。善恶之判，不但可施于行为，兼可施于可以引生善恶行为之意志、感情、知识、习惯、欲望、行动乃至风俗、制度一切环境等。故就可以引生善恶行为言，意志环境等亦得为善恶之对象（如所谓善性情恶社会是）。

善意志何以谓之善？以其"每"能发生善行为故。善行为，何以谓之善？以其"每"能发生善影响故。恶亦如是。利他而"每每"两利，斯曰善影响。害他而"每每"两害，斯曰恶影响。"每每"云者论概，然而非偶然论大同而非小异。是故善意志每能发生善行为，虽偶尔发生恶行为，仍不失为善意志。善行为每能发生善影响，虽偶尔发生恶影响，仍不失为善行为。是故"直道而行""居易以俟命"则为君子，"放于利而行""行险以徼幸"则为小人。

利他而两利之影响，何以谓之善？害他而两害之影响，何以谓之恶？应之曰：两利之为善与两害之为恶，此世俗所共知，抑亦善恶之名所由起。犹之十寸为尺，十尺为丈，约定俗成则不易更无究竟可寻也。盖世俗之有道德有必须之条件二：一曰苦乐利害之判别，二曰各人之苦乐利害相互影响。有其一而无其二，仍无所谓道德。是故利不必为善，利及于他然后为善。害不必为恶，害及于他然后为恶。仁字从二人，必二人而后有仁与不仁之分。其详亦具《苦与乐》篇（本志第五十四篇）。

按善恶准则问题之解答，旧有（一）神旨说，（二）从先进说，（三）良知说（又名直觉说），（四）尽性说（又名成德说或势力论）等。凡此诸说，多犯论理上"循环论证"之谬，似有准则而实无准则，以神旨非一，或且有自相矛盾处。何所适从，仍有待于其他准则。至若孰为先进，谁之知为良知，何性当尽，皆有令人无所适从之憾。说亦与神旨不殊，其无悖论理者有乐利说。乐利说又有两方面：（一）曰心理快乐论。狭义之心理快乐论，谓实际上吾人善恶是非之判别，莫非苦乐之感或苦乐之念所引生，按之心理事实，殊不尽然。我今广其义，谓实际上吾人是非善恶之判别，虽非全部直接生于苦乐之感或苦乐之念，但无往不与苦乐利害有关。苟无苦乐利害之别，亦将无善恶是非之别，可谓之广义之心理快乐论（说详《苦与乐》篇）。（二）曰伦理快乐论。谓吾人应以乐利判是非，此又有二。有谓当以一己之乐利与否判是非者，曰自利说；有谓当以能使他人乐利与否判是非者，曰利他说。我今斥自利说而申利他说，而尤致意于利他之每每两利、害他之每每两害，可谓之两利说之伦理快乐论（说详《生命及道德》篇）。

或曰：子之所以判善恶者，最后仍以影响言，将非功利论乎？曰：似同而实异。狭义之功利论谓凡行为之影响善者则为善，我则曰：凡行为之影响，善者不必善，必也其善，影响是概然之影响，而非偶然之影响。然后谓之善。不者吾且就其行为概然之恶影响，而谓之恶，未可知也（如侮辱人之行为，每使人感苦痛，故谓之恶。有时转足以激发人之志气，然而不得谓之善）。虽然，此行为之为概然抑偶然，犹未可必。吾方将进而求之于其意志，必也此概然能致善影响之行为，而又出现概然能致善影响之意志，而后能必其为善。不者吾且就其意志概然之恶影响，而谓之恶未可知也（如人或意存害人而谀人，或意存利人而规人，或本无侮人意而人以为侮，凡此之类要当分别论之）。至于孰为概然，孰为偶然，固饶有讨论余地，而世俗咸有概然之判别，则不容否认（如意存害人而人受害为概然，意存害人而人转受利为偶然是）。惟然，论事不论心，是知权而不知经，知善恶之偶然而不知其概然。

或曰：意志善者每能发生善行为，虽不能发生或尚未发生，仍不失其为善，此非动机论而何？曰：似同而实异。狭义之动机论，谓凡道德律皆放诸四海而皆准，俟诸百世而不惑者。我则谓可以概言者，惟道德之根本律（利他则两利，害他则两害），其余个别之风俗制度规律信条等，务须因时因地以制其宜。以利害之概然与偶然，每随时随地而异故（如在冬日或寒带，俾人就日中取暖，为概然之利他。如在夏日或热带，而强人曝背于日中，则为概然之害他，前者为概然之善举，而后者则非）。彼又谓动机之善恶与影响无关，我则谓终根于影响，以志行之影响苟无利他害他之分，世间将无所谓善恶故。彼又谓有志而行与有志而不行，行之得其道与行之不得其道，功罪相等。我则谓可行而不行，可求得其道而不求，必无所逃其责。缘夫利他也之影响有大小，善恶遂有大小，影响之大小每视行为，行为视意志，是故吾人概论善恶之大小，终须视意志之强弱以为断，而意志强弱又须视其力行与否以为断。徒志于善而不即行，行之而不务求其成功之道，是志不果而行不力。志不果而行不力，其善影响每甚微，或竟无有。斯其为善也亦仅矣，惟然，论心不论事，是知经不知权，知善恶之当然而不知其所以然。

谨按意志既为行为及影响之源泉，是故先贤之议论修养者，莫不首重诚意或立志，故曰士尚志。如何而可以诚意，大学有明文曰："欲诚其意者，先致其知。"何谓致知，《大学》无说明，但曰致知在格物。何谓格物，大学亦无说明，于是说明。

先儒解之者有二说。朱晦庵一派，谓致知者聚集知识也。格物者穷究事物之理也。理明识增，遇事能决，自不患其意志之不诚。意既诚而后正修身齐家，乃所谓行。故晦翁屡言"如何方有志，有知识始得"。王阳明一派，则谓致知者行其所已知，用其所已知也。格物者整饬其行事也，良知已固具，只行之致之，其意乃诚，非空言讲究，所能诚也。身家国等，即所谓物，修齐治等，即所谓格。知之初已是行，非知而后行；行之后与知俱进，非行后即无知。以故朱子教人从读书讲学入手，王子教人从躬行体识入手。朱子主知而后行，王子主即知即行。自朱子言知者行之始，行者知之终。王子更进一步言，知者行之内，行者知之外。知之笃实处是行，行之精明处是知。

我谓以事论，朱子较能得《大学》之本义。以《大学》明言知致而后意诚，不言而即意诚，一也。知行并进行说，距常识较远，恐非古人所及知，二也。《大学》本太学中讲学之说，其入手办法，当然偏于讲学穷理，三也。以理论二者各有所当，不可偏废。阳明见理较深，而语病亦较甚。试以最近心理学较之。知是一事，志是一事，行又是一事。无知则无志（如无知觉之草本，自无所谓意志），而有知未必有志（如一人居幻想，或冥究玄理时，无所事事是）；无志则无行（无志之行，如机械动作等，非道德之对象。此所谓行，谓由意志所引生之肌肉动作），而有志未必即有行（如吾有志于明日假期出外旅行，志定于今日，行则必待明日是）。由知而有志，由志而有行，此朱子暨一般人之主张也。三者同时并进，此阳明之所补益也。谓三者有时并进则可，谓一切时中并进则不可（即行必与志及知偕，志必与知偕，而知不必与志及行偕，志亦不必与行偕）。知之切而后行之切，朱子暨一般人之所主张也。行之切而后知之切，阳明之所补益也。二者皆有，然而未必尽然（有关于行之知，有未及行之志，有不能行之志，故曰知之切者，不必行之切。有不待多知之行，有受知者指挥之行，有日用而不知，而非全无所知之行，故曰行之切未必知之切）。大抵阳明之所谓知多统志而言，而于无关于志之知则未加简别，其所谓行亦多统志而言，而于无关于志之行亦未加简别，故不能无语病。今试易其知字为志字，而撮述其旨曰："志而不行等于无志，志而即行方见有志，志而力行是曰励志，行而无志是为盲行，行而有志方是德行，行志俱进是曰笃行。"差亦足以尽知行合一之要义矣。

又按朱子讲学穷理，阳明暨宋明诸儒，亦无一不讲学穷理。讲学穷理，增加知识，足为励志笃行之助，固也。独惜其所讲之学，所穷之理，大抵不出伦理之范围，而又凌杂重复，不成系统。乃至于善恶准则之根本问题，舍默认"神旨""从先进""良知""尽性"诸书说外，亦复无所建树，其偶尔涉及名理物理处之肤浅而无当更无论矣。

又按先儒义利之辨，或以公私分，或以计较利害与否分。其计较利害一层实为狭义之形式论（或动机论）与狭义正鹄论（或功利论）之分野（义即所谓形式，利即所谓正鹄）。自广义言，公利未始非利，不计较之计较，亦未始非计较形式中有其正鹄，正鹄有中有期形式（利他则两利，利他是其形式，两利是其正鹄）。义之于利并无二致，其详亦具《苦与乐》《生命及道德》篇。

尝见某城隍庙联云："百行孝为先，论心不论事，论事寒门无孝子。万恶淫为首，论事不论心，论心天下无完人。"按之上说，有以知其似是而实非。寒门之孝子，固非空想空说、无所事事所能成就者。昔者子路家贫，为亲负米百里之外。负米之与不负，岂可同日而语。恶在其不论事，使竭智尽力，终不能致甘旨，斯人事已尽，即不失为孝子。恶在其论事即即无孝子，淫行生于淫心，欲人之免于淫行，端在预制其淫心，安得舍心而不论。至于天下有无完人，是另一问题。吾人念虑之微，所潜伏之罪恶种子，固不惟好淫而已，好名、好利、好安逸等皆是，又不惟罪恶种子而已。善良种子，如所谓恻隐羞恶等，亦莫不具有。故荀子有"人心惟危，道心惟微"之说，宋儒对于天理人欲之争，涵养省察之要，阐发尤为详尽，凡以示人心之为善为恶，咸难纯粹而已（详见《性与习》篇）。

人之善恶虽杂柔，论人者每失于一偏。同一人也，同一事也，而推究其动机，大抵仁者惟见其善，不仁者惟见其恶（附其所私与毁其所口者又当别论）。愚者两皆不见，惟智者为能两皆见之。仁者略迹而原心，不仁者略迹而诛心。愚者执迹而遗心，惟智者为能不遗心以论迹，亦不略迹以论心。仁者见天下事无不可恕，不仁者见天下事无不可诛。愚者以他人之诛恕为诛恕，惟智者为能斟酌于可诛可恕之间而得其平。

兼有智者之知见而后为大仁，兼有仁者之修养而后为大智。仁而不智，则为煦煦之小仁，为“可欺以其方”之君子。智而不仁，则为察察之小智，为“明知故昧，欺人自欺”之小人。

吾人知见方面，当交往智者之洞烛事理，自不待言。修养方面，则当效仁者之强恕（孔子曰：“强恕而行，求仁莫近焉。”谓于似不可恕者而强恕之）。与人为善，而怨愤之气潜消。天君泰然而瞋恚之念不起，斯谓尽恕之用。至若惩一以儆百，惩现在以儆将来之训戒刑罚，则不因之而废，然后不越乎义（周公之大义灭亲，孔明之挥涕斩马谡，皆无悖乎恕）。惟仁且智，乃合乎义。为人之道，蔑以加于此矣。

论历史学之过去与未来*

张荫麟

史学应为科学欤？抑艺术欤？曰兼之。斯言也，多数绩学之专门史家闻之，必且嗤笑。然专门家之嗤笑，不尽足慑也。世人恒以文笔优雅为述史之要技，专门家则否之。然历史之为艺术，固有超乎文笔优雅之上者矣。今以历史与小说较，所异者何在？夫人皆知在其所表现之境界一为虚一为实也。然此异点，遂足摈历史于艺术范围之外矣乎。写神仙之图画，艺术也。写生写真，毫发毕肖之图画，亦艺术也。小说与历史之所同者，表现有感情、有生命、有神采之境界，此则艺术之事也。惟以历史所表现者为真境，故其资料必有待于科学的搜集与整理。然仅有资料，虽极精确，亦不成史，即更经科学的综合，亦不成史。何也？以感情生命神彩，有待于直观的认取与艺术的表现也。斯宾格勒之论文化也，谓为"若干潜伏之理想情感性质之表露、之实践。惟然，故非纯粹简单之智力所能识取其全体。智力者，仅能外立以判物而已。文化者，吾人视之，当如视一艺术品。"（见本杂志第六十一期张荫麟译《斯宾格勒之文化论》）夫岂惟文化，其他多数人类活动，亦莫不然。

要之，理想之历史须具二条件：（一）正确充备之资料；（二）忠实之艺术的表现。过去与现在之历史，能具此二条件否耶？如不然，将来之历史如何然后能具此二条件耶？艺术者，半存乎天才，非人力所能控制，以预期将来之如何

---

* 辑自《学衡》1928年3月第62期。

如何，故兹略而不论。惟论资料：

（一）过去历史资料所受之限制何在？

（二）此等限制在将来有打破或减轻之可能否？若可，则

（三）如何控制将来之资料，以打破或减轻此等限制，使将来之历史渐臻于理想之域？

吾确信苟认识此诸问题之意义者，必深觉其于史学及人类知识之前途有綦重之关系。盖此等问题一解决，新方法见诸实行，则将来世界之历史记录，将来人类经验之库藏，必大改观。人类关于自身之知识，或因此而得无限之新数据与新观点，亦未可知也。此等功效自不能奏显于目前。然使人类而不必为明日计，使学术本身之前途而不须顾及，使真理之探求而不必穷可能之限度，则亦已矣。如其不尔，则举世以历史为专业之人，不可不急起而考虑此诸问题也。

此诸问题及其重要，本极简单明显。最可异者，自有历史迄今，对于第（一）问题，虽近世学者间有感及，然从未有加以详尽及统系的分析。至于第（二）、（三）问题，则绝无提出者。岂不以史家之目光为过去所牢笼，遂并史学自身将来之命运，亦无暇顾及耶？吾今为此论非敢沾沾自喜，诚以此诸问题关系将来人类之历史知识者甚巨，而历史知识者几占人类知识全部之半，故不能指陈此诸问题之重要，以冀今后学者之注意。至吾今所能为者，仅发凡起例而已。

一切具体的科学，按其研究对象之性质，可分为二类：其一为直接的科学。其所研究之现象，可直接实验或观察，而同样现象，可随意使之复现，或依自然之周期而复现，至百千万亿次而无所限，故其叙述推理及结论之所据，非某时代某人特定的观察，而为人人所能亲见之事实。此类科学，如物理化学其最著者也。其二为间接的科学。其所研究之现象，一现旋灭，永不复返，吾人仅能从其所留之痕迹而推考之。此种痕迹，又分为二类：其一，本身即为过去之现象之一部分者，如地层化石、古动物骸骨及古器物之类是也。其二为某时某人对某现象直接或间接所得之印象，如史传、游记之类是也。专以前一类为研究对象者，如地质学、古生物学及考古学是也。其研究对象兼前后二类者，历史是也。从个人之印象，而推断事实之真际，其道何由乎？此则凡曾读西洋普通史学方法书者皆习闻之矣。曰：由于多数独立坦白而能力充分之见证人之谐协，以专门之语言之。今有一事，甲乙丙丁等若干人同亲见之，彼等皆有明察此事之能力（例如耳目无疵、神经不错乱等），又无作伪欺人之意，又未曾互通消息，而其关于此事之报告，有互相谐协之处，则其谐协之部分，可称为信史。

此历史真理之根据，原则上虽不能与科学真理之根据立于同等巩固之地位，实际上尚可为可靠之标准。虽然，一部世界史，若逐事严格以此标准绳之，其得称为信史者，恐不逾数十页也。其所以若此者，则以历史所由构成之印象，其质的方面及量的方面，胥受种种限制，不能如理想所期也。此过去之事，后人所无可如何者也（虽然地下及地上常有新资料之发现，然其所能补之苴漏不过九牛之一毛耳）。虽然，未来之历史，亦将不能逃此命运乎？吾人对于未来史事之印象，不能有预先之控制，以提高其质的方面，而增加其量的方面乎？更进而言之，过去种种限制，其皆出于天然，而非人力所能打破者乎？欲解决此问题，宜先知过去史料所受之限制为何。

以吾浅陋之分析，此等限制有十五种，可分为两类。兹分论如次：

甲、绝对之限制

所谓绝对之限制者，非谓限制之本身皆为绝对不可变者也，谓其在过去所生之结果，后人无法补救也。吾人于不良之资料，自可摈弃、怀疑，然终无法改善其质也。吾人虽能发现历史之罅隙，然有补苴之希望者极少也。此类限制，为数有十一：

（一）观察范围之限制

历史智识之来源，厥为事实之观察。然人类之活动，有许多为活动者以外之人观察所不能及者。

（子）个人之活动自守秘密者。凡个人不可告人之事皆属此类。历史上不可告人之事而关系极重大者何限？试以近世史为例，袁世凯当东山再起之日，是否已早定欺劫孤儿寡妇之阴谋？当其宣誓就大总统职之时，是否已预作黄袍加身之计？此皆无人能证明或反证者也。

（丑）个人之活动无发表之机会者。关于此项，今举一极有趣之例证，吴沃尧在其《二十年目睹之怪现状》中已引为笑谈者也。《左传》记晋灵公使鉏麑往刺赵盾，麑“晨往，寝门辟矣，盛服将朝，尚早，坐而假寐。麑退，叹而言曰：‘不忘恭敬，民之主也。贼民之主不忠，弃君之命不信。有一于此，不如死也。’触槐而死。”试问此时赵盾假寐而未醒，鉏麑入室而无觉，谁能得闻其将死时心中之自语乎？

（寅）多数人之活动自守秘密者。例如……两军对垒时军事之秘密，及外交上秘盟秘约是也。

（卯）多数人之活动无发表之机会者。例如历代奸雄之杀其党徒或爪牙以灭口之类是也。

（二）观察人之限制

凡科学上之实验观测，必出于洞明学理、久经训练者入手。今有不通天文学之人，持管以望天，天文学家必不取其所见以为研究之资料也。今有不识鸟兽草木之理之人，摹状奇禽异花之构造及特征，生物学家必笑而置之。不幸过去之史事，具正确观察之能力者，多不得观察之机会。而得观察之者，却多为缺乏智识与训练之人。史家所得而根据之资料，大部分不啻寻常人持管之望天，乡愚对于奇禽异花之摹状也。关于史事，有训练者之观察与无训练者之观察之差异程度，可举一例以明之：

一九二〇年九月六日正午，纽约市华尔街突爆发一炸弹。此事之预谋者及其动机，至今犹未明也。《华尔街汇报》之编辑人，所居与爆发地密迩，闻讯，立遣访员往查。其后彼又询问当场见证者九人。其中八人，皆谓当时该地车马甚多，或谓为数有十。有三人且坚确肯定，谓载炸弹者为一红色之摩托车。只有一退伍之军官，谓炸弹实爆发于一货车以马引者，其车停于检冶局（The assay office）之门前，此外只见一摩托车停于货车之对面。此军官之言，其后证明为确实。该报编辑记此事毕，更附论曰：吾人须注意者，此军官实为有专门训练之见证人。因曾为军官，故习于炸弹爆发之真相，习于正确之观察。其余八人，对于当地车数之重要问题，莫不谬误。……彼八人之报告，非其所见，乃其所推断。且非其所推断，乃其所猜度。……鄙人为报纸访事员者已三十五年，世界几已历遍，搜集新闻，权衡证据，素所习为。以鄙人之经验观之，吾侪（报纸访事员）大抵皆不自觉地说谎者而已（Letter to the New York Times, May 30, 1924。据一九二六年出版之 A. Johnson “Historian and Historical Evidence”一书第二十四至三十五页所引）。

夫今日之报纸访事员如是，昔之记史证者又如何？

（三）观察地位之限制

吾人对于一事物之印象，每视乎吾人观察之地位而异。历史记载，每因观察者地位之限制而不得正确之印象。此种限制，又分为二类：

（子）距离之限制。例如观察一战事，与其仅在后方听炮声之远近、觇军队之进退，不如更亲临战场观交绥之情形。然古今战史资料之来源，其得自战场上者有几耶？

（丑）观点之限制。例如甲乙同在战场观战，甲在堡外阚，乙在高山上瞭望，则冲锋肉搏之状，甲所能瞭睹者，乙不能也。空中飞机追逐升坠之状，乙所能瞭睹者，甲不能也。是故有时必须比较在数观点之观察，然后能得一事实之真相。然一事实而有数观点之观察者，历史上盖罕觏见。

（四）观察时之情形之限制

观察时个人自身之情形及外界四周之情形，有足影响于其印象之正确者。

（子）个人自身之情形。个人之知觉作用及观察能力，每蔽于一时之感情，而失其正。《大学》所谓“身为所忿懥，则不得其正；有所恐惧，则不得其正；有所好乐，则不得其正；有所忧患，则不得其正。心不在焉，视而不见，听而不闻”者是也。败兵丧胆，则鹤唳风声，皆为敌号，远山草木，尽是敌兵。此其例也。

（丑）外界的影响。

（天）物界。例如阴霾漫天，则近景不辨；巨响震地，则语声不闻。又如颜色之感觉，受亮度之影响。晚间亮度若减，则红蓝不辨。故苟有证人谓在黑暗中见一红帽而非蓝帽者，同法庭必不信其证据。

（地）社会。若有一种共通信仰或感情流于社会，令人受其影响，先入为主，则凡与此种信仰或感情之对象相疑似之物，辄易被认为真。《左传》所记郑人相惊以伯有之事，即其例也。通常所谓精神传染（Psychis Contagion）、所谓心灵的导引（Mental induction）、所谓群众心理（Psychlolgy of the Crowd），皆所以解释此种事实之名词也。

（五）知觉能力之限制

假设观察之人、观察之地位、及观察时之情形，皆合于理想矣，然犹未必能得理想之印象，何也？以吾人之感官（sense organ），原为不可靠之测量器也。构成历史之要素，厥为空间、时间、动作、景物（scene），然感官于此四者所得之印象，其差忒之度，恒出人意表。谓余不信，试观近代心理学家实验之结果。

（子）空间

(天) 大小。昔牟斯特伯(Munsterberg)氏曾仿效天文学家 Foestrer 之试验,命一班学生,各言其所见满月之大小与直臂所持在目前之何物相同。氏之报告曰:

> 吾所得之答案如下:一圆银币之四分之一,中等大之甜香瓜,在地平线时如菜盘,当头时如果碟;吾身中之时计,直径六寸,一元银币;吾身中之时计之一百倍,人头,半圆币,直径九寸;葡萄子、车轮、牛油碟、橘子、十尺二寸;一角币、教室中之时钟,碗豆汤盘、自来水笔(似指直径)、柠檬糕、手掌、直径三尺。此足见印象纷歧之可惊矣。更有足使读者骇讶者,诸答案中,其惟一正确者,厥为以月比豌豆之答案。(以上见 Huge Munsterberg 所著 On the Witness Stand 第二十七至二十八页)

(地)距离。恒人之估算远近,大抵以物象明晰之程度为准,鲜有兼计及光度之强弱者。是故遇有烟雾,则近前之物模糊,而人觉其巨且远;天朗气清,则远处物体明晰显豁,人觉其小而近。

(丑) 时间。时间知觉之谲幻,尤为昭著。据心理学家之研究,吾人不觉时间之分点,但觉时间之范围及延续。换言之,即吾人于一时间,但觉其起讫之界限也。对于一时间之觉认,与在此时间所作事之兴趣及注意成正比。是故同一长度之时间,若当旅行艰苦之途程,则觉其酷长,若当聚精会神于动人之戏剧,则觉其飞速。此凡人所有之经验也。然有可异者,在回想中,则悠久而厌苦之期间,反觉其短,欢乐之瞬息,反觉其长。此表似矛盾之现象,可解释如下:吾人追想过去之时间,其长短之感觉,视乎此时间之内容(所历情节)存于记忆中者之多寡而殊。愉快之时间,其情节繁多,厌倦之时间,其情节单调,其在记忆中遗痕浅而少。

复次,吾人对于事物之知觉(Perception)有一特点,即所觉者,非事物之种种属性,而为事物之全体。故知觉之定义,为感觉置在意识前之特殊事物(Consciousness of particular material things present to the sense)。今夫椅,有其种种特异之属性及部分,如椅柄也、椅脚也、靠背也、椅身也,然吾人非先见椅柄、椅身、椅脚、靠背各部分,然后合之而成一椅也。吾人张目看椅,即见其全体。夫此时感觉神经之受刺激者,自有多数,然吾人所见,却为一结合体。何为能如是耶?则以知觉之历程,乃以先前之经验代表新事物于意识中也。

借前此之识觉，忆得知椅之性质，已造成习惯的反应，故不待分析各部，而即见其全体也。是故在大多数情形之下，知觉者，实为粗略之重现的历程(reproductive process)。过去之知觉，与当前之知觉，搀合为一体，而将新者改易范畴，使与过去符同，此心理学家之恒言也。吾尝有譬焉，知觉者，非逐物摄影，乃先搜集无数物像，然后对像认物也。若有与旧像大致无差者，则易被认为同物而不细辨。若有一种新事物，其像为旧所无，或不经见者，则或知其无，而为摄新像，或不知而以不同之旧像冒混之。此种对像认物之步骤，其正确之程度，视乎下列三者而殊：(1)预期。即已有先入为主之成见，如第(三)目(子)项及第(三)目(丑)项(地)条所举者是也。(2)速度。(3)对象之复杂程度。关于后二者，兹按动作与景物分论之。

(寅) 动作。同一人观察一连续之动作(假定只能有一次之观察者)，其所得印象之正确程度，与动作之速度及复杂程度成反比例，故稍为速而繁之动作，虽经训练之观察者亦无如之何。兹举一例如下：

> 昔在葛廷根(Gottingen)开心理学会议时，曾举行一极有趣之试验，受试者皆有训练之观察者也。离议堂(会议所在)不远，方举行一公共宴飨，并有化装(戴面具)跳舞。猝然议堂之门被冲而开，一村夫奔入，又一黑人追之，手持短铳，二人止于堂中而斗。村夫仆，黑人跃跨其上，发铳，然后二人俱奔而出。此事始末，历时不及二十秒。
>
> 主席立请在场之人，各作一报告，云将以为法庭审判之佐证。缴报告者四十人，仅就主要之事实而论，其错误少于百分之二十者仅一人，百分之二十至四十者十四人，百分之四十至五十者十二人，百分之五十以上者十三人。复次，有二十四报告，其中细节百分之十纯出虚构。其虚构在百分之十以上者有十报告，在百分之十以下者有六。约言之，报告之四分一出于虚构(以上见 Watter Lippman 所著 *Public Opinion* 一书第八十二至八十三页，该书一九二二年出版)。

夫以(一)有训练之观察者(二)作负责之报告(三)叙方现于其眼前之事，而结果如此，则不具此诸条件者，更当何如耶？言语亦为动作之一，旁听者所受之限制，亦适用上述之定律。故马丁路德在瓦尔姆会议(the Diet of Worms)中所言为何，至今犹为聚讼不决之问题也。

(卯)景物。上节言动体之观察,此节言静体之观察。静体观察正确程度,与所观察物之复杂程度成反比例,与观察时间之长度成正比例。静体之观察视动体之观察有一优点焉,动作之速度(就历史事实而论),绝非吾人所能控制,而观察时间之长短,有时为吾人所能控制者。静体又分为二类:一为固定者,一为不固定者。前者如山川之形势,后者如战争中防御之布置。前者视后者有一利,前者可容许无数次之观察及复勘,此类之观察之谬误(如实物尚存于今者)当属于相对的限制(详后)之范围。后者则或仅容许一次之观察,如动体然。且也,物体之过小及过大,皆足影响观察(当然仅指肉体之观察)之正确。以极微小之物体为研究对象者,在自然科学中多不胜数,惟史学上则罕覯,兹不可论。因观察体之过大而影响观察之正确,其在历史上最著为例,如中国之河源问题是也。古传说谓“河出昆仑,其高二千五百余里,日月所相避隐为光明也。其上有醴泉瑶池。”(《史记·大宛传》引《禹本纪》)此说荒诞固矣。自张骞使大夏,穷河源,谓“河有二源,一出葱岭山,一出于阗。于阗在南山下,其河北流与葱岭河合,东注蒲昌海。(中略)潜行地下,南出于积石,为中国河”云,其摧扫旧日神话,固为地理学知识之进步。然张骞之观察,较以今日地理学知识,实全属谬误也。

(六)记忆之限制

截至上文止,已略陈史事观察所受之限制。假设无此等限制,而能得理想之印象矣。然经若干时后,则此印象渐漫患而模糊,或与他印象相掺合而混淆。是故科学之记录,必随观察时为之,绝无依赖记忆者。惟过去历史之记录则不然,此其故有三:

(子)未有文字以前之传说,必待文字发明以后,始能见于记录。

(丑)延长之动作,须继续注意者,吾人不能将其截断为若干部分,不能先观察记录毕一部分,然后及其他。因史事完全非观察者所能控制也,是故有时必待事毕然后能记录。此事所历之时愈长,则所需于记忆者愈多。

以上二类,皆不可免者也。

(寅)亦有可免而不可免者。自来有观察史事之机会之人,当其观察之时,而已预存作正确记录之心者鲜矣。预存此心而知事后立即记录之重要而实行之者,则更鲜矣。大多数记录之产生,皆由于久后兴趣之感动及实际之需要。史料中之起居注及日记,可谓去观察时最近之记录矣,然试翻乙部之目,此二类所占之部分不过太仓之一粟。余则大抵记录于事后数年，数十年，甚至数百年者也。

历史所需于记忆者既若是矣，而记忆之可靠程度为何等耶？兹取一例以明之。约翰·亚丹斯(John Adams)者，曾参与起草美国独立宣言书之人也，其事在一七七六年六月。其后四十七年，亚丹年已八十八，追忆其事，既叙国会委派独立委员会之经过毕，续曰：

> 委员会聚集数次，有人提议发表宣言，委员会乃派哲福森(今译杰弗逊)(Jefferson)先生与余负草创修饰之责，此专任之委员分会遂聚集。哲福森提议命予属草，予曰，予不为此。彼曰：君当为此。予曰：噫，不能。彼又曰：君胡不为？君当为之。予曰：予不为。彼曰：何故？予曰：理由多矣。曰：理由何在？予曰：理由一，君为勿吉尼亚省人，此事当使勿吉尼亚人居首。理由二，予生平冒犯人多，为世所疑，且不理于众口，而君则反是。理由三，君文之佳，十倍于予。哲福森曰：是有哉，君意若决，予当尽其所能。予曰：甚善。待君草创就，吾等将再会。
>
> 越一二日，哲福森复晤予，出其草稿见示。予当时有无献议或修议，今已不忆。此文交付独立委员会(由五人组成)审查，有无更易，吾亦已遗忘，惟其后报告于国会，经严格之批评，又删去词令最巧之数段，卒见采用，以一七七六年七月公布于世(以上见 *The Life and Works of John Adams* 卷二第五一二至五一四页)。

哲福森记此事则大异，谓亚丹斯之记忆，使其陷于铁案如山之谬误。哲福森致友人书之言曰：

> 五人委员会曾聚集，并无设专任委员分会之议。惟全会一致促予一人独任宣言之草创，予允之，予乃属稿。惟在交付委员会之前，予曾将文稿分示富兰克林博士及亚丹斯先生，请其斧正。……宣言之原稿，君已见之矣。其中行间有富兰克林博士及亚丹斯先生之改削，皆出彼等手笔。彼等所改易，只有两三处，而皆文词上之修饰耳。予当时乃重抄一清稿，以付委员会。委员会毫不加议，以付国会(以上见 *Writtings of Thomass Jefferson* 一八六九年刊本卷七期第三〇四页)。

然哲福生之记忆亦未尝无误。宣言原稿今犹在,其中改削确不止二三处,而亦不尽出福兰克林、亚当斯二人手笔也(参阅 Becker 所著 *The Declaration of Independence* 一三六至一四一页)。

(七)记录工具之限制

假设得理想之印象,而又不受记忆之限制矣,然此印象须翻译成具体的记录,然后能传达于他人。此翻译步骤之正确程度,亦受限制。记录之工具可分为二:一图像,二语言文字。图像(指历史画之类)在史料上占极少数,兹略而不论。语言文字对于述史之限制有三:

(子)使用语言文字之能力,因人而殊。即惯于操翰之人,亦每有词不达意之感。词不达意之结果有二,(一)因无词以发表,遂使印象消灭。(二)因用字不当,使人误会。后者尤为重要。因史家所用言词与寻常日用者同,非如专门术语各有明确之定义也。虽极精于文字学之人,其用字亦难悉符字典上之公认标准,况有直接观察之机会而欲为记录之人,固未必精通文字也。寻常一字,其在各人心中所代表之对象,每或差歧甚大。此等试验,中国心理学家尚未闻有举行之者。兹姑引一外国文之例如下(见 Walter Lippmann 所著 *Public Opinion* 第六八至六九页):一九二〇年,在美国东部,曾举行一字义试验。受试者为一群大学生。举 alien(异邦人)一字,令各人下一定义,其结果如下:

与本邦有仇之人;与政府作对之人;立于对方之人;属于与本邦无友谊之国之国民;战时之外国人;外国人之谋害其本国者;来自外国之敌人;与一国家作对之人。

读者须注意:(一)alien 为极常见之字,且在法律上有极确定之意义。(二)受试者为大学生。结果犹如此也。

(丑)在文言不合一之国,载笔之士,为求雅驯起见,必将历史人物之口语译成文言,修饰愈工,去真愈远。试翻二十四史及两通鉴,古人之言谈应对,其不遭此劫者有几?昔刘子元亦尝痛慨之矣,曰:

> 《史通》卷十六《言语篇》:"后来作者,通无远识,记其当世之语,罕能从实,而书文复追效昔人,示其稽古。是以好丘明,则偏模《左传》;爱子长,则全学史公。用使周秦言词,见于魏晋之代。楚汉应对,行乎宋齐之

日，而为修混沌，失彼天然。今古以之不纯，真伪由其相乱。故裴少期讥孙盛录曹公平素之语，而全作夫差亡灭之词，虽言以春秋，而事殊乖越者矣。”

（寅）异国文字互译。无论译者忠实及正确之情度如何，终不能使二者如一。故若（一）以甲邦人用甲邦之文字述乙邦之事，遇记言及迻载历史文件时，辄易失真。若此事实及文件在乙邦全无载录，则其失更无从纠正。二十四史中之蛮夷列传，多有此例。或（二）一国之文籍原本已失，只有异邦译本，则其内容之正确程度有减，佛典中此例最多。

（八）观察者之道德

以上论史事之观察及记录，皆假定观察者为忠诚正直、绝无虚匿欺人之心，又立志求真，绝不肯点窜装饰以期悦听者也。然自来史家，具此等美德者有几耶？关于虚饰之动机及方法，西方论史法之书多有详细之分析，本文不必赘及。惟论其影响有三：（子）史迹因隐匿而消灭。（丑）因改窜而事实之次序关系及轻重皆失其真。（寅）因虚造而无中生有。后者若能知其伪，则于史无伤。惟前二者所生之损失，有时无法可偿也。

（九）证据数量之限制

因观察者所受种种限制，故一人之孤证，虽为直接观察之结果，史家决不据为定论，而必求多数独立证据（直接观察之结果）之符同，证据愈多则愈善。虽然，一史迹而有多数独立直接之证据者实不多觏，甚或孤证仅存，此其故有三：

（子）有观察一史迹之机会者，未必为多数人。例如帝王之顾命，勇士之探险，亲见者必属少数。又如《史记·留候传》载张良与圯下老人之事若信，则除张良及老人外无人能知。

（丑）有观察一史迹之机会者，未必各作记录。例如随郑和下西洋者二万七千八百余人（《明史·郑和传》），而记其经历者（以吾所知）只有马欢之《瀛涯胜览》、费信之《星槎胜览》及巩珍之《西洋番国志》（此书见钱曾《读书敏求记》，无刊本，今存否尚未可知）耳。甚或仅有一种记录者，例如历朝之起居注是也。

（寅）同一史事之多数记录，经时间之淘汰，或人为之摧残，遂仅余少数，或惟存孤证。例如记宋南渡事者,《三朝北盟汇编》所引之书无虑百数十种,而今存者几何?又如岳飞为中国史上最彪炳之人物,而记其事之书今惟存《金陀粹编》。

(十)传讹

一人之见闻经历,未必亲为记录,记录亦未必尽。其未经记录之事,他人得知,惟借口传。时或原记录已失,而只存他人之重述。无论口传与笔述,每经一辗转,即多受一重知觉之限制、记忆之限制、应用工具能力之限制、传述者之道德之限制。辗转愈多,则印象愈变而失其真。此外尚有传钞传刻之讹,更无待举。

初民之传说及流俗之口碑,夫人皆知不可据矣。而不知虽近代极简单之事实,记录去传述之时甚近,传述者与所传述之对象关系极密切,且传述者为绩学之士大夫,又毫无作伪欺人之意,其谬误犹或足使人惊骇。例如苏玄瑛为清末民国初南方文坛上最惹人注目之人物,玄瑛既卒,其十余年深交之挚友柳弃疾为作小传,寥寥四百余言,于重要事实,宜若可无大剌谬矣。然试观柳氏后来自讼之言:

柳弃疾《苏曼殊年谱后序》(见柳无忌编《苏曼殊年谱及其他》第三十五至三十七页):"曼殊既殁,余为撮录其遗事,成《苏玄瑛传》一首,顾疏略殊甚。于曼殊卒年三十有五,竟不及详考,复误没于广慈医院为宝隆医院。……于曼殊少年事……第就闻于曼殊友台山马小进君者述之。……嗣检旧箧,得日本僧飞锡所撰《潮音跋》,盖曼殊手写见畀者……宜可征信,因取校余传,则抵牾万状。试比而论之,传文称'曼殊祝发广州雷峰寺,本师慧龙长老奇其才,试受以学,不数年尽通梵汉暨欧罗巴诸国典籍'。而《潮音跋》则言'年十二,从慧龙寺主持赞初大师披鬀于广州长寿寺,旋……诣雷峰海云寺,具足三坛大戒……'是则曼殊祝发之地为长寿而非雷峰,本师为赞初大师而非慧龙长老,传文之误一也;且具足三坛大戒之所,在雷峰海云寺,雷峰乃地名而非寺名,而赞初大师称慧龙主持,慧龙又寺名而非人名,传文之误二也;跋言曼殊从西班牙庄湘处士治欧洲词学,后至扶南,随乔悉磨长老究心梵章。其求学渊源如此,初无本师传授之说,传文之误三也;又传称周游欧罗巴美利坚诸境,而跋中……历数游踪……均不出亚洲以外,即晚年与友人书所谓'当欧洲大乱平定之后,吾当振锡西巡,一吊拜轮之墓'者,亦终未成事实,是传文之误四也。"

夫使柳氏不检旧箧,或《潮音跋》已饱蟫蠹,将谁疑此小传中有如此之四大谬误耶?

(十一) 亡佚

假设人类之历史有三百页之一册,则有记录之部分,只占最末之五十余页而已。而此五十余页,又残阙不全,一页或仅存数字,或仅存数行,东缺一角,西穿一穴。而每页皆有无数之蠹痕。残缺之因,除受观察记忆工具及传讹之限制外厥有三事:

(子) 史迹之失载。不必言未有文字以前之史事,不必言先秦三代之史事,即就民国开国之史而论,当时硕彦,今尚多存,问有几人,曾举其见闻经历为详悉之记录耶?有欲记录而无记录之自由者,如专制时代之惧犯忌讳(今日亦正如此),又如今日报纸之受政府检查是也。亦有载矣而经后人之故意毁灭者,如清初《东华录》之删改是也。

(丑) 古籍古器物之散亡。此其为例,举不胜举。如春秋战国间之百三十年,为我国历史上变迁最剧之时代,而文献全无足征,顾炎武已尝痛慨之矣。如张骞通西域,我国历史上一大事也,《隋书·经籍志》有张骞"出关志"一种,而今亡矣。试取诸史之"艺文志"一比对,则凡有书癖者孰不痛心也?至论器物,远如楚子所问之鼎,近如宋人所著录之数百种古彝,今皆何在?

书器之散亡,由于时间之淘汰者少,由于人为之摧毁者多。昔隋牛弘论图书有五厄:

《隋书》卷四十九《牛弘传》(节录):"秦皇焚书,一厄也;王莽之末,长安兵起,宫室图书(文景武成之所搜求,刘向父子之所校录者)并从焚烬,二厄也;孝献移都,吏民扰乱,图书缣帛皆取为帷囊,所收而西,载七十余乘,属西境大乱,一时燔荡,此三厄也;魏晋中秘书鸠集已多,属刘石凭陵,京华覆灭,朝章阙典,从而失坠,此四厄也;衣冠轨物,图画记注,播迁之余,皆归江左,及侯景来梁,秘省经籍虽从兵火,其文德殿内书宛然,萧绎平侯景,文德之书及公私典籍重本七万余卷,悉送荆江,江表图书,尽萃于此矣。及周师入郢,绎悉焚之于外城,所收十才一二,此书之五厄也。"

清潘祖荫论古器有六厄:

潘祖荫《〈攀古楼彝器款识〉自序》:"古器自周秦至今凡有六厄。《史记》曰,始皇铸天下兵器为金人。兵者戈戟之属,器者鼎彝之属,秦政意在尽收天下之铜,必尽括诸器可知,此一厄也;《后汉书》曰,董卓更铸小钱,悉取洛阳及长安钟簴飞廉铜马之属以充铸焉,此二厄也;《隋书》开皇九年四月,毁平陈所得秦汉三大钟,越三大鼓。十一年正月,以平陈所得古物多祸变,命悉毁之,此三厄也;《五代会要》周显德三年九月,勅两京诸道州府铜像器物诸色,限五十日内并须毁废送官,此四厄也;《大金国志》海陵正隆三年,诏毁平辽宋所得石器,此五厄也;《宋史》绍兴六年,敛民间铜器。二十八年,出御府铜器千五百余事付泉司,此六厄也。"

凡关心文献之人,读此孰能不俺卷而太息?然潘氏不过就所闻杂举,抑何能尽(例如《烈皇小识》卷六,记明思宗将内库历朝诸铜器尽发宝源局铸钱,据《燕京学报》一卷一期容庚《殷周礼乐器考略》文末所引)?至牛弘所举之厄,则自隋以后,何代蔑有?虽秦政之行,于史无偶,然若孟子所言,战国"诸侯恶其害已也,而皆去其籍"。若清代乾隆朝之焚毁禁书与违碍书,其去秦政之行一间尔。以上皆论全部之亡佚者也,亦有小部分之亡佚,如古籍之佚篇、脱简、夺句、缺字。又如清乾隆时修库书,于宋明人之著作,或抽毁其章节,或削改其违碍字眼,皆是也。

(寅)亦有形式虽存,而内容已湮晦者,此在古史为例最多。此项又有三类:(一)古文字之不可识者,如罗振玉《殷契待问编》所录是也。以后人之努力,虽或当续有所发明,然孰能决其必尽有涣然冰释之一日乎?(二)字虽可认,而文句不能索解者,例如《尚书》《墨经》及《楚辞·天问》中之有须阙疑者是也。(三)句读之不明者,例如《老子》首章"无名天地之始,有名万物之母"。或谓当于二名字下作读,或谓当于二无字下作读。又如《庄子·天下》篇"旧世法传之史尚多有之",或谓当于史字下作读,或谓当于上之字下作读。谁能起老聃庄周于地下而问之耶?

乙、相对之限制

绝对之限制，使吾人对于史迹不能得理想之记录。相对之限制，使既得之记录复失其本来面目，或不得其真正之意义与价值。然相对之限制可因史学及科学之进步而逐渐减少，此种限制可别为四类：

（一）缘绝对之限制而生之谬误未经发觉者。　此等谬误，上文多已举例论列，兹不复赘。在过去之历史中，此等错误恒经长久之时间始能发现，在未发现之前，人皆信以为真。以今之视昔，而推后之视今，安知现在所认为正确真实者，其中无伪谬之处，而有待于将来之发现？以下各类之谬误，亦同此理。

（二）伪书及伪器之未经发觉者。　例如梅赜之伪古文尚书，我国学界受其欺者千三百余年，至梅鷟、阎若璩辈始发其覆。如岣嵝碑，旧以为夏禹遗迹，今日则稍闻金石学者皆知其伪。

缘以上二种限制而生之谬误，史家与史料之作者各负一半责任，因史家若能知其虚谬，则不致受其欺也。以下二种谬误，则全由史家负责。

（三）史料本不误，因史家判断之不精密而致误（或史料固误因而加误）而未经发觉者。　此类范围极广，自史料之搜集、外证、内证（External and internal criticism）事实之断定，以及叙次表述上之种种步骤，皆有致误之可能，详细论列，不属本文范围，兹仅举二例如下：

（1）旧日中国学者以指南车与指南针混为一谈。日本山野博士证明指南车全为机械之构造，与磁针无关，其说甚是。然山野遂谓："指南车既为后汉之张衡及三国时代之马钧所创造，则（此字疑衍）斯时代之中国人仅知磁石有引铁之力而已。彼等何能应用（磁石之）指极性以造指南车乎？即使（当作使假使）能应用，则后汉三国两晋南北朝隋唐时代之记录中，除记磁石之引铁外，当然非论及其特征（指极性）不可，而何以必于宋时记录中，始论及其指极性（见《梦溪笔谈》）并指极性之应用（见《萍洲可谈》）乎？是则宋朝以前之中国人，决不知磁石有指极性也。"（以上见《科学杂志》第九卷第四期四百零五页文圣举译文）此言固似言之成理，吾人若不能发现宋以前有关磁之指极性之记载，亦无以折其说。然予按王充《论衡·是应篇》有云："司南之杓，投之于地，其抵南指。"此寥寥十二字，已将山野博士之说根本推翻，而证明其判断实差一千余年。夫《梦溪笔谈》及《萍洲可谈》关于磁针之记载，及宋以前诸史籍中关于指南车及磁石之记载，未尝误也，山野因搜集证据未尽，而遽用默证（argument form silence），遂铸成大错。

（2）此言事实之误也。亦有事实不误而因果关系误者。例如汉武帝表彰六经，罢黜百家，此事实也。西汉以后，诸子学说衰微，此亦事实也。然若谓后者之因，全在前者，则成一问题矣。

（四）事实之解释。　史家之解释历史现象，必以其时代所公认或某个人所信仰之真理为标准。而人类之知识与时代俱进化，后世所证明为谬者，先时或曾认为真理，而史家莫能逃此限制也。是故某时代信天变为人事之感应，则史家言地震与君德有关；某时代信鬼神为疾病之源，则史家采二竖入膏肓之说。又如元时西人不知有煤炭，故《马哥勃罗游记》谓北京人采一种黑色之巨石为薪；明时中国不知光之速度与声之速度之差，故《南中纪闻》谓"西洋鸟铳能初发无声，着人体方发响"。

以上论过去历史所受之限制竟。

近世科学之昌明，远迈前古矣。然近世及当今史事之记录，其有以愈于昔者几何？其能打破上述种种限制者至何程度？尚有何未尽之可能性？此皆吾人所当发之问题也。

以近百年科学及史学研究之发达，相对的限制日渐减轻，且可断言将来之减轻与努力之人数及分工之精密成正比例。

就绝对之限制而论，近今之历史，亦稍优于前世。以教育之发达，以印刷术之盛行，以出书费之比较低廉，故文字史料之量大增。以印本之多、流通之便、及图书馆博物馆之兴，故史料之保存易，此近世之优点一也。

史事可分二类：一为动的事实，如革命战争等是也；一为静的事实，如政治制度及风俗习惯等是也。后者为社会科学研究之对象。以今世社会科学之发达及其分工之精细，近世史之静的事实得更详细更有统系而更正确之描写，此近世之优点二也。

又近世有一种新史料，为古人所未能梦见，厥为报纸（中国在唐代已有朝报，然其性质不能与近日报纸比）。此种史料之重要，西方史家已深切感及，惟今日中国史家尚鲜注意之。五年前美国露西女士 Luch Maynard Salmon 刊行《新闻纸与权威》（*The Newspaper and Authority*）及《新闻纸与史家》（*The Newspaper and the Historian*）二巨书（均纽约之牛津大学出版部美国支部出版）。据《美国史家报》（*The American Historical Review*）之评论，前书论国家及社会对于报纸自由之限制，后书言整理新闻纸上史料之方法，皆与本段所论有深切之关系。以予之固陋，恨至今未得读其书。详细之论列，须俟异日另为一文，今仅述个人粗略之分析。

自报纸发明以后，史事记录之优于前者，略有三焉：旧日史事之有记录，大抵为偶然之事，非如在报纸制度之下，有专负观察调查统系的记录之责者也。有之，惟中国上世所谓左史记言，右史记动，及后世起居注官。然其所及范围，远不如报纸之广也，此报纸之优点一也。报纸所载，以新为尚，消息灵通，为竞争标准之一。故访员观察一事实，或闻知一消息，必于可能之最短时间内，叙述传播之，绝无隔数月数年以至数十年者，以是其所受记忆之限制较轻，此报纸之优点二也。报纸所记载之范围，视旧日所认为历史之范围为广。一般社会之情形，旧史所以为无足轻重而略去者，报纸所不遗弃。报纸实为社会之起居注，此报纸之优点三也。

然则报纸遂为理想之历史记录（所谓历史记录、历史著作殊）乎矣？曰其差犹不可以道里计也。报纸记录之来源，厥为报馆及通讯社之访员，其删定者则为各馆社之编辑。就大多数而论，彼等于真理之探求，皆非有特殊兴趣也。今试执一访员或编辑而问之曰，君何故为访员或报馆编辑？吾知其答案当不为欲使人类之活动得科学的记录也。虽调查翔实为其职业之条件，然非其惟一而绝对之条件也。在不影响于其职业之范围内，鲜有能为真理而努力者也。以求真为目的与以求真为手段，二者终有一间之差耳，此其弊一也。且访员大多数无专门观察之训练，上引纽约《华尔街汇报》某编辑之言，谓以其三十五年访事之经验，而知彼等大抵皆不自觉之说谎者。细思此言，谁敢以求真之责付托于今之报纸访员乎？此其弊二也。又彼等因人数之分配及时间地位精力之限制，其消息之来源，大部分恃间接之访问，或个人政治机关及团体之报告，其得自直接者，只占极微少之数量，此其弊三也。访员之访事及作记录，贵乎速捷，速则无暇细思复审，此其弊四也。为电报之省费，则叙述不能不省略，有时省略过甚，或不得其法，则事实之关系不明。至如演说谈话一经节缩，辄易失真，此其弊五也。访员既不可恃如此，而通讯社及报馆为经济所限，又决不能派多数访员同往观察一事，以求多数独立证据之符合，此其弊六也。因稿件之需求，通讯社及报馆恒采外来之投稿，不加复证，辄为刊布，此其弊七也。访员有访员之偏见及特殊之目的，通讯社有通讯社之偏见及特殊之目的（试以路透社及东方通讯社关于中国之通讯为例），报馆有报馆之偏见及特殊之目的，事实经此三道关头,而能不失其真者鲜矣。至凭空捏造,更无论也,此其弊八也。报纸恒受政治势力之支配,其与政府之利益冲突时,则受政府之禁制(如检查新闻),其与政府妥协时,则供政府之利用(如欧战时参战各国之报纸),此其弊九也。由是观之,则报纸非理想之历史记录明矣。

假设治天文学者仅研究古代观测之记录,而不思用科学方法观察记录现在天体之运行,试问天文学智识之本质,能有进步乎?不幸今日之历史学正有类于是。举世之史学家及史学团体,日日殚精竭智以搜寻过去人类活动遗迹,偶有半铢寸缕之发现,偶能补苴一微罅小隙,辄以为莫大之庆幸。夫此固此未可非薄,然所可异者,独无个人或团体,以现在人类活动之任何部分之科学的记录为己任,而一听其随命运之支配、时间之淘汰,以待后来史家于零编断简中搜索其残痕。真理所受之牺牲,有大于此者耶?

往者不可谏,来者犹可追。欲求将来之历史成为科学,欲使将来之人类得理想的史学智识,则必须从现在起,产生真正之"现代史家"或"历史访员",各依科学方法观察记录现在人类活动之一部分。此等历史访员,更须组织学术团体,以相协助,并谋现代史料之保存。

历史访员制之实行,必有待社会之同情与赞助。关于此种制度在现代社会上所将遭遇之阻碍及破除此阻碍之方法,予尚无具体意见,抑且恐非待实验后不能确知。复次,此历史访员当与现在之新闻访员分立欤?抑当提高现在之新闻访员,使成为历史访员乎?此又为一问题矣。

所谓用科学方法观察记录当代人类活动者,其目的即求减轻过去历史记录所曾受绝对限制而已,此诸限制除观察范围之限制外,几无一不可减轻者。兹针对上述诸绝对限制,于未来科学的观察与记录法则,发其凡如次:

(一)有意遗传于后(Consciously transmitted)之史料,其来源有二:一为历史人物之自述;二为见证人之记录。欲求见证人之记录之进步,须实行予上所称之历史访员制。欲求历史人物之自述之进步,须使历史教育普及,使忠信于后世、成为公共之意识,使人人皆感觉有以信史传后之责任。至自述与察访相同之点,当然适用察访之法则。以下即略述此法则。

(二)历史访员须有精细之分工,各于其所负观察责任之部分,须有专门之训练。

(三)于同一事象,须有多数(愈多愈善)之访员,各为独立之观察。

(四)须有多数人作同一观点之观察,更须有多数人作不同观点之观察。

（五）关于时间空间之测度，实物及自然环境之考验，须尽量利用科学原理及科学仪器。

（六）静物之观测，宜有充分之长时间及充分之复勘。

（七）观察所得，须于可能之最近时间内记录之。

（八）观察者对于文字语言之应用，须有充分之能力。

（九）历史人物之语言，须立存其真。

（十）观察者当观察之前，于一己之心理方面及道德方面须有相当之省察。

（十一）观察者于其观察之记录，须以社会同负广播及保存之责任。

吾所希望于历史记录之将来者如是。其事项之简单，其义理之胆明显，几无待言。然以是世遂无言之者，吾不能避其浅显而不言也。务实际及讲实利之人，必且以此所言为梦呓乎。亦欲世人知有此梦，知此梦非无实现之可能，而求实现之，则于现世无丝毫之损，于将来有莫大之利而已耳。

近今西洋史学之发展*

徐则陵

西洋史学至十九世纪而入批评时代，史家乃揭橥真确二概念以为标鹄，搜罗典籍古物以为资料，其方法则始于分析，成于综合，鉴别惟恐其不精，校雠惟恐其不密。辨纪录之创袭，审作家之诚伪，不苟同，无我执。“根据之学”(documentary 乃 science)自有其不朽之精神。本此精神以号召史学界者，自德之朗开氏（Ranke，1795—1886）始，史学之根据并世原著（Contemporary Source)、内证、旁勘等原则，皆自氏所创。自氏以还，西洋史学家始有批评精神与考证方法，史学乃有发展之可言。本篇所述限于近百年来史学界之发现，及德英美法四国学者之贡献，其史观之派别则从略。

近百年来社会科学勃兴，与史学相关最切者即后进之人种学。历史不独取材于是，本人种学家研究所得解释史象者，亦不乏其人。自一八四八年在直布罗陀发现尼项夺托(Neanderthal)人种颅骨，至一九一四年在德国发现克罗芒宁(Cromognean)人种躯骨，中间陆续发现原人骸骨者十五次，证据确凿。足见文字兴起以前，人类有甚长之历史。五十年前以六千余年前为远古史者，今乃知人类史之长且百倍于是而有余。近来欧洲所发现之石器、湖上村落、洞中壁画、食余蚌壳、祀神石柱，史家因得窥见原人生活之一斑，而再造过去。此人种学之有造于史学者也，然史学亦有蒙其害者在焉。

---

* 辑自《学衡》1922 年 1 月第 1 期。

史学家滥用人种学研究所得之种族差别，张大其词，扬自己民族而抑其他民族，其流弊乃主于长民族骄矜之气，自视为天纵之资，负促进文化之大任，引起国际间猜忌，而下战祸之种子。如过平罗(Count Gobineau)之著《人种不齐》(*L' Inegalite' des Races humaines*)一书，张白伦(H. S. Chamberlian)之著《十九世纪之基础》(*The Foundations of the Nineteenth Century*)一书，皆史学中之种族狂派也。其徒力言欧洲各种中以洛笛种(Nordic race)为最优，宜执世界人种之牛耳而管辖之，见解褊狭，遗祸无穷。史学家从人种学之所得者只原人生活之片面观，而不善用人种学之发现，乃造成民族谬见，史学界诚得不偿失也。虽然种族关系本足以解释文化进退之故，审慎如麦克陀格著(William McDougall)，庶乎可免流弊欤?

史学自身近今之重要发展，大率与古文字学有关。埃及神书(Hieroglyphics)、巴比伦之楔形书(Cuneiform Writing)、最近发现之赫泰书(Hittite Hieroglyphs)，皆古代文化之秘钥，得之即窥见其奥窔。向玻灵(Champollion)借径于希腊文而识罗色他(今译罗塞塔)(Rosetta Stone)石刻，而埃学(Egyptology)门径始开。至柏尔嘻(Burgsch)能读埃及草书而埃学乃自成一种学问，精于此者始克研究埃及史。马斯披露(Masbero)发现西蒲斯(Thebes)之石陵而埃及之宗教思想美术等始大露于世；斐德黎(Elinders Petrie)发现埃及王室与其强邻奄锡王室之通牒，而埃及史更多一章。锡加过大学教授白拉斯泰与埃及之宗教思想发现尤多。一八九五(年)以前，世之言埃及史者大率自第四代起，然今日之白拉斯泰言埃及史者，能推而上之至于石器时代，此皆近年掘发之效果也，以麻更氏(de Morgan)之贡献为尤著。自英人劳苓荪(Rawlinson)能读楔形文字而巴比伦史始得下手研究。一八三八年劳氏初译裴赫顿(Behiston)石刻文后研究廿年，巴比伦文字上障碍始尽去。一八七七(年)沙尔善克(de Sarzec)在巴比伦平原之南部泰罗(Telle)附近之土墩内发现非先密的民族之文字，研究之余始知先密的民族未侵入巴比伦平原(Bayownia)之前，有苏墨人(今译苏美尔人)(Sumerians)据其地，其文化影响于巴比伦者甚大。同时有美国发掘队在巴比伦平原北部之聂泊(Nipper)发现砖书以万计，巴比伦史料益多。欧战前德人发掘巴比伦(Babylon)城，战事起遂中辍。巴比伦发现之最有价值者，莫如一九〇一年法人戴马更在苏沙(Suss)所得之解谟纳丕法典碑了(今译汉谟拉比法典)(Code of Hammurabi)，是为成文法之最古而今尚保存者，史家由此得知当时种种社会问题及制法之意义。奄锡城址内亦有所发现,得种种史料,于是知四千年前两河流域之文化已粲然可观,而犹太人宗教思想之受其影响者正复不浅也。

近二十年来小亚细亚两河间地北部陆续发现赫泰人石刻及其他遗迹。十年前大英博物院掘发队在加惺密些(Carchemish)略有所得,恽克勒(Winckler)在波加斯居(Boghazkeue)发现藏书馆一所,中有砖书二万板,现存君士但丁陈列室,尚无人能读。一九一五(年)奥国学者赫更黎氏(Horgny)宣言云,赫泰语言非印度欧罗巴语。前此研究赫泰文字者,苦于拓本恶劣及方法不合,俱无结果,惟舍思氏(Sayce)研究四十余年略窥门径。继舍氏而起者有高留氏(CH. E. Cowley'),一九一八年在牛津大学讲赫泰学,据云其文字之意义可辨者已有百余字。沉沉长夜,微露曙影,异日有人能读其书者,定能弥补古代史乘之缺陷也。

以发现城垣宫殿等古物而揭破希腊古代史之黑幕者,则有英人爱芬斯(Evans)在克黎脱(Crete)岛上拉沙(knossos)地方之发现。掘地五年,发现宫殿一所,壁刻精绝。当时女子之服饰,即置诸今日巴黎社会上亦无逊色云;金器之雕刻亦精美绝伦。克黎脱文化上承埃及,下启希腊。其文字虽无识者,然从古物上考察,其文化程度甚高,腓尼辛字母即出于是。西利芒(Schliemann)之发现梅西尼(Micenea)文化,亦于希腊古代史有所发明。然梭伦(Solon)前之希腊史,仍少铁证。以真伪莫辨之何墨史诗尚据以为史材,则事实之缺乏可想见矣。

近人之研究罗马史者,以芒森(Monnson)所造为最深。初著《该撒(今译凯撒)前之罗马史》,名震全欧。后复专心研究法律币制等,其拉丁原著《史钞之纂》,体大思精,盖其毕生精力所萃。晚年著《罗马刑法考》、《罗马法典论》,亦研精覃思之作。德有芒森而史学自成一派,后起研究罗马史者,莫不受氏之影响。费雷罗(Ferrero)著《罗马兴亡史》(*Creatness and Decline of Rome*),以经济与心理的原因解释民国之亡,耸动当世。嗣后研究罗马史者,如甘米叶(Camille)、哈佛费(Haverfield)等,皆有所发明。惟因资料缺乏,民国初年史终无敢问津者。芬留(Frank)《罗马经济史》(*Economic History of Rome*,一九二〇出版),盖最近罗马民国初年史之重要贡献也。近来罗掘罗马古物者,以德人及意大利人为最勤。夏登(Jordan)罗马形势之研究,蟠尼(Boni)议政厅及白拉丁河畔之发现,效果至大。米尔(Maer)在彭坡所得,尤可惊喜。考古有获,而曩之罗马雕刻纯系抄袭之谬见，今已祛除。兹事虽小，然尚确之精神则可取也。

中古史自其大体言之，可简称曰教会史，则教会史在西洋史学界之重要可见矣，十九世纪中学者即有著中古教会史者。一八八一年教皇黎河十三世公开公牍保存处，而旧教教史始免资料难得之患。然公牍充栋，非有专门训练者，不克任整理之责，非数十年整理，其资料亦不能供史家之用。旧教教会史事，尚在五里雾中，旧教教会之是非，遂不能论定。新教史重要处在宗教革新一潮流。朗开氏之《宗教革新史》，足称十九世纪之巨著。最近作者施密氏(Smith)亦能戛戛独造，氏著有《宗教革新时代》(*The Age of the Reformation*)，诚名著也。

学术无国家界限，有同情者得共求真理，谓之学术共作，此十九世纪特具之精神也。读者从上文所述可下一断言曰，近今史学界亦有共作精神。学术固贵通力合作，然国家不可无分别贡献。殊途同归，各竭其力，学术乃进。此作者所以既述近今史学上概况，而复有欧美诸国近今史学演进之分论也。

十九世纪德之史学，有两大变迁。郎开而后，德之史学界，力矫轻信苟且之弊，一以批评态度为归，嗜冷事实而恶热感情，史学何幸而得此！孰知近四十年来，普鲁士因人民爱国思想而统一日耳曼，史学蒙其影响，顿失朗开派精神，而变为鼓吹国家主义之文字，自成为普鲁士史学派。国家超乎万物，为国而乱真不顾也。视国家为神圣，以爱国为宗教，灭个己之位置，增团体之骄气，其源盖出于海格(今通行译黑格尔)(Hegel)世界精神(World Spirit)争觉悟求自由之史学哲学，及尼采之强权学说。

斯派之健将有三：曰卓哀孙(Droyson)，曰锡被(Sybel)，曰蔡志凯(Treitscke)。卓氏倡国权无上之说，锡氏著书以推崇普鲁士王室，蔡氏鼓吹大日耳曼主义，著有《十九世纪之德意志》(*Germany in the Nineteen Century*)一书，共七大册，包罗宏富，主旨在说明集中与离析两种势力之冲突。集中势力普是也，离析势力日耳曼诸邦是也。其书字里行间，有刀剑相撞、弹啸炮吼之声。使历史作用在振作民气，则三人诚大手笔。如其作用别有所在，则三人堕入史学魔道，不足为法。蔡氏以一八九六作古，自是以还，德之史家渐脱普鲁士派之火气而复宗朗开氏，史学乃仍上正轨。如摩立氏(Moris)、罗色氏(Roser)、史泰因(Stein)、马格氏(Marcks)之著作，皆断裁谨严，考证详明，不失为史学界巨擘。

英国史学界以研究制度别树一帜。施泰布(Stubb)自一八六六起,讲学于牛津大学,著《宪法史》一卷,共二千页。字不虚设,论必持平,有法学家精神,故不信史有哲学,合费黎门(Freeman)格林(Green)二人而成牛津派。费氏之近世欧洲史学、地理、比较政治、英国宪法史,俱以历史一贯为主旨。惟其所谓一贯,指行为而言,不及思想。格林氏之《英吉利民族史》(*A Short History of English People*,一八七四)以研究文化为主旨,略于王侯将相之战功政绩而详于平民生活,此史学上之民本主义也。

剑桥大学之有梅铁兰(Maitland),犹之牛津之有施泰布也。梅氏所著《英格兰法律史》,以一八九五年出版,力主盎格鲁撒克逊民族法律出于日耳曼民族法,而以罗马法影响英法之说为无据,见前人所未见。其以法律习惯解释国民性之处,尤为别具会心,历史眼光亦广大。尝云:"人类所言所行所思皆史也,三者以思为尤要。"以为法律史即思想史,思想者,人类行为之动力也。史之注重思想是为剑桥派之特征。

以史学论,美利坚本后进。十九世纪初年,美国人始留意于高深学术。留学旧大陆研究史学者,大率在柏林及赖布扯些(今译莱比锡)(Leipzig)。美之著第一部国史者,曰彭克洛夫(Bancroft),毕业于哈佛,后游学德意志,心折普鲁士派之历史观念,归而著美国史。一八七四年充柏林公使,朗开氏晤彭氏,语之曰"学生以尊著见问,我告以尊著者,共和党党人目光中所谓最善之美国史也",亦云善谑矣。美之史学界诚不免蒙大陆史学派之影响,然亦未尝不略有贡献。如马汉(Mahan)之《十七十八两世纪之海权史》(*Sea Power in the Seventeenth and Eighteen Centuries*),在史学上创海军史一门,以世界眼光论海军关系,马氏盖古今来第一人也。白拉斯泰之于埃及史,劳宾生之欧洲史,皆能卓然自立(劳之辟西罗马亡之说,道前人所未道)。劳佛(Laufer)研究中国古代史,著《土偶考》(*Chinese Clay Figures*)、《玉器考》(*Chinese Gade*)、《植物西来考》(*China Iranica*),皆极有研究之作。美国人之注意远东史,亦新起之趋势也。

十九世纪思想界受浪漫主义之影响,法之史学界亦然。十九世纪上半期,法之史家可称为浪漫派。笛留(Thieny)谓过去未死,学者乃恍然于古今无鸿沟之间隔。又谓情感意志古今人无异,古人虽生千载以上,千载不过瞬息,想象中不知有过去。浪漫派长于叙事,其言人情处每能使读者神与古会,不啻"重度过去"。然重情感乃忘事实,其流弊遂为附会臆造,如密锡留(Michelet)

之著世界史，以历史为人类奋斗之记载，争自由之戏剧，可谓断章取义矣。

格伊莎(Guizof)之《法国文化史》，继福禄特尔(Voltaire)、李尔(Richl)之见解，扩大历史范围，使后起史家知历史非政记一门可了事，举凡人类一切活动皆属于历史，历史家责任在寻绎其贯通之处耳。格氏著作主旨在表扬法兰西民族之一贯精神。氏尝谓史学有三事：搜辑史事辨其真伪，发现其关系，一也；发现社会之组织与生活，求其公例，二也；表白个性史事，以实现其状态，三也。其论史学虽未必尽然，然其著作可为史家模范。其整理史实也一以理性为主，条理井然，苛求秩序，因而失实，则未免可惜耳。

十九世纪晚年，法之史学界尤形活动，第一流史学家有七人之多，其中拉佛斯(Lavisse)、芒罗(Monod)为最著。法之著名《史学杂志》(*Revue Historique*)及史学社(Societe Historique)皆芒氏所创。拉氏以谨严见称，不以国家主义而曲护法兰西也。法史学界对于世界史兴趣尤厚，北菲法属安南等处俱设有史学社。史学社在王政时代只十余所，而今日则十倍于是，专以搜罗原著及掘发为事。近年来法史学界活动之盛固起于学者研究态度，其得政府奖成之力者亦独多。何谟奕(Homolle)之掘发 Delpi 也，国会议决津贴十万元。即此一端，可见政府之关心学术矣(德人在巴比伦之掘发亦得政府津贴，惟英美史学界活动大率皆出于民间自动，说者谓德法政府注意史学有政治作用焉)。

综上言之，百年来史学特征之可举者有二：曰任情，曰崇实。二者皆十九世纪两大思潮之表现，盖浪漫主义(Romanticism)与实验主义(Experimentalism)影响及于史学之效果也。浪漫主义以想象、感情、本能解释人生，轻将来而重过去，其见于史学者则有法兰西史家之打破古今界限，从今人性情上领会古人，普鲁士史家之爱国若狂，感情浓厚。实验主义惟事实是务，无征不信，其见于史学者则有朗开之倡考订之学，与各国学者之罗掘古物，搜集典籍(原著)。史学性质与其他科学不同，其适用实验主义也，亦有程度之差别，方法虽殊，然精神则一也。惟史学较易流入浪漫主义，故今日直接方法之科学上，浪漫主义已失其势力，而在史学界则尚间有堕入此道者。使史学家能引以为戒，祛除情感，以事实为归，则史学有造于研究人事之学术，固未必多让于其他社会科学也。

附录一

《学衡》杂志简章

（一）宗旨　论究学术，阐求真理，昌明国粹，融化新知。以中正之眼光，行批评之职事。无偏无党，不激不随。

（二）体裁及办法　（甲）本杂志于国学则主以切实之工夫，为精确之研究，然后整理而条析之，明其源流，着其旨要，以见吾国文化，有可与日月争光之价值。而后来学者，得有研究之津梁，探索之正轨，不至望洋兴叹，劳而无功，或盲肆攻击，专图毁弃，而自以为得也。（乙）本杂志于西学则主博极群书，深窥底奥，然后明白辨析，审慎取择，庶使吾国学子，潜心研究，兼收并览，不至道听途说，呼号标榜，陷于一偏而昧于大体也。（丙）本杂志行文则力求明畅雅洁，既不敢堆积饾饤，古字连篇，甘为学究，尤不敢故尚奇诡，妄矜创造，总期以吾国文学，表西来之思想，既达且雅，以见文字之效用，实系于作者之才力。苟能运用得宜，则吾国文字，自可适时达意，固无须更张其一定之文法，摧残其优美之形质也。

（三）编辑　本志志由发起同志数人，担任编辑。文字各由作者个人负责，与所任事之学校及隶属之团体，毫无关系。

（四）投稿　本杂志于投稿者，极为欢迎。投稿祈径寄南京鼓楼北二条巷二十四号学衡杂志社收。不登之稿，定即退还，但采登之稿，暂无报酬。

（五）印刷发行　本杂志由上海中华书局印刷发行，每月一册，阳历朔日出版，每册二角。凡欲购本杂志或就登广告者，径与中华书局总分局接洽可也。

附录二

《学衡》杂志总目录

第一期

插画

孔子像

苏格拉底像

弁言

通论

学者之精神　　刘伯明

评提倡新文化者　　梅光迪

中国提倡社会主义之商榷　　萧纯锦

述学

国学摭谭　　马承堃

论艺文部署　　张文澍

汉官议史　　柳诒徵

老子旧说　　钟　歆

近今西洋史学之发展　　徐则陵

文苑

一、文录

自莲花洞登黄龙寺记(邵祖平)　记黄龙寺双宝树(邵祖平)　嘲黄龙寺僧(邵祖平)　记白鹿洞谈虎(邵祖平)

文苑

诗录

癸丑五月十四日同散原觚斋宿焦山松蓼阁(王瀣) 思斋一日夜书事八首(王浩) 酒余晚眺(王易) 夜中(王易) 寒夜潭秋见过(王易) 立春鸣雷有怀瘦弟(王易) 江上偶成(胡先骕) 江上望庐山(胡先骕) 塵(胡先骕) 壬癸杂诗(汪国垣) 冷曹(王浩) 春日杂诗(胡先骕) 后湖绝句四首(邵祖平)

名家小说 钮康氏家传(The Newcomes) 英国沙克雷(W. M. Thackeray)著,泾阳吴宓 译

第二回 织素缘恩深完好梦 芦花孽情误走天涯

杂缀

无尽藏斋诗话 邵祖平

浙江采集植物游记(续) 胡先骕

书评

梁氏佛教史评 柳诒徵

评《尝试集》(续) 胡先骕

第三期

插画

莎士比亚像

弥儿顿像

通论

白璧德中西人文教育谈 美国白璧德教授 撰
胡先骕 译

论中国近世之病源 柳诒徵

文德篇 缪凤林

论批评家之责任 胡先骕

述学

国学摭谭(续) 马承堃

苏格拉底自辨文 景昌极

述学

选举阐微　　柳诒徵

文苑

文录

送梅君光迪归康桥序(汪懋祖)

诗录一

岁寒休暇(王易)　庚申夏六月游天台作(胡先骕)　印佛自都以书讯近状寄此答之俾知故人襟怀澹落生事殊不寂寞非有意招隐也(胡先骕)　坐曹得句示内子(王浩)　庸盦约游万寿山饮于三贝子花园即席赋此(王浩)　腊日诗庐招饮新居归灯赋简(王浩)　金陵秋望(邵祖平)　春日三绝句(邵祖平)

诗录二

圆明园遗石歌(柳诒徵)　颐和园诗(张鹏一)　清华园词(吴宓)　石鼓歌(吴宓)　南岳诗(吴芳吉)

词录

台城路重过金陵(周岸登)　高阳台过达官故居感赋(王易)

名家小说　钮康氏家传(The Newcomes)　英国沙克雷(W. M. Thackeray)著,泾阳吴宓　译

第四回　陋室德馨英雄训子　谈言微中壮士衡文

杂缀

浙江采集植物游记(续)　　胡先骕

书评

评胡氏诸子不出于王官论　　缪凤林

评赵尧生香宋词　　胡先骕

第五期

插画

泰西名画其三　Raphael “La Disputa”

泰西名画其四　Leonardo da Vinci “The Last Supper.”

通论

杜威论中国思想　　刘伯明

平等真诠　　萧纯锦

希腊之精神 缪凤林

文苑

文录

严几道与熊纯如书札节钞(续) 陕西文献征辑启(张鹏一) 汉书律历志补注订误自序(周正权)

诗录一

清明萧寺展令容榇(王易) 寿萧无畏(梁公约) 孟贤妇(熊家璧) 开岁小集宴宅送瘦湘(汪国垣) 吴温叟归自粤以柳庄耦耕卷子嘱题未报今温叟死矣书此哭之(梁公约) 上元夕泊忠县(毛乃庸) 花朝(毛乃庸) 汤山行宫即事(曹经沅) 三月二十二日同季略金坡游畿辅先哲祠观海棠(熊冰) 狮子窝看红叶晚宿大悲寺同缫蘅作(王浩) 香港登挂旗山饮于香江楼同饶使君作(王浩) 地中海中寄内(王浩) 江南(邵祖平) 同陈伯严梁慕韩柳翼谋诸前辈太平门外观桃花(胡先骕)

诗录二

海雨四绝(覃寿堃) 病起(覃寿堃)

词录

木兰花慢(周正权)

名家小说 钮康氏家传(The Newcomes) 英国沙克雷(W. M. Thackeray)着,泾阳吴宓 译

第六回 熏莸冰炭两弟薄情 腹剑唇枪一侄构怨

书评

评金亚匏《秋蟪吟馆诗》 胡先骕

第九期

插画

英国大诗人像(参观本期诗学总论)

其一 摆伦 Lord Byron

其二 薛雷 Percy Bysshe Shelley

通论

论今之办学者 柳诒徵

诗学总论 吴 宓

文苑

文录

严几道与熊纯如书札节钞(续第八期) 唾余集序(吴恭亨)

诗录一

感遇十章三十初度作(王易) 三月念六日同伯沆翼谋孟彝三先生宿摄山栖霞寺翌日盘游而归(邵祖平) 病足方割治喜刘伯远至与并舍居中夜奉似(王浩) 日观峰观初日(柳诒徵) 重来章门晤简龛然父道旧感叹辄成长句(汪国垣) 送敦庵归永新(汪国垣) 吴东村孝廉宝田见题诗草次韵奉酬(张球) 梅关五绝(胡先骕)

诗录二

壬戌暑假修学成都六先生祠即景(陶世杰)

词录

望海朝(周岸登) 宝鼎现(胡先骕) 八声甘州(向迪琮) 买陂塘(郭延) 浣溪沙(刘麟王) 祝英台近(刘永济)

杂缀

浙江采集植物游记(续第七期) 胡先骕

书评

评朱古微强村乐府 胡先骕

评杜威平民与教育(John Dewey:Democraoy and Education) 缪凤林

第十一期

插画

英国大诗人像

其三 丁尼生 Alfred,Lord Tennyson

其四 白朗宁 Robert Browning

通论

文义篇 缪凤林

述学

中国学术要略(录《亚洲学术杂志》) 孙德谦

李二曲学述 王 庸

唐诗通论　　邵祖平

英诗浅释(续第九期[二]古意)Robert Herrick "Counsel to Girls"　　吴　宓

文录

严几道与熊纯如书札节钞(续第十期)

诗录

初夏三首(王浩)　感讽四首(邵祖平)　武功山(胡先骕)　江上闲眺(胡先骕)　公园丁香花下作(熊冰)　别三弟(王易)　赠伯远(王易)

词录

齐天乐(王瀣)　忆瑶姬(周岸登)　法曲献仙音(郭延)　氐州第一(向迪琮)

杂缀

浙江采集植物游记(续第十期)　　胡先骕

第十三期

插画

泰西名画之六　荷马像 Homer(法国 Francois Pascal Gerard 绘,参观本期希腊文学史)

泰西名画之七　海克多别妻出战图 The Parting of Hector and Andromache(法国 Maignan 绘,参观本期希腊文学史)

通论

广乐利主义　　景昌极

述学

五百年前南京之国立大学　　柳诒徵

希腊文学史(第一章　荷马之史诗)　　吴　宓

亚里士多德伦理学　卷一(*The Ethics of Aristotle*, Book I)　　向达 译

文苑

文录

严几道与熊纯如书札节抄(续第十二期)

诗录

白云寺(杨增荦)　观华严泷(杨赫坤)　山行杂咏(陈涛伯)　雨中与

撷华话乡中事感而有作时同客京师（王浩） 武夷山歌（胡先骕） 秋深与瘦弟三贝子花园眺坐（王易） 城南园葭蓼苍然秋意酣倦赋示三弟（王易） 自六月十二日卧病七旬至是甫能作竟日坐喜呈大兄兼简艾畦庸盦（王浩） 闻诗庐遗草刻成感书一律（王浩） 壬戌重九作（邵祖平） 秋晚过后湖（邵祖平）

词录

满庭芳（赵熙） 水调歌头（李思纯） 高阳台（李思纯） 虞美人（李思纯） 齐天乐（刘麟生）

杂缀

无尽藏斋诗话（续第九期） 邵祖平

第十四期

插画

亚里士多德像 Aristotle（参观本期亚里士多德伦理学译文）

西塞罗像 Cicero（参观下期西塞罗说老译文）

通论

安诺德之文化论 梅光迪

述学

中国人之佛教耶教观 缪凤林

五百年前南京之国立大学（续第十三期） 柳诒徵

希腊文学史（续第十三期）第二章 希霄德之训诗 吴 宓

亚里士多德伦理学（续第十三期）卷二 夏崇璞 译

英诗浅译（续第十二期） 吴 宓

诗录一

雨晴过田舍（陈延杰） 送易庐（王易） 哭沈乙庵师（胡先骕） 七月念九日游焦山作（邵祖平） 灯下对菊作（柳诒徵） 除日书怀次公燕韵时将入浙（桂赤） 结习（桂赤） 积瘘半载读哲维病中诗感书奉讯（王浩） 哭皮君晦堂（王闻涛） 送别（黄元直） 策杖（黄元直） 散原先生七龢寿日以大集见贻赋此奉呈（姚锡钧） 九日与植支寻山寺（陈衡恪）

诗录二

欧行旅程杂诗十七首（李思纯） 巴黎杂诗十三首（李思纯）

词录

绿盖舞风轻(周岸登)

书评

读张文襄广雅堂诗　胡先骕

附录

文坛消息(四则)

第十五期

插画

英国诗人兼批评家　杜来登像 John Dryden(1631—1700)

法国大批评家兼诗人　巴鲁像 Nicolas Boileau(1636—1711)

通论

论今日文学创造之正法　吴　宓

论文学中相反相成之义(预录《湘君》季刊)　刘永济

述学

中国人之佛教耶教观(续第十四期)　缪凤林

西塞罗说老 Cicero "De Senectute"　钱堃新 译

文苑

文录

严几道与熊纯如书札节抄(续第十三期)

诗录

于日本商店见瓦盆中栽松竹梅梅花盛开颇得高逸之趣因赋(陈延杰)　挽赵仲宣文(王浩)　与复苏游陶然亭(杨赫坤)　玉石洞(胡先骕)　郇公馈仁寿蟹(赵熙)　病起示几园兼怀姜五(姚锡钧)　奉寄步曾同学(熊家璧)　庸盦招同香山游览竟日(王易)　先农坛与三弟索句(王易)　雪夜过王癸门(邵祖平)　庚申二月赴成都纪行杂诗(赵熙)　蚕背梁(向楚)　宋玉宅(向楚)　过金陵(向楚)　驷马桥(郭延)　薛涛井(郭延)　桂湖(郭延)

词录

酬江月(赵熙)　惜红衣(周岸登)　临江仙(向迪琮)　鹧鸪天(刘永济)　临江仙(刘永济)　南乡子(李思纯)　浣溪纱(李思纯)　采桑子(李思纯)　高阳台(刘麟生)

附录

文坛消息(二则)

第十六期

插画

散氏盘铭楚风屡释文

通论

论学风 刘伯明

我之人生观 吴 宓

述学

散氏盘铭楚风屡释文 周正权

华化渐被史(续第十一期) 柳诒徵

中国人之佛教耶教观(续第十五期) 缪凤林

亚里士多德伦理学(续第十四期)卷三 向达 译

欧洲封建制度与武士教育之概观 吴家镇

文苑

文录

严几道与熊纯如书札节抄(续第十五期)

诗录

花市醉归次卷石韵戏贻(庞俊) 刘荫余为家父母制裘二具自陇寄赠报以涵芬楼文抄一书并媵此诗(邵祖平) 岁暮杂感(杨赫坤) 题桂少襄无所住斋(庞俊) 九日丞相祠堂作(庞俊) 似闻一首寄所思(王浩) 次哲维壬戌中秋韵奉简(王浩) 游奈良公园(柳诒徵) 长崎作(柳诒徵) 题李树人西冷载酒图(柳诒徵) 安远道中(胡先骕) 雩都道中(胡先骕) 广昌县(胡先骕) 南城道中(胡先骕) 贵溪道中(胡先骕)

词录

鹧鸪天(刘永济) 南乡子(刘永济) 采桑子(李思纯) 菩萨鬘(李思纯) 南乡子(李思纯)

第十七期

插画(三色版)

述学

(唯识志疑一)见相别种辨　　景昌极

福禄特尔记阮讷与柯兰事 Voltaire“Jeannot et Colin”　　陈钧 译

圣伯甫释正宗 Sainte-Beuve“Qu'est-ce qu'un Classique?”　　徐震堮 译

圣伯甫评卢索忏悔录 Sainte-Beuve“Les Confessions de Jean-Jacqueg Rousseau”　　徐震堮 译

文苑

文录

严几道与熊纯如书札节钞(续第十六期)

诗录

十月十五日还家作(姚锡钧)　寒夜书感(邵祖平)　通天岩(胡先骕)　示徐氏甥女(柳诒徵)　寄题高孝甍传后(赵熙)　移居(赵熙)　读东甹遗诗(王易)　令容诞日(王易)　壬戌秋大兄来京师视予疾时病少间辄引小车偕游三贝子花园忆庚戌过此今十二年矣怆然有怀归灯书兴(王浩)　九日足病未已使健走背负登江亭同大兄作(王浩)　北行(杨赫坤)　喜静庵至(杨赫坤)

词录

梁园春夜(赵熙)　木兰花慢(王易)　木兰花慢(胡先骕)　虞美人(陈寂)

书评

评胡适《五十年来中国之文学》　　胡先骕

第十九期

插画

白璧德像 Irving Babbitt

(美国哈佛大学)西华堂 Sever Hall(Harvard University)白璧德先生讲学处

通论

白璧德之人文主义　　法国《星期》杂志 马西尔原作 吴宓 译

述学

唯识今释　缪凤林

老子古微(卷首)　缪　篆

亚里士多德哲学大纲 Edwin Wallace Outlines of the Philosophy of Aristotle (续第十七期)　汤用彤 译

文苑

文录

刘古愚先生传(陈三立)　送陶景山入都序(王焕镳)　与友论新诗书(李思纯)

诗录一

哭王然父(胡先骕)　杜陵(黄元直)　落日(黄元直)　两三(黄元直)　近市(黄元直)　屑屑(黄元直)　直叩(黄元直)　早起(郭延)　望青城山(郭延)　新居奉答山腴见贺(赵熙)　野行(赵熙)　正月初二日作(林思进)　海棠谢后作(黄懋谦)　咏梅(邹树文)　人日雨中(庞俊)　上元次山公韵(庞俊)　夏历三月二十日淮徐道中三十初度(林学衡)

诗录二

墨西哥国给勒达罗地方掘出二千年前汉字碑文感而赋此(周正权)　读渊师易述感而有作录以呈政兼呈近谙先生(董镇藩)　合肥刘君朗轩以敦艮吉斋诗文集见赠诗以报之(董镇藩)　得黄劫灰书哀其丧妇(董镇藩)　赠刘寄凡(董镇藩)　柏林杂诗十首(李思纯)　以欧人中古冠服摄一小影戏题四诗(李思纯)

词录

南浦(陈衡恪)　木兰花慢(王易)

译诗

布勒林之战 Southey (Battle of Blenheim)(俞之柏译)

第二十期

插画

严几道书札真迹

通论

今日中等教育界之紧急问题　刘永济

（邵祖平）

诗录二

答黄湘琳（罗骏声）　自柏林归巴黎道出比利时初闻法语喜而有作（李思纯）　柏林留别陈寅恪（李思纯）　重至巴黎时将东归（李思纯）

词录

玉漏迟（赵熙）　卖花声（赵熙）　鹧鸪天（陈寂）　踏莎行（毛乃庸）　寿楼春（刘永济）

哲理小说坦白少年 Candide ou I'Optimisme　法国福禄特尔 著　陈钧 译

第二十三期

插画

（法国戏剧大家）拉辛像 Jean Racine（1639—1699）

（法国宗教哲学家兼数学家）巴斯喀尔像 Blaise Pascal（1623—1662）

（法国寓言作者兼诗人）拉丰旦像 Jean de La Eontaine（1621—1695）

通论

评今之治国学者　孙德谦

敬告我国学术界　胡稷咸

柯克斯论美术家及公众　徐震堮 译

述学

（希腊之流传　第一篇）希腊对于世界将来之价值 THE LEGACY OF GREECE (I)：The Valne of Greece to the Future of the World 英国穆莱 Gibert Muriay

撰　吴宓 译

历史之意义与研究　缪凤林

中国人之佛教耶教观（续第二十一期）　缪凤林

大乘起信论科简驳议　常　惺（自安庆来稿）

大乘起信论科简驳议答辨　王恩洋

文苑

文录

六朝丽指序（孙德谦）　与王静安论治公羊学书（张尔田）　与王静安论今

文苑

文录

刘向校仇学纂微序(张尔田)　远陵刘翁直卿寿序(刘朴)　关中刘古愚先生墓表(陈澹然)　耆献史公清德之碑(张尔田)

诗录一

九日偕潘季野登中校爰景亭时季野以移家之故见厄匪人慨斯贤偃蹇为赋此诗(方守敦)　有买婢者婢恋母哭作哀婢吟(蔡可权)　次韵和无住约饮少城之作(庞俊)　游滁州醉翁亭同二客饮(邵祖平)　春日东城登望作(庞俊)　背郭(庞俊)　寿张今颇(杨增荦)　长夏怀简盦(华焯)　夜坐贲巢读天闵近诗题其卷槁(方守彝)　即事戏次马冀平投句原韵(方守彝)　游荫园(程时燀)　奉别柏庐步曾游学美洲(王易)　七月初九日同客泛舟后湖(邵祖平)　饮仙人泉望江流(王浩)　望小孤(王浩)　别匡山旅舍(王浩)　题疑雨集(王浩)

诗录二

柯凤荪蓼园诗草题词二首(廉泉)　西湖杂诗十二首(李思纯)　感事六首(李赓)

词录

摸鱼儿(况周颐)　蝶恋花(陈衡恪)　疏影(徐桢立)　虞美人(陈寂)　浣溪沙(陈寂)

第二十五期

插画

屈原像(徐桢立绘并题)

但丁像 Dante Alighieri(1265—1321)

述学

释墨经说辩义	孙德谦
跋三体石经残文	周正权
(唯职志疑二)唯识今释补义	景昌极
哲学之研究	缪凤林

文苑

文录

骈体文林序(孙德谦)　绍兴县重修文庙记(马浮)　再答友人论文书

（李赓）

诗录

癸亥立秋寄子玉使君洛阳（廉泉） 三十初度言志八章（胡先骕） 吾友晏君弼群丧其良匹作此唁之（王易） 韬光（柳诒徵） 张化臣先生挽诗（汪兆铭） 中秋孤坐（王易） 张文襄祠（柳诒徵） 鹿川阁中次韵和十发喜绍周至（徐桢立） 得香宋先生诗次韵赋寄（庞俊） 山邱偶语题词（廉泉） 南郭（谭毅） 扬州绝句十五首（邵祖平）

词录

满庭芳（赵熙） 鹧鸪天（陈寂） 鹧鸪天（陈寂） 鹧鸪天（陈寂） 鹧鸪天（刘永济）

哲理小说

坦白少年 Candide ou I'Optimisme（续第二十二期）

法国福禄特尔著　陈钧译

书评

评陈仁先苍虬阁诗存　胡先骕

第二十六期

插画

社员刘君伯明遗像

英伦博物院之阅书室

英国牛津大学图书馆

通论

明伦　柳诒徵

述学

永乐大典考　袁同礼

转注正义　李　翘

佛教上座部九心轮略释　汤用彤

阐性（从孟荀之唯识）　缪凤林

书缪凤林君阐性篇后　王恩洋

读汪荣宝君歌戈鱼虞模古读考书后　李思纯

文苑

文录

论六朝骈文(孙德谦) 传经室文集序(张尔田) 覆张孟劬书(黎养正) 覆徐中舒书(方守敦)

诗录一

秋日杂诗(庞俊) 同宰如游南村(董镇藩) 散帙(庞俊) 湖口晚眺(柳诒徵) 游烟霞洞作(柳诒徵) 小汤山龙王阁(何雯) 寄答明德十七班诸君(吴芳吉) 梦侯自津门来书诙奇玩世得句却寄(王易) 南归过北园玺斋置酒话旧留题(黄节) 湖神庙万顷堂看湖上诸山赋呈盘叔(方孝彻) 次韵和十发九日阁会(徐桢立) 灵光寺睡起(何雯)

诗录二

癸亥重九书怀(李赓) 蔷薇曲(陈寂)

词录

拜星月慢(徐桢立) 霓裳中序第一(徐桢立)

附录

刘伯明先生事略　　郭秉文述

第二十七期

插画

希腊美术之特色篇附图

第一图　古希腊梳妆匣之盖(上绘日出之图)

第二图　意雷克修庙内之女身石柱(在雅典城中)

第三图　罗丹所作之女身石柱

第四图　德尔斐地方之驾兵车者像

第五图　喀比城中之阿德米斯像

第六图　费霞所作之骑士贵妇像

第七图　西顿城中之石棺

第八图　波里克突所作之德谟西尼像(纪元前三世纪)

第九图　巴纳德所作之林肯像

第十图　老牧女像(亚历山大时代之作)

第十一图　老妓像(罗丹作)

述学

哲学通论(绪言　第三章　极成相分识变)　　缪凤林

世界文学史(Richardson and Owen
"Literatnre of the World ")　　吴宓 译

文苑

文录

九十者一子不事八十者二算不事答问(张尔田)　庆节母张孺人传(柳诒徵)

诗录

谷山晚归(吴芳吉)　偶成(柳诒徵)　江行杂诗(邵祖平)　校东楼灾诗以吊之(柳诒徵)　雪夜偕杨吴二君饮酒肆(柳诒徵)　市楼夜饮奉和翼谋先生(杨铨)　过仲詹小斋闲话(王易)　病目久不愈慨然赋此(庞俊)　西湖寄怀陈寅恪柏林登恪巴黎(李思纯)　出都二首(方守敦)　寒厓集题词代芝瑛二首(廉泉)　岁晚绝句(李思纯)

词录

鹧鸪天(刘永济)　浣溪沙(刘永济)

哲理小说

坦白少年 Candide ou I' Optimisme　　法国福禄特尔著　陈钧译

杂缀

旅程杂述(一)海程
　　　(二)日本　　胡先骕

附录

介绍文学评论之原理

第二十九期

插画

罗摩武勇谭附图二幅(英国 E. Stuart Hardy 绘)

其一　罗摩与波罗多兄弟会于林中之图

其二　魔王逻伐拿劫去私多公主之图

通论

学校考试与教育前途　　向绍轩

(1768—1848)

(法国文学大家)嚣俄像 Victor Marie Hugo(1802—1885)

通论

学者之术　　柳诒徵

述学

汉隋间之史学(第一至第三章)　　郑鹤声

谢灵运文学　　叶　瑛(自武昌来稿)

见相别种释疑　　唐大圆

见相别种未释之疑　　景昌极

文苑

文录

送吴雨僧之奉天序(柳诒徵)

诗录

甲子六月六日偕吴雨僧吴碧柳观龙膊子湘军轰城处作(柳诒徵)　天运篇(曾广钧)　游吴山(邵祖平)　拔可书报云曹园桃花尚在梦寐期而不至至已零落过半矣未为盛也诗以戏之(夏敬观)　疾见瘳口占一首命劭儿写呈寒厓先生(廉泉)　折荷(黄节)　东坡生日集何园分得来字(庞俊)　黄佐之尊人菊秋先生览揆到今百年述德征诗(徐桢立)　读陈石遗先生所辑近代诗钞率成论诗绝句四十首诸家颇有未经见录者(胡先骕)

词录

浣溪沙(张尔田)　浣溪沙(陈寂)　临江仙(叶玉森)　相见欢(叶玉森)　点绛唇(叶玉森)

枯井泪杂剧　丹徒　赵祥瑗原稿　长洲　吴梅润辞

第三十四期

插画

福禄特尔半身雕像(法国伍唐 Houdon 作)

福禄特尔书札真迹(与斯他颠伯爵书)

通论

白璧德释人文主义　　徐震堮 译

述学

汉隋间之史学(续第三十三期)　　郑鹤声

文苑

诗录

癸亥冬日小集霜甘阁酒后感时作歌呈廖季平师张式翁及同座诸子兼柬宋问琴东山(林思进) 烟台杂诗二十首(吴芳吉) 赴湘舟中作(柳诒徵) 乱中元日立春感赋二首(庞俊) 得柏庐美洲书兼寄步曾(王易) 重游烟水亭(邵祖平) 春思(胡先骕)

哲理小说

查德熙传 Zadig ou L'Destinee 法国福禄特尔著 丹徒 陈钧译

书评

评刘裴村介白堂诗集 胡先骕

第三十五期

插画

(泰西名画之十二)三姊妹像(巴马维雀 Palma Vecchio 绘)

(泰西名画之十三)酒神与阿吕亚德尼成婚之图(丁脱雷脱 Tintoretto 绘)

述学

汉隋间之史学 第六至七章(续第三十四期) 郑鹤声

评快乐论下 缪凤林

文苑

环天室诗支集 曾广钧

书评

评郭任远人类的行为 景昌极

第三十六期

插画

法郎士像 Anatole France(1844—1924)

泰西名画之十四(镌刻)忧患图 Melencolia(德国杜雷尔 Albrecht Durer1471—1528 作)

述学

中国乡治之尚德主义(续第二十一期) 柳诒徵

汉隋间之史学　第八至十章(续第三十五期)　　郑鹤声

文苑

诗录

说市(胡先骕)　李花篇(曾朴)　仲涛丈寄示闻歌诗感书奉怀(王易)　癸亥除夕(邵祖平)　发汉上(徐桢立)　社日北郭展亡姊绣清墓丧乱以来人事牵率盖两岁不至矣(庞俊)　凉雨偶感即寄吴雨生奉天(庞俊)　寄赵迦德荣州(庞俊)

词录

个侬(向迪琮)　绮罗香(刘永济)　踏莎行(陈寂)

理想小说

新旧因缘　　湘阴　王志雄 撰

第一回　溯渊源明稗官要旨　寓理想撰新旧因缘

名家戏剧

吕伯兰(Ruy Blas)第一折　第二折　　法国　嚣俄 著
常熟　曾朴 译

第三十七期

插画

罗马大戏园 The Colosseum

罗马喀拉克拉帝之浴场 Baths of Caralla

述学

中国民族西来辨　　缪凤林

(罗马之留传第七篇)罗马之家族及社会生活　　英国　赖斯德
Hugh Last　撰
吴宓 译

文苑

诗录

湖楼晓起(柳诒徵)　与邑子孙师郑丁秉衡张隐南胡复秋同题名于黄祖平石上大书深刻盖欲继郑道昭之云峰山之芳躅也为纪一时幽绪辄赋短章(曾朴)　开岁十二日同舅家诸表弟妹暨诸女友游百花洲冠鳌亭赋诗用除夕韵(邵祖平)　辛夷树下口占(胡先骕)　南楼(邵森)　慈摄因缘图为悟初和尚作(徐桢

立） 石帚招饮先去赋此为谢（李思纯） 九日游故藩宫土山次韵奉答哲生（庞俊） 上峡绝句十二首（李思纯）

词录

鹧鸪天（陈寂） 浣溪沙（毛乃庸）

名家戏剧

吕伯兰（Ruy Blas）（续第三十六期）第三折 第四折 第五折

法国嚣俄著 常熟曾朴译

第三十八期

插画

博格森像 Henri Bergson（1859— ）

达尔文像 Charles Robert Darwin（1809—1882）

通论

白璧德论欧亚两洲文化 吴宓 译

论循规蹈矩之益与纵性任情之害 美国 吉罗德夫人 撰
吴 宓 译

（佛法浅释之一）评进化论（生命及道德之真诠） 景昌极

文苑

诗录

九月九日南郊作示同游（庞俊） 偕友人游白云寺归赋（曾朴） 梦侯来书以尊人定省谢弼群之招感赋即寄（王易） 无题二首（曾朴） 书感（邵森） 离家（邵祖平） 墓场闲步（胡先骕） 秋日偶摄小影因题寄香宋先生荣州（庞俊） 壬戌京口扬州杂咏（刘堪）

词录

蝶恋花（徐桢立） 虞美人（徐桢立） 鹧鸪天（刘永济）

书评

评胡适《红楼梦考证》 黄乃秋（自萧山来稿）

第三十九期

插画

但丁像（乔陀绘）Dante（By Giotto，1276—1377）

但丁裴雅德合像（谢飞绘）Dante and Beatrice（By Scheffer 1795—1858）

通论

德报　张正仁

述学

答福田问墨学　孙德谦

再答福田问墨学（论儒墨之异同）　孙德谦

史传文研究法（第一至四章）　张尔田

读李翘君转注正义篇书后　方　竑（自桐城来稿）

王玄策事辑　柳诒徵

释迦时代之外道（录《内学》第一辑）　汤用彤

文苑

文录

谢康乐诗注序（黄节）　文章流别新编序（方乘）　与人论治国故书（罗运贤）

诗录

雨夜检簏中得亡友周巨卿遗札泫然书此（庞俊）　傅公祠题宝贤堂刻石（赵炳麟）　友或劝学佛作诗谢之（王易）　赠宗仰上人二首（曾朴）　侵晓过燕子矶（曾朴）　七月十六夜园中偶成（黄节）　中秋（黄节）　哭瘿公（黄节）　寿凌鉴园六十（徐桢立）　雨过（胡先骕）　除夕简潭秋（王易）　晓发嘉陵江小三峡（李思纯）　海行杂诗（柳诒徵）　王补安有天晴看梅虎邱之约口占（刘堪）

词录

浣溪沙（陈寂）　虞美人（陈寂）　采桑子（陈寂）　菩萨蛮（谷家儒）　人月圆（刘永济）

译诗

安诺德罗壁礼拜堂诗 Matthew Arnold“Rughy Chapel”（张荫麟　陈铨　顾谦吉　李惟果）

威至威斯佳人处幽僻 Wordsworth “She Dwelt Among the Untrodden Way”（贺麟　张荫麟　陈铨　顾谦吉　杨葆昌　杨昌龄　张敷荣　董承显）

但丁梦杂剧（第一出　魂游）　钱稻孙

书评

评杨振声《玉君》　吴　宓

第四十期

插画

康德像 Immanuel Kant(1724—1804)

叔本华像 Arthur Schopenhauer(1788—1860)

通论

罪言 柳诒徵

述学

高宗肜日说 王国维

陈宝说 王国维

书顾命同瑁说 王国维

说部流别 刘永济

张衡别传 张荫麟

史记三家注补正 瞿方梅 遗著

哲学问题之研究(第一章 第二章 第三章) 胡稷咸

文苑

文录

郭筠仙与龙皞臣书(未刊遗稿) 大戴礼记训纂序(姚永朴) 双钩书赋(姚华)

诗录

感兴诗(姚华) 续感兴诗(姚华) 梦得东轩老人书醒而有作(王国维) 旧题一首(吴芳吉) 送五弟之沪(王易) 中元前夕河上(王易) 唐天如妻挽诗(黄节) 十一月十四日登园山怀唐天如(黄节) 罗掞东挽诗(林思进) 哭周巨卿(庞俊)

词录

木兰花慢(张尔田) 凤栖梧(陈寂) 蝶恋花(陈寂) 浪淘沙(陈寂) 浣溪沙(刘永济)

书评

评近人对于中国古史之讨论(古史决疑录之一) 张荫麟

第四十一期

插画

但丁之墓(其一)(其二)(参观本期但丁神曲通论篇)

述学

肃霜涤场说　王国维

释天　王国维

奔京考　王国维

中国文化史(第一章　第二章)　陆懋德

中国与中道　张其昀

但丁《神曲》通论　美国葛兰坚教授 撰　吴 宓 译

文苑

文录

王闿运致龙芝生论小学书(未刊稿)　汉魏乐府风笺序(黄节)　书赋(姚华)　湖南史地学会宣言(刘朴)

诗录

读持庵诗(王易)　次韵答简庵惠题拙集(华焯)　赠画师李竹瑞兼示张霞村(林思进)　正月乡行(赵熙)　泊嘉州(赵熙)　并州杂诗十八首(朱还)　病起自寿诗(沈曾植)　寓斋雨中(黄节)　断续(胡先骕)　刘生心显邀游昭山(吴芳吉)　题贡王朵颜卫景卷(王国维)　题陈子砺学使内直时画卷(王国维)　蛩语(胡先骕)

词录

减字木兰花(邓翊)　点绛唇(邓翊)　虞美人(邓翊)　鹧鸪天(徐桢立)　鹧鸪天(刘永济)

译诗

安诺德鲛人歌 Matthew Arnold "The Forsaken Merman"(李惟果译)我唱樱桃熟 Robert Herrick "Cherry-Ripe"(顾谦吉译)下谷牧童歌 John Bunyan "The Shepherd Boy Singing in the Valley of Humilation"(顾谦吉译)角声回音 Tonnyson "Blow,Bugle,Blow"(顾谦吉译)

第四十二期

插画

(德国诗人兼戏剧家)许雷像 Friedrich von Schiller(1759—1805)

(法国小说家)都德像 Alphonse Daudet(1840—1897)

通论

四论吾人眼中之新旧文学观　吴芳吉

葛兰坚论学校与教育　张荫麟 译

述学

学潮征故　柳诒徵

史记三家注补正(卷二)　瞿方梅

文苑

文录

说文古籀补补叙(姚华)

诗录

寿姚茫父五十(梁启超)　乙丑四月五十初度依韵答饮冰兼呈同座诸公(姚华)　秋雨独游江上作(庞俊)　郧城行(王易)　种桃(赵熙)　灵岩寺(赵熙)　端阳日汤定之过谭因述旧事为诗(黄节)　新年阅刺作(林思进)　闻西湖雷峰塔圮感赋(李思纯)　驰汽车万山中赠车夫阿宝(吴芳吉)　新晴独游黑石坡玩景(吴芳吉)　三十自寿(刘泗英)　初见菊花(庞俊)　贺刘宏度新婚(吴宓)

词录

清平乐(程颂万)　轮台子(徐桢立)　减兰(陈寂)

第四十三期

插画

一七三四年班禅喇嘛告谕

通论

自立与他立　柳诒徵

罪言录　邢　琮

述学

遹敦跋　王国维

论阿字长短音答太炎　汪荣宝

尚书尧典篇时代之研究　陆懋德

诗古义　姜忠奎

史记三家注补正(卷三)　瞿方梅

一七三四年班禅喇嘛告谕译释　钢和泰男爵 撰　吴宓 译

(柏拉图语录之四)宴话篇　郭斌龢 译

文苑

(名家文)古磁篇　英国蓝姆 Charles Lamb 著　丹徒陈钧 译

文录

清史后妃传序(张尔田)

诗录

悯灾诗三十二韵(王易)　赠别稻田第九班女生(吴芳吉)　蛛网(赵熙)　四月二十五日西山会葬瘿公(黄节)　赠张鹏翘(黄节)　七夕遣兴(王易)　过图书馆感旧偶题(林思进)　清明日作(李思纯)　新历元日同社会饮有作(庞俊)　甲子岁墓杂诗(华焯)　登西山二绝句(胡先骕)　坑口旅宿谭赠郑君熙文(胡先骕)　信江归舟口号(胡先骕)

词录

浣溪沙(张尔田)　浣溪沙(陈寂)　水龙吟(刘永济)

书评

书辜汤生英译《中庸》后　王国维

第四十四期

插画

罗斯当像 Edmond Rostand(1868—1919)(参看本期戏剧原理)

品纳罗像 Arthur Wing Pinero(1855—　)(参看本期戏剧原理)

通论

正政　柳诒徵

葛兰坚黑暗时代说(C. H. Grandgent "The Dark Ages")　张荫麟 译

述学

庚嬴卣跋　王国维

邾公釛钟跋　王国维

史记三家注补正(卷四) 瞿方梅
玉篇误字考 鲍　鼎
戏剧原理(Clayton Hamilton "The Theory of the Theatre" 第一章　第二章) 陆祖鼎 译

文苑

文录

答谢祖尧书(刘朴)

诗录

中秋夜送王蘧(黄节)　仓皇篇用皮陆平仄体(王易)　南门行(吴芳吉)　重阳出游偕子厚澹园明日戏呈(庞俊)　北城(赵熙)　去华阳学校日诸生以鼓吹送归赋此勖别(林思进)　题程瀛石小像(徐桢立)　出门(邵森)　休沐日兀坐森林院林中偶成(胡先骕)

词录

踏莎行(陈寂)　临江仙(陈寂)　忆旧游(徐震堮)　锁窗寒(徐震堮)

第四十五期

插画

西夏文地藏菩萨本愿经刻本断简(俄国聂斯克　日本石滨纯太郎共释)

通论

六害篇 刘永济
说酒 柳诒徵
(政理古微一)政始 林　损
(政理古微二)述古 林　损
道德教育说 陈黻宸

述学

最近二三十年中中国新发见之学问 王国维
唐初兵数考 柳诒徵
诗古义(卷一) 姜忠奎
史记三家注补正(卷五) 瞿方梅
中国戏剧略说(What is the chinese drama?) 洪　深 撰
张志超 译

述学

中国文化史第七至十二章(续第四十六期)　　柳诒徵

(柏拉图语录之四)筵话篇(续第四十三期)　　郭斌龢 译

文苑

文录

文蛇赋(姚华)　家书摘录(方亮)

诗录

楼居杂诗(胡先骕)　乙丑重阳过骊山谒秦始皇帝墓作(吴芳吉)　十四日也园观盂兰盆会(柳诒徵)　横舍(柳诒徵)　次韵酬龙健行并呈李光炯(方守敦)　退庐侍御逝二年矣近闻潜园丈道其在日憾不常见感成遥奠兼呈潜园(王易)　移居(庞俊)　藤花盛开赋此赏之(林思进)

词录

玲珑四犯(王瀣)　大酺(王瀣)　浪淘沙慢(刘永济)

译诗

薛雷　云吟　Shelley"The Cloud"(陈铨)死别 Tickell"Ballad of Colin and Lucy"(吴宓)

杂缀

旧诗话(续第四十六期)　　刘永济

第四十九期

插画

蒲鲁东像　Sully-Prudhomme(1839—1907)

赫累帝亚像　Heredia(1842—1905)

通论

文诣篇　　刘永济

解蔽　　柳诒徵

伦理正名论(续第四十八期)　　林　损

述学

中国文化史(第一编第十三至第十八章)　　柳诒徵

蒙文元朝秘史跋　　王国维

释工　　刘盼遂

文苑

文录

清史后妃传序(陈敬第)　管子校释叙录(郭大痴)

诗录

古诗一章伤李生相钰即寄其尊人光炯先生(方守敦)　贺缪生凤林新婚(柳诒徵)　浴华清宫故池作(吴芳吉)　皇寺看松作(柳诒徵)　岁晚寄雪抱(王易)　腊不尽六日雪中偕煦中过少城公园(庞俊)　云间(胡先骕)　乙丑中秋夕重至南京感赋(李思纯)　新翻杨柳枝(张尔田)　南唐武义中童谣云不似杨花无了期复为演成二绝(林思进)

词录

烛影摇红(徐震堮)　烛影摇红(胡士莹)　菩萨蛮(赵万里)

译诗

罗色蒂女士[原君常忆我]Christina Rossetti"Remember"(吴宓　陈铨　张荫麟　贺麟　杨昌龄)

第五十期

插画

马勒尔白像　Francois Malherbe(1555—1628)

嚣俄雕像　Victor Hugo(1802—1885)罗丹作(Rodin)

通论

(政理古微六)劝学(上　下)　林　损

学识与技能　杨成能

述学

中国文化史(第一编第十九章)　柳诒徵

亚里士多德伦理学(卷八)　向达 译

文苑

诗录

韩波诗二十韵(王易)　铜人歌(方世立)　新历除夕(胡先骕)　调默菴(庞俊)　赋答孝谷石帚两君送别之作(李思纯)　萍乡乘舆上埠(吴芳吉)　阻雨生铁铺次晨雨霁至罗山(汪国垣)

词录

醉翁操(徐震堮)　绮寮怨(徐震堮)　征招(陆维钊)　虞美人(陆维钊)

第五十一期

插画

陶斋旧藏古酒器

其一　父乙盉

其二　牺形爵

通论

墨化　柳诒徵

(政理古微七)尊隐　林　损

述学

中国文化史(第一编第二十章至二十六章)　柳诒徵

中国认识论史(导言)　黄建中

陶斋旧藏古酒器考　美国　福开森

文苑

文录

先姊事略(柳诒徵)

诗录

华持盦先生挽辞(王易)　访未央宫故址作(吴芳吉)　甲子除夕风雪范之遣使示诗有追念亡兄句感怀次韵(方守敦)　关颖人新筑稊园时予有旧题今十一年矣近复重葺园亭召饮作诗拈得盐韵(黄节)　哭俛夫姨丈(林损)　卧病雨中陈周二兄日夕过存赋谢(庞俊)　中国植物志属书成漫题(胡先骕)　榊丸口号(柳诒徵)

词录

梦芙蓉(徐震堮)　菩萨蛮(徐震堮)　莺啼序(胡士莹)　菩萨蛮(胡士莹)

书评

评亡友王然父《思斋遗槁》　胡先骕

第五十二期

插画

苏德曼像 Sudermann(1857—　)

霍特曼像 Hauptmann(1862—　)

奉答并示哲生(庞俊) 读耐盦言志第二集诗即题寄耐盦翁(吴芳吉) 濮一乘约游小河沿也园下车倾跌伤右髋甚痛强起行至茶社小坐旋至明湖春晚饭归而僵卧得诗二首(柳诒徵) 雨夜(王易) 小病累日憩森林院松林下有作(胡先骕) 月夜望小孤山(李思纯) 题红薇馆主帘卷海棠图(林损)

诗录二

清华园荷花池畔行吟(吴宓)

词录

鹧鸪天(朱祖谋) 鹧鸪天(胡士莹)

第五十四期

插画

老子像

托尔斯泰像 Count Lyov N. Tolstoy(1828—1910)

通论

孔子老子学说对于德国青年之影响　吴宓 译

(佛法浅释之一)苦与乐　景昌极

答诸生问中国可否共产　刘 朴

述学

述社　柳诒徵

墨子书分经辩论三部考辨　黄建中

龟兹苏祇婆琵琶七调考原　向 达

中国文化史(第二编第八至十章)　柳诒徵

文苑

文录

与人论天台宗性具善恶书(张尔田) 再论天台宗性具善恶书答余居士(张尔田) 思斋遗集跋(王易)

诗录一

游中央公园示哲生(柳诒徵) 赋答翼谋先生中央公园同游之作(李思纯) 题碧湖诗社图(刘善泽) 玉姜曲(吴芳吉) 雅叙楼小饮赠予由(林损 人群 林损) 客舍(林损) 酬容九读思斋遗集兼简伯远(王易) 陈仲骞属题先德玉堂补竹图(熊冰) 湘州八咏(谷家儒) 弹指一首(吴宓) 题余樾园画

（黄节）

诗录二

丙寅三月二十日偕李哲生吴雨僧叶企孙崇效寺看牡丹（柳诒徵） 游崇效寺奉和翼谋先生（李思纯） 前题和作（吴宓）

词录

题殍道人京俗画册十七阕（姚华）

译诗

无情女 Kcats"La Belle Dame Sans Merci" 陈诠 译

第五十五期

插画

英国肯特公爵园中之中国式建筑 Kew Gardens，England（参阅本期中国欧洲文化交通史略）

（一）佛塔

（二）孔子庙

通论

新文学家之痼疾 郭斌龢

述学

中国欧洲文化交通史略（Reichwein "China and Europe"） 吴宓撮 译

中国文化史（第三章第四章续第四十一期） 陆懋德

史记三家注补正（卷六） 瞿方梅 遗著

文苑

文录

毛云程寿序（林损） 答陈生书（刘朴） 与黄处士书（刘朴）

诗录

岁暮示李沧萍（黄节） 寄怀朱孟实爱丁堡（郭斌龢） 乙丑元日喜伯远至时方新被福建盐运之命迁道归南昌省亲冒雪见过长歌赠行（王易） 怀旧十二首（林损） 清华园谒梁任公先生夜话（李思纯） 颐和园排云殿远眺作（李思纯）

词录

高阳台（朱祖谋） 齐天乐（朱祖谋）

名家小说

名利场(Vanity Fair)英国沙克雷 W. M. Thackeray 著

泾阳吴宓 译

楔子O第一回　媚高门校长送尺牍　泄奇忿学生掷字典

第五十六期

插画

圆明园遗迹(最近摄影)十六幅

通论

芬诺罗萨论中国文字之优点　张荫麟 译

论事之标准　吴　宓

述学

中国文化史(第二编第十一至十四章)　柳诒徵

定本墨子间诂补正自叙　陈　柱

文苑

文录

顺德张凤篪先生行状(刘复礼)　双桐书屋诗胜序(王典章)　答龙君问性具善恶疑义书(张尔田)

诗录

胡夔文挽诗(黄节)　跃龙桥(王易)　休沐郊游感兴即寄程柏庐王简盦吴雨僧梅迪生(胡先骕)　自讼篇赋答北萱(钱基博)　王静安先生写诗幅见贻赋呈一律句(李思纯)　阴历正月十五夜宿陈宅感赋并怀伯澜姑丈(吴宓)　三月二十七日三过崇效寺看牡丹盛开者皆残矣独石绿一种甫开妩媚绝世赋示邵潭秋伉俪及贡禾(柳诒徵)　乙丑杂诗十四首(郭文珍)

词录

谒金门(陈寂)　临江仙(陈寂)　采桑子(陈寂)　生查子(陈寂)　鹧鸪天(刘永济)

译诗

罗色蒂女士上山诗 Chrisina Rossetti"Up-hill"(崔钟秀译)

杂缀

旧诗话(续第四十八期)　刘永济

第五十七期

插画

(英国大诗人)彭士像 Robert Burns(1759—1796)

鬼王图 Erlkonig(德国 Moritz von Schwind 绘)

通论

薛尔曼现代文学论序(Stuart P. Sherman "Introduetion to Contemponary Literatare") 浦江清 译

实践与玄谈 景昌极

述学

中国历代之尺度 王国维

词曲史(第一至四篇) 王 易

史记三家注补正(卷七) 瞿方梅

文苑

文录

报叶君长卿书(张尔田) 阮步兵咏怀诗注序(诸宗元) 阮步兵咏怀诗注自序(黄节)

诗录

秋怀杂诗(黄节) 读渔洋送戴务旃游华山诗洛阳货畚无人识五月骑驴入华山爱其气象不凡为作二图(陈曾寿) 过乙盦诗人故宅(陈曾寿) 和缘裻韵(朱祖谋) 新刊宋刘行简先生苕溪集成缘裻序之次韵报谢时缘裻病新愈(朱祖谋) 和缘裻韵同古微丈作(张尔田) 海风(胡先骕) 大风(林损) 短歌(柳诒徵) 题达摩面壁图(王易)

词录

鹧鸪天(刘永济) 鹧鸪天(刘永济) 西江月(刘永济)

译诗

彭士 R. Burns 诗十三篇(吴芳吉 刘朴 陈铨译)附彭士列传(吴芳吉) 葛德 Goothe 诗二首(陈铨译)

第五十八期

插画

朱子像

幸福女郎图(罗色蒂绘)The Blessed Damozel(By D. G. Rossetti)

述学

中国文学史纲要(卷首　叙论)　　刘永济

一九二八年西洋文学名人纪念汇编(录《大公报文学副刊》各期)

(一)哈代逝世　(二)易班乃士逝世　(三)麦雷迭斯诞生百年纪念　(四)易卜生诞生百年纪念　(五)但因诞生百年纪念　(六)罗色蒂诞生百年纪念　(七)福禄特尔逝世百五十年纪念　(八)卢索逝世百五十年纪念　(九)托尔斯泰诞生百年纪念　(十)马勒尔白逝世三百年纪念　(十一)戈斯密诞生二百年纪念(十二)彭衍诞生三百年纪念

文苑

昔游诗　　李思纯

第六十六期

插画

(天主教哲学之集大成者)圣亚规那像 St. Thomas Aquinas(1225—1274)

(重兴天主教者)圣罗郁拉像 St. Ignatius Loyola(1491—1556)

通论

斯宾格勒之文化论(续第六十一期)(完)　　美国葛达德
吉朋斯　合撰
张荫麟 译

文苑

文录

与大公报文学副刊编者书(张尔田)　与友述家中情形书(吴芳吉)

诗录

寿熊纯如丈六十(胡先骕)　戊辰中秋(吴宓)　无题(张尔田)　丙寅生日(李思纯)　咏史二十首(王国维)

第六十七期

插画

梁任公先生(启超)遗像

威廉希雷格尔像　弗列得力希雷格尔像　希雷马哈像

通论

近代中国学术史上之梁任公先生(录《大公报文学副刊》) 素 痴

悼梁卓如先生(录《史学杂志》) 缪凤林

性与命(自然与自由) 景昌极

白屋吴生诗稿自叙 吴芳吉

述学

中国文化史(第三编第十二至十三章) 柳诒徵

佛列得力希雷格尔逝世百年纪念(录《大公报文学副刊》)

王德卿传 张荫麟

文苑

佛堂戊辰词 姚 华

第六十八期

插画

摆伦历年像

拿破仑像

通论

罗素东西幸福观念论 傅举丰 译

罗素未来世界观 傅举丰 译

述学

中国文学史纲要(卷一) 刘永济

德国大批评家兼戏剧家雷兴诞生二百年纪念(《大公报文学副刊》)

文苑

王孙哈鲁纪游诗 第三集(Byron's "Childe Harold's Pilgrimage"——Canto Ⅲ) 杨葆昌 译

第六十九期

插画

加斯蒂辽尼像其一、其二(拉飞叶绘)

乌尔比诺公爵夫人像

乌尔比诺宫中之庭院

科罗那侯爵夫人像

拉飞叶像

班博像

通论

德效骞论中国语言之足用及中国无系统哲学之故　张荫麟 译

德效骞论古代中国伦理学上权力与自由之冲突　梁敬钊 译

罗素论机械与情绪　傅举丰 译

人生哲学序论　景昌极

述学

诠诗　缪　钺

读荀三论　吴光韶

(柏拉图语录之五)斐德罗篇　郭斌龢 译

加斯蒂辽尼逝世四百年纪念　水天同

文苑

晦闻戊辰诗　黄　节

晦闻己已诗　黄　节

第七十期

插画

从颐和园望玉泉山之风景

惠山贯华阁

述学

纳兰成德传　张荫麟

中国文化史(第三编第十四至十六章)　柳诒徵

文苑

文录

瘿菴诗集序(黄节)　瘿菴诗集序(叶恭绰)　吴孝女传(林纾)　邢君瑞生家传(李岳瑞)

诗录

献骂我者(吴芳吉)　病目(吴宓)　三圣聚会图题诗(陈光焘)　清华园访

雨生(缪钺) 和雨先生生落花诗(张友栋) 奉谢雨生先生(张友栋) 游桂湖杂诗(庞俊)

词录

八声甘州(顾随)

杂缀

读阮嗣宗诗札记　　萧涤非

读曹子建诗札记　　萧涤非

古拉塞作事格言　　吴宓 译

佛斯特小说杂论　　吴宓 译

第七十一期

插画

(英国新任桂冠诗人)梅丝斐尔像(John Masefield)

(近顷逝世之英国小说家)洛克像(William John Locke)

述学

中国文学史纲要(卷二　汉至隋)　　刘永济

文苑

文录

文道希先生遗诗序(陈三立) 文道希先生遗诗叙(叶恭绰) 曹子建诗注自序(黄节) 与大公报文学副刊编者书(张尔田) 曾敬诒先生六秩寿颂(瞿宣颖)

诗录

三十五岁春日作(吴宓) 曾重伯先生挽诗四十韵(瞿宣颖) 哭马通伯先生(王式通) 题文学士读韦端巳集诗(陈寅恪) 芜词(徐英) 乙卯南归杂诗(张尔田)

第七十二期

插画

但丁像

但丁地狱渡河图(德拉夸绘)

通论

白璧德论今后诗之趋势　　吴宓 译

(最近逝世之英国小说家)柯南道尔像 Conan Doyle(1859—1930)

通论

布朗乃尔与美国之新野蛮主义　乔友忠 译
班达论智识阶级之罪恶　吴宓 译
白璧德论班达与法国思想　张荫麟 译
拉塞尔论博格森之哲学　吴宓 译
路易斯论治术　吴宓 译
路易斯论西人与时间之观念　吴宓 译

述学

四部通讲(卷二)　郭倬莹

文苑

文录

与《大公报文学副刊》编者书(张尔田)　培风楼诗存自序(邵祖平)　敦煌劫余录序(陈寅恪)　冯著中国哲学史审查报告(陈寅恪)

诗录

庚午上巳日水榭禊集分韵得花字(李景堃)　旧历岁除感赋(叶恭绰)　浣花曲(吴芳吉)　送培德中学第二班诸生卒业(缪钺)　春感(覃寿堃)　感怀二首(吴宓)　题陆丹林红树室时贤书画集(陈三立)

译诗

莎士比亚招隐词(徐震堮译)　摆伦挽歌曲(徐震堮译)　摩雅感旧(徐震堮译)

第七十五期

插画

武侠小说中女主角图
怒(摹拟莎士比亚悲剧中之主角)

通论

自由教学法　柳诒徵
批评态度的精神改造运动　胡稷咸

述学

唐太宗与佛教　汤用彤

知识哲学　景昌极

文苑

端虚堂诗稿　梁公约

附录

中国文化史总目

第七十六期

插画

亚圣孟子像

班乃德像

述学

孟子大义　唐迪风(遗著)

(柏拉图语录之五)斐德罗篇(续第六十九期)　郭斌龢 译

我执实相观　李翊灼

文苑

蒹葭楼诗(庚午辛未)　黄　节

南冠集　潘　式

第七十七期

插画

曾文正公(国藩)遗像

诗人陈伯严先生(三立)八十寿像

述学

天问通笺　刘永济

读敖士英关于研究古音的一个商榷　曾运乾

柏拉图之埃提论　郭斌龢

文苑

辛未旅燕杂感　彭　举

风沙集　王　越

新甲词　刘永济

附录三

《学衡》杂志主要作者简介

白璧德，1865年生，美国文学批评家，“学衡派”的精神之父，主张文学应恢复以“适度性”为核心的人文主义的传统，以“人的法则”来反对“物的法则”，其作用是给人以道德的知识。《学衡》杂志译介刊布有《白璧德中西人文教育谈》《白璧德之人文主义》《白璧德释人文主义》《白璧德论欧亚两洲文化》等文章。

刘伯明，南京人，美国西北大学博士学位，回国后任东南大学副校长，对《学衡》杂志的创办，学衡群体的汇聚多有支持。在《学衡》杂志发表有《学者之精神》《共和国民之精神》《论学风》《杜威论中国思想》《非宗教运动平议》等文章。

吴宓，1894年生，字雨僧，留学哈佛大学，受业于白璧德门下，先后为东南大学、东北大学、清华大学教授，《学衡》杂志的创办人之一，也是该杂志的总负责人，《学衡》杂志的后期能维持出版全靠吴宓一己的苦苦支撑。在《学衡》杂志发表有《论新文化运动》《我之人生观》《文学研究法》《论今日创造文学之正法》等文章。

梅光迪，1890年生，安徽宣城人，留学哈佛大学，受业于白璧德门下，东南大学英文系教授，《学衡》杂志的创办人之一，1924年赴美教学，不再参与《学衡》编务。在《学衡》杂志发表有《评提倡新文化者》《评今人提倡学术之方法》《安诺德之文化论》《论今日吾国学术界之需要》等文章。

胡先骕，1894年生，江西南昌人，留学于柏克莱大学和哈佛大学，回国后东南大学植物学教授、生物系主任。在《学衡》杂志发表有《评尝试集》《文学之标准》《论批评家之责任》《评胡适五十年来中国之文学》《说今日教育界之危机》等文章。

柳诒徵，1880年生，江苏丹徒人，南京师范高等专科学校国文系、历史系教授，《学衡》杂志的重要作者。在《学衡》杂志发表有《说习》《明伦》《中国乡治之尚德主义》《论大学生之责任》《论今之办学者》等文章。

王国维，1877年生，字静安，浙江省海宁人，清华国学研究院四大导师之一。在《学衡》杂志发表有《最近二三十年中中国新发现之学问》《辽金时代蒙古考》等文章。

缪凤林，1898年生，浙江富阳人，南京高等师范学校—东南大学学生，师从柳诒征。在《学衡》杂志发表有《文德篇》《希腊之精神》《人道论发凡》《四书所示之人生观》《历史之意义与研究》等文章。

林损，1890年生，字公铎，浙江瑞安人，先后任北京大学、中央大学教授。在《学衡》杂志发表有《伦理正名论》《政理古微》等文章。

萧纯锦，1893年出生，江西永新人，留学美国加利福尼亚大学，获经济学硕士学位。东南大学经济系主任，教授。在《学衡》杂志发表有《平等真诠》《中国提倡社会主义之商榷》

吴芳吉，1896年生，号白屋吴生，吴宓清华学校同学，《学衡》杂志创刊时为湖南长沙明德中学教师，后又转投西北大学教学，在《学衡》杂志发表有《再论吾人眼中之新旧文学观》《三论吾人眼中之新旧文学观》《四论吾人眼中之新旧文学观》等文章。

刘永济，1887年生，历任长沙明德中学教师，东北大学教授，武汉大学教授等职。在《学衡》发表有《文鉴篇》《迂阔之言》《论文学中相反相成之义》《中国文学通论》等文章。

李思纯，1893年生，字哲生，四川成都人，东南大学法国文学教授。在《学衡》杂志发表有《论文化》《正名论》《与友论新诗书》等文章。

孙德谦，1869年生，字受之，江苏苏州吴县人，历任东吴大学、大夏大学、交通大学教授。在《学衡》杂志发表有《评今之治国学者》《中国学术要略》《秦记图籍考》等文章。

刘朴，1873年生，字柏荣，湖南宁乡人，吴宓清华学校同学，先后任教于东北大学、重庆大学、四川大学。在《学衡》杂志发表有《文誦篇》《湖南史地學會宣言》《辟文学分贵族平民之讹》等文章。

陈寅恪，1890年生，字鹤寿，江西修水人。清华大学国学院四大导师之一。在《学衡》杂志发表有《王观堂先生挽词并序》《与刘文典教授论国文试题书》等文章。

景昌极，1903年生，江苏泰州人，南京高等师范学校学生，后到东北大学任教。在《学衡》杂志发表有《苏格拉底自辨文》《广乐利主义》《论学生拥护宗教之必要》等文章。

张荫麟，1905年生，号素痴，广东东莞人，1923年清华学堂肄业。在《学衡》杂志发表有《老子生后孔子百余年之说质疑》《明清之际西学输入中国考略》等文章。

张其昀，1900年生，东南大学学生，1923年毕业，在《学衡》杂志发表有《中国与中道》《刘知己与章实斋之史学》等文章。

郭斌和，1900年生，字洽周，江苏江阴人，香港大学毕业，先后在南京第一中学、东北大学任教。在《学衡》杂志发表有《新文学之痼疾》《柏拉图五大语录》等文章。

编　后　记

《学衡》开宗明义，颜曰："本杂志于国学则立以切实之工夫，为精确之研究，然后整理而条析之，明其源流，着其旨要，以见吾国文化，有可与日月争光之价值。"百年如寄，回首多慨：当存亡悬于发机，茫茫九派，皆欲自奋天戈，其守成复古者有之，矫枉过正者有之，全盘西化者亦有之。方其时，文脉如缕，衣冠荡然。虽有多士，心存社稷，周历海国，求援金方，然处沧海横流之世，而望据乱升平之期，岂易得哉？所幸故木根基犹在，待阳春布泽之时，又将亭亭繁荫如盖，可庇苍生矣。庚子山云：不有所废，其何以昌。然周德既衰，挺生仲尼；秦火虽炽，尚有伏生。风雨如晦，待日月而重光，哲人不亡，则斯文必在兹乎。

值《学衡》创刊百年，张宝明教授博极载籍，穷搜典坟；既深明循环之势，复感此绍述之意，知学术关乎政术，人心系于道心，遂整编《学衡》遗文，并特撰写嘉序为之发扬，是以名山之藏染梨枣之薰，择其英华，宣布海内，庶乎续昔贤之绝业，开后世之丕基。其义亦大矣！

然《学衡》问世既久，编辑未称极精，或致鱼鲁汗漫，今日重刊，复又繁体化简，重困于手民。幸得河南大学张新俊、褚金勇、尹涛、梁培东、钱振宇、闫华诸君帮助，又得华东师范大学历史系王锐、王乐鑫、宋逸平、牛静娴、张裕、唐益丹诸君子倾心助力，核对本文，纠正误讹，校阅再三，终竣此功。亦足证学人代兴，风流弥烈。"以切实之工夫，为精确之研究"，"昌明国粹，融化新知"。盖周虽旧邦，其命唯新，盛代右文，郁郁可期！

付梓在即，所感难名，聊缀数语，以志区区。校雠之谬，在所难免，诚望方家教正。

2021.6.21

图书在版编目(CIP)数据

斯文在兹:《学衡》典存/张宝明 编.
—上海:华东师范大学出版社,2017

ISBN 978-7-5675-6872-3

Ⅰ.①斯… Ⅱ.①张… Ⅲ.①学衡派—研究
Ⅳ.①I206.6

中国版本图书馆 CIP 数据核字(2017)第 216659 号

华东师范大学出版社六点分社
企划人 倪为国

斯文在兹:《学衡》典存

编　　者 张宝明
责任编辑 倪为国
特约审读 饶　品
责任校对 王　旭
封面设计 刘怡霖

出版发行 华东师范大学出版社
社　　址 上海市中山北路 3663 号　邮编　200062
网　　址 www.ecnupress.com.cn
电　　话 021 - 60821666　行政传真　021 - 62572105
客服电话 021 - 62865537　门市(邮购)电话　021 - 62869887
地　　址 上海市中山北路 3663 号华东师范大学校内先锋路口
网　　店 http://hdsdcbs.tmall.com

印 刷 者 上海盛隆印务有限公司
开　　本 890×1240　1/16
插　　页 4
印　　张 70.75
字　　数 1150 千字
版　　次 2021 年 8 月第 1 版
印　　次 2021 年 8 月第 1 次
书　　号 ISBN 978-7-5675-6872-3/I·1752
定　　价 398.00 元

出 版 人 王　焰

(如发现本版图书有印订质量问题,请寄回本社客服中心调换或电话 021 - 62865537 联系)